Fragments

Dan Wells

Fragments

Traduit de l'anglais (américain)
par Valérie Le Plouhinec

Wiz
Albin Michel

Du même auteur chez Albin Michel Wiz :

Partials

Titre original :
FRAGMENTS
(Première publication : Balzer & Bray, an imprint
of Harper Collins Publishers, New York 2013.
Published by arrangement with HarperCollins Children's Books,
a division of HarperCollins Publishers)

Ce livre est dédié à tous ceux qui ont déjà reconnu avoir tort.
Loin d'être un signe de faiblesse ou un manque d'engagement,
c'est une des plus grandes forces qu'un individu
– humain ou Partial – puisse posséder.

PREMIÈRE PARTIE

CHAPITRE 1

– Levons nos verres, clama Hector. Au meilleur officier de Nouvelle-Amérique.

Le tintement des verres et le brouhaha d'une centaine de voix emplirent la salle. « Corn-well ! Corn-well ! » Les hommes levèrent leurs timbales et bouteilles d'un même geste avant de les reposer ou bien de les jeter au sol. Samm observait en silence, réglant au millimètre l'angle de sa longue-vue. La vitre, bien que crasseuse, lui permettait de voir les soldats sourire et grimacer en se donnant de grandes tapes dans le dos, et s'esclaffer à des blagues grivoises en évitant de regarder le colonel. Le lien, de toute manière, leur apprenait en temps réel tout ce qu'il y avait à savoir sur son état.

Caché dans les bois sur l'autre versant du vallon, largement hors de portée du lien, Samm ne jouissait pas de ce luxe.

Il fit tourner la molette du trépied pour orienter le micro directionnel une fraction de millimètre plus loin vers la gauche. À cette distance, un changement d'angle même minimal balayait une large portion de la pièce. Des voix résonnèrent confusément dans ses oreillettes, bribes de conversations noyées dans une gangue de sons indéterminés, et soudain il capta un autre timbre, tout aussi familier que celui d'Hector : la voix d'Adrian, son ancien sergent.

– ... n'ont même pas compris ce qui leur arrivait, était-il en train de dire. La ligne ennemie s'est disloquée, exactement comme prévu, mais pendant les premières minutes, ça n'en a été que plus dangereux. L'ennemi, désorienté, canardait dans tous les sens, et nous étions trop fermement cloués au sol pour apporter du renfort. Cornwell a tenu la position sans ciller, et pendant tout ce temps le Chien de garde hurlait, hurlait ! C'était à devenir sourd. Jamais vu un Chien aussi fidèle que le sien. Cette bête vénérait Cornwell. C'est la dernière grande bataille que nous ayons livrée à Wuhan ; deux jours plus tard, la ville était à nous.

Samm se souvenait de cette bataille ; Wuhan avait été prise seize ans plus tôt presque jour pour jour, en mars. Une des dernières villes tombées lors de la guerre d'Isolation, mais une des premières missions militaires de Samm. Il se rappelait encore les bruits, les odeurs, le goût puissant de la poudre dans l'air. Les souvenirs bourdonnaient dans sa tête et des données fantômes sillonnaient sa cervelle, juste assez pour stimuler son adrénaline. L'instinct et l'entraînement refirent surface presque immédiatement, affûtant son attention tandis qu'il s'accroupissait sur le coteau obscur, se préparant à une bataille imaginaire. À ce réflexe succéda une réaction opposée : une vague apaisante de sensations familières. Il ne s'était lié à personne depuis plusieurs jours, et cette sensation soudaine, réelle ou non, était presque douloureusement agréable. Il ferma les yeux et s'y accrocha, se concentrant sur les souvenirs, s'adjurant de les éprouver à nouveau, plus fort ; mais après quelques instants fugaces, ils lui échappèrent. Il était seul. Il rouvrit les yeux et reprit sa longue-vue.

Les hommes avaient à présent sorti à manger : de grands plateaux métalliques couverts de porc fumant. Les hordes de cochons sauvages étaient monnaie courante dans le Connecticut, mais elles vivaient surtout dans les profondeurs de la forêt, à distance des colonies de Partials. Ils devaient être allés chasser loin pour rapporter un tel festin. Ce spectacle fit gargouiller l'estomac de Samm, mais il ne bougea pas. Là-bas, les soldats se raidirent, très légèrement mais tous à l'unisson, avertis par leur sixième sens d'un changement que Samm ne pouvait que deviner. *Le colonel*, pensa-t-il, et il fit pivoter sa longue-vue pour observer Cornwell : celui-ci était toujours aussi mal en point, cadavérique et pourrissant, mais sa poitrine se soulevait encore et son état ne semblait pas s'être particulièrement aggravé. Un élancement de douleur, peut-être. Les hommes qui l'entouraient se détendirent, et Samm fit de même. Le temps n'était pas venu, apparemment, et la célébration se poursuivit. Il écouta une autre conversation – encore des souvenirs d'antan et de la guerre d'Isolation, une anecdote ici et là sur la révolution, mais rien qui puisse enflammer la mémoire de Samm aussi profondément que le récit du sergent. Finalement, torturé par le spectacle des côtes de porc et par les bruits de mastication, il sortit de son paquetage un sachet plastique plein de bœuf séché. Ce n'était qu'une pâle imitation des côtes juteuses que dégustaient ses anciens camarades, mais c'était déjà mieux que rien. Retournant à sa longue-vue, il capta le major Wallace juste au moment où celui-ci se levait pour prendre la parole.

– Le lieutenant-colonel Richard Cornwell ne pourra pas vous parler aujourd'hui, mais j'ai l'honneur de vous dire quelques mots de sa part.

Wallace se mouvait lentement, pas seulement dans sa démarche mais aussi dans ses gestes, son élocution : le moindre de ses mouvements était mesuré et délibéré. Il paraissait aussi jeune que Samm – le physique d'un humain de dix-huit ans –, mais en réalité il approchait des vingt années de service, c'est-à-dire de la date d'expiration. Plus que quelques mois, peut-être quelques semaines seulement, et il commencerait à se décomposer, exactement comme Cornwell. Samm, saisi par le froid, resserra sa veste sur ses épaules.

Les bavardages cessèrent, et la voix de Wallace s'éleva puissamment dans la salle, résonnant avec un timbre métallique dans les oreillettes de Samm.

– J'ai eu l'honneur de servir toute ma vie aux côtés du colonel ; il m'a sorti lui-même de la cuve de croissance, et c'est lui qui m'a entraîné. Un des meilleurs individus que j'aie jamais rencontrés, et toujours bon meneur d'hommes. Nous n'avons pas de pères, mais j'aime à penser que si nous en avions, le mien ressemblerait à Richard Cornwell.

Il se tut, et Samm secoua la tête. Cornwell *était* leur père, dans tous les sens du terme hormis la dimension purement biologique. Il leur avait tout enseigné, les avait guidés, dirigés, protégés, avait accompli tout ce qu'accomplit un père. Tout ce que Samm n'aurait jamais la chance de faire. Il zooma au maximum sur le visage du major. On n'y voyait pas de larmes, mais ses yeux étaient las, ses traits tirés.

– Nous sommes programmés pour mourir, reprit-il. Pour tuer, puis mourir. Nos vies n'ont que ces deux objectifs, et nous avons accompli le premier il y a quinze ans. Il m'arrive de songer que le plus cruel n'aura pas été la date d'expiration, mais les quinze années qu'il nous a fallu pour en prendre conscience. C'est pour les plus jeunes d'entre vous que ce sera le pire, car vous serez les derniers à succomber. Nous sommes nés dans la guerre, nous avons mérité notre gloire, et nous voilà contraints de nous regarder partir, sans pouvoir rien y faire.

Les Partials réunis dans la pièce se raidirent de nouveau, de manière plus nette cette fois, et certains se levèrent soudain. Samm fit brusquement pivoter sa longue-vue vers le colonel, mais le zoom serré sur le visage du major l'avait désorienté et il chercha en vain, fébrile, pendant quelques secondes de panique tout en écoutant les cris : « Le colonel ! », « C'est maintenant ! » Enfin, il prit du recul, régla sa longue-vue, et retrouva le lit de mort du colonel, installé à la place d'honneur au bout de la pièce. Le moribond suffoquait et toussait, des gouttelettes de sang noir lui coulant des coins de la bouche. Il ressemblait déjà à un cadavre : ses cellules dégénéraient et son corps se décomposait presque à vue d'œil devant Samm et les autres. Le colonel crachota, grimaça, haleta, et ne bougea plus. Le silence régnait dans la salle.

Samm, le visage de marbre, regarda les soldats préparer le dernier rite funèbre : sans qu'un mot soit prononcé, les fenêtres furent ouvertes en grand, les rideaux largement écartés, les ventilateurs mis en marche. Les humains accueillaient la mort avec des pleurs, des discours, des plaintes et des gémissements ; les Partials, de la seule manière qui leur était accessible : à travers le lien. Leur corps était conçu pour le champ de bataille, si bien qu'en mourant ils libéraient une bouffée de données pour avertir leurs camarades du danger. Et en la recevant, ces soldats émettaient eux-mêmes des données pour passer le mot. Les ventilateurs, en ce moment, soufflaient ces données dans leur monde afin que chacun sache qu'un grand homme était mort.

Samm attendit, tendu ; il sentit de l'air passer sur son visage. Il désirait cela autant qu'il le redoutait ; il y avait là de la communication et de la peine, de l'union et de la tristesse. Deux éléments qui allaient souvent de pair, ces derniers temps, à un point déprimant. Les feuilles des arbres frémirent en contrebas dans le vallon, les branches ondulèrent doucement, caressées par le passage de la brise. Les données ne vinrent pas le frapper.

Il était trop loin.

Samm remballa sa longue-vue et son micro directionnel et les rangea dans son paquetage avec leur petite batterie photovoltaïque. Il inspecta le site deux fois afin de s'assurer qu'il ne laissait rien derrière lui : le sachet plastique de nourriture était dans sa sacoche, les oreillettes dans une poche du paquetage, son fusil sur son épaule. Il alla jusqu'à balayer du pied les creux laissés par le trépied dans le sol. Plus rien n'indiquait qu'il s'était trouvé là.

Il jeta un dernier regard vers les funérailles de son colonel, enfila son masque à gaz, et redevint un exilé. Il n'y avait pas de place dans cette salle pour les déserteurs.

CHAPITRE 2

Le soleil dardait ses rayons entre les gratte-ciel, dessinant un motif de triangles jaunes irréguliers sur la chaussée défoncée. Kira Walker observa soigneusement la rue, accroupie derrière un taxi rouillé, au fond d'un étroit canyon urbain. L'herbe, les broussailles et les jeunes arbres ne remuaient pas dans les fissures de l'asphalte. Nulle brise ne les agitait. La ville était parfaitement immobile.

Et pourtant, quelque chose avait bougé.

Kira épaula sa carabine, espérant profiter de la lunette de visée, avant de se rappeler que celle-ci s'était brisée dans un effondrement, la semaine précédente. Elle jura entre ses dents et rabaissa son arme. *Dès que j'en aurai fini ici, je vais me trouver une autre armurerie pour remplacer ce tromblon.* Elle scruta la rue en s'efforçant de distinguer les contours des ombres, et releva son canon avant de pousser un nouveau juron. *Les vieilles habitudes ont la vie dure.* Baissant la tête, elle recula jusqu'à l'arrière du taxi ; à cent pas, un camion de livraison dépassait à moitié dans la rue, et elle comptait dessus pour empêcher ce qui avait bougé là-bas de la voir. Elle risqua un coup d'œil, observa pendant presque une minute la rue inanimée, puis serra les dents et partit en courant. Pas de coup de feu, de cris ni de sifflements de balles. Le camion remplissait son office. Elle le rejoignit au trot, se laissa tomber sur un genou, et regarda discrètement par-dessus le pare-chocs.

Un élan se déplaçait parmi les taillis, ses grands bois recourbés vers le ciel, cueillant de sa longue langue les herbes vertes qui pointaient entre les gravats. Kira l'observa immobile, trop prudente pour supposer que c'était cet animal qu'elle avait vu bouger tout à l'heure. Un cardinal lança son trille flûté au-dessus de sa tête, rejoint un instant plus tard par un autre, et les deux oiseaux se poursuivirent, éclairs rouge vif tournoyant et plongeant entre les fils électriques et les anciens feux de circulation. L'élan, paisible et indifférent, grignotait à présent les jeunes pousses tendres d'un érable. Kira maintint sa surveillance jusqu'à être convaincue qu'il n'y avait rien d'autre à voir, puis resta encore un peu en observation, au cas où. On n'était jamais trop prudent à Manhattan : la dernière fois qu'elle y était venue, elle avait essuyé une attaque de Partials, et pendant cette expédition-ci elle avait déjà dû fuir devant un ours et une panthère. Ce souvenir l'incita à se retourner pour jeter un œil derrière elle. Rien. Elle ferma les yeux et se concentra pour tenter de « sentir » la présence éventuelle d'un Partial à proximité, mais sans succès. Cela n'avait jamais fonctionné, du moins pas d'une manière qu'elle puisse identifier, même pendant la semaine qu'elle avait passée au contact de Samm. Kira aussi était une Partial, mais elle était différente : apparemment, elle était privée du lien et d'autres caractéristiques propres à ces créatures. En outre, elle grandissait et prenait de l'âge comme un humain normal. Elle ne savait pas vraiment ce qu'elle était, et elle n'avait personne vers qui se tourner pour trouver des réponses. Elle ne pouvait même pas en parler à qui que ce soit : seuls Samm et le docteur Morgan – l'inquiétante experte scientifique des Partials – connaissaient son secret. Kira n'en avait même pas parlé à son petit ami, son meilleur ami, Marcus.

Elle frissonna, mal à l'aise, et fit la grimace, comme toujours lorsqu'elle se posait des questions sur elle-même. *C'est justement pour ça que je suis ici*, songea-t-elle. *Pour trouver des réponses.*

Elle s'assit sur l'asphalte défoncé, le dos contre le pneu à plat du camion, et sortit à nouveau son calepin de son sac, bien qu'à ce stade elle ait l'adresse bien en tête : à l'angle de la 54e Rue et de Lexington Avenue. Elle avait mis des semaines à dégoter cette adresse, et encore plusieurs jours pour arriver jusque-là en traversant les ruines. Peut-être péchait-elle par excès de prudence...

Non, on n'était jamais trop prudent. Les zones inhabitées étaient excessivement dangereuses, et Manhattan encore plus que les autres. Elle avait joué la sécurité et elle était toujours en vie ; elle n'allait pas remettre en question une stratégie qui avait fait ses preuves.

Elle leva les yeux vers les panneaux de rues délavés. Pas de doute, c'était bien là. Elle mit le calepin dans sa poche et soupesa sa carabine. Le moment était venu.

Le moment d'entrer chez ParaGen.

L'immeuble de bureaux avait eu autrefois des portes et une façade vitrées, mais le verre n'avait pas tenu le coup bien longtemps après le Ravage : le rez-de-chaussée était entièrement exposé aux éléments. Il ne s'agissait pas là du siège social de ParaGen – qui se trouvait quelque part vers l'ouest, à l'autre bout du pays –, mais c'était déjà quelque chose. Une antenne financière, installée à Manhattan uniquement pour assurer l'interface avec celles d'autres firmes. Il avait fallu à Kira des semaines de recherches rien que pour découvrir l'existence de ces bureaux. Elle s'avança prudemment entre les éclats de verre, les plâtras et les fragments de revêtement tombés des étages supérieurs. En onze années de désolation, une couche de terre s'était déposée à l'intérieur, sur une épaisseur suffisante pour que des herbes folles commencent à y pousser. Le capitonnage en skaï des banquettes, altéré par le soleil et la pluie, semblait avoir été déchiqueté par des griffes de chats. Le large comptoir de l'accueil était à demi effondré, à l'épicentre d'une jonchée de badges d'identité jaunis. Une plaque vissée au mur énumérait les noms des dizaines d'entreprises implantées dans l'immeuble, et Kira déchiffra cette liste délabrée jusqu'à trouver ParaGen, qui occupait le vingt et unième étage. Derrière le comptoir s'alignaient trois portes d'ascenseurs, dont une pendait de travers dans son cadre. Kira, sans y prêter attention, rejoignit directement celle de la cage d'escalier, dans un coin au fond. À côté de la porte, un boîtier noir commandait une serrure magnétique, mais l'absence d'électricité le rendait bien sûr obsolète. Kira pesa de l'épaule contre le battant, poussant doucement au début pour tester sa résistance, puis plus fort, luttant contre les charnières grippées. Celles-ci finirent par céder, et, pénétrant dans la cage, elle leva les yeux vers le haut de ce puits immense, prit sa lampe torche dans son sac et l'alluma.

– Bien sûr, il fallait que ce soit au vingt et unième, soupira-t-elle.

De nombreux immeubles dans le monde, dévastés dès le premier hiver qui avait suivi le Ravage, étaient trop dangereux pour que l'on puisse grimper dans leurs étages : les fenêtres s'étaient brisées, les canalisations avaient crevé, et dès le printemps suivant, les murs et les sols s'étaient retrouvés gorgés d'humidité. Dix hivers et dix dégels plus tard, les murs étaient gauchis, les plafonds affaissés, et les planchers tombaient en miettes. La moisissure avait envahi le bois et la moquette, les insectes avaient foré leurs galeries dans les moindres fissures, et c'est ainsi que des structures jadis inébranlables s'étaient transformées en tours de pâte feuilletée ; si elles n'étaient pas encore effondrées, un bon coup de pied ou un éclat de voix pouvaient suffire à les faire tomber en poussière. En revanche, les plus gros édifices, surtout lorsqu'ils étaient aussi récents que celui-ci, se révélaient bien plus durables : leur ossature était en poutrelles d'acier, et leur chair scellée dans le béton et la fibre de carbone. La peau, pour ainsi dire – verre, plâtre, placage et moquette –, était vulnérable, mais la structure demeurait robuste. L'escalier où se trouvait Kira s'avérait particulièrement bien conservé, poussiéreux sans être crasseux, et l'odeur de renfermé qui flottait dans l'air la poussa à se demander s'il était resté scellé depuis le Ravage. Cela donnait aux lieux une atmosphère lugubre : l'endroit rappelait une tombe, même si on n'y voyait aucun corps. Elle se demanda d'ailleurs si elle allait en découvrir plus haut – si quelqu'un s'était trouvé dans cet escalier lorsque le RM avait eu raison de lui, et s'il était resté enfermé là depuis –, mais elle n'en vit pas un seul pendant l'ascension des vingt et un étages. Elle envisagea même de continuer à monter pour voir s'il y en avait plus haut, par curiosité, mais renonça. Cette cité immense contenait déjà bien assez de cadavres ; il y avait des squelettes assis dans la moitié des voitures que l'on voyait dehors, et des millions d'autres dans les logements et les bureaux. Un corps de plus ou de moins dans une vieille cage d'escalier oubliée n'aurait fait aucune différence. Elle poussa donc la porte de l'étage, qui s'ouvrit en grinçant, et pénétra dans les bureaux de ParaGen.

Bien sûr, ce n'était pas le centre névralgique de l'entreprise. Celui-là, elle l'avait vu, quelques semaines auparavant, sur une photographie qu'elle gardait précieusement sur elle : elle-même enfant, son père, et sa tutrice d'adoption, Nandita, posant devant un grand immeuble de verre sur fond de montagnes enneigées. Elle ignorait où la photo avait été prise, elle n'avait aucun souvenir de ce moment et ne se rappelait pas du tout avoir connu Nandita avant le Ravage. Pourtant, l'image existait bien. Elle n'avait que cinq ans lorsque la fin du monde s'était produite, peut-être quatre seulement sur la photo. Que pouvait signifier ce cliché ? Qui était Nandita, en réalité, et quel était son lien avec ParaGen ? Y avait-elle travaillé ? Et son père ? Elle avait toujours su qu'il travaillait dans des bureaux, mais elle était bien trop petite à l'époque pour en comprendre davantage. Si Kira était bien une Partial, était-elle une expérience de laboratoire ? Un accident ? Un prototype ? Pourquoi Nandita ne lui en avait-elle jamais rien dit ? Cette dernière question était la plus lancinante de toutes, à certains égards. Kira vivait avec Nandita depuis presque douze ans. Si la femme savait qui elle était, si elle la connaissait depuis le début et n'en avait jamais soufflé mot... cela ne plaisait pas, mais alors pas du tout à Kira.

Ces idées lui donnèrent presque la nausée, comme elles l'avaient fait dehors, dans la rue. *Je suis complètement fabriquée*, se disait-elle. *Je suis une construction artificielle qui se prend pour une personne. Je suis aussi bidon que le revêtement en faux marbre de ce comptoir.*

Sa lampe toujours allumée à la main, elle traversa le hall d'accueil pour aller toucher la surface écaillée du comptoir en question : du vinyle peint, contrecollé sur du plastique. Rien de naturel, encore moins de réel. Elle releva ensuite la tête en se forçant à oublier son malaise pour se concentrer sur la tâche qui l'attendait. Le hall était spacieux pour Manhattan : c'était une vaste pièce garnie de banquettes en cuir craquelé et d'une structure de pierres irrégulières, probablement une ancienne fontaine d'ornement. Le mur situé derrière le comptoir arborait le gros logo en alu brossé de ParaGen, le même que sur la photo. Elle ouvrit son sac, en sortit le cliché soigneusement plié, et compara les deux enseignes. Identiques. Elle rangea alors la photo et contourna le comptoir pour examiner avec attention les papiers posés dessus. Tout comme la cage d'escalier, cette pièce ne comptait aucune ouverture sur l'extérieur et avait donc été protégée des éléments ; les prospectus étaient vieux et jaunis, mais intacts et bien rangés. Il s'agissait pour l'essentiel de matériel sans importance : un répertoire téléphonique, des brochures et un livre de poche qui avait apparemment appartenu à la réceptionniste : *Je t'aime à mourir*, la couverture ornée d'un poignard ensanglanté. Peut-être pas la lecture la plus politiquement correcte en pleine fin du monde, mais d'un autre côté, cette personne ne s'était sans doute même pas trouvée sur place pendant le Ravage. Elle avait dû être évacuée lorsque l'épidémie était devenue vraiment meurtrière, ou même au tout début, voire dès le déclenchement de la guerre des Partials. Kira palpa l'ouvrage et nota que le marque-page était coincé aux trois quarts. *Elle n'a jamais su qui aimait qui à mourir.*

La jeune fille parcourut ensuite le répertoire, remarquant que certains numéros de poste commençaient par un 1 et d'autres par un 2. Les bureaux occupaient deux étages, peut-être ? Tournant les pages, elle trouva à la fin une série de numéros plus longs, à dix chiffres : certains débutaient par 1303 et d'autres par 1312. Elle savait, d'après ses conversations avec des adultes – des gens qui se souvenaient de l'ancien monde –, qu'il s'agissait d'indicatifs correspondant à différentes zones du pays, mais elle ignorait complètement lesquelles : cela, le répertoire n'en disait rien.

Les brochures, enfin, étaient soigneusement empilées au bout du comptoir ; leur couverture arborait une double hélice stylisée à côté du bâtiment représenté sur la photo de Kira, vu sous un autre angle. Kira en saisit une pour l'étudier de plus près : des bâtiments similaires se découpaient à l'arrière-plan, notamment une haute tour, immense, qui semblait composée de grands cubes de verre. En dessous, dans une calligraphie fluide, un slogan : « Devenir meilleurs. » Dans les pages intérieures s'étalaient des photos de personnes souriantes et des argumentaires qui vantaient diverses modifications génétiques : modifs cosmétiques pour changer la couleur des yeux ou des cheveux, sanitaires pour supprimer des troubles congénitaux ou augmenter la résistance à certaines maladies, et même des modifs récréatives destinées à vous donner un ventre plus plat ou une plus grosse poitrine, à augmenter la force ou la rapidité, l'acuité des sens ou les réflexes. Les modifications génétiques étaient tellement courantes avant le Ravage que pratiquement tous les survivants installés sur Long Island en avaient subi au moins quelques-unes. Même les enfants de l'épidémie, ceux qui étaient trop petits au moment du Ravage pour se rappeler à quoi ressemblait la vie d'avant, avaient reçu une poignée d'arrangements génétiques à la naissance. La procédure était devenue banale dans les hôpitaux du monde entier, et c'était ParaGen qui avait conçu une bonne partie de ces interventions. Kira avait toujours cru qu'elle bénéficiait des modifs de base qui se pratiquaient alors sur les nouveau-nés et s'était parfois demandé si elle n'avait pas reçu quelque chose en plus : était-elle bonne en course à pied grâce à l'ADN de ses parents, ou en raison d'une intervention précoce ? Désormais, elle savait que c'était parce qu'elle était une Partial. Conçue en laboratoire en tant qu'idéal humain.

La dernière moitié de la brochure évoquait directement les Partials, même s'ils y étaient appelés « BioSynths » et s'il existait bien plus de « modèles » que ce qu'elle s'attendait à trouver. Les Partials militaires étaient les premiers présentés, non pas pour être vendus mais plutôt pour vanter la réussite de l'entreprise : un million de tests sur le terrain couronnés de succès pour le fer de lance de la biotechnologie. On ne pouvait pas acheter un soldat sur catalogue, bien sûr, mais la brochure présentait ensuite d'autres versions, moins humanoïdes, de la même technologie : Chiens de garde hyperintelligents, lions à la superbe crinière assez dociles pour servir d'animaux de compagnie, et même un article appelé MyDragon™, qui ressemblait à un lézard ailé et hérissé de piquants, gros comme un chat domestique. Enfin, la dernière page vantait des Partials d'un genre nouveau : un vigile, qui était une déclinaison du modèle militaire, et d'autres à aller voir en ligne. *Est-ce donc ce que je suis ? Un agent de sécurité, ou une esclave sexuelle, ou je ne sais quelle autre horreur encore, parmi toutes celles que vendaient ces gens ?* Elle relut la brochure du début à la fin, cherchant le moindre indice à propos d'elle-même, mais il n'y avait rien de plus ; elle la jeta par terre et s'empara de la suivante, mais il s'agissait en fait de la même sous une couverture différente. Elle la jeta aussi et poussa un juron.

Je ne suis pas un vulgaire produit en vente sur catalogue. Quelqu'un m'a fabriquée pour une raison précise : si Nandita vivait avec moi, si elle me surveillait, ce n'était pas pour rien. Serais-je un agent dormant ? Un dispositif d'écoute ? Un assassin ? La doctoresse Partial qui m'a capturée, le docteur Morgan... quand elle a découvert ce que j'étais, elle a failli exploser de trouille. Cette femme est la personne la plus effrayante que j'aie jamais rencontrée, et pourtant la seule idée de ce que je pouvais être la terrifiait.

On m'a fabriquée pour une raison précise, mais était-ce une bonne ou une mauvaise raison ?

Quelle que soit la réponse, ce n'était pas dans une brochure sur papier glacé qu'elle allait la trouver. Elle en reprit toutefois une qu'elle fourra dans son sac, au cas où cela lui serve plus tard, puis récupéra sa carabine et gagna la porte la plus proche. Il n'y aurait sans doute rien de dangereux à cette hauteur, mais... ce dragon, sur la brochure, l'inquiétait tout de même un peu. Elle n'avait jamais vu de ces créatures en vie, ni le dragon ni le lion ni rien d'autre, mais un excès de prudence ne pouvait pas nuire. Elle se trouvait, après tout, dans l'antre de l'ennemi. *Ce sont des espèces artificielles, conçues pour fournir des animaux domestiques dociles et dépendants. Si je n'en ai pas vu, c'est parce qu'ils sont tous morts, chassés jusqu'à l'extinction par de vrais animaux qui savent se débrouiller dans la nature.* Bizarrement, cette idée la déprima plutôt que d'apaiser ses craintes. Il y avait encore des chances pour qu'elle trouve les pièces jonchées de cadavres : la ville était un vaste tombeau. Elle posa une main sur la porte, rassembla tout son courage, et poussa.

De l'autre côté, la lueur du jour pénétrait et l'air qui lui sauta au visage était plus frais et plus riche que l'atmosphère morte du hall et de l'escalier. Elle déboucha dans un corridor assez court qui desservait des bureaux ; tout au bout, Kira aperçut de longues rangées de vitres brisées, ouvertes à tous les vents. Elle éteignit sa lampe et la rangea dans son sac avant de passer la tête par la porte du premier bureau, maintenue ouverte par une chaise à roulettes ; elle réprima un cri de surprise lorsque trois hirondelles d'un brun jaunâtre s'envolèrent de leur nid ménagé dans une armoire. Une brise tiède venue de la fenêtre lui caressa le visage, soulevant les mèches échappées de sa queue-de-cheval. La pièce, autrefois garnie de baies vitrées, n'était plus à présent qu'une grotte ouverte dans le flanc d'une falaise. Kira contempla au loin les ruines de la ville en contrebas, envahies par la végétation.

Sur la porte du bureau, une plaque indiquait un nom : DAVID HARMON. Visiblement, David n'aimait pas que son espace de travail soit encombré. La pièce se composait d'un bureau en matériau translucide, d'une étagère de livres, encroûtée de fientes d'oiseaux, et d'un tableau blanc accroché au mur. Kira épaula sa carabine et entra, à la recherche d'archives à explorer, mais il n'y avait rien... pas même un ordinateur, dont elle n'aurait de toute manière rien pu faire en l'absence d'électricité. Elle se rapprocha de l'étagère et tenta de déchiffrer les titres des livres sans toucher aux excréments : uniquement des ouvrages sur la finance. David Harmon avait dû être comptable. Kira jeta un ultime coup d'œil circulaire, espérant une révélation de dernière minute, mais la pièce était décidément vide. La jeune fille recula dans le couloir et entreprit la fouille du bureau suivant.

Dix bureaux plus loin, elle n'avait toujours rien découvert d'intéressant : une poignée de registres, une armoire de rangement ici et là – mais même ces dernières étaient soit vides soit remplies d'écritures comptables. ParaGen avait connu une prospérité obscène : Kira le savait désormais sans l'ombre d'un doute, mais à part cela, elle n'avait pas appris grand-chose.

Les vraies informations se trouvaient certainement dans les ordinateurs, mais il ne semblait pas y en avoir dans les bureaux. Cela déroutait Kira, car tout ce qu'elle avait entendu sur l'ancien monde indiquait que ces appareils avaient été omniprésents, à l'époque : apparemment, ils servaient à tout. Comment se faisait-il qu'il n'y ait dans ces locaux aucun des écrans plats ou des tours qu'elle avait toujours vus partout ailleurs ? Cela dit, même si elle en avait déniché, elle n'aurait pas su quoi en faire. C'était désespérant. Elle en avait déjà utilisé quelques-uns à l'hôpital : des AMN – analyseurs médicaux numériques –, des scanners, ce genre d'appareils, lorsqu'un traitement ou un diagnostic le nécessitait, mais c'étaient pour la plupart des machines isolées qui n'avaient qu'un usage spécialisé. Alors que les ordinateurs de l'ancien monde, eux, faisaient partie d'un vaste réseau capable de communiquer en un clin d'œil avec la planète entière. Tout passait par les ordinateurs : les livres, la musique... et, très certainement, les plans diaboliques de ParaGen. Alors, comment expliquer qu'il n'y en ait aucun dans ces bureaux ?

Pourtant, il y a une imprimante dans celui-ci. Kira s'immobilisa, les yeux rivés sur une petite table, dans la dernière pièce au bout du couloir : un bureau plus vaste que les autres, dont la porte indiquait le nom GUINEVERE CREECH. Sans doute la vice-présidente de l'antenne locale, ou autre titre en usage à l'époque. Des feuilles blanches, froissées et brunies par les intempéries, étaient éparpillées au sol. Sur une petite table, à côté du bureau, était posé un appareil en plastique, dans lequel Kira reconnut sans difficulté une imprimante : il y en avait des dizaines à l'hôpital où elle travaillait. Privées de toner, elles ne servaient plus à rien, mais on l'avait chargée un jour de les déplacer d'un placard à un autre. Elle savait que dans l'ancien monde, on les utilisait pour imprimer des documents directement depuis les ordinateurs ; donc, s'il y avait une imprimante dans cette pièce, il devait y avoir eu à un moment ou à un autre un ordinateur. Elle souleva l'objet pour l'examiner de plus près : pas de câble d'alimentation, pas même de prise où en brancher un. Une imprimante sans fil, sans doute ? Elle la reposa et s'agenouilla au sol pour regarder sous la petite table : rien. Pourquoi avait-on pris la peine de retirer tous les ordinateurs ? Était-ce pour dissimuler les données qu'ils contenaient, alors que le monde entier s'effondrait ? Kira n'était sûrement pas la première à avoir eu l'idée de venir ici : ParaGen avait fabriqué les êtres qui avaient exterminé l'humanité. C'était là que travaillaient les plus grands experts mondiaux des biotechnologies. Même si on ne l'avait pas rendue responsable de la guerre des Partials, le gouvernement s'était certainement tourné vers cette société, à un moment donné, pour chercher un traitement contre le RM. *D'ailleurs, le gouvernement savait sans doute que les Partials détenaient le remède, n'est-ce pas ?* Elle repoussa l'idée qui découlait de cette question. Elle n'était pas là pour échafauder des théories du complot, elle était là pour découvrir des faits. Les ordinateurs avaient peut-être été saisis ?

Elle releva la tête, observant la pièce depuis le sol où elle se tenait à quatre pattes. De là, elle avisa un détail qu'elle n'avait pas remarqué auparavant : un cercle brillant dans le cadre en métal noir du bureau. Lorsqu'elle déplaça sa tête, les reflets de lumière jouèrent à sa surface. Elle se remit debout en se reprochant son idiotie, tant la réponse était simple.

Les bureaux *étaient* les ordinateurs.

À présent qu'elle le voyait, c'était évident. Leur surface translucide était une réplique presque exacte, à l'échelle supérieure, des écrans qu'elle utilisait à l'hôpital. Le cerveau de la machine – le processeur, le disque dur, l'ordinateur en lui-même – était entièrement dissimulé dans l'encadrement métallique et, une fois sous tension, le bureau entier devait s'illuminer pour présenter un écran tactile, un clavier et tout le nécessaire. Elle se remit à genoux pour vérifier la base des pieds du meuble, et poussa une exclamation de triomphe en découvrant un court cordon noir branché dans une prise au sol. Son cri chassa un nouveau groupe d'hirondelles. Kira sourit, mais ce n'était pas une véritable victoire : trouver les ordinateurs ne lui servait à rien si elle ne pouvait pas les allumer. Il lui aurait fallu une batterie portative, et elle n'en avait pas emporté en quittant précipitamment East Meadow ; elle s'en voulait de cette négligence, mais c'était trop tard. Il lui faudrait maintenant en dénicher une à Manhattan, peut-être dans une boutique d'électroménager ou de matériel électronique. L'île étant considérée comme trop dangereuse pour qu'on s'y rende, elle n'avait pratiquement pas été pillée depuis le Ravage. Toutefois, Kira n'était pas enchantée à l'idée de trimballer une batterie de vingt-cinq kilos dans cet escalier.

Elle souffla longuement, lentement, en rassemblant ses pensées. *Il faut que je comprenne ce que je suis*, se dit-elle. *Il faut que je découvre le rôle de mon père dans tout ceci, et celui de Nandita. Il faut que je trouve l'Alliance.* Elle sortit de nouveau la photographie pour les regarder, elle, son père et Nandita, devant le complexe ParaGen. Quelqu'un y avait inscrit un message : « *Trouve l'Alliance.* » Elle ne savait même pas, au juste, ce qu'était cette Alliance, et encore moins où la trouver ; elle ne savait pas non plus avec certitude qui lui avait laissé cette photo et adressé cette phrase, même si l'écriture semblait être celle de Nandita. Toutes ces choses qu'elle ignorait pesaient sur elle comme un fardeau, et elle ferma les yeux en tâchant de respirer à fond. Elle avait placé tous ses espoirs dans ces bureaux, la seule partie de ParaGen qui soit à sa portée, et ne rien y trouver d'utile, pas même une nouvelle piste, était une déception presque insoutenable.

Elle se remit sur ses pieds et s'approcha vivement de la fenêtre pour respirer. Manhattan s'étendait en dessous d'elle, mi-ville mi-forêt, énorme masse verte composée d'arbres vivaces et d'édifices croulants, envahis par les lianes grimpantes. Tout y était si grand ! D'une taille écrasante – et encore : au-delà, il y avait d'autres villes, puis d'autres États et d'autres nations, des continents entiers qu'elle n'avait jamais vus de sa vie. Elle se sentait perdue, usée d'avance par la simple impossibilité de dénicher ne serait-ce qu'un petit secret dans un monde si vaste. Elle regarda passer des oiseaux, indifférents à sa personne et à ses problèmes ; le monde avait pris fin, et ils ne l'avaient pas remarqué. Même si la dernière espèce douée de raison s'éteignait, le soleil continuerait de se lever et les oiseaux de voler.

Réussir ou non, quelle importance, au fond ?

Mais là, elle releva la tête, avança le menton, et parla tout haut.

– Je ne renoncerai pas, affirma-t-elle. Le monde peut bien être vaste : cela ne me donne que plus d'endroits où chercher.

Elle pivota de nouveau vers le bureau, rejoignit l'armoire de rangement et ouvrit le premier tiroir. Si l'Alliance avait un lien avec ParaGen – peut-être un projet spécial en rapport avec le commandement des Partials, comme l'avait laissé entendre Samm –, alors des sommes d'argent affectées à ce projet avaient forcément transité par ces bureaux financiers, et il en restait peut-être une trace. Elle dépoussiéra le bureau-écran et se mit à sortir des dossiers de l'armoire, puis à les examiner ligne par ligne, entrée par entrée, paiement par paiement. Lorsqu'elle avait terminé avec un dossier, elle le jetait par terre et passait au suivant. Elle continua ainsi pendant des heures, et ne s'arrêta que lorsque la tombée de la nuit l'empêcha de lire. L'air nocturne était froid, et elle envisagea de s'allumer un petit feu – sur un bureau, pour qu'il ne se propage pas –, avant d'y renoncer. Si ses feux de camp dans les rues étaient assez faciles à dissimuler, en revanche une lumière si haut perchée aurait été visible à des kilomètres à la ronde. Elle préféra donc se retirer dans le hall de l'accueil, en haut de l'escalier, refermant toutes les portes et installant son tapis de sol derrière le comptoir. Elle s'ouvrit une boîte de thon qu'elle mangea en silence dans le noir, avec ses doigts, en imaginant que c'étaient des sushis. Elle dormit d'un sommeil léger et, dès le matin, retourna tout droit se mettre au travail. En milieu de matinée, elle fit enfin une découverte.

« Nandita Merchant », lut-elle, secouée par un frisson après ses longues recherches. « Cinquante et un mille cent douze dollars payés le 5 décembre 2064. Versement direct. Arvada (Colorado). » La mention figurait sur un registre de salaires, énorme, qui rassemblait apparemment tous les employés de la multinationale. Kira fronça les sourcils et relut la ligne. Le poste occupé par Nandita n'était pas indiqué, uniquement sa rétribution, et la jeune fille n'avait aucune idée de ce que représentait cette somme : était-ce un salaire mensuel ou annuel ? Ou bien un forfait unique pour une mission spécifique ? Fouillant dans les registres, elle dénicha celui du mois précédent et le feuilleta rapidement. « Cinquante et un mille cent douze dollars le 21 novembre », lut-elle, avant de trouver la même somme à la date du 7 novembre. *C'est donc un salaire bimensuel, ce qui fait qu'elle gagnait en un an... environ un million deux cent mille dollars. On dirait que c'est beaucoup.* Elle n'avait aucun cadre de référence concernant les salaires de l'ancien monde, mais en parcourant la liste des yeux, elle constata que 51 112 $ était une des sommes les plus élevées à y figurer.

– Elle était donc une des huiles de la compagnie, marmonna Kira, qui réfléchissait tout haut. Elle gagnait plus que la plupart des gens, mais pour faire quoi, au juste ?

Elle aurait bien voulu chercher son père dans les archives, mais elle ne connaissait même pas son nom de famille. Son nom à elle, Walker, était un surnom dont l'avaient affublée les soldats qui l'avaient trouvée, après le Ravage, en train de déambuler sans fin dans une ville déserte, à la recherche de nourriture. « Kira Walker, Kira la Marcheuse. » Elle était si petite à l'époque qu'elle n'avait même pas retenu son vrai nom, ni l'endroit où travaillait son père, ni même dans quelle ville ils habitaient...

– Denver ! s'écria-t-elle soudain lorsque le nom lui revint. On habitait à Denver. C'est dans le Colorado, non ?

De nouveau, elle consulta le listing sur lequel figurait Nandita : Arvada (Colorado). Était-ce à côté de Denver ? Elle plia soigneusement la page et la fourra dans son sac, en se disant qu'elle chercherait plus tard un atlas dans une vieille librairie. Puis elle scruta le registre salarial en y cherchant cette fois le prénom de son père, Armin – mais les règlements étaient classés par ordre alphabétique de patronyme, et trouver un Armin parmi des dizaines de milliers de noms ne semblait pas valoir le temps qu'elle devrait y passer. Au mieux, la découverte de son nom aurait confirmé ce que suggérait déjà la photo : que Nandita et son père avaient travaillé au même endroit, dans la même compagnie. Cela ne lui dirait toujours pas ce qu'ils y faisaient ni pourquoi.

Une nouvelle journée de recherches ne lui apporta rien d'utilisable, et, dans un accès d'exaspération, elle précipita en grognant le dernier registre par la fenêtre brisée ; aussitôt après, elle se reprocha d'avoir pris le risque d'attirer l'attention de quiconque pouvait rôder dans la ville. Un risque mince, bien sûr, mais tenter le sort n'était tout de même pas bien malin. Elle resta à l'écart de la fenêtre, en espérant que si quelqu'un avait vu tomber le registre, il attribuerait cette chute de papiers au vent ou à une activité animale. Puis elle passa à l'examen de l'étage du dessus.

Il s'agissait donc du vingt-deuxième étage, se remémora-t-elle en montant les marches. Cette porte-là, curieusement, tenait à peine fermée, et en la poussant elle déboucha dans un océan de petits postes de travail. Il n'y avait là aucun hall d'accueil, et seulement une poignée de bureaux fermés ; tout le reste était constitué d'un vaste espace ouvert, structuré par des demi-cloisons. La plupart des boxes étaient équipés d'un ordinateur, nota-t-elle immédiatement, ou au moins d'une station d'accueil sur laquelle on pouvait brancher un portable – pas de bureaux-écrans sophistiqués à cet étage –, mais son attention fut surtout attirée par les postes de travail où l'on ne voyait que des câbles débranchés. Des endroits où il aurait dû y avoir un ordinateur, mais où il n'y en avait pas.

Kira s'immobilisa et observa la grande salle avec méfiance. Cet étage était plus venté que celui du dessous, en raison de l'absence de cloisons. Des feuilles volantes et de petits tourbillons de poussière passaient de temps à autre devant les demi-cloisons, mais Kira n'en avait cure : elle observait les six bureaux les plus proches d'elle. Quatre étaient dans un état normal : écrans, claviers, agendas, photos de famille – mais dans les deux autres, l'ordinateur avait disparu. Non seulement cela, mais ces boxes avaient été mis à sac ; les agendas et photos avaient été repoussés de côté ou même jetés par terre, comme si la personne qui avait pris les ordinateurs avait été trop pressée pour faire attention au reste. Kira se baissa pour examiner le bureau le plus proche, où un cadre était tombé face contre terre. Une couche de poussière s'était accumulée dessus et autour et, avec le temps et l'humidité, des champignons y avaient poussé. Cela n'avait rien d'étonnant – après onze années d'accès à l'air libre, la moitié des immeubles de Manhattan étaient couverts d'une couche terreuse –, mais ce qui la frappa fut une petite tige jaunâtre, semblable à un épais brin d'herbe, qui dépassait de sous le cadre. Elle releva la tête vers les fenêtres, pour évaluer l'angle, et devina que, oui, pendant quelques heures chaque jour, cet endroit recevait abondamment le soleil, en tout cas assez pour nourrir une plante verte. D'autres herbes poussaient autour, mais une fois de plus, ce n'était pas la question. L'élément intéressant était la manière dont cette tige dépassait de sous la photo. Kira souleva le cadre, exposant une petite masse de coléoptères et de champignons, ainsi qu'une herbe rase et morte. La jeune fille se rassit, bouche bée, assommée par ses déductions.

On avait jeté cette photo par terre *après* que l'herbe avait commencé à pousser.

Ce n'était pas récent. Le cadre était suffisamment couvert de poussière et de saletés pour indiquer qu'il gisait là depuis plusieurs années. Mais pas depuis onze ans. Le Ravage était passé par là, l'immeuble avait été abandonné, la terre et les herbes folles s'étaient installées, et ensuite seulement, le bureau avait été pillé. Qui avait bien pu faire cela ? Humain ou Partial ? Kira examina soigneusement l'espace sous le bureau : elle y trouva encore des câbles, mais aucun indice sur la personne qui s'était approprié l'ordinateur correspondant. Rejoignant à quatre pattes le poste d'à côté, lui aussi pillé, elle y découvrit des traces similaires. Quelqu'un avait grimpé jusqu'au vingt-deuxième étage, volé deux ordinateurs, et les avait emportés jusqu'en bas.

Pourquoi faire une chose pareille ? Kira s'assit pour réfléchir. Si quelqu'un désirait des informations, elle supposait qu'il était plus simple de descendre les ordinateurs que de monter un générateur électrique. Mais pourquoi ces deux-là et aucun autre ? Qu'avaient-ils de différent ? Regardant une fois de plus autour d'elle, elle nota que ces deux postes étaient les plus proches de l'ascenseur. Ce qui était encore moins logique que tout le reste : après le Ravage, en effet, il n'y avait plus de courant pour faire fonctionner les ascenseurs. Cela ne pouvait donc pas être le lien. Il n'y avait même pas de noms sur les cloisons : non, si quelqu'un avait visé spécifiquement ces deux machines, c'est qu'il connaissait ces bureaux de l'intérieur.

Kira se releva et arpenta tout l'étage, lentement, guettant le moindre élément qui puisse paraître déplacé ou pillé. Une imprimante était manquante, mais rien ne permettait de déterminer si on l'avait emportée avant ou après le Ravage. Lorsqu'elle eut passé en revue tout l'*open space*, elle fouilla les quelques bureaux fermés du fond et s'étrangla de surprise en constatant que l'un d'eux avait été complètement vidé : plus d'ordinateurs, plus rien sur les étagères, rien de rien. Il y avait là suffisamment de vestiges de la vie de bureau pour que l'endroit ressemble à un lieu de travail autrefois fonctionnel – un téléphone, une corbeille à papier, divers petits tas de feuilles, etc. –, mais rien d'autre. Or, ce bureau comportait bien plus d'espace de rangement que les autres. Tout était pourtant vide, et Kira se demanda quelle quantité de documents, exactement, avait été dérobée.

Elle s'arrêta pour contempler la table de travail dépouillée. Celle-ci avait autre chose d'inhabituel, mais la jeune fille n'aurait su dire quoi. Un petit agenda gisait par terre, comme c'était le cas dans les boxes vandalisés, ce qui semblait indiquer que cet espace avait été pillé avec la même précipitation que les autres. Les câbles débranchés pendaient tous de la même manière, bien qu'il y en ait beaucoup plus que dans les petits postes de travail. Kira se creusa la cervelle pour tenter de comprendre ce qui la perturbait, et finit par trouver : il n'y avait pas de photographies dans ce bureau. Dans la plupart de ceux qu'elle avait passés au peigne fin depuis deux jours, elle avait vu au moins une photo personnelle, et souvent plusieurs : des couples souriants, des groupes d'enfants en tenues assorties, images préservées de familles mortes depuis longtemps. Dans cette pièce, en revanche, rien. Cela ne pouvait vouloir dire que deux choses : soit l'homme ou la femme qui avait occupé ces lieux n'avait pas de famille, ou ne s'en souciait pas assez pour l'exposer en photo ; soit – hypothèse plus séduisante – le voleur de matériel avait aussi emporté les photos. Et la raison la plus probable à cela était que ce bureau avait été le sien.

Kira alla voir le nom gravé sur la porte : Afa Demoux. Au-dessous, on pouvait lire : DI. Un surnom ? Cela ne paraissait pas formidable, comme surnom, mais elle n'avait qu'une connaissance très parcellaire de la culture de l'ancien monde. En observant les plaques vissées sur les portes, elle découvrit que toutes étaient rédigées selon le même modèle : un nom suivi d'une mention, bien que les autres soient plus longues : Opérations, Ventes, Marketing. S'agissait-il de titres ? De services ? DI était la seule mention écrite entièrement en capitales, et la seule aussi qui ne voulait rien dire en soi : de toute évidence, il s'agissait d'un sigle, mais Kira ignorait ce qu'il pouvait signifier. *Département... Innovations ? Inventions ?* Non. Ceci n'était pas un laboratoire, donc Afa Demoux n'était pas un scientifique. Qu'avait-il bien pu faire là ? Était-il revenu chercher son équipement ? Son travail était-il vital, ou dangereux, au point que quelqu'un ait dû revenir le récupérer ? Le pillage n'avait pas été mené au hasard : personne ne se serait coltiné vingt-deux étages pour trois ordinateurs, alors qu'il n'y avait qu'à se baisser pour s'en procurer au niveau du sol.

Le voleur avait agi pour une raison précise : quelque chose d'important devait être logé dans ces machines. Mais qui était-ce ? Afa Demoux ? Quelqu'un d'East Meadow ? Un Partial ?

Qui d'autre vivait là ?

CHAPITRE 3

– La séance est ouverte.

Marcus, debout au fond de la salle bondée, se tordait le cou pour voir par-dessus les têtes. Il distinguait correctement les sénateurs – Hobb, Kessler, Tovar et un nouveau qu'il ne connaissait pas encore –, mais les deux accusés lui étaient cachés. L'hôtel de ville, autrefois utilisé pour ces séances, avait été saccagé par une attaque de la Voix du peuple deux mois plus tôt, avant que Kira n'ait découvert le traitement contre le RM et que la Voix n'ait réintégré la société civile. Privés de cette salle, ils s'étaient rabattus sur l'auditorium de l'ancien lycée d'East Meadow. Après tout, pourquoi pas, puisque l'établissement scolaire avait fermé ses portes peu avant ? *Il faut dire,* songea Marcus, *que ce bâtiment est bien ce qui a le moins changé depuis*. L'ancien leader de la Voix était devenu sénateur, tandis que deux anciens sénateurs se trouvaient aujourd'hui sur le banc des accusés. Le jeune homme se haussa sur la pointe des pieds, mais la salle était pleine de gens debout. Tout East Meadow, apparemment, était venu écouter le verdict du procès des sénateurs Weist et Delarosa.

– Je crois que je vais vomir, annonça Isolde en agrippant le bras de Marcus.

Celui-ci remit ses pieds à plat. Son sourire narquois – c'étaient les nausées matinales de la jeune femme qui l'amusaient – fut vite remplacé par une grimace, lorsque ses ongles lui entrèrent dans la chair.

– Arrête de te moquer de moi, gronda-t-elle.

– Je ne riais pas !

– Je suis enceinte : donc, mes sens sont aiguisés comme des superpouvoirs. Je renifle tes pensées.

– Tu les renifles ?

– Tout à fait. C'est un superpouvoir très spécial. Bon, mais sérieusement, emmène-moi respirer un peu d'air frais, ou c'est moi qui vais rendre cette salle encore plus irrespirable.

– Tu veux qu'on ressorte ?

Isolde fit non de la tête, fermant les yeux et soufflant lentement. Sa grossesse ne se voyait pas encore, mais ses nausées étaient terribles : elle avait perdu du poids au lieu d'en prendre, tant elle était incapable de garder la moindre nourriture le matin, et l'infirmière, Mme Hardy, l'avait menacée de l'hospitaliser si son état ne s'améliorait pas bientôt. Elle avait pris une semaine de congé pour se reposer et cela lui avait fait un peu de bien, mais la politique la passionnait trop pour qu'elle manque un événement comme celui-ci. Marcus, en se retournant vers le fond, avisa un siège à côté d'une porte ouverte, et l'attira dans cette direction.

– Pardon, dit-il poliment, mon amie peut-elle s'asseoir là ?

Le type qui bloquait le fauteuil ne s'en servait même pas, il restait juste debout devant, mais il posa sur Marcus un regard contrarié.

– Premier arrivé, premier servi, répondit-il entre ses dents. Et taisez-vous, que j'entende.

– Elle est enceinte, répliqua Marcus, qui vit avec délice l'expression du bonhomme se transformer du tout au tout.

– Il fallait le dire !

Il s'effaça, offrit la place à Isolde et alla s'en chercher une autre. *Ça marche à tous les coups*, se dit Marcus. Même depuis l'abrogation de la loi Espoir, qui rendait naguère la grossesse obligatoire, les femmes enceintes étaient toujours considérées comme sacrées. Maintenant que Kira avait découvert un remède contre le RM, et qu'il existait un réel espoir pour que les nouveau-nés survivent bientôt au-delà de quelques jours, cette attitude était encore plus répandue. Isolde s'assit en s'éventant, et Marcus se plaça derrière son fauteuil afin de pouvoir dire aux gens de la laisser respirer. Puis il releva les yeux vers l'estrade.

– ... et c'est exactement le genre de choses que nous voulons éviter, était en train de déclarer Owen Tovar.

– Vous ne parlez pas sérieusement, dit l'autre nouveau sénateur – et Marcus tendit l'oreille pour mieux l'entendre. Vous étiez le meneur de la Voix du peuple. Vous menaciez de déclencher une guerre civile ; et, selon certaines interprétations, c'est ce que vous avez fait.

– Ce n'est pas parce que la violence est nécessaire de temps en temps qu'elle est une bonne chose. Nous nous battions pour empêcher des atrocités, pas pour les punir après coup...

– La peine capitale est, dans son essence même, une mesure préventive.

Marcus battit des paupières : il ne se doutait même pas qu'une exécution était envisagée pour Weist et Delarosa. Quand il ne reste que trente-six mille humains au monde, on ne se précipite pas pour les abattre, qu'ils soient criminels ou non. Le nouveau sénateur indiqua les prisonniers d'un geste.

– Lorsque ces deux-là auront payé de leur vie, dans une communauté si réduite que *tout le monde* en aura intimement conscience, leurs crimes risqueront peu de se reproduire.

– Mais leurs crimes n'étaient que l'application directe du pouvoir sénatorial, insista Tovar. À qui essayez-vous d'envoyer un message, au juste ?

– À quiconque traite une vie humaine comme un jeton dans une partie de poker, rétorqua l'homme.

À ces mots, Marcus sentit l'assistance se crisper. Le nouveau sénateur fixait Tovar d'un regard froid, et même du fond de l'auditorium, le jeune homme déchiffrait facilement le sous-entendu menaçant : s'il l'avait pu, cet homme aurait fait exécuter Tovar en même temps que Delarosa et Weist.

– Ils ont pensé agir au mieux, avança la sénatrice [illegible] un membre de l'ancienne équipe qui avait réussi [illegible] le scandale et à conserver sa position.

D'après ce qu'avait vu Marcus et ce que lui [illegible] Kessler et les autres étaient aussi coupab[illegible]

Weist : ils avaient abusé de leur pouvoir et déclaré la loi martiale, transformant la minuscule démocratie de Long Island en État totalitaire. Ils l'avaient fait pour protéger le peuple, c'était du moins ce qu'ils prétendaient, et au début Marcus avait été d'accord avec eux : l'humanité risquait l'extinction, tout de même, et quand les enjeux sont si hauts, il est difficile de soutenir que la liberté passe avant la survie. Mais Tovar et la Voix du peuple s'étaient rebellés, le Sénat avait réagi, la Voix avait répliqué, et ainsi de suite jusqu'au jour où on s'était rendu compte que les sénateurs mentaient à leurs propres partisans, qu'ils avaient fait sauter leur propre hôpital et tué en secret leurs propres soldats en simulant une invasion de Partials, convaincus que la terreur créée restaurerait l'unité sur l'île. Le verdict officiel avait établi que Delarosa et Weist étaient les cerveaux de l'affaire et que les autres avaient simplement suivi les ordres : on ne pouvait pas punir Kessler pour avoir obéi à son chef, pas plus qu'on ne pouvait punir un soldat des Forces de défense pour avoir suivi Kessler. Marcus était encore partagé à propos de ce jugement, mais en tout cas, on voyait bien que le nouveau n'était pas d'accord du tout.

Marcus se baissa et posa une main sur l'épaule d'Isolde.

– Rappelle-moi qui c'est, celui-là.

– Asher Woolf, chuchota-t-elle. Il remplace Weist comme représentant de l'armée.

– Ah, ceci explique cela, lâcha le jeune homme en se relevant.

On ne tue pas un soldat sans se mettre à dos les autres militaires.

– « Ils ont pensé agir au mieux », répéta Woolf, qui observa la foule, puis de nouveau Kessler. Le « mieux » étant selon eux, dans ce cas, l'assassinat d'un soldat qui avait déjà sacrifié sa santé et sa sécurité à la protection de leurs secrets. Si nous les obligeons à payer le même prix que ce jeune homme, la prochaine équipe de sénateurs ne pensera peut-être pas que prendre ce genre de décision revient à « agir au mieux ».

Marcus regarda le sénateur Hobb, en se demandant pourquoi il n'avait pas encore pris la parole. Il était le meilleur orateur du Sénat, mais le jeune homme avait aussi appris à le voir comme le plus creux : un manipulateur et un opportuniste. C'était également lui qui avait mis Isolde enceinte, et rien que pour cela, Marcus ne pourrait plus jamais le respecter. L'homme, en tout cas, n'avait jamais manifesté aucun intérêt pour son enfant à naître. Et maintenant, il affectait la même attitude détachée envers le verdict. Pourquoi n'avait-il pas encore choisi son camp ?

– Je crois que le message est passé, intervint la sénatrice Kessler. Weist et Delarosa ont été jugés et condamnés ; ils sont menottés, en route pour une ferme-prison, ils paient pour...

– Ils sont en route pour un domaine idyllique dans la campagne, où ils mangeront du steak et où ce monsieur aura tout le loisir d'engrosser les jeunes fermières esseulées, la coupa Woolf.

– Faites attention à ce que vous dites ! éclata la sénatrice, d'une voix si furieuse qu'elle fit sursauter Marcus.

Étant ami avec la fille adoptive de Kessler, Xochi, il avait déjà entendu cette fureur bien plus de fois qu'il ne l'aurait voulu, et il n'enviait pas la position de Woolf.

– Quelles que soient vos opinions misogynes sur nos fermes, continua-t-elle, les accusés ne sont pas envoyés dans un village de vacances. Ils seront incarcérés, et travailleront plus dur que vous ne l'avez jamais fait de votre vie.

– Parce que vous n'allez pas les nourrir, peut-être ?

Kessler bouillait de rage.

– Bien sûr que si, nous allons les nourrir.

Woolf plissa le front pour mimer la perplexité.

– Mais vous n'allez pas les autoriser à prendre un peu l'air ou le soleil ?

– Où voulez-vous qu'ils exécutent des travaux de ferme, sinon dehors, dans les champs ?

– Alors quelque chose m'échappe. Jusqu'ici, ce que me décrivez n'a rien d'un châtiment. Le sénateur froidement ordonné l'assassinat d'un de ses prop une jeune recrue placée sous son command châtiment consiste en un lit moelleux, tr une nourriture plus fraîche que ce que nous avons ici à East Meadow, et toutes les filles qu'il pourrait demander...

– Vous n'arrêtez pas de parler de « filles », le coupa Tovar. À quoi pensez-vous, exactement ?

Woolf se tut un instant, les yeux rivés sur Tovar, puis s'empara d'une feuille de papier qu'il parcourut du regard tout en parlant.

– J'ai peut-être mal compris la nature de notre moratoire sur la peine capitale. Nous ne pouvons pas exécuter parce que, je vous cite : « Il ne reste que trente-six mille personnes sur la planète, et nous n'avons pas les moyens d'en perdre d'autres. » (Il releva la tête.) Est-ce exact ?

– Nous avons un remède contre le RM, maintenant, dit Kessler. Cela signifie que nous avons un avenir. Nous pouvons moins que jamais nous permettre de perdre un seul individu.

– Oui, oui, car il nous faut perpétuer l'espèce, enchaîna Woolf avec une moue dédaigneuse. « Croissez et multipliez », tout ça. Bien sûr. Et, pouvez-vous me dire comment on fait les bébés, à moins que vous ne préféreriez que nous allions chercher un tableau noir pour que je vous fasse un dessin ?

– Mais enfin, le sexe n'a rien à voir là-dedans ! protesta Tovar.

– C'est ça, rien à voir.

Kessler leva les mains en l'air.

– Et si, simplement, on leur interdisait de procréer ? proposa-t-elle. Vous seriez content, comme ça ?

– S'ils ne peuvent pas procréer, nous n'avons aucune raison de les garder en vie, répliqua Woolf du tac au tac. Selon votre propre logique, nous devrions les abattre et en finir.

– Ils peuvent travailler. Labourer la terre, moudre du blé pour toute l'île, que sais-je encore...

– Ce n'est pas pour la reproduction que nous les gardons en vie, ajouta Tovar d'une voix douce, et pas non plus pour les réduire en esclavage. Nous les gardons en vie parce que la morale nous interdit de les tuer.

Woolf secoua vivement la tête.

– Châtier les criminels n'est...

– Le sénateur Tovar a raison ! lança soudain Hobb en se levant. Il n'est question ici ni de sexe, ni de reproduction, ni de travail manuel, ni d'aucun de ces sujets que nous venons d'évoquer. Il ne s'agit même pas de survie. L'espèce humaine a un avenir, comme nous l'avons dit. Bien sûr, le ravitaillement, les enfants, etc. : tout cela est très important pour cet avenir, mais ce n'est pas le principal. C'est le moyen de notre existence, mais cela ne peut en devenir la fin. Nous ne pourrons jamais être réduits – ni nous réduire nous-mêmes – à la simple subsistance physique. (Il s'approcha de Woolf.) Nos enfants hériteront de bien plus que nos gènes ; de plus que nos infrastructures. Ils hériteront de notre morale. L'avenir que nous avons gagné en guérissant le RM est un cadeau précieux qu'il nous faut mériter, jour après jour et heure après heure. Voulons-nous que nos enfants s'entretuent ? Bien sûr que non. Alors nous allons leur apprendre, en leur montrant l'exemple, que chaque vie est précieuse. Tuer celui qui tue risque d'envoyer un message contradictoire.

– Traiter un tueur comme un coq en pâte l'est tout autant, souligna Woolf.

– Et ce n'est pas ce que nous allons faire. Non, ce que nous allons faire, c'est prendre soin de la communauté dans son ensemble : jeunes et vieux, captifs et citoyens libres, hommes et femmes. Et s'il se trouve que l'un d'entre eux a tué, eh bien, nous veillerons sur lui aussi. (Hobb eut un sourire sans joie.) Nous ne le laisserons pas récidiver, évidemment ; nous ne sommes pas idiots, tout de même. Mais nous ne le tuerons pas non plus, car nous nous efforçons d'être meilleurs que cela. Nous nous efforçons de vivre selon des principes plus élevés. Maintenant que nous avons un avenir tout neuf, ne l'inaugurons pas dans le sang.

Des applaudissements clairsemés résonnèrent dans la salle, mais Marcus les trouva un peu forcés. Quelques personnes, en revanche, crièrent leur désapprobation, mais l'atmosphère de la salle avait changé, et le garçon comprit que le sujet était clos. Woolf n'avait pas l'air ravi, mais après le discours de Hobb, il semblait avoir renoncé à réclamer la peine de mort.

Marcus tenta d'apercevoir les réactions des accusés, mais il ne les voyait toujours pas. Isolde, elle, marmonnait entre ses dents, et il se baissa pour l'entendre.

– Qu'est-ce que tu dis ?

– Je dis : « Quel foutu salopard d'imbécile heureux. »

Marcus se redressa avec une grimace. Il ne voulait surtout pas se mêler de cette situation. Isolde soutenait toujours que sa liaison avec Hobb avait été consentie – elle avait été son assistante pendant plusieurs mois, et force était de reconnaître qu'il était bel homme, très séduisant –, mais elle ne cherchait plus à dissimuler sa rancœur envers lui.

– Il me semble inutile de délibérer plus longtemps, conclut Tovar. Procédons au vote : il est donc proposé que Marisol Delarosa et Cameron Weist soient condamnés aux travaux forcés à vie sur la ferme de Stillwell. Qui vote pour ?

Tovar, Hobb et Kessler levèrent la main. Un instant plus tard, Woolf les imita. L'unanimité. Tovar s'inclina pour signer la feuille posée devant lui, et quatre soldats s'avancèrent pour escorter les prisonniers. Le brouhaha monta dans la salle : cent conversations s'engageaient, on commentait partout le verdict, la condamnation et toute la scène qui venait de se dérouler. Isolde se leva et Marcus l'aida à rejoindre le hall d'entrée.

– Ne nous arrêtons pas, sortons, dit-elle. J'ai besoin de respirer.

Comme ils avaient devancé le gros de la foule, ils atteignirent les portes avant que ce soit la cohue. Marcus leur trouva un banc, et Isolde s'y assit avec une grimace.

– J'ai envie de frites, annonça-t-elle. Bien grasses, bien salées, par poignées entières. Je voudrais manger toutes les frites du monde, là, en ce moment.

– Mais tu disais que tu allais vomir, comment peux-tu même penser à manger ?

– Ne prononce pas ce verbe, souffla-t-elle rapidement en fermant les yeux. Je ne veux pas *manger*, je veux *des frites*.

– C'est trop bizarre, la grossesse.

– Tais-toi.

La foule se dispersait aux abords de la pelouse, et Marcus regarda hommes et femmes s'en aller d'un pas tranquille ou rester sur place par petites grappes pour discuter à mi-voix de la décision des sénateurs. Le mot « pelouse », d'ailleurs, est peut-être trompeur. Il y en avait bien eu une devant le lycée, à une époque, mais personne ne l'avait soignée depuis bien longtemps et elle s'était transformée en prairie parsemée d'arbres, traversée par des allées de ciment gondolé. Marcus se demanda un instant s'il avait été le dernier à la tondre, deux ans plus tôt, un jour où il avait été puni pour s'être montré dissipé en classe. Quelqu'un l'avait-il recoupée depuis ? Quelqu'un avait-il tondu quoi que ce soit d'autre depuis, d'ailleurs ? *Pas terrible, comme titre de gloire : le dernier être humain à avoir tondu une pelouse. Je me demande combien d'autres choses je serai le dernier à faire.*

Il se rembrunit et porta son regard de l'autre côté de la route, vers le complexe hospitalier et son parking plein. Le centre-ville s'était trouvé désert au moment de la fin du monde – peu de gens, en effet, ont envie de dîner au restaurant ou d'aller voir un film pendant que l'univers succombe à une épidémie –, mais l'hôpital, lui, avait été pris d'assaut. Résultat : le parking était rempli à ras bord de vieilles voitures, rouillées et affaissées, au pare-brise fêlé, à la peinture écaillée. Les voitures de centaines et de centaines de gens, de couples, de familles, qui avaient espéré en vain être sauvés du RM. Ils étaient venus à l'hôpital, étaient morts à l'hôpital, et tous les médecins avaient péri avec eux. Par la suite, les survivants avaient nettoyé les locaux aussitôt qu'ils s'étaient installés à East Meadow – c'était un excellent hôpital, une des raisons pour lesquelles les rescapés avaient élu cette ville afin d'y établir leur communauté –, mais déblayer le parking n'avait jamais été une priorité. Le dernier espoir de l'humanité était cerné sur trois côtés par un dédale de ferraille rouillée, mi-décharge, mi-cimetière.

Marcus, percevant soudain des éclats de voix, fit volte-face et vit Weist et Delarosa sortir du bâtiment, escortés par des soldats et par une foule de citoyens dont beaucoup protestaient contre le verdict. Marcus n'aurait su dire s'ils réclamaient un châtiment plus sévère ou au contraire plus clément, mais il supposa qu'il s'agissait sans doute de factions opposées se lançant des invectives. Asher Woolf ouvrait la voie en se frayant lentement un chemin dans le public. Un chariot attendait pour les emmener ailleurs : c'était un véhicule blindé à essieux libres, tiré par un attelage de quatre puissants chevaux. Ceux-ci tapaient du sabot avec impatience, soufflant et renâclant pendant que la rumeur de la foule se rapprochait.

– On dirait que ça va tourner à l'émeute, fit observer Isolde.

Marcus acquiesça. Quelques protestataires bloquaient les portes du chariot blindé, tandis que d'autres tentaient de les déloger et que les soldats s'efforçaient en vain de maintenir l'ordre.

Non, songea Marcus, perplexe, en se penchant en avant pour mieux voir. *Ils ne s'efforcent pas de maintenir l'ordre, ils essaient de... de quoi ? Ils n'arrêtent pas la bagarre, ils la déplacent. J'ai déjà vu les militaires calmer des émeutes, et ils étaient bien plus efficaces que ça. Plus concentrés. Qu'est-ce qu'ils... ?*

À cet instant, le sénateur Weist s'effondra au sol ; une tache rouge s'épanouit sur son torse, presque immédiatement suivie d'une détonation assourdissante. Le monde parut immobile un instant : la foule, les soldats et la prairie, figés dans le temps. Que s'était-il passé ? Pourquoi tout ce rouge ? D'où venait ce bruit ? Pourquoi l'homme était-il tombé ? Les pièces se mirent en place une par une dans l'esprit de Marcus, lentement, dans le désordre et la confusion : le bruit était un coup de feu, et le rouge sur la poitrine de Weist était du sang. On lui avait tiré dessus.

Les chevaux hennirent, reculant dans leur terreur et poussant contre le lourd chariot. Leur hurlement brisa la stupeur ambiante, et tout à coup le bruit et le chaos déferlèrent sur la foule. Tout le monde se mit à courir : certains pour se mettre à l'abri, d'autres pour se lancer à la poursuite du tireur, et chacun semblait vouloir s'éloigner le plus possible du corps. Marcus tira Isolde derrière le banc et la plaqua au sol.

– Reste là ! lui lança-t-il avant de courir à toutes jambes vers le prisonnier tombé.

– Trouvez le tireur ! beugla le sénateur Woolf.

Marcus le vit sortir un pistolet de son manteau, un semi-automatique noir et luisant. Les civils fuyaient à toutes jambes, et certains soldats aussi, mais Woolf et d'autres étaient restés près des prisonniers. Une volée d'éclats jaillit du mur en brique derrière eux et une nouvelle détonation, aussi forte que la première, traversa la cour. Marcus, sans quitter des yeux le corps affaissé de Weist, plongea au sol à côté de lui et prit son pouls presque avant d'avoir atterri. Il ne sentit pas grand-chose, mais le bouillonnement du sang dans la plaie lui apprit que l'homme était toujours en vie. Il appuya des deux mains sur la blessure, le plus fort possible, et poussa un cri de surprise lorsqu'on le tira en arrière.

– J'essaie de le sauver !

– C'est trop tard, dit un soldat derrière lui. Allez vous mettre à l'abri.

Marcus le repoussa d'un coup d'épaule et retourna en rampant vers le corps. Woolf se remit à brailler en pointant du doigt le complexe hospitalier, mais Marcus, sans écouter personne, appuya de nouveau sur la plaie. Les mains écarlates et poisseuses, les bras nappés du sang tiède vomi par une artère, il appela à l'aide.

– Qu'on m'apporte une chemise ou une veste ! La balle a traversé, il saigne devant et dans le dos, je ne peux pas tout arrêter avec mes mains !

– Ne soyez pas idiot, insista le soldat derrière lui. Il faut aller vous mettre en sécurité.

Mais en pivotant pour lui parler, Marcus découvrit la sénatrice Delarosa, toujours menottée, recroquevillée entre eux deux.

– Sauvez-la d'abord, plaida-t-il.

– Il est là-dedans ! cria à ce moment Woolf, qui désignait toujours l'hôpital. Le tireur est là-bas, que quelqu'un fasse le tour !

Le sang coulait à gros bouillons entre les doigts du garçon, maculant ses mains et recouvrant tout le torse du prisonnier ;

la plaie de sortie, elle aussi, se vidait à flot régulier dans son dos, formant une flaque et détrempant les genoux et le pantalon de Marcus. C'était trop de sang, trop pour que Weist puisse survivre, mais il maintint la pression. Voyant que le prisonnier ne respirait plus, il appela de nouveau à l'aide.

– Je suis en train de le perdre !

– Laissez tomber, je vous dis ! s'impatienta le soldat d'une voix plus agressive.

Le monde entier apparaissait à Marcus imbibé de sang et d'adrénaline, et le garçon luttait pour garder le contrôle. Lorsque des mains surgirent soudain pour tenter d'endiguer l'hémorragie, il constata avec étonnement que ce n'étaient pas celles du soldat, mais celles de Delarosa.

– Du renfort, qu'on m'amène du renfort ! s'époumonait Woolf. Il y a un assassin quelque part dans ces ruines !

– C'est trop risqué, dit un autre soldat accroupi dans les taillis. On ne peut pas charger là-dedans si un sniper nous attend en embuscade.

– Il ne vous attend pas, il vise les prisonniers.

– Trop dangereux, s'entêta le soldat.

– Alors réclamez des renforts. Cernez-le. Faites quelque chose, ne restez pas planté là !

Marcus ne sentait même plus le cœur battre. Le sang stagnait dans la poitrine de la victime, le corps était inerte. Il maintint la pression, conscient que c'était vain mais trop sonné pour avoir une autre idée.

– Qu'est-ce que ça peut vous faire, de toute manière ? demanda le soldat. (Marcus vit qu'il parlait au sénateur Woolf.) Il y a cinq minutes, vous réclamiez son exécution, et maintenant qu'il est mort, vous voulez capturer celui qui l'a tué ?

Woolf fit volte-face et planta son visage à quelques centimètres de celui du militaire.

– Votre nom, soldat ?

Celui-ci se mit à trembler.

– Cantona, monsieur. Lucas.

– Soldat Cantona, qu'avez-vous juré de protéger ?

– Mais il est...

– Qu'avez-vous juré de protéger !

Cantona déglutit.

– Le peuple, monsieur. Et la loi.

– Dans ce cas, soldat, vous feriez bien de réfléchir la prochaine fois qu'il vous prendra la fantaisie de me suggérer d'abandonner les deux.

Delarosa regarda Marcus, les mains et les bras couverts du sang de son camarade de captivité.

– C'est toujours comme ça que ça se termine, vous savez.

C'étaient les premiers mots que Marcus entendait de sa bouche depuis des mois, et le choc le fit redescendre sur terre. Il prit conscience qu'il avait toujours les bras pressés contre le torse inerte de Weist. Il se redressa, pantelant, le regard fixe.

– Comment quoi se termine ?

– Tout.

CHAPITRE 4

– Moi, je pense que c'est un coup de l'armée, dit Xochi.

Haru grogna d'impatience.

– Tu crois vraiment que les Forces de défense auraient tué l'homme qui les représentait auparavant au Sénat !

– C'est la seule explication.

Ils étaient réunis au salon, en train d'achever leur dîner : cabillaud grillé et brocolis vapeur tout frais du jardin de Nandita. Marcus se fit la réflexion qu'il l'appelait toujours « le jardin de Nandita » alors que celle-ci avait disparu depuis des mois ; ce n'était même pas elle qui avait planté cette récolte, Xochi s'en était chargée à sa place. Il ne restait que Xochi et Isolde dans la maison, et pourtant, pour lui, c'était toujours le jardin de Nandita.

D'un autre côté, cette maison était toujours aussi « la maison de Kira », alors que la jeune fille était partie deux mois plus tôt. À vrai dire, Marcus y passait maintenant plus de temps qu'elle-même avant son départ, espérant chaque fois la voir à la porte. Ce qui n'arrivait jamais.

– Réfléchis, continua Xochi. La Défense n'a rien trouvé, pas vrai ? Deux jours de recherches, et ils n'ont pas dégoté le moindre indice pour les mener au tireur : pas une douille, pas une empreinte de pas, pas même une éraflure au sol. Je ne suis pas fan de l'armée, loin s'en faut, mais ce ne sont pas des nuls. Ils trouveraient s'ils cherchaient : c'est donc qu'ils ne cherchent pas. Ils étouffent quelque chose.

– Ou bien le tireur est simplement très compétent, la

contredit Haru. Peut-on considérer que c'est une possibilité, au moins, ou faut-il vraiment sauter tout de suite à la théorie du complot ?

– Évidemment qu'il est compétent ! s'entêta Xochi. Il a été entraîné par l'armée !

– On tourne en rond, là, commenta Isolde.

– Weist était dans l'armée, dit Haru. Il la représentait au conseil. Si tu penses qu'un soldat pourrait tuer un autre soldat, c'est vraiment que tu n'y connais rien. Ils deviennent féroces quand un des leurs est agressé. Ils ne couvriraient pas une chose pareille, ils préféreraient lyncher le coupable.

– C'est exactement ce que je veux dire, insista Xochi. Quoi que Weist ait fait par ailleurs, il a tué un militaire de sang-froid – enfin, pas personnellement, mais c'est lui qui a donné l'ordre. Il a organisé l'assassinat d'un soldat placé sous son commandement. L'armée n'aurait jamais laissé passer ça, tu l'as dit toi-même : ils l'auraient traqué et lynché. Isolde dit que le nouveau sénateur qui représente l'armée, Woolf ou je ne sais quoi, réclamait la peine de mort à grands cris ; mais vu qu'ils n'ont pas pu l'obtenir, ils se sont rabattus sur le plan B.

– Ou, plus probablement, soutint Haru, les choses se sont passées exactement comme le dit l'armée : c'était une tentative d'assassinat dirigée contre Woolf, ou Tovar, quelqu'un comme ça. Un des sénateurs toujours en poste. Il n'y a pas de raison de tuer un prisonnier condamné.

– Et le tireur aurait raté son coup ? Ce super-sniper incroyablement compétent, capable d'échapper à une enquête acharnée des Forces de défense, voulait se faire un des sénateurs mais pas de bol, il vise comme une patate ? Allons : soit c'est un pro, soit non, Haru.

Marcus tâchait toujours de rester en dehors de ces disputes – « ces » voulant dire « les disputes avec Haru ». Il avait vu de ses yeux comment les soldats avaient réagi à l'attaque, et il était toujours incapable de déterminer s'il s'agissait ou non d'un complot. Le soldat avait essayé de l'éloigner de Weist, mais était-ce par désir de le protéger, lui, ou pour l'empêcher de sauver le blessé ? Le sénateur Woolf, lui, avait paru presque vexé par l'agression, comme si l'assassinat du prisonnier avait été une insulte à sa personne, mais était-ce authentique ou jouait-il la comédie ? Haru et Xochi étaient passionnés, mais ils en arrivaient trop vite aux extrêmes ; or Marcus savait d'expérience qu'ils allaient argumenter ainsi pendant des heures, peut-être même des jours. Il les laissa à leur discussion, préférant se tourner vers Madison et Isolde qui s'émerveillaient toutes les deux du bébé de Madison, Arwen.

Arwen était le nouveau-né miracle : le seul enfant humain à avoir survécu aux ravages du RM en presque douze ans, grâce au remède rapporté par Kira de la zone des Partials, qui se multipliait dans son système sanguin. Elle était pour l'heure endormie dans les bras de Madison, bien emmitouflée dans une couverture en flanelle, pendant que sa mère parlait doucement à Isolde de grossesse et d'accouchement. Sandy, l'infirmière personnelle d'Arwen, observait la scène sans rien dire, dans un coin : l'enfant miracle était si précieuse qu'elle était soumise à une attention médicale constante. Sandy suivait la mère et la fille partout, mais elle ne s'était jamais réellement intégrée à leur petit groupe. Et elle n'était pas la seule à escorter Madison : pour protéger l'enfant, le Sénat leur avait attribué deux gardes du corps. Le jour où une pauvre folle – mère de dix bébés morts – avait tenté de kidnapper Arwen, la première fois que Madison l'avait emmenée au marché, la garde avait été doublée et Haru réintégré dans les Forces de défense. Deux gardes étaient présents ce soir, un devant la maison et un derrière. La radio fixée à la ceinture de Haru émettait un petit bruit chaque fois que l'un d'eux se signalait.

– Et de ce côté-là, des progrès ? s'enquit Madison, arrachant Marcus à ses pensées.

– De quel côté ?

– Le traitement. Ça avance ?

Il fit la grimace, jeta un coup d'œil à Isolde, et secoua négativement la tête.

– Rien. On a eu l'espoir de faire une grande découverte avant-hier, mais en fait c'était une idée que l'équipe D avait déjà testée. Ils nous ont dit que c'était mort.

Il grimaça de plus belle, désolé par son propre choix de vocabulaire, même si cette fois il parvint à ne pas regarder Isolde ; mieux valait laisser cette expression malheureuse disparaître toute seule, terrassée par la honte, plutôt qu'attirer l'attention dessus.

Isolde baissa les yeux et caressa son ventre rond, comme l'avait fait Madison avant elle. Marcus travaillait tant qu'il pouvait – comme tout le monde dans les équipes qui se consacraient à découvrir le traitement contre le RM –, mais ils étaient toujours aussi loin de parvenir à synthétiser la molécule. Kira avait découvert en quoi consistait le remède et avait réussi à en soutirer un échantillon aux Partials qui vivaient sur le continent, mais Marcus et les autres médecins étaient encore loin d'arriver à le reproduire et à le fabriquer.

– Un nouveau bébé s'est éteint ce week-end, annonça Isolde à mi-voix.

Elle chercha des yeux une confirmation de Sandy, qui hocha tristement la tête. Isolde attendit un instant, la main sur le ventre, puis se tourna vers Marcus.

– Ce n'est pas tout, tu sais : la loi Espoir est abrogée, nos grossesses ne sont plus obligatoires, et pourtant il y en a plus que jamais. Tout le monde veut avoir un enfant, tout le monde compte sur vous pour produire le remède d'ici l'arrivée des bébés. (Elle baissa de nouveau les yeux.) C'est drôle... nous les appelions toujours « nouveau-nés », au Sénat, avant le remède, comme pour éviter de prononcer le mot « enfants ». Quand il n'y avait que des décès, nous ne voulions pas les imaginer comme des personnes, comme des enfants, comme autre chose que les sujets d'une expérience ratée. Mais maintenant que je suis... que j'en suis là, que je... que j'en fabrique un moi-même, qu'un être humain est en train de grandir en moi, tout est différent. Je ne peux pas l'imaginer autrement que comme mon bébé.

Sandy confirma de la tête.

– Nous faisions la même chose à l'hôpital. On le fait encore. Les décès sont encore trop frais, on essaie de tenir la mort à distance.

– Je ne sais pas comment vous y arrivez, murmura Isolde.

Marcus crut entendre un sanglot dans sa voix, mais, n'étant pas face à son visage, il ne vit pas si elle pleurait.

– Vous allez bien faire des progrès, quand même, reprit Madison. Vous avez quatre équipes...

– Cinq, la corrigea Marcus.

– Cinq équipes, maintenant, qui s'escriment toutes à synthétiser la phéromone des Partials. Vous avez l'équipement, les échantillons, tout ce qu'il faut. Ça... ça ne peut pas mener nulle part.

– Nous faisons tout ce qui est possible, répondit le jeune homme, mais il faut comprendre à quel point cette chose est complexe. Elle ne fait pas qu'interagir avec le RM, elle est intégrée dans le cycle de vie même du virus, et nous en sommes encore à tenter de comprendre comment tout cela s'organise. Je veux dire... on ne sait même pas encore pourquoi il en est ainsi. Pourquoi les Partials sont-ils porteurs de l'antidote ? Pourquoi est-il présent dans leur souffle, dans leur sang ? En plus, d'après le peu que nous avons pu en apprendre de Kira avant son départ, ils ne sont même pas conscients de l'avoir en eux : cela fait simplement partie intégrante de leur patrimoine génétique.

– Ça n'a aucun sens, commenta Sandy.

– Non, sauf s'il y a un plan plus vaste au-dessus de tout cela.

– Je me fiche qu'il puisse éventuellement exister je ne sais quel plan diabolique, dit Madison. Je me fiche de savoir d'où vient la phéromone, comment elle est arrivée ici et pourquoi le ciel est bleu. Tout ce que je veux, c'est que vous arriviez à la dupliquer.

– Mais pour faire ça, il faut d'abord comprendre le fonctionnement d'ensemble...

– On la prendra de force, le coupa Isolde.

Il y avait une tension dans sa voix que Marcus n'avait jamais entendue chez elle. D'étonnement, il haussa les sourcils.

– Tu veux dire, la prendre aux Partials ?

– Le Sénat en parle tous les jours. Il existe un remède, nous ne savons pas le fabriquer nous-mêmes, des bébés meurent chaque semaine. Tout le monde s'impatiente. Et pendant ce temps, juste de l'autre côté du détroit, il y a un million de Partials qui sécrètent la solution à longueur de journée sans même lever le petit doigt. La question n'est pas : « Allons-nous attaquer les Partials un jour ? », c'est plutôt : « Qu'est-ce qu'on attend ? »

– J'y suis allé, de l'autre côté, dit Marcus. J'ai vu de quoi les Partials sont capables quand ils se battent : on n'aurait pas une chance contre eux.

– On n'est pas obligés de leur déclarer la guerre, insista Isolde. Il suffirait d'un raid : on y va, on en chope un et on rentre. Comme ont fait Kira et Haru avec Samm.

Ces derniers mots attirèrent l'attention de Haru, qui cessa de discuter avec Xochi et releva la tête.

– Quoi, moi et Samm ?

– On se demandait si la Défense allait un jour enlever un autre Partial, lui expliqua Madison.

– Bien sûr, répondit-il. C'est inévitable. Ils ont été idiots d'attendre si longtemps.

Super, songea Marcus. *Me voilà entraîné dans une conversation avec Haru, que ça me plaise ou non.*

– Pas besoin d'en enlever un, intervint Xochi. On pourrait simplement aller leur parler.

– Ils s'en sont pris à vous la dernière fois, objecta Haru. J'ai lu les rapports : vous avez eu de la chance d'en sortir vivants, et encore, c'était avec un Partial en qui vous aviez confiance. Je n'ai aucune envie de voir ce qui se passerait avec une faction totalement inconnue.

– On ne peut pas se fier à tous, reconnut Xochi, mais ce qu'il faut que tu voies aussi, dans les rapports, c'est que Samm a désobéi à son commandement pour nous aider. Il y en a peut-être d'autres qui raisonnent comme lui.

– S'ils étaient vraiment dignes de confiance, on ne serait pas obligés de s'en remettre à un élément isolé qui choisit la désobéissance. Je ne croirai pas à la paix avec les Partials tant que je ne les aurai pas vus faire un effort pour nous.

– Tu dis ça, ajouta Madison, mais même si tu le voyais, tu ne leur ferais pas confiance.

– Si tu te souvenais de la guerre des Partials, tu comprendrais, se défendit Haru.

– Nous voilà de retour à la case départ, soupira Isolde. Aucun responsable ne veut faire la paix avec eux, et aucun médecin de l'hôpital ne peut fabriquer le remède sans eux. La seule solution qui reste, c'est la guerre.

– Juste un petit assaut, précisa Haru. On y va discrètement, on en attrape un, et ils ne se rendront compte de rien.

– Et là, pour le coup, ce sera la guerre, éclata Marcus, désolé d'être entraîné dans le débat. Ils sont déjà en guerre les uns contre les autres, c'est sans doute la seule raison pour laquelle ils ne s'en sont pas encore pris à nous. Le groupe qu'on a rencontré là-bas avait commencé à étudier Kira pour tenter de venir à bout de leur propre fléau, leur date d'expiration intégrée. Visiblement, une petite faction de Partials pense que les humains sont la solution : tout ce qu'ils veulent, ceux-là, c'est nous transformer en cobayes. Dès l'instant où ils auront gagné leur guerre civile, ils nous tomberont dessus, toutes armes dehors, pour nous tuer ou nous réduire en esclavage.

– Si c'est comme ça, la guerre est inévitable, conclut Haru.

– Presque aussi inévitable que Haru employant le mot « inévitable ».

L'intéressé ignora cette pique de Marcus.

– Alors raison de plus pour frapper. Et même, autant le faire tout de suite, pendant qu'ils ont d'autres soucis en tête ; on en capture quelques-uns, on en extrait suffisamment de remède pour tenir le temps nécessaire, on les bute, et on se tire de Long Island avant que leurs copains viennent se venger.

Sandy se rembrunit.

– Tu veux dire, quitter Long Island pour de bon ?

– Si les Partials relancent leur invasion, ce serait idiot de ne pas s'enfuir. D'ailleurs, on l'aurait déjà fait si on n'avait pas besoin d'eux pour fabriquer le remède.

– Laisse-nous juste un peu de temps à l'hôpital, dit Marcus. On touche au but, je le sens.

Le jeune homme s'attendait à ce que Haru proteste, mais Isolde fut plus rapide.

– On vous a déjà laissé du temps, lâcha-t-elle froidement. Je me fiche qu'on la synthétise, cette molécule, qu'on la vole, qu'on passe un traité ou tout ce que tu voudras ; mais ce que je sais, c'est que je ne perdrai pas mon bébé. Les gens ne vont pas revenir à la situation passée, maintenant qu'ils savent qu'un remède existe. Et on dirait bien que les Partials ne vont pas attendre éternellement. On aura de la chance si une nouvelle invasion ne nous tombe pas dessus.

– C'est une course de vitesse, renchérit Haru. Il faut absolument fabriquer des doses de remède, sans quoi la guerre sera inévitable.

– Ouais, lâcha Marcus en se levant. Tu l'as déjà dit. J'ai besoin de prendre l'air – savoir que l'avenir de toute l'espèce humaine repose sur mes épaules, c'est un peu beaucoup pour moi, là.

Il quitta la pièce, soulagé que personne ne se lève pour le suivre. Il n'était pas en colère, du moins pas contre ses amis ; l'avenir de l'espèce humaine reposait bel et bien sur lui, sur eux. Étant donné qu'il ne restait plus que trente-six mille humains sur Terre, il n'y avait pas beaucoup de choix.

Il sortit dans l'air frais du jardin. Douze ans auparavant, avant le Ravage, il y aurait eu des réverbères allumés dans toute la ville, et leur lumière aurait éclipsé les étoiles ; mais ce soir-là, le ciel était empli de constellations scintillantes. Marcus les contempla en inspirant profondément, et identifia celles qu'il avait apprises à l'école : Orion était la plus facile à reconnaître, avec sa ceinture et son épée, et aussi la Grande Ourse. Il ferma un œil et prolongea du doigt le manche de la casserole pour chercher l'étoile Polaire.

– Tu t'y prends à l'envers, dit une voix de fille qui le fit sursauter.

– Je n'avais pas vu qu'il y avait quelqu'un, souffla-t-il en espérant n'avoir pas été trop ridicule.

Il se retourna pour voir qui était là, se demandant qui pouvait se cacher dans le jardin de Xochi, et poussa un petit cri de frayeur en voyant une femme se détacher de l'ombre, un fusil d'assaut dans les mains. Il recula en trébuchant tout en s'efforçant de retrouver sa voix – ou simplement, déjà, de digérer cette apparition inattendue –, mais l'inconnue porta un index à ses lèvres. Marcus se glissa sur le côté de la maison et s'appuya au mur pour reprendre son équilibre. Le geste de la femme, ainsi que le canon luisant de l'arme, lui firent refermer la bouche.

La fille s'avança avec un sourire de chat. Marcus voyait à présent qu'elle était plus jeune qu'il ne l'avait cru au premier abord : elle était grande et mince, avec des gestes pleins d'assurance et d'autorité, mais elle ne devait pas avoir plus de dix-neuf ou vingt ans. Ses traits étaient asiatiques, et ses cheveux de jais tirés en une tresse serrée. Marcus lui retourna un sourire nerveux, tout en gardant à l'œil non seulement le fusil mais aussi les deux poignards qu'il distinguait maintenant, fixés à sa ceinture. Pas *un* couteau : une paire. *Pourquoi lui faut-il deux couteaux ? Ça lui arrive souvent de devoir couper plusieurs choses en même temps ?* Il n'était pas franchement pressé de l'apprendre.

– Tu peux parler, lui dit-elle. Simplement, ne crie pas, n'appelle pas au secours. Je préférerais passer la soirée sans avoir à... tu sais, à supprimer quelqu'un.

– Excellente nouvelle, fit-il en déglutissant, la gorge serrée. Si je peux faire quoi que ce soit pour t'épargner de tuer du monde, n'hésite pas à me le dire.

– Je cherche quelqu'un, Marcus.

– Comment connais-tu mon nom ?

Sans répondre, elle lui tendit une photo.

– Ça te dit quelque chose ?

Le garçon scruta le cliché – trois personnes devant un immeuble –, puis tendit la main pour le prendre, en regardant la fille pour s'assurer de sa permission. Elle hocha la tête, rapprocha encore l'image de lui. Il la lui prit et la leva dans le clair de lune.

– Il fait un peu...

Elle alluma une petite lampe torche qu'elle braqua sur la photo.

– ... sombre, merci.

Il regarda l'image de plus près, gêné de sentir le fusil de la fille à quelques centimètres de lui. On voyait donc trois personnes : un homme et une femme avec une petite fille entre eux, qui ne devait pas avoir plus de trois ou quatre ans. Derrière ces personnages se dressait un imposant bâtiment, dont Marcus se rendit compte avec un coup au cœur qu'il arborait une grande enseigne : ParaGen. Il ouvrit la bouche pour faire un commentaire, mais prit conscience avec un nouveau choc que la femme était quelqu'un qu'il connaissait depuis des années.

– C'est Nandita, ça.

– Nandita Merchant, confirma la fille, qui éteignit sa lampe. Tu ne saurais pas où elle est, par hasard ?

Marcus pivota pour lui faire face. Il ne comprenait toujours rien à ce qui se passait.

– Personne ne l'a vue depuis plusieurs mois. Ceci est sa maison, mais... elle avait l'habitude de partir tout le temps faire de la récup et chercher des herbes pour son jardin. Et la dernière fois qu'elle est partie, elle n'est pas revenue.

Il observa de nouveau la photo, puis releva les yeux vers la fille.

– Est-ce que tu travailles pour Mkele ? Oh, oublions pour qui tu travailles... Qui es-tu ? Et comment sais-tu qui je suis ?

– On s'est déjà rencontrés, mais tu ne t'en souviens pas. Je suis très difficile à repérer quand je ne veux pas être vue.

– C'est vrai, j'ai cette impression. J'ai aussi l'impression que tu ne fais pas partie de la police d'East Meadow. Pourquoi est-ce que tu la cherches ?

La fille eut un sourire rusé et malicieux.

– Parce qu'elle a disparu.

– D'accord, tu m'as bien eu, concéda-t-il – tout en remarquant soudain à quel point elle était jolie. Je vais le formuler autrement : pourquoi as-tu besoin de la retrouver ?

La fille ralluma la lampe torche, aveuglant d'abord Marcus

avant de diriger le faisceau vers la photo qu'il avait toujours à la main.

– Regarde mieux, dit-elle. Tu la reconnais ?

– Oui, c'est Nandita Merchant. Je viens de te...

– Pas elle. La petite, à côté.

Marcus regarda encore, tenant le cliché tout près de ses yeux, observant attentivement la fillette au centre. Sa peau était brun clair, ses couettes noires comme du charbon, ses yeux vifs et curieux. Elle portait une robe légère et bariolée, le genre de robe que portent les petites filles pour aller au parc par une belle journée d'été. Le genre de robe qu'il n'avait pas vue depuis douze ans. Elle paraissait heureuse, innocente, les traits légèrement chiffonnés, un œil plissé à cause du soleil.

Il y avait quelque chose dans cette manière de plisser un œil...

La bouche de Marcus s'ouvrit toute seule, et il faillit en lâcher la photo.

– C'est Kira. (Il releva les yeux vers l'inconnue, plus mystifié que jamais.) C'est une photo de Kira avant le Ravage.

Il l'observa encore, étudiant son visage ; elle était toute jeune, elle avait encore les rondeurs de l'enfance, mais c'était bien elle. On reconnaissait le nez de Kira, les yeux de Kira, et sa manière de plisser les paupières contre le soleil. Il secoua la tête.

– Mais qu'est-ce qu'elle fait avec Nandita ? Elles se sont rencontrées après la catastrophe.

– Précisément, dit la fille. Nandita était au courant, et elle n'en a jamais parlé à personne.

C'est une manière bizarre de dire les choses, songea Marcus. *Pas « Nandita connaissait Kira », mais « Nandita était au courant. »*

– Au courant de quoi ?

L'inconnue éteignit de nouveau sa lampe, la remit dans sa poche, et reprit la photo au garçon.

– Alors, tu sais où elle est ?

– Kira ou Nandita ? La réponse aux deux est non, alors ça n'a pas d'importance. Kira est partie chercher...

Kira cherchait les Partials, et il avait veillé à ne le dire à personne, mais il supposa que dans ce cas précis, cela ne comptait plus.

– Tu es une Partial, pas vrai ?

– Si tu vois Kira, passe-lui le bonjour de Heron.

Il hocha la tête.

– C'est toi qui l'as capturée, qui l'as amenée au docteur Morgan.

Toujours sans répondre, Heron rangea la photo et jeta un coup d'œil dans l'obscurité derrière elle.

– Les choses sont sur le point de devenir très intéressantes sur cette île, déclara-t-elle. Tu es au courant de la date d'expiration dont parlait Samm ?

– Parce que tu connais aussi Samm ?

– Kira Walker et Nandita Merchant ont une importance capitale dans la résolution du problème de la date d'expiration, et le docteur Morgan est déterminée à les retrouver.

Marcus, complètement perdu, fronça les sourcils.

– Quel rapport avec elles ?

– Ne te laisse pas distraire par les détails, lui conseilla la fille. *Pourquoi* le docteur Morgan veut les retrouver, ça n'a pas d'importance ; l'important, c'est qu'elle le veut, et qu'elle y arrivera, et que les Partials n'ont que deux manières de faire les choses : la mienne, et celle de tous les autres.

– Je ne suis pas fana de ta manière, objecta Marcus en lorgnant le fusil. Faut-il vraiment que je connaisse celle des autres ?

– Tu l'as déjà vue. Ça s'appelait la guerre des Partials.

– Bon, d'accord, je préfère ta manière.

– Alors aide-moi, dit Heron. Trouve Nandita Merchant. Elle est quelque part sur cette île. Je m'y mettrais bien moi-même, mais j'ai autre chose à faire.

– En dehors de l'île. Tu cherches Kira, hasarda Marcus.

Elle sourit à nouveau.

– Et qu'est-ce que je dois faire si je retrouve Nandita ? s'enquit le garçon. À supposer que je la cherche, déjà, vu que tu n'as pas d'ordres à me donner.

– Trouve-la, c'est tout, dit la fille en reculant d'un pas. Crois-moi, cela vaut mieux que leur manière de faire.

Sur ces mots, elle tourna les talons et disparut dans l'ombre.

Marcus voulut la suivre, mais elle n'était déjà plus là.

CHAPITRE 5

Kira s'accroupit dans les taillis, l'œil rivé à sa nouvelle lunette de visée pour observer la porte du magasin d'électronique. C'était le quatrième qu'elle visitait, et pour l'instant tous ceux qu'elle avait vus avaient déjà été pillés. En temps normal, cela n'aurait rien eu d'étrange, mais les bureaux de ParaGen l'avaient rendue méfiante, et ses investigations avaient toutes prouvé la même chose : le pillard, quel qu'il soit, était passé récemment. Quelqu'un, dans les étendues sauvages de Manhattan, avait rassemblé des ordinateurs et des générateurs au cours des derniers mois.

Il y avait presque une heure et demie qu'elle observait cet endroit, concentrant son énergie, tâchant d'être aussi prudente dans la traque du voleur qu'elle l'était pour dissimuler ses propres traces. Elle resta encore quelques minutes en observation, scrutant la vitrine, les vitrines voisines, les fenêtres au-dessus : rien. Encore un coup d'œil dans la rue : déserte dans les deux directions. Il n'y avait personne ; elle pouvait y aller sans risque. Elle vérifia son paquetage, serra sa carabine contre elle, puis traversa en courant la chaussée défoncée et franchit la vitrine saccagée sans un temps d'arrêt ; elle scruta les angles, le canon levé, prête à tirer, avant d'inspecter prudemment toutes les allées. Le magasin était petit : il vendait principalement des enceintes et des chaînes hi-fi, dont la plupart avaient sans doute été pillées dès l'époque du Ravage. Le seul être présent était le squelette du caissier, recroquevillé derrière le comptoir. Quand elle fut certaine qu'il n'y avait pas de danger,

Kira raccrocha son arme à son épaule et se mit au travail, examinant le sol avec le plus grand soin. Il ne lui fallut que quelques minutes pour trouver ce qu'elle cherchait : des traces de pas, relativement fraîches, qui ne pouvaient avoir été faites que longtemps après l'explosion de la vitrine, une fois le magasin rempli de poussière et de débris. Les empreintes, ici, étaient parfaitement nettes, et elle en mesura une de la main : c'était bien la pointure énorme qu'elle avait déjà vue ailleurs, peut-être du 45 ou même du 48. Les traces étaient étonnamment bien conservées : le vent et l'humidité auraient dû les émousser avec le temps, surtout celles qui se trouvaient en plein centre des allées, et pourtant ce n'était pratiquement pas le cas. Kira se mit à genoux pour les examiner sans les abîmer. Toutes celles qu'elle avait vues jusque-là avaient été faites dans l'année ; celles-ci n'avaient peut-être pas plus d'une semaine.

Celui qui volait des générateurs était encore dans les parages, et encore actif.

Kira reporta son attention sur les rayonnages pour tenter de déduire de leur état, et de la position des traces, ce que le pillard avait pris. La plus grande concentration d'empreintes se trouvait, sans surprise, dans le coin qui avait été celui des générateurs. Mais plus elle regardait, plus nettement elle voyait une déviation dans leurs motifs : l'inconnu avait fait au moins deux trajets jusqu'à l'autre côté de la boutique, l'un à pas lents, comme pour chercher quelque chose, et l'autre avec plus de fermeté, imprimant des traces plus profondes, comme s'il avait porté un objet lourd. Elle jeta un coup d'œil par-dessus les étagères et laissa glisser son regard au-delà des téléphones en plastique poussiéreux encore fixés aux cadres métalliques, au-delà des fines tablettes et des minuscules lecteurs de musique semblables à ceux que collectionnait Xochi. Elle remonta peu à peu la piste parmi les gravats pour enfin arriver devant un présentoir bas et vide, dans le fond. Le pillard mystère avait décidément pris quelque chose. Kira se baissa pour dépoussiérer l'étiquette du présentoir, et déchiffra avec effort le carton décoloré : VHF ? Qu'est-ce que c'était que ça ? Regardant de plus près, elle aperçut les contours d'un second mot, plus petit, devant le premier : RADIO. Une radio VHF, donc. Encore un acronyme qu'elle ne connaissait pas, comme DI.

Des ordinateurs, des générateurs, et maintenant des radios. L'inconnu rassemblait une sacrée collection d'objets technologiques de l'ancien monde – et il était certainement expert, puisqu'il avait su ce qu'était cette chose posée sur l'étagère sans avoir à nettoyer l'étiquette comme elle l'avait fait. De plus, il avait pris des objets très précis chez ParaGen, ce qui ne pouvait pas être une coïncidence. Il ne choisissait pas au hasard : il assemblait un équipement bien déterminé. Il s'appropriait de vieux ordinateurs de chez ParaGen, et les générateurs nécessaires pour accéder à leur contenu. Et maintenant, voilà qu'il prenait aussi de l'équipement radio, mais qui pouvait-il bien vouloir contacter ?

Manhattan était un no man's land, un désert, une zone tampon officieuse entre les Partials et les survivants humains. Personne n'était censé vivre là, non que ce soit interdit, mais parce que c'était dangereux. S'il vous arrivait quelque chose ici, les deux camps pouvaient vous capturer, et aucun n'était en mesure de vous protéger. Ce n'était même pas un terrain idéal pour un espion, puisqu'il n'y avait rien d'intéressant à observer et à rapporter – à l'exception, probablement, des fichiers de ParaGen. Elle les cherchait, et ce pillard faisait de même – mais il l'avait coiffée au poteau. Maintenant, à cause de lui, elle n'avait plus de générateurs à remonter dans les bureaux de ParaGen, et pas de garantie que les ordinateurs restés là-bas contenaient les informations dont elle avait besoin. Elle avait espéré dégoter un générateur capable de rallumer les bureaux des directeurs de cette antenne new-yorkaise, afin de voir s'ils contenaient ce qu'elle voulait, mais le mystérieux voleur cherchait visiblement la même chose qu'elle et pourtant il ne s'y était pas arrêté. Conclusion : si elle voulait lire ces dossiers, elle allait devoir débusquer le pillard en personne.

Il fallait qu'elle sache ce qu'avait manigancé ParaGen avec les Partials, avec le RM, avec elle-même, mais si elle se trouvait là, c'était aussi pour une autre raison. La dernière note laissée par Nandita lui intimait de trouver l'Alliance – les chefs des Partials, les membres du haut commandement qui distribuaient les ordres à tous les autres – et, même si elle ne comptait pas tomber sur eux ici, elle pourrait peut-être dénicher des indices pour savoir où commencer ses recherches. D'un autre côté... pouvait-elle se fier à Nandita ? Kira soupira en considérant d'un œil noir la boutique dévastée. Elle avait toujours eu une confiance absolue en Nandita, mais savoir que celle-ci connaissait déjà son père avant le Ravage, qu'elle *la* connaissait, et qu'elle n'en avait jamais rien dit... Nandita l'avait trompée, et Kira n'avait aucun moyen de savoir quelles intentions l'animaient quand elle lui avait écrit de trouver l'Alliance. Cependant, c'était le seul élément qu'elle avait en main. Il fallait qu'elle continue de chercher des informations sur ParaGen, pillard ou non – c'était là que seraient les réponses, et c'était chez cet inconnu qu'elle devrait les chercher. Qu'il soit Partial, humain, agent double ou autre, cela n'avait pas d'importance : il fallait qu'elle le localise et lui soutire ce qu'il savait.

Une autre pensée la traversa alors : l'image mentale d'une colonne de fumée. Elle l'avait vue la dernière fois qu'elle était venue ici, avec Jayden, Haru et les autres : une fine écharpe s'élevant d'une cheminée ou d'un feu de camp. En allant voir cela de plus près, ils étaient tombés sur le groupe de Partials auquel appartenait Samm ; dans sa hâte de fuir, elle avait oublié qu'ils n'avaient jamais su précisément d'où émanait cette fumée. Elle avait supposé que c'était celle du campement des Partials, mais ce qu'elle avait vécu avec eux par la suite rendait cette idée presque risible : les Partials étaient bien trop futés pour donner un indice aussi flagrant de leur présence, et bien trop résistants pour avoir besoin de faire du feu. Il semblait désormais plus vraisemblable que cette fumée ait été émise par un tiers, et que les Partials soient venus voir de quoi il retournait en même temps que les humains ; leurs deux groupes s'étaient mutuellement combattus avant que l'un ou l'autre ait pu apprendre ce qui se passait. *Peut-être*. C'était tiré par les cheveux, mais c'était à peu près tout ce qu'elle avait pour continuer. Certainement mieux qu'épier les magasins d'électronique dans l'espoir vain que le pillard vienne justement se servir dans celui qu'elle surveillait.

Elle commencerait par le quartier où ils avaient mené leurs investigations à l'époque, et si l'inconnu avait déménagé – ce qui semblait probable, après le bruit qu'avait fait leur fusillade avec les Partials juste à côté de chez lui –, elle chercherait des indices pour tenter de comprendre où il était parti. Il y avait quelqu'un dans cette ville, et elle était bien décidée à mettre la main dessus.

Localiser la source de l'ancien panache de fumée fut plus difficile qu'elle ne l'aurait cru. D'une part, il n'était plus là, ce qui obligeait Kira à se fier à sa mémoire. Or, dans une cité aussi gigantesque, on ne pouvait pas se souvenir clairement de tout. Elle parcourut tout le chemin vers le sud, jusqu'au pont par où ils étaient arrivés, puis, à partir de là, tâcha de retrouver le même bâtiment et de regarder par la même fenêtre. De là, enfin, le paysage lui rappela quelque chose : elle distinguait la longue rangée d'arbres, les trois immeubles résidentiels, tous les signes qui l'avaient menée à l'affrontement avec les Partials, tant de mois auparavant. C'était là qu'elle avait rencontré Samm – ou plutôt, qu'elle l'avait assommé et capturé. Étrange, comme tout avait changé depuis. Si elle avait eu Samm à ses côtés, en ce moment... eh bien sa vie aurait déjà été plus facile.

Cependant, elle savait que ce n'était pas tout. Le regard perdu dans les étendues verdoyantes de la ville, elle se redemanda pour la centième fois si la connexion qu'elle avait ressentie entre eux était due au fameux lien phéromonal des Partials, ou à quelque chose de plus profond. Comment le savoir ? Était-ce même possible ? Et cela avait-il la moindre importance ? Une connexion était une connexion, et elle en était bien privée, ces temps-ci.

Le moment était toutefois mal choisi pour penser à Samm. Kira observa le paysage urbain en fouillant sa mémoire pour retrouver le point exact d'où était sortie la fumée et déterminer le chemin pour y retourner. Elle alla jusqu'à prendre son calepin et griffonner un plan sommaire, mais, ne sachant pas précisément combien de rues la séparaient du but et comment elles se nommaient, elle doutait que cela lui serve à grand-chose. Les tours étaient si hautes, et les rues si étroites, que les lieux évoquaient un labyrinthe, un dédale de canyons faits de brique et de métal. La dernière fois, ils avaient eu des éclaireurs pour leur montrer le chemin ; seule, Kira craignait de s'égarer définitivement.

Elle acheva son croquis tant bien que mal, notant les principaux points de repère susceptibles de faciliter sa navigation, puis descendit le long escalier et s'élança dans la ville. Les rues étaient difficilement praticables, encombrées de voitures défoncées et d'arbres minces aux feuilles agitées par la brise. Elle dépassa un ancien carambolage : au moins une douzaine de véhicules encastrés les uns dans les autres, sans doute lors d'une tentative désespérée de fuir la ville ravagée par l'épidémie ; elle ne se souvenait pas de l'avoir vu auparavant, ce qui lui fit craindre de suivre le mauvais chemin, mais en franchissant un angle de rue, elle aperçut bientôt un de ses repères et continua tout droit avec davantage d'assurance. Le plus facile était de marcher au milieu des rues, qui était moins jonché de débris que les trottoirs, mais c'était aussi l'espace le plus dégagé, et Kira était trop paranoïaque pour ne pas rester à couvert. Elle rasait les murs, enjambant prudemment des amas de gravats glissants tombés des gratte-ciel. C'était lent, mais plus sûr – ou du moins, c'était ce qu'elle se répétait.

Ici et là, Kira remarquait un impact de balle dans une voiture ou une boîte à lettres qui lui confirmait qu'elle était sur le bon chemin. Ils avaient couru dans ces rues, poursuivis par un sniper ; Jayden avait même reçu une balle dans le bras. Penser à lui la dégrisa, et elle s'arrêta pour tendre l'oreille. Des oiseaux ; le vent ; deux chats en train de se battre. C'était absurde de craindre qu'il y ait encore un tireur embusqué dans les parages, mais c'était plus fort qu'elle. Elle se baissa derrière un escalier croulant, la respiration lourde, en se disant que c'était simplement la nervosité, mais elle ne pensait plus qu'à Jayden, blessé au bras – avant d'être touché en pleine poitrine à l'hôpital d'East Meadow et de se vider de son sang par terre, lorsqu'il s'était sacrifié pour lui sauver la vie. C'était lui qui l'avait poussée à continuer malgré la peur, à se relever lorsqu'elle était trop terrifiée pour bouger. Elle serra les dents et se remit debout pour avancer. Elle pouvait avoir peur tant qu'elle voulait, elle ne se laisserait pas arrêter pour autant.

Lorsqu'elle atteignit le groupe d'immeubles visé, le soleil était haut dans le ciel : il s'agissait de cinq tours, et non trois comme elle l'avait cru depuis son point d'observation dans le gratte-ciel. C'était bien le même endroit. Une large pelouse s'étendait entre les bâtiments et tout autour, désormais envahie par de jeunes arbres qu'elle écarta pour s'approcher. *On est passés d'abord devant celui-ci, puis entrés dans celui-là...* Elle fit le tour et leva les yeux : là, elle repéra le gros trou qu'ils avaient fait dans le mur, à trois étages de hauteur. Une liane se lovait autour d'une poutrelle qui pendait dans le vide, et un oiseau se percha sur un fer à béton tordu. Toute violence abolie, la nature reprenait ses droits.

Ils étaient venus là à la recherche de la source de la fumée, et ils avaient choisi cet immeuble parce qu'il donnait sur ce qu'ils avaient supposé être l'arrière de l'habitation occupée. Kira garda le canon de son fusil levé devant elle en avançant et franchit le premier coin, puis le suivant. Ce devait être la bonne rue, et si elle avait bien deviné d'après son plan, la maison qu'elle cherchait devait se trouver six portes plus loin. Une, deux, trois, quatre... non. Kira s'immobilisa, bouche bée.

Il n'y avait plus de maison. Il n'y avait qu'un cratère. Tout avait sauté.

CHAPITRE 6

– La séance est ouverte, proclama le sénateur Tovar. Nous souhaitons officiellement la bienvenue à tous les intervenants du jour, et nous sommes impatients d'écouter leurs rapports. Avant de commencer, on me demande de signaler qu'une Ford Sovereign verte a gardé ses phares allumés dans le parking, alors si c'est la vôtre...

Il releva la tête, pince-sans-rire, et tous les adultes présents dans la salle s'esclaffèrent. Marcus, dérouté, fronça les sourcils, et Tovar eut un petit gloussement.

– Toutes mes excuses aux enfants de l'épidémie. C'était une blague de l'ancien monde, et pas très bonne, en plus. (Il s'assit.) Commençons par l'équipe médicale. Docteur Skousen ?

Ce dernier se leva et Marcus posa son classeur sur ses genoux, prêt à intervenir si jamais le médecin lui demandait quelque chose. Skousen s'avança, s'arrêta pour se racler la gorge, réfléchit, puis refit un pas en avant.

– Je déduis de votre hésitation que vous n'avez pas de bonnes nouvelles à nous annoncer, dit Tovar. Je suggère donc que nous passions au premier intervenant qui sera prêt à ne pas nous démoraliser d'entrée.

– Laissez-le parler, ordonna la sénatrice Kessler. Vous n'avez pas besoin de faire une plaisanterie chaque fois qu'il y a un silence à meubler.

Tovar arrondit un sourcil.

– Je pourrais en faire pendant que les gens parlent, mais ce serait mal élevé.

Kessler, sans l'écouter, se tourna vers Skousen.

– Docteur ?

– Le sénateur Tovar a raison, je le crains. Nous n'avons pas de bonnes nouvelles. Pas de mauvaises non plus, si ce n'est une absence continuelle de progrès... Hum, euh... Nous... nous n'avons pas subi de revers majeur, c'est ce que je voulais dire.

– En bref, vous n'avez pas fait un pas en avant pour synthétiser le remède contre le RM, conclut le sénateur Woolf.

– Nous avons éliminé certaines pistes qui ne menaient nulle part, précisa Skousen.

Les traits tirés, le front plissé, il baissa encore la voix.

– Ce n'est pas grand-chose, comme victoire, mais c'est tout ce que nous avons.

– Ça ne peut pas continuer ainsi, éclata Woolf en pivotant vers les autres sénateurs. Nous avons sauvé un enfant, un seul, et presque deux mois plus tard, aucun progrès n'est constaté. Nous avons perdu encore quatre nouveau-nés rien que la semaine dernière. Leurs décès sont déjà des tragédies en soi et je ne veux pas les minimiser, mais ce n'est même pas notre souci le plus pressant. Les gens savent que nous possédons un remède – ils savent que nous *pouvons* sauver des bébés, et ils savent que nous ne le faisons pas. Ils en connaissent la raison, bien sûr, mais cela ne les apaise pas pour autant. Avoir la solution ainsi à portée de main, si proche mais toujours inaccessible, cela ne fait qu'aggraver les tensions sur cette île.

– Alors que proposez-vous ? voulut savoir Tovar. Attaquer les Partials et leur voler davantage de phéromones ? Nous ne pouvons pas prendre ce risque.

Vous risquez bientôt de ne plus avoir le choix, pensa Marcus. *Si Heron dit vrai...*

Il se tortilla sur sa chaise en tâchant de ne pas imaginer la dévastation qu'entraînerait une invasion de Partials. Il ignorait où se trouvait Nandita, où était passée Kira, et il n'aurait certainement pas voulu les livrer à l'ennemi même s'il l'avait pu. D'un autre côté... une invasion de Partials pouvait signer l'extinction définitive de l'espèce humaine : pas dans un lent effacement dû à l'incapacité de se reproduire, mais par un génocide sanglant. Les Partials avaient prouvé, douze ans plus tôt, qu'ils ne craignaient pas la guerre. Mais un génocide? Samm avait soutenu avec une telle énergie qu'ils n'étaient pas responsables du RM ! Qu'ils se sentaient coupables d'avoir provoqué, même sans le faire exprès, les horreurs du Ravage ! Les choses avaient-elles changé à ce point ? Étaient-ils désormais prêts à sacrifier une espèce entière pour se sauver eux-mêmes ?

Ils me demandent de faire la même chose. De sacrifier Kira, ou Nandita, pour le salut de l'humanité. Si on en arrivait là, le ferais-je ? Le devrais-je ?

– Nous pourrions leur envoyer un émissaire, proposa le sénateur Hobb. Nous en avons parlé, nous avons sélectionné l'équipe... allons-y !

– Envoyer un émissaire à qui ? demanda Kessler. Nous avons été en contact avec un seul groupe de Partials, et ils ont essayé de tuer les jeunes gens qui les ont rencontrés. Nous-mêmes avons essayé de tuer les Partials qui nous avaient contactés. S'il existe une solution pacifique dans notre avenir, je peux vous dire que je ne sais pas comment l'atteindre.

Marcus se rendit compte, tout à coup, que c'étaient les mêmes arguments que ses amis et lui avaient échangés dans le salon, chez Xochi. Les mêmes propositions tournant en rond, les mêmes réponses évidentes, les mêmes chamailleries sans fin. *Les adultes sont-ils donc aussi perdus que nous tous ? Ou bien n'existe-t-il réellement aucune solution au problème ?*

– D'un point de vue médical, dit le docteur Skousen, je crains de devoir soutenir – contre ma volonté profonde – le... le prélèvement d'un nouvel échantillon. D'un nouveau Partial, ou au moins d'une certaine quantité de leur phéromone. Il nous reste un petit peu de la dose qui a été utilisée sur Arwen Sato, et nous avons certes les scans et les relevés de la structure et du fonctionnement de la phéromone, mais rien ne remplace un échantillon frais. Nous avons résolu ce problème la dernière fois en remontant à la source – les Partials eux-mêmes –, et je suis convaincu que si nous voulons de nouveau le résoudre, il faudra employer la même méthode. Que nous obtenions cet échantillon par la force ou par la diplomatie, cela ne compte pas autant que notre simple besoin de mettre la main dessus.

La salle s'emplit alors de murmures qui évoquaient des feuilles d'arbres remuées par le vent. *« Nous » n'avons pas résolu ce problème la dernière fois. C'est Kira qui l'a fait, et le docteur Skousen était un de ses plus farouches opposants.* Et voilà qu'il préconisait la même action sans même mentionner la jeune fille ?

– Vous voulez que nous prenions le risque de déclencher une nouvelle guerre des Partials, dit la sénatrice Kessler.

– Ce risque a déjà été pris, intervint Tovar. Nous avons déjà tiré sur les moustaches du tigre, comme on dit, et il ne nous a pas dévorés.

– Avoir de la chance ne signifie pas être hors de danger, objecta la sénatrice. S'il existe le moindre moyen de synthétiser ce remède sans avoir recours à l'action militaire, nous nous devons de l'explorer. Une nouvelle provocation à l'encontre des Partials serait...

– Nous ne les avons déjà que trop provoqués ! s'emporta Woolf. Vous n'avez qu'à lire les rapports : il y a des bateaux au large de North Shore, des navires de Partials qui patrouillent le long de nos frontières...

Hobb lui coupa la parole tandis que les murmures du public s'amplifiaient.

– Ce n'est pas le lieu pour évoquer ces rapports.

Marcus eut l'impression d'avoir reçu une balle dans le ventre : les Partials patrouillaient dans le détroit ! Eux qui s'étaient tenus tranquilles pendant onze années – une petite mission de reconnaissance ici et là, comme l'avait fait Heron, mais toujours incognito, si bien que les humains ne s'étaient jamais doutés de rien. Et voilà qu'ils patrouillaient ouvertement ! Le garçon, se rendant soudain compte qu'il avait la bouche ouverte, la referma d'un coup sec.

– Le peuple doit savoir, protesta Woolf. Il ne tardera pas à s'en apercevoir lui-même, de toute manière : si les navires se rapprochent encore, tous les fermiers de North Shore les verront. D'après ce que nous en savons, de petites escouades ont déjà accosté ; notre ligne de défense, le long de cette côte, est loin d'être impénétrable.

– Alors comme ça, la guerre froide se réchauffe, murmura Skousen.

Il avait le teint gris et semblait fragile, comme ces anciens cadavres que l'on trouvait encore parfois le long des routes. Il resta muet, déglutit, et se laissa tomber sur sa chaise dans un geste mal contrôlé.

– Si vous voulez bien m'excuser, lança alors Marcus tout en prenant conscience qu'il s'était mis debout.

Il regarda le classeur qu'il avait entre les mains, ne sachant pas bien quoi en faire, puis le referma simplement et le tint devant lui, en regrettant que ce ne soit pas un bouclier. Il observa le Sénat et se demanda si l'un d'eux, ou un de leurs assistants, était un agent Partial. Oserait-il parler ? Pouvait-il se permettre de se taire ?

– Excusez-moi, recommença-t-il. Je m'appelle Marcus Valencio...

– Nous savons qui vous êtes, dit Tovar.

Le garçon acquiesça nerveusement.

– Je pense avoir plus d'expérience du territoire Partial que quiconque dans cette salle...

– C'est précisément pourquoi nous savons qui vous êtes, le coupa Tovar en l'encourageant d'un moulinet de la main. Cessez de vous présenter et venez-en au fait.

Marcus avala sa salive ; soudain, il ne savait plus trop pourquoi il s'était levé... il lui semblait que quelqu'un devait dire quelque chose, mais il ne se sentait pas du tout qualifié pour parler. Et pour dire quoi, au juste ? Il balaya la salle du regard, observant les visages des divers experts et politiciens réunis, se demandant lequel – à supposer qu'il y en ait un – était un traître. Il repensa à Heron, à sa recherche de Nandita, et comprit soudain qu'il était le seul à en savoir assez pour dire ce qu'il s'apprêtait à révéler. Le seul à avoir reçu l'avertissement de Heron. *Il faut juste que je trouve comment le formuler sans passer moi-même pour un traître.*

Il se lança enfin.

– Je voulais juste rappeler que les Partials que nous avons rencontrés procédaient à des expériences. Ils ont une date d'expiration – ils vont tous mourir sous peu –, et ils se préoccupent autant de résoudre ce problème que nous nous préoccupons de guérir le RM. Et même davantage, peut-être, car l'échéance mortelle est plus proche pour eux.

– Nous sommes au courant de cette date d'expiration, dit Kessler. C'est la meilleure nouvelle que nous ayons entendue depuis douze ans.

– La meilleure avec le remède contre le RM, bien sûr, se hâta de préciser Hobb.

– Ce n'est pas une bonne nouvelle du tout, les contredit Marcus. Leur date d'expiration nous fait sauter de la poêle dans le... pire que dans le feu, dans le noyau en fusion de la Terre. S'ils meurent, nous mourrons ; nous avons besoin de leur phéromone pour nous guérir nous-mêmes.

– C'est bien pourquoi nous nous efforçons de la synthétiser, lui rappela Woolf.

– Mais ce n'est pas possible, dit Marcus en élevant son classeur devant lui. Nous pourrions passer deux ou trois heures à vous raconter tout ce que nous avons essayé, et toutes les raisons pour lesquelles ça n'a pas fonctionné, et vous en comprendriez à peine la moitié, d'ailleurs – sans vouloir vexer personne –, mais ce qu'il faut retenir, c'est que rien de tout cela n'a fonctionné. Les raisons de cet échec importent peu.

Il reposa le classeur sur une table, à côté de lui, et se tourna de nouveau face aux sénateurs. À les voir le fixer ainsi en silence, il eut soudain mal au cœur, et sourit pour le dissimuler.

– Ne sautez pas tout de suite de joie, j'ai aussi une mauvaise nouvelle.

Tovar pinça les lèvres.

– Si la première était une bonne nouvelle, j'ai hâte d'entendre la mauvaise.

Marcus, sentant que l'attention de la salle entière pesait sur lui, ravala son envie de lancer une nouvelle plaisanterie ; c'était un réflexe lorsqu'il était trop nerveux, et jamais de sa vie il ne l'avait été à ce point. *Je ne devrais pas être là*, songeait-il. *Je suis toubib, pas orateur. Je ne suis pas un polémiste, je ne suis pas un leader d'opinion, je ne suis pas...*

... Je ne suis pas Kira. C'est elle qui devrait se tenir ici.

– Monsieur Valencio ? s'impatienta Woolf.

Marcus acquiesça et tâcha de raffermir sa détermination.

– Eh bien, puisque vous l'avez demandé, voilà. La meneuse de la faction de Partials que nous avons rencontrée, celle qui a enlevé Kira, était une sorte de médecin ou de scientifique ; ils l'appelaient « docteur Morgan ». C'est la raison pour laquelle ils ont envoyé ce peloton de Partials à Manhattan il y a plusieurs mois : ils ont kidnappé Kira parce que le docteur Morgan pense que le salut des Partials est lié d'une manière ou d'une autre au RM, et donc aux humains. Apparemment, ils ont déjà mené des expériences sur nos semblables à l'époque de la guerre des Partials, et s'ils pensent que cela peut leur sauver la vie, ils enlèveront autant d'humains que nécessaire, ce qui peut signifier reprendre Kira, mais aussi, a priori, n'importe lequel d'entre nous. Ils sont probablement en train de tenir le même genre de séance que nous en ce moment précis, de l'autre côté du détroit, pour tenter de déterminer comment capturer quelques humains afin de procéder à leurs expériences – ou, si ces rapports que vous avez mentionnés sont exacts, ils ont déjà eu leur réunion et mettent leur plan à exécution.

– Ce sont des informations classées secret défense, dit le sénateur Hobb. Il nous faut...

– Si vous permettez, je vais récapituler, l'interrompit Marcus. Nous avons donc un groupe de super-soldats (il se mit à compter sur ses doigts), entraînés spécifiquement à la conquête militaire, supérieurs en nombre, et je parle de peut-être trente contre un, suffisamment aux abois pour essayer n'importe quoi, et qui entendent capturer des humains en vue d'expérimentations médicales invasives (il déplia son cinquième doigt et tint sa main ouverte devant lui). Sénateurs, l'information est peut-être classée secret défense, mais il y a fort à parier que les Partials vont lever le secret bien plus tôt que vous ne le pensez.

Le silence régnait à présent dans la salle, et tous les yeux étaient rivés sur Marcus. Un long et lourd moment plus tard, Tovar reprit enfin la parole.

– Vous pensez donc que nous allons devoir nous défendre.

– Ce que je pense, c'est que je suis mort de trouille, et qu'il faut que j'apprenne à me taire quand tout le monde me regarde comme ça.

– Nous défendre n'est pas une option viable, lâcha Woolf – et à ces mots, les autres sénateurs se raidirent de surprise. Les Forces de défense sont bien entraînées et aussi bien équipées que peut l'être une armée humaine. Nous avons des sentinelles postées sur toutes les côtes, nous avons des charges explosives sur tous les ponts encore debout, nous avons des embuscades sur le qui-vive à tous les points d'invasion probables. Et pourtant, quelle que soit la qualité de notre préparation, elle ralentira à peine les Partials s'ils décident d'envahir. C'est un fait incontournable, qui ne peut étonner personne dans cette salle. Nous patrouillons sur cette île parce que c'est tout ce que nous savons faire, mais si l'ennemi se décide réellement à passer à l'assaut, nous serons vaincus en l'espace de quelques jours, sinon quelques heures.

– La seule nouvelle qui soit vaguement bonne, dit Marcus, est que leur société est, si vous me pardonnez la comparaison, encore plus divisée que la nôtre. Le continent était pratiquement une zone de guerre lorsque nous y avons débarqué, ce qui pourrait expliquer qu'ils ne nous aient pas encore attaqués.

– Donc, ils s'entretuent et notre problème se résout de lui-même, conclut Kessler.

– Sauf la question du RM, nuança Hobb.

– Si l'on tient compte de tout ce que nous a dit M. Valencio, ajouta Woolf, nous ne disposons que d'un moyen d'action susceptible de réussir, avec de la chance. Première étape, nous introduire furtivement dans cette zone de guerre sur le continent, en espérant ne pas être repérés, et capturer quelques Partials pour les expériences du docteur Skousen. Seconde étape, évacuer l'île et partir le plus loin possible.

Ses propos furent accueillis par un profond silence. Marcus

se rassit. Quitter l'île était une idée folle : Long Island était leur seul abri, leur seul refuge protégé – c'était bien pour cela qu'ils s'y étaient installés –, mais... cela n'était plus tout à fait vrai, n'est-ce pas ? Au lendemain de la guerre des Partials, cette île avait été comme un sanctuaire ; ils avaient échappé à l'ennemi, trouvé là une nouvelle vie, et commencé à reconstruire. Sauf que cette sécurité n'avait pas grand-chose à voir avec l'île elle-même, maintenant qu'il y réfléchissait. Ils n'avaient dû leur salut qu'au désintérêt des Partials, qui les avaient laissés tranquilles. À présent que ceux-ci étaient de retour, à présent qu'il y avait des navires dans le détroit, et Heron cachée dans l'ombre, et l'horrible docteur Morgan décidée à tous les transformer en cobayes, cette illusion de sécurité fondait comme neige au soleil. Personne n'avait besoin de le dire tout haut, ou de prendre une décision officielle, mais Marcus savait que c'était déjà fait. Il le voyait sur tous les visages. L'évacuation avait été une éventualité, elle devenait une certitude.

Une porte s'ouvrit sur le côté de l'auditorium, et Marcus entraperçut les soldats de la Défense qui montaient la garde de l'autre côté. Ils s'effacèrent pour laisser entrer un homme à la silhouette imposante : Duna Mkele, l'« officier du renseignement ». L'idée traversa Marcus qu'il ignorait pour qui, au juste, travaillait Mkele ; celui-ci semblait jouir d'un accès libre au Sénat et d'une certaine autorité sur l'armée, mais, pour autant que le garçon puisse en juger, il ne rendait de comptes à aucun des deux groupes. En tout cas, Marcus ne l'aimait guère. Sa présence n'augurait jamais rien de bon.

Mkele s'approcha du sénateur Woolf et lui glissa quelques mots à l'oreille. Marcus aurait voulu essayer de lire sur leurs lèvres, ou au moins de déchiffrer leur expression, mais ils tournaient le dos au public. Un instant plus tard, ils s'approchèrent de Tovar et lui chuchotèrent quelque chose. Tovar écouta avec solennité, puis observa la foule attentive. Il se retourna alors vers Woolf et s'adressa à lui d'une voix forte et théâtrale, visiblement faite pour porter dans toute la salle.

– Ils en savent déjà la première moitié ; autant que vous leur annonciez le reste.

Marcus vit clairement l'expression grave qui passa sur les traits de Mkele. Woolf se retourna vers lui d'un air d'excuse, puis fit face au public.

– Il apparaît que notre emploi du temps se précipite, dit-il. Les Partials ont débarqué sur Long Island, près du port de Mount Sinai, il y a environ cinq minutes.

Un brouhaha sonore éclata dans l'auditorium, et Marcus sentit une peur terrible lui retourner l'estomac. Cela voulait-il dire... que la fin était venue ? S'agissait-il d'une force d'invasion, ou d'un simple raid visant à enlever effrontément des cobayes humains ? S'agissait-il du groupe du docteur Morgan, de ses ennemis, ou encore d'une tout autre faction ?

Samm était-il parmi eux ?

Et cela indiquait-il que le plan de Heron avait échoué ? Ils n'avaient pas pu retrouver Kira ni Nandita au moyen d'une enquête discrète, et passaient donc à l'invasion à grande échelle ? Marcus éprouva une bouffée de remords abominable, comme s'il était personnellement responsable de l'attaque entière, pour n'avoir pas écouté la mise en garde de Heron. Mais il n'avait pas vu Kira depuis plusieurs mois, et Nandita depuis plus d'un an ; qu'aurait-il pu faire ? Pendant que la foule s'égosillait de terreur et de confusion, et que la réalité de la situation s'insinuait lentement en lui, il se rendit compte que c'était sans importance. Il n'était pas prêt à sacrifier qui que ce soit ; il préférait encore aller se battre plutôt que vendre son âme pour la paix.

Pour la seconde fois de la journée, il se leva spontanément.

– Je me porte volontaire pour faire partie de la force qui ira à leur rencontre, s'entendit-il annoncer. Vous aurez besoin d'un médecin... je veux en être.

Le sénateur Tovar le regarda, opina de la tête, puis se retourna vers Mkele et Woolf. La salle bourdonnait toujours de peur et de spéculations variées. Marcus se laissa retomber sur son siège.

Il faudrait vraiment que j'apprenne à la boucler, moi.

CHAPITRE 7

Kira avançait avec précaution parmi les ruines de la maison, dont il ne restait qu'un vaste chaos : murs écroulés, planchers et plafonds effondrés, fragments de meubles déchiquetés, dispersés, regroupés en tas épars. Bois, livres, papiers, vaisselle et débris métalliques tordus, soufflés par l'explosion, emplissaient le cratère et débordaient loin dans la rue.

Aucun doute n'était possible : les lieux avaient été habités, et récemment encore. Kira avait vu beaucoup de vestiges de l'ancien monde dans sa vie ; elle avait grandi au milieu d'eux, et y était habituée : cadres montrant des familles depuis longtemps disparues, petits boîtiers noirs dissimulant lecteurs multimédias et consoles de jeux, vases ébréchés emplis de tiges desséchées. Les détails variaient d'une maison à l'autre, mais l'impression était toujours la même : celle de vies et de personnes ayant sombré dans l'oubli. Mais les débris présents dans cette maison étaient différents, et résolument modernes : stocks de boîtes de conserve, désormais éventrées et pourrissant dans les gravats ; fenêtres condamnées par des planches et portes renforcées ; armes à feu, munitions et camouflage bricolé. Quelqu'un avait vécu ici, longtemps après la fin du monde, et lorsque quelqu'un d'autre – les Partials – avait envahi son intimité, cet inconnu avait fait sauter sa propre habitation. Les destructions étaient trop complètes, et trop précisément délimitées, pour être dues à une attaque extérieure. Un ennemi aurait utilisé soit un explosif moins violent pour créer une brèche dans le mur, soit une charge plus massive qui aurait également endommagé les maisons voisines ; l'auteur de cette explosion-ci, pour sa part, avait fait preuve de pragmatisme et d'une minutie dévastatrice.

Plus elle y pensait, plus le cratère lui rappelait une explosion similaire qu'elle avait vue l'année passée – avant la guérison d'Arwen, avant Samm, avant tout le reste. Elle effectuait une mission de récupération avec Marcus et Jayden, quelque part sur la côte nord de Long Island, lorsqu'un bâtiment piégé avait sauté. Il s'agissait d'un traquenard, apparemment tout à fait semblable à ceci : conçu non pas pour tuer, mais pour détruire des preuves. *Comment s'appelait ce petit patelin ? Asharoken ; je me rappelle que Jayden s'amusait de ce nom. Et pourquoi fouillaient-ils ce bâtiment, déjà ? Parce qu'il avait été signalé lors d'une reconnaissance préliminaire, et que les soldats y étaient retournés pour inspecter les lieux ; ils avaient des spécialistes avec eux, un informaticien, quelque chose comme ça. Une histoire d'électronique ?* Elle cessa un instant de respirer lorsque le souvenir précis lui revint : l'endroit était une station de radio. Quelqu'un avait installé un émetteur sur la côte sauvage de North Shore, puis l'avait fait sauter pour ne pas révéler ses secrets. Et voici qu'on avait fait de même ici. S'agissait-il de la même personne ?

Kira recula par réflexe, comme si l'édifice démoli pouvait contenir une autre bombe. Fixant les décombres des yeux, elle rassembla tout son courage et entra, en faisant attention aux endroits où elle posait les pieds dans ces ruines instables. Elle tomba rapidement sur un corps : un soldat en uniforme gris – un Partial –, coincé sous un mur écroulé, cadavre brisé dans les restes cabossés de son armure en matériau composite. Son fusil gisait à côté de lui, et Kira le sortit des débris avec une facilité étonnante ; les pièces mécaniques étaient un peu grippées mais mobiles, et la chambre comprenait encore une balle. Faisant sauter le chargeur, la jeune fille constata qu'il était plein : le soldat n'avait pas tiré une seule cartouche avant de mourir, et ses camarades n'avaient ni récupéré ses affaires ni enseveli son corps. *Donc, la bombe les a pris par surprise,* songea Kira, *et elle les a tous tués. Il ne restait personne pour ramasser leurs dépouilles.*

Kira chercha encore, fouillant prudemment parmi les poutres et les briques qui jonchaient le sol, et tomba enfin sur un spectacle familier : les fragments noircis d'un émetteur-récepteur radio, exactement comme à Asharoken. La similitude entre les deux scènes était trop grande pour pouvoir être ignorée : dans les deux cas, un groupe d'éclaireurs enquêtait sur quelque chose de suspect, avait découvert une planque fortifiée remplie d'équipement de communication, et avait péri, victime d'un piège défensif. Kira et les autres avaient supposé que le site d'Asharoken appartenait à la Voix du peuple, mais Owen Tovar l'avait toujours nié. En seconde place sur la liste des suspects venaient les Partials, mais c'était un groupe de Partials qui avait été pris dans ce piège-ci. *Une autre faction, alors ?* songea Kira. *Mais laquelle est sous les ordres du docteur Morgan ? Celle qui a installé la station radio, ou les éclaireurs qui ont attaqué ? Ou ni les uns ni les autres ? Et quel rapport avec ParaGen ?* L'individu qui avait pris des ordinateurs dans les bureaux avait aussi volé des émetteurs radio dans les magasins, et voilà que des fragments des deux étaient réunis au même endroit. Il y avait forcément un lien. Il semblait probable que la faction qui avait rassemblé les radios soit la même qui installait ses stations émettrices dans les ruines. Mais que faisaient-ils, au juste ? Et pourquoi tuaient-ils si facilement pour les dissimuler ?

– Ce qu'il me faut, c'est un indice, dit Kira à voix haute en contemplant les dégâts d'un air sombre.

Elle parlait de plus en plus souvent toute seule, ces derniers temps, et se sentit bête en entendant sa voix résonner dans la ville déserte. D'un autre côté, cette voix était la seule qu'elle ait entendue depuis des semaines, et elle avait un effet curieusement apaisant. La jeune fille secoua la tête.

– Bah, il faut bien parler à quelqu'un, non ? Même si ça me donne l'air pitoyable.

Elle se baissa pour examiner les morceaux de papier éparpillés dans les décombres. La personne qui avait établi les planques et installé les bombes courait toujours. Comment la retrouver, maintenant qu'elle avait fait sauter tous les indices ? Impossible ! Kira eut un rire sec.

– Je suppose que c'était l'idée, justement.

Elle ramassa un papier qui traînait à ses pieds ; c'était un fragment de journal de l'ancien monde, froissé et jauni, dont le gros titre était presque effacé. « UNE MANIFESTATION À DETROIT TOURNE À LA VIOLENCE », lut-elle. Les plus petits caractères qui constituaient l'article étaient à peine lisibles, mais Kira déchiffra les mots « police » et « usine », ainsi que plusieurs mentions des Partials.

– Alors cette faction qui rassemble des émetteurs radio rassemble aussi des articles sur la rébellion des Partials ?

Elle scruta le journal avec perplexité, puis soupira et le laissa retomber par terre.

– Soit ça, soit les journaux qui datent de juste avant le Ravage parlaient sans cesse des Partials, et ceci n'a aucune signification particulière. Il me faudrait une preuve en béton – comme ces gravats, tiens.

Elle donna un coup de pied dans un morceau de maçonnerie, qui s'en alla rebondir bruyamment contre l'antenne radio abattue.

Kira examina cette antenne ; elle était longue – elle devait avoir culminé à plusieurs mètres lorsqu'elle était encore debout –, et fine comme un câble. Certainement robuste à l'origine, mais l'explosion et la chute l'avaient tordue, coudée, recourbée. Kira tira dessus pour tenter de l'extraire du tas de briques et de plâtras dans lequel elle était à demi enfouie. Elle bougea d'environ un petit mètre avant de s'arrêter, coincée ; la jeune fille lutta, tira plus fort, mais l'antenne ne bougea plus. Kira, essoufflée, la laissa retomber et chercha encore... tout, n'importe quoi. Elle découvrit d'autres coupures de presse, trois corps de Partials en décomposition et un nœud de vipères niché sous un panneau solaire, mais rien qui puisse lui indiquer où étaient partis les poseurs de bombes, ni même s'ils disposaient d'une autre station de radio ailleurs dans la ville. Elle s'assit à côté d'un second panneau solaire pour se reposer un peu, sortit sa gourde... et une idée la frappa soudain.

Pourquoi *deux* batteries de panneaux solaires ?

Les panneaux de ce type s'appelaient des Zoble, et Kira les connaissait bien ; Xochi en avait installé un sur le toit de leur maison pour alimenter ses lecteurs de musique, et il y en avait aussi à l'hôpital. Ils pouvaient produire beaucoup de courant et le transporter avec une grande efficacité, et ils étaient d'une rareté inouïe. Xochi n'avait pu obtenir les siens que grâce à sa mère adoptive et aux relations de cette dernière. En trouver un à Manhattan n'était pas nécessairement étrange – la demande était moindre, après tout, quand on n'était pas en compétition avec d'autres pillards –, mais en trouver deux branchés sur le même bâtiment indiquait des besoins en électricité anormalement élevés. Elle fouilla de nouveau le cratère, à quatre pattes cette fois, pour tenter de localiser l'accumulateur qui stockait toute cette énergie, mais ne trouva que les débris d'un troisième panneau Zoble.

– Trois Zoble, murmura-t-elle. Pourquoi as-tu besoin d'autant de jus, dis-moi ? Pour la radio ? Est-il possible que ça consomme autant ?

Chez elle, elle utilisait des talkies-walkies qui tenaient dans la main et fonctionnaient avec des piles minuscules. Quel genre d'équipement radio pouvait donc nécessiter trois panneaux Zoble et une antenne de cinq mètres ? Ça ne tenait pas debout.

Sauf si ces panneaux alimentaient davantage qu'une simple radio. Sauf s'ils faisaient fonctionner, mettons, une série d'ordinateurs volés chez ParaGen.

Kira promena son regard non plus sur le cratère, cette fois, mais sur la rue qui passait devant et sur les immeubles froids et inanimés au-delà. Elle se sentait exposée, comme si un spot venait d'être braqué sur elle, et elle recula dans l'ombre d'un mur effondré. *S'il y a vraiment eu quelque chose de précieux là-dessous,* pensa-t-elle, *celui qui protégeait ces lieux doit être déjà revenu le déterrer. Le courant supplémentaire servait à alimenter la radio et les ordis, et le pilleur était actif ces derniers mois : longtemps après l'explosion de cette maison. Donc, il est toujours dans les parages, et il mijote quelque chose de louche.*

Elle releva les yeux vers la ligne des toits et vers le ciel qui s'assombrissait. *Et tout ce que j'ai à faire pour débusquer cette personne, c'est trouver ce dont elle a besoin : une antenne géante et assez de panneaux solaires pour faire fonctionner sa radio. S'il existe d'autres sites de ce genre dans la ville, ce n'est pas d'ici, au ras du sol, que je les verrai.*

– Il est temps de prendre de la hauteur.

Le plan de Kira était simple : gagner le sommet de l'immeuble le plus haut qu'elle trouverait, offrant une vue dégagée sur la ville, et observer. Avec un peu de chance, elle remarquerait un autre panache de fumée, même si elle supposait que sa cible avait retenu la leçon de la dernière fois ; plus probablement, il lui faudrait simplement scruter l'horizon de son mieux, dans toutes les directions et sous tous les angles du soleil, en espérant apercevoir une antenne géante et un ou plusieurs panneaux solaires.

– Ensuite, il me restera à prendre des repères, situer l'endroit sur ma carte et aller voir en personne de quoi il retourne, dit-elle, se parlant toujours à elle-même, tout en montant un escalier. Et espérer ne pas sauter dans une explosion, comme tous les autres jusqu'à présent.

Le gratte-ciel qu'elle avait choisi était relativement proche de l'immeuble ParaGen, à un peu plus d'un kilomètre et demi vers le sud-ouest : un immense édifice en granit qui proclamait fièrement s'appeler l'Empire State Building. À l'extérieur, il était couvert de plantes grimpantes et de mousse, comme la majeure partie de la ville, mais la structure intérieure semblait encore assez stable, et Kira n'avait eu qu'un verrou à faire sauter d'une balle pour se retrouver dans l'escalier principal. Elle se trouvait à présent au trente-deuxième étage, et contournait lentement la rampe pour se diriger vers le trente-troisième ; à en croire les panneaux du hall d'entrée, elle en avait encore un peu plus de soixante à gravir.

– J'ai trois litres d'eau, se dit-elle, récitant la liste de ses provisions en chemin. Six boîtes de thon, deux de haricots, et une dernière ration de combat trouvée dans la boutique de surplus militaire de la VIIe Avenue. Il faudrait que j'en trouve une autre, d'ailleurs. (Arrivée sur le palier du trente-quatrième étage, elle tira la langue et continua.) Cette nourriture a intérêt à durer un petit moment, parce que je ne veux pas me taper cette grimpette plus souvent que nécessaire.

Des heures plus tard – c'était du moins son impression –, elle se laissa enfin tomber au sol au quatre-vingt-sixième étage, cherchant son souffle et s'arrêtant pour boire avant de visiter son supposé « observatoire ». La vue était formidable, mais les parois étaient vitrées et presque entièrement brisées, si bien que l'étage entier était venté, glacial. Elle regagna l'escalier d'un pas traînant et termina son ascension jusqu'au cent deuxième étage, à la base d'une flèche immense qui se dressait encore sur une dizaine de mètres. Une plaque fixée sur la porte la félicitait d'avoir gravi 1 860 marches, et elle hocha la tête en reprenant son souffle.

– C'est bien ma veine, ronchonna-t-elle. Je vais avoir les fessiers les plus musclés de la planète, et il n'y aura personne pour les voir !

Si le quatre-vingt-sixième étage était vaste et carré, cerné d'une fine rambarde, le cent deuxième était circulaire et exigu, presque comme le sommet d'un phare. La seule protection se dressant entre les observateurs et les rues loin en contrebas était un cercle de fenêtres, pour la plupart intactes, mais Kira ne put s'empêcher de se pencher par l'une de celles qui étaient cassées pour sentir le souffle du vent et le frisson insensé de cette altitude vertigineuse. Elle avait toujours imaginé que les gens de l'ancien monde voyaient cela de leurs aéroplanes, lorsqu'ils pouvaient voler assez haut pour que le monde leur paraisse insignifiant. Plus important, ce lieu lui offrait un point de vue extraordinaire sur la ville : d'autres immeubles étaient plus hauts encore, mais ils étaient très peu nombreux, et elle n'aurait pas eu un meilleur panorama depuis leur sommet. Kira laissa tomber ses sacs par terre et en sortit ses jumelles, commençant par le sud et scrutant attentivement les antennes qu'elle repérait à l'horizon. Il y en avait beaucoup plus que ce à quoi elle s'attendait. Elle souffla longuement, lentement, en se demandant, dépitée, comment elle allait faire pour localiser le bon bâtiment parmi les milliers qui couvraient l'île. Elle ferma les yeux.

– La seule manière d'agir, se dit-elle à mi-voix, c'est... de passer à l'action.

Elle reprit son calepin dans son sac, choisit l'antenne la plus proche dans la direction du sud, et commença à prendre des notes.

CHAPITRE 8

L'antenne la plus éloignée que repéra Kira se trouvait si loin au nord qu'elle était peut-être située en dehors de l'île de Manhattan, dans la région dénommée « le Bronx ». La jeune fille espérait qu'elle n'aurait pas à faire tant de chemin, car la menace des Partials l'inquiétait toujours ; mais elle se jura que s'il le fallait, elle ne flancherait pas. Ce qu'elle avait à y gagner valait largement la prise de risque.

La plus proche était l'immense flèche qui coiffait son propre gratte-ciel, mais Kira était seule sur place. C'était du moins son impression, mais elle n'oubliait pas que la tour était gigantesque.

– Je suis peut-être un peu parano, songea-t-elle en montant voir l'antenne. Peut-être un peu *trop* parano, se corrigea-t-elle un instant plus tard. Une pointe de paranoïa est sans doute une très bonne chose.

Il s'avéra que l'antenne n'était branchée à rien du tout, et Kira s'étonna du soulagement intense qu'elle en conçut. Elle observa encore la ville en prenant des notes à chaque nouvelle antenne qu'elle repérait, et resta en observation pendant que le soleil couchant révélait un à un de nouveaux panneaux solaires, qui luisaient subtilement au moment où les rayons obliques les frappaient juste sous le bon angle, avant de sombrer de nouveau dans l'obscurité. Une fois la nuit tombée, elle redescendit de quelques étages pour se trouver une pièce fermée et se pelotonna chaudement dans son sac de couchage. À cette altitude, les édifices étaient d'une propreté remarquable :

pas de terre apportée par le vent, pas de pousses qui bourgeonnaient, pas de traces de pattes dans la poussière. Cela lui rappela son île et tous les bâtiments qu'elle et les autres rescapés avaient nettoyés au prix d'un dur travail : sa maison, l'hôpital, l'école. Elle se demanda, et pas pour la première fois, si elle reverrait tout cela.

Le quatrième jour, se trouvant à court d'eau, elle redescendit jusqu'au niveau de la rue pour renouveler ses réserves. Un parc situé au bout d'un long bloc d'immeubles retint son attention, et elle trouva ce qu'elle cherchait : pas un bassin ni une mare, mais une bouche de métro dont les marches s'enfonçaient dans une eau sombre. Dans l'ancien monde, le métro servait au transport, mais il s'était retrouvé inondé ; ses tunnels étaient désormais une rivière souterraine, au flux lent mais régulier. Kira sortit son purificateur et pompa trois litres, remplissant ses bouteilles en plastique sans cesser de surveiller la ville autour d'elle. Elle localisa aussi une épicerie où elle commença à prélever plusieurs boîtes de légumes, mais s'arrêta et fit la grimace lorsqu'elle en trouva une qui avait gonflé et éclaté : ces conserves étaient maintenant vieilles de plus de onze ans, la dernière limite pour la plupart des aliments en boîte. Si quelques-unes étaient déjà gâtées, mieux valait ne prendre de risques avec aucune. Elle soupira et les reposa en se demandant si elle avait le temps de chasser du gibier.

– Je pourrais au moins poser quelques collets, décida-t-elle avant d'installer de simples pièges en ficelle près de la bouche de métro.

Il y avait des empreintes autour de cette entrée, et elle comprit que les élans et les lapins des environs y venaient se désaltérer. Elle regagna le sommet de son gratte-ciel, posa encore quelques pièges à oiseaux et se remit au travail. Le surlendemain soir, elle put déguster de l'oie sauvage pour le dîner, rôtie sur un réchaud antifumée et embrochée sur de vieux cintres en fil de fer. C'était de loin son meilleur repas depuis des semaines.

Cinq jours et trois ravitaillements en eau plus tard, elle fit sa première observation prometteuse : une lueur à une fenêtre, une minuscule étincelle rouge qui dansa pendant une petite seconde et disparut aussitôt. Était-ce un signal? N'avait-elle fait que l'imaginer? Elle se redressa pour observer l'endroit à travers ses jumelles. Une minute s'écoula. Cinq minutes. Alors qu'elle était sur le point de renoncer, le phénomène se répéta : un mouvement, une flamme, une porte se refermant. Quelqu'un laissait échapper de la fumée; peut-être avait-il du mal à contrôler son feu de camp. Elle se démena pour identifier le bâtiment avant que la nuit ne soit complètement tombée, et revit la flamme dansante à trois reprises au cours de la demi-heure qui suivit. Lorsque la lune se leva, elle guetta de la fumée, mais il n'y avait rien : la personne ou le vent l'avait dispersée.

Kira se leva, les yeux toujours braqués dans la direction du bâtiment désormais invisible dans le noir. C'était un des nombreux édifices qu'elle avait identifiés comme cibles possibles : son toit était couvert de panneaux solaires, disposés en cercle autour d'une antenne centrale si grosse qu'il avait dû s'agir d'une vraie chaîne de radio. Si quelqu'un avait remis ce vieil équipement en marche, il disposait d'un émetteur plus puissant que les deux dont elle avait retrouvé les vestiges explosés.

– J'y vais maintenant, ou j'attends demain matin?

Scrutant les ténèbres, elle prit conscience qu'elle n'était pas encore certaine de son plan : savoir où se terrait l'adversaire ne lui apporterait rien si elle déclenchait une bombe aussitôt qu'elle mettrait le pied à l'intérieur. Elle pourrait tenter de capturer un des inconnus, peut-être à l'aide d'une version agrandie de ses pièges à lapins, et l'interroger ; ou bien essayer de se glisser dans le bâtiment à un moment où la bombe ne serait pas armée – c'est-à-dire, supposait-elle, uniquement lorsque les mystérieux artificiers seraient eux-mêmes présents sur place. Ce qui n'avait rien de rassurant.

– Le mieux, chuchota-t-elle en se baissant encore un peu derrière la fenêtre, est encore de continuer exactement ce que j'ai fait jusqu'à présent : observer, attendre, et espérer découvrir quelque chose d'utile. (Elle soupira.) C'est avec cette méthode que je suis arrivée jusqu'ici.

Mais la question demeurait : valait-il mieux qu'elle y aille dès ce soir ou qu'elle attende le matin ? Un trajet dans la ville serait plus dangereux dans le noir, certes, mais ses cibles avaient apporté la preuve de leur extrême prudence. Si les inconnus savaient qu'un éclair lumineux et un filet de fumée avaient révélé leur position, ils risquaient de se replier ailleurs en laissant derrière eux leur local piégé, et Kira perdrait leur trace. Le feu qu'elle avait aperçu était-il accidentel ? Si oui, l'incident était-il de nature à les faire fuir ? Kira n'avait aucun moyen de le savoir, et cette incertitude l'inquiétait. C'était un des rares cas où l'approche lente et prudente était trop risquée : elle avait déjà perdu cinq jours. Mieux valait partir tout de suite, décida-t-elle, plutôt que risquer de perdre sa seule et unique piste. Elle remballa donc ses affaires, vérifia son arme, et entreprit la longue descente dans les entrailles obscures de la cage d'escalier.

Des chats efflanqués rôdaient dans les étages inférieurs, cherchant leur pitance grâce à leur vision nocturne affûtée. Kira les entendait se déplacer dans l'ombre, guettant avant de bondir : les crachements des prédateurs, la fuite éperdue des proies.

Kira observa attentivement la rue avant de sortir de l'Empire State Building, puis avança à pas feutrés de voiture en voiture, en restant le plus possible à couvert. Le bâtiment où elle avait aperçu un feu de camp, à quelques kilomètres dans la direction du nord, était dangereusement proche de la vaste forêt de Central Park. La ville entière était peuplée de bêtes sauvages, mais c'était dans le parc que vivaient les plus grosses. Kira se déplaçait aussi vite qu'elle l'osait sans allumer sa lampe torche : son seul éclairage était le faible éclat de la lune. La lumière pâle rendait les ombres encore plus noires et menaçantes ; elle faisait aussi paraître le sol plus lisse qu'il ne l'était, et Kira trébuchait sur ce terrain accidenté chaque fois qu'elle essayait de presser le pas. Évitant d'entrer dans le parc, elle le contourna en direction de l'ouest tout en guettant les animaux, mais aucun ne se montra. C'était une mauvaise nouvelle : s'il y avait eu des biches, par exemple, cela aurait au moins donné aux prédateurs quelque chose de mieux qu'elle à chasser. Les chats n'étaient pas les créatures les plus féroces de la ville, loin s'en fallait.

Une ombre bougea à la limite de son champ de vision, et Kira pivota vivement. Elle ne vit rien. Elle tendit l'oreille... oui... pas d'erreur possible. Un grondement sourd, presque trop grave pour être audible. Non loin d'elle, quelque chose de très gros respirait... non, ronronnait, feulait presque. Une créature experte en camouflage.

Kira était traquée.

Devant elle s'ouvrait une vaste place ronde au sol craquelé, défoncé et parsemé de touffes de hautes herbes sombres. Une statue se dressait au centre, solennelle et immobile. Sur toute la circonférence étaient arrêtées des voitures dont les pneus étaient à plat depuis belle lurette. Kira recula lentement contre un mur, de manière à couper la ligne d'attaque de son prédateur, et retint son souffle, l'oreille aux aguets. La respiration sourde était toujours là, un grondement de poumons géants qui s'emplissaient et se vidaient. Elle n'aurait su dire d'où venait ce bruit.

Il y a des panthères dans la ville, se dit-elle. *J'en ai vu pendant la journée : des panthères, des lions et même, une fois, je jure que j'ai aperçu un tigre. Des réfugiés d'un zoo ou d'un cirque, grassement nourris par les troupeaux de cervidés sauvages et de chevaux qui errent dans Central Park. Il y a même des éléphants, je les ai entendus la première fois que je suis venue. Est-ce qu'ils mangent des biches, eux aussi ?*

Concentre-toi. C'est toi qui finiras dévorée si tu ne trouves pas le moyen de filer d'ici. Par un lion, une panthère ou même pire.

Une panthère. Une pensée terrifiante la frappa soudain : *Normalement, les panthères chassent de nuit, pourtant je n'en ai vu que dans la journée. Sont-elles naturellement devenues diurnes, ou bien cette chose qui se cache dans le noir est-elle dangereuse au point que les félins ont dû changer leurs habitudes pour lui échapper ? Suis-je traquée par une panthère nocturne, ou les panthères se cachent-elles pour échapper à la créature qui me pourchasse ?* Des souvenirs de la brochure de ParaGen revinrent la hanter : dragons et chiens intelligents, lions génétiquement modifiés, et quoi d'autre encore ? Ils avaient créé les Partials pour en faire les soldats ultimes... avaient-ils aussi inventé le prédateur ultime ?

Kira jeta un coup d'œil dans la rue par laquelle elle était arrivée, dépitée par la longue file de voitures et camionnettes de livraison déglinguées ; cette créature pouvait être dissimulée derrière n'importe quel véhicule, à attendre qu'elle passe pour lui bondir dessus. Il en allait de même avec l'esplanade qui s'étendait devant elle. Son meilleur espoir se trouvait de l'autre côté de la rue, dans le hall de ce qui avait dû être un jour un centre commercial : on voyait là des mannequins couchés sur le flanc, des affiches délavées montrant des corps et des visages, et une infinité de vêtements défraîchis sur des cintres. La bête sauvage pouvait aussi se trouver à l'intérieur – après tout, c'était peut-être son antre –, mais il y avait au moins des portes, à taille humaine et fermées : si elle parvenait à en franchir une et à la claquer derrière elle, elle serait sauvée. Sauvée jusqu'à ce que la créature s'en aille, sauvée jusqu'au matin s'il fallait attendre tout ce temps. Elle entendit de nouveau le grondement, plus proche encore, et releva fièrement le menton.

– C'est maintenant ou jamais.

Elle bondit alors sur ses pieds, chargea en direction du centre commercial, et se baissa derrière une voiture lorsque quelque chose la frôla par-derrière. Elle imagina des griffes énormes balayant le vide à quelques centimètres de son dos, et se remit péniblement sur pied pour traverser en courant la vitrine saccagée du bâtiment. Des débris dégringolèrent bruyamment dans son sillage – bien plus qu'elle n'aurait pu en déloger seule –, mais elle n'osa pas se retourner pour regarder ; elle pointa son fusil par-dessus son épaule et tira au hasard derrière elle, puis prit un nouveau virage lorsqu'elle eut atteint une colonne fissurée. L'intérieur du centre commercial était plus vaste qu'elle ne l'aurait cru : des escaliers mécaniques luisaient deux par deux côte à côte, et le rez-de-chaussée donnait sur un immense patio ouvert en contrebas. Il faisait trop noir pour qu'elle aperçoive le pied des escaliers. Trop sombre pour qu'elle y voie grand-chose, d'ailleurs. La porte qu'elle visait se trouvait de l'autre côté du patio ; elle prit à droite pour contourner la fosse, ramena le canon de son arme devant elle et en alluma la petite lampe. La créature semblait glisser sur le sol lisse. Kira fila droit vers la porte.

Le faisceau lumineux oscillait follement dans sa course, de haut en bas, d'avant en arrière, reflété par le sol carrelé, le cuivre des escaliers et les miroirs qui ornaient les murs. Dans un éclair, la paroi qui se dressait devant elle lui renvoya sa propre image ainsi qu'une forme noire et massive lui fonçant dessus par-derrière, puis la lumière sauta de nouveau et la scène disparut, cauchemar stroboscopique fait de lumière, d'ombre et de terreur mêlées. Elle fixa son regard sur la porte, courant comme elle n'avait jamais couru, et un instant avant d'y arriver elle rabaissa son arme, repéra la serrure et tira une rafale automatique. La serrure sauta, le battant pivota, et Kira s'y engouffra sans perdre une seconde, plaquant ses mains contre le mur de gauche pour se propulser vers la droite et vers une autre porte ouverte. Elle agrippa celle-ci en la franchissant, et s'y adossa juste à l'instant où quelque chose heurtait le battant depuis l'autre côté, le fendillant à grand bruit ; il tint bon, cependant, et alors que Kira s'y appuyait de tout son poids, la chose revint donner un nouveau coup de boutoir.

Kira regarda autour d'elle, fébrile, braquant maladroitement son arme pour éclairer la pièce, et avisa un grand bureau en bois. La créature griffait à présent la porte, sans parvenir encore à la détruire, et Kira prit le risque de bondir par-dessus le meuble pour le pousser de toutes ses forces contre l'issue. Les grattements furent remplacés par des coups ; la porte fut violemment secouée, puis soudain, un terrible rugissement éclata aux oreilles de la jeune fille. Elle en perdit l'équilibre, lâcha son fusil et se rua une nouvelle fois sur le bureau pour le plaquer contre la porte, à l'instant même où la créature s'y précipitait de tout son poids, secouant la pièce entière. Le bureau tint bon. Kira recula et tendit le bras vers la lampe du fusil, qu'elle releva pour éclairer la moitié supérieure de la porte, en partie déchiquetée et détachée de son chambranle. Quelque chose bougeait derrière, presque aussi haut que le plafond ; le faisceau se refléta dans un œil immense et ambré, dont la pupille devint une fente lorsque le rayon l'aveugla. Kira, impressionnée par sa taille, eut un mouvement de recul presque involontaire. Une patte énorme s'attaquait au trou de la porte. Ses griffes géantes brillèrent d'un éclat argenté dans le rayon de lumière, et Kira tira une rafale de cartouches. La créature, touchée à un doigt, rugit de nouveau, mais cette fois Kira rugit elle aussi, acculée et furieuse. Elle grimpa sur le bureau, visa tout droit à travers la porte brisée et tira dans le mur de fourrure et de muscles qui se dressait devant elle. La bête poussa un hurlement de rage et de douleur et se déchaîna contre le battant. Kira éjecta le chargeur vide, en enclencha un autre et tira encore. Cette fois, le monstre fit volte-face, s'enfuit et disparut dans la nuit.

Kira resta paralysée dans l'encadrement de la porte, les jointures des doigts blanches comme de l'os, crispée sur son arme. Une seconde s'écoula, puis une minute, puis deux : la bête ne revint pas. La poussée d'adrénaline passa et Kira se mit à trembler, d'abord imperceptiblement puis plus fort, plus vite, de manière incontrôlée. Elle descendit du bureau, faillit tomber au sol et s'écroula dans un coin, secouée par ses sanglots.

La lumière de l'aube n'entrait pas si loin dans le dédale du grand magasin, mais les bruits du matin – oiseaux chantant pour accueillir le soleil, abeilles bourdonnant parmi les fleurs de l'asphalte, et, oui, même le coup de trompette lointain d'un éléphant – parvinrent jusqu'à Kira. Elle se mit lentement debout pour aller jeter un coup d'œil par le trou de la porte. La lampe du fusil était toujours allumée, même si les piles commençaient à faiblir ; le sol du hall était couvert d'éclaboussures de sang, mais la créature n'était plus là. La jeune fille tira lentement le bureau en arrière et sortit de son refuge. Il faisait plus clair dans le grand hall, et un rayon de soleil tombait sur le sol jonché de débris. Des traces de pas brun-rouge menaient jusqu'à la sortie, mais Kira ne prit pas la peine de les suivre. Elle but à sa gourde et se passa rapidement de l'eau froide sur le visage. Sortir de nuit avait été une grosse bêtise, elle le savait, et elle se promit de ne jamais recommencer.

Elle secoua la tête et remua ses bras, ses doigts et son dos ankylosés. Les inconnus qu'elle pourchassait étaient probablement trop éloignés pour avoir entendu la fusillade de la nuit, mais si elle n'avait pas eu cette chance, qui pouvait dire ce qui serait arrivé ? Cela ne changeait rien à ses plans : elle était déjà pressée de trouver leur cachette auparavant, elle l'était encore plus maintenant. Elle sortit sa carte de son sac à dos, se situa, localisa son objectif et détermina le meilleur itinéraire. Après un soupir et une autre gorgée d'eau, elle se remit en chemin.

Kira se déplaçait avec prudence : désormais, elle devait se méfier non seulement des patrouilles de Partials mais aussi de gigantesques monstres velus et griffus. Elle voyait des mouvements dans toutes les ombres, et dut se forcer à garder son sang-froid. Une fois atteint le quartier visé, elle mit quelques heures à identifier avec certitude l'édifice équipé de l'antenne, principalement à cause de sa crainte d'être vue. Elle finit par monter dans un autre bâtiment pour bénéficier d'une vue panoramique ; de là, elle repéra l'antenne sans difficulté. Les immeubles étaient moins hauts ici : la plupart ne comptaient que deux ou trois étages. Sachant ce qu'elle cherchait, elle n'eut pas de mal à déceler des indices subtils prouvant que la bâtisse était habitée : beaucoup de fenêtres étaient condamnées par des planches, surtout au deuxième étage, et de faibles traces dans la poussière montraient que quelqu'un était récemment passé sur les marches du perron.

Le plus difficile était à présent devant elle. Elle n'osait pas bouger avant de savoir qui vivait là, où se trouvaient les habitants et si les bombes étaient armées, prêtes à exploser. Le scénario le plus probable, à son avis, était qu'il s'agissait là d'une sorte de poste avancé pour une faction de Partials – et pas une faction amie du docteur Morgan, vu comme leur dernière rencontre, à l'autre avant-poste, avait été destructrice. Or, tous les Partials n'étaient pas bien disposés envers les humains, et Kira ne voulait surtout pas mettre le pied dans un piège. Elle allait observer, attendre, et voir ce qui se passerait.

Il ne se passa rien.

Kira surveilla l'immeuble toute la journée et toute la nuit, réfugiée dans l'appartement d'en face, de l'autre côté de la rue. Elle se nourrit de boîtes de haricots froids et se pelotonna sous une couverture mangée aux mites, pour éviter de faire du feu. Personne n'entra ni ne sortit, et lorsque la nuit tomba aucune flamme ne brilla derrière les fenêtres, nulle fumée ne s'éleva entre les planches. Il ne se passa rien non plus le deuxième jour, et Kira commença à s'inquiéter : peut-être avaient-ils fui avant son arrivée ou s'étaient-ils faufilés par une porte à l'arrière. Elle descendit dans la rue et explora rapidement le périmètre, cherchant d'autres entrées et sorties, mais rien ne semblait utilisé, que ce soit en général ou tout récemment. Si ces gens étaient partis, ils l'avaient fait par la porte de devant. Elle se réinstalla dans sa planque pour reprendre sa surveillance.

Cette nuit-là, quelqu'un sortit.

Kira se pencha en avant, en veillant à éviter le clair de lune qui entrait par la fenêtre. L'homme était immense : il mesurait au moins deux mètres dix, avec une corpulence et un tour de taille à l'avenant. Il devait peser facilement cent kilos de plus qu'elle. Sa peau était sombre, mais sans doute pas plus que celle de la jeune fille : c'était difficile à dire dans la pénombre nocturne. Il ouvrit prudemment la porte d'entrée, souleva un petit chariot pour aller le poser en bas des marches du perron, puis remonta fermer soigneusement à clé. Le chariot était empli de récipients, et Kira devina que l'homme s'en allait chercher de l'eau. Il portait aussi un gros sac à dos plein de matériel impossible à identifier, et son arme n'était pas visible. *Mieux vaut donc supposer le pire*, se dit Kira, car un pistolet à gros calibre ou une mitraillette pouvaient très bien être dissimulés dans les plis de son large pardessus.

Kira ramassa sans bruit ses affaires, reboucla son sac dans le noir et descendit comme une ombre pour suivre l'homme.

Il était déjà au coin de la rue lorsqu'elle sortit, et elle attendit qu'il l'ait franchi avant de se lancer à sa poursuite, se déplaçant le plus légèrement possible parmi les gravats. Passant la tête à l'angle, elle le vit qui marchait lentement en traînant son chariot derrière lui. Il avait une manière bizarre de se déplacer, presque comme un dandinement, et Kira se demanda si c'était juste à cause de son fardeau ou s'il y avait une autre raison à cela. Arrivé au bout du bloc d'immeubles, il s'engagea dans la rue suivante sans une hésitation, comme s'il ne craignait pas un instant d'être vu ou, pire, dévoré. Comment avait-il survécu si longtemps sans rencontrer le monstre nocturne ? Il disparut derrière un muret, et Kira le suivit en silence.

Debout devant une bouche de métro, il remplissait ses bidons en plastique à l'aide d'un long tuyau semblable au sien. Il soufflait en travaillant, comme si l'exercice l'épuisait, mais ses gestes experts trahissaient une longue habitude. Il avait fait cela assez souvent pour s'y prendre à merveille.

Était-ce un Partial ? Kira demeura immobile dans l'ombre à l'observer, s'efforçant de... pas de l'écouter ni de le flairer, mais de le *ressentir*, de la même manière qu'elle avait réussi à sentir Samm. Le lien. Il était plus émotionnel qu'informatif ; à supposer qu'elle parvienne à se lier à cet individu, ce serait en éprouvant ce qu'il éprouvait. Elle examina attentivement ses propres émotions. Elle se sentait curieuse ; fatiguée ; sûre de son but. Y avait-il là-dedans quelque chose qui vienne de lui ? Que pouvait-il bien ressentir ? Il marmonnait dans sa barbe, pas avec colère mais pour se parler, simplement, tout comme elle-même avait pris l'habitude de le faire. Elle ne distinguait pas ses paroles.

Plus elle l'observait, en train de remplir méthodiquement ses bidons, plus elle se rendait compte que sa haute taille indiquait presque à coup sûr une nature humaine. Les Partials avaient été conçus pour faire des soldats, et pas n'importe quels soldats : les fantassins étaient tous de jeunes hommes, les généraux des messieurs d'un certain âge, et Samm avait dit que leurs médecins étaient des femmes, et leurs pilotes, des filles au corps menu, faites pour entrer facilement dans des véhicules étroits et des cockpits exigus. Les fournisseurs de l'armée avaient ainsi pu économiser des milliards en fabriquant des avions de chasse de taille réduite. De toute évidence, il y avait des exceptions : Kira ignorait par exemple quel rôle était censée tenir Heron, la grande fille superbe et toute en jambes qui l'avait capturée pour le docteur Morgan ; mais y avait-il eu des modèles tels que cet homme ? Il était immense, encore plus impressionnant maintenant que Kira ne le voyait plus d'en haut mais du niveau du sol. Une sorte de super-soldat parmi les super-soldats ? Un spécialiste des armes lourdes, peut-être, ou un expert du combat rapproché ? Samm n'avait jamais parlé d'individus de ce genre, mais il y avait beaucoup de choses qu'il n'avait pas mentionnées. Kira se concentra le plus fort possible pour tâcher de détecter ce géant par le biais de ce qui faisait chez elle office de lien, mais elle ne sentit rien.

En dehors de sa taille, sa fatigue manifeste était un autre indice. Il n'avait parcouru que deux blocs d'immeubles, et pourtant il soufflait comme s'il avait couru un marathon. Ce n'était pas possible pour un super-soldat physiquement parfait ; en revanche cela correspondait exactement à la réaction d'un humain en surpoids.

Il était assez bien éclairé, grâce à une grosse lune et à un ciel sans nuages, et Kira sortit silencieusement ses jumelles pour mieux l'observer. Elle se trouvait à moins de trente mètres de lui, accroupie derrière une voiture rouillée, mais elle voulait à tout le moins avoir confirmation de son armement. Il n'y avait rien sur ses jambes ni sur ses hanches, pas de holster ni de couteaux, et le chariot ne semblait contenir que des bidons. L'homme acheva d'en remplir un et le souleva. Il se tourna vers elle lorsqu'il le déposa dans le chariot, et l'espace d'un bref instant son manteau s'ouvrit, offrant une vue dégagée sur son torse et ses flancs : pas d'arme là non plus, pas de holster ni rien de tel. Kira fronça les sourcils. Personne ne se déplaçait sans arme dans les espaces sauvages : la sienne devait donc être dissimulée, mais pourquoi la dissimuler quand on se croyait seul ?...

Avec un coup au cœur, Kira se rendit soudain compte qu'elle avait mis le pied dans un traquenard : cet homme, immense, lent et non armé, avait été envoyé dehors comme appât pendant que les autres l'encerclaient pour l'empêcher de fuir. Elle se laissa tomber au sol, baissant la tête au cas où on aurait voulu l'abattre sur place, et chercha fiévreusement l'ennemi des yeux. Il faisait trop sombre ; il pouvait y avoir des tireurs derrière toutes les fenêtres, les portes et les ombres qui la cernaient et qu'elle ne pouvait percer du regard. Son seul espoir était de prendre ses jambes à son cou, comme avec le monstre, au centre commercial. L'immeuble qu'elle avait dans le dos présentait une sorte de vitrine : un ancien comptoir de pizzas à emporter, peut-être. Il devait bien y avoir au moins une arrière-salle, probablement en sous-sol, et, avec un peu de chance, un escalier qui donnait accès au reste de l'édifice. Elle pourrait se glisser à l'intérieur, trouver une autre sortie et filer avant que ses adversaires aient une chance de refermer leur piège.

L'homme qui se tenait devant la bouche de métro s'étira, son sac à dos posé par terre à côté de lui. Se préparait-il avant l'assaut ? Il fallait qu'elle parte tout de suite. Elle se remit debout et se rua vers la vitrine, se préparant à l'impact des balles dans son dos. Au fond de l'ancienne pizzeria, il y avait une mince porte en bois, et au-delà, un bureau ; Kira y plongea et claqua la porte derrière elle, allumant sa lampe pour chercher une sortie. Il n'y en avait pas.

Elle était coincée.

CHAPITRE 9

Kira balaya d'un grand geste la surface qui occupait le centre de la pièce, dégageant d'épaisses piles de papiers et une poussière vieille de dix ans. Il y avait aussi un mince écran d'ordinateur, qu'elle renversa avant de coucher le bureau sur le côté et de plonger derrière pour s'abriter. Elle s'aplatit au sol contre cette barricade de fortune, sa carabine lui entrant dans la joue, le canon braqué droit sur la porte ; si la poignée avait le moindre frémissement, elle pourrait vider un chargeur entier sur la personne qui se tiendrait derrière. Elle attendit, osant à peine respirer.

Elle attendit.

Une minute passa. Cinq. Dix. Elle imaginait un tireur de l'autre côté de la porte, tapi dans l'ombre, aussi attentif qu'elle-même. Lequel d'entre eux craquerait le premier? L'ennemi était supérieur en nombre, et il avait l'avantage ; en outre, il disposait de plus d'espace pour manœuvrer. Mais elle ne se rendrait pas si facilement. S'ils la voulaient, ils devraient venir la chercher.

Dix minutes s'écoulèrent encore, et Kira, ankylosée, fit passer son poids d'une jambe à l'autre. Elle cligna des yeux pour en chasser la sueur : ils étaient rouges et à vif, elle le sentait, mais elle refusait de faire le moindre geste. Elle avait la gorge sèche et douloureuse, les doigts crispés sur la crosse de son arme. Rien ne bougeait. Aucun bruit ne troublait la nuit.

Sa lampe clignota, n'émettant plus qu'une lumière jaunâtre et maladive. Les piles étaient faibles depuis quelques jours, et la jeune fille n'en avait pas encore trouvé d'autres pour les remplacer. Dix minutes plus tard, la torche s'éteignit pour de bon et Kira ferma inutilement les yeux pour échapper à ces ténèbres pures et écouter de toutes ses forces : la poignée de porte, un grincement sur le plancher ou un crissement de chaussures, un cliquetis d'arme à feu se préparant à tirer. Encore dix minutes. Vingt. Une heure. Étaient-ils vraiment si patients ?

Ou bien n'y avait-il personne ?

Kira se frotta les yeux en repensant à l'attaque. Elle avait supposé l'existence d'un piège – c'était l'explication la plus logique –, mais en réalité elle n'avait vu personne. Était-il possible que l'homme, désarmé et retiré dans une ville morte pleine de monstres, soit complètement seul ? C'était hautement improbable, mais oui, c'était possible. Kira était-elle prête à jouer sa vie sur cette hypothèse ?

Elle abaissa son arme, gémissant de douleur en sentant ses épaules raidies. Elle gagna le plus silencieusement possible un côté de la pièce, hors de portée des balles qui pourraient traverser la porte, et tendit de nouveau l'oreille. Silence total. Elle dressa une main en avant, s'appuyant au mur de l'autre, et ses doigts rencontrèrent la poignée de la porte. Personne ne lui tira dessus. Elle prit sa respiration, referma les doigts sur la poignée, ouvrit le battant d'un geste vif, retira brusquement sa main et s'éloigna de l'ouverture en roulant sur elle-même. Pas de fusillade, pas de cris, aucun bruit hormis le grincement des charnières. Elle contempla fixement l'ouverture béante, tâchant de trouver le courage de continuer, et décida d'essayer encore une ruse : elle ramassa l'écran qu'elle avait jeté au sol et le précipita de toutes ses forces à travers la porte ouverte, dans l'espoir de dévier les tirs si jamais quelqu'un était tapi de l'autre côté. L'écran retomba bruyamment par terre en se fissurant, et le silence revint.

– Ne tirez pas ! lança-t-elle avant de franchir lentement l'encadrement de la porte.

La boutique de pizzas était toujours aussi déserte, et dehors, dans la rue, les rayons de la lune se reflétaient sur les carcasses de voitures. Kira sortit sur la pointe des pieds, prête à faire feu, vérifiant tous les coins et guettant une embuscade, mais elle était bien seule. De l'autre côté de la rue se dressait la bouche de métro, et tout près, le chariot du gros homme, immobile, abandonné. Un bidon gisait non loin, renversé, vidé de son eau. À quelques pas, le sac à dos bourré à craquer était toujours appuyé contre l'entrée du métro.

Kira fit tout le tour du carrefour en courant d'une voiture à l'autre avant de s'approcher du sac. Il était énorme, presque aussi gros qu'elle, et elle ne put s'empêcher de repenser aux deux cratères d'explosions qu'elle avait déjà vus. Voulait-elle réellement ouvrir le sac d'un poseur de bombes ? Il pouvait l'avoir laissé là en guise de piège, pour la tuer... mais honnêtement, il avait eu tant d'occasions plus simples de l'abattre s'il avait voulu sa mort... À moins que les explosifs ne soient la seule arme qu'il connaissait ? Peut-être n'avait-il pas d'arme à feu du tout.

Elle contourna le sac avec méfiance, se frottant le visage du plat de la main, en s'efforçant de prendre une décision. Cela en valait-il la peine ? Le monstre nocturne la hantait encore : la seule fois où elle avait pris un gros risque, elle avait failli y rester. Mais sa prudence lui faisait perdre du temps, et le temps n'était pas une ressource qu'elle pouvait se permettre de gaspiller en ce moment. Les réponses à ses questions – *Qu'est-ce que l'Alliance ? Quel est le rapport entre les Partials et le RM ? Qui suis-je, et de quel plan fais-je partie ?* – étaient de celles qui pouvaient sauver l'espèce humaine ou l'anéantir. Si périlleuses que soient ses décisions, il faudrait bien qu'elle les prenne. Elle bascula son fusil derrière son épaule, tendit la main vers le sac...

... et entendit une voix.

Elle se hâta de ramper à l'abri, derrière le muret de l'entrée du métro. La voix était douce, mais elle portait loin dans le silence de minuit : un faible marmonnement venu d'une rue latérale, à peut-être un demi-bloc de distance, et qui se rapprochait. Elle agrippa son arme, cherchant un endroit où fuir, mais l'espace autour d'elle était dégagé. Elle choisit donc de ramper lentement sur le côté en gardant toujours la bouche de métro entre elle et celui qui parlait. À mesure qu'il se rapprochait, son murmure devint plus distinct, jusqu'au moment où elle comprit enfin ses paroles.

– Ne jamais laisser le sac, ne jamais laisser le sac.

C'était la même phrase, répétée à l'infini : « Ne jamais laisser le sac. »

Risquant un coup d'œil, elle vit l'immense bonhomme qui remontait la rue avec son dandinement de canard.

– Ne jamais laisser le sac.

Ses mains tressaillaient, et ses yeux balayaient la rue à petits coups rapides.

– Ne jamais laisser le sac.

Kira ne savait pas bien ce que c'était, mais quelque chose dans sa démarche, ou sa façon de parler, ou la manière dont il frottait ses mains ensemble – probablement la combinaison de tout cela et d'autres indices encore – emporta sa décision. Assez perdu de temps, il fallait qu'elle agisse. Elle suspendit de nouveau son fusil à son épaule, écarta largement les mains pour montrer que celles-ci étaient vides, et sortit de sa cachette pour s'avancer entre l'homme et le sac à dos.

– Bonjour.

L'homme fit un bond de surprise, les yeux écarquillés d'horreur, puis tourna les talons et rebroussa chemin en courant. Kira fit quelques pas pour le suivre, sans trop savoir si c'était raisonnable, mais soudain il s'arrêta net et se plia en deux comme s'il était blessé, tout en secouant violemment la tête.

– Ne jamais laisser le sac, marmonna-t-il en se tournant vers elle. Ne jamais laisser le sac.

La revoyant, il refit quelques pas en courant, comme mû par un réflexe involontaire, mais s'arrêta une fois de plus, se retourna, lorgna le sac à dos avec une expression peinée, terrifiée.

– Ne jamais laisser le sac.

– Tout va bien, dit Kira, je ne vous veux aucun mal.

Elle se demandait bien ce qui se passait : elle s'était attendue à tout sauf à cela. Elle tâcha de prendre son air le plus inoffensif.

– J'ai besoin du sac à dos, gémit l'homme d'une voix tremblante de désespoir. Je ne dois jamais laisser le sac à dos, je l'emporte partout avec moi, c'est tout ce que j'ai.

– Il contient vos affaires ? demanda Kira en faisant un pas de côté.

Son déplacement permit à l'inconnu de mieux voir le sac. Il fit cinq pas dans sa direction, les mains tendues en avant comme pour l'attraper à quinze mètres de distance.

– Je ne suis pas là pour vous voler, dit lentement Kira. Je veux juste parler. Il y en a combien d'autres ?

– C'est le seul, gémit l'homme d'une voix suppliante. J'en ai besoin, je ne peux pas le perdre, c'est tout ce que j'ai...

– Je ne parlais pas du sac. Je voulais dire, combien de personnes ? Combien êtes-vous dans la planque ?

– Je vous en prie, rendez-moi le sac à dos, insista l'homme en avançant lentement.

Il sortit de l'ombre, et Kira crut voir briller des larmes dans ses yeux. Sa voix était rauque et pleine de désespoir.

– J'en ai besoin, j'en ai besoin, j'ai besoin du sac à dos. S'il vous plaît, rendez-le-moi.

– Ce sont des médicaments ? Vous avez besoin d'aide ?

– S'il vous plaît, rendez-le-moi, murmurait-il en boucle. Ne jamais laisser le sac.

Kira réfléchit un instant, puis s'écarta de cinq mètres, jusqu'à l'autre côté du chariot : assez loin pour qu'il puisse venir ramasser son sac sans risque. Il se rua en avant et s'écroula dessus, le serra dans ses bras en pleurant, et Kira chercha de nouveau des yeux une embuscade : des tireurs aux fenêtres, ou des hommes arrivant derrière l'homme dans la rue. Il semblait pourtant complètement seul. *Que se passe-t-il, ici ? Ce bonhomme peut-il être le poseur de bombes qui était si difficile à localiser, l'auteur de pièges si astucieux que même les Partials n'ont pas su les repérer avant qu'il soit trop tard ?*

Il ne semblait pas pressé de parler de quoi que ce soit en dehors du sac à dos, si bien qu'elle se concentra là-dessus.

– Qu'y a-t-il dedans ?

Il lui répondit sans même lever la tête.

– Tout.
– Votre nourriture ? Vos armes ?
– Pas d'armes, affirma-t-il en secouant la tête. Pas d'armes. Je suis un civil, vous ne pouvez pas me tirer dessus, je n'ai pas d'armes.
Kira fit un petit pas dans sa direction.
– Des provisions, alors ?
– Vous avez faim ?
À cette idée, il parut un peu ragaillardi et releva la tête.
Kira réfléchit avec prudence, puis fit oui de la tête.
– Un peu.
Elle fit un geste vers son propre paquetage.
– J'ai des haricots si vous en voulez, et de l'ananas en boîte que j'ai trouvé dans une épicerie.
– J'en ai plein, de l'ananas, dit-il en se remettant lentement debout.
Il se frotta les mains et enfila le sac à dos sur ses épaules.
– Ce que je préfère, c'est la salade de fruits : il y a de l'ananas et puis des pêches et puis des poires et des cerises. Venez chez moi, je vais vous montrer.
– Chez vous, répéta-t-elle en repensant aux cratères.
Elle était à présent certaine que ce type n'était pas un Partial ; à vrai dire, il ressemblait plutôt à un enfant géant.
– Qui d'autre y a-t-il là-bas ?
– Personne. Personne du tout. Je suis un civil, vous ne pouvez pas me tirer dessus. On va manger de la salade de fruits dans ma maison.
Kira prit encore un peu le temps de réfléchir, puis acquiesça. Si c'était un piège, c'était le plus bizarre qu'elle avait jamais vu. Elle lui tendit la main.
– Je m'appelle Kira Walker.
– Afa Demoux.
Il reposa le bidon renversé sur le chariot, ramassa sa pompe et commença à tracter le tout vers la maison.
– Vous êtes une Partial, et je suis le dernier humain sur Terre.

Il s'avéra qu'Afa vivait dans les locaux d'une ancienne chaîne de télévision, si ancienne qu'elle contenait des équipements remontant à l'époque d'avant les divertissements sur ordinateur. Kira avait déjà accompli des missions de récupération dans les locaux de quelques chaînes d'information locales, à Long Island. Leur matériel était mystérieux, mais de taille réduite : des caméras, des câbles, et des petits appareils informatiques qui envoyaient tout dans les nuages. Ici se trouvaient les mêmes objets – comme dans toutes les chaînes de télévision, sans doute, étant donné l'obsession de l'ancien monde pour Internet –, mais il y avait aussi des appareils plus anciens : de larges consoles de mixage manuelles, et une pièce remplie d'émetteurs conçus pour expédier les programmes à travers les cieux afin qu'ils soient captés par des antennes lointaines, au lieu d'être transmis directement par liaison satellite. C'était pour cela que l'édifice était encore surmonté d'une immense antenne, et c'était aussi pour cela qu'Afa y avait élu domicile. Kira le savait parce qu'il le lui répéta sans relâche pendant presque une heure.

– Le nuage s'est désactivé, lui dit-il une fois de plus, mais la radio n'a pas besoin du nuage : c'est un système de liaison point à point. Il suffit d'un émetteur-récepteur, d'une antenne, et de suffisamment de courant. Avec ça, je peux émettre vers n'importe qui, et n'importe qui peut émettre vers moi : pas besoin de nuage ni de réseau ni de rien du tout. Avec une si grande antenne, je peux diffuser dans le monde entier.

– C'est formidable, mais avec qui communiquez-vous ainsi ? Qui vit là-bas ?

Il devait bien exister d'autres survivants hors de Long Island : elle l'avait toujours espéré, sans jamais oser y croire.

Afa secoua la tête – sa large tête basanée, porteuse d'une barbe broussailleuse, brune et largement parsemée de gris. Kira devina des origines polynésiennes, mais elle ne connaissait pas assez bien les îles pour déterminer de quel archipel il venait.

– Il n'y a rien, personne, admit-il. Je suis le dernier humain sur Terre.

C'était donc vrai qu'il vivait seul ; cela, au moins, était la vérité. Il avait fait de la chaîne de télévision un véritable dédale d'équipements empilés partout : générateurs, radios portables, stocks de nourriture et d'explosifs, et des piles et des piles de papiers. Il avait des tas de dossiers et de classeurs, des liasses de coupures de presse maintenues par de la ficelle, des boîtes de sorties imprimante jaunies qui côtoyaient d'autres boîtes pleines de bouts de papiers, de reçus et d'actes notariés. D'épais classeurs débordaient de photos, dont certaines sur papier glacé et d'autres imprimées sur du vieux papier de bureau ; d'autres photos encore débordaient de cartons ou se déversaient même par la porte de certaines pièces : des bureaux entiers remplis, du sol au plafond, de boîtes d'archives et d'armoires de rangement, et toujours, partout, plus de photos que tout ce que Kira aurait pu imaginer. Les rares murs qui n'étaient pas cachés par des placards, par des rayonnages ou par de hautes tours de cartons étaient entièrement couverts de cartes géographiques : des cartes de l'État de New York et d'autres États, des cartes des États-Unis, des cartes de l'alliance militaire internationale appelée NADI, des cartes de la Chine, du Brésil, du monde entier. Et ces cartes étaient elles-mêmes couvertes d'un dense réseau de punaises, de fils, de petits fanions tordus : Kira avait le tournis rien qu'à les regarder. Et en permanence, sur chaque surface, et même craquant sous les pieds, partout il y avait des papiers, des papiers, encore des papiers. Papiers qui, selon toute apparence, définissaient et délimitaient l'existence d'Afa.

Kira posa sa boîte de fruits au sirop pour le presser de nouvelles questions.

– Que faites-vous ici ?

– Je suis le dernier humain sur Terre.

– Il y a des humains sur Long Island, vous savez.

– Des Partials, dit-il rapidement en agitant la main pour chasser cette idée. Rien que des Partials. Tout est là, tout est dans les dossiers.

Il fit un geste circulaire, comme si les tas de paperasses en désordre constituaient une preuve flagrante de la vérité universelle. Kira hocha la tête, absurdement soulagée par cet éclair de folie : la première fois qu'il l'avait traitée de Partial, cela l'avait effrayée, troublée au plus profond de son être. Il avait été le premier être humain à lui dire ces mots tout haut, et l'accusation – la conscience du fait que quelqu'un pouvait réellement le savoir, pouvait réellement le dire – l'avait remuée jusqu'à la moelle. Mais savoir qu'Afa était juste délirant, qu'il croyait le monde uniquement peuplé de Partials, rendait la chose plus supportable.

Kira insista encore, en espérant que des questions plus précises provoqueraient des réponses moins vagues.

– Vous êtes un ancien employé de ParaGen.

Il s'immobilisa, les yeux plongés dans les siens, le corps tendu, puis se remit à manger avec une nonchalance forcée. Il ne répondit pas.

– J'ai vu votre nom sur une porte, dans leurs bureaux. C'est de là que vous avez rapporté une partie de votre équipement. (Elle indiqua du geste les rangées d'ordinateurs et d'écrans.) C'est pour quoi, tout ça ?

Afa ne répondit pas davantage, et Kira s'immobilisa une fois de plus pour le regarder. Quelque chose ne tournait pas rond dans sa tête, elle en était convaincue : c'était visible à sa manière de bouger, de parler, même à sa posture lorsqu'il était assis. Il ne pensait pas aussi vite, ou du moins pas de la même manière, que les autres gens qu'elle connaissait. Comment avait-il fait pour survivre ainsi, tout seul ? Il était prudent, sans aucun doute, mais seulement à propos de certaines choses ; son logement était miraculeusement bien défendu, rempli de pièges ingénieux et de dispositifs de sécurité qui lui permettaient de rester caché tout en protégeant son équipement ; d'un autre côté, il était sorti sans arme. *La meilleure explication,* raisonna Kira, *c'est qu'il y a quelqu'un d'autre avec lui. D'après ce que j'ai vu, c'est impossible qu'il soit capable de se défendre aussi bien, et absolument inimaginable qu'il ait su installer tout cet équipement. Il est comme un enfant. La personne qui dirige tout, dans cette maison, l'utilise peut-être comme assistant ?* Mais Kira avait beau essayer, elle ne parvenait pas à voir ni à entendre qui que ce soit d'autre dans ce bâtiment. S'il y avait quelqu'un, il se cachait bien.

Dès que je parle de ParaGen, il se referme comme une huître, remarqua-t-elle. *Il va falloir que j'essaie une autre tactique.* Voyant qu'il lorgnait sa boîte de fruits entamée, elle la lui tendit.

– Vous voulez le reste ?

Il s'en empara prestement.

– Il y a des cerises dedans.

– Oui, c'est vrai. Vous aimez les cerises ?

– Bien sûr que j'aime les cerises. Je suis un humain.

Kira faillit s'étrangler de rire, mais réussit à se retenir. Elle connaissait beaucoup d'humains qui détestaient les cerises au sirop. Mais peu importait : voyant que son offrande de fruits semblait apaiser le trouble créé par son allusion à ParaGen, elle tenta de lancer un nouveau sujet.

– C'est très courageux de votre part, de sortir comme ça dans le noir, avança-t-elle. Il y a plusieurs nuits de cela, quelque chose d'énorme m'a attaquée ; je m'en suis tirée à un cheveu.

– C'était un ours, avant, précisa Afa la bouche pleine. Faut attendre qu'il ait attrapé quelque chose, c'est tout.

– Et que se passe-t-il quand il a attrapé quelque chose ?

– Il le mange.

– Oui, d'accord, mais je veux dire, pourquoi faut-il attendre que cela arrive ? Que voulez-vous dire, précisément ?

– Quand il a mangé, il n'a plus faim, lâcha Afa en regardant par terre d'un air absent. Faut attendre qu'il ait mangé, ensuite on peut sortir chercher de l'eau pendant qu'il digère. Comme ça, il ne vous mange pas. Mais toujours penser à prendre le sac à dos ! ajouta-t-il en pointant sa cuiller devant lui. Il ne faut jamais laisser le sac.

Kira s'émerveilla de la simplicité de son stratagème. Cependant, sa réponse entraînait une multitude de nouvelles questions : comment savait-il à quel moment le monstre avait mangé ? Et que signifiait : « C'était un ours, avant » ? Qu'y avait-il de si important dans le sac à dos ? Qui avait enseigné à

Afa toutes ces stratégies ? La dernière de ces questions était la plus pressante, décida-t-elle.

– Qui vous a dit de ne jamais vous séparer du sac ?

– Personne. Je suis un humain. Personne ne me commande, parce que je suis le dernier.

– Bien sûr que personne ne vous commande, concéda Kira, frustrée par cette conversation qui tournait en rond, mais qui est votre ami ? Celui qui vous a recommandé de ne pas perdre le sac à dos ?

– Pas d'amis, affirma Afa en secouant la tête d'une manière étrange, molle, qui fit remuer tout son torse par la même occasion. Pas d'amis. Je suis le dernier.

– Est-ce qu'il y en a eu d'autres avant ? D'autres gens avec vous, ici, dans cette planque ?

– Rien que vous.

Sa voix changea lorsqu'il le dit, et Kira commença à croire qu'il était peut-être bien seul, complètement seul... Elle était peut-être la première personne à qui il parlait depuis des années. Celui qui l'avait sauvé et lui avait enseigné la survie, qui avait installé tout ce dispositif et les autres stations de radio – et qui les avait bourrés d'explosifs – était probablement mort depuis longtemps, tué par des Partials ou des bêtes sauvages, mort de maladie ou par accident, laissant ce grand enfant quinquagénaire livré à lui-même dans les ruines. *C'est pour ça qu'il dit être le dernier*, pensa-t-elle. *Il a vu mourir son dernier compagnon.*

Elle s'adressa alors à lui avec douceur, presque avec tendresse.

– Est-ce qu'ils te manquent ?

– Les autres humains ? (Il haussa les épaules et dodelina légèrement de la tête.) C'est plus calme. J'aime bien le calme.

Kira se rassit, le front plissé. Tout ce qu'il disait ne faisait que la troubler davantage, et elle se sentait plus loin que jamais de saisir sa situation. Le plus incompréhensible de tout était qu'elle ait vu le nom de l'homme chez ParaGen : Afa Demoux avait eu un bureau, un bureau bien à lui. ParaGen ne faisait pourtant pas l'effet d'une entreprise qui aurait donné un emploi à un attardé mental. Il avait travaillé là-bas : à une époque, il avait dû occuper une fonction importante, être quelqu'un qui comptait.

Qu'y avait-il d'écrit sur sa porte, déjà ? Elle fit un effort de mémoire, puis hocha la tête lorsque le sigle lui revint : DI. *Direction des Imbéciles* ? Pouvait-il s'agir d'une blague cruelle ? Cela aurait expliqué qu'il ne veuille plus entendre parler de ParaGen. Mais non, cela n'avait pas de sens. Rien de ce que Kira savait de l'ancien monde ne laissait imaginer ce genre de comportements, du moins pas si officiellement, dans une grosse entreprise. Les lettres avaient forcément un sens plus sérieux. Elle observa ses traits pendant qu'il terminait sa boîte de fruits, en essayant de deviner son état émotionnel. Pouvait-elle tenter d'aborder à nouveau le sujet de ParaGen, ou s'enfermerait-il encore dans le mutisme ? Peut-être que si elle ne prononçait pas le nom de l'entreprise, et ne parlait que des lettres...

– Tu as l'air de t'y connaître en... en DI.

Elle fit la grimace, espérant que sa question n'était pas complètement ridicule – ou pire, vexante. Mais le regard d'Afa s'alluma, et Kira frissonna.

– J'étais DI, oui, avoua-t-il. Je faisais tout, tu sais ! Sans moi, ils étaient perdus. (Avec un grand sourire, il embrassa d'un grand geste les ordinateurs disposés dans la pièce.) Tu vois ? Je m'y connais, ça oui, on peut le dire. Question informatique, je suis incollable.

– Je suis impressionnée, dit Kira, incapable à présent de réprimer son sourire : enfin, elle avançait. (Elle se pencha vers lui.) Parle-moi de tout ça. De... DI.

– Il faut savoir comment ça fonctionne. Il faut savoir où sont les choses ; certaines sont dans le nuage, certaines dans les disques durs, mais si ce ne sont pas les bons, il faut du courant. C'est pour ça que j'ai les Zoble sur le toit.

– Les panneaux solaires.

Afa confirma d'un hochement de tête.

– Les Zoble et les Hufong, même si c'est bien plus dur à trouver, les Hufong, et ça se casse beaucoup. J'ai converti les générateurs de la salle C en accumulateurs pour pouvoir faire marcher les Hufong, et ils peuvent tenir là-dessus pendant un moment, mais il faut les faire tourner en permanence, sinon ils tombent en panne. Mais voilà, ajouta-t-il en s'inclinant avec une modestie feinte : avec le bon type de courant, on peut accéder à tous les disques qu'on veut. L'essentiel de ce que j'ai ici est imprimé, mais les gros, là, ceux qui sont dans ce coin, ce sont des serveurs à disque – ils consomment beaucoup d'électricité, mais on peut y stocker bien plus de données, et c'est là que se trouvent la plupart des séquences.

Et il continua ainsi, parlant plus rapidement et avec plus d'animation que jamais. Kira était un peu assommée par cette soudaine avalanche d'informations : elle comprenait la plupart des mots, mais pas plus de la moitié des concepts ; l'homme parlait visiblement d'archives numériques et des différentes manières dont elles étaient stockées, alimentées et accessibles, mais il parlait si vite, et Kira avait si peu de bagage sur le sujet, que l'essentiel de ce qu'il disait lui passait loin au-dessus de la tête.

Ce qui la frappait surtout était sa compétence subite, presque extraordinaire, aussitôt qu'il abordait ce sujet. Elle l'avait cru lent, trop puéril pour faire grand-chose de plus qu'aller chercher de l'eau sous les ordres de quelqu'un d'autre, mais elle comprenait à présent que sa première impression était complètement fausse. Afa avait ses bizarreries, sans aucun doute, et il avait indéniablement quelque chose qui ne tournait pas rond, mais dans un domaine au moins, il était brillant.

– Stop, dit-elle en levant les mains. Attends, tu vas trop vite. Commençons par le commencement : qu'est-ce que ça signifie, DI ?

– Direction informatique. C'était moi, le directeur informatique. Je faisais tourner les ordinateurs de tout le monde, j'installais les serveurs, je veillais à la sécurisation du nuage, et je supervisais tout ce qui passait par le réseau. (Il se pencha pour la regarder intensément, et tapota le plancher du bout de l'index.) J'ai *tout* vu. Ça s'est déroulé sous mes yeux.

Il se renversa en arrière et écarta les bras comme pour englober toute la pièce, peut-être le bâtiment entier.

– J'ai tout rassemblé ici, presque tout, et je le montrerai, tout le monde connaîtra l'histoire. Les gens sauront précisément comment c'est arrivé.

– Comment quoi est arrivé ?

– La fin du monde.

Afa déglutit et continua, son visage virant au rouge car il en oubliait de respirer.

– Les Partials, la guerre, le soulèvement, le virus. Tout.

Kira hocha la tête, tellement surexcitée qu'elle en avait des picotements dans les doigts.

– Et à qui vas-tu révéler tout ça ?

Les traits d'Afa s'affaissèrent d'un coup, et ses bras retombèrent sur les côtés.

– À personne. Je suis le dernier humain sur Terre.

– Non, c'est faux, assena fermement Kira. Il y a une communauté entière sur Long Island : il reste environ trente-six mille humains là-bas, et Dieu sait combien encore sur les autres continents. Il y en a *forcément* d'autres. Et moi, alors ?

– Tu es une Partial.

L'accusation, une fois de plus, la mit mal à l'aise, d'autant plus qu'elle ne pouvait pas la nier en bloc. Elle tenta une approche plus oblique.

– Qu'est-ce qui te rend si sûr que je suis une Partial ?

– Les humains ne viennent pas à Manhattan.

– Tu y es bien, toi.

– J'étais là avant, ce n'est pas la même chose.

Kira serra les dents, de nouveau entraînée dans les raisonnements circulaires d'Afa.

– Alors pourquoi m'as-tu laissée entrer chez toi ? Si les Partials sont si méchants, pourquoi me faire confiance, à moi ?

– Les Partials ne sont pas méchants.

– Mais...

Kira se renfrogna, exaspérée par ses réponses simples et directes qui semblaient n'avoir aucun sens.

– Tu es ici tout seul. Tu te caches, tu te protèges comme un fou, tu fais sauter tes stations de radio chaque fois que quelqu'un s'en approche un peu trop. Tu as une immense communauté à l'est, une immense communauté au nord, et tu ne rejoins ni l'une ni l'autre. Si les Partials ne sont pas méchants, pourquoi rester à l'écart ?

Tout en parlant, elle prit conscience que la question s'appliquait tout aussi bien à elle. Elle était seule dans les parages depuis des mois, évitant aussi bien les Partials que les humains.

Non, je ne les évite pas, se raisonna-t-elle, *je les sauve. Je suis là pour sauver les deux espèces.* Mais l'idée la dérangeait quand même.

Afa pêcha les derniers morceaux de fruits dans sa boîte.

– Je reste ici parce que j'aime le calme.

– Tu aimes le calme.

Kira eut un accès d'hilarité, plus désespérée qu'amusée, et se leva pour s'étirer et se frotter les yeux.

– Je ne te comprends pas, Afa. Tu rassembles des informations que tu veux et ne veux pas partager ; tu vis dans une immense tour de diffusion radiophonique, et pourtant tu n'aimes pas parler aux gens. Et pourquoi la radio, d'ailleurs ? Est-ce que ça fait simplement partie de ta collecte d'informations ? Tu essaies juste de tout savoir ?

– Oui.

– Et tu ne t'es jamais dit que ces informations que tu rassembles pourraient peut-être aider d'autres gens ?

Afa se mit debout.

– Il faut que j'aille dormir.

– Attends, dit Kira, intriguée par son embarras manifeste.

Quelques instants plus tôt, elle se disputait avec le brillant directeur informatique, lui criait presque dessus, emportée par son impatience ; mais voilà qu'elle se retrouvait de nouveau face à l'enfant, gauche et lent, un tout petit esprit dans un corps de géant. Elle soupira : elle aussi était épuisée.

– Excuse-moi, Afa. Pardon de m'être énervée.

Elle tendit une main vers la sienne, hésitant tout en surveillant ses yeux. Ils ne s'étaient encore jamais touchés, Afa avait toujours timidement gardé ses distances, et elle se rendit compte, dans un torrent d'émotions, qu'elle non plus n'avait touché personne depuis des semaines. Pas un seul contact humain. Afa, si elle comprenait bien sa situation, n'avait approché personne depuis des années. Sa main resta un instant au-dessus de celle de l'homme, et elle vit dans ses yeux le même mélange de peur et de manque que ce qu'elle-même ressentait. Elle abaissa sa paume, la posa sur ses doigts, et il tressaillit mais ne retira pas sa main. Elle ressentit la pression de ses os, la douceur de sa chair, la texture tannée de sa peau, le battement tiède de son pouls.

Elle sentit une larme monter et la chassa d'un clignement de paupière. Afa se mit à pleurer ; depuis dix ans, elle n'avait vu personne ressembler autant à un enfant perdu, et elle l'attira dans ses bras. Il lui rendit son étreinte, fort, en sanglotant comme un bébé – la broyant presque entre ses bras énormes. Kira laissa libre cours à ses larmes. Elle lui tapota doucement le dos, l'apaisa de son mieux, et s'adonna sans réserve à la simple présence d'une autre personne, réelle, chaleureuse. Vivante.

CHAPITRE 10

Marcus courait le plus vite possible dans la forêt, en tâchant de ne pas se cogner les pieds et la tête dans les branches basses et les poteaux couverts de lierre. Le soldat qui l'accompagnait tomba d'un seul coup, et une tache écarlate s'épanouit dans son dos : il était touché. Marcus faiblit un instant et se tourna instinctivement vers le soldat pour l'aider, mais Haru l'agrippa et le tira en avant, fonçant tête baissée entre les arbres.

– Il est fini, cria Haru. Ne ralentis pas !

D'autres balles leur sifflèrent aux oreilles, filant dans les feuillages et explosant contre des troncs et de vieilles planches. Cette zone de Long Island était déjà densément boisée avant le Ravage, et au cours des douze années qui s'étaient écoulées depuis, la nature avait reconquis les quartiers résidentiels, abattant les clôtures pourries et faisant tomber les toitures et les murs, emplissant les pelouses et les jardins d'une végétation nouvelle. Même les trottoirs et les rues étaient fissurés par le gel et le dégel, et des arbres avaient poussé dans chaque craquelure, dans la moindre crevasse. Marcus franchit d'un bond ce qui restait d'un mur de briques et suivit Haru à travers un living-room tellement envahi par les lianes et les arbustes qu'on le distinguait à peine du monde extérieur. Il se baissa pour éviter un arbrisseau qui avait crevé les lattes du parquet, et se crispa lorsqu'une nouvelle balle tirée par les Partials le frôla avant d'aller fracasser le verre d'une affiche encadrée, à moins de trois mètres devant lui. Haru vira dans un couloir, laissant tomber une grenade à l'angle, et les yeux de Marcus s'agrandirent de terreur lorsqu'il sauta par-dessus, puisant en lui-même une énergie qu'il ignorait posséder afin d'accélérer encore un peu. Il jaillit en roulé-boulé par l'autre bout de la maison au moment où la grenade explosait. Haru le hissa sur ses pieds avec un grognement d'impatience.

– S'ils sont aussi près de nous que je le crois, on a dû en avoir au moins un, dit-il, courant toujours, la respiration sifflante. En tout cas, ça va ralentir ceux qui sont entrés dans cette maison, et ils réfléchiront à deux fois avant de nous suivre dans la prochaine.

– Sato, ça va ? fit une voix de femme, nette et claire entre les arbres.

Marcus reconnut Grant, la femme sergent de cette escouade de l'armée.

Haru courut un peu plus vite pour la rattraper, et Marcus gémit d'épuisement en tâchant de suivre.

– J'ai lâché une grenade offensive dans la dernière baraque. Le toubib et moi, on est indemnes.

– Les grenades, c'est marrant, mais elles te manqueront quand t'en auras plus, souffla Grant.

– Ce n'était pas du gaspillage, insista Haru.

Un autre soldat, à côté d'eux, se vrilla et chuta en pleine course, fauché lui aussi par une balle, et Marcus se baissa par réflexe avant de se précipiter de nouveau en avant. Ils couraient ainsi depuis près d'une heure, et la forêt était devenue un vrai cauchemar, un déferlement de mort étranger aux règles habituelles des rapports de causalité. Les balles surgissaient de nulle part, des gens bien vivants se retrouvaient morts d'une seconde sur l'autre, et il n'y avait rien à faire, à part courir.

– Il va falloir contre-attaquer, lâcha Haru.

Il était en meilleure forme que Marcus, mais la fatigue était audible dans sa voix.

Grant secoua la tête de manière presque imperceptible, concentrant toute son énergie physique sur la course.

– On a déjà essayé, tu te rappelles ? On a perdu la moitié de l'escouade.

– On n'avait pas de bon point d'embuscade. Si on peut trouver un emplacement correct, ou rejoindre d'autres soldats, alors on aura peut-être une chance. La seule chose qu'on ait réussie a été de bien voir leurs effectifs, et ils ne sont pas énormes. Nous sommes supérieurs en nombre, et nous connaissons mieux le terrain... on doit pouvoir y arriver.

Une autre balle siffla, et Marcus se retint de crier.

– Ton optimisme fait chaud au cœur, dit-il.

– Il y a une ferme de prisonniers pas loin d'ici, leur apprit Grant, sur le terrain d'un ancien golf. On pourra contre-attaquer de là-bas.

Ils redoublèrent leurs efforts, semant des grenades derrière eux sans cesser de courir, espérant gagner quelques précieuses secondes d'avance grâce à leurs explosions désordonnées. Marcus repéra l'enseigne du terrain de golf et s'émerveilla de la présence d'esprit de Grant : pour sa part, il était trop terrifié et paniqué pour observer les lieux, sans même parler de les reconnaître. Une voix descendue des arbres leur intima de s'arrêter, mais ils continuèrent d'avancer.

– Des Partials derrière nous ! cria Grant. Restez en position et faites feu !

Marcus suivit les soldats au-delà d'une file de voitures qui délimitait le bord du parking, et plongea au sol derrière le plus gros camion qu'il trouva.

Un homme en tenue de travail s'accroupit à côté de lui, un fusil entre les mains.

– On a entendu les rapports à la radio, dit-il, les yeux écarquillés par la peur. Alors, c'est bien vrai ? Ils nous envahissent ?

Grant prépara son fusil d'assaut, vérifiant que le chargeur était plein avant de l'enclencher d'un coup sec.

– Une invasion à grande échelle, répondit-elle. La base militaire du Queens est partie en fumée, et les postes de guet de North Shore rapportent qu'ils débarquent sur toute la côte entre ici et Wildwood.

– Sainte mère de Dieu, marmonna le fermier.

– Ils arrivent ! brailla un soldat.

Grant et Haru ainsi que les autres reculèrent, s'abritant derrière les voitures pour tirer avec frénésie entre les arbres.

Une dizaine de fermiers, déjà réunis grâce aux informations captées par radio, se joignirent à eux, la mine sombre. Marcus se couvrit la tête à deux mains et s'aplatit encore plus, conscient qu'il aurait dû combattre mais trop terrifié pour faire un geste. Les Partials tirèrent en retour, et les impacts de leurs balles secouèrent les voitures. Grant cria d'autres ordres, mais se tut en pleine phrase avec un gargouillement à vous lever le cœur et s'écroula dans une brume rougeâtre. Marcus fit mine de se porter à son secours, mais elle était morte avant même d'avoir touché le sol.

– Recule, cracha Haru entre ses dents.

– Elle est morte.

– Je sais bien ! Recule !

Haru vida son chargeur en direction de la forêt, puis plongea se mettre à couvert pour recharger. Il dévisagea Marcus d'un air farouche.

– La ferme se trouve quelque part là-bas derrière, et quiconque y est encore n'est pas un combattant : s'ils l'étaient, ils seraient déjà ici. Va les chercher et fais-les sortir.

– Et je les emmène où ? Grant disait que les Partials étaient partout.

– Dirige-toi vers le sud. On essaiera de vous rattraper, mais évacue déjà les civils. Tu auras besoin de toute l'avance possible.

– Aller vers le sud, ça ne suffira pas, objecta Marcus. Ceci n'est pas un raid, c'est une invasion. Même si on parvenait à rallier East Meadow, ils seraient sur nos talons.

– Tu préfères rester ici, peut-être ? Je ne sais pas s'ils sont là pour nous capturer ou pour nous tuer, mais ni l'un ni l'autre ne fait envie.

– Je sais, je sais.

Le jeune médecin jeta un coup d'œil vers les bâtiments de ferme, tâchant de trouver le courage de continuer. Haru se leva, pivota, et tira une nouvelle salve entre les arbres.

– On m'y reprendra, à me porter volontaire, grommela Marcus.

Et il partit en courant vers la ferme.

CHAPITRE 11

Afa dormait dans un lit king size, au sixième étage de l'immeuble, dans une pièce qui semblait être un ancien dressing destiné aux comédiens des shows télévisés. Kira le borda comme un enfant avant de se chercher une chambre. Elle finit par dénicher un ancien studio de tournage plongé dans la pénombre, avec des sièges à strapontin d'un côté et un décor évoquant un demi-living-room de l'autre. Un plateau de talk-show, devina-t-elle, même si le logo accroché au mur du fond ne lui disait rien. Elle connaissait l'existence des talk-shows parce que quelqu'un, chez elle, en regardait quand elle était petite – sa baby-sitter, peut-être –, mais elle n'aurait même pas reconnu le titre de celui-là. Afa avait couvert les sièges de cartons, tous soigneusement étiquetés, mais le canapé du décor était libre. Elle vérifia qu'il n'y avait pas d'araignées entre les coussins avant de dérouler son tapis de sol et de s'y endormir. Elle rêva de Marcus, puis de Samm, et se demanda si elle les reverrait un jour.

Il n'y avait pas de lumière naturelle dans le bâtiment – à cause d'Afa qui insistait, non sans raison, sur l'importance des rideaux noirs – et encore moins d'éclairage dans le studio, mais cela n'empêcha pas Kira de se réveiller en sursaut à la même heure que d'habitude. Elle trouva son chemin jusqu'à une fenêtre et jeta un coup d'œil à l'extérieur, où elle découvrit la même vue familière : des immeubles en ruine couverts de plantes grimpantes, teintés d'une lumière bleuâtre sous le ciel pâlissant.

Le silence semblait indiquer qu'Afa dormait encore, et Kira en profita pour fureter un peu dans ses dossiers, en commençant par les cartons entreposés dans le studio. Ils étaient numérotés de 138 à 427 : un carton par siège, et encore d'autres posés côte à côte au pied des murs, sans interruption, sur tout le pourtour de la pièce. Elle commença par le plus proche d'elle, le n° 221, et s'empara de la page du dessus : une sortie imprimante pliée et frappée d'un en-tête militaire décoloré.

« À qui de droit », lut-elle. « Je suis l'adjudant Corey Church, et j'appartenais au 17e régiment de cavalerie armée lors de la Seconde Invasion nippone. » La Première Invasion nippone avait été l'une des premières défaites majeures des forces alliées du NADI lors de la guerre d'Isolation, la tentative ratée du monde occidental pour reprendre le Japon à une Chine soudain devenue hostile. Kira se rappelait avoir appris cela à l'école à East Meadow, mais elle n'avait pas retenu les détails. La Seconde Invasion était celle qui avait réussi – celle où ils étaient revenus avec deux cent mille soldats Partials et avaient repoussé les isolationnistes sur le continent, donnant le coup d'envoi de la campagne qui avait mis fin à la guerre. C'était la raison pour laquelle les Partials avaient été créés. Kira continua un peu sa lecture de la lettre, une sorte de rapport de mission sur le terrain qui relatait l'expérience de l'homme aux côtés des Partials. Il en parlait comme de « nouvelles armes » et les décrivait comme « bien entraînés et précis ». Kira, pendant toute son enfance, n'avait connu les Partials que comme d'effrayants croque-mitaines, des monstres qui avaient détruit le monde, et même après avoir rencontré Samm – et en sachant qu'elle-même était plus ou moins une Partial –, c'était étrange de les voir mentionnés dans des termes si positifs. Et en même temps, de manière si clinique, comme s'ils avaient été un nouveau modèle de jeep envoyé par l'intendance. L'adjudant précisait qu'ils étaient « peu communicatifs », qu'ils restaient entre eux et ne parlaient pas aux soldats humains, mais ce n'était pas du tout un commentaire négatif

– un peu inquiétant à la lumière de leur rébellion ultérieure, certes, mais pas immédiatement menaçant ni effrayant.

– C'est ainsi que ça a commencé, dit-elle à voix haute, posant la lettre et prélevant un autre document dans le même carton.

C'était encore un rapport de mission de combat, cette fois rédigé par un certain sergent-major Seamus Ogden. Il évoquait les Partials dans les mêmes termes, les présentant non comme des monstres mais comme des outils. Elle lut encore un autre document, puis un autre, et l'attitude était toujours la même : ce n'était pas que ces hommes aient considéré les Partials comme inoffensifs, non, mais on aurait dit qu'ils pensaient à peine à eux. Ce n'étaient que des armes, de même que les cartouches dans un chargeur, destinées à être utilisées et oubliées.

Kira passa à un autre carton, le 302, et en sortit une coupure d'un journal intitulé le *Los Angeles Times* : MANIFESTATION EN FAVEUR DES DROITS DES PARTIALS DEVANT LE CAPITOLE. En dessous, dans le carton, elle trouva un article similaire découpé dans le *Seattle Time*, et un autre du *Chicago Sun*. Les dates, dans cette boîte, remontaient toutes à la fin de l'année 2064, soit quelques mois avant la guerre des Partials. Kira allait avoir cinq ans. Il n'y avait rien d'étonnant à ce que les Partials aient fait la une de tous les journaux à l'époque, mais elle ne se souvenait pas d'avoir entendu son père en parler ; maintenant qu'elle savait qu'il avait été employé chez ParaGen, c'était plus compréhensible. S'il avait travaillé avec eux, et même peut-être contribué à leur création, il ne pouvait qu'avoir une position différente du reste du monde... une position sans doute assez impopulaire. *Du moins, j'espère qu'il avait une position différente*, songea-t-elle. *Sinon, pourquoi en aurait-il élevé une comme sa fille ?* Elle avait aussi de vagues souvenirs de sa nounou, et d'une femme de ménage, mais celles-ci ne parlaient jamais des Partials non plus. Était-ce son père qui leur avait demandé de se taire ?

Savaient-elles, à l'époque, ce qu'était Kira ?

La jeune fille se tourna vers les boîtes portant les numéros les plus bas : elle localisa le carton 138 et en sortit le premier papier. C'était encore une coupure de presse, cette fois issue de la section « finances » d'un périodique intitulé le *Wall Street Journal*, qui décrivait dans des termes vagues la signature d'un énorme contrat militaire : en mars 2051, le gouvernement des États-Unis avait passé un accord avec ParaGen, une jeune compagnie de biotechnologie, qui devait produire une armée de « soldats biosynthétiques ». L'article ne s'intéressait qu'au coût financier du projet, à ses ramifications pour les actionnaires et à ses conséquences pour le reste de l'industrie biotechnologique. Il ne faisait aucune allusion aux droits civiques ou à des risques sanitaires, ni à aucun des énormes problèmes qui avaient fini par redessiner le monde juste avant le Ravage. Il n'était question que d'argent. Kira fouilla le reste du carton et y trouva d'autres documents de même nature : une interview du directeur financier de ParaGen ; un mémo interne de ParaGen à propos du contrat exceptionnellement juteux passé avec l'armée ; un magazine intitulé *Forbes* portant en couverture le logo de ParaGen et la silhouette bien nette d'un soldat Partial armé à l'arrière-plan. Kira feuilleta le magazine et y trouva toutes sortes d'articles parlant d'argent, de technologies utilisées pour produire encore plus d'argent, et du fait que la guerre d'Isolation, bien qu'étant une « terrible tragédie », contribuerait à redresser l'économie américaine. L'argent, encore l'argent, toujours l'argent.

L'argent avait sa place dans la société d'East Meadow, mais c'était une place extrêmement réduite. Presque tout ce dont on avait besoin était disponible gratuitement : si vous vouliez une boîte de conserve, un pantalon, un livre, une maison ou quoi que ce soit d'autre, il suffisait pour l'obtenir de sortir le chercher. L'argent était utilisé presque exclusivement pour se procurer des aliments frais, des denrées comme le blé des fermes et le poisson des villages côtiers – tout ce qui coûtait du travail –, et encore, tout cela s'obtenait souvent contre des dons en nature, par le biais d'un système de troc. Nandita et Xochi avaient monté une affaire florissante en échangeant des herbes contre des produits frais, grâce à quoi Kira avait toujours bien mangé. L'argent en tant que tel servait surtout à récompenser des heures de travail : des bons lui étaient accordés par le gouvernement en échange du temps passé à l'hôpital, ou en gratification pour un service vital qui ne produisait pas réellement une denrée échangeable. Cela lui suffisait pour avoir du poisson frais et des légumes dans son assiette, mais pas grand-chose d'autre. L'argent était un aspect mineur, presque insignifiant, de sa vie. Les documents du carton 138 décrivaient au contraire un monde dans lequel il jouait un rôle essentiel : ce n'était pas seulement un moyen d'améliorer un peu l'ordinaire, mais une raison de vivre en soi. Elle tâcha de s'imaginer comblée par la guerre contre les Partials ou contre la Voix du peuple, se réjouissant parce qu'elle lui rapportait plus de bons d'achat, mais cette idée lui était si étrangère qu'elle en éclata de rire. Si c'était ainsi que fonctionnait l'ancien monde, si c'était la seule chose qui intéressait les gens à l'époque, c'était peut-être une bonne chose que ce monde-là se soit écroulé. Ou peut-être était-ce inévitable.

– Tu es réelle, dit soudain Afa.

Kira fit volte-face, surprise, et cacha aussitôt le magazine dans son dos d'un air coupable. Lui en voudrait-il d'avoir fouillé dans ses archives ?

– Tu viens de dire que j'étais... réelle ?

– J'ai cru que tu étais un rêve, clarifia l'homme, qui entra dans la pièce en traînant les pieds.

Il s'arrêta devant un carton et passa distraitement les doigts dessus, presque comme s'il caressait un animal.

– Il y avait tellement longtemps que je n'avais pas parlé à quelqu'un... Et voilà qu'hier soir il y avait quelqu'un chez moi, et j'ai cru que je l'avais rêvé, mais tu es toujours là. (Un hochement de tête.) Bien réelle.

– Oh oui, je suis bien réelle, le rassura-t-elle tout en reposant le magazine dans le carton 138. J'admirais ta collection.

– Il y a tout. Presque tout. Même des vidéos, mais pas dans cette pièce. J'ai toute l'histoire.

Kira fit un pas vers lui, en se demandant combien de temps il serait d'humeur bavarde cette fois-ci.

– Toute l'histoire de la guerre des Partials et du Ravage, dit-elle.

– Ce n'est qu'une partie, ça, précisa Afa en s'emparant de deux liasses de papiers agrafées, examinant ses propres marques au stylo dans les coins supérieurs, puis les rangeant à nouveau dans le carton. Ceci est l'histoire de la fin du monde, de l'apogée et de la chute de la civilisation humaine, de la création des Partials et de la mort de tout le reste.

– Et tu as tout lu ?

Afa confirma de la tête, les épaules molles, tout en se déplaçant de carton en carton.

– Tout. Je suis le seul humain sur la planète.

– Alors je suppose que c'est logique.

Kira s'arrêta devant un autre carton – numéroté 341 –, et en sortit une sorte de décret ; une ordonnance de tribunal, tamponnée d'un cachet circulaire dans le coin. Elle voulait des réponses, mais elle hésitait à le presser, craignant de l'effaroucher en parlant de quelque chose qu'il ne voulait pas se rappeler. *Je vais rester vague pour l'instant.*

– Comment as-tu fait pour trouver tout ceci ?

– Je travaillais dans les nuages, avant, dit-il avant de se corriger aussitôt : dans *le* nuage. J'ai passé toute ma vie là-haut, je pouvais aller n'importe où et trouver n'importe quoi. (Il indiqua du menton un carton de documents poussiéreux.) J'étais comme un oiseau.

J'ai vu ton nom chez ParaGen, avait-elle envie de lui rappeler. *Je sais que tu possèdes des informations sur l'Alliance, sur le RM, sur la date d'expiration, sur ce que je suis.* Il y avait si longtemps qu'elle cherchait ces réponses, et voilà qu'elles étaient là, devant elle, rangées dans des cartons et coincées dans un cerveau déficient. *Est-ce simplement la solitude ? Peut-être que son cerveau fonctionne très bien, mais qu'il a oublié comment on fait pour communiquer, depuis le temps.* Elle aurait voulu le faire asseoir pour lui poser un million de questions, mais au point où elle en était, elle pouvait bien attendre encore un peu. *Gagne d'abord sa confiance, ne l'effraie pas, mets-le dans ta poche.*

Elle lut un passage du décret qu'elle tenait à la main : il y était déclaré que l'expression « Nation des Partials » était désormais un signe de sympathies terroristes. Les étudiants n'avaient plus le droit de l'écrire ni de la prononcer dans l'enceinte des campus, et quiconque serait surpris à la graffiter sur les murs serait poursuivi en justice pour atteinte à la sécurité nationale. Elle agita légèrement la feuille de manière à capter l'attention d'Afa.

– Tu possèdes beaucoup de choses sur la période qui a précédé la guerre, dit-elle. Tu as dû abattre un travail fou pour réunir tout cela. As-tu quoi que ce soit...

Elle se tut soudain, presque trop prudente pour poser la question. Elle voulait en savoir davantage sur l'Alliance, qui, d'après Samm, faisait partie de la gouvernance des Partials, mais elle craignait que si elle abordait le sujet sans ambages, comme elle l'avait fait avec ParaGen, il se referme comme une huître.

– ... quoi que ce soit sur les Partials eux-mêmes ? Sur la manière dont ils sont organisés ?

– C'est une armée, répondit Afa. Ils ont une organisation militaire.

À présent assis par terre, il examinait deux de ses cartons et les papiers qu'ils contenaient ; tous les trois ou quatre documents, il fronçait les sourcils et passait au carton suivant.

– Oui, mais je veux dire... les dirigeants de l'armée, les généraux. Sais-tu où ils se trouvent en ce moment ?

– Celui-ci est mort, lui apprit Afa en brandissant un papier sans lever le nez de ses cartons.

Kira alla le lui prendre avec douceur ; c'était un article du *New York Times*, semblable à d'autres qu'elle avait vus, mais imprimé à partir d'un site Internet et non découpé dans un journal. Le titre était le suivant : « LA FLOTTE DU NADI COULÉE À LOWER BAY. »

– Ils ont coulé une flotte de Partials ?

– Les Partials n'avaient pas de marine, dit Afa, qui triait toujours ses papiers. C'était une flotte humaine, coulée par l'armée de l'air des Partials, juste devant Brooklyn. La plus grosse frappe militaire de la guerre, en représailles pour la mort du général Craig. J'ai un article sur lui, aussi.

Il tendit une autre page, que Kira lui arracha de la main pour se jeter sur les informations :

– « Le général Scott Craig, chef de la rébellion des Partials et ancien porte-parole du Mouvement pour les droits des Partials, a perdu la vie hier soir lors d'un assaut audacieux lancé par des commandos humains... » On l'a tué ?

– C'était la guerre.

– Et en représailles, ils ont détruit une flotte entière.

Elle compta les navires mentionnés dans l'article, une force massive faisant route vers le nord pour aller attaquer les forces Partials concentrées dans l'État de New York. Les humains étaient en sous-effectifs, les équipages étant déjà ravagés par l'épidémie.

– Vingt vaisseaux, et ils ont... tué tous ceux qui étaient à bord.

– C'était la guerre, répéta Afa en lui reprenant les papiers pour les remettre dans le carton.

– Mais cela aurait pu être évité, dit Kira en le suivant dans la pièce. Les Partials ne voulaient pas massacrer tout le monde : tu as dit toi-même qu'ils n'étaient pas foncièrement mauvais. Ils réclamaient l'égalité des droits, ils aspiraient à une vie normale, et ils auraient pu l'obtenir sans tuer ces milliers de marins.

– Ils ont tué des milliards de gens.

– En es-tu certain, Afa ? Tu possèdes tous ces documents, tous ces articles et le reste... As-tu quelque chose sur le RM ? Sais-tu d'où il est sorti ?

– Je suis le dernier humain sur la planète, clama le gros homme d'une voix forte, pressant le pas pour rester devant elle, et Kira se rendit compte qu'elle lui avait presque crié dessus.

Elle se força à se calmer ; il détenait forcément des informations sur le virus, mais elle ne les obtiendrait jamais sans son aide. Il ne fallait surtout pas qu'elle l'énerve, ni qu'elle s'énerve, elle.

– Pardon. Pardon d'avoir parlé fort. Je suis très... (Elle inspira à fond pour se ressaisir.) Je suis à la recherche de réponses cruciales, et toi tu les as découvertes, c'est pourquoi je me suis un peu emportée.

– Tu es toujours réelle, murmura-t-il en reculant dans un coin. Tu es encore là.

– Je suis là et je suis ton amie, le rassura-t-elle avec douceur. C'est extraordinaire, ce que tu as fait... tu as rassemblé toutes les informations dont j'ai besoin. Mais je ne connais pas ton système de classement. Veux-tu bien m'aider à trouver ce que je cherche ?

Afa répondit lui aussi d'une voix douce.

– J'ai tout, déclara-t-il en dodelinant de la tête. J'ai presque tout.

– Peux-tu me dire qui a créé le RM, alors ?

Elle serra les poings en s'exhortant à ne pas hausser la voix ni devenir agressive.

– Ça, c'est facile ! C'est l'Alliance !

– Oui, souffla Kira en hochant la tête avec ardeur. L'Alliance. Continue. L'Alliance, c'est le commandement des Partials, les généraux, les amiraux, les gens qui prenaient les décisions, pas vrai ? Tu dis que ce sont eux qui ont fabriqué le RM ?

C'était exactement le contraire de ce qu'avait prétendu Samm ; il avait soutenu mordicus que les Partials n'avaient rien à voir avec le virus, mais elle avait déjà envisagé que ce soit un mensonge... pas de la part de Samm, mais raconté par ses supérieurs. Si le remède contre le RM était présent dans leur souffle, fabriqué par leurs propres corps, c'était bien que le lien entre les Partials et le virus était indéniable. De là à dire qu'ils l'avaient créé, puis diffusé simplement en respirant... il n'y avait qu'un pas.

Et pourtant, Afa secouait négativement la tête.

– Non, dit-il. L'Alliance, ce ne sont pas les généraux Partials. Ce ne sont même pas des Partials. Ce sont les savants qui ont fabriqué les Partials.

Kira en resta bouche bée.

– Les savants ? ParaGen ? Des humains ?

Elle ne trouvait même plus ses mots.

Afa acquiesça.

– Les généraux Partials obéissent toujours à l'Alliance ; je ne sais pas pourquoi. C'est auprès d'elle qu'ils prennent tous leurs ordres.

– L'Alliance, répéta Kira, hébétée. C'est l'Alliance qui a créé le RM.

Afa hochait toujours la tête, sans s'arrêter, et tout son corps oscillait lentement d'avant en arrière.

– Mais alors, ceux qui ont détruit l'humanité étaient... des humains ?

Elle tendit la main vers un siège, se rendit compte qu'ils étaient tous occupés par les documents, et se laissa tomber par terre.

– Mais... pourquoi ?

– Je sais tout, dit Afa, qui se balançait toujours sur ses pieds. *Presque* tout.

CHAPITRE 12

Kira regardait fixement Afa.

– Comment ça, tu sais presque tout ?

– Personne ne sait tout.

– Ça, c'est sûr, s'impatienta la jeune fille en faisant de gros efforts pour ne pas exploser. Je le sais bien, que tu ne sais pas *tout*, mais tu en sais déjà tellement... (Elle pêcha une poignée de documents dans le carton le plus proche et l'agita dans sa main serrée.) Tu as des centaines de cartons rien que dans cette pièce, et encore d'autres dans tout le bâtiment. Tu as des dossiers partout, tu as des armoires dans tous les couloirs, tu as au moins vingt ordinateurs récupérés, dans la salle où on a dîné hier soir. Comment peux-tu posséder tant de choses, l'histoire complète des Partials, et pas une bribe d'info sur ceux qui les ont créés ?

– Des bribes, ça, j'en ai ! la contredit Afa en levant une main. (Il sortit du coin où il s'était réfugié et trottina gauchement vers la porte la plus proche.) J'ai des bribes dans mon sac à dos... Je ne dois jamais laisser mon sac à dos.

Il partit en courant dans le couloir, criant par-dessus son épaule, et Kira lui emboîta le pas.

– Je ne dois jamais laisser mon sac à dos. Il y a tout dedans.

Kira le rattrapa dans la salle d'informatique, celle où ils avaient mangé de la salade de fruits la veille. Il s'accroupit devant son énorme sac à dos et l'ouvrit, révélant d'épaisses liasses de papier.

– C'est donc ça que tu avais dans ton sac ? s'étonna Kira. Encore des documents ?

– Les plus importants. Toutes les clés de l'histoire, les événements cruciaux, les personnages principaux.

Il feuilleta ses papiers à la vitesse de l'éclair, ses doigts étant visiblement guidés par une longue habitude.

– Et les personnages les plus importants de tous, c'était l'Alliance.

Il sortit une chemise en carton brun et la lui présenta avec emphase.

– L'Alliance.

Kira la prit avec hésitation, comme elle aurait touché un bébé dans l'ancienne maternité. Cette chemise était fine, contenant tout au plus vingt ou trente feuillets... d'une minceur pitoyable, comparée à l'énorme masse de papiers qui débordait du sac. Elle l'ouvrit et constata que le premier feuillet était un e-mail imprimé, encadré par plusieurs rangées de symboles illisibles. En haut de la page s'étalait le nom qu'elle n'osait espérer lire un jour :

Armin Dhurvasula.

Armin.

Son père.

Le message électronique était daté du 28 novembre 2051, et la liste des destinataires était illisible : une suite de signes cabalistiques incompréhensibles. Elle lut le message, le souffle court.

– « C'est donc officiel. Le gouvernement a passé commande pour 250 000 BioSynths 3. Nous mettons sur pied l'armée qui provoquera la fin du monde. »

Elle releva les yeux vers Afa.

– Il savait ?

– Continue.

Afa semblait plus lucide à présent, comme si ce sujet qu'il connaissait bien avait régénéré ses neurones.

– « Un quart de million de soldats », poursuivit-elle. « Vous rendez-vous compte à quel point c'est grotesque ? La population d'une petite ville, constituée d'êtres entièrement nouveaux, pas réellement humains mais néanmoins intelligents, conscients d'eux-mêmes et capables de sentiments. C'était une chose de fabriquer quelques milliers de Chiens de garde, mais nous parlons ici d'une nouvelle espèce humanoïde.» C'étaient là ses mots... les propres mots de son père. Elle lutta contre les larmes pour continuer de les lire. «Le gouvernement – et même notre conseil d'administration – en parle comme de biens de consommation, mais ce n'est pas ainsi que les verront la majorité des gens, et ce n'est pas ainsi qu'ils se verront eux-mêmes. Au mieux, nous régressons jusqu'aux pires excès des théories du "sous-homme" et de l'esclavage humain. Au pire, nous rendons l'être humain complètement obsolète.»

Kira secoua la tête, les yeux rivés sur la page.

– Comment pouvait-il savoir tout cela? Comment a-t-il pu tout voir venir et ne rien faire pour l'arrêter?

– Continue, répéta Afa.

Kira ravala ses larmes.

– «J'ignore comment tout cela se terminera, mais je sais qu'à ce stade nous ne pouvons plus rien faire pour empêcher que cela commence. Les rouages sont déjà en mouvement, les technologies ont fait leurs preuves – Michaels et le reste de la direction sont en mesure d'avancer avec ou sans nous. Nous ne pouvons pas l'arrêter, mais il nous faut faire quelque chose pour perturber le processus. Je ne veux rien dire de plus ici, même sur un serveur crypté. Retrouvons-nous ce soir à 21 heures, bâtiment C. Mon bureau. La première chose que nous aurons à faire sera de déterminer précisément à qui nous pouvons nous fier, et avec qui nous pouvons former notre alliance.»

Kira resta muette, à lire et relire le message jusqu'à ce que les mots se brouillent et semblent perdre tout leur sens.

– Je ne comprends pas, soupira-t-elle.

– C'est là que le mot apparaît pour la première fois, dit Afa, qui se leva pour désigner la dernière phrase. Il dit qu'ils devaient savoir avec qui ils voulaient s'allier. D'après ce que j'ai pu comprendre, ils ont formé le groupe ce soir-là, pendant cette réunion secrète, et c'est là qu'ils ont commencé à employer « l'Alliance » comme nom de code.

– Il parle d'essayer de perturber un processus, se rappela-t-elle. Qu'est-ce que ça veut dire ? S'efforçaient-ils de saboter les plans des Partials ? Ou de saboter les Partials eux-mêmes ?

– Je ne sais pas, avoua Afa en lui reprenant la chemise cartonnée, après quoi il s'assit et se mit à étaler les papiers par terre. Tout ce qu'ils s'écrivaient était crypté – c'est ça, tout ce charabia, ici, et là. J'ai essayé d'en déchiffrer le maximum, mais ils étaient très prudents. (Il disposa soigneusement d'autres sorties imprimante devant lui.) Ça, là, c'est le suivant, mais ça ne dit pas grand-chose. Je suppose que c'est rédigé en code, mais pas un code créé par une machine, car j'aurais réussi à le décrypter. Ils se donnaient des mots de passe et des expressions à eux, pour se parler sans être compris de leurs patrons.

Kira s'assit face à lui et retourna le document vers elle. C'était encore un courrier électronique, émanant de son père comme le précédent, mais celui-ci évoquait les places de parking réservées aux employés. Afa avait encerclé plusieurs mots : Alliance. Parallèle. Sécurité.

– Qu'est-ce que ça veut dire ?

– Je suis quasiment sûr que « Parallèle » était le nom de leur plan. Celui qu'ils avaient esquissé ce soir-là. Ou peut-être un deuxième, conçu pour accompagner le premier. En ce qui concerne la « Sécurité », je ne suis pas certain, parce qu'ils en parlent de plusieurs manières : parfois ils essaient de créer un dispositif qu'ils appellent la « Sécurité », parfois ils ont l'air de travailler contre, et je n'y comprends rien.

– Alors, que dit cet e-mail ?

Afa le lui prit des mains et toucha un à un les mots encerclés.

– Si j'ai bien compris leur code, ils disent que le plan est en route, et qu'ils ont commencé à travailler sur la Sécurité, et que maintenant ils doivent garder un profil bas et attendre avant de se réunir une nouvelle fois. (Il haussa les épaules.) Je ne peux pas en lire plus. Je suis le dernier humain en vie.

Kira reconnut à cette phrase que son moment de lucidité était en train de passer ; encore quelques minutes, et Afa serait de nouveau une pauvre épave bredouillante. Elle tenta de le presser pour en apprendre le plus possible avant qu'il ne lui échappe.

– Où as-tu trouvé ça ?

– Je l'ai sorti du nuage. C'était crypté, mais je connaissais la plupart des mots de passe.

– Parce que tu avais travaillé chez ParaGen.

Elle retint son souffle en priant pour qu'il ne se referme pas en entendant ce nom. Il s'immobilisa, le regard fixe, et Kira serra les poings, exaspérée.

– J'étais directeur informatique de l'antenne de Manhattan, dit-il, et elle poussa un soupir de soulagement. J'avais vu tout ça grandir depuis des années, pièce par pièce. Je ne savais pas où ça nous mènerait. Je ne savais pas jusqu'où ça irait.

– Tu as trouvé ces informations dans les ordinateurs du bureau, lui rappela Kira, en levant les yeux vers les PC alignés dans la cafétéria. Existe-t-il un moyen d'obtenir le reste ?

– Ce n'est pas dans ces ordinateurs, c'est dans les nuages. (Il se corrigea, et Kira vit une autre faille dans sa lucidité commencer à s'élargir.) Dans *le* nuage. Le réseau. Sais-tu comment fonctionne le nuage ?

– Dis-le-moi.

– C'est un nuage qui n'est pas dans le ciel, expliqua-t-il. Chaque donnée est rangée dans un ordinateur quelque part – un petit comme ceux-ci, ou un gros qu'on appelle un serveur. C'est comme... une fourmilière. Est-ce que tu as eu une fourmilière vitrée à observer, quand tu étais petite ?

– Non, dit Kira en lui faisant signe de continuer. Raconte.

– Tu vois, c'est comme s'il y avait des pièces, reliées entre elles par des tas de routes. Tu pouvais faire quelque chose sur un poste, et tout le monde pouvait le voir depuis les autres, parce que les données voyageaient en passant par les petites routes. Chaque poste avait une route qui menait jusqu'à lui. Mais le nuage est tombé.

Il regarda par terre et considéra les papiers comme s'il les remarquait pour la première fois. Il se mit à les ranger. Il garda le silence pendant trop longtemps, et Kira reprit la parole pour tenter de le sortir de sa torpeur.

– Si toutes ces choses sont dans le nuage, comment les en fait-on redescendre ?

– On ne peut pas, lança-t-il d'une voix encore forte – encore « présente ». Il a disparu à jamais, en même temps que le réseau électrique. Le nuage ne fonctionne que si tous ses éléments fonctionnent : tous les ordinateurs entre ici et celui auquel tu veux parler. C'est comme une chaîne. Quand le courant a disparu, le nuage a disparu avec. Toutes les routes de la fourmilière se sont bouchées, et la communication entre les pièces a été coupée.

– Mais elles existent toujours, ces pièces, dit Kira. Les données sont toujours là, dans un ordinateur quelque part, à attendre qu'on le rallume. Si on trouvait le bon ordinateur et qu'on le branchait sur un générateur, tu pourrais lire ce qu'il y a dedans, pas vrai ? Tu connais le système des fichiers, et le cryptage, et tout ?

– Je sais tout, confirma-t-il. Presque tout.

– Alors, où est le serveur de ParaGen ? Par ici, quelque part ? Dans la tour de bureaux ? Allons le chercher... Je peux y aller tout de suite ! Dis-moi juste où le trouver.

Afa secoua la tête.

– Les bureaux de Manhattan n'étaient que le siège financier. Le serveur qu'il nous faudrait se trouve trop loin.

– Dans la campagne ? Écoute, Afa, je peux aller dans la campagne s'il le faut. Il faut absolument qu'on mette la main sur ces données.

– Je ne peux pas, insista Afa, serrant le dossier contre lui, le regard rivé au sol. Je suis le dernier humain en vie. Il faut que je veille sur les archives.

– Mais il faut déjà les trouver. Dis-moi où elles sont.

– Je suis le dernier humain...

– Je suis là, Afa, dit Kira en espérant l'inciter à retrouver sa cohérence. On peut y arriver ensemble. Tu n'es pas seul. Dis-moi juste où se trouve le serveur.

– À Denver, lâcha Afa. C'est à l'autre bout du continent. (Il regardait toujours par terre.) Ça pourrait aussi bien être à l'autre bout du monde.

« ... traverse en ce moment la zone d'atterrissage... »

La voix faisait surface dans une mer de crachotements électriques, telle une baleine montant respirer, qui se laisse apercevoir un instant avant de replonger dans les profondeurs. Le bruit blanc emplit de nouveau la pièce, une douzaine de signaux différents se fondant et se mélangeant dans les oreilles de Kira. Afa s'était complètement refermé, trop effarouché par leur conversation – ou par les pensées que celle-ci lui avait mises en tête – pour songer à quoi que ce soit d'important. Elle l'avait accompagné dans le garde-manger et lui avait servi des fruits au sirop en espérant que cela le rasséRénerait, puis l'avait laissé seul le temps qu'il se remette doucement. Elle avait fouillé pendant un moment dans ses archives, mais sans les explications d'Afa, le système de classement était impénétrable. Alors même qu'elle était en train d'explorer, les crépitements d'électricité statique l'avaient amenée jusqu'à la salle de radio, et elle écoutait, impuissante, un chuchotis de voix désincarnées. De petites ampoules luisaient comme de lointaines étoiles vertes sur la console, et des centaines de boutons, de cadrans et de curseurs se déployaient devant elle. Elle n'avait touché à rien.

Elle écoutait.

« ... dans la Compagnie B. Ne... jusqu'à ce qu... »

« ... ordres de Trimble. Ce n'est pas pour... »

« ... partout ! Dites-lui que je m'en... »

La dernière voix était humaine. Kira avait appris à faire la différence entre les communications radio humaines et Partials, ce qui n'avait rien d'un exploit : les Partials parlaient d'une voix plus professionnelle, froide et impersonnelle. Ce n'était pas qu'ils soient privés d'émotions, mais ils n'avaient pas pour habitude de les exprimer verbalement. Le lien transmettait de manière chimique leurs réactions émotionnelles, et leurs communications radio étaient trop disciplinées pour laisser la place à des émotions quelles qu'elles soient, de toute façon. Elles demeuraient toujours pragmatiques, même en plein combat. Et des combats, il y en avait. Beaucoup.

Les Partials avaient envahi Long Island.

La transmission radio humaine avait une tonalité désemparée, terrifiée, au point que Kira l'avait d'abord trouvée difficile à comprendre, hachée comme elle l'était en petites bribes dépourvues de sens ou de contexte. Les habitants de Long Island étaient tendus et épouvantés, sans que Kira sache précisément pourquoi. Mais bientôt, elle avait commencé à entendre des coups de feu dans le fond, des sifflements et des claquements de balles qu'elle ne reconnut que trop bien. Était-ce encore la Voix du peuple ? Une nouvelle guerre civile ? Plus elle avait écouté, cependant, et plus c'était devenu évident : la cause de cette terreur, c'étaient les Partials. Les voix avaient commencé à mentionner des lieux qu'elle connaissait, des villes qu'elle avait visitées sur Long Island, et l'ordre dans lequel ces endroits étaient mentionnés indiquait que l'ennemi progressait régulièrement depuis les rives de North Shore, en direction d'East Meadow.

Et Kira ne pouvait rien y faire. Elle ne pouvait qu'écouter.

Elle repensa à Afa, et aux moyens de le ramener à un état normal. Avec le recul, sa manière de prendre parfois congé de la réalité s'expliquait très naturellement : il avait passé presque douze années d'affilée seul depuis le Ravage, et faire comme s'il l'était à nouveau était peut-être l'unique moyen dont il disposait pour se calmer. L'ironie de la situation la fit rire : un homme qui savait précisément ce qu'elle avait besoin de savoir, mais si perdu, si fou, qu'il n'arrivait pas à en parler. Autour d'elle, les voix affluaient et refluaient toujours.

« ... plus de place, retournez au... »

« ... la ferme hier soir, nous n'avons pas compté... »

« ... renforts. Allez me chercher Sato... »

Kira rouvrit les yeux d'un coup, brutalement arrachée à sa rêverie. *Sato ? Ils parlent de Haru, là ?* Lorsqu'elle était partie d'East Meadow, il ne travaillait plus pour l'armée, ayant été déchu de ses fonctions militaires à cause du rôle qu'il avait joué dans l'enlèvement de Samm. Avait-il été réenrôlé ? Ou bien parlaient-ils d'un autre Sato ? *Pitié,* pria-t-elle, *faites que ce ne soit pas Madison. Faites que ce ne soit pas Arwen. Si elles ont des ennuis...* Elle ne voulait même pas y penser.

Elle observa la console de contrôle, qui n'était pas réellement un appareil unique mais plutôt un méli-mélo d'émetteurs-récepteurs récupérés à droite et à gauche, tous reliés les uns aux autres à l'aide de câbles et de chatterton. Il y avait une vieille station de radio, dans ce fatras, mais Afa l'avait apparemment reconstruite à partir de presque rien. Il faisait trop sombre pour que Kira y voie clairement, et elle essaya sa lampe torche, en vain, avant de s'approcher de la fenêtre, à bout de nerfs. Afa les avait toutes condamnées avec du carton et du contreplaqué, et Kira arracha une des plaques. La lumière du jour inonda la pièce. La jeune fille rejoignit alors en courant la console radio et l'étudia cette fois attentivement, en s'efforçant de comprendre duquel des nombreux amplis était sorti le message. *Qui a dit « Sato » ?*

Il était impossible de le savoir précisément, mais en procédant par élimination, elle se concentra sur deux appareils. Elle scruta leurs boutons de contrôle à la recherche de quelque chose qu'elle puisse reconnaître. Elle avait déjà utilisé des radios, bien sûr, des petits talkies-walkies pendant ses missions de récup, mais ils étaient très simples : un bouton pour le volume, un autre pour la fréquence. Parmi tout le bric-à-brac, il devait bien y avoir les deux aussi là-dessus, non ? Elle identifia quelque chose qui ressemblait à un bouton de fréquence, sur le récepteur qu'elle pensait être celui où on avait parlé de Sato, et le tourna avec précaution. Le bruit blanc continua de se déverser, inchangé, brisé ici et là par les bribes de communication des autres radios ; elle se pencha vers le haut-parleur, se concentrant sur le son au mépris de tout le reste.

« ... pas encore traversé, je répète, le troisième... »

Des Partials. Elle lâcha le bouton et passa à l'appareil d'à côté pour explorer la bande des fréquences. Un signal radio était chose délicate, une voix invisible tombée du ciel. Pour l'entendre clairement, il fallait qu'elle règle la radio sur la fréquence précise, avec suffisamment de courant, dans des conditions atmosphériques parfaites, et il ne lui restait plus qu'à espérer que l'appareil émetteur avait lui aussi suffisamment de puissance. Même la taille et la forme de l'antenne pouvaient jouer un rôle. Dénicher un faible signal isolé au milieu de tout ce vacarme était...

« ... sergent, montez sur cette butte immédiatement, nous devons couvrir le feu sur le flanc droit. À vous. »

« Reçu, on y va. Terminé. »

C'était la voix de Haru.

– Oui ! s'écria Kira, lançant le poing en l'air.

Le signal était encore faible – ils se servaient probablement de petites radios portatives, comme celles dont elle avait appris à se servir, qui n'avaient pas une puissance suffisante pour envoyer un signal clair à une si grande distance de l'île. *Ils doivent être assez proches,* pensa-t-elle, *quelque part du côté ouest de Long Island. La base militaire de Brooklyn, peut-être ? Est-ce là que les Partials ont attaqué en premier ?* Elle tâcha de se rappeler ce qu'elle avait appris en cours d'histoire sur les tactiques des Partials, se demandant quelles pouvaient être les conséquences d'un tel assaut. Un petit débarquement sur la côte nord, c'était une chose, mais s'ils s'en prenaient aux quartiers généraux de l'armée, c'était le signe qu'ils préparaient une attaque à grande échelle. Annihiler la défense, puis envahir l'île sans encombre. Elle écouta attentivement tout ce que disait l'équipe de Haru, puis continua de passer en revue les fréquences, captant des bribes d'émissions de Partials, jusqu'à ce que l'une d'elles retienne son attention.

« ... au sommet de la butte. Tireurs en position. »

Kira poussa un juron. Il s'agissait là d'une communication entre Partials, sortie d'un autre appareil. Tous les messages de Partials sortaient de radios différentes, y compris ceux qui avaient la même voix, dans la même bataille : ils changeaient sans cesse de fréquence pour éviter les oreilles indiscrètes, mais c'était compter sans l'installation paranoïaque et suréquipée d'Afa. Kira entendait tout. Ils savaient vers où se dirigeait l'unité de Haru, ils étaient en train de lui tendre une embuscade... et elle seule était au courant.

Elle tendit la main pour s'emparer d'un micro, mais ne trouva rien : ni talkie-walkie, ni micro de plafond, rien. Elle chercha sous la console, puis derrière. Toujours rien ! On aurait dit qu'Afa les avait retirés exprès – ce qui, se dit-elle après réflexion, était sans doute le cas. Elle était furieuse. Il n'essayait pas de communiquer avec quiconque, mais juste d'écouter. Pour rassembler des informations.

« ... approche du sommet, la voie est libre... »

De nouveau, la voix de Haru. Kira jura, d'une voix forte cette fois : moitié cri, moitié grognement exaspéré. Elle se laissa tomber à genoux devant une pile de boîtes posée dans le coin et les déchiqueta pour y chercher un microphone. La première était vide, et elle la jeta sur le côté. La deuxième était remplie de câbles, qu'elle sortit brutalement, un nid géant d'épais cordons de caoutchouc, et aussitôt certaine qu'il n'y avait pas de micro là-dedans elle les balança par-dessus son épaule, encore emberlificotée dans les câbles. *Il faut que je l'avertisse.* La troisième boîte contenait des amplis, des prises et des manuels ; la quatrième et la cinquième abritaient de vieux émetteurs-récepteurs éventrés, dépouillés de leurs pièces détachées. Derrière Kira, un vacarme de coups de feu, de hurlements et de puissants grésillements explosa soudain dans les haut-parleurs, et Kira poussa une exclamation dépitée en fouillant la dernière boîte, où elle ne trouva rien : que des câbles, encore.

« ... essuyons des tirs ennemis ! » hurla Haru. « Nous essuyons des tirs au sommet de la butte ! J'ai perdu Murray et... » Le signal mourut avec un claquement et un rugissement d'électricité statique, et Kira s'effondra au sol.

« Sato ! Sergent Sato ! Vous m'entendez ? » La voix du commandant humain résonna dans la salle de radio, hachée, s'éloignant déjà.

Kira imagina Madison et Arwen, à présent veuve et orpheline. Cela n'avait rien de nouveau, évidemment : tout le monde, à East Meadow, était orphelin, et cela depuis plus d'une décennie... mais c'était précisément le problème. Les Sato étaient uniques, les premiers représentants d'une nouvelle génération : une vraie famille, enfin, après onze longues années. Ils représentaient l'espoir. Avoir perdu cela – et l'avoir entendu en direct – brisait le cœur de Kira. Elle sanglotait sur le sol, les mains crispées sur les rouleaux de câbles inutiles comme s'ils avaient le pouvoir de la réconforter ou de la protéger. Elle renifla et s'essuya le nez.

Je n'ai pas le temps pour ces bêtises.

Kira essayait encore de trouver quoi faire des renseignements glanés jusque-là. Une chose était claire : elle allait devoir sortir plus d'informations des archives d'Afa avant de pouvoir formuler sa prochaine action. Mais dans l'immédiat, tout ce qu'elle essayait de sauver subissait une nouvelle menace. Si les Partials et les humains s'entretuaient avant qu'elle ait obtenu ses réponses...

Elle se remit péniblement debout, laissant tomber les câbles emmêlés. La console radio était compliquée, oui, mais pas indéchiffrable. Kira voyait à quoi correspondaient les boutons et les commandes, comment étaient faits les branchements. Quelque part sur le toit, il y avait une batterie d'antennes, chargées et prêtes ; chacun des émetteurs-récepteurs installés par dizaines en dessous était réglé sur une fréquence différente. Avec cet équipement, elle pouvait entendre toutes les radios présentes dans un rayon de presque deux mille kilomètres – même plus, si Afa avait autant de puissance qu'il le disait. Et dès qu'elle aurait trouvé un micro – pas *si* elle en trouvait un, mais *quand* –, elle pourrait communiquer en retour. Il y en avait sûrement au moins un dans l'immeuble, un vestige de l'ancien temps, et si Afa les avait tous détruits, alors il y en aurait bien un dans la ville, dans les magasins d'électronique et d'équipement stéréo. Quelque part, il y avait un micro. Forcément.

Kira allait mettre la main dessus. Et elle comptait bien s'en servir.

– Il me faut un micro.

Afa n'était pas prêt pour une nouvelle confrontation, mais Kira n'avait pas le temps d'attendre – des gens mouraient, il fallait qu'elle les aide. Le gros homme farfouillait dans ses provisions, scrutant ses boîtes de conserve de son regard de myope.

– Je ne parle pas aux gens, dit-il. J'écoute, c'est tout.

– Je sais, lui répondit Kira. Mais moi, si, je leur parle. Les Partials ont envahi Long Island, et j'ai des amis là-bas. Il faut que je les aide.

– Je n'aide pas les Partials...

– J'essaie d'aider les humains.

Elle passa la main dans ses cheveux, déjà fatiguée et usée. Elle se sentait déchirée, même par ce problème simple en apparence : elle ne voulait pas que les humains meurent, mais ne désirait pas non plus voir mourir les Partials. Elle aurait voulu sauver les deux espèces, mais maintenant que celles-ci étaient engagées dans une guerre ouverte, que pouvait-elle y faire ?

– Avec un micro et ton antenne, je pourrais leur donner des informations, les faire tourner en rond sans qu'ils se rattrapent les uns les autres. Du moins, le temps de trouver mieux.

Afa dénicha une boîte de haricots frits et partit en se dandinant vers la porte.

– Tu ne peux pas aider d'humains. Je suis le dernier...

– Mais non ! s'emporta-t-elle en lui barrant la route.

Il la dépassait de la tête et des épaules, et pesait plus de trois fois son poids, mais il se dégonfla devant elle comme un ballon de baudruche, les yeux baissés, le menton rentré, les épaules voûtées, prêt à endurer un coup. Elle adoucit sa voix mais continua de lui tenir tête.

– Il y a trente-six mille personnes sur Long Island, Afa, trente-six mille humains. Ils ont besoin de notre aide – besoin de ton savoir. Tout ce que tu as réuni ici pourrait leur servir. Ils essaient d'éradiquer le RM, et ils ne savent rien sur le virus, alors que toi tu en sais tant. Si ça se trouve, tu détiens la solution pour fabriquer le remède, ici, quelque part, pour résoudre le mystère de la date d'expiration des Partials, éviter une nouvelle guerre. Il reste toute une société humaine, Afa, et ces gens ont besoin de tes connaissances. (Elle le dévisageait sévèrement.) Ils ont besoin de toi.

Afa remua un peu d'un pied sur l'autre, puis pivota brusquement pour retourner dans le garde-manger, contourna une pile de boîtes et revint par l'allée d'à côté. Kira soupira et se déplaça pour lui barrer à nouveau le chemin.

– Où sont les micros ?

Afa s'arrêta encore, regardant nerveusement par terre, puis refit demi-tour et repartit dans la réserve. Kira resta à côté de la porte, sûre ainsi qu'il devrait repasser devant elle tôt ou tard.

– Tu ne pourras pas te cacher à jamais, lui dit-elle, et je ne parle pas seulement de cette pièce, je te parle du monde entier. Il faut avancer, ou reculer, enfin faire *quelque chose.* Tu as rassemblé toutes ces informations afin de pouvoir un jour les montrer à quelqu'un. Ce jour est venu, allons les montrer.

– Il n'y a personne à qui les montrer, répliqua-t-il, tournicotant toujours dans le dédale de caisses et de boîtes empilées. Je suis le dernier humain en vie.

– Tu sais ce que je pense ? demanda Kira d'une voix plus douce que jamais. Je pense que si tu répètes sans cesse que tu es le dernier, c'est parce que tu as peur de rencontrer quelqu'un d'autre. Si tous les humains sont morts, alors il ne te reste personne à qui parler, personne à aider, et personne que tu risques de décevoir.

Il était au fond de la pièce, plongé dans l'ombre.

– Je suis le dernier qui reste.

– Tu es le dernier directeur informatique, dit Kira. Du moins le dernier que je connaisse. Avec tout ce que tu sais sur les ordinateurs, les réseaux, la radio et les panneaux solaires... sérieusement, Afa, tu es une sorte de génie. Tu *es* un génie. Tu es seul depuis tellement longtemps... mais tu n'es plus obligé. Tu m'aides bien, moi, pas vrai ? Tu me parles, et je ne fais pas peur.

– Si, tu fais peur.

– Je suis désolée. J'essaie de ne pas t'effrayer. Mais il faut que tu voies les choses en face. De quoi te caches-tu, Afa ? De quoi as-tu peur ?

Afa garda le silence un moment, le regard fixe, avant de souffler sa réponse, d'une voix abîmée par des années de peine et de terreur.

– De la fin du monde.

– La fin du monde est déjà arrivée, lui rappela Kira. Le fléau est venu et reparti. (Elle avança très lentement vers lui.) À East Meadow, on célèbre ce moment : pas la fin, mais le commencement. La reconstruction. L'ancien monde est mort et enterré, et je sais que c'est encore bien plus dur pour toi que pour moi. Je l'ai à peine connu, moi, ce monde-là. Mais celui-ci est devant nous. Il a tant de choses à nous donner, et il a tant besoin de notre aide. Cesse de t'accrocher à l'ancien monde, et aide-nous à en reconstruire un nouveau.

Le visage de l'homme était perdu dans l'ombre.

– C'est ce qu'ils disaient dans leurs e-mails.

– Qui ?

– L'Alliance.

Sa voix était encore changée : ce n'était plus le charabia confus et hésitant ni une de ses fenêtres d'intelligence et de clarté, mais un murmure distant, presque hanté, comme si l'ancien monde s'exprimait à travers lui.

– Dhurvasula, Ryssdal, Trimble et tous les autres : ils savaient qu'ils construisaient un monde nouveau, et ils savaient qu'ils détruisaient l'ancien. Ils l'ont fait exprès.

– Mais pourquoi ? insista Kira. Pourquoi avoir tué tout le monde ? Pourquoi avoir caché le seul remède possible dans la physiologie même des Partials ? Pourquoi avoir lié des humains aux Partials ? Et pourquoi nous laisser avec tant de questions ?

– Je ne sais pas, répondit Afa à voix basse. J'ai essayé de savoir, mais c'est raté.

– Alors tâchons de trouver, ensemble. Mais d'abord, il faut que nous les aidions.

Elle se tut, se rappelant soudain les paroles du sénateur Hobb, des paroles qui lui avaient paru inconcevables quand il les avait prononcées. Elle les répéta pourtant à Afa, abasourdie de voir à quel point sa situation s'était retournée.

– L'humanité a besoin d'un futur, et nous allons devoir nous battre pour, mais nous ne pouvons pas faire cela sans sauver d'abord le présent. (Elle lui posa une main sur le bras.) Aide-moi à trouver un micro, que nous soyons sûrs d'avoir encore quelqu'un à qui donner toutes ces réponses.

Afa l'observait avec anxiété ; il n'était plus qu'une silhouette d'enfant dans le noir.

– Tu es une humaine ? lui demanda-t-il.

Kira sentit sa voix se coincer dans sa gorge, son cœur bondir dans sa poitrine. Qu'avait-il besoin d'entendre ? Cela l'aiderait-il si elle se prétendait humaine ? Entendre autre chose lui ferait-il peur au point de le faire rentrer dans sa coquille ?

Non. Ce qu'il avait besoin d'entendre, c'était la vérité. Elle respira à fond, serrant les poings pour trouver le courage. Elle ne l'avait jamais dit tout haut, pas même à elle-même. Elle se força à parler.

– Je suis une Partial.

Les mots lui semblaient justes et faux, vrais et interdits, terribles et merveilleux à la fois. Dire une vérité, en décharger sa poitrine, lui procura un frisson de libération, mais la nature de cette vérité la fit aussi trembler. Elle eut d'abord l'impression que c'était mal de le dire, puis culpabilisa aussitôt d'avoir honte de sa vraie nature. Elle n'avait pas à avoir honte.

– Mais j'ai donné ma vie entière, donné tout ce que j'avais, pour sauver l'espèce humaine. (Ses lèvres formèrent un fin sourire, elle faillit même éclater de rire.) Toi et moi, nous sommes le meilleur espoir qu'elle ait, en ce moment.

Afa posa la boîte de haricots qu'il tenait à la main, la reprit et la reposa. Il fit un pas, s'arrêta, hocha la tête.

– D'accord. Suis-moi.

CHAPITRE 13

Marcus s'accroupit à l'abri d'un mur de parpaings à demi effondré – celui d'un ancien garage, apparemment. Il y avait une voiture à l'intérieur, visible à travers un trou dans le mur, le squelette du conducteur toujours assis au volant. Marcus tenta d'imaginer pourquoi cet homme était mort là, dans sa voiture, à l'intérieur d'un garage fermé ; mais quoi qu'il en soit, cela n'avait plus aucune importance. Et si les Partials mettaient la main sur sa patrouille, Marcus serait bientôt aussi mort que ce squelette.

– On n'a pas les moyens de protéger les fermes, dit le soldat Cantona.

Sa voix n'était qu'un chuchotement, et il ne quittait pas la forêt des yeux. Marcus en était venu à le détester, mais il ne pouvait pas nier que c'était un soldat efficace.

– Et les fermiers non plus, acheva-t-il.

– On ne va pas les abandonner, cracha Haru entre ses dents.

Il avait repris le commandement depuis que Grant était tombée. Il jeta un bref coup d'œil aux quatre fermiers cachés derrière les soldats : deux hommes et deux femmes, absolument terrifiés.

– Pour ce que j'en sais, les Partials capturent tous les humains sur lesquels ils parviennent à mettre la main. Nous sommes là pour protéger les gens, alors c'est ce que nous allons faire : protéger ces gens et les ramener à East Meadow.

– Nous sommes là pour protéger les civils, nuança Cantona.

Ça, c'était une ferme-prison : si ça se trouve, ceux-là étaient des repris de justice.

– Si les Partials les veulent, le contra Haru, je mourrai plutôt que de les livrer.

Marcus observa les fermiers, maigrement armés de trois pistolets à eux quatre. Il était improbable que des prisonniers aient accès à des armes, mais quand une armée de Partials vous tombait dessus, après tout, allez savoir ce qui pouvait arriver ? *Pour ma part, je les armerais tous et je croiserais les doigts*, se dit-il. *Quand l'ennemi est un Partial, tout humain est un allié.*

– Ils vont nous faire tuer, insista Cantona.

Leur unité, forte de vingt soldats au départ, était réduite à sept, plus les fermiers ; la moitié avaient été massacrés dans l'embuscade et les autres pendant la retraite, lorsqu'ils avaient couru tête baissée dans la forêt pour garder un peu d'avance sur les envahisseurs.

– Ils sont capables de tenir le rythme, ce n'est pas le problème, dit Cantona. Le problème, c'est qu'ils sont bruyants. Ils ne savent pas rester discrets.

Les fermiers avaient le visage tanné et brûlé par le soleil, mais Marcus les vit pâlir en entendant les soldats débattre de leur sort. Il s'invita dans la conversation.

– Ils ne sont pas plus mauvais que moi dans ce domaine.

– Je ne vais pas abandonner notre médecin.

– Mais il a raison, dit Haru. Avec Marcus dans la troupe, on fera assez de bruit pour être retrouvés, qu'on ait des civils avec nous ou non.

– Hé, ho ! Je ne suis quand même pas si nul !

– De toute manière, c'est sans importance. S'ils ne nous ont pas entendus parler, nous sommes hors de danger pour l'instant : la nuit tombe, et ils n'ont aucune raison de pourchasser un groupe de militaires armés qui risquent de leur tendre un piège. Il est plus que probable qu'ils se soient regroupés et retirés, et je vous parie qu'ils sont en route pour une autre ferme.

– Alors on n'a plus besoin de protéger les civils, conclut Cantona. On n'a qu'à les relâcher, leur dire de se diriger vers East Meadow, et essayer de retrouver notre unité.

– Je n'arrive pas à la contacter par radio, dit Haru. Nous n'avons plus d'unité à rejoindre.

L'un des autres soldats, un gars corpulent nommé Hartley, leva la main, et le groupe se tut aussitôt. C'était un signe qu'ils ne connaissaient que trop bien, et Marcus tendit attentivement l'oreille en serrant son fusil. Les Partials avaient des sens plus développés que les humains – une meilleure ouïe, une meilleure vue – et pouvaient détecter le groupe de Marcus de bien plus loin, mais dans une forêt dense comme celle-ci, ils devaient tout de même se rapprocher pour engager le combat, et à cette distance les humains arrivaient parfois à les entendre se déplacer. Avertis ou pas, cependant, ils étaient incapables de rivaliser avec une troupe de Partials ; le seul ennemi qu'ils avaient réussi à abattre avait été distrait par des forces plus vastes. Marcus et son groupe avaient détalé, purement et simplement, et même ainsi ils avaient été décimés.

Ils restèrent immobiles et muets, l'oreille aux aguets, les armes prêtes. Un silence de tombeau régnait dans la forêt alentour.

Marcus entendit une des sentinelles pousser un juron, crier les premières syllabes d'une alerte, après quoi un petit disque noir claqua contre le mur à ses pieds. Il baissa les yeux juste à temps pour le voir exploser dans un éclair aveuglant, et soudain la patrouille entière se mit à hurler. Marcus serra les paupières, saisi d'une douleur lancinante, ne voyant plus rien que des taches vivement colorées. Il y eut des coups de feu ; Haru poussa une exclamation ; d'autres braillaient ; Marcus perçut une éclaboussure de liquide chaud sur ses mains et se baissa vivement, puis se recroquevilla en tremblant contre le mur. Un corps s'écroula contre lui et il recula en rampant, le souffle court, terrifié. Lorsque sa vue s'éclaircit, le combat était terminé.

La sénatrice Delarosa se tenait debout devant lui, un fusil dans une main, une épaisse capuche rabattue sur la tête.

Marcus tâcha de réfléchir.

– Hein ?

– Vous avez de la chance qu'ils n'aient été que deux, lui dit Delarosa. Et que nous ayons eu l'avantage, ajouta-t-elle d'un air sévère. Et que nous ayons eu de si bonnes chèvres.

– Deux quoi ?

– Deux Partials, expliqua Haru tout en se tapant sur une oreille comme si elle sifflait fortement. Et ne nous traitez pas de chèvres, merci.

– Je ne vois pas quel autre nom vous donner, protesta Delarosa en retournant un corps avec son pied.

Marcus vit alors qu'il y en avait plusieurs : des soldats, une silhouette encapuchonnée comme Delarosa, et deux Partials inertes dans leur armure grise si reconnaissable. Celui qui était aux pieds de Delarosa gémit, et elle l'acheva d'une balle.

– Vous faisiez assez de bruit pour attirer tous les Partials à un kilomètre à la ronde.

– Vous nous avez utilisés comme appâts ! s'écria Haru en se remettant péniblement debout. (De toute évidence, les suites de la mystérieuse explosion le déséquilibraient encore.) Vous saviez qu'ils étaient ici ? Vous guettiez depuis combien de temps ?

– Assez longtemps pour être fin prêts quand ils sont arrivés, répondit Delarosa. Nous savions que vous finiriez par attirer une troupe ennemie, alors nous nous sommes cachés en attendant.

Elle s'agenouilla à côté du corps et le dépouilla rapidement de ses équipements utiles : cuirasse, chargeurs, et plusieurs sacoches attachées aux épaules et au torse. Elle se retourna tout en travaillant pour désigner d'un coup de menton le disque noir qui gisait aux pieds de Marcus.

– Ça, c'est leur arme incapacitante. Comme ils vous croyaient neutralisés, ils ont baissé la garde.

Marcus tenta de se lever, mais s'aperçut que, comme Haru, il avait le tournis. Il se raccrocha au mur. Un soldat glissa au sol à côté de lui, et Marcus se rendit compte que le malheureux avait reçu une balle en plein visage.

– Vous auriez dû nous prévenir.

Delarosa empila soigneusement l'équipement du premier Partial.

– Ils vous auraient trouvés quand même ; ainsi, au moins, ils sont arrivés trop tard.

– Nous aurions pu préparer une embuscade, s'entêta Haru.

Il promena son regard autour de lui pour évaluer les dégâts, et Marcus fit de même : trois soldats morts, plus un des hommes de Delarosa. Il y en avait au moins deux de plus dans les arbres, un peu plus loin, qui surveillaient le périmètre.

– Nous aurions pu être prêts et subir moins de pertes.

– Nous *étions* prêts, lâcha Delarosa en se déplaçant vers le second cadavre. Et c'*était* une embuscade. Nous avions la configuration idéale, la diversion idéale, et nous avons tout de même perdu quatre hommes, sans compter les deux fermiers blessés. (Elle les indiqua du geste.) Nous avions des conditions idéales et ils ont quand même tué deux fois plus que nous. Vous voudriez réessayer sans la diversion ?

– Votre diversion, c'étaient mes hommes !

– Vous comptez réellement discuter, là ? s'énerva Delarosa en se relevant pour lui faire face. Je viens de vous sauver la vie !

– Vous avez laissé mourir trois de nos hommes.

– Si je n'avais pas fait ce que j'ai fait, vous seriez tous morts à l'heure qu'il est. Ou pire, vous auriez été capturés. Nous affrontons un ennemi supérieur en nombre, mieux équipé, mieux entraîné, doté de meilleurs réflexes. Si vous voulez prendre le risque d'un combat à la loyale, c'est que vous êtes aussi aveugle que le Sénat.

– Le Sénat vous a condamnée aux travaux forcés, intervint Marcus, qui retrouvait enfin son équilibre. Envoyée dans une ferme-prison. (Il fronça les sourcils.) Dans cette ferme-ci ?

Delarosa se retourna vers le second Partial, empilant son équipement à côté du premier tas.

– À l'époque où c'était encore une ferme-prison, oui. Maintenant, ce n'est plus qu'une... scène de crime. Tout ce qui y restait de vivant a été dispersé.

– Vous êtes-vous évadée pendant l'attaque, ou avant, en volant une arme ? voulut savoir Haru.

– Je ne suis pas ici pour tuer des humains, répliqua Delarosa qui se releva et se planta face à lui. C'est vrai, oui : j'ai été condamnée aux travaux forcés dans une ferme. Mais vous rappelez-vous pourquoi ?

– Pour avoir tué des êtres humains, dit Marcus. Ce qui mine un peu votre crédibilité.

– Pour avoir fait ce qu'il fallait, le corrigea-t-elle.

Elle indiqua un de ses compagnons, vêtu lui aussi d'un grand manteau à capuche, qui vint ramasser l'équipement des Partials.

– Nous faisons face à l'extinction de notre propre espèce, déclara-t-elle d'un ton sans appel. Voilà ce qui passe avant tout – avant la bonté, la moralité, la loi. Des choses que vous n'auriez jamais faites il y a douze ans sont en ce moment non seulement acceptables, mais indispensables. Elles constituent un impératif moral. Je tuerais cent Shaylon Brown plutôt que laisser la victoire aux Partials. J'en tuerais mille s'il le fallait.

– C'est exactement ce que je voulais dire, l'approuva Cantona. C'est le seul moyen de survivre à ce qui nous attend.

– Si vous tuez mille de vos semblables, les Partials n'auront même plus besoin de combattre, protesta Marcus. Vous faites leur travail à leur place !

Un oiseau poussa un trille strident dans la forêt, et Delarosa releva la tête.

– C'est le signal du départ. On dirait que ces deux-là avaient des renforts.

Elle rejoignit en courant l'orée de la clairière, mais Haru secoua la tête.

– On ne vient pas avec vous.

– Moi, si ! clama Cantona, qui préleva un second fusil sur la dépouille d'un soldat humain. Allez, Haru, vous savez bien qu'elle a raison.

– Je n'abandonnerai pas ces civils !

– En fait, dit alors un des fermiers, je crois que je vais partir avec elle, moi aussi.

C'était un homme d'un certain âge, amaigri et buriné par le travail. Il leva en l'air son fusil de chasse et prit une arme de poing sur le corps d'un autre soldat.

Cantona regarda Delarosa, qui hocha la tête et se tourna vers Haru.

– Nous ne vous utiliserons plus comme appâts, promit-elle.

Sur quoi elle tourna les talons et se fondit dans les bois. Ses hommes disparurent avec elle, suivis du fermier, et enfin de Cantona. Ce dernier s'arrêta un instant, les salua de la main, et s'en alla à son tour.

Marcus regarda Haru, puis Hartley, puis les trois fermiers restants. Ils s'étaient approprié les fusils et les munitions trouvés sur les soldats morts.

– Deux d'entre vous sont blessés ?

– Nous pouvons marcher, dit une des femmes d'un air farouche.

– Formidable, grommela Haru, mais pouvez-vous courir ?

Ils firent halte dans une cour d'école, épuisés et pantelants. Les Partials à leurs trousses avaient fait deux victimes de plus, ce qui ne laissait que Marcus, Haru et deux civils – dont une femme aux cheveux châtains prénommée Izzy, blessée. Elle s'appuya lourdement contre le mur, les yeux fermés, la respiration sifflante. Haru était à court de munitions, et Marcus lui tendit son dernier chargeur.

– Tu en feras un meilleur usage que moi, dit-il en reprenant son souffle avant de désigner Izzy. Elle n'ira pas beaucoup plus loin.

– Oblige-la à s'asseoir, lui intima Haru, caché dans les buissons. Elle va nous faire repérer.

– Si je fais ça, elle n'arrivera pas à se relever.

– Alors je la porterai.

Marcus et le dernier fermier, un dénommé Bryan, firent doucement asseoir la femme et l'adossèrent au mur, la tête entre les genoux. Marcus examina ses pansements : une balle lui avait traversé l'épaule, passant par miracle à côté des os et des artères vitales, mais la plaie n'était pas belle, et la femme avait perdu beaucoup de sang. Il avait déjà changé deux fois les compresses, à l'occasion de brèves haltes comme celle-ci, et lui avait donné tous les analgésiques qu'elle pouvait supporter sans perdre connaissance. Le bandage était trempé de sang, et tandis qu'il le changeait à nouveau, sa vision se brouilla sous le coup de l'épuisement.

– Je commence à regretter qu'on ne serve pas d'appât à toute une bande de guérilleros, en ce moment, dit Haru.

Marcus se renfrogna.

– Ce n'est pas drôle.

– Ça ne cherchait pas à l'être.

– Vous pourriez y arriver, intervint Bryan. Je parle de l'embuscade. Assez d'armes, des bois pour vous cacher, un champ de tir bien dégagé, et vous n'auriez même pas besoin d'appâts.

– On pourrait certainement, répondit Haru, toujours essoufflé. Sans doute, sans doute.

Il sortit sa radio et l'essaya une nouvelle fois, la voix rauque.

– Ici Haru Sato, j'ai avec moi un médecin et deux civils, sommes en détresse au niveau de… (Il releva les yeux.)… l'école élémentaire Huntsman. Je ne sais pas dans quelle ville. Si quelqu'un m'entend, n'importe qui, je vous en prie, répondez. Nous ignorons l'importance de l'attaque et nous ne savons pas où nous replier. Nous ne savons même pas où nous sommes.

Izzy toussa : une quinte râpeuse, douloureuse, qui secoua tout son corps jusqu'au moment où elle vomit par terre. Marcus s'écarta, puis acheva de lui bander l'épaule.

– Je crois que votre radio ne marche plus, dit Bryan. À quand remonte votre dernier appel, entrant ou sortant ?

– Il n'y a rien eu depuis les snipers, reconnut Haru en contemplant l'appareil d'un air démoralisé.

Celui-ci ne portait aucun impact de balle, mais il semblait en mauvais état. Marcus songea qu'il était sans doute en effet hors service.

– Laissez-moi y jeter un coup d'œil, dit Bryan en se levant pour le prendre.

Sa tête s'éleva au-dessus des taillis environnants et son corps tressaillit soudain tandis qu'une brume rouge jaillissait par son oreille.

Marcus et Haru se jetèrent immédiatement à plat ventre. Privée du soutien de Marcus, Izzy s'effondra au sol sans connaissance.

– Je crois bien qu'on y est, lâcha Marcus. Soit ta tueuse préférée arrive à la rescousse, soit on va bientôt dire bonjour au docteur Morgan.

– Tu me pardonneras d'espérer que ce sera la tueuse, comme tu dis.

– Tu vas adorer le docteur Morgan, répliqua Marcus. Elle hait les humains presque autant que tu hais les Partials.

Haru observait la cour de l'école.

– Il y a là presque un mètre de broussailles qui poussent à travers l'asphalte, et qui atteignent bien deux mètres de haut dans cette zone, sans doute l'ancien terrain de foot. (Il regarda Izzy.) Je ne pense pas qu'on puisse la transporter.

– Je la prends sur mon dos et je pars en courant, proposa Marcus. Tu me couvres. Ces arbres un peu plus touffus ne sont qu'à...

– Certainement pas, le coupa Haru. Mais c'est pourtant exactement ce qu'on va leur faire croire.

Il pointa le doigt derrière eux, le long du mur d'enceinte. Au pied de ce mur, à quelques pas de là, Marcus aperçut un rectangle sombre : un soupirail aux carreaux cassés.

– Tu vas la traîner là-dedans, expliqua Haru tout en rassemblant de gros morceaux d'asphalte. Pendant ce temps-là, je ferai de mon mieux pour donner l'impression qu'on traverse le terrain de foot.

Marcus hocha la tête.

– Ça va nous faire gagner combien de temps ?

– Suffisamment. À supposer que ça marche. On trouvera une porte à l'intérieur et on sortira du bâtiment par l'autre côté.

Marcus souffla en observant la bouche noire et menaçante du soupirail.

– Va savoir ce qui vit là-dedans. Si je suis dévoré par des blaireaux ou quelque autre bestiole, il ne faudra pas te plaindre.

– Vas-y.

Marcus fit rouler Izzy sur le dos, lui passa les bras au-dessus de la tête, et prit ses deux poignets de la main gauche ; s'aidant du coude droit, il rampa sur le ventre à travers l'asphalte défoncé, en direction du soupirail. Il veillait à rester bien à plat et s'efforçait de ne pas faire remuer les taillis. Haru jeta des blocs sur le terrain, selon un arc très bas afin que les Partials ne les voient pas ; en retombant, ils agitaient les tiges des hautes herbes. Marcus constata que cela devait fonctionner, car un tir de sniper alla se perdre dans les buissons, inoffensif, à six ou sept mètres du mur.

Il atteignit le soupirail et jeta un œil à l'intérieur ; l'air y était humide comme dans une grotte, et sentait le chien mouillé. À moins qu'il n'ait été récemment abandonné, le sous-sol était devenu un antre d'animaux, même si les chiens n'utilisaient sans doute pas cette entrée. En effet, le sol autour était meuble, et non tassé par des passages multiples. Marcus, qui n'y voyait pas grand-chose, jugea qu'il ferait mieux de se glisser à l'intérieur avant de tirer la blessée à lui.

Il était à moitié entré lorsque Haru s'arrêta en dérapant à côté de la fenêtre, la respiration lourde.

– Je crois bien que les carottes sont cuites, dit-il – et au même moment, une balle vint s'enfoncer dans le mur de briques au-dessus de lui. Eh oui. Pousse-toi.

Marcus se tortilla pour finir d'entrer, se laissa tomber au sol et glissa immédiatement dans plusieurs centimètres de boue visqueuse. Il se remit debout et tira sur le corps inerte d'Izzy, tout en écoutant l'impact d'autres balles sur le mur. Aussitôt que le soupirail fut dégagé, Haru se précipita à l'intérieur pour atterrir dans la gadoue avec un gémissement étranglé.

– Ça pue le chien mouillé, là-dedans.

Marcus chercha une lampe dans ses poches, tout en retenant Izzy d'un bras.

– Et quelque chose me dit que ce n'est pas seulement de la boue, ajouta-t-il.

– N'allume pas, l'arrêta Haru. Suis-moi.

Il fit quelques pas mouillés, silhouette noire dans la pénombre, et Marcus le suivit avec toute la prudence possible. En plus d'une douzaine de centimètres de boue liquide, le sous-sol était encombré de bureaux métalliques, de piles de livres mangés par les vers et de multiples rangées d'ordinateurs, attachés par des câbles rouillés à des meubles sur roulettes. Haru ouvrit la route dans ce labyrinthe, et tandis que les yeux de Marcus s'accoutumaient à l'obscurité, une porte apparut dans le mur devant eux. Haru tira dessus, la poignée tourna, mais soudain les ténèbres devinrent encore plus noires : la source de lumière qui se trouvait dans leur dos venait juste d'être obstruée, et Marcus se jeta au sol.

Le sifflement des balles déchira le silence, des éclairs de mitraillettes illuminèrent la pièce, un vacarme assourdissant éclata. La fine porte en bois fut déchiquetée par l'attaque, et Marcus eut tout juste le temps de voir Haru plonger derrière l'armoire informatique la plus proche.

– Ils sont déterminés à aller jusqu'au bout, souffla Haru. J'ai déjà eu des envies de meurtre, mais jamais à ce point.

Il fit feu en direction du soupirail, et le tireur s'écarta vivement. Marcus en profita pour se ruer en avant, traînant Izzy de l'autre côté de la porte. Lorsqu'il fut en sécurité, Haru cessa le feu, soucieux de ne pas gâcher leurs dernières cartouches, et le tireur revint devant la fenêtre déverser dans la cave un épais tir de barrage. Haru tira ses dernières munitions, forçant le Partial à se remettre à l'abri, et s'engouffra à son tour par la porte en rampant dans les immondices.

– Je ne suis pas réellement convaincu moi-même de ce que je vais dire, chuchota Marcus, mais on est en sûreté ici. Du moins pour l'instant.

Haru acquiesça en essuyant son visage couvert de boue.

– Tant qu'on a encore des munitions – et tant qu'ils savent qu'on en a encore –, ils ne nous suivront pas ici. Mais tu peux parier qu'ils sont en train de faire le tour.

Il releva la tête, et Marcus sentit son regard le brûler même dans le noir.

– C'est le moment de se décider, Valencio. Tu préfères mourir planqué, ou en tirant tes dernières cartouches ?

– Y a pas une option « en me pissant dessus » ?

Haru eut un rire bref.

– Je suis sûr que c'est inclus dans les deux. (Il renifla.) D'ailleurs, on baigne déjà dans l'urine, même si ce n'est pas la nôtre. Personne ne verra la différence.

– Essaie quand même la radio, suggéra Marcus. On ne sait jamais.

Haru la tira de sa ceinture et la leva en l'air dans le noir.

– On a plus de chances de joindre directement Dieu le père que le moindre être vivant sur Terre, avec ce machin.

– Alors prions. (Marcus lui prit l'appareil et enfonça le bouton.) Ici Marcus Valencio, à supposer que quelqu'un m'entende. Je suis... caché dans un tunnel plein de boue et de pisse de chien, avec Haru Sato. Entre les deux, je ne sais pas ce qui est le pire. Nous avons un civil blessé avec nous, ainsi qu'une brigade entière de Partials assoiffés de vengeance à nos trousses, semblerait-il. Ils nous ont poursuivis sur des kilomètres, et il ne reste plus que nous deux sur une vingtaine de soldats. J'ignore s'ils cherchent à conquérir l'île, à la piller, ou juste à nous tuer pour le fun. Je ne sais même pas qui peut m'entendre... aussi bien, nous sommes les derniers humains en vie sur Terre.

Il lâcha le bouton, et l'appareil se mit immédiatement à grésiller.

– Si seulement je gagnais un dollar chaque fois que j'entends ça, en ce moment... fit la radio.

La voix était hachée et brouillée, et si inattendue que Marcus faillit en lâcher la radio. Haru se redressa, les yeux écarquillés.

– Qui est là ? demanda Marcus en regardant son compagnon d'un air incrédule.

Il rappuya sur le bouton à plusieurs reprises et essaya de nouveau.

– Qui est là ? Je répète, qui est là ? Nous réclamons une assistance immédiate, des renforts, et... quelqu'un pour nous sauver la vie.

Il lâcha de nouveau le bouton et eut un geste d'impuissance.

– Bon, j'espère qu'ils ne vont pas refuser sous prétexte que je n'ai pas respecté le protocole radio, ajouta-t-il.

L'appareil se remit à crachoter.

– Le trafic radio des Partials confirme qu'ils te cherchent spécifiquement, toi, Marcus. Le docteur Morgan veut te voir pour une raison précise.

Marcus se figea, comprenant soudain pourquoi cette voix lui semblait si familière.

– Kira ?

– Salut, bébé. Je t'ai manqué ?

– Que... quoi ? bredouilla Marcus. Mais où es-tu ? Qu'est-ce qui se passe ? Et pourquoi est-ce que le docteur Morgan me cherche ?

– Probablement parce qu'elle me veut, moi, répondit Kira. La bonne nouvelle, c'est qu'elle ne sait absolument pas où je suis.

– Ah, quel soulagement, persifla Haru. Comme je suis content que Kira ne risque rien.

Marcus rappuya sur le bouton.

– Haru te passe le bonjour.

– Ne t'en fais pas, j'ai de bonnes nouvelles pour lui aussi : les Forces de défense avancent vers votre position.

– Ah oui ?

– Sortez de l'école et partez vers le sud. Vous allez tomber sur un bataillon qui arrive dans l'autre sens, à deux minutes au plus.

– Tirons-nous de ce merdier ! lança Haru.

Il souleva Izzy comme le font les pompiers et s'élança dans le couloir.

– Attends, dit Marcus à Kira tout en trottinant pour le rattraper. Où es-tu ? Que se passe-t-il ?

Mais comme la radio restait muette, il se hâta de regagner

sa position précédente. Les ondes passaient sans doute mieux à cet endroit, car l'appareil se remit aussitôt à grésiller.

– ... de suite. Je répète, sortez tout de suite. Le bataillon a un petit arsenal de lance-roquettes, et il compte s'en servir pour démolir tout le bâtiment.

– Attends ! hurla Marcus. On n'est pas encore sortis !

– Alors grouillez-vous !

Il prit ses jambes à son cou, rattrapant Haru au pied de l'escalier qu'ils gravirent quatre à quatre avant de déboucher dans un large couloir d'école. Aucun Partial n'était en vue, et Haru désigna une paire de portes à demi arrachées de leurs gonds.

– Par là !

Ils sortirent par le côté sud du bâtiment, et traversèrent la rue à toutes jambes pour rejoindre le couvert d'une allée résidentielle. Aucun cri ne s'éleva derrière eux, aucune balle ne leur passa au-dessus de la tête. Marcus vira brusquement à un coin de rue, suivi de près par Haru qui portait Izzy en travers de ses épaules ; sans cesser de courir, il hurla dans la radio :

– Kira ? Kira, tu m'entends ? Qu'est-ce qui se passe ?

– J'avais quel âge quand on s'est rencontrés ? fit la voix de Kira. Remonte d'autant de canaux.

Cinq, pensa Marcus, *on s'est rencontrés à l'école l'année de notre arrivée ici.* Il passa autant de canaux, puis réfléchit. *Il n'y avait pas d'école la première année. On s'est rencontrés à six ans.* Il tourna le cadran d'un cran.

– Alors, qu'est-ce qui se passe ?

– C'est un truc qui ne marchera pas deux fois, dit Kira. Ils écoutent vos fréquences, mais moi j'écoute les leurs ; je t'ai dit qu'il y avait un bataillon de la Défense pas très loin, et j'ai demandé à un ami de leur faire un faux rapport avec la même information. Les deux Partials qui vous pourchassaient ont battu en retraite, mais pas pour longtemps, et le bataillon qui approche par le sud est en fait à au moins dix kilomètres. Il va falloir le retrouver sans tarder, car les Partials te recherchent en personne, et ils vont vouloir te tomber dessus dès qu'ils comprendront qu'ils se sont fait avoir.

Marcus ralentit, tâchant de reprendre son souffle.

– Alors... qu'est-ce que je fais, maintenant?

– Je vais faire tout mon possible pour t'aider, mais on n'a pas tellement le choix. Nous avons écouté les communications de Morgan, et voici la mauvaise nouvelle : ils ne font pas qu'envahir l'île, ils comptent la conquérir. D'ici à deux jours, tous les humains présents sur Long Island seront prisonniers des Partials.

DEUXIÈME PARTIE

CHAPITRE 14

La première alarme sonna à quatre heures du matin. Afa, en effet, avait équipé les portes et les fenêtres du rez-de-chaussée de petites alarmes électriques, reliées à sa chambre et aux principales salles d'archives, et la sonnerie réveilla instantanément Kira. Celle-ci dormait toujours sur le canapé du studio de télé, où elle venait de passer un peu plus d'une semaine : son campement le plus permanent depuis bien longtemps. Les alarmes étaient insistantes mais discrètes, conçues de manière à alerter les occupants sans apprendre aux intrus que quelque chose clochait. Kira fut sur pied en quelques secondes et enfila ses chaussures tout en empoignant son fusil. Si jamais il fallait fuir, cette arme était ce dont elle aurait le plus besoin. D'ailleurs, sachant qu'Afa était prêt à faire sauter tout le bâtiment si nécessaire, même une fuite pieds nus et sans arme n'était pas le pire scénario imaginable.

Kira le retrouva dans le hall, et tous les deux se gardèrent de faire le moindre bruit. Il éteignit les alarmes et tendit l'oreille. Si c'était une fausse alerte – un coup de vent, ou un chat grattant à la fenêtre –, le silence resterait complet. Kira écouta les yeux fermés, en priant pour que rien ne...

Bip. Bip.

Afa éteignit de nouveau l'alarme, définitivement cette fois, et trottina d'un pas lourd jusqu'au bout du couloir, où se trouvait une autre série d'interrupteurs. Les panneaux solaires installés sur le toit emmagasinaient d'énormes quantités d'électricité, plus qu'assez pour alimenter toute la nuit les systèmes de sécurité improvisés. Le gros homme réveilla un écran en veille juste à temps pour y voir une silhouette noire et entièrement cuirassée se glisser par la fenêtre. Le casque était rond et sans visage, caractéristique de l'armée des Partials, bien que son armure soit usée et abîmée à tel point que Kira se demanda si ce n'était pas une tenue récupérée quelque part. La silhouette fugacement dévoilée par le clair de lune trahissait un individu de sexe féminin, alors que l'autre forme qui se glissa derrière était probablement masculine. Kira lança un coup d'œil à Afa, dont le visage entier n'était plus qu'un rictus d'anxiété et d'indécision. Ses autres planques, il les avait simplement fait sauter lorsqu'une menace était apparue, mais il s'agissait ici de son quartier général, de sa bibliothèque principale de documentation, de l'œuvre de sa vie. Il ne voulait pas détruire cela.

D'un autre côté, on ne pouvait pas dire qu'il avait les idées très claires dans les moments de stress.

Kira et Afa se trouvaient au sixième étage, et deux niveaux entiers, truffés de systèmes de sécurité, séparaient encore les intrus des archives importantes. Le rez-de-chaussée était bourré d'explosifs, en quantité suffisante pour anéantir l'immeuble entier, et Kira, prudente, se positionna entre Afa et le détonateur manuel. Ils observèrent, sur l'image floue des caméras de surveillance, les deux intrus qui progressaient furtivement dans les pièces et les couloirs, passant d'écran en écran, les différents angles de vue donnant à leur cheminement l'aspect d'une trajectoire erratique et disjointe. De gauche à droite sur le troisième moniteur ; de droite à gauche sur le premier. De haut en bas sur le deuxième et le quatrième simultanément, l'un devant l'autre. Ils progressaient lentement, leurs armes braquées devant eux, silhouettes sans couleur dans la pénombre. Probablement guidées par des casques à vision nocturne augmentée, elles avaient des mouvements parfaitement coordonnés. Elles offraient le spectacle impeccable du lien en action. C'étaient des Partials, sans aucun doute possible.

Kira vérifia soigneusement ses munitions, sans quitter des yeux les écrans de surveillance ; elle parviendrait peut-être à toucher un des intrus si elle le prenait par surprise, mais les chances d'en vaincre deux coup sur coup étaient infimes. Si elle ne fuyait pas tout de suite, elle se réveillerait probablement dans le laboratoire du docteur Morgan, étendue sur une table d'opération tandis que la femme, tel un savant fou, l'ouvrirait pour découvrir ses secrets.

Elle fit un pas pour partir en courant, mais se força à s'arrêter. *Respire*, se dit-elle. *Respire profondément. Garde ton calme. Personne au monde n'est plus parano qu'Afa : il sait protéger son refuge. Laisse-lui un peu de temps. Il reste encore un étage entre nous.*

La dernière caméra les montra au pied de l'escalier, ouvrant la porte puis montant lentement. Il n'y avait aucun piège au rez-de-chaussée parce qu'Afa ne voulait pas que ses bombes soient déclenchées de manière intempestive par un animal errant, mais Kira espérait que les Partials interpréteraient cela comme une absence totale de dispositifs de sécurité. Seraient-ils, du coup, moins méfiants au premier étage ? Elle retint son souffle, et les pieds des intrus disparurent dans la pénombre au sommet de l'escalier. Il n'y avait pas de caméras au premier, uniquement des détecteurs de mouvement et des pièges mécaniques.

Une lumière rouge clignota sur le panneau de contrôle, et dans l'instant, un violent fracas secoua l'immeuble.

– Une mine antipersonnel, précisa Afa. Ça s'appelle une Betty-Sauteuse : quand on passe à côté, la mine bondit à environ un mètre vingt de hauteur, et là elle explose, comme ça, en anneau. (Joignant le geste à la parole, il mima un halo de destruction s'élargissant à plat.) Des clous, des shrapnels et des chevrotines, à hauteur du ventre. Ils sont en armure, mais ça peut quand même faire beaucoup de dégâts sans toucher à la structure du bâtiment.

Kira hocha la tête, vaguement nauséeuse, en guettant du regard le voyant suivant dans la rangée. Si la Betty-Sauteuse avait arrêté l'ennemi, plus aucun ne s'allumerait. La menace serait éliminée, et Afa et elle n'auraient plus qu'à nettoyer. Elle pria...

Le deuxième voyant s'alluma.

– Ils avancent dans le couloir côté est, constata Afa, les poings serrés devant lui comme un nouveau-né, faible, le visage ruisselant de sueur.

– Comment fait-on pour sortir ? lui demanda Kira.

Il y avait un escalier de secours extérieur, elle le savait, mais celui-ci aussi était bourré de pièges, et la jeune fille espérait qu'il existait un moyen plus rapide de descendre.

Afa déglutit, les yeux rivés sur les voyants, et Kira reposa sa question.

– Comment fait-on pour sortir ?

– Ils sont dans le couloir est, et se dirigent vers les fusils. Ceux-ci sont équipés de détecteurs de mouvement, et non déclenchés par des fils comme les mines... ils ne verront rien venir.

Le troisième voyant rouge s'illumina, et Kira entendit une détonation lointaine. Elle attendit, les dents serrées, les nerfs à vif, et le monde s'arrêta un instant.

Le quatrième voyant s'alluma.

– Non, souffla-t-elle.

Afa regardait d'un bout à l'autre du couloir, ses mains s'ouvrant et se refermant sur un outil imaginaire. Il n'avait pas d'arme à feu, et tolérait tout juste celle de Kira ; il ne se servait que de pièges, distants et impersonnels. Si les intrus arrivaient jusqu'à lui, il serait totalement sans défense.

– Afa, dit Kira en l'attrapant par le coude. Regarde-moi.

Il continuait de chercher quelque chose du regard, et Kira se campa fermement dans son champ de vision.

– Regarde-moi : ils vont monter jusqu'ici et ils vont nous tuer.

– Non.

– Ils vont te descendre, Afa, tu comprends ce que je te dis ? Ils vont m'enlever, te tuer, puis incendier cet immeuble pour qu'il parte en fumée...

– Non !

– ... et toutes tes archives avec. Tu comprends ? Tu vas tout perdre. Il faut qu'on sorte d'ici.

– J'ai mon sac à dos, dit-il en s'éloignant d'elle pour ramasser par terre l'énorme sac qui n'était jamais à plus de quelques pas de lui. Je ne laisse jamais mon sac à dos.

– Il faut qu'on le prenne et qu'on se tire, insista Kira en traînant Afa de force vers le studio d'enregistrement.

Elle n'avait que quelques secondes pour rassembler ses affaires, après quoi il leur faudrait fuir en courant le plus loin et le plus vite possible. Elle songea à la station de radio, en haut, à Marcus et à la manière dont elle l'avait aidé. Le docteur Morgan avait pris le contrôle d'East Meadow et de tous les centres peuplés de l'île. Utiliser la radio pour aider Marcus à conserver une longueur d'avance sur ses poursuivants, c'était la seule chose qu'elle pouvait faire... et voilà qu'elle était sur le point de tout perdre. Afa résistait, tirant en arrière pour retourner vers le panneau mural, et Kira courut sans lui jusqu'au studio afin de rassembler ses affaires en vitesse pour fuir.

– Ils ont dépassé la salle de réunion, annonça-t-il. Ils avancent lentement. Ils ont aussi passé la deuxième Betty-Sauteuse du couloir est et se dirigent vers... Il y en a d'autres, maintenant.

Kira releva la tête au-dessus de son sac, dans lequel elle était en train de ranger son équipement de survie.

– Quoi ?

– Un dans le couloir est, un dans le couloir ouest. Il y a un deuxième groupe, couina Afa d'une voix de plus en plus inquiète et haut perchée. Mais je n'ai vu personne d'autre entrer ! Je surveillais les écrans... Je les aurais vus arriver !

Kira referma son paquetage d'un geste sec, abandonnant sur place son tapis de sol, et repartit en courant dans le couloir.

– Il n'y en a pas plus, dit-elle. Ce sont toujours eux. (Elle indiqua du doigt le septième voyant.) Il y a bien un grand corridor central, là, non ? Le même à chaque étage. C'est un binôme de tueurs, comme j'en ai suivi une douzaine d'autres à la radio – ils n'ont pas besoin d'une seconde équipe, ils se sont simplement séparés...

Elle s'interrompit en pleine phrase.

– Ils se sont séparés, répéta-t-elle, mais sur un ton complètement différent. Ils sont seuls. Afa, à quel endroit se rejoignent les couloirs est et ouest, au niveau du deuxième étage ?

– Aux escaliers.

– Oui, dit Kira en se plaçant de nouveau dans son champ de vision. Je sais que c'est aux escaliers, mais j'ai besoin que tu sois plus précis. C'est toi qui as conçu tout ce système, Afa, donc tu sais où ils iront ensuite. Celui-ci, ajouta-t-elle en lui montrant un point rouge. À quel endroit atteint-il le deuxième étage ?

– L'escalier de derrière, dit-il, bégayant pratiquement de terreur.

Il tendit la main vers le détonateur, mais elle l'arrêta à temps.

– L'escalier de service, reprit-il. Ils remontent du dépôt de livraisons, à l'arrière.

– Parfait.

Kira lui fit reprendre son sac à dos et l'écarta doucement du panneau de contrôle.

– Il faut que tu sauves ce sac à dos, tu m'entends ? Ne fais pas sauter le bâtiment. Si tu le fais sauter, tu perdras ton sac.

– Je ne dois jamais perdre le sac à dos.

– Exactement. Tu vas trouver la sortie de secours que tu t'es ménagée pour les urgences et tu vas la prendre... cours très loin, et ne reviens pas pendant une semaine. Si les Partials s'en vont, je serai ici à t'attendre. Allez, file !

Afa s'éloigna au pas de course, tandis que Kira, saisissant son paquetage, s'en allait dans le sens contraire pour pratiquement se jeter dans l'escalier de service. Cinquième, quatrième étage. Si elle atteignait le deuxième avant eux, si elle y arrivait pendant que les Partials étaient encore divisés, encore seuls, exactement là où elle savait qu'ils se rendaient, elle pourrait prendre le premier en embuscade et fuir avant que l'autre n'arrive en renfort. Elle avait une chance de les tuer tous les deux, mais une seule. Troisième étage.

Deuxième.

Elle ralentit, posant soigneusement ses pieds en silence à chaque pas, tendant l'oreille à l'angle avant de prendre chaque virage. La cage d'escalier était déserte. Elle se laissa tomber à genoux, épaula son fusil et risqua un regard vers le palier du premier. Il faisait noir, et la moquette était moisie. La porte en acier avait été entièrement retirée et hissée à l'étage du dessus pour faire office de blindage autour d'un des mini-bunkers d'Afa : c'était là que Kira irait se cacher, décida-t-elle. Tuer le premier, se retirer dans un bunker, et attendre que le second commette une erreur. À supposer que les Partials soient faillibles.

Le premier étage était désert, mais les traces de désordre étaient évidentes. Une série de trous dans les murs et dans les rideaux noirs prouvait que les dernières Betty-Sauteuses avaient fonctionné exactement comme prévu, mais il n'y avait aucun corps en vue. L'étage était vaguement éclairé par les déchirures dans les rideaux, et une petite flamme vacillait dans le mur, vers le fond. Kira attendit tout en tâchant de se rappeler où était installé le dernier piège de l'étage : un dispositif incendiaire, qui n'avait apparemment pas explosé. Le Partial était encore là.

Elle attendit au sommet des marches, l'arme en position. Aussitôt qu'un Partial apparaîtrait à la porte, il serait mort.

Elle attendit encore.

J'ai peut-être fait trop de bruit, s'inquiéta-t-elle. *Il m'a entendue arriver et a rebroussé chemin... ou, pire, il m'attend. Je pourrais remonter par l'escalier, mais je perdrais mon avantage. Je ne peux pas affronter les deux Partials d'un coup. S'il y a une chance pour que j'arrive à piéger celui-ci, il faut que je coure le risque.*

Jusqu'où est allé l'autre ? Ceci est l'escalier de service, mais l'autre couloir mène à l'escalier principal. Le Partial l'a-t-il déjà atteint ? Est-il monté ? Afa a-t-il réussi à s'enfuir ? Elle espérait que le bonhomme avait eu la présence d'esprit de partir, qu'il n'était pas encore assis dans le couloir, un doigt sur le détonateur, prêt dans sa paranoïa à détruire l'œuvre de sa vie – et Kira et lui avec –, juste pour empêcher les Partials de mettre la main dessus. *Il faut que je remonte,* songea-t-elle, *et il faut que je reste ici, et il faut que je me tire de là. Je ne sais pas quoi...*

Et tout à coup elle sut, avec la même certitude que si elle l'avait vu de ses yeux, qu'un Partial était en train de ramper vers elle au deuxième étage.

La porte du deuxième, comme celle du premier, avait été recyclée pour renforcer le bunker d'Afa. Le passage était ouvert, et le Partial l'aurait en ligne de mire aussitôt qu'il aurait franchi le coin. *C'est le lien,* pensa-t-elle, *il n'y a que comme ça que je peux le sentir si clairement. Le lien leur transmet tout ce que nous faisons. Je n'ai pas tous les capteurs que Samm décrivait, mais apparemment j'ai de quoi percevoir leur position... et peut-être aussi de quoi trahir la mienne.* Elle tapota sa veste, regrettant de ne pas avoir un projectile à leur jeter – une grenade, ou même un caillou pour faire diversion –, mais elle ne disposait que de son fusil, et le temps qu'elle vise avec, il serait déjà trop tard. Elle devait absolument bouger de là. Elle se redressa légèrement sur ses pieds, prête à dévaler les marches jusqu'au rez-de-chaussée, lorsqu'elle reçut une seconde impression, aussi claire que la première, l'informant qu'il y avait un autre Partial dans l'escalier en dessous d'elle. Ils n'avaient pas bêtement attendu de l'autre côté de la porte : prenant de l'avance sur elle, ils l'avaient complètement cernée. Elle ne pouvait plus fuir que dans les couloirs du premier étage, où il restait un piège qui ne s'était pas déclenché. Elle bondit sur ses pieds et s'élança en courant.

Les Partials ne se crièrent pas d'indications, le lien leur permettant de rester parfaitement discrets, mais Kira ressentit néanmoins leur cri dans sa tête comme une clameur chimique : ELLE S'ENFUIT ! Des pas claquèrent sur les marches derrière elle, et la jeune fille tira un coup de fusil dans la cage d'escalier, vers le bas, empêchant ainsi le second ennemi de l'abattre lorsqu'elle se précipita en courant dans le piège mortel du premier étage. Elle franchit en roulé-boulé la porte béante et se remit aussitôt debout, cherchant frénétiquement des yeux le dernier piège – mais Afa l'avait trop bien caché. Un Partial surgit alors derrière elle, et elle fit volte-face en tirant droit vers son torse. L'intrus – la femme, apparemment, mais son visage restait invisible sous son casque – eut un bref temps d'arrêt en la voyant, mais profita de son élan pour exécuter une roulade acrobatique ; serrant son arme contre sa poitrine, elle se roula en boule et fit un saut périlleux sous le feu de Kira avant que celle-ci ait le temps de corriger son tir. La Partial se rétablit à quelques dizaines de centimètres d'elle, tira presque immédiatement, et Kira dut plonger sur le côté pour esquiver. L'ennemie la suivit avec une vitesse surnaturelle, pressant l'assaut, et lui fit sauter son fusil des mains au moyen d'un violent coup de pied. Kira entra en titubant dans une salle de réunion, retrouva son équilibre et fila derrière la table en bois pourrissant pour rejoindre une deuxième porte, au bout de la pièce, avec seulement trois pas d'avance sur l'adversaire. Elle se retrouva dans le couloir et se rua vers la sortie, mais s'effondra à grand bruit lorsque la Partial la plaqua par-derrière, lui coupant le souffle par la même occasion. Kira lutta pour respirer en se débattant comme une furie, parvenant même à lui assener un fort coup de coude dans le côté du casque. L'inconnue eut un mouvement de recul dont Kira profita pour s'éloigner en roulant sur elle-même, rampant sur quelques dizaines de centimètres encore avant que l'ennemie, déjà sur ses pieds, ne lui envoie un grand coup dans la cuisse. Elle poussa un cri de douleur et retomba sur le flanc, et lorsqu'elle releva la tête, la Partial se tenait à quelques pas d'elle, la botte levée au-dessus d'un mince câble, le doigt tendu vers un point situé au-dessus de la tête de la jeune fille. Celle-ci, levant les yeux, découvrit le bec du piège incendiaire d'Afa, un lance-flammes braqué droit sur elle. La Partial n'avait plus qu'à poser le pied pour qu'un jet de flammes la rôtisse toute vivante. Elle se crispa, les yeux rivés sur la visière anonyme de l'ennemie, et entendit une voix masculine pousser un cri.

– Kira !

Elle se figea. Elle aurait reconnu cette voix n'importe où. Elle resta bouche bée lorsqu'il surgit de la cage d'escalier, son casque entre les mains.

– Samm ?

CHAPITRE 15

– Je n'allais pas la tuer, dit la femme.

Celle-ci s'éloigna du fil et retira son casque. Kira la reconnut alors, elle aussi : cheveux de jais, superbe visage de Chinoise, des yeux noirs illuminés par une intelligence terrifiante. C'était Heron, la Partial qui l'avait capturée et livrée au docteur Morgan. La fille arborait un sourire hautain, et dévisageait Kira comme quelqu'un aurait regardé un chaton perdu – quelqu'un qui n'aimait pas du tout les chatons.

– Je voulais juste lui faire peur.

Samm se baissa pour aider Kira à se remettre debout, et elle se leva avec des gestes hésitants, s'efforçant toujours d'assimiler ce qui lui arrivait.

– Samm ?

– Heureux de te revoir.

– Mais... qu'est-ce que tu fais là ?

– Il est là parce qu'on t'a enfin retrouvée, dit Heron en pointant le doigt vers le plafond. Tout le monde sait que tu communiques par radio, mais nous sommes les seuls à avoir compris que tu étais à Manhattan. (Elle fit une petite courbette, avec un faux respect moqueur.) Nous avons préféré garder cette information pour nous, vois-tu.

Samm ramassa le fusil de Kira.

– Nous savions depuis quelques jours que cet immeuble était occupé, mais nous avions aussi reconnu les signes du poseur de bombes qui a déjà failli avoir notre peau à deux reprises, alors nous avons pris notre temps avant d'entrer.

Nous n'étions pas certains que tu étais là, jusqu'à... (Il s'interrompit, inclinant la tête comme pour réfléchir.)... jusqu'à il y a trente secondes. Quand je t'ai vue en face.

Il lui tendit son arme.

Elle la prit, perplexe.

– Mais vous ne m'avez pas...

Elle se tut, comprenant soudain la gaffe qu'elle était sur le point de faire : avouer devant Heron qu'elle était une Partial. Elle avait failli demander à Samm pourquoi ils ne l'avaient pas sentie par le lien, alors qu'elle-même les avait si clairement perçus ; mais elle ignorait si Samm l'avait dit à la fille ou non. Elle lui poserait la question plus tard, en privé.

Repoussant ces pensées, elle regarda de nouveau Samm.

– Vous auriez pu simplement frapper...

Elle soupira. Non, ils n'auraient pas pu frapper, car s'ils s'étaient trompés, et s'étaient retrouvés face à n'importe qui d'autre qu'elle, ils auraient été exposés à un danger bien plus grand : une faction rivale de Partials, ou la mégatonne d'explosifs posés par Afa. *Je me demande jusqu'où il est allé, Afa, à supposer qu'il se soit réellement enfui.*

– Une meilleure réponse à ta question, dit Samm, c'est que nous sommes ici parce que nous avions besoin de te retrouver. Tu es en danger.

– Le docteur Morgan veut mettre la main sur toi, ajouta Heron, qui se tut ensuite juste assez longtemps pour mettre Kira mal à l'aise avant de continuer : On veut s'assurer qu'elle n'y arrivera pas.

Kira la regarda d'un air entendu.

– Parce que tu n'es plus dans son camp, maintenant ?

– Je suis dans mon propre camp, rétorqua Heron. Comme toujours.

– Mais pourquoi ?

La Partial jeta à Samm un regard bref, presque imperceptible, mais ne répondit pas.

– Heron m'aide, expliqua-t-il. Le docteur Morgan a mis le paquet pour te débusquer.

Kira acquiesça et formula sa phrase suivante avec le plus grand soin.

– Que sait-elle ?

– Je sais que tu es une Partial, dit Heron, si c'est ce que tu te demandes. Une espèce de Partial complètement farfelue, qu'aucun médecin n'a su identifier. (Elle eut un léger sourire.) Je présume que tu la boucles à ce sujet ? Tu n'en as pas parlé à tes amis humains avant de les quitter ?

– Ce n'est pas si facile.

– C'est la chose la plus facile du monde, la contra Heron, sauf si... Dis-moi, tu essaies toujours de jouer sur les deux tableaux, n'est-ce pas ? Partial et humaine à la fois ? Tu voudrais sauver les deux espèces, hein ? Je te le dis tout de suite, ça ne marchera pas.

Kira sentit la colère monter en elle.

– Parce que tu es une experte de ma vie, peut-être ?

Heron leva les deux mains, feignant de se défendre.

– Eh bien, la tigresse, d'où te vient toute cette hostilité ?

Kira faillit montrer les dents et grogner.

– La dernière fois que je t'ai vue, tu étais en train de m'attacher à une table d'opération. Tu travaillais pour le docteur Morgan, à ce moment-là, et je ne vois pas pourquoi je devrais te faire confiance maintenant.

– Parce que je ne t'ai pas encore tuée.

– Je crois que tu ne comprends pas très bien la notion de confiance.

– Tu peux lui faire confiance parce que moi, je le fais, intervint Samm. À supposer que tu te fies encore à moi, ajouta-t-il ensuite après un court silence.

Kira l'observa attentivement, en se rappelant qu'il l'avait trahie... et qu'il l'avait sauvée. Se fiait-elle à lui ? En partie, oui, mais jusqu'à quel point ? Elle laissa échapper un long soupir et eut un geste d'impuissance.

– Donne-moi une raison de le faire.

– J'ai déserté la faction du docteur Morgan quand je t'ai libérée de son laboratoire, dit-il. Heron nous a suivis, a attendu que tu sois partie, et après avoir discuté avec moi de tout ce que nous avions vu, elle a proposé un plan : trouver nous-mêmes une solution contre la date d'expiration. C'est pour cela que nous avions rejoint la faction du docteur Morgan au départ, mais ses méthodes étaient devenues... discutables.

Kira haussa les sourcils.

– C'est peu dire !

– La date d'expiration nous tuera d'ici moins de deux ans, rappela Heron – et Kira perçut un éclair de colère dans sa voix. Tous les Partials jusqu'au dernier... morts. Dans ce contexte de génocide, les méthodes de Morgan ne paraissent pas si extrêmes.

Kira jeta un coup d'œil à Heron, puis revint à Samm.

– Et vous l'avez quand même quittée.

– Nous l'avons quittée à cause de toi, répondit-il.

Kira sentit une bouffée de tiédeur envahir son corps, mais se tut pour écouter Samm continuer.

– Découvrir que tu étais une Partial a tout changé. Kira... tu es littéralement, en ce moment même, ce que nous avons rêvé d'être pendant presque vingt ans.

– Perdue ?

– Humaine. Tu vieillis. Tu grandis. Tu n'es pas esclave d'un système de castes chimique. Les scans préliminaires de ton corps effectués par le docteur Morgan suggèrent que tu n'es même pas stérile.

Kira fronça les sourcils.

– Comment tu sais ça ?

– Nous l'avons espionnée depuis ton départ, en tâchant de garder toujours une longueur d'avance. Elle te cherche partout. Toute l'invasion de Long Island n'est qu'un effort désespéré de sa part pour te retrouver et achever ses expérimentations.

– Mais comment peut-elle ne pas savoir ce que je suis ?

– Le docteur Morgan est convaincue que le secret de notre date d'expiration a un rapport avec toi, expliqua Samm. Elle procède toujours à des expériences sur des humains, mais reste concentrée sur deux objectifs : elle veut te retrouver, et elle veut trouver l'Alliance.

– Tu veux dire : ses collègues de l'Alliance.

Cette fois, ce fut le Partial qui afficha un air perplexe, et Kira s'expliqua.

– Le docteur Morgan fait partie de l'Alliance. McKenna Morgan, spécialiste des bionanotechnologies et des améliorations de l'humain. Elle a travaillé chez ParaGen pendant des années... J'ai son CV complet, là-haut.

Samm semblait toujours dubitatif.

– Comment pouvait-elle travailler chez ParaGen si elle fait partie de l'Alliance ? Les membres de l'Alliance ne sont pas des scientifiques humains, voyons ! Ce sont des généraux et des médecins Partials qui ont pris le commandement de nos troupes après le Ravage.

Kira pinça les lèvres.

– On ferait mieux de monter.

Afa était parti, ne laissant derrière lui qu'un trou fumant dans le mur du septième étage : il avait utilisé une petite charge pour percer une ouverture entre cet immeuble et celui d'à côté, et s'était enfui pendant que Kira se battait contre Heron et Samm. Il avait emporté son sac à dos mais n'avait rien détruit, et Kira savait qu'il reviendrait bientôt : il ne pouvait pas supporter d'abandonner trop longtemps sa bibliothèque. En attendant, elle guida les deux Partials jusqu'à l'une des salles d'archives, un ancien studio de prise de son garni d'une large table, et aux murs entièrement masqués par des armoires de rangement. C'était là qu'Afa stockait ses documents les plus complets et les plus précieux concernant le fonctionnement interne de ParaGen, et Kira les avait étudiés sans relâche lorsqu'elle n'était pas en train de communiquer par radio. À mesure que la prudence des Partials avait augmenté, et que l'armée humaine s'était retirée au-delà de la portée efficace des ondes radio, ces pauses étaient devenues de plus en plus longues et fructueuses.

– D'abord, ceci, dit-elle en suspendant sa lampe à huile à un crochet qui dépassait du mur pour déplier un vieil e-mail de la compagnie, imprimé sur papier. Il s'agit d'une demande de rendez-vous émanant du directeur financier et adressé aux cadres dirigeants des laboratoires de ParaGen. Cette partie, en haut, c'est une liste d'adresses mail – un peu comme des noms de code, si vous voulez, utilisés par le système informatique pour distribuer les messages.

– On sait ce que c'est que le courrier électronique, s'impatienta Heron.

– Oui, bon, c'est nouveau pour moi, d'accord ? J'avais cinq ans quand vous avez tout fichu en l'air, je te rappelle.

– Continue, intervint Samm.

Kira regarda les deux Partials, remarquant pour la première fois à quel point ils étaient différents : Samm, comme toujours, allait droit au but ; il n'exprimait pas la moitié de ce qu'il ressentait, mais ce qu'il disait était direct et utilitaire. Il avait toujours expliqué que cette nature taciturne était un effet secondaire du lien : celui-ci transmettait l'essentiel des informations émotionnelles, qui du coup ne passaient pas par la parole. Les Partials se servaient de leur voix pour partager des idées, et de leurs phéromones pour communiquer le contexte de ces idées : comment ils les ressentaient, s'ils étaient nerveux, détendus ou excités. Aux yeux d'un humain non connecté au lien, cela les rendait froids et comme robotisés. Heron, par contraste, était remarquablement douée pour la communication à visage humain : elle avait recours aux tics faciaux, à la modulation vocale, à l'argot et même au langage corporel, d'une manière que Kira n'avait jamais observée chez un autre Partial. *Du moins, chez aucun Partial à part moi. Mais je suis à peine capable de détecter le lien, et j'ai grandi sans y avoir accès du tout. Je parle comme les humains parce que j'ai communiqué avec eux toute ma vie.*

Et Heron, quelle est sa raison d'être ?

Comme Samm la regardait avec impatience, Kira se tourna de nouveau vers le feuillet imprimé.

– J'ai croisé la liste des destinataires de ce message avec d'autres archives que possède Afa ici, et je crois que ces six personnes constituent l'Alliance... peut-être pas dans son intégralité, mais je suis convaincue que la plupart des dirigeants de l'Alliance figuraient dans ce groupe. (Elle montra les adresses tour à tour en les énumérant.) Graeme Chamberlain, Kioni Trimble, Jerry Ryssdal, McKenna Morgan, Nandita Merchant, et... Armin Dhurvasula. Vous connaissez sans doute certains de ces noms.

– Le général Trimble commande la Compagnie B, dit Samm. Nous savons depuis un moment qu'elle a fait partie de l'Alliance... mais, comme je l'ai dit, l'Alliance est composée de Partials, pas d'humains. Quant à ce docteur Morgan... il y a sûrement plus d'un docteur Morgan dans le monde, nous n'avons pas de garantie qu'il s'agisse de la même personne.

– Jette un œil à son profil, rétorqua Kira en lui tendant une petite liasse de papiers, imprimée à partir du site Web de la compagnie. Il y a une photo.

Heron s'empara des papiers, Samm lisant par-dessus son épaule pendant qu'elle les feuilletait. Ils s'arrêtèrent sur la photo et l'étudièrent attentivement ; elle n'était pas de la meilleure qualité, mais il n'y avait aucun doute possible. Même si Kira n'avait passé que quelques minutes avec le médecin, ses traits étaient gravés au fer rouge dans sa mémoire. Il s'agissait bien de la même femme.

Heron reposa les papiers.

– Le docteur Morgan est une Partial. Elle possède le lien, nous l'avons tous ressenti. Elle était déjà avec nous avant le Ravage. Elle est insensible au RM. Enfin, voyons ! Elle a survécu à une fusillade à bout portant au moment de ton évasion... un signe certain de réflexes augmentés, typiques des Partials. C'est impossible qu'elle soit humaine.

Kira hocha la tête et fouilla dans une autre armoire de rangement.

– J'ai ici un rapport émanant d'un enquêteur de la compagnie ; apparemment, certains membres de l'Alliance s'étaient administré des modifications génétiques propres aux Partials. Les dirigeants de la boîte ont pris peur quand ils l'ont su.

– Des modifs de Partials ? Mais qu'est-ce que ça veut dire ?

– Avant de se lancer dans le business des organismes biosynthétiques, expliqua Kira, ParaGen a commencé dans les biotechnologies, pratiquant des modifications génétiques sur les humains : ils réparaient les défauts congénitaux, amélioraient la force et les réflexes des gens, donnaient même dans la modif cosmétique, du type augmentation mammaire. À l'époque du Ravage, quasiment tous les individus nés aux États-Unis bénéficiaient de ces modifs, fabriquées sur mesure par ParaGen ou par une autre firme de biotechnologie. Ce rapport n'entre pas dans les détails, mais il y est spécifiquement précisé : « Modifications génétiques Partials. » Je pense que certains membres de l'Alliance utilisaient sur eux-mêmes les technologies fabriquées pour vous... pour nous.

– Ils se sont implanté le lien, et ensuite ils l'ont utilisé pour nous contrôler, conclut Heron d'une voix littéralement venimeuse.

– Mais alors, ils se sont transformés en... semi-Partials, dit Samm.

Il ne le montrait pas de manière aussi évidente, mais Kira vit clairement qu'il était tout aussi ébranlé que Heron, quoique peut-être pas autant en colère.

Il réfléchit, puis regarda Kira.

– Tu crois que ça pourrait être ce que tu es, toi aussi ?

– J'y ai pensé, mais je n'ai aucun moyen de le savoir sans aller voir de plus près le bioscan que Morgan a fait de moi. Cela dit, tous les médecins présents avaient quand même l'air assez certains que j'étais une Partial, pas simplement un hybride. Ils ont parlé de codes spécifiquement Partials gravés dans mon ADN. Mais je n'exclus rien à ce stade.

Heron reporta son regard sur la liste.

– Alors comme ça, Morgan fait partie de l'Alliance. Ainsi que ton amie Nandita.

Elle releva la tête pour fixer Kira, et celle-ci eut soudain l'impression d'être analysée – pas par un scientifique, mais par un prédateur. Elle s'attendait presque à ce que la Partial lui saute à la gorge.

Elle baissa les yeux, trop gênée pour soutenir ce regard inquisiteur.

– Nandita m'a laissé un message, dit-elle. (Elle sortit la

photo de la poche de son sac à dos et la tendit à Samm.) J'ai trouvé ça dans ma maison il y a trois mois ; c'est la raison pour laquelle je suis partie. Elle, c'est Nandita, et là, c'est mon père. Armin Dhurvasula.

Cela faisait un drôle d'effet de le dire. Pour ce qu'elle en savait, ce n'était peut-être même pas son nom à elle. Elle n'avait jamais été officiellement adoptée, du moins elle le devinait, car tous les articles qu'elle avait lus datant de l'époque semblaient indiquer que les Partials n'étaient pas considérés par la loi comme des personnes à part entière. Elle ne pouvait pas davantage porter le nom de son père qu'un chien ou un téléviseur.

Samm scruta intensément la photo, ses yeux noirs balayant l'image, tandis que Heron, pour sa part, s'intéressait aux divers documents concernant l'Alliance qui étaient étalés sur la table.

– Donc, ton père t'a créée chez ParaGen, lâcha-t-il enfin. Il savait que tu étais une Partial. Et ta tutrice aussi, à Long Island.

– Mais elle ne m'en a jamais parlé, avoua Kira. Elle m'a élevée comme une humaine – et mon père aussi, je crois bien. En tout cas, je ne trouve dans mes souvenirs aucune raison de penser le contraire. Mais pourquoi ?

– Il voulait une fille, dit Samm.

– Tu faisais partie de leur plan, le contredit Heron. Comme nous tous. Simplement, nous ne savons pas encore en quoi il consistait, ni quel a été le rôle de chacun dans sa conception.

Elle brandit un autre e-mail, un que Kira avait lu la veille au soir.

– Il est mentionné ici que le docteur Morgan était chargée du volet « performances et spécificités ».

– Je crois que ça veut dire qu'elle programmait vos attributs de super-soldats, dit Kira. Chacun des membres de l'Alliance a apporté sa contribution à la création des Partials, et la sienne couvrait tous les gadgets supplémentaires qui font de vous ce que vous êtes : réflexes augmentés, vue améliorée, cicatrisation accélérée, puissance musculaire renforcée, et ainsi de suite. Le reste de l'équipe, de son côté, tâchait de vous rendre aussi humains que possible. C'est le docteur Morgan qui vous rendait plus... plus tout !

– Et elle continue à ce jour, ajouta Samm, qui posa la photo pour regarder Kira d'un air sombre. J'ai entendu des rapporteurs dire qu'elle trafiquait le génome des Partials, et Heron affirme qu'elle l'a vu de ses yeux.

Heron confirma sans cesser de parcourir les pages étalées sur la table.

– Apparemment, elle ne peut pas s'empêcher de bricoler.

– Est-ce qu'elle essaie simplement de lever la date d'expiration ? voulut savoir Kira. Peut-être que, n'arrivant pas à accéder aux gènes qui vous tuent au bout de vingt ans, elle ajoute de nouvelles modifs pour essayer de les inhiber.

– Peut-être, concéda Samm, à supposer qu'une telle chose soit possible. Mais principalement, elle pratique d'autres... bon, comme tu l'as dit : d'autres améliorations. Elle rend certains Partials plus forts ou plus rapides. On raconte qu'elle a mis au point une brigade capable de respirer sous l'eau. Plus ça va, plus elle s'éloigne du modèle humain.

– On dirait qu'elle a tourné le dos à l'humanité en cours de route, dit Kira. Ou peut-être qu'elle y a simplement renoncé.

– Elle avait de l'aide chez ParaGen, précisa Heron en ramassant une nouvelle feuille de papier. Regardez. Jerry Ryssdal était affecté au même projet, mais pour se charger d'une autre partie.

Kira hocha la tête, s'émerveillant de la capacité de Heron à trier les informations éparpillées devant elle. Alors qu'elle-même avait mis des jours à débusquer ces connexions, la Partial comprenait tout en quelques minutes.

– Je ne sais pas précisément quel était le rôle de Ryssdal, mais je pense que tu as raison. Certains d'entre eux travaillaient en binôme.

– Mais pas tous ? s'enquit Samm.

Kira haussa les épaules.

– Franchement, aucune idée. Nous parlons ici des plus grands secrets d'une compagnie incroyablement secrète, et d'un cercle interne encore plus secret qui semble avoir travaillé à la fois pour et contre la compagnie. Même les informations de base sont enfouies sous des épaisseurs de systèmes de sécurité et de messages électroniques codés, et je ne peux pas savoir avec certitude si les indices que j'ai trouvés sont réels ou si c'est de la désinformation destinée à dérouter d'éventuels observateurs. Afa a passé des années là-dessus, même avant le Ravage, mais c'est simplement... incomplet. Nous n'avons pas les réponses. Il est... (Kira se tut un instant, hésitant sur les mots à employer pour décrire l'état du bonhomme.) Il est seul depuis très longtemps, disons-le ainsi. Je crois que ça lui a un peu endommagé la cervelle, mais même abîmé, ce type est encore un génie. Il a commencé à collecter des informations sur la fin du monde avant même qu'elle ne survienne. Il a du matériau sur la guerre d'Isolation, sur l'industrie biotechnologique, sur les Partials, sur... tout. Il travaillait chez ParaGen, il gérait en partie le système informatique de la boîte, et c'est de là que viennent la plupart de ces documents.

Elle embrassa la pièce du geste, et devina que Samm était impressionné.

Heron, pour sa part, accueillit ces informations de manière plus passive. Elle sembla s'en imprégner tout en étudiant une série entière de documents à la fois. Ses yeux se mouvaient de gauche à droite tandis qu'elle lisait les papiers étalés devant elle, et une grimace soucieuse envahit ses traits.

– Ce n'est pas bon, ça, lâcha-t-elle.

Samm releva vivement la tête.

– Quoi ?

– Morgan est membre de l'Alliance... Nous avons deux idées contradictoires de ce qu'est l'Alliance, mais dans les deux versions elle en fait partie. Et il semble que cette Alliance soit le groupe qui a créé les Partials.

– Ça, nous le savions déjà, dit Kira. Ce ne sont pas des nouvelles enthousiasmantes, mais ce n'est pas une catastrophe non plus.

– C'est parce que tu n'es pas attentive, la moucha Heron. Réfléchis un peu, tu veux ? Morgan a créé les Partials, mais elle ignorait tout de la date d'expiration jusqu'au moment où la première génération a commencé à mourir, il y a trois ans. Comment se fait-il qu'elle n'en ait rien su ? Le remède contre le RM est inclus dans le système phéromonal des Partials, et ça aussi, elle l'ignorait. Toi, tu es un genre de Partial dernier cri, et elle n'avait même pas conscience de ton existence.

Les implications frappèrent Kira comme un coup de poing dans le ventre, et elle se laissa tomber sur une chaise.

– En effet, ce n'est pas bon.

– Je ne comprends pas, dit Samm. Les trois choses que vous venez de mentionner n'ont rien à voir avec les améliorations physiques sur lesquelles elle travaillait. Ce n'est donc pas très étonnant qu'elle n'ait pas été au courant. Pourquoi est-ce si important ?

– Parce que ça veut dire qu'ils ne sont pas comme nous le pensions, lui expliqua Kira. Ils ne sont pas *ce* que nous pensions qu'ils étaient. Je suis ici depuis deux mois, à essayer de trouver l'Alliance parce que je croyais qu'ils maîtrisaient l'ensemble du processus : que c'était une bande de génies ou je ne sais quoi, en possession d'un plan précis pour le fonctionnement exact des Partials. Guérison du RM, détails sur l'expiration, réponses sur mon statut dans le tableau général, tout. Mais maintenant que nous en savons enfin un peu plus sur eux, ils sont juste... (Elle soupira, comprenant enfin.) Si ce qu'est en train de dire Heron est vrai, alors ils sont aussi fragmentés que tout le monde. Ils se cachent des choses les uns aux autres ; chacun se mêle en secret du travail de ses camarades. Je comptais sur eux pour trouver des réponses, mais je commence à croire qu'ils ne les ont pas non plus.

– Et si eux ne les ont pas, compléta Heron, personne ne les a.

Samm resta muet, perdu dans ses pensées. Kira envisagea le problème sous des angles divers, repassant en revue tout ce qu'elle savait à propos de l'Alliance. Chacun de ses membres, séparément, devait bien être toujours détenteur de certaines réponses à ses questions, pas vrai ? Elle pouvait encore les retrouver, comme Nandita lui avait dit de le faire, et elle avait encore des choses à apprendre. S'il n'y avait pas de plan établi, elle pourrait en mettre un sur pied. Et peut-être existait-il un membre de l'Alliance, quelque part, qui savait tout, qui avait supervisé le projet, qui pourrait lui dire comment les éléments se combinaient. Et quelle était sa place.

Il fallait qu'elle y croie.

Ce fut Samm qui brisa le silence.

– Et les scientifiques qui ont travaillé directement sur ton cas ? demanda-t-il. Ton père, Nandita... quelle a été leur contribution ?

– Mon père s'occupait du système de phéromones, ce qui me paraît logique : je n'ai pas le lien complet, mais j'en possède une version. Il me l'a peut-être fabriqué sur mesure.

– Quelles parties du lien possèdes-tu ? s'enquit Heron.

– Aucune idée. J'ai su que vous m'attendiez dans l'escalier, et vous saviez que je vous attendais, mais en ce moment même, je ne reçois rien de vous.

Heron eut une expression mi-moqueuse, mi-curieuse.

– Nous avons su que tu étais dans l'escalier parce que tu es discrète comme un caribou. Aucune donnée sur toi ne nous est parvenue par le lien... pas plus que maintenant.

– Mais moi, je vous ai sentis. Je savais précisément où vous étiez.

– Intéressant, reconnut la Partial.

Kira pivota vers Samm.

– Et toi ?

Elle repensa à la connexion qu'elle avait ressentie avec lui au laboratoire, et s'inquiéta soudain.

– Est-ce que tu ressens quelque chose venant de moi ?

Elle se sentait bête de poser cette question, comme une écolière, et ne put se résoudre à en formuler la suite : *as-tu* jamais *ressenti quelque chose ?*

Il secoua négativement la tête.

– Rien... en ce moment.

– Et par le passé ? voulut savoir Heron.

– Je... je ne sais pas trop.

Que veut dire ce regard ? se demanda Kira. *Pourquoi faut-il que ces idiots de Partials soient si difficiles à déchiffrer ?*

– Peut-être qu'elle peut seulement recevoir, avança Heron, mais sans avoir la capacité d'émettre.

– À moins que la fonction émettrice n'ait été désactivée d'une manière ou d'une autre, suggéra Samm. Mais je ne vois pas pourquoi.

– Pour m'empêcher d'être repérée par les autres Partials, dit Kira, ou pour me protéger d'eux. Je n'ai jamais été soumise aux « ordres » dont vous parliez, non plus. Quand le docteur Morgan a voulu te forcer à lui obéir, je n'ai rien senti du tout.

Samm avait l'air sombre.

– Estime-toi heureuse.

– Je me demande si elle est un modèle espion, s'amusa Heron. Force et réflexes légèrement boostés, physique attrayant, intelligence accrue, talent pour la communication humaine, et apparemment, conçue pour l'indépendance. Ça colle.

– Parce que vous avez des modèles espions ? s'étonna Kira.

À ces mots, Heron éclata de rire, et Samm inclina la tête sur le côté, arborant l'expression de confusion la plus humaine que Kira lui avait jamais vue.

– À ton avis, quelle est la fonction de Heron ?

– Mais si je suis une espionne, quelle est ma mission ? Vous croyez que je vais me réveiller un jour avec un téléchargement de données me disant d'aller assassiner un sénateur ? Comment auraient-ils pu planifier une chose pareille cinq ans avant le Ravage ?

– Je n'en ai pas la moindre idée, avoua Heron. Je dis juste que c'est une possibilité.

– Bon, avançons, proposa Samm. Dhurvasula a conçu le programme phéromonal. Et Nandita, alors ?

– Encore un grand point d'interrogation, reconnut Kira. Nandita et un dénommé Graeme Chamberlain travaillaient sur un élément appelé la Sécurité. De tout ce qui entrait dans la fabrication des Partials, c'est clairement l'élément le plus secret. Je n'ai absolument aucun document expliquant ce que c'était, ce que cela faisait, ni même qui l'avait exigé.

– Que sais-tu sur ce Chamberlain ? s'enquit Samm. Je n'ai jamais entendu parler de lui. Qu'est-ce qu'il est devenu ?

– Ça, je peux te le dire, mais je te préviens, ça va te faire flipper. (Elle ouvrit une chemise cartonnée dont elle sortit une feuille de papier unique : un certificat de décès.) Aussitôt après avoir achevé la conception de cette fameuse « Sécurité », il s'est suicidé.

Tous trois se turent. Kira avait étudié de long en large les archives d'Afa, et l'information dont ils avaient besoin n'y figurait tout simplement pas. Ces documents soulevaient des questions terriblement intrigantes, notamment à propos de Chamberlain, mais n'y répondaient pas. Les secrets les plus importants étaient toujours enfermés quelque part : qui étaient réellement les membres de l'Alliance ? Pourquoi avaient-ils créé le RM ? En quoi consistait leur dispositif appelé « Sécurité » ?

Et moi, que suis-je ? s'interrogea Kira. *Quelle est mon utilité dans tout cela ?* Sans informations supplémentaires, impossible de le savoir.

Ce fut Samm – toujours pragmatique, toujours direct – qui brisa une fois de plus le silence.

– Il faut que nous partions.

– Pour où ? lui demanda Kira.

– Chez ParaGen. Là où ils travaillaient lorsqu'ils ont pris ces décisions. Si les réponses ne sont pas ici, c'est le seul endroit où elles peuvent se trouver.

– Ça ne va pas être facile, commenta Heron.

Kira confirma de la tête.

– Le siège de ParaGen était à Denver. Je ne connais pas la géographie de l'ancien monde sur le bout des doigts, mais je suis à peu près sûre d'une chose : ce n'est pas la porte à côté.

– En effet, c'est loin, dit Heron, et la route pour s'y rendre, selon toutes les estimations, est un véritable enfer.

– Bah, nous sommes bien arrivés jusqu'ici, lança Kira avec un grand geste des bras. Est-ce que Denver peut vraiment être pire ?

– Pour être honnête, nous ne savons rien sur Denver, dit Samm en jetant un rapide coup d'œil à Heron. Mais la plus grande partie du Midwest est impraticable, à cause de Houston. Il y avait là-bas la plus grosse raffinerie de pétrole et de gaz du monde, à l'époque du Ravage, et en l'absence de personnel pour l'entretenir, le site s'est dégradé. Il a fini par prendre feu – à cause de la foudre, peut-être, on n'en sait rien –, et il brûle toujours dix ans plus tard, créant un nuage de vapeurs toxiques large de mille cinq cents à deux mille kilomètres. Toute la région centrale des États-Unis est un désert empoisonné, partout où ces gaz sont soufflés par le vent du golfe du Mexique.

Kira écarquilla les yeux.

– Et tu veux nous emmener là-bas ?

Samm garda un visage de marbre.

– Je n'ai jamais dit que ce serait une partie de plaisir, mais si c'est la seule solution...

– Ce n'est pas la seule solution, protesta Heron. On pourrait faire venir le docteur Morgan sur-le-champ et mettre fin à l'affaire : la traque, la guerre, tout. Nous savons désormais que même s'il lui manque des connaissances sur le RM et sur l'expiration, elle en sait plus qu'elle ne veut bien le dire, et les informations dont nous disposons lui suffiraient peut-être pour trouver comment nous sauver. Nous n'aurions pas à traverser ce cauchemar empoisonné.

– Elle tuerait Afa, dit Kira.

– Probablement.

– Elle tuerait tout le monde, continua Kira avec dans la voix une fermeté d'acier. Ce qu'elle veut, c'est résoudre le problème de la date d'expiration...

– C'est exactement ce que je dis.

– ... mais moi, je veux résoudre les deux problèmes. L'expiration *et* le RM. Les deux sont liés par les Partials, et par ParaGen, et en mettant la main sur les archives de ParaGen, nous pourrons trouver les solutions. Alors que si nous renonçons en nous rangeant du côté de Morgan, c'est la fin de l'humanité.

– Les humains vivront, parce que Morgan cessera de les tuer en te cherchant.

– Alors cela prendra quelques décennies de plus, mais ils s'éteindront quand même. Le RM continuera de sévir, ils ne pourront toujours pas se reproduire, et l'espèce humaine s'éteindra.

– Il ne t'est jamais arrivé de te dire que l'heure de son extinction était peut-être venue ? demanda Heron.

Kira eut l'impression de recevoir un coup de poing en pleine figure.

– Peut-être que les humains ont fait leur temps, poursuivit la Partial, et que c'est aujourd'hui aux Partials d'hériter de la Terre.

Kira répondit les dents serrées.

– Je n'en reviens pas que tu dises une chose pareille.

– C'est parce que tu te prends encore pour une humaine.

– Non, c'est parce que je me soucie des gens et que je ne veux pas qu'ils meurent !

– Des Partials meurent tous les jours. Et eux, tu t'en fiches ?

– Je te l'ai dit, j'essaie de sauver tout le monde...

– Et si tu n'y arrives pas ? La traversée du continent est une expédition incroyablement dangereuse... Imagine, si on ne s'en sort pas ? Ou si on arrive là-bas, mais qu'on n'y trouve aucune solution ? Et si on met tellement longtemps que les Partials seront tous morts avant notre retour ? Je ne vais pas mettre leur existence en danger sous prétexte que tu n'arrives pas à choisir ton camp !

Les yeux de Heron flamboyaient de colère, mais Kira soutint son regard sans se troubler.

– J'ai choisi mon camp, affirma-t-elle avec le plus grand sérieux. C'est le camp de tous. Et c'est exactement qui je sauverai : tout le monde.

Heron la foudroyait du regard ; elle grondait presque comme un chien. Samm reprit la parole, avec son attitude toujours impassible.

– Si nous voulons partir, il faut le faire tout de suite : plus tôt on sera en route, plus vite on sera de retour. Et, Heron, nous avons besoin de toi. Sans toi, nous n'y arriverons jamais.

Kira les regarda tour à tour en rassemblant son courage.

– Si on fait ça, il faut le faire bien. Toutes les informations qui nous attendent là-bas seront certainement enfermées dans des ordinateurs, et lourdement cryptées. Vous savez comment contourner ce genre de dispositifs, vous ?

Samm fit non de la tête ; Heron se contenta d'un regard mauvais.

Kira souffla longuement, lentement.

– Bon. Il va falloir mettre la main sur Afa.

CHAPITRE 16

Heron retrouva Afa dans un drugstore du quartier, niché au fond d'un mini-bunker qu'il avait visiblement préparé des années plus tôt. Il refusa d'en sortir, répétant sur tous les tons qu'il était le dernier humain sur Terre et qu'il ne devait jamais abandonner son sac à dos. La Partial retourna chercher Kira – principalement parce qu'assommer Afa l'aurait obligée à le traîner jusque chez lui et que cela la fatiguait d'avance –, et Kira tenta de le convaincre sans perdre son calme. Leur petit groupe pouvait vraiment se passer d'une nouvelle crise.

– Nous avons besoin de ton aide, lui dit-elle.

Le drugstore, de taille réduite, était inclus dans un bâtiment plus grand. Il n'y avait plus rien de comestible dans ses rayons. Le sol était couvert de poussière et sillonné de traces d'animaux. Afa se terrait dans l'arrière-boutique, porte fermée, et avait apparemment poussé quelque chose de lourd contre le battant. Kira ne vit d'explosifs nulle part, mais cela ne signifiait pas qu'il n'y en avait pas.

– Ces gens sont mes amis, et ils ont besoin de ton aide. Il faut que tu nous dises comment faire pour aller à Denver.

– Il n'y a plus de Denver, répondit Afa.

Kira reconnut dans sa voix les inflexions distantes, l'expression détachée, à demi absente, qui indiquaient qu'il s'était retiré dans sa stupeur protectrice – peut-être plus loin qu'elle ne l'avait jamais vu. L'attaque de son immeuble l'avait profondément choqué.

– Je suis le dernier humain sur la planète.

– Les gens n'y vivent plus, dit Kira, mais la ville est toujours là. Les archives aussi. Nous voulons t'aider à achever ton œuvre – à trouver toutes les pièces manquantes qui concernent l'Alliance, les Partials, la Sécurité. Tu ne veux donc pas découvrir ce que tu ignores encore ?

Afa réfléchit.

– J'ai tout dans mon sac à dos, dit-il enfin. Je ne me sépare jamais de mon sac à dos.

– Tu as presque tout. Tu n'as pas l'Alliance : leurs plans, leurs formules, leurs secrets, leurs raisons, voilà ce qui te manque encore. Nous avons besoin de ces informations, Afa, c'est peut-être le seul moyen de nous sauver, les humains comme les Partials.

– Trop dangereux, marmotta Afa entre ses dents. Tu seras brûlée. Empoisonnée.

Kira jeta un regard à Samm, puis se tourna de nouveau vers la porte.

– Nous prendrons toutes les précautions possibles. Mes amis sont les meilleurs guides que je connaisse pour partir dans la nature, et je suis moi-même très débrouillarde. Nous savons nous défendre, transporter notre eau, nous garder des animaux sauvages... nous pouvons y arriver. Crois-moi, Afa, nous pouvons obtenir les archives qui te manquent encore.

– Je crois que tu lui survends un peu la balade, chuchota Heron. La zone toxique sera un enfer, même avec la meilleure préparation.

– Il n'est pas obligé de le savoir, lui souffla Kira en retour.

La boutique était plongée dans le silence. Les trois Partials étaient suspendus aux lèvres d'Afa, qui réfléchissait. Des oiseaux voletaient à l'extérieur, entre les immeubles démolis, sous le regard attentif d'un chat perché sur une haute fenêtre. Le soleil matinal transformait les carcasses de voitures en ombres indistinctes le long des rues.

– Vous pourriez aller à Chicago, finit par lâcher Afa.

Kira tourna vivement la tête vers la porte.

– Quoi ?

– ParaGen se trouvait à Denver, mais les données étaient

centralisées à Chicago. (Sa voix était maintenant plus claire, plus lucide et assurée.) Tu te rappelles ce que je t'ai dit sur le nuage, Kira ? Toutes les informations du nuage étaient stockées quelque part, physiquement, dans un ordinateur, et l'essentiel de ce stockage physique était fait dans des locaux immenses qu'on appelait des *data centers*, des centres de données. Celui de ParaGen était à Chicago.

– Mais pourquoi n'auraient-ils pas gardé leurs données dans leurs propres bureaux ?

– Parce que le nuage annulait les distances, expliqua Afa.

Kira entendit un loquet tourner, puis un autre, puis encore deux. La porte s'entrouvrit, mais l'homme resta caché derrière.

– Stocker les informations numériques à Chicago revenait au même que les stocker à Denver, à Manhattan ou je ne sais quelle ville encore, puisqu'on pouvait y accéder de n'importe où. En tant que directeur informatique, j'étais en liaison constante avec le centre de Chicago, pour gérer les autorisations, la sécurité, veiller à ce que personne d'autre que nous n'ait accès aux données. Je vous garantis que tout ce qui était dématérialisé se trouve dans ce centre-là.

– Si c'est si facile, s'enquit Samm, pourquoi n'es-tu pas allé chercher ces infos plus tôt ?

– C'est quand même à mille cent quarante-cinq kilomètres d'ici à vol d'oiseau, encore plus quand on ne peut pas voler, comme vous et moi. Je ne peux pas aller si loin : il faut que je reste ici pour garder mes archives.

– Mais nous avons besoin de toi, Afa, insista Kira. Nous n'y arriverons pas sans toi.

– Je ne peux pas y aller.

– On n'a pas besoin de lui, trancha Heron d'une voix assez forte pour qu'il l'entende – et il sembla à Kira que c'était fait exprès.

– Les centres de données fonctionnent à l'électricité, bien évidemment, dit-elle. Il nous faudra donc réactiver le générateur auxiliaire, qui ne tiendra pas bien longtemps. Cela, déjà, sera difficile. Puis il faudra encore trouver quels serveurs contiennent les archives de ParaGen, puis quel serveur de ParaGen contient les dossiers de l'Alliance, et quels dossiers de l'Alliance contiennent les informations que nous voulons, le tout en contournant les protocoles de sécurité les plus puissants que l'argent de l'ancien monde pouvait acheter.

– Moi je sais déjà tout ça, fanfaronna Afa. Je trouverais facilement.

Heron sourit.

– Alors viens nous aider, répéta Kira.

– Je ne peux pas abandonner mes archives.

– Oh, j'y arriverai très bien toute seule, se vanta Heron avec un sourire malicieux, essayant de défier l'expertise d'Afa. On n'a pas besoin de lui.

– Vous n'y arriverez jamais, dit le gros homme.

– Pensez-vous ! Une fois qu'on aura trouvé les bons fichiers, il suffira de décoder les données et de télécharger le tout sur un portable avant que le générateur ne nous lâche. Nous n'aurons sûrement droit qu'à un essai. Ça va être quelque chose ! Extirper un fichier informatique des ruines d'une civilisation écroulée... Ce sera un peu comme pirater les pyramides d'Égypte !

La porte s'ouvrit un peu plus grand, et Heron eut un hochement de tête triomphal.

– Vous savez vous débrouiller dans la nature, déclara Afa. Vous êtes éclaireurs, c'est ce qu'a dit Kira. Mais vous ne connaissez rien à l'informatique.

– J'en sais bien assez.

La porte s'ouvrit encore un peu plus.

– Ah oui ? Vous savez contourner un pare-feu Nostromo-7, peut-être ?

Kira entendit la différence dans sa voix : Afa s'animait, réveillé par cette conversation. Elle avait cru que Heron tentait de jouer sur son amour-propre en prétendant être meilleure que lui, mais c'était en réalité plus subtil que cela : elle lui présentait un défi tellement stimulant, et correspondant tellement à son domaine d'expertise, qu'il ne pouvait s'empêcher de s'y intéresser. Kira avait fait plus d'une fois la même chose avec Marcus, au cours de leurs recherches médicales.

– Ça ne me plaît pas. C'est dangereux de l'emmener, intervint Samm à mi-voix.

– Ce n'est pas sans danger non plus de le laisser ici, objecta Kira. Le docteur Morgan me cherche, aussi, tu sais ? Peux-tu affirmer qu'elle ne finira pas par trouver cette station de radio ? Elle ne sera pas tendre si elle trouve quelqu'un de dérangé comme lui ici.

– Il n'est pas seulement dérangé, dit Samm. C'est un poseur de bombes paranoïaque, imprévisible et incontrôlable. Si nous l'emmenons dans la nature avec nous, il y a autant de risques qu'il nous tue que de chances qu'il soit tué.

– Et quelles sont les autres solutions ? Nous ne pouvons pas simplement demander de l'aide à Morgan, primo parce qu'elle est méchante, et deuzio parce qu'elle ne sait rien sur mes origines, sur l'expiration ni sur la Sécurité. Si nous pouvions trouver Nandita, ce serait super, mais la population entière de Long Island la cherche depuis des mois et elle s'est volatilisée.

– On pourrait parler à Trimble, suggéra Samm. Si la Compagnie B ne nous tire pas dessus à vue.

– À supposer qu'il reste quelque chose de la Compagnie B, précisa Heron. Morgan les a débauchés en masse. Mais Trimble n'a rien à voir avec les phéromones, la Sécurité ou l'expiration, en tout cas rien dans les documents que tu nous as montrés ne l'indique. Elle n'en saura pas davantage que Morgan.

Kira, à ces mots, ouvrit des yeux ronds.

– Parce que tu sais où est Trimble ?

– Elle dirige la Compagnie B, répéta Samm. Morgan et elle sont les principales représentantes de l'Alliance depuis des années... désormais, nous savons qu'elle n'en est pas un simple porte-parole, mais qu'elle en fait partie.

– La Compagnie B est à couteaux tirés avec la Compagnie D, précisa Heron. L'essentiel de la guerre civile que tu as vue, ici sur le continent, est une guerre entre elles deux.

– Ce serait tout de même plus facile de sauver le monde si

les gens qu'on essaie de garder en vie évitaient de s'entretuer, soupira Kira.

La porte d'Afa s'ouvrit encore un peu plus grand et il sortit la tête.

– Vous ne m'avez pas répondu à propos des Nostromo-7, j'en déduis que vous ne savez pas les contourner. Moi, si.

Samm le regarda.

– On ne devrait pas faire ça, chuchota-t-il.

– Il a un bon fond, lui assura Kira.

– Il est fou.

– Ça, je le sais ! Ça ne me plaît pas plus qu'à toi, mais que veux-tu qu'on fasse ? Heron, es-tu capable de faire une seule de ces choses dont tu parlais tout à l'heure ? Est-ce qu'au moins tu connais quelqu'un qui saurait ? Afa est imprévisible, oui, je le reconnais, mais quand sa tête travaille dans le bon sens, il se révèle absolument brillant.

– Quand sa tête travaille dans le bon sens, répéta Samm.

– On le surveillera ! On le tient éloigné des armes, de tout ce qui peut exploser, on fait le nécessaire pour qu'il soit toujours content, lucide et amical. (Un silence.) Il n'y a que comme ça que nous y arriverons.

Les Partials la regardaient fixement. Samm se retourna vers la rue.

– Il va nous falloir des chevaux.

– On ira plus vite à pied, objecta Heron.

– Toi et moi, oui. Mais pas Kira, et encore moins Afa. À l'écouter respirer, je dirais qu'il pèse au moins cent cinquante kilos.

– Tu peux deviner son poids en l'écoutant respirer ? s'étonna Kira.

– Son souffle est laborieux et irrégulier. Il succombera à une crise cardiaque avant qu'on ait fait la moitié du chemin.

– Il y a un camp de Partials pas très loin au nord-est d'ici, dit Heron. Un poste de surveillance de la Compagnie A dans le Bronx. On ne peut pas dire que la Compagnie A soit franchement amie avec la D, mais elle ne cherche pas le conflit non plus. Samm et moi pourrions faire une incursion discrète chez eux, leur voler des chevaux et vous retrouver là-bas, sur le pont George Washington.

– Vous voulez entrer par effraction dans un poste de surveillance ?

– Il y a très peu de monde, si loin vers le sud. Ils ne sont là que pour garder un œil sur votre base militaire, de l'autre côté de la baie. Nous arriverons d'une autre direction, ils ne se douteront de rien.

– Ça me paraît quand même plus difficile que tu ne veux bien le dire. Vous êtes des Partials, d'accord, mais eux aussi.

– Oui, mais aucun n'est moi ! lança Heron, qui tourna les talons et s'en alla dans la rue, balançant son fusil sur son épaule. Si on est décidés, allons-y tout de suite. Rendez-vous demain, à midi, sur ce pont. Soyez prêts.

Et sur ces mots, elle partit.

– Midi, demain, dit Samm.

Il hésita, une main levée près du bras de Kira, puis suivit Heron.

Kira se retourna vers Afa, qui se cachait toujours derrière sa porte entrouverte.

– Tu as entendu ? lui demanda-t-elle. Nous avons une journée et demie pour nous préparer. Allez, c'est parti.

– Tu crois que je suis dérangé dans ma tête ?

Kira sentit ses joues s'embraser.

– Pardon, dit-elle doucement. Je ne savais pas que tu nous entendais.

– J'ai tout entendu.

– Je crois... (Elle s'interrompit, cherchant la meilleure manière de le dire.) Je veux qu'on soit réalistes, Afa. Tu es quelqu'un de brillant, et je l'ai dit également.

– J'ai entendu.

– Mais tu es aussi... incohérent. Incohérent dans tes compétences, je suppose. Je sais que c'est dur à entendre, mais...

– Je sais ce que je suis. Je fais de mon mieux. Mais je sais ce que je suis.

– Tu es mon ami, affirma Kira. Je ferai tout ce qui est en mon pouvoir pour t'aider.

Il sortit de sa cachette. Sa brillante lucidité l'avait quitté, et il ressemblait plus que jamais à un enfant géant.

– C'est mon sac à dos, dit-il en soulevant le sac pour le passer sur ses épaules. Je ne quitte jamais mon sac à dos.

Kira le prit par le bras.

– Rentrons chez toi remplir un sac pour moi.

CHAPITRE 17

Marcus courait d'un arbre à l'autre le long de l'ancienne rue de Kira, attentif à tout ce qui pouvait sortir de l'ordinaire : un froissement de feuilles mortes, un visage ou un corps, une porte ou une fenêtre brisée. L'armée des Partials se trouvait à une heure et demie à peine, en train d'écraser la dernière résistance des Forces de défense. Il fallait absolument qu'il s'en aille d'East Meadow, mais il avait une chose à faire avant.

La maison de Xochi, comme toutes les autres habitations de la ville, était fermée, les volets clos. Il frappa à la porte, sans cesser de surveiller les arbres avec suspicion – après tout, c'était dans ce jardin que Heron l'avait abordé.

Il entendit un loquet coulisser, et Xochi ouvrit.

– Entre, lui dit-elle à la hâte.

Elle se pressa de refermer au verrou derrière lui.

La maison baignait dans une odeur de basilic, de muscade et de coriandre, un vrai concert d'arômes luttant pour la suprématie. Xochi posa le fusil de chasse qu'elle avait dans les mains pour se remettre à faire ses bagages, et Marcus resta gauchement planté au milieu de la pièce.

– Qu'est-ce qui t'amène ici ? lui demanda la fille en relevant les yeux de son sac. Je t'aurais cru en route pour la planque, à cette heure-ci.

Xochi et Isolde avaient désigné un point central sur l'île où leur bande d'amis pouvait se réfugier si jamais la Défense abdiquait – ou plutôt, le jour où elle le ferait. Marcus ne répondit pas immédiatement, cherchant toujours par où commencer.

Les questions ne manquaient pas, mais Xochi accepterait-elle seulement d'aborder le sujet? Remarquant son indécision, elle fit un geste en direction de la cuisine.

– Tu as besoin de quelque chose? De l'eau? J'ai un cageot de citrons que je n'emporte pas, je pourrais nous préparer de la citronnade en vitesse.

– Non, ça va.

– J'en ai pour trente secondes, ça ne me dérange pas si tu...

– Non, merci.

Marcus remua la mâchoire et les lèvres, comme pour préparer sa bouche à la conversation qui allait venir, mais ce n'était qu'une tactique pour gagner du temps. Il ne savait toujours pas comment s'y prendre. Il s'assit, puis se releva, nerveux, et indiqua le canapé à son amie.

– Assieds-toi.

Xochi fit ce qu'il lui disait.

– Que se passe-t-il, Marcus? Je ne t'ai jamais vu comme ça, dit-elle d'un air grave.

– J'ai parlé avec Kira.

Xochi ouvrit de grands yeux incrédules, et il confirma d'un hochement de tête.

– La première fois, c'était il y a trois semaines, quand Haru et moi étions au front. Depuis, on s'est reparlé six, huit fois. Je ne sais pas où elle est, mais elle écoutait nos fréquences radio ainsi que celles des Partials et elle nous a donné des informations – pas assez pour nous faire gagner la guerre, évidemment, mais de quoi éviter que nous soyons tués, Haru et moi.

– Elle va bien?

– Oui, ça va. Elle est en meilleure posture que nous, en tout cas, mais ça changera vite s'ils mettent la main sur elle. Et le docteur Morgan y consacre toutes ses ressources.

– C'est ce que m'a dit Isolde, confirma Xochi. Apparemment, cette invasion entière n'a pour seul objet que de la retrouver. Tu sais pourquoi?

– Non. Kira refuse de me le dire. Elle se comporte bizarrement depuis qu'elle est revenue du laboratoire du docteur

Morgan, comme si on lui avait fait quelque chose dont elle ne veut pas parler.

– C'était une expérience traumatisante.

– Je sais, je sais, mais enfin... Je peux te poser une question ? Quel est ton plus ancien souvenir de Kira ?

Xochi jouait avec les sangles de son sac : tout en répondant, elle les roula en cylindres serrés.

– C'était à l'école. L'ancienne, près de l'hôpital. Je vivais dans les fermes avec Kessler depuis deux ans, mais on se disputait comme des chiffonnières – déjà à l'époque ! –, alors quand j'ai eu huit ans, elle m'a envoyée à l'école à East Meadow.

Marcus sourit presque à l'évocation de ce souvenir.

– Tu as tabassé Benji Haul dès le jour de la rentrée.

Xochi haussa les épaules.

– C'était mérité. J'ai passé l'après-midi en retenue, et Kira était là aussi. Je ne sais plus ce qu'elle avait fait, peut-être mis le feu avec le phosphore des ampoules électriques, ou je ne sais quoi... en tout cas, une de ces expériences maboules que vous faisiez tout le temps, elle et toi.

– Et Nandita ?

– Quoi, Nandita ?

– Quand as-tu fait sa connaissance ? Peu après ?

– Non, c'était au moins un an plus tard. Je ne venais jamais ici parce que je devais rester à l'école – sur l'ordre de Kessler –, et je ne voyais jamais Nandita là-bas parce que je courais me cacher chaque fois qu'il y avait des journées parents-professeurs ou ce genre de manifestations. J'avais déjà assez de problèmes comme ça avec ma fausse mère, je n'allais pas en plus me taper celles des autres. Mais pourquoi me parles-tu de Nandita ?

Marcus se pencha vers son amie.

– Je ne t'ai pas tout dit, avoua-t-il. Tu te souviens de la Partial qui a suivi Samm, quand on est partis du laboratoire de Morgan ? Une espèce de tueuse. Samm a dit qu'elle nous épiait quand on est montés dans le bateau pour rentrer.

– Je me rappelle, oui. Et alors ?

– Elle est venue ici. Il y a quatre ou cinq semaines. Dans le jardin.

– Ici ?

– Elle cherchait Kira, mais aussi Nandita. Elle avait une photo de Kira et Nandita ensemble, avant le Ravage, toutes les deux devant l'immeuble de ParaGen.

Xochi se figea.

– Nandita ne connaissait pas Kira avant le Ravage.

– C'est ce que je croyais, moi aussi. Est-ce qu'elles l'ont déjà dit, réellement ?

– Nandita racontait volontiers comment elle avait recueilli chacune des filles, bégaya Xochi. Elle avait toutes sortes d'anecdotes sur la manière dont elle les avait rencontrées...

– Et quelle était l'histoire, pour Kira ?

Xochi tira sur sa lèvre inférieure pour réfléchir.

– Elle l'avait trouvée sur le continent, dans un camp de réfugiés. Un vaste groupe de soldats – américains ou alliés, je ne sais plus – est arrivé un jour avec une poignée de survivants qu'ils avaient ramassés en route, et Nandita a vu Kira qui insultait un des gardes parce qu'il n'avait pas de dessert à lui donner.

Marcus haussa les sourcils.

– Elle l'insultait ?

Xochi pouffa de rire.

– Tu connais Kira, non ? C'est une boule d'énergie maintenant, et elle était déjà comme ça à l'époque. Nandita l'appelait « ma petite explosion », tu sais bien. D'autre part, elle avait cinq ans et elle venait de passer je ne sais combien de temps sans personne d'autre à qui parler que des soldats, alors tu imagines le vocabulaire qu'elle avait dû apprendre ! Le militaire se confondait en excuses à propos du dessert... devant cette petite maigrichonne qui remettait sérieusement en cause la moralité de sa mère, tu vois un peu le tableau ! Nandita est intervenue pour apprendre les bonnes manières à Kira. (Xochi eut un sourire lointain.) Je pense qu'en réalité, elle avait trouvé la situation trop adorable pour ne pas s'y arrêter, mais elle a toujours prétendu qu'elle avait fait ça pour l'éduquer.

– Pour l'éduquer ?

– Elle ne parlait que de ça, toujours : elle se devait d'éduquer ses filles. Je ne sais pas ce qu'elle voulait leur enseigner, pourtant : c'est à moi qu'elle a appris à herboriser.

– Si Nandita connaissait déjà Kira avant, réfléchit Marcus, pourquoi aurait-elle prétendu le contraire ?

– Tu m'as bien dit que la photo avait été prise devant un bâtiment de ParaGen ?

– Oui.

– Eh bien, si elle était impliquée avec ParaGen, je comprends qu'elle ne l'ait pas crié sur les toits. Plusieurs employés de ParaGen ont été lynchés dans les premiers jours qui ont suivi le Ravage, avant que le Sénat ne s'organise et ne commence à imposer l'ordre. Si j'avais travaillé pour la société qui avait donné le jour aux Partials, même comme femme de ménage, je l'aurais bouclée.

– Mais quel rapport avec Kira ?

– Je cherche... Voyons, réfléchissons. Aucun de ceux qui se sont retrouvés sur cette île ne connaissait les autres. La population des États-Unis était brusquement tombée de quatre cent cinquante millions à quarante mille individus. À peu près une personne sur mille deux cents... les chances pour que deux d'entre elles se connaissent étaient infimes, et dans les quelques cas existants, comme Jayden et Madison, le docteur Skousen et ses médecins les ont interrogés dans tous les sens pour essayer de leur trouver un facteur de survie commun. Si Nandita était arrivée en clamant que Kira et elle se connaissaient depuis un bout de temps, ils se seraient acharnés à lui extorquer toutes les informations jusqu'à la dernière. Et si une de ces infos était qu'elle avait travaillé chez ParaGen, elle avait sans doute peur, et non sans raison, d'être emprisonnée et interrogée, voire pire... peut-être tuée, étant donné la colère des gens.

– Toutes les informations jusqu'à la dernière, répéta Marcus, à moitié pour lui-même. Je regrette presque qu'ils ne l'aient pas fait.

– Quoi, tuer Nandita ?

– Non, qu'ils ne l'aient pas interrogée.

Il posa l'index sur la table basse, traçant des motifs sur le grain du bois.

– Recueillir la moindre bribe d'information sur les deux personnes que les Partials recherchent en ce moment, quitte à dévaster complètement notre île... Oui, je regrette un peu qu'ils ne l'aient pas fait.

– Il faut que tu parles au Sénat de ta conversation avec Heron.

– Je l'ai dit à Mkele, expliqua Marcus. Je ne suis pas complètement idiot, quand même. Mkele cherche Nandita, mais je ne suis pas pressé de raconter au Sénat que j'ai eu un contact avec l'ennemi. (Il suivit lentement de l'index les contours d'un nœud dans le bois.) Je suppose que nous avons toujours peur d'être lynchés. Peur d'être attrapés. Tu sais ce que m'ont dit les autres ?

– Quels autres ?

– Tes autres sœurs, Madison et Isolde. Elles ont été évacuées avec le premier groupe, pour protéger les enfants, et je n'ai pu leur parler qu'en coup de vent avant leur départ. Elles m'ont dit que Kira n'était pas la première fille adoptée par Nandita.

Xochi inclina la tête sur le côté.

– Ah oui ? À vrai dire, je n'avais jamais supposé qu'elle l'était. Mais maintenant que tu m'as parlé de cette photo, ça me paraît bizarre, en effet.

– À leur connaissance, lorsqu'elle a pris Kira sous son aile, elle avait déjà l'autre, dit Marcus. Ariel.

Xochi hocha lentement le menton, comme si cette information avait une profondeur particulière.

– Ariel est partie d'ici il y a plus de trois ans. Je n'étais pas encore arrivée. Je ne l'ai pas bien connue, mais je sais qu'elle ne s'est jamais entendue avec les autres. Elle haïssait Nandita, tu n'imagines pas à quel point.

Marcus les compta sur ses doigts.

– Ariel a été trouvée à Philadelphie, Kira – d'après Nandita – dans un camp de réfugiés, Isolde ici sur l'île, et Madison un an plus tard, quand Jayden a eu la varicelle : il était en quarantaine, Madison est venue ici, et elle s'est trouvée si bien qu'elle n'est jamais repartie. Elle disait que Nandita s'était battue comme une lionne pour obtenir qu'elle vive dans cette maison et non ailleurs.

– Pourquoi ?

– Aucune idée. Mais Madison se souvient de la première chose que Nandita lui a dite en l'amenant à la maison : « Maintenant, tu vas pouvoir m'apprendre des choses. »

Xochi afficha une mine perplexe.

– Qu'est-ce que ça veut dire, ça ?

– Je ne sais pas, répondit Marcus en se levant, mais il ne reste qu'une personne à qui le demander. (Il rejoignit la porte et ouvrit le verrou.) Va te planquer au point de rendez-vous. Moi, je pars à la recherche d'Ariel.

CHAPITRE 18

Kira et Afa attendaient sur le pont George Washington avec tout leur équipement lorsque Samm et Heron apparurent enfin en ramenant des chevaux, pas à midi pile mais très peu de temps après. Afa, bien sûr, était muni de son sac à dos, bourré à craquer d'originaux et de copies de ses documents les plus importants. Si jamais le pire se produisait, et que ses archives étaient volées ou détruites, il avait suffisamment de matière dans ce sac pour... Kira ne savait pas trop quoi. Pour écrire un excellent livre d'histoire sur la fin du monde. Ce qu'il leur fallait désormais, c'étaient les réponses qui donneraient un sens à tout cela : qu'était la Sécurité ? Pourquoi l'Alliance avait-elle détruit le monde ? Et quel usage pourraient-ils faire de ce savoir pour sauver ce qui en restait ?

– Ça fait trop de matériel, jugea Heron en arrêtant sa monture, qui hennit et souffla bruyamment. Il va falloir en laisser la plus grande partie.

– C'est prévu, dit Kira en indiquant certains cartons. Afa tenait à ce qu'on emporte davantage de documentation, mais je lui ai expliqué qu'on n'aurait sans doute pas la place. Si tu enlèves tout ceci, ce qui reste n'est pas trop lourd.

– Il nous faut un autre cheval, déclara Afa, bien qu'impressionné par les quatre bêtes qui lui faisaient face. Il nous faut un cheval de bât comme... comme remorque. Pour transporter mes cartons.

– Nous allons devoir laisser les cartons ici, intervint Samm en mettant pied à terre. (Il inspecta les autres provisions d'un air approbateur.) Nourriture, eau, munitions... Tiens, qu'est-ce que c'est que ça ?

– Une radio, expliqua Kira. Je tiens à ce que nous ayons un moyen de communication, si nécessaire.

– Elle est trop petite, commenta Heron. On ne joindra personne avec ce machin-là.

– Afa a installé des relais partout, dit Kira. Le bâtiment qui a sauté à Asharoken en était un, et celui près duquel nous avons rencontré Samm aussi.

– *Capturé* Samm, précisa Heron avec l'ombre d'un sourire.

– Attends une minute, dit Samm. Tous ces bâtiments piégés, toutes les explosions, c'étaient des relais de transmission radio ?

– C'est moi qui l'ai fait ! proclama Afa tout en réorganisant les tas de matériel. Je voulais que personne ne les trouve.

Le visage de Samm était dur comme la pierre.

– Tu as tué tous ces gens pour du matériel radio ?

– Et des dépôts d'archives, ajouta Kira. La plupart étaient aussi des planques provisoires.

– Ce n'est pas une excuse.

– Tu savais déjà hier que ce type était un fou paranoïaque, lui rappela Heron. Quelle différence est-ce que ça fait ?

– C'est mal.

– Et ça ne l'était pas hier ?

– Pardon, dit Kira, mais moi aussi j'ai perdu des amis à cause de ces bombes...

– Ses bombes à lui, posées par lui.

– ... et cela ne me réjouit pas plus que vous, insista Kira. Il a péché par excès de zèle et tué des innocents, mais tu sais quoi ? Quel camp n'a pas tué des innocents dans cette guerre absurde ?

– Ce type n'est pas un camp. C'est un électron libre.

– Un électron libre dont nous avons besoin. On s'est mis d'accord hier, on ne va pas changer d'avis aujourd'hui. Il n'est pas armé... Empêche-le juste de poser des bombes, et tu ne risques rien.

Samm resta maussade, mais comme il n'opposait plus

d'objection, Kira commença à charger l'équipement sur les chevaux.

– Il faudra installer un autre relais dans les Appalaches, dit Afa tout en posant soigneusement la radio sur sa propre sacoche de selle. Pour l'instant, il n'y a rien qui puisse capter un signal fiable par-dessus la chaîne de montagnes.

– Et celui-là aussi, tu comptes le bourrer d'explosifs? demanda Samm.

– Comment sais-tu que j'ai pris des explosifs? Kira m'a dit que je ne pouvais pas en emporter...

– Non, tu ne peux pas.

Samm fouilla énergiquement le matériel, et finit par extraire un pain de C-4 d'un paquet de nourriture. Il le brandit en direction de Heron.

– Tu vois? Voilà dans quoi on est en train de s'embringuer.

– Eh bien fouille le reste et assure-toi qu'il n'y en a plus, répondit la Partial en prenant l'explosif pour le jeter pardessus le parapet du pont.

Ils étaient encore au-dessus de la ville et non du fleuve : la pâte atterrit avec un bruit mat sur la chaussée en contrebas.

Samm fouilla en détail l'intégralité des bagages, y compris le sac à dos d'Afa. Une fois qu'il fut rassuré, ils montèrent en selle et s'en allèrent vers le couchant, passant le pont pour gagner les étendues sauvages de ce qui s'était jadis appelé le New Jersey. Kira se retourna vers les cartons d'archives abandonnés le long de la route.

– Des boîtes pleines d'e-mails de ParaGen, dit-elle. Une drôle de surprise pour celui qui les trouvera.

– Si quelqu'un les trouve, trancha Heron, on aura complètement raté notre départ secret.

Kira montait à cheval depuis des années, principalement à l'occasion des missions de récupération menées aux alentours d'East Meadow. Les premiers jours du voyage furent donc faciles pour elle; Heron et Samm se révélèrent être eux aussi des cavaliers chevronnés. Afa, en revanche, ne l'était pas, ce qui n'étonna personne mais ralentit leur progression dès le départ. De plus, il tenait des conversations étranges et décousues du haut de sa selle, passant sans transition du sujet des chats à celui de la configuration des pare-feu sur Internet. Kira l'écoutait d'une oreille distraite, ayant appris au cours des trois dernières semaines qu'Afa avait simplement envie de parler tout haut ; il avait passé trop de temps dans la solitude pour s'attendre à des réponses, et elle commençait à comprendre qu'il aurait tout autant parlé s'il n'y avait eu personne pour l'entendre. Samm et Heron scrutaient l'horizon, surveillant la route devant eux et les immeubles sur les côtés, attentifs au moindre signe d'embuscade. Le risque était faible dans les parages : à leur connaissance, personne ne vivait de ce côté-là de la ville, ni peut-être ailleurs sur le continent – mais deux précautions valaient mieux qu'une. Ils passèrent la nuit chez un revendeur de pièces automobiles, en attachant les chevaux à de hautes piles de pneus. Heron prit le premier tour de garde, et Kira ne put s'empêcher de remarquer qu'elle se méfiait autant d'Afa et d'elle que des éventuels dangers extérieurs.

Kira se réveilla une nouvelle fois au milieu de la nuit, momentanément désorientée, mais le temps que ses yeux s'accoutument, elle se rappela où elle était. Elle constata que Samm montait à présent la garde, juché sur un bureau dans un coin. Elle s'assit et serra ses genoux contre elle dans le froid.

– Salut, souffla-t-elle.

– Salut, répondit Samm.

Elle resta à le regarder sans trop savoir quoi dire, ni comment le dire.

– Merci d'être revenu.

– C'est ce qui était convenu entre nous.

– Non, je veux dire, merci d'être venu me chercher. Tu n'étais pas obligé.

– Ça aussi, c'était convenu. On avait dit qu'on apprendrait ce qu'on pourrait, puis qu'on se retrouverait pour comparer nos notes.

– C'est vrai, reconnut Kira en reculant pour s'adosser au mur. Alors, qu'est-ce que tu as appris ?

– Je sais que nous sommes en train de mourir.

– Oui. La date d'expiration.

– Tu dis ça, mais est-ce que tu te rends vraiment compte de ce que ça implique ?

– Que les Partials s'éteignent au bout de vingt ans d'existence.

– La première vague de Partials est arrivée pendant la guerre d'Isolation, il y a vingt et un ans. Ils ont été créés l'année précédente. Tous nos dirigeants, tous nos anciens combattants du front, sont déjà morts. C'est-à-dire, ceux qui nous tenaient lieu d'ancêtres. (Il marqua une pause.) Je fais partie du dernier groupe fabriqué, et j'aurai dix-neuf ans dans quelques mois. Quant à Heron, ses dix-neuf ans sont passés depuis un petit moment. Sais-tu combien d'entre nous il reste ?

– Chez nous, on parle d'un million de Partials. J'ai toujours entendu dire : « Il y a un million de Partials de l'autre côté du détroit. » Alors, ce n'est plus vrai ?

– Nous en avons perdu plus de la moitié.

Kira serra ses genoux encore plus fort : elle avait soudain très froid. La pièce lui semblait petite et fragile, comme une cabane sur le point d'être soufflée par le vent.

Cinq cent mille morts, pensa-t-elle. *Plus de cinq cent mille.* L'énormité du nombre – près de quinze fois la population humaine entière – la terrifiait. Une autre pensée lui vint alors spontanément : *Dans peu de temps, nous serons quittes.*

Aussitôt, elle culpabilisa. Elle ne voulait plus qu'il y ait de morts, humains ou Partials ; et elle désirait encore moins la vengeance. Elle en avait voulu naguère aux Partials, avant de commencer à les comprendre, mais cette colère était derrière elle. N'est-ce pas ? Après tout, elle était des leurs. Elle prit soudain conscience qu'elle serait peut-être, elle aussi, confrontée à une date d'expiration – mais peut-être pas, vu combien elle différait des autres Partials. La première idée la terrifia, la seconde la plongea dans un abîme de tristesse. *Je serai peut-être le dernier des Partials. L'ultime survivante de mon espèce.*

Quel clan est le mien ?

Elle contempla Samm, adossé au mur, une jambe pendant du bureau, son fusil posé à côté de lui. Il était un protecteur, un gardien, qui veillait sur eux tandis qu'ils étaient sans défense ; si quelqu'un venait à les attaquer, non seulement il serait le premier à le voir, mais aussi le premier à être vu. Il se mettait en danger pour protéger une fille qu'il connaissait à peine et un homme dont il se méfiait. Il était un Partial, et pourtant un ami.

C'est bien le problème, pensa-t-elle. *Nous raisonnons toujours en termes de clans. Il ne peut plus y en avoir, désormais.*

Elle eut soudain une terrible envie d'aller se pelotonner contre lui, de l'aider à monter la garde, partager un peu de chaleur humaine dans la nuit glaciale. Elle se retint, tira sa couverture sous son menton et se mit à parler.

– Nous résoudrons le problème, dit-elle. Nous allons trouver l'Alliance, rouvrir les archives, et découvrir non seulement pourquoi ils ont fait ça, mais aussi comment : comment lever la date d'expiration, comment synthétiser le remède contre le RM. Nous allons comprendre ce que je suis et quel est mon rôle dans tout cela. Ils savaient tout, à divers degrés, et une fois que nous le saurons aussi, nous réussirons à sauver tout le monde.

– C'est bien pour ça que je suis revenu, dit Samm.

– Pour sauver le monde ?

– Je ne saurais même pas par où commencer, murmura-t-il, le visage dans l'ombre. Non, je suis revenu pour t'aider, toi, à sauver le monde. Tu es la seule à pouvoir le faire.

Kira resserra sa couverture autour de ses épaules. *La confiance que les autres placent en vous, il n'y a pas pire pour vous mettre la pression,* songea-t-elle.

Ils se remirent en chemin aux premières lueurs de l'aube, après avoir veillé à ce que les chevaux soient nourris et abreuvés pour la journée de voyage. À midi, ils ne voyaient déjà plus la ville derrière eux, et ils passèrent l'après-midi dans la campagne, où d'épaisses forêts phagocytaient lentement mais sûrement les petites villes nichées entre les collines. Même le bavardage continuel d'Afa finit par se tarir, comme si les étendues sauvages l'intimidaient. Kira l'entendait de temps en temps marmonner quelque chose, mais ne distinguait pas ses paroles.

Elle ignorait, bien sûr, comment s'appelaient les chevaux volés. Pour passer le temps, elle tâcha de leur trouver des noms qui leur aillent bien. Comme celui de Samm semblait rebelle et têtu, elle fut tentée de le baptiser Haru, mais ses compagnons n'auraient pas compris la blague. Et d'ailleurs, elle aurait aussi bien pu l'appeler Xochi, ou même Kira. Elle se décida finalement pour Buddy, le surnom d'un garçon qu'elle avait connu à l'école et qui s'opposait toujours aux professeurs, par principe, parce que c'étaient eux qui détenaient l'autorité : la monture de Samm, visiblement, partait du même principe. Celle de Heron, à l'inverse, semblait mettre un point d'honneur à lui obéir – mais peut-être était-elle simplement dirigée d'une poigne plus ferme. Puisant dans la même réserve d'anciennes connaissances, Kira baptisa l'animal Dug, du nom d'un interne particulièrement zélé qui avait fait ses études avec elle. Son propre cheval, un peu gaffeur et fumiste sur les bords, fut nommé Bobo. Quant à celui d'Afa, il reçut le sobriquet de Zarb, Zarbi, Zarbouille, ou autres variations suivant l'humeur de Kira. Si Heron était sans conteste la meilleure cavalière, Afa était pitoyable en selle, et la pauvre bête semblait parfois aussi embrouillée que lui, remuant la tête, partant de travers et exaspérant le gros homme qui se lançait dans des ronchonnements sans fin. C'en était presque drôle, mais cela les ralentissait, et Kira tentait de lui donner des petits conseils quand elle le pouvait. Ce qui ne semblait pas franchement l'aider.

La nuit tombait presque lorsqu'ils entendirent appeler à l'aide.

– Stop ! dit Samm en arrêtant son cheval.

Tous tendirent l'oreille dans le vent. Comme Zarbi tapait du sabot et soufflait par les naseaux, Heron foudroya Afa du regard. Kira, en se concentrant de toutes ses forces, réentendit la voix.

– À l'aide !

– Ça vient de cette direction, dit Samm en indiquant une ravine sur le côté de la route.

Il y avait des étangs partout entre ces collines, et de petits cours d'eau avaient tracé leur chemin entre eux depuis des siècles. La ravine en question était encombrée d'arbres et de taillis.

– On s'en fiche, trancha Heron. On n'a pas le temps de s'arrêter.

– Quelqu'un a des ennuis, protesta Kira. On ne peut pas le laisser comme ça.

– Si, on peut.

– C'est un Partial, affirma Afa. Je suis le dernier humain sur la planète.

– Non, ce n'est pas un Partial, le contredit Samm. Je ne capte rien par le lien.

– Il est peut-être trop loin, avança Kira.

– Ou en amont du vent, ajouta Heron. Quoi qu'il en soit, je n'aime pas ça : tout humain se trouvant sur notre chemin se ferait sûrement une joie de tendre un piège à un groupe de Partials, et nous savons que notre faction n'est pas loin d'ici vers l'ouest.

– Je croyais que vous n'aviez plus de faction, fit remarquer Kira – réflexion qui lui valut un regard assassin.

– Heron a raison, reconnut Samm. On ne peut pas se permettre de prendre ce risque, et on n'a pas le temps.

– À l'aide !

Le cri était lointain et indistinct, mais on aurait dit la voix d'une jeune femme. Kira serra les dents. Elle savait qu'ils avaient raison, mais...

– Elle est peut-être en train de mourir, s'obstina-t-elle. Je ne veux pas m'endormir ce soir hantée par les cris de détresse d'une jeune fille poussant son dernier souffle.

– Tu veux survivre jusqu'à ce soir, au moins ? persifla Heron.

Cette fois, ce fut Kira qui la fusilla du regard.

– Avançons, suggéra Samm en talonnant doucement Buddy.

Son cheval se remit en marche, et Bobo, celui de Kira, lui emboîta le pas sans rien demander.

– À l'aide !

– J'y vais, décida Kira en tournant la tête de Bobo vers le côté de la route. Qui m'aime me suive.

– Pourquoi est-ce qu'elle n'arrête pas de dire « à l'aide » ? demanda Afa.

– Parce qu'elle a besoin d'aide, souffla Kira en mettant pied à terre sur le bas-côté.

La pente était raide et couverte de végétation, et elle ne pensait pas que son cheval puisse la descendre dans la pénombre du crépuscule. Elle attacha ses rênes à une borne et décrocha son fusil de la selle.

– Vous ne pensez pas qu'elle devrait plutôt dire quelque chose comme : « Il y a quelqu'un ? »

– Elle a entendu nos bruits de sabots, répliqua Samm. Bon, tant pis, Kira, je viens avec toi.

Heron, elle, resta sur son cheval.

– Je pourrai avoir vos affaires quand vous serez morts ?

– C'est toi l'espionne, lui répondit Samm en indiquant des collines, sur le côté. Fais le tour, prends-les à revers et... je ne sais pas, rends-toi utile.

– La nuit tombe, fit remarquer la Partial, et ils savent déjà que nous sommes ici, alors que nous ignorons totalement où ils se trouvent, combien ils sont, quel armement ils possèdent et ce qu'ils font là. Comment veux-tu que je les prenne à revers ? Par un tour de magie, peut-être ?

– Eh bien, reste ici pour garder les chevaux, lui suggéra Kira. On revient tout de suite.

Elle franchit la glissière de sécurité qui longeait la route, suivie de près par Samm, et tous deux descendirent avec prudence dans la ravine. Les ronces s'accrochaient à ses bottes, et la pente était tellement escarpée qu'elle dut se retenir aux branchages pour descendre pratiquement sur les fesses. En bas, ce n'était guère mieux : les épais fourrés s'étendaient presque jusqu'au ruisseau.

Ils entendirent de nouveau le cri, tout au fond d'une gorge étroite. Kira décida alors qu'elle pouvait faire du bruit, puisqu'ils étaient certainement déjà repérés.

– Tenez bon, on arrive !

– Je ne sais même pas comment quelqu'un peut s'orienter là-dedans, dit Samm tout en se dépêtrant des ronces derrière elle.

Presque au même instant, Kira se retrouva sur un étroit sentier, et son compagnon la heurta par-derrière.

– Une sente d'animaux, constata-t-il. Des chevreuils ?

– Des chiens sauvages, conclut Kira en observant la terre écrasée. J'ai déjà vu ce genre de traces.

– Alors ça pourrait être une chasseuse blessée, mais qui suivait une trace de chiens ?

Ils réentendirent le cri, plus proche cette fois, et Kira se rendit compte que cette voix avait quelque chose d'anormal : elle était bizarrement discordante. La jeune fille pressa le pas. Le ravin longeait une immense falaise rocheuse qui se dressait à leur droite : en tournant au bout, ils découvrirent une petite clairière, large d'à peine plus de deux mètres, et au centre de cette clairière un grand chien jaune. Kira stoppa net, stupéfaite. Le chien l'observait calmement.

Samm surgit derrière elle, vit le chien et poussa un juron.

– Quoi ? chuchota Kira.

– À l'aide ! fit alors le chien, dont les babines s'étirèrent en un sourire épouvantablement humain. À l'aide !

– On se tire, souffla Samm.

Mais à cet instant, les taillis autour d'eux semblèrent exploser : ils vomirent une meute d'autres chiens, de lourds monstres musclés qui leur bondirent dessus pour leur faire perdre l'équilibre. Samm s'effondra sous le poids de deux molosses ; Kira, elle, parvint à se rattraper juste à temps et à rester debout, mais récolta une profonde morsure au bras. Un autre chien s'en prit à ses jambes, et elle tira un coup de fusil au hasard en chutant. Le chien le plus proche se sauva en jappant, l'épaule couverte de traînées rouges, mais un autre se rua à sa place et fit claquer sa mâchoire en direction de la gorge de Kira.

– Samm, au secours !

Elle sentit des crocs acérés se refermer sur son mollet et

d'autres s'en prendre à sa clavicule, arrêtés de justesse par son épaisse veste de voyage. À côté d'elle, les chiens qui s'attaquaient à Samm se chamaillaient, grognaient, entrechoquaient leurs dents pointues, et Kira se demanda pourquoi ils ne l'avaient pas encore immobilisé au sol comme ils faisaient avec elle. Elle voulut lever son fusil, mais s'aperçut que les molosses le bloquaient aussi : une bête énorme le pressait dans le sol sous son poids. Elle tira quand même, dans l'espoir de le faire fuir ; elle vit jaillir un panache de terre et un chien qui se trouvait à l'opposé de la clairière fit un bond de côté en jappant de douleur, mais l'énorme animal couché sur le fusil ne fit que la regarder en grondant, découvrant des crocs longs et recourbés comme des faucilles.

Le chien jaune qui les avait attirés dans la clairière bondit sur la poitrine de Kira, lui coupant le souffle, et chercha sa gorge pour l'achever. Mais au dernier instant, il retomba sur le flanc et Kira sentit un flot de liquide tiède lui couler sur le corps. Relevant les yeux, elle vit Samm debout au-dessus d'elle, privé de son fusil, un couteau de chasse sanguinolent à la main. Il tenta de poignarder le chien qui pressait sur l'épaule de Kira, mais la bête se jeta sur lui et le refit tomber. Kira en profita pour soulever son fusil : un autre molosse se précipita aussitôt pour le lui arracher et l'éloigner, les dents serrées sur le canon, appuyant ses grosses pattes à plat contre le torse de la jeune fille.

Pas de doute, ils étaient tombés dans un traquenard.

Un coup de feu résonna derrière Kira, et elle vit le chien qui était à ses pieds s'effondrer sans vie ; une autre cartouche traversa le dos de la bête couchée sur son fusil, qui roula sur elle, raide et massive comme un rocher couvert de pelage. Les yeux à hauteur des siens, la vie la quittant rapidement, elle souffla un mot unique, d'une voix horrible, inhumaine :

– Pitié.

Le chien mourut, les yeux encore ouverts à dix centimètres à peine de ceux de Kira. Elle le contemplait, terrifiée, ouvrant et fermant la bouche sans émettre un son, les mains cramponnées au fusil comme à une bouée de sauvetage. Il y eut encore une détonation, et soudain tous les chiens encore en vie cessèrent de grogner pour se mettre à aboyer, communiquant par cris brefs et hachés. La meute tourna les talons et s'enfuit, le plus gros des molosses ne s'arrêtant que pour leur lancer une insulte – « Bâtards ! » – avant de disparaître entre les arbres.

Heron apparut alors, le fusil toujours en position contre son épaule. Elle hocha du menton en direction de Kira et repoussa d'un coup de pied le molosse qui pesait sur sa poitrine.

Même libérée, Kira ne pouvait toujours pas bouger.

– Est-ce que ce corniaud vient de me traiter de bâtard ? s'étonna Samm.

– Il faut qu'on se tire avant qu'ils ne rassemblent leurs forces, dit Heron. Allez, venez.

Kira retrouva enfin sa langue.

– Quoi ?

– Il faut partir tout de suite, confirma Samm en lui tendant sa main boueuse et ensanglantée. S'ils reprennent l'avantage, on est morts.

Kira saisit la main tendue et se remit péniblement debout.

– Mais qu'est-ce qui se passe, par ici ?

– Des Chiens de garde, lâcha Heron qui ouvrait la route, le long de la falaise. On s'en servait pendant la guerre.

– Des chiens hyperintelligents, dressés pour le champ de bataille, précisa Samm.

Il récupéra son fusil et se mit en route derrière Kira, marchant à reculons afin de couvrir leurs arrières.

– Ils sont plus gros, plus costauds que des chiens normaux, et dotés d'un vocabulaire de base. Ils nous servaient à tout. J'aurais dû les reconnaître aussitôt que j'ai entendu cette voix, mais ça fait trop longtemps.

– Vous aviez des chiens monstrueux parlants ?

– Fabriqués par ParaGen, dit Samm. Apparemment, ils sont retournés à l'état sauvage.

Kira se remémora la brochure qu'elle avait vue dans les bureaux : il y était question de Chiens de garde… et aussi d'un dragon. Elle regarda dans le ciel, mais rien ne descendit pour la déchiqueter entre des serres impitoyables.

Elle avait déjà vu ce mot ailleurs, aussi, « Chiens de garde », dans certains rapports de terrain trouvés dans les archives d'Afa. Elle secoua la tête, encore sonnée, tout en trébuchant sur le sentier des chiens. Ce n'était pas seulement le mot : elle se souvenait à présent d'autre chose, une scène se déroulant dans sa tête, un des seuls souvenirs qu'elle avait de son père. Un chien l'avait attaquée un jour, un chien énorme, et son papa s'était interposé pour la sauver. S'agissait-il déjà d'un Chien de garde, ou d'autre chose ?

Pire encore : elle commençait à comprendre qu'elle ne différait pas fondamentalement de ces créatures – ces monstres inhumains, artificiels. Malgré son aspect humain, ses origines étaient plus proches de celles de ces Chiens de garde que de tous les humains qu'elle avait connus.

– Tu viens de passer presque douze ans à Long Island, lui rappela Samm. C'est un environnement clos. Le reste du monde a changé.

– Ils cherchent à nous encercler, dit Heron. Vite !

Pitié, avait imploré le chien mourant. L'expression de ses yeux était gravée dans la mémoire de Kira. Elle continua de remonter le talus.

CHAPITRE 19

Ariel McAdams s'était enfuie de chez Nandita des années plus tôt pour aller vivre seule dans le quartier sud d'East Meadow, mais après la mort de son nouveau-né – presque toutes les femmes de Long Island en avaient perdu un ou deux, en conséquence de la loi Espoir –, elle avait quitté la ville. Marcus avait trouvé une vague adresse dans le fichier de l'hôpital, et s'attarder dans les parages pour la chercher avait bien failli lui coûter sa liberté. Il gardait sur lui un appareil radio portable afin d'écouter les rapports militaires et de communiquer avec Kira si jamais elle le contactait, et les nouvelles, au moment où il partit d'East Meadow, étaient sombres. Il n'avait nulle part où aller, mais ne pouvait pas rester. Il vérifia une fois de plus l'adresse sur son morceau de papier : « Une crique du côté d'Islip. » Ce n'était pas grand-chose, mais c'était déjà mieux que rien.

Il avait appris via sa radio que les Partials avaient établi un périmètre armé autour d'East Meadow, capturant l'essentiel de la population avant qu'elle ait pu fuir, et envoyant des équipes passer l'île au peigne fin à la recherche d'éléments isolés pour les ramener dans ce lieu central. Long Island était néanmoins très vaste, et même cent mille Partials ne pouvaient pas la quadriller entièrement. Marcus cultivait la discrétion, n'allumant jamais de feu, ne traversant jamais d'espaces découverts. Il réussit ainsi à les éviter durant les premiers jours. *Ça ne va pas durer,* se disait-il, *mais si j'arrive à localiser Ariel et à me cacher chez elle au lieu de me déplacer, je pourrai tenir bien plus longtemps.*

Le deuxième soir, sa radio se mit à grésiller ; son cœur battit plus vite, mais il constata rapidement que ce n'était pas Kira, ni un rapport de l'armée en déroute. C'était le docteur Morgan.

« Ce message s'adresse aux habitants de Long Island », déclara-t-elle. « Notre intention première n'était pas de vous envahir, mais les circonstances nous ont forcé la main. Nous sommes à la recherche d'une jeune fille nommée Kira Walker, seize ans, un mètre soixante-quinze, cinquante à cinquante-cinq kilos. Type indien, peau claire, cheveux noirs qu'elle a pu couper ou teindre pour dissimuler son identité. Amenez-nous cette jeune fille, et l'occupation prendra fin sur-le-champ ; continuez de la cacher, et nous exécuterons l'un des vôtres chaque jour. Ne nous obligez pas à poursuivre cette action plus longtemps que nécessaire. Ce message sera diffusé successivement sur toutes les fréquences, et cela en boucle jusqu'à ce que nos instructions soient suivies. Merci. »

Marcus, sous le choc, continua d'écouter le bruit blanc qui succédait au message. Après un moment de silence abasourdi, il tourna le bouton des fréquences pour chercher la suivante : le même communiqué y était à présent diffusé, et il le réécouta sans en croire ses oreilles. Il suivit ainsi la diffusion à cinq reprises, comme pour se convaincre que ce n'était qu'un rêve, que cela ne pouvait pas être en train d'arriver. Mais chaque répétition confirmait au contraire l'horrible réalité : les Partials voulaient Kira. Ils allaient tuer des innocents pour forcer les humains à la dénoncer. Et rien ne pourrait les arrêter.

Ce soir-là, Marcus fit les cent pas dans sa cachette en repensant au message. C'était donc cela, le but de toute cette invasion, depuis le début : ils recherchaient Kira, et ils étaient prêts à tout pour mettre la main sur elle. Qu'est-ce qui pouvait la rendre si importante ? Si nécessaire ?

Et pourquoi n'entrait-elle pas en contact avec lui ?

Il n'avait pas de panneaux solaires pour sa radio, le Sénat et l'armée les ayant tous réquisitionnés depuis les premiers jours qui avaient suivi le Ravage, mais il possédait une batterie à manivelle, qu'il actionnait avec frénésie. Les jours, identiques, commençaient à se mélanger dans son esprit : marcher toute la journée pour chercher Ariel, tourner la manivelle toute la nuit dans l'espoir de recevoir des nouvelles de Kira. Lorsqu'il atteignit enfin Islip, il trouva une maison d'aspect banal dans laquelle se cacher et brancha la radio sur un vélo d'appartement. Tout en pédalant, il écouta les ondes siffler et crachoter. Dans ses rêves les plus fous, il s'imaginait partant lui-même pour Manhattan afin de la retrouver, et échafaudait toutes sortes de scénarios horribles : elle avait été capturée par les Partials, dévorée par des lions, ou simplement broyée sous l'effondrement d'un immeuble. C'était idiot de voyager seule, et il avait été idiot de la laisser partir. Mais de toute manière, il n'avait jamais été capable d'arrêter Kira.

La radio bourdonnait, le vélo grinçait. Au coucher du soleil, il fit une pause pour boire un peu d'eau et croquer une pomme, cueillie sur un gros arbre dans le jardin, puis se remit immédiatement à pédaler. Il savait que la nuit était le moment le plus propice à un appel, car les déplacements devenaient dangereux et Kira se cachait probablement en attendant le matin. Il pédala jusqu'après minuit – jusqu'à avoir les jambes en feu, les pieds en compote et les mains presque brûlées par le guidon. Il se traîna ensuite jusqu'à son lit, la radio grésillant toujours à ses oreilles, et s'endormit.

Au matin, il pédala encore, puis, lorsqu'il ne supporta plus d'être enfermé entre quatre murs, sortit prendre l'air. Il massa ses mollets endoloris et alla faire un tour, cherchant toujours Ariel. *Une crique du côté d'Islip*. Islip était une ville immense, mais dont seule une petite partie touchait le bord de mer. Il l'arpenta toute la journée, sa radio dans son sac à dos, guettant le moindre signe de vie humaine. Le deuxième jour, il localisa une crique, et le troisième il tomba sur une maison occupée : une pelouse fauchée, un jardin cultivé, un porche en bois dont on voyait qu'il avait été un jour envahi par les plantes grimpantes, mais que quelqu'un avait nettoyé. Marcus gravit les marches gondolées et frappa à la porte.

Il ne s'étonna pas d'entendre cliqueter la culasse d'un fusil : cela ne le fit même pas tressaillir.

– Qui est là ?

– Je m'appelle Marcus Valencio. On se connaît, mais ça remonte à quelques années. Je suis un ami de Kira.

Un silence, puis :

– Dégage.

– Il faut que je te parle.

– J'ai dit : dégage.

– Nandita a disparu...

– Bon débarras.

– Ariel, écoute, je ne sais pas pourquoi tu es brouillée avec elles ; je ne sais pas pourquoi tu les hais à ce point. Je peux t'assurer qu'elles n'ont pas de haine envers toi. Mais ce n'est pas pour ça que je suis ici... ce ne sont pas elles qui m'envoient, je ne vais pas leur faire de rapport ni te dire d'aller les voir, rien de ce genre. Et je n'essaie certainement pas de trouver Kira pour la livrer à Morgan. J'essaie juste de comprendre quelque chose.

Pas de réponse. Marcus attendit. Et attendit encore. Au bout d'une minute entière, il se dit qu'elle vaquait simplement à ses affaires sans s'occuper de lui, et s'apprêta à partir. Mais en se retournant, il avisa un petit banc sur le porche ; pas une balancelle, non, juste un petit banc de bois, fait pour regarder passer le temps. Il le dépoussiéra quelque peu, s'y installa et se mit à parler.

– La première chose que je voudrais te demander, en supposant que tu m'écoutes, c'est comment tu as connu Nandita. J'ai parlé avec les autres filles qu'elle a adoptées, et toutes me disent que quand elles l'ont rencontrée, tu étais déjà avec elle. Isolde a mentionné Philadelphie, disant que c'est là-bas que Nandita t'a trouvée. Xochi aussi vient de là-bas, mais j'ignore si c'est révélateur de quelque chose. Ce que je voudrais savoir, c'est... d'où tu viens, au fond. Comment as-tu fait connaissance avec Nandita ? Est-ce simplement l'histoire classique, du type : « Une petite fille perdue errait dans les rues » ? Il y en a beaucoup à Long Island – ça fait même chaud au cœur, d'une manière un peu bizarre. Ta famille est morte, tous tes voisins sont morts ; tu as faim, ou peur, ou je ne sais quoi, et tu sors chercher quelque chose. Pour moi, c'était du lait : nous avions des céréales plein la maison, et c'était la seule nourriture que je savais me préparer quand j'avais cinq ans, alors j'ai commencé par en manger à tous les repas, mais assez vite, je suis tombé à court de lait. J'ai essayé de me nourrir d'autre chose, de me tartiner du beurre de cacahuètes et de la confiture sur des chips de maïs, ce genre de choses. Je ne savais même pas me servir de l'ouvre-boîte. (Il rit, et écrasa une larme.) Enfin bref, je suis sorti chercher du lait. Je ne sais pas où je comptais en trouver, et le monde entier était comme posé là, tu vois ? Deux ou trois choses étaient en feu, genre une voiture et une boutique, mais c'était à Albuquerque, c'est désertique par là-bas : il n'y avait pas beaucoup de feuillages pour propager l'incendie. Deux ou trois tuyaux d'arrosage étaient ouverts, ils coulaient, coulaient, formaient un petit torrent dans un caniveau. Mais personne nulle part. J'ai marché jusqu'au magasin le plus proche que je connaissais – la boutique de mon oncle, une petite épicerie située à quelques rues de chez nous –, mais c'était fermé à clé et je n'ai pas pu entrer, alors j'ai continué de marcher, encore et encore, et toute la ville était déserte. Je n'ai pas croisé âme qui vive. J'ai fini par tomber sur un supermarché Walmart – dans une ville comme celle-là, il suffit de marcher un petit moment, on tombe forcément sur un Walmart –, je suis entré chercher du lait, et il y avait là un type, que je n'avais jamais vu de ma vie, en train de remplir une brouette de bouteilles d'eau. Il m'a regardé, je l'ai regardé, il m'a soulevé, déposé dans sa brouette, et m'a donné un paquet de viande séchée. Il a même déniché du lait au fond du magasin, du lait longue conservation qui était encore bon, et j'ai mangé un bol de céréales pendant qu'il rassemblait tout ce qu'il lui fallait. Il s'appelait Tray, c'était son prénom, je ne connais pas son nom de famille. Tray m'a porté jusqu'à Oklahoma City, où nous sommes tombés sur la Garde nationale. Je l'ai perdu de vue à ce moment-là, et à vrai dire je ne sais même pas s'il est finalement arrivé jusqu'ici – j'ai honte de l'avouer, mais je n'ai pas beaucoup pensé à lui ces dernières années. Je suppose que s'il est sur Long Island, il habite quelque part dans la nature et vit de la pêche ou de l'agriculture. S'il avait habité en ville, je l'aurais retrouvé. Et je ne sais pas pourquoi je t'ai raconté toute l'histoire, si ce n'est pour dire que c'est le genre de personnes dont nous avons besoin – le genre de personnes que nous sommes. On ne peut pas survivre à moins d'être solidaires, et c'est ce qui fait du RM et du Ravage les processus de sélection naturelle les plus extrêmes de tous les temps. J'ignore comment Nandita t'a trouvée, mais elle l'a fait, elle t'a sauvé la vie, elle t'a amenée ici, et maintenant elle a disparu et j'essaie juste de comprendre ce qui se passe. Que savait-elle, que faisait-elle, pourquoi était-elle ici ? Et pourquoi les Partials la recherchent-ils ?

– Nandita ne m'a pas trouvée dans un supermarché, dit Ariel derrière la fenêtre.

Marcus avait fini par laisser sa propre voix le bercer, et celle de la jeune femme l'arracha brusquement à sa rêverie. Les rideaux étaient fermés, la voix assourdie, mais ses paroles étaient claires.

– Elle est venue chez moi. Mes parents étaient morts depuis peut-être vingt-quatre heures. Elle est entrée et elle m'a emmenée.

Marcus, étonné, s'efforça de reconstituer le puzzle.

– Tu veux dire qu'elle savait qu'elle te trouverait là ? Qu'elle est venue te chercher, toi, en particulier ?

– Ce que je veux dire, c'est qu'elle ne m'a jamais laissé le temps de leur dire au revoir.

Marcus pivota pour regarder Ariel, mais les rideaux étaient toujours tirés devant la fenêtre.

– Je suis désolé pour toi, dit-il.

Et au bout d'un petit instant, parce qu'il n'y avait rien d'autre à dire, il ajouta :

– C'est dur.

Ariel ne répondit pas.

– Les Partials veulent la capturer, poursuivit Marcus. Ils recherchent Kira à cause de ce qu'elle a fait il y a quelques mois, je crois, mais ils cherchent Nandita parce qu'ils pensent qu'elle sait quelque chose. Et ils n'ont pas tort... Ariel, j'ai vu une photo : Nandita et un type, avec Kira au milieu. Ils étaient devant des bâtiments de ParaGen. Quoi qu'elle sache, c'est forcément lié à Kira, et les Partials ont mis sur pied un assaut à grande échelle afin de découvrir ce que c'est. Si tu as la moindre information... je t'en prie, il faut que tu nous la donnes.

Il n'y eut aucune réponse, pendant un petit moment. Marcus entendait Ariel respirer rapidement derrière le rideau. Il attendit. De toute manière, il n'avait rien d'autre à faire.

– Nandita était chercheuse en biologie, lâcha enfin la jeune fille. Elle faisait des expériences.

– Sur Kira ?

– Sur nous toutes.

À l'intérieur, la maison d'Ariel, comme le découvrit Marcus, regorgeait de bacs à plantes.

– Je ne savais pas que tu jardinais, dit-il pendant que ses yeux s'accoutumaient peu à peu à la pénombre.

Depuis que les Partials patrouillaient sur l'île, Ariel avait pris soin d'occulter toutes les fenêtres.

– J'ai grandi avec Nandita. Le jardinage est une des seules choses que je sache faire.

– C'est pour ça que tu la détestes ?

– Je t'ai dit pourquoi je la détestais, répondit Ariel d'une voix sourde.

– Les expériences. (Il la regarda.) Tu te sens prête à en parler ?

– Non, dit-elle en portant le regard au loin dans la rue. Mais ce n'est pas pour ça que ce n'est pas le moment de le faire.

Elle referma la porte, plongeant pour de bon la pièce dans les ténèbres.

Marcus attendit d'y être un peu habitué, et se concentra sur la silhouette d'Ariel.

– Quel genre d'expériences ? Pourquoi les autres n'ont-elles jamais rien dit ?

La voix de la fille se durcit.

– As-tu la moindre idée des efforts que j'ai dû fournir pour tourner la page ? Pour faire comme si j'avais une vie normale ? J'ai pris un emploi dont je n'avais pas besoin, simplement pour avoir quelque chose à faire de mes journées ; je suis tombée enceinte deux ans avant que la loi Espoir ne m'y oblige. Je vais jusqu'à soigner ces plantes idiotes parce que... parce que c'est ce que faisaient les gens, avant le Ravage. J'ai fait tout ce que je pouvais, même évité mes propres sœurs...

– Mais que s'est-il passé ? Qu'est-il arrivé de si terrible ?

– Ça a commencé par le petit déjeuner, se lança Ariel, la tête baissée. Nandita se levait tôt et nous préparait des tisanes : camomille, menthe poivrée, ce genre de choses. Étant herboriste, elle avait évidemment tout ce qu'il fallait à la maison et dans sa serre. Nous avions le droit de manipuler certaines tisanes, comme la camomille, mais elle avait d'autres produits, sous forme liquide, dans des petits flacons à compte-gouttes numérotés comme des échantillons. Ceux-là, nous avions interdiction d'y toucher. Je n'en pensais pas grand-chose à l'époque – on se faisait gronder rien que pour avoir joué dans la serre, alors ça n'avait rien d'étonnant –, mais un matin où je m'étais levée tôt et où j'étais descendue l'aider à préparer la tisane, je l'ai surprise à verser quelque chose au compte-gouttes dedans. Ce qui ne m'a pas spécialement perturbée, cela dit. Sauf que quand je lui ai demandé ce qu'elle faisait, elle a eu l'air coupable – aussi coupable que moi quand elle me surprenait à faire une bêtise. Elle a éludé la question en me disant que c'était un nouvel arôme ou je ne sais quoi, mais je n'ai pas oublié son expression. Le lendemain, je suis redescendue en douce voir ce qu'elle fabriquait : elle recommençait son manège, avec d'autres compte-gouttes cette fois, en prenant des notes dans un carnet. Je me suis vite rendu compte qu'elle le faisait presque tous les jours, et j'ai cessé de boire les tisanes.

– Est-ce que tu as vu ce qu'il y avait dans ce carnet ?

– Une fois, oui, quand je suis entrée en secret dans la serre, mais elle a dû s'en apercevoir, parce que je n'ai jamais pu remettre la main dessus. Il n'y avait pas que des notes sur les tisanes, mais aussi et surtout des renseignements sur nous : croissance, état de santé, vue, ouïe, ce genre de choses. Elle nous faisait toujours jouer, par exemple à des jeux de coordination ou de mémoire, et après avoir vu ce carnet je n'ai plus jamais voulu m'y prêter. Elle ne jouait pas avec ses filles, en réalité. Elle nous testait.

– Peut-être qu'elle voulait juste... garder des traces de votre enfance, avança Marcus. Je ne sais pas trop comment est censé se comporter un parent attentif, mais c'est peut-être normal.

– Ce n'était pas normal. Tout ce qu'elle nous faisait faire était un test, donnait lieu à une étude ou à une observation. Elle ne jouait pas à la balle : elle nous lançait des balles pour tester nos réflexes. On ne jouait pas à chat : on disputait des épreuves de vitesse dans la rue. Quand l'une de nous se coupait le doigt ou s'écorchait le genou, elle nous posait un pansement, mais pas avant d'avoir étudié la plaie de tout près pour noter le moindre détail.

– Mais pourquoi les autres n'ont-elles rien dit ? s'étonna de nouveau Marcus. Je leur ai posé toutes les questions possibles et imaginables sur Nandita : tout ce dont elles se souvenaient, c'est de ce qu'elles faisaient ensemble. Elles ne m'ont jamais rien raconté de ce genre.

– J'ai essayé plusieurs fois de leur en parler, mais elles ne m'ont pas crue. Elles n'ont jamais vu les flacons ni le carnet, elles. Elles croyaient qu'on faisait la course juste pour s'amuser.

– Mais toi, tu avais aperçu l'envers du décor et depuis, tu voyais tout sous un éclairage différent.

– Exactement.

– Mais... (Marcus prit soin de formuler la suite avec la plus grande prudence.) Ne serait-il pas possible... Je ne te traite pas de menteuse ni rien de ce genre, mais... ne serait-il pas possible que ce que tu as vu quand tu étais petite fille ait été complètement innocent, et t'ait rendue... paranoïaque... et qu'ensuite tu aies commencé à soupçonner le mal là où il n'y était pas ?

– Parce que tu imagines que je ne me suis pas posé la question cent fois par jour ? Mille fois par jour ? Je me suis dit et répété que j'étais folle, que j'étais une ingrate, que j'inventais tout. Mais chaque fois que je me raisonnais, je tombais sur un nouveau détail qui me rendait méfiante. Tout ce qu'elle faisait était une manœuvre tordue, perverse, pour nous contrôler, nous faire agir ou penser d'une certaine manière, je ne sais même pas comment.

– Comment peux-tu être certaine que c'était bien son intention ?

– Parce que je l'ai vu écrit noir sur blanc dans le carnet, affirma Ariel. Ça parlait de Madison, et c'était une étude de contrôle.

– Qu'est-ce que ça disait ?

– Il était écrit : « Madison : contrôle. » Pourquoi as-tu tant de mal à le comprendre ?

Marcus secoua la tête.

– Je suppose, parce que c'est tellement... tellement incongru par rapport à ce que j'ai connu d'elle ! Est-ce que tu en as parlé à quelqu'un d'autre ?

Ariel renifla d'un air ironique.

– Tu as déjà vu une gamine de huit ans expliquer à un adulte que sa maman essaie de la contrôler ?

– Mais tu as au moins essayé...

– Bien sûr que j'ai essayé ! J'ai essayé tout ce qui me venait en tête, et si j'avais su ce qu'étaient des attouchements sexuels, je l'aurais accusée de ça aussi... tout, n'importe quoi pour sortir de cette maison. Mais nous nous portions bien, mes sœurs étaient heureuses, et moi j'étais juste la petite Ariel qui faisait des histoires. Personne ne m'a crue, et en voyant que même mes sœurs ne m'écoutaient pas, je me suis dit que le contrôle fonctionnait peut-être déjà, qu'elles avaient subi un lavage de cerveau, voire pire. J'ai fait la seule chose qui me soit venue à l'esprit : j'ai détruit la serre.

Marcus, perplexe, repensa à la serre sophistiquée qui se trouvait dans le jardin de Xochi.

– Elle l'a reconstruite toute seule ?

– Tu penses à la nouvelle, le détrompa Ariel. Non, je te parle de celle de notre ancienne maison. Je l'ai saccagée avec un pied-de-biche. J'ai tout massacré jusqu'au dernier bout de verre, au dernier pot, au dernier bocal, au dernier compte-gouttes que j'ai pu trouver, même si je savais que tout n'était pas là. Nandita a explosé de fureur en rentrant – j'aurais adoré la voir exploser pour de bon, d'ailleurs. Je me suis enfuie jusqu'à une maison vide, à l'autre bout de la ville, et j'ai tenu presque un mois avant qu'on me retrouve. Je m'attendais à ce que Nandita... en fait, je ne sais pas ce que j'attendais, mais je ne pensais pas qu'elle me reprendrait chez elle. Bah, elle avait eu le temps de se calmer, je suppose. Elle était toujours furax, mais elle m'a ramenée à la maison.

– Parce qu'elle t'aimait, dit Marcus d'un ton encourageant.

– Non, parce qu'elle avait besoin de moi pour ses expériences de folle. Elle ne pouvait pas recommencer avec quelqu'un d'autre. (Elle soupira et tambourina des doigts contre le plancher.) C'était l'hiver, et dès le printemps nous avons déménagé dans la nouvelle maison. Elle a prétendu que c'était à cause des fuites d'eau, alors qu'en réalité elle avait juste besoin d'une nouvelle serre pour cultiver ses herbes. J'ai encore fait plusieurs fugues, mais tu sais bien, « les enfants sont notre ressource la plus précieuse, etc. », alors il y avait toujours quelqu'un pour me ramener chez elle. Le jour où j'ai enfin eu l'âge légal pour partir, je me suis tirée, et je n'y ai jamais remis les pieds.

– Les expériences avaient peut-être un rapport avec le RM, hasarda Marcus. Tu as vécu là-bas jusqu'à quel âge, seize ans ?

– Oui.

– Donc elle a gardé la trace de tout, chaque changement physique, puberté comprise.

– Je suppose.

– Je réfléchis à un truc. Madison est la seule sur l'île à avoir un bébé en vie. Évidemment, c'est grâce à Kira qui a trouvé le remède, mais s'il y avait aussi autre chose ? C'est tout de même une sacrée coïncidence. Tu penses que ça pourrait être lié à une intervention de Nandita ? Un système immunitaire renforcé, ou un fœtus plus... Je ne sais pas, je réfléchis en parlant... C'était peut-être lié à la reproduction, ces expériences.

– Je n'en sais rien, reconnut Ariel. Ça fait des années que j'essaie de ne pas y penser.

– Et maintenant, Nandita a disparu. Volatilisée, effacée de la planète. Et tu sais ce que ça veut dire.

Ariel releva la tête.

– Quoi ?

– Ça veut dire qu'elle ne surveille pas sa maison. Elle a peut-être laissé des notes en partant.

Ariel plissa les paupières.

– C'est à East Meadow... une zone contrôlée par les Partials.

Marcus acquiesça, et un sourire malicieux lui monta aux lèvres.

– C'est là qu'ils jettent tous ceux qu'ils attrapent. Ce qui va sacrément nous faciliter le travail pour y retourner.

CHAPITRE 20

– Je ne dois pas perdre mon sac à dos, dit Afa. Je suis le dernier humain sur la planète.

– Il ne s'arrange pas, constata Samm.

Buddy le cheval était plus calme désormais, et il souffla par les naseaux tandis que le Partial lui flattait l'encolure. Kira était persuadée que Bobo et lui étaient frères, mais c'était peut-être juste parce qu'ils avaient la même robe. La petite troupe était en route depuis une semaine, et ils traversaient la chaîne montagneuse des Appalaches. Afa avait étudié les cartes sans relâche, entourant et soulignant de petites routes, villes, sommets, pour finalement soutenir qu'ils devaient faire un détour afin de franchir le mont Camelback, un géant imposant qui leur promettait une grimpette de trois cents mètres de dénivelée. Il y avait un relais radiophonique au sommet, clamait-il, et avec un de ses mini-panneaux solaires Zoble il pourrait le remettre en fonctionnement afin qu'ils gardent le contact avec les ondes émises depuis Long Island. Heron, il fallait lui reconnaître cela, n'avait pas fait d'objection, et ils gravissaient à présent une route en lacets qui desservait, selon toute apparence, une ancienne station de sports d'hiver. Malheureusement, le sommet leur apporta une grande déception : ce n'était pas du tout une cime mais le rebord d'un immense plateau qui s'étendait vers l'ouest à perte de vue – même avec des yeux de Partials. Heron fouilla les environs à la recherche de matériel utilisable, tandis qu'Afa s'effondrait dans un fouillis de cartes géographiques et de calculs faussés, soutenant que ce n'était pas possible, que la montagne se trouvait bien à sa place et que c'étaient eux qui n'étaient pas au bon endroit. Il leur fallut presque deux heures pour le calmer, et ensuite seulement ils se mirent d'accord pour bivouaquer sur place et brancher quand même le Zoble. Montagne ou plateau, peu importait au fond : il y avait bien un relais radiophonique, une structure en treillis métallique dont le gigantisme émerveilla Kira. Afa leur assura qu'il avait tout installé dans les règles de l'art, mais comme la nuit était tombée avant qu'il ait terminé, ils n'en auraient pas confirmation avant le lendemain matin. L'attente, l'impossibilité de faire quoi que ce soit de productif, mettait Kira sur les nerfs. Elle décida de brosser la robe de Bobo, et Samm se joignit à elle.

– Je sais que nous avons besoin de lui, dit le Partial à voix basse. Mais je me demande s'il va nous être bien utile à ce stade.

– C'est comme ça que tu le considères ? Comme une sorte d'outil ?

– Tu sais que ce n'est pas ce que je veux dire. Je te dis simplement que je m'inquiète. Nous sommes en route depuis une semaine, et il nous en faudra encore au moins trois pour atteindre Chicago. Le temps qu'on arrive là-bas, il sera fou à lier.

– Alors nous devons l'aider à se tranquilliser.

Comme par un fait exprès, Afa se leva à ce moment-là et s'approcha des chevaux, serrant toujours son sac à dos dans ses bras.

– Il faut qu'on rentre, dit-il en essayant de ramasser d'une main la selle de Zarbi. Toutes mes archives... tout ce qu'on cherche, je l'ai déjà trouvé, on n'a pas besoin d'aller au centre de données, il faut rentrer. Tout est là-bas, à l'abri...

– Calme-toi, Afa, lui murmura Kira en lui reprenant la selle le plus doucement possible.

Son agitation gagnait les chevaux, et Samm s'efforça de les apaiser.

– Viens ici, dit Kira en prenant le gros homme par la main et en le ramenant près du feu. Parle-moi de ta collection.

– Tu l'as vue, mais tu n'as pas tout vu. Tu n'as pas vu le studio d'enregistrement.

– J'ai adoré le studio d'enregistrement, le rassura-t-elle d'une voix monocorde pour mieux le bercer. C'est là que tu gardais tous les e-mails de ParaGen.

Elle s'efforça de le faire parler, espérant que le sujet lui remonterait le moral, et au bout de presque une demi-heure il sembla retrouver la paix. Elle déroula son tapis de sol pour lui, et il dormit en serrant son sac à dos dans ses bras comme un ours en peluche.

– Il ne s'arrange pas, insista Samm.

– Et ce n'est pas rien, ajouta Heron, vu l'état dans lequel il était déjà au départ.

– Je m'occupe de lui, assura Kira. Il tiendra le coup jusqu'à Chicago.

– Tu parles comme si le pire qui puisse arriver était qu'il devienne complètement bon à rien, protesta Heron. Ce que je crains, moi, c'est qu'il pique sa crise et nous massacre tous. Hier, il a cru que Samm voulait lui voler son sac à dos ; avant-hier, que tu essayais de lire dans ses pensées. Il m'a accusée deux fois d'être une Partial aujourd'hui.

– Ce qui n'est pas faux, pointa Samm.

– Raison de plus : je n'ai pas envie que ça lui donne des idées de violence. Ce relais radio contient au moins trois substances chimiques qui pourraient servir à fabriquer une bombe, et je vous garantis que cet idiot savant sait utiliser les trois. Il est absolument brillant, c'est vrai, mais complètement fêlé aussi, et cette combinaison ne me rassure pas beaucoup pour voyager avec lui.

Kira observa Heron à la lueur du feu de camp, dans la danse des étincelles orangées et de l'obscurité brune. Elle paraissait fatiguée, et ce simple fait l'alarma. Jusque-là, Heron s'était montrée invulnérable, plus efficace que Kira n'avait osé l'espérer. Mais si elle cessait de dormir de crainte d'être agressée par un fou...

– Que veux-tu faire ? lui demanda-t-elle à voix basse.

– Moi ? Je veux rentrer chez moi et sauver les Partials. Je croyais avoir été claire.

– Il a un ordi portable dans son sac, dit Samm, et un Tokamin pour le faire marcher… ce qui peut aussi expliquer ses problèmes mentaux, si les radiations l'ont contaminé. Enfin bref, il pourrait peut-être nous montrer maintenant ce que nous devrons faire une fois arrivés à Chicago, au cas où il ne tiendrait pas jusque là-bas.

– Je lui en parlerai demain, dit Kira. Il est moins méfiant avec moi.

– Évite juste de lire dans ses pensées, persifla Heron. Il paraît que ça l'énerve.

Kira regarda les deux Partials – les deux *autres* Partials, dut-elle se corriger – et s'interrogea. Que se passerait-il une fois qu'ils seraient à Chicago ? La ville serait-elle infestée de Chiens de garde, ou de dragons, ou pire encore ? Afa les trahirait-il, ou Heron le ferait-elle ? Ils avaient beau discuter beaucoup, Heron gardait toujours une certaine froideur distante, se posait en observatrice plutôt qu'en participante. Mais qu'observait-elle, au juste ? Et pourquoi ?

Kira s'endormit contre un arbuste, dos au feu, les mains sur son fusil. Au matin, ils testèrent les panneaux solaires : le relais radiophonique s'alluma instantanément. Afa avait tout monté sans la moindre erreur. Samm hocha la tête et, même s'il ne dit rien, Kira eut la sensation très nette qu'il était impressionné – étonné, sans aucun doute, mais admiratif. Kira donna à Afa une tape dans le dos.

– Bien joué.

– Les Zoble sont increvables, répondit-il, d'une voix qui semblait un peu à côté de la plaque. Ils fonctionnent avec une matrice de vache folle dopée aux cristaux de silicone pour améliorer le rendement.

Kira acquiesça sans trop savoir si ce qu'elle venait d'entendre était du jargon scientifique ou du pur charabia. La face intelligente d'Afa commençait à se mélanger avec sa face enfantine, ce qui pouvait être bon ou mauvais à long terme.

Kira craignait que le fragile échafaudage mental qui lui permettait de fonctionner ne commence à s'effondrer.

– Essayons la radio, proposa-t-elle.

Il s'exécuta, allumant l'appareil et tournant le bouton avec précaution, accomplissant avec aisance les tâches techniques qu'il connaissait sur le bout des doigts. Il tourna, écouta, tourna, écouta, jusqu'à tomber enfin sur un signal d'origine humaine – ou Partial. Kira se pencha pour mieux entendre pendant qu'Afa affinait le réglage.

« ... en retraite. Nos sources sur l'île disent que ce n'est... »

– Des Partials, conclut Heron.

– Saurais-tu reconnaître lesquels ? lui demanda Kira.

Afa les fit taire d'un geste, la tête inclinée vers les haut-parleurs.

« ... en tuer un par jour. »

– Ceux du nord. Les hommes de Trimble, de la Compagnie B.

– De quoi parlent-ils ?

Heron plissa les yeux.

– Probablement de la date d'expiration.

– Il faut qu'on trouve Marcus, dit Kira, qui éloigna doucement Afa du bouton des fréquences.

Marcus et elle avaient établi un programme de rotation des fréquences lorsqu'ils avaient communiqué pendant l'invasion, en espérant que cela les rendrait plus difficiles à espionner. Elle fit mentalement le compte des jours qui s'étaient écoulés, calculant sur quel canal ils étaient censés se parler ce jour-là et priant pour qu'il soit toujours à l'écoute. Elle fit son réglage et alluma le micro.

– Tête-Plate, ici Cruciforme, tu es là ? À toi.

Elle éteignit le micro et attendit une réponse.

Heron eut un rictus dédaigneux.

– Tête-Plate et Cruciforme ?

– C'était son surnom à l'école, Tête-Plate. Que veux-tu que je te dise ? Il a la tête un peu plate. J'ai commencé à l'appeler comme ça il y a quelques semaines, parce que je savais qu'il se reconnaîtrait, lui et personne d'autre. Encore une couche de précautions paranoïaques, ajouta-t-elle avec un haussement d'épaules. Du coup, Cruciforme est venu tout naturellement.

– Ce sont deux types de tournevis, précisa Afa. Il y a aussi le tournevis testeur, le dynamométrique, le...

– Oui, le coupa Samm en lui posant une main rassurante sur l'épaule. On sait.

– Ne me touche pas ! brailla Afa en bondissant sur ses pieds.

Samm recula et Afa se remit à crier, rouge de colère.

– Je ne t'ai jamais autorisé à me toucher !

– Tout va bien, Afa, s'interposa Kira. Tout va bien, calme-toi... Je vais retenter un appel, j'ai besoin de silence.

Cette allusion à une nécessité technique sembla faire effet, et l'homme se rassit. Kira ralluma le micro.

– Tête-Plate, ici Cruciforme, est-ce que tu m'entends ? Allez, Tête-Plate. Je t'en prie, réponds. À toi.

Ils écoutèrent le bruit de friture.

– Et l'autobloquant, dit doucement Afa, et le tête-carrée, et le Pozi, et le Mortorq...

– Cruciforme, ici Tête-Plate.

La voix de Marcus grésillait, brouillée, et la main d'Afa surgit comme l'éclair pour régler la fréquence. La voix résonna par intermittence.

– ... très faible, où... toi depuis plus d'une semaine. À toi.

Le son devint soudain très clair, et Kira attendit que Marcus ait terminé avant d'actionner son micro.

– Pardon de ne pas avoir donné de nouvelles, Tête-Plate, on était un peu occupés. On a dû...

Elle se tut pour réfléchir au meilleur moyen de lui dire où ils se trouvaient sans rien révéler à des oreilles indiscrètes.

– ... on a dû bouger. Déplacer notre camp de base ; ils étaient trop près de nous trouver. À partir de maintenant, nos communications seront plus espacées. À toi.

– Content de t'entendre, dit Marcus. Je commençais à m'inquiéter.

Il y eut un long silence, mais il n'avait pas dit « à toi » et Kira ne savait pas si elle devait parler ou pas. Au moment où elle allait rappuyer sur le bouton, Marcus reprit la parole.

– Tu surveilles toujours le trafic radio ? À toi.

– On a un accès très intermittent, comme je te l'ai dit. Et toi, comment ça va ? À toi.

Il y eut encore un silence, et c'est d'une voix peinée que Marcus répondit.

– Le docteur Morgan a conquis toute l'île. Elle n'a pas pris le contrôle, pas comme Delarosa quand ils ont pris le pouvoir, non, c'est plutôt comme... comme un zoo, presque. Comme une ferme. Ils rassemblent tous les gens qu'ils trouvent, ils les enferment ici, à East Meadow, et ensuite ils les tuent. Une personne par jour. (Sa voix n'était plus qu'un chuchotement haché.) À toi.

Kira réprima une exclamation.

– C'est de ça que parlait l'autre personne qu'on a entendue, dit Afa.

Kira le fit taire d'un geste impatient. Elle pressa le bouton pour parler, connaissant déjà la réponse à sa question, mais ne pouvant s'empêcher de la poser quand même.

– Pourquoi est-ce qu'ils tuent les gens ? – elle eut une hésitation avant d'ajouter : À toi.

– Ils recherchent Kira Walker.

Marcus refusait toujours de révéler son identité sur les ondes, mais elle entendit la douleur dans sa voix, et espéra que personne d'autre n'écoutait cette fréquence.

– Je vous avais dit que ça ne serait pas beau à voir, commenta Heron. Lui aussi, je l'avais averti, ajouta-t-elle avec un geste vers la radio.

– Tais-toi.

– Il faut que tu te rendes.

– Je te dis de te taire ! éclata soudain Kira. Laisse-moi une minute pour réfléchir.

– Je n'ai dit à personne où elle se trouvait, continua Marcus. D'ailleurs, je n'en sais rien, mais je n'ai dit à personne ce que je savais. Si jamais elle se livre... c'est à elle de décider. Je ne peux pas prendre cette décision pour elle. À toi.

Kira garda les yeux fixés sur la radio, comme si celle-ci allait s'ouvrir pour révéler quelque solution miraculeuse cachée à l'intérieur. *Elle tue une personne par jour*, se répéta-t-elle. *Une par jour!* Cela paraissait terrifiant, horrible, épouvantable, mais... était-ce réellement pire que ce qui arrivait au même moment aux Partials ? D'accord, ils ne se faisaient pas exécuter, mais ils mouraient quand même. Elle avait soutenu à Heron que la quête dans laquelle ils se lançaient passait avant le salut immédiat des Partials ; qu'il était plus important de trouver ParaGen, de comprendre ce qu'était la Sécurité. De voir quelles réponses se trouvaient là et de résoudre ce problème à jamais, pour les deux camps : pas avec un simple pansement, mais par un traitement véritable et permanent. Si elle était prête à abandonner les Partials qui s'éteignaient, elle devait être préparée à faire de même avec les humains, sans quoi tout cela n'aurait été qu'une mascarade. Un ramassis de mensonges.

Elle frémit, faible et nauséeuse à l'idée de tant de morts.

– Je ne veux pas me trouver dans cette position, dit-elle à mi-voix. Je ne veux pas être celle que tout le monde pourchasse, celle qui décide de qui vivra et qui mourra.

– Tu peux continuer à pleurnicher sur ton sort, ou tu peux résoudre le problème, lui rappela Heron. Retourne là-bas tout de suite, et tu sauveras les deux camps : nous aurons une chance de stopper l'expiration des Partials, et Morgan cessera de tuer des humains.

– Mais ça ne ferait que les épargner temporairement. Moi, je veux les sauver pour de bon.

Elle se tut, les yeux toujours rivés sur la radio, puis se tourna vers Heron.

– Pourquoi es-tu là, toi ?

– Parce que tu es trop têtue pour faire demi-tour.

– Mais tu n'étais pas obligée de nous accompagner. Tu es contre cette mission depuis le début, et tu es venue quand même. Pourquoi ?

Heron regarda Samm, puis de nouveau Kira.

– Pour la même raison que toi. La raison pour laquelle tu m'as fait confiance : parce que Samm avait confiance en moi, et que ça t'a suffi. Eh bien, Samm a confiance en toi, et ça me suffit.

Kira hocha la tête sans cesser de l'observer.

– Et si on continue la route ?

– Je te trouverai idiote, mais si Samm considère que...

– Je perds le signal, dit soudain Marcus d'une voix presque inaudible. Où êtes-vous ? À toi.

– On ne peut rien te dire.

Je ne peux même pas te dire avec qui je suis.

– On cherche quelque chose, et j'aimerais bien t'en dire plus, mais... (Elle marqua une pause, ne sachant trop comment continuer, et finit par renoncer.) À toi.

Ils attendirent une réponse, mais en vain.

– Une perturbation météo passagère, expliqua Afa. La réception peut être temporairement améliorée ou brouillée par des nuages, des orages ou tout autre phénomène atmosphérique.

– Je te fais toujours confiance, dit Samm. Si tu penses que c'est ce qu'il faut faire, je te suis.

Kira le regarda, longuement, attentivement, en se demandant ce qu'il voyait en elle et qu'elle-même ne voyait pas.

– Et la Sécurité ?

– Quoi, la Sécurité ? demanda Samm.

– On ne sait pas ce que c'est, mais le mot évoque un dispositif prévu pour empêcher les choses de mal tourner – ou pour rattraper le coup si elles tournent mal. Peut-être que la Sécurité peut résoudre tous nos problèmes, qu'il nous suffit de la comprendre et de l'activer ?

Elle pensa alors à Graeme Chamberlain, le membre de l'Alliance qui avait travaillé dessus puis s'était suicidé aussitôt qu'il avait terminé, et frissonna malgré la chaleur.

– Mais si, au contraire, c'est quelque chose d'abominable, et que juste au moment où on croit avoir tout réglé elle revient tout ruiner une fois de plus ? On ne sait pas de quoi il s'agit. Ça pourrait être n'importe quoi.

– Et qu'est-ce qui te fait croire que ça a la moindre importance ? voulut savoir Heron.

– C'est forcé. L'Alliance avait je ne sais quel projet. Le

remède contre la maladie des humains est inclus dans les phéromones des Partials. Et puis il y a moi : une Partial d'un genre particulier, vivant en immersion dans une colonie humaine. Rien de tout cela n'est arrivé par hasard, et il faut que nous sachions ce que ça veut dire. Il le faut, tu comprends ? C'est exactement le différend que j'avais avec Mkele : le présent ou l'avenir. Parfois, il faut traverser l'enfer au présent pour obtenir le futur que l'on veut.

Kira porta la radio à sa bouche.

– On continue, lâcha-t-elle simplement. Terminé.

CHAPITRE 21

Une autre meute de Chiens de garde les suivit du mont Camelback au fleuve Susquehanna, mais sans jamais passer à l'attaque. Samm suspendait leurs provisions et leur équipement dans les arbres chaque soir, tandis que Heron et Kira faisaient de leur mieux pour protéger les chevaux. Afa cessa complètement de parler à Samm, et s'adressait à peine à Heron ; les rares fois où il le fit, les deux filles eurent l'impression qu'il la confondait avec Kira. Il était en meilleure forme le matin, l'esprit reposé, mais il devenait chaque jour plus suspicieux et cachottier. Kira commençait à voir émerger chez lui une troisième personnalité, un croisement dangereux entre l'enfant perdu et le génie psychopathe. Ce fut cette version d'Afa qui vola un couteau dans les affaires de Kira et tenta de poignarder Samm lorsque celui-ci s'approcha un peu trop de son sac à dos. Ils lui retirèrent le couteau, mais Kira craignait que cette lutte ne fasse encore plus de dégâts à long terme, alimentant la défiance et la paranoïa.

Tout en cheminant, Kira repensa à son expérience du lien : aux fois où elle avait ressenti quelque chose, et à celles où elle n'avait rien perçu du tout. Elle n'arrivait pas à comprendre comment cela fonctionnait. Ce qui ne voulait pas dire qu'il n'y avait pas de logique, mais simplement qu'elle ne disposait pas encore de tous les éléments pour y voir clair. Elle tâcha de se concentrer, de se forcer à capter les émotions de Samm ou de lui transmettre quelque chose, apparemment sans succès. Le sixième sens ne semblait fonctionner pour elle que dans les situations de stress intense, par exemple un combat. Au bout de quelques jours d'essais infructueux, elle s'en ouvrit à Samm.

– Je veux que tu m'apprennes à me servir du lien.

Il la regarda, apparemment impassible, mais elle se douta qu'il lui envoyait des données reflétant ses émotions. Était-il perplexe ? Sceptique ? Elle tâcha de humer l'air de son mieux, mais ne flaira rien du tout. Ou alors, elle ne faisait pas la différence entre les phéromones et sa simple intuition.

– Ça ne s'apprend pas, lui répondit-il. Ce serait comme... apprendre à voir. Soit tes yeux fonctionnent, soit tu es aveugle.

– Alors peut-être que je le fais déjà sans m'en apercevoir. Dis-moi quel effet ça fait, pour que je le reconnaisse quand ça m'arrive.

Samm chevaucha en silence pendant un moment, puis secoua la tête : un geste étonnamment humain, qu'il avait dû copier sur elle ou sur Heron.

– Je ne sais pas précisément comment te le décrire, parce que je n'imagine pas en être privé. Je te le répète, ce serait comme être privé d'yeux. Tu te sers de tes yeux pour tout : la vue est si importante dans le fonctionnement des humains et des Partials qu'elle colore tous les autres aspects de nos vies. Même ceci, tiens : le verbe « colorer » pour parler du ressenti. C'est une métaphore visuelle utilisée pour décrire quelque chose qui ne l'est pas. Quand tu essaies de te figurer ce que doit éprouver un aveugle, voilà comment j'imagine quelqu'un fonctionnant sans le lien.

– Mais la vue nous trahit souvent, dit Kira. Pourtant, les aveugles parviennent à vivre en société, et je te parie qu'ils comprennent une métaphore comme le verbe « colorer ».

– D'accord, mais la cécité est quand même considérée comme un handicap. Du moins chez les Partials.

– Chez les humains aussi.

– Ah, tu vois. Et personne ne soutiendrait que la cécité est une simple nuance stylistique : c'est réellement une défaillance sensorielle.

– Regarde-moi, dit soudain Kira.

Elle écarquilla les yeux pour afficher une expression de surprise exagérée. Samm n'eut aucune réaction.

– Tu as vu ?

– Quoi ?

– Je viens d'ouvrir les yeux très, très grand.

– Tu fais ça tout le temps. Les parties de ton visage et de ton corps n'arrêtent pas de bouger quand tu parles. Heron aussi fait ça. Avant, je croyais qu'elle avait des tics.

Kira éclata de rire.

– C'est ce qu'on appelle le langage corporel, Samm. La plupart des indications sociales que tu communiques par les phéromones, nous les communiquons par de petits mouvements du visage et des mains. Ceci veut dire que je suis sceptique. (Elle haussa un sourcil.) Et ceci, que je ne sais pas quelque chose. (Elle haussa les épaules et écarta les mains, paumes en l'air.)

– Mais comment...

Samm se tut, le temps qu'aurait mis un humain à froncer les sourcils ou pincer les lèvres – un signe indiquant la confusion –, et Kira supposa qu'il lui envoyait le message « je suis perplexe » avec ses phéromones.

– ... comment apprenez-vous tous ces signes ? Un nouvel arrivant dans votre culture, ou un enfant... combien de temps met-il à apprendre tous ces curieux petits gestes ?

Il essaya d'imiter le haussement d'épaules, de manière raide et mécanique.

– Ça, c'est comme demander à un hispanophone pourquoi il s'embête avec tous ces mots bizarres alors que ce serait tellement plus simple de parler anglais. Et vous, devez-vous enseigner les données du lien aux nouveaux Partials ?

– Il n'y a pas eu de nouveaux Partials depuis des années. Mais non, bien sûr que non, et je crois que je commence à voir où tu veux en venir. Es-tu vraiment en train de me dire que ce « langage corporel » est aussi inhérent aux êtres humains que le lien l'est aux Partials ?

– C'est exactement ça.

– Mais alors... (Une fois de plus, il marqua une pause, et Kira ne put que s'interroger sur les données invisibles qu'il lui envoyait.) J'allais te demander : comment pouvez-vous vous comprendre par radio si la moitié de votre communication est visuelle ? Mais après tout, le lien ne passe pas non plus par radio, ce qui nous met à égalité de ce côté-là. En revanche, les Partials se comprennent dans le noir.

– Je te l'accorde, mais nous avons aussi beaucoup d'indices verbaux qui vous manquent. Écoute bien ces deux phrases : « Tu vas vraiment manger *ça* ? » Et maintenant : « Tu vas *vraiment* manger ça ? »

Samm la dévisagea, toujours aussi inexpressif.

– Je suppose que tu vas me dire que la différence de volume de certains mots nuance le sens de la phrase ? Nous nous servons du lien pour faire à peu près la même chose.

– Voilà qui nous donne un avantage dans la communication par radio, dit Kira en agitant les sourcils. C'est peut-être le secret pour gagner la guerre.

Samm s'esclaffa, et Kira se dit que le rire, au moins, semblait assez répandu chez les Partials. Ils n'en avaient probablement pas besoin, puisqu'ils avaient d'autres moyens d'exprimer la joie ou l'humour, mais ils riaient quand même. Peut-être était-ce inscrit dans la partie humaine de leur génome ? Ou bien une réaction archaïque, un brin d'ADN fossile ?

– Mais assez parlé de langage corporel, décida-t-elle. Je veux m'entraîner à ressentir le lien, alors vas-y, attaque.

– T'attaquer ne rendra pas le lien plus facile à détecter.

– C'est une façon de parler ! Je voulais dire : envoie-moi des données... Vas-y, émets quelque chose. Je veux apprendre à le capter.

Ils passèrent les jours suivants à pratiquer cet entraînement, Samm lui envoyant des messages simples avec ses phéromones et Kira faisant son possible pour les capter et reconnaître les émotions qu'ils portaient. À deux ou trois reprises, il lui sembla percevoir quelque chose, mais la plupart du temps elle restait dans le brouillard le plus complet.

Ils traversèrent les Appalaches sur une large autoroute portant le numéro 80, endommagée et croulante à certains endroits, mais pour l'essentiel en assez bon état. Ils avancèrent plus vite une fois la rivière traversée, laissant loin derrière eux la meute de chiens et, ils l'espéraient, tout autre intrus qui aurait pu les épier. Craignant moins d'être agressés, ils pouvaient se déplacer plus ouvertement, mais les vastes étendues de terres agricoles ne faisaient qu'accentuer chez Afa les symptômes de ce qui était, comme Kira l'avait craint, une agoraphobie de plus en plus prononcée. Il voulut s'arrêter dans presque toutes les villes qu'ils traversaient, pour aller se réfugier dans une bibliothèque ou une libraire et y trier les volumes de manière obsessionnelle. Une grande partie de la région était couverte de longues collines basses, et il allait mieux lorsqu'ils pouvaient avancer entre deux de ces reliefs, rassuré par leur masse qui, au moins, limitait la portée de son regard. Kira espérait qu'ils rencontreraient ce genre de terrain jusqu'à Chicago, mais plus ils allaient vers l'ouest, plus le sol devenait plat. Lorsqu'ils eurent traversé la rivière Allegheny et que la vaste plaine du Midwest se déploya devant eux, les marmonnements d'Afa se firent plus sporadiques et désorganisés. Quand ils en furent à franchir la limite entre Pennsylvanie et Ohio, Kira se rendit compte qu'il ne faisait pas que parler mais qu'il se disputait, grommelant furieusement à l'encontre d'un chœur de voix qu'il était le seul à entendre.

L'unique réconfort d'Afa pendant la traversée du Midwest fut les villes, qui étaient là plus vastes et plus rapprochées ; Heron, en revanche, se montrait plus méfiante dans chacune, craignant toujours d'être attaquée par quelque ennemi invisible. Ils restèrent le plus possible sur la route 80, traversant Youngstown puis obliquant vers le nord jusqu'à une cité nommée Cleveland. Les deux étaient des villes lugubres et vides, dépourvues du kudzu qui donnait un aspect de jungle à la ville de Kira, sur la côte est. New York aussi était immobile et silencieuse, mais la végétation, au moins, lui conférait un peu de vie. Ici, en revanche, les avenues étaient mortes, nues et croulantes, érodées par le vent et les éléments, monuments s'éteignant dans une plaine infinie et monotone. Kira se sentait esseulée rien qu'à les regarder, et elle fut aussi soulagée que Heron de les quitter. Leur itinéraire leur fit ensuite longer la rive sud d'une mer grise et agitée, dont Samm soutenait que ce n'était qu'un lac ; même en le voyant sur une carte, Kira eut du mal à croire que ce n'était pas simplement le prolongement de l'océan qu'elle avait laissé derrière elle. Elle n'avait jamais aimé cet océan, tant elle se sentait petite et exposée sur son rivage, mais à présent il lui manquait terriblement. Ses amis aussi lui manquaient – Marcus, en particulier. Bobo hennit doucement et secoua sa crinière, et elle lui caressa l'encolure avec reconnaissance. Comment l'ancien monde avait pu fonctionner sans chevaux, voilà qui dépassait son imagination. On ne pouvait pas caresser une voiture !

Dans une ville nommée Toledo, une large rivière qui serpentait depuis le sud se jetait dans le lac, et ils arrêtèrent leurs chevaux au bord du vide, à quinze mètres au-dessus des eaux furieuses. La chaussée stoppait net devant eux : les décombres du pont de la route 80 s'entassaient dans le cours d'eau en contrebas.

– Que s'est-il passé ici ? s'étonna Kira. Ce pont a l'air trop neuf pour être tombé sans raison.

Le précipice donnait le vertige, et le vent fouettait ses cheveux.

– Regardez les poutres, dit Samm en désignant l'infrastructure métallique, complètement tordue, qui dépassait du béton à leurs pieds. On l'a fait sauter.

– Ça devrait te faire plaisir, glissa Heron à Afa.

Celui-ci tournait en rond sur son cheval sans faire attention à eux, grommelant des menaces dont Kira devinait qu'elles ne s'adressaient pas seulement à Zarbi.

– Il va falloir qu'on fasse le tour, conclut Samm en dirigeant la tête de Buddy vers la gauche pour faire demi-tour.

Kira resta au bord pour scruter l'autre rive. Le pont écroulé avait formé une sorte de barricade à travers le cours d'eau, pas assez haute pour arrêter son flux, mais suffisamment pour faire rouler et bouillonner la rivière par-dessus les débris avant qu'elle ne s'apaise à nouveau une fois l'obstacle franchi.

– Qui aurait pu faire ça ? demanda-t-elle.

– Il y a eu une guerre, tu sais, dit Heron. Tu ne dois pas t'en souvenir, tu étais trop petite.

Kira dut prendre sur elle pour ne pas lui lancer un regard haineux.

– Je le sais, qu'il y a eu une guerre. Mais je ne comprends pas quel camp pouvait avoir une bonne raison de faire sauter un pont. Tu m'as dit que les Partials se concentraient sur les cibles militaires, donc ça ne peut pas être eux, et les humains n'auraient pas détruit leurs propres infrastructures.

– C'est exactement l'attitude qui a déclenché la guerre, pourtant, lâcha Heron, surprenant Kira par la colère qui grondait dans sa voix.

– Je ne comprends toujours pas.

Heron la toisa avec un mélange de calcul et de dédain, puis se tourna vers la rivière.

– Votre façon de considérer que vous régnez sur tout. Ce pont appartenait autant aux Partials qu'aux humains, en réalité.

– Les Partials ont obtenu le droit de propriété en 2061, intervint Afa, qui regardait fixement la route sans cesser de tourner en rond sur le dos de Zarbi. Mais ce droit n'a jamais été reconnu par les tribunaux d'État, et de toute manière, les Partials n'arrivaient toujours pas à obtenir des prêts pour acheter quoi que ce soit. *New York Times*, édition du dimanche 24 septembre.

– La voilà, ta réponse, dit Samm en désignant la ligne de remous formée par les débris du pont. Là, dépassant de l'eau, à une vingtaine de mètres.

Kira suivit la direction indiquée par son doigt en protégeant ses yeux des reflets étincelants du soleil : à l'endroit que montrait Samm, une tige métallique crevait la surface, parmi les gravats. Elle sortit ses jumelles, fit le point, et comprit qu'il s'agissait du canon d'un char d'assaut. L'habitacle formait une bosse juste en dessous des flots, logé entre deux gros amas de béton et d'acier. Sur le côté était inscrit le chiffre 328.

– Il y avait un char sur le pont quand il a sauté.

– Probablement des dizaines, ajouta Samm. Le 328e était un peloton blindé de Partials. Je suppose que la milice locale a piégé le pont et l'a fait sauter au moment où ils traversaient, pour faire le plus de dégâts possible.

– Ils n'auraient pas fait ça.

– Ils ont fait ça et bien pire, dit sèchement Heron.

La voix de Samm était plus douce.

– À la fin de la guerre, ils étaient tellement aux abois qu'ils auraient fait n'importe quoi. La victoire Partial était déjà irrévocable, et la propagation du RM a encore envenimé la situation. Les humains mouraient par millions. Quelques-uns étaient décidés à faire sauter tout ce qu'ils pouvaient – leurs ponts, leurs villes, jusqu'à eux-mêmes –, du moment que cela pouvait tuer ne serait-ce que l'un d'entre nous.

– Belle mentalité, ironisa Heron.

– Et la flotte de la baie de New York, alors ? la moucha Kira en pirouettant pour lui faire face. J'ai vu ça dans les documents d'Afa : vingt navires humains coulés, pas un survivant, l'attaque la plus meurtrière de toute la guerre.

– Vingt-trois, précisa Afa.

– Légitime défense, lâcha Heron.

– Tu te fous de moi ? Contre quoi les Partials auraient-ils pu vouloir se défendre ?

Heron arrondit un sourcil hautain.

– Pourquoi dis-tu ça sans arrêt ?

– Quoi ?

– Tu dis « eux » au lieu de « nous ». Tu es une Partial... tu es différente, mais tu es des nôtres. Et tu n'es certainement pas des leurs. Tu l'oublies sans arrêt, mais tes amis les humains, eux, ne l'oublieront pas. Ils finiront par découvrir la vérité.

– Et alors ? Quel rapport ?

– À toi de me le dire. Que pensera ton petit copain Marcus quand il saura ce que tu es ?

– Du calme, intervint Samm. Calmez-vous, toutes les deux. Cette dispute ne nous mènera nulle part.

– Ce pont non plus, maugréa Kira.

Elle fit faire demi-tour à sa monture. Elle avait envie de crier, de hurler aux oreilles de tous, même d'Afa – de leur dire que tout était leur faute, qu'ils avaient fait cette guerre et détruit le monde entier avant même qu'elle ait l'âge de le défendre. Mais pour la destruction du pont, elle ne pouvait même pas leur en vouloir. Et c'était le pire de tout.

– Trouvons un autre chemin.

Chicago était inondé.

Ils avaient mis presque un mois à rallier la ville, plus impatients à chaque jour qui passait. Ils avaient semé tous leurs panneaux solaires sur leur chemin afin d'alimenter une chaîne de relais radiophonique derrière eux. Ainsi, si les archives qu'ils découvriraient contenaient un moyen de lever la date d'expiration ou de synthétiser un remède contre le RM, ils pourraient transmettre l'information en quelques secondes au lieu de mettre encore un mois à la rapporter, à leurs risques et périls. Afa était devenu plus impatient lorsque la ville était apparue devant eux : une métropole gigantesque qui semblait encore plus immense que New York. Elle se trouvait au bord d'un autre lac géant, épousant la forme des rives est et sud, et s'étendait sur la plaine aussi loin que Kira pouvait voir : gratte-ciel vertigineux, métros aériens et monorails, vastes usines et entrepôts, alignements infinis de maisons, de bureaux et d'appartements.

Le tout à moitié effondré, se reflétant dans une eau huileuse et marécageuse.

– C'est à ça que c'est censé ressembler ? demanda Kira.

– Ça m'étonnerait, dit Samm.

Ils se tenaient au sommet d'un complexe de bureaux en bordure de la ville, et observaient la scène avec les jumelles du garçon.

– Tout n'est pas inondé, annonça-t-il, seulement la majeure partie ; on dirait qu'il y a des petits reliefs, mais rien d'énorme. Je parie que presque partout, il n'y a que quelques centimètres d'eau, peut-être un mètre ou deux dans les endroits les plus critiques. C'est simplement que le lac est un peu sorti de son lit.

– Des dizaines de canaux traversaient Chicago, leur apprit Heron. Certaines de ces rues que tu crois peu inondées seront en fait de profondes rivières, mais elles devraient au moins être faciles à repérer.

– Ces canaux constituaient le plus grand réseau de voies navigables artificielles sur Terre, clama fièrement Afa comme s'il les avait creusés en personne. Les ingénieurs de l'ancien monde ont carrément inversé le cours d'une rivière : eh oui, notre puissance allait jusque-là, à l'époque où l'homme contrôlait la nature d'une main de fer.

Il avait les yeux brillants, et Kira ne pouvait qu'imaginer ce que lui évoquait cette idée ; après quatre semaines passées dans une nature retournée à l'état sauvage, une ville si farouchement technologique devait lui faire l'effet d'une prière exaucée.

– Eh bien, la nature s'est rebiffée, rétorqua Heron. Espérons qu'elle n'a pas noyé ton centre de données.

– Voici l'adresse, dit Afa avec ardeur en sortant une feuille pliée de son sac à dos – encore un document imprimé, avec une adresse encerclée en rouge tout en bas. Comme je ne suis jamais venu ici, je ne sais pas où c'est.

Samm regarda la feuille, puis la cité gargantuesque.

– Cermak Road. Je ne sais même pas par où commencer à chercher. Il va nous falloir un plan de la ville.

– Cette tour doit être celle d'un aéroport, dit Kira en indiquant un haut pilier de béton, proche des rives du lac. Il y aura sans doute un vieux comptoir de location de voitures où on devrait pouvoir en trouver un.

Les autres acquiescèrent, et ils descendirent retrouver les chevaux. Les routes qui menaient à l'aéroport étaient à peu près sèches, mais quelques mares se révélèrent quand même problématiques. Certaines rues étaient couvertes d'une eau stagnante peu profonde, d'autres simplement boueuses, mais ici et là, une voie était transformée en torrent furieux. Certaines bouches d'égout refoulaient l'eau du lac qui empiétait sur la ville, la chaussée était par endroits soulevée par des canalisations fuyardes, et parfois des rues entières s'étaient affaissées, l'asphalte balayé au loin, à cause des inondations souterraines. Une lourde odeur régnait dans l'air, mais c'était celle du lac, pas des égouts. L'humanité avait disparu depuis si longtemps que même ses mauvaises odeurs étaient parties. Il leur fallut toute la journée pour atteindre l'aéroport, et ils campèrent pour la nuit dans un bureau en rez-de-chaussée. Les chevaux furent attachés à une machine à rayons X rouillée. Comme Kira s'en était doutée, le comptoir des locations de voitures disposait d'un certain nombre de cartes des environs. Ils les étudièrent à la lumière de la lampe torche de Heron, planifiant leur itinéraire du lendemain.

– Voici le centre de données, dit Samm en indiquant un point proche de la côte, en plein milieu du quartier central le plus dense. Avec le lac ici, et les canaux des deux côtés, je pense qu'on aura de la chance si on ne finit pas par y aller à la nage. Reste à espérer que l'eau n'est pas empoisonnée, si près des friches industrielles toxiques.

– Les chevaux n'y arriveront jamais, prédit Kira.

Heron, pour sa part, consulta l'échelle inscrite en bas de la page pour évaluer la distance.

– Le trajet sera long, sans eux. Apparemment, on peut faire presque tout le chemin par la route 90 ; si elle est surélevée, comme certaines que nous avons vues, on ne devrait pas avoir de problèmes avec l'inondation jusqu'aux derniers blocs d'immeubles.

– Et ensuite ? fit Kira. On laisse les chevaux attachés sur l'autoroute ? Si Chicago ressemble un tant soit peu à Manhattan, ils seront dévorés par des lions dans les heures qui suivront. Ou par ces abominables chiens parlants.

Samm en sourit presque

– Tu es encore terrifiée par ces bestioles, hein ?

– Je ne comprends pas comment vous faites pour ne pas l'être.

– Si on laisse aux chevaux la liberté de fuir les prédateurs, ils ne seront plus là à notre retour, dit Heron. Si vous ne voulez pas rentrer à pied, il va falloir prendre le risque.

– C'est à quelle distance ? demanda Kira en regardant la carte de plus près. On pourrait peut-être les laisser ici, ou à l'étage... enfermés, ils seront moins en danger, et on aura une chance de les retrouver.

– Moi, je ne veux pas marcher, lança Afa de l'autre bout de la salle tout en tripotant son ordinateur portable.

Kira ne s'était même pas rendu compte qu'il écoutait.

– Tu y arriveras très bien, lui dit-elle.

Mais Samm secoua la tête.

– Je n'en suis pas sûr. Il me semble plus faible qu'au début du voyage.

– S'il n'arrive pas à marcher jusque là-bas, il ne pourra jamais rentrer à New York non plus, dit Kira. On va laisser les chevaux en lieu sûr, et on les reprendra au retour.

Heron examina la carte, suivant l'itinéraire du doigt.

– On sort ici et on file sur la 90 ; c'est une route à péage, mais j'ai des pièces sur moi ! plaisanta-t-elle. Elle rejoint ici la 94, qui nous mènera directement au centre-ville. On en sort par ce gros échangeur, et de là c'est tout droit jusqu'à ParaGen : il doit y avoir à peine un kilomètre et demi de route au niveau du sol.

La carte, conçue avant tout pour les touristes et les hommes d'affaires, permettait difficilement de savoir quel genre de bâtiments longeaient la route. Quelques hôtels et centres de congrès importants étaient signalés, ainsi qu'une poignée de restaurants, mais rien qui paraisse correspondre à ce qu'ils cherchaient. Enfin, Heron repéra un édifice arrondi, juste à côté de l'autoroute, légendé : « US Cellular Field ». Un stade de base-ball.

– Il y aura forcément une bretelle d'accès, dit Heron, et plein de place pour enfermer les chevaux. Ils auront de quoi brouter, ils ne pourront pas s'enfuir et ils seront protégés.

Kira étudia la carte, puis hocha la tête.

– Je suppose que c'est notre meilleure option, et si les choses ne se passent pas comme prévu, eh bien on s'adaptera en route. Prenons un peu de sommeil, et partons demain à la première heure.

L'aéroport disposait de plusieurs restaurants, et ils réussirent à dénicher dans les cuisines différentes boîtes de conserve hermétiquement scellées – principalement de gros bidons de fruits au sirop, mais aussi des boîtes de poulet cuisiné, ainsi que d'autres de haricots et de sauce au fromage dans un restaurant mexicain. La plupart des fruits étaient pourris et les haricots dégageaient une odeur juste assez suspecte pour qu'ils décident de ne pas s'y risquer, mais le poulet et le fromage leur fournirent un repas goûteux, quoique pas très appétissant. Ils allumèrent un feu dans une poubelle métallique et réchauffèrent les plats dessus avant de les servir sur des plateaux en polystyrène – tellement bien conservés qu'ils avaient l'air neufs. Ils dégotèrent des cuillers en plastique dans un ancien stand de sandwichs. Afa, ignorant ses compagnons, garda les yeux rivés sur son écran, et ne consentit à manger que quand Kira déposa un plateau juste sous son nez. Il marmonnait quelque chose à propos de codes de sécurité, et les autres le laissèrent tranquille.

Kira assura le premier tour de garde, parlant d'une voix douce à Bobo qui grignotait des mauvaises herbes dans une jardinière d'intérieur. Afa était encore au travail lorsque Heron prit son tour à deux heures du matin, mais quand Kira se réveilla à sept heures il dormait dans son fauteuil, effondré sur son écran en veille. Kira ne put s'empêcher de se demander s'il avait sombré naturellement dans le sommeil ou si Heron l'avait discrètement assommé.

Ils refirent leurs bagages et reprirent la route, suivant la carte et découvrant que Heron avait vu juste : l'autoroute était surélevée. Ils traversèrent ainsi Chicago pendant des kilomètres et des kilomètres, sur le long ruban d'asphalte comme jeté au-dessus d'un vaste marécage, regardant sous eux les maisons, les parcs et les cours d'école inondés et trempés, et la surface huileuse de l'eau qui miroitait vivement sous le soleil matinal. Ici et là, une vraie rivière circulait en pleine ville, trahissant un niveau hydrostatique extrêmement élevé, et Kira s'étonna que Chicago ait eu autrefois les pieds au sec. L'ancien monde avait dû fournir un effort immense pour maintenir à distance le lac, les rivières et même l'humidité du sol. La jeune fille éprouvait une étrange fierté, comme Afa la veille, à l'idée de descendre d'une civilisation aussi extraordinaire – une espèce si intelligente, si capable et si volontaire qu'elle avait su retenir la mer et inverser le cours des rivières, prendre cette côte marécageuse et la transformer en mégalopole. Il y avait de quoi s'enorgueillir.

Une autre partie d'elle-même, en revanche, songeait à l'orgueil démesuré de ces hommes. N'était-ce pas une tentation, pour une civilisation si évoluée, d'aller juste un peu trop loin ? De faire une chose qu'elle n'aurait pas dû ? Un sacrifice, un compromis ou une rationalisation de trop ? Quand on était capable d'édifier une cité si majestueuse, qu'est-ce qui vous empêchait de vouloir fabriquer un être vivant ? Quand on savait maîtriser un lac, qu'est-ce qui vous retenait de maîtriser une population ? Quand on pouvait subjuguer la nature elle-même, comment imaginer qu'un virus pourrait un jour échapper à votre contrôle ?

Kira pensa à l'Alliance : à leurs plans secrets, leurs intentions cachées. Elle pensa aussi à la Sécurité : qu'était-ce ? Avaient-ils voulu sauver le monde, ou le détruire ? Les réponses se trouvaient dans le centre de données, et le centre de données était presque à leur portée.

Ils suivirent la route 90 en direction du nord-ouest, jusqu'au moment où elle rejoignit la 94. À leur grand désarroi, celle-ci s'inclinait vers le bas, ne perdant pas seulement son élévation mais plongeant carrément sous le niveau de la ville – pas dans un tunnel, mais dans une large tranchée à ciel ouvert. À partir de là, ce n'était plus une route mais un fleuve paresseux, dont ne dépassait que le toit des plus gros camions.

– On va devoir faire demi-tour, constata Samm.

– Et puis quoi, partir dans les rues ? grommela Heron. Tu as vu les trous qu'on a dû franchir en allant à l'aéroport : avec autant d'eau recouvrant tout, on ne saura jamais si on met le pied sur un sol ferme ou dans une fosse profonde.

Kira regarda derrière eux, scruta le paysage urbain, puis contempla de nouveau la rivière.

– C'est trop long pour que les chevaux continuent à la nage.

– Il y en a pour des kilomètres, renchérit Heron.

– Trouvons un bateau, proposa alors Afa.

Kira le regarda, stupéfaite.

– Tu parles sérieusement ?

– Tu as bien dit que cette route menait au *data center*, non ? On sait que c'est assez profond pour un bateau, alors laissons les chevaux ici et allons en chercher un.

Samm acquiesça.

– Je dois reconnaître que c'est une bonne idée. Trouvons quelque chose qui flotte et qui pourra nous porter.

Kira dirigea Bobo vers le côté et regarda par-dessus le parapet, observant la ville autour d'eux. À cet endroit, l'autoroute urbaine était d'une largeur inouïe, presque absurde – des dizaines de voies côte à côte –, et proche du niveau du sol. Du côté nord, on voyait une sorte de dépôt de chemin de fer, mais le sud ressemblait à un quartier résidentiel, et c'était sans doute le meilleur endroit où dénicher un petit bateau. Elle se laissa glisser du dos de son cheval, étira ses jambes et empoigna sa carabine.

– L'un d'entre vous va venir avec moi. Voyons ce qu'on peut trouver par là.

– Je t'accompagne, décida Samm.

Il mit pied à terre et la suivit, la rattrapant rapidement de ses grandes enjambées souples. Ils franchirent un parapet en ciment, puis un autre et encore un autre : un nombre incalculable de voies se croisaient et passaient les unes par-dessus les autres.

– C'est une bonne idée, dit-il.

Kira se hissa par-dessus un muret de séparation.

– Le bateau ? Oui. Afa n'est pas un imbécile, tu sais.

– Je crois que j'ai été injuste envers lui.

Kira sourit largement.

– Tu ne vas quand même pas t'en vouloir simplement parce qu'il a eu une bonne idée !

– Ce n'est pas seulement ça, c'est aussi tout le reste. Il est plus fort que je ne l'aurais cru. Ou du moins plus résistant.

Samm franchit à son tour le muret.

Kira hocha distraitement la tête, scrutant les frondaisons qui longeaient la route.

– Il a traversé beaucoup de choses.

– Presque douze années passées tout seul, dit Samm, à fuir et se cacher sans personne pour l'aider ni pour rien partager... Pas étonnant qu'il ait l'esprit en miettes. Ce n'est quand même qu'un humain, ajouta le Partial avec un haussement d'épaules.

Kira s'arrêta net et pivota vers lui.

– Minute. Tu es en train de dire que... que ce n'est pas grave qu'il soit fou, parce que ce n'est qu'un humain ?

– Je dis juste qu'il s'est bien mieux débrouillé que beaucoup de vos congénères.

– Mais tu penses qu'être humain est une faiblesse. Que d'une certaine manière, sa nature humaine excuse ses déficiences parce que, bah, on peut déjà s'estimer heureux qu'il ne fasse pas dans son froc en permanence.

– Ce n'est pas ce que j'ai dit.

– C'est ce que tu voulais dire. C'est ce que tu penses de moi, aussi ? Pas bête, *pour une humaine ?*

– Tu es une Partial.

– Tu ne le savais pas au départ.

– Nous sommes conçus pour être parfaits, lui rappela Samm. Nous sommes plus forts, plus intelligents et plus capables parce que nous avons été fabriqués ainsi – je ne vois rien de mal à le dire haut et fort.

Kira sauta par-dessus le dernier parapet, atterrissant de l'autre côté dans des éclaboussures de boue.

– Et vous vous demandez pourquoi les humains vous détestent !

– Attends, dit Samm, qui la suivait de près. Pourquoi cette colère soudaine ? Tu ne t'énerves pas comme ça, d'habitude.

– Et toi, d'habitude, tu ne fais pas de réflexions racistes sur la stupidité des humains.

– Heron ne s'en prive pas, elle. Et tu ne lui sautes pas à la gorge pour autant.

Elle se planta sous son nez.

– Alors tu devrais te sentir autorisé à nous détester, toi aussi ? C'est ça, le problème ? Tu me trouves injuste avec toi ?

– Mais ce n'est pas... Ah.

– Ah ? Quoi, « ah » ?

– Je vois ce qui ne va pas, et je te prie de m'excuser d'avoir abordé la question.

– Je t'ai dit ce qui n'allait pas. N'essaie pas de déplacer le problème, il repose bien sur tes épaules « parfaites ».

– Tu n'arrêtes pas de dire « nous » en parlant des humains, lui fit-il doucement remarquer. Tu t'identifies encore à eux.

– Bien sûr que je m'identifie à eux ! Ça s'appelle l'empathie, figure-toi. C'est ce qu'on fait, entre humains : on s'identifie les uns aux autres... on se soucie les uns des autres. Heron, visiblement, n'a pas de cœur du tout ; mais toi, je te croyais différent. Tu...

La voix de Kira s'éteignit toute seule. Comment pouvait-elle expliquer son sentiment de trahison lorsqu'il parlait ainsi des gens qu'elle aimait ? Lorsqu'il continuait à ne pas comprendre ce que son attitude avait d'horrible ? Elle lui tourna le dos et se remit en marche.

– Je suis désolé, dit-il derrière elle. Mais Heron a raison : tu vas devoir décider de qui tu es.

La jeune fille leva les mains en l'air et cria sans se retourner.

– Alors comme ça, je dois choisir mon camp ?

Elle pleurait, à présent, et ses larmes lui brûlaient les joues.

– Si tu veux être heureuse, oui. Parce que là, tu te déchires en deux.

CHAPITRE 22

Ils mirent une heure à trouver une embarcation, en n'échangeant guère plus que des monosyllabes. Ici. Là. Non. Voilà. C'était un petit bateau à moteur, long d'environ quatre mètres, pas plus, posé sur une remorque et rangé dans une cour pleine de camions et de véhicules tout-terrain. Kira en fit le tour en pataugeant dans quelques centimètres d'eau, tâchant de comprendre comment il était attaché, comment le décrocher, à quel endroit ils pourraient pousser un camion ou briser une clôture pour le sortir de la cour. Il ne semblait pas y avoir d'issue. Elle bouillait toujours de rage, furieuse contre Samm, mais finit par s'adresser à lui sans le regarder.

– Je ne pense pas qu'on puisse le sortir d'ici.

– Je suis d'accord.

La voix du Partial était plate et dénuée d'émotions, mais il était toujours comme ça. Était-il aussi fâché contre elle qu'elle l'était contre lui ? Elle en doutait, ce qui la rendait encore plus furieuse.

– Celui qui vivait ici était apparemment un adepte du grand air, dit Samm en observant les vélos tout-terrain et les caravanes qui gisaient près du bateau impossible à déplacer. Il avait peut-être quelque chose de plus petit dans son garage.

– Il ou *elle*, le corrigea Kira.

Elle regretta aussitôt l'agressivité de sa voix. *Tu peux lui en vouloir sans pour autant te comporter comme une idiote, Kira.* Elle préféra se concentrer sur le problème immédiat, étudiant de nouveau les roues du camion, se demandant ce qui se passerait si elle essayait de le démarrer : les pneus étaient à plat, et l'essence qui restait dans le réservoir était vieille de douze ans. À supposer qu'il démarre, il n'irait pas bien loin. Jusqu'au bout de la rue ? De l'allée ? Ils ne se trouvaient qu'à un pâté de maisons de l'autoroute, là où elle se transformait en fleuve ; si seulement ils arrivaient jusque-là, ils pourraient mettre le bateau à l'eau et ramer sur le reste du trajet. Elle essaya d'entrer dans la maison, supposant que si les propriétaires étaient morts chez eux, les clés du camion seraient à l'intérieur. La porte était fermée, et Kira sortit son pistolet. Elle allait faire sauter la serrure lorsque, tout à coup, Samm surgit du garage en cognant bruyamment un petit youyou en aluminium contre l'encadrement de la porte.

– Il y a aussi des rames, annonça-t-il en lançant un regard derrière lui.

– C'est un peu petit, dis donc.

– C'est le mieux que j'ai trouvé. Je ne suis qu'un Partial, tu sais.

Il n'y avait pas de fiel dans sa voix, car il n'y en avait jamais, mais Kira crut recevoir une petite bouffée de colère qui aurait pu venir du lien... ou de son propre esprit plein de rage. Quoi qu'il en soit, Samm pensait encore à leur dispute, c'était évident, et cette révélation procura à Kira un étrange frisson de colère et de triomphe mêlés. Elle se força à garder un air détaché et alla chercher les rames.

Ils rejoignirent l'autoroute, d'abord en ramant le long de la rue puis en portant la barque dans une petite côte, et retrouvèrent Heron et Afa qui, debout l'un à côté de l'autre, les attendaient.

– J'ai attaché les chevaux dans le dépôt ferroviaire, annonça Heron.

– Elle m'a fait descendre de cheval, précisa Afa. Je déteste ce cheval.

– Alors tu devrais être content d'en être débarrassé, lui dit Kira, qui regarda ensuite Heron avec insistance. Ils sont en sécurité ?

– J'ai donné un flingue au tien, juste au cas où.

– Parfait ! Bon, tout le monde est prêt ?

Heron jeta un coup d'œil à Samm, puis revint à Kira, calculant en silence.

– Que s'est-il passé entre vous deux ?

– Rien, répondit Samm.

Heron sembla dubitative.

Ils remirent la barque à l'eau, aidant Afa à monter en le positionnant bien au milieu. L'embarcation s'enfonça sous son poids mais tint bon, et il serra son sac à dos contre sa poitrine.

– Il nous faudrait un plus gros bateau. J'ai emporté toute la sauce au fromage.

– Miam, fit Kira.

Elle avait envie de regarder Samm, pour voir s'il montrait des signes d'agacement ou de mépris envers le comportement puéril d'Afa, mais elle n'osa pas, et de toute manière elle savait qu'il n'aurait rien laissé paraître.

– Elle va être mouillée, la sauce, dit Afa.

– On va faire en sorte que ça n'arrive pas, le rassura Samm.

Ils poussèrent la barque là où l'eau était plus profonde, et Heron et Kira y montèrent à leur tour. Elles prirent les rames, puis Samm les poussa encore un peu avant de grimper à bord. Trempé jusqu'à la taille, il dégoulinait dans le fond du bateau ; Afa, l'air absent, fit mine de le repousser à l'eau, mais Kira retint son geste. Tous s'installèrent, répartissant leur poids le mieux possible, et ils se mirent à ramer.

La rivière urbaine devint de plus en plus profonde à mesure qu'ils avançaient. Les files de voitures, arrêtées ou accidentées lors des derniers instants de leurs propriétaires, évoquaient de gros animaux courts sur pattes barbotant lentement dans leur trou d'eau : ici, l'une n'avait que les pneus mouillés ; une autre avait son moteur submergé ; d'une autre encore ne dépassaient que le toit et l'antenne. Ils ramèrent sans un mot, l'eau venant lécher les flancs de la barque, et bientôt même les semi-remorques diesel et les énormes poids lourds furent submergés : on ne voyait que le miroitement de leur toit affleurant sous l'eau, tels de raides bancs de sable métallisés.

Des deux côtés, cette rivière urbaine était bordée d'arbres. Libérés de la supervision humaine, ceux-ci avaient envahi les jardins, les parcs et même certaines portions de la route. Tous les huit cents mètres environ, la barque passait sous un pont, souvent couvert de mousse et de lianes : pas du kudzu, mais une espèce à feuilles plus petites et plus sombres que Kira ne connaissait pas. Arrachant un rameau au passage, elle constata que la plante était cireuse au toucher. Elle la frotta doucement entre ses doigts en se demandant quel était son nom, puis la laissa tomber dans l'eau.

Le plus grand danger, sous les ponts, venait des colonies d'oiseaux de mer qui y avaient élu résidence, couvrant les piliers en béton de fientes blanc jaunâtre. Sous le troisième pont, un groupe perché, dérangé par leur passage, prit son envol, plongeant d'abord vers le bas avant de remonter haut dans les airs. Afa les chassa à grands gestes, surpris par le spectacle et le bruit de cent volatiles grouillants, et faillit faire chavirer la barque, mais Kira passa sa rame à Samm et réussit à le calmer. Le chemin était long, plus long même que ce qu'ils avaient prévu, et Kira commença à se demander si leur carte était fiable. Juste au moment où elle allait proposer de faire demi-tour, certaine qu'ils avaient dû rater le virage, ils passèrent devant le stade que Heron avait repéré sur la carte. Kira annonça qu'ils étaient bientôt arrivés, et écouta Afa décrire les particularités techniques du *data center* en hochant la tête pour l'encourager.

La route ne remonta au-dessus du niveau de l'eau qu'à un endroit : le dernier échangeur avant de quitter l'autoroute et de pénétrer dans les rues. Ils durent porter le bateau, en profitèrent pour observer les environs, et Kira pointa du doigt l'immeuble qu'elle pensait être le centre de données : un gros bâtiment en brique doté de deux tours carrées. Une fois redescendus de l'autre côté de l'échangeur, ils remontèrent à bord, mais ne purent ramer que sur quelques blocs avant que la profondeur devienne trop faible pour que cela en vaille la peine. Là, ils débarquèrent de nouveau et marchèrent les pieds dans l'eau sur le dernier kilomètre, tâtant le sol devant eux avec des bâtons de peur de tomber dans un trou. Il y en eut deux sur leur chemin, et ils durent contourner tout un bloc pour éviter le second. Lorsqu'ils eurent enfin atteint le centre de données, Kira sourit fièrement : c'était bien l'immeuble qu'elle avait repéré depuis le sommet de la bretelle. L'eau leur arrivait presque aux genoux, et Samm leva les yeux vers les étages.

– J'espère que l'ordinateur que vous cherchez ne se trouve pas au rez-de-chaussée, lâcha-t-il. Ni au sous-sol.

– Je ne le saurai que quand on les aura allumés, répondit Afa en pataugeant vers le coin de l'immeuble. Le générateur d'urgence doit être quelque part à l'extérieur. Trouvez-moi du diluant à peinture.

Kira jeta un regard à Samm, puis détourna aussitôt les yeux, dirigeant plutôt sa question vers Heron.

– Du diluant à peinture ?

Heron secoua la tête en signe d'ignorance.

– Il compte peut-être refaire la déco.

La réponse d'Afa se perdit lorsqu'il franchit l'angle du bâtiment, et Kira et les Partials se hâtèrent de le rattraper.

– ... ça liquéfie la résine, disait-il. Ce n'est pas une solution efficace à long terme, parce que ça dégage des vapeurs toxiques, mais ça devrait faire démarrer ce moteur.

Il était de nouveau en mode lucide, et même plus lucide et ardent que jamais : ici, dans son élément, on ne voyait que son génie, et l'enfant qui vivait en lui n'était plus là pour le ralentir. Par contraste, Kira avait l'impression que c'était elle qui était lente.

– De quoi parles-tu ? lui demanda-t-elle en trottinant pour le rattraper, tâtant toujours le sol devant elle avec son bâton.

– De ça ! dit Afa en contournant l'autre angle du bâtiment.

Derrière le centre de données se trouvait une série de poteaux électriques, de câbles et de blocs de ferraille géants, autrefois peints en gris mais désormais tachés de rouille. Il pataugea jusqu'au portail et se battit avec les serrures.

– Il faut qu'on les fasse démarrer, enfin au moins un. Et le mieux pour y arriver, c'est le diluant à peinture !

– Laisse-moi faire, lui intima Heron.

Elle tira de sa ceinture une paire de fines tiges métalliques, les inséra dans la serrure du portail, les fit légèrement pivoter, et la serrure s'ouvrit avec un claquement sec. Afa se rua à l'intérieur, si vite qu'il manqua de s'étaler dans l'eau. Les blocs métalliques étaient marqués de symboles, étiquettes et avertissements variés. Même en les regardant, Kira ne comprenait pas bien à quoi ils servaient.

– Cet endroit était un des plus grands *data centers* du monde, expliqua Afa. S'il était tombé en panne de courant, la moitié de la planète aurait perdu ses données. Il tirait son électricité du réseau général, comme tout un chacun, mais il avait aussi ces systèmes de secours. Comme ça, s'il arrivait quoi que ce soit au réseau général, il y avait dix autres générateurs sur place pour prendre le relais. Ils fonctionnent au diesel, donc il suffit de trouver le... Mais... Je ne comprends pas.

Il pataugea dans une autre direction, et Kira lut les étiquettes du bloc le plus proche.

– Ce ne sont pas des générateurs d'électricité, dit-elle, ce sont des appareils pour faire... du froid ?

– Oui, c'est un système de refroidissement, lui cria Afa.

Il revint à grandes éclaboussures et faillit de nouveau tomber.

– Je n'en ai jamais vu de si gros. Mais où sont les générateurs, alors ?

– Allons voir à l'intérieur, proposa Heron.

Ils la suivirent. L'édifice était mieux décoré que Kira ne l'aurait cru, dans un style d'architecture ancien à base de brique, de plâtre et de boiseries, avec des plafonds voûtés. Le rez-de-chaussée n'était pas moins inondé que l'extérieur, à cause des vitres brisées et des joints abîmés des portes ; ils avaient de l'eau jusqu'au-dessus des genoux, et une couche de poussière et de débris flottait comme une croûte à la surface. On distinguait quelques bureaux, mais l'essentiel de l'espace était occupé par une salle immense remplie, d'un bout à l'autre, de rangées d'ordinateurs : pas des écrans, comme le petit portable qu'Afa transportait partout avec lui, mais des briques géantes, remplies de mémoire et de processeurs, chacune plus haute et plus large que Kira elle-même. Le rez-de-chaussée en comptait des centaines, alignées telles des obélisques, entourées de longueurs de câble et de matériau isolant qui flottaient sur l'eau.

– C'est mal parti, dit Samm. On n'arrivera jamais à les remettre en marche.

– Alors espérons que ce qu'on cherche se trouve à un autre étage, répliqua Afa qui dépassa une rangée de serveurs pour atteindre un gros réservoir en acier. Et espérons qu'il y en a d'autres comme ça là-haut.

– C'est un réservoir d'essence, comprit Kira.

Afa opina avec enthousiasme.

– Et le générateur est juste à côté. C'est là qu'on va avoir besoin de diluant à peinture.

– Je ne pige toujours pas.

– L'essence se dégrade avec le temps, expliqua Samm. Le pétrole se fige et se transforme en résine, semblable à une gomme épaisse. C'est pour ça que les voitures ne marchent plus.

– Ça, tout le monde le sait, lâcha Kira.

– Et c'est pour ça aussi qu'Afa cherche du diluant. Cela liquéfie la résine et la retransforme en essence. Les vapeurs sont toxiques, comme il l'a dit tout à l'heure, mais le moteur démarre.

– Du moins le temps qu'on récupère nos données, compléta Afa.

Grimpant sur un escabeau, il commença à peser contre la valve du réservoir.

– Laisse, je vais l'ouvrir, dit Samm en poussant doucement le gros homme sur le côté. Vous deux, allez plutôt chercher du diluant.

– Oui chef, lança Kira d'un ton moqueur – elle se retint néanmoins de faire une révérence avant de tourner les talons.

Heron la suivit à l'extérieur et lui parla à mi-voix au moment où elles quittaient le bâtiment.

– Contente de voir que vous vous entendez si bien, tous les

deux, ironisa-t-elle. Tu as quelque chose à me dire avant d'étriper Samm ?

Kira ne répondit pas, scrutant les vitrines à la recherche de la moindre boutique susceptible de vendre des articles de bricolage. Elle prit sa respiration et s'efforça de garder son calme.

– Est-ce que tu considères les humains comme inférieurs, toi ?

– Je considère tout le monde comme inférieur.

Kira pivota pour regarder la Partial avec dureté, puis reprit son chemin.

– Et tu crois que c'est la réponse que j'attendais ?

– C'est un fait, dit Heron. Les faits se moquent de ce que tu en penses.

– Mais toi tu es une personne, pas un fait. Qu'est-ce que tu en penses, toi ?

– Les Partials vivent dans un système de castes. Les soldats sont les meilleurs combattants, les généraux les meilleurs dirigeants, les médecins les plus savants et les plus habiles de leurs mains. Nous sommes fabriqués comme ça – il n'y a pas de honte à savoir qu'on est moins malin qu'un général, puisqu'ils sont conçus dès le départ avec un intellect supérieur. (Elle s'inclina très légèrement, un sourire immodeste aux lèvres.) Mais moi, je suis un modèle espion, et nous sommes faits pour être meilleurs que tout le monde dans tous les domaines. Nous sommes des agents indépendants de la hiérarchie, conçus pour affronter des problèmes de tout ordre et les surmonter sans assistance extérieure. Comment pourrais-je ne pas me sentir supérieure alors que, objectivement, je le suis ? (Elle marqua une pause et son sourire devint plus sérieux.) Quand j'ai émis l'idée que tu pouvais être toi aussi un modèle espion, c'était à peu près le plus grand compliment que je pouvais faire, vois-tu.

– Tu ne comprends pas, dit Kira. Ni toi, ni Samm, ni aucun Partial. (Elle s'arrêta une fois de plus et leva les mains, exaspérée.) Comment crois-tu que tout ça va finir ? Vous nous tuez, on vous tue, jusqu'à ce qu'il ne reste plus personne ?

– Je suis assez certaine que nous gagnerons.

– Et ensuite ? Deux ans de plus et vous aurez tous dépassé votre limite de vingt ans. Vous allez mourir. Et même si quelques-uns d'entre nous survivent à la guerre, nous périrons avec vous, parce que nous avons besoin de votre phéromone pour subsister. Et si on évite la guerre ? Si on trouve quelque chose dans ce centre de données, qu'on supprime le RM et la date d'expiration, et qu'on poursuit nos existences ? Nous resterons en vie les uns et les autres, et en nous haïssant mutuellement, et tôt ou tard il y aura une autre guerre, et on n'en sortira jamais à moins de changer notre façon de penser. Alors non, Heron, je n'aime pas tes faits ni ton attitude ni ton explication vertueuse de la raison pour laquelle c'est bien d'être un abruti de facho raciste. Bon Dieu, mais où sont les quincailleries dans cette ville ?

Elles tournèrent dans une autre rue, et Kira aperçut un panneau qui semblait prometteur. Elle s'y précipita, courant avec ses grosses chaussures remplies d'eau. Elle ne prit pas la peine de regarder si Heron la suivait.

Le magasin était curieux : une sorte de mélange d'animalerie et de boutique de bricolage. Mais il contenait bien du diluant, et Kira se chargea de quatre gros bidons de quatre litres. Lorsqu'elle fit demi-tour, Heron était juste derrière elle. Elle aussi prit quatre bidons. Elles rebroussèrent chemin, en veillant à emprunter le même itinéraire qu'à l'aller, au cas où il y aurait eu des effondrements ou des trous sur la route.

À leur retour, Samm et Afa avaient réussi à ouvrir le robinet d'essence, et Afa touillait le contenu du réservoir à l'aide d'un long fer à béton.

– C'est pratiquement pris en masse, dit-il. On risque d'en avoir pour un bout de temps.

– Il y a encore quelques bidons au magasin, en cas de besoin, lui apprit Kira en posant ses lourdes trouvailles sur la grille qui se trouvait à côté du réservoir. J'ai aussi rapporté un entonnoir.

– Il faut d'abord qu'on s'assure que c'est le bon réservoir, dit Afa. Samm a visité les lieux : il y en a plusieurs autres au rez-de-chaussée et, vu l'aspect de ce câblage, sûrement d'autres encore dans les étages.

– Ça veut dire qu'on ne peut plus traîner, ajouta Samm. Il va falloir comprendre sur quel serveur se trouvent les données de ParaGen.

Afa confirma.

– Le registre des serveurs est sans doute dans un des bureaux de l'administration. Certainement dans les étages.

Ils gravirent l'escalier le plus proche ; Kira exulta lorsqu'elle eut enfin les pieds au sec. Le premier étage ne contenait que des serveurs, le deuxième aussi, mais au troisième ils trouvèrent une série de bureaux exigus, alignés contre une rangée de fenêtres brisées. Afa posa son sac et l'ouvrit. Il en sortit un Tokamin : une batterie pas plus grosse qu'un téléphone, qui fournissait une énergie presque perpétuelle mais seulement en petites quantités. Cet appareil ne manquait pas d'avantages, mais il avait aussi un inconvénient de taille : il était quelque peu radioactif. Pour cette raison, l'ancien monde n'était jamais allé au-delà du prototype, et bien que les survivants de Long Island aient joué avec l'idée d'en relancer la production, ils l'avaient jugée trop dangereuse pour un usage pratique. Quand on n'est plus qu'une poignée d'humains, on évite les inventions hautement cancérigènes. Afa, semblait-il, s'était bricolé le sien. Kira, d'instinct, s'en éloigna d'un pas, et elle remarqua que Samm et Heron faisaient de même. Afa appuya sur le bouton de mise en marche et Kira se crispa, s'attendant presque à une explosion d'énergie gazeuse verte, mais un petit voyant s'alluma au centre du boîtier et ce fut tout. Il le brancha sur l'ordinateur de bureau – un modèle vitrifié à cadre noir, comme ceux que Kira avait vus dans l'immeuble ParaGen de Manhattan –, et l'alluma.

Le bureau, un panneau de verre translucide d'un mètre cinquante de long, se mit à clignoter. Dans un dernier éclair de lumière bleue, sa surface s'illumina. Semblable, en plus grand, à l'écran portatif d'Afa, elle évoquait soudain une fenêtre ouverte sur un autre monde. La plaque de verre unie était remplacée par une vue de jungle verdoyante, si nette et si claire que Kira tendit la main pour la toucher. C'était pourtant toujours la même vitre, couverte de traînées de crasse et de poussière. Ici et là, l'image était légèrement pixellisée. Au centre s'ouvrit une petite fenêtre de dialogue qui exigeait un mot de passe. Afa essaya quelques mots simples avant de retourner à son sac à dos pour fouiller dedans.

– Cherchez des bouts de papier, dit-il avec un geste vague en direction du reste de la pièce. Soixante-dix-huit pour cent des employés de bureau gardent leur mot de passe noté quelque part à côté de leur ordinateur.

Kira et Samm retournèrent toute la pièce à la recherche de papiers, même si douze années d'exposition aux éléments derrière les fenêtres brisées avaient mis un désordre qui laissait peu d'espoir de dénicher quoi que ce soit d'utile. Heron préféra s'intéresser aux quelques photos qui traînaient, les retournant pour voir si certaines portaient un nom inscrit au verso. Pendant qu'ils s'activaient, Afa prit une barre de mémoire dans son sac à dos et l'inséra dans un port dissimulé dans le cadre du bureau. Avant que quiconque ait pu trouver un mot de passe, il poussa un bref aboiement de rire.

– Gagné !

Kira releva la tête.

– Le mot de passe ?

– Non, mais ces bureaux disposent d'un mode « maintenance », et j'ai réussi à l'activer. Impossible de lire les données ou de modifier quoi que ce soit, mais je vais pouvoir consulter les réglages et, plus important, l'arborescence.

Sur l'écran, la jungle fit place à des lignes de texte qui se subdivisaient en branches et en pousses secondaires, tel un système racinaire composé de mots. Les doigts d'Afa volèrent sur cette liste, la développant ici, la réduisant là : il fit ainsi défiler des rangées innombrables de noms et de fichiers.

– C'est parfait.

– Alors tu vas pouvoir nous dire lesquels sont les serveurs de ParaGen ? s'enquit Samm.

Afa acquiesça, les yeux rivés à l'écran. Samm attendit encore un instant avant d'insister.

– Combien de temps est-ce que ça va prendre ?

– À moins d'un gros coup de chance, la plus grande partie de la nuit. Vous pourriez m'apporter encore un peu de sauce au fromage ?

CHAPITRE 23

Samm touilla le réservoir d'essence, et Kira entendit un clapotis satisfaisant contre les parois.

– On dirait que c'est prêt.

– Ça devrait nous donner assez de jus pour faire tourner l'étage entier pendant presque toute la journée, confirma Afa.

Samm revissa soigneusement la valve, ils reculèrent tous, et Afa pressa l'interrupteur. Au quatrième essai, l'appareil, encore grippé, toussa et hoqueta, et au septième il démarra dans un rugissement assourdissant. Presque immédiatement, l'éclairage d'urgence s'alluma – du moins les ampoules encore intactes –, et quelques instants plus tard les sirènes du plafond se mirent à hurler : deux d'entre elles claironnaient que l'alimentation électrique du centre de données était endommagée tandis que la troisième se contentait de siffler, le filet d'air soulevant au passage un nuage de poussière.

Les yeux de Heron se réduisirent à deux fentes.

– Ça va être pénible, ça.

– Allons-y, dit Afa. On n'a pas beaucoup de temps.

– Je croyais qu'on avait du courant pour la journée ou presque, s'étonna Kira. Ce n'est pas ce que tu viens de dire ?

– Du courant, oui, mais de la réfrigération, non. Tout le bâtiment d'à côté n'a pour seule fonction que de garder celui-ci au frais, et on ne pourra pas le remettre en route : même si on y arrivait, il fonctionne avec des produits chimiques rares qu'on ne trouvera pas chez le quincaillier du coin. Et sans système de refroidissement, ces serveurs risquent de griller assez vite.

Le serveur de ParaGen se trouvait à trois rangées de là, vers le milieu de l'étage, non loin du générateur qui l'alimentait et d'environ quatre-vingts autres machines. Même une fois le générateur allumé, les serveurs ne semblaient pas disposer d'assez de courant pour tourner. Afa envoya donc Kira et Samm éteindre tous ceux qui étaient branchés sur le même circuit. Kira mit un petit moment à comprendre lequel des nombreux câbles était celui de l'électricité, mais une fois qu'elle eut trouvé le premier, le reste alla tout seul. Elle en avait fait vingt, toujours sans parler à Samm, lorsqu'Afa poussa un cri de victoire.

– C'est bon !

Samm se mit debout pour aller le rejoindre, mais Kira poursuivit sa tâche. Si débrancher la moitié des serveurs était utile, débrancher les autres le serait encore plus ; d'autre part, elle en voulait toujours à Samm comme à Heron, et n'avait aucune envie de rester près d'eux. Comment pouvaient-ils avoir l'esprit aussi fermé ? Le racisme avait complètement disparu après le Ravage : des humains de toute origine et de toute couleur travaillaient librement ensemble, vu qu'il n'y avait plus personne d'autre. Kira se rappelait un incident survenu dans un village de pêcheurs isolé, un homme qu'elle avait croisé lors d'une mission de récup et qui l'avait traitée d'enturbannée à cause de ses origines indiennes visibles. Mais c'était un bonhomme si seul et si aigri, et elle avait vécu si longtemps sans subir la moindre haine ethnique, que l'insulte avait glissé sur elle en la faisant presque rire. C'était une blague, une anecdote dont elle riait avec ses amis : *ça existe vraiment, des types comme ça ?* Sur Long Island, tout le monde travaillait main dans la main, tout le monde s'entendait, quelle que soit votre couleur de peau, l'essentiel étant que vous ayez figure humaine...

... sauf, bien sûr, si vous étiez un Partial.

Elle s'immobilisa, un câble débranché à la main, envisageant soudain la situation du point de vue opposé. De même que Samm et Heron se considéraient comme supérieurs de naissance, les humains voyaient tous les Partials comme monstrueux de naissance : si différents, et si inférieurs qu'ils ne pouvaient même pas prétendre à la qualité de personnes. Quelques mois plus tôt encore, elle ne pensait pas autrement. Mais tout avait changé lorsqu'elle avait rencontré Samm.

Samm.

C'était lui qui l'avait convaincue, en paroles et en actes, que les Partials étaient tout aussi intelligents, aussi empathiques, aussi désemparés et fragiles que... que les humains, en fait. Leur physiologie était différente, certes, mais leurs pensées et leurs sentiments étaient presque identiques à ceux de l'humanité. Elle-même en était la preuve vivante : elle s'était crue humaine pendant des années... et c'était toujours le cas. Qu'était-elle, à la fin ? Subitement, elle ressentit le poids de chaque kilomètre parcouru pour venir jusqu'ici, de chaque rivière qui la séparait de ses amis, de chacune des montagnes qui les empêchaient d'être ensemble. Les larmes lui montèrent aux yeux : elle se demandait soudain ce qu'elle faisait là, ce qu'elle essayait de changer. Ses amis, ses sœurs, Marcus, tous ensemble : cela avait été une époque heureuse et simple. Oui, ils avaient été heureux. Elle s'assit par terre, en sanglots, seule.

Le générateur cessa de bourdonner, et la pièce fut soudain replongée dans le noir.

De lourds souliers martelèrent le sol, et la voix alarmée d'Afa résonna.

– Je l'ai perdu !

Relevant la tête, elle le vit chercher dans les espaces entre les tours d'ordinateurs à la faible lueur de son écran. Elle ouvrit la bouche pour demander ce qui se passait, mais avant qu'elle ait pu proférer un son, une rafale de coups de feu déchira l'atmosphère et l'écran s'éteignit dans un tintement de verre brisé. Kira plongea au sol et se blottit derrière une tour de disques durs.

Les salles du centre de données étaient isolées de toute interférence extérieure ; elles n'avaient pas de fenêtre, si bien qu'en l'absence d'éclairage artificiel il y faisait un noir d'encre. Des bribes de données du lien, toujours plus faciles à détecter dans une situation de stress intense, assaillirent Kira pêle-mêle : la stupéfaction d'avoir été pris en embuscade, la confusion de ne pas savoir d'où provenait l'attaque, la peur d'un camarade blessé. Kira tâcha de comprendre. Ils étaient agressés par quelqu'un d'incroyablement compétent, mais qui ? Ils n'avaient rien vu indiquant que Chicago puisse être occupé. Un groupe se terrait-il dans la ville ? Ou bien les avait-on suivis ? Et si oui, des individus de quel type ? Humains ou Partials ?

Elle était encore terriblement débutante en déchiffrement des données du lien, mais elle s'efforça de repenser au moment où elle avait détecté la présence de Samm et Heron chez Afa, à New York, pour comparer. Tout ce qu'elle captait à présent lui semblait provenir d'eux, et non des agresseurs. Donc, ces derniers étaient soit des humains, soit des Partials munis de masques à gaz – une tactique répandue dans leurs rangs lorsqu'ils se battaient entre eux. Kira continua d'écouter sans bouger en essayant de déterminer la position de chacun. Quelqu'un avait éteint, ou même détruit, le générateur. Conclusion : un des attaquants était là, tout près. L'écran d'Afa avait également pris une balle : un des ennemis l'avait eu en ligne de mire, ce qui le plaçait sans doute à deux rangs vers la droite de Kira – mais devant ou derrière elle, ça, elle l'ignorait. Afa avait-il été touché, lui aussi ? Elle sentait par le lien qu'un de ses compagnons était blessé, mais elle ignorait lequel et où il se trouvait.

Quelqu'un bougea sur sa gauche : ami ou ennemi ? Impossible à dire. Elle tendit l'oreille, tâchant de comprendre dans quelle direction les pas se déplaçaient, et perçut un bruit de succion qui ne trompait pas. Une chaussure mouillée, mais celle de qui ? À moins d'être arrivés par le toit, les intrus avaient forcément les chaussures aussi mouillées que Samm et Heron. Peut-être même davantage, étant sortis de l'eau plus récemment. Cela pouvait être un indice en soi, mais sans informations supplémentaires, Kira ne pouvait rien en savoir. Elle-même se déchaussa discrètement, puis se débarrassa de ses chaussettes trempées. Pieds nus, elle serait la seule dans la pièce à se déplacer sans un bruit.

Un autre éclair de données jaillit dans sa tête – ILS M'ONT TROUVÉ(E) – suivi, quelques secondes plus tard, par une rafale d'arme automatique. Un autre bruit résonna, un peu semblable à un coup de fusil, mais différent. Kira ne comprenait pas ce que c'était, mais l'arme cessa de tirer et un corps s'affala lourdement au sol ; Kira estimait qu'il devait être à un peu moins de dix mètres, derrière elle sur sa gauche. Elle éprouva soudain la sensation déroutante d'être en même temps ensommeillée et éveillée, et l'interpréta comme un nouveau message des phéromones : un de ses compagnons avait été drogué avec un somnifère. Compris ! L'espèce de fusil qu'elle avait entendu avait tiré une seringue de tranquillisant.

Ça veut dire qu'ils ne cherchent pas à nous tuer. Qui veut nous capturer ? Le docteur Morgan ? Mais comment a-t-elle su qu'on était là ?

Kira se remit debout, le dos pressé contre la tour de disques durs. Elle jeta un coup d'œil dans l'allée où elle se trouvait, ne vit rien, et se glissa le plus légèrement possible jusqu'à la suivante. Ses pieds nus ne firent aucun bruit sur le sol en ciment, mais elle sentit des gouttes froides tomber sur ses jambes et baissa les yeux, contrariée ; ses chaussures étaient restées derrière elle, mais son pantalon était encore trempé, et elle laissait une trace d'eau qui trahissait sa position. Elle perçut encore un couinement mouillé derrière elle, à sa droite cette fois. Quelqu'un se rapprochait. Elle s'accroupit en silence et essora son pantalon, tordant l'étoffe le plus fort possible afin de la débarrasser de l'excès d'eau. C'était presque impossible, avec ses jambes à l'intérieur. Le bruit se rapprocha : l'inconnu n'était plus qu'à trois mètres. Elle serra les dents, essora de son mieux sa deuxième jambe de pantalon. Encore un bruit mouillé. Elle se remit debout. Son pantalon était froid contre ses jambes mais ne coulait plus, et elle fila discrètement jusqu'à la rangée suivante. Cette fois, elle ne laissait aucune trace. Elle dépassa encore une allée, puis une autre, se faufilant de profil, tâchant de mettre autant de distance que possible entre elle et l'ennemi et de partir dans la direction à laquelle il s'attendait le moins.

Un grand vacarme éclata de nouveau dans la pièce : des cris, des armes automatiques, et le claquement sec des balles s'enfonçant dans les tours informatiques. Deux corps tombèrent cette fois, et Kira perçut encore une faible bouffée de sensations : sommeil, douleur et victoire. Son dernier compagnon était tombé, mais il avait abattu au moins un attaquant dans le processus. Kira demeurait seule, et elle ignorait combien d'ennemis la traquaient.

Elle entendit des pas pressés, mais sans savoir d'où ils venaient. Une voix, trop basse pour être comprise. Une soudaine détermination pragmatique l'assaillit : trouver la dernière cible et achever la mission. Mais était-ce venu d'elle, ou de l'ennemi ? Kira était frustrée de ne pas maîtriser le lien assez bien pour le comprendre. Elle inspira à fond, recroquevillée dans le noir, et tâcha de faire le tri dans ses connaissances limitées : si cette dernière information était une donnée du lien, alors les ennemis étaient bien des Partials, et au moins un d'entre eux avait retiré son masque à gaz. Les Partials travaillaient en général par groupes de deux – elle avait constamment entendu leurs binômes à la radio pendant le raid sur Long Island –, mais ils pouvaient constituer des équipes plus nombreuses si la mission l'exigeait. Kira était peut-être confrontée à un combattant isolé, ou alors à une douzaine. Le silence qui régnait dans le bâtiment laissait penser que seule une toute petite équipe s'y était infiltrée ; s'il y en avait d'autres, ils devaient attendre dehors.

Elle réfléchit encore à tout ce qui pourrait lui donner un avantage. Son fusil était resté de l'autre côté de la pièce, mais elle avait toujours son arme de poing sur elle. Celle-ci avait-elle la moindre utilité ? Les soldats Partials bénéficiaient d'une vue perçante, surtout de nuit ; il était raisonnable aussi de penser, puisqu'ils avaient commencé l'attaque en détruisant l'éclairage, qu'ils avaient un moyen supplémentaire de voir dans le noir, peut-être des lunettes de vision nocturne. Dans ce cas, Kira était nettement lésée, mais peut-être pourrait-elle tourner ce fait à son avantage en les aveuglant avec le faisceau de sa lampe ; elle pouvait espérer avoir une chance, alors, de toucher la cible avant que celle-ci ne retrouve ses esprits. Elle saisit son pistolet de la main droite. De la gauche, elle empoigna sa lampe torche et visa droit devant elle, le doigt sur l'interrupteur.

Une botte écrasa quelque chose, et le bruit résonna dans le silence. Un des ennemis avait marché sur un débris, probablement un fragment de l'écran d'Afa. Comment allait Afa, d'ailleurs ? Elle secoua la tête. *Reste concentrée, Kira.* Si quelqu'un avait marché sur les morceaux de son écran, alors elle savait où il se trouvait, et elle pouvait le débusquer. Elle se faufila d'une tour à l'autre en se baissant pour ne pas être aperçue. Un instant plus tard, le lien lui envoya une réponse retardée : PAR ICI. Pas de doute, c'était un Partial, voire probablement deux, qui se servaient de leurs phéromones pour se coordonner en silence. Deux contre une, et tous deux des Partials. Ils allaient la cerner, la piéger, la bourrer de tranquillisant et l'amener au docteur Morgan.

À moins que...

Kira se rappela ce que Samm et Heron lui avaient dit après leur arrivée dans l'immeuble d'Afa : elle les avait sentis grâce au lien, mais pas eux. Elle commençait tout juste à apprendre à l'utiliser, mais il était possible qu'elle ne dispose que de récepteurs, et qu'elle-même n'émette rien. Cette faiblesse, en ce moment, était son plus grand avantage. Elle pouvait tout percevoir, et eux rien du tout.

Sauf les mouvements, songea-t-elle en regrettant son manque d'entraînement à la discrétion. *Heron m'a facilement localisée sans le lien, rien qu'à l'oreille.* Par conséquent, elle résolut de bouger le moins possible. Elle chercha à tâtons un chargeur dans sa ceinture et, avec mille précautions, en sortit une balle. Celles-ci étaient compressées par un ressort, de manière à se glisser en place d'un coup sec chaque fois qu'une autre était tirée, et Kira se servit de son doigt pour empêcher ce ressort de se détendre brusquement. Elle le fit remonter avec lenteur, puis fourra la balle dans sa poche et recommença avec la suivante, l'oreille toujours aux aguets. Une troisième balle. Une quatrième. Elle les mit chacune dans une poche différente pour les empêcher de s'entrechoquer. Enfin, avec la même précaution, elle éleva la première dans sa main et la lança haut au-dessus des tours, vers le mur du fond. La balle heurta le plâtre avec un bruit mat et rebondit avant de rouler puis s'arrêter au sol. Le lien informa Kira que ses ennemis s'y intéressaient vivement, alertés par le bruit, puis une fraction de seconde plus tard, lui transmit un avertissement tactique : C'EST UNE RUSE. Elle eut envie de soupirer : comment avait-elle pu croire qu'ils tomberaient dans le panneau ? Mais aussitôt après, elle eut une nouvelle idée. Elle sortit la deuxième balle d'une poche et la lança légèrement sur la tour la plus proche d'elle, l'écoutant rebondir sur la paroi puis sur le ciment. Le lien s'activa de nouveau, envoyant le même message : ENCORE UNE RUSE.

Les pas s'éloignèrent d'elle. Sa double astuce avait fonctionné.

Elle se vrilla sur le côté pour regarder derrière les disques durs qui l'abritaient. Une des tours, peut-être à dix rangées d'elle, avait une forme bizarre dans le noir : une bosse en dépassait. Le genou ou le coude d'un ennemi, pensa-t-elle. Elle s'allongea à plat ventre, préparant de nouveau sa lampe torche et observant la forme. Celle-ci bougea, grandit, et adopta un contour vaguement humain lorsque le Partial sortit de derrière les disques durs. Il s'éloignait de Kira, un fin canon dressé devant lui : le pistolet à tranquillisants. Kira se remit debout et le prit en chasse, se déplaçant sans un bruit sur ses pieds nus. Il avança de deux rangées, elle fit de même ; si elle parvenait à continuer ainsi, elle serait bientôt assez proche pour lui tirer dessus. Mais il y en avait un autre, et celui-là, elle ignorait où il se trouvait. Chaque fois qu'elle franchissait la largeur d'une allée, elle courait le risque de s'exposer.

Au pas suivant, son pied se posa sur quelque chose et elle se figea, ne voulant pas appuyer son poids dessus. Elle baissa les yeux et entrevit des lignes dans le noir : des courbes et des méandres évoquant de minuscules serpents. Elle jura intérieurement. *C'est une des rangées qu'on a débranchées. Le sol est couvert de câbles.* Elle déplaça son pied sur le côté. Le sol, à cet endroit, n'était plus qu'un labyrinthe de fils électriques qui formaient des boucles en tous sens, ce qui la forçait à poser ses pieds de manière stratégique pour les éviter : ici, tourné comme ceci, orienté comme cela. Chaque pas semblait lui prendre une heure.

Pendant ce temps, sa proie s'éloignait. Kira sortit sa troisième balle et la jeta contre le mur devant le Partial. Il s'immobilisa, et elle en profita pour regagner du terrain. La conversation entre les deux ennemis entrait à flots dans son cerveau : J'AI ENTENDU QUELQUE CHOSE. C'EST ENCORE UN PIÈGE. UN PIÈGE, VRAIMENT ? L'inconnu comprit une demi-seconde trop tard. Il fit volte-face juste au moment où elle s'avançait derrière lui. Elle enfonça le canon du semi-automatique dans la fente entre son casque et sa cuirasse et fit feu. Il s'écroula au sol, tirant une seringue inoffensive dans le plafond. Instantanément, Kira reçut un message phéromonal lancinant – LA MORT ! – et entendit des pas courir vers elle. Elle plongea sur le côté, lâcha sa lampe, prit son chargeur dans sa ceinture et fit tomber les balles dans ses mains à toute allure, sans plus se soucier du bruit. Elle jeta toute la poignée en l'air, le dos appuyé contre une tour de disques durs, puis s'enfuit à la hâte lorsque les balles retombèrent en pluie, masquant ses mouvements sous leur cacophonie métallique. Elle reçut des bribes de données courroucées : UN HOMME À TERRE. CIBLE PERDUE. COLÈRE.

Kira se rendit compte qu'elle avait égaré sa lampe torche, et que, ayant jeté toutes ses balles, elle n'avait plus de piège à tendre au Partial. Elle tâta ses poches pour y chercher tout ce qui pourrait lui servir, n'importe quoi...

TROUVÉE. ELLE VA MOURIR.

Elle grinça des dents. Comment l'avait-on retrouvée ? Elle n'émettait pas par le lien ; le premier n'avait rien senti, à moins d'un mètre d'elle !

MOURIR.

Elle l'éprouva de nouveau, ce sentiment écrasant de mort imminente, et jura en silence. *C'est moi*, pensa-t-elle. *Les données du lien sont constituées de phéromones – des particules microscopiques – et j'étais juste à côté de lui quand il en a relâché tout un nuage. Les particules de mort permettent à son copain de me suivre à la trace.* Elle regarda son pistolet, trop petit pour venir à bout d'un Partial en alerte lors d'un assaut direct. C'était tout ce qu'elle avait. *Si seulement je n'avais pas perdu ma lampe !*

La botte de l'ennemi cliqueta sur le sol, plus proche qu'auparavant. Il était presque sur elle. *Je n'ai qu'une chance et une seule.* Elle ferma les yeux et visualisa la disposition de la pièce, en espérant qu'elle n'était pas désorientée. Puis elle les rouvrit et partit en courant.

Elle entendit un souffle d'air et quelque chose passa juste à côté d'elle, la ratant de quelques centimètres. Elle se baissa, vira dans une allée, puis se baissa de nouveau. Encore un souffle d'air, encore une seringue qui alla s'enfoncer dans une tour juste au moment où elle passait devant, assez près d'elle pour la faire tressaillir. Elle sauta par-dessus un corps, sentant plutôt que voyant qu'il s'agissait de Samm. Des pas couraient derrière elle, martelant lourdement le sol, chargeant à haute vitesse. *J'y suis presque.* Le Partial savait qu'elle était à sa merci, qu'elle n'avait plus nulle part où aller. Une volumineuse forme ronde gisait là, dans le noir, et elle se glissa tout contre, cherchant frénétiquement à tâtons l'épais levier du générateur. Elle le trouva, l'abaissa d'un seul coup, et recula dans l'allée.

La pièce s'illumina et le Partial trébucha, à moins de deux mètres d'elle, ébloui par ce soudain déferlement de lumière qui saturait ses lentilles de vision nocturne. Kira leva son pistolet et tira trois fois dans le casque : une balle pour le fendre, une pour l'ouvrir et une qui traversa la tête de l'ennemi. Lequel s'effondra comme un sac de sable.

MORT.

CHAPITRE 24

Afa avait reçu une balle dans la cuisse – le seul véritable coup de feu tiré par les attaquants, les autres projectiles ayant été des seringues de tranquillisant conçues pour neutraliser leurs victimes de manière temporaire. C'était la même balle qui avait fracassé l'écran de son ordi, et Kira se demanda qui avait été la vraie cible : l'homme ou les données ? Les Partials les avaient-ils suivis ici pour les capturer, ou pour les empêcher d'accéder au contenu des ordinateurs ? Ou bien les deux ?

Kira ne pouvait se défaire de l'idée que ce n'était peut-être ni l'un ni l'autre. Elle jeta un coup d'œil à Heron, qui reprenait lentement connaissance sur le sol. Était-ce elle qui avait tiré sur Afa ? Ou Samm ? Quel motif pouvaient-ils avoir de faire une chose pareille, et pourquoi maintenant ? S'ils étaient de mèche avec les agresseurs, pourquoi avoir fait semblant d'être endormis par les seringues ? Cela ne tenait debout que s'ils savaient déjà qu'ils perdraient contre elle. Mais dans ce cas, pourquoi lancer une attaque ? Non, ce n'était pas possible, et elle le savait ; l'explication la plus simple était que les intrus étaient venus dans le but de supprimer Afa et de capturer les autres. Pourtant, Kira avait toujours des soupçons. Comment les Partials avaient-ils pu les localiser, si personne ne leur avait donné l'information ? Elle s'en voulut de ne pas en avoir gardé un en vie pour l'interroger, mais force était de constater qu'elle avait déjà eu du mal à sauver sa peau en les tuant tous les deux.

Elle acheva de panser la plaie d'Afa pendant qu'il était encore inconscient, puis s'approcha de chacun des agresseurs et prit leurs armes pour compter les munitions. Une balle manquait bien dans un de leurs pistolets. Kira était incapable de déterminer à quand remontait le dernier coup tiré par cette arme, mais il paraissait improbable qu'un soldat entraîné entreprenne un combat avec un chargeur incomplet. Il devait donc bien s'agir de la balle qui avait blessé Afa. C'était vraisemblable. Mais elle restait pleinement consciente que « vraisemblable » ne veut pas toujours dire « vrai ».

– Tu récupères des munitions ? demanda Heron.

Kira, se retournant brusquement, découvrit l'espionne derrière elle, un peu échevelée mais alerte. Kira remit le chargeur en place et laissa tomber l'arme sur le torse du Partial.

– C'est celui-ci qui a tiré sur Afa, dit-elle en se levant. À ton avis, pourquoi lui ont-ils réservé une balle alors qu'ils ont tiré sur nous avec des seringues ? interrogea-t-elle en s'efforçant d'afficher une curiosité tranquille.

– Ils visaient sans doute l'écran pour supprimer toute lumière. Ils étaient préparés pour le noir et pas nous... C'est une procédure d'embuscade standard. Ces seringues n'ont pas un pouvoir de pénétration suffisant pour briser une plaque de verre comme celle-là.

– Ça se tient, reconnut Kira.

Et c'était vrai... peut-être. En tirant dans l'écran, ils pouvaient difficilement éviter Afa.

– Mais s'ils essayaient de nous avoir vivants, insista-t-elle, pourquoi prendre le risque de lui envoyer un projectile mortel ?

Heron eut un sourire narquois et retira le casque de la Partial à terre. Celle-ci avait des traits chinois, comme elle, et elle était d'une beauté tout aussi saisissante.

– Un modèle espion. Il n'y avait pas de risque.

– Combien étaient-ils ? demanda soudain Samm.

Il apparut au coin d'une tour de disques durs, encore tremblant des effets du sédatif ; il était groggy, la bouche pâteuse. Kira ajouta « se remettre d'une sédation massive » à la longue liste des choses que Heron faisait mieux que les autres Partials.

Elle ne plaisantait pas en disant qu'elle était conçue pour être supérieure.

– Trois, dit Kira en observant le corps de la fille. Une espionne et deux soldats, je crois, bien qu'évidemment je ne connaisse pas aussi bien les différents modèles que... ouah !

Elle s'agenouilla : elle avait aperçu quelque chose d'étrange sous les cheveux de la fille. Les repoussant, elle révéla trois fentes ondulées dans son cou.

– Heron, est-ce que tu as des branchies, toi aussi ?

Heron s'accroupit et fit pivoter la tête de la fille pour mieux voir.

– Ce sont des modèles créés par Morgan, dit-elle. Des agents spéciaux, dotés de récentes « adaptations » de son cru. Allez voir les autres.

Ils retirèrent les casques des deux mâles et y trouvèrent les mêmes branchies. Heron siffla.

– Ce ne sont donc pas des soldats ordinaires. Et tu en as tué deux, Kira ?

– Par miracle. Dites, regardez : on dirait des combinaisons de plongée, sous leurs cuirasses. Vous pensez qu'ils sont venus à la nage ? On est au bord du lac Michigan, et à moins qu'il n'existe aussi des requins d'eau douce parlants que vous n'avez pas mentionnés, voyager par les eaux est sans doute bien moins dangereux qu'en surface. En passant par les rivières et les lacs, ils auraient pu faire quasiment tout le trajet de New York à ici.

– Une partie du chemin, oui, reconnut Samm. Mais dans ce cas il faut quand même traverser le Michigan à pied.

– Ils semblent parfaitement capables de respirer dans l'atmosphère, dit Kira. Ils ont pu faire les deux.

– Ça ne colle pas, objecta Heron. S'ils nous avaient suivis depuis Manhattan, ils ne se seraient pas embêtés à envoyer des agents amphibies, puisqu'ils n'auraient pas su à l'avance quelle était notre destination : pour ce qu'ils en savaient, nous partions vers la plaine, ou à l'ouest, dans le désert toxique. En revanche, si Morgan avait eu des agents sur place – une sorte de poste avancé à Chicago –, quoi de mieux que ces modèles pour surveiller une cité inondée ?

Kira acquiesça.

– C'est vrai. Ou alors...

Elle s'interrompit aussitôt, ne voulant pas proposer si brutalement l'autre explication possible : *Ou alors, l'un de vous est un espion, et il les a tenus informés de nos déplacements par radio.*

– Ou alors quoi ? la pressa Heron.

– Rien.

Kira observa de nouveau les branchies pour éviter le regard de la Partial, même si un léger contact phéromonal lui donnait une idée de ses sentiments. MÉFIANCE. RESTER SUR SES GARDES. PERPLEXE. Kira était presque sûre que cela venait de Samm, et en fut intensément soulagée. S'il était perplexe, c'est qu'il ne comprenait pas. Elle devrait trouver un moyen de lui parler en privé avant que Heron la devance.

– Prenez leurs affaires, dit-il. Je balancerai les corps dans une armoire à l'étage.

Heron et lui se mirent en devoir de faire disparaître les traces de l'affrontement, mais Kira, pour sa part, retourna voir Afa. Il respirait mieux, grâce aux antalgiques qu'elle lui avait administrés, mais il n'avait pas repris connaissance. Les débris de son écran étaient éparpillés autour de lui, et l'appareil encore branché au serveur. Comme pour le bureau qu'ils avaient allumé un peu plus tôt, la partie en verre n'était que l'écran ; le processeur et la mémoire, eux, étaient logés dans la poignée latérale de cet écran. Quant au serveur, il paraissait intact et rien n'empêchait de penser que le transfert de données était toujours en cours, déversant les secrets de ParaGen dans la poignée en question. Seulement, sans écran, ils ne pourraient pas les lire.

Nous sommes dans un centre de données, raisonna-t-elle. *Ce bâtiment est bourré d'ordinateurs, et puisque tous ceux qui y travaillaient étaient sûrement des dingues de technologie comme Afa, il doit être plein d'équipements variés. On va bien trouver un écran de rechange quelque part.* Elle regarda de nouveau le gros homme afin de s'assurer qu'il allait bien, et éloigna de lui les éclats de verre avant de remonter dans les bureaux. Elle commença par ceux qui avaient plusieurs fenêtres, espérant que leur prestige supplémentaire irait de pair avec un ou deux ordinateurs de plus, mais ne trouva rien d'intéressant : plusieurs stations d'accueil, oui, mais pas les écrans qui allaient avec. *Tout est conçu pour les portables. Ceux qui en possédaient les emportaient sans doute chez eux*. Elle continua de chercher, vérifiant tous les bureaux un par un avant de s'attaquer aux plus petits boxes. Cela lui rappela les locaux qu'elle avait fouillés à Manhattan, et ce souvenir lui donna une idée. Sur une intuition, elle délaissa les boxes et chercha, dans les couloirs et les pièces du fond, la moindre plaque portant la mention « DI ». Direction informatique. Elle finit par trouver le bureau correspondant au rez-de-chaussée, où l'eau lui arrivait aux genoux. Le directeur informatique était encore là, mort derrière son bureau, le haut du corps recouvert d'une matière visqueuse et le bas dénué de toute chair, un squelette bien net. Elle retint son souffle le temps de passer ses étagères au peigne fin, et finit par dénicher un écran légèrement plus petit que celui d'Afa dans le tiroir du bureau. Elle ressortit à toutes jambes, prise de spasmes nauséeux, referma la porte derrière elle, et veilla à se rincer dans l'eau plus claire avant de remonter au premier, où elle découvrit qu'Afa était réveillé.

– Mon écran a pris une balle, dit-il.

Sa voix était faible et hébétée : de nouveau, il n'était plus qu'un enfant perdu. Kira soupira, sachant bien que c'était inévitable après une telle frayeur, et s'assit à côté de lui pour le réconforter. Il la regarda d'un air inquiet.

– Où est mon sac à dos ?

– Juste ici, tout près, répondit-elle en prenant son pouls – un peu rapide, mais pas anormal. Comment te sens-tu ?

– Mon écran a pris une balle, répéta-t-il en essayant de se lever.

Aussitôt que son poids porta sur sa jambe, il poussa un cri de douleur et retomba lourdement.

– Oublie l'écran, j'en ai trouvé un autre. Mais toi aussi, tu as reçu cette balle. Il faut que tu te ménages.

– Je veux mon sac à dos.

– Tu as pris une balle, Afa, là, dans la cuisse...

– Je veux mon sac à dos !

Il avait les larmes aux yeux, et Kira alla lui chercher son sac, en se demandant s'il n'avait pas un autre écran dedans et si elle n'avait pas passé tout ce temps avec le cadavre du directeur informatique pour rien. Elle traîna le sac jusqu'à lui, et il le serra contre son torse pour se balancer d'avant en arrière.

– Je ne dois jamais laisser mon sac à dos. Je suis le dernier humain sur la planète.

– Il n'a pas l'air bien, commenta Samm.

Kira confirma d'un hochement de tête, trop épuisée pour se soucier de ce que Samm pensait d'Afa ; et d'ailleurs, il avait raison.

– Il s'est retranché dans sa tête. Il faudra un petit moment pour l'en faire ressortir.

Samm indiqua du menton le serveur et la poignée de l'écran qui y était toujours reliée.

– On a obtenu quelque chose ?

Kira leva la poignée en l'air. Un voyant vert luisait toujours sur le côté.

– Aucune idée. Je n'ose pas le débrancher, au cas où les données seraient encore en cours de transfert.

– Ça va prendre encore combien de temps ?

Kira haussa les épaules et fit un geste en direction d'Afa.

– Le seul qui le sache est en train de chanter une berceuse à son sac à dos. Et il perd du sang, et je n'ai pas les antibiotiques qu'il me faudrait pour l'aider, et mon pantalon est trempé de jus de cadavre, et je commence vraiment à regretter que tout ça ne se soit pas passé autrement.

Elle inspira à fond, étonnée de son propre mouvement d'humeur.

– Tu es très stressée, constata Samm.

Kira sentit les larmes monter et en chassa une du coin de son œil.

– Non, tu crois ?

Samm garda le silence un instant, et ramassa l'écran qu'elle avait rapporté du rez-de-chaussée.

– Tu crois qu'on pourrait brancher celui-ci à la place de l'autre ?

– Il n'y a qu'une prise, dit Kira en s'essuyant de nouveau les yeux et en se redressant. On ne pourra connecter le nouvel écran qu'après avoir débranché le serveur, et je ne veux pas y toucher si c'est encore en train de charger.

– Alors nous allons sécuriser le périmètre et nous installer pour la nuit.

Samm promena son regard dans la pièce : les tours de disques durs obstruaient la vue dans toutes les directions.

– Mais nous ne pouvons pas rester ici : il n'est pas possible de monter correctement la garde, et en plus le générateur a été endommagé dans la bataille. Le conduit de ventilation aussi : il est en train de remplir le bâtiment de vapeurs de diluant.

– Super, lâcha Kira. C'est vrai que la vie n'était pas encore tout à fait assez difficile.

Samm se mit debout et lui tendit la main. Elle la prit, se leva et se retrouva face à lui. Ils ne se détournèrent pas. Elle le regarda dans les yeux et ressentit... *quelque chose*. Le lien était encore difficile à interpréter.

Samm fut le premier à baisser les yeux.

– Je prends les bras, dit-il en allant se placer derrière Afa. Emmenons-le en sûreté quelque part.

Kira se réveilla en sursaut à trois heures du matin, certaine que quelque chose ne tournait pas rond. Elle lança des regards fébriles autour d'elle et empoigna son fusil.

– Qui est là ? Est-ce une attaque ?

– Du calme, lui dit Heron. Le générateur vient de s'éteindre. C'est sans doute l'arrêt du bruit de fond qui t'a réveillée.

– Je vais aller voir.

– Il doit être en panne sèche, et on n'est pas près de le faire redémarrer.

– Alors je vais chercher l'ordi. Si on a récupéré tout ce qu'on pouvait, je préfère le savoir ici, avec nous, que sans surveillance en bas.

– Prends ton arme, lui recommanda Heron. Au cas où il y aurait encore des monstres aquatiques.

Son expression était indéchiffrable dans le noir, et le lien, pour ce qu'en ressentait Kira, était muet.

– Merci.

Elle prit le pouls d'Afa et vérifia sa respiration, presque par réflexe à ce stade, puis descendit. Ils avaient découvert que le gaz toxique était plus lourd que l'air : l'endroit le plus sûr était donc le dernier étage. Kira alluma la lampe de son fusil, réconfortée que son canon ouvre la marche, au cas où il y aurait réellement quelqu'un en bas. Les corridors étaient plongés dans le noir, les escaliers déserts, l'immeuble restait silencieux à l'exception d'un faible clapotis de gouttelettes et de vaguelettes. Les tours de disques durs qui culminaient autour d'elle projetaient de longues ombres lorsque le faisceau de la lampe dansait dessus. Les taches de sang laissées par la bataille ajoutaient à cette ambiance déjà lugubre quelque chose de menaçant, et Kira marcha à pas feutrés, retenant son souffle lorsqu'elle traversait les allées. Les vapeurs méphitiques s'enroulaient en volutes autour de ses chevilles et de ses mollets, et l'air avait un goût amer. Elle localisa l'ordinateur, le débrancha du serveur, et remonta le plus vite qu'elle l'osa. Lorsqu'elle eut regagné leur bivouac, elle s'assit sur son tapis de sol, saisit le nouvel écran et le brancha sur la poignée.

– Tu vas lire ça maintenant ? s'enquit Heron.

– Pourquoi attendre ?

– Tu n'as pas tort.

Et la Partial s'assit à côté d'elle pour voir par-dessus son épaule.

Kira battit des paupières, éblouie, quand l'écran s'anima, et baissa le réglage de la luminosité jusqu'à un degré tolérable. Une icône au centre de l'écran lui indiqua qu'il était encore en train de se connecter, et elle retint son souffle pendant que le petit hexagone tournait sans fin. Il s'arrêta, puis repartit.

– Allez, s'impatienta-t-elle.

Une minute plus tard, il s'immobilisa. CONNEXION RÉUSSIE. Elle ouvrit le dossier des téléchargements et fit défiler la liste. Celle-ci était énorme. Elle finit par renoncer et cliquer simplement dans la boîte de recherche.

– Qu'est-ce que je cherche, au juste ?

– L'Alliance ? suggéra Heron. Le RM ? L'expiration ? Ton nom ?

Kira tapa son prénom et cliqua sur « rechercher ». Le petit hexagone tourna, tourna, mais ne trouva rien.

– Mais...

– Tu y es peut-être sous un autre nom.

– Je vais essayer mon père.

Elle entra son patronyme : D-H-U-R-V-A-S-U-L-A. L'hexagone tournoya encore, la machine réfléchit à toute vitesse, et elle ne tarda pas à recracher des résultats. Les fichiers défilaient si rapidement que Kira n'arrivait même pas à en lire les titres. Elle arrêta au bout de 3 748 résultats et annula la recherche.

– Il va falloir donner des critères plus précis. Que dis-tu de...

Elle réfléchit en se mordillant la lèvre, puis tapa un nouveau mot :

– S-É-C-U-R-I-T-É.

L'hexagone reprit sa danse tournoyante. Douze résultats. Ouvrant le premier fichier de la liste, Kira découvrit que c'était un e-mail adressé à son père par Bethany Michaels, directrice financière de ParaGen. Elle le lut à voix haute.

– « Le Comité des chefs d'état-major de l'armée nous a fait part d'une dernière exigence concernant l'armée des BioSynths : il réclame un dispositif de sécurité. Vous avez beau nous assurer de la loyauté sans faille des BioSynths – elle fait partie intégrante de leur cerveau, etc. –, cette demande m'apparaît parfaitement fondée, étant donné leurs capacités. En aucun cas nous ne pouvons négliger cet aspect.

» Parallèlement à cette armée artificielle, il nous faut prévoir la conception d'un virus de synthèse activable à distance, de sorte qu'en cas de dysfonctionnement des troupes, ou de rébellion, ou si la situation nous échappait d'une manière ou d'une autre, il nous suffirait d'appuyer sur un bouton pour les neutraliser. Il nous faut un virus capable de détruire les BioSynths sans faire de mal à quiconque ni détruire quoi que ce soit, hormis eux-mêmes. Je suis certaine que votre équipe n'aura aucune difficulté à le créer et à les en doter. »

Kira contemplait l'écran, médusée.

– La Sécurité, c'est le RM, dit Heron. C'est votre gouvernement qui l'a commandé.

– Et il s'en est pris à la mauvaise cible, compléta Kira dans un souffle.

CHAPITRE 25

Se faire capturer par les Partials avait été un jeu d'enfant. Ariel et Marcus avaient bouclé leurs bagages, étaient partis à pied le long de l'autoroute la plus large qu'ils avaient trouvée, et s'étaient fait ramasser par une patrouille dans les deux heures. Le binôme de Partials les avait fouillés, désarmés, et escortés dans la direction d'East Meadow ; quelques kilomètres plus loin, ils avaient rencontré un camion, déjà à demi plein de prisonniers humains, dans lequel ils avaient fait le reste du trajet. Les humains étaient assis en silence à l'arrière, le visage hagard de terreur, et Marcus n'avait pas eu besoin de feindre sa propre peur d'une occupation par les Partials. Ils s'étaient fait prendre volontairement, mais ils ignoraient quel sort leurs geôliers leur réservaient. Une fois arrivés à East Meadow, ils avaient de nouveau été fouillés et interrogés. Les Partials ne parurent pas reconnaître Marcus – ou s'ils l'avaient identifié, ils s'en moquaient. Peu avant minuit, Ariel et lui furent relâchés dans la ville sans rien d'autre sur eux que les vêtements qu'ils avaient sur le dos. Ils dégotèrent une maison vide et s'y cachèrent jusqu'au matin.

Craignant d'être suivis, ils attendirent la nuit suivante pour se risquer à gagner la maison de Nandita. Ils découvrirent que les Partials l'avaient déjà saccagée, et qu'ils avaient tout retourné jusqu'au moindre recoin.

– Ça m'étonnerait qu'ils aient laissé passer quoi que ce soit, dit Marcus.

Ils se mirent quand même à la tâche, au cas où les Partials

auraient raté un indice révélateur sur les projets de Nandita. Ils ne savaient pas précisément ce qu'ils cherchaient.

Ils passèrent leurs journées dans la maison vide, en la fouillant le plus prudemment et le plus silencieusement possible, et leurs nuits dissimulés dans les habitations du voisinage, une différente chaque nuit, s'efforçant de rester invisibles.

Les gens qui attiraient trop l'attention sur eux se retrouvaient invariablement victimes de l'exécution du soir.

Ils commencèrent par la chambre de Nandita : tous ses tiroirs, ses placards, les boîtes rangées sous son lit, l'espace entre la penderie et le grand miroir en pied, le dessous des matelas, les poches de ses vêtements. Ils explorèrent aussi la serre, même si Xochi l'avait largement investie depuis la disparition de Nandita et s'il ne restait que très peu d'endroits qui ne soient pas envahis par sa collection d'herbes et de pousses. N'ayant rien trouvé, ils se mirent à fouiller le reste de la maison, regardant d'abord dans les meubles avant de finalement arracher les lames du parquet, éventrer le capitonnage des fauteuils et même creuser des trous dans le jardin. Ils restèrent bredouilles.

– Voyons les choses en face, dit Marcus au bout de plusieurs jours, appuyé d'un air las au comptoir de la cuisine. Soit ces notes d'expériences n'existent plus, soit elles ne sont plus là.

– Elles existent. Je les ai vues.

– Nandita a pu les emporter avec elle.

Marcus contemplait le trou béant qu'ils venaient de pratiquer dans le mur de la cuisine ; Nandita y avait réparé une section de placage un an plus tôt, chose que les Partials ignoraient, mais en l'ouvrant ils n'y avaient trouvé que quelques clous égarés.

– C'est peut-être même pour ça qu'elle est partie, pour poursuivre ses études ou analyser les résultats, je ne sais pas.

– Ou pour les cacher, dit Ariel. Ou même pour simplement les détruire. Mais je me demande ce qui aurait pu la pousser à le faire.

Marcus secoua la tête.

– Tu pars du principe qu'elle est partie de son plein gré. Et si on l'avait enlevée ? Elle et ses notes ? Ça paraît... (Il ralentit et eut un rire sec.) J'allais dire que ça paraît inutilement paranoïaque, mais au vu des circonstances, ça pourrait bien être vrai. Je ne m'étonne plus de rien.

– S'ils l'avaient enlevée, ils ne seraient pas revenus à sa recherche, tu ne crois pas ?

– Les Partials sont très divisés. Il s'agissait peut-être d'une faction ennemie de Morgan.

– Nandita et le docteur Morgan ont toutes les deux étudié la physiologie de Kira. Pour ce qu'on en sait, elles travaillaient peut-être ensemble.

– J'ai nettement eu l'impression qu'elle travaillait pour Morgan quand Heron est venue me parler, c'est vrai, dit Marcus. D'un autre côté, Heron n'est pas franchement la plus fiable des sources. Quand même, réfléchis à ça : c'est peut-être par pure coïncidence que Morgan a fait des expériences sur Kira. Elle voulait une fille humaine, et à ma connaissance elle n'a pas fait d'efforts pour en obtenir une en particulier.

– À ta connaissance.

– À ma connaissance, en effet. Mais j'étais là. J'ai vu Kira vivre toute l'histoire, prendre ses décisions à sa manière très personnelle. Si Morgan avait voulu quelqu'un en particulier, il lui suffisait d'envahir l'île comme elle le fait maintenant, au lieu de mettre sur pied un stratagème ridiculement compliqué pour la pousser à se rendre sur le continent.

– Mais que fais-tu de cette photo dont tu m'as parlé ? Tu as vu Kira et Nandita ensemble avant le Ravage, ce qui est déjà assez bizarre en soi, mais devant l'immeuble ParaGen, en plus ? Et ça ne te fait pas l'effet d'un gros voyant rouge te disant qu'il se passe des choses étranges ? Il y a forcément autre chose dans cette relation.

– Oui, mais quoi ? Bien sûr que c'est un gros voyant rouge, mais indiquant quoi ? Ça fait des semaines que j'essaie de tout démêler, c'est pour ça que nous venons de démanteler ton ancienne maison, mais qu'est-ce que ça veut dire ? Le fait que je les aie vues devant les bureaux de ParaGen signifie-t-il que

Kira est différente ? La plupart d'entre nous ont subi des modifications génétiques à la naissance – Kira en aurait-elle une d'un genre particulier ? Je suis de ton côté, Ariel, mais très franchement, je n'y comprends rien.

Ils entendirent alors un grondement, et reconnurent aussitôt le bruit d'un moteur, probablement assez gros. Les Partials avaient apporté des véhicules motorisés à East Meadow, riches en ressources et en énergie comme ils l'étaient, et les humains avaient appris à guetter le bruit de la « police » des Partials en approche. Ils se jetèrent au sol, tâchant de se rendre aussi invisibles que possible. Cela fonctionna.

– C'était la plus chaude alerte que j'aie jamais connue, dit Ariel. Je pense qu'ils savent que nous sommes ici – que nous nous servons de cette maison, je veux dire.

– Les documents que tu as vus dans la serre de Nandita, lança Marcus. Tu ne te rappelles rien d'autre à leur sujet ?

– Je te l'ai déjà dit. Il était écrit : « Madison : contrôle. » Il y avait beaucoup de notes physiques : taille, poids, tension artérielle, ce genre de choses, avec leur évolution dans le temps. Madison et moi devions avoir dix ans, peut-être bientôt onze, notre puberté commençait tout juste, alors il y avait beaucoup de changements à suivre. Mais au moins la moitié des notes, probablement plus, parlaient de substances chimiques : elle avait aussi griffonné des choses sur les différentes propriétés de chaque herbe, et les différents dosages dans ses compte-gouttes d'une fois sur l'autre. Elle essayait de trouver la bonne recette pour... quelque chose. Je ne sais pas. Le « contrôle », quoi qu'elle ait voulu dire par là.

– Oh, merde, souffla Marcus, les yeux rivés au sol. (Il ferma les paupières en secouant lentement la tête, comprenant peu à peu.) Merde, remerde et reremerde.

Ariel sourit.

– Attention à votre langage, monsieur Valencio.

– Il ne s'agit pas de contrôle, dit-il en relevant la tête vers elle. Tu as des notions de méthodologie scientifique ?

– Je suis sûre de ce que j'ai vu.

– Oui, d'accord, mais tu avais dix ans et tu ne savais pas l'interpréter. Vois-tu, quand un scientifique lance une expérience, il a toujours au moins deux sujets : le sujet d'expérimentation, qu'il traficote, et le contrôle, auquel il ne fait rien. C'est un repère, un sujet non modifié, qui n'est là que pour fournir un élément de comparaison avec ce qui arrive au sujet de l'expérience. Nandita a pu utiliser Madison comme sujet de contrôle, afin de mieux comprendre ses observations sur Kira.

Ariel commençait à voir où il voulait en venir.

– Elle n'avait jamais élevé d'enfants. Si Kira avait un comportement bizarre, elle n'avait aucun moyen de savoir si c'était parce que les enfants sont parfois bizarres, ou si c'était à cause de... de cette fichue particularité qu'on ignore sur elle. Donc... nous étions toutes des sujets de contrôle... Trois contrôles pour un sujet d'expérience. (Elle fronça les sourcils.) Ça se tient, je suppose, mais ça ne résout rien. On ne sait toujours pas sur quoi portaient ses tests, pourquoi elle les faisait, ni quel rapport cela avait avec ParaGen.

Marcus haussa les épaules.

– Il n'y a que trois personnes qui le sachent. Kira, Nandita et le docteur Morgan. Je te parie tout ce que tu veux que Morgan connaît au moins une partie de l'histoire, sans quoi elle ne serait pas en train de mettre cette île en pièces pour retrouver les deux autres.

– Oui, eh bien je ne vais pas aller le lui demander.

– Et Kira ne veut rien me dire. J'ai de ses nouvelles environ une fois par semaine, et jamais pendant plus de quelques secondes. Je ne sais pas où elle est, mais le signal radio est très, très faible.

Ariel contempla la maison saccagée.

– S'il restait une trace de Nandita ici, les Partials l'ont trouvée avant nous. Même si on découvrait un indice sur sa destination, nous aurions des semaines de retard sur eux, et ils sont bien plus nombreux que nous. Nous ne retrouverons jamais Nandita avant eux.

– Ne baisse pas les bras tout de suite, dit Marcus en agitant son appareil radio. La plupart des nouvelles que je reçois là-dessus émanent de batailles entre Partials : une autre de leurs factions s'en prend toujours à celle qui occupe l'île.

– Tu veux dire que nous sommes pris entre deux armées de Partials ? Et moi qui croyais que tu voulais me remonter le moral !

– Ce que je veux dire, c'est qu'ils sont perturbés. Ils ne peuvent pas consacrer toute leur énergie à retrouver Nandita, parce qu'ils passent la moitié du temps à se battre contre d'autres Partials.

– Et nous, on passe tout notre temps à se cacher des Partials. Ils ont quand même l'avantage.

Marcus, songeur, poussa un profond soupir.

– J'essayais juste de voir le bon côté des choses, mais en effet, ça devient difficile.

Il jouait avec les débris de Placoplâtre, les soulevant du bout du pied. Une pensée lui vint peu à peu.

– En fait, peut-être que si.

– Si quoi ? Il y a un bon côté ?

– Il y a une seconde armée de Partials.

Ariel lui lança un regard incrédule.

– C'est le pire bon côté que j'aie jamais entendu.

– Non, s'échauffa Marcus. Réfléchis : le docteur Morgan a levé une énorme armée de Partials, expressément pour envahir notre île et nous prendre en otages, et une autre armée de Partials s'en prend à elle à cause de ça. Les Partials n'attaquent pas sans raison : ce sont des soldats, pas des... barbares. Et la seule raison qu'ils aient de traverser le détroit et de s'en prendre aux forces de Morgan, c'est de vouloir les arrêter, et s'ils veulent arrêter cette invasion, c'est qu'ils sont en désaccord.

Ariel se rembrunit, visiblement sceptique.

– Tu veux dire que le deuxième groupe de Partials serait de notre côté ?

– Si A déteste B et que C déteste B, alors A et C sont des alliés. C'est la... la propriété transitive de l'éthique du champ de bataille, un concept que je viens d'inventer. Mais qui est vrai.

– Les ennemis de mes ennemis sont mes amis, résuma Ariel.

– Ah, voilà ! Je savais bien qu'il existait un dicton de ce genre.

– Et en quoi ça nous aide ? À la rigueur, l'un de nous pourrait réussir à sortir d'East Meadow et à franchir les patrouilles de Morgan, pour peu que les autres les distraient suffisamment, mais ensuite ? Partir vers le nord en traversant le territoire le plus lourdement occupé de l'île, en pleine zone de bataille inter-Partials, et espérer reconnaître les bons des méchants ? Tu serais ramené ici *manu militari* en moins de vingt-quatre heures, en imaginant que tu survives à tout ça.

– Nous allons quitter l'île, dit Marcus. On laisse les soldats se battre entre eux, et on les contourne pour aller parler au commandement, à l'arrière.

– Tu veux te pointer sur le continent, tout seul, et trouver un groupe de Partials...

Marcus éclata de rire.

– Tu me prends pour qui ? Pour Kira ? Je ne vais pas faire ça tout seul, je vais aller en parler au Sénat.

– Le Sénat a fui East Meadow au début de l'invasion, dit Ariel. Qu'est-ce qui te fait croire que tu vas le retrouver ?

– Le fait que le sénateur Tovar soit l'ancien chef de la Voix du peuple. Et que je connaisse les anciennes planques de la Voix. Aide-moi juste à m'échapper, il faut que j'aille à l'aéroport JFK.

CHAPITRE 26

Kira regarda ses trois compagnons, hochant la tête comme pour se convaincre elle-même qu'elle disait vrai.

– La Sécurité, c'était le RM. Créé par ParaGen, sur instruction du gouvernement, comme moyen de contrôle de l'armée des Partials.

Le visage de Samm était solennel.

– Le RM devait tuer des Partials ?

– C'était un disjoncteur, dit Heron. Si jamais les Partials échappaient au contrôle, boum ! Activez la Sécurité, problème réglé.

– C'est une très bonne idée, commenta Afa, bien assommé par les antalgiques mais encore relativement lucide.

Ses pensées semblaient claires, mais il avait la langue pâteuse et disait tout ce qui lui passait par la tête.

– À part le côté génocide, bien sûr, précisa-t-il. Ne le prenez pas mal.

– Bien sûr que non, pensez-vous ! lui dit Heron sur un ton qui démentait complètement ses paroles.

– Alors comme ça, la Sécurité était présente en nous dès le départ, reprit Samm. C'était un dispositif d'autodestruction biologique.

– Qui n'a pas tué les bonnes personnes, précisa Afa.

– Je ne crois pas que ce soit ça, dit Kira.

Elle redressa l'écran et fit défiler l'arborescence, cherchant un fichier en particulier ; lorsqu'elle le trouva, elle le montra à tous.

– Voici un e-mail datant des tout débuts de l'épidémie de RM, avec en pièce jointe un article de presse sur une mystérieuse maladie surgie de nulle part; les archives ne disent pas précisément quand la Sécurité a été activée ni par qui, mais je devine que cela remontait à environ trois jours. Ce courrier est de Nandita, et adressé à mon père. (Elle retourna l'écran vers elle et lut la pièce jointe à haute voix.) « Un nouveau supervirus fait sept morts à San Diego. Des dizaines d'autres cas apparaissent. » (Elle releva les yeux.) Dans le corps de l'e-mail, Nandita a écrit : « Plus rapide qu'on ne le pensait. » Pas : « Oh non, il ne s'attaque pas aux bons ! » Juste : « Plus rapide qu'on ne le pensait. »

– Ils auraient volontairement visé les humains? s'étonna Samm. Ça n'a... absolument aucun sens.

– Non, en effet, et c'est pourquoi je n'adhère pas encore complètement à l'idée. Je fais juste remarquer que c'est une possibilité.

– Et est-ce que tu vas spéculer comme ça sur toutes les informations? s'enquit Heron. Ou juste sur celle-ci? Prévenez-moi quand je pourrai à nouveau m'intéresser à ce que tu racontes.

Kira eut envie de lever les yeux au ciel, mais s'abstint.

– C'est ça, le problème, dit-elle. La plupart des autres informations sont relativement claires. On n'a pas trouvé de formule virale ni rien de ce genre, mais il y a là-dedans des documents qui détaillent presque tout le reste. Nous savons comment ils ont procédé : ils ont conçu les glandes phéromonales de telle manière qu'elles diffusent des spores virales lorsqu'elles sont stimulées par une substance chimique particulière. Nous savons pourquoi ils l'ont fait : parce qu'ils craignaient que l'armée des Partials ne se soulève un jour, ou pire, et qu'ils voulaient avoir un moyen simple de l'anéantir. Ce n'est pas la décision la plus éthique qu'ils aient prise, mais enfin c'est comme ça. (Elle posa une main sur l'écran qui luisait doucement.) Il y a là-dedans des documents dans lesquels ils en débattent, d'autres dans lesquels ils planifient tout, d'autres encore dans lesquels ils analysent les détails spécifiques de la contagion, pour tâcher de prévoir à quelle vitesse elle se propagerait. Mais toutes ces discussions concernent les Partials. Le virus s'en est pris aux humains, et pourtant pas un mail dans le lot ne s'étonne de cette bizarrerie. Aucun de ceux de l'Alliance, en tout cas. Il y a bien un message de Noah Freeman, le PDG de ParaGen, adressé au conseil d'administration, qui laisse penser que c'est plus compliqué. (Elle afficha le message en question.) « Nous n'avons pas de preuve formelle que l'équipe responsable des Partials ait le projet de saboter le dispositif de Sécurité. Toutefois, dans le souci de parer à toute éventualité, nous avons engagé de nouveaux ingénieurs pour l'installer sur les derniers modèles. Ainsi, même en cas de trahison de l'équipe scientifique, la Sécurité se déploierait tout de même. »

– Ce qui semble confirmer ce que tu viens de dire, commenta Samm.

– Voilà. On sait que l'Alliance a inclus le RM dans le génome des Partials, et cet e-mail nous indique que la direction de ParaGen connaissait cette partie de l'histoire. Mais nous savons aussi que l'Alliance a prévu l'antidote en même temps que le virus. Et cela en secret, puisque ce n'est jamais mentionné dans le moindre échange de mails entre l'Alliance et la direction. Comme le prouve ce message-ci, le PDG savait que l'Alliance essayait de saboter la Sécurité, même s'il ignorait par quel moyen. Le « sabotage » en question devait donc être l'antidote. Il n'est mentionné que deux ou trois fois dans les messages entre membres de l'Alliance, et seulement de manière lourdement cryptée. Sans Afa pour faire sauter les protections, nous n'aurions jamais pu les lire.

L'intéressé se redressa.

– Ils se servaient d'un codeur Paolo-Scalini niveau six avec des dynamiques de...

– On s'en fiche, le coupa Heron. L'important est que c'était secret. C'est bizarre. En définitive, ils cachaient à leurs patrons qu'ils étaient en train d'inventer un deuxième dispositif pour annuler le premier.

– Mais dans ce cas, dit Samm, la première Sécurité – le RM – a dû être conçue volontairement pour s'attaquer aux humains. Si c'était dû à une mutation de la souche, l'antidote serait impuissant à la neutraliser.

– Absolument, l'approuva Kira. Tout se goupille un peu trop bien pour que ce soit un hasard.

– Et l'expiration ? demanda Heron. C'est bien l'autre raison de notre présence ici, pas vrai ? Avez-vous trouvé comment y mettre fin ?

– Ça aussi, c'était sans doute secret, répondit Kira. Messages cryptés et tout et tout. Certains membres de l'Alliance étaient au courant ; d'autres, comme Morgan, apparemment pas. Comme je n'ai pas eu le temps de lire toutes leurs conversations, je ne peux pas vous dire au juste pourquoi.

– Sans doute parce qu'ils n'étaient pas tous d'accord, intervint Samm. Tu as dit qu'il y avait eu débat à propos de la Sécurité, pas vrai ? Je suppose donc que certains s'y opposaient ?

Kira acquiesça.

– Certains, oui. Mon père, par exemple, trouvait qu'à partir du moment où l'on créait de nouvelles formes de vie, il était immoral de prévoir de les tuer sur commande.

Elle ne put s'empêcher de sourire de cette manifestation de bonté chez son père, heureuse de savoir qu'il s'était opposé à une chose qu'elle-même haïssait si fort. Même si elle n'avait pas de lien biologique avec lui, ou peut-être justement parce qu'elle le savait, les points communs entre eux n'en avaient que plus de poids.

Afa hocha la tête, de manière presque compulsive, dessinant des motifs dans la poussière en parlant.

– Donc, l'Alliance avait un plan qu'elle cachait à la direction de ParaGen, mais ses membres n'étaient pas d'accord entre eux, ou chacun avait son propre projet qu'il cachait aux autres. Peut-être les deux, ou peut-être quelque chose entre les deux.

– C'est ça, dit Kira. Il y avait un plan… au moins un.

– Mais la date d'expiration, dans tout ça ? insista Heron. Tu as dit qu'il y avait quelque chose là-dedans… quoi donc ?

– Rien que des théories et des projections, répondit Kira en lui tendant l'écran. Tu peux lire ça toi-même si tu veux : de longs discours sur la nécessité d'une date d'expiration, et sur la durée de vie qu'il fallait leur accorder, la manière dont elle devrait fonctionner, qui allait s'en charger. Ça continue sans fin. Mais pas de formules, pas de codes génétiques, pas le moindre détail purement médical.

– Comme pour le virus, fit remarquer Samm. Je croyais que tous les dossiers de ParaGen se trouvaient dans ce centre de données ?

Afa dessinait toujours avec son doigt.

– Moi aussi.

– Alors, où est le reste ? s'interrogea Kira. Sur un autre serveur ? Je ne sais pas si on réussira à rallumer le générateur.

– Non, j'ai bien étudié le registre, dit Afa. Tout ce qui appartenait à ParaGen est sur ce disque dur.

– De toute évidence, ce n'est pas vrai, le contredit Heron. Où peut être le reste ?

– Je ne sais pas.

– Il faudrait peut-être revérifier le registre, suggéra Samm.

Mais Kira secoua la tête.

– Ils ne voulaient certainement pas que les pièces les plus importantes de leur plan secret se baladent « dans le nuage », comme dit Afa. À mon avis, ces archives-là se trouvent exactement là où on le pensait dès le début. (Elle prit sa respiration, pleine d'appréhension.) Et nous allons y aller.

– Tu ne veux quand même pas parler de Denver, souffla Heron.

– Bien sûr que si, je veux parler de Denver.

– On ne va pas à Denver, trancha Heron. On a essayé ceci, ça n'a pas marché, maintenant il est temps d'être raisonnables et de rentrer chez nous.

– Plus rien ne nous attend chez nous.

– Si, la vie ! s'emporta la Partial. Le salut, la raison ! On en a déjà parlé...

– Et on a décidé d'aller à Denver, la coupa Kira. C'était le projet depuis le début. On a cru pouvoir tout récupérer ici, mais c'est raté. On a joué, on a perdu. Maintenant, il faut continuer.

– J'ai la jambe cassée, lui rappela Afa.

– Je sais.

– La balle a touché le tibia...

– Je sais ! Je sais, et je suis désolée. Mais que pouvons-nous faire d'autre ? Tourner les talons, renoncer, simplement parce qu'on a fait un pari fou et qu'on l'a perdu ?

– Le pari fou, c'était Denver, affirma Heron. Chicago était la seule partie raisonnable du projet.

– Nous avons fait ce chemin pour tenter de trouver l'Alliance, argumenta Kira. Pour trouver ParaGen, les plans, les formules, et le tout afin d'éliminer ces maladies...

– C'est en rentrant chez nous qu'on pourra les éliminer, soutint Heron.

– Non, on ne pourra pas. À la rigueur, on parviendra à en différer l'issue, à contourner temporairement le problème ; peut-être qu'avec beaucoup de chance, en m'étudiant, le docteur Morgan arrivera à bricoler quelque chose contre la date d'expiration. Mais le RM sera toujours là, les bébés humains continueront de mourir, et nous serons toujours aussi impuissants.

Heron répondit d'une voix froide comme la glace.

– Donc si tu ne peux pas sauver les deux espèces, tu vas laisser mourir les deux.

– Je peux sauver les deux. Nous pouvons sauver les deux, ensemble, en allant à Denver et en mettant la main sur les dossiers.

– Et s'ils n'y sont pas ?

– Ils y sont.

– Et on ira où, après ? Jusqu'à la côte ? Au-delà de l'océan ?

– Ils y sont, je te dis.

– Mais s'ils n'y sont pas ?

– Alors on continuera ! explosa Kira. Parce qu'ils sont quelque part, je le sais !

– Tu ne sais rien du tout. C'est juste ta pauvre cervelle embrouillée qui se raccroche à cette idée, par pur désespoir.

– C'est la seule explication qui fasse le lien entre tout ce que nous avons trouvé jusqu'à présent. Je ne baisserai pas les bras, et je ne ferai pas demi-tour.

Le silence s'abattit sur la pièce. Kira et Heron se défiaient du regard, farouches comme des lionnes.

– Je ne veux pas traverser l'enfer, geignit Afa.

– Tu vas tous nous faire tuer, ajouta Heron.

– Tu n'es pas obligée de venir.

– Alors là, tu serais tuée à coup sûr, et si tu es la clé pour comprendre comment lever la date d'expiration, ça revient au même.

– Viens avec nous, dans ce cas. On peut y arriver, Heron, je te le jure. Tout ce qu'a fait l'Alliance, les formules utilisées, les génomes qu'ils ont créés, tout ça nous attend là-bas. Nous le retrouverons, et nous le rapporterons, et nous sauverons tout le monde. Les deux espèces.

– Les deux espèces, répéta Heron, qui inspira à fond. Tu as intérêt à te démener, alors, parce que si jamais un seul camp doit survivre, je t'assure que ce sera le nôtre. (Elle tourna les talons et sortit d'un pas furieux.) Si on doit partir, partons tout de suite : à chaque minute qui passe, quelqu'un meurt chez nous.

Kira elle-même respira profondément, les veines encore saturées d'adrénaline. Afa regarda Heron partir, puis parla trop fort.

– Je ne l'aime pas tellement.

– C'est le dernier de ses soucis, le rassura Kira. Samm, on ne t'a pas entendu pendant tout ce temps.

– Tu connais ma position, répondit-il. J'ai confiance en toi.

Kira sentit monter des larmes, qu'elle essuya sur sa manche.

– Pourquoi ? fit-elle en reniflant. Je me trompe souvent.

– Oui, mais si tu as une chance même infime de réussir, tu es prête à déplacer des montagnes pour y arriver.

– Tout est si simple, avec toi.

Samm soutint son regard.

– Simple ne veut pas dire facile.

– On devrait d'abord appeler chez nous, dit Afa. Ce type à

qui tu parles toujours : il faut le prévenir qu'on rentrera en retard.

– Non, déclara Samm en se levant. On vient de se faire attaquer... Je ne sais pas si c'étaient des gardes postés à Chicago ou s'ils nous ont suivis, mais quoi qu'il en soit, nous sommes plus en danger que nous ne le pensions. Nous ne pouvons laisser personne savoir que nous sommes en vie, et encore moins où nous allons.

– Pas besoin de dire où, précisa Afa. On pourrait utiliser un nom de code. Comme « Mortorq » : c'est un tournevis.

– Non, insista Kira. Quoi que nous disions, ce sera un indice de trop. On y va, et en secret. (Elle regarda l'écran dans sa main, puis le fourra dans son sac à dos.) Tout de suite.

CHAPITRE 27

Les ruines de l'aéroport JFK étaient entourées d'une large étendue de tarmac qui obligeait tout intrus à approcher à découvert. Un assaut ciblé, mené avec des véhicules blindés, l'aurait facilement conquis, mais il restait peu de blindés dans le monde, et l'armée de guérilla du docteur Morgan n'en possédait aucun. Du temps de la rébellion, la Voix du peuple avait réussi à tenir l'aéroport contre les Forces de défense avec juste une poignée de guetteurs et de snipers ; à présent, les hors-la-loi et l'armée unissaient leurs forces contre les Partials. Marcus traversa les pistes exposées, mal à l'aise, en priant pour que les défenseurs le reconnaissent comme un humain. Et pour qu'ils prennent la peine de l'identifier, déjà.

L'accès à l'aéroport avait été dynamité, ainsi que l'essentiel du terminal 8, afin de laisser le moins de cachettes possible à une force d'invasion. Marcus préféra se diriger vers le terminal 7. Tout en avançant, il distingua des tireurs dans l'ombre, qui le suivaient lentement de la pointe de leurs canons.

– Halte-là, cria une voix.

Marcus s'arrêta.

– Jette tes armes.

– Je n'en ai pas.

– Alors jette tout le reste.

Marcus n'avait pas grand-chose sur lui : rien qu'un sac à dos qui contenait des bonbons durs comme des cailloux et deux litres d'eau. Il le posa par terre et s'en éloigna, tendant les mains devant lui pour montrer qu'il n'avait rien dedans.

– Tourne-toi, fit la voix, et Marcus s'exécuta.

– Je ne suis rien qu'un petit Mexicain maigrichon, dit-il. Oh, attendez ! J'oubliais.

Plongeant la main dans la poche de son jean, il en sortit un papier plié et un crayon usé. Il les tint devant lui pour inspection, puis les posa par terre avec précaution.

– Tu te moques de nous ? fit la voix.

– Oui.

Il y eut un long silence, jusqu'au moment où, enfin, un homme lui fit signe dans l'encadrement d'une porte. Il trottina jusque-là et découvrit des soldats de la Défense qui l'attendaient avec des mitraillettes. Il les regarda avec appréhension.

– Vous êtes bien des humains, hein ?

– Jusqu'au bout de mes ongles de tueur de Partials, répondit le soldat qui lui avait fait signe. Tu es un des gars de Delarosa ?

– Quoi ?

– La sénatrice Delarosa. Tu travailles pour elle ? Tu as un message ?

Marcus afficha un air perplexe.

– Attendez, vous voulez dire qu'elle est encore...

Il se rappelait l'avoir rencontrée dans la forêt, alors que Haru et lui fuyaient la première attaque de Partials. Elle se cachait dans les bois et attaquait les patrouilles.

– ... elle se bat encore contre les Partials ?

– Avec le soutien total de l'armée, dit le soldat. Et elle le fait fichtrement bien, en plus.

Marcus soupesa cette idée : il l'avait toujours vue davantage comme une terroriste que comme une combattante pour la liberté. *Je suppose qu'il vient un moment où tout se rejoint*, pensa-t-il. *Quand la situation est suffisamment désespérée, tout est bon...*

... Non, ce n'est pas vrai, se reprit-il fermement. *À la fin de la guerre, il faudra que nous soyons aussi bons que quand nous l'avons commencée.*

– Je ne suis qu'un type comme ça, dit-il. Pas de message ni de livraison spéciale, rien.

– La zone des réfugiés est en bas, l'informa le premier soldat. Essaie de ne pas trop manger, il ne nous reste pas grand-chose.

– Ne vous en faites pas, je ne vais pas rester longtemps. Est-ce que par hasard je pourrais parler au sénateur Tovar ?

Les soldats se consultèrent du regard, puis le premier se retourna vers Marcus.

– M. Mkele aime débriefer les nouveaux arrivants. Tu le verras d'abord.

Ils guidèrent Marcus dans l'aéroport, quittant presque immédiatement la surface pour descendre dans le vaste réseau souterrain qui sillonnait le complexe entier. Marcus s'étonna de découvrir un véritable camp de réfugiés dans les sous-sols : il n'était pas le premier à avoir eu l'idée de venir ici !

– Les Partials savent-ils que vous êtes regroupés là ? s'enquit le garçon. Ils seraient prêts à tuer pour mettre la main sur cet endroit.

– Ils ont envoyé deux ou trois patrouilles. Jusqu'à présent, on a réussi à leur rapporter plus d'ennuis qu'on n'en valait la peine.

– Ça ne durera pas.

– Ils sont attaqués par Delarosa sur un flanc, et par une autre faction de Partials sur l'autre. Ça occupe trop leurs forces pour qu'ils s'embêtent avec nous.

– C'est exactement pour ça que je suis venu ici, confirma Marcus.

Le soldat l'emmena jusqu'à un petit bureau et frappa à la porte. Marcus reconnut la voix de Mkele lorsque celui-ci leur dit d'entrer. Le soldat obéit.

– Un nouveau réfugié, annonça-t-il. Il dit qu'il veut parler au Sénat.

Mkele releva la tête, et Marcus éprouva un pincement de fierté malicieuse en voyant s'agrandir les yeux de l'expert en sécurité.

– Marcus Valencio ?

Surprendre un homme qui se flattait de tout savoir était vraiment un plaisir sans prix.

Mais la fierté fit aussitôt place au découragement : voir

que Mkele était dépassé par la situation était, d'une certaine manière, plus inquiétant que tout.

– Bonjour monsieur, lui dit Marcus en entrant. J'ai une... une requête à vous soumettre. Ou plutôt une proposition, je dirais.

Mkele jeta un coup d'œil incertain au soldat, puis revint à Marcus et lui indiqua une chaise.

– Asseyez-vous.

Le soldat s'en alla en refermant derrière lui, et Marcus inspira à fond pour calmer ses nerfs.

– Il faut que nous fassions une incursion sur le continent, annonça-t-il.

Mkele ouvrit de grands yeux, et Marcus éprouva de nouveau le même sentiment de triomphe et de gêne en voyant qu'il venait encore d'étonner le chef du renseignement. Au bout d'un bref instant, celui-ci hocha la tête, comme s'il comprenait.

– Vous voulez aller chercher Kira Walker.

– Sûr que j'aimerais bien la trouver, mais ce n'est pas elle le but. Il nous faut envoyer un groupe vers le nord, une ville appelée White Plains, pour discuter avec les Partials qui s'en prennent au docteur Morgan.

Mkele ne réagit pas.

– Je ne sais pas précisément de quelle faction il s'agit, continua Marcus, mais je sais qu'ils combattent celle de Morgan. Ils ont lancé un assaut contre l'hôpital dans lequel Kira était prisonnière, il y a quelques mois : c'est ce qui nous a permis de la libérer, pendant qu'ils s'entretuaient. Maintenant, ils s'en prennent de nouveau aux forces de Morgan : ils les ont suivies à travers le détroit, ce qui laisse entendre qu'ils cherchent à stopper cette invasion.

– Et vous pensez que cela en fait nos amis.

– A est égal à B, qui est égal à... bon, écoutez, Ariel formulait ça bien mieux que moi, je ne me rappelle plus. Mais oui, nous avons un ennemi commun avec eux, et nous pourrions sans doute obtenir leur aide.

Mkele l'observa encore un moment, puis parla lentement.

– Je reconnais qu'il a pu nous venir des idées du même

ordre, mais nous ne savions pas où ni comment prendre contact avec eux. Êtes-vous sûr que c'est bien à White Plains qu'il faut aller ?

– Sûr et certain. Samm nous en a parlé : ils ont un réacteur nucléaire qui fournit du courant à toute la région, si bien qu'ils restent sur place pour l'entretenir. Si nous parvenons jusque-là, ce qui, je l'admets, ne sera pas facile, ils seront peut-être disposés à s'associer avec nous pour mettre fin à l'occupation, voire à nous donner certaines réponses avant qu'il ne soit trop tard. Ça vaut la peine de tenter le coup.

– Des coups, c'est exactement ce que vous récolterez, objecta Mkele. Vous me parlez d'une mission à l'aveugle, en territoire hostile, sans garantie de sécurité. Si vous persévérez dans ce sens, vous serez tué.

– C'est bien pour ça que je suis venu vous voir. Je ne suis pas Kira... Je ne suis pas prêt à prendre le commandement d'une expédition pareille, je ne fais que proposer l'idée.

– Comme ça, lorsqu'il y aura un mort, ce sera moi au lieu de vous.

– Dans l'idéal, personne ne mourra, répliqua Marcus, mais vous faites ce que vous voulez. Je vous recommande quand même de rester en vie assez longtemps pour réussir.

Mkele tambourina des doigts sur le bureau, un geste étonnamment banal qui humanisa un peu cet homme aux yeux de Marcus.

– Il y a un an, je vous aurais châtié pour votre irresponsabilité, dit-il. Aujourd'hui, il se trouve que nous sommes prêts à tout essayer, ou presque. J'avais une unité de soldats qui se préparait déjà pour une mission sur le continent, et maintenant que vous nous donnez un objectif clair, nous pouvons déclencher les opérations. Il se trouve aussi que nous avons besoin d'un médecin, et d'une personne ayant déjà une expérience derrière les lignes des Partials.

– Et je suppose que vous désirez un volontaire, bien sûr.

– Nous sommes les Forces de défense, dit Mkele. Nous n'attendons pas que les gens se portent volontaires. Vous partez demain matin.

CHAPITRE 28

Kira et ses compagnons étaient en route pour Denver.

Ils avaient quitté le centre de données aux premières lueurs du jour, après avoir bandé la jambe blessée d'Afa le plus serré possible, puis l'avoir aidé à patauger sur un bon kilomètre dans l'eau immonde. Ils retrouvèrent la barque là où ils l'avaient laissée et ramèrent en silence jusqu'à leurs chevaux, Samm donnant de longs et puissants coups d'aviron tandis que Heron et Kira surveillaient les arbres en surplomb, guettant les signes d'une attaque. Un chien solitaire les regarda passer depuis un pont, mais il ne parla ni n'aboya, et Kira n'aurait su dire s'il s'agissait d'un Chien de garde ou d'un simple cabot errant.

Les chevaux étaient indemnes mais terrifiés, et Samm et Heron mirent plusieurs minutes à les apaiser suffisamment pour qu'ils se laissent seller. Kira refit le pansement d'Afa avec des bandages secs, et ils unirent leurs forces pour le hisser sur le dos de Zarbi, où le changement de pression sur son muscle déchiqueté le fit chanceler et grimacer de douleur. Kira se mordit la lèvre, contrariée qu'ils soient obligés d'emmener Afa encore plus loin de chez lui – elle n'était pas fâchée contre lui, ni contre personne, mais juste en colère. *Fâchée que la vie soit si dure*, pensa-t-elle. *Nandita m'a élevée mieux que ça. « Si tu as la force de geindre, tu as la force d'y faire quelque chose. »*

Chicago se situait à peu près à mi-distance de Denver et de Long Island, et il leur faudrait encore deux grands mois pour ramener Afa chez lui ; deux mois qu'ils n'avaient pas. Ils ne pouvaient pas le laisser sur place, évidemment : ils étaient donc obligés de l'emmener, quelles que soient les conditions. *D'autre part,* songea-t-elle, *s'il y a encore un système informatique dans les labos de Denver, nous aurons besoin de lui pour y accéder. Il est le seul à savoir comment s'y prendre. Il ne nous reste plus qu'à nous débrouiller pour le garder en vie.*

Une fois qu'ils furent tous en selle, prêts à partir, Kira les mena non vers l'autoroute mais vers un grand hôpital situé de l'autre côté du dépôt ferroviaire.

– « Saint-Bernard », lut-elle sur un panneau délavé, à l'entrée du parking.

– Faut-il aller chercher des antibiotiques dans la pharmacie ? s'enquit Heron. Ou un gros chien poilu avec un petit tonneau accroché au collier ?

– Du moment que ce ne sont pas des chiens qui parlent, tout me va, répondit Kira.

Ces créatures l'épouvantaient encore, elle en avait fait des cauchemars la nuit précédente : dans son rêve, elle vivait avec eux, sauvage et féroce, rejetée par les deux sociétés, humaine et Partial. Elle savait que c'était injuste de sa part de les haïr. Comme elle, ils n'étaient pas responsables de ce qu'ils étaient. Elle chassa ces pensées de sa tête et entra dans l'hôpital, montrant à Samm comment trier les médicaments dont ils avaient besoin tandis que Heron surveillait Afa et les chevaux. Ils remplirent une mallette entière d'antibiotiques et d'analgésiques, puis remontèrent en selle pour se mettre en route vers l'ouest.

Vers le vaste désert empoisonné.

Le moyen le plus rapide de quitter la ville était une voie ferrée qui traversait l'autoroute inondée et partait en ligne droite vers le sud-ouest, perchée sur des rails surélevés qui la maintenaient largement au-dessus de l'inondation. Ils la suivirent sur des kilomètres, dépassant des dépôts de chemin de fer, des cours d'école, de vieilles maisons effondrées, des églises inondées et des bâtiments écroulés, et franchissant une rivière en crue. Les rails étaient rectilignes et le chemin essentiellement sec, mais les cailloux du ballast ralentissaient les chevaux. Ils n'avaient pas encore rejoint la route que déjà il faisait trop sombre pour voyager. Ils s'abritèrent dans une ancienne bibliothèque municipale, laissant leurs montures brouter les hautes herbes qui poussaient sur un terrain marécageux avant de leur faire prudemment gravir la rampe d'accès pour les mettre au sec à l'intérieur. Kira inspecta le bandage d'Afa, lui fit une grosse piqûre d'antalgiques, puis nettoya sa plaie pendant qu'il dormait. Heron attrapa des grenouilles et des lézards dans les marais, dehors, et les fit rôtir sur un feu de vieilles chaises et de magazines. Les livres de la bibliothèque étaient vieux, pourris, et il ne restait personne au monde pour les lire, mais Kira veilla à ce qu'aucun ne finisse dans les flammes. Il lui semblait que ç'aurait été mal.

Au matin, ils se rendirent compte qu'ils se trouvaient à courte distance de la route 80, la grande voie rapide qu'ils avaient suivie depuis Manhattan, mais environ cent cinquante kilomètres plus à l'ouest que quand ils l'avaient quittée en entrant dans Chicago par l'est. Ils revinrent dessus, la trouvant plus haute et plus sèche que la voie de chemin de fer, et bien plus confortable pour les chevaux. Ils la suivirent toute la journée. La ville s'étirait toujours à l'infini où que l'œil porte : une vaste étendue d'immeubles, de rues et de ruines. Les banlieues passèrent et disparurent – Mokena, New Lenox, Joliet, Rockdale –, leurs limites théoriques se fondant en une métropole unique. Lorsque la nuit tomba de nouveau, ils atteignaient les abords de Minooka, que la route contournait en s'incurvant vers le sud. Là, Kira vit pour la première fois une plaine herbeuse qui s'étendait sans fin en direction de l'ouest. L'horizon était plat et informe : un océan de terre, d'herbe et de marécages. Ils dormirent dans un hangar géant, dans ce que Kira supposa être une vieille salle de repos pour les camionneurs transcontinentaux, et écoutèrent une pluie d'orage tambouriner furieusement sur la vaste toiture en tôle. La plaie d'Afa n'allait pas mieux que la veille, mais au moins elle ne s'était pas infectée. Kira se pelotonna sur son tapis de sol et lut à la lueur de la lune un roman à suspense qu'elle avait pris à la bibliothèque. *D'accord, le héros est pourchassé par des démons,* se dit-elle, *mais lui, au moins, il peut prendre une douche chaude le matin.*

Elle s'endormit le nez dans le livre, et s'éveilla bien bordée dans une couverture. À la porte, Samm, qui regardait le soleil se lever sur le paysage urbain, lui jeta un coup d'œil avant de se retourner vers le ciel pâlissant.

Kira s'assit, étira son dos et ses épaules et fit craquer sa nuque.

– Bonjour ! lança-t-elle. Merci pour la couverture.

– Bonjour, lui répondit Samm sans bouger. De rien.

Elle se leva et prit le temps d'aller suspendre sa couverture au dossier d'une chaise avant de s'accroupir pour ouvrir son paquetage. Heron et Afa dormant encore, elle parla à voix basse.

– Qu'est-ce qui te plairait, pour le petit déjeuner ? J'ai du bœuf séché, une autre marque de viande séchée à l'arôme indéfinissable, et... des cacahuètes. Rien que des victuailles pré-Ravage, récupérées dans ce magasin où on s'est arrêtés en Pennsylvanie. Il ne nous reste plus grand-chose, comme provisions.

– On devrait aller au ravitaillement en ville avant de repartir, suggéra Samm. On n'est pas loin de la zone toxique, et je ne sais pas s'il faut se fier à ce qu'on trouvera là-bas.

– On est passés devant une épicerie hier soir, dit Kira, qui sortit du sac tous les aliments qu'elle avait mentionnés pour les poser sur une table, à côté de Samm, puis s'assit de l'autre côté et ouvrit le paquet de cacahuètes. On pourra y retourner avant de lever le camp, mais en attendant, sers-toi.

Samm étudia la nourriture, choisit un sachet de bœuf au hasard et le déchira. Il le renifla méticuleusement avant d'en sortir un morceau de viande noir, tordu, dur comme de la semelle.

– Que faut-il faire à la viande pour qu'elle soit toujours bonne au bout de douze ans ?

– Qu'entends-tu par « bonne » au juste ? Tu vas devoir mâchouiller ce truc toute la journée avant qu'il soit assez mou pour être avalé.

Il en déchira une lanière, longue, fine, et filandreuse au point que c'en était presque drôle.

– Il va falloir la faire bouillir, observa-t-il en remettant les fibres dans le sachet. Mais quand même... une substance comestible presque aussi vieille que nous ! Ce bœuf avait peut-être déjà notre âge quand il est mort, et cet arbre n'existait même pas encore. (Il indiquait un peuplier haut de cinq mètres qui avait crevé l'asphalte du parking.) Et pourtant, on peut encore le manger. Nous n'avons rien, dans le monde d'aujourd'hui, qui permette de conserver la nourriture si longtemps. Ça n'existera peut-être plus jamais.

– Je ne sais pas si c'est souhaitable, pointa Kira. Parle-moi plutôt de la bonne viande fraîche de Riverhead.

– C'est juste que... tout se dégrade, une chose après l'autre. Des voitures qui ne roulent plus. Des avions qui ne reverront plus jamais le ciel. Des systèmes informatiques que nous pouvons à peine utiliser, et encore moins recréer. On dirait que... que le temps s'est inversé. Nous sommes des archéologues préhistoriques fouillant les ruines du futur.

Kira ne dit rien, mastiquant les arachides ramollies tandis que le soleil pointait au-dessus des sommets de la ville, loin derrière eux. Elle déglutit avant de parler.

– Je suis désolée, Samm.

– Ce n'est pas ta faute.

– Pas pour l'histoire des hommes préhistoriques, ni pour le bœuf séché ou... Non, je suis désolée de m'être fâchée contre toi. Je regrette d'avoir dit les choses qui font que tu m'en veux.

Il observa le soleil sans rien dire, et Kira essaya, en vain, de flairer ses pensées.

– Moi aussi, je regrette, lâcha-t-il enfin. Je ne sais pas comment réparer.

– Nous sommes en guerre. Nous ne sommes même pas dans une guerre que nous pouvons gagner – les humains et les Partials s'entretuent, et se tuent eux-mêmes, et tuent tout ce qui leur tombe sous la main, parce que c'est la seule manière qu'ils connaissent de résoudre les problèmes. « Si on ne se bat pas, on mourra. » Ce que nous devons voir en face, c'est que nous mourrons même si nous nous battons, et nous ne voulons pas affronter ça parce que c'est trop terrifiant. Il est plus facile de retomber dans les vieux schémas de haine et de vengeance, parce qu'au moins, comme ça, on fait quelque chose.

– Je ne te hais pas, dit Samm, mais je t'ai haïe. Quand tu m'as capturé, quand je me suis réveillé et que je t'ai vue, et que j'ai compris que tous ceux de mon unité étaient morts. Tu étais là, et donc je t'ai haïe avec une force dont je ne me croyais même pas capable. Je suis désolé pour ça, aussi.

– Ce n'est pas grave. Je ne suis pas complètement innocente non plus. (Elle sourit.) Ce qu'on devrait faire, c'est envoyer tous les humains et les Partials dans une équipée mortelle comme celle-ci, pour qu'ils apprennent à se faire confiance et à se comprendre.

– Je suis content qu'il existe une solution aussi simple.

Samm demeurait impassible, mais Kira crut percevoir, par le lien, comme une impression de sourire. Elle se mit dans la bouche une autre poignée de cacahuètes.

– C'est ce que tu veux vraiment, n'est-ce pas ? lui demanda-t-il.

Elle le regarda avec curiosité.

– Un monde uni, poursuivit-il, le regard toujours perdu au-dehors. Un monde dans lequel les Partials et les humains vivraient ensemble en paix.

Il lui jeta un regard en coin.

Kira acquiesça, tout en mâchonnant d'un air pensif. Oui, c'était exactement ce qu'elle voulait – ce qu'elle voulait depuis... depuis qu'elle avait appris ce qu'elle était. Une Partial, élevée en tant qu'humaine, reliée aux deux groupes sans vraiment faire partie d'aucun.

– Parfois, je me dis...

Elle s'interrompit. *Parfois, je me dis qu'il n'y a que comme cela que je serais acceptée. Je n'appartiens plus à aucun groupe, mais si les deux s'unissaient, je ne serais plus un phénomène de foire. Je ferais partie du tout.* Elle soupira, trop gênée pour le dire tout haut.

– Parfois je me dis que c'est le seul moyen de sauver tout le monde, reprit-elle à mi-voix. De tous nous rassembler.

– Ce sera bien plus difficile que simplement guérir nos maladies.

– Je sais. Nous allons trouver le labo de ParaGen, trouver les plans et les formules, nous vaincrons le RM et la date d'expiration... et rien de tout cela ne comptera, parce que nos deux peuples ne se feront jamais confiance.

– Un jour, il le faudra bien, dit Samm. Quand il n'y aura plus le choix qu'entre la confiance ou l'extinction, la confiance ou la disparition totale, ils verront qu'il le faut bien, et ils se feront une raison.

– C'est une des choses que j'aime chez toi, Samm. Tu es un optimiste invétéré.

À partir de là, pendant plusieurs jours, la route fut absolument rectiligne et plate, à un point presque perturbant. On voyait parfois, d'un côté ou de l'autre, des fermes reconquises par la prairie et restituées aux troupeaux de chevaux et de bovins sauvages, mais le panorama ne changeait pas : c'était toujours la même ferme répétée à l'infini, jusqu'au moment où Kira finit par avoir l'impression de faire du sur-place. De temps en temps, la rivière Illinois, au sud, pouvait être aperçue depuis la route, et Kira commença à l'utiliser comme repère. Ils avançaient lentement, en veillant à nourrir et abreuver les chevaux et à bien donner ses médicaments à Afa. Sa plaie cicatrisait très mal, et Kira faisait de son mieux pour lui remonter le moral.

Trois jours après être sortis de la banlieue de Chicago, ils atteignirent une ville entourée d'eau, au confluent de deux rivières ; ils traversèrent la Rock River pour entrer dans une agglomération nommée Moline, qu'ils trouvèrent marécageuse même s'ils pouvaient y circuler. Au centre de la ville, toutefois, un autre fleuve les arrêta net. C'était le Mississippi, et les ponts n'étaient plus là.

– Ça va mal, dit Kira en observant l'imposant cours d'eau.

Elle avait entendu parler du Mississippi, large de plus d'un kilomètre et demi à certains endroits. Ici, il était moins énorme, mais semblait tout de même avoir au moins huit cents mètres d'empan en certains points. C'était beaucoup trop pour que les chevaux s'y engagent à la nage, surtout avec Afa.

– Vous croyez que c'est dû à la guerre, ou juste à l'usure du temps, cette fois ? demanda Kira.

– Difficile à dire, répondit Samm.

Heron eut un rire dédaigneux.

– Quelle importance, de toute manière ?

Kira, qui regardait l'eau bouillonner, soupira.

– Aucune, je suppose. Bon, qu'est-ce qu'on fait ?

– On ne peut pas faire traverser Afa sans pont, affirma Samm. Et puis on mouillerait la radio, et même si elle est censée être étanche, je ne m'y fie pas trop. Je propose qu'on suive la rive jusqu'à trouver un pont intact.

– Vers le nord ou vers le sud ? s'enquit Heron. Ça, par contre, c'est important.

– D'après notre carte, nous sommes encore légèrement au nord par rapport à Denver, dit Kira. Partons vers le sud.

Ils tournèrent bride, Kira murmurant des encouragements à Bobo et lui caressant l'encolure. La rive était impraticable sur une largeur de plusieurs mètres, parfois même sur presque un demi-kilomètre : le sol était soit trop escarpé, soit trop marécageux, soit trop boisé, voire les trois à la fois. Ils suivirent une petite route étroite autant qu'ils le purent, même s'ils découvrirent plus d'une fois qu'elle s'approchait trop du fleuve et plongeait soudain dans le courant. Lorsque cette route prit un grand virage, ils en empruntèrent une autre. Là, c'était la même chanson, parfois pire, mais ils n'avaient pas le choix. Le premier pont qu'ils dénichèrent rejoignait la ville la plus grande qu'ils avaient vue depuis Chicago, mais il était tombé, comme le précédent. Le deuxième jour, ils se retrouvèrent coincés à un endroit où les flots avaient complètement emporté la route, flanqués d'un côté par le fleuve et de l'autre par un lac, et durent rebrousser chemin sur plusieurs kilomètres. Là, le terrain détrempé s'étendait sur plus d'un kilomètre et demi, peut-être même trois, entre fleuve et lac : Kira ne savait plus si cette estimation était juste ou si elle émanait de sa frustration impuissante. L'endroit était superbe, plein d'oiseaux, de fleurs et de libellules qui décrivaient des cercles paresseux au-dessus des marais, mais l'obstacle était infranchissable. Ils trouvèrent une nouvelle route, prièrent pour qu'elle les mène à un pont, et la suivirent en direction du sud.

Au bout de deux jours, ils arrivèrent au village de Gulfport, qui avait plus de surface sous l'eau qu'au-dessus. De gros piliers de pierre marquaient l'emplacement d'un pont qui avait autrefois traversé jusqu'à la ville bien plus grande située de l'autre côté, mais à part quelques poutrelles solitaires qui dépassaient au-dessus des rapides, il n'en restait rien. Kira poussa un juron et Afa s'effondra douloureusement sur sa selle. Même Zarbi, d'habitude toujours content d'errer pendant leurs pauses à la recherche de pousses vertes à grignoter, semblait trop déprimé pour bouger.

– C'est forcément le fleuve qui a emporté le pont, dit Samm. Ces patelins étaient trop petits pour avoir la moindre importance stratégique pendant la guerre. Je crois que le Mississippi est simplement... trop puissant pour son bien.

– Pour le nôtre, surtout, souligna Heron.

– Quelqu'un a bien été le premier à le traverser, non? dit Kira.

Elle talonna légèrement Bobo pour le mener plus près du bord de l'eau, scrutant la courbe des arbres le plus loin possible vers le sud.

– Je veux dire, quelqu'un les a bien construits, ces ponts, et avant cela, quelqu'un a traversé.

– Pas avec Afa, souligna Heron.

Le ton de sa voix semblait sous-entendre qu'ils devaient l'abandonner pour sauver la mission, mais Kira ne prit même pas la peine de la regarder. Elle jeta cependant un coup d'œil à Afa qui dodelinait de la tête, plus ou moins endormi, attaché à sa selle, reprenant parfois conscience pour retomber aussitôt dans sa stupeur, ballotté entre l'effet des analgésiques et sa position inconfortable.

– On pourrait construire un radeau, dit Kira. Il y a des arbres partout, et en fouillant dans cette ville submergée, ça ne doit pas être bien difficile de trouver des planches. Avec un radeau assez grand, on pourrait faire traverser les chevaux, et Afa aussi.

– Le courant est bien plus puissant qu'il n'y paraît... commença Samm, mais Kira lui coupa la parole.

– Je sais, dit-elle, plus sèchement qu'elle ne l'aurait voulu. C'est pourquoi nous n'avons pas essayé de traverser avant, mais avons-nous le choix ? Le temps pressait déjà avant qu'on perde deux jours à faire un détour. Notre destination se trouve à l'ouest, alors... allons vers l'ouest ! C'est ça ou continuer vers le sud pendant encore au moins deux semaines.

– Tu n'as pas tort, concéda Samm, mais ne construisons un radeau qu'en dernier recours, et si on en arrive à ce point, ce sera vraiment le signe que tout est décidément contre nous. Mais ça ne devrait pas être nécessaire : regarde l'autre rive. Toutes les villes comme celle-là étaient des ports de commerce, car le fleuve servait à transporter de la marchandise. Il nous suffit de repérer un bateau qui flotte encore, et de grimper à bord.

– Sauf que jusqu'à présent, toutes les grandes villes que nous avons vues étaient sur l'autre rive, fit remarquer Heron. À moins que tu ne veuilles refaire deux jours de route pour remonter à Moline. Je ne me souviens pas d'avoir vu de grosses embarcations là-bas.

– Alors continuons vers le sud, décida Samm, poussant déjà son cheval. Au point où nous en sommes, autant continuer.

– Est-ce vraiment une bonne raison pour continuer ? protesta Heron. Mais oui, c'est vrai, on est tellement doués pour l'échec, surtout ne changeons rien !

– Tu sais que je ne comprends pas bien l'ironie, la moucha Samm.

Heron émit un grognement de rage.

– Alors je vais dire les choses plus clairement : c'est complètement idiot, ton idée. Kira a ses raisons de venir ici, mais moi, je suis là à cause de toi. Je t'ai fait confiance, et je fais tout mon possible pour te conserver cette confiance, mais regarde-nous. Nous sommes en plein marécage, perdus dans un pays mort, en train d'attendre la prochaine attaque, ou la prochaine blessure, ou la prochaine petite route bourbeuse pour tomber dans la rivière et nous noyer.

– Tu es la meilleure d'entre nous, répliqua Samm. Tu peux survivre à tout.

– Je survis parce que j'ai assez de cervelle pour ne pas me fourvoyer. Parce que je ne me mets pas dans des situations où je risque la mort, et franchement, c'est tout ce que nous connaissons depuis des semaines.

– On peut y arriver, assura Kira. Mais pour ça, il va falloir vous calmer un peu.

– Je le sais, qu'on peut y arriver, soupira Heron. J'ai beau râler, je ne suis pas idiote. Je le sais bien, qu'on peut traverser ce fichu fleuve. Je voudrais juste que tu me prouves que c'est la bonne chose à faire.

Kira voulut répondre, mais Heron ne lui en laissa pas le loisir.

– Ce n'est pas à toi que je parlais. C'est à Samm. Et je t'en prie, dis-moi que ce n'est pas à cause de cette... cette je-ne-sais-quoi ! conclut-elle avec un vague geste en direction de Kira.

Samm regarda Heron, puis tourna les yeux vers l'autre rive.

– Ça ne suffit pas, tu comprends ? De suivre, simplement ; de faire confiance à quelqu'un de plus grand, plus malin et mieux informé que soi. C'est ainsi que nous sommes faits, c'est ainsi que sont fabriqués tous les Partials – suivre les ordres et se fier au commandement –, mais ça ne suffit pas. Ça n'a jamais suffi. (Il pivota de nouveau vers Heron.) Nous avons obéi à nos chefs, et parfois ils gagnent, parfois ils perdent ; nous faisons ce qu'ils disent et nous jouons notre rôle. Mais au bout du compte, la décision nous appartient. C'est notre mission. Et quand nous aurons terminé, la victoire ou la défaite sera la nôtre. Je ne veux pas échouer, mais si c'est le cas, je veux pouvoir regarder en arrière et dire : « Voilà ce que j'ai fait. J'ai raté. J'assume tout. »

Kira l'écouta en silence, s'émerveillant de la force de ses paroles et de la puissance de ses convictions. C'était la première fois qu'il s'exprimait réellement – au-delà de ses simples : « Je fais confiance à Kira » –, et il en ressortait l'opposé de « Je fais confiance à n'importe qui. » Il était là parce qu'il voulait rester maître de ses décisions. Était-ce donc si important pour lui ? Était-ce vraiment si rare ? Et comment cela pouvait-il faire douter Heron, elle qui était déjà si farouchement indépendante ? Kira était peut-être une Partial, comme eux, mais Samm, en ce moment, faisait appel à une expérience commune qui lui échappait – elle s'en rendait soudain compte. Samm et Heron se regardèrent longuement, et Kira ne put que deviner les données muettes qui circulaient entre eux.

– D'accord, dit enfin Heron, qui tourna bride pour le suivre.

Ils se mirent en route vers le sud, Zarbi les talonna, et Kira ferma le cortège, perdue dans ses pensées.

Le Mississippi les mena vers d'autres agglomérations inondées, dont la plupart étaient encore plus minuscules que Gulfport : Dallas City, Pontoosuc, Niota. À Niota, les vestiges d'un pont se tendaient vers les premiers reliefs notables qu'ils avaient vus depuis des semaines : un promontoire et une ville nommée Fort Madison. Niota était en moins mauvais état que les trois derniers villages rencontrés, et ils pataugèrent le plus loin qu'ils l'osèrent en guettant du regard tout ce qui pouvait être susceptible de les aider à traverser. Samm repéra bien une moitié de péniche qui dépassait à l'oblique de la surface, mais à part cela, rien qui puisse encore flotter. Le courant était effectivement plus fort que Kira ne l'aurait cru, et elle sortit de ces eaux sinistres aussitôt qu'elle le put.

– Bien, dit Heron en se laissant tomber dans l'herbe derrière elle. Nous sommes toujours coincés, mais en supplément, nous voilà trempés. Rappelle-moi en quoi c'est un progrès, déjà ?

– Ne t'en fais pas. Il fait chaud, on va sécher en un rien de temps, mais je suis sûre que tu vas trouver un nouveau prétexte pour te plaindre d'ici quelques minutes.

– Allons rejoindre Afa et les chevaux, dit Samm. Nous pouvons encore avancer de quinze kilomètres aujourd'hui, si nous ne perdons pas de temps.

– Attends, souffla Kira, qui observait les vestiges inondés de la ville.

Quelque chose avait bougé. Elle scruta attentivement, une main en visière pour se protéger des éclats de lumière reflétés par les eaux. Une vague déferla et le mouvement se répéta : cela venait d'une grosse masse noire sur fond d'eau scintillante.

– La péniche bouge.

Samm et Heron regardèrent aussi, et Kira leur chuchota d'attendre, attendre, attendre... enfin, une nouvelle vague vint s'écraser dessus et elle remua encore, presque avec légèreté.

– Elle flotte toujours, constata Samm. Je la croyais plantée dans le fond.

– Exact, elle bouge trop librement pour être envasée, dit Heron. Elle est peut-être simplement amarrée ?

– Et en la détachant, termina Kira, on pourrait naviguer dessus.

Abandonnant leurs armes et leur lourd équipement, ils retournèrent patauger dans la ville, continuant cette fois à la nage lorsqu'ils n'eurent plus pied. Le courant était puissant, mais ils prirent soin de se tenir en aval des bâtiments, s'accrochant une main après l'autre aux toits qui dépassaient pour s'approcher de la péniche. Celle-ci oscillait faiblement, ballottée par les eaux. C'était une des choses les plus éloignées du rivage. Ils se hissèrent sur la maison la plus avancée pour l'observer depuis le toit.

– Pas de doute, elle bouge, confirma Kira. Dès qu'on l'aura libérée, elle va remonter d'un coup et partir dans le courant.

– Avant tout, il va falloir l'amarrer à autre chose avec un cordage plus long, dit Samm. De toute manière, nous n'irons pas là-bas sans nous encorder.

– Je vous préviens, ce n'est pas moi qui m'y colle, annonça Heron. Mais je veux bien aller vous chercher une corde. Il y avait un magasin de bricolage dans le dernier bâtiment que nous avons dépassé.

Elle redescendit dans l'eau et Kira la suivit, soucieuse de ne laisser personne – même pas une fille dont elle se méfiait vaguement – entrer seul dans un édifice en ruine et inondé. Aussitôt qu'elles se détachèrent du mur, le courant les entraîna vers le sud, entre d'autres maisons, alors même qu'elles s'efforçaient de progresser vers l'est pour se raccrocher à un mur. Heron agrippa une gouttière rouillée d'une main et tendit l'autre à Kira, la saisissant au passage. Kira sentit quelque chose de solide sous ses pieds, probablement le toit d'une voiture ou la cabine d'un camion, et s'en aida tandis que Heron la tirait vers le magasin de bricolage. Kira s'accrocha à l'appui de la fenêtre, soulagée qu'il n'y ait pas d'éclats de verre, et plongea sous l'eau pour passer à l'intérieur.

Il y avait environ trente centimètres d'air dans le bâtiment, entre la surface du fleuve et le plafond. Une faible brise ainsi qu'un rai de lumière indiquaient que cet air était renouvelé, grâce à au moins un trou dans la toiture. L'humidité ambiante avait couvert de mousse le plafond et la portion visible des murs, et Kira était occupée à en retirer de ses cheveux lorsque Heron fit surface à côté d'elle.

– Je crois bien que le fleuve a tout emporté, lui annonça Kira.

Il était clair, en effet, que la plus grande partie du revêtement mural, ainsi que tout ce qui y avait été fixé, avaient disparu depuis longtemps.

– Il doit bien rester des choses plus bas, grommela Heron.

Elles se dirigèrent vers la portion la plus large du mur sud – à cet endroit, les objets, ainsi qu'elles-mêmes, risquaient moins d'être entraînés vers l'aval. Heron plongea la première et resta sous l'eau assez longtemps pour que Kira commence sérieusement à s'inquiéter. Mais elle finit par crever la surface et écarter ses cheveux de jais.

– Pas de corde, annonça-t-elle, mais je crois que j'ai trouvé des chaînes.

– Je vais aller voir.

Kira plongea à son tour le long du mur. Elle tenta d'ouvrir les yeux, mais l'eau était trop sombre et boueuse pour qu'on y voie quoi que ce soit. Elle tâta quelque chose de lourd, lové, plus glissant que de la corde mais plus lisse qu'une chaîne, et tenta de le soulever. Cela bougea vaguement, mais c'était bien trop pesant pour qu'elle le remonte seule. Elle regagna la surface et s'accrocha au mur.

– Je pense que c'est un tuyau d'arrosage.

– Assez solide, tu crois ?

– Il devrait faire l'affaire, pourvu qu'il soit suffisamment long.

Heron dégaina son couteau, l'ouvrit, et le prit entre ses dents avant de replonger. Presque une minute plus tard, elle était de retour, le couteau dans une main et l'extrémité du tuyau dans l'autre.

– Combien de temps peux-tu retenir ta respiration ? l'interrogea Kira.

– Biologiquement supérieure, lui rappela Heron. Je me tue à te le dire. Prends ça, l'autre bout est toujours fixé à l'étagère.

– Ça explique qu'il n'ait pas été emporté, dit Kira.

Mais Heron était déjà repartie.

Elle reparut un petit moment plus tard et hocha la tête : gagné. Kira commença à lover le tuyau, mais cessa au bout d'une vingtaine de tours.

– Il doit mesurer au moins trente mètres.

– Alors allons-y, dit Heron, qui empoigna une portion du tuyau tandis quc Kira rcssortait par la fenêtre.

Elle fut emportée plus loin vers le sud qu'elle ne l'aurait voulu, et chercha des yeux Samm qui l'observait depuis son toit. Souriait-il de la voir ? Bien sûr, il s'était inquiété, les sachant parties depuis si longtemps, mais Kira se surprit à espérer qu'il s'était fait du souci spécialement pour elle, plutôt que pour le succès ou l'échec de leur mission.

Elle repoussa cette pensée et brandit un bout du tuyau.

– Tuyau d'arrosage, dit-elle simplement, essoufflée, en luttant contre le courant.

Elle remonta peu à peu jusqu'au toit où se tenait Samm, et il la hissa à côté de lui. Heron grimpa derrière elle, l'air nettement moins épuisée que Kira. Samm hissa aussi les longueurs de tuyau et les lova de nouveau sur les tuiles moussues. Il désigna la rive, derrière le village englouti, où le cheval de Heron les regardait d'un air solennel.

– Je pense que c'est le meilleur endroit pour essayer, expliqua-t-il. L'espace est dégagé, et bien sûr il nous faut un peu de profondeur, mais la péniche a l'air assez plate, donc ça devrait passer. Retournons là-bas et attachons un bout de ce tuyau à... (Il se tut un instant pour observer les vestiges de mobilier urbain qui dépassaient de l'eau.)... à ce lampadaire. De là, je rejoins la péniche à la nage, je l'attache à l'autre bout du tuyau, puis je n'aurai plus qu'à couper ce qui la retient et on la hissera jusqu'à la rive.

– C'est aussi simple que ça, hein ? fit Kira.

– À moins qu'elle ne soit amarrée avec des chaînes en métal, oui. Le plus difficile sera de la manœuvrer, chargée des chevaux, sans qu'elle aille se coincer entre les bâtiments.

– Il faut dire que nous sommes sûrement les premiers à tenter de piloter une péniche en pleine rue, ironisa Heron. Je doute que la ville ait été conçue pour ça.

– On se repoussera contre le fond avec des perches, proposa Kira. Contre le courant ravageur, destructeur de ponts, du puissant fleuve Mississippi.

– C'est aussi simple que ça, hein ? fit Samm.

Kira, relevant la tête, vit qu'il souriait – un sourire hésitant, comme s'il essayait une nouveauté. Elle le lui retourna.

– Eh oui ! Aussi simple que ça.

Cela ne l'était pas. Une fois noué autour du lampadaire, le tuyau n'atteignait pas tout à fait la péniche, si bien qu'il fallut la faire pivoter pour la rapprocher. Puis, une fois qu'elle fut solidement arrimée, Samm eut toutes les peines du monde à lutter contre le courant pour plonger vers les amarres – car il n'y en avait pas une, comme ils l'avaient espéré, mais cinq. Il passa presque une demi-heure sous l'eau, à trancher tant qu'il pouvait, ne remontant que de temps en temps pour reprendre une rapide goulée d'air. Kira ne le voyait pas très bien, mais tout de même assez pour se rendre compte qu'il avait perdu toute couleur et grelottait de froid. Chaque fois qu'il replongeait, elle se surprenait à retenir sa respiration, par solidarité et aussi pour voir combien de temps elle arrivait à tenir. Chaque plongée lui paraissait plus longue que la précédente. La dernière s'éternisa à tel point que Kira finit par être certaine qu'il s'était noyé. La péniche bougea brusquement, de plus en plus instable à mesure qu'elle était libérée de ses amarres, et Samm ne remontait toujours pas. Kira compta jusqu'à dix. Rien. Elle entra dans l'eau, compta encore jusqu'à dix, jusqu'à vingt, et bientôt Heron fut à ses côtés, se retenant au tuyau d'arrosage tendu presque à craquer. La péniche bougea de nouveau, tournoya jusqu'à aller heurter les bâtiments situés en aval, et Samm jaillit enfin du fleuve, cherchant désespérément de l'air. Kira le rattrapa dans ses bras et tint sa tête au-dessus de l'eau le temps qu'il se remette.

– C'est fait, dit-il en claquant des dents. Il n'y a plus qu'à la haler jusqu'à la rive.

– Il faut d'abord qu'on te réchauffe, protesta Kira. Tu es au bord de l'hypothermie.

– Ce tuyau va se rompre si on attend encore, intervint Heron.

– Samm est en danger de mort, insista Kira.

– Ça va aller, dit le garçon en frissonnant. Je suis un Partial, tu sais.

– Allez, on y retourne, déclara Heron. Sinon, on aura fait tout ça pour rien.

Ils regagnèrent le bord en se tenant au tuyau de caoutchouc, Kira observant Samm et priant pour que ses grelottements ne deviennent pas des convulsions. Aussitôt qu'ils purent se tenir debout sur la rive, elle lui frictionna le dos et le torse, avec des gestes rapides et énergiques qui firent sûrement plus de bien à sa conscience à elle qu'à l'état physique de Samm. Ce contact avec les contours fermes de son torse musclé lui donna un petit frisson, et cela lui parut si terriblement déplacé qu'elle laissa aussitôt retomber ses mains, effarouchée par ce sentiment incongru. Elle était médecin, pas collégienne : elle devait pouvoir toucher les pectoraux d'un homme sans se pâmer ! Comme il tremblait toujours et claquait des dents, elle lui administra une nouvelle friction, passant les mains de bas en haut sur sa poitrine et son sternum pour forcer un peu de chaleur à entrer en lui.

Un instant plus tard, tous trois empoignèrent le tuyau et commencèrent à tirer la péniche dans la rue principale. Afa, assis au sec, les regardait avec indifférence. Il était presque trop étourdi par les antalgiques pour se tenir debout. La péniche glissa lentement vers eux, et lorsqu'ils eurent gagné sept ou huit mètres de mou, Kira détacha le tuyau du lampadaire et alla en pataugeant l'arrimer au suivant. Ils progressèrent de la sorte, en répétant ce manège. La péniche raclait contre les maisons, et s'accrocha une fois si fermement que Heron dut aller à la nage la déloger à l'aide d'une vieille planche. Au bout de plus de deux heures d'efforts, ils avaient presque assez rapproché l'embarcation de la terre ferme pour y faire monter les chevaux. Ils avaient parcouru à peine cent mètres.

Ils la détachèrent une dernière fois. À ce moment-là, le tuyau cassa et ils faillirent la perdre ; Samm enroula le bout qui traînait autour d'un de ses bras et agrippa un mur en brique de l'autre, le visage rougi par l'effort et la douleur, tandis que Kira et Heron s'empressaient de rattacher solidement l'embarcation. Une lourde porte en bois, arrachée à son chambranle, fit office de passerelle escarpée pour embarquer, et ils y guidèrent les chevaux un à un, Kira les encourageant avec des mots doux tandis que Samm et Heron les encadraient sur les côtés pour qu'ils restent bien dans l'axe. Samm grelottait toujours, ce qui rendit son cheval Buddy nerveux : l'animal piétina et recula si brutalement que la porte se fendit. Ils l'encouragèrent à monter avant qu'elle ne se brise complètement, puis durent en trouver une autre pour faire embarquer Zarbi après lui. Afa fut le dernier à passer, le visage mou, ses bras énormes serrés sur son sac à dos comme sur une bouée trop gonflée.

– Je ne dois pas laisser mon sac à dos, dit-il. Je ne dois pas laisser mon sac à dos.

– On ne va pas le laisser, le rassura Kira. Assieds-toi là, ne bouge pas, et tout ira bien.

Après qu'ils eurent récupéré leur propre matériel et leurs armes, Heron trancha leur amarre de fortune et se hâta de gagner la proue, sur le côté, l'atteignant juste à temps pour empoigner une planche et la pousser contre la rangée de bâtiments dans lesquels le courant voulait les encastrer. Samm était du même côté, la main et les bras encore livides de froid. Kira se tenait au milieu pour calmer les chevaux ; ils hennissaient, effarouchés par l'instabilité de la péniche qui tanguait comme la terre ferme ne le fait jamais, et s'effrayèrent encore plus lorsque l'embarcation heurta le petit magasin de bricolage.

– Essaie d'éviter les bâtiments ! cria Kira tandis que Bobo tentait de s'enfuir en lançant des ruades.

– Va te faire voir ! grinça Heron en retour, les dents serrées, sans cesser de lutter pour empêcher la péniche de se fracasser une seconde fois contre la boutique.

Le courant implacable les emportait entre les maisons de la ville, pas très vite, mais avec puissance ; ce n'étaient pas des rapides, mais Kira commençait à se rendre compte qu'un fleuve, même paresseux, lorsqu'il était si vaste, déployait une puissance incommensurable. Samm alla rejoindre Heron, qui était passée à l'arrière, et ils unirent leurs forces pour empêcher la poupe d'accrocher le dernier bâtiment qui leur barrait la route. Soudain, sans transition, ils furent libres : libérés de la ville engloutie, des débris qui encombraient les rives, mais aussi de la relative stabilité que les constructions leur avaient offerte. La péniche tournoya lentement sur les eaux, et les chevaux renâclèrent et tapèrent du pied. Samm courut aider Kira à les contrôler tandis que Heron se déplaçait le long du bordage de manière à rester toujours du côté de l'aval.

– Un banc de sable ! cria-t-elle en s'agenouillant pour se retenir à la coque.

Le choc de l'impact secoua la péniche, bousculant Kira qui faillit tomber. Afa bascula sur le flanc, fermant les yeux et serrant plus fort son sac à dos. Samm et Kira se séparèrent, chacun prenant deux chevaux par les rênes et les écartant les uns des autres. Le banc de sable les envoya tournoyer dans le sens opposé, après quoi la barge se stabilisa un instant. Kira retrouva son équilibre et resserra les doigts sur les rênes des chevaux. Heron cria de nouveau.

– Un pont écroulé !

– Quoi ? brailla Kira.

– Cramponnez-vous !

Et tout à coup, la péniche heurta violemment une barrière de poutrelles d'acier tordues, à peine visible à fleur d'eau mais immuable et meurtrière sous la surface. Les chevaux hurlèrent, et la péniche hurla avec eux, métal contre métal. L'embarcation s'inclina dangereusement d'un côté, puis bascula de l'autre, ballottée autour des vestiges du pont. Kira luttait toujours pour garder le contrôle de ses chevaux.

– Il nous faudrait un gouvernail ! clama-t-elle.

– C'est vrai, cria Samm, il faudrait, mais ce n'est pas au programme pour l'instant.

– Attention, ça va recommencer ! annonça Heron.

Kira s'accrocha tandis que la péniche tanguait, roulait et se faisait secouer en tous sens. Ils se trouvaient maintenant au centre du fleuve : le courant y était encore plus rapide et profond, et Kira vit avec détresse qu'il semblait les emporter droit vers les autres débris du pont. Ils flottaient comme un bouchon, précipités d'une roche à l'autre, d'une poutre d'acier à la suivante. Un coup particulièrement rude provoqua un grand fracas, et Kira lança des regards frénétiques autour d'elle pour voir si rien n'avait été brisé. Heron traversa la péniche à quatre pattes et releva la tête avec colère.

– On prend l'eau.

– De mieux en mieux, répondit Kira. Fais quelque chose !

Heron lui lança un regard meurtrier, mais dénicha une planche inutilisée et tenta de boucher le trou. Par chance, celui-ci se situait au-dessus de la ligne de flottaison, sans quoi ils auraient sans doute sombré presque immédiatement. La planche n'étant d'aucune utilité, Heron tâcha plutôt de s'en servir comme gouvernail. La péniche n'en tint aucun compte et continua de suivre la volonté du fleuve. Ils furent secoués par un nouvel impact, puis par un autre, et Kira poussa un cri lorsque le sol se mit à onduler sous ses pieds. *Ce n'est pas normal, ça.*

– Le sol bouge, dit-elle.

Samm tenait fermement ses deux chevaux, qui semblaient pourtant prêts à l'écarteler.

– Il bouge ou il se tord ?

– Je crois que c'était juste...

Un nouveau choc : la structure métallique du bateau protesta en gémissant.

– Il se tord, dit Heron, appuyant sa planche contre le sol pour se stabiliser. Ça va mal finir.

– Mal comment ? demanda Kira. J'espère au moins qu'on se retrouvera du bon côté du fleuve ?

– Très mal. On va perdre du matériel, peut-être presque tout. Un cheval si on n'a pas de chance, Afa si on en a.

– Pas question de perdre Afa, protesta Samm. Je le tirerai jusqu'à la rive moi-même s'il le faut.

– Il le faudra. Ce tas de rouille est en train de se disloquer sous nos pieds, et le fleuve fait tout ce qu'il peut pour accélérer le processus.

– Essaie de nous rapprocher de la berge, dit Kira.

Heron la regarda avec de grands yeux incrédules.

– Et qu'est-ce que tu crois que j'essaie de faire, depuis cinq minutes ?

– Tu ne fais rien en ce moment.

– J'espère pour toi que tu sais nager, lui rétorqua Heron avec un regard glacial en bondissant de nouveau vers le bordage, parce que Samm va être occupé à sauver Afa, et il ne faut pas que tu comptes sur moi.

Elle replongea la planche dans l'eau, atténuant un peu leur tournoiement mais échouant à guider le bateau dans une direction particulière. Ils faillirent percuter un promontoire sur l'autre rive, mais le courant qui les avait éloignés du côté est travaillait maintenant à les empêcher d'atteindre le côté ouest. Même lorsqu'ils eurent enfin dépassé le champ de débris, leur embarcation grinçait toujours, s'enfonçait et demeurait à la merci du puissant courant. L'eau léchait déjà les pieds de Kira. Observant vers l'aval, celle-ci découvrit alors un large coude qui s'incurvait vers l'est.

– Tiens bon la barre ! cria-t-elle à Heron. On a une chance d'être jetés sur la bonne rive grâce à ce virage, droit devant.

– Ce n'est pas une rive, c'est un quai en dur, ajouta Samm. Ça va faire mal.

– Occupe-toi de... de sauver Afa, dit Kira, les yeux rivés sur la berge.

Le fleuve se déplaçait avec une lenteur étonnante pour quelque chose de si puissant, et il sembla mettre une éternité à les emmener jusqu'au virage. Kira craignait qu'ils n'aient pas assez d'élan pour dériver dans toute sa largeur, mais la rive ouest se rapprocha peu à peu, leur péniche alourdie par les voies d'eau ayant juste assez d'inertie pour être projetée dans la bonne direction. *On va accoster*, se dit-elle. *En plein milieu de cette petite bourgade !* Elle était assez proche pour la voir, à présent : des maisons et des quais dépassant de la berge envahie par la végétation, masqués par les arbres et par de hauts roseaux. La ville paraissait stratégiquement placée pour rattraper tout ce que le fleuve charriait dans ce virage, et Kira se demanda si elle n'avait pas été bâtie là précisément dans ce but. Ses réflexions s'accélérèrent à mesure que la berge se rapprochait, et l'espoir de toucher la rive se mua en certitude de s'écraser contre le quai qui grossissait devant eux. Le petit port était inondé, comme ceux de toutes les cités du bord du fleuve, et Kira devina que leur trajectoire les précipiterait droit dans un enchevêtrement de bateaux, de troncs et d'autres débris mêlés à un fouillis de vieux magasins et bâtiments.

– Est-ce qu'on peut encaisser encore un choc ? demanda-t-elle.

– Non, on ne peut pas, dit Heron, qui se leva et jeta son gouvernail de fortune dans l'eau. Sauvez ce que vous pouvez !

Elle arracha à Kira les rênes de Dug, et parut préparer le cheval à sauter par-dessus bord. Samm, anticipant le choc imminent, lâcha les deux brides qu'il tenait pour courir auprès d'Afa. Les chevaux libérés reculèrent en caracolant nerveusement, et le soudain changement de répartition du poids tordit l'embarcation déjà endommagée, faisant tomber Kira et expédiant Zarbi dans l'eau. Kira se raccrochait aux rênes de Bobo pour tâcher de se remettre debout lorsque la péniche entra en collision avec la masse de débris et fut broyée comme une maquette en fer-blanc. Kira chuta, et le fleuve l'engloutit.

CHAPITRE 29

La mer clapota contre les flancs du navire lorsque les soldats le repoussèrent du quai. Marcus agrippa le bastingage de ce qui avait été un yacht de luxe, reconverti par la Défense en vaisseau militaire et équipé d'un réservoir rempli de l'essence la plus propre qu'ils avaient pu se procurer. Ils étaient dix à bord, y compris Marcus et le sénateur Woolf – que tous les hommes présents appelaient « commandant Woolf » : Marcus voyait qu'il était bien plus dans son élément ici, en tant que soldat, que dans son rôle de politicien. Ils sortaient en ce moment d'une baie industrielle située à l'extrême pointe sud-ouest de Long Island et appelée Gravesend Bay, ce qui ressemblait à un mauvais présage[1]. Marcus tâcha d'oublier ce genre d'associations d'idées.

Leur plan était simple. Quelques Partials hostiles pouvaient éventuellement être postés à Manhattan, mais tout ce qu'avait dit Samm suggérait qu'ils ne s'étaient jamais aventurés plus loin vers le sud, étant trop occupés à sécuriser leurs avant-postes dans l'État de New York et dans le Connecticut, deux zones situées au nord. L'itinéraire établi par le commandant Woolf passait très au sud, à travers Lower Bay, c'est-à-dire à des kilomètres des sentinelles de Manhattan, en contournant la côte sud de Staten Island pour rejoindre l'embouchure du canal Arthur Kill. De là, ils remonteraient cap au nord à travers

1. « Gravesend » pourrait se traduire par « du côté des tombes ». *(Note de la traductrice)*

les ruines du New Jersey, hors de vue de tout observateur placé à Manhattan, et cela jusqu'au pont de Tappan Zee, d'où ils pourraient rejoindre White Plains par la terre. Si les Partials de Morgan les repéraient, ils étaient morts ; si l'autre faction de Partials les voyait au mauvais moment ou sous un mauvais éclairage, ou simplement dans un instant d'humeur meurtrière, ils étaient morts. Les soldats de la Défense étaient armés jusqu'aux dents, mais Marcus était conscient que cela n'aurait aucune importance s'ils tombaient sur un peloton de Partials mal lunés. C'était précisément pour cela qu'ils faisaient un si grand détour : afin, si possible, de n'en rencontrer aucun.

Le détroit de Lower Bay était un véritable labyrinthe de mâts, de structures métalliques et d'antennes radar, qui dépassaient des eaux telle une forêt de ferraille incrustée de berniques. Leur pilote, le meilleur qu'ils avaient pu trouver sur l'île, naviguait dans la zone avec une concentration intense qui lui blanchissait les jointures des doigts. Leur yacht n'était pas le plus maniable des navires, et les commandes étaient grippées. Marcus traversa le pont étroit – un acte plus courageux qu'il n'aimait à l'admettre – pour aller empoigner le bastingage à côté de Woolf, lequel observait les épaves entre lesquelles ils se faufilaient.

– Je vous en supplie, dites-moi que ces débris ne sont pas tout ce qui reste de vos missions précédentes, souffla Marcus.

– D'une certaine manière, si, admit Woolf. Mais ces missions ont échoué il y a douze ans de cela. Ce que vous voyez là était la grande flotte du NADI, voguant vers le nord pour assaillir une place forte de Partials dans l'État de New York – peut-être bien celle vers laquelle nous nous dirigeons, à White Plains. Les avions des Partials l'ont envoyée par le fond avant même qu'elle ait quitté les eaux libres.

– Et elle est restée là, comme ça ? s'enquit Marcus, songeur. Certains de ces navires dépassent tellement de l'eau que je ne sais même pas si on peut les compter comme coulés : on dirait plutôt qu'ils sont échoués.

– La baie, par ici, n'avait qu'une douzaine de mètres de profondeur – et un peu plus au milieu, là où on l'a draguée pour dégager une route maritime – et probablement beaucoup moins aujourd'hui, parce qu'elle s'est envasée pendant dix ans. Les vaisseaux les plus importants se trouvent là-bas, dit Woolf en pointant le doigt vers le sud-est. Posés sur un haut-fond, juste au sud de Long Island. Tous ceux qui étaient trop gros pour remonter jusqu'ici.

– Mais au fait, pourquoi essayaient-ils de remonter ainsi ? tenta de comprendre Marcus. Même s'ils ne s'étaient pas dirigés vers une rivière étroite, une flotte de cette taille, c'était un peu écrasant, non ?

– Écraser, j'imagine que c'était exactement ce qu'ils voulaient faire, lâcha Woolf en observant un autre monstre d'acier rouillé le long duquel ils passaient lentement. Je sais que c'était le cas pour mon unité, en tout cas.

Les débris évoquaient des tentacules géants, vestiges immobiles d'un kraken rouillé.

Ils quittèrent la zone la plus encombrée en contournant Staten Island par le sud pour passer de Lower Bay à Raritan Bay. Mais même là, il y avait encore des épaves et des obstacles. Le pilote scrutait la rive, au nord, de son œil entraîné. Il les fit pénétrer dans une petite embouchure qui s'étrangla rapidement dans une sorte de marécage.

– Pourquoi est-ce qu'on s'arrête ? demanda Woolf.

– On y est, dit le pilote. Le canal Arthur Kill.

– Ça, un canal ? Vous êtes sûr ?

On aurait plutôt dit un parc traversé par une rivière sinueuse, et non l'ample voie maritime dessinée sur la carte.

– Faites-moi confiance, répondit le pilote. J'habitais par ici, avant. Là-bas, à l'ouest, c'est la rivière Raritan... et ceci est le canal Arthur Kill. Fabriqué de main d'homme. Avant le Ravage, ils devaient le draguer tous les ans pour qu'il conserve sa profondeur. Maintenant qu'il n'est plus entretenu, je suppose qu'il s'est tout simplement rempli de vase...

– Oui, assez pour que les roseaux y poussent. Pouvons-nous quand même passer ?

– Je peux toujours essayer, répondit le pilote, qui baissa les gaz pour avancer à vitesse réduite.

Ils remontèrent presque tranquillement dans l'étroit passage, parmi les oiseaux des marais qui criaient, chantaient et caquetaient autour d'eux. Marcus se sentait comme en safari dans un immense canyon artificiel : les immeubles qui se dressaient des deux côtés avaient un aspect industriel oppressant. Ce n'étaient pas là les tours autrefois brillantes de Manhattan, mais les raffineries et usines de la zone appelée « la côte de la chimie ». Partout autour d'eux, l'eau était couverte d'un film irisé, et Marcus se demanda comment les oiseaux survivaient là-dessus. Un poisson énorme bondit devant eux pour attraper quelque chose près de la surface, et Marcus ne put s'empêcher d'imaginer des crocodiles mutants géants tapis dans les roseaux.

Le pilote les conduisit ainsi jusqu'à l'embouchure de la rivière Rahway avant de faire un détour ; la Rahway injectait assez d'eau dans l'ancien canal pour que celui-ci soit relativement limpide vers le sud, mais les affluents situés plus loin vers le nord avaient sans doute de meilleurs exutoires pour leurs eaux que ce fossé artificiel, et le goulet qui les séparait encore de la baie de Newark semblait complètement bouché par les plantes et les sédiments. Ils virèrent donc vers l'ouest, s'engageant dans la Rahway, cernés à présent par de hauts silos de produits chimiques, et serpentèrent ainsi jusqu'à passer sous une série de ponts énormes : une voie de chemin de fer et une autoroute tellement large qu'il fallait quatre chaussées parallèles pour lui faire franchir la rivière.

– L'autoroute du New Jersey, annonça le pilote en passant dessous. J'habitais juste à côté de la sortie 17E.

Woolf lui enjoignit de gagner la rive. Les soldats rassemblèrent leur équipement, sautèrent du bord et commencèrent à rejoindre la berge, de l'eau jusqu'aux genoux. Marcus surveilla encore une fois les roseaux avec méfiance, s'attendant toujours plus ou moins à voir surgir un saurien féroce, après quoi il leur emboîta le pas.

L'autoroute du New Jersey filait droit à travers la ville qui se trouvait sur la rive, une métropole géante séparée de Manhattan par une autre.

– Soit ils ne surveillent pas si loin vers l'ouest, dit Woolf, soit ils nous verront quoi que nous fassions. Je propose donc qu'on oublie la discrétion et qu'on avance le plus vite possible.

CHAPITRE 30

– Plus que quelques minutes, dit Haru. Ils seront au rendez-vous.

– Et les Partials avec eux, ajouta le soldat Kabza.

– Ça va aller. Combien de fois avons-nous fait ce genre de livraison, et combien de fois avez-vous été tué par des Partials ?

– Ce n'est pas tout à fait honnête, comme manière de décrire les...

– Je vous dis que tout ira bien, le coupa Haru. Reprenez des nouvelles de l'arrière.

Kabza envoya un bref message codé par radio à leur garde posté en arrière, chuchotant dans le micro puis écoutant attentivement la réponse. Il mit fin à l'échange et se retourna vers Haru.

– La voie est toujours libre. Je répète qu'on devrait lâcher tout ce bazar et fuir le plus vite possible ; la Voix pourra le trouver toute seule sans qu'on soit là pour le lui donner en main propre. On n'est pas payés pour faire ça, à la fin.

– Vous avez dit « la Voix » ? s'offusqua Haru.

– Évidemment ! Vous les appelez comment, vous ?

– Delarosa haïssait la Voix du peuple. Elle ne reprendrait cette appellation pour rien au monde.

La radio clignota et Kabza la porta à son oreille. Au bout d'un instant, il souffla un rapide « Confirmé, terminé » et regarda Haru.

– La sentinelle les a repérés. Ils devraient être ici dans quelques minutes.

– Sont-ils poursuivis par des Partials ?

– Il n'a pas précisé, répondit Kabza d'un ton pincé. Je pense qu'il nous en aurait touché deux mots s'il y avait eu un problème, mais je peux le rappeler pour lui demander s'il a oublié. C'est ça que vous voulez ?

– Du calme, lança Haru. Tout se passe comme je vous l'ai dit. On s'en tirera très bien.

– Fantastique. Non, vraiment, je suis content que vous fassiez une confiance aveugle à cette bonne femme. (Il se tut, scruta la forêt.) À propos, on peut savoir pourquoi vous êtes si sûr d'elle ? Je croyais que vous ne pouviez pas la voir en peinture.

– Delarosa et moi... avons nos différends, admit Haru. Dans les premiers temps de sa fuite, elle utilisait des civils innocents comme appâts – y compris moi-même : vous comprendrez que cela m'ait mis en rage. Mais je suis complètement en phase avec ses principes fondamentaux : l'idée que nos côtes ont besoin de protection, que les Partials doivent être détruits, et que notre époque désespérée appelle des mesures désespérées. Delarosa est prête à faire le nécessaire, et elle sait que tant qu'elle n'exposera pas trop d'humains à des risques superflus, elle aura mon soutien.

– Précisez-moi ce que vous entendez par « superflus ». Je viens de passer trois jours en territoire hostile, à me tourner les pouces en espérant que personne ne déciderait de me canarder, tout ça pour livrer à Delarosa du matériel que nous aurions simplement pu laisser en dépôt. C'est superflu, ça, par exemple ?

– Elle a demandé quelque chose de... d'inhabituel, cette fois, dit Haru en scrutant entre les arbres. Ça m'intéresse de savoir ce qu'elle compte en faire.

Un instant plus tard, la sentinelle postée sur le périmètre leur fit un signe de la main, et Haru et Kabza regardèrent trois silhouettes encapuchonnées sortir du couvert des arbres. Delarosa baissa sa capuche et s'immobilisa pour attendre en silence. Haru se leva et alla à sa rencontre.

– Vous êtes en retard.

Delarosa garda un visage de marbre.

– Vous êtes bien impatient. Vous avez mon équipement ?

Sur un signe de Haru, Kabza et un autre soldat apportèrent deux lourdes caisses pleines de matériel de plongée : masques, palmes, combinaisons, et quatre bombonnes d'air comprimé, récemment remplies.

– Les bouteilles sont presque à l'état neuf, précisa Haru. Vous ne trouverez pas meilleure qualité sur tout Long Island. Prélevées à mon grand péril personnel dans les ruines de l'armurerie des Forces de défense.

Delarosa fit signe à son escorte d'avancer, mais Haru s'interposa pour leur barrer la route.

– Avant que vous les emportiez où que ce soit, je veux savoir à quoi elles vont servir.

– À respirer sous l'eau.

Haru n'eut aucune réaction, et Delarosa inclina la tête sur le côté.

– C'est bien la première fois que vous m'interrogez sur mes projets.

– Parce que jusqu'à présent, tout ce que vous m'avez demandé avait un emploi évident. Munitions, explosifs, panneaux solaires, matériel radio : tout cela est complètement standard pour une bande de guérilleros. Mais vous connaissez mes règles, et vous savez à quelles conditions je vous apporte ces surplus. Vous devez donc m'assurer qu'aucun civil n'aura à souffrir de vos actions.

– Des civils souffrent à chaque seconde que nous perdons, en ce moment même, répliqua Delarosa.

Mais Haru ne baissa pas les yeux.

– À quoi doit servir l'équipement de plongée ?

– À faire de la récupération, répondit simplement Delarosa. En douze ans, nous avons en grande partie ratissé cette île, mais il reste bien des choses à trouver au large. En me fournissant ceci, vous pouvez être sûr que je n'aurai plus à vous demander tant de faveurs à l'avenir.

– Qu'est-ce qui pourrait être encore utile après douze années passées sous l'eau ? insista Haru. Il me semble que du matériel ou de l'armement immergé pendant si longtemps doit être oxydé depuis des lustres.

– Eh bien, nous verrons.

Haru la dévisageait fixement, sans bien savoir ce qu'il en pensait. Il finit par se détourner et s'éloigner.

– Ne me faites pas regretter de vous avoir aidée.

Il alla rejoindre ses hommes et leur indiqua qu'il était temps de partir. Le soldat Kabza lui emboîta le pas.

– C'est un soulagement, dit-il. Plus ils chercheront du matériel eux-mêmes, moins nous aurons à nous mettre en danger comme ça.

– Peut-être, convint Haru, qui pensait toujours à ce que lui avait dit Delarosa et à la manière dont elle l'avait dit.

– Qu'est-ce que vous allez faire, maintenant ?

Haru plissa le front, formant déjà un plan dans sa tête.

– Nous allons les suivre.

TROISIÈME PARTIE

CHAPITRE 31

Kira et ses compagnons avaient perdu l'essentiel de leur équipement dans le naufrage : le fusil de Samm, la radio d'Afa, et presque tous leurs vivres. Afa demeura fermement accroché à son sac à dos, mais les documents qu'il contenait furent rendus illisibles par l'eau qui les imprégnait : le papier se désintégrait et l'encre détrempée dégoulinait. Son ordinateur, par chance, survécut au voyage, mais la batterie Tokamin qui l'alimentait fut emportée par les flots. Kira savait que c'était peut-être la perte la plus grave, mais ce ne fut pas celle qui l'attrista le plus. Car le cheval de Heron, Dug, eut les deux membres antérieurs brisés par le choc. Il survécut, mais ne pouvait que hennir de douleur et de frayeur, le souffle frénétique et la bouche pleine d'écume. Samm dut mettre fin à ses souffrances d'une balle dans la tête.

Ils reprirent leur route aussitôt qu'ils furent suffisamment remis de leurs émotions. Samm, Heron et Kira se relayaient pour monter Buddy et Bobo tandis qu'Afa, toujours blessé et presque délirant, dut être attaché sur la selle de Zarbi pour ne pas tomber. Kira étant convaincue que sa jambe s'était infectée, ils pillèrent toutes les pharmacies qu'ils trouvèrent sur leur route pour tenter de remplacer les médicaments perdus. En chemin, Kira fut étonnée par sa propre capacité à tenir le rythme des autres : non seulement leur vélocité, puisqu'il fallait marcher aussi vite que les chevaux, mais aussi leur endurance. Elle avait toujours su qu'elle était forte, et elle avait mis cela sur le compte d'une existence entière passée dans des conditions de survie – elle avait dû travailler pour obtenir tout ce qu'elle avait –, mais elle comprenait à présent qu'il y avait autre chose. Elle égalait les Partials pas après pas, kilomètre après kilomètre. C'était une surprise divine, mais perturbante aussi. Encore une preuve de sa nature profondément inhumaine.

Leur itinéraire les emmena vers le nord sur plusieurs kilomètres, jusqu'à l'autoroute 34, sur laquelle ils s'engagèrent pour filer droit vers l'ouest. Le paysage, ici, ressemblait davantage à ce qu'ils avaient traversé à l'est du Mississippi : une plaine à perte de vue, semée de bouquets d'arbres ou de taillis qui dessinaient des lignes sombres marquant un ravin, un fossé, une vieille ferme. Kira trouva cela joli, surtout lorsque le soleil commença à se coucher et que la scène entière, terre et ciel, s'embrasa de tons rouges, jaunes et orange flamboyants. Elle se tourna vers Samm, trop éblouie par cette beauté pour ne pas partager son émotion, mais il avait le regard sombre et le visage morose. Elle amena son cheval vers lui et attira son attention.

– Qu'est-ce que tu as ? lui demanda-t-elle.

– Quoi ? Rien.

– Samm.

Il dirigea ses yeux vers elle, puis vers le magnifique coucher de soleil.

– Rien, juste... tout ça.

Kira suivit son regard.

– C'est sublime.

– Oui, mais aussi... J'ai été en poste ici, ou peut-être que j'ai juste traversé la région, pendant la révolution. C'était... (Il se tut de nouveau, apparemment bouleversé par un souvenir douloureux.) Tu sais, chez nous, dans l'est, tout est cassé, effondré, les bâtiments sont en ruine, couverts de kudzu et d'herbes folles, et tout a l'air... vieux, tu vois ? Nous sommes entourés, à chaque minute de notre vie, par les preuves de ce que nous avons fait, de ce que nous avons détruit. Alors qu'ici... (Il marqua encore un silence.)... Regarde ça. Pas une habitation sur des kilomètres, rien qu'une route plate qui est encore en assez bon état. C'est comme si la guerre n'était jamais passée par là.

– Et ça te manque, les rappels de la destruction ?

– Non, ce n'est pas ça, mais... Avant, je pensais que le monde avait souffert de ce que nous avions fait, nos deux espèces. Mais ici, j'ai l'impression qu'il n'en a rien à faire, de ce que nous sommes. Ou de ce que nous étions. Nous sommes venus et repartis, la vie suit son cours, et la terre qui existait avant nous sera encore là bien longtemps après notre mort. Les oiseaux continueront de voler. La pluie continuera de tomber. Le monde n'a pas pris fin, en fait. Il s'est juste... réinitialisé.

Kira garda le silence, pensive. Ces paroles étaient si pures, d'une certaine manière, si inattendues venant du Samm qu'elle croyait connaître... Il était soldat, c'était un guerrier, un mur de stoïcisme, et pourtant il montrait là un aspect plus sensible, une facette presque poétique, dont elle n'avait jamais soupçonné l'existence. Elle l'observa longuement en chevauchant à côté de lui : il avait le physique d'un garçon de dix-huit ans, comme tous les fantassins, mais cela faisait dix-neuf ans qu'il avait dix-huit ans. Cela voulait-il dire qu'il avait en fait... trente-sept ans ? Ces calculs lui faisaient des nœuds dans la tête : elle n'arrivait pas à se figurer quel âge il avait intérieurement, comment il se voyait lui-même, et comment il la voyait, elle.

Ses pensées indésirables étaient de retour, et Kira s'ébroua en grognant pour les chasser. *Qu'est-ce que Samm pense de moi ? Qu'est-ce que je pense de Samm ?* Elle se répéta que c'était sans importance, qu'ils avaient des problèmes bien plus pressants, mais son cœur ne semblait pas s'en soucier. Elle se dit encore qu'il était inutile de tenter de déchiffrer leurs relations puisque, ne sachant même pas ce qu'elle en attendait, elle n'avait aucun cadre de référence. Son cœur, cependant, ignorait tous ses raisonnements. Sa tête travaillait furieusement de son côté, réfléchissant à la personnalité de Samm, à ce qu'il était, d'où il venait, ce qu'il voulait et quel rôle elle, Kira, la fille qui l'obligeait sans cesse à risquer sa vie, jouait dans tout cela. Il parlait du monde qui se régénérait, et tout ce qu'elle souhaitait, c'était exister dans ce monde avec lui. Elle avait eu cent fois cette discussion avec Marcus, et chaque fois elle avait aspiré à autre chose. Mais avec Samm...

Non. Je ne suis pas là pour ça. Ce n'est pas ce que je suis en train de faire. Penser à un avenir avec Samm, alors qu'il sera tué d'ici un an par la date d'expiration, est un exercice dénué de sens. Trouve les réponses. Résous les problèmes. Tu n'auras pas de vie tant que tu n'en auras pas créé une qui vaille la peine d'être vécue.

Chevauchant toujours, elle regarda le soleil disparaître, le ciel écarlate virer au rose tendre, puis au bleu, et enfin au violet sombre le plus somptueux qu'elle avait jamais connu. Elle vit les étoiles s'allumer et scintiller jusqu'à illuminer la prairie entière. Ils campèrent en plein champ, firent rôtir des lapins que Heron avait pris au collet, et Kira ferma les yeux pour imaginer que la fin du monde n'avait jamais eu lieu, que ce n'était que le début, que lorsqu'elle se réveillerait au matin le monde entier serait comme ce lieu : sain et complet, vierge de toute interférence humaine, de toute rébellion de Partials et de tout signe de civilisation. Elle s'endormit et rêva des ténèbres.

Le lendemain, ils virent le premier arbre empoisonné.

Le temps changeait, la longue brise d'est soufflée par les Grands Lacs étant peu à peu remplacée par des vents de sud qui remontaient du golfe du Mexique. La situation n'était pas encore dramatique, mais cet arbre tordu, rabougri, d'un blanc immaculé, était la première indication que les beaux jours étaient derrière eux. Ils pénétraient dans le désert toxique.

Le deuxième jour, ils le flairèrent dans l'air – rien qu'une bouffée, un petit coup de vent apportant un relent jusqu'à leurs narines : la puanteur aigre, presque métallique, de l'air empoisonné. Un mélange de soufre, de fumée et d'ozone. Rien qu'un soupçon, et puis plus rien. Le lendemain, Kira fut tirée de son sommeil par cette odeur, qui perdura presque toute la journée, et ici et là il y eut d'autres arbres décolorés, dressés tels des squelettes dans les bosquets qui longeaient parfois la route. L'herbe qui s'accrochait aux débris des piquets de clôture était plus pâle, plus clairsemée et triste, et cela ne fit qu'empirer de jour en jour. L'agglomération suivante qu'ils atteignirent s'appelait Ottumwa, un lieu désolé où ils trouvèrent les rues, les murs, les toits striés de résidus chimiques, comme si le ruissellement de la pluie elle-même était acide et mortel. Un cours d'eau traversait le centre, bien moins immense que le Mississippi mais, par conséquent, doté de ponts bien moins imposants. Tous s'étaient effondrés, sans que Kira puisse deviner si c'était à cause de sabotages anciens ou de la nature sans pitié. L'eau, au moins, semblait fraîche, coulant du nord où la nature était plus propre. Ils firent une halte de quelques heures, fouillant les magasins et restaurants délabrés à la recherche de médicaments et de la moindre boîte de conserve qui paraisse encore valable. Heron était assez bonne chasseuse, mais maintenant qu'ils voyageaient dans la zone toxique, il aurait été dangereux d'absorber du gibier. Kira examina une fois de plus la plaie d'Afa, laquelle n'allait ni mieux ni plus mal que depuis le naufrage, et lui murmura des paroles rassurantes à l'oreille.

– On va traverser, maintenant, dit-elle doucement en laissant couler le peu d'eau fraîche qui lui restait dans la blessure. Il va falloir y aller à la nage, mais ça n'a rien à voir avec la dernière fois. Ce sera facile.

– On va bousiller la radio, objecta Afa, le regard brouillé par le mélange de douleur et d'analgésiques. Il ne faut pas la mouiller, sinon elle sera fichue.

– Nous avons déjà perdu la radio. Ne t'en fais pas pour ça.

– On en trouvera une autre.

– Mais oui, dit-elle calmement en enduisant la plaie de Néosporine. Une fois la rivière traversée.

– Je ne veux pas traverser la rivière, on va encore faire naufrage.

Et leur dialogue se poursuivit ainsi, tournant en rond pendant que Kira serrait un bandage autour de sa jambe, puis la couvrait de sacs en plastique et de bande adhésive, faisant de son mieux pour la rendre étanche. Une fois qu'elle eut terminé, elle alla rejoindre Samm.

– Il ne sait même pas où nous sommes, dit-elle. Il ne faut pas l'emmener plus loin... nous n'en avons pas le droit.

– Mais on ne peut pas le laisser comme ça...

– Je le sais bien, qu'on ne peut pas le laisser, s'énerva-t-elle avant de baisser à nouveau la voix. Je sais qu'on fait tout ce qu'on peut pour lui, mais ça ne me plaît pas, c'est tout. Quand « tout ce qu'on peut faire pour lui » consiste à le traîner de force dans un désert empoisonné, c'est qu'il y a quelque chose de sévèrement tordu dans la décision qui nous a amenés ici.

– Si c'était à refaire, que voudrais-tu changer ?

Kira lui envoya un bref regard noir, contrariée par son infatigable sens pratique, mais concéda sa défaite.

– Rien, je suppose, à part peut-être ne pas me faire attaquer au centre de données. Et nous n'avions aucun contrôle là-dessus. Ça me déplaît de devoir lui faire subir tout ça, et d'ailleurs ça ne me plaisait pas de devoir l'emmener, dès le départ, mais nous ne pouvons pas réussir sans lui, et il ne peut pas survivre sans nous. Simplement... je me sens mal pour lui. Pas toi ?

Elle dévisageait Samm, cherchant sur ses traits une trace de compassion.

– Si, répondit-il. C'est plus fort que moi.

Kira regarda la rivière avec un petit sourire narquois.

– On pourrait pourtant croire qu'ils auraient conçu ces super-soldats sans aucun sentiment, pour en faire de meilleurs... tueurs, je suppose. De meilleurs guerriers.

– À vrai dire, ils ont fait exactement le contraire. Tu ne savais pas ? dit-il en voyant son air perplexe. C'est un des premiers principes qui ont guidé ParaGen dans la conception des BioSynths de type militaire. Afa trimballe une copie de la résolution des Nations unies dans son sac à dos – sans doute illisible, à l'heure qu'il est. Ils avaient eu des problèmes avec des drones et autres véhicules militaires entièrement automatisés qui avaient pris sur le terrain des décisions... moralement discutables, disons. À partir de là, les seules entreprises autorisées à passer des contrats pour fabriquer du matériel militaire autonome ont été les firmes de biotechnologie capables de créer des armes dotées de réactions émotionnelles humaines.

Kira hocha la tête.

– Je suppose que c'est logique. Je veux dire, je me sens toujours complètement humaine, du point de vue des émotions, alors...

Elle haussa les épaules, ne sachant plus trop où elle voulait en venir. Elle se tut, puis fronça les sourcils et le regarda de nouveau.

– Si tu... si nous avons été conçus pour différencier le bien du mal et tout ça, cela doit nous rendre moins susceptibles de franchir la ligne rouge, au combat.

– Ils nous ont enseigné le bien et le mal, puis ils nous ont mis dans des situations où le mal était terriblement présent. La rébellion a été la plus humaine de toutes nos actions, je pense. Il faut que tu comprennes... Pense à ta vie, c'est le meilleur exemple. Tu te sens poussée, à chaque instant, à faire le bien : tu vois des gens en difficulté, il faut que tu les aides. Tu t'es sentie obligée de m'aider, même quand tout le monde, y compris toi-même, me prenait pour un ennemi juré, impardonnable. Nous n'avons pas seulement été créés avec une conscience, Kira, nous avons reçu une conscience hyperactive, un sens de l'empathie augmenté qui se déclenche automatiquement pour nous faire sauver des vies, réparer les torts, aider les opprimés. Alors, le jour où nous sommes devenus les opprimés, comment voulaient-ils qu'on réagisse ?

Kira opina de nouveau, mais, comprenant peu à peu les implications de ce qu'il disait, elle le regarda bouche bée, stupéfaite.

– Ils vous ont donné une empathie amplifiée, et ensuite ils vous ont envoyés à la guerre ?

Ce fut au tour de Samm de détourner les yeux vers la rivière.

– Ce n'est pas très différent d'envoyer des humains au combat, en réalité. Je suppose que c'était tout l'intérêt.

Heron s'approcha à ce moment-là et laissa tomber un paquet de matériel au sol entre eux deux.

– C'est tout ce qui nous reste : poulet et thon en boîte, légumes déshydratés, et un nouveau purificateur d'eau. Il était encore sous emballage, le filtre m'a l'air comme neuf.

– Parfait, dit Samm. Il est temps de repartir.

Ils fourrèrent leurs paquetages dans des sacs-poubelle trouvés à l'épicerie, en double et triple épaisseur pour obtenir une protection maximale, et les scellèrent de leur mieux à l'aide d'un rouleau d'adhésif. Ils hissèrent ensuite Afa sur la selle de Zarbi, l'attachèrent, et chargèrent leurs affaires sur le dos de Buddy et de Bobo. L'eau était froide, mais le courant relativement faible, et la traversée ne leur réserva aucune mauvaise surprise. De l'autre côté, l'herbe était verte et saine, nourrie par le cours d'eau propre, mais à six ou sept mètres de la rive la végétation redevenait déjà jaune et maladive. Les bâtiments étaient tout aussi rongés par les produits chimiques que sur l'autre berge. Kira vérifia la jambe d'Afa, constata que son pansement était resté étanche, et décida de laisser le plastique en place pour l'instant.

Les nuages s'amoncelaient, et Kira craignait qu'il ne pleuve. Ils étaient sortis de la ville depuis peut-être deux heures, toujours sur l'autoroute 34, lorsque tomba la première goutte.

Elle siffla en s'écrasant sur la chaussée.

Les trois Partials allaient à pied, laissant les chevaux porter les sacs. Kira se baissa pour tâter la température de l'asphalte : la route était à peine tiède. Le soir approchait, et le ciel couvert avait permis au sol de conserver une relative fraîcheur.

– Le sol n'est pas brûlant. Je ne comprends pas ce sifflement de vapeur, dit-elle en se relevant.

Une nouvelle goutte descendit du ciel, suivie d'une autre.

– Ce n'était pas de la vapeur, répliqua Heron. C'est de l'acide.

Une goutte tomba sur Zarbi, qui poussa un hennissement de douleur. Aussitôt après, Kira sentit une vive brûlure sur son bras : elle y trouva une petite marque rouge, de plus en plus cuisante. Elle releva la tête vers le ciel.

– Ces nuages viennent du sud, c'est bien ça ?

– Fuyons ! cria Samm en saisissant la bride de Zarbi.

Afa hurla de souffrance et de terreur, les bras serrés sur son sac à dos détrempé. Kira chercha sa veste des yeux, mais elle l'avait enlevée pour traverser la rivière : le vêtement était enfermé, avec tout le reste, dans les sacs plastique que portaient les chevaux. Elle attrapa Bobo et partit en courant à la suite de Samm, tirant le cheval derrière elle et tâchant de le maîtriser tandis que la pluie acide lui brûlait la tête et les flancs. Heron les dépassa en traînant Buddy, et Kira s'efforça de garder le rythme. La pluie devenait plus dense, et la jeune fille eut bientôt les bras et le visage cinglés par l'acide. Les démangeaisons et les brûlures apparurent en quelques secondes. De sa main libre, elle détacha sa queue-de-cheval et secoua ses longs cheveux afin qu'ils forment une protection sur ses oreilles et ses épaules. Elle en tira aussi devant sa figure, terrifiée à l'idée de recevoir des gouttes dans les yeux, et avança ainsi presque à l'aveuglette.

Samm avait repéré un bâtiment de ferme à quelque distance de la route. Il tenta de forcer la clôture de barbelés qui longeait le champ tandis que Zarbi tiraillait follement ses rênes, hennissant à pleins poumons, pressé d'échapper à cet atroce déluge. Heron les rejoignit et bouscula Samm en lui tendant la bride de son propre cheval ; elle avait fait comme Kira avec ses cheveux, mais Samm, qui ne jouissait pas de ce luxe, avait le visage strié de longues traînées rouges, les yeux injectés de sang. Heron prit un couteau dans chacune de ses mains et trancha les barbelés d'un grand geste furieux, coupant les quatre fils d'un coup pour ouvrir un passage dans la clôture. Kira fonça dans l'ouverture avec Bobo, empoignant les rênes de Buddy au passage. Heron suivit avec Zarbi et Afa, et Samm rattrapa Kira pour lui reprendre les rênes de Buddy.

– Laisse-moi t'aider ! lui cria-t-il. Tu ne peux pas contrôler les deux à la fois.

Les chevaux ruaient avec fureur, mais Kira ne lâcha pas et repoussa le garçon avec son pied.

– Va t'abriter ! Tu vas finir aveugle !

– Je ne te laisserai pas ici !

– Ouvre cette baraque, qu'on entre !

Elle le poussa une nouvelle fois, et, après une dernière hésitation, il pivota et fila vers le bâtiment, trébuchant dans le champ en jachère. Kira serra les dents en se demandant comment il pouvait y voir et tira les chevaux de toutes ses forces, prenant appui sur l'un pour garder l'autre en ligne, et espérant que ses épaules survivraient à cette épreuve. Au bout d'une courte lutte, ils parurent comprendre qu'elle les exhortait à avancer, et aussitôt entrés dans le champ, ils prirent le large, rentrant la tête et galopant à fond de train vers la ferme. Kira fut entraînée dans leur sillage ; la traction des rênes la poussa vers les sabots tambourinants de Buddy, si bien qu'elle lâcha, partit en roulé-boulé et finit par s'arrêter dans la boue toxique. Les chevaux faisaient la course pour atteindre le bâtiment, chacun luttant pour gagner une encolure d'avance, et Kira bondit sur ses pieds pour les suivre, comprenant pendant sa course qu'elle hurlait – moitié cri de douleur, moitié cri de guerre.

Kira atteignit la ferme juste au moment où Samm et Heron attrapaient les chevaux, et elle franchit la porte en proie à une douleur atroce. La pièce du devant contenait un canapé et un fauteuil relax, chacun garni d'un squelette qui contemplait un vieux téléviseur fixé au mur. Kira se sentait brûlée par l'acide sur chaque centimètre de sa peau. Baissant les yeux, elle constata que la pluie avait percé un trou dans son chemisier. Elle le retira vivement et, trouvant encore une demi-douzaine de trous dans le dos, jeta le vêtement à travers la pièce. Samm et Heron étaient entrés aussi, claquant la porte derrière eux pour empêcher les chevaux de fuir sous la pluie. Les bêtes, encore terrifiées, lançaient des ruades et saccageaient tout dans la pièce : la télé, les meubles, même les squelettes furent piétinés sans relâche. Kira voulut aider Afa, toujours attaché sur la selle de Zarbi, mais ne parvint pas à s'approcher. Heron fit le tour de la pièce en guidant Samm, qui avait le visage cramoisi et les yeux hermétiquement fermés, plongeant en avant quand les chevaux laissaient une ouverture et reculant lorsqu'ils revenaient s'ébrouer devant elle. Quand elle eut rejoint Kira, celle-ci prit également Samm par le bras et l'entraîna par la porte du fond, dans la cuisine, à l'écart des sabots meurtriers. Kira entendait encore l'acide grésiller sur leurs vêtements. Elle arracha la chemise de Samm, qui se déchira comme du papier mouillé, déjà à demi consumée par la pluie, et fut jetée de côté. Heron aussi se déshabillait, et leurs hardes formèrent bientôt un tas fumant dans un coin de la pièce. Leur peau était mouchetée de taches écarlates. Samm, qui serrait toujours les paupières, triturait sa ceinture sans arriver à rien. Kira l'aida à retirer son pantalon avant d'enlever le sien propre. Ils se retrouvèrent tous trois en sous-vêtements, le souffle court, tâchant de réfléchir à ce qu'ils allaient faire tandis que les chevaux se déchaînaient toujours dans la salle de séjour.

Afa hurlait sans interruption, secoué de sanglots hystériques, mais au moins, il était toujours en vie. Kira fouilla du regard la cuisine, à la recherche de tout ce qu'elle pourrait utiliser – des serviettes pour essuyer les chevaux ou de la nourriture pour les apaiser –, et vit que l'évier avait deux robinets, l'un normal et l'autre étrange : on aurait dit une pompe à main de type industriel. Elle l'observa, intriguée, puis comprit.

– On est dans une ferme ! cria-t-elle en filant vers les placards. Il y a un puits !

– Quoi ? fit Heron.

– C'est trop loin de la ville pour être relié au réseau d'eau, donc il y a un puits. Ils avaient leur propre nappe phréatique, et leur propre pompe pour y accéder.

Faisant claquer les portes des placards, elle en sortit le plus grand seau qu'elle put trouver et se rua sur l'évier.

– J'en ai déjà vu deux ou trois dans des fermes, chez nous : ce sont les seuls endroits de l'île où il y ait l'eau courante. Ces pompes sont complètement isolées : celle-ci devrait encore fonctionner.

La jeune fille s'activa sur la poignée, mais sans résultat : elle était grippée. Ouvrant le réfrigérateur, Kira en sortit un bocal de cornichons rances, et versa le jus odorant sur la pompe. Elle la manœuvra de nouveau, de haut en bas, de bas en haut.

Heron vint l'aider, et soudain, l'eau jaillit dans le seau. Kira le remplit tandis que Heron en prenait un autre, et lorsqu'il fut plein elles le soulevèrent ensemble pour jeter l'eau sur les chevaux, rinçant une partie de l'acide. Elles répétèrent l'opération et déversèrent un grand nombre de seaux sur les animaux, jusqu'au moment où Kira fut sûre que le puits allait se tarir. Petit à petit, les chevaux se calmèrent, débarrassés de l'acide, et les deux filles coururent libérer Afa pour le traîner, encore sanglotant, jusqu'à la cuisine. Ses vêtements étaient presque entièrement rongés et son dos n'était qu'une masse de cratères, de brûlures et de cloques. Heron pompa encore un seau d'eau, et Kira retourna auprès des bêtes pour les débarrasser des selles et des sacs, et surtout récupérer la trousse à pharmacie. Afa, la voix trop brisée pour crier encore, ne faisait plus que se balancer d'avant en arrière sur le sol. Samm, pour sa part, semblait inconscient, ou plongé dans une méditation visant à contrôler la douleur, et Kira se demanda jusqu'à quel point ses yeux étaient brûlés. Elle s'arrêta, épuisée, et regarda Heron.

Celle-ci lui rendit son regard, tout aussi exténuée, et secoua la tête.

– Tu penses toujours avoir pris la bonne décision, Kira ?

Non, songea-t-elle, mais elle se força à répondre le contraire.

– Oui.

– Espérons. On n'a encore parcouru qu'une trentaine de kilomètres dans cette région empoisonnée. Plus que sept cents, et on est arrivés.

CHAPITRE 32

Marcus et les soldats voyageaient toujours vers le nord, traversant les ruines de Jersey City et de Hoboken ainsi que la vaste métropole qui s'étendait à l'ouest de l'Hudson. Désireux de rester à bonne distance des éventuels avant-postes de Partials présents à Manhattan ou dans le Bronx, ils s'obligeaient à faire un grand détour avant de retraverser l'Hudson dans l'autre sens. Au nord de Manhattan, le fleuve s'élargissait de manière significative, au point de ressembler davantage à une baie qu'à un cours d'eau, et le pont qu'ils finirent par atteindre le traversait presque à son point le plus large. Une longue flèche blanche suspendue à l'horizontale au-dessus des eaux : c'est à cela que ressemblait le pont de Tappan Zee. Marcus n'en avait jamais vu d'aussi rutilant ; il devina que sa construction avait précédé de peu le Ravage. Il était long de plusieurs kilomètres, et sa traversée à pied prendrait sûrement presque une journée. Qu'il ait tenu était en soi stupéfiant ; qu'il ait toujours un aspect neuf après toutes ces années était un témoignage de la splendeur de l'ancien monde. Le garçon se demanda si les générations futures, à supposer qu'elles existent un jour, considéreraient cet exploit architectural avec la même déférence et la même admiration que les pyramides d'Égypte ou la Grande Muraille de Chine. Une chaussée dans le ciel. *Ils trouveront sûrement quelque explication religieuse absurde,* se dit-il, *du genre : ces hommes ont bâti une route pour monter au paradis, et chaque pile représente un aspect de leurs croyances, et la longueur du pont multipliée par sa hauteur indique l'équinoxe de printemps.* Le pont était couvert de voitures, dont beaucoup étaient couchées sur le flanc ou inextricablement entremêlées, si bien qu'ils durent avancer avec lenteur dans ce chaos, s'arrêter, repartir, escalader les reliques de métal brûlant, complètement cuites par le soleil.

La ville située au bout s'appelait Tarrytown, et, alors qu'ils descendaient du pont vers ses rues, une voix puissante s'éleva des ruines.

– Halte-là !

Les soldats levèrent leurs fusils, mais le commandant Woolf leur fit signe de les rabaisser.

– Nous venons en paix ! annonça-t-il en réponse. Nous sommes venus pour vous parler !

– Vous êtes des humains, constata la voix.

Woolf confirma de la tête, empoigna son fusil par le canon et le brandit en l'air, montrant le plus clairement possible qu'il ne touchait pas à la détente.

– Nous ne portons des armes que pour nous défendre, ajouta-t-il. Nous ne souhaitons pas nous battre. Nous voulons parler à votre commandement.

Il y eut un long silence, et lorsque la voix inconnue résonna de nouveau, Marcus la jugea... hésitante.

– Dites-moi ce que vous voulez.

– Un Partial, une femme nommée Morgan, a attaqué notre colonie et pris notre peuple en otage. Or, nous savons qu'elle est votre ennemie autant que la nôtre. Nous avons un vieux dicton humain qui dit : « Les ennemis de mes ennemis sont mes amis. » Nous espérions que cela nous rendrait assez sympathiques à vos yeux pour que vous consentiez à nous écouter une minute.

Il y eut encore un long silence, après quoi la voix répondit.

– Déposez vos armes et éloignez-vous-en.

– Faites ce qu'il dit, ordonna Woolf en se baissant pour poser son fusil au sol.

Marcus s'exécuta et tous les autres autour de lui suivirent son exemple, certains avec plus de réticence que d'autres. Ils étaient dix, plus Woolf et Marcus, mais les trois Partials qui sortirent de leur cachette pour venir à leur rencontre sur le pont semblaient persuadés de pouvoir affronter douze humains sans problème. Et d'ailleurs, Marcus n'en doutait pas. Le premier était un jeune homme de l'âge de Samm – mais Marcus se rappela que c'était normal : les fantassins Partials étaient tous figés définitivement à l'âge de dix-huit ans. *Je suppose qu'on rencontrera les généraux une fois arrivés à White Plains.*

– Je m'appelle Vinci, annonça le Partial.

À sa voix, Marcus reconnut celui qui les avait hélés quelques minutes auparavant.

– Nous souhaitons négocier un traité, dit Woolf. Une alliance entre votre peuple et le nôtre.

Si Vinci était surpris, il n'en montra rien – mais Marcus avait toujours trouvé les Partials difficiles à cerner. L'homme jeta un coup d'œil à leur troupe, puis revint à Woolf.

– Je crains que nous ne puissions rien faire pour vous.

Marcus en sursauta d'étonnement.

– Comment ? C'est tout ? fit Woolf. Vous nous entendez, mais vous ne voulez même pas réfléchir à nos propositions ?

– Je ne suis pas là pour réfléchir. Je suis sentinelle, pas général ni diplomate.

– Alors présentez-moi aux généraux et aux diplomates. Amenez-nous jusqu'à quelqu'un qui voudra bien nous écouter.

– Je crains de ne pas pouvoir faire cela non plus.

– Est-ce parce que vous ne devez laisser personne pénétrer sur votre territoire ? Dans ce cas, envoyez un messager – nous camperons ici, même sur le pont si vous préférez –, mais informez un responsable de notre présence et de notre proposition. Je vous en prie, faites au moins cela.

Vinci réfléchit, sans laisser paraître s'il songeait à accepter ou s'il cherchait juste une autre manière de dire non.

– Je suis navré, trancha-t-il enfin, c'est simplement trop dangereux en ce moment. La guerre contre les forces de Morgan est... est en train de nous échapper.

– Nous sommes prêts à prendre le risque, insista Marcus.

– Pas nous.

– Mais pourquoi refusez-vous de nous écouter ? s'emporta Woolf en s'avançant.

Aussitôt, les Partials levèrent leurs canons.

Woolf bouillait de rage. Marcus vit qu'il était prêt à engager le combat, en espérant qu'il lui reste assez d'hommes ensuite pour chercher quelqu'un de plus coopératif. Le jeune homme se creusa la cervelle pour trouver comment désamorcer la crise ; il pensa à Samm, à sa manière de parler, à ce qui fonctionnait ou non avec lui. Le Partial était un indécrottable pragmatique, et d'une loyauté sans faille envers ses chefs, même quand il n'était pas d'accord avec eux. Marcus repensa à tout cela, puis bondit devant Woolf juste au moment où le vieil officier semblait sur le point de passer à l'action.

– Un instant ! dit le jeune homme d'une voix inquiète en s'attendant presque à recevoir un coup de poing en pleine figure – ou venu de derrière. Je m'appelle Marcus Valencio. Je suis un peu leur consultant en relations avec les Partials. (Cela s'adressait autant à Woolf qu'aux autres : il espérait que l'étonnement les ralentirait, et qu'il aurait ainsi une chance de parler.) Si vous me permettez de poser une question politiquement sensible : que voulez-vous dire, au juste, quand vous prétendez ne pas pouvoir nous aider ?

– Qu'il ne *veut pas* nous aider, gronda Woolf.

Vinci ne répondit pas, mais finit par acquiescer d'un hochement de tête.

– Moi, voyez-vous, je ne pense pas que ce soit réellement le problème.

Vinci, qui le regardait déjà avant, se concentra cette fois sur lui avec une précision de laser : différence d'intensité qui ne pouvait échapper à Marcus. Il eut un sourire nerveux en se répétant que ce regard féroce était un bon signe : il y avait bien un secret là-dessous, et Vinci était trop loyal pour l'admettre.

– Vous êtes en train de mourir, reprit-il. Pas vous personnellement, du moins pas encore, mais votre peuple. Vos dirigeants. Tous les Partials ont une durée de vie limitée à vingt ans, et vous n'en saviez rien jusqu'à la première vague de décès. À ce jour, vous avez perdu une deuxième, une troisième, peut-être même une quatrième génération, et si je devine correctement, cela inclut presque tous vos généraux. Tous les responsables.

Vinci ne confirma pas, mais ne nia pas non plus. Marcus observa attentivement ses traits, guettant le moindre changement d'émotion, mais leurs visages étaient tellement inexpressifs qu'il ne devina pas ce que pensait celui-ci. Il poursuivit.

– Ce que vous êtes en train de nous dire, c'est que nous ne pouvons pas négocier une alliance parce qu'il ne reste personne chez vous qui ait autorité pour le faire.

La troupe ne disait mot. Marcus continua de scruter le visage de Vinci, sans oser jeter un coup d'œil derrière lui pour connaître la réaction de Woolf. Le vieil homme poussa un soupir et parla à mi-voix.

– Bon Dieu, mon gars, si c'est ça votre problème, laissez-nous vous aider...

– Nous n'avons pas besoin de votre aide.

– Vous êtes une nation sans tête, une nation de jeunes hommes...

– ... de jeunes hommes qui vous ont vaincus, s'échauffa Vinci, et qui n'hésiteront pas à recommencer si vous leur donnez des raisons de le faire.

– Loin de nous cette idée, intervint Marcus en s'avançant entre eux.

Il était sur ses gardes, anticipant une attaque qui pouvait venir d'un côté comme de l'autre, mais il tint bon, les traits crispés, en espérant qu'ils se maîtriseraient.

– Vinci, mon commandant ici présent n'a jamais voulu sous-entendre que vous étiez incapables de décider par vous-mêmes et que vous aviez besoin d'un vieux bonhomme humain pour venir tout régenter chez vous. (Il envoya un regard entendu à Woolf.) Il sait très bien que ce serait une ingérence intolérable, et jamais il ne dirait ou n'insinuerait une chose pareille. Pas vrai, commandant ?

Woolf acquiesça, vaguement penaud, mais Marcus entendit ses dents grincer avant qu'il reprenne la parole.

– Absolument. Je ne voulais pas vous offenser.

– C'est gentil, dit Marcus, qui jeta un bref regard à Vinci avant de se retourner vers son supérieur. Maintenant, et de surcroît : commandant Woolf, Vinci ici présent n'a pas voulu insinuer que leur aide était entièrement inenvisageable, ni qu'il aimerait mieux déclencher un nouveau génocide plutôt que former une alliance avec vous.

– Vous ne pouvez pas parler en son nom, objecta Woolf.

Marcus pivota vers Vinci.

– Est-ce que je me trompe ? Vous ne vouliez pas du tout dire ce genre de choses, n'est-ce pas ? Je veux dire, vous vous rendez compte que ce serait une agression tout aussi insupportable, pas vrai ?

Vinci inspira à fond, donnant ainsi son premier signe de communication non verbale, et secoua négativement la tête.

– Nous ne voulons pas d'une nouvelle guerre avec les humains.

– Alléluia ! s'écria Marcus. Et maintenant, pensez-vous tous deux être capables de mener une conversation courtoise, ou faut-il que je fasse le médiateur d'un bout à l'autre ? Parce que je peux vous dire que je ne suis pas loin de mouiller mon froc, là.

Vinci regarda Woolf.

– Vous n'avez pas mieux, comme conseiller diplomatique ?

– Il est original, certes, mais efficace, répondit le commandant en se frottant le menton. Mais est-ce vrai, ce qu'il a dit ? Que vos officiers sont tous décédés ?

– Pas tous, admit Vinci – et Marcus entendit dans sa voix hésitante qu'il lui en coûtait de formuler la suite. Mais la plupart d'entre eux, oui. Il nous en reste un, ou plutôt une. Comme ont dû vous l'apprendre nos opérations sur Long Island, nous sommes engagés dans une guerre à petite échelle avec la faction de Morgan. Nous voulons tout autant qu'elle faire disparaître cette « date d'expiration », comme vous dites. Mais ses méthodes sont devenues trop extrêmes.

– Le temps presse, pourtant, dit Marcus. Nous pensons pouvoir vous aider : nous avons parmi nous certains des meilleurs médecins du monde – au sens propre –, qui travaillent d'arrache-pied sur un traitement contre notre propre extinction. Avec votre aide, nous pourrions vaincre le RM en l'espace de quelques semaines, du moins nous le pensons, après quoi toute cette intelligence médicale pourra se focaliser entièrement sur votre date d'expiration. Nous pouvons nous sauver les uns les autres.

– Mais il nous faut parler à cet officier que vous avez mentionné, ajouta Woolf. Pouvez-vous nous emmener auprès de lui – ou d'elle, comme j'ai cru le comprendre ?

– Je peux vous emmener la voir, concéda Vinci, mais je ne garantis pas le résultat.

Woolf se rembrunit.

– Est-elle mourante, elle aussi ? Son... son heure est-elle venue ?

– Elle fait partie de l'Alliance, répondit Vinci. Ce sont nos chefs et, pour ce que j'en sais, ils n'expirent pas. Mais le général Trimble est... enfin, vous verrez. Suivez-moi, mais ne prenez pas vos armes. Et c'est dangereux, comme je vous l'ai dit : sans vouloir vous vexer, un groupe d'humains n'est qu'un poids mort sur un champ de bataille Partial. Si vous voyez ou entendez quoi que ce soit qui ressemble à des coups de feu, cachez-vous.

Woolf fit la grimace.

– Nous cacher, c'est tout ?

Vinci haussa les épaules.

– Cachez-vous et priez, si vous préférez.

White Plains ne ressemblait à rien de ce que Marcus connaissait, même si le trajet pour y aller aurait dû le préparer : ils ne le firent pas à pied ni en chariot, mais à l'arrière d'un camion ! Un vrai camion, avec un moteur. Le chauffeur était une Partial nommée Mandy, sans doute une de ces femmes pilotes dont Samm leur avait parlé, et elle les lorgna avec méfiance pendant tout le voyage, bien qu'ils aient été désarmés, fouillés et même dépouillés de quasiment tout leur équipement. Marcus avait déjà vu des véhicules automobiles en marche, bien sûr, mais qu'ils soient utilisés si couramment était stupéfiant. À East Meadow, on ne s'en servait que pour les urgences, lorsque la vitesse était un élément capital. Ici, on cheminait dans ces engins comme s'il n'y avait rien de plus banal au monde.

Ils en croisèrent un sur la route, puis un autre.

Et ensuite, ils atteignirent la ville elle-même.

Marcus avait passé tellement d'années dans une cité en ruine qu'en voir une en parfait état lui fit un choc. C'était une expérience troublante. Au lieu de piétons, les rues étaient pleines de voitures ; au lieu de bougies et de lampes à pétrole, les habitations étaient éclairées à l'électricité : des ampoules extérieures, des réverbères, des plafonniers, et même des enseignes lumineuses sur les bâtiments. La ville entière en était tout illuminée. Plus subtil, mais plus extraordinaire une fois qu'il l'eut remarqué : toutes les constructions étaient dotées de vitres. Les vitres avaient été une des premières choses à disparaître après le Ravage : les cycles de gel et de dégel avaient voilé les fenêtres des bâtiments non chauffés, et les oiseaux et autres animaux avaient achevé le travail. À East Meadow, seules les maisons occupées étaient vitrées, ainsi que les étages inférieurs de l'hôpital, où l'on travaillait à les entretenir. Partout ailleurs, carreaux et vitrines étaient en miettes. Presque toutes les fenêtres qu'ils avaient vues à Brooklyn, à Manhattan et dans le New Jersey l'étaient aussi. Mais ici, non. On aurait dit une ville d'avant le Ravage transportée dans le temps, épargnée par l'apocalypse qui avait anéanti le reste du monde.

Mais même cela, nota Marcus, n'était pas entièrement vrai. Les Partials constituaient une armée, et ceci était une cité en guerre, sans un civil en vue. *Sauf moi*, se dit-il. *Je suis le premier non-combattant que cette ville ait connu en douze ans. Eh bien, j'espère le rester assez longtemps pour terminer cette mission et me tirer d'ici.*

Mandy les conduisit jusqu'à un vaste bâtiment situé dans le centre-ville, cerné de barricades de sacs de sable et surmonté de projecteurs et de tireurs d'élite. L'ambiance était lugubre. Tout le monde semblait guetter quelque chose – une attaque, probablement, même si Marcus ne pouvait que redouter ce qui rendait des Partials si inquiets. Vinci les fit entrer en expliquant à chaque barrage – et il y en eut un certain nombre – qu'il amenait des émissaires humains désireux de parler au général Trimble, et qu'il leur avait déjà confisqué leurs armes. Marcus, à l'inverse, se sentait moins rassuré à chaque poste de garde franchi, comme s'ils étaient en train d'entrer en prison et non dans un bâtiment gouvernemental. Un éclairage indirect luisait doucement dans les murs et le plafond, conférant au lieu une ambiance irréelle qui ne le rassura pas davantage. Vinci les amena jusqu'à une vaste pièce située au dernier étage, une sorte d'esplanade intérieure dotée de banquettes et de tables basses, donnant sur une série d'appartements, et surmontée d'une large verrière en treillage métallique. Un garde referma la porte à clé derrière eux.

– C'est ici que vous logerez, dit Vinci. Ce n'est pas un lieu de séjour idéal, mais à la réflexion, c'est sans doute mieux que ce dont vous avez l'habitude.

– Sans aucun doute, convint Marcus. Où est la fontaine de chocolat ? Franchement, je vais être un peu déçu si elle n'est pas attachée sur le dos d'un ours polaire magique.

– Nous ne comptons pas rester, intervint Woolf. Nous sommes venus voir Trimble. Est-elle présente ?

– Elle est occupée, répondit Vinci. Vous attendrez ici qu'elle puisse vous recevoir.

– Combien de temps ? s'enquit Marcus. Une heure ? Deux heures ?

L'une des portes du pourtour s'ouvrit, révélant un appartement petit mais propre et bien rangé dont sortit une femme d'un air enthousiaste. Enthousiasme qui se volatilisa lorsqu'elle les vit.

– Vous n'êtes pas les hommes de Trimble ?

– Et vous, vous n'êtes pas Trimble ? répliqua Woolf sur le même ton. Vinci, que se passe-t-il ?

– Moi, j'attends depuis hier, déclara la femme.

Elle s'approcha d'eux, et Marcus devina qu'elle devait friser la soixantaine : encore en forme et séduisante, comme l'étaient apparemment tous les Partials, mais très éloignée des jeunes femmes pilotes comme Mandy ou des tueuses en série top-modèles du genre Heron. Cela indiquait, à sa connaissance, que cette femme était médecin, et il lui tendit la main.

– Bonjour docteur.

Elle ne prit pas la main tendue, se contentant de les regarder avec sévérité.

– Vous êtes des humains.

– Vous attendez depuis hier ? lui demanda Woolf avant de se tourner vers leur guide. Vinci, Morgan tue nos congénères, nous mourons, sur le terrain et dans nos hôpitaux, chaque jour. Chaque heure. Il faut que vous nous obteniez une audience plus vite que ça.

– Mais pas avant moi, dit la femme médecin. Nous avons tous des affaires qui ne peuvent pas attendre. Vous ! (Elle s'adressait à Vinci.) Vous êtes son assistant. Vous pouvez lui faire passer un message ?

– Je ne suis qu'un simple soldat, madame.

– Mais elle n'est pas ici ? demanda Marcus. Je veux dire, elle est au front ou quelque chose comme ça ? Dans une autre ville ? Nous pouvons aller à elle, si c'est plus simple.

– Elle est bien ici, dit la femme en indiquant une double porte dans le mur nord. Simplement, elle n'est pas... visible pour l'instant.

– Que peut-elle bien faire qui l'empêche de nous écouter ? demanda Woolf. Elle est occupée ? À qui peut-elle parler, si elle ne veut pas recevoir ceux qui ont besoin d'elle ?

– Nous sommes en pleine guerre, répondit Vinci. Elle dirige les opérations depuis une plate-forme centrale ; elle ne peut pas s'en absenter chaque fois que quelqu'un désire lui parler.

L'un des soldats humains, une montagne d'homme aux muscles saillants, ricana.

– On pourrait entrer de force, suggéra-t-il.

– Ce n'est pas la meilleure tactique quand on essaie d'être diplomate, le contredit Woolf.

– Vous ne pourriez pas faire quelque chose pour activer un peu ? insista Marcus. Je veux dire, j'imagine que vous avez déjà pensé à tout, mais... je ne sais pas, ne pourrait-on pas lui faire passer un message ? Lui faire savoir pourquoi nous sommes ici ? Nous sommes les premiers humains à mettre le pied dans la ville depuis douze ans, nous venons proposer un traité de paix et une alliance médicale... Ça doit bien avoir un peu de poids, tout de même.

– J'ai conscience que c'est important, dit Vinci. C'est pour cela que je vous ai amenés ici. Mais je vous ai prévenus que ce serait difficile et que vous devriez vous montrer patients.

– C'est juste, concéda Marcus. Nous attendrons.

– Sauf que c'est exactement ce qu'on m'a dit hier, lança la femme médecin. Mon rapport est d'une importance tout aussi vitale, voire probablement plus, mais Trimble reçoit les gens quand ça lui chante, et pas avant.

– Alors nous attendrons, répéta Woolf. Le temps qu'il faudra.

Marcus se demanda combien de gens allaient mourir, ici comme chez lui, pendant qu'ils attendraient.

CHAPITRE 33

La femme se présenta : docteur Diadem, mais elle n'en dit pas plus. Son hostilité envers Marcus et l'ensemble des humains était palpable et, apparemment, pas seulement due au fait qu'ils l'avaient doublée dans la file d'attente pour voir Trimble. Ajoutez à cela la surveillance constante des gardes armés, plus la menace de guerre imminente : l'ambiance dans la salle évoquait de plus en plus une cocotte-minute. Marcus avait peur que les soldats humains qui l'accompagnaient n'explosent si Trimble tardait encore à les recevoir.

Les minutes devinrent des heures. À chaque sonnerie de la pendule, ils levaient les yeux au ciel ou poussaient un soupir, tant le temps passait lentement ; chaque fois qu'une porte s'ouvrait, toutes les têtes se redressaient brusquement pour voir si leur tour était enfin venu de rencontrer Trimble. Le soleil traçait lentement son arc par-dessus la verrière, et des soldats Partials entraient et sortaient en échangeant à voix basse des propos anxieux dont Marcus ne pouvait que deviner la teneur. Et ce qu'il devinait n'avait rien de joyeux. Le commandant Woolf devenait comme fou : il faisait les cent pas et s'efforçait, en vain, de demander aux gardes ce qui se passait. Ceux-ci ne le laissaient même pas les approcher, le chassant d'abord d'un geste de la main, puis, lorsqu'il se faisait plus insistant, le menaçant de leurs fusils. L'activité de fond augmentait, et Marcus ressentait la tension présente dans la pièce comme un esprit en colère, échauffé et vociférant. Il essaya de réengager la conversation avec le docteur Diadem, lui demandant ce qui se passait, mais elle ne fit que regarder fixement les soldats avec une expression que Marcus baptisa, en son for intérieur : « le mauvais œil Partial ».

– Ils se préparent au combat, finit-elle par lâcher. La guerre arrive à White Plains.

– Mais toutes les forces de Morgan sont à Long Island, s'étonna Marcus. Contre qui vont-ils se battre ?

Diadem refusa de répondre.

Quand la nuit commença à tomber, Marcus en était à désespérer de voir un jour Trimble. Il se jura de ne pas s'endormir, de peur de laisser passer sa chance en pleine nuit. Il s'occupa en examinant les divers objets technologiques présents dans la pièce – des objets si mystérieux qu'il avait du mal à les identifier, mais que les Partials semblaient utiliser au quotidien. Sur une petite table, il trouva une sorte de bâton en plastique et le ramassa, certain d'avoir su un jour ce que c'était mais incapable de s'en souvenir... quelque chose qui datait de son enfance, il le savait, mais quoi ? L'objet était couvert de touches, et il en pressa deux ou trois pour voir ce qui se passait : rien. Diadem l'observait avec le regard calculateur d'un insecte affamé.

– Vous voulez regarder quelque chose ? finit-elle par lui demander.

– Non merci. J'essaie de comprendre ce que c'est que ce machin.

– C'est ce que je voulais dire. Ceci est une télécommande, pour regarder l'holovid.

– Ah, je savais que j'en avais déjà vu ! Il y a des postes muraux dans presque toutes les maisons d'East Meadow, qui étaient activés à la voix ou au mouvement... quand il y avait encore du courant ; je n'avais pas vu une télécommande manuelle comme celle-ci depuis l'enfance.

– J'ai un poste mural chez moi, dit Diadem, apparemment encline à bavarder un peu, ce qui retint toute l'attention de Marcus. Mais la salle d'attente est tellement vaste... Il y a trop de monde pour que des capteurs de voix ou de mouvement puissent servir. C'est assez amusant d'utiliser ces antiquités primitives, d'ailleurs. Du moment que ça marche...

– Ce que vous appelez « primitif », moi, j'appelle ça « futuriste », répondit Marcus, les yeux toujours rivés sur la télécommande. Vous avez des centrales nucléaires qui vous donnent plus d'énergie que vous n'en aurez jamais l'usage. Nous, une poignée de panneaux solaires qui permettent à peine de faire fonctionner notre hôpital. Mon amie a un lecteur de musique, mais je n'ai pas vu marcher un holovid depuis douze ans.

Il se leva soudain, cherchant un projecteur.

– Où est-il ?

– Vous marchez dessus.

Diadem, se levant à son tour, lui prit la télécommande et la pointa en direction de la verrière ; d'une pression sur un bouton, elle rendit le verre opaque, et d'une autre, elle fit apparaître une brume holographique lumineuse, projetée par des centaines de minuscules loupiotes logées dans le treillis métallique. Marcus et Diadem se tenaient au milieu de cette brume photonique qui bougeait doucement, différentes icônes vidéo se mouvant avec lenteur, tels des sédiments dans un étang. Marcus sortit de la zone pour mieux voir l'ensemble et sourit d'une oreille à l'autre, comme un petit garçon, lorsqu'il reconnut d'abord un titre, puis un deuxième. Il réalisa avec amusement que tous les titres qu'il connaissait étaient ceux de programmes pour enfants – *Soufflevent le Dragon*, *L'École des cauchemars*, *Robots mais pas trop* –, ceux dont il gardait un vague souvenir d'avant le Ravage. Le menu proposait en majorité des films « pour les grands » : les polars, romances médicales et histoires terribles d'invasions extraterrestres que ses parents ne l'avaient jamais laissé regarder. Pendant qu'il faisait défiler les titres, les autres humains s'étaient agglutinés autour de lui, partageant sa fascination. Marcus se rendit compte qu'ils devaient être parfaitement risibles : une bande de crétins à l'œil torve, abasourdis par un gadget banal, et il se demanda si Diadem avait allumé l'holovid uniquement pour s'amuser de leur réaction. Mais dans le même temps, il se rendit compte aussi qu'il s'en fichait complètement. Ceci était une partie de sa vie qu'il avait perdue, et la revoir lui brisait presque le cœur.

– Que voulez-vous regarder ? lui demanda-t-elle.

Sa première impulsion fut de réclamer *Soufflevent*, son dessin animé préféré quand il était petit, mais avec tous ces soldats qui attendaient derrière lui, il se sentit un peu ridicule. Il chercha un film d'action dans la brume mouvante, mais avant qu'il ait pu trouver son bonheur, le soldat qui se tenait à côté de lui, le géant de tout à l'heure, sourit largement et dit :

– *Soufflevent* ! J'adorais ce dessin animé.

Il est soldat maintenant, pensa Marcus, *mais il n'avait que sept ou huit ans quand le monde s'est écroulé.*

Diadem manœuvra la télécommande, dispersant la brume holographique et attrapant l'icône de *Soufflevent*. Alors, un mignon dragon violet, immense, emplit le centre de la pièce, bondissant au milieu du générique. La chanson retentit : « Soufflevent ! » et Marcus joignit sa voix à celle des soldats pour chanter la suite en chœur : « Ouvre tes ailes et vole dans le vent ! » Ils regardèrent l'épisode entier, poussant des rires et des acclamations. Le temps d'une courte demi-heure, ils revécurent l'enfance qu'ils avaient perdue… mais, minute après minute, la magie sembla se tarir. Les couleurs étaient trop vives, la musique trop forte, les émotions trop grandes, les coups de théâtre trop prévisibles. C'était creux et sirupeux, comme un excès de sucre, et Marcus n'arrêtait pas de se répéter : *C'est vraiment ça qui me manquait ? Ce n'était que ça, l'ancien monde ?* La vie depuis le Ravage était dure, et les problèmes qu'ils rencontraient étaient douloureux, mais au moins étaient-ils réels. Enfant, il avait gobé des heures d'holovid, enchaînant les programmes, gavé de platitudes et d'effets faciles. L'épisode se termina, et lorsque Diadem l'interrogea du regard, la télécommande pointée pour faire apparaître la suite, il déclina d'un mouvement de tête.

Elle éteignit.

– Vous avez l'air terriblement triste pour quelqu'un qui vient de regarder un gentil dragon mauve précipiter un sorcier dans un lac de guimauve fondue, lui fit-elle remarquer.

– Oui, sans doute. Désolé.

Elle rangea la télécommande.

– Vous avez semblé apprécier au début, mais plus à la fin.

Marcus, avec une grimace, se laissa tomber sur le canapé.

– Pas vraiment, non. C'est juste que... Comment le formuler ? Ce n'est pas réel.

– Bien sûr que non, ce n'est pas réel, c'est un dessin animé. (Elle vint s'asseoir à côté de lui.) Un dessin animé en 3D dans des décors photoréalistes, mais quand même... ce n'est qu'une histoire.

– Je sais, dit Marcus en fermant les yeux, ce n'est pas le bon mot, mais comment dire... J'adorais voir le méchant sorcier se faire châtier. Toutes les semaines, il avait un nouveau plan diabolique, et toutes les semaines Soufflevent l'arrêtait. Ni une ni deux, problème réglé en vingt-deux minutes. Je trouvais ça fantastique, mais... ce n'est pas la réalité. Le gentil est toujours gentil, et le méchant sorcier est toujours, eh bien... méchant. Ça fait même partie de son nom.

– Vous savez, il n'y avait pas beaucoup de programmes pour enfants qui soient ambigus, parlant de dilemmes moraux insolubles, dit Diadem. Je ne pense pas que la plupart des enfants de cinq ans aient été prêts pour cela.

Marcus soupira.

– Je pense que personne ne l'était.

Vinci revint leur parler à la nuit, s'excusant qu'ils ne puissent toujours pas voir Trimble, et apportant des nouvelles du monde extérieur : la guerre se présentait très mal et se rapprochait toujours plus de la ville.

– Mais qui se bat contre qui ? redemanda Woolf. Toutes les forces de Morgan sont à Long Island !

– Il y a d'autres... problèmes, lâcha Vinci.

– Des problèmes ? répéta Marcus. Je croyais que vous alliez dire « d'autres factions » ! Qu'est-ce que ça veut dire, « d'autres problèmes » ?

Vinci ne répondit rien, et Marcus n'arriva pas à deviner s'il réfléchissait à une réponse ou s'il refusait juste de s'exprimer.

Ils attendaient en essayant de déchiffrer ses réactions, lorsqu'une voix s'éleva de l'autre bout de la salle.

– Trimble va vous recevoir.

Tous levèrent la tête et bondirent sur leurs pieds. Diadem rejoignit en toute hâte le garde en faction devant la double porte, mais il l'arrêta d'un regard et, sans doute, d'une salve de phéromones.

– Pas vous. Les humains.

– J'étais là avant.

– C'est eux que Trimble veut voir. (Il regarda Vinci.) Amenez-moi leur commandant et leur « conseiller diplomatique », et suivez-moi.

Le couloir sur lequel donnait la double porte était large et propre, presque dépouillé, conformément à ce que Marcus commençait à reconnaître comme le style pragmatique des Partials : ils n'avaient nul besoin de plantes vertes, de tableaux ou de jolies petites tables dans ce corridor, donc il n'y en avait pas. Au bout se trouvaient d'autres portes, dont une laissait passer un vacarme étonnamment sonore ; Marcus entendait des éclats de voix et... *oui, et des coups de feu. Pourquoi des coups de feu ?* Le garde ouvrit justement cette porte-là, et une énorme cacophonie les enveloppa aussitôt : des cris, des pleurs, des chuchotements, de la bagarre. Marcus identifia un mélange chaotique de radios qui émettaient toutes à la fois, le son poussé au maximum. Les murs de la salle étaient couverts d'écrans muraux, d'écrans portables et de haut-parleurs de toutes tailles et de toutes formes ; il y avait même, dans un coin, un autre holovid qui projetait unc immense carte lumineuse de l'État de New York, comprenant Long Island ainsi que certaines portions du New Jersey, du Connecticut, du Rhode Island et d'autres régions situées plus loin encore vers le nord. Il s'était trompé : ce n'était pas une multitude de transmissions radio, mais de transmissions vidéo. Des points rouges clignotaient sur la carte, des visages et des corps traversaient les écrans en tous sens, des jeeps, des camions et même des chars franchissaient des murailles, des villes et des forêts télévisées. Et au centre de tout, baignée dans la lumière et le bruit de cent écrans différents, une femme se tenait seule à un bureau circulaire.

– C'est elle, dit le garde, qui s'écarta et referma derrière eux. Attendez qu'elle vous parle.

Woolf et Vinci s'avancèrent ; Marcus, plus intimidé, s'attarda à côté du garde. Comme la femme leur tournait le dos, Woolf se racla bruyamment la gorge pour attirer son attention. Soit elle ne l'entendit pas, soit elle l'ignora ouvertement.

Marcus regardait les écrans accrochés aux murs. Beaucoup montraient la même scène, souvent vue depuis la même perspective, mais il devinait que la centaine d'écrans devaient bien se partager une douzaine de transmissions distinctes. La plupart décrivaient des scènes de bataille, et il supposa que c'était du direct ; Trimble suivait le déroulement de la guerre depuis une plate-forme centralisée, comme l'avait fait Kira avec ses radios. Kira... Il se demanda pour la millième fois où elle était partie et s'il la reverrait un jour. La plupart des gens d'East Meadow la considéraient comme morte, personne ne s'était présenté pour mettre fin à l'occupation meurtrière de l'île par la Compagnie D, mais il s'accrochait encore à l'espoir – probablement vain, il le savait –, qu'elle ait survécu.

Sur l'un des plus grands écrans se répétait en boucle une scène unique : un soldat courait, il y avait une explosion de boue et d'herbe, après quoi l'image se rembobinait en accéléré : on voyait l'homme couché être soulevé, voler vers l'avant, atterrir en douceur sur ses pieds et courir à reculons pendant qu'au sol la terre se refermait. Puis, sans transition, la séquence reprenait du début, l'homme courait, le sol explosait sous lui et le projetait sur le dos. Au bout de quatre cycles, Marcus prit conscience que la vitesse et les points d'arrêt variaient légèrement à chaque reprise : ce n'était pas une boucle, quelqu'un manipulait ces images, en avant, en arrière, cherchant... quelque chose. Il s'avança dans la pièce en obliquant un peu sur le côté, et vit que Trimble était assise devant un écran de bureau faiblement lumineux, ses doigts glissant sur une série de cadrans et de curseurs digitaux. Elle zoomait, dézoomait, rembobinait la vidéo, la faisait rejouer, et chaque fois le jeune homme était tué par l'explosion, encore et encore et encore.

– Excusez-moi, dit Woolf.

– Attendez qu'elle vous parle, lui souffla le garde.

– J'ai déjà bien assez attendu, rétorqua Woolf en s'avançant d'un pas décidé.

Le garde fit mine de le suivre, mais Vinci l'arrêta d'un geste.

– Général Trimble, je m'appelle Asher Woolf, je suis commandant dans les Forces de défense de Long Island et sénateur dans le gouvernement de l'île. Je me présente devant vous en tant que représentant dûment appointé de la dernière population humaine sur Terre, afin de négocier avec vous un traité de paix et de partage des ressources.

Trimble n'eut aucune réaction, et ne sembla même pas avoir conscience de sa présence. Il fit encore un pas.

– Les vôtres sont aux abois, dit-il en embrassant du geste toute la destruction qui s'étalait sur les écrans muraux. Mon peuple aussi, et nous savons l'un comme l'autre que ce n'est pas seulement au combat qu'ils périssent. Nous sommes stériles et malades, vous comme nous. Encore quelques années et nous serons tous morts, quoi que nous fassions – quels que soient les guerres gagnées ou perdues, les coups tirés ou rendus, les armes déposées. Votre population n'en a plus que pour deux ans, à ce que je comprends ; la mienne vivra plus longtemps, mais ne s'éteindra pas moins au bout du compte. Il va nous falloir travailler ensemble si nous voulons changer les choses. (Il fit encore un pas.) M'entendez-vous ?

Le garde sursauta et se crispa, surpris par cet éclat de voix, mais Vinci courut rejoindre Woolf.

– Merci beaucoup de nous recevoir, général, dit-il. Nous comprenons que vous êtes très occupée à coordonner tant de guerres à la fois...

– Elle ne coordonne rien du tout ! trancha le commandant avec un geste dédaigneux vers l'écran de Trimble. Elle ne fait que regarder.

– Faites attention à ce que vous dites, ou je devrai vous demander de sortir, l'avertit le garde.

– Vous voudriez que je reste là sans rien dire ? C'est hors de question. J'ai déjà patienté pendant une journée et une nuit, nous n'avons plus le temps...

– Taisez-vous, lâcha soudain Trimble à mi-voix.

Marcus recula de surprise, tandis que Vinci et le garde chancelaient sous le poids de sa volonté. Le garde retrouva l'équilibre et fixa Woolf en silence ; Vinci ouvrit la bouche, le visage rougi par l'effort, mais fut incapable de prononcer un mot. Marcus avait assisté au même phénomène entre le docteur Morgan et Samm : le chef donnait les ordres, et le lien ne laissait pas le choix aux Partials. Ils ne pouvaient qu'obéir.

– Nous ne sommes pas des Partials, dit Woolf. Vous ne pouvez pas faire plier notre esprit avec votre « lien ».

– Moi non plus, lâcha Trimble.

Ces trois mots clouèrent le bec de Woolf. Il était perdu. Marcus le vit chercher la bonne réaction et s'avança avec la première réflexion qui lui venait en tête. Tout était bon pour la faire parler.

– Vous êtes humaine ? demanda-t-il.

– Je l'étais.

– Qu'êtes-vous, maintenant ?

– Coupable, dit Trimble.

Cette fois, ce fut Marcus qui garda un silence stupéfait. Il chercha quelque chose à ajouter, et, ne trouvant rien, alla simplement se placer entre Trimble et son écran, pour la forcer à le regarder. C'était une femme d'un certain âge, la soixantaine bien tassée, peut-être, le même âge que Nandita, et dotée de la même couleur de peau. *Nandita est l'autre raison pour laquelle je suis ici*, pensa-t-il. *Il faut qu'on la retrouve, elle aussi, comme Kira.* Il se raccrocha à cette idée, et lorsque leurs regards se croisèrent enfin, il parla à voix basse.

– Je cherche une amie, dit-il. Une humaine, comme nous. Une femme nommée Nandita Merchant. La connaissez-vous ?

Un éclair s'alluma dans l'œil de Trimble, et Marcus repensa à l'aveu qu'elle venait de faire : elle avait bien été humaine.

Aucun des Partials qu'il avait rencontrés n'était visuellement expressif. Ses mains montèrent jusqu'à son visage, couvrant à demi sa bouche, et ses yeux s'agrandirent.

– Nandita est en vie ?

– Je ne sais pas, dit doucement Marcus, encore étonné que la femme ait l'air de savoir qui était Nandita. Il y a des mois que nous ne l'avons pas vue. Savez-vous... quoi que ce soit sur elle ? Peut-être avez-vous vu quelque chose sur vos écrans qui pourrait nous aider à la retrouver ?

Il observa les traits de la femme, vit ses yeux se mouiller de larmes. Il décida de pousser son avantage.

– Nous ne savons pas non plus où se trouve Kira Walker.

Une expression étrange passa sur le visage de Trimble, comme si elle était plongée dans un souvenir longtemps refoulé.

– Nandita n'avait rien à voir avec Kira, dit-elle en inclinant la tête sur le côté. La sienne s'appelait... Aura, je crois. Aria. Non, Ariel ; c'est ça, Ariel.

Marcus ouvrit des yeux comme des soucoupes, mille questions se pressant dans sa tête, si nombreuses qu'aucune ne parvint à sortir. Ariel ? Trimble savait des choses sur Nandita et Ariel ? Cela ne pouvait signifier qu'une chose : Nandita avait été en contact avec elle à un moment donné. Peut-être même était-elle venue ici. Et pourtant, Trimble avait demandé si Nandita était en vie, sous-entendant que même si elle était déjà venue ici, elle n'y était plus. Tandis qu'il cherchait ses mots, une alarme résonna, et Trimble, pivotant sur sa chaise, enfonça un bouton de sa console qui envoya une cascade ondulante sur les murs d'écrans. Vingt vidéos et images nouvelles apparurent : un tonnerre d'artillerie, des bâtiments s'écroulant, de longues listes de noms et de chiffres défilant si vite que Marcus ne pouvait même pas espérer les lire.

– Un nouvel assaut, constata le garde, apparemment remis de son silence forcé.

Il s'avança pour allumer lui-même une petite console, et jeta un coup d'œil à la carte en holovid qui apparut.

– À l'intérieur de la ville, cette fois, ajouta-t-il.

– Un assaut, ici ? demanda Woolf.

Il porta la main à sa ceinture pour attraper un objet qui n'y était pas, et Marcus se surprit à faire de même : chercher son arme, par réflexe. Si une armée de Partials passait à l'attaque, leur troupe d'humains serait prise entre deux feux sans même un bâton pour se défendre.

Et ils ne nous ont toujours pas dit qui attaquait, pensa Marcus. Savoir qu'ils cachaient quelque chose lui faisait plus peur que tout.

– Ceci n'est pas censé arriver, dit Trimble, le regard vague. Rien de tout cela n'est censé arriver.

– Il faut que vous nous aidiez ! l'implora Woolf. Nous devons nous entraider !

– Laissez-moi.

Aussitôt qu'elle eut lâché ces mots, les Partials se dirigèrent vers la porte, saisissant Woolf et Marcus au passage. Leur poigne était de fer, et ils traînèrent les humains au-dehors comme des enfants ; Woolf et Marcus se débattirent à grands cris sur tout le chemin, mais en vain. Les gardes refermèrent solidement la porte derrière eux, et Marcus vit à présent que Vinci était pantelant. Il ouvrait et refermait ses mains vides, le regard rivé au sol ; Marcus n'aurait su dire si c'était de la colère, de l'épuisement ou autre chose. De la haine ? De la honte ?

– Je suis navré, balbutia le Partial. J'avais espéré... vraiment, désolé. Je vous avais prévenus, mais tout de même, j'espérais autre chose.

CHAPITRE 34

– Laissez-nous y retourner ! gronda Woolf.

– Nous sommes en pleine guerre, répondit Vinci. On se bat dans la ville... et si les choses se passent mal, on se battra ici, dans ce bâtiment. Elle n'a pas le temps de vous parler.

– Mais elle ne fait rien, insista Marcus. (Il tourna les yeux vers les autres, et les Partials évitèrent son regard.) Nous l'avons tous vu, c'est un cas typique de stress traumatique. Elle n'est pas concentrée, elle agit machinalement, la moitié du temps elle ne semble même pas consciente de ce qui se passe autour d'elle. Vous ne pouvez quand même pas la laisser diriger vos troupes !

Les Partials restèrent muets.

– Elle a dit qu'elle était humaine, fit remarquer Woolf. Pire, elle a dit qu'elle *avait été* humaine. Qu'est-ce que ça signifie ? Je croyais qu'elle était un général Partial.

– Sauf que tous les généraux Partials sont de sexe masculin, nuança Marcus, qui se rappelait les explications de Samm sur le système des castes. Chaque modèle a été cultivé en vue de son métier idéal. Les femmes Partials d'un certain âge sont toutes médecins.

– Ce que nous avons vu là n'était pas une femme Partial, dit Woolf, le regard brûlant. Elle est humaine... ou l'a été. Dites-nous ce que vous savez.

– Je suis navré d'avoir dû vous faire sortir, s'excusa Vinci. Nous n'avions pas le choix.

– Vous auriez pu désobéir.

– Non, ils ne pouvaient pas, comprit soudain Marcus. Elle s'est servie du lien. Elle leur a intimé de sortir et ils ont été forcés d'obéir, qu'ils le veuillent ou non.

Woolf fronça les sourcils.

– Quel genre de femme humaine devient général chez les Partials et peut utiliser le lien phéromonal ? s'interrogea-t-il. (Il regarda Vinci et son collègue.) Que se passe-t-il, enfin ?

Lorsque Vinci ouvrit la bouche pour parler, l'autre lui posa une main sur le bras pour l'arrêter ; Vinci répondit quand même.

– Il y a un moment qu'elle est comme ça. Nous combattions Morgan depuis des années, principalement dans de petites échauffourées, qui découlaient toutes du même désaccord fondamental : que faire de vous, les humains de Long Island ? Fallait-il considérer votre existence comme une menace, ou au contraire comme une nécessité ? Avions-nous le droit d'exterminer votre espèce, ou était-il dans notre intérêt de maintenir une population en vie... Mais quand la date d'expiration est arrivée et que nos semblables ont commencé à tomber, la situation s'est dégradée. Morgan a voulu utiliser les humains comme cobayes, faire des expériences sur eux, et Trimble trouvait que c'était mal. Ou du moins, elle ne pensait pas que ce soit le bon moment. Mais tandis que Morgan devenait de plus en plus forte, ralliait de plus en plus de Partials à sa cause et adoptait des méthodes de plus en plus violentes, Trimble s'est mise à refuser d'agir. Les rares fois où elle s'exprime, c'est pour dire qu'elle ne veut pas cautionner un comportement qui risque d'aboutir à l'éradication de l'espèce humaine. Mais elle ne propose aucune alternative, pas la moindre stratégie, et comme des Partials continuent de mourir chaque jour, sa prudence commence à ressembler plutôt à de la peur et à de l'indécision. Nous avons eu une hémorragie de soldats qui se sont ralliés à Morgan, et elle ne fait toujours rien pour l'empêcher. Marcus, nous voulons vous aider. Nous avons envoyé autant de brigades que possible pour harceler les forces de Morgan sur leur flanc droit, pour la perturber et empêcher l'élimination de la dernière population humaine, mais sans véritable commandement de la part de Trimble...

Sa voix s'éteignit, et Marcus entendit une explosion au loin.

– Mais qui combattez-vous ici, alors ? Ça ne peut pas être la compagnie de Morgan, vous nous l'avez déjà confirmé.

– Ils se battent entre eux, dit Woolf à voix basse.

Marcus le regarda avec étonnement, puis se retourna vers les deux Partials. Qui gardèrent la tête baissée sans répondre.

– Votre faction se bat contre elle-même ?

Les conséquences terrifiaient Marcus, qui n'avait pas oublié les émeutes d'East Meadow, lorsque le conflit entre le Sénat et la Voix du peuple avait fini par éclater. Il se rappelait comme c'était devenu affreux quand des amis s'étaient soudain retournés les uns contre les autres, enflammés par des différends idéologiques.

– La bataille qui nous arrive dessus, dit-il, c'est une révolution ? Des soldats de votre compagnie qui soutiennent à présent Morgan ? Cette ville va se déchiqueter elle-même !

– Nous sommes en sûreté ici, répondit Vinci, qui eut une hésitation avant de poursuivre. Enfin, en principe. Tous ceux qui se trouvent dans ces locaux sont fidèles au général Trimble.

Woolf se renfrogna.

– Pourquoi ? Même si vous êtes en désaccord avec Morgan... Trimble est hors d'état de commander.

– Nous sommes fidèles parce que nous avons été fabriqués ainsi. Parce que c'est ce que nous sommes.

Une nouvelle explosion secoua l'immeuble, et Vinci et le garde adoptèrent une posture attentive dans laquelle Marcus avait appris à reconnaître une attitude de communication : ils se concentraient sur le lien pour savoir ce qui se passait. Marcus entendit des coups de feu.

– Les combats se rapprochent, dit Vinci. Allez rejoindre vos hommes, il faut que je parle à ceux qui défendent les lieux.

Ils enfilèrent le corridor à la hâte.

– Nous pouvons vous aider, proposa Woolf. J'ai dix soldats entraînés avec m...

– Je vous en prie, le coupa Vinci. Ceci est une bataille entre Partials. Vous ne feriez que nous gêner.

Il les raccompagna jusqu'à la salle d'attente et les y laissa avant de s'enfoncer plus loin dans le complexe. Le garde de Trimble referma soigneusement les portes à clé derrière eux. Seul un des soldats de Woolf était encore là, à côté de l'appartement qui leur avait été attribué ; aussitôt qu'il les vit, il leur fit signe.

– Vite, commandant ! cria-t-il d'une voix pressée, il faut que vous voyiez ça.

Woolf et Marcus coururent dans sa direction, et il les fit entrer ; les autres, agglutinés comme des enfants à la fenêtre, observaient la ville dans un silence subjugué.

– Éloignez-vous d'ici, dit Woolf, les combats se...

Il n'acheva pas sa phrase : les soldats lui avaient fait une place à la fenêtre, et il vit ce qu'ils regardaient. Des milliers de Partials, apparemment sans ordre de bataille, couraient, criaient et s'entretuaient dans la ville en contrebas, dans les rues, sur les toits. La fenêtre se trouvait à quinze étages de hauteur, offrant une vision d'ensemble sur la bataille et sa terrible ampleur : elle faisait rage littéralement à perte de vue. Mais ce qui était plus terrifiant encore que sa taille, c'était sa nature. Même le plus petit, blessé et mal équipé des Partials accomplissait des exploits qui auraient fait d'un humain le héros incontesté des Forces de défense. Marcus, médusé, regarda un fantassin courir le long d'un toit, tirant d'une main vers des snipers postés sur l'immeuble d'à côté. Lorsqu'il atteignit le bord, il bondit sur un autre toit situé à dix mètres de lui et atterrit sur un nid de mitrailleuses qui tirait dans une autre direction. Et plus impressionnants encore étaient les individus qu'il visait et qui, malgré sa précision sans faille, réussirent à s'écarter avec une vélocité surhumaine, esquivant les balles de quelques millimètres et ripostant d'un air presque tranquille. Le nid de mitrailleuses devint une tornade de couteaux et de baïonnettes, chacun manipulé avec une fureur contrôlée qui fit blêmir Marcus, et chaque coup fut détourné avec une aisance presque dédaigneuse. C'était une guerre de surhommes, si bien que chacun était à la fois trop précis pour rater sa cible et trop rapide pour être touché.

Marcus pointa le doigt vers les aéronefs qui stationnaient ou filaient dans le ciel au-dessus de la ville, chasseurs monopilotes ou appareils mitrailleurs transportant chacun cinq hommes. Ils évoquaient un essaim d'abeilles excitées.

– Ils ont des Rotors ?

Il n'avait pas vu un véhicule volant depuis le Ravage.

– Cette ville ne nous apporte que des révélations plus horribles les unes que les autres, grogna Woolf.

Comme pour lui donner raison, un autre Rotor, bien plus gros que les autres, apparut au coin d'un haut immeuble.

– Celui-ci est un véhicule de transport, dit le commandant en reculant de la fenêtre. Il vient vers nous... il doit en avoir après le général Trimble.

Les soldats s'éloignèrent de la fenêtre. Une balle solitaire transperça la vitre et fit un gros trou dans le mur au-dessus de la tête de Marcus, qui se jeta à plat ventre par terre.

– Debout, sortons ! lança Woolf. Replions-nous dans la salle d'attente.

Les soldats franchirent la porte au pas de course, en formation, le corps voûté, et se mirent à couvert avec une fluidité et une compétence qui avaient toujours rassuré Marcus, mais qui ne ressemblaient plus qu'à une pâle imitation de la précision supérieure des Partials. Il les suivit en restant proche de Woolf, regrettant de ne pas être armé tout en sachant que cela ne lui aurait rien apporté.

Un petit Rotor fila au-dessus de la verrière, tirant avec ses mitraillettes, et Marcus entendit une explosion : l'appareil ou sa cible avait été abattu. Il ignorait lequel des deux, et ne savait même pas à quelle faction appartenait chacun. Impossible de distinguer les engins à leur couleur, ils lui paraissaient tous semblables. Il entendit encore une explosion, dans une autre partie de la ville, et le fracas des canons et de l'artillerie afflua et reflua en bruit de fond. Marcus se sentait aveugle et impuissant, blotti derrière une banquette, conscient qu'il se passait quelque chose sans savoir qui tirait sur quoi, ni pourquoi ni où.

Un autre Rotor léger passa au-dessus de la verrière. Un gros appareil mitrailleur suivit un instant plus tard, sur une trajectoire perpendiculaire. Une ombre noire tomba sur la salle d'attente, et une vibration puissante venue d'au-dessus fit trembler tout le bâtiment.

– Ne restons pas là, dit Woolf.

Le gros Rotor de transport apparut à leur vue, emplissant l'espace de la verrière, et Marcus comprit trop tard qu'il descendait, rapide et puissant. Sa coque de métal fracassa la verrière à l'instant même où les portes du fond s'ouvraient et où les défenseurs de l'immeuble faisaient irruption dans la salle. Une tourelle installée sur l'engin volant projeta une grêle de feu sur les défenseurs, mais ils s'étaient déjà écartés sur le côté une seconde plus tôt. Des portières s'ouvrirent dans les flancs de l'appareil avant même qu'il ait touché le sol, et des Partials cuirassés en sortirent, mitraillant à tout va.

– À terre ! cria Woolf.

Les soldats plongèrent au sol derrière les tables et les canapés, tâchant de regagner l'appartement dont ils venaient de sortir. Marcus remarqua une confusion passagère chez les assaillants, une brève pause le temps qu'ils évaluent la nouvelle situation. Pour une raison inconnue, ils semblèrent identifier les humains en fuite comme une menace. Une demi-seconde plus tard, ils les mitraillaient avec une férocité glaçante. Les soldats tremblèrent et hurlèrent lorsque les agresseurs déchiquetèrent leur troupe, et Marcus ferma les yeux pour ne pas voir ses compagnons retomber sans vie autour de lui.

D'autres renforts surgirent des entrailles du bâtiment, tandis que les Partials continuaient de se déverser du Rotor en un flot ininterrompu. Marcus jeta un œil à la bataille, fut épouvanté par ce qu'il vit et se cacha de nouveau la tête, en espérant qu'il pourrait continuer de faire le mort jusqu'à ce que le combat soit terminé. Le bruit était assourdissant, des dizaines d'armes automatiques tirant toutes en même temps au point qu'il craignit de perdre définitivement l'audition. Lorsqu'une main lui agrippa la jambe, il ne put retenir un cri de terreur. Roulant sur lui-même pour voir qui l'avait attrapé ainsi, il reconnut le commandant Woolf. L'homme lui parlait, mais Marcus n'entendait rien. Derrière lui, il y avait encore deux soldats humains accroupis, un canapé leur offrant sa médiocre protection. Woolf dit autre chose, puis fit signe à Marcus de le suivre et se mit à ramper vers la porte la plus proche. Les soldats firent de même, et Marcus les imita. Une balle toucha celui qui se trouvait devant lui : il retomba tel un sac de viande, et Marcus continua de ramper, éperonné par une peur infinie, prêt à tout pour atteindre la porte ouverte. Il perçut une brûlure cinglante dans son bras, puis franchit la porte, haletant et ahanant tandis que Woolf et le dernier soldat repoussaient le battant derrière eux.

Woolf dit encore quelque chose que Marcus ne put entendre, tant ses tympans carillonnaient. Ils allèrent s'accroupir derrière un mur, espérant mettre le plus de barrières possible entre la fusillade et eux-mêmes. Marcus ne pouvait plus se servir de son bras droit. En l'examinant, il découvrit une longue entaille dans la chair de son triceps : une trace de balle qui avait effleuré la surface et déchiré le muscle, mais sans atteindre l'os. Il se releva, hébété, et voulut aller chercher une trousse de premiers secours, mais Woolf le tira en arrière en criant quelque chose que Marcus n'entendit pas. Il désigna ses propres oreilles en secouant la tête pour faire savoir au commandant qu'elles étaient hors d'usage ; Woolf eut l'air perplexe, puis poussa une exclamation visiblement rageuse et fouilla dans sa poche de poitrine : il en sortit une paire de bouchons d'oreilles orange qu'il pressa dans la paume de Marcus. Woolf et le dernier soldat, un dénommé Galen, se consultèrent, et Marcus enfonça les boules de mousse dans ses oreilles.

Nous allons mourir, se dit-il. *Pas moyen d'en sortir... quelle que soit la faction qui gagnera la bataille de la salle d'attente, la ville entière est une zone en guerre.* Il réfléchit encore à la force qu'ils affrontaient : une armée de soldats parfaits. *Les humains sont moins agiles, ils ont des réflexes plus lents, sont moins coordonnés, dépourvus de lien...*

– Nous n'avons pas le lien ! cria-t-il soudain en agrippant Woolf par le bras.

Le commandant le regarda sans comprendre, et Marcus lui exposa son idée. Sa propre voix lui paraissait distante et assourdie.

– Le lien... le système de phéromones dont ils se servent pour communiquer... Ils pratiquent tous la télépathie. Mettons que l'un d'eux prenne son fusil pour tirer : sur un champ de bataille il tire et tue sa cible. Mais dans des lieux exigus comme celui-ci, l'adversaire est assez proche pour capter ses données, il est prévenu que l'autre s'apprête à tirer, et il s'écarte. C'est pour ça qu'ils n'arrivent pas à se toucher les uns les autres.

Woolf répondit quelque chose, mais Marcus, encore sourd, continua sur sa lancée.

– Les Partials se servent du lien pour se pourchasser ; s'ils veulent se cacher ils utilisent des masques à gaz. Quand les phéromones sont filtrées, ils peuvent avancer masqués. Au pays des Partials, tant qu'ils ne nous voient pas, nous sommes... indétectables.

Un éclair de compréhension alluma enfin le regard de Woolf, qui se retourna vers Galen pour lui parler rapidement. Marcus ne l'entendit pas, mais constata que son ouïe revenait peu à peu. Le rugissement sourd qui peu avant ressemblait à un bruit blanc était redevenu un concert de coups de feu : les échos de la bataille qui se déroulait dans la salle d'à côté. Il se baissa au sol, tâchant d'imaginer comment tourner à leur avantage leur absence de lien et s'enfuir. Samm avait dit que le lien faisait tellement partie d'eux qu'ils avaient oublié, au bout de douze ans, comment combattre un ennemi qui ne l'avait pas. *Il y a forcément un moyen...*

Woolf l'attrapa par son bras intact et fit un geste en direction de leurs paquetages entreposés à l'autre bout de la pièce. Marcus se pencha vers lui, une main en coupe autour de l'oreille, et Woolf cria dedans.

– Nous avons des pelles dans notre équipement de survie... nous allons essayer de percer le mur.

– Qu'y a-t-il de l'autre côté ?

Woolf fit un croquis dans la moquette avec son doigt, représentant quelque chose qui ressemblait vaguement à la salle d'attente et aux portes qui se trouvaient autour.

– Si mes calculs sont bons, nous ne sommes qu'à deux pièces de distance du couloir de Trimble. Traverser est le moyen le plus rapide de sortir de l'immeuble.

Marcus hocha la tête.

– Et si les murs sont blindés ?

– Alors nous trouverons autre chose.

Les trois hommes rejoignirent leurs affaires en courant, le dos courbé. Les petites pelles de survie comptaient parmi les rares objets qu'on les avait autorisés à garder ; ils n'auraient pas pu faire grand mal aux Partials avec, mais ils pouvaient très certainement provoquer des dégâts dans les murs. La bataille faisait toujours rage dans la grande salle, et Woolf profita de la cacophonie pour masquer son assaut contre la cloison.

– Allez, c'est parti.

Il donna un grand coup de pelle dans le mur...

... elle s'y enfonça comme dans du beurre.

– Ce n'est que du Placo, se réjouit Woolf.

Il retira sa pelle, donna un nouveau coup, et arracha un gros bloc du mur. À l'intérieur, il y avait une couche d'isolant rose, et derrière, une autre plaque de plâtre. Woolf dit une chose que Marcus n'entendit pas – apparemment, une exclamation triomphante et grossière –, et tendit d'autres pelles à Galen et à Marcus. Personne n'apparut à la porte pour les arrêter ; les Partials étaient trop occupés pour les chercher, et sans le lien pour trahir leur présence, ils pouvaient travailler en toute impunité. Marcus se mit à l'ouvrage sur le mur, et ils ne tardèrent pas à dégager un trou assez grand pour pouvoir se faufiler de l'autre côté.

La pièce dans laquelle ils débouchèrent était vide, intacte à l'exception d'une série d'impacts de balles qui avaient tout traversé depuis le site de la bataille. Ils rejoignirent en courant la paroi du fond et se mirent aussitôt au travail dessus, ménageant une ouverture irrégulière par laquelle Woolf jeta un coup d'œil. Il fit un grand sourire.

– C'est le couloir, et il est désert. Allez !

Ils s'activèrent de toutes leurs forces sur la cloison. Marcus frappait maladroitement de la main gauche, la droite pendant toujours inerte (et douloureuse) le long de son corps. Il aurait bien voulu s'arrêter pour bander son bras, ou au moins s'administrer une piqûre d'antalgiques, mais le temps leur manquait. Il déchiqueta le mur comme s'il devait s'évader de l'enfer, poursuivi par tous ses démons.

Ils rampèrent dans le corridor, se remirent debout et coururent en direction de la salle de Trimble, en tenant leurs pelles comme des haches. Le vacarme de la bataille était encore puissant dans leur dos. Vinci, qui se tenait au bout du couloir, caché derrière un abri blindé, les héla en les voyant approcher.

– Où allez-vous comme ça ?

– Ils ont posé un Rotor de transport dans la salle d...

– Je sais.

À ce moment-là, justement, la double porte s'ouvrit d'un coup et Vinci leur fit signe d'approcher, oubliant ses questions pour leur tendre des pistolets.

– Pas le temps ! cria-t-il. Repliez-vous avec Trimble et enfermez-vous bien !

Woolf attrapa Marcus par son bras blessé. La douleur fut atroce, et il se laissa traîner par le commandant dans le QG de Trimble. Woolf se retourna pour verrouiller la porte et Vinci, semblant se raviser, se faufila finalement à l'intérieur tout en passant son fusil sur son épaule. Ils claquèrent le battant et poussèrent le verrou à fond. Presque aussitôt, ils entendirent tambouriner de l'autre côté.

– Ces portes tiendront encore quelques minutes, mais il nous faut une autre issue, dit Vinci.

– Est-ce qu'il y en a une, au moins ? s'enquit Woolf.

– Espérons.

– Super, gémit Marcus. Le seul type qu'on trouve pour nous aider n'a pas mieux comme stratégie que : « Espérons un miracle ! »

– Général Trimble ! cria Vinci en trottinant jusqu'au centre de la pièce.

La femme hagarde était toujours assise au même endroit, occupée à regarder sur des centaines d'écrans la révolution ravager la ville, vue sous des dizaines d'angles et de points de vue différents.

– Il faut qu'on vous fasse sortir d'ici !

– Vous avez bien une issue de secours, ajouta Woolf, juste derrière Vinci.

Marcus se hâta de les rejoindre et tendit l'oreille.

– Il y a un Rotor dans la pièce au-dessus, souffla Trimble.

Sa voix était faible, au point que Marcus faillit ne pas saisir. Elle paraissait encore plus déconnectée de la réalité que tout à l'heure, et s'exprimait dans une brume de confusion.

– Il faut que vous arrêtiez ça, dit-il.

Il se débattait tout en marchant avec un bandage pris dans la trousse médicale, tâchant d'envelopper son bras pour stopper l'hémorragie.

– Ne fuyez pas, faites quelque chose. Envoyez des ordres, coordonnez les combats, faites... quelque chose, quoi !

Il s'arrêta devant elle, et les yeux de la femme firent plus ou moins le point sur lui. Elle paraissait hébétée, ou peut-être plongée dans un demi-sommeil.

– Ces gens vous sont fidèles depuis des années, ils attendent de vous que vous les guidiez. Ils font preuve d'une abnégation que je n'avais jamais même imaginée... s'ils étaient humains, ils vous auraient envoyée balader depuis des années, mais ce sont des Partials, et les Partials sont loyaux envers la chaîne de commandement. À un point ridicule, d'ailleurs : voyez où ils en sont, à cause de ça. Ils sont prêts à vous suivre n'importe où, mais encore faut-il que vous les meniez quelque part.

La tête de Trimble pivota lentement, et Marcus se rendit compte qu'elle lui accordait toute son attention, une attention intense et vague à la fois.

– J'ai déjà détruit le monde une fois, dit-elle. Je ne cautionnerai pas une stratégie qui le détruirait à nouveau.

– Ne pas agir n'est pas moins criminel qu'agir en se trompant, intervint Woolf – mais la seconde moitié de sa phrase fut noyée par une détonation soudaine : c'était la porte verrouillée qui explosait.

Des Partials se déversèrent par l'ouverture, prenant leurs positions avec une précision sans faille. Lorsque Vinci épaula son fusil pour tirer, une douzaine de canons se braquèrent sur lui. Marcus se laissa tomber au sol et sa vie entière défila réellement devant ses yeux en un éclair : son travail à l'hôpital ; Kira ; l'école ; le Ravage. Ses parents, plus clairs en ce moment que pendant toutes ces années.

– Pardon, maman, dit-il. Je crois que je vais te revoir bientôt.

Les Partials rebelles mugirent une sentence de mort contre Trimble. Vinci voulut la protéger de son corps ; Woolf et Galen dégainèrent leurs pistolets.

Trimble se leva, pivota pour faire face aux envahisseurs Partials, et proféra un mot unique.

– Arrêtez.

Marcus eut l'impression qu'une vague invisible les frappait, déferlant sur la troupe et arrêtant net leurs gestes. À peine immobilisés, ils étaient devenus rigides comme des statues. Même Vinci était cloué sur place : on aurait dit que sa chair s'était pétrifiée.

Le lien, songea Marcus. *Je ne l'ai jamais vu si puissant.*

– J'ai un Rotor dans la pièce du dessus, dit Trimble en se tournant vers lui. Sauriez-vous le piloter ?

– Moi, oui, lança Woolf.

– Alors allons-y. Il n'a pas beaucoup d'autonomie, mais il devrait pouvoir vous conduire au moins à Manhattan. (Elle tapa un code sur l'écran le plus proche.) Personne ne vous suivra.

– Et vous ? s'enquit Marcus.

Elle indiqua d'un hochement du menton les Partials statufiés.

– Ils me tueront.
– Mais ils ne peuvent même pas bouger.
– J'espérais les commander, mais je ne peux que les retenir momentanément. Je ne suis plus capable que de cela. Allez, partez, maintenant.
– Et Vinci ? demanda Marcus. Vont-ils le tuer, lui aussi ?
– Je ne pourrai pas les en empêcher.
Marcus regarda Woolf, qui hocha la tête.
– Nous allons l'emmener, décida le commandant.
– Dépêchez-vous, souffla Trimble.
Marcus empoigna sa trousse de secours et se dirigea vers un escalier, dans un coin de la salle. Woolf et Galen soulevèrent Vinci, dont le corps était raide comme une planche, et le portèrent pour gravir les marches. Marcus s'arrêta au sommet.
– Merci.
– Si vous trouvez Nandita, souffla Trimble à mi-voix, dites-lui... que j'ai essayé.
– Nous n'y manquerons pas.
Franchissant une porte, il entra dans un petit hangar et attendit que Woolf et Galen apparaissent avec Vinci pour refermer derrière eux. Le Rotor était petit, mais semblait pouvoir emporter quatre personnes à condition qu'elles se serrent un peu. Vinci, pendant qu'ils tâchaient de l'installer, devint soudain tout mou, chercha de l'air et croassa une supplique.
– Il faut qu'on y retourne.
Un chœur de voix s'élevait derrière eux, signe que les autres Partials aussi étaient libérés.
– Il faut aller l'aider, ils sont en train de...
Des coups de feu éclatèrent derrière la porte, et Vinci baissa brutalement la tête.
– Tant pis, oubliez, murmura-t-il. Ouvrez les fenêtres et répandez les données. Faisons savoir à tous qu'un général est tombé.

CHAPITRE 35

Tout en cheminant, Kira gardait un œil sur le ciel pour guetter la pluie, et l'autre sur la route et les champs autour d'eux. En théorie, ils n'auraient jamais dû s'éloigner d'un abri dans ce désert toxique ; mais dans les grandes plaines du Midwest, ils étaient souvent loin de tout.

La première averse d'acide leur avait coûté encore un cheval. *Mais non,* se répéta Kira, *nous n'avons pas perdu Buddy sous l'averse, nous l'avons perdu dans la maison... la maison dans laquelle je l'avais amené.* Les folles ruades des bêtes, qui avaient tout saccagé de leurs sabots pendant que l'acide leur brûlait les chairs, avaient détruit la pièce et tout ce qu'elle contenait. Le temps qu'elle parvienne à les rincer et à les calmer, Buddy avait pris trop de coups, trop fort ; il avait une jambe antérieure cassée, deux côtes brisées et la mâchoire broyée. C'était Kira elle-même qui avait mis fin à ses souffrances. *Je n'aurais rien pu faire d'autre*, se dit-elle pour la centième fois. *C'était soit l'amener à l'intérieur, soit le laisser mourir brûlé par l'acide, et je n'allais tout de même pas lui faire ça.* Cela n'apaisait pas sa conscience, mais elle tenta quand même d'oublier. Sans compter que ce n'était même pas le pire de ses soucis.

Kira et Heron avaient toutes les deux des brûlures, bien que les cloques se soient transformées en simples rougeurs au bout de quelques jours. Samm était bien plus mal en point. Il avait été quasiment aveugle pendant trois jours avant que la régénération accélérée des Partials ne permette à ses cornées de se réparer. Afa, le seul humain du groupe, était celui qui avait le plus souffert : il avait survécu au quart d'heure épouvantable qu'il avait passé attaché sur son cheval déchaîné, mais pendant ce temps, son dos, ses bras et ses jambes avaient été atrocement rongés par l'acide, et ses yeux, encore plus brûlés que ceux de Samm, ne montraient aucun signe de cicatrisation. Kira s'arrêtait dans chacune des agglomérations qu'ils traversaient pour chercher des pommades et des antalgiques, mais la plupart du temps ils le gardaient drogué et attaché sur le dos de Zarbi et tâchaient d'alléger au maximum ses souffrances. Ils ignoraient ce qu'ils trouveraient dans le complexe ParaGen de Denver, mais Kira espérait qu'il y aurait là-bas, au moins, un abri correct et une clinique qu'ils pourraient piller. Afa méritait mieux que le peu qu'ils lui donnaient en route.

L'autoroute 34 leur fit traverser l'Iowa, un vaste et plat damier d'exploitations agricoles dont les limites n'étaient plus marquées que par des clôtures blanchies et des arbres maladifs et jaunâtres. Le vent empoisonné soufflait régulièrement du sud, interrompu de temps en temps par une averse acide ou, encore plus terrifiant, par d'énormes tornades de poussière, noires, qui traversaient les terres comme des vols de criquets, cachant le soleil et arrachant les dernières feuilles des rares buissons assez robustes pour avoir puisé leur force dans le sol toxique. Kira avait d'abord essayé d'utiliser leur purificateur d'eau avec les ruisseaux jaunes et huileux qui traversaient le pays ici et là, mais ils abandonnèrent quand le filtre lui-même commença à être rongé par les produits chimiques. Ils préférèrent alors retourner toutes les épiceries et tous les centres commerciaux qu'ils virent à la recherche d'eau en bouteilles, en chargeant le plus possible sur leur dos et utilisant Bobo, désormais leur seul cheval avec Zarbi, pour porter les dernières affaires qui leur restaient. Le fourrage propre pour les chevaux était encore plus difficile à dénicher, et Kira se voyait forcée de passer de plus en plus de temps, pendant leurs haltes, à les empêcher de brouter les herbes toxiques qui dépassaient de la poussière. Leurs bons vêtements de voyage étant restés en un tas fumant sur le sol de la première ferme, ils avaient revêtu les hardes de la famille des fermiers. Celles-ci étaient trop grandes, mais Kira disait en plaisantant qu'au moins, maintenant, ils étaient correctement vêtus pour la région rurale qu'ils traversaient. Il lui semblait que c'était le genre de blague que Marcus aurait faite.

Lorsque la rivière Missouri apparut devant eux, marquant une frontière large et traîtresse entre l'Iowa et le Nebraska, Heron gémit.

– Si je ne revois plus une seule rivière de mon vivant, ce sera encore trop tôt.

– D'un point de vue linguistique, ça n'a aucun sens, fit remarquer Samm, mais Kira lui coupa la parole.

– C'est une expression, dit-elle en contemplant fixement le cours d'eau. (Elle soupira.) Et pour cette fois, je suis d'accord.

Le Missouri était épais et putride, avec des eaux glauques striées de jaune et de rose. Il dégageait une odeur de détergent brûlé, et l'air aux alentours avait une saveur étrangement métallique.

– Ce cours d'eau n'est pas aussi large que le dernier, mais je n'ai pas trop envie de prendre des risques, non plus. Où est le pont le plus proche ?

– Je cherche, dit Samm.

Il avait trouvé une nouvelle carte dans une librairie, pour remplacer celle qu'ils avaient perdue en traversant le Mississippi, et il la dépliait soigneusement en ce moment même. Kira flatta l'encolure de Bobo, l'apaisant d'une voix douce, puis se rapprocha de Zarbi et d'Afa. Le gros homme dormait, oscillant en équilibre précaire dans le harnais qu'ils avaient bricolé pour l'attacher à la selle. Il n'était pas encore tombé, mais Kira vérifia quand même les sangles tout en parlant doucement à Afa.

– Vous voulez aller vers le nord ou vers le sud ? demanda Samm en scrutant sa carte routière. Il y a un point de traversée au nord, à Omaha, et un autre au sud, à Nebraska City, et nous sommes à peu près à mi-chemin entre les deux.

– Omaha, c'est plus grand, dit Heron. Il y a plus de chances pour que les ponts aient tenu.

– Mais cela nous détourne du but, objecta Kira tout en vérifiant le bandage de la jambe encore cassée d'Afa. Il faut que nous quittions la plaine le plus vite possible, sans quoi Afa mourra. De toute manière, nous devrons obliquer vers le sud à un moment ou à un autre, alors je suis pour le faire maintenant.

– Si nous n'avons pas le temps de faire un détour, dit Heron, nous aurons encore moins le temps de remonter vers le nord une fois que nous aurons trouvé le pont de Nebraska City au fond de l'eau. Il vaut mieux jouer la sécurité.

– Prendre vers le nord nous oblige à traverser une deuxième rivière, intervint Samm, qui étudiait toujours la carte. La Platte se jette dans le Missouri à quelques kilomètres au nord d'ici, et si on va à Omaha, il faudra franchir les deux.

– Bon, vers le sud, alors, concéda Heron. La deuxième rivière peut aller se faire voir.

– Tout à fait d'accord, conclut Samm en repliant la carte. Nebraska City m'a l'air quand même assez grand, et s'il n'y a plus de ponts, on pourra pousser jusqu'à Kansas City. Les ponts étaient énormes, là-bas. Sûrement.

– Sauf si quelqu'un les a fait sauter pendant la guerre des Partials, dit Kira.

Elle passa les mains dans ses cheveux – qui étaient gras, après des semaines de voyage sans eau claire pour les laver. Elle était trop épuisée pour réfléchir.

– J'espère juste que la pollution ne va pas empirer vers le sud.

Le pont de Nebraska City, heureusement, était toujours là, et Kira dit une prière de remerciement silencieuse pendant qu'ils le traversaient. Une sorte de digue, légèrement en aval, avait ramassé tous les débris, si bien que la rivière avait enflé sous le pont jusqu'à former un petit lac qui empestait les produits chimiques et sur lequel flottait une couche de mousse stagnante. Le seul fait de respirer l'air au-dessus faisait mal aux bronches, et Kira noua une chemise sur sa bouche – et sur celle d'Afa – pour tâcher de le filtrer un peu. À la moitié du pont, ils se trouvèrent coincés par un amas de voitures encastrées de telle manière qu'elles coupaient complètement la route. Kira et Samm les poussèrent de toutes leurs forces pendant que Heron partait devant en éclaireuse, et le temps qu'ils aient dégagé un passage assez large pour les chevaux, la Partial était de retour, rapportant que certaines portions du pont étaient instables, rongées par la rivière ou par la pluie au point que des morceaux avaient commencé à s'en détacher. Ils avancèrent avec la plus grande prudence, en retenant leur souffle ; à un moment, Kira put même regarder par les fissures entre ses pieds et voir les eaux multicolores glisser lentement, iridescentes sous le pâle soleil. Elle retenait les rênes de Zarbi d'une poigne ferme, espérant qu'il n'y aurait plus de trous comme ceux-là. Ils atteignirent l'autre rive au bout d'une demi-heure, et si la terre n'avait pas été toxique, Kira l'aurait embrassée.

Ils n'auraient pas imaginé que ce soit possible, et pourtant : le paysage à l'ouest de la rivière était encore plus monotone qu'à l'est. Ils suivirent la carte pour rejoindre la route 80 au niveau d'une bourgade appelée Lincoln, et avancèrent rapidement sur une portion d'autoroute tellement rectiligne qu'elle ne dévia pas de plus de deux centimètres en plusieurs jours. Ils rejoignirent la rivière Platte mais n'eurent pas à la traverser, et lorsque la route s'incurva vers le nord ils la quittèrent et plongèrent vers le sud, pour finir par retrouver la route 34 sur les berges de la rivière Republican. Ils continuèrent de cheminer entre ces deux cours d'eau, avançant dans un large corridor de champs décolorés et de villes oxydées. Pendant la journée, le soleil rôtissait les substances toxiques sur le sol et une fumée âcre s'élevait en fines volutes, comme des spectres flottant sur les prés. La nuit, le pays était plongé dans un silence lugubre, dénué de criquets, d'oiseaux et de loups hurlants. Il ne restait que le vent, qui soufflait sur les herbes livides et soupirait à travers les fenêtres brisées des maisons dans lesquelles ils campaient. Kira guettait la pluie sans relâche, en pensant à Buddy et au visage enflé d'Afa.

Ce dernier passait désormais l'essentiel de ses jours endormi, avec ou sans sédatifs, et Kira était plus soucieuse que jamais. Sa jambe cassée refusait de cicatriser, comme si toutes les forces de son corps étaient occupées par un autre objectif. Dans une ville du nom de Benkelman, la jeune fille usa presque toute leur eau à le laver, de la tête aux pieds, nettoyant ses cheveux et les plaies dues à l'acide avant de lui faire une énorme injection d'antibiotiques ; elle ignorait si cela aurait un effet quelconque, car les plaies de surface, à tout le moins, ne semblaient pas infectées, mais de toute manière elle ne voyait pas quoi faire d'autre. À l'hôpital d'East Meadow, elle aurait eu davantage de choix, mais dans un bâtiment de ferme croulant au milieu de nulle part, il n'y avait plus qu'à espérer. Elle le banda serré et l'emmitoufla dans des couvertures, et le lendemain ils le rattachèrent sur sa selle pour repartir en direction du couchant, quittant la route – qui traversait la rivière, sauf qu'il n'y avait plus de pont – pour chevaucher à travers champs. Ils franchirent un patelin nommé Parks, une agglomération plus grande nommée Wray, après quoi la rivière se réduisit à rien et les champs s'étirèrent dans le néant de tous côtés, comme si le monde était complètement à court de paysage et qu'il ne restait que la terre nue et le ciel, des limbes perdus remplis d'un néant immuable.

Afa mourut quelques jours plus tard, alors que les voyageurs étaient encore perdus dans la friche jaune pâle.

Ils l'inhumèrent dans une terre qui dégageait une odeur de batterie crevée, et s'accroupirent dans un abri en fibre de verre pendant que la pluie acide s'abattait pour dissoudre sa chair et blanchir ses os.

– Qu'est-ce qu'on fait là, bon sang ? demanda Heron.

Samm releva la tête vers elle ; Kira, trop épuisée pour bouger, reposait dans un coin, les yeux clos.

– On sauve des gens, répondit Samm.

– Et qui donc ? fit Heron.

Kira leva les yeux, la tête molle sur son cou, tremblante et mal coordonnée après ces semaines de malnutrition, de fatigue extrême et de peur.

– Avons-nous sauvé qui que ce soit ? Jusqu'ici, nous avons tué un homme. Et deux chevaux. Afa avait réussi à survivre douze ans par ses propres moyens, complètement seul, dans un des lieux les plus dangereux du monde, et maintenant il est mort. (Elle cracha par terre et s'essuya la bouche sur sa manche.) Voyons les choses en face : c'est un échec sur toute la ligne.

Samm scruta dans la pénombre sa carte aux plis usés, qui tombait en pièces. La pluie empoisonnée tambourinait sur la fibre de verre, au-dessus de leurs têtes.

– Nous sommes arrivés dans le Colorado, dit-il. Nous y sommes depuis plusieurs jours. Je ne sais pas où exactement, mais en me fondant sur notre vitesse de déplacement, je dirais que nous sommes... ici.

Il indiqua un point sur la carte, éloigné de toute route et de toute ville.

– Youpi, lâcha Heron sans même regarder. J'ai toujours rêvé d'y aller.

– Heron est fatiguée, dit Kira.

Elle-même était au bord des larmes, broyée par la mort d'Afa. Mais elle ne pouvait pas abandonner maintenant. Elle s'assit pour prendre la carte à Samm. Ce simple effort fit trembler sa main.

– Nous sommes tous crevés, dit-elle. Nous sommes par essence des super-soldats parfaits, créés pour tenir dans les conditions les plus dures, et nous pouvons à peine bouger. Il nous faut préserver nos forces si nous voulons arriver jusqu'à Denver.

– Tu plaisantes ? s'offusqua Heron. Tu ne comptes pas t'acharner dans cette mission absurde, quand même ? Samm ! Tu le sais, toi, qu'il est temps de faire ce qu'on aurait dû faire il y a des semaines. Demi-tour.

– Si je ne me trompe pas, répondit-il, nous sommes à peine à une journée de trajet de Denver. Nous pourrions y être demain.

– Et pour faire quoi ? Trouver encore un bâtiment en ruine ? Risquer nos vies à faire démarrer un générateur ? Nous taper la tête contre l'ordinateur parce que tout ce que nous voulons lire est bloqué par des pare-feu, des cryptages, des mots de passe et je ne sais quels dispositifs de sécurité ? Afa était le seul à savoir contourner tout ça ; sans lui, nous ne savons même pas comment naviguer dans le système de classement.

– On est trop près du but pour renoncer maintenant.

– On n'est près de rien du tout. On va y aller, et on ne trouvera rien, et ce voyage entier aura été une perte de temps pour tout le monde. On ne guérira pas le RM, on ne résoudra pas le problème de la date d'expiration, on ne fera que crever dans une friche perdue.

Elle bondit sur ses pieds.

– Je ne vais même pas le dire, ajouta-t-elle.

– Dire quoi ? s'emporta Kira. « Je vous l'avais bien dit ? » « On aurait dû faire demi-tour après Chicago ? » « On n'aurait jamais dû quitter New York ? »

– Choisis, ça m'est égal.

Kira se leva avec difficulté, essoufflée par l'effort.

– Tu te trompes. On est venus ici avec une tâche à accomplir. Si on renonce, Afa sera mort pour rien. Comme nous tous. Et la planète entière périra avec nous.

– Allons, dit Samm.

Mais les filles ne l'écoutaient pas. Heron fut sur Kira avant même que celle-ci ait compris qu'elle bougeait, et son poing s'écrasa comme un marteau de forgeron dans le menton de la jeune fille. Kira recula en titubant, se préparant déjà à contre-attaquer alors que son esprit n'avait pas encore accusé le coup, mais avant qu'elle ait pu faire quoi que ce soit, Samm s'interposa entre elles.

– Ça suffit ! Arrêtez ça tout de suite.

– Elle est folle, cracha Heron. On aurait eu une chance si on était repartis vers l'est après Chicago. On serait allés voir le docteur Morgan, on aurait même pu aller trouver Trimble. N'importe quoi nous aurait donné de meilleures chances que ceci. Qu'est-ce que tu cherches, hein, Kira ? lança-t-elle par-dessus l'épaule de Samm. Quel est ton but, au fond ? S'agit-il seulement de sauver notre espèce ? Ou les humains ? Ou bien toute cette expédition insensée doit-elle juste te servir à comprendre ce que tu peux bien être ? Espèce de petite garce égoïste.

Kira n'en revenait pas. Elle n'avait qu'une envie : cogner la tête de Heron par terre, mais Samm se tenait fermement entre elles. Il se tourna face à Heron d'un air solennel, tout en retenant Kira de son bras.

– Pourquoi nous as-tu accompagnés ? lui demanda-t-il.

– Tu disais que tu lui faisais confiance ! grogna Heron. Tu m'as dit de venir, alors je suis venue.

– Depuis que je te connais, tu ne t'es jamais soumise à mes ordres. Tu fais ce que tu veux, quand tu veux, et si quelqu'un se met sur ton chemin, tu t'en débarrasses. Tu aurais pu nous arrêter à n'importe quel moment. Tu aurais pu me neutraliser, enlever Kira, l'amener à Morgan et tout faire exactement comme tu le voulais, mais ce n'est pas ce qui est arrivé. Dis-moi pourquoi.

Heron le toisa d'un air farouche, puis se tourna vers Kira.

– Parce que je l'ai sincèrement crue, lâcha-t-elle. Elle parlait d'étudier les archives de ParaGen pour trouver un traitement. Et moi, comme une idiote, j'ai cru qu'elle était sincère.

– Mais c'est vrai, je l'étais, protesta Kira bien qu'elle ait perdu toute envie de se battre.

Elle se sentait vidée, aussi creuse que l'abri dans lequel ils se trouvaient.

– Et toi, cracha Heron en regardant Samm. Je n'en reviens pas que tu prennes encore sa défense. Je te croyais plus intelligent que ça... Je croyais pouvoir me fier à toi. Voilà comment je suis récompensée d'avoir cru en quelque chose.

Les paroles de Heron étaient de toute évidence destinées à blesser profondément Samm, et cela brisa le cœur de Kira de les entendre, sachant l'effet qu'elles devaient avoir sur lui. Mais s'il en fut affecté, il ne le montra pas. Au lieu de cela, il leva une main pour la faire taire et pivota face à Kira, les yeux assombris par la fatigue.

– Tu viens de dire que tu étais sincère. Est-ce que tu penses toujours pouvoir réussir ?

Kira, encore sous le choc des accusations de Heron, se sentit plus épuisée que jamais en cherchant quoi répondre. Était-elle vraiment en train de faire cela – de leur faire traverser cet enfer, affamant ses amis, torturant les chevaux et tuant Afa – uniquement pour des raisons égoïstes ? Elle ne savait plus quoi dire, et ils restèrent figés, dans un silence tendu, pendant une éternité.

– Des intentions, c'est tout ce qui me reste, finit-elle par déclarer. Nous allons nous rendre là-bas, et quoi que nous trouvions, ce sera toujours plus que ce que nous avons maintenant. Au moins, il y a une chance. Au moins...

Elle était à court de mots.

– Tu es complètement cinglée, conclut Heron.

Mais elle se tut lorsque Kira se laissa mollement tomber assise. Ses jambes ne la portaient plus. Elle s'allongea par terre et regretta de ne plus avoir de larmes.

CHAPITRE 36

Haru Sato se faufila dans le dédale de tunnels qui s'étendait sous l'aéroport JFK, restant à distance des autres soldats quand il le pouvait et leur adressant un vague signe de tête lorsque l'étroitesse des corridors l'y obligeait. Il gardait son vieux chapeau tiré bas sur son front, évitant de croiser les regards, en espérant que personne ne lui parlerait ni ne lui demanderait où il allait comme ça. Si on découvrait qu'il avait fui son unité, il serait arrêté, voire pire. L'époque était mal choisie pour faire preuve d'indiscipline.

Le bureau de M. Mkele était desservi par un long couloir. C'était apparemment un ancien local de courrier, à présent reconverti pour devenir le dernier centre nerveux de la civilisation humaine aux abois. Les forces de Morgan avaient conquis East Meadow et emprisonné tous les humains qu'elles avaient trouvés sur l'île ; d'ici quelques jours, elles s'en prendraient à cette cachette et c'en serait fini de l'humanité. Son règne en tant qu'espèce dominante touchait à sa fin. Et le peu de résistance pitoyable que les hommes pouvaient opposer à cela était géré depuis ce bureau moribond.

Ou plutôt, pensa Haru, *depuis ce bureau et le camp de base ambulant de Delarosa. Et Delarosa est plus dangereuse que nous ne l'avons jamais imaginé.*

Un soldat montait seul la garde devant la porte fermée, en uniforme sale et chiffonné. L'heure n'était plus aux finasseries. Haru jeta un regard rapide vers les deux extrémités du corridor, et constata qu'il était relativement désert. Les derniers soldats de leur camp se trouvaient presque tous en haut, en position de défense, ou à l'extérieur, en train d'attaquer les flancs de Morgan. Pour le moment, Haru et le garde étaient seuls. Haru observa une fois de plus les environs, affirma sa résolution, et s'approcha du soldat.

– M. Mkele est occupé, lui annonça ce dernier.

– Laissez-moi vous poser une question, dit Haru en s'arrêtant tout près de lui.

À la dernière seconde, il pivota vers la droite et leva le bras, comme pour désigner quelque chose. Au moment où le garde tournait la tête, Haru lui enfonça son genou dans le ventre tout en rabattant son bras gauche derrière lui pour saisir le fusil suspendu à son épaule. Le jeune homme voulut le rattraper, toujours plié en deux et trop stupéfait pour respirer, mais Haru le fit prestement pivoter pour lui assener un nouveau coup de genou, cette fois en plein visage. L'homme s'effondra. Haru ouvrit la porte, poussa le garde inconscient à l'intérieur et entra à sa suite. Mkele bondit sur ses pieds, mais Haru avait déjà refermé.

– N'appelez pas, dit-il. Je ne vous veux aucun mal.

– À mon garde, par contre...

– J'ai déserté hier soir, expliqua Haru. Je ne pouvais pas prendre le risque qu'il donne l'alerte. (Il étendit l'homme avec douceur dans un coin.) Accordez-moi cinq minutes.

Le bureau de Mkele était empli de documents – pas encombré, comme celui de quelqu'un qui ne sait rien jeter, mais plein à craquer et, apparemment, organisé avec une grande efficacité. Cet homme utilisait son bureau non pour le spectacle ou pour accumuler des papiers, mais pour y passer de longues heures d'étude. Mkele avait une carte de Long Island étalée devant lui sur sa table de travail, sur laquelle étaient indiqués les sites d'attaques Partials, des contre-attaques de la Défense et – Haru ne put s'empêcher de le remarquer – de quelques-unes de ses activités supposément secrètes avec Delarosa et ses combattants clandestins. *Je suppose que je ne suis pas aussi discret que je le croyais. Peut-être qu'il sait déjà.*

Non. S'il savait ce que prépare Delarosa, il ne serait certainement pas aussi calme.

– Vous êtes venu pour vous rendre, dit Mkele.

– Si vous voulez voir les choses ainsi. Je viens livrer des renseignements ; et si certains de ces renseignements sont à mon désavantage, je suis prêt à en assumer les conséquences.

– Ça doit être très important.

– Que faisiez-vous avant ? demanda Haru. Avant le Ravage ?

Mkele le dévisagea un instant, comme pour décider de sa réponse, puis indiqua la carte déployée devant lui.

– Ceci.

– Du renseignement ?

– De la cartographie, répondit Mkele avec un léger sourire. Dans le sillage de l'apocalypse, nous devons trouver de nouveaux domaines d'excellence.

Haru hocha la tête.

– Connaissiez-vous la Dernière Flotte ? J'ignore son vrai nom, j'avais sept ans quand c'est arrivé. La flotte qui est entrée dans le port de New York et qui a été bombardée et plongée dans un véritable enfer par les Partials – et dont la disparition a signé la fin de la guerre.

– Je sais cela, dit Mkele.

Son visage était calme : attentif sans paraître nerveux. Haru pressa son avantage.

– Savez-vous pourquoi les Partials l'ont détruite ?

– Nous étions en guerre.

– C'est pour cela qu'ils l'ont attaquée, dit Haru. Mais savez-vous pourquoi ils l'ont pilonnée avec une force tellement écrasante qu'ils ont coulé tous les bateaux et tué tous les marins à bord jusqu'au dernier ? Ils n'avaient jamais rien fait de tel au cours de toute la guerre. J'ai entendu mille fois les récits des vétérans des Forces de défense, racontant que les Partials, qui s'étaient toujours bien plus intéressés à la pacification et à l'occupation, ont soudain décidé d'anéantir une flotte entière. Ils prétendent que c'était un message, une manière de dire : « Cessez le feu maintenant, ou vous le regretterez. » Cela m'avait toujours paru sensé, c'est pourquoi je ne l'avais jamais remis en question. Mais hier, j'ai appris la vérité.

– De la bouche de qui ?

– De Marisol Delarosa. Elle s'était mise à me réclamer du matériel étrange, des choses qui ne cadraient pas avec ses méthodes habituelles, si bien que je l'ai suivie.

– Quel genre de matériel ?

– Du matériel de plongée. Des torches à acétylène. Des choses sans aucun rapport logique apparent entre elles, mais qui ont commencé à pointer vers une même idée.

– Récupération sous-marine, déduisit Mkele en hochant la tête. Je suppose qu'elle explore la Dernière Flotte, donc ?

– La destruction de la Dernière Flotte n'était pas un message, dit Haru. Cette flotte transportait un missile nucléaire.

Le visage de Mkele se tendit immédiatement, et Haru continua.

– C'était la « solution finale » du gouvernement des États-Unis : lancer une bombe nucléaire sur le quartier général des Partials à White Plains et balayer la majorité de leurs opérateurs militaires en une seule frappe, quitte à rayer de la carte une des zones les plus densément peuplées de tout le pays. Ils devaient s'approcher tout près pour contourner les systèmes de défense antimissiles des Partials ; c'était une mission suicide. Un vieil homme de l'équipe de Delarosa était aumônier dans la marine avant le Ravage, et il en a parlé. C'est ce qui a donné l'idée à Delarosa. Il lui a appris toutes sortes de choses une fois qu'elle a commencé à lui poser les bonnes questions. Le missile se trouvait sur un destroyer de classe Arleigh Burke – le *Sullivan*. (Haru se pencha en avant.) J'ai essayé de vous avertir par radio, mais mon groupe a pris le parti de Delarosa. Je ne peux pas l'arrêter seul, c'est pourquoi je suis venu aussi vite que je l'ai pu. Si rien ne rate dans leur opération, ils auront la tête nucléaire en main d'ici à ce soir.

– Dieu tout-puissant, ayez pitié de nous, souffla Mkele.

CHAPITRE 37

Ils virent d'abord les montagnes : des pics immenses qui s'élevaient au-dessus des plaines du Midwest tel le mur du bord du monde des légendes antiques. Les cimes étaient blanches de neige, bien que l'on soit en été. Ils atteignirent peu après les faubourgs de la ville : une bourgade appelée Bennett, décolorée par les pluies acides, aux rues teintées en jaune de soufre et à la végétation brune, sèche, cassante. Les plaines mortes venaient lécher le bord de la ville comme une mer d'herbes empoisonnées, et aucun oiseau n'était perché sur les poutres ou les fils électriques. Les cités que Kira avait connues jusque-là, même énormes comme Chicago et New York, se dressaient tels des monuments aux morts dans un cimetière envahi par la végétation, marquant le site des décès mais couverts de lianes, de mousse et de signes de vie nouvelle. Denver, par contraste, était un mausolée, mort et nu.

Les voyageurs avaient réparti leur matériel sur les chevaux, Kira menant Bobo tandis que Samm tenait la bride de Zarbi. La jument semblait morose sans Afa attaché sur son dos, et Kira se demanda si le régime de légumes en boîte et de flocons d'avoine instantanés auquel étaient soumises les bêtes – la seule nourriture propre qu'ils trouvaient dans cette immensité toxique – ne commençait pas à leur coûter. S'ils avaient perdu Afa à Chicago, ou l'avaient renvoyé tout seul, ils auraient pu libérer les chevaux et leur auraient épargné les horreurs de ce voyage, mais les lâcher dans le désert empoisonné aurait été le comble de la cruauté, et Kira ne voulait pas en entendre parler. Ils avaient perdu Afa, mais elle sauverait son cheval même si elle devait le payer de sa vie.

Sauf que je sais que c'est faux, se dit-elle. *Si on en arrivait là, je sais que je sauverais ma peau.* Cette idée lui donnait des remords et la rendait nauséeuse, et elle se força à penser à autre chose.

L'agglomération dans laquelle ils étaient entrés semblait encore plus vaste que Chicago. La banlieue de Bennett se fondit, à l'ouest, dans celle nommée Nieveen, puis Lawrence, Watkins, Watkins Farm et ainsi de suite : un océan de lotissements, de centres commerciaux et de parkings. Une brise lugubre soufflait sur les tas de feuilles sèches et de verre pilé qui s'amassaient contre les constructions croulantes. Heron était partie en éclaireuse loin devant, plus par habitude que par nécessité, revenant vers eux à intervalles réguliers pour rapporter qu'ils approchaient d'abord d'un aéroport, puis d'un autre, puis d'un terrain de golf. Il n'y avait rien de particulier à raconter ; rien à voir hormis les squelettes blanchis et les cadres métalliques oxydés des millions de personnes et d'édifices anéantis par le Ravage. Samm avait trouvé une autre carte routière dans une station-service déglinguée et l'avait dépliée sur le capot d'une voiture vide. Les routes s'entremêlaient sur la page, semblables à un réseau de terminaisons nerveuses.

– D'après les archives d'Afa, dit Kira, le complexe ParaGen se trouvait ici, au pied des montagnes. (Elle désigna une zone, à l'extrémité ouest de la ville, dont elle lut le nom sur la carte : Arvada.) Réserve naturelle de Rocky Flats. Pourquoi aurait-on bâti des installations industrielles dans une réserve naturelle ?

Samm identifia leur position actuelle et mesura la distance.

– C'est à soixante-quinze kilomètres d'ici. C'est fou ! Quelle taille fait donc cette ville ?

– Soixante-quinze kilomètres de large, dit Heron. On va la traverser à pied d'un bout à l'autre. Elle fait au moins le double dans l'axe nord-sud, alors réjouissons-nous d'être arrivés par l'est.

Kira regarda le ciel pour estimer la position du soleil.

– Il est déjà... 3 heures de l'après-midi ? 3 heures et demie ?

Nous n'allons pas parcourir soixante-quinze kilomètres d'ici à ce soir.

– Ni même d'ici à demain soir, si les chevaux ne se réveillent pas un peu, renchérit Heron. Je vous dis qu'il vaudrait mieux les abandonner et avancer.

– Pas question de les abandonner, protesta Kira.

– Tes remords ne feront pas revenir Afa, tu sais.

– Et ton indifférence ne raccourcira pas les distances, trancha Samm en repliant la carte. Allez, marchons.

Kira avait vaguement espéré que le paysage serait moins toxique ici, peut-être protégé par les montagnes, les immeubles ou quelque particularité hydrologique, mais la ville se révéla plus dangereuse que les terres sauvages précédemment traversées. Des fuites d'acide s'amassaient dans les nids-de-poule et les creux de la route, formant des lacs caustiques là où les grilles d'évacuation étaient trop bouchées par les ordures pour drainer cette boue. Les remorques de camions ouvertes aux quatre vents avaient formé des salines miniatures, distillant la pluie pour concentrer les particules empoisonnées en un cycle sans fin, jusqu'à se remplir de masses cristallines qui se dressaient dans le vent et brûlaient les yeux et la gorge des voyageurs ; ils s'enroulèrent le visage dans des vêtements en ne laissant qu'une fente pour les yeux, toujours attentifs au danger. Certains des produits chimiques qui saturaient la ville étaient inflammables : des feux se consumaient ici et là sur le passage des voyageurs, parfois rallumés par la chaleur, et diffusant le poison dans l'air via un courant sans fin de fumée et de cendres.

Ils firent halte pour la nuit dans les ruines d'un hôtel de luxe ; la riche moquette verte de la réception était décolorée dans les coins et couverte de poussière apportée par le vent. Ils firent franchir aux chevaux une large double porte et montèrent leur camp dans l'ancien restaurant cinq étoiles de l'établissement, en scellant bien les issues pour éviter le plus possible le vent toxique. Samm construisit aux chevaux un enclos en vieilles tables d'acajou, et ils les nourrirent grâce à un énorme stock de compote de pommes qu'ils trouvèrent à la cuisine. Kira mangea du thon en boîte, qu'elle mélangea à du bouillon de bœuf pour en masquer le goût ; si elle ne revoyait jamais une boîte de thon de sa vie, elle s'estimerait heureuse. Ils ne prirent pas la peine d'établir des tours de garde, et s'écroulèrent sur l'épaisse moquette sans même étaler leurs tapis de sol.

En se levant le lendemain matin, Kira s'aperçut que Heron était déjà partie, sans doute en éclaireuse, à moins qu'elle ne les ait complètement abandonnés. Elles ne s'étaient plus beaucoup parlé après leur dispute, et si Heron avait paru se résigner à les accompagner jusqu'à Denver, elle n'avait plus été la même depuis.

Samm fouillait les réserves empilées le long du mur de la cuisine, à la recherche de tout ce qu'ils pourraient emporter.

– La plupart des conserves ont tourné, dit-il en jetant vers Kira une boîte de sauce tomate enflée. De toute manière, les hôtels, c'est toujours nul : ils utilisaient trop de produits frais, et quand ils ont des boîtes, ce sont des formats énormes pour collectivités.

Kira indiqua d'un coup de menton le bidon de vingt litres de sauce tomate posé sur la table à côté de lui.

– Ah bon, tu n'as pas envie de traîner ça sur cinquante bornes aujourd'hui ?

– Eh non, si incroyable que ça paraisse.

Il s'interrompit dans son travail pour se tourner vers elle.

– Je suis désolé pour Afa.

– Moi aussi.

– Non, ce que je veux dire, c'est que je suis désolé d'avoir été si... prétentieux. Au début.

– Tu n'as jamais été prétentieux.

– Arrogant, alors, si tu préfères. La société des Partials est tellement hiérarchisée... Nous savons toujours à qui rendre des comptes et qui doit nous en rendre, qui est au-dessus de nous et qui est en dessous. Je ne l'ai pas traité en égal parce que... je suppose que je ne suis pas habitué au concept.

Kira eut un rire creux et se laissa tomber sur une chaise.

– D'accord, c'est vrai que ça sonne un peu prétentieux !

– Tu ne me facilites pas la tâche pour m'excuser.

– Je sais, dit Kira en baissant la tête. Je sais, et j'en suis navrée, et je ne le voulais pas. Tu t'es rendu plus qu'utile, et Afa n'était pas franchement la personne la plus facile à prendre au sérieux.

– Ce qui est fait est fait, conclut Samm, qui se remit à chercher des provisions.

Kira le regarda s'activer, pas seulement parce que c'était intéressant mais aussi parce qu'elle n'avait pas envie de détourner la tête.

– Tu crois qu'on va trouver ce qu'on cherche ? demanda-t-elle.

Samm continua de traquer les boîtes de conserve utilisables.

– Ne me dis pas que tu commences à écouter ce que raconte Heron.

– Avant, je pensais qu'il devait y avoir un plan. Que même si j'ignorais comment le RM, l'expiration et tout ça s'articulaient ensemble, ils le faisaient d'une manière ou d'une autre. Mais s'il y a vraiment eu un plan, je ne peux pas m'empêcher de penser qu'il a raté il y a bien longtemps.

Samm posa les boîtes et alla la rejoindre.

– Ne dis pas ça. On n'en saura rien tant qu'on ne sera pas chez ParaGen. Inutile de douter dès maintenant. Pour info, moi, je n'ai jamais douté.

Kira sourit, en dépit de tout. Elle avait commencé à se demander si Heron n'avait pas raison, en effet : était-elle motivée par l'envie d'apprendre si toute son existence était issue d'un accident, d'un plan diabolique ou d'un mensonge, plutôt que par le désir de sauver les deux peuples ? Et pourtant, Samm lui conservait toute sa confiance. Elle ne savait plus quoi dire. Il tendit une main vers sa joue.

Un bruit résonna du côté de la réception, et Samm eut son arme en main avant même que Kira se rende compte qu'il la portait sur lui. Il l'abaissa aussitôt, toutefois, quand Heron apparut. Elle s'arrêta un instant sur le seuil en les voyant ensemble. Mais un instant seulement.

– Rassemblez vos affaires, dit-elle. On se tire tout de suite.

Samm la regarda en silence, puis se leva prestement pour achever d'emballer les provisions. Kira suivit Heron dans la grande salle du restaurant, où elle se mit à seller Zarbi.

– Tu as vu quelque chose ? lui demanda-t-elle.

Heron serra fermement la sangle du cheval et passa à Bobo.

– Du vert.

– Comment ça, « du vert » ?

– La couleur. Tu en as déjà vu, je suppose ?

– Tu as vu du vert ? Tu veux dire, de la verdure ?

Heron acquiesça, et Kira en resta abasourdie.

– Tu es allée loin ?

– Vingt étages, dit Heron en terminant de seller le cheval. Tu vas m'aider, ou quoi ?

– Bien sûr, souffla Kira qui alla chercher son tapis de sol et rassembla ses maigres affaires aussi vite que possible. Continue juste d'expliquer, que je n'aie pas à m'arrêter toutes les cinq secondes pour te poser des questions.

– Ceci est un des plus hauts immeubles des environs. Donc, au lieu de partir dans la ville, je suis montée au sommet, histoire de voir ce que je pourrais découvrir. Eh bien, j'ai vu du vert – des arbres, de l'herbe, tout – dans la direction de Rocky Flats. Une petite tache de verdure nichée au pied des montagnes.

– Justement là où ParaGen est censé se trouver ? demanda alors Samm.

– Je ne saurais dire, avoua Heron en hissant son paquetage sur son dos. Mais je suis à peu près certaine d'avoir vu de la fumée là-bas, aussi.

– Il y a de la fumée partout, commenta Kira. La moitié de la ville est en feu.

– Ce sont des feux chimiques. Celui-là ressemblait étonnamment à un feu de camp. C'est pourquoi je veux être sûre d'arriver avant la nuit : s'il y a des gens là-bas, ils nous trouveront avant que nous ne les trouvions, et cela pourrait être un problème. Vous pouvez essayer de tenir mon rythme, mais je ne vais pas vous attendre.

Sur ces mots, elle empoigna son fusil et sortit d'un pas vif dans la ville.

Kira regarda Samm.

– Des gens ?

– Je ne sais pas.

– Eh bien allons voir.

Ils achevèrent fiévreusement leurs préparatifs, grimaçant lorsque leurs muscles raides et courbaturés protestaient, et s'en allèrent dans les rues. Il avait plu pendant la nuit, et la cité n'en était que plus dangereuse : des filets d'eau acide dégoulinaient des toits, et des plantes tordues, inconnues, s'étaient épanouies telles des tumeurs dans les fentes de l'asphalte, absorbant le poison comme des éponges et infligeant des brûlures cruelles aux jambes qui les effleuraient.

Ils calèrent leur route sur le meilleur point de repère qu'ils trouvèrent : une haute tour sombre qui semblait s'élever plus ou moins dans la bonne direction. À mesure que la journée avançait, ils commencèrent à soupçonner le gratte-ciel en question d'être justement l'immeuble ParaGen : niché solitaire au pied des montagnes, il paraissait leur faire signe. Samm et Kira se hâtèrent le plus possible, poussant leurs montures au-delà de leurs limites, mais lorsque la nuit retomba, ils n'étaient encore qu'à la périphérie d'Arvada. La cité, à cet endroit, était aussi rongée d'acide et désolée que partout ailleurs.

– On ne peut pas s'arrêter maintenant, dit Kira. On y est presque !

Elle désigna la tour noire et les montagnes au-delà, si proches qu'elles semblaient les toiser.

– Je ne peux pas m'installer pour la nuit en sachant que ce qu'on a tant cherché est devant nous, sous notre nez, ajouta-t-elle. Il faut continuer.

– On n'y voit rien, objecta Samm en indiquant vaguement les innombrables lampadaires, inutiles dans un monde privé d'électricité. Il fait noir, les chevaux sont à bout de forces, et ces nuages annoncent de la pluie.

Kira gronda de frustration et serra les poings en se retournant, cherchant n'importe quoi qui puisse résoudre son problème. Elle repéra une supérette et traîna Bobo dans cette direction.

– Tiens, regarde. On va laisser les chevaux ici et partir à pied.

Ils retirèrent les selles dans une salle de repos située au fond du magasin, remplirent un baquet en plastique de toute l'eau en bouteille qu'ils dégotèrent, et refermèrent la porte pour empêcher les bêtes de se sauver. Kira vida aussi presque tout son paquetage pour n'emporter que l'essentiel : de l'eau, une bâche épaisse afin de se protéger, et l'ordinateur portable privé d'énergie, qui renfermait toutes les données prélevées à Chicago. Hors de question de s'en séparer. Samm prit son fusil et plusieurs chargeurs pleins, et Kira comprit qu'elle devait faire de même. Enfin prêts, ils se glissèrent dans la nuit. Le ciel se dégageait, et la lueur des étoiles rendait la cité plus blafarde et livide que jamais.

Arvada était moins industriel que la plupart des quartiers qu'ils avaient traversés, et offrait un spectacle encore plus déprimant sous les retombées toxiques : au lieu de bâtiments délabrés, ils traversèrent des parcs desséchés et poussiéreux, des rues résidentielles pleines de maisons penchées et d'arbres rabougris, malformés. Samm semblait plus inquiet qu'impatient, mais son humeur changea lorsqu'ils tombèrent sur un vaste lac d'eau fraîche – pas seulement douce mais littéralement fraîche, complètement exempte de poisons et de produits chimiques. Une brise soufflait des montagnes, et Kira flaira de l'air propre pour la première fois depuis des semaines : une odeur de feuilles vertes, de fruits frais et... *Oui,* songea-t-elle, *comme un fumet de pain sortant du four.*

Que se passe-t-il, par ici ?

Au-delà du lac poussait de la verdure – ils n'en voyaient rien, mais ils le reniflaient dans l'air et le percevaient au moelleux du sol sous leurs pas. Contre toute logique, il y avait au pied des montagnes une tache d'herbe saine, qui commençait à la clôture marquant les limites de la réserve de Rocky Flats. Kira fronça les sourcils et s'approcha prudemment de cette clôture. Si rouillée et délabrée soit-elle, la nature qu'elle renfermait était riche et verdoyante, cela se sentait même dans le noir. Une oasis de vie florissante au milieu de la désolation. La tour noire barrait le ciel telle une grande balafre. Des lumières vacillaient entre les arbres, et Kira, prudente, leva son fusil.

Samm donna un coup de menton vers la droite, et ils suivirent la clôture le plus silencieusement possible, se glissant entre l'herbe grasse et les taillis qui entouraient le mystérieux complexe. Ils atteignirent bientôt un large portail, ouvert et désert, et l'observèrent cachés dans l'ombre pendant presque dix minutes avant d'être sûrs qu'il n'était pas gardé. La végétation qui poussait avec vigueur au-dessous donna à Kira l'impression qu'il n'avait pas été fermé depuis des années.

– Est-ce que quelqu'un vit là ? chuchota-t-elle.

Samm semblait à court de mots.

– Je... Je n'en ai pas la moindre idée.

– Tu crois qu'il y a un avant-poste ? Une sorte de... de base de Partials ou...

– Si je savais quelque chose, je te l'aurais dit.

– Alors, qui ça peut être ?

Ils observaient encore le portail ouvert, tâchant de rassembler assez de courage pour entrer.

– On n'a toujours pas retrouvé Heron, dit Samm. Elle est peut-être là-dedans, ou peut-être cachée à nous attendre.

– Il n'y a qu'un moyen de l'apprendre.

Kira rampa en avant, le fusil prêt à tirer. Elle ne comptait pas renoncer, pas à présent qu'ils étaient si proches, pas même si une colonie de Partials occupait les lieux. Au bout d'un instant, Samm sembla se faire une raison et la suivit.

Ils franchirent la clôture pour pénétrer dans cet étrange paradis. Kira s'émerveillait, abasourdie par la vie végétale intense qui les entourait, et elle revit les lumières : des feux, elle en était certaine, mais à la différence des désastres fumants éparpillés dans la ville, ceux-là semblaient petits et contrôlés, comme Heron l'avait dit. Des feux de camp, ou des feux de joie. Ils rampèrent dans le noir... et bientôt, ils entendirent.

Des voix. Des voix joyeuses, riant et chantant, avec un autre bruit au milieu, une chose que Kira avait cru ne jamais réentendre de sa vie. Elle se mit à courir, oubliant toute prudence, et en les voyant elle tomba à genoux, trop submergée par l'émotion pour fuir, parler ou même penser.

Des enfants.

Le feu craquait et bondissait au milieu d'une clairière entourée de bâtiments bas et d'une foule de gens qui dansaient, et entre eux s'ébattaient les enfants : des petits et des préadolescents, des gamins de dix ans et des bambins. Des dizaines d'enfants de tout âge et de toute taille qui riaient, criaient et tapaient dans leurs mains, chantant au son d'un petit orchestre de flûtiaux et de violons à la lueur des flammes. Kira se laissa tomber dans l'herbe et pleura à chaudes larmes tout en essayant de parler, mais sans pouvoir former le moindre mot. Samm s'agenouilla à côté d'elle et elle s'accrocha à lui, le retenant, désignant les enfants. Il tentait de l'en éloigner mais tout ce qu'elle voulait était se rapprocher, les regarder de près, les toucher, les prendre dans ses bras. Ils l'avaient vue, à présent : les enfants, les adultes, tout le monde. La musique avait cessé, ainsi que les chants, et ils se haussaient pour mieux voir, stupéfaits et choqués. Samm tenta encore de hisser Kira sur ses pieds, et elle réussit enfin à parler à la foule d'inconnus qui se rapprochait d'elle peu à peu.

– Vous avez des enfants.

Un demi-cercle d'étrangers se forma devant eux, et Kira remarqua qu'ils avaient des lances, des arcs et, de-ci de-là, un pistolet. Une jeune femme qui devait avoir l'âge de Kira s'avança avec un fusil de chasse, qu'elle braqua expertement sur sa poitrine.

– Lâchez vos armes.

QUATRIÈME PARTIE

CHAPITRE 38

– Qui êtes-vous ? demanda Samm.

La fille garda son fusil braqué sur la poitrine de Kira.

– J'ai dit : lâchez vos armes.

Samm laissa tomber la sienne par terre. Kira, fascinée par les enfants, était encore trop médusée pour bouger ; Samm décrocha son fusil de son épaule et le jeta dans l'herbe.

– Nous ne sommes pas là pour vous faire du mal, déclara-t-il. Nous voulons juste savoir qui vous êtes.

La fille abaissa légèrement le canon du fusil de chasse ; elle ne les tenait plus vraiment en joue, mais le gardait quand même pointé dans leur direction. Elle avait de longs cheveux blonds attachés en queue-de-cheval, et sa veste en cuir paraissait grossière, faite main.

– Vous d'abord, dit-elle. D'où venez-vous ? Personne n'a traversé la montagne depuis douze ans.

Kira retrouva enfin sa langue.

– Nous ne sommes pas venus par la montagne, mais par la plaine. Nous arrivons de New York.

La blonde écarquilla les yeux et la foule qui l'entourait murmura, incrédule. Une femme d'un certain âge s'avança alors, un petit enfant dans les bras, et Kira dévisagea le garçonnet comme s'il avait été un miracle sous forme humaine : trois ans à peine, dodu, les joues roses, le visage maculé de poussière et encore poisseux de son dîner. Il observa Kira avec un air de parfaite innocence, comme si elle était la chose la plus normale au monde, et s'illumina de joie lorsqu'il capta son regard. Kira ne put que lui retourner son sourire.

– Alors ? insista la femme. Allez-vous répondre ?

– Vous disiez ? demanda Kira.

– J'ai dit que vous ne pouviez pas avoir traversé la région des Badlands, car ce n'est plus qu'un désert toxique.

Samm posa une main sur l'épaule de Kira.

– J'ai l'impression que tu es partie très loin de nous en regardant cet enfant.

– Oui, pardon, murmura-t-elle en se levant.

La foule recula, tout en gardant ses armes prêtes à servir. Kira se raccrocha à la main de Samm.

– C'est simplement que... nous avons beaucoup de choses à expliquer, apparemment. Des deux côtés. Recommençons du début. (Elle s'adressa à la blonde.) Commençons par le principal : êtes-vous des humains ou des Partials ?

La femme âgée plissa les paupières, exprimant une colère indéniable. Kira sut immédiatement qu'elle était humaine. *Mieux vaut faire comme si nous l'étions, nous aussi.*

– Je m'appelle Kira Walker, et voici Samm. Je suis médecin dans la colonie humaine de Long Island, sur la côte est. Jusqu'à il y a cinq minutes, nous pensions être les derniers humains sur Terre, et je suppose que vous pensiez la même chose de votre côté. Nous n'avions aucun moyen de savoir qu'il y avait des survivants ici, mais... vous voici. Et nous voilà. (Elle tendit la main à la fille.) Salutations de la part de...

Elle s'interrompit juste avant de dire *d'un autre être humain*, et éprouva soudain dans ses tripes un sentiment de perte. Elle ne pouvait plus dire cela. Elle déglutit et bredouilla une fin de phrase alternative.

– ... d'une autre communauté humaine.

Kira garda une main tendue et écrasa une larme de l'autre. Les colons armés la fixaient en silence. Au bout d'un moment, la blonde donna un coup de menton en direction de l'est.

– Vous avez traversé les Badlands ?

– Oui, c'est bien ça.

– Vous devez être affamés.

Elle abaissa complètement son arme et prit la main de Kira ; leurs deux paumes étaient aussi calleuses l'une que l'autre.

– Je m'appelle Calix. Venez près du feu manger quelque chose.

Samm ramassa leurs fusils, et Kira et lui suivirent Calix en direction du feu de joie ; certaines personnes les observaient encore d'un air méfiant, mais avec plus de curiosité que de peur. Kira ne put s'empêcher de tendre la main vers l'enfant le plus proche, une fillette âgée d'une dizaine d'années, mais la retira avant de toucher ses cheveux noirs et frisés. La petite vit son geste, sourit, et lui prit spontanément la main.

– Je m'appelle Bayley, dit-elle.

Kira éclata de rire, trop submergée par la joie pour savoir comment réagir.

– Enchantée de te connaître, Bayley. Tu me rappelles ma sœur. Elle s'appelle Ariel.

– C'est un joli prénom, dit Bayley. Moi, je n'ai pas de sœurs, rien que des frères.

Tout, en ces lieux, semblait magique : que Kira soit en train de parler à une enfant, que cette enfant ait des frères.

– Combien ? lui demanda Kira avec ardeur.

– Trois. L'aîné, c'est Roland, mais maman dit que je suis plus responsable que lui.

– Je n'en doute pas une minute.

Kira s'assit sur un banc devant le feu. Une poignée d'enfants coururent observer les nouveaux arrivants, puis s'égaillèrent, trop débordants d'énergie pour tenir en place. Un homme replet portant un tablier graisseux lui tendit une assiette de purée de pommes de terre abondamment garnie d'ail et de fines herbes, et couverte d'une cuillerée de fromage fondu fumant. Avant qu'elle ait pu le remercier, il versa dessus une louchée de chili riche en sauce et en viande. L'odeur des piments forts lui chatouilla le nez et elle se mit à saliver, mais elle était encore trop assommée pour avaler une bouchée. Une autre fillette lui servit un verre d'eau fraîche, que Kira engloutit avec gratitude. Samm remercia aimablement tout le monde et prit quelques bouchées polies, mais resta concentré sur les gens et sur l'espace qui les entourait, toujours sur ses gardes.

Calix et la femme plus âgée qui leur avait parlé approchèrent un banc et s'assirent devant eux. Le garçonnet qu'elle tenait dans ses bras se tortilla pour descendre et courut rejoindre les jeux de ses camarades.

– Mangez, dit la femme, mais essayez aussi de parler entre deux bouchées ! Votre arrivée est... eh bien, c'est comme vous l'avez dit. Nous ne pensions pas qu'il restait d'autres humains. Et ce n'est pas parce que nous partageons notre repas avec vous que nous vous faisons confiance. Du moins, pas encore. (Elle eut un sourire contraint.) Je m'appelle Laura ; je suis un peu le maire de cette communauté.

Kira posa son assiette.

– Désolée pour tout à l'heure, Laura... Je ne voulais pas vous manquer de politesse, mais c'est juste que... comment faites-vous pour avoir des enfants ?

Laura éclata de rire.

– Comme tout le monde, ma foi !

– Mais justement : nous, nous ne pouvons pas.

Une pensée soudaine la fit bondir sur ses pieds, terrifiée par ce qu'elle risquait d'avoir apporté dans cette colonie.

– Vous n'êtes pas porteurs du RM ?

– Bien sûr que si, dit Calix. Nous le sommes tous.

Elle marqua un silence et regarda Kira, les sourcils froncés.

– Êtes-vous en train de me dire que vous n'avez pas le traitement ? s'enquit-elle.

– Comment avez-vous fait ? souffla Kira. Est-ce la phéromone ? Vous avez réussi à la synthétiser ?

– Quelle phéromone ?

– La phéromone des Partials ; c'était notre meilleure piste. Est-ce ainsi que vous y arrivez ? Je vous en supplie, il faut me le dire... il faut que nous rapportions ça à East Meadow...

– Une phéromone de Partials ? Certainement pas ! s'exclama Laura. Eux aussi sont tous morts. (Elle regarda alternativement Samm et Kira.) À moins que vous n'ayez des mauvaises nouvelles pour accompagner les bonnes.

– Je ne les qualifierais pas nécessairement de mauvaises... commença Samm, mais Kira lui coupa la parole avant qu'il puisse en révéler davantage : ces gens étaient déjà assez méfiants, pas la peine de leur annoncer de but en blanc que leurs nouveaux hôtes étaient des Partials.

– Certains sont encore en vie, dit Kira. Pas tous, peut-être un demi-million, grosso modo. Il y en a qui sont... plus gentils que d'autres.

– Un demi-million, répéta Calix, visiblement choquée par ce nombre énorme. C'est...

Elle se renversa en arrière, comme si elle ne savait plus quoi dire.

– Et combien d'humains ? demanda Laura.

– Je le savais plus précisément avant, mais ces jours-ci je dirais environ trente-cinq mille.

– Dieu merci, souffla Laura.

Kira vit des larmes rouler sur les joues de la femme. Même Calix semblait contente, comme si le second chiffre compensait le premier. On aurait dit que la jeune fille ne comprenait pas réellement la portée de ces nombres.

Kira se pencha en avant.

– Et vous, combien êtes-vous ici ?

– Presque deux mille, lui apprit Laura avec une fierté teintée d'amertume. Nous devrions franchir la barre dans quelques mois, mais... trente-cinq mille ! Je n'aurais jamais rêvé qu'il y en ait tant.

– Comment est-ce, là-bas ? s'enquit Calix. (La question était adressée à Kira, mais elle lançait sans cesse des regards à Samm.) À quoi ressemble le monde au-delà de la réserve ? Nous avons un peu exploré les montagnes, et nous avons tenté de visiter les Badlands, mais c'est trop vaste. Nous pensions que le désert toxique couvrait le monde entier.

– Non, juste le Midwest, la détrompa Samm. Et encore, pas totalement. L'espace entre ici et le Mississippi, à peu près.

– Parlez-moi du remède, dit Kira, tâchant de remettre la conversation sur les rails qui l'intéressaient le plus. Si vous ne le tenez pas des Partials, qu'est-ce que c'est ? Comment le fabriquez-vous ? Et comment, au départ, avez-vous survécu au Ravage ?

– Ça, c'est l'œuvre du docteur Vale, répondit Laura. Calix, cours voir s'il est encore réveillé, il voudra faire connaissance avec nos visiteurs.

La blonde se leva, lança un dernier regard à Samm et partit en courant dans la nuit. Laura pivota vers Kira.

– C'est lui qui nous a sauvés quand le RM s'est mis à sévir... enfin, pas tout de suite. Au bout de quelques semaines, vers le moment où tout le monde a commencé à comprendre que c'était réellement la fin. Il a rassemblé tous les gens qu'il a pu trouver, des amis d'amis et tous ceux qui étaient encore en vie. Et il nous a administré son traitement : une recette de son invention, je suppose. Ensuite, nous nous sommes terrés ici, dans la réserve.

– Vous avez l'antidote depuis tout ce temps ? s'étonna Kira.

Elle bafouilla pendant une minute, ne sachant comment formuler la question suivante sans être impolie. Elle finit par renoncer aux précautions oratoires pour la poser directement.

– Pourquoi ne l'avez-vous dit à personne ? Pourquoi n'avez-vous pas sauvé le plus de gens possible ?

– C'est ce que nous avons fait. Je vous l'ai dit, nous avons rassemblé tous ceux que nous avons trouvés, jeunes et vieux, tous ceux qui n'avaient pas déjà été tués par la guerre ou par le virus. Nous avons sillonné la ville pendant des semaines, envoyé des camions dans toutes les directions. Nous avons ramené tous ceux que nous trouvions, mais il n'en restait déjà plus beaucoup. Je ne vous ai pas menti, Kira, nous pensions sincèrement être les derniers humains vivants au monde.

– Nous sommes tous partis vers l'est, dit Kira. Le peu qui restait de l'armée nous a rassemblés en un même lieu.

Laura secoua la tête.

– Apparemment, ils en ont raté quelques-uns.

– Et qu'est-ce qui vous a fait croire que les Partials étaient morts ? s'enquit Samm.

Sa voix était dénuée d'émotion, comme toujours, mais Kira sentait que quelque chose le perturbait, et cela depuis leur arrivée dans la réserve. Elle fit son possible pour flairer ses sentiments, mais, hors des situations de combat, ses sens étaient trop faibles.

– Et qu'est-ce qui aurait pu nous faire croire le contraire ? s'étonna Laura. Le RM les tuait aussi sûrement que nous.

– Attendez… Quoi ? s'exclama Kira.

Voilà qui était nouveau… pas seulement nouveau, mais absolument stupéfiant.

– Le RM n'affecte pas les Partials, continua-t-elle. Ils sont immunisés contre. C'est… c'est tout le problème, justement.

Elle connut alors un accès de panique : si cette partie du monde abritait une souche mutante du virus qui tuait les Partials, ses camarades et elle-même couraient un terrible danger.

Mais si c'était le cas, alors ils y étaient déjà exposés. Mieux valait garder son calme et apprendre ce qu'ils pourraient.

– C'était vrai au début, reconnut Laura, mais ensuite le virus a muté. C'est arrivé ici, à Denver : une nouvelle souche apparue de nulle part, qui s'est propagée dans l'armée des Partials comme un feu de brousse.

Kira ne put s'empêcher de jeter un coup d'œil à Samm, mais il restait plus impassible que jamais. L'attention extrême avec laquelle il écoutait cette histoire lui fit penser qu'il l'entendait pour la première fois, mais elle ne pouvait en être certaine. Quoi qu'il en soit, elle ne pouvait pas lui poser la question devant tout le monde. Elle la garda pour plus tard, et se tourna vers Laura.

– Si une nouvelle souche a frappé Denver, ils ont dû isoler leurs troupes cantonnées ici pour prévenir la contagion. Sur la côte est, personne n'a entendu parler d'une souche qui s'attaquait aux Partials.

Calix revint en courant dans la lumière du feu.

– Le docteur Vale est réveillé, annonça-t-elle en reprenant son souffle. Il désire vous voir.

Kira se leva d'un bond. Si ce docteur Vale avait éradiqué le RM, peut-être en savait-il plus qu'elle sur la physiologie des Partials et sur celle des humains ; peut-être avait-il déjà trouvé les documents qu'ils étaient venus chercher, et pourrait-il leur en dire davantage sur l'Alliance, et sur la date d'expiration, et peut-être même sur ce qu'était Kira. Elle courut presque devant Calix, qui les guidait à travers le village. En fait de village, il s'agissait d'un vaste campus composé d'immeubles de bureaux convertis en appartements. Il y avait là des gens qui ne s'étaient pas rendus autour du feu, mais la nouvelle s'était apparemment répandue, et Kira se retrouva observée par des centaines d'yeux curieux, sur les pas des portes, aux fenêtres et aux coins des rues. Ils fixaient Kira et Samm avec le même étonnement que ce qu'elle-même avait ressenti en les voyant pour la première fois, et elle leur fit des signes amicaux en passant. Il existait d'autres gens, et ils détenaient un remède, et ils vivaient dans un paradis ! C'était peut-être le plus bel espoir qu'elle avait jamais eu de toute son existence.

Au loin, derrière les anciens immeubles de bureaux, s'élevait une tour immense, aussi haute que celles de Manhattan. Elle était d'un noir d'encre, tel un trou dans le ciel nocturne, et Kira ne la voyait que comme une tache de ténèbres se déplaçant sur fond de montagnes enneigées. Elle crut que c'était là que Calix les emmenait, mais celle-ci s'arrêta devant un bâtiment bas qui semblait avoir été autrefois un entrepôt, reconverti en hôpital.

– Il est là, dit la fille en ouvrant la porte.

Kira vit que celle-ci était en verre, et prit subitement conscience que presque toutes les fenêtres de la réserve étaient encore vitrées : un signe classique d'occupation humaine, et un phénomène que Kira n'avait jamais observé qu'à East Meadow. Elle se sentit décidément chez elle, et pénétrer dans un hôpital ne fit que renforcer cette impression. Samm, en revanche, traînait derrière. Après un instant d'hésitation, Kira fit demi-tour pour aller le chercher.

– Viens, lui dit-elle, on y est. C'est ce que nous sommes venus chercher, tu te rends compte ?

– On a abandonné les chevaux, rechigna-t-il à voix basse. On ne devrait pas les laisser seuls toute la nuit... allons les chercher, et nous parlerons à ce type demain.

– C'est ça qui t'ennuie ? s'étonna Kira en le tirant par le bras. Allons, les chevaux sont très bien là où ils sont, on ira les chercher demain matin.

– Ils nous ont laissé nos armes, souffla Samm. Je sais que ça peut donner l'impression qu'ils nous font confiance, mais c'est trop bizarre, ça me fiche les jetons... Ils n'ont aucun moyen de savoir si nous disons vrai. Donc, cela indique que derrière leurs sourires et leurs amabilités, il y a un niveau supérieur de sécurité que nous ne voyons pas, et ça ne me dit rien qui vaille, vraiment. Revenons demain, je te dis.

Kira prit le temps de le dévisager attentivement. Elle crut percevoir son inquiétude. Pour qu'elle puisse la sentir, il fallait que celle-ci soit très puissante.

– Tu as vraiment peur, hein ?

– Pas toi ?

Kira regarda autour d'elle ; ils étaient encore observés, et Calix les attendait à la porte. Personne n'était assez proche pour les entendre – du moins pas avec des sens humains. Elle se pencha vers lui pour lui parler tout bas.

– Ce que je vois, moi, c'est un groupe de gens qui sont en vie, qui ont trouvé un remède. Et ces gens vivent autour du bâtiment qui détient les secrets du RM, de l'expiration et de ce que je suis, Samm... C'est exactement ce que nous cherchions.

– Il y a quelque chose qui ne tourne pas rond, ici.

– Personne ne nous a menacés...

– Et où est Heron ? Elle est partie devant nous, pour observer précisément cet endroit, et pourtant elle n'est pas ici... Ce qui ne peut avoir que deux explications : soit elle a vu quelque chose qui ne lui a pas plu et elle reste en retrait, soit ils l'ont repérée les premiers et l'ont abattue. Je veux dire qu'ils n'ont rien pu lui faire de bon s'ils nous font croire qu'ils ne l'ont pas vue. Et je ne veux pas me jeter dans les bras d'un ennemi qui est capable de voir Heron le premier et de la neutraliser.

Il a raison, comprit Kira. *C'est suspect, c'est dangereux, c'est trop beau pour être vrai. Et pourtant...*

– Ils ont le remède. Quels que soient leurs mensonges, ils ne mentent pas sur ce point-là... Il y a des enfants partout. Et s'ils ont ça, ils ont peut-être bien davantage. Il faut que j'entre dans ce bâtiment, Samm, il le *faut*. Si tu veux m'attendre dehors, ça me va.

– Je ne vais pas te laisser seule, trancha-t-il en contemplant l'hôpital éclairé devant eux. Entrons, alors.

CHAPITRE 39

Calix les guida dans les couloirs, et Kira découvrit que l'hôpital n'était pas un ancien entrepôt mais un ancien laboratoire, bourré d'équipement sophistiqué : sans doute le matériel de ParaGen. Les corridors étaient relativement déserts, mais le cœur de Kira bondit dans sa poitrine lorsqu'elle entendit des pleurs de bébés. Pas des nouveau-nés malades et mourants comme ceux qu'elle avait toujours connus à East Meadow, mais des nourrissons heureux et en pleine santé, et des mères attendries. Elle eut envie de courir les voir, mais ravala ses larmes d'émotion et suivit Calix. Il lui fallait d'abord le remède ; ensuite seulement, elle s'occuperait du reste.

Samm se raidit soudain et tourna la tête comme pour chercher quelque chose. Par réflexe, Kira se mit en position de combat. Samm inspira à fond sans cesser de scruter le couloir, puis croisa son regard. Elle voulut parler, mais il secoua la tête et indiqua discrètement Calix. La blonde, qui s'était arrêtée devant la porte d'un bureau, les regardait bizarrement.

– Est-ce que tout va bien ?

Kira ne put s'empêcher de remarquer que Calix adressait sa question à Samm. Celui-ci ouvrit la bouche pour répondre, mais elle ne lui en laissa pas le loisir.

– C'est son bureau ? s'enquit-elle.

– Oui, dit Calix avant de frapper.

Une voix bourrue les pria d'entrer, et ils suivirent leur guide à l'intérieur. Le docteur Vale était de petite taille, doté d'un physique banal, pas jeune mais en forme. Kira n'aurait su dire s'il était plus vieux ou non que le docteur Skousen, et se demanda s'il bénéficiait des modifs génétiques de longévité que certaines personnes riches et âgées s'étaient fait administrer avant le Ravage. Si c'était le cas, il n'existait pas vraiment de moyens de connaître son âge, qui pouvait aller de soixante à cent vingt ans. Samm l'observa fixement un instant, et Kira fut traversée par un soupçon fugace. Son compagnon n'aimait pas le médecin, elle n'avait même pas besoin du lien pour le voir. Elle s'éclaircit les idées et se prépara pour la conversation, prête à faire face à tout ce qui pourrait survenir.

– Je vous en prie, asseyez-vous, dit le docteur Vale en indiquant les chaises disposées devant son bureau.

Calix fit mine de s'asseoir avec eux, mais il l'arrêta d'un sourire aimable et esquissa un geste en direction de la porte.

– Auriez-vous la gentillesse d'attendre dehors, ma chère ? Nos hôtes vont avoir beaucoup de questions à me poser, et je veux m'assurer qu'ils ne seront pas dérangés.

Calix ne sembla pas ravie de cette demande, mais soupira et quitta la pièce – non sans envoyer un bref sourire à Samm au passage. Ce dernier ne parut même pas s'en rendre compte tant il était concentré sur Vale, et Kira en conçut une satisfaction inexplicable.

Calix referma la porte derrière elle, et Vale regarda Samm et Kira.

– Alors, dit-il. Vous êtes les deux voyageurs venus de par-delà les Badlands.

– Oui, docteur, confirma Kira. Nous avons fait le chemin jusqu'ici pour chercher... des réponses. Il nous faut trouver un traitement contre le RM, et nous croyons comprendre que vous en avez synthétisé un.

– En effet, en effet. Dites-moi, combien êtes-vous, déjà, là-bas ?

– Humains ou Partials ?

Vale sourit.

– Les deux.

– Trente-cinq mille humains, dit Kira. À peu près. Et environ un demi-million de Partials.

Vale semblait éclater de joie.

– Cette rencontre est donc en demi-teinte, n'est-ce pas? Apprendre en une petite seconde que toute votre image du monde est obsolète, c'est un choc. Je reconnais que je n'étais pas préparé à cette révélation, et pourtant je me vante d'être toujours prêt à tout.

– Je vous en prie, parlez-nous du traitement.

– Il fonctionne, dit Vale avec un haussement d'épaules satisfait. Que dire d'autre? Nous inoculons tous les enfants à la naissance, et le RM ne peut plus jamais leur faire de mal. Ce n'est pas la meilleure solution à long terme, je vous l'accorde – je déteste l'idée que dans cent ans nous en soyons toujours à piquer chaque nouveau-né qui vient au monde –, mais après tout, c'est ce que nous faisions déjà avant le Ravage, n'est-ce pas? Les vaccins, les antibiotiques, un vrai ragoût chimique. Même avant le RM, le monde était devenu bien plus hostile envers notre espèce que nous n'aimons à le reconnaître.

Il y avait dans l'attitude de cet homme quelque chose de bizarre que Kira n'arrivait pas bien à définir. Elle avait été interne en médecine, avait passé toute sa vie au contact des médecins, et ce docteur Vale était... différent. Il ne s'exprimait pas comme un docteur.

– Ce qu'il nous faut, continua-t-il avec un geste en direction de la fenêtre noire, derrière lui, c'est un traitement qui fonctionnerait comme notre réserve.

– Que voulez-vous dire par là?

Il sourit une fois de plus.

– Le paradis dans lequel nous vivons était autrefois si mortel que l'accès en était interdit : l'endroit était vide non seulement d'humains, mais aussi de faune et de flore. Ce n'était qu'une friche désolée, très semblable à celle que vous venez de traverser. Mais à présent, c'est autre chose, n'est-ce pas? Ce que le nucléaire a détruit, les biotechnologies l'ont ressuscité.

Les traits de Kira se chiffonnèrent. Elle était perdue.

– Cet endroit a reçu une bombe nucléaire?

– Non, non non, ou du moins pas comme vous le pensez. La

centrale de Rocky Flats était une usine d'armement nucléaire construite pour la Seconde Guerre mondiale, le premier site choisi pour produire des bombes à hydrogène. Il est passé par ici plus de matériau radioactif que dans toute la ville d'Hiroshima ! Mais la technologie, comme nous l'avons vu, a tendance à échapper au contrôle de ses créateurs. Le site a fini par représenter un tel danger sanitaire qu'il a été complètement démantelé, et après des décennies d'efforts de nettoyage, il a finalement été déclaré habitable – pas par des humains, bien sûr, ce n'était pas sain à ce point... mais je vous le demande, qui s'intéresse aux chevreuils ? Du moment que nous ne leur payons pas une assurance médicale, qui se soucie qu'ils attrapent des cancers ? Et c'est comme ça qu'est née, en l'an 2000, la réserve naturelle de Rocky Flats. Et elle est restée ainsi pendant des décennies : assez propre pour apaiser notre conscience, sans toutefois être réellement nettoyée. Ainsi va l'altruisme humain.

– Vous avez parlé de biotechnologies, dit Kira. C'est là qu'intervient ParaGen, j'imagine.

Elle ne voyait pas bien où il voulait en venir, mais au moins, il parlait. Kira tenta de le pousser dans ses retranchements pour en apprendre davantage.

– C'est bien deviné. ParaGen, le leader d'une industrie toute nouvelle. Notre siège n'a pas toujours été ici – nous avons démarré dans le sud, à Parker –, mais notre première incursion dans le domaine de la biotechnologie était une série de micro-organismes affamés, conçus pour dévorer ce dont personne d'autre ne voulait...

– Vous étiez employé chez ParaGen ? s'étrangla Kira.

– Naturellement. (L'homme jeta un regard à Samm, qui se tenait toujours raide sur sa chaise, puis revint à Kira.) Ce sont mes connaissances en biotechnologie qui ont rendu le remède possible.

Kira dut faire un effort pour ne pas bondir de sa chaise. Un ingénieur en biotechnologie travaillant pour ParaGen ? Mais alors... faisait-il partie de l'Alliance ? Elle débordait de questions, mais ne savait pas encore quelle approche adopter : si elle se dévoilait et l'interrogeait franco sur les Partials, la date d'expiration, la Sécurité ou autre, lui répondrait-il ? Se fermerait-il au contraire comme une huître ? Se mettrait-il en colère ? Elle préféra continuer à le faire parler, le temps de mieux cerner sa personnalité.

– Vous avez fabriqué des micro-organismes ?

– Des microbes mangeurs de déchets, oui, dit-il, enivré par son sujet. Affamés de radiations. De métaux lourds. De substances toxiques. Toutes choses très différentes, mais chacune constituant à sa manière une parfaite source d'énergie pour un organisme conçu à cet effet. Quelques contrats avec l'État, quelques années pour laisser les micro-organismes accomplir leurs miracles, et voilà que soudain la pauvre région désolée de Rocky Flats est devenue un jardin d'Éden. Une réussite comme celle-là apporte d'autres contrats, de plus grands projets, des fonds plus importants. Encore quelques succès, et vous pouvez commencer à signer vos propres chèques. L'un d'eux s'avéra être pour la réserve elle-même : une vaste étendue de terrain parfait, dont personne d'autre ne voulait. Notre récompense karmique pour l'avoir sauvé ! Et à ce jour encore, les microbes prolifèrent dans le sol : ils maintiennent le désert toxique à distance et entretiennent notre petit coin de paradis.

Il adore parler de tout ça, songea Kira. *Comment faire pour le pousser encore un peu plus loin ?* Elle s'éclaircit la gorge.

– Si je comprends bien, vous faisiez partie d'une équipe de chercheurs qui a créé des organismes entièrement nouveaux.

– En effet.

Vale jeta un autre regard à Samm, qui demeurait froid et muet comme une statue. Kira se demanda ce qui n'allait pas, mais le médecin lui adressa un bon sourire.

– Je suis généticien, du moins dans la mesure où il est possible de faire de la génétique de nos jours. Le remède que je possède est exploitable pour le moment, mais ce qu'il me faudrait, ce serait une molécule qui fonctionne comme ces microbes : une entité autonome, capable de se propager spontanément, et qui nous protégerait sans intervention extérieure. Et qui se transmettrait de la mère à l'enfant.

– Mais ce que vous avez actuellement est tout de même un remède, dit Kira. Cela fonctionne. Là d'où nous venons à New York, nous n'avons pas vu un enfant vivre plus de trois jours depuis le Ravage. Nous avons réussi à en guérir un il y a quelques mois, mais c'est tout. Nous avons un enfant miracle, alors que vous en avez des centaines. Nous avons essayé de dupliquer notre remède et nous n'y arrivons pas. Mais vous, vous pourriez nous donner un avenir. Je vous en prie, je suis médecin, je me suis formée toute ma vie pour ce moment précis. Emmenez-moi dans votre laboratoire, montrez-moi comment vous procédez, et nous pourrions sauver des dizaines de milliers d'enfants. Une génération entière. Nous aurions de nouveau un avenir, conclut-elle, les larmes aux yeux.

– Le remède n'est pas transportable, lâcha Vale.

– Quoi ? Mais comment est-ce possible ?

– Vous verrez.

Kira se leva.

– Tout de suite.

– Un peu de patience, déclara le médecin en lui faisant signe de se rasseoir, ce qu'elle ne fit pas. Je suis disposé à vous aider, mais il nous faut être prudents.

– Comment ça, prudents ?

– L'équilibre de la réserve est une chose délicate. Je vous aiderai, mais je dois le faire sans compromettre cet équilibre.

– Alors laissez-nous vous aider, répondit-elle avec enthousiasme. J'ai étudié le RM, nous avons traversé la friche toxique, nous connaissons le terrain, la politique et tout le reste. Que désirez-vous savoir ?

– Rien pour ce soir, trancha Vale. Je vous reverrai demain.

Kira, exaspérée, serra les poings.

– Et la date d'expiration ? lança-t-elle.

L'homme releva la tête, les yeux écarquillés, comme s'il ne comprenait pas.

– La date d'expiration des Partials, répéta-t-elle, le mécanisme présent dans leur génome qui les tue au bout de vingt ans. Savez-vous quelque chose là-dessus ? Avez-vous trouvé comment cela fonctionne ?

– Les autres vous trouveront un endroit où loger, dit Vale en se levant pour les raccompagner à la porte.

Sa voix était soudain moins assurée, sa joie de parler des microbes remplacée par un balbutiement hésitant.

– Il va pleuvoir ce soir, et, microbes ou non, mieux vaut ne pas être dehors quand ça tombe.

– Pourquoi refusez-vous de me répondre ?

– Je vous répondrai demain. Suivez Calix, et je vous enverrai chercher à la première heure.

Il ouvrit et leur indiqua le couloir.

– À la première heure demain matin, insista Kira. Promettez-le-nous.

Samm se leva pour la suivre.

– Bien sûr. À la première heure.

Calix, qui les attendait assise par terre dans le couloir, bondit sur ses pieds en les voyant.

– Il faut faire vite, dit-elle. Les pluies acides arrivent ; les autres sont déjà tous rentrés. (Elle regarda Samm.) Vous pouvez dormir chez moi, tous les deux, mais dépêchez-vous.

Kira jeta un regard en arrière à Vale : son sourire exaspérant était toujours plaqué sur son visage.

– À la première heure, répéta-t-elle, après quoi elle suivit Calix qui courait dans le couloir.

Ils rejoignirent la porte d'entrée et leur guide sortit prudemment la tête pour observer les gros nuages d'orage qui emplissaient le ciel.

– Il ne pleut pas encore. Venez.

Elle sortit en courant. Kira voulut la suivre, mais Samm la rattrapa par le bras.

– Attends, dit-il avant de se pencher vers elle. Tu l'as senti ? souffla-t-il alors, d'une voix si basse qu'elle eut du mal à l'entendre.

– Quoi donc ?

– Le docteur Vale. Je l'ai senti par le lien. C'est un Partial.

CHAPITRE 40

Calix vivait à quelques bâtiments de là, et ils arrivèrent juste avant que les premières gouttes d'acide ne s'écrasent au sol. Un grand costaud qui se trouvait sur le pas de la porte la leur tint ouverte, et les réprimanda d'avoir pris un tel risque.

– Tu cherches à te faire tuer, Calix ?

– Je n'ai encore jamais pris une goutte, répondit-elle en lui donnant une tape affectueuse sur le bras. Merci pour la porte.

– Mais je t'en prie. Alors ? Ce sont eux, les voyageurs ?

Samm observa le hall de l'immeuble, qui était empli de curieux. Il reporta son regard sur l'homme et acquiesça.

– C'est nous, oui. Nous aurions besoin d'une chambre pour la nuit, si vous en avez.

– Il veut dire « s'il vous plaît », ajouta Kira. Et merci beaucoup pour votre hospitalité.

– J'ai toute la place qu'on veut, les rassura Calix en appelant l'ascenseur.

Kira la dépassa, cherchant l'escalier, et sursauta légèrement lorsque les portes de l'ascenseur s'ouvrirent.

– Oh, c'est dingue !

Calix haussa les sourcils.

– Est-ce que tout va bien ?

– Là d'où je viens, je... (Kira se ressaisit et la suivit d'un pas prudent dans la cabine.) Nous n'avons pas assez de courant pour faire marcher les ascenseurs. Je n'en ai jamais pris un.

– Moi non plus, dit Samm.

Kira savait que c'était un mensonge. Il s'efforçait sans

doute d'éviter qu'on se pose des questions sur son passé. Calix appuya sur un bouton dans la paroi de la cabine – celui du dernier étage – et les portes coulissèrent.

– Le complexe entier est alimenté en électricité, constata Kira. Pas seulement l'hôpital, mais tous les bâtiments. D'où tirez-vous le courant ?

– ParaGen est devenu complètement autosuffisant quelques années avant le Ravage, expliqua Calix. Nous avons l'électricité, l'eau courante, et bien sûr la réserve elle-même pour nous protéger du désert toxique. Il y aurait même assez de place pour élever du bétail, si seulement nous trouvions des bêtes en vie.

– Il y avait du bœuf dans le chili du dîner.

– En fait, c'était de la biche, leur apprit la fille en décochant à Samm un regard fier. Je l'ai chassée moi-même. Je suis chasseuse à part entière depuis deux ans.

Samm hocha la tête : une manifestation d'émotion intense, chez lui.

– Impressionnant.

Kira tâcha de ne pas bouder. Ce n'était pas comme si Calix avait chassé un monstre du genre de celui qui l'avait poursuivie à New York, tout de même.

L'ascenseur les déposa au dernier étage, dans lequel Kira reconnut immédiatement d'anciens bureaux, même si la plupart des postes de travail avaient été retirés. Les tables qui restaient étaient poussées le long des murs et couvertes de plantes en pots, de livres et de jeux de société. Il y avait des ballons et des balles en caoutchouc dans les coins.

– Ceci est la salle commune, expliqua Calix. Chez moi, c'est là-bas : la salle de réunion n° 2.

Chacun des bureaux et des salles qu'ils longèrent avait été transformé en petit appartement. Beaucoup étaient occupés, et Calix salua familièrement ses voisins en passant devant eux. Les voisins en question observèrent les nouveaux venus avec une curiosité non dissimulée, mais n'approchèrent pas. La salle de réunion n° 2 était aménagée de manière plus rudimentaire que la plupart des autres, et Kira se demanda si Calix s'intéressait simplement moins à la décoration intérieure, ou si elle avait moins d'expérience, ou s'il se pouvait qu'elle soit plus pauvre. Leur société ne semblait pas utiliser d'argent, mais elle commençait à comprendre que presque rien, ici, n'était tel qu'il y paraissait.

Comme le fait que leur médecin soit un Partial.

Il y avait un lit une place, que Calix proposa gracieusement à Kira, mais celle-ci insista pour dormir par terre – à l'autre bout de la pièce, où Samm et elle pourraient se parler en privé lorsque leur hôtesse dormirait enfin. Sauf qu'après une heure de questions passionnées sur le monde en dehors de la réserve, Kira se rendit compte que Calix avait toutes les chances de tenir éveillée bien plus longtemps qu'eux. Au bout de la deuxième heure, elle était trop épuisée pour s'en soucier, et elle sentit ses yeux se fermer tandis que Samm continuait de répondre sans lassitude apparente.

Elle sombra lentement dans le sommeil, pelotonnée dans ses couvertures, à quelques centimètres seulement de Samm. Sa respiration devint profonde et régulière, et là, elle sentit quelque chose toucher ses doigts.

Il avait posé la main sur la sienne.

Le lendemain matin, elle se réveilla en sursaut, s'assit toute droite et tendit instinctivement le bras vers quelque chose, sans même se rappeler quoi. Le soleil filtrait entre les rideaux, et le lit de Calix était vide. Samm dormait, raide comme un cadavre, par terre à côté de Kira. Elle se leva, jeta un coup d'œil dans le couloir, puis referma la porte avec soin et secoua son compagnon.

– Samm !

Il se réveilla comme un prédateur, adoptant aussitôt une attitude de combat, si vite qu'elle dut se baisser pour esquiver un coup. Il s'immobilisa, observant la pièce, puis regarda Kira.

– Désolé, dit-il. Cet endroit me met les nerfs en pelote.

– À moi aussi. Il faut que l'on comprenne ce qui se passe ; on est seuls pour l'instant, mais je ne sais pas dans combien de temps Calix va revenir.

– Le médecin n'est pas un Partial, affirma Samm sans transition.

– Tu m'as dit le contraire hier.

– Il ne correspond à aucun modèle que je connaisse. J'y ai réfléchi toute la nuit : ce n'est ni un général, ni un médecin, ni rien d'autre, ce qui ne laisse que deux possibilités. Soit c'est un modèle dans ton genre, un que nous n'avons jamais vu et qui n'a pas été produit en masse. Je pense que c'est improbable, principalement parce que toi tu n'émets pas de données par le lien alors que lui oui, et puis toi tu vieillis : il ne pourrait pas être si vieux s'il était né bébé, comme toi, il y a une vingtaine d'années. Le deuxième scénario, le plus probable, c'est qu'il est comme Morgan : un humain doté de modifs génétiques lui permettant d'utiliser le lien. Ce qui nous mène à une conclusion évidente.

– C'est aussi un membre de l'Alliance, souffla Kira. Étant donné ce qu'il nous a dit sur son historique avec ParaGen, c'est tout à fait vraisemblable ; il travaillait chez eux depuis le début. Il était sans doute un de leurs scientifiques les plus chevronnés.

– Cela signifie aussi qu'il peut me neutraliser s'il en a envie, lâcha Samm. (Sa voix était calme et pragmatique, malgré la gravité de ce qu'il énonçait.) Il ne m'a pas donné d'ordres hier soir, mais si jamais il décide de le faire, je ne sais pas si je pourrai lui désobéir.

– Tu as bien désobéi à Morgan.

– Et il m'a fallu plusieurs minutes pour y arriver, au prix d'une concentration extrême. Leur contrôle est presque impossible à surmonter, celui de l'Alliance encore plus que celui des officiers normaux. S'il s'y applique vraiment, en position rapprochée, je ne suis pas sûr de pouvoir y faire quoi que ce soit. Même dans le meilleur des cas, il serait capable de me neutraliser assez longtemps pour s'attaquer à toi.

– Et dans le scénario catastrophe, il peut me contrôler aussi. À supposer qu'il sache ce que je suis.

– Morgan l'ignorait. Mais ça ne veut rien dire : évidemment, ton père et Nandita savaient que tu étais une Partial, et pas Morgan. Nous ignorons ce que sait Vale.

– Je commence à me rendre compte que l'Alliance n'était pas très... hum... soudée, dit Kira. On dirait qu'il y avait dès le début au moins deux groupes animés d'intentions opposées.

Samm acquiesça.

– Ce qui explique en partie l'existence de preuves contradictoires, mais pas ce que signifient ces preuves. Il nous faut plus d'informations.

– Qui se trouvent probablement dans cette tour centrale, compléta Kira. Le bâtiment dans lequel nous étions hier semblait exclusivement consacré à la médecine. Si Vale essaie encore de se payer notre tête, cette tour sera notre prochaine priorité.

Samm indiqua qu'il était d'accord, puis resta songeur un instant.

– Est-ce que Nandita t'a jamais contrôlée ?

– Tu veux dire avec le lien ?

– Oui, acquiesça Samm. As-tu jamais eu l'impression d'être forcée à faire quelque chose ?

– Pas que je me souvienne.

Kira le regarda, envahie par une bouffée de tristesse pour les épreuves qu'il avait traversées.

– Quelle impression est-ce que ça fait ? voulut-elle savoir.

Il soupira.

– Ça peut être difficile à sentir, avoua-t-il, après quoi l'ombre d'un infime sourire lui retroussa les lèvres. Bien sûr, chez quelqu'un de si pathologiquement indépendant que toi, ça se remarque peut-être davantage.

Kira lui donna une tape sur le bras.

– Je ne savais pas que les Partials pouvaient être taquins.

– J'apprends vite.

– Quoi qu'il en soit, je ne pense pas que Nandita m'ait jamais contrôlée par le lien, et j'ignore si Vale essaiera. Mais qu'il soit ou non au courant pour moi, il sait forcément que tu es un Partial, non ? ajouta-t-elle, soudain inquiète.

– Je ne peux pas imaginer le contraire, mais en même

temps, je ne peux pas imaginer non plus pourquoi il n'en a rien dit. Qu'a-t-il à gagner en gardant le secret ? Sauf si... peut-être sait-il que nous sommes tous les deux des Partials, mais sans savoir si nous savons qu'il sait ?

Kira jeta de nouveau un coup d'œil à la porte : toujours fermée.

– C'est très possible. Je pense que nous devrions partir du principe qu'il cache quelque chose, ne serait-ce que pour sauver sa peau. Il ne pourrait pas révéler qu'il connaît ta nature de Partial sans révéler publiquement qu'il fait partie des savants qui nous ont créés. Les gens qui vivent ici ne sont pas aussi remontés contre les Partials que nous le sommes à East Meadow, mais ils ne semblent pas les apprécier non plus. S'ils découvraient que leur médecin a contribué à construire l'armée rebelle, ils ne le prendraient sans doute pas très bien.

– C'est ce que je me dis aussi. Mais quoi qu'il en soit, ce sont des mauvaises nouvelles pour nous. Tout roule pour lui ici, une parfaite petite société, et notre arrivée – voire notre existence – menace l'ensemble. Si des Partials nous suivent jusqu'ici, il est cuit. Si des humains nous suivent, il est cuit aussi. Si la vérité sur toi ou sur moi ou sur lui sort un jour, tout son secret s'écroule et il est cuit. Ses meilleures options sont encore de nous tuer ou de nous garder ici à jamais. C'est peut-être pour ça qu'il n'a pas proposé de nous aider à comprendre le remède contre le RM hier.

Kira plissa le front, troublée par une incohérence apparente.

– Sauf s'il était sincère avant. Il a dit que le remède n'était pas « transportable ». Cela peut signifier qu'il doit être réfrigéré, par exemple : dans ce cas, en effet, on ne pourrait pas traverser tout le continent avec. Cela dit, il pourrait au moins nous donner la formule, ou me montrer le processus de fabrication. Pourtant, il a refusé. Quoi qu'il se passe, tu as raison, nous sommes en danger.

– Et nous ne savons toujours pas où est Heron.

– Exact. (Kira tambourina des doigts sur le sol, tâchant de démêler ce fouillis d'éventualités.) Si elle s'est trop approchée, il l'a détectée. Il a peut-être utilisé le lien pour la capturer.

– Heron se situe bien plus haut que la plupart d'entre nous dans la hiérarchie du lien. Une grande part d'autonomie est incluse dans les modèles espions.

Il réfléchit en silence, puis soupira : un comportement distinctement humain, qu'il avait dû acquérir à force de passer du temps avec Kira. Elle trouva cela fascinant.

– Mais quand même, poursuivit-il, elle était subordonnée à Morgan, et j'imagine que Vale jouit de la même autorité. Alors, oui, c'est possible qu'il l'ait emprisonnée quelque part.

– Possible aussi qu'elle l'ait repéré la première et qu'elle soit restée à l'écart. Connaissant Heron, ça me paraît plus probable. Pour ce qu'on en sait, elle est peut-être en train d'essayer de trouver les réponses dans une autre zone du complexe.

– La tour centrale. Puisque tous les bâtiments ont l'électricité, elle pourrait assez facilement accéder aux ordinateurs. Mais ça ne veut pas dire qu'elle soit en mesure de récupérer les informations. Sans Afa pour contourner les systèmes de sécurité, je ne vois pas du tout comment on va arriver à faire ça.

– Elle a dû commencer par les archives sur papier. Du moins, si le docteur Vale ne les a pas détruites : s'il s'efforce de dissimuler son identité, il se peut qu'il ait fait disparaître beaucoup de vieux documents.

– À supposer, déjà, qu'il se cache, précisa Samm. Il y a toujours une chance pour que nous ayons interprété complètement de travers tout ce qui se passe ici. Peut-être que tout le monde sait qui il est. Nous pourrions en apprendre beaucoup plus si nous avions une personne de confiance à qui demander des réponses claires.

– Je ne me fie pas à Calix, se hâta de dire Kira de peur qu'il ne fasse cette suggestion. Elle est clairement dévouée à Vale.

– Il est leur chef. Pourquoi ne lui serait-elle pas dévouée ?

– C'est exactement ce que je dis. Je ne prétends pas qu'elle soit un espion ni rien de ce genre, mais simplement que... si nous posons beaucoup de questions, cela reviendra aux oreilles de Vale.

– Alors maintenant, tu envisages carrément un complot. Ce n'est pas parce que Vale n'est pas net que tout le monde ici est notre ennemi, non plus. Le plus probable est que chacun ici soit content de sa vie et se fiche du reste.

Kira secoua la tête.

– Probable, mais pas garanti. Je ne veux faire confiance à personne tant que je ne sais pas ce qui se passe.

– Et c'est la seule chose à laquelle cette société ne soit pas préparée, dit Samm.

Elle releva la tête vers lui, mais il lui sourit, juste un peu, du coin de la bouche.

– Tu es une rebelle, Kira Walker. Même quand il n'y a rien contre quoi se rebeller.

Elle lui retourna son sourire.

– Peut-être que j'ai été fabriquée comme ça. Est-ce que ça existe, des modèles de Partials rebelles ?

– Nous avons déclenché la guerre des Partials, lui rappela-t-il simplement. La rébellion est ce que nous avons de plus humain en nous.

La poignée de la porte cliqueta et Kira releva aussitôt la tête, momentanément terrifiée à l'idée d'être prise la main dans le sac, avant de se rendre compte que rien de ce qu'ils faisaient ne pouvait paraître suspect. Pourquoi les deux nouveaux venus n'auraient-ils pas discuté entre eux ? Elle espérait seulement que leurs propos n'avaient pas été entendus.

Calix poussa la porte d'un coup de hanche, les mains chargées de deux assiettes généreusement garnies d'œufs brouillés et de galettes de pomme de terre, le tout assaisonné de piments verts et rouges. Après le chili de la veille, Kira eut la nette impression que le cuistot local adorait manger épicé.

– Vous voilà réveillés, constata Calix.

Elle posa les assiettes sur une sorte de console bricolée – visiblement taillée dans l'immense table de réunion qui avait autrefois occupé la pièce –, sortit des fourchettes de sa poche et leur présenta leur repas avec emphase.

– Le petit déjeuner est servi ! Et j'ai invité un ami, si ça ne vous dérange pas ; je ne pouvais pas tout porter toute seule.

Comme par un fait exprès, au même instant, on frappa doucement à la porte. Calix la rouvrit pour révéler un jeune homme de petite taille, au visage large et au sourire malicieux. Il avait les bras chargés de gobelets en plastique et d'une lourde bombonne d'eau.

– Merci, Cal. Salut ! Je m'appelle Phan.

– Bonjour, dit Kira.

Son estomac gargouilla, et elle eut un sourire embarrassé.

– Pardon. Il y a des mois que nous n'avons pas eu de vraie nourriture. Ça m'a l'air fameux.

Phan éclata de rire.

– Pas de problème, attaquez !

Il dévissa le bouchon de la bombonne et leur servit à boire. Kira se rendit compte qu'en dépit de sa petite taille, il avait à peu près son âge.

– Désolé de m'incruster dans votre petit déj', mais vous êtes ce qui nous est arrivé de plus formidablement intéressant depuis, euh... depuis toujours, en fait.

Kira rit doucement.

– Je pourrais dire la même chose de vous. Nous avons toujours espéré qu'il y ait d'autres survivants, mais n'avions jamais réussi à en contacter.

– Asseyez-vous et mangez, intervint Calix en guidant Samm jusqu'à la table avec une légère pression sur son bras. Ne vous en faites pas pour nous, on a déjà déjeuné.

– Mais mangez à tour de rôle pour pouvoir parler, ajouta Phan en distribuant les gobelets d'eau. Commencez par raconter comment vous avez bien pu traverser le désert toxique. Pour notre part, nous n'avons jamais dépassé le Kansas. On s'est toujours dit que si on trouvait une colonie, ce serait à l'ouest, de l'autre côté des montagnes.

Kira avala sa bouchée de pommes de terre – incroyablement pimentées, mais la cuisine de Nandita l'avait bien préparée à cela – et posa une question de son cru.

– Est-ce que quelqu'un est déjà allé là-bas ?

– Si oui, il n'en est jamais revenu, dit Calix. On est allés assez loin pour savoir que les déchets toxiques ne s'étendent pas tellement vers l'ouest. Les montagnes font barrage au vent et maintiennent l'essentiel des poisons ici, sur la plaine. Mais même sans les pluies acides, les montagnes sont dangereuses. Il faut franchir des cols en altitude, et la plupart des routes ont été emportées.

– Le mieux serait de partir en excursion vers le nord, ajouta Phan, et de traverser le Wyoming pour contourner la chaîne par là-haut, mais Vale ne veut pas. C'est aussi désert qu'ici, et il n'y a pas de lieux sûrs pour s'abriter de la pluie. Il est obligé d'édicter ce genre de règles, vu que des gens comme Calix seraient assez idiots pour essayer.

– Tais-toi ! s'exclama Calix en lui jetant à la tête une chaussette roulée en boule.

– Devez-vous toujours faire ce que dit Vale ? demanda Kira. Je croyais que le maire était Laura.

– Je ne suis pas devenu chasseur en ignorant les bons conseils, expliqua Phan. Vale, Laura, les autres adultes, ils s'efforcent simplement de nous garder en vie.

Samm se mit une grosse tranche de piment dans la bouche, apparemment indifférent à sa saveur brûlante.

– Parce que toi aussi, tu es chasseur ?

– C'est moi qui lui ai tout appris, précisa Calix.

– Et ensuite, je me suis amélioré, rétorqua Phan avec un grand sourire. Et toi ? demanda-t-il à Samm.

– Nous n'avons pas vraiment de chasseurs, du moins pas en tant que caste. Je suis soldat.

Calix fronça les sourcils.

– La situation est-elle terrible à ce point ? Avec les Partials, je veux dire... Ils vous attaquent assez souvent pour que vous ayez besoin d'une armée à plein temps ?

– Nous sommes obligés de garder une sorte de force de défense, se hâta d'intervenir Kira, mais la plupart d'entre nous exercent un autre métier : fermiers, médecins, ce genre de choses. Nous n'avons pas le remède, comme vous, si bien qu'une grosse partie de notre activité consiste à en chercher un.

– Comment faites-vous pour être en vie si vous ne l'avez pas ? s'enquit alors Phan.

– Comme vous, nous sommes juste immunisés. Ce sont les nouveau-nés qui ont besoin d'un traitement.

– Vous êtes immunisés ? s'étonna Calix. Comme ça, sans rien faire ?

Kira inclina la tête, intriguée.

– Pas vous ?

– Non, tous les membres de la réserve ont été inoculés il y a douze ans, peu après le Ravage. Nous n'avions jamais entendu parler d'une... d'une immunité naturelle. Je croyais que le RM tuait tout le monde.

Kira n'en revenait toujours pas que les personnes vivant ici aient disposé d'un antidote depuis si longtemps – pas parce qu'il aurait été possible de l'obtenir d'elles, ce qui n'était pas le cas, mais le simple fait de savoir qu'il était là, qu'il existait, que tous les nouveau-nés qu'elle avait vus mourir auraient pu être sauvés lui brisait le cœur.

– Si des gens sont naturellement insensibles au virus, il se peut qu'il existe des survivants ailleurs, réfléchit Phan. On pourrait en faire venir de tout le continent... du monde entier, même.

Kira jeta un bref regard à Samm.

– Vous accepteriez des nouveaux ? Si nous amenions du monde ici ?

– Tu plaisantes ? s'exclama Phan. Ce serait un rêve ! On tisserait un tapis rouge rien que pour pouvoir vous le dérouler !

– Mais nous n'avons jamais eu le droit d'explorer trop loin, ajouta Calix.

Son visage et sa voix étaient plus sombres, soudain, et elle regardait Kira en parlant – c'était pratiquement la première fois qu'elle le faisait au lieu de s'adresser à Samm, depuis leur arrivée.

– On réclame sans cesse de pouvoir monter d'autres expéditions dans les Badlands, surtout la jeune génération, mais les chefs n'aiment pas ça. Ils tiennent à ce qu'on ne s'éloigne pas, qu'on reste en sécurité. Ils disent que nous avons tout ce qu'il nous faut sur la réserve, mais... vous deux, vous êtes la preuve vivante que ce n'est pas vrai. C'est pour ça qu'il faut que vous nous disiez ce qu'il y a là-bas, et qui y vit, pour qu'on arrive à les convaincre de nous laisser partir en exploration. Paradis ou non, nous ne pouvons pas rester ici à jamais.

– J'ai déjà entendu ça quelque part, s'amusa Samm.

Kira ne répondit pas. Pour gagner sa confiance, Calix devrait donner plus de gages qu'une vague méfiance envers les autorités.

– Parlez-nous des Partials, dit Phan. On nous a raconté des tas d'histoires sur eux quand nous étions petits et que nous nous cachions ici après le Ravage. C'est vrai qu'ils sont assez forts pour soulever une voiture ?

CHAPITRE 41

Marcus et les soldats fuirent le plus loin possible dans le Rotor volé, mais l'armée des Partials ne les lâchait pas d'une semelle. Un projectile les toucha à l'aile gauche quelque part au-dessus de New Rochelle, et Woolf réussit à arracher encore quelques kilomètres à l'aéronef avant qu'une batterie antiaérienne postée sur la côte ne les force à effectuer un atterrissage d'urgence à Pelham Bay. Vinci voulait partir vers le sud-ouest et traverser le pont de Throgs Neck pour rejoindre Long Island, mais Woolf objecta que c'était trop dangereux : les ponts étaient couverts de mines et d'explosifs, il était impossible de les franchir sans risquer sa vie. Ils dénichèrent un bateau à moteur à City Island, y entassèrent autant de bonne essence qu'ils purent en trouver, et firent ainsi la traversée ; les Partials les visèrent depuis la rive, mais sans les toucher. Ils accostèrent dans le Queens, non loin des ruines de la base des Forces de défense, dont il ne restait qu'une coquille vide et noircie, bombardée jusqu'à l'annihilation complète et carbonisée jusqu'au sol.

– Bienvenue dans le dernier refuge humain, ironisa Woolf. Comme vous pouvez le voir, nous ne sommes pas bien équipés pour recevoir des visiteurs...

– Formidable, commenta Galen. Nous avons échappé à une armée de Partials pour finir derrière les lignes d'une autre.

– Mais au moins, nous avons réussi à fuir, lui rappela Marcus. Qu'est-ce qu'on fait, maintenant ?

– Il me semble raisonnable de penser que la faction pro-

Morgan a gagné la guerre civile, là-bas, dit Vinci. Une fois débarrassée de Trimble, elle a pu consolider son autorité sur la région, mais il y a d'autres factions, qui sympathiseront peut-être avec nous : même si elles n'ont pas pris parti avant, les exactions de Morgan peuvent les faire pencher en notre faveur.

– Suffisamment pour mettre sur pied un mouvement de résistance ? s'enquit Woolf.

– Peut-être, peut-être pas. Tout dépend de la rapidité avec laquelle nous pourrions unir toutes les factions restantes – et si certaines se sont déjà ralliées à Morgan. J'ai bien peur de ne pas avoir de renseignements fiables là-dessus.

– Alors il faut retourner vers White Plains, conclut Marcus. Il faut les localiser, et les recruter.

– À condition qu'elles s'opposent encore à Morgan, précisa Woolf. Vinci, il y a douze ans, vos semblables ont bien failli exterminer notre espèce lors d'une rébellion. Croyez-vous vraiment qu'ils s'allieraient à des humains, maintenant ? Contre leur propre peuple ?

Vinci réfléchit avant de répondre.

– J'ai récemment appris à choisir mes alliances en fonction de critères idéologiques plutôt que raciaux. C'est une leçon que vous m'avez enseignée. Je suis en désaccord avec le docteur Morgan, et j'ignore si je serai d'accord avec le vainqueur de la guerre civile de White Plains, mais en tout cas, je suis de votre côté. Vous avez dit que vous vouliez coopérer avec nous pour nous guérir de tous nos maux – notre date d'expiration comme votre maladie. Est-ce que ça tient toujours ?

Woolf ne répondit pas, mais Marcus hocha vigoureusement la tête.

– Absolument. Nous ferons le maximum.

– Alors je suis avec vous pour l'instant. (Il s'adressa ensuite à Woolf.) Nous avons déclenché une guerre, mais nous n'avons jamais eu l'intention de provoquer la fin du monde. Le virus ne vient pas de nous. Nous avons énormément de remords pour ce qui est arrivé depuis douze ans. Il reste beaucoup de Partials qui cherchent peut-être une raison de refaire confiance aux humains, ou au moins une raison de vivre en paix avec eux. L'enfer auquel nous venons d'échapper devrait vous le prouver amplement. (Il tendit la main.) Je ne peux pas parler au nom de chacun des Partials, mais si vous êtes prêt à m'accorder votre confiance, je suis prêt à vous accorder la mienne.

Woolf hésita, le regard rivé sur la main de Vinci. Marcus observa les yeux du vieux soldat, imaginant la bataille de souvenirs, de haine et d'espoir qui devait faire rage dans sa tête. Enfin, il prit la main tendue et la serra, avant de regarder l'autre bien en face.

– Je n'aurais jamais cru voir ce jour arriver. En tant que commandant des Forces de défense et sénateur de la dernière nation humaine, je vous prie de considérer ceci comme un traité officiel.

– Vous avez mon soutien, lui assura Vinci, et celui de tous les autres Partials que nous pourrons recruter.

– Je voudrais vous embrasser tous les deux, lança Marcus, mais cette scène touchante ne voudra rien dire tant que nous n'aurons pas plus de monde dans nos rangs. Alors, qu'est-ce qu'on fait ?

Woolf contempla les ruines.

– Avant d'essayer de lever une armée de Partials, nous devrions au moins reprendre contact avec les forces humaines : nous avons été absents assez longtemps pour ne même plus savoir ce qui se passe par ici. Mais même si nous trouvions une radio, je ne sais pas ce que nous pourrions communiquer. Les forces de Morgan écoutent toutes les fréquences, et il ne faut surtout pas qu'elle se doute que nous levons une armée mixte.

– Dans ce cas, où aller ? s'enquit Vinci. Avez-vous encore une base que Morgan n'ait pas conquise ?

– Franchement, je n'en sais rien. Le Sénat a fui pour se réfugier dans une vieille planque de hors-la-loi, mais si je devais deviner, je dirais que Morgan l'a déjà prise. Notre meilleur atout est encore une combattante embusquée, nommée Delarosa.

– Vous êtes sûr ? s'inquiéta Marcus. Elle risque de mal prendre la présence de Partials dans nos rangs.

Vinci se tourna vers Woolf.

– Vous voulez faire alliance avec une raciste ?

– Plutôt une extrémiste, précisa Woolf. Après l'invasion, ses méthodes radicales ont fait d'elle une de nos forces les plus efficaces sur le terrain. Elle connaît l'île mieux que les envahisseurs, et si quelqu'un a réussi à rester libre, ce sera elle.

– Et vous êtes certain de pouvoir lui faire confiance ? Sûr qu'elle ne va pas tirer à vue dès que je vais me pointer ?

– C'est une grande pragmatique. Elle utilisera les armes dont elle dispose, et cela avec toute l'efficacité possible. (Woolf donna à Vinci une grande tape dans le dos.) Et quelle meilleure arme pourrait-elle désirer qu'un Partial ?

CHAPITRE 42

Calix écarta largement les bras pour indiquer la totalité de la réserve.

– Que voulez-vous voir en premier ?

– Le docteur Vale, répondit Kira.

– Ce ne sera pas avant cet après-midi. J'ai vérifié avec l'hôpital, il a une naissance ce matin.

Cette nouvelle emplit de joie le cœur de Kira. Elle aurait bien voulu assister en personne à l'inoculation du remède, mais se força à rester concentrée. Ils avaient bien d'autres choses à étudier.

– Alors cette grande tour noire, au milieu, là.

– Trop dangereux, intervint Phan. C'était le bâtiment principal de ParaGen, et les Partials l'ont bombardé comme des dingues pendant la rébellion. Je m'étonne que ce truc tienne encore debout.

Bah, ça valait le coup d'essayer, se dit Kira. *Mais si Heron n'a pas été capturée, c'est sûrement là qu'elle se cache.*

Samm se baissa pour examiner l'herbe, la tâtant prudemment du doigt avant d'appuyer toute sa main dessus.

– Comment l'herbe résiste-t-elle aux pluies acides ? s'enquit-il.

– Grâce aux micro-organismes qui prolifèrent dans le sol, expliqua Calix. Ils absorbent le poison avant qu'il puisse abîmer la végétation.

Kira aussi s'agenouilla pour passer ses doigts dans l'herbe riche et douce.

– Elle n'est même pas décolorée. Ces microbes doivent remonter jusqu'au bout des feuilles.

– Possible. Je ne suis pas une scientifique, tu sais, j'ignore totalement comment ça marche.

– Mais on vous enseigne bien les sciences, s'étonna Kira en se relevant. Je veux dire, vous avez une école, n'est-ce pas ?

– Bien sûr. Ça vous dit de la visiter ?

Kira jeta encore un regard vers la haute tour centrale, qui dominait la réserve tel un noir monument funéraire. C'était là qu'elle voulait se rendre, mais il leur faudrait attendre le bon moment. Elle se sentait sur le point d'exploser de frustration, mais inspira profondément et espéra que Calix et Phan ne percevaient pas son stress et son impatience. *L'heure viendra*, se répéta-t-elle. *Il nous faut avant tout gagner leur confiance.*

– D'accord, allons voir l'école.

– L'école, c'est super, approuva Phan en lui emboîtant le pas.

Jamais elle n'avait vu un individu plus débordant d'énergie : il partait en avant, revenait en arrière, souriait et saluait tout le monde, inspectait chaque arbre et chaque mur devant lequel ils passaient, tout en poursuivant la conversation.

– On apprend d'abord les bases : lire, écrire, calculer, tout ça. Vale a sauvé une poignée d'enseignants, ils savent ce qu'ils font. D'ailleurs, j'étais avec les instituteurs au moment du Ravage. Je me trouvais au jardin d'enfants, et nous nous sommes tous cachés dans un abri anti-bombardements après une attaque de Partials, pendant la première vague de la guerre. Les frappes ont été si soudaines qu'ils n'ont même pas eu le temps de fermer les écoles, si bien que je ne sais pas ce qu'est devenue ma famille. Mais c'est sans doute à cet abri que je dois la vie. Mes parents n'ont pas eu cette chance, vu qu'ils n'étaient pas à l'école et que nous ne les avons jamais retrouvés après... mais si vous dites que certaines personnes sont naturellement immunisées, il y a un espoir qu'ils aient survécu quelque part. C'est génial ! C'est la meilleure nouvelle du monde !

Kira ne put s'empêcher de sourire ; elle avait du mal à suivre le rythme étourdissant de sa conversation.

– Je suis désolée que tu aies perdu tes parents.

Phan la regarda d'un air perplexe.

– Tu as encore les tiens, toi ?

– Non, tu as raison... Je pense que nous avons tous perdu nos parents.

– Certains ont encore les leurs, dit Phan avec un haussement d'épaules. Des familles que Vale a réussi à dénicher et à inoculer toutes ensemble. Mais ça ne me dérange pas : je n'aurais jamais tenu pendant douze ans si j'avais passé tout mon temps à pleurer les morts. Il faut tourner la page et avancer.

Kira jeta un coup d'œil à Samm et Calix, qui étaient plongés dans une conversation du même ordre. Elle espéra que Samm parviendrait à ne pas gaffer sur son identité ; Calix faisait en tout cas de son mieux pour le distraire, souriant, riant, lui touchant le bras ou l'épaule, juste un peu. Kira eut une petite poussée de paranoïa, convaincue que Calix tâchait de le séduire pour apprendre la vérité. Mais au moment même où elle le pensa, elle se rendit compte que c'était idiot. Calix était simplement étourdie par l'irruption soudaine d'un adolescent sexy dans un groupe très limité de gens qu'elle connaissait déjà par cœur.

Ce qui, d'une certaine manière, ne fit que la mettre encore plus en colère.

– Chasseur n'est peut-être pas le poste le plus capital, continua Phan, mais c'est tout de même important, car la chasse est une de nos seules sources de protéines. De protéines qui ne soient pas des œufs, je veux dire. Il y a des cervidés dans les Rocheuses, des élans et des cabris, et c'est ici qu'ils trouvent les meilleurs herbages, si bien que nous gardons les portails ouverts et avons même arraché une partie de la clôture, afin qu'ils entrent. Ça paraît facile de les capturer comme ça, mais parfois ils ne viennent pas, et nous avons aussi des loups qui enlèvent les poules ou les enfants. Alors, ce sont les chasseurs qui posent des pièges, qui suivent les traces et qui veillent à ce que la chaîne alimentaire fonctionne dans le bon sens.

Il y avait quelque chose d'incroyablement joyeux dans sa manière de parler : il ne semblait pas arrogant ni prétentieux, mais juste fier de ce qu'il faisait et authentiquement heureux de le faire, et son enthousiasme pour tous les nouveaux sujets de conversation était plus contagieux que pénible. Kira renonça assez vite à placer un mot dans le torrent de ses bavardages, et l'écouta parler de tout, des fientes de loup à la survie dans le désert toxique en passant par des questions plus pointues comme la conversion d'espaces de bureaux en logements. Ils dépassèrent encore plusieurs gros édifices, et même une fontaine dans une cour herbue, et Kira s'émerveilla de l'étrange mélange d'opulence et de survie qui imprégnait leur société : ils avaient l'eau courante et l'électricité, des douches et même une équipe de jardiniers, qui tondaient les pelouses et taillaient les buissons avec minutie, mais d'un autre côté, ils ne disposaient pas du matériel de récup avec lequel Kira avait grandi. Tous les magasins de vêtements du coin avaient été ravagés par des pluies acides ou carbonisés dans des incendies chimiques, si bien que les gens se vêtaient de tricots faits main, de peaux de bêtes et de hardes bricolées, taillées dans de vieux draps ou rideaux. Kira se rendit compte que s'ils étaient venus chez elle, ils auraient trouvé sa culture tout aussi bizarre : un défilé de gravures de mode s'éclairant à la bougie et au poêle à bois dans d'immenses demeures croulantes. Existait-il encore un endroit au monde où la vie soit normale ? L'adjectif « normal » avait-il même encore un sens ?

L'école se trouvait dans un autre immeuble de bureaux dont elle occupait les deux niveaux inférieurs, qu'elle emplissait de joyeux cris d'enfants. Le cœur de Kira battit plus vite à l'approche de ce bruit : elle n'était pas encore remise de leur existence, et encore moins du nombre d'enfants présents sur la réserve. *C'est pour ça que j'ai travaillé toute ma vie*, se dit-elle. *Ce bruit... ce chaos fou et merveilleux. Une nouvelle génération découvrant le monde et se l'appropriant.* Les larmes lui montèrent aux yeux, et elle fut tiraillée entre le désir de s'arrêter pour savourer, pour absorber le bonheur le plus lentement possible afin de le faire durer, et celui de courir, pousser les portes et se noyer dans la joie d'avoir tant d'enfants autour d'elle. Sa rêverie fut tranchée net par Samm.

– Entre, lui dit-il. Je vais aller chercher les chevaux.

Kira le regarda avec étonnement.

– Tout seul ? Laisse-moi y aller avec toi, les ruines sont trop dangereuses pour un individu seul.

– Ça ira, répondit-il. Je vois bien que tu veux rester avec les enfants. Calix va m'accompagner : à si courte distance de la réserve, elle connaît bien les ruines.

Calix souriait, et Kira fut tellement stupéfaite qu'elle ne sut pas déchiffrer son expression. La jeune fille était-elle contente ? *Trop* contente ? Victorieuse ? Kira bafouilla pour tâcher de former une réponse. D'un côté, Calix connaissait certainement mieux le terrain qu'elle, en effet, et pour cette raison elle serait une meilleure compagne de voyage. De l'autre côté, une expédition dans les ruines aurait offert à Kira et Samm une nouvelle chance de se parler en privé et de chercher Heron – ou d'être contactés par elle. Si la Partial tenait à rester invisible, elle n'approcherait pas Samm en présence de Calix. Et puis... Kira ne faisait pas confiance à Calix, pour des raisons qu'elle n'arrivait pas bien à cerner. Bon, elle n'allait pas continuer à se mentir : le coup de cœur évident de la jeune fille pour Samm ne lui faisait pas plaisir. Mais il y avait aussi autre chose.

– Tout ira bien, dit Calix. Je suis allée là-bas des dizaines de fois. Je crois savoir exactement dans quel magasin vous les avez laissés. Et je n'ai pas revu un cheval depuis l'époque d'avant le Ravage. Je meurs d'envie de les caresser.

– Le ciel est dégagé, ajouta Phan. Si vous partez tout de suite, vous serez de retour pour le déjeuner... Je parie que ces canassons vont être contents de brouter de la vraie herbe, pour changer, après la traversée de la friche. Combien de temps avez-vous passé là-dedans ?

– Euh... Trois ou quatre semaines, répondit Kira.

Elle s'efforçait toujours de formuler une objection plausible, mais déjà Samm et Calix s'éloignaient.

– Viens, entrons, lui dit Phan. C'est super, tu vas voir, tu vas adorer. Ils jouent une pièce aujourd'hui, tous les enfants de huit à neuf ans. Une histoire de fées, je crois : ils font ça tous les ans.

Il entraîna Kira dans l'école, et elle le suivit comme un automate, tout en lorgnant Samm et Calix qui disparurent au coin du bâtiment.

La ville d'Arvada n'avait plus le même aspect à la lumière du jour : elle paraissait encore plus désolée, sous le soleil qui brillait dans un ciel sans nuages. Samm inspirait profondément, à l'affût du moindre signe de la présence de Heron par le lien, mais il ne flairait que de la poussière, du soufre et du chlore. L'odeur de la friche empoisonnée.

Calix le guida jusqu'à un vaste carrefour brumeux, pointant le doigt vers de pâles volutes de fumée qu'elle repérait d'un œil expert.

– Des vapeurs dangereuses, dit-elle. La pluie d'hier soir entre en réaction avec certains produits chimiques secs qui se rassemblent dans les cuvettes comme celle-ci, ce qui dégage des gaz toxiques. Quand le vent est mal orienté, il les souffle jusque dans la réserve, mais par un jour calme comme celui-ci, on peut les contourner.

Elle continua d'avancer, parlant parfois à mi-voix de la ville – de ses dangers comme des occasions qu'elle offrait – ou marchant simplement en silence. Sa connaissance de la pollution et de son fonctionnement était impressionnante, et Samm se dit qu'elle aurait été bien utile pendant leur long trajet. Ils auraient voyagé avec beaucoup plus de facilité, et auraient peut-être même réussi à préserver la vie d'Afa. *Je me demande si elle aimerait rentrer avec nous*, songea-t-il. *Elle a dit qu'elle avait déjà essayé de partir, et elle serait un atout sur la route : elle est forte pour survivre dans le désert. Bien sûr, elle ne voudrait peut-être pas venir si elle savait comment c'est là-bas. Ce serait un grand changement pour elle, de passer du bonheur de la réserve aux horreurs de la guerre sur la côte est. Je demanderai son avis à Kira avant de le lui proposer.*

– C'est ça, là-bas, non ? demanda-t-elle en indiquant une large rue délabrée.

Samm reconnut le centre commercial du bout de la rue et acquiesça.

Ils avancèrent aisément, sans craindre d'ennemis ni de prédateurs puisqu'il n'y en avait aucun dans les environs. *Le désert ravagé qui les emprisonne les protège aussi de toute autre menace. Il leur permet de rester en sûreté et d'avoir la vie facile, mais si jamais un vrai danger apparaît, ils ne seront pas prêts à l'affronter.* Il observa la manière dont elle marchait, sûre et confiante mais se méfiant toutefois de certains dangers très spécifiques : elle savait repérer les gaz toxiques, par exemple, mais pouvait passer devant un site parfait pour une embuscade sans même s'en rendre compte. *Ils ne tiendraient pas une journée contre un véritable ennemi. Ils ont intérêt à prier pour que le docteur Morgan ne les trouve jamais.*

Les chevaux hennirent avec appétit à l'approche de Samm ; ils n'avaient plus rien à manger, et presque plus d'eau non plus. Il leur parla simplement en s'efforçant d'imiter les intonations apaisantes de Kira, mais ses paroles étaient encore trop directes et terre-à-terre.

– Pardon d'avoir disparu depuis hier, dit-il. Nous avons trouvé des gens au complexe ParaGen. Ils ont de la vraie herbe et un verger de pommiers, et de l'eau claire à boire. Nous sommes venus vous chercher pour vous amener là-bas. Elle, c'est Calix. C'est une amie.

Les chevaux le contemplèrent de leurs yeux sombres et profonds, en tapant du sabot avec impatience.

– Ils sont immenses, dit Calix. Plus grands que tous les élans que j'ai vus.

– Ils ont faim, et ils ont envie de sortir. Ils détestent être enfermés avec leur crottin, celui-ci surtout.

Il caressa le chanfrein de Zarbi et le repoussa doucement.

– Celui-ci s'appelle Zarbi, et celui-là, Bobo. C'est Kira qui leur a donné leurs noms.

Il lui montra comment les calmer, puis comment les charger de l'équipement : d'abord une couverture, puis la selle, sanglée assez serré pour tenir mais sans les pincer ni leur faire mal. Ils avaient maigri depuis le départ de New York, et Samm espérait qu'un petit séjour dans la réserve leur permettrait de reprendre du poil de la bête. Ils en auraient besoin pour le voyage du retour.

Calix pensait apparemment la même chose, car elle lui posa une question tout en sellant Bobo.

– Combien de temps allez-vous rester ?

– Je ne sais pas, répondit-il, bien que la question l'ait miné depuis qu'ils avaient trouvé la colonie – mais il devait faire attention à tout ce qu'il lui révélait. Nous ne pouvons pas rester longtemps. Nous sommes venus à la recherche du siège de ParaGen dans l'espoir de trouver un remède contre le RM, et maintenant que nous savons que ce remède existe, il faut que nous le rapportions le plus vite possible chez nous. Notre peuple est en guerre, et nous avons besoin… (Il hésita, désireux de ne pas donner trop d'informations.)… Pour être honnête, nous cherchons davantage que le traitement contre le RM. Il nous faut des informations sur les Partials eux-mêmes. Nous essayons de…

Jusqu'où se confier ? Jusqu'à quel point Calix était-elle préparée à l'entendre ? Les habitants de la réserve ne semblaient pas avoir d'idées bien arrêtées sur les Partials, mais ils leur en voulaient sûrement encore pour le Ravage. Comment réagirait-elle à l'idée de faire la paix entre les espèces ? Elle le regardait attentivement, les yeux pleins de… de confiance ? D'amitié ? Il ne savait pas déchiffrer les émotions des humains, et se demanda une fois de plus comment ceux-ci arrivaient à se comprendre sans le lien. Il avait déjà vu cette expression sur ses traits, sur ceux de Kira aussi, mais ne savait pas précisément ce qu'elle signifiait.

Il résolut d'être direct, du moins en partie. Peut-être Calix était-elle plus digne de confiance que ne le croyait Kira.

– Nous essayons d'aider les Partials, avoua-t-il. Ils ont eux-mêmes un problème, une maladie qui les tue, et si nous parvenons à la guérir, cela peut constituer une chance d'arriver à la paix entre nos espèces. C'est pour ça que nous sommes venus chez ParaGen, pour voir si nous y trouverions quelque chose qui puisse nous aider... et les aider aussi.

– Il faudra que tu en parles au docteur Vale, répondit Calix. Il sait des tas de choses sur le RM et sur les maladies. Il est peut-être au courant de ce qui arrive aux Partials.

– Nous avons des médecins très semblables chez nous, dit Samm, qui pensait à Morgan.

Vale et Morgan se connaissent-ils ? Vale fait-il véritablement partie de l'Alliance ?

– Sauf que le docteur Vale a éradiqué le RM depuis au moins douze ans. Vos médecins à vous n'ont pas encore été capables de faire ça.

– Et ça ne te paraît pas un peu bizarre ? s'enquit Samm. Qu'il ait trouvé une parade contre le RM presque aussitôt que le virus est apparu ? En l'espace de quelques semaines ?

– Je suppose que personne ne lui a posé la question. Je ne vois pas bien où tu veux en venir... Tu insinues qu'il avait de mauvaises intentions ? Quel mal peut-il y avoir à sauver la vie des gens ?

Eh bien, par exemple, s'il avait déjà un antidote tout prêt avant le Ravage, et l'avait gardé pour lui et sa « réserve ». Mais le reste de l'Alliance ne l'avait pas, n'est-ce pas ? Morgan, Nandita, Trimble de la Compagnie B... Où était leur remède, à elles ? Cela n'avait aucun sens, et Samm trouvait cette incohérence intensément troublante. Il se passait plus de choses qu'il ne pouvait l'appréhender, et cela ne lui disait rien de bon.

– Je suis désolée que vous ayez dû vivre si longtemps sans traitement, dit Calix s'éloignant de Bobo pour s'approcher de Samm. Immunité naturelle ou non, ça a dû être horrible de voir mourir tous ceux que vous connaissiez, de regarder ces bébés, année après année...

– Oui, sûrement, la coupa Samm.

Il se rendit compte aussitôt de ce qu'il venait de dire : par sa formulation, il s'excluait de la société humaine. Mais Calix ne parut pas s'en apercevoir ; au contraire, elle prit sa main dans la sienne, rêche et calleuse mais aussi tiède et tendre.

Il tâcha de masquer son erreur sous une affirmation plus nette.

– Tous les nouveau-nés conçus depuis le Ravage sont morts.

– Vous n'avez pas d'enfants du tout ? Pas étonnant que Kira ait eu l'air si bouleversée, dit la jeune fille, le regard voilé d'une profonde tristesse pendant qu'elle imaginait la vie à East Meadow. (Elle marqua une pause en observant la main de Samm.) Est-ce que vous êtes... ? Toi et Kira... ?

– Quoi, prêts à repartir ?

– Ensemble ? Est-ce que vous êtes... mariés ? Est-ce que c'est ta copine ?

Samm répondit par la négative. Mais avant qu'il ait pu ajouter un mot, Calix déjà l'embrassait, pressant ses lèvres douces et moelleuses contre les siennes et son corps tiède contre le sien, un bras passé derrière sa tête, l'attirant à elle. Samm se figea de surprise. La sensation de ces lèvres le fit fondre, mais il reprit le contrôle et la repoussa doucement.

– Désolé, dit-il, je ne suis pas très doué pour ça.

– Je pourrais t'apprendre.

– Je veux dire que la communication n'est pas mon fort. Je ne comprends pas toujours... Bah, c'est sans importance. Ce que je veux dire, c'est... pardon si je... si je t'ai... donné des idées fausses.

Les traits de Calix exprimaient un mélange d'étonnement et de confusion.

– Excuse-moi, souffla-t-elle. Tu paraissais... intéressé.

– Je suis navré, insista-t-il. Je crois que je suis amoureux... Je ne pense même pas qu'elle le sache.

Calix eut un rire, un bruit creux qui parut plus triste qu'amusé. Elle chassa une larme de ses yeux et rit à nouveau.

– Bon. J'ai vraiment l'air d'une parfaite idiote, là, pas vrai ?

– C'est moi l'idiot. Tu n'as rien fait de mal.

– C'est très gentil de me dire ça, lâcha-t-elle en écrasant une nouvelle larme. Si tu pouvais me faire la faveur de ne dire à personne que je, euh... que je t'ai sauté au cou comme une andouille, ce serait sympa, aussi.

– Bien sûr.

Samm, soudain gêné de la regarder, chercha quelque chose pour occuper ses yeux. Il choisit le sol, et le contempla d'un air gauche.

– Tu es bien plus directe qu'elle.

– Apparemment ! s'exclama Calix.

Du coin de l'œil, il la regarda rejoindre les chevaux.

– Vous avez traversé tout le continent ensemble, et ni l'un ni l'autre n'a fait le premier pas pendant tout ce temps ? (Elle eut un autre rire bref.) Je ne m'étonne plus que vous n'ayez pas d'enfants.

– Ce n'est pas la raison... commença-t-il, mais elle le coupa d'un nouvel éclat de rire nerveux.

– Je sais, je sais, ce n'était qu'une blague idiote. Pardon. J'ai vraiment le chic pour me ridiculiser, aujourd'hui, pas vrai ? Ah là là, cette bonne vieille Calix !

– Tu es très attirante, dit Samm.

– Ce n'est pas ce que j'ai envie de t'entendre dire, là, gémit-elle.

Samm se sentait horriblement mal, d'abord parce qu'elle-même était mal, et encore plus parce qu'il ignorait comment lui parler. *Fichu lien*, pensa-t-il. *Je sais comment m'y prendre avec les filles Partials, mais les humaines sont tellement... C'est bien simple, on dirait une tout autre espèce !* Il s'en voulait d'avoir envoyé des signaux d'encouragement à Calix sans le savoir, et voilà qu'il était incapable de la consoler.

– J'aimerais savoir quoi te dire, avoua-t-il. Comme je te l'ai expliqué, je suis nul en communication. Je ne suis pas doué pour parler aux...

– Ça ne fait rien, souffla-t-elle rapidement.

– Si, c'est ennuyeux. J'en ai marre. Je voudrais m'améliorer, mais je ne suis tout simplement pas fait pour. Je n'ai pas voulu traverser un continent entier avec Kira sans rien lui avouer, mais c'est pourtant ce que j'ai fait, parce que je ne sais pas comment le dire. Il y a beaucoup de choses que je garde en moi, mais... Je suis désolé, vraiment.

Relevant les yeux, il vit que Calix avait cessé de travailler avec les chevaux et le dévisageait fixement. Elle lui parla d'une voix douce.

– Qu'est-ce que tu veux dire à Kira ?

Samm resta immobile, émettant mille données différentes dont Calix ignorait jusqu'à l'existence. Ce n'était pas le moment de parler sentiments avec Kira, ils avaient plus important à faire. Et pourtant... *Kira me prend pour une statue*, pensa-t-il. *Un mannequin dépourvu d'émotions*. Il imita délibérément les attitudes indiquant la tristesse et la résignation, telles qu'il les avait observées chez les humains, inspirant de l'air pour le rejeter lentement : un soupir.

– Je ne sais pas ce qu'elle veut, finit-il par avouer. Tu as été très claire avec tes émotions. Kira, elle, est un mystère pour moi.

– Tu ne sais pas si elle t'aime.

– Nous sommes trop différents, dit Samm. (C'était difficile de parler sans en révéler trop.) Je ne sais pas si elle voudrait de... ce que je suis.

– Bien sûr, répondit Calix. Si ça se trouve, elle ne peut pas encadrer les garçons qui sont beaux, compétents, sympas et adorables.

– Tu es très gentille.

– Pour ce que ça me rapporte... soupira la jeune fille à son tour avant d'aller s'asseoir sur une vieille table usée. Écoute. Kira et toi, ce n'est pas la relation dont j'espérais parler aujourd'hui, mais j'ai fait ça je ne sais combien de fois avec Phan et je suis assez sûre d'avoir des tuyaux que tu pourrais utiliser. Tout d'abord, tu dis que tu ne sais pas ce qu'elle veut ? Je vais te le dire, moi : elle partage exactement tes sentiments – elle ne m'en a pas parlé ni rien, mais je te le garantis. C'est du béton ! Je t'observe depuis que tu es arrivé chez nous, et tu n'as jamais donné la moindre indication qu'elle t'intéressait. C'est pour ça que j'ai tenté ma chance. Si moi je n'ai rien vu, elle n'a pas pu voir quoi que ce soit non plus.

– Je suis nul en commu...

– Je sais. Je commence même à le savoir par cœur. Nous sommes d'accord là-dessus, alors avançons. Étape deux : tu m'as remerciée d'être si franche au sujet de mes sentiments, et je te remercie d'avoir été franc à propos des tiens. Du moins une fois que je t'y ai obligé. J'aime mieux savoir clairement ce que tu ressens plutôt qu'espérer, me torturer, me faire des idées pendant des semaines... c'est-à-dire exactement ce qu'elle fait.

– Tu ne peux pas en être certaine, objecta Samm.

– Bien sûr que si. Tout le monde n'est pas aussi empoté que toi, Samm. Il suffit d'avoir des yeux pour voir qu'elle craque pour toi.

Samm restait absolument figé, mais toute tentative de liaison phéromonale avec lui aurait été coupée net par l'intensité de ses émotions. Il se demandait si c'était bien vrai, si Kira avait réellement des sentiments amoureux pour lui, un Partial, un de ceux qui avaient agressé son peuple, un garçon qui l'avait trahie pour obéir à une folle, et lui avait apporté plus d'ennuis qu'il ne voulait y penser. Un homme à qui il restait à peine un an à vivre avant que sa date d'expiration n'efface sa vie et son avenir d'un seul coup. Il ne pensait pas que ce soit possible.

– Elle a un copain, dit-il. Il est médecin, comme elle, à New York.

– C'est loin, New York.

– Mais on va y retourner.

– Et si tu fais toute la route sans rien lui dire, tu mérites de la perdre.

Samm ne pouvait qu'être d'accord.

– Marcus la fait rire, ajouta-t-il. J'en suis incapable.

– Tu n'as qu'à essayer de l'embrasser, dit Calix avec un sourire penaud. Ça n'a pas trop bien marché pour moi, mais on ne sait jamais.

– Je ne crois pas que ce soit mon style.

– Ton style, c'est le célibat silencieux, et je te garantis que ça ne marchera pas non plus. Parle-lui !

– Je lui parle tout le temps.

– Mais sans lui dire ce qu'elle veut entendre. Il serait temps de t'y mettre !

CHAPITRE 43

– Vale ne veut toujours pas nous recevoir, annonça Kira.

Ils étaient assis dans un petit jardin : quelques tables à pique-nique dans un bosquet d'arbres, à l'intérieur de la réserve. Samm et Calix étaient rentrés à temps pour le déjeuner, et Calix les avait abandonnés presque aussitôt pour aller jouer au football avec un groupe d'adolescents, sur le terrain tout proche. Phan aussi jouait dans l'équipe, et entre les parties il revenait essayer de les convaincre de se joindre à eux, mais Kira avait trop de choses à voir avec Samm et se félicitait de cette intimité relative. Samm, pour sa part, semblait encore plus réservé que d'habitude, mais Kira prit cela pour une concentration renouvelée sur la tâche qui les attendait. Il lui assura que Calix n'avait manifesté aucune intention cachée, mais ne dit pas grand-chose d'autre sur leur expédition dans les ruines.

– C'est évident que Vale dissimule quelque chose, continua Kira, et même si on reste sagement à attendre qu'il nous accorde l'entretien promis, il va sans doute encore nous balader. Ses cachotteries ne me plaisent pas, et nous n'avons toujours aucune nouvelle de Heron. J'en ai ma claque de tout ça. Il est temps d'entrer dans le Saint des saints. (Elle jeta un coup d'œil à la haute flèche noire qui dépassait derrière les autres bâtiments.) Phan m'a emmenée visiter le complexe tout à l'heure, et certains bâtiments sont tout proches de la tour. On pourrait faire presque tout le trajet sans attirer les soupçons, et ensuite, je ne sais pas... essayer de s'y faufiler sans être vus.

Honnêtement, je ne sais pas si quelqu'un s'en soucierait : Phan dit que la structure est fragile depuis les bombardements Partials, mais les gens ne paraissent pas non plus très inquiets de vivre juste à côté. On dirait qu'ils n'y pensent pas du tout.

– Est-ce qu'il y a une clôture ?

– Une sorte de muret, ou plutôt une barricade de détritus et de vieux meubles. Ils tâchent d'empêcher les enfants d'aller jouer par là, mais ils ne semblent pas protéger activement les lieux. C'est assez typique de cette société dans son ensemble, d'ailleurs : ils ne s'attendent pas du tout à une attaque, ni à des rebelles, ni à ce que quelqu'un enfreigne la loi, et apparemment, ça n'arrive jamais.

– Et naturellement, ça te rend méfiante.

– Ça rendrait n'importe qui méfiant, dit Kira. Une société parfaite, ça n'existe pas : il y a forcément toujours de l'agitation, ou de la criminalité, ou de mauvaises intentions quelque part. Peut-être que Vale utilise je ne sais quelle forme de contrôle mental pour garder tout le monde dans le rang. Une sorte de lien, mais pour les humains.

Samm fit un réel effort pour exprimer visuellement son scepticisme, ce qui donna une grimace assez comique. Elle réagit par un sourire narquois.

– Je ne sais pas, c'est une idée comme ça.

Une clameur triomphale s'éleva du terrain de football, et Kira, relevant la tête, vit la moitié des joueurs bondir de joie. Un jeune homme gisait à terre, gémissant doucement, le ballon posé à côté de lui, et Calix s'éloignait de ce qui avait dû être une violente mêlée. Elle avait une petite griffure à la joue.

– Eh bien ! Je ne me doutais pas qu'elle pouvait être si brutale, s'étonna Kira.

– Elle a des problèmes à régler, dit Samm en scrutant le terrain. J'espère qu'elle n'a fait de mal à personne.

– C'est notre chance ! souffla Kira en lui posant une main sur le bras. Attends qu'ils commencent une nouvelle mi-temps, et ensuite, suis-moi. En passant derrière ces arbres et en tournant à gauche vers ce bâtiment, on sera hors de vue avant qu'ils aient remarqué notre absence.

– Et si quelqu'un d'autre nous voit ?

– Bah, on ne nous a jamais spécifiquement défendu d'aller par là-bas. Si quelqu'un nous voit, on jouera les idiots et on le remerciera de nous avoir prévenus que cette tour était dangereuse. Et on y retournera de nuit. Mais si on a une chance d'y entrer dès maintenant, je veux au moins essayer.

– D'accord. Tu es armée ?

– J'ai mon semi-automatique à la ceinture.

– Et moi un holster de cheville. Espérons qu'on n'en aura pas besoin.

Ils restèrent assis sans rien ajouter, observant le match ; Phan se plaça dans l'alignement de la mêlée, cette fois sans s'arrêter comme il l'avait fait à plusieurs reprises pour inciter Kira et Samm à venir jouer. Les autres s'alignèrent également, le quart-arrière mit le ballon en jeu, et les deux Partials s'éclipsèrent. Ils avaient franchi le coin avant même que la mêlée se soit disloquée.

– Par ici, souffla Kira en ouvrant la marche le long du bâtiment, vers le centre du complexe.

La tour apparut derrière, si haute qu'elle était visible de pratiquement partout dans la réserve. Des gens les saluaient ici et là, mais personne que Kira reconnaisse après sa brève visite en compagnie de Phan. Elle leur rendit leurs salutations en espérant qu'aucun ne s'arrêterait pour bavarder. Deux bâtiments plus loin, ils étaient au bord de la large clairière centrale. Au-delà se trouvait le muret de protection, un méli-mélo de tables et d'armoires déglinguées, et ici et là un rocher ou un tronc d'arbre. Derrière cette limite se dressait l'énorme édifice noir. Le revêtement extérieur ressemblait à ceux de beaucoup d'autres gratte-ciel que Kira avait déjà vus : autrefois couvert de vitres, désormais damier de verre brisé et de débris accrochés à une armature squelettique. Mais à la différence des autres bâtiments, celui-ci avait été directement attaqué, puis noyé sous des années de pluie corrosive, si bien que des portions entières en étaient noircies, tordues ou criblées de cratères grotesques. Il avait aussi une forme bizarre, s'amincissant avec des saillies et des angles étranges qui avaient peut-être un jour été modernes et magnifiques, mais ajoutaient désormais à son aspect menaçant et lugubre. Kira imaginait presque voir des lumières à l'intérieur, et se figura un instant que c'étaient les fantômes des anciens employés de bureau, trimant sans fin dans leur tombe oubliée. Elle se réprimanda pour sa bêtise, et réfléchit à des explications plus plausibles. Le courant qui alimentait le complexe était-il aussi en service dans la tour ? Et à quoi servirait-il ? La clairière était envahie par une végétation sauvage, comme si personne n'y était entré depuis des années.

– Heron est venue ici, annonça Samm.

– Et elle y est toujours ou elle est repartie ?

– Les données sont trop faibles pour que je puisse le dire.

– Maintenant, on est sûrs que Vale cache quelque chose, ajouta Kira. Si on arrive à franchir ce muret, on sera complètement dissimulés par les buissons. Ça doit être possible d'entrer sans être vus.

– Mieux vaudrait attendre la nuit.

– Et avoir de nouveau Phan et Calix sur les bras ? Non, ceci est la meilleure occasion qui se présentera jamais. (Elle jeta un regard circulaire.) Je ne vois personne... ils sont tous en train de pique-niquer, ou de jouer au foot, ou de faire ce que font les gens dans cet endroit sinistre.

– Ça s'appelle « vivre une existence normale ».

– Et c'est peut-être juste un show rien que pour nous, dit Kira.

– Tu crois vraiment... Bah, laisse tomber. Allons-y.

– Pardon pour tout ça, souffla Kira, qui sentit soudain le poids de leur quête interminable peser sur ses épaules. Désolée de t'avoir entraîné là-dedans.

– Tu sais que j'y crois autant que toi, la rassura-t-il. La vie normale des autres est ce qui fait que nos vies de dingues valent la peine d'être vécues.

Kira fut traversée par un torrent d'émotions.

– Je te promets que dès qu'on aura fini de sauver le monde, on pique-niquera et on jouera au foot.

– Marché conclu.

Kira leva les yeux vers la flèche.

– Prêt ?

– Essaie de me suivre ! dit Samm.

Il lança des regards prudents autour de lui, puis releva la tête vers le sommet de la tour et plissa les yeux.

– Go !

Ils traversèrent à toute allure la clairière à découvert, évitant les souches d'arbres tombés qui parsemaient la prairie. Samm fut le premier à atteindre le muret et bondit par-dessus pour retomber dans les hautes herbes ; Kira le suivit de près et atterrit à côté de lui dans les taillis. Ils s'immobilisèrent, guettant des cris d'alarme ou des bruits de poursuite, mais Kira n'entendit rien.

Samm était essoufflé.

– Tu fatigues ? lui chuchota Kira. Je croyais que ça ne pouvait pas t'arriver.

– On est encore affaiblis par la traversée de la plaine toxique. Nos corps ne sont pas au top de leurs capacités.

– Moi, ça va, dit Kira.

– Moi aussi. Allons-y.

Ils rampèrent parmi les taillis, restant hors de vue dans les hautes herbes. Samm semblait avoir retrouvé un état normal, et Kira avança tête baissée, déterminée à atteindre la tour le plus rapidement possible : cachés ou pas, ils risquaient encore d'être découverts tant qu'ils ne seraient pas à l'intérieur, à l'abri des regards indiscrets. Elle craignait que leur déplacement furtif ne soit trop long, et se redressa un peu pour jeter un coup d'œil au-dessus des herbes. Le complexe paraissait calme et silencieux. Elle se remit à quatre pattes et fila plus rapidement vers l'avant, la tour étant désormais presque à sa portée. Samm la suivit, le visage sombre et volontaire. Lorsqu'ils arrivèrent au pied de la tour, il respirait encore d'une manière inhabituelle : il ne haletait pas, mais inspirait à longues goulées lentes.

– Ça va, tu es sûr ?

– Je me sens bizarre. Épuisé, comme si j'avais enchaîné plusieurs nuits blanches.

Kira ne put s'empêcher de culpabiliser. *Moi, je ne suis pas fatiguée du tout… Samm s'est-il réellement dépensé bien plus que moi ? Aurais-je fait tellement peu d'efforts pendant ce voyage, sans même le savoir ?*

– Tu as besoin de te reposer ?

– Pas ici. Il faut qu'on entre.

Les hautes broussailles s'étendaient pratiquement jusqu'au pied de l'édifice, où ils pourraient pénétrer par n'importe laquelle des baies vitrées réduites en miettes par l'attaque des Partials. Presque tout le rez-de-chaussée, soutenu par une série de piliers, était ouvert aux quatre vents. Il ne restait que le bureau de la réception et une zone d'attente ; s'il y avait des dossiers à trouver, ils étaient probablement dans les bureaux des étages, et Kira repéra la porte entrouverte d'une cage d'escalier. Elle la montra à Samm, qui hocha la tête en respirant sur un rythme lent et délibéré. Elle compta à voix basse : « Un, deux, trois », après quoi ils bondirent et coururent, filant sur le sol couvert de débris. Kira fut la première à atteindre la porte, avec plusieurs pas d'avance sur Samm, et lorsqu'il l'eut franchie en titubant, elle la claqua derrière lui. Il s'adossa lourdement au mur, cherchant de l'air, les yeux fermés.

– Je ne pense pas qu'on nous ait vus, dit Kira. On peut se reposer ici une minute avant de monter.

– Si je me repose, je vais m'endormir, objecta Samm.

Il voulut rouvrir les yeux, mais ses paupières lourdes ne réagirent pas.

– Continue d'avancer, souffla-t-il.

– Mais toi, ça va aller ?

– Il faut qu'on avance, de toute manière, donc ça n'a pas d'importance.

Kira tenta de protester, de dire qu'ils pourraient revenir plus tard, mais il ne voulut rien entendre.

– Nous n'aurons pas d'autre essai. Je peux y arriver.

Il empoigna la rampe à deux mains et leva une jambe

lourde comme le plomb. Kira se glissa sous un de ses bras et le prit par la taille pour l'aider à rester debout. Il respirait plus fort à présent, presque comme quelqu'un qui dort profondément. Ses pas étaient arythmiques, et il lui fallait parfois trois ou quatre tentatives pour trouver la bonne hauteur.

– Tu te débrouilles bien, l'encouragea Kira tout en sachant que quelque chose n'allait pas du tout. *Mais que lui arrive-t-il, bon sang ?* Plus que quelques marches.

Elle le tenait fermement, portant presque tout son poids pour grimper avec lui.

– C'est ça, on y est presque.

Arrivée au premier étage, elle ouvrit la porte et il la franchit en s'effondrant au sol. Une odeur de terre et de plantes emplissait l'atmosphère, et elle vit des empreintes de pattes de chats et d'oiseaux dans la poussière qui couvrait la moquette. Personne ne pouvait les repérer de l'extérieur : c'était une cachette qui en valait une autre.

– Samm, est-ce que ça va ? Samm, parle-moi.

– Pas...

Sa voix était lente et faible, comme s'il devait faire passer chaque mot de force à travers un lourd écran de toile, et qu'ils n'avaient plus de force en ressortant de l'autre côté. Sa tête roulait d'avant en arrière et il ouvrit les yeux le plus grand possible, luttant pour ne pas perdre conscience. Elle attendit qu'il termine sa phrase, mais lorsqu'il reparla enfin, ce fut pour dire autre chose.

– Heron... ici. (Encore un silence.)... Vais dormir.

Il tourna la tête vers elle, mais son regard était flou, hébété.

– Trouve... le.

– Trouve-le ? Trouver quoi ?

Elle le secoua et lui parla farouchement à l'oreille, mais rien ne put le réveiller. *Il dort... Il m'a dit qu'il dormait. Et d'après lui, Heron est ici quelque part.* Kira rassembla toute sa concentration pour utiliser le lien, pour détecter des phéromones en provenance de Heron dans l'air qui l'entourait. Elle n'avait jamais réussi à le faire sur demande ; elle ne pouvait compter sur ce sens qu'en plein combat, quand l'adrénaline amplifiait ses effets. *Mais j'ai une bonne poussée d'adrénaline en ce moment*, pensa-t-elle. *Ce qui arrive à Samm me fiche une frousse terrible, et pourtant je ne détecte rien. Les phéromones produites pendant un combat sont-elles simplement plus fortes ? Ou bien est-ce moi qui suis conçue pour détecter seulement celles-là et aucune autre ?*

Elle vérifia le pouls et la respiration de Samm : il n'y avait rien d'inquiétant. Maintenant qu'il s'abandonnait au sommeil sans plus résister, ses fonctions vitales paraissaient s'être normalisées. Kira se leva en réfléchissant à ce qu'elle devait faire : rester auprès de lui en attendant qu'il se réveille ? Le laisser sur place et continuer ? La dernière option semblait être la seule viable, mais elle ne lui plaisait pas : et si quelque chose arrivait à Samm pendant son absence ? Elle le traîna pour l'appuyer dos au mur, sur le flanc, retenu par deux tours d'ordinateurs trouvées dans des boxes de travail non loin. Son sommeil était si profond qu'elle craignait qu'il ne réagisse pas en cas de vomissements, et qu'il s'étouffe jusqu'à la mort. Elle pouvait au moins le protéger de cela.

On dirait presque qu'il a reçu des sédatifs, pensa-t-elle. *Mais pourquoi est-ce qu'on lui aurait fait ça... et comment ? Calix lui aurait-elle fait absorber une substance ? Et pourquoi le droguer puis le quitter ? Bah, je le lui demanderai quand il se réveillera. Pour l'instant, je suis dans les lieux, au terme de notre quête, et je ne sais pas combien de temps il nous reste avant qu'on nous cherche. Si nous partons maintenant, Samm a raison, il n'y a aucune garantie que nous ayons une autre occasion de trouver ce que nous voulons. Il faut que je mette la main sur les archives.*

Elle lui fit des excuses muettes, puis fouilla les bureaux de l'étage à la recherche d'un répertoire, d'un plan, d'un indice pour savoir par où commencer. Évidemment, l'Alliance ne serait mentionnée nulle part sous cette appellation, du moins elle ne le pensait pas, mais elle connaissait désormais la liste de la plupart de ses membres. Elle les répéta une nouvelle fois dans sa tête : Graeme Chamberlain, Kioni Trimble, Jerry Ryssdal, McKenna Morgan, Nandita Merchant, Armin Dhurvasula. *Mon père.* Elle dénicha un petit répertoire et y chercha ces noms, en vain.

Elle décida d'approcher le problème sous un angle différent : quels indices avait-elle déjà rassemblés, et que savait-elle ? Il lui fallut un moment pour organiser ses pensées ; elle avait été trop occupée à autre chose au cours des dernières semaines, où elle n'avait songé qu'à la survie ou presque. Elle dut se remémorer les mystères qu'elle s'efforçait d'élucider. Morgan avait été chargée de concevoir les incroyables attributs physiques des Partials : leur force, leurs réflexes, leur résistance aux maladies et leur étonnante faculté de cicatrisation. Jerry Ryssdal avait travaillé sur leurs sens. Le père de Kira avait créé le lien ainsi que tout le système de communication par les phéromones. Elle ignorait quel avait été le rôle de Trimble. Enfin, Graeme Chamberlain et Nandita avaient été chargés du projet Sécurité. L'épidémie meurtrière connue sous le nom de RM. Samm et Kira avaient appris à Chicago que la Sécurité avait été conçue pour exterminer les Partials si jamais ils échappaient au contrôle humain – à la demande du gouvernement des États-Unis, et sous la supervision des directeurs de ParaGen, et que cette demande semblait être l'incident déclencheur qui avait poussé les principales têtes pensantes scientifiques de l'entreprise à former l'Alliance. Et, pour une raison inconnue, lorsque le virus était apparu, il avait tué les humains à la place des Partials. Cela ne pouvait pas être le vœu de l'Alliance : Kira ne pouvait se résoudre à imaginer que quiconque – et encore moins son père et la seule figure maternelle qu'elle avait jamais eue – aurait volontairement, en toute conscience, assassiné tant de gens. Et Graeme avait mis fin à ses jours, ce qui ne lui apprenait rien mais la perturbait néanmoins profondément.

Tout de même, se dit-elle, *l'Alliance était divisée, même pendant qu'ils élaboraient leurs plans.* Le docteur Morgan, par exemple, ignorait tout de la date d'expiration, et pourtant quelqu'un avait bien dû la programmer dans leur ADN, quelqu'un qui avait une idée derrière la tête. Il y en avait d'autres, aussi : les noms que Morgan avait prononcés lorsqu'elle avait pris Kira pour une espionne : Cronus, Prométhée. *Étaient-ce des noms de code pour désigner certains des membres de cette liste ? Ou d'autres personnes encore ?* Et où intervenait le docteur Vale dans tout cela ?

Kira se tourna de nouveau vers le répertoire, cherchant tout mot-clé qui aurait pu être lié au plan de l'Alliance : expiration, Sécurité, virus, virologie, pathologie, épidémiologie... Elle chercha sous tous les synonymes qui lui venaient en tête. Elle chercha à « laboratoire », « recherche », « génétique », et même à « RM »... *Minute.* Elle relut. Il n'y avait pas de RM, mais une entrée « RD, niveau C ». *Serait-ce une référence au virus ? Peut-être une version antérieure ? Mais non, ce n'est pas possible que quelque chose de si secret figure dans un registre si général, qui ne contient même pas les noms des directeurs scientifiques.* Elle se rappela le temps qu'elle avait mis à comprendre le terme DI, et le fait qu'il s'agissait en fait d'un acronyme : directeur informatique. *RD, c'est peut-être la même chose, peut-être... Références des données ? Recherche de direction ?*

Recherche et développement.

Si l'Alliance se trouvait quelque part, c'était là. Mais où se situe le niveau C ? Les étages sont numérotés. Elle chercha un plan des locaux, ouvrant rageusement tous les tiroirs qu'elle voyait, mais à son troisième passage dans le couloir principal, elle s'arrêta au sommet de l'escalier, le regard attiré non par les marches mais par les portes, juste à côté. Trois rangées de doubles portes, côte à côte.

Des ascenseurs.

Le site entier jouissait d'une alimentation électrique en état de marche et autonome. Les ascenseurs des autres bâtiments fonctionnaient toujours. S'ils étaient en service ici, trouver le niveau C devrait être aussi facile que lire les boutons. Et l'atteindre, aussi facile qu'appuyer sur un de ces boutons. Elle fit un pas, le doigt hésitant au-dessus du bouton d'appel, et appuya.

Loin dans les entrailles de l'édifice, un moteur s'anima en bourdonnant, et Kira sentit le sol vibrer sous l'impulsion des rouages et des engrenages. Des claquements et des gémissements s'élevèrent de la cage, et Kira recula lorsque la porte située devant elle s'entrouvrit avec un grincement strident. La cabine n'était pas complètement alignée avec la porte, laissant un large trou ténébreux en bas. *Ce n'est pas parce qu'ils ont du courant pour les faire marcher qu'ils les ont entretenus depuis douze ans.* C'était déjà stupéfiant que les ascenseurs fonctionnent encore, même mal. Les portes tentèrent de se refermer, mais elles s'étaient trop tordues en s'ouvrant. Kira hésita sur le seuil, tâchant de décider si elle se fiait assez à la stabilité de la machinerie pour monter à bord et regarder les boutons. Elle jeta un coup d'œil prudent dans la fosse en dessous, et aperçut des lumières rouge sombre au pied d'un puits qui semblait descendre sur au moins sept étages. *Ça fait cinq niveaux en sous-sol*, réfléchit-elle. *Il doit y en avoir un pour l'entretien, peut-être deux. Et trois étages enfouis.*

A, B et C.

Elle résolut finalement d'éviter l'ascenseur, et préféra regarder dans le puits et dans les coins à la recherche d'une échelle de maintenance. Elle en repéra une qu'elle pouvait atteindre avec une relative facilité, mais elle éprouva tout de même un instant de vertige terrible en se penchant au-dessus de la fosse noire. Une fois les mains fermement accrochées aux échelons, elle ramena le reste de son corps dans le vide, trouva l'échelle avec son pied, et commença à descendre. Les étages étaient indiqués, et elle soupira de soulagement lorsque, après le 0, elle trouva le A en dessous. Elle continua jusqu'au niveau C, puis chercha une sortie. À côté de l'échelle se trouvait une porte réservée à l'entretien ; elle tourna la poignée, et le battant pivota sans résister.

Le couloir sur lequel donnait cette porte était violemment éclairé. L'air y était frais et bien renouvelé. Au loin, faible écho dans tout ce vide, elle perçut un bruit de pas.

Son cœur lui bondit dans la gorge, et elle se retrouva paralysée par la terreur. Était-ce Heron ? Quelqu'un d'autre ? Avait-on entendu le raffut de l'ascenseur ? Y avait-il une personne, ou plusieurs ? Arrivant ou partant ? Elle n'en savait rien, et c'était trop terrifiant pour qu'elle puisse faire un geste. Au bout d'un moment, elle se força à se raisonner. *Quoi que ce soit, il faut que je continue. Je ne peux pas simplement tourner les talons :*

ceci est peut-être ma seule chance de découvrir ce que je suis. Elle hésita, tâchant de se donner du courage et se demandant s'il y avait à l'intérieur un système de sécurité qui s'en prendrait à elle. Elle n'avait déclenché aucune alarme en ouvrant la porte. Elle inspira à fond et la franchit.

Il faisait clair dans le couloir, pas seulement en raison de la lumière mais aussi parce que les murs, le sol et le plafond étaient entièrement blancs, comme à l'hôpital. Kira ressentait une faible vibration dans le sol, comparable à celle de la machinerie de l'ascenseur mais constante, comme un bourdonnement de fond. *Le générateur électrique ? Ou bien une ventilation.* Il y avait bien un léger courant d'air, ni chaud ni froid, simplement de l'air en mouvement. Elle entendit encore des pas, faibles, qui ne devaient pas venir de plus d'une personne. Elle se concentra sur le lien, tâchant de savoir s'il s'agissait de Heron, mais ne sentit toujours rien. Elle fouilla sa ceinture pour chercher son pistolet, qu'elle prit en main ; elle vérifia la chambre et le magasin pour s'assurer qu'il était chargé et prêt à tirer. Puis elle le tint devant elle avec prudence et avança sur la pointe des pieds. Elle entendait quelqu'un marcher, mais elle était bien décidée à ne pas être entendue, elle.

Le niveau C était un vaste laboratoire, beaucoup mieux conservé que les étages supérieurs. Quoi que les Partials aient fait à cet endroit, la destruction n'avait pas pénétré si profond. Kira passa devant des bureaux et des salles de réunion, des laboratoires et des douches, de vastes salles blanches emplies de matériel qu'elle n'identifiait même pas. Était-ce là que Vale fabriquait son traitement ? C'était probable : l'immeuble ParaGen était sans aucun doute le mieux équipé de la réserve. Était-ce la raison pour laquelle l'antidote n'était pas « transportable » ? C'était peut-être Vale qu'elle entendait dans les parages. Elle accéléra.

Elle entendit de nouveau les pas, et, se rapprochant, perçut une voix, un murmure indistinct, quelqu'un qui parlait bas. Kira avança le plus silencieusement possible, redoutant toujours ce qu'elle risquait de découvrir et ce qu'il ou elle serait en train de faire. S'en prendraient-ils à une intruse ?

Considéreraient-ils sa présence comme une menace ? Quel matériel utilisaient-ils, et de quelle manière ? Iraient-ils jusqu'à la tuer pour protéger leur secret ?

Peu importe. J'ai fait tout ce chemin, il faut que j'en aie le cœur net.

Elle prit un dernier virage et entra dans une vaste pièce. Là, elle réprima un cri. Alignées devant elle, en deux longues rangées, se trouvaient dix tables métalliques. Sur chacune était étendu un homme émacié, presque squelettique. Tous étaient branchés sur un amas de tubes, de fils électriques et de câbles fixés au plafond, dont certains injectaient au goutte à goutte des nutriments dans les corps tandis que d'autres évacuaient apparemment des déchets ou du sang recyclé. Leurs visages étaient découverts, mais un petit tuyau dépassait du cou de chacun, traversant directement la peau et se recourbant vers l'enchevêtrement de tubes suspendu au-dessus d'eux. Dans n'importe quelles autres circonstances, elle les aurait crus morts, mais elle voyait le mouvement régulier et frêle de leurs torses, voyait leurs cœurs battre lentement dans leurs poitrines fragiles. C'étaient des cadavres vivants, inconscients et perdus pour le monde. Ils semblaient être là depuis des années.

– Que se passe-t-il, ici ? souffla-t-elle.

– Ce sont des Partials, répondit le docteur Vale.

Kira, relevant les yeux, le découvrit à l'autre bout de la pièce ; elle braqua son arme sur lui dans un geste presque involontaire, et il dressa les mains en l'air.

– Vous vouliez savoir comment je synthétisais le traitement, dit-il. Je ne le synthétise pas... je le récolte à la source. (Il embrassa les tables d'un grand geste.) Je vous présente... le traitement contre le RM.

CHAPITRE 44

Kira en resta estomaquée.

– Qu'est-ce que c'est que ça ?

– Le salut, répondit Vale. Tous ceux que vous avez rencontrés ici, chacun des enfants que vous avez vus, que vous avez qualifiés de miracles... Ils sont là grâce à ces dix Partials.

– Mais c'est...

Elle s'arrêta, fit un pas, et secoua la tête, luttant toujours pour digérer ce qu'elle voyait.

– Est-ce qu'ils dorment ?

– Ils sont sous sédatifs, dit Vale. Ils ne peuvent pas vous voir ni vous entendre, quoique nos voix s'insinuent probablement dans leurs rêves.

– Parce qu'ils rêvent ?

– Peut-être. Leur activité cérébrale n'est pas un élément important dans le processus ; je n'y ai pas fait particulièrement attention.

Kira fit encore un pas vers eux.

– Ils ne se réveillent jamais ?

– Pour quoi faire ? Je peux les cultiver plus facilement dans leur sommeil – c'est bien moins de souci.

– Vous ne les « cultivez » pas. Ce ne sont pas des plantes.

– D'un point de vue strictement biologique, non, en effet, mais la comparaison est pertinente.

Vale s'approcha d'un spécimen pour vérifier le bon état des tubes et des câbles qui le reliaient à l'appareillage suspendu sous le plafond.

– Ce ne sont pas des plantes, reprit-il, mais ils sont un jardin, et je les cultive avec soin pour obtenir la récolte qui maintient l'espèce humaine en vie.

– La phéromone.

– La particule 223, selon son appellation technique – même si j'ai pris l'habitude de l'appeler « l'Ambroisie ». (Il sourit.) L'aliment de la vie !

– Vous ne pouvez pas faire ça, se surprit à dire Kira.

– Bien sûr que si.

– Bien sûr, oui... nous avions toujours su que c'était une possibilité, mais... c'est mal.

– Allez dire ça aux milliers de vies qu'ils ont sauvées, et aux centaines d'autres qu'ils sauveront rien que cette année. (Vale cessa de sourire pour adopter une expression plus solennelle.) Dix pour deux mille, cela fait deux cents vies chacun. Nous devrions tous être aussi utiles que cela.

– Mais... ce sont des esclaves ! Pire que des esclaves, ils sont... votre horrible jardin humain.

– Pas humain, assena fermement Vale, ce sont des choses. Des choses vivantes, oui, mais l'humanité utilise des organismes vivants comme outils depuis sa première pensée consciente. Un buisson dans la nature n'est qu'un buisson ; soumis aux soins humains il devient une haie, un mur protecteur. Les baies deviennent de l'encre et des teintures, les champignons des médicaments. Les vaches nous donnent du lait, de la viande et du cuir, les chevaux tirent nos charrues et nos carrioles. Même vous, vous vous êtes servis de chevaux pour traverser le désert empoisonné : un emploi qu'ils n'auraient pas choisi d'eux-mêmes, j'en suis sûr.

– Ce n'est pas la même chose.

– C'est absolument la même chose. Un cheval, au moins, fait partie intégrante du monde. Ils existent aujourd'hui parce qu'un million d'années de sélection naturelle n'a pas réussi à les tuer. Ils ont gagné le droit de vivre. Tandis que les Partials ont été cultivés en laboratoire, fabriqués par et pour l'humanité. Ce sont... des pastèques sans graines, des plants de maïs transgénique. Ne vous laissez pas abuser par leurs visages humains.

– Il n'y a pas que leurs visages, s'échauffa Kira, mais aussi leur conscience, leur esprit. Vous ne pouvez pas parler à l'un d'eux et me dire que ce n'est pas une personne à part entière.

– Même les ordinateurs parlaient, sur la fin. Cela ne faisait pas d'eux des gens.

Kira ferma les yeux et soupira de colère et de frustration. Elle était tellement révulsée par cette révélation qu'elle arrivait à peine à réfléchir.

– Vous devez les libérer.

– Et ensuite ? s'enquit Vale.

Il embrassa d'un large geste non seulement le laboratoire, mais toute la réserve, peut-être le monde entier.

– Voulez-vous que nous revenions à votre façon de vivre ? Lutter en vain pour guérir une maladie incurable, voir mourir vos enfants par milliers afin que dix hommes – dix ennemis, qui se sont rebellés et vous ont massacrés – n'aient pas à souffrir, c'est ça que vous voulez ?

– C'est plus compliqué que ça.

Vale hocha la tête.

– C'est exactement ce que je dis. Vous prétendez que c'est cruel de les maintenir dans cet état, inconscients et amaigris ; je dis que ce serait encore plus cruel, et pour davantage de gens, de les libérer. Savez-vous comment je les garde endormis ? Venez par ici.

Il rejoignit le bout de la première rangée. Le Partial allongé sur la dernière table était semblable aux autres, mais son équipement était différent. Au lieu du tuyau pointant sous sa mâchoire, sa gorge entière était équipée de ce qui ressemblait à un poumon artificiel. Kira s'approcha lentement, son pistolet oublié dans sa main, et put constater qu'une petite série de ventilateurs était installée dans son cou.

– Qu'est-ce que c'est ?

– Un système de ventilation. J'appelle ce Partial-ci Williams, il a été ma dernière création avant que le temps et l'usure n'aient raison de notre équipement de modification génétique. Au lieu de produire de l'Ambroisie, il sécrète une autre particule de mon invention, un sédatif extrêmement puissant qui n'affecte que les Partials. La biomécanique à l'œuvre derrière tout cela est monumentale, je peux vous l'assurer.

Kira en resta coite, songeant à Samm, et Vale hocha la tête comme s'il devinait avec précision ce qu'elle pensait.

– Je suppose que votre ami Partial est quelque part en haut, profondément endormi ? (Il eut un geste vers le plafond.) Le système de ventilation installé dans la tour fonctionne encore admirablement, il diffuse le sédatif Partial dans tout le bâtiment et peut même le souffler sur toute la réserve. Cela m'intéresserait de savoir jusqu'où il a tenu avant de succomber ; ce Williams pourrait bien devenir notre principal système de défense si jamais les autres Partials dont vous avez parlé venaient nous attaquer.

Kira réfléchit : Samm n'avait pas ressenti les effets de la molécule avant qu'ils n'approchent de la clairière centrale – à cinquante mètres de la tour, maximum –, mais il s'était montré étrangement léthargique tout l'après-midi. Était-ce dû au sédatif, ou à autre chose ?

Et à quelle distance devrait-elle l'emmener avant que ses effets ne faiblissent ?

Elle releva les yeux vers Vale.

– Vous ne pouvez pas faire ça.

– Vous vous répétez.

– Vous ne pouvez pas simplement transformer une personne en arme.

– Mon enfant. À votre avis, que sont les Partials ?

– Eh bien... oui, bien sûr, c'est ce qu'ils sont, et regardez comment cela s'est terminé. N'avez-vous donc rien appris de la fin du monde ?

– J'ai appris à protéger la vie humaine à tout prix, dit Vale. Nous avons dansé trop près du gouffre, parce que nous voulions le beurre et l'argent du beurre.

– Vous ne faites pas ceci pour protéger les humains, cracha Kira, qui recula et releva son pistolet. Vous le faites pour le pouvoir. Vous contrôlez le remède, donc vous contrôlez tout, et tout le monde doit marcher droit.

Vale éclata de rire, de manière si inattendue et avec un amusement si authentique que Kira ne put s'empêcher de reculer d'encore un pas. *Quelque chose m'échappe, mais quoi ?* se demanda-t-elle.

– Avez-vous vu le moindre signe d'oppression par ici? s'enquit-il. Quel talon de fer ai-je au pied, que personne ne peut voir ? Les habitants de la réserve seraient-ils malheureux?

– Ça ne veut pas dire qu'ils soient libres.

– Bien sûr qu'ils le sont. Ils peuvent aller et venir à leur guise, nous n'avons ni gardes ni police. Nous n'avons pas de couvre-feu, hormis les dangers inhérents aux pluies acides ; nous n'avons pas de murs, hormis l'étendue mortelle des Badlands. Je n'exige aucun tribut, je ne contrôle pas l'école, je ne cache aucun secret... à part celui-ci, conclut-il en indiquant les Partials dans le coma.

Kira se hérissa.

– Phan et Calix prétendent que vous refusez de les laisser partir.

– Évidemment, je leur ai dit de ne pas s'en aller. C'est dangereux. Phan, Calix et tous les autres chasseurs ont une importance vitale pour notre communauté. Mais ils sont tout de même libres de partir quand ils le souhaitent. Ce n'est pas parce que je ne leur recommande pas ce choix que je suis un tyran. Même vous, vous êtes libres de partir depuis le début, vous, la nouvelle arrivante provocatrice de trouble et son dangereux copain Partial. Personne ne vous a empêchés de partir, personne n'a suivi vos déplacements. Dites-moi, Kira : contre quoi vous révoltez-vous, au juste?

Elle secoua la tête, perdue et sur la défensive.

– Vous contrôlez ces gens.

– Selon une interprétation très large, oui, je suppose. Vous venez d'une région où le contrôle, d'après ce que j'ai compris, s'exerce à coups de fusil, et où le gouvernement achète votre obéissance en organisant la pénurie. En maîtrisant ce qu'il cache et retient. Moi, je maintiens l'ordre en donnant aux gens précisément ce qu'ils veulent : un remède contre le RM, le logis et le couvert, une communauté à laquelle appartenir. Ils acceptent que je les dirige parce que je le fais bien, avec efficacité. Toute figure d'autorité n'est pas nécessairement maléfique.

– Voilà un discours bien vertueux de la part d'un homme qui se trouve dans un laboratoire secret plein de prisonniers à demi morts.

Vale soupira et la regarda longuement. Il finit par se détourner pour s'approcher d'une console, et emplit une seringue d'un liquide translucide pris sur un plateau.

– Venez avec moi, Kira, je veux vous montrer quelque chose. (Il gagna une porte qui se trouvait au fond de la pièce. Après un instant d'hésitation, elle le suivit.) Tous les bâtiments de ce complexe sont reliés entre eux par des souterrains. Avant que nous allions rejoindre les autres, permettez-moi de vous rappeler qu'ils ignorent tout de l'existence de ces Partials. J'apprécierais votre discrétion sur ce point.

– Parce que vous en avez honte ?

– Parce que beaucoup d'entre eux réagiraient comme vous l'avez fait, et que d'autres tenteraient de châtier encore plus gravement les Partials.

– Vous ne me connaissez pas très bien, docteur, mais je ne suis pas vraiment du genre à me taire quand je vois quelque chose qui ne me plaît pas.

– En revanche, vous êtes du genre à garder des secrets.

Elle le regarda de travers.

– Vous parlez de Samm ?

– Vous en avez d'autres ?

Elle l'observa un instant pour tenter de deviner s'il savait, ou même s'il soupçonnait, ce qu'elle était. *Sans doute pas,* conclut-elle, *sinon il m'aurait déjà demandé pourquoi je ne suis pas affectée par le sédatif. Sauf s'il en sait plus que moi sur ma physiologie...*

Bien sûr qu'il en sait plus, se dit-elle ensuite, *il fait partie de l'Alliance. Il sait tout ce que nous sommes venus apprendre ici. Je ne peux pas l'arrêter seule, pas maintenant, mais si j'obtiens les réponses qu'il me faut, je n'aurai peut-être pas à le faire.* Elle réfléchit encore avant de répondre.

– Je protégerai votre secret – pour l'instant –, mais vous devez me donner quelque chose en échange.

– Le remède? Comme vous le voyez, c'est celui que vous avez déjà découvert – et, comme je vous l'ai déjà dit, il n'est pas exactement transportable.

– Non, pas le remède. C'est une abomination, et tout ce que vous pourrez me montrer ne me fera pas changer d'avis.

– C'est ce que nous verrons, dit Vale.

Kira persista.

– Ce que je veux, ce sont des informations.

– Quel genre d'informations?

– Tout. Vous avez contribué à créer les Partials, ce qui signifie que vous étiez au courant pour le RM et pour la date d'expiration, et aussi pour la Sécurité. Je veux savoir quels étaient vos projets et comment tout cela se goupille.

– Toutes mes informations sont à vous. En échange, comme vous me l'avez promis, du secret.

– Entendu.

– Très bien, dit Vale, qui s'arrêta devant une porte dans le couloir. Mais d'abord, montons.

Kira lut la plaque fixée sur la porte.

– Bâtiment 6. C'est celui que vous avez converti en hôpital.

– En effet.

– J'ai déjà vu l'hôpital.

Vale ouvrit la porte.

– Ce que vous n'avez pas vu, c'est le bébé qui est né aujourd'hui. Suivez-moi.

Il gravit une volée de marches et Kira lui emboîta le pas, soudain nerveuse. Bien sûr qu'il y avait un nouveau bébé : pourquoi, sinon, serait-il allé chercher une seringue d'antidote dans la tour? Son ventre se crispa involontairement : elle avait passé une telle portion de sa vie à l'hôpital d'East Meadow, trimant à la maternité pendant que des nouveau-nés mouraient et que des mères hurlaient de désespoir, qu'elle se raidissait déjà contre la douleur. Pourtant, cette situation était différente : Vale avait le remède. Cet enfant n'aurait pas à mourir. Sauf qu'elle savait d'où venait le traitement. Elle ferma les yeux et revit les visages émaciés, livides, des Partials. C'était mal de les garder ainsi, quelles que soient les excuses de Vale. *Et pourtant...*

Ils débouchèrent dans un nouveau corridor et refermèrent soigneusement la porte derrière eux. Des gens passaient en tous sens, et Kira vit avec un choc que la plupart d'entre eux étaient joyeux : ils riaient, parlaient et souriaient en câlinant de petits paquets tièdes dans leurs bras. Des mères et des pères, des frères et des sœurs. Des familles, réelles, des familles génétiquement unies, comme elle n'en avait jamais vu. La maternité où elle avait travaillé était un lieu de mort et de chagrin, un lieu de luttes épuisées contre un ennemi impitoyable, implacable. Elle n'avait jamais rien connu d'autre. Ici, en revanche, tout était différent. Les mères qui venaient accoucher savaient que leur enfant vivrait. C'était un lieu plein d'espoir et de réussite. Kira dut s'arrêter un instant pour s'appuyer contre le mur. *C'est tout ce que j'ai toujours désiré*, se dit-elle. *C'est exactement ce que je veux créer chez nous, c'est ce que je veux leur apporter. L'espoir et le succès. Le bonheur.*

Et pourtant...

Derrière toute cette activité résonnait un bruit que Kira ne connaissait que trop bien : le vagissement d'un enfant mourant. Elle savait précisément comment le virus allait progresser, elle connaissait cela par cœur ; elle savait comment il attaquerait l'enfant d'un instant à l'autre. Si le petit était venu au monde quelques heures plus tôt, comme semblait l'indiquer Vale, alors le RM était en train de se propager dans son système sanguin. L'enfant avait de la fièvre, mais pas encore à un degré mortel ; le virus se dupliquait lentement, cellule par cellule, fabriquant de plus en plus de spores virales, dévorant le petit corps de l'intérieur jusqu'à ce qu'enfin – demain, peut-être –, le bébé finisse par être consumé tout vivant et cesse de résister. À ce stade précoce, la douleur pouvait être tenue à distance, la fièvre contrôlée, mais le processus ne pouvait être stoppé. Sans le remède à base de phéromones, la mort était inévitable.

Vale parcourut tout le couloir en direction des vagissements en saluant poliment de la tête les gens qu'il croisait. Kira le suivait toujours, hagarde. Était-ce là ce qu'il voulait lui montrer ? L'antidote en action, en train de sauver une vie innocente ? Elle ignorait ce qu'il comptait prouver ainsi – elle connaissait déjà les enjeux, probablement mieux que lui, du fait d'avoir vécu si longtemps sans remède aucun. Cela ne la ferait pas changer d'avis sur la captivité des Partials, n'achèterait pas son silence ni sa complaisance. Le docteur Vale poussa la dernière porte, entra dans la chambre, et la mère faillit tomber à la renverse, toute à sa joie de le voir arriver. Le père, non moins reconnaissant et inquiet, serra la main du médecin avec ardeur. Vale le rassura de quelques propos anodins et d'un sourire, puis prépara la seringue, et pendant tout ce temps Kira resta le dos au mur, à regarder le bébé hurler et se tordre dans son berceau. Les parents lui jetèrent un coup d'œil mais se désintéressèrent aussitôt d'elle, pour consacrer toute leur attention à l'enfant. Kira les observa prendre le petit dans leurs bras : ils ressemblaient trait pour trait à Madison et Haru. Et à tous les couples de parents qu'elle avait vus dans sa vie.

Ça n'empêche, s'entêta-t-elle. *Ils ne peuvent pas justifier ce qui est fait à ces hommes, au sous-sol. Si ces parents savaient que des êtres vivants souffrent de la sorte, seraient-ils si heureux de voir arriver le traitement ? L'accepteraient-ils ?* Elle avait envie de leur dire, de tout leur raconter, mais elle était comme paralysée.

Vale acheva de préparer l'injection et se retourna vers les parents pour les chasser de la chambre.

– Je vous en prie, dit-il doucement, nous devons rester un instant seuls avec votre enfant.

La peur agrandit les yeux de la mère.

– Est-ce qu'il va s'en sortir ?

– N'ayez nulle crainte, la rassura Vale, j'en ai pour un instant.

Ils hésitaient à sortir, mais ils semblaient se fier à lui, et après s'être encore un peu fait prier et avoir jeté un dernier regard dubitatif à Kira, ils quittèrent la pièce. Vale ferma la porte au verrou derrière eux et s'approcha avec la seringue – pas de l'enfant, mais de la jeune fille. Il la lui tendit comme un cadeau.

– Je vous ai dit que je dirigeais ces gens en leur donnant ce qu'ils voulaient. Maintenant, je fais de même avec vous. Prenez-la.

– Je ne veux pas de votre traitement.

– Je ne vous donne pas le traitement. Je vous donne le choix : la vie ou la mort. C'est bien ce que vous vouliez, non ? Décider pour tout le monde de ce qui est bien ou mal. De ce qui est justifiable et de ce qui est impardonnable. (Il lui présenta de nouveau la seringue en l'élevant tel un calice.) Parfois, aider une personne requiert de faire du mal à une autre. Ce n'est jamais agréable, mais il nous faut le faire parce que l'alternative serait pire. J'ai détruit dix vies pour en sauver deux mille : un meilleur rendement, je crois, que ce que peuvent espérer la plupart des nations. Nous ignorons la criminalité, la pauvreté, ne connaissons aucune souffrance à part la leur. Et la mienne, ajouta-t-il, et maintenant la vôtre. (Il lui tendait toujours la seringue.) Si vous croyez savoir mieux que moi comment peser une vie contre une autre sur la balance, si vous pensez devoir décider de qui vit et qui meurt, alors faites. Sauvez cet enfant ou condamnez-le à mort.

– Ce n'est pas juste.

– Ça ne l'est pas non plus quand c'est moi qui dois le faire, répliqua Vale avec dureté. C'est pourtant nécessaire.

Kira regarda la seringue, et le bébé hurlant, puis la porte fermée qui lui cachait les parents.

– Ils sauront, dit-elle. Ils sauront quel choix j'ai fait.

– Bien sûr, confirma Vale. Ou bien seriez-vous en train d'insinuer que votre choix serait différent s'ils l'ignoraient ? La morale ne fonctionne pas ainsi.

– Ce n'est pas ce que je dis.

– Alors décidez-vous.

Kira regarda de nouveau la porte.

– Pourquoi les avez-vous fait sortir alors qu'ils sauront, de toute manière ?

– Pour que nous puissions avoir cette conversation sans qu'ils vous hurlent dessus. Allez, faites votre choix.

– Ce n'est pas à moi de le faire.

– Cela ne vous dérangeait pas, il y a dix minutes, quand vous me disiez que ce que je faisais était mal. Vous m'avez affirmé que les Partials devaient être libérés. Qu'est-ce qui a changé depuis ?

– Vous le savez bien ! éclata Kira en pointant le doigt vers l'enfant hurlant.

– Ce qui a changé est que votre moralité supérieure est soudain confrontée à ses conséquences. Eh oui, toute décision implique des conséquences. Nous affrontons la menace de l'extinction de l'humanité, et cela rend les choix encore plus douloureux, les conséquences plus lourdes. Et parfois, avec des enjeux si hauts, une décision que l'on n'aurait jamais prise avant, que l'on n'aurait envisagée en aucun cas, devient la seule solution morale. Le seul acte que l'on puisse accomplir pour pouvoir encore se regarder dans la glace. (Il pressa cette fois la seringue dans sa main.) Vous m'avez traité de tyran. À présent, tuez cet enfant ou devenez vous-même un tyran.

Kira regarda la seringue dans sa main : le salut de l'espèce humaine, mais seulement si elle osait s'en servir. Elle avait tué des Partials au combat : ceci était-il différent ? Prendre une vie pour en sauver une autre. Pour en sauver mille autres, ou peut-être dix mille lorsqu'ils en auraient terminé. Par certains aspects, c'était plus miséricordieux que la mort, car les Partials n'étaient qu'endormis...

Mais non, se dit-elle. *Je ne peux pas excuser ceci. Je ne peux pas le justifier. Si j'administre le remède à cet enfant, je soutiens la torture et l'emprisonnement de Partials – de personnes. De gens comme moi. Je ne peux pas faire comme si c'était acceptable. Si je fais ce choix, je devrai l'affronter pour ce qu'il est.*

Est-ce tout ce qu'il reste, au bout du compte ? Une décision ?

Elle saisit le pied du bébé, y enfonça l'aiguille et poussa le piston.

CHAPITRE 45

Ariel survivait à l'occupation des Partials comme elle survivait à tout : dans la solitude. L'armée conquérante avait poussé beaucoup d'habitants d'East Meadow terrifiés à se regrouper dans des abris communautaires, à se serrer les coudes, et à rassembler leurs provisions et leur eau. Cela n'avait fait que faciliter leur capture lorsque les Partials avaient commencé à lancer des raids sur la ville, s'abattant pour enlever des victimes puis les déporter au loin afin de procéder sur eux à leurs expériences ou les exécuter – personne ne savait plus, au juste, ce qui se passait. Le simple volume de ces groupes et le bruit qu'ils faisaient les rendaient faciles à localiser et à enlever, surtout qu'au fond, des civils non entraînés n'avaient aucune chance de repousser une attaque de Partials. Marcus étant parti, Ariel demeura seule, se déplaçant de maison en maison, se nourrissant des restes laissés par les autres et gardant toujours une tête d'avance sur l'ennemi. Elle était restée cachée, et avait évité le danger.

Jusqu'au jour où ils la trouvèrent.

Ariel, pantelante, continuait de fuir. Elle connaissait la ville comme sa poche, mais les Partials étaient plus rapides qu'elle, et leurs sens plus aiguisés. Elle entendait leurs pieds marteler la route derrière elle, le tonnerre de leurs lourds souliers, un rythme infatigable qui se rapprochait à chacune de ses respirations étranglées. Elle vira brusquement à gauche dans un trou de la clôture, coupa aussitôt vers la droite puis de nouveau vers la gauche pour faire le tour d'une autre palissade. Ses pas étaient plus discrets que les leurs, à peine un chuchotis dans le noir, et elle retint son souffle en traversant l'étendue d'herbe à pas de loup, tâchant de percer l'obscurité à la recherche de toute brindille, branche ou bouteille sur laquelle elle risquerait de poser le pied et qui la trahirait aussitôt. Des pas la dépassèrent en courant, après avoir traversé le trou du mur, et piétinèrent énergiquement dans le jardin au-delà. Une deuxième paire de pieds suivit, et elle hocha la tête. *Plus qu'un. Plus qu'un Partial à berner et je suis libre.* Elle avança en silence presque jusqu'au bout de la pelouse ; une fois arrivée, là, elle descendrait un escalier menant à l'abri en sous-sol qu'elle avait déjà utilisé une fois ou deux, et y resterait tapie jusqu'à ce que ses poursuivants renoncent et aillent se chercher une proie plus facile. Il ne lui restait qu'à atteindre les marches...

Les pas du troisième Partial s'arrêtèrent, presque à sa hauteur, de l'autre côté de la double clôture. Ariel se figea, sans émettre le moindre bruit, sans même respirer. L'ennemi fit un pas dans une direction, s'arrêta. Un pas dans l'autre sens, et s'arrêta de nouveau. *Qu'est-ce qu'il fabrique ?* Mais au moment même où elle se posait la question, elle sut, sans comprendre comment, ce qu'il faisait. Il s'était arrêté parce qu'il avait repéré quelque chose. Et il savait où elle était partie.

Elle entendit un ricanement grave.

– Oh, tu es douée, s'esclaffa le Partial, après quoi il bondit par-dessus la clôture, pile à son niveau.

Ariel jura entre ses dents et repartit au pas de course, oubliant toute idée de discrétion et prenant simplement ses jambes à son cou. Le Partial sauta la deuxième clôture et se lança à sa poursuite, à quelques mètres à peine derrière elle, presque assez proche pour pouvoir tendre le bras et l'attraper par le cou. Ariel courut le plus vite qu'elle le put, son esprit tâchant désespérément de comprendre comment il l'avait localisée : elle ne faisait aucun bruit, elle était cachée, elle avait fait tout ce qu'elle avait appris à faire, et pourtant on aurait dit qu'il savait qu'elle était là, presque comme s'il avait eu un sixième sens. Marcus lui avait parlé du lien, et de la manière dont il les avertissait de la présence de leurs semblables, mais tout ce qu'il avait dit laissait entendre que cela ne fonctionnait pas avec les humains, que ces derniers étaient comme une tache aveugle dans un système sensoriel sur lequel ils s'appuyaient trop. Elle s'était déjà servie de cette information à son avantage dans le passé, et cela avait toujours fonctionné. Alors, comment s'était-elle trahie ?

Le Partial était presque sur elle, il lui soufflait pratiquement aux oreilles, et elle était persuadée qu'il jouait avec sa proie. Elle flairait sa propre sueur et la puanteur aigre de son haleine dans l'air. *Ça y est,* se dit-elle, *je sais : c'est mon odeur. J'ai tellement couru, et je me cache depuis si longtemps que je dois puer. Il ne m'a pas vue, ni entendue ni perçue par le lien : il m'a flairée, comme un chien de chasse.*

Mais je n'abandonnerai pas.

Elle baissa la tête pour se lancer dans le sprint le plus enragé de sa vie, mais, soudain prise d'un spasme, elle fut projetée en avant, trahie par ses muscles, pour finir par un roulé-boulé spectaculaire. Ses sens vacillèrent et clignotèrent ; le monde était sens dessus dessous. Elle voulut se relever, mais son corps entier était perclus de douleurs. C'était comme si elle avait été violemment heurtée par une batte de base-ball, mais elle n'aurait su dire d'où était venu le coup. Lentement, ses yeux refirent le point, et elle vit le Partial debout au-dessus d'elle, une matraque électrique à la main ; il la fit cliqueter deux ou trois fois, créant un arc électrique bleu vif entre les contacts.

– Tu es combative, dit-il en raccrochant l'arme paralysante à sa ceinture. (Il mit un genou en terre et lui décocha un sourire très blanc dans le clair de lune.) Je vais peut-être devoir m'amuser un peu avant de te livrer au patron.

Ariel voulut bouger, mais ses membres ne lui obéissaient toujours pas. Son agresseur tendit la main vers son cou.

– Stop ! fit une voix.

Le Partial se figea aussitôt. Sa main resta suspendue à quelques centimètres du visage d'Ariel, sans bouger.

– Lève-toi.

C'était une voix de femme, mais Ariel ne voyait pas à qui elle appartenait. Elle la reconnaissait vaguement, mais sans pouvoir la situer. Le Partial se leva, le regard fixé dans le vide devant lui.

– Sors ton arme.

Il obéit.

– Donne-toi un choc.

Le Partial alluma l'arme paralysante, l'éleva vers son propre torse, mais s'arrêta à quelques centimètres. Son regard semblait à présent plus dur, comme s'il était en proie à une lutte interne, et Ariel vit la sueur couler sur ses tempes.

– Vas-y ! lui ordonna la voix.

Ses défenses cédèrent. Il appliqua l'arme électrique contre son torse et s'écroula aussitôt au sol, les membres tressaillant : son système nerveux faisait un court-circuit. Sa main parvenait toutefois à garder la matraque pressée contre son torse, alors même que le reste de son corps était agité de convulsions, jusqu'au moment où il perdit tout contrôle et sombra dans l'inconscience. L'arme tomba inerte au sol.

C'est le docteur Morgan, pensa Ariel, qui s'efforçait toujours de bouger. Elle parvint à s'appuyer sur un bras et à relever légèrement la tête, mais sa vision était floue et elle avait du mal à garder la position. *Quand Morgan contrôlait Samm, la même chose est arrivée : c'est exactement ce que Marcus et Xochi décrivaient. Le docteur Morgan est ici. Elle est venue me chercher elle-même, tel un vampire dans la nuit.* Elle appuya son autre bras sous elle et se projeta vers le haut, encore groggy, le regard vague. En pivotant, elle vit une silhouette dans le noir derrière elle, mais sa jambe lui faisait un mal de chien et elle ne pouvait pas courir.

– Docteur Morgan, essaya-t-elle d'articuler.

Mais sa voix non plus ne lui obéissait pas et les mots sortirent en purée incompréhensible.

La silhouette s'avança dans le clair de lune.

C'était une femme âgée, au dos voûté, sombre de peau, pas un vampire mais une sorcière aux cheveux en bataille.

– Toi ! souffla Ariel.

– Bonsoir, mon enfant, dit Nandita. Viens, il nous faut trouver tes sœurs. Notre monde est sur le point de finir une fois de plus.

CHAPITRE 46

Kira avançait en silence dans les souterrains sombres, consciente du poids de la seringue dans sa main. Elle lui semblait plus lourde vide que pleine.

– Je ne sais pas comment vous faites, dit-elle.

– Ça, je l'ai bien compris, répondit Vale : vous n'avez pas cessé de me répéter que je ne devrais pas le faire du tout. Maintenant, je pense que vous saisissez mieux ce qu'il en coûte d'être un chef.

– C'était mal, s'entêta-t-elle. Ce n'était pas la bonne chose à faire. Mais... je n'ai pas eu le choix.

– Pensez ce que vous voulez, si ça vous aide à mieux dormir. (Vale soupira et sa voix devint distante, pensive.) En douze longues années, toutes les heures que je n'ai pas passées à cultiver les Partials et à récolter l'antidote, je les ai passées à chercher comment arriver au même résultat sans eux. Ils ne dureront pas éternellement, mais cette colonie, elle, doit perdurer. Ces enfants vont grandir, donner eux-mêmes la vie, et à ce moment-là, qu'est-ce qui les sauvera ? Je peux stocker assez d'Ambroisie pour une nouvelle génération, peut-être deux, mais après ? Même un humain « guéri » est encore porteur : le RM est en nous à jamais.

– Il vous reste un an pour trouver la solution, lui annonça Kira. Dix-huit mois au maximum, avant que les Partials meurent jusqu'au dernier et que nous les perdions à jamais.

– La date d'expiration, dit-il en hochant la tête. C'est aussi tragique que la Sécurité.

Seule l'Alliance est au courant pour la Sécurité. Le temps est venu de le mettre au pied du mur.

– Vous êtes l'un d'eux, n'est-ce pas ? demanda-t-elle. Les créateurs des Partials. L'Alliance.

Vale s'arrêta net. Lorsqu'il se remit à marcher, sa voix était changée, bien que Kira ne parvienne pas à discerner son état d'esprit : était-il curieux ? Sur la défensive ? L'avait-elle mis en colère ?

– Vous avez beaucoup de connaissances sur ce que je croyais secret, constata-t-il.

– L'Alliance est la raison de notre présence ici, lui avoua-t-elle. Je...

Elle hésita une fois de plus à tout lui révéler. Décidant finalement de jouer la sécurité, elle resta aussi vague que possible.

– J'ai connu une femme nommée Nandita Merchant. Elle m'a dit de trouver l'Alliance, et j'en ai déduit que celle-ci possédait les informations nécessaires pour sauver les deux espèces. Elle a disparu avant que je puisse la questionner directement.

– Nandita Merchant, répéta Vale.

Cette fois, Kira n'eut aucune difficulté à lire ses émotions : il était frappé d'une tristesse profonde.

– Je crains qu'elle ne puisse jamais se remettre de ce qu'elle a fait avec la Sécurité. Elle est aussi coupable que nous tous.

Cette fois, ce fut Kira qui s'arrêta net.

– Attendez. C'est l'Alliance qui a fait ça ? La Sécurité était un virus, nous l'avons compris à Chicago, mais vous êtes en train de me dire... vous êtes en train de me dire que Nandita, et vous tous, l'avez conçu pour qu'il s'attaque aux humains ? Volontairement ?

– Non, je n'ai eu aucune part dans sa conception, déclara Vale sans cesser de marcher. Je m'occupais du cycle de vie des Partials, de leur croissance et de leur développement, de leur manière accélérée d'atteindre un âge idéal pour y rester indéfiniment... jusqu'à la date d'expiration, bien sûr. De la poésie pure, je vous assure, une des biotechnologies les plus sophistiquées de tout le projet.

La bouche de Kira s'ouvrit toute seule.

– C'est vous qui avez créé la date d'expiration ?

– C'était leur rendre service, je vous assure. Quand le gouvernement a exigé un dispositif de sécurité, j'ai présenté la date d'expiration comme une alternative plus humaine...

– Qu'y a-t-il d'humain à les tuer ?

– Je n'ai pas dit « humaine », j'ai dit « plus humaine ». Les êtres humains, bien sûr, ont eux aussi une date d'expiration naturelle. C'est le même principe. Et l'expiration ne met aucun humain en danger, ce qu'un autre dispositif aurait risqué de faire – et a fini par faire, d'ailleurs. Mais mes arguments concernant la Sécurité et la date d'expiration remontent au tout début, avant que nous ayons le tableau général. Graeme et Nandita, qui étaient chargés de créer la Sécurité, l'ont compris bien longtemps avant nous tous. Ce sont eux qui ont conçu le RM .

– Je connaissais Nandita, protesta Kira. Je... (Elle hésita encore, mais conclut qu'au point où ils en étaient, un petit supplément d'information ne pouvait pas faire de mal.) J'ai vécu avec elle pendant des années – elle dirigeait une sorte d'orphelinat, et je suis un des enfants qu'elle a aidés. Elle n'a rien de sanguinaire.

– Pas plus que n'importe quel humain placé dans sa situation, dit mystérieusement Vale. Mais dans la mesure de l'imaginable, elle est bien responsable, comme nous tous, d'un génocide à grande échelle.

– Mais enfin, ça ne tient pas debout ! s'obstina Kira, catégorique. Si elle avait voulu la mort de l'espèce humaine, son éradication complète, elle aurait pu nous trahir en faveur des Partials, ou diffuser du poison, ou avoir recours à mille autres moyens de tuer, et elle n'en a rien fait. C'est sans doute plutôt son partenaire, continua-t-elle, le souffle court, tout en triant les indices dans sa tête. Graeme Chamberlain, celui qui s'est suicidé. Est-ce qu'il n'aurait pas pu, je ne sais pas... reprogrammer la Sécurité derrière le dos de tout le monde ?

– Vous ne voyez pas encore le tableau général, lui dit Vale tout en continuant de marcher d'un pas vif sans la regarder.

Il lui cachait encore quelque chose, une chose qu'il avait du mal à avouer. Kira insista.

– Mais l'idée que Chamberlain ait agi seul ne tient pas debout non plus, poursuivit-elle en ralentissant un peu pour mieux réfléchir au problème – puis courant pour le rattraper. L'antidote fait partie intégrante des Partials, il est indissociable de leur patrimoine génétique. Pourquoi aurait-il fabriqué un virus capable de tuer tous les humains de la planète, et également un antidote parfait pour l'arrêter ? Ça n'a aucun sens. Sauf si...

La réponse était là, aux marges de sa conscience, et elle lutta pour la saisir, pour la forcer à se matérialiser sous la forme d'une pensée simple et compréhensible. *Ils étaient nombreux à travailler sur de nombreuses pièces du puzzle*, se dit-elle. *Comment ces pièces s'assemblent-elles ?*

Vale fit encore quelques pas avant de s'arrêter peu à peu. Il ne se retourna pas, et Kira dut tendre l'oreille pour entendre ce qu'il disait.

– J'étais contre au début, souffla-t-il.

– Mais c'est vrai ? dit-elle en s'approchant lentement de lui. Vous et le reste de l'Alliance... vous avez fait ça volontairement ? Vous avez modifié la Sécurité des Partials afin qu'elle tue plutôt les humains, et vous avez inclus l'antidote en eux pour que... Pourquoi ?

Vale pivota afin de lui faire face, le visage à nouveau teinté d'une colère noire.

– Réfléchissez une minute à la Sécurité : à ce qu'elle est, et à ce qu'elle représente. On nous a demandé de créer une espèce entière de créatures intelligentes : des individus en chair et en os capables de penser et, grâce à la résolution des Nations unies sur les Réactions émotionnelles artificielles, de ressentir. Réfléchissez à cela : on nous a spécifiquement demandé de fabriquer un être capable de penser, de sentir, conscient de lui-même, et on nous a dit de l'équiper d'une bombe à retardement pour pouvoir le tuer à volonté. Il y a dix minutes, vous vouliez libérer dix Partials plongés dans le coma, et vous n'avez pas supporté l'idée de tuer un enfant humain. Seriez-vous capable de condamner à mort une espèce entière ?

Kira, soudain écrasée par cet afflux de nouvelles, bredouilla en cherchant ses mots, mais il continua sans lui laisser le temps de répondre.

– Tout individu capable de créer un million de vies innocentes et, dans le même temps, de réclamer un moyen de les tuer sans pitié n'est pas apte à assumer la responsabilité de ce million de vies. Nous avions conscience de ce que nous étions en train de créer avec les BioSynths : des créatures en tout point aussi humaines que nous-mêmes. Mais la direction de ParaGen et le gouvernement, eux, ne voyaient dans ces êtres que des machines, une ligne de produits. Détruire la vie de ces « Partials » aurait été une atrocité aussi énorme que tous les génocides de masse observés dans l'histoire de l'humanité. Et pourtant nous étions sûrs, avant même d'avoir produit le premier d'entre eux pour tester ses capacités au combat, qu'ils ne seraient jamais considérés comme autre chose que des armes, propres à être jetées une fois qu'elles ne serviraient plus.

Kira s'attendait à ce que ses traits se durcissent pendant son récit, à ce qu'il soit furieux en se remémorant cette horreur, mais au contraire il s'adoucit, s'affaiblit. Il était vaincu. Il répétait un vieil argument, mais vidé de toute sa ferveur.

– Au niveau le plus fondamental, l'humanité n'apprendrait pas à se montrer « humaine », faute d'un meilleur terme, tant que sa propre vie ne dépendrait pas de ces créatures. Alors, nous avons créé le RM, et avec lui son antidote, tous deux inclus dans leur physiologie. Si la Sécurité n'était jamais activée – si l'humanité n'en arrivait jamais au point de vouloir détruire tous les Partials d'un coup –, alors très bien, personne n'aurait à en assumer les conséquences. Mais si jamais l'humanité décidait d'appuyer sur le bouton, eh bien... (Vale inhala profondément.) Le seul moyen qu'auraient les humains de survivre serait alors de maintenir les Partials en vie. De même que priver les Partials de leurs droits civiques coûterait aux humains leur humanité, les détruire comme des produits défectueux leur coûterait la vie.

Kira n'arrivait presque plus à réfléchir.

– Vous... (Elle cherchait toujours ses mots, en vain.) Tout cela était intentionnel.

– Je les ai suppliés de renoncer, dit Vale. C'était un plan extrême, avec des conséquences terribles – encore pires, en fin de compte, que ce à quoi je m'étais préparé. Mais vous devez comprendre que nous n'avions pas le choix.

– Pas le choix? Si vous aviez de si fortes objections, pourquoi n'être pas allés voir la direction, ou le gouvernement? Pourquoi ne pas leur avoir expliqué à quel point leur projet était inacceptable, au lieu d'infliger ce terrible... châtiment?

– Vous croyez peut-être que nous n'avons pas essayé? Bien sûr que si. Nous avons parlé, argumenté, gesticulé, hurlé. Nous avons tenté d'expliquer aux administrateurs de ParaGen ce qu'étaient réellement les Partials, ce qu'ils représentaient : une nouvelle forme de vie intelligente, mise au monde sans une pensée pour la manière dont vivraient ces êtres une fois la guerre terminée. Nous avons tenté d'expliquer que le gouvernement n'avait rien prévu pour leur assimilation, qu'il n'y avait pas d'autre issue possible que l'apartheid, la violence et la révolte, et qu'il valait mieux abandonner tout le programme que condamner l'humanité à ce qui se préparait. Mais les faits, comme ils les voyaient, étaient simples : un, l'armée avait besoin de soldats. Nous ne pouvions pas gagner la guerre sans eux, il fallait bien que le gouvernement les trouve quelque part. Deux : ParaGen était capable de produire ces soldats, de les construire mieux que n'importe quelle entreprise dans n'importe quelle autre branche. Nous étions des employés miracles ; nous fabriquions des arbres géants aux feuilles semblables à des ailes de papillon, délicates et parfaites, et quand le vent soufflait elles s'agitaient comme un nuage d'arcs-en-ciel, et quand le soleil se couchait derrière, le monde était illuminé de leurs teintes iridescentes. Nous avions fabriqué un traitement contre la malaria, une maladie qui tuait mille enfants par jour, et nous l'avions éradiquée du monde. Ce n'est pas simplement de la compétence, ma petite, c'est le pouvoir, et ce genre de pouvoir s'accompagne de cupidité. Ce qui nous amène au fait numéro trois, le plus accablant de tous. Le PDG, le président, le conseil d'administration… Le gouvernement voulait une armée, et ParaGen voulait lui en vendre une. À votre avis, que pesaient les arguments de l'Alliance face à cinq trillions de dollars de bénéfice ? Si nous ne fabriquions pas leur armée de Partials, ils nous trouveraient des remplaçants à la morale plus malléable pour le faire à notre place. Vous ne vous souvenez pas de l'ancien monde, mais l'argent était tout, à l'époque. L'argent était la seule chose qui comptait, et rien de ce que nous faisions ne les empêcherait d'acheter, ni n'empêcherait ParaGen de vendre.

» Nous voyions parfaitement ce qui se tramait. Cette armée serait fabriquée, et il n'y aurait aucun projet pour donner à ces Partials des droits égaux à ceux des humains. Il n'y avait que deux issues possibles : soit les Partials seraient tués au moyen de la Sécurité lors d'un génocide comparable à l'Holocauste, soit une violente révolution éclaterait, que les Partials, supérieurs en tout point, gagneraient, détruisant l'humanité telle que nous la connaissions. De quelque manière qu'on le regarde, l'une des deux espèces serait décimée, et la mort de l'une coûterait à l'autre son âme. Il ne nous restait qu'à essayer, comme nous le pouvions, de trouver un moyen pour que les deux espèces travaillent ensemble, pour que leur survie dépende de leur collaboration. Et c'est ainsi que, le jour où Armin nous a exposé son plan, nous… bon, cela ne nous a pas plu, ni au début ni plus tard. Mais nous savions que notre responsabilité était d'aller jusqu'au bout. C'était le seul scénario dans lequel les deux espèces s'en sortaient vivantes.

La gorge de Kira se serra.

– Armin Dhurvasula.

– Vous le connaissez, lui aussi ?

Elle secoua rapidement la tête en espérant que ses traits n'en révélaient pas trop.

– J'ai entendu parler de lui.

– Un génie parmi les génies. Tout ce plan est sorti de sa tête : c'est lui qui a conçu le système phéromonal et mis au point les interactions entre la Sécurité, le traitement et le reste. Un chef-d'œuvre de la science. Mais en dépit de sa prévoyance et de tous nos efforts, le pire est arrivé. Je vous jure que nous n'avons jamais souhaité une telle dévastation ; nous ne comprenons même pas comment le RM a pu se révéler si meurtrier. Je suppose que c'est une bien maigre consolation de savoir qu'au fond, tout ceci était inévitable. À partir du moment où nous avons créé les Partials, où nous avons imaginé de les créer, il n'y a plus eu d'autre résultat possible. L'humanité est vouée à se détruire, corps et âme, avant de retenir une simple leçon.

Kira était trop assommée pour parler. Elle s'était attendue à un plan, elle avait prié pour que l'Alliance en ait un, mais apprendre que c'était un plan visant à l'annihilation mutuelle – fait pour forcer les deux espèces à travailler ensemble ou à mourir chacune de son côté –, c'était trop. Lorsqu'elle retrouva sa langue, sa voix était minuscule et terrifiée, plus enfantine qu'elle ne l'avait été depuis des années, et la question qu'elle posa n'était pas celle qu'elle aurait cru poser.

– L'avez-vous... vu ? N'importe où ? (Elle déglutit en luttant pour paraître moins nerveuse.) Savez-vous où se trouve Armin Dhurvasula en ce moment ?

Vale fit non de la tête.

– Je ne l'ai pas revu depuis le Ravage. Il a dit qu'il devait quitter ParaGen, mais j'ignore pour quelle destination, et ce qu'il fait. À ma connaissance, Jerry et moi sommes les derniers qui restent... et maintenant, Nandita, je suppose.

Kira se remémora la liste de l'Alliance.

– Jerry Ryssdal. Il était avec vous, lui aussi. Où est-il ?

– Dans le sud. Au cœur du désert toxique.

– Comment fait-il pour survivre ?

– Des modifs génétiques. Il est venu ici une fois, en pleine nuit, et j'ai failli ne pas le reconnaître. Il est plus... inhumain, maintenant, que les Partials eux-mêmes. Il s'efforce de guérir la Terre, pour que les bonnes âmes puissent hériter de quelque chose ; je lui ai dit qu'il ferait mieux de m'aider à lutter contre le RM, mais il a toujours été têtu.

– Et il y en a deux autres dans l'est, ajouta Kira. Deux factions de Partials sont dirigées par des membres de l'Alliance : Kioni Trimble et McKenna Morgan.

– Elles sont en vie ? s'étonna-t-il, visiblement stupéfait. (Kira n'aurait su deviner s'il en était heureux ou non.) Vous dites qu'elles dirigent les Partials ? Qu'elles ont pris leur parti, contre les humains ?

– Je crois. Elles... Je n'ai jamais rencontré Trimble, mais Morgan est devenue complètement folle : elle enlève des humains pour tenter de les étudier afin de lever la date d'expiration des Partials. Elle n'était pas au courant jusqu'au jour où ils ont commencé à mourir, apparemment, mais elle est persuadée de pouvoir y arriver grâce à la biologie humaine.

Et grâce à moi, pensa-t-elle en son for intérieur sans le dire tout haut. Elle ignorait toujours ce qu'elle était, et comment Vale réagirait lorsqu'il l'apprendrait. Pourtant, il fallait qu'elle lui pose la question. Elle était déchirée entre la paranoïa et le désespoir.

– Trimble était au courant de notre plan, dit Vale. Morgan et Jerry, non ; ils ont conçu l'essentiel de la biologie des Partials, mais nous n'étions pas sûrs de pouvoir leur confier le problème de la Sécurité, et comme cela n'affectait pas leur travail, nous n'avons pas eu besoin de le faire.

– Qui sont les autres ? demanda alors Kira.

– Quels autres ?

– J'ai trouvé leurs noms au cours de mes recherches, mais je ne suis jamais tombée sur le vôtre ; j'ai entendu parler de deux autres personnes au sujet desquelles je ne sais rien.

– Mon nom complet est Cronus Vale, lui apprit-il, et Kira reconnut le prénom.

– Cronus, ça, je l'ai déjà entendu, dit-elle en l'étudiant avec prudence. Le docteur Morgan semble vous considérer comme une menace.

– Ne me dites pas que vous l'avez rencontrée.

– Ça n'a pas été l'expérience la plus agréable de ma vie.

– Elle est mesquine, arrogante et sans cœur. Sur la fin, elle avait totalement renoncé à l'humanité en tant qu'espèce.

– Ça lui ressemble, en effet.

– Si jamais elle découvre cet endroit, nous sommes condamnés. Ma philosophie, comme vous avez pu le voir, est quelque peu éloignée de la sienne.

– Vous vous efforcez de protéger l'humanité, même au prix de l'esclavage de l'espèce Partial, dit Kira, à qui la vérité commençait à apparaître. Que sont devenus vos idéaux? Et quel est votre projet, maintenant, pour la survie des deux espèces?

– Après douze années, j'en suis venu à comprendre une chose. L'extinction vous oblige à choisir votre camp. Je ne veux faire de mal à personne, mais si je ne peux sauver qu'une des espèces, j'ai fait mon choix.

– Il n'y a pas forcément à choisir, dit Kira. Il y a moyen de sauver les deux.

– Il y avait. Mais ce rêve est mort avec le Ravage.

– Vous vous trompez, insista Kira, qui sentait les larmes lui monter aux yeux. Vous, Armin, Nandita et Graeme... votre travail ne visait qu'à cela, à faire survivre les deux espèces. Je dois pouvoir faire quelque chose!

– Je vous ai promis des informations, et je suis un homme de parole. Dites-moi ce que vous avez besoin de savoir, et je vous révélerai tout ce que je pourrai.

Ils remontèrent jusqu'au laboratoire caché sous la tour, et Kira prit le temps de la réflexion. Des questions, il y en avait tant! Par où commencer? Elle voulait savoir comment fonctionnait le RM, et quelle était précisément la relation entre le virus et son antidote. Si les mêmes êtres produisaient les deux, comment ces éléments réagissaient-ils entre eux? Elle voulait aussi en savoir davantage sur la date d'expiration : comment elle fonctionnait, comment ils pourraient la contourner. Vale n'en savait rien, apparemment, mais il ne semblait s'intéresser qu'au RM. Il disposait peut-être d'une information précieuse que Kira n'avait pas encore explorée.

– Parlez-moi de la date d'expiration, dit-elle.

– En fait, ce n'est qu'une extension de mon travail sur le cycle de vie. J'ai conçu les Partials de manière qu'ils atteignent en mode accéléré un certain âge et qu'ils y restent, gelant le processus de vieillissement en régénérant sans cesse leur ADN.

Au bout de vingt ans, ce processus s'inverse, et l'ADN est activement dégénéré. En gros, ils vieillissent de cent ans en quelques jours.

– Samm ne m'a pas dit qu'ils vieillissaient, fit-elle remarquer, simplement qu'ils... se décomposaient. Comme s'ils pourrissaient vivants.

– À cette vitesse, l'effet est le même. Ce n'est pas la manière la plus agréable de mourir, mais c'était la plus élégante d'un point de vue biologique.

Kira fronça les sourcils, cherchant toujours les pièces manquantes pour compléter le puzzle.

– Comment avez-vous fait pour cacher la date d'expiration à Morgan ?

– ParaGen était un vrai labyrinthe de secrets. Personne ne se fiait à personne, et le conseil d'administration se fiait encore moins à nos principaux scientifiques. C'est pour cela que nous avons dû concevoir deux dispositifs de sécurité.

Kira écarquilla les yeux.

– Deux ?

– Un virus tueur de Partials, comme ce qu'ils voulaient, et la grippe humaine que Graeme et Nandita ont imaginée dans le cadre de notre plan. Nous n'avons jamais mis en fabrication la Sécurité anti-Partials, bien sûr, mais je l'ai quand même créée, comme couverture, afin de masquer le reste de notre projet. La direction pouvait la voir, recevoir des rapports et des résultats de tests, et se rassurer sur le fait que nous suivions les ordres ; pendant ce temps, c'est l'autre dispositif de sécurité que nous avons finalement mis en place dans les modèles de Partials produits en masse.

– Attendez.

Kira ouvrit son sac à dos et y chercha la vieille poignée de l'ordinateur d'Afa, qui contenait toutes les informations téléchargées à Chicago.

– Vous avez un écran sur lequel je pourrais brancher ceci ?

– Bien sûr.

Il lui tendit un cordon électrique, et elle alluma l'appareil.

– Avant de venir ici, expliqua-t-elle, nous avons récupéré

tout un tas d'informations dans un centre de données de Chicago. L'une d'elles était un mémo émanant d'un cadre de la direction de ParaGen ; nous l'avons lu parce que la Sécurité y était mentionnée, mais nous n'avons pas compris sur le moment. Mais à la lumière de ce que vous venez de me dire...

La liste des fichiers apparut à l'écran, et Kira les fit rapidement défiler pour chercher le bon.

– Voilà, c'est celui-ci. « Nous n'avons pas de preuve formelle que l'équipe responsable des Partials ait le projet de saboter le dispositif de Sécurité. Toutefois, dans le souci de parer à toute éventualité, nous avons engagé de nouveaux ingénieurs pour l'installer sur les derniers modèles. Ainsi, en cas de trahison, la Sécurité se déploierait tout de même. »

Vale en resta comme assommé.

– Ils ont agi dans notre dos.

– C'est en effet ce que nous avons pensé en lisant cela, mais après ce que vous m'avez dit, je crois que ce n'est pas tout. Si le conseil d'administration ignorait tout du virus destiné aux humains, alors le seul qu'ils aient pu ajouter aux nouveaux modèles était votre leurre. Celui qui tue les Partials. Ce qui veut dire qu'il est peut-être encore en circulation. Et s'il tue les Partials, il tuera tout le monde, puisqu'ils sont notre seule source d'antidote.

– Très juste, reconnut Vale. Mais regardez la date : 21 juillet 2060. C'est-à-dire deux années entières après la création de la dernière fournée de Partials militaires. Tout ce que j'imagine, c'est que cet e-mail se réfère à deux qui n'ont jamais été produits en masse.

– Les nouveaux modèles... souffla Kira.

C'est moi, songea-t-elle. *C'est ce que je suis : un Partial nouveau modèle. C'est même l'année de ma naissance, cinq ans avant le Ravage. Ce message parle de moi.*

Je suis porteuse de la Sécurité anti-Partials.

– Vous avez l'air terrifiée, remarqua Vale.

Elle chassa ses cheveux de son visage en tâchant de contrôler sa respiration.

– Je vais bien.
– On ne dirait pas.
Kira regarda les dix prisonniers qui gisaient inertes sur les tables. *Si quelque chose active le virus que je porte, je les tuerai. Et je tuerai Samm.* Elle s'efforça d'empêcher sa voix de trembler pour répondre.
– Quel était le déclencheur ?
– L'élément qui rendait le virus actif ? C'était une substance chimique, administrée soit par la voie des airs soit par injection directe. Seuls certains Partials en étaient porteurs : des facteurs viraux, essentiellement, qui pouvaient être stimulés à un moment précis. Nous pouvions activer le remède de la même manière.
– Oui, d'accord, mais quel est le déclencheur ? Précisément ? Et serait-il le même pour les nouveaux modèles ?
– Cela n'a aucune importance. Le président a activé la Sécurité afin d'arrêter le soulèvement des Partials, et quand j'ai vu à quel point le RM était devenu agressif, j'ai de mon côté activé l'antidote. C'est fait et terminé. Ces nouveaux modèles mentionnés dans le mail n'étaient que des prototypes, et à ma connaissance aucun n'a survécu au Ravage. C'étaient de jeunes enfants à l'époque.
– Mais s'ils avaient survécu ? insista Kira. Et si quelque chose les active par accident, détruisant tous les Partials qui restent sur la planète ?
Vale la contempla fixement, l'air perplexe et pensif. Peu à peu son expression changea, et Kira ne put s'empêcher de faire un pas en arrière.
Vale aussi recula.
– Vous m'avez dit que vous aviez vécu avec Nandita, n'est-ce pas ? Qu'elle avait monté une sorte d'orphelinat ? Comment, au juste, a-t-elle réuni les filles qu'elle avait adoptées ?
Kira scruta ses traits avec méfiance, tâchant de déceler s'il avait deviné ce qu'elle était réellement. Il semblait suspicieux, mais quelles certitudes avait-il ? Qu'avait-il besoin de savoir avant d'agir, et quelles mesures prendrait-il alors ? S'il voyait en elle une menace, la tuerait-il sur-le-champ ?

Elle ouvrit la bouche pour parler, mais ne put rien trouver qui ne la trahisse pas. *Je ne peux pas avoir l'air d'en savoir trop, mais je ne peux pas non plus éviter le sujet.*

– Elle avait quatre filles. Elle nous a trouvées comme tous les autres parents d'accueil de l'île. Je crois que certains d'entre nous ont été placés chez des adultes par le Sénat. (Elle n'était pas certaine que ce soit vrai, mais cela sonnait bien sans révéler de connaissances particulières.) Pourquoi cette question ?

– Certains enfants étaient placés. Mais pas tous ?

– Nandita nous a élevées comme n'importe qui, répondit-elle.

Mais soudain, les questions de Marcus sur des expériences lui revinrent à l'esprit. *C'est ça, c'est moi,* pensa-t-elle, *tout se tient trop bien.*

Vale l'observa attentivement et fit encore un pas en arrière. Kira jeta un coup d'œil par-dessus l'épaule du médecin : reculait-il devant une menace, ou se rapprochait-il insensiblement d'une alarme quelconque ? *Combien de temps me reste-t-il ?* La tension dans la pièce était étouffante, et Kira sentit un épais filet de sueur lui couler dans le bas du dos.

– Vous rendez-vous compte, demanda-t-il d'une voix douce, des dégâts que pourrait faire la Sécurité anti-Partials si elle était libérée au grand air en ce moment ? Du mal qu'elle pourrait faire à la réserve, à East Meadow, au monde entier ?

– Je vous en prie, réfléchissez à ce que vous faites...

Mais ce n'était pas la bonne chose à dire, et elle sut, à l'instant où les mots quittaient sa bouche, qu'une supplique équivalait à un aveu. Vale fit volte-face, plongeant vers la table située derrière lui, et Kira n'attendit même pas de voir ce qu'il attrapait. Elle fit demi-tour et partit en courant, fuyant la pièce à toutes jambes. Un coup de feu résonna derrière elle, et des étincelles jaillirent de l'encadrement de la porte à quelques centimètres de sa tête. Elle franchit le coin et se rua vers le bout du couloir.

Il y eut encore des coups de feu derrière elle, mais elle était plus rapide que lui, et déjà trop éloignée pour ce tireur inexpérimenté. Elle prenait tous les virages en trébuchant, ralentissant à peine pour changer de direction, filant vers la cage d'ascenseur par laquelle elle était descendue. C'est seulement en l'atteignant qu'elle se rappela qu'elle avait laissé l'ordinateur portable dans le labo, branché sur celui de Vale.

– Pas le temps, souffla-t-elle en bondissant sur l'échelle pour se hisser. Je reviendrai le chercher plus tard.

Elle pouvait peut-être triompher de Vale – tout dépendait de ses modifs génétiques à lui –, mais il avait pu déclencher une alarme et appeler des renforts, et elle était incapable d'affronter la réserve entière. Son seul espoir était de rejoindre Samm et de le porter dehors, avant que quiconque à l'extérieur comprenne ce qui se passait.

Mais à quelle distance devrait-elle l'éloigner pour qu'il échappe à l'influence du sédatif? Et combien de temps avant qu'il élimine la dose présente dans son organisme?

Elle atteignit le premier étage et sortit en rampant par les portes de l'ascenseur toujours entrouvertes. Samm gisait non loin, exactement là où elle l'avait laissé, et elle passa son sac à dos par-dessus le sien avant de le hisser sur ses pieds. Il était mou et lourd dans ses bras : quatre-vingt-dix kilos de muscles transformés en poids mort. Elle passa les bras du Partial par-dessus ses épaules et le souleva, grognant sous l'effort, sans cesser de guetter des bruits de poursuite. Il n'y avait rien derrière elle, et elle n'entendait rien à l'extérieur. Elle clopina jusqu'à l'escalier, portant et traînant Samm. Elle atteignit le rez-de-chaussée et s'adossa à un mur pour se reposer, tout en observant la clairière broussailleuse qui entourait la tour. Deux types discutaient à l'ouest, abrités à l'ombre à côté d'un des bâtiments reconvertis en logements, mais ils ne semblaient pas particulièrement en alerte. Kira rajusta sa prise sur Samm et le traîna jusqu'à l'autre bout du hall pour sortir discrètement par le côté est, où personne n'attendait. Le sol était irrégulier, plein de racines et de taupinières, et elle était forcée d'avancer à pas de fourmi, ralentie par Samm.

Si seulement je savais où sont les chevaux, se dit-elle, mais elle n'avait pas le temps de les trouver. Si elle était porteuse de la

Sécurité anti-Partials, alors cela pouvait signer la mort des Partials de Vale, la mort de la réserve, et à terme la mort de tous les humains et de tous les Partials. Kira était une bombe à retardement ambulante, et neutraliser cette menace était une priorité absolue. Vale sacrifierait son secret, son autorité, tout ce qu'il faudrait pour préserver l'espèce humaine. Elle n'avait plus qu'à fuir ou mourir.

Elle atteignit l'orée de la clairière à l'instant précis où un homme apparut à l'angle du bâtiment le plus proche. Il s'arrêta, étonné ; elle serra les dents, presque entraînée au sol par le poids de Samm, et fila devant lui.

– Bonjour, dit-il. Est-ce qu'il va bien ?

– Il a fait un malaise, répondit Kira. Il a juste besoin d'air frais.

Il suffit d'atteindre le portail et on sera sauvés, pensa-t-elle.

– Vous êtes les nouveaux, comprit l'homme en lui emboîtant le pas. Vous êtes entrés dans la tour ?

– On se promenait, lâcha Kira en regardant devant elle.

Une autre clairière s'ouvrait devant eux, puis un autre bâtiment, et au-delà, la clôture et les faubourgs de la ville. *Si seulement on pouvait arriver jusque là-bas, on pourrait s'y cacher... mais il faut que je me débarrasse de ce bonhomme.*

– Vous connaissez Calix ? demanda-t-elle.

– Bien sûr !

– Trouvez-la, et dites-lui que nous avons laissé un médicament précieux dans nos sacs, dans sa chambre : un flacon rouge, triangulaire, avec un anneau vert autour du bouchon.

Ce n'était qu'un antibiotique, mais cet homme n'était pas obligé de le savoir ; elle avait juste besoin de l'éloigner. Il hocha la tête et partit en courant, et Kira continua d'avancer péniblement. Elle atteignit le bâtiment suivant, et maintenant il y avait plus de monde, des adultes et des enfants. *Plus que trente mètres. On y est presque.* Quelques personnes s'enquirent de la santé de Samm, l'air soucieux, et Kira fit de son mieux pour ne pas attirer encore plus l'attention, mais l'attroupement commença à grandir.

– Qu'est-ce qu'il a ?

– Où allez-vous ?
– Qu'est-ce qui se passe ?
Et puis une autre voix, au loin, derrière eux.
– Arrêtez-les !
Les badauds relevèrent la tête, perdus. Kira se fraya un passage entre eux.
– Arrêtez-les ! lança de nouveau la voix.
C'était Vale.
Kira continua d'avancer, luttant pour empêcher Samm de tomber. Une femme dans la foule lui agrippa le bras.
– Le docteur Vale veut que vous vous arrêtiez, dit-elle.
Kira sortit son pistolet, et la femme recula vivement.
– Le docteur Vale veut nous tuer. Laissez-nous partir.
Plus que quinze mètres.
La femme battit en retraite, les mains en l'air, et Kira s'enfuit lentement, penchée sur le côté pour garder le poids de Samm centré sur elle. Elle le retenait d'une main, et de l'autre tenait la foule en respect avec son pistolet. Jetant un coup d'œil en arrière, elle vit Vale approcher avec un groupe de chasseurs armés.
Samm gémit, groggy mais éveillé.
– On est où ?
– Dans les ennuis jusqu'au cou, dit Kira. Tu peux marcher ?
– Qu'est-ce qui se passe ?
– Fais-moi confiance. Réveille-toi.
– Arrêtez-les ! cria une nouvelle fois Vale. Ce sont des espions, ils sont venus détruire la réserve !
– On s'en va, dit Kira entre ses dents serrées, luttant pas à pas pour rejoindre le portail ouvert.
Samm s'appuyait toujours lourdement sur elle, tâchant de marcher mais trop faible pour le faire avec efficacité. Les villageois, qui ne comprenaient rien à la situation, ne s'étaient pas interposés pour les arrêter.
– Laissez-nous partir.
– Si vous les laissez partir, ils reviendront avec mille autres comme eux ! clama Vale. Ce sont des Partials !
Samm avait la voix pâteuse.

– Alors l'expé de reconnaissance ne s'est pas passée comme prévu ?

– Tu ne m'aides pas, dit Kira. Bon, tu peux marcher, maintenant ?

Samm essaya de se tenir sur ses pieds, oscillant légèrement, et retomba sur son épaule.

– Pas bien.

– Est-ce que c'est vrai ? fit une voix.

Kira, tournant la tête, se retrouva nez à nez avec Phan, et son expression d'homme trahi lui transperça le cœur.

– Je suis une personne, dit-elle. Les Partials...

– Les Partials ont détruit le monde, déclara Vale en les rattrapant. Et maintenant, ils sont venus terminer le travail.

– Vous mentez, cracha Kira. C'est vous qui l'avez détruit, et depuis vous vivez dans un fantasme, à essayer de faire comme si le passé n'était jamais arrivé.

– N'écoutez pas leurs tromperies !

La foule se rapprocha d'eux, et l'étroit chemin menant au portail devint de plus en plus étroit. Kira balança follement son pistolet autour d'elle, tout en retenant Samm de l'autre bras.

– S'il te plaît, Samm, j'ai besoin que tu te réveilles, là.

– Je suis réveillé, dit-il alors que la foule n'était plus qu'à quelques pas. Je peux marcher.

Kira le lâcha, et il tint debout.

– Il faut qu'on...

Vale fit feu.

CHAPITRE 47

– Toutes mes excuses pour mon absence, j'essayais de sauver le monde, dit Nandita.

Elle se tenait dans le salon de son ancienne maison – celle qu'Ariel avait fuie tant d'années auparavant en jurant de ne jamais y revenir.

Ariel serra les poings et répondit sèchement.

– Tu nous as déjà menti, dit-elle. Pourquoi on te croirait maintenant ?

– Parce que vous êtes des adultes, ou pas loin. Les enfants doivent être protégés de la vérité, mais les adolescents peuvent l'affronter en face.

Quatre visages la regardaient fixement, toutes les femmes de la vie d'Ariel : ses sœurs Madison et Isolde, son amie Xochi, et la mère de Xochi, la sénatrice Kessler. Même Arwen était là, le bébé miracle. Toutes prises au piège par l'armée des Partials, ramenées là pour attendre, s'inquiéter et mourir. Elles s'étaient rassemblées dans la maison de Nandita parce que c'était le seul foyer qui leur restait. *Et encore : s'ils savaient à quel point nous avons été proches de Kira,* se dit Ariel, *nous serions encore plus dans le pétrin.*

– La Défense vous cherche depuis un an, intervint Kessler. Où étiez-vous passée, et quels sont vos liens avec l'armée des Partials ?

– Je l'ai créée, lâcha Nandita.

– Qu... quoi ? bafouilla Kessler.

Elle était la première à pouvoir articuler un mot. Ariel, pour sa part, était trop choquée pour dire quoi que ce soit.

– Vous avez créé les Partials ?

– Je faisais partie de l'équipe qui a conçu leur code génétique, dit Nandita en enlevant son manteau et son châle.

Ses mains étaient ridées, mais n'avaient plus les cals qu'Ariel leur avait toujours vus. Où qu'elle ait été, elle n'avait pas jardiné, ni fait de travail manuel.

Kessler bouillait de colère.

– Et vous l'avouez ? Comme ça ? Vous avez créé une des plus grandes forces de destruction que ce monde ait jamais...

– J'ai créé des êtres vivants, dit Nandita, comme toute autre mère. Et les Partials, comme n'importe quels enfants, ont la capacité de faire le bien ou le mal. Ce n'est pas moi qui les ai élevés, ce n'est pas moi qui les ai opprimés si durement qu'ils ont été forcés de se rebeller.

– Forcés ? s'étrangla Kessler.

– Vous n'auriez pas fait autrement à leur place, trancha Nandita. Je ne connais personne de plus prompt que vous à combattre ce qui ne lui plaît pas. À part Kira, peut-être.

– Laisse-la parler, Erin, dit Xochi (qui n'avait jamais appelé sa mère autrement que par son prénom).

– Donc, vous avez créé les Partials, reprit Isolde. Ça n'explique pas pourquoi tu as disparu.

– Lorsque nous les avons créés, nous les avons conçus pour qu'ils soient porteurs d'une épidémie, dit Nandita. Pas exactement ce qui a ensuite été appelé le RM, notez bien : la maladie qui a été diffusée s'est avérée plus virulente que nous ne l'avions voulu, et pour des raisons que nous ne comprenons pas pleinement. Mais nous avions aussi prévu un antidote, présent chez tous les Partials, qui pouvait être activé par un second déclencheur chimique. Et puis, comme vous le constatez, tout a viré à l'enfer.

– Tu ne nous dis toujours pas où tu étais passée, souligna Ariel, les doigts serrés sur la poitrine.

Elle avait tellement l'habitude de haïr Nandita que ce chapelet de confessions la perturbait profondément : d'un côté, cela lui donnait encore plus de raisons de la détester, en justifiant tous ses soupçons et ses accusations. De l'autre, cependant, comment pouvait-elle se fier à la moindre de ses paroles ? Même s'il s'agissait d'aveux ?

– Patience, j'y viens. Il vous faut d'abord les circonstances.

– Non, pas du tout, aboya Ariel. Ce qu'il nous faut, ce sont des réponses franches et directes.

– Je t'ai enseigné de meilleures manières que ça.

– Tu m'as enseigné à me méfier de tout ce que tu disais. Cesse d'essayer de nous mettre dans ta poche et réponds juste à nos questions, sans quoi toutes les femmes présentes dans cette pièce se feront un plaisir de te livrer à Morgan.

Nandita la contempla, ses yeux âgés illuminés par une flamme. Elle regarda Ariel, puis Isolde, puis de nouveau Ariel.

– Très bien. J'étais partie parce que j'essayais de recréer le déclencheur chimique de l'antidote.

– Ça paraît assez facile à comprendre, en fait, dit Xochi. Ce n'était pas la peine de faire tant de mystères.

– C'est parce que je vous ai donné le contexte. J'ai travaillé là-dessus pendant onze ans, en faisant de mon mieux avec le matériel que j'avais, utilisant des herbes pour distiller les produits chimiques dont j'avais besoin. L'an dernier, alors que j'étais partie chercher des ingrédients, je suis tombée sur une chose dont je n'aurais jamais imaginé qu'elle existait encore : un laboratoire plein de matériel de manipulation génétique en état de marche, et suffisamment de courant pour le faire tourner. J'ai essayé de revenir pour vous ramener là-bas, tout vous expliquer et résoudre le problème une bonne fois pour toutes, mais une guerre civile et maintenant une invasion de Partials ont rendu les déplacements très difficiles.

– Mais pourquoi nous ? demanda Ariel. Pourquoi nous emmener dans ton labo... pourquoi nous utiliser pour tes expériences ?

– C'est là qu'il vous manque du contexte, dit Nandita. Le déclencheur chimique vous était destiné, à vous... le remède est en vous. Kira, Ariel et Isolde.

– Quoi ? aboya Madison.

Isolde, sous le choc, couvrait de ses mains son ventre enflé – elle était enceinte de neuf mois – comme pour le protéger des paroles de Nandita.

Ariel eut un sourire crispé, confuse et terrifiée, mais ne pouvant que se délecter d'une victoire si longtemps attendue.

– Alors tu menais bien des expériences sur nous.

– Je cherchais à recréer le déclencheur à partir de rien, ce qui demandait beaucoup de tâtonnements.

– Reviens un peu en arrière, intervint Xochi. Tu nous as dit que l'antidote faisait partie des Partials... alors pourquoi essayais-tu de l'obtenir d'elles trois ?

– Tu as répondu à ta propre question, déclara Nandita.

– Nous sommes des Partials, souffla Ariel, les yeux rivés sur Nandita. Tu t'es fait ton petit orphelinat de Partials.

La révélation était écrasante, mais sa colère lui permettait de rester concentrée : elle avait haï Nandita pendant tant d'années, concocté tant de théories sur son comportement, que cette nouvelle, bien que choquante, était très facile à croire.

– Comment as-tu pu nous cacher ça ? Nous te considérions comme notre mère !

– Je ne peux pas être une Partial, dit Isolde avec une douleur audible. Je ne suis pas, je... je suis enceinte. Les Partials sont stériles. (Elle tremblait, riait et pleurait à la fois.) Je suis humaine, comme tout le monde.

– Je les ai vues grandir, intervint Kessler. Les Partials ne grandissent pas.

– Ce sont des modèles plus récents, expliqua Nandita. Les premières générations ont été créées pour la guerre, mais tout le monde savait que celle-ci ne serait pas éternelle. ParaGen était une entreprise, les Partials étaient un produit, et le conseil d'administration était toujours à l'affût de la nouveauté de la saison suivante. Que fait-on avec la technologie biosynthétique quand on n'a plus besoin de soldats ?

Ariel avait la nausée : elle se sentait soudain étrangère dans sa propre peau.

– Nous étions des enfants. (Elle fit la grimace.) Vous vendiez des enfants ?

– Nous concevions des Partials pour que des gens leur donnent de l'amour, dit Nandita. Des enfants forts et en bonne santé qui pourraient être adoptés et élevés exactement comme des enfants humains : cela répondait à une demande du marché, ce qui était le moyen de convaincre nos patrons de financer le programme, tout en assimilant en même temps les Partials – et l'idée même de leur existence – dans les rangs de l'humanité. Les enfants que nous créions étaient le chaînon manquant qui ferait passer les Partials du statut d'horreur venue d'ailleurs à simple partie prenante de la vie quotidienne. Ils étaient aussi humains que nous pouvions les faire : ils pourraient apprendre et grandir, ils pourraient vieillir, ils pourraient même procréer. (Elle fit un geste vers Isolde.) Et par-dessus le marché, ils jouissaient de tous les avantages liés aux Partials : des corps et des squelettes plus forts, des muscles et des organes plus efficaces, des sens plus aiguisés et des esprits plus vifs.

– Et une condamnation à mort à vingt ans, dit Xochi.

– Non, pas de date d'expiration pour ceux-là. Tout, dans les nouveaux modèles, était conçu pour égaler ou surpasser la vie humaine ; il n'y avait pas de limitations, pas de raison de se couvrir avec un dispositif de sécurité.

– Vous ne faisiez pas que fabriquer des enfants, dit Ariel, vous étiez en train de reconstruire l'espèce humaine.

Nandita ne répondit rien.

– Ce n'est pas vrai, intervint Isolde en élevant la voix. Rien de ce que tu as dit n'est vrai. Tu es une vieille folle et une menteuse !

Ariel regarda sa sœur adoptive, sa haine envers Nandita cédant peu à peu la place au sentiment d'horreur qui détruisait Isolde. Si elles étaient des Partials, elles étaient des monstres. Elles avaient détruit le monde – pas personnellement, peut-être, mais elles faisaient partie du processus. D'autres gens, tous ceux avec qui elles avaient grandi, le penseraient. Déjà, la sénatrice Kessler s'avançait lentement pour se placer entre Xochi et les créatures monstrueuses qui avaient été ses amies. Que croyait-elle qu'elles allaient lui faire ? À présent qu'Ariel savait être une Partial, allait-elle se mettre à tuer les gens ? Que penserait d'elle le reste de l'île : qu'elle était une traîtresse ? Un agent dormant ? Une folie ou une monstruosité ? Ariel, au moins, n'avait personne à trahir, déjà isolée par des années passées à vivre à l'extérieur ; Isolde, elle, avait des amis, une famille, un métier... un emploi au Sénat, au cœur du gouvernement humain. Allaient-ils la considérer comme une espionne ? Que feraient-ils à une espionne Partial, enceinte ou non ?

Et que feraient les Partials s'ils apprenaient la vérité ? La connaissaient-ils déjà ? Ariel pourrait-elle aller chercher de l'aide auprès d'eux, ou contribuer à mettre fin à l'occupation ? Peut-être que s'ils l'entendaient de la bouche d'une des leurs...

Une des leurs. Une Partial. L'esprit d'Ariel se cabrait contre cette idée, et elle se sentit prise de nausée. Elle courut à la cuisine vomir dans l'évier. Une Partial. Tout ce qu'elle avait toujours pensé de Nandita était vrai. C'était même encore pire.

Personne ne la rejoignit à la cuisine.

– Et le bébé d'Isolde ? s'enquit Xochi d'une voix incertaine. Il sera... quoi ? Humain ou Partial ?

– Je ne suis pas une Partial ! hurla Isolde.

Ariel s'essuya le visage et la bouche et regarda par la fenêtre, les yeux plongés dans la nuit.

– Je présume qu'il est les deux, répondit Nandita. Un hybride humain/Partial. Nous supposions que cela pouvait arriver, mais... il faudra que je fasse davantage de recherches pour comprendre exactement ce que ça veut dire.

Ariel revint dans la pièce. Elle se sentait différente. Exclue. Plus qu'elle ne l'avait jamais ressenti avant.

– Alors comme ça, tu as passé des années à chercher à réactiver l'antidote, lâcha Madison, et ensuite... quoi, tu es partie l'activer ailleurs ? Sans les filles ?

– J'avais trouvé un laboratoire, comme je l'ai dit, répondit Nandita. Relié à l'électricité et autonome. Je voulais revenir chercher les filles, mais le climat politique n'était plus franchement favorable à ce moment-là.

Kessler grogna.

– Nous ne sommes pas idiotes... si vous nous aviez dit que vous travailliez sur un traitement...

– Vous auriez noyé le poisson, comme vous avez fait avec Kira. Et si je vous avais dit tout ce que je viens de vous raconter, vous m'auriez jetée en prison ou tuée sur-le-champ.

– Alors arrête de discuter et fais-le, trancha Isolde. Tu es revenue parce que tu as le remède, non ? Tu peux le déclencher, et on pourra sauver tout le monde.

Elle toucha de nouveau son ventre et Ariel éprouva une bouffée d'espoir, mais Nandita secoua la tête.

– Quoi ? fit Xochi. Tu ne l'as pas trouvé ?

– Bien sûr que je l'ai trouvé. J'avais onze années de données biologiques sur les filles, j'ai travaillé sur le projet d'origine, et je disposais d'un laboratoire idéal. Je savais qu'il y avait un déclencheur, et j'ai trouvé exactement le mélange chimique pour y arriver.

Elle sortit un petit flacon en verre d'un sachet qu'elle portait autour du cou et le leva en l'air ; il miroita dans la lumière.

– Mais ce n'est pas le remède. Quelqu'un l'a déjà déclenché, chez tous les Partials qui en étaient porteurs. (Elle regarda Madison.) Kira l'a découvert pendant mon absence, c'est comme ça qu'elle a sauvé ton bébé.

– Alors qu'est-ce que tu as trouvé ? demanda Isolde. À quoi sert ce flacon ?

– J'ai ma petite idée là-dessus, dit Nandita. Mais ce n'est pas une bonne nouvelle.

CHAPITRE 48

– Je crois qu'on les a semés, chuchota Kira, à bout de souffle, épuisée.

Ils couraient dans les ruines depuis presque une heure, avec apparemment toute la réserve aux trousses. Elle était tellement fatiguée qu'elle ne pouvait presque plus marcher, et ils s'étaient réfugiés dans une ancienne banque.

– Je ne suis pas sûre de pouvoir faire encore un pas, ajouta-t-elle. Maintenant, je sais ce que tu ressentais tout à l'heure dans la tour.

Il s'effondra contre le mur et glissa lentement au sol, laissant sur son passage une traînée rouge.

– Ce que je ressens encore, dit-il. Je ne sais pas quel sédatif il a utilisé là-dedans, mais je te jure que ça coupe les jambes ! Répare-moi un peu.

Kira resta presque une minute à côté de la fenêtre, surveillant la route à la recherche du moindre signe de mouvement ou de poursuite. Encore inquiète, elle recula jusqu'au mur près de Samm et sortit de son sac ce qui restait de sa trousse de secours – pas une trousse complète, car celle-ci était toujours dans la chambre de Calix, mais les éléments essentiels qu'elle avait gardés dans son sac à dos avec les autres choses qu'elle ne voulait pas perdre de vue : son pistolet, désormais en panne de munitions ; une poignée de documents décolorés ayant appartenu à Afa ; et en principe l'ordi portable, malheureusement resté dans le laboratoire secret de Vale. Elle tamponna la plaie de Samm, une balafre sanglante laissée par la balle qui lui avait effleuré le triceps, et lui donna une poignée d'antibiotiques à avaler.

– Tu n'en as sans doute pas besoin, dit-elle, étant donné ce que j'ai vu de ton système immunitaire, mais prends-les quand même. Je préfère.

– Ce n'est pas ta faute.

– C'est moi qu'il visait. C'est moi qui l'ai mis en colère.

– Et je me suis interposé exprès, rétorqua Samm. Je te l'ai dit, il communique par le lien : j'ai su sur qui il allait tirer avant qu'il le fasse.

– Ça ne me console pas, trancha Kira, fouillant son sac à la recherche de bandages et découvrant qu'elle n'en avait pas. Tout est resté là-bas, souffla-t-elle. Attends, laisse-moi voir ce que je peux dénicher dans le coin.

Ils se cachaient dans les bureaux du fond de la banque, loin de la rue, et elle se leva afin de chercher un tissu, un chiffon, quelque chose.

– Maintenant qu'on a un peu le temps de respirer, lança Samm, tu peux me dire pourquoi il a soudain voulu nous tuer ? Je suppose qu'il nous a surpris à rôder dans la tour.

– J'ai découvert son secret, révéla Kira en ouvrant les tiroirs d'un vieux meuble en bois.

Et il a découvert le mien, ajouta-t-elle pour elle-même – mais elle ne voulait pas encore partager cela avec Samm : *que dirait-il s'il savait que je porte en moi la maladie qui pourrait tuer tous les Partials du monde ?*

– Il n'a pas de nouvel antidote. Il récolte la phéromone sur un groupe de Partials enfermés et endormis dans la tour. L'un d'eux a été modifié de manière à produire un sédatif puissant qui affecte les Partials : c'est pour ça que tu as tourné de l'œil dès que tu as mis les pieds dans le bâtiment. C'est comme ça qu'il les neutralise.

Samm garda le silence un moment avant de parler.

– C'est horrible.

– Je sais.

– Il faut qu'on l'arrête.

– Je sais, répéta Kira, mais il y a d'autres priorités. Par exemple, éviter que tu finisses saigné à blanc.

Elle trouva une veste de costume dans une petite armoire et la sortit pour l'examiner. À Long Island, elle aurait été complètement moisie après douze ans passés dans l'air humide, mais ici, dans une ville du désert, elle était plutôt bien conservée. Kira la rapporta à Samm et s'assit par terre avec son couteau pour la découper en larges bandelettes.

– J'ai toujours rêvé de te voir en costard !

– Il faut qu'on les libère.

Kira s'arrêta en plein geste.

– Ce n'est pas si simple.

– On peut y retourner. De nuit. Il faut trouver un moyen de sauver Heron, de toute manière ; elle a disparu depuis trop longtemps pour ne pas être là-bas, quelque part. On va la retrouver et libérer les hommes que Vale a capturés et faire sortir tout le monde de là.

– Je sais, dit à nouveau Kira, mais ce n'est pas si simple. Les Partials captifs sont pratiquement des squelettes. Je ne sais pas s'ils pourraient survivre en dehors du labo, alors une tentative d'évasion nocturne...

– Tu dirais la même chose si c'étaient des prisonniers humains ?

Kira eut l'impression d'avoir reçu une gifle.

– Je ne dis pas que tu n'as pas raison, je dis juste que ce n'est pas si simple. Pourquoi m'en veux-tu comme ça ?

– C'est exactement ce que le docteur Morgan a essayé de te faire. Transformer un humain en cobaye vivant pour une expérience scientifique. J'ai risqué ma vie et détruit mes amitiés pour te libérer.

– Tu as aussi contribué à ma capture.

– Et ensuite, je t'ai libérée. Il y a une possibilité très réelle pour que ce que Morgan voulait te faire ait été valable : elle aurait peut-être pu apprendre quelque chose, dans ta physiologie, qui aurait permis de lever la date d'expiration. Pourtant, je t'ai aidée à t'enfuir. Dis-moi : si tu refuses de retourner là-bas avec moi, ce ne serait pas plutôt parce que ces Partials sont utilisés pour sauver des vies humaines ?

Kira ouvrit la bouche pour nier, mais elle en fut incapable. Elle ne pouvait pas mentir à Samm.

– Tu préfères qu'on laisse mourir tous les enfants qui sont ici, lâcha-t-elle.

Elle ne le formula pas comme une question.

– Tu ne peux pas affirmer que c'est ce qui arriverait...

– Je sais très bien que c'est exactement ce qui arriverait, le coupa-t-elle. À East Meadow, c'est ce qui arrive tous les jours depuis douze ans, et j'ai passé une de ces années dans la maternité, à voir cela se dérouler sous mes yeux. Si on fait sortir ces Partials de ce labo, les prochains enfants humains qui viendront au monde mourront aussitôt. Il n'est pas question que je laisse faire.

– Mais tu acceptes que ces Partials soient utilisés comme des machines ?

Elle ne l'avait jamais vu si en colère. En ce moment, il semblait presque... humain.

– Tu es une Partial, Kira. Il est temps que tu commences à te faire à l'idée.

– Ce n'est pas la question.

– Tu parles ! Qu'est-ce que c'est, alors ? La honte ? Tu as honte de ce que tu es ? De ce que je suis ? Je croyais que tu faisais tout ça pour sauver les deux espèces, mais poussée dans tes retranchements, tu retournes tout droit aux humains. Heron expliquait depuis le début que nous pourrions peut-être sauver les Partials, mais tu ne voulais pas ; il a fallu que tu viennes ici chercher un moyen de sauver d'abord les humains.

– Ce n'est pas si simple ! éclata cette fois Kira. Si on va libérer ces Partials, les enfants humains mourront. Cette communauté s'éteindra. Je n'aime pas les statistiques, mais c'est bien ça le sujet : dix personnes contre deux mille, dix mille ou vingt mille, à mesure que la communauté grandira. Si c'étaient des humains, dans ce labo, qui maintenaient en vie un hôpital plein d'enfants Partials, je dirais la même chose.

– Alors pourquoi ne pas les traiter en humains ? Après tout, les Partials resteraient peut-être de leur plein gré. Est-ce qu'il leur a posé la question, au moins ? Est-ce qu'il leur a expliqué la situation ? Nous ne sommes pas des monstres sans cœur, Kira, et nous ne méritons pas d'être traités ainsi.

– Et toi, tu resterais ? lui demanda-t-elle, retournant le raisonnement contre lui. Tu renoncerais à tout ce que tu as, à tout espoir et toute ambition, pour devenir une... une vache à lait ? Tu resterais ici à ne rien faire et tu les laisserais récolter tes phéromones ? Remarque, tu aurais Calix pour te tenir compagnie !

– Kira, tu ne sais plus ce que tu racontes.

– Et qu'est-ce que tu dis de ça ? enchaîna-t-elle, trop furieuse pour se taire. Le Partial qui produit le sédatif... il s'appelle Williams. Il est une arme vivante qui ne peut, par définition, coexister avec aucun autre Partial. Vale a modifié son ADN, et il ne peut plus rien y changer parce que son équipement a été détruit. Le seul moyen de réellement les libérer, en fait, serait...

Elle s'arrêta soudain, comprenant qu'elle ne parlait plus seulement de Williams. Elle parlait d'elle-même. L'arme vivante qui menaçait tous les autres Partials par sa seule existence.

– Le seul moyen de les libérer, reprit-elle à mi-voix, c'est qu'il meure.

Sa voix se brisa, et elle se força à poser la question finale.

– Que ferais-tu de lui ?

Pitié, ne dis pas que tu le tuerais. Pitié, ne dis pas que tu me tuerais.

– Je crois... (Il se tut, et Kira vit qu'il réfléchissait profondément.) Je n'y avais pas encore pensé. Ce n'est pas simple, mais c'est...

Pitié, faites qu'il dise non, pensa-t-elle.

– Je suppose que parfois, une personne doit souffrir afin que toutes les autres soient libres, lâcha-t-il enfin, et Kira pâlit.

– Alors tu le tuerais ?

– Ça ne me fait pas plaisir, mais quelle est l'alternative ? Sacrifier toute une communauté pour une personne ? Il faut agir au mieux pour le groupe, ou ne plus avoir que des tyrans.

– Alors tu sacrifierais un type pour les neuf autres, enchaîna Kira, mais tu refuses de sacrifier dix hommes pour en sauver quelques milliers. C'est un peu incohérent, tu ne trouves pas ? Ce village plein d'humains, n'est-ce pas un de ces groupes pour lesquels il faut agir au mieux ?

– Ce que je dis, c'est qu'on ne peut pas utiliser les êtres vivants, parce qu'ils ne sont pas des choses. Même si je ne devrais pas m'étonner, vu que c'est exactement comme ça qu'on a traité Afa.

– Pardon ? C'est moi qui l'ai défendu... C'est moi qui ai pris sa défense tout le temps, qui ai fait tout ce que j'ai pu pour le garder en bonne santé, pour être gentille avec lui...

– Nous l'avons entraîné dans une situation où il n'avait rien à faire, soutint Samm, parce que nous avions besoin de lui. On s'est servis de lui pour arriver à nos fins et je ne dis pas que c'est ta faute : c'est notre faute à tous, on l'a tous emmené. Mais on a eu tort, et maintenant il est mort, et il faut en tirer les leçons.

– Et notre leçon, c'est de laisser mourir encore plus de gens ? s'insurgea Kira. Je sais que la mort d'Afa est notre faute, la mienne plus que celle de n'importe qui, et je ne veux pas avoir ça sur ma conscience, mais même si je n'ai pas pu le sauver, je peux sauver la prochaine génération d'enfants humains. Ça ne me fait pas plaisir, et à Vale non plus, mais le dilemme est insoluble. Tout ce que nous choisissons de faire sera une tragédie horrible et douloureuse pour quelqu'un, quelque part, mais avons-nous le choix ? Faut-il s'abstenir de choisir ? Croiser les bras et laisser tout le monde mourir ? Ce serait le pire de tout.

La voix de Samm se fit plus douce ; elle n'était plus agressive, mais simplement triste.

– Je ne crois pas aux dilemmes insolubles.

– Alors quelle est la solution ?

– Je ne sais pas encore, mais je sais qu'elle existe. Et nous devons la trouver.

Kira se rendit compte qu'elle pleurait, et chassa ses larmes avec le dos de sa main. Elle tenait encore une bande d'étoffe de la veste, qu'elle agita faiblement.

– Donne-moi ton bras. Il faut encore que je le bande.
– Vas-y doucement, fit soudain la voix de Calix.
Kira et Samm bondirent en l'air. Ils découvrirent la blonde derrière eux, un pistolet braqué sur eux. Son fusil était accroché dans son dos.
– Merci d'avoir des conversations si animées, dit-elle. Ça m'a permis de vous retrouver plus facilement.
– Je n'ai plus de cartouches, annonça Kira en jetant un regard à son pistolet et à son sac, de l'autre côté de la pièce.
– Moi j'en ai encore une, lui apprit Samm, mais je suis assez sûr que Calix aurait le temps de nous tuer tous les deux avant que je l'attrape.
– C'est la chose la plus vraie que tu aies jamais dite, lâcha l'intéressée. Et si tu posais ce pistolet par terre, bien lentement, et que tu me l'envoyais avec ton pied ?
Samm prit son pistolet entre deux doigts, sans approcher de la détente, et le laissa tomber.
– C'est ça, dit Calix. Vers moi.
Il le poussa du pied, maladroitement, de sa position avachie, et elle se baissa pour le ramasser, gardant son semi-automatique braqué sur eux en permanence. Elle s'assura que la sécurité de Samm était enclenchée, et glissa le pistolet dans une sacoche qu'elle portait à la ceinture.
– Et maintenant, répondons à quelques questions avant que je vous ramène à la réserve. Tout d'abord (sa voix trembla légèrement), êtes-vous vraiment des Partials ?
– En effet, dit Kira, mais ça ne fait pas de nous des ennemis.
– Le docteur Vale prétend que vous essayez de nous voler notre remède contre le RM.
Kira regarda Samm, puis de nouveau Calix.
– C'est... nous ne voulons voir mourir personne.
– Vous parlez de saccager son labo.
– Est-ce que tu sais en quoi consiste le traitement ? s'enquit Samm.
– C'est une piqûre.
– Mais sais-tu comment il le fabrique ?

La perplexité de Calix s'effaça de son visage, qui retrouva son implacable sévérité.

– Quelle importance ?

– L'antidote provient de Partials, révéla Kira. Il en a dix dans un labo au sous-sol, où ils vivent depuis douze ans dans un coma artificiel.

– Ce n'est pas vrai.

– Je les ai vus.

– Tu mens.

– Le docteur Vale a créé les Partials, dit Samm. Il y a beaucoup de choses sur lui que tu ignores.

– Levez-vous. Je vais vous ramener, et on ira parler au docteur, comme ça il pourra montrer à tout le monde à quel point vous vous trompez.

– Ce sera bien plus révélateur que tu ne le crois, dit Kira en se levant.

Au même instant, un coup de feu résonna dans tout le bâtiment et elle se laissa tomber au sol en se couvrant la tête. *Est-ce qu'elle m'a tiré dessus ? Samm ?* Elle entendit une autre détonation, puis un cri, après quoi Calix s'effondra au sol. Kira releva la tête, étonnée, et jeta un coup d'œil à Samm ; il était visiblement aussi perplexe qu'elle. Calix roulait par terre dans une flaque de sang, les mains crispées sur la poitrine. Kira poussa une exclamation et courut à elle.

– Calix !

La blonde gémit entre ses dents, avec une grimace de douleur et de colère.

– Qu'est-ce que tu as fait ?

– Mais rien ! Qui t'a tiré dessus ?

Elle écarta les mains de Calix de sa poitrine ensanglantée, cherchant un impact de balle, et découvrit que la blessure était à la main. Le sang en excès venait d'un second trou, dans la cuisse de la fille.

– Garde la pression là-dessus, dit-elle en repliant ses mains. Samm, j'ai besoin de ton aide avec sa jambe.

– Qui a tiré ? demanda Samm en tenant les épaules de Calix pour l'immobiliser.

– À votre avis ? clama alors Heron.

Kira fit volte-face et la vit arriver en courant de la rue dévastée.

– C'était un tir à longue portée et ce pistolet n'est plus aussi précis qu'avant. Poussez-vous, que je l'achève.

– On ne veut pas que tu l'achèves, protesta Kira en se précipitant devant l'arme. Où étais-tu passée ?

– Je faisais mon travail, lâcha Heron. Vous avez vu la tour ?

– Bien sûr, et le labo au sous-sol.

– Je n'ai pas pu me rapprocher assez, dit Heron. Il y a une sorte de somnifère qui passe par le lien. Mais je file un type nommé Vale depuis deux jours, et je suis raisonnablement sûre qu'il fait partie de l'Alliance. Il y a aussi des Partials dans le coin, quelque part. Est-ce que ce bâtiment est bien ce que je crois ?

– Ça dépend, tu crois que c'est une ferme de phéromones avec dix Partials dans le coma, transformés en légumes ?

– En fait, non, dit Heron, l'air surprise. C'est... je savais que ça allait mal, mais ça, c'est... épouvantable. D'ailleurs, je déteste avoir raison. (Elle regarda Calix, qui gémissait toujours et se tortillait sur le sol.) Sérieusement, laissez-moi mettre fin à ses souffrances.

– On ne tue plus personne ! assena Samm avec force.

Kira et Heron le regardèrent toutes les deux. Il avait surmonté la douleur de sa blessure, et il se leva. Kira hocha la tête.

– Absolument, on ne tue plus. Aide-moi à tenir Calix pour que je puisse examiner cette blessure.

– Pourquoi voulez-vous sauver... cette humaine ? s'étonna Heron. Samm, je suppose que je n'ai même plus besoin de te le demander, pas vrai ?

– C'est une chasseuse, répondit-il. Ce n'est pas une ennemie combattante. Ils n'ont pas de soldats – avant notre arrivée, ils ne savaient même pas que la guerre existait encore. Et personne à part leur chef n'était au courant pour les Partials du sous-sol. Je ne vais pas punir Calix pour ce que Vale a fait.

Kira sentit une bouffée d'émotion s'épanouir dans sa poitrine.

– Exactement.

– Alors on n'en tuera aucun. On peut s'introduire là-bas de nuit, quand ils baisseront leur garde, et Samm et moi on te couvrira pendant que tu iras chercher les prisonniers, Kira. Tu es la seule d'entre nous qui soit insensible au sédatif.

Samm parla avant que Kira ait pu dire un mot.

– On les libérera, déclara-t-il avec fermeté, mais on ne partira pas... du moins, pas moi.

– Quoi ? firent Kira et Heron en même temps.

Il regarda Kira.

– C'est la solution au dilemme. Je vais faire ce que tu as dit : rester avec eux.

– Mais c'est idiot, s'insurgea Heron.

– Je ne peux sacrifier la vie de personne, la liberté de personne, si je ne suis pas prêt à sacrifier la mienne. Nous allons libérer les Partials capturés, et les humains pourront obtenir la phéromone de moi.

Kira était sonnée. Elle cherchait un argument valable, n'importe lequel.

– Tu... tu n'as plus qu'un an à vivre, dit-elle. Tu ne pourras les aider que pendant un an avant d'expirer.

– Alors tu as un an pour trouver la solution. Mieux vaut se mettre au travail sans tarder.

– Tout cela fait chaud au cœur, lâcha Heron, mais ça n'a aucun sens. Tu ne vas pas rester ici, Samm.

Kira ouvrit la bouche pour parler, mais s'arrêta en voyant la tête du garçon. Il avait dû sentir quelque chose par le lien. Heron n'exprimait pas un désaccord avec lui : elle exposait un fait.

– Heron, dit-il. Qu'est-ce que tu as fait ?

– Ce que j'aurais dû faire il y a un mois, déclara la Partial d'un air sombre et pénétrant. Un rapport.

Un silence absolu s'abattit sur la pièce. Même Calix se taisait, les dents serrées, les mains crispées sur ses blessures.

Kira regarda Samm, mais elle savait déjà ce qu'il pensait.

Sa perplexité, lourdement mêlée de colère, brûlait de façon si vive que Kira la sentait clairement dans l'air.

Calix prit la parole, les dents toujours serrées.

– De quel rapport parle-t-elle ?

– Tu as appelé Morgan ? s'offusqua Kira. Tu nous as trahis ?

– Si tu veux appeler ça comme ça, dit Heron. J'ai supporté assez longtemps tes états d'âme et ta quête d'identité. Il était temps d'arrêter de parler et de passer à l'action. Si le docteur Morgan peut se servir de ta biologie pour résoudre le problème de l'expiration, alors je vais la lui donner.

– Mais quand vas-tu enfin comprendre ? C'est exactement ce que disait Samm : on ne peut plus choisir un camp contre l'autre !

– En effet, et il était très passionné, lança Heron.

– Qu'est-ce que tu as fait ? redemanda Samm. Dis-le-nous précisément.

– J'ai localisé un canal radio en état de marche et j'ai contacté la Compagnie D en passant par les relais qu'on a installés. Kira, je t'ai donné ta chance, et j'ai fait tout ce que je pouvais pour t'aider, mais les réponses ne sont pas ici. J'en ai assez de faire n'importe quoi.

– Notre communauté est pacifique, plaida Calix. Si vous amenez une armée de Partials ici, ils vont nous massacrer.

– Elle arrive, dit soudain Samm en relevant la tête.

Kira regarda au plafond, ne vit rien, et observa Samm, qui inclinait la tête. Il ne regardait pas, il écoutait. Perplexe, elle l'imita.

– Qu'est-ce qu'il y a ? demanda Calix.

– Je n'entends rien, dit Kira... Juste un... une sorte de bourdonnement. Très faible.

– C'était un des bruits les plus reconnaissables de la planète, déclara Heron. Simplement, il y a presque douze ans que tu n'en as pas entendu.

– Mais qu'est-ce que c'est ?

– Un réacteur. Un réacteur d'avion-cargo. L'armée de Morgan arrive sur zone.

CHAPITRE 49

Kira courut ramasser la pile de bandelettes qu'elle avait découpées pour le bras de Samm.

– Pardon, Samm, tu vas devoir attendre ce bandage encore un peu.

– Les médicaments étaient suffisants, grogna-t-il.

Kira replongea aux côtés de Calix. Elle pressa une manche du costume roulée en boule contre sa plaie à la jambe, puis l'enveloppa le plus vite possible avec des bandages improvisés.

– Pourquoi prendre cette peine ? demanda Heron. Tu ne sais même pas...

– Toi, tais-toi.

Kira noua fermement les bandes, mettant sur le trou saignant autant de pression qu'elle l'osait sans transformer le pansement en garrot.

– Comment tu te sens ?

– Ça va, dit Calix. Combien de temps avant que je puisse mettre un coup de pied aux fesses de cette Partial ?

Heron, stupéfaite, ouvrit des yeux ronds.

– Reste ici, souffla Kira en passant une autre bandelette autour de la main de Calix. J'ai des antalgiques dans mon sac... n'en prends pas trop. Quelqu'un va revenir te chercher.

– Où vas-tu ?

Kira secoua la tête.

– À leur rencontre. Si personne ne vient, cherche des antibiotiques, et prends le plus de forces possible avant de repartir dans les ruines. Elles ne sont pas tendres avec les blessures aux jambes.

– Pitié, dit Calix. Je t'en prie, ne les laisse pas faire de mal à qui que ce soit.

Kira prit son fusil à la fille et sortit en courant dans la rue, suivie de près par Samm et Heron.

– Qu'est-ce que tu espères réussir, au juste ? lui demanda Heron en la rattrapant.

Kira scruta le ciel, cherchant la présence de l'aéronef.

– Là ! dit Samm en pointant le doigt vers l'est.

Kira suivit la direction indiquée et trouva ce qu'il désignait : une petite croix noire sur fond de ciel gris pâle.

– Il a l'air d'être loin, mais il se rapproche vite.

– Alors courons, décréta Kira. Rentrons à la réserve. Impossible de dire ce que Morgan va faire des survivants qu'elle y trouvera. Il faut qu'on en sorte le plus possible d'ici.

– Très intelligent, comme manière de passer ses dernières minutes de vie, persifla Heron.

– On t'a posé des questions, à toi ?

– Je ne désire pas plus leur mort que vous, même si, d'accord, je me fiche aussi qu'ils vivent. À ma connaissance, tout ce que veut Morgan, c'est toi.

– Tu ne sais pas ce qu'elle va faire à ces gens, dit Kira.

– On devrait partir en courant dans l'autre sens, suggéra Samm. C'est encore possible de se cacher dans ces ruines et de te sauver, Kira.

– J'aimerais vous voir essayer, se moqua Heron.

– C'est hors de question, trancha Kira. J'ai déjà fui quand Morgan a envahi Long Island, et elle s'est mise à tuer des otages pour me débusquer. Je croyais faire le bon choix, mais... je ne la laisserai pas recommencer.

– Qu'est-ce que tu dis ? demanda Samm, mais Kira désigna l'énorme Rotor qui volait bas dans le ciel.

– Il faut qu'on regagne la réserve, tout de suite !

Elle courait dans les rues, maintenant familières, qui menaient vers les faubourgs du côté de la réserve, avec Samm et Heron juste derrière elle. Kira regardait sans cesse en l'air, tâchant d'évaluer la vitesse et la distance de l'appareil. *On n'y sera jamais à temps,* pensa-t-elle, *il arrive trop vite.* Elle se força à avancer, n'osant ni ralentir ni dévier de son cap. L'aéronef grandit dans le ciel, plus proche du sol, et bientôt elle l'entendit : un grondement étouffé qui monta dans un crescendo assourdissant au moment où elle atteignait enfin la réserve. Il y avait des gardes à côté du portail, et un nouveau vigile pour empêcher les intrus d'entrer, mais ils étaient trop préoccupés par l'énorme engin qui fondait sur eux pour remarquer Kira et les autres. L'appareil avait de larges rotors dans les ailes, destinés à un atterrissage vertical, et il descendit au-dessus de la clôture au moment où Kira fonçait à travers le portail.

Elle cria pour attirer l'attention des gardes postés à l'intérieur, même si elle entendait à peine sa propre voix dans le vacarme des moteurs. Elle attrapa le garde le plus proche et le fit pivoter de force pour lui hurler dans l'oreille.

– C'est une troupe de Partials ! Il faut que vous fassiez sortir tout le monde de la réserve et que vous leur disiez d'aller dans les ruines, tout de suite !

Le garde balbutia, regardant alternativement Kira et le Rotor.

– Nous sommes... censés...

– Vous ne voulez pas être là quand ils se poseront, cria Kira. Rassemblez tous ceux que vous trouverez et cachez-les dans la ville !

Elle lâcha le bras du garde pour courir plus loin dans la réserve. Du coin de l'œil, elle le vit se ressaisir et filer vers le bâtiment le plus proche ; bientôt, une foule se déversa dehors : des enfants terrifiés et des parents avec des bébés dans les bras, braillant de terreur et courant vers les ruines toxiques de Denver.

Kira et Samm se précipitèrent vers l'aéronef en criant à tous ceux qu'ils croisaient d'évacuer les lieux. Heron ralentit derrière eux pour gêner la course des fugitifs. Des soldats Partials sautaient déjà de l'appareil lorsqu'il se posa dans l'herbe. Ils établirent un périmètre de sécurité avec une efficacité sans faille, puis l'agrandirent en se relayant, chaque équipe veillant sur la suivante. Ils braquèrent leurs armes sur Samm et Kira, mais ne tirèrent pas.

– Ils m'ont repéré par le lien, annonça Samm. Ils savent que c'est nous.

– Lâchez vos armes, lança un soldat.

Le vent des rotors étouffait leurs paroles. Il cinglait le visage de Kira, chargé de poussière, et agitait ses cheveux comme des fouets. La jeune fille fit la grimace, mais laissa tomber son fusil. Samm n'était toujours pas armé.

– Ne faites pas de mal aux civils ! cria Kira.

– Kira Walker, tonna alors une voix.

Levant les yeux, Kira vit le docteur Morgan descendre de l'avion. Sa blouse blanche était remplacée par un impeccable tailleur noir.

– Heureuse de vous revoir.

– Ne leur faites pas de mal, insista Kira. Ces gens sont innocents.

– Tiens donc, Samm ! lança Morgan en s'avançant devant eux. Ce n'est pas tous les jours que je rencontre un soldat rebelle à mon commandement.

– Vous ne lui avez pas répondu, grogna Samm.

– Et je n'en ai pas l'intention. Vous êtes un traître, et elle, un ennemi combattant ; pas vraiment le genre de personnes que je me sens obligée d'écouter.

– Je ne veux pas me battre contre vous, dit Kira.

Morgan sourit.

– Je ne le voudrais pas non plus, à votre place. Vous nous avez eus par surprise la dernière fois, mais maintenant, vous n'avez plus d'armée rebelle pour nous attaquer par le flanc pendant que vos amis se lancent dans une expédition de secours désordonnée. Tout le pouvoir est de mon côté, cette fois-ci, et je vous saurais gré de ne pas l'oublier.

– Non, pas tout le pouvoir, intervint Vale.

Il approchait depuis l'autre bout de la clairière. Quelques Partials venus avec Morgan l'entouraient d'une manière qui ressemblait plus à une garde d'honneur qu'à l'escorte d'un prisonnier.

– Je dois le reconnaître, vos soldats sont très obéissants ! ajouta-t-il.

Morgan se renfrogna, et Vale serra les dents. Kira ne comprenait pas bien ce qui se passait, jusqu'au moment où elle vit le soldat qui la tenait en joue passer gauchement d'un pied sur l'autre, tiraillé dans deux directions par les autorités rivales de deux membres de l'Alliance. Samm, pour sa part, oscilla, une perle de sueur roulant lentement sur son front. Elle lui saisit la main.

– Tu es plus fort qu'eux, souffla-t-elle. Tu n'as pas à leur obéir, ni aux uns ni aux autres.

Il lui prit les doigts et les serra fort, si fort quelle eut peur qu'il les broie.

La bataille de volontés se poursuivit. Vale et Morgan se défiaient du regard, et les soldats hésitaient entre eux deux. Kira vit les jointures de leurs doigts blanchir tandis qu'ils serraient désespérément leurs fusils, et l'un d'eux leva la main pour se prendre le front.

– Ça suffit ! éclata Kira. Tout ça ne va nulle part. Docteur Morgan, que voulez-vous ?

Morgan fixa Vale encore un instant, puis détourna la tête et poussa un soupir las. Vale fit de même, et les soldats alignés ne parurent pas avoir changé du tout. Chacun restait loyal à celui des deux qui se trouvait le plus près de lui. Kira regarda Samm, mais ne lut rien sur son visage. Son cœur battait à tout rompre ; l'idée que Morgan ait repris le contrôle sur lui la terrifiait, mais il lui pressa la main.

Elle comprit, à cet instant, qu'elle n'avait jamais été si soulagée de sa vie.

– Je suis ici pour voir mon estimé collègue, dit Morgan, qui regarda Vale et sourit. J'ai décidé de reformer le groupe, Cronus ! Ça suffit, maintenant, il est temps de lever la date d'expiration une bonne fois pour toutes.

– Essayez-vous d'y arriver avec des modifs génétiques ? demanda-t-il. Vous avez vu ce que cela a fait à Graeme ; et à Jerry, aussi. (Il posa une main sur l'épaule du soldat qui se tenait devant lui.) Nos esprits ne peuvent appréhender cela, et les leurs non plus.

– Nous pouvons les transformer en ce que nous voulons, dit Morgan. Nous l'avons déjà fait, et nous pouvons recommencer. Ils sont le futur. Nos enfants. Créés à l'image de notre choix.

– La thérapie génique n'est pas la solution.

– Vous êtes bien placé pour le savoir. Mais je n'ai pas le temps de résoudre moi-même vos énigmes génétiques. (Elle regarda Kira.) C'est pourquoi je suis venue vous chercher, et la chercher, elle. Le nouveau modèle. Celle qui n'a pas toutes ces limitations génétiques idiotes.

– Je ne vous laisserai pas l'emmener, la prévint Samm.

Morgan commença à répondre, mais Kira lui coupa la parole.

– J'irai, se hâta-t-elle de dire.

Samm voulut protester, et Morgan eut l'air authentiquement surprise, mais Kira hocha la tête et prit une grande inspiration.

– Le savoir du docteur Vale, les recherches du docteur Morgan, ma biologie. Heron avait raison. C'est la seule chance véritable que nous ayons de lever un jour la date d'expiration. Samm, c'est ce dont tu parlais tout à l'heure : le seul choix qui soit moral est de se sacrifier. Quelqu'un doit faire quelque chose.

Elle était venue à Denver pour chercher des réponses, un plan, le moindre espoir de faire partie de quelque chose de plus vaste, une chose qui puisse sauver à la fois les humains et les Partials. Mais ce plan avait échoué depuis longtemps, et elle n'était rien. Une expérience ratée. Elle avait consacré sa vie à sauver le monde, mais à présent elle comprenait que consacrer sa vie ne suffisait pas. Elle devrait la donner.

Elle regarda Morgan.

– Je suis prête.

– Je... (La voix de la femme mourut dans sa gorge, et elle observa attentivement Kira.) Ce n'est pas du tout ce à quoi je m'attendais.

– Moi non plus, répondit la jeune fille en ravalant les larmes qui lui montaient aux yeux. Allons-y, ajouta-t-elle à mi-voix. Dépêchons, pendant que j'en ai encore le courage.

– Vous n'avez pas intérêt à faire ça, McKenna, lança soudain Vale. Une expérimentation sur Kira risquerait de déchaîner la Sécurité.

Morgan le regarda avec perplexité.

– Pardon ?

– La Sécurité anti-Partials. Le leurre que nous avions conçu pour tromper ParaGen, celui qui les tue. Nos chers directeurs l'ont implanté à notre insu dans une nouvelle gamme de prototypes. Si vous tombez par hasard sur le déclencheur chimique, vous risquez de l'activer.

– À quoi jouez-vous, Cronus ? demanda Morgan, bien que Kira puisse discerner une lueur de doute dans ses yeux. J'ai vu ses scans médicaux. J'ai passé au peigne fin toutes les cellules de son corps pendant des mois. S'il y avait un autre pack viral, je l'aurais vu.

– Vous ne saviez pas ce que vous cherchiez.

Morgan le contempla fixement, puis jeta un coup d'œil à Kira.

– C'est vrai, ce qu'il dit ?

Kira garda les yeux rivés sur la femme, trop effrayée pour regarder Samm.

– Je... Je crois, oui.

Morgan hocha vaguement la tête, le regard distant.

– Alors nous ferons attention. (Elle se retourna vers l'avion.) Emmenez-la. Tirons-nous d'ici.

– Qu'allez-vous faire de notre réserve ? s'enquit Vale.

Les soldats qui l'entouraient, complètement soumis à l'influence de son lien, exprimèrent sans doute possible par leur posture qu'ils étaient prêts à se battre s'il en donnait le signal. Mais ils étaient cernés, et Kira doutait que ce petit groupe, si loyal soit-il, puisse réellement empêcher Morgan de faire quoi que ce soit.

La femme regarda autour d'elle, observa les bâtiments intacts, l'herbe verdoyante, les arbres et les familles, comme si elle remarquait tout cela pour la première fois.

– À condition que vous veniez avec moi, je ne vois aucune raison de ne pas laisser votre petite fourmilière s'éteindre peu à peu en paix.

– Bien, je vous accompagne.

– Et moi, je reste, annonça Samm.

Morgan leva les yeux au ciel, clairement agacée.

– Qu'est-ce qui vous fait croire que vous pouvez faire des demandes, vous ?

Samm resta fermement campé sur ses jambes, l'air plus farouche que jamais.

– Ce n'est pas une demande.

Morgan réfléchit un instant avant de répondre.

– Très bien, lâcha-t-elle enfin en le congédiant d'un geste de la main. L'exil ici est pire que ce que j'avais prévu pour vous, de toute manière. Et vous, Heron ? Je dirais que vous avez gagné votre retour dans le premier cercle, ma chère.

– Je reste aussi.

Cela surprit Morgan encore plus que tout.

– Et votre date d'expiration ?

– Je serai de retour à temps dans l'est.

Heron jeta un coup d'œil à Samm en disant cela. Kira ne pouvait en être certaine, mais on aurait dit qu'ils partageaient quelque chose par le lien. Elle s'attendait à ce que la Partial mentionne les dix prisonniers de la tour, et fut donc étonnée de ce qu'elle ajouta.

– J'ai des choses à régler avant.

– Très bien.

Morgan pivota vers l'avion en faisant signe aux soldats d'amener Vale et Kira. Les humains de la réserve, pétris de terreur et de fascination, regardèrent en tremblant cet ennemi descendu du ciel emporter leur chef et les laisser seuls.

Allez, il est temps, se dit Kira. *Il faut que je fasse un pas, puis un autre, puis que je monte dans l'avion et que je m'envole pour... je ne sais même pas où. La fin.* Elle secoua la tête. *Je veux y aller, mais... je ne veux pas partir.*

– Kira, souffla Samm.

Et elle sentit une larme perler au coin de son œil.

– Samm, je... je suis désolée, je ne sais pas...

Elle pivota face à lui, s'efforçant de chercher les mots pour lui dire ce qu'elle éprouvait, mais elle ne le savait pas elle-même. Et soudain elle fut dans ses bras, et il la serrait et l'embrassait avec plus de passion que tout ce qu'elle avait connu dans sa vie. Elle lui rendit ses baisers, sentant leurs corps se fondre l'un dans l'autre, lèvres et bras et poitrines et jambes, une seule personne dans un instant d'unité parfaite. Elle le retint le plus longtemps possible, et lorsqu'il se recula pour reprendre son souffle, elle enfouit le visage contre son torse.

– Pardon de nous avoir amenés ici, pardon pour tout ce que j'ai fait, dit-elle. Je suis désolée.

– J'ai choisi de te suivre, répondit-il d'une voix grave et riche. Et je te retrouverai.

Ils s'embrassèrent encore une fois, après quoi les soldats Partials la poussèrent vers l'avion. Elle se retourna pour le regarder depuis le marchepied, et il lui rendit son regard, parfaitement immobile.

Les portières se refermèrent et les rotors géants se mirent en route avec une vibration qu'elle ressentit jusque dans ses os.

CHAPITRE 50

Isolde mit son bébé au monde deux jours plus tard, dans sa chambre, chez Nandita. Les envahisseurs Partials avaient depuis longtemps pillé l'hôpital à la recherche d'équipement et de médicaments, si bien qu'elles n'avaient d'autre ressource qu'elles-mêmes pour l'aider. Madison lui tint la main, la guidant et l'encourageant ; la sénatrice Kessler fit office de sage-femme, et Nandita examina la mère et l'enfant pour guetter le moindre signe de traumatisme. C'était un garçon. Isolde le nomma Mohammed Khan. Quelques heures plus tard, il était déjà malade. Sa peau se couvrit d'une inflammation écailleuse, qui durcissait par plaques telle une peau de bovin, puis enflait pour former des cloques. Isolde observait le phénomène, en larmes, berçant son enfant sans aucun espoir de le sauver.

Mais ceci n'était pas le RM.

La sénatrice Kessler étudia les cloques, protégée par un masque en papier.

– C'est une première, dit-elle en s'efforçant de repousser la peur. Des dizaines de milliers de cas de RM, et je n'ai jamais rien vu de tel.

– Le premier hybride Partial/humain depuis l'enfant d'Ariel, mort à la naissance, lâcha Nandita. Nous ne savons pas comment il sera affecté par le RM... ou comment lui l'affectera.

Nandita, perdue dans ses pensées, contemplait le bébé hurlant.

– « Et son heure enfin revenue, quelle bête rugueuse... », dit-elle, citant le poème de Yeats.

Elle se détourna et s'en alla.

Ariel observa l'enfant, et trembla.

REMERCIEMENTS

J'adore écrire ces remerciements parce que j'ai énormément de gens pour m'aider, dont tous méritent toute la reconnaissance que je peux leur donner. Dans le même temps, je déteste les écrire parce que je suis terrifié à l'idée d'oublier quelqu'un. Je serai bref pour cette fois. Merci à mon éditeur, Jordan Brown, mon agent, Sara Crowe, mon attachée de presse, Caroline Sun et tout le monde chez HarperCollins et Balzer + Bray. Vous êtes formidables.

Merci à tous les auteurs qui ont bien voulu que je les accompagne dans des tournées et signatures, et merci aux nombreux merveilleux libraires qui organisent ces événements et sont devenus, avec le temps, de bons amis. Par-dessus tout, merci aux lecteurs qui sont venus. C'est grâce à vous que ces rencontres sont si agréables.

Sur un plan plus personnel, ce livre n'existerait pas sans mon épouse, Dawn, la personne la plus forte que je connaisse. Ce livre existerait quand même, mais ne serait pas très bon, sans les commentaires de mon frère, Rob, et de mon ami Ben Olsen, qui m'ont tous deux donné des idées en or. J'aimerais vous dire lesquelles, mais ce serait un peu gâcher le suspense.

Enfin, je tiens à remercier l'espèce humaine d'être stupide, exaspérante, merveilleuse et inspirante. Les gens sont ce que l'univers a créé de plus extraordinaire. Accueillez avec joie votre complexité, étendez au maximum votre créativité, et soyez à la hauteur de votre potentiel. Vous êtes ce qui fait la splendeur du monde.

D'autres livres

Wiz
Albin Michel

Sherman ALEXIE, *Le premier qui pleure a perdu*
Jay ASHER, *Treize Raisons*
Jennifer BROWN, *Hate List*
Susane COLASANTI, *La pluie, les garçons et autres choses mystérieuses*
Elizabeth CRAFT et Sarah FAIN, *Comme des sœurs*
Elizabeth CRAFT et Sarah FAIN, *Amies pour la vie*
Cath CROWLEY, *Graffiti Moon*
Sharon DOGAR, *Si tu m'entends*
Claudine DESMARTEAU, *Troubles*
Stephen EMOND, *Entre toi et moi*
Norma FOX MAZER, *Le Courage du papillon*
Neil GAIMAN, *Coraline*
Neil GAIMAN, *L'Étrange Vie de Nobody Owens*
Neil GAIMAN, *Odd et les Géants de glace*
Gregory GALLOWAY, *La Disparition d'Anastasia Cayne*
Kristin HALBROOK, *Rien que nous*
Johan HARSTAD, *172 heures sur la lune*
Mandy HUBBARD, *Prada & Préjugés*
Alice KUIPERS, *Ne t'inquiète pas pour moi*
Alice KUIPERS, *2 filles sur le toit*
Graham MARKS, *Tokyo – Perdus dans la grande ville*
Sarah MLYNOWSKI, *Parle-moi*
Joyce Carol OATES, *Un endroit où se cacher*
Sean OLIN, *Qui veut tuer Britney ?*
Kit PEARSON, *Le Jeu du chevalier*
Yvonne PRINZ, *Princesse Vinyle*
William RICHTER, *Dark Eyes*
Meg ROSOFF, *Maintenant, c'est ma vie*
Meg ROSOFF, *La Balade de Pell Ridley*
Rinsai ROSSETTI, *L'Envol*
Jennifer RUSH, *Amnesia*
Jennifer RUSH, *Memento*
Polly SHULMAN, *La fille qui voulait être Jane Austen*
Lauren STRASNICK, *La toute première fois*
Gabrielle ZEVIN, *Une vie ailleurs*
Gabrielle ZEVIN, *Je ne sais plus pourquoi je t'aime*
Gabrielle ZEVIN, *La Mafia du chocolat*
Gabrielle ZEVIN, *La Fille du parrain*

www.wiz.fr
Logo Wiz : Laurent Besson

Composition IGS-CP
Impression CPI Bussière en février 2014
à Saint-Amand-Montrond (Cher)
Éditions Albin Michel
22, rue Huyghens, 75014 Paris
ISBN : 978-2-226-25494-8
ISSN : 1637-0236
N° d'édition : 20429/01. – N° d'impression : 2007561.
Dépôt légal : mars 2014.
Loi n° 49-956 du 16 juillet 1949 sur les publications destinées à la jeunesse.
Imprimé en France.

les moutons noirs

Liao Yiwu

DANS L'EMPIRE DES TÉNÈBRES

Un écrivain dans les geôles chinoises

Préface de Marie Holzman et Jean-François Bouthors

Postface d'Herta Müller, prix Nobel de littérature 2009

Traduit du chinois par Gao Yun, Marc Raimbourg
et Marie Holzman (dir.)

François Bourin Editeur

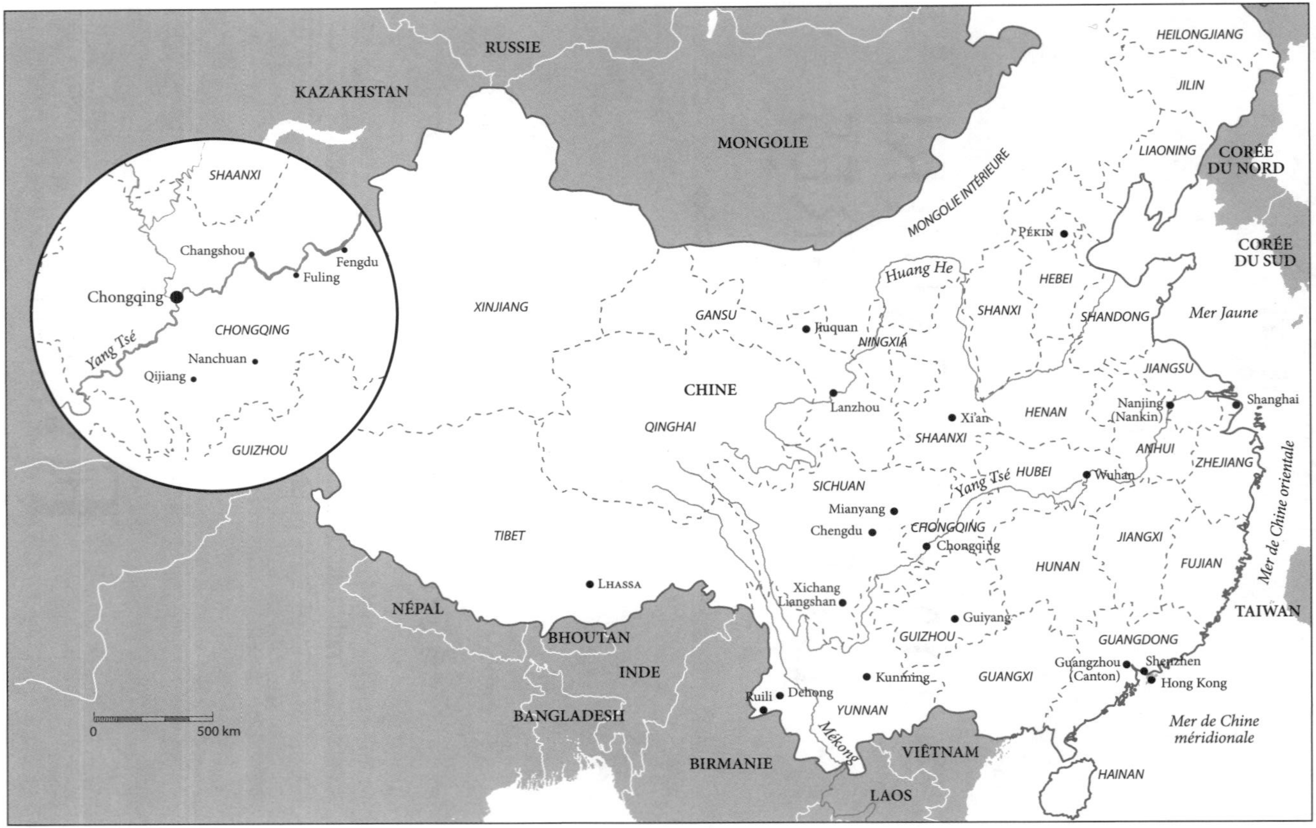
RUSSIE
KAZAKHSTAN
MONGOLIE
MONGOLIE INTÉRIEURE
HEILONGJIANG
JILIN
LIAONING
CORÉE DU NORD
CORÉE DU SUD
Mer Jaune
PÉKIN
HEBEI
SHANXI
SHANDONG
Huang He
GANSU
Jiuquan
NINGXIA
XINJIANG
CHINE
QINGHAI
Lanzhou
Xi'an
HENAN
JIANGSU
Nanjing (Nankin)
Shanghai
SHAANXI
ANHUI
ZHEJIANG
Mer de Chine orientale
SICHUAN
Yang Tsé
HUBEI
Wuhan
Mianyang
Chengdu
CHONGQING
Chongqing
TIBET
LHASSA
JIANGXI
FUJIAN
HUNAN
Xichang Liangshan
Guiyang
GUIZHOU
GUANGDONG
TAIWAN
NÉPAL
BHOUTAN
INDE
BANGLADESH
Kunming
GUANGXI
Guangzhou (Canton)
Shenzhen
Hong Kong
Ruili
Dehong
YUNNAN
Mékong
Mer de Chine méridionale
BIRMANIE
VIÊTNAM
LAOS
HAINAN
0
500 km
SHAANXI
Changshou
Fengdu
Fuling
Chongqing
CHONGQING
Yang Tsé
Nanchuan
Qijiang
GUIZHOU

PRÉFACE

Le parti des victimes et la liberté du cœur

En 1849, Fiodor Dostoïevski, âgé de vingt-huit ans, est arrêté. Accusé d'être membre d'un mouvement insurrectionnel[1], il est condamné à mort et apprend sur l'échafaud, à l'heure de son exécution, que sa peine est commuée en quatre ans de bagne, en Sibérie. De la «maison de force» d'Omsk où il passera quatre ans, le jeune écrivain rapporte les bouleversants *Souvenirs de la maison des morts*. Et il en est transformé. «J'ai appris, écrira-t-il, à connaître le peuple comme très peu le connaissent.»

Un siècle et demi plus tard, en Chine cette fois-ci, un jeune poète d'une avant-garde chinoise échevelée, fortement marqué par Ginsberg, nourri de Keats et de Baudelaire, connaît presque le même parcours. Liao Yiwu, certes, n'eut pas droit au simulacre même d'une exécution, mais il a lui aussi connu la détention, et la torture, dans des conditions terrifiantes. L'expérience de la prison fut pour lui aussi une découverte du peuple, dans toutes ses profondeurs et ses

1. Le tsar craint alors de voir resurgir le mouvement des décabristes qui avait menacé son pouvoir en 1825.

tourments. Il en a rapporté non seulement le livre stupéfiant que l'on va lire ici, mais aussi une œuvre qui a fait de lui l'un des auteurs le plus lu en Chine sur internet – où l'on dévore ses livres interdits dans le pays, mais publiés à Taiwan, Hong Kong ou Los Angeles.

La vie de Liao Yiwu a basculé le 4 juin 1989, dans la ville de Fuling (Sichuan) où il vivait. Depuis quelques semaines, il suivait interloqué, car peu politisé, les soubresauts d'une Chine en situation prérévolutionnaire, enflammée par le mouvement de protestation des étudiants qui occupaient la place Tian'anmen. Dans cette sombre nuit du 4 juin, alors que l'armée avait pris position dans Pékin et que les chars faisaient mouvement dans la capitale chinoise, sur ordre de Li Peng, poussé par Deng Xiaoping à mater dans le sang le mouvement de contestation, Liao Yiwu, dans une sorte d'état de transe créatrice, s'est mis à improviser et à déclamer un poème prémonitoire, comme s'il vivait, huit heures avant que les soldats n'ouvrent le feu, la tragédie de la place «de la Paix céleste». À ce poème il donna le nom de *Massacre*. Puis, ayant appris dans la nuit, par la télévision, que l'ordre avait été donné de tirer, il a créé et enregistré, sur cassette, une version sonore du poème que des amis se chargèrent aussitôt de diffuser. Quelques mois plus tard, avec d'autres poètes et artistes, il en tirait un film – un documentaire imaginaire – intitulé *Requiem*. À peine le tournage était-il terminé que tous furent cueillis par la police, qui chez lui, qui – Liao Yiwu – à un arrêt de bus, qui dans un café, qui à son travail... Complot manipulé de l'étranger – entendra-t-il dans la bouche des policiers qui vont l'interroger sans relâche, exigeant de lui qu'il dénonce tout le «réseau», tout en prétendant, puisque c'est la version officielle, qu'il ne s'est rien passé place Tian'anmen...

C'est ainsi que commence pour Liao Yiwu une plongée dans l'empire des ténèbres. La découverte du monde de la prison chinoise, lieu de l'humiliation, de la délation, et des pires sévices, dans les mêmes cellules que les condamnés à mort qui attendent l'heure où on viendra les chercher – des cellules où l'on s'entasse parfois à près de vingt détenus, sinon plus ! De 1990 à 1994, Liao Yiwu séjournera quatre ans dans l'enfer des geôles du régime de Pékin, sans jamais consentir à se soumettre.

Le livre que l'on va lire ressemble à bien des égards aux *Souvenirs* de Dostoïevski. On y trouve la même compassion pour les êtres côtoyés, la même révolte contre l'horreur, la même contemplation du bien et du mal extrêmes, totalement enchevêtrés... Ce texte profus, brut, n'est pas non plus sans évoquer cet autre monument russe (soviétique) que sont les *Récits de Kolyma* du zek Varlam Chalamov, qui a décrit comme personne l'ordre que le monde du crime fait régner au Goulag[2]. L'écrivaine allemande Herta Müller, prix Nobel de littérature 2009, établit dans sa postface à l'édition allemande (reproduite dans cette édition française) un parallèle entre la volonté des autorités chinoises d'empêcher ce livre de paraître à l'étranger et celle des Soviétiques qui tentèrent par presque tous les moyens de prévenir la publication du *Docteur Jivago*, de Boris Pasternak. On songe aussi aux multiples tentatives du régime brejnevien de s'opposer à la parution de *L'Archipel du Goulag* et au fait que son auteur, Alexandre Soljenitsyne – cité à trois reprises par Liao Yiwu –, n'eut d'autre choix que celui de l'exil, dont il ne revint qu'après l'effondrement du régime qu'il dénonçait.

2. Ce que l'on trouve déjà dans les premiers récits des témoins de ce qui se passe dès les années 1920 aux îles Solovki (*cf. Aux origines du Goulag*, publié dans la même collection « Les moutons noirs » en 2011).

Dans l'empire des ténèbres est effectivement de la même trempe littéraire et politique que ces monuments. Liao Yiwu, qui a pris depuis l'expérience de la prison un style apparemment documentaire, fait preuve, dans ce qu'il a sobrement appelé en chinois *Mon témoignage*, d'une verve littéraire à la hauteur de celle que l'on retrouve chez chacun des auteurs cités. Plus encore qu'une question de forme et de procédés de création, c'est la profondeur de l'humanité qu'il fait surgir qui emporte l'adhésion, à travers des portraits saisissants. Liao fait descendre ses lecteurs – comme Joseph Conrad – au cœur des ténèbres avec lesquelles il est aux prises. Nous sommes non seulement atterrés, terrassés, mais emportés par un auteur qui écrit, au bout de son parcours – qui est aussi celui d'une profonde transformation intérieure : « J'appartiens à quelque chose de plus grand, d'historique... je me suis fait à l'idée que la liberté est dans le cœur. »

Cette écriture, Liao Yiwu l'a éprouvée dans les ouvrages qui ont précédé celui-ci, par lesquels il s'est acquis, en Chine, à Taiwan, mais aussi en Allemagne, en Pologne, aux États-Unis... la réputation d'être un immense écrivain. Après être sorti de prison, voué à une vie de marginalité et de galère, qui en a fait une sorte de Kerouac chinois, il s'est attaché à publier des enquêtes auprès des oubliés de la croissance économique, des humbles, des révoltés, des floués et des truands[3], faisant sien le propos prêté par Albert Camus au personnage de Jean Tarrou dans *La Peste* : « Je dis seulement qu'il y a sur cette terre des fléaux et des victimes et qu'il faut, autant qu'il est possible, refuser d'être avec le fléau... J'ai décidé de me mettre du côté des victimes, en

3. On lira en français *L'Empire des bas-fonds* (Bleu de Chine, 2003), *Poèmes de prison* (L'Harmattan, 2008), *Quand la terre s'est ouverte au Sichuan* (Buchet/Chastel, 2010).

toutes occasions, pour limiter les dégâts.» La puissance de son écriture lui a valu une notoriété inégalée auprès du public chinois. Son humour, sa langue mâtinée de jeux de mots, d'allusions foisonnantes, d'expressions dialectales du Sichuan est difficile à traduire dans nos langues européennes... Malgré tout, le message passe et ce regard exceptionnel, qui est capable à la fois de constater la souffrance, d'exprimer de l'empathie et de finir dans un grand éclat de rire, touche à l'universel de notre humanité.

Le manuscrit de *Dans l'empire des ténèbres* a connu son lot de vicissitudes puisqu'il a été conçu derrière les barreaux, confisqué une première fois par la police, puis une seconde fois... La version de 2009 est la septième mouture de ce livre. Comme l'écrit Liao Yiwu, ses censeurs sont sans aucun doute ses lecteurs les plus assidus. Et ils ont tout fait pour être les seuls... Ils voulaient absolument empêcher la parution de ce livre en Chine, cela va sans dire, mais aussi en Occident, car plus qu'aucun autre, le *Témoignage* de Liao Yiwu vient mettre en doute les regards iréniques et fascinés que beaucoup portent sur le «miracle chinois». Au moment où la version allemande était sur le point de paraître, en 2011, les «anges gardiens» de Liao Yiwu l'ont prévenu: si ce livre paraît, tu retournes en prison. Le choix de l'auteur a été tout aussi dramatique: il a choisi l'exil et fui, clandestinement, la grande prison que son pays était devenu pour lui, pour écrire et publier en toute liberté dans sa ville d'accueil, Berlin.

Pourtant l'empire des ténèbres ne lâche pas facilement ses proies. Durant son incarcération, l'écrivain fit la connaissance d'un personnage attachant que l'on découvrira dans la dernière partie de ce livre, Li Bifeng, militant de la cause démocratique. Comme s'il ne suffisait pas qu'il ait eu le visage déformé par les mauvais traitements, Li Bifeng a passé la moitié de sa vie en prison, libéré puis arrêté à plusieurs reprises. Sa dernière arrestation remonte à la fin de l'année 2011. Et nous venons d'apprendre, ce 20 novembre 2012, qu'il a été condamné à douze ans de prison, sous le motif pour le moins flou de « malversations ». Liao Yiwu est convaincu que les autorités reprochent à Li Bifeng d'avoir financé son évasion de Chine en 2011, même si elles viennent de l'accuser de fraude économique, comme elles l'avaient déjà fait en 1997. Li Bifeng avait alors dû passer sept années en prison ! « Un véritable crève-cœur pour moi », écrit Liao Yiwu qui sent bien près de lui le souffle glacé des prisons du système totalitaire, dont il a si difficilement réussi à s'extraire.

Depuis qu'il a quitté la Chine, Liao Yiwu consacre une énergie remarquable à exposer les drames du peuple chinois l'un après l'autre : les chrétiens persécutés, les militants du mouvement démocratique exilés, incarcérés ou censurés, tel Liu Xiaobo, son ami fidèle, prix Nobel de la paix et toujours en train de purger sa peine de onze ans de prison. Même les Tibétains sont l'objet de son engagement[4], au moment où l'Occident semble être devenu indifférent à leur sort[5] après s'être passionné pour eux, au moment des JO de Pékin en 2008. C'est que l'écrivain ne se résout pas à l'état dans lequel se trouve son pays, qu'il refuse de fermer les yeux, comme tant d'autres le font, sur les tragédies qui s'y déroulent. « Vingt-quatre années se sont écoulées depuis que le gouvernement chinois a envoyé ses troupes à Pékin pour mettre fin au mouvement étudiant de contestation, écrit-il. Je suis sorti de prison il y a vingt ans. Les taches

4. Ce qui est exceptionnel de la part d'un Chinois !

5. Pourtant les suicides par le feu se multiplient : soixante-douze moines se sont donné la mort entre février et mi-novembre 2012 !

de sang s'estompent, comme les souvenirs. Aujourd'hui, les verdicts prononcés contre moi et des milliers d'autres restent inchangés. Les perspectives de réforme politique en Chine n'ont jamais été si éloignées. Il est bien difficile de ne pas en ressentir de l'amertume et de la colère, mais hélas, ma frustration est souvent tournée en dérision. [...] La Chine demeure une prison pour la conscience: la prospérité sans la liberté. Le pays tout entier pourrait tout aussi bien coller des boîtes de médicaments toute la journée que ça ne changerait rien. C'est notre meilleur des mondes.»

Après avoir lu le manuscrit de ce livre, Liu Xiaobo s'est empressé d'écrire à Liao Yiwu en 2000: «Aucun homme ordinaire ne peut imaginer l'horreur des conditions de détention. Avant d'avoir lu ton *Témoignage*, moi-même je n'en avais qu'une vague impression, rien de plus. C'est la lecture de ton ouvrage qui m'a permis de réellement toucher au plus intime les palpitations du cœur des victimes de la tragédie du 4 juin. Ma honte ne peut s'exprimer par des mots, c'est pourquoi jusqu'à ma mort, je consacrerai ma vie entière à la mémoire de ces âmes errantes, de ces victimes anonymes [6].»

Comment ne pas partager cette honte si nous restons aveugles, silencieux et passifs devant le sort des millions de victimes d'une dictature, quant à elle, assurément sans vergogne?

Marie Holzman et Jean-François Bouthors

---

6. Liu Xiaobo, *Vivre dans la liberté*, Gallimard, 2012.

PREMIÈRE PARTIE

Le poète vagabond

第一部从先锋派诗人到政治犯

1

L'événement déclencheur

东窗事发

En 1988, alors que la Chine découvrait avec fièvre les joies de la conduite automobile, ma sœur Feifei mourut dans un accident. Elle avait trente-sept ans.

Je n'avais pas vécu de décès dans ma famille. Mon grand-père était certes mort en début d'année, mais ce vieux propriétaire foncier isolé dans son coin de montagne n'était jamais entré dans ma vie, et mes pleurs n'avaient été que de convenance. Avec Feifei, nous tous, Grand Frère, Xiaofei et moi-même, partagions le même sang ; nous avions poussé sur la même tige et nous ne lui étions pas moins attachés qu'à notre mère.

J'ai écrit beaucoup de jolis poèmes déchirants au sujet de la mort de Feifei, évitant de parler de sang et de cadavre pour mieux m'affranchir du sordide et croire à l'éternité. Je préférais raconter de belles histoires plutôt que d'affronter la réalité. Je me laissais emporter par l'imagination comme tout artiste romantique, et Feifei, prise dans ce mouvement, virevoltait dans l'univers. Je mentais, j'oubliais que les morts ont des yeux : elle n'était certainement pas satisfaite de son petit frère et de ses vers décoratifs empreints d'une beauté calme et rayonnante.

Elle avait travaillé durement toute sa vie. Petite fille, il lui revenait de laver le linge sale de la famille dans une grande bassine. Frottant avec énergie, elle chantait à pleine gorge de vieilles mélodies de film. Elle racontait des histoires effrayantes : histoires de cercueils, de cloches et de tambours, de langues de pendus d'où tombaient des stalactites longues de trois mètres, et nous nous cachions sous la couette, n'osant plus en sortir qu'un œil. Une nuit, elle disparut ; nos parents, très inquiets, s'interrogèrent, mais Xiaofei et moi étions sûrs l'un comme l'autre que Feifei, qui aimait tant les fantômes, avait fini par en rencontrer.

Nous, les frères, on se chamaillait avec Grande Sœur ; Grand Frère, chétif mais malin, sachant qu'il ne pouvait l'emporter sur Feifei, incitait le bêta que j'étais à jouer la scène des « trois raclées infligées à Baigujing, la Sorcière-aux-os-blancs » : « Zhubajie ! » criait Grand Frère en me passant le balai et en récitant quelques vers d'opéra. « Tu danses avec ta fourche, et tu vas la provoquer devant sa grotte aux sorcières. Vieux Sun te suit ! » Finalement, Zhubajie et Sun Wukong[7] se retrouvaient vaincus. « C'est le contraire dans l'histoire ! » protestais-je en lui montrant mon cul, et Feifei en colère nous poursuivait jusque sous le lit pour nous en faire sortir.

Elle avait quitté la famille en 1966, à la veille de la Révolution culturelle, pour aller travailler dans une scierie à Pinwu, loin de chez nous, au nord-ouest du Sichuan. Notre

7. Il s'agit de personnages du roman *Pèlerinage vers l'ouest*, où des animaux, le singe Sun Wukong et le cochon Zhubajie, accompagnent le moine Xuanzang en Inde pour rechercher les textes sacrés du bouddhisme. Ils sont harcelés par la Sorcière-aux-os-blancs [toutes les notes sont de Marie Holzman].

maison se transforma alors en nid à fantômes. La dictature nous dispersait comme autant de fétus de paille. Tout le pays s'engouffra dans la tourmente de la révolution, et ma famille s'effondra sous les coups de boutoir des gardes rouges. Mon père, le fils d'un propriétaire terrien, enseignait la littérature chinoise dans un lycée de Yanting, une petite ville au nord-est du Sichuan. Cela lui valut d'être livré à la vindicte populaire comme contre-révolutionnaire. Pour nous éviter plus d'ennuis, mes parents durent divorcer et nous nous sommes retrouvés sous la garde de ma pauvre mère isolée. Elle s'empressa de rassembler nos maigres affaires et partit chercher refuge vers le sud, à Chengdu, la capitale provinciale, où vivait notre tante.

Je venais de fêter mes huit ans, et la vie était dure sans la présence de mon père. Peu après notre arrivée, les voisins de ma tante nous ont dénoncés pour des méfaits supposés. Les autorités municipales nous ont expulsés, au motif que ma mère était la femme d'un propriétaire terrien en cavale et qu'elle aurait vécu illégalement en ville. Il fallut replier notre baluchon et partir. Nous avons échoué dans une bourgade de la banlieue. Nous n'avions pas d'argent pour acheter de quoi manger. Un jour, une parente nous a offert un bon de rationnement qui permettait l'achat d'un coupon de tissu de deux mètres de long. Ma mère pensait revendre ce bon au marché noir, en échange d'un peu de nourriture pour sa famille, mais elle se fit prendre en flagrant délit par la Sécurité publique. À l'époque, vendre des bons de rationnement était considéré comme un crime grave. Elle fut arrêtée et emmenée sur la scène du théâtre où l'on jouait des pièces d'opéra du Sichuan pour y subir une séance de critiques devant un public de plusieurs milliers de personnes. Sur le moment, par miracle, je n'en ai rien su et j'en ai été préservé, mais le choc fut d'autant plus grand lorsque j'appris de la bouche de mes camarades de classe que ma mère avait été exposée à la critique par les autorités de la ville sur la scène d'un théâtre !

De son côté, Feifei avait fait preuve de clairvoyance : non seulement elle s'était évité beaucoup d'ennuis en se réfugiant dans des montagnes boisées où vivaient des pandas, mais elle y vécut les moments les plus agréables de sa vie. Ayant maquillé son origine de classe, elle réussit à intégrer l'équipe de propagande de la pensée Mao Zedong et connut un grand succès dans le district en jouant le rôle principal dans l'opéra modèle *Shajiabang*[8]. Mère a gardé jusqu'à ce jour une photo jaunie de Feifei sur scène : elle a belle allure, toute droite devant un décor de plaine enneigée, avec quelques tables derrière elle, les rideaux de scène et l'enseigne de la maison de thé « Arrivée du printemps » à côté de laquelle on distingue Diao Deyi le maigre et Hu Chuankui le gros[9].

À cette époque, on aurait pu former un bataillon rien qu'avec ses admirateurs. Alors que nous étions venus nous réfugier quelque temps auprès de notre aînée, Petite Sœur et moi avons été témoins de la cour que lui faisait en vain un beau garçon qui finit par se suicider en avalant des paquets d'allumettes. Grande Sœur versa des larmes abondantes, mais ne montra pas de remords. Et quand, plus tard, elle tomba à son tour amoureuse d'un chef de compagnie de l'Armée populaire de libération, elle dut rompre, car l'enquête menée sur son statut politique avait révélé qu'elle était la fille d'un contre-révolutionnaire.

8. Jiang Qing, la femme de Mao Zedong, imposa durant cette période (1966-1976) la révolution dans la culture. Seuls huit « opéras modèles » furent autorisés et joués sur scène, à la radio, à la télévision, et représentés sur de grandes affiches.
9. Deux des personnages principaux de l'opéra *Shajiabang*.

Le temps passe comme l'eau qui coule. Feifei s'était résignée sans même le savoir. Elle s'était mariée trois ans plus tard, avait déménagé, était devenue mère de deux petites filles, faisant finalement comme tout le monde, et elle était bien vue. Bien que sa famille absorbât presque toute son énergie, elle trouvait encore le temps de s'occuper de sa fratrie. Comme mon grand frère avait été envoyé comme jeune instruit[10] à la campagne, il manquait souvent de tout et n'hésitait pas à parcourir plusieurs centaines de kilomètres pour venir chercher auprès d'elle du réconfort durant quelques semaines. Ma petite sœur et moi-même y allions aussi pendant les vacances et elle partageait ses tickets de rationnement avec nous et nos parents, profitant même de notre séjour pour nous acheter des vêtements neufs sur ses économies.

Trois jours après le Nouvel An précédant sa mort, je l'avais accompagnée à la gare de Chengdu. Nous venions de passer quelques jours en famille et avions bavardé au coin du feu. Elle me racontait ses difficultés. Elle préparait un voyage à Pingwu pour y acheter du bois de chauffe au nom d'une compagnie basée à Chengdu. Elle pensait utiliser le fruit de sa commission pour emmener nos parents au Jiangxi, sur les traces de leur première rencontre.

Une semaine plus tard, alors que nous nous débattions au milieu de la foule pour arriver jusqu'aux guichets, elle m'avait soudain arraché son sac, que je portais à l'épaule, avait agrippé ses deux enfants et s'était enfoncée dans la bousculade en me criant au revoir par-dessus son épaule. C'est ainsi que nous nous étions quittés pour toujours.

10. Entre 1968 et 1980, ce sont près de dix-sept millions de jeunes Chinois des villes qui ont été envoyés autoritairement à la campagne à la fin de leurs études secondaires.

Cette scène reste en moi avec tout son relief, et j'en ai encore la gorge serrée, comme encombrée de cailloux. La mort de Feifei a ému les voisins et ses collègues, et chacun a donné sa petite contribution pour l'achat des tissus funéraires ; on a versé beaucoup de larmes. Feifei, avec son bon cœur, n'aimait pas voir les gens accablés de tristesse, et je crains que son âme ne se soit écroulée de fatigue devant tant de pleurs.

Elle n'a vraiment pas eu la vie qu'elle voulait. Le soir du Nouvel An, toute la famille était restée autour du fourneau jusque tard dans la nuit, et Feifei avait alors annoncé qu'elle allait retourner quelque temps à Pingwu pour gagner un peu d'argent et qu'elle aurait alors les moyens d'emmener tout le monde en voyage : «Papa pourra revoir son Jiangxi natal... Et moi, ça fait tant d'années que je trime, je dois me distraire un peu.»

Se distraire un peu ! Ils étaient sept dans le minibus ce jour-là ; elle seule est morte, dans la forêt, sur cette route montagneuse qu'elle avait empruntée si souvent. Quand le chauffeur a perdu le contrôle du véhicule qui a dévalé la pente cahoteuse avant de s'arrêter la roue avant gauche dans le vide au-dessus du ravin, elle a été projetée au-dehors et s'est empalée dix mètres plus loin sur une souche acérée, de la taille d'un bol. On l'a soulevée délicatement, elle avait le bas du corps trempé de sang. Une de ses vieilles amies l'a prise sur ses genoux ; elle répétait sans cesse : «Feifei, Feifei», tout en pressant le chauffeur d'aller plus vite. Feifei, les lèvres collées à l'oreille de cette amie, semblait lui murmurer quelque ancienne histoire. Puis elle a soulevé la tête en rendant son dernier soupir, son visage blanc comme un ciel d'hiver sans fin.

De nous quatre, elle est partie la première et c'est vraiment trop injuste. Tout au fond de ma tête, le minibus roule encore à toute vitesse et ses roues me broient le crâne ; j'en ai des sueurs froides. Il y a un film intitulé *Paris, Texas* dont le sujet est un vagabond à la recherche de son lieu de naissance, qu'il ne situe pas là où sa mère l'a mis au monde, mais à l'endroit où ses parents ont fait l'amour pour la première fois – c'est-à-dire à Paris (au Texas), d'après son père. Le Paris connu pour ses putes et ses parfums ne peut être qu'en France ; c'était donc faire une plaisanterie licencieuse et mensongère que d'évoquer un « Paris » situé en Amérique. Ne serions-nous tous ainsi que le produit d'une mauvaise comédie ? Pourquoi Dieu a-t-il joué cette vilaine farce à Feifei ?

Nos parents se sont connus dans le Jiangxi et, au travers des quelques allusions qui leur avaient échappé, j'ai pu reconstituer sommairement leur histoire : mon cinquième oncle maternel dirigeait une troupe de théâtre ; ayant quitté le Sichuan, il faisait une tournée dans les provinces situées le long du Yangtsé lorsqu'il arriva au bord du lac Poyang. Là, son fort caractère lui valut de déplaire au despote local et il fut battu à mort. Les membres de la troupe, devenus des dragons sans tête, se dispersèrent aux quatre vents comme un vol d'oiseaux. Ma grand-mère, accompagnée de ma mère encore enfant, alla en habit de deuil récupérer le corps qui fut enterré. Après s'être prosternées devant le tombeau et avoir brûlé de l'argent votif, elles disaient adieu au mort lorsque vint à passer un jeune professeur qui se promenait pour profiter du printemps. À leur accent, ils se reconnurent originaires du même endroit. C'est ainsi que le destin a voulu que mon père rencontre sa future femme.

Avant de mourir, ma grand-mère confia sa fille à ce jeune homme rencontré en voyage. Ils se marièrent par la suite et passèrent le reste de leur vie dans les cris et les disputes. Ma mère disait : « On vit, c'est tout. Je ne me suis jamais posé la question de savoir si on s'aimait.» Ils eurent quatre enfants.

Regarder les vieilles photos jaunies et doucement retrouver ses racines est un plaisir commun à la plupart des familles traditionnelles. Nous regrettons qu'il n'y en ait pas de nos parents jeunes; elles auraient pu témoigner de leurs sentiments d'alors. Il y a quelques portraits, et une seule photo de groupe – avec ma grand-mère, mon père, ma grande sœur et mon grand frère – qui nous est plus précieuse qu'un objet antique.

Pour compenser, Feifei avait pris beaucoup de photos variées et intéressantes durant la Révolution culturelle, malgré la monotonie de l'environnement social de l'époque. Empilées, elles auraient atteint un mètre de haut. Quatre-vingts pour cent sont en noir et blanc. Elle a consigné soigneusement tous les épisodes de notre vie familiale et vingt années y sont ainsi préservées.

Depuis cette rencontre accidentelle au sommet d'une colline du Jiangxi, notre famille était née et avait essaimé aux quatre coins du pays. Feifei était alors sur le point de retourner sur la tombe ancestrale, avant même que nos parents en aient eu l'occasion.

Jour cruel que celui du mois de mai de l'année du Dragon. Le télégramme qui m'annonçait la mort de ma sœur aînée en poche, je dis au revoir à ma femme Axia, éplorée. Partant de la ville de Fuling située dans les montagnes de l'est du Sichuan, il me fallut deux jours de transports en commun malcommodes pour rejoindre Mianyang, située à l'ouest. À Chongqing, le bateau eut du retard et je rencontrai par hasard un ami médecin et poète. Déjeunant au restaurant avec lui, je vécus une expérience bizarre: nous nous lancions dans de grandes discussions, j'avais bon appétit, mais il me semblait que ce n'était pas ma bouche qui parlait et mangeait. Une voix me rappelait que je devais être triste, et pourtant je n'y arrivais pas sous le beau soleil printanier. Qu'est-ce qu'un accident de voiture avait à faire avec Feifei, si délicate avec ses dents blanches bien alignées et ses fines fossettes ?

Le soir, je pris un bus et m'endormis. Je me réveillai en pleine nuit, trempé d'une sueur glacée. Le véhicule était bondé, et l'odeur pestilentielle me donnait envie de vomir. Je me penchai contre la vitre avec un haut-le-cœur et fus transpercé par un filet d'air froid. J'avalai une gorgée d'eau fraîche et gémis : « Je suis dans une morgue qui fonce vers l'enfer. » Feifei, ses longs cheveux défaits, se tenait derrière la vitre ; vite, je baissai la tête. Plus j'approchais de ma destination et plus je me rendais compte que j'avais peur de voir sa dépouille, bien que l'ayant déjà « vue » dans mon cauchemar.

Quittant la gare de Mianyang, je me rendis directement au numéro 87 de la rue Hongxin et traversai la grande cour jusqu'au vieux bâtiment familier, la tête pleine du cadavre de Feifei et comme poussé du bout d'un bâton invisible qui ne me lâcha que lorsque je levai la main pour frapper à la porte.

La porte était ouverte mais, obéissant à une superstition paysanne, je fis semblant de frapper deux fois, et ce n'est qu'en voyant l'air surpris de ma famille que je sortis de mes rêves. « Grande Sœur ! » Je fis le tour de la pièce. « Où est Grande Sœur ? »

Personne ne me répondit. Tout était déjà rangé, les rideaux mortuaires entassés dans un coin, et, sur le balcon, des cendres noires, restes de couronnes de fleurs en papier brûlées, s'envolaient dans le vent du soir. Ils étaient tous là, installés dans le salon en rond comme s'ils faisaient partie des meubles, avec, au centre de la pièce, quel effroi ! une urne funéraire.

« Comment se fait-il que tu n'arrives que maintenant ? » me demanda ma petite sœur Xiaofei, sur un ton de reproche.

– On t'a attendu trois jours, renchérit mon beau-frère. Il fait doux, on n'a pas pu attendre plus.

– Feifei est morte les yeux ouverts », soupira notre père.

Je sortis le télégramme et, comme un idiot, restai à réfléchir longtemps avant de réaliser que le télégramme était arrivé avec deux jours de retard !

« Comment est-ce possible ? »

Tout le monde se regardait. J'étais sous le choc et des larmes ruisselaient de mes yeux. Feifei, c'est ton âme dans le ciel qui a retardé le télégramme : tu sais trop bien que ton petit frère a peur de la mort.

Mes oreilles bourdonnaient, puis le sentiment de panique refluant, je défis le nœud rouge et recherchai Feifei dans les cendres.

« Si peu ? m'affligeai-je.

– Tout y est, répliqua mon beau-frère. Je suis resté devant le four du début à la fin, sans même cligner des yeux. »

Je ne savais pas où me mettre. Le ruban rouge, comme un feu froid, s'enroulait douloureusement autour de mes doigts.

« Quand j'approcherai de la fin, j'emporterai ta grande sœur et nous rentrerons à Lijiaping, dit mon père. Avec tes grands-parents, on sera ensemble, on ne sera pas isolés dans l'autre monde.

– Grande Sœur devrait être enterrée à Chengdu, objecta Petite Sœur. De son vivant, elle espérait pouvoir revenir à Chengdu.

– Quand on meurt, c'est comme une lampe qui s'éteint, murmurai-je sans savoir pourquoi. Peu importe.

– Comment ça, peu importe ?! » rugit Grand Frère.

Je mis un brassard noir et me dépêchai d'aller faire des photos avec mes deux nièces avant que la nuit tombe. J'avais l'impression que le sol se mettait à trembler sous mes pieds comme une estrade sur le point de s'écrouler. Écartant un rideau inexistant, et marchant au milieu de la route, j'avançai sur une scène invisible. Les lampadaires devenaient des fantômes clignant des yeux, les voitures, des êtres marins allant et venant. De chaque côté, les maisons paraissaient faites d'un matériau provisoire dans lequel un coup de pied aurait fait un gros trou. La route lavée par la pluie n'était que reflet sous le miroir concave, immensément vaste, du ciel.

Je marchai, marchai, j'avais peur de m'arrêter, peur de rester hébété, tout seul sur place. Un poète du coin, Yutian, me retrouva et, avec quelques autres, nous entrâmes dans un bar pour boire de l'alcool et parler poésie. À la table d'en face, il y avait une femme aux yeux brillants qui ressemblait beaucoup à la sœur aînée d'une personne que j'avais fréquentée à Hainan. J'avais besoin de ce corps puissant comme celui d'un animal, besoin que la chaleur du désir vienne sécher ma peau et faire fondre la glace dans mes os ! La vie n'est jamais acquise : comme un verre à vin, elle peut tomber et se briser au moindre faux mouvement. Je voulais prendre n'importe quelle femme sur-le-champ, enfouir ma tête entre ses seins, me lover sous l'auvent de l'enfance, pour me soustraire à la sensation d'être en morceaux que je ressentais depuis la mort de Feifei.

Une demi-heure plus tard, je la suivis jusqu'à sa porte, et sans un mot nous commençâmes la joute charnelle. Cette femme était mariée depuis peu, et sa chambre nuptiale, toute décorée, formait une cage idéale pour nos combats d'animaux sauvages. Deux loups affamés se firent face à plusieurs reprises sur ou sous le lit, puis je la caressai comme un tanneur, la dépouillai de ses habits et de ses bijoux et continuai mon épluchage plus avant, comme si je voulais lui retirer les intestins et les poumons. Elle criait de plaisir et au moment de jouir, j'étais devenu une pousse de bambou pour elle. Elle embrassait, mordait, et grinçait des dents en haletant ; comme une lapine en chaleur, elle me marqua de traces de morsure partout sur le cou, alors que des vagues de décharges électriques m'emportaient et que le brassard noir accroché à ma veste gisait par terre. Feu liquide ! Au moment de l'éjaculation, l'enfer est paradis. La colonne de chair entre nous deux refusa longtemps de se rétracter. Dehors les arbres se balançaient, et Feifei soupirait de colère. De loin parvinrent, rauques et harassés, les sifflements d'un train et le temps que la locomotive devienne comète, Feifei s'était muée en une passagère galopant vers l'autre rive.

J'affectai de crier : « Quel plaisir ! », mais je vécus un véritable accident de voiture mental. Un démon féroce se transformait en un véhicule qui freinait sur mon corps – ses seins fumant comme des pneus rougis. Une fois, encore une fois, la moelle de mes os était asséchée, et ce n'était pas assez pour elle. Le ciel pâlit, et elle n'en avait toujours pas assez. Telle une chatte s'amusant avec une souris morte, elle se redressait et vérifiait l'état de mon sexe.

J'avais sali ma sœur bien-aimée, mais, durant ces années-là, j'ai continué à écrire de beaux vers en souvenir d'elle, et à me raconter de doux mensonges ineptes. Je me parais de grands sentiments amoureux et poursuivais le train de la mort dans lequel elle avait pris place, jusqu'à ce que, pâlissant au point de devenir invisible, il se fonde dans le flot des nuages.

年轻诗人

2

La jeunesse du poète

À la fin des années 1980, je me suis établi dans la ville de Fuling, avec ma femme Axia. J'avais décidé de prendre mes distances avec la génération des poètes de l'avant-garde, assoiffés de plaisirs charnels, et de me concentrer sur mes écrits. Mes ambitions littéraires commencèrent à prendre forme. Je revenais de loin, en fait...

Contrairement à la plupart des poètes de ma génération, je n'ai jamais reçu une éducation formelle bien solide. Pourtant mon père, qui a vécu jusqu'à l'âge avancé de quatre-vingts ans, fut professeur de littérature. Il a formé des milliers d'élèves au cours d'une carrière qui s'est étendue sur une quarantaine d'années.

Moi, je suis venu au monde durant une terrible famine qui a coûté la vie à une trentaine de millions de gens à travers le pays, de 1959 à 1962. Mon père me racontait comment, à l'âge d'un an, mon petit corps était bouffi de malnutrition. Je n'avais même plus la force de pleurer. Un médecin traditionnel de Niushikou, non loin de Chengdu, recommanda à mes parents de me tenir au-dessus d'une marmite pleine d'une infusion bouillante, tous les matins et tous les soirs. La vapeur parvint à extraire un liquide jaunâtre de mon corps, goutte après goutte. Grâce à ce docteur, j'ai survécu.

La faim a hanté toute mon enfance. Elle a entravé ma croissance et handicapé mon développement cognitif. Je fus un enfant lent. À l'âge de trois ans, alors que je ne maîtrisais pas encore l'art de parler ni de marcher, mon père commença à m'enseigner les caractères chinois. Un an plus tard, il m'imposa de mémoriser des poèmes chinois traditionnels. J'étais censé apprendre par cœur tous les jours des poèmes simples et des essais qui avaient été écrits, disait-il, par des grands maîtres de la littérature. Ces textes n'avaient aucun sens pour moi, et je me contentais d'ânonner, comme l'aurait fait un moine novice en train de réciter les sûtras. Il m'arrivait souvent d'oublier tout ce que mon père venait de m'enseigner, avant même qu'il ait quitté la pièce, mais il se montra patient. Il ne m'a jamais donné de fessée, ce qui était pourtant pratique courante dans la tradition confucéenne. Il préférait me soulever jusque sur la table octogonale où nous prenions nos repas. Si je ne parvenais pas à mémoriser certains poèmes, je n'avais pas le droit d'en descendre. J'étais un petit garçon faiblard, et j'avais trop peur de sauter en bas, de demander grâce ou de protester en pleurant.

Mon seul salut était de fermer les yeux, et de psalmodier les poèmes et les essais encore et encore, jusqu'à ce qu'ils soient fermement ancrés dans ma mémoire. Au bout de deux années, j'étais capable de réciter par cœur de nombreux poèmes et articles célèbres, même si je n'avais aucune idée de ce qu'ils signifiaient. À l'époque, je haïssais mon père et j'ai imaginé à de nombreuses reprises que je l'assassinais. Au fur et à mesure que je grandissais, mes sentiments à son égard ont évolué. Les graines plantées par ses soins commencèrent à fleurir. Le sens et la beauté de chacun des textes et de la prose que j'avais mémorisés commencèrent à se révéler à moi.

Pendant la Révolution culturelle, entre 1966 et 1976, je cessai de fréquenter l'école et vagabondai par intermittence entre les villes de Yanting et de Chengdu. Je voyageais clandestinement sans payer, courant après les trains pour y grimper en marche, travaillant comme ouvrier mineur, fabriquant des certificats de voyage, et trottant des jours entiers sur des chemins de montagne tortueux. J'étais hébergé dans les huttes misérables de mes parents pauvres de la campagne. Après le lycée, j'ai continué à voyager à travers le pays, gagnant ma vie d'abord comme cuisinier, puis comme chauffeur de camion sur la grande route qui reliait le Sichuan au Tibet. C'est durant cette période que j'ai commencé à me passionner pour la poésie contemporaine. Chaque fois que j'avais un moment libre, je lisais des livres qui avaient été interdits dans le passé, de Keats à Baudelaire, et je commençai à composer ma propre poésie et proposais mes textes à des revues littéraires. Durant les années 1980, j'ai écrit dans des magazines à diffusion nationale, et dans des publications clandestines à qui j'adressais des poèmes de style contemporain occidental, considérés comme de la «pollution spirituelle» par le gouvernement. Indépendamment de ce qu'on pouvait penser de mes productions, écrire me provoquait une intense sensation d'euphorie.

J'ai vécu ainsi en prenant l'apparence d'un homme bien et c'est comme un homme bien que j'ai participé à la conférence de Dayunhe sur la poésie, à des milliers de kilomètres d'ici.

Avec mon organe reproducteur, feu ardent, lame aussi tranchante qu'avant, je pouvais me dépenser sans compter, mais j'étais devenu un fantôme. Un fantôme n'a pas besoin de se repentir, mais un froid éternel monte du fond de son corps.

Respirer les femmes comme respirer l'air ! Chercher refuge et chaleur dans les labours sexuels ! Le train de nuit dévalait la vallée des rêves et les humains s'y pendaient. Lancés de trois côtés, des lassos me serraient le cou, corps et tête se séparaient, je vivais en deux parties. Je savais que je ne pouvais plus appeler ma grande sœur quand j'étais sujet à un cauchemar, comme je le faisais dans mon enfance.

Elle traversait le couloir des étoiles, terre pure sans bornes, vraiment trop loin de moi, pauvre merde répugnante.

Je n'étais pas doué pour la parole et, en même temps, je n'arrivais pas à me contrôler. Les participants à la conférence de Dayunhe étaient nombreux et l'ambiance animée. Les malins avaient tous compris qu'il y avait là une bonne occasion de se faire connaître. Madame Zheng, qui appartenait à la vieille génération, aimait bien s'insérer dans des groupes de jeunes et se lancer dans de grandes discussions, faisant montre de sa vaste science en transpirant à grosses gouttes. Je croisai le fer avec elle et, après moins de deux échanges, elle ne transpirait plus mais pleurait. J'étais un taureau sauvage. Quand je rencontrais quelqu'un qui n'abondait pas dans mon sens, je n'avais qu'une envie : donner de la corne et piquer.

Au début, j'appréciais beaucoup la simplicité et l'honnêteté de Che Qianzi, un poète originaire du Jiangsu. Mais, parce qu'il grommelait que se réunir était sans intérêt, je changeai d'attitude et lui dis : « Alors, qu'est-ce que tu viens faire ici, espèce de vieux boiteux vertueux ? » Je provoquai aussi le critique Chen Zhongyi qui ne m'avait rien fait en lui criant : « Tu ne serais pas le mec de Shu Ting, par hasard ? » Je lui courus après pour le frapper de la part de l'un de mes compatriotes du Sichuan que j'avais, de mon propre chef, prétendu représenter à la conférence. Je mis l'hôtel sens dessus dessous. À la porte et aux fenêtres se bousculaient des badauds prêts à se réjouir des malheurs à venir, et moi, comme un singe, je rebondis plusieurs fois sur les canapés tandis que ce faux Jésus au visage de concombre sauvage éventait sa poitrine de coq en criant : « Frappe ! Frappe ! Tu me frappes sur la joue gauche, je te le rendrai en double sur la joue droite ! » Et de prédire : « Tu le regretteras toute ta vie ! » Le scandale fut à son comble quand, au port de Gaoyou, je me suis fait photographier avec une employée du district en la tenant par la taille. Les dirigeants des deux côtés, hôtes et invités, étaient blancs de colère.

À cette époque d'effondrement des valeurs, les poètes ne se contentaient pas de rivaliser en vantant leur appartenance à telle ou telle tendance littéraire. Ils entraient aussi en compétition quant à la quantité de femmes consommées. Un groupe de poètes d'avant-garde, fort connus en Chine, était en réalité un nid pestilentiel de tordus où avaient cours les liaisons à tout-va, les partouzes, l'échangisme – rien que du banal pour eux. Pour être reconnu comme homme, il ne suffisait plus, comme au début des années 1980, d'aimer se battre pour rien, mais on devait être capable de livrer à tout moment sa bien-aimée aux envies de tout le monde. On raconte que l'un d'entre eux, pour gagner sa couronne d'« assassin sans pitié », s'était prosterné devant tout le monde en frappant sa tête sur le sol jusqu'à en saigner, suppliant qu'on viole une de ses petites amies à la beauté quelconque.

Les voyous ordinaires sont punis, mais ces voyous particuliers que sont les poètes échappent, tout joyeux, à la loi et sont considérés comme de véritables artistes, des stars dont on parle et que la jeunesse admire. C'est ainsi qu'un gros gars ivre, sur le campus d'une université, s'est mis à crier devant les dortoirs des filles : « Écoutez, vous les filles de ce bâtiment ! Je suis le célèbre jeune poète X, mon sexe est en érection ! » Comme personne ne répondait, ce lourdaud a ouvert son pantalon et, le sexe dans la main, a couru jusqu'au premier étage et pissé devant chaque dortoir comme un chien laissant sa marque. Les filles, effrayées, ont verrouillé portes et fenêtres. Un autre poète soi-disant noble – mais issu d'une famille modeste –, pétri d'histoires fantastiques et farci de fantasmes de coucheries entre humains, renardes et fantômes, s'est rendu chez un ami, également poète, en son absence pour faire un mauvais sort à sa femme et à sa petite sœur. Les deux belles-sœurs se sont défendues ensemble et ont fini par chasser le rustre qui n'avait pu achever son œuvre. À peine rentré chez lui, honteux comme un rat, il fut de nouveau frappé et chassé : un préservatif gluant lui était resté collé à l'arrière de la tête !

J'avais alors plus d'inspiration et d'ambition que jamais, et il me fallait sans arrêt partir en vadrouille ; si je restais à la maison deux ou trois mois, tout mon corps me démangeait. Dans la nuit, la sirène du bateau sur le Yangtsé résonnait, semblant venir d'un autre siècle, comme le meuglement d'un bœuf affamé, et sa grosse voix énervante me chassait de mon lit pour me jeter vers la fenêtre. Dans cet état de manque, j'écrivais de toutes mes forces, me privant sans dommage de nourriture et de repos.

À Fuling, cet été de 1988, la chaleur fut insupportable ; si on négligeait le matin de fermer les fenêtres et de tirer les rideaux, la température pouvait rapidement dépasser les quarante degrés. Je baignais alors dans l'excitation, parfois portant un caleçon et parfois nu, écrivant accroupi comme un singe sur un tabouret carré, une serviette mouillée sur les épaules, les joues cachées sous une barbe hirsute et la sueur dégoulinant en milliers de torrents. J'achevai ainsi les trois mille lignes des cinq parties du *Grand Artisan*, enchaînai sur les poèmes *Bâtards* et *Idoles*, chacun de plus de quatre cents vers, et, dans le même temps, je me fendis aussi de quelques articles de critique littéraire et de poèmes en vers libres. J'occupais tout mon temps, et mobilisais ma femme avec des monceaux de brouillons en désordre qu'elle mettait au propre sous ma surveillance ; j'arpentais la pièce de long en large, comme un contremaître, la pressant de copier, copier, copier sans s'arrêter. Axia se retenait de pleurer, travaillant jour et nuit, troquant le vide de sa vie de femme délaissée contre des caractères qu'elle recopiait au stylo de sa belle écriture.

Je versais mes vers comme l'eau d'un seau et je respectais la règle éminente qui voulait qu'on n'eût point de relations sexuelles en période de création. Le stylo sur le papier travaillait à mort ; le stylo de chair, en dessous, aurait bien voulu s'y essayer également, pour gribouiller lui aussi quelque chose. Puis, le temps ayant fraîchi et le corps et l'esprit étant épuisés, je trouvai de nouveaux prétextes pour voyager – parfois même j'en inventais.

Un jour, ma femme Axia glissa et se cassa la jambe. Très inquiet, je l'emmenai à l'hôpital en urgence, où elle dut être plâtrée. Je piaffai d'impatience en attendant que le médecin ait fini, puis je la ramenai immédiatement à la maison en la véhiculant sur le porte-bagages de mon vélo ; j'étais en nage. Je fis ensuite le ménage, les courses, et je préparai à manger. Je trouvai enfin le temps de descendre au port acheter un billet et remontai comme un cheval emballé. La journée était passée en un clin d'œil. Après avoir couru comme un sportif du matin au soir, j'étais à bout de souffle et j'avais des crampes.

Je me préparai à partir en invoquant comme raison le fait que j'avais un billet. Axia essaya de me retenir en me montrant sa jambe.

« Je vais être en retard. »

Je me raidis et lui dis au revoir. À ce moment-là, la sirène impérieuse du bateau se fit entendre dans le lointain.

Axia sanglotait : « Ne fais pas ça, ne fais pas ça ! »

J'essuyai ses larmes tout en regardant discrètement ma montre.

« Reviens vite », soupira-t-elle enfin à contrecœur.

J'eus un frisson en fermant la porte, car j'avais senti dans mon dos son regard désabusé. Je me sauvai et descendis l'escalier alors que je n'avais même pas décidé de ma destination finale. « On verra en route. »

C'était un leitmotiv à l'époque : on partait sans véritable but et, en chemin, on en changeait au gré des envies. Après avoir hésité cinq ou six fois, on oubliait même pourquoi on était parti. Quand ça démange trop, il n'y a que l'action qui soulage : écrire des poèmes est une forme d'action, mais quand l'esprit est épuisé par l'écriture, le seul repos possible est alors pour nous l'errance. Faire du chemin pour faire du chemin, faire du chemin pour faire une rencontre, frayer sa voie sur le corps d'une femme en prenant ses seins pour des relais qui vous abritent de la pluie et du vent. On était fatigué, alors on dormait. Une fois endormi, on ne voulait plus se réveiller.

Petit à petit, j'en suis arrivé à trouver qu'il n'y avait ni belles femmes ni femmes laides. Elles étaient seulement grosses ou maigres, et j'en étais écœuré.

Pendant un temps, j'ai détesté les grosses, mais partout où je mettais les pieds sur cette terre, il n'y avait que des grosses. Une fois, alors que j'avais été invité à une soirée aux bougies organisée par une école des beaux-arts, je n'eus même pas le temps de me mettre dans l'ambiance qu'un visage impatient se précipita vers moi. Comme si je fuyais un requin, je tins bon pendant deux danses, mais fus finalement obligé de reculer jusqu'à un lit inconnu. Le lendemain matin, un beau soleil tapait à la fenêtre mais, à côté de moi, ça ronflait comme le tonnerre. Je sautai du lit et découvris que la sirène de la veille s'était muée en une ourse dotée de larges épaules et d'un triple menton.

En mars 1989, peu de temps après qu'Axia se fut tout à fait remise de sa jambe cassée, je fus invité par l'université de Wuhan, dans la province du Hubei. Moins d'un mois plus tard, je me lançais dans une histoire d'amour scandaleuse avec une étudiante doctorante qui devait se marier bientôt et je reçus un coup de couteau de son fiancé. On m'expulsa peu après.

Ma blessure n'était pas encore cicatrisée que j'emmenai mon ami Li Yawei vers le nord. À Pékin, nous apprîmes que Hai Zi[11] s'était jeté sous un train. Bien que ce jeune homme au visage carré m'ait auparavant adressé des poèmes et des lettres, sa mort restait son affaire, et je ne me sentis pas vraiment affecté : tout le monde peut, à un moment ou à un autre, trouver que la vie n'a pas d'intérêt et si rien ne vient alors vous distraire, c'en est fini. En revanche, le décès de Hu Yaobang en avril, ça, ce fut une grande affaire. Des centaines et des milliers de couronnes mortuaires affluèrent sur la place Tian'anmen, et peu à peu le peuple se manifesta de toutes parts. Li Yawei et moi pûmes alors vérifier de nos yeux qu'« une étincelle pouvait mettre le feu à toute la plaine[12] » : la révolution était là.

11. Hai Zi était le nom de plume du poète Zha Haisheng, mort à vingt-cinq ans le 26 mars 1989.
12. Titre d'une célèbre lettre écrite par Mao Zedong en 1930.

Pourtant, comme deux loups affamés, nous nous contentions de vagabonder dans les rues, crachant sur les poètes «brumeux» dont Bei Dao était le chef de file, lui qui nous avait accueillis fraîchement lorsqu'il présidait la première cérémonie de remise des prix de poésie contemporaine. Et nous comparions Hu Yaobang au martyr Xu Yunfeng[13] du roman révolutionnaire *Le Rocher rouge*. Puisque avec nos poèmes et lectures nous ne parvenions pas à conquérir la capitale, nous n'avions plus qu'à fuir le centre de la tempête et à descendre vers le sud.

Nous traversâmes maintes provinces, et, au terme d'un grand tour, débarquâmes chez Zhou Zhonglin à Chongqing pour y aboyer de plus belle. Puis je rentrai à Fuling, toujours en colère et fort mécontent.

C'est ainsi que je passai à côté de l'un des événements historiques les plus importants de ces cinquante dernières années en Chine.

---

13. *Le Rocher rouge* est un célèbre roman écrit par Luo Guangbin et Yang Yiyuan, en 1961, sur la période de la guerre civile entre le Parti communiste chinois et le Kuomintang. Xu Yunfeng est un ancien secrétaire du Parti qui se laisse arrêter pour protéger son camarade.

3

La ville au bord de l'eau

江边小城

Je m'enfermai pour écrire un article long de quelque dix mille caractères, intitulé «Les perversions des divinités mythologiques», et restai sourd à ce qui se passait dans le pays. Pendant ces quelques jours, Liao Yilong, de Chengdu, Liu Xia et Wu Bin, de Pékin, Zhu Yanling, de Canton, Jiang Zhong, de Wuhan et Zhou Zhonglin, dc Chongqing, m'écrivirent tous l'un après l'autre, me faisant part des événements patriotiques qui se déroulaient partout, dont le marathon de chansons organisé par une centaine de stars de Hong Kong pour récolter des fonds destinés aux étudiants en grève de la faim sur la place Tian'anmen. Toutes sortes de lettres ouvertes, tracts, pétitions, déclarations me parvinrent en nombre, que je laissai de côté avec mépris, très fier d'être capable, moi, de garder la tête froide, jusqu'à cette nuit où nous parvint de loin le bruit de trois explosions, puis des bribes de *L'Internationale*, qui semblait chantée lentement par un chœur d'enfants.

J'ouvris la fenêtre. Les montagnes, gigantesques autels, s'étalaient dans la clarté de la nuit comme de grosses femmes à moitié dévêtues, parées de boutons scintillants. La lune traçait une cicatrice dans le ciel et le vent faible portait l'odeur sucrée du sang. Les chants se rapprochaient, je tendis l'oreille et compris qu'ils venaient de l'École normale de Fuling, située sur l'autre rive de la rivière Wujiang. Mais je ne comprenais pas pourquoi le rythme était si lent, si calme, comme un requiem débordant de larmes et de supplications, comme si des milliers d'enfants morts, réduits en poussières entre deux paumes, en pâtés, puis en tortillons de lumière, lucioles dégoulinant à la queue leu leu de ces dix doigts, tentaient de revenir dans le monde des humains.

Je marmonnais.

« Je n'aurais pas pensé que ce grandiose chant prolétarien puisse sentir la mort.

– N'est-ce pas plutôt toi qui le ressens comme ça ? me dit Axia en riant. À moins que ce ne soit à cause de la distance. »

Et en effet, après être monté sur le toit du bâtiment du bureau municipal de la Culture, où nous habitions, et m'être joint à ceux qui, le cou tendu, regardaient vers le sud, je trouvai que le chant résonnait déjà de façon beaucoup plus ordinaire. Puis se firent entendre de nouveau trois explosions tandis que plusieurs serpents de feu avançaient en direction du fleuve.

« Ah ! On dirait un peu la révolution d'Octobre, commenta le peintre Liang, le torse nu et les bras croisés. On attaque le palais d'Hiver.

– Qu'est-ce que ça veut dire “attaquer le palais d'Hiver” ? Où se trouve ce palais d'Hiver ? intervint le directeur du département de la Culture.

– Et où les étudiants auraient-ils trouvé des canons ? Ils ont fait sauter quelques explosifs tout au plus. »

D'autres doutaient également.

« Cela n'a pas de sens de semer le trouble dans une petite ville, fit remarquer Petit Liang, vexé.

– Il faut voir qui dirige. Les monts Jinggang, c'était aussi un trou perdu[14], ajoutai-je malicieusement. Toi qui es petit, si tu veux jouer les Lénine, vas-y ! Tu n'as pas besoin de te déguiser.

– Je suis enrhumé, répondit Petit Liang en éternuant. Alors cette fois-ci, je m'en dispense : ce sera pour la prochaine révolution. »

Peu après, les manifestants entrèrent dans la ville et, montant par les rues circulaires, avancèrent sans rencontrer d'obstacles. Toute la population entra en ébullition. Dans les immeubles, les lumières s'allumèrent en un instant, et les gens descendaient les escaliers de partout et rejoignaient le mouvement, certains encore en train d'enfiler leurs chaussures ou de boutonner leur pantalon, d'autres torse nu, leurs habits à la main. Du palais des Arts où nous nous trouvions, situé à quelques centaines de mètres au-dessus du centre-ville à vol d'oiseau, la foule semblait faite de petits pois, de grains de maïs, de blé ou d'autres céréales qui se déversaient en trombe le long des ruelles en pente étroites comme la paume de la main. J'eus envie d'en être moi aussi et, me transformant à mon tour en petit pois, je descendis du bâtiment en bondissant pour me retrouver dans la rue, happé et ballotté par une grande vague qui m'emporta au cœur de la ville, sur la place Nanmenshan, grande comme quatre terrains de basket. Les rivières humaines compactes tournoyaient et formaient de gros tourbillons au centre desquels surgissaient des orateurs bénévoles et des vantards talentueux. J'avais beau essayer, je n'arrivais à me faufiler dans

14. En 1927, un millier d'hommes se sont réfugiés sous la direction de Mao Zedong dans les montagnes de Jinggang, au Jiangxi, pour fuir le harcèlement du gouvernement du Kuomintang. Ce fut le berceau de l'Armée révolutionnaire communiste, fondée le 1er août de cette année-là.

aucun des tourbillons, et restai un moment à longer les escaliers de pierre avant d'être finalement repoussé jusqu'au Club des ouvriers qui dominait fièrement la place.

J'essuyai ma sueur. Regardant vers le bas, je compris que le défilé des étudiants arrivait, avec en tête une banderole faite de plusieurs draps blancs cousus ensemble, sur laquelle étaient inscrits des slogans : « Abattre les fonctionnaires affairistes », « Sanctionner la corruption », « Aimer son pays n'est pas un crime », « Aidons de notre voix nos camarades à Pékin ». Ceux qui ouvraient la route portaient tous un turban rouge et blanc, comme celui des pêcheurs japonais du Hokkaido qu'on nous montrait souvent dans les journaux télévisés. La foule présente sur la place s'ouvrit devant eux et les divers tourbillons se mélangèrent pour n'en former rapidement plus qu'un seul, plus grand et plus ordonné. En un instant, spectateurs et manifestants se fondirent. Sans cesse, des poings se levaient et les clameurs tonnèrent presque une heure durant, avant que les manifestants ne se regroupent pour se diriger vers Yijiaba, au nord, où était située la plus grande place de la ville.

Le long serpent s'était mué petit à petit en un boa en colère. Avec l'ajout de spectateurs le rejoignant par vagues, le grand boa grossissait et rampait de plus en plus lentement. Sa tête, sa queue et sa taille gonflaient sporadiquement avant de reprendre forme lorsqu'elles avaient digéré les nouveaux révolutionnaires. Les dirigeants étudiants qui avaient organisé la manifestation voulurent faire un petit discours pour épurer la troupe révolutionnaire, mais à peine avaient-ils levé le haut-parleur et lancé un « Camarades étudiants » qu'ils furent poussés sur le côté. Tout le monde se prenait bras dessus bras dessous comme lors d'une fête. On avançait en parlant et en riant, on criait des slogans et faisait de grands gestes dans l'euphorie générale. Cette manifestation incontrôlable se poursuivit jusqu'à l'aube. Les rangs avaient fondu dans le désordre ; spectateurs et manifestants, vieux et jeunes, tous mêlés, se baladaient, en bavardant. Des inconnus s'offraient des cigarettes. Ceux qui étaient fatigués de marcher se faufilaient pour s'écarter et se reposer un instant, tandis que ceux qui étaient las d'être debout s'accroupissaient carrément par petits groupes. Certains déploraient que les magasins ne soient pas ouverts toute la nuit.

Pour ma part, je ne résistai pas au sommeil et rentrai à la maison. Le croissant de lune rougissait et je me cachai sous cette cicatrice tandis que les étoiles, essaims de mouches à tête verte, grignotaient la nuit. Je me souviens d'un vieux qui disait que cette nuit avait été la plus animée de toute l'histoire de Fuling.

Il était presque midi quand je me réveillai le lendemain. Axia me dit que les étudiants avaient déjà pris la préfecture. Malgré moi, je sentais la peur : « Le mandat du Ciel va-t-il vraiment changer ? » Alors, sans même me laver, j'enfilai des sandales et descendis dans la rue, mais en apparence la ville était comme d'habitude. Les passants se cachaient sous les auvents sombres ; quelques chiens paresseux erraient dans les rues et se poussaient lentement sur le côté en entendant une voiture arriver. Les vestiges de la révolution, tracts, banderoles déchirées, bouts de papier, s'envolaient dans la poussière.

Les grilles d'entrée des bâtiments de la préfecture, hautes de cinq mètres, étaient fermées ; la petite porte était entrouverte et des étudiants portant un brassard rouge filtraient l'entrée sous la direction des gardes de la préfecture : il fallait montrer sa carte d'étudiant pour passer. À l'extérieur du mur d'enceinte, se tenait le marché libre, comme de coutume.

De nombreux paysans avaient posé palanche et baluchon, et étaient venus s'agglutiner derrière la grille pour voir. Des enfants grimpaient comme des singes facétieux sur les épaules des gens et acclamaient ceux qui étaient de l'autre côté avant d'être délogés à coups de balai par les agents en service. J'écartai le mur humain et appelai un vieux garde.

«Ta femme a déjà quitté le travail depuis longtemps !» me cria-t-il.

J'introduisis la moitié de mon corps par la porte, puis je lui répondis : «Mais ma maîtresse n'est pas encore partie !»

Et les spectateurs de s'exclamer : «Encore un petit malin qui essaye d'entrer !»

Quelqu'un ajouta même : «Le bâtiment est vide. Tous les fonctionnaires se sont enfuis la nuit dernière.»

Cette nouvelle ne m'a pas surpris. Dans la cour de la préfecture, les étudiants s'entassaient en une masse indistincte. Les bâtiments étaient déserts sur trois côtés, et les fonctionnaires, effrayés par les accents majestueux de *L'Internationale*, avaient vite fui dans la nuit sous prétexte de «se mêler à la base pour enquêter». Ce tour, ils l'avaient appris du secrétaire du comité du Parti de la province, Yang Rudai : alors que Chengdu sombrait dans le désordre sous la vague déferlante des étudiants, le secrétaire Yang, un ancien paysan, se trouvait sur le pont supérieur d'un bateau pour touristes sur le fleuve Yangtsé d'où, assis les jambes écartées, il gouvernait le monde, les abrutis de fonctionnaires du district en cercle derrière son cul.

Lors d'une réunion informelle décidée en urgence, un ancien vice-préfet jouant le rôle de conseiller fut sorti de ses rêves par l'équipe des dirigeants qui lui confièrent la lourde charge de gérer la situation. Dès lors, ce vieux renard, transpirant de peur – il se trouvait exposé comme une tortue qui se tiendrait debout, privée de la protection de sa carapace –, dut affronter plus d'un millier d'étudiants.

Une étudiante lançait des slogans – «À bas les fonctionnaires affairistes!», « Sanctionnons la corruption!», « Aimer son pays n'est pas un crime!», « Prenons exemple sur Tian'anmen!» – que tous reprenaient automatiquement, avec une énergie tonitruante. Affichant un sourire figé, le vieux fonctionnaire profita d'un répit entre les slogans pour intervenir, et s'égosilla: «Camarades étudiants, nous estimons votre patriotisme, nous apprécions votre dynamisme, sachez que nous poursuivons exactement les mêmes objectifs que vous. Nous vous invitons à venir discuter à cœur ouvert. Pas pour un dialogue, ni pour des négociations, mais pour que nos deux générations communiquent, pour combler le fossé entre nous. Le mot État est formé de deux caractères dont l'un des deux signifie "famille". En famille, on peut faire des suggestions, comment faire cuire le riz, quelle quantité d'eau mettre, comment faire sauter les légumes, etc. Bien sûr, ce n'est qu'un exemple; c'est loin d'être aussi facile quand il s'agit de l'État. Camarades étudiants, ma fille a votre âge, elle étudie à Pékin, vous êtes comme mes enfants. Si vous avez des souhaits, si vous rencontrez des difficultés dans vos études ou dans votre vie, faites-en nous part sans crainte. Ce qui pourra être résolu sur-le-champ le sera, et sinon je m'engage à ce que votre demande soit transmise en haut lieu.»

Tout à son émotion, la vieille crapule en vint à écraser deux larmes de patriotisme devant tout le monde et, tendant sa paume d'ours, alla tapoter l'épaule d'une représentante des étudiants qui fit un saut de côté. Le meneur des étudiants qui portait des lunettes se fâcha: «Qu'est-ce que tu fais?» La vieille crapule, quelque peu embarrassée, retira sa main, et le meneur en profita pour attaquer.

« S'il vous plaît, monsieur le conseiller, faut-il ou non lutter contre les fonctionnaires affairistes ?

– Il le faut, il le faut.

– Faut-il sanctionner la corruption ?

– Il le faut, il le faut.

– Faut-il reconnaître les mérites du camarade Hu Yaobang[15] ?

– Il le faut, il le faut.

– Faut-il soutenir les actions patriotiques des étudiants de Pékin ?

– Il le faut. Hier je leur ai envoyé 1 000 yuans[16], et je vais mobiliser la famille et les amis pour qu'ils fassent des dons.

– Doit-on renverser Li Peng ?

– Il le... Non, ce que je dis, c'est qu'il faut transmettre ce vœu à la hiérarchie.

– Faut-il...

– Il le faut, il le faut, il le faut... dix mille fois ! »

Notre bon fonctionnaire hochait de la tête comme un coq qui picore et, en face, plus personne ne savait quoi faire.

Les étudiants recommençant à crier leurs slogans, il les applaudit et abonda dans leur sens : « Aujourd'hui, c'est très émouvant, c'est exactement comme le disait notre grand dirigeant, le président Mao : une situation révolutionnaire, ce n'est pas une petite chose, c'est une très bonne et très grande chose, puisque les masses populaires se sont mises

15. Hu Yaobang fut démis de ses fonctions de secrétaire général du Parti communiste chinois en janvier 1987, pour ne pas avoir réprimé énergiquement les manifestations estudiantines qui avaient éclaté dans quelques grandes villes du pays. C'est sa mort, deux ans plus tard, qui déclencha les plus grandes manifestations spontanées que le pays ait jamais connues.

16. Actuellement la parité du yuan par rapport à l'euro est de 1 euro pour 10 yuans. Dans les années 1990, c'était à peu près 1 franc français pour 10 yuans, mais, à l'époque, on pouvait s'offrir un repas modeste dans un restaurant pour 2 ou 3 yuans.

en marche. La corruption des fonctionnaires affairistes sera sûrement éradiquée: si plus d'un milliard de personnes pissent chacune, ne serait-ce qu'une fois, la poignée de termites sera noyée. Que tout le monde se rassure: notre Parti est lucide. Il a traversé toutes sortes d'épreuves à travers son histoire et sait se corriger si besoin! Mais pour qu'il en reste qui prennent le relais afin d'œuvrer pour le socialisme, camarades étudiants, je vous demande instamment de prendre soin de votre santé. Vous êtes sur la brèche depuis hier soir, cela fait plus de dix heures que vous n'avez ni mangé ni bu, comment voulez-vous que nous n'en soyons pas désolés? Camarades étudiants, un peu de calme! Les cuisiniers de la cantine de la préfecture ont travaillé sans relâche pour vous préparer à déjeuner et, avec votre carte d'étudiant, vous pourrez obtenir chacun un pain et un bol de soupe pour vous remplir le ventre, et puis vous rentrerez provisoirement chez vous pour réfléchir à la prochaine étape de la révolution, d'accord?»

Le vieux bonhomme, tout content de son admirable discours, commença à s'applaudir, puis, voyant que personne ne le suivait, il lança un vibrant appel avec une assurance feinte: «Suivez moi à la cantine pour manger!» Et, le ventre en avant, se frayant un chemin parmi les gens, il traversa la place tel un martyr marchant vers sa mort. Les étudiants, qui ne pensaient plus qu'à leur estomac, se levèrent dans le bruit. Leurs représentants, impuissants à retourner la situation et déçus, se retrouvèrent en queue de cortège.

Une fois la vague déferlante des étudiants enfin maîtrisée par l'effet d'un pain et d'une soupe réactionnaires, cette anguille d'ancien vice-préfet plongea tête la première dans la cuisine et se saisit en hâte d'un sac de gros pains blancs en filant par la porte de derrière.

Lénine a dit : «La révolution est une fête pour le peuple travailleur.» Fuling, bien que située à la périphérie de la tempête, ne fit pas exception. Des troncs pour recueillir des dons pour les étudiants en grève de la faim sur la place Tian'anmen[17] furent installés aux carrefours et très nombreux furent ceux qui ouvrirent généreusement leur portefeuille. Une vieille femme qui vivait en faisant les poubelles s'approcha furtivement et sortit d'un vieux mouchoir une liasse de petits billets froissés qu'elle glissa dans un tronc. Voyant cela, l'étudiant qui gardait le tronc réagit en lui faisant des reproches et prétendit lui faire reprendre son argent. Et que je te pousse, et que je tire ! La scène attira des curieux qui commencèrent à encourager les protagonistes. Finalement, la femme, n'en pouvant plus, s'assit sur le sol et se mit à pleurer à chaudes larmes : «Tu penses que mon argent est sale ?» Les témoins lui exprimèrent alors en chœur leur sympathie.

Les réunions, les manifestations, les collectes de dons se succédaient, et la révolution s'insinuait dans les cœurs. La venue des radios et télévisions locales ajouta à l'animation : les gens étaient interviewés sur place, puis les images de leurs visages excités et de leurs discours improvisés étaient diffusées plusieurs fois... Toutes ces données fournies par des esprits grisés allaient constituer ultérieurement autant de preuves entre les mains de la Sécurité publique dans sa chasse aux «bandits».

Les jours qui suivirent, le soleil brilla dans le ciel serein et les gens se sentaient de plus en plus maîtres d'eux-mêmes, comme affranchis de la direction du Parti. Dans la

17. Durant le mouvement démocratique de 1989, un des principaux temps forts des manifestations fut l'annonce, le 13 mai, d'une grève de la faim illimitée lancée par les étudiants sur la place Tian'anmen à Pékin.

rue, des inconnus me saluaient sans cesse de la tête et je leur rendais la politesse. Même les malfaiteurs, prenant exemple sur ceux des grandes villes, collèrent un peu partout des placards annonçant une trêve des vols et des agressions pour rassurer les gens. Ces affiches faisaient pendant aux tracts de la coordination des étudiants dénonçant les faits de corruption des hauts fonctionnaires de l'État, le système du piston et les placements réalisés à l'étranger par les enfants des hauts cadres.

La contestation étudiante devint le seul sujet de conversation et, dans les unités de travail, on discutait sans cesse. On ne regardait plus la télé chez soi mais chez les collègues, on s'invitait à n'importe quelle heure et si quelqu'un débarquait à l'improviste chez vous en pleine nuit, il fallait sortir du lit et l'accueillir le plus chaleureusement du monde.

Un jour, au crépuscule, le directeur du département de la Culture entra chez nous ; sans un mot, il appuya sur le bouton de la télévision et, comme s'il était le maître des lieux, il s'installa confortablement dans un fauteuil. À l'écran, on rediffusait la rencontre entre, d'un côté, Li Peng, Chen Xitong[18] et d'autres hommes d'État, et, de l'autre, les représentants des étudiants en grève de la faim. Ayant écouté attentivement les dialogues pendant un quart d'heure, le directeur finit par s'agacer des propos du Premier ministre : « Il devrait être plus malin. Il faut être plus subtil ! Vraiment il est trop bête, merde ! » Axia lui tendit aimablement une serviette car la sueur perlait sur son front, mais il la refusa.

« Et c'est ce nul qui dirige le pays ? Même à mon poste de directeur de la Culture, il ne serait pas à la hauteur.

18. En 1989, Li Peng était Premier ministre et Chen Xitong maire de Pékin. Jusqu'alors les hauts dirigeants n'avaient jamais accepté de rencontrer de simples citoyens, avant de céder à la pression de la rue.

– Qu'est-ce que ça peut bien te faire qu'il soit sot?

– Vraiment, ça m'agace! Quand on l'interroge sur les affaires que mènent les proches des hauts cadres, il répond que ses propres enfants ne font pas d'affaires, ce qui veut dire qu'à part lui et sa famille, tous les fonctionnaires du pays sont véreux.

– Sot, ça, c'est sûr; mais il est docile, osai-je étourdiment. À notre époque, diriger un pays, c'est comme élever des cochons, il suffit d'avoir de quoi les nourrir, n'importe quel débile peut le faire.

– Barbu, tais-toi donc un peu», intervint Axia pour me calmer.

Les jours passèrent, dans l'ennui. J'avais décidé de ne même plus lire les journaux et de me passer de la télévision. Je jouais le parasite intégral, dormant n'importe quand, à en confondre le jour et la nuit; Axia était seule à sortir et rentrer dans ma tombe vivante. Une fois, au crépuscule, j'ouvris fenêtres et portes pour faire courant d'air; j'écoutai attentivement les bruits extérieurs et ce que se disaient les montagnes et les nuages. Je sentis que le globe terrestre était une plus grande tombe encore. J'étais pétrifié, vide, triste sans raison, et le corps plein des bruits guerriers alentour. Je méprisais depuis toujours l'État, les foules, les mouvements, mais craignais d'être avalé par tout ça… ou oublié. Le poète anglais Dylan Thomas avait assisté, l'année de ses vingt ans, à une manifestation contre le gouvernement. Alors qu'il ne comprenait rien à la situation, il avait été pris d'une pulsion irrésistible et s'était rué au-devant des manifestants en aboyant: «Nous sommes tous morts!», pour en fin de compte devoir – comme on pouvait s'y attendre – subir une pluie d'œufs pourris, de pierres et de coups de bâtons. Mais, pour moi, les conditions n'étaient même pas remplies pour que je sois battu ou que je m'enfuie comme un rat en me protégeant la tête. Si j'avais vraiment voulu descendre dans la rue et faire la même chose, ce qui m'aurait attendu, c'était l'hôpital psychiatrique.

Sur un champ de bataille isolé, deux Liao Yiwu se parlaient en même temps. Quand Axia rentrait, ils se serraient la main et faisaient la paix, puis se fâchaient et se détestaient dès qu'elle sortait. Une fois, alors que je faisais de grands gestes dans le salon, je donnai un coup de pied dans la télévision qui tomba par terre. Cet état mental de totale schizophrénie stimulait mon inspiration.

* * *
*

Exilé sur des terres infinies, exilé... Pays natal au bout des nuages... Pour le paradis perdu, ton vrai moi s'est suicidé sur des rails !

Quand la locomotive t'a coupé le cou et a roulé vers la lune, les wagons ont viré du noir au blanc ; de lourds ils sont devenus légers, et le ciel s'est empli d'un bruit assourdissant... Ton vrai moi a-t-il ou non été écrasé encore une fois par un train irréel ?

Ton vrai moi ne se trouve pas dans la littérature. Il est comme une comptine disparue qui tourne dans la tête sans qu'on parvienne jamais à la chanter. Les montagnes assises paisiblement depuis des milliards d'années regardent en silence les nuages s'unir et se séparer, ton vrai moi dialogue entre les nuages et les montagnes. Et dans ce dialogue dont la durée s'allonge à ta guise les humains ne sont plus qu'une sorte d'intonation, une pause.

Marcher vers le désert, se fondre dans le désert et avec la soif du corps calmer la soif de l'âme ! Ton vrai moi est un bras coupé qui nourrit les dix mille êtres vivants, une source fraîche suinte de ton épaule. Plus haut ! – Plus haut ! – Plus haut ! – L'eau qui apaise notre soif est toujours en haut.

Nous manquons d'eau ! Nous avons besoin d'étendards, d'armes, de gouvernement, de fausses rumeurs, de radios, tous ces moyens feront cesser la soif ! Besoin de défilés, de manifestations, de répressions et de contre-répressions ! Besoin du sang des vieux et des enfants comme prétexte à une révolution de palais !

*
* * *

Ce soir-là, Axia s'était couchée particulièrement tôt ; je sortis de la chambre et tournai en rond entre la bibliothèque et le salon. Petit à petit, je retrouvai mes démons. Comme ensorcelé, j'appuyai sur le bouton de la télévision et, tout nu, restai debout à regarder les nouvelles. La loi martiale avait été décrétée, mais l'armée ne pouvait toujours pas entrer dans la ville, et par endroits on sentait encore comme une ambiance paisible et festive entre les militaires et les habitants. Sur la place Tian'anmen couverte d'ordures, et sous la pluie, le secrétaire du Comité central du Parti, Zhao Ziyang, rencontrait les étudiants, la voix pleine de larmes : « Vous êtes encore jeunes, vous avez un long avenir... Nous sommes vieux ; pour nous, c'est égal... » Je changeai de chaîne et retombai sur le visage douloureux de Zhao. Une autre chaîne encore, et cette fois-ci, non plus le visage douloureux, mais une exaltée, une universitaire connue à la laideur inégalable qui levait le poing et exhortait ces enfants naïfs comme des agneaux à débattre avec les chacals et les loups. « Si elle était Premier ministre, elle serait sûrement encore plus sournoise que Li Peng », pensai-je. Et je ne pus me retenir de l'injurier à haute voix : « Salope ! »

« Peu m'importe que cette révolution aboutisse ou non, je n'en tirerai aucun avantage», me dis-je à moi-même. Je sortis un brouillon avec un poème déjà écrit à moitié et rugis à voix basse.

Pour ne pas réveiller Axia, je me forçai à arrêter dans ma gorge les gammes de colère qui résonnaient en moi, les yeux et le nez tout dégoulinants, la main devant la bouche, toussant sans arrêt, et ruisselant de sueur comme si je venais de sortir de l'eau. Je marmonnais plusieurs fois le même mot, la même phrase – souriant, puis immédiatement grimaçant. «À déclamer comme ça, je vais raccourcir ma vie», pensai-je, mais je continuai néanmoins avec acharnement.

Depuis combien de temps Axia se tenait-elle derrière moi ? Cette femme est un vrai lutin, vraiment, qui se meut comme une ombre – parfois couchée, parfois debout.

Nuit profonde, sur la lune rouge vif poussaient des poils de loup, et il me semblait entendre le ciel hurler.

4
La fièvre révolutionnaire

革命热

Le 1er juin, Ba Tie et moi sommes allés accueillir au port un pote canadien arrivé par le Yangtsé, Michael Day. Il portait des espadrilles et puait comme un mendiant international sous une peau de mouton. Depuis l'article de Mao Zedong intitulé «En souvenir de Norman Bethune», les Canadiens étaient entichés de terres étrangères. Quant à Michael, il souffrait de ce mal jusque dans ses entrailles. Sur la place Tian'anmen, il s'était joint au groupe des poètes chinois manifestant et avait crié plus fort que tout le monde. Puis il était descendu vers le sud, tempêtant et diffusant l'odeur de poudre de la révolution. Quand il nous vit, il émit deux grognements comme des pets et, la tête haute, se dirigea à grandes enjambées vers l'escalier de pierre. Il traversa la ville comme s'il s'attendait à des acclamations, et, l'invité précédant le maître, entra chez nous le premier. Sans même avoir repris son souffle, en s'exprimant à grands coups de slogans – «Sur dix mille lieues à la ronde, tout est rouge!» –, ce diable commença à nous casser la tête avec la magnifique situation révolutionnaire. «Tu ne peux pas attendre un peu? dis-je en essuyant ma sueur. Rafraîchis-toi le visage, bois un peu d'eau ; tu devrais te laver, tu pues comme c'est pas possible. »

Michael Day renifla le col de sa chemise, enfouit sa tête dans son sac à dos, et en sortit non pas des habits de rechange, mais un petit poste de radio. Il s'assit le dos au mur, sortit l'antenne, mit les écouteurs et, se courbant sur la table, s'affaira comme un espion professionnel.

« C'est la BBC, une interview en direct de la place Tian'anmen, dit-il ravi. On entend très bien. »

D'un coup, l'ambiance se tendit dans la salle ; nous étions comme dans un dépôt de munitions et Michael avait allumé la mèche. Il écoutait et traduisait, puis, ayant sorti son stylo et du papier, il prit des notes à toute vitesse. À partir de là, nous ne parlâmes plus que de Pékin. J'essayai bien de détourner la conversation, en l'interrogeant par exemple sur la situation au Canada, sur le sort des poèmes sortis de Chine avec son aide, sur l'avancement de son mémoire de maîtrise, sur ses amours… Mais il esquivait chaque fois le sujet en lâchant deux phrases banales et reprenait avec impatience son refrain révolutionnaire. « Tous les sinologues du monde sont arrivés en Chine, y compris mon professeur, dit-il d'un air important. Ils veulent assister de leurs propres yeux à l'événement le plus grandiose de toute l'histoire humaine. »

J'avais les yeux rouges comme ceux de Michael par manque de sommeil. Levant le poing, je commençai à débattre avec lui et la bagarre se poursuivit jusqu'à la salle à manger qui commençait à sentir la poudre. Le repas dura de midi à seize heures, après quoi nous laissâmes tout le désordre en plan et sortîmes dans la rue en vacillant comme deux ivrognes à la gorge sèche. En chemin, comme nous croisions des policiers en train de faire leur ronde, Michael s'inquiéta : « Où vont-ils ? »

Je répondis sans réfléchir qu'ils allaient sur la colline s'entraîner au tir.

Un moment plus tard, vint un autre groupe.

«Et eux aussi vont s'entraîner? s'étonna Michael.

– Non, ils vont à l'école étudier Lei Feng[19].»

Le 3 juin à midi, la couche de nuages basse et épaisse avait posé sur nous un wok à l'envers sous lequel le monde brûlant s'était mis à rissoler. Torse nu, je discutais âprement avec mon copain. Axia, retranchée entre nous deux, n'en pouvait plus ; elle se mit soudain à crier, puis, jetant son bol, se réfugia dans la chambre.

Piquant une colère, j'ouvris la porte d'un coup de pied et allai la frapper. Axia continua à hurler et je la poussai violemment sur le lit. Michael Day, comme un grand enfant, restait debout à côté de la table sans savoir quoi faire. À la radio, c'était l'heure de l'interview en direct, et l'émission débordait d'enthousiasme combatif.

Heureusement Ba Tie arriva sur ces entrefaites et emmena Michael. D'un coup tout devint calme, le temps s'éternisait, mais aucun bruit ne venait de la chambre. Craignant qu'il ne soit arrivé un malheur, je grimpai jusqu'à la fenêtre au-dessus de la porte de la chambre pour voir. Tout était noir.

«Axia!»

J'appelai en glissant la tête à l'intérieur.

«Axia!»

Je faisais le gentil léopard.

Je connaissais bien son caractère et je savais qu'insister l'énerverait encore plus. Je la laissai donc et, accroupi à côté

19. Lei Feng est un personnage semi-fictif de la propagande maoïste: un parfait petit soldat au service du peuple.

de la porte, je regardai attentivement ma main. « Qu'est-ce qui m'arrive, merde ? »

Je murmurai : « Axia, je ne voulais pas te frapper, mais cette main a été plus rapide que ma pensée. »

Je m'assis sur une chaise en osier et restai à ne rien faire, pareil à une sculpture de bois. Le calme me paraissait soudain de retour après un siècle de tumulte ; je savourais ma salive, les battements de mon cœur, le tic-tac de ma montre...

Le ciel noircit, de plus en plus, et les ronds noirs des rideaux se fondirent dans l'obscurité. Une foule de fourmis sortit de mes orbites et, dans un chatouillis, pénétra mes pupilles, puis mon cerveau. Tracts, pétitions, appels... Combien voulaient se faire entendre et jouer un rôle dans ce tournant historique, en devenir même les acteurs principaux ? Mais au bout du compte, dans les grands événements, les vrais acteurs n'étaient toujours qu'une petite poignée. Et ils devaient souvent en payer le prix fort.

Mon envie de monter sur scène me venait de mon enfance – une enfance solitaire faite de conversations avec moi-même, de dialogues que je menais en changeant ma voix. Et parfois encore je prêtais aux animaux et aux plantes le pouvoir de penser, d'aimer et même de s'exprimer ; ils étaient à la fois spectateurs et rôles secondaires. Un nuage faisait le rideau de scène auquel le soleil était accroché avec de petits épis de blé. « L'océan est monté trois fois / et les vagues jolies ont dessiné le ciel. » Serai-je encore capable d'écrire des vers aussi légers ?

J'ouvris la fenêtre. De loin parvenait le bruit de l'accouplement du fleuve Yangtsé et de la rivière Wujiang. De scintillants spermatozoïdes éclaboussaient le ciel et le soleil rouillé se bigarrait au couchant. La lune croissante, déjà fichée à son zénith, coupait l'univers en une moitié yin et l'autre yang. Deux grandes cordes, une rouge, une blanche, se balançaient de plus en plus fort. Le vent, fantôme de pendu sans expérience, traînait la langue et sifflait en inspirant. Les hauteurs s'imprégnèrent d'un sang qui virait du rouge au violet foncé et je vis mon ami canadien se métamorphoser en un lion secouant sa crinière d'or. Cette chose au corps de lion et à face humaine se démultipliait et la salle se trouva encerclée en alternance par des pleurs de fantôme et des rugissements léonins.

« Plusieurs régiments de l'armée sont déjà entrés dans la ville et avancent en force ; c'en est fini de Tian'anmen.

– Tais-toi ! »

Je me bouchai les oreilles.

« Mais les étudiants ne pensent pas qu'ils vont ouvrir le feu, ils croient qu'au pire ils tireront quelques balles en caoutchouc.

– Tais-toi !

– Tu te crois au-dessus de tout ça, hein ?

– Tais-toi, Michael ! »

Je m'enfonçai dans les ténèbres et criai.

« Ne me montre pas tes dents, ne sors pas tes griffes, je ne suis pas cette sorte de poète que tu crois. Les mouvements de masse ne m'ont jamais intéressé. S'il faut périr, je veux périr pour moi, et certainement pas pour toutes ces choses importées comme la liberté, la démocratie, les droits de l'homme ou la fraternité ! Moi, dans ma vie, je n'ai pas encore vu de bain de sang.

– Tu espères un fleuve de sang ?

– Et alors ? Qu'est-ce qu'on y peut ? Toi et moi, on n'est que des merdes ! »

Tout m'était égal et, la tête dressée comme si j'étais noyé dans le sang jusqu'au cou, je hurlai :

«Dans cette vie, à part ma mère et moi [je me forçai à ravaler le mot «Grande Sœur»], qui s'occupe de savoir si je suis vivant ou mort ?

– Salaud !

– Mieux vaut être salaud que mort, dis-je en riant. Et maintenant, j'ai autre chose à faire.»

* * *
*

Tu es né avec une âme d'assassin, tu aurais dû être un homme d'action,

mais, sans épée à dégainer, tu restes hagard, le poil dressé.

Ton corps, ce fourreau rouillé, ces membres tremblants,

ces articulations moisies, ces yeux myopes incapables de viser dans un fusil !

Toi, ce vaurien, tellement inutile, tu voudrais arrêter les balles

avec le bouclier en papier mâché, de la justice, de la morale,

de la bonté ou du sens des responsabilités !

Quand les gens, la tête entre les bras, fuiront comme des rats,

il te faudrait entrer en scène.

Mais à quoi ça servirait ? Le crime de sang est déjà écrit.

*
* * *

«Assez, je n'en peux plus !» Je me bouche les oreilles et je crie. Les balles sifflent et volent dans mon délire.

À la nuit tombée, trempé de sueur, j'avais terminé le poème *Massacre* sur le papier, soit huit heures avant que le massacre réel ne se produise. Je venais juste de sortir de la bibliothèque et de retrousser mes manches pour faire la cuisine lorsqu'on frappa à la porte : c'était Michael, l'air abattu. Axia ouvrit la porte de la chambre, me poussa de côté et se mit à préparer le repas.

Le dernier dîner avait commencé ; trois personnes assises autour de la table ronde chipotaient tête baissée dans leur bol de riz, aucune ne voulant être la première à toucher aux plats au centre de la table. Michael cassa par mégarde une cuillère à soupe en porcelaine, et je me levai pour en prendre une autre. Et sans le vouloir, je surpris du coin de l'œil son regard nerveux balançant entre Axia et moi.

Le repas terminé, Michael resta assis là, embarrassé, et, pour une fois, il ne toucha pas à la radio. Tel un gros maquereau manquant d'oxygène, il ouvrit plusieurs fois la bouche avec difficulté, sans finalement rien cracher. Puisqu'il n'y avait rien d'intéressant, on n'avait qu'à dormir, dis-je. Et comme pour donner l'exemple, je bâillai à plusieurs reprises.

Les étoiles blanches du fond bleu du rideau de la fenêtre de la chambre ressemblaient à des trous causés par des balles tirées d'un autre monde. Mon corps n'était plus qu'alvéoles de ruche, mais je n'étais pas mort. Un coup de vent me souleva en m'arrachant la peau, qui devint un nouveau rideau accroché à côté d'Axia. Mon sang, tissu de soie, s'écoulait vers un gouffre caché derrière la porte. Immensité rouge vif. L'immeuble était trop haut et, si l'on jetait un seau d'eau, il fallait attendre plusieurs secondes avant d'entendre confusément le « splatch ! ». Le sang fit « splatch ! ». J'entendis qu'on m'appelait, la porte de la chambre retentit à deux reprises. Je me levai.

J'allais entrer dans la bibliothèque quand je vis Michael, torse nu sur le balcon, faisant de grands gestes dans un pyjama multicolore particulièrement tape-à-l'œil.

« Ils ont ouvert le feu ! cria-t-il.

– Où ça ? »

Je penchai la tête pour voir.

Cette espèce de grande furie échevelée pointa vaguement dans une direction en criant : « Les soldats, ces bandes de brutes ! »

Tendant l'oreille vers le sud-est, je perçus des crépitements, comme lorsqu'on fait griller des fèves, puis, vaguement, des pleurs et des cris. Soulagé, je répondis : « Ce sont des pétards pour accompagner un mort. »

Michael semblait perplexe.

« C'est une coutume chinoise : au moment où l'âme sort du corps, il faut se dépêcher de lancer des pétards pour prévenir le dieu des morts qu'un nouveau fantôme va se présenter.

– Ce n'est pas bon signe, murmura Michael. À Pékin, l'armée est déjà là ; sur plusieurs radios, on a annoncé que des militaires avaient refusé d'obéir aux ordres et s'étaient sauvés de leurs tanks, il y a comme ça plusieurs tanks abandonnés à l'intérieur de l'Université du peuple. Il y a même eu quelques coups de feu entre militaires.

– Et alors ?

– Je prie pour que se produise une grande tempête ou un tremblement de terre, je prie aussi pour que tous les militaires se découvrent une conscience, bien que ce ne soit guère probable. C'est comme avec toi, Liao Yiwu : il est peu probable que tu abandonnes tes idées. Tu n'aimes ni ton pays ni tes compatriotes, peu importe que du sang soit versé, tu ne changeras pas d'idée.

– En fait, tu aimerais plus la Chine que moi ?

– Sans doute, répondit-il en soupirant. Moi, au moins, j'ai participé aux manifestations à Pékin. J'ai pris la tête d'un groupe pour crier des slogans contre la corruption, et beaucoup de gens applaudissaient. Cette fois, les Chinois, ils n'étaient vraiment pas comme avant, c'était grandiose. Ces étudiants, ces camelots, ces gens ordinaires, ils se donnaient à fond, avec désintéressement... »

Je l'interrompis :

« C'était une sorte d'hallucination collective.

– Comme un souffle religieux... »

Michael avait les larmes aux yeux.

« ... mais sans idole ni doctrine. Tout au long de l'histoire, ils n'ont été que de petites gens sans importance, qui n'ont jamais pensé à prendre le pouvoir ou à retirer un avantage du désordre. Toi, es-tu capable de ressentir un enthousiasme aussi sincère ?

– Non !... »

J'étais en colère.

« ... mais ce n'est pas la peine qu'un Canadien me dise comment je dois aimer mon pays. »

Michael serra frileusement ses bras devant son torse nu et, après un silence, il déclara : « Ce n'est pas ce pays que j'aime, parce que je n'aime pas le gouvernement qui le dirige. Mais j'aime mes amis, et là où mes amis sont les plus nombreux, c'est dans cette Chine, la plus grande poubelle du monde. J'ai perdu l'habitude de mon environnement canadien, propre et tranquille – et peut-être que la chaleur de cette puanteur me convient mieux... »

5

Le massacre

屠杀

Il était presque minuit. Je me couchais puis me relevais, me recouchais, pour me relever encore... Sans cesse. Finalement, j'allai pieds nus dans le salon. En ouvrant la télévision, je tombai sur les deux meilleurs présentateurs de la télévision du gouvernement central, Mlle Du Xian et M. Xue Fei. Habillés de noir, ils donnaient lecture sur un ton lugubre de l'« ordre impérial » qui avait été lancé de réprimer fermement les révoltes contre-révolutionnaires. Défilaient en sous-titres l'annonce que la loi martiale avait été instaurée par le maire de Pékin, Chen Xitong, et diverses instructions à l'intention des soldats. Sur les joues de Du Xian se voyaient encore des traces de larmes. La tête de lion de Michael surgit derrière moi. Je fis demi-tour et sortis, le laissant seul devant la télévision.

J'étais couché dans le lit, mais un autre moi se dressa, traversa le mur et entra dans l'écran de la télé. Je repoussai Du Xian et Xue Fei, et pris leur place ; le titre des nouvelles que je diffusais était : « Fusiller Li Peng pour remercier le peuple ». Mes lèvres s'avançaient et prenaient la forme d'un canon de fusil, je mitraillais chaque spectateur tandis que des bottes militaires piétinaient les crânes. Je serrais le micro et résistais aux forces invisibles qui tentaient de m'écraser.

Axia cria et me desserra les doigts : j'étais en train de lui pincer le bras.

Je lui demandai pardon machinalement. Les rayons des étoiles me tombaient en cascade des yeux. Le crime imminent allait marquer un tournant dans l'histoire qui coïnciderait par hasard avec le moment décidé par le destin où je basculerais vers ma destruction. Sans le vouloir je serais un héros, un héros terrifié. Comme une souris sans trou où se cacher.

Est-ce à dire que je serais « choisi par l'époque » ?

Ce coup de folie pouvait avoir des répercussions de grande ampleur, mais l'histoire ne prenait pas en compte les expressions sentimentales. Elle s'appuyait sur les circonstances de temps, de lieu, sur les personnages et leurs actions, comme un magistrat chargé d'une affaire pénale. Cependant la récitation d'un poème réclamait une grande dose d'abnégation. Sans plus attendre, je me frottai les mains et la bouche, je massai mes genoux et me levai. Puis, enlevant la housse recouvrant le magnétophone de la marque Kangli, et en articulant, je proclamai en mandarin : « Je m'insurge ! »

L'appartement s'écroula ; au milieu de la poussière, je fis face aux montagnes et aux remparts impériaux. Les murs rouges, qui m'enroulaient comme des chenilles de tank, me réduisirent à néant, et une centaine de haut-parleurs diffusaient et amplifiaient ma chair et ma voix.

« Je m'insurge ! »

Michael Day arriva sur les lieux et fit écho dans sa langue, de l'autre bout du monde.

« Insurrection !

– Insurrection ! »

Je montai sur scène et bien que l'estrade ne soit guère plus grande qu'un trou de souris, je continuai à jouer ma vie. J'étais poursuivi par des balles ; en rugissant j'allai là où je voulais, jusqu'au moment où le ciel s'abattit avec fracas, tel un couvercle sur une marmite.

Le grand massacre commence par le cœur de Pékin[20]
Quand le Premier ministre s'enrhume, le peuple tousse,
la ville vient d'être fermée, puis bloquée, et enfin assiégée.
La machine d'État de ce vieux pays malade n'a plus de dents
pour broyer le peuple qui résiste et voudrait lui échapper.

Pas l'ombre d'une arme entre leurs mains et pourtant, ils sont
des milliers tombés à terre
Les assassins professionnels, eux, arborant fer et cuivre,
nagent dans une mer de sang
Un incendie criminel ravage notre maison
Ils ne tremblent pas d'essuyer leurs bottes de cuir aux jupes
des filles mortes

Ils ne tremblent pas ces robots privés de cœur
Leurs cerveaux électriques ne sont que des logiciels
Les déclarations officielles restent extrêmement lacunaires

De la part de la patrie : massacrer le code des lois !
De la part de la loi : massacrer la justice !
De la part de chaque mère : étouffer les enfants !
De la part des enfants : violer tous les pères !
De la part des femmes : tuer les maris !
De la part du citadin : bombarder les villes !

---

20. Le lecteur trouvera l'intégralité de *Massacre* en annexe, dans la traduction d'Anne-Marie Jeanjean et Shanshan Sun (Liao Yiwu, *Poèmes de prison*, L'Harmattan, 2008).

Tirez ! Tirez ! Sur les personnes âgées, les enfants, les femmes !
Sur les étudiants, sur les ouvriers, sur les enseignants, sur les
commerçants !
Mitraillez ! Mitraillez !

Guidé par mon intuition, je choisis la chanson *Laissons le monde se remplir d'amour* comme fond musical, sans réaliser que c'était le dernier cadeau que Feifei m'avait fait. La veille de la fête du Printemps de l'année précédente, nous étions allés nous balader au marché avec mes nièces et, là, dans une librairie en langues étrangères, elle avait dit tout le bien qu'elle pensait de cette chanson et avait acheté deux exemplaires de la cassette. Sur la pochette, il y avait la photo de nombreuses stars chinoises, avec leurs signatures. Elles étaient toutes vêtues d'un T-shirt décoré de la sainte colombe de la paix. Il s'agissait certainement du divertissement en faveur de la paix le plus important depuis que notre nation était entrée dans l'histoire.

Chaque année ne pouvait être placée sous le signe de « la paix mondiale » et, avec cette prière poussiéreuse chantée par des voix d'enfants, le massacre qui se déroulait dans la réalité prenait tout son relief et n'en paraissait que plus brutal et cruel. Au petit matin, vers six heures, je terminai la bande originale du poème *Massacre* et de son accompagnement musical, et en enregistrai trois cassettes. Sur la pochette de chacune d'elles, j'écrivis : « Le temps de l'insurrection » ; puis je les donnai à Michael. Impassible, je le regardai ouvrir son grand sac à dos de vagabond pour y fourrer ces petites bombes. Après avoir quitté Fuling, Michael passa par Chongqing, Chengdu, Xichang, Canton, dans la province du Fujian, sur la côte, puis à Shanghai, Nankin, Pékin et il fit enfin une pause à Xi'an : sur la carte, on aurait presque pu dessiner un grand cercle, et moi, immobile au centre.

Dès que Michael Day arrivait quelque part, il rencontrait discrètement les poètes dissidents, collectait des textes clandestins, conversait sur les tendances de la création artistique, et les espions de la Sécurité d'État eurent fort à faire pour le suivre du début à la fin. Ce niquedouille de diable étranger caressait le doux et vain rêve de s'enraciner en Chine, comme s'il pouvait se faire un nom dans son domaine d'études dans le plus grand camp militaire du monde.

À Xichang, pour ne pas compromettre davantage Zhou Lunyou et sa femme déjà sous surveillance, il alla de lui-même trouver le chef du bureau de la Sécurité publique pour expliciter ses bonnes intentions, à savoir l'étude du chinois – autant jouer du Mozart à un âne. À Chengdu, il s'était installé dans la résidence des experts de l'Institut de musique du Sichuan grâce à un certain poète, un malin, ancien agent administratif de l'Armée populaire de libération ; et d'autres poètes, tiraillés entre l'envie d'être connus à l'étranger et la peur d'être impliqués, rasèrent les murs, protégés par le rideau de la nuit, pour lui parler à l'oreille, avant de détaler comme des guérilleros. Tout cela alors que, face à la terreur rouge, même le consul général canadien tremblait ; d'ailleurs, lorsque Michael Day le rencontra plus tard avec la cassette de *Massacre* en l'implorant de trouver un moyen de sauver son pauvre ami, le diplomate lui opposa un refus catégorique.

Ce fut à Pékin que notre insouciant d'étranger commença à avoir vraiment peur, quand il vit des soldats armés contrôler les gares, les écoles, les hôtels et les avenues, dévisager et fouiller les touristes et les passants avec des mandats d'arrêt en main, et, au moindre soupçon, ouvrir d'un coup de couteau les bagages. Mais le sinologue Day, déjà bien au courant des mœurs locales, savait prendre les devants et ouvrir son sac à dos avant même qu'on le lui demande, pour en étaler le contenu sur le sol avec un sourire de soumission, tel un grand chimpanzé d'Amérique. Du coup, les soldats n'ont jamais pris la peine de vraiment fouiller ses bagages.

Michael organisa un rendez-vous avec le critique littéraire Tang Xiaodu, qui fut fixé dans le parc du temple du Ciel : ils devaient se reconnaître dans la foule car ils porteraient le même livre dans la main droite. En se croisant, chacun glisserait « la marchandise » dans la poche de l'autre... Nul doute qu'ils tenaient ce procédé permettant de déjouer la surveillance policière des films de contre-espionnage chinois.

Le 4 juin, je sortis avec Michael pour poster une lettre. Dans les rues, l'armée patrouillait, et les habitants étaient presque tous terrés chez eux. À part un chien errant à trois pattes, nous étions les seuls à attirer le regard. Mon ami fit tout le trajet l'œil en colère et le sourcil froncé, avançant tel un martyr vers le terrain d'exécution, baissant la tête et crachant quand il voyait des soldats, mais – à son grand dam – personne ne fit attention à lui !

À la une du *Quotidien du Peuple*, sous la rubrique intitulée, en gros caractères, « Réprimer les émeutes », la réhabilitation de Nagy[21] par le gouvernement hongrois était annoncée par quelques lignes encore plus percutantes ; et dans les pages consacrées aux nouvelles internationales, il était surtout question de la Corée du Sud et de la manifestation menée par cinquante mille étudiants qui avait entraîné la chute du gouvernement. Ce double corps à corps entre

21. Imre Nagy (1896-1958), homme politique hongrois, fut exécuté sur ordre de Moscou après l'insurrection populaire de Hongrie de 1956. Nagy avait tenté d'instaurer la démocratie dans son pays.

l'histoire et l'actualité ne pouvait laisser indifférent, c'était de la provocation.

« Qui sera le Nagy chinois ? demandai-je avec une arrière-pensée.

– Peu importe, répondit Michael. Ce qui compte, c'est que les rédacteurs du journal du Parti ont fait la seule chose que des intellectuels puissent faire, même au risque de perdre leur travail. Toi aussi, tu as fait ce que tu pouvais faire, en donnant le premier poème témoin du crime. »

Je lui recommandai de faire attention à chaque phrase prononcée. « Dans cet État policier, tout faux mouvement peut te causer des ennuis. »

Les deux semaines qui suivirent furent un cauchemar. Li Yawei et moi accompagnâmes Michael à Nanchuan, Chongqing et Fengdu, et en dehors des moments où nous devions répondre aux interrogatoires inopinés de la Sécurité publique, ce n'était que discussions polémiques entre nous.

D'après une légende, la porte d'entrée des dix-huit étages de l'enfer se trouverait à Fengdu, qui est située en aval de Fuling. Michael et moi nous tenions accroupis de chaque côté de la porte hantée comme des esprits gardiens et nous nous affrontions du regard. Je dis que je préférerais mourir plutôt que d'aller en prison, et Michael répliqua sur le ton de la plaisanterie que faire de la prison était pour les lettrés chinois contemporains le plus court chemin pour être reconnus sur la scène internationale. « Les auteurs soviétiques et ceux d'Europe de l'Est ne font pas exception. Il est vrai que Bei Dao n'est jamais allé en prison, mais il fait campagne depuis toujours pour le prisonnier politique Wei Jingsheng[22]. »

---

22. Arrêté en 1979 à Pékin, Wei Jingsheng a fait dix-huit années de prison pour crime d'opinion. Il est maintenant exilé aux États-Unis.

Je me fâchai.

« Je ne suis ni Bei Dao ni Wei Jingsheng, et ce que je sais, c'est qu'en ce moment des émissaires du Parti ne cessent de trouver des prétextes pour venir chez moi, et que, s'il y a un problème, je n'aurai plus qu'à mourir. »

Mais Day continuait à plaisanter.

« De nombreux artistes sont en prison, mais ils n'en ont pas pour autant perdu leurs convictions. »

J'en aurais pleuré.

« Tu ne comprends pas la situation en Chine, Pékin et les provinces, ce n'est pas pareil. Et ici, en plus, c'est un endroit perdu. Ne me parle pas des camps de travail ! Ici, tu restes deux jours au centre de détention, et tu as déjà deux couches de peau arrachées.

– Fais-moi confiance, Yiwu ! dit-il en soupirant. Même si je suis loin, tu seras toujours mon ami, hein ? Je t'aiderai de toutes mes forces. Prions le ciel qu'il fasse que tout cela se termine le plus tôt possible. Tu vivras, promets-le-moi. Si des gens comme toi arrivent à survivre, c'est génial, tu comprends ce que je veux dire, Yiwu ? Tu es la fierté des intellectuels chinois. Et moi, si je veux rester le plus longtemps possible en Chine, ce n'est pas seulement pour étudier la poésie et ses auteurs, je veux aussi pouvoir témoigner, dans cette grande prison, de la répression, puis de la détente et du changement. »

Plusieurs années se sont écoulées. Comme à mon habitude, je m'assieds à côté de ma table et je pense au passé. J'ai l'impression de n'avoir jamais quitté le nid. Peut-être la première moitié d'une vie tient-elle dans une courte matinée, une matinée où l'on aurait fait la grasse matinée jusqu'à dix heures ; où l'on n'aurait pas encore une idée claire de ce que c'est que vivre ; et où il faudrait déjà déjeuner ! Le Canadien était plus courageux que moi : il se levait tôt, étudiait, faisait des recherches, se promenait parfois. Sinon, il s'incrustait dans le salon et, après avoir farfouillé dans ses cassettes, mettait à fond un opéra de Mozart. Quand il n'avait pas eu sa dose de musique, ce bâtard se mettait soudain à chanter en dirigeant vers moi sa grande bouche d'ogre.

Je ne suis pas digne de l'éducation que m'a donnée cet énergumène, car, jusqu'à présent, je ne comprends pas l'opéra, mais j'aimerais bien que cette scène se répète. Et qu'elle se répète encore dans quelques années. Michael, tu as une voix d'âne mais j'ai bien peur que mes oreilles d'âne à moi ne puissent jamais comprendre Mozart. Tu le feras écouter à mon fils, et on verra si tu peux en faire un fou d'opéra.

Mon ami m'a offert un T-shirt noir, sur lequel étaient représentés les « diables de l'enfer » ; je l'ai porté une fois en garde à vue, une fois au centre de détention et deux fois en prison, et n'aurais pas toléré qu'on me l'enlève. Ces figures effrayantes m'ont servi d'anges gardiens dans mon infortune et m'ont souvent permis de me distinguer de la masse des délinquants ordinaires.

M'ayant jeté son noir sortilège, Michael continua à vagabonder à travers tout le pays pendant de nombreuses années.

* * *
*

J'ai sûrement oublié beaucoup de choses, ou renversé l'ordre des événements. Depuis longtemps, je subis des perquisitions inattendues de la part des agents de la Sécurité. La dernière fois, le 10 octobre 1995, à deux heures de l'après-midi, une bonne dizaine d'espions sont sortis de trois voitures de police et se sont rués chez moi. Ils ont tout fait « selon les règles » : ils ont montré leurs cartes, filmé la fouille dans les moindres détails, et confisqué tout ce qu'il y avait d'écrit à la maison (y compris les brouillons, les lettres, les fiches), dont *Mon témoignage*, le quatrième volume de *Survivre*[23] que j'étais en train d'écrire - deux cent mille caractères, le travail de près d'une année.

Je respirai normalement, signai en souriant et demandai : « Je prends des habits ? » On me répondit que non. N'étant pas rassuré, je laissai à la maison tout ce que j'avais sur moi et me préparai à manger aux frais de l'État un long moment. Cela fit rire les policiers.

Je sortis du commissariat de Baiguolin le soir à dix heures, après avoir été prié poliment de ne pas m'éloigner pendant un mois. Grâce à Dieu, ma tête était encore sur mes épaules, et je pouvais encore écrire.

Avec force mots orduriers, je me suis maudit pour ma négligence, puis, de toute mon énergie, j'ai recommencé le texte, sans inspiration, sans passion, avec mon stylo qui écorchait le papier ; souvent je ne gribouillais que quelques centaines de caractères par jour. Inutile de faire les gros yeux : transpirer de peur n'aide pas plus que la pluie à résoudre les problèmes de constipation. Mais je voulais parier encore ; je ne pouvais pas me reconnaître perdant : je voulais de cette manière faire la démonstration du comportement stupide qui est le mien - résister contre l'État. Pourvu qu'il reste des documents écrits et que mon enfant, plus tard, ne pense pas que son père n'était qu'un vantard.

*

* * *

23. Il s'agit en fait du manuscrit de *Dans l'empire des ténèbres*, dont le titre original chinois donné par Liao Yiwu est *Mon témoignage*, qui s'inscrit dans un ensemble plus grand intitulé en chinois, par son auteur, *Survivre*.

Maintenant, c'est de Li Yawei dont je me souviens, de son corps costaud, de ses cheveux emmêlés, longs jusqu'aux épaules, du ruban rouge qui souvent lui ceignait le front : vu de dos, il ressemblait à une grande mégère, ce qui lui valut le surnom de Poète hippie. Une fois, il avait fait un concours avec Michael – à qui boirait le plus d'alcool blanc. Ils avaient bu de midi à une heure avancée de la nuit.

En avril 1989, nous étions montés ensemble à Pékin ; le vent de la révolution déferlait et nous avions fui quelques jours plus tard.

Poète hippie était pauvre, mais il continuait à caresser le rêve doux et poétique de se voir reconnaître et immortalisé grâce à l'écriture ; tournant le dos au style du peuple travailleur qu'il avait adopté dans ses premières années – *ne pas manger à sa faim, s'habiller pauvrement* et *gratter ses pieds puants* –, il se complaisait plutôt dans des espèces de haïkus comme « Le ciel est une grande chose, une chose lointaine », ou encore « L'île se balade par-ci par-là à l'horizon. Soudain un bruit, aya ! » J'adore déclamer, et Poète hippie fut l'un de mes premiers auditeurs. Il lui arrivait de vouloir m'accompagner, mais avec la voix de canard que le ciel lui avait donnée, il finissait par gâter mon plaisir.

Quand j'ai enregistré *Massacre*, Poète hippie était présent sur scène. Il m'aidait activement en jouant de la guitare, en cassant des bouteilles d'alcool, ou en criant des « Je m'insurge ! ». Il se vantait aussi de son intention d'écrire tout spécialement une série de poèmes rythmés, sur les événements tragiques survenus dans la capitale. Il proclamait qu'il les enseignerait aux mendiants sur des airs de vieilles chansons et d'anciennes histoires, dans un style propre au Sichuan. Lorsque je fus interrogé, pour alléger les chefs d'accusation qui pesaient sur lui, je niai catégoriquement sa participation, et, petit à petit, j'en vins à croire qu'il n'avait vraiment pas été là à l'époque.

L'angoisse me tenait, je vivais une suite de cauchemars. En ces temps maudits, toutes les chaînes de télévision, des chaînes centrales aux chaînes régionales, diffusaient des mandats d'arrêt de délinquants en fuite. La télévision de Fuling s'y mettait à son tour, qui sans cesse «exhortait» les meneurs de la Coordination à se livrer à la Sécurité publique. Dans les gares, les ports, sur les marchés, partout circulaient toutes sortes d'annonces, notamment au sujet de patrouilles de soldats casqués faisant des rondes comme des robots, tandis que les rayons du soleil se déversaient sur Fuling, plus piquants que l'huile pimentée, brûlant les montagnes rouges des environs et les eaux boueuses de la rivière jusqu'à y former des cloques. Les événements et la dégradation inouïe de l'environnement naturel s'inscrivaient dans une «histoire sans cesse répétée» dans laquelle les gens du peuple n'étaient que des insectes inconscients qui virevoltaient en suivant le sens des vents politiques.

Rentrant à Chengdu à la fin du mois de juin, je passai par Chongqing. Poète hippie m'emmena faire la connaissance de Liu Taiheng. Le dortoir où habitait cet homme était situé dans un ancien bâtiment de l'Université de médecine militaire N° 3. Une longue rampe remplaçait l'escalier et le couloir du premier étage s'étirait comme un tunnel ferroviaire, avec un halo de clarté, grand comme la paume de la main, que l'on distinguait au loin. Les deux côtés du couloir faisaient office de cuisines pour les habitants, et les fumées des réchauds à charbon empêchaient de respirer. Cet environnement semblait assez irréel. Vous vous ruiez vers l'avant, dans les entrechoquements et les éclaboussures d'huile, de sel, de sauce de soja et de vinaigre, et des ombres surgissaient derrière vous. Vous n'aviez qu'une peur : que le chemin ne soit bouché et que vous ne soyez transformé en viande cuite, haletant dans un long tuyau. Vous couriez à en avoir des crampes aux mollets, mais les murs s'écartaient, formant une vallée resserrée, la lumière argentée d'une lune scintillait lascivement, et vous poussiez un cri vers le ciel.

C'était la fin de l'après-midi. Poète hippie et moi, tels deux esprits, entrâmes en tâtonnant chez Vieux Liu. Sur la gauche, un rideau en tissu signalait l'entrée de la chambre du maître ; la pièce elle-même faisait quelques mètres carrés et était tout à la fois bibliothèque, séjour, salon de musique et gîte gratuit pour des poètes en difficulté venant de partout. Vieux Liu nous reçut en se grattant la taille. Il portait d'imposantes bésicles sur un visage étroit où s'ouvrait une vraie bouche de carpe. Je l'ai aussitôt surnommé Grosses lunettes. Il était aussi maigre que ces fumeurs invétérés dont on serait bien en peine d'extraire une seule goutte de graisse. En regard, la jolie maîtresse du lieu paraissait une fée du ciel.

« Enfin je respire, dis-je. Ce chemin, c'est comme traverser une suite de camps militaires.

– Donne donc une tenue militaire à Petite Min, dit Poète hippie en riant, et tous les agitateurs viendront se dénoncer à ses pieds.

– Fais attention à ce que tu dis », protesta mollement Taiheng.

La séduisante Petite Min apporta en souriant deux bols de nouilles à la viande hachée à l'odeur alléchante. « J'en referai, s'il n'y en a plus. »

Le soir, Grosses lunettes en tête, nous allâmes nous promener du côté des facultés dans les alentours de Shapingba. Sur tous les terrains de sport sans exception, on voyait des voitures et des motos de la police bien alignées, et des patrouilles de soldats armés se croisaient le long des avenues ombragées. Des surveillants étaient aussi envoyés sur les lieux des soirées dansantes du week-end. Nous faisant passer pour de jeunes professeurs, et grâce à la protection d'un groupe de jeunes filles, nous finîmes par entrer dans la salle de danse d'une faculté.

Nous n'étions que trois vauriens qui se sentaient très fatigués tout d'un coup.

«Pourquoi sommes-nous venus? On ne sait même pas danser, marmonnai-je.

– Pour l'excitation», répondit en plaisantant Grosses lunettes, qui alla inviter une grosse fille et la prit maladroitement dans ses bras pour une danse. Il y avait des nanas en tenue provocante. Tout un monde de jupes, ondulant et virevoltant, et Poète hippie et moi, qui n'avions trouvé rien de mieux que de nous accroupir à côté des soldats armés chargés du maintien de l'ordre.

«On est vieux, on ne vaut plus rien, soupirai-je. Eux, ils sont contents de danser.

– Y a plus de six mois que je n'ai pas touché une femme, souffla Poète hippie en se cachant les yeux. Je n'ose pas regarder sous ces jupes, je serais capable de me jeter sur une fille.

– Tu devrais te marier, Yawei.

– Mon idéal, c'est une veuve riche, qui me nourrirait, que je baiserais et qui ne s'occuperait pas de littérature.

– Un poète paresseux comme toi, qui en voudrait?

– Quand on veut vraiment quelque chose, on l'obtient, riposta Poète hippie. Mais je suis sur la pente descendante, je ne suis plus aussi bon dragueur qu'autrefois.

– Pendant le mouvement étudiant, c'était facile de trouver une fille. Hommes, femmes, jeunes, vieux, tout le monde était dans la rue, comme les jours de fête. Quand parvient de loin une grande nouvelle, tout le monde s'en émeut et tu peux saisir cette occasion pour serrer dans tes bras une jolie fille et lui dévorer le visage.

– Vas-y toi ! Maintenant. Tu lui annonces d'abord discrètement que tu es l'auteur de *Massacre*, et elle te considérera comme un héros contemporain.

– Il me plairait de vivre encore deux jours, au moins. »

Après ce détour par l'université, Grosses lunettes nous emmena encore au triple galop vers un cinéma, où une séance venait juste de se terminer ; il remonta la foule à contre-courant, grimpa les marches de l'escalier extérieur et, à notre grande surprise, sortit un brassard rouge de surveillant.

« Attendez-moi ! Je fais le service de nuit, je trouverai bien de quoi nous payer à boire. »

Restés derrière, nous patientâmes un moment à l'entrée de la salle de danse à gauche de la salle de cinéma. Sur une musique romantique et mélancolique, les danseurs ressemblaient à des tortues privées de leurs pattes qui se débattaient sous une lumière tamisée et se déplaçaient lentement. Le surveillant de service s'enfonçait dans la masse en frappant ses mains en l'air et en criant : « Que tout le monde bouge ! Bougez plus vite ! Il est interdit de vous frotter l'un contre l'autre, il est interdit de bloquer les coins. » Voyant que personne ne lui prêtait attention, il se mit à taper sur les épaules des garçons : « Réveillez-vous, réveillez-vous, les oncles de l'APL vont bientôt arriver. »

Une danse rapide commença, et sept ou huit couples qui n'eurent pas le temps de modifier leur enlacement équivoque furent évacués de la salle.

Pendant ce temps, Grosses lunettes faisait, tout en bâillant, son prétendu service qui consistait à écarter l'un après l'autre les rideaux des loges du premier étage du cinéma pour surveiller ce qui s'y passait ; ayant surpris des mouvements anormaux dans l'une d'elles, il se glissa derrière l'ennemi en faisant le moins de bruit possible et en courbant le dos. Le couple coupable était en pleine action, assis les yeux fixés vers la scène, comme deux amoureux tendrement enlacés qu'on aurait dits absorbés dans le film, mais très essoufflés.

Par politesse, Vieux Liu attendit un instant, puis alluma sa torche et promena la lumière vers sa paume gauche. Tout en continuant ses mouvements, le garçon déluré lui posa 12 yuans dans la paume. Vieux Liu resta dignement sans bouger. Le garçon rajouta 30 yuans. Alors la lumière s'éteignit, la paume se referma, le brassard de service fut arraché et fourré dans la poche, puis nous fonçâmes tous les trois comme des chevaux emballés au bistrot du coin.

« L'argent de cet alcool pue, mais l'alcool, lui, sent bon. » Et Grosses lunettes de boire une gorgée sans attendre. « Avec ce trafic, tôt ou tard tu auras des ennuis », dit Poète hippie. Grosses lunettes n'était pas de cet avis : « En ce moment, dans la société, on essaie de ramasser les voyous ; on vérifie l'état civil des habitants, et les hôtels doivent contrôler leurs clients, alors les cinémas qui passent des films toute la nuit sont devenus la destination la plus prisée des couples en union libre. Ce n'est pas pour rien qu'on dit : "Sur un milliard de personnes, neuf cents millions jouent de l'argent, et les cent millions restants dansent." Autrement dit, ils se livrent à des activités d'ordre sexuel. Je fais œuvre de charité en ne percevant qu'un petit pourboire. »

Un convoi de voitures de police passa toutes sirènes hurlantes ; j'en comptai treize.

« Il y a encore quelqu'un qui a été arrêté ? » demandai-je.

Le patron hocha la tête :

«Non, c'est la patrouille habituelle. Ils font plusieurs tours chaque soir. Tout ça, c'est à cause des émeutes.

– Qui pense encore à se rebeller?»

Je voulais discuter, mais Grosses lunettes me donna un coup de pied en cachette.

Tous trois déprimés, nous nous levâmes pour rentrer à la maison. «Laisse tomber, Barbu, dit Poète hippie, la révolution, en fait, ça ne nous regarde pas.»

Le massacre ne nous regardait pas non plus: entre Pékin et la province il y avait de la distance, et la distance dans le temps et dans l'espace dilue les traces de sang. Mais moi, finalement, j'avais crié lors de cette nuit sanglante. J'avais été terrorisé aussi, mais j'avais crié ma terreur durant cette nuit. Dans la Chine entière, avoir été le seul poète si téméraire, quelle illusion grandiose!

* * *
*

Les artistes qui contrecarrent les amnésies de l'humanité ne sont pas rares. Grâce à eux, nous avons accès aux épisodes honteux de l'histoire, comme avec les pièces de théâtre du président tchèque Havel, ou *L'Archipel du Goulag* de Soljenitsyne. Ils resteront les témoins des malheurs d'une époque. On en trouve la preuve dans de nombreux écrits: c'est le seul moyen dont les artistes disposent pour participer à l'histoire, et ce moyen est noble – bien que, pour un œuf, cogner une pierre ne soit pas bien judicieux.

*
* * *

La première fois que je suis revenu dans ma famille après les émeutes, ma mère m'a pris par le poignet gauche, pour m'entraîner par deux ruelles jusque dans une avenue – chez un coiffeur. Encore tout essoufflée, et sans me laisser intervenir, elle cria : « On rase tout ! »

J'eus sottement très peur et je me protégeai la tête.

« Pourquoi garder cette tignasse? On dirait un singe, tu fais encore plus vieux que moi ! » gronda ma mère. Elle retroussa ses manches et aida le coiffeur en me tenant les épaules. Et en moins de temps qu'il n'en fallait pour le dire, le rasoir brilla et une large route se creusa sur le sommet de mon crâne.

Ainsi naquit une nouvelle calebasse... Je me regardai dans le miroir avec pitié. Ma mère, toute contente, applaudit :

« Tu as été sage, très sage, tu es encore le petit cochon taciturne que tu étais enfant.

– Il ressemble à un moine. plaisanta le coiffeur en rangeant son rasoir.

– J'ai une femme, déclarai-je promptement.

– Alors à un taulard.

– Il ne faut pas dire n'importe quoi, protesta ma mère.

– Alors à une ampoule !

– C'est à peu près ça. » Ma mère n'était plus en colère et souriait ; tout le monde était content.

Je restai enfermé à la maison quelques jours. Une nuit, je perdis le sommeil. Allongé sur mon lit, je me tournais et retournais. Le lendemain matin, ma mère força la porte de ma chambre et mit sa main froide sur mon front ; elle murmura :

« Pas de fièvre.

– Je veux dormir ! criai-je en écarquillant les yeux de colère.

– Depuis quand dort-on en criant? Raconte-moi ce que tu as fait hier soir ! On aurait dit un fou.

– J'ai récité des poèmes.

– Ah oui, tu récitais... »

Ma mère sourit furtivement.

« Tu n'as pas quelque chose sur le cœur ? Tu ne serais pas rentré te défouler à la maison parce qu'il s'est passé quelque chose à Fuling ?

– Pas faux.

– Et tu te sens mieux après avoir crié un coup ?

– C'est vrai.

– Alors prends mon magnétophone, tu fermes la porte et tu cries jusqu'à ce que tu en aies assez. »

Et ma mère me conseilla de me cacher la tête sous la couette : « Comme ça, tu pourras crier ce que tu voudras, à l'extérieur les gens n'entendront pas. »

Du coup, je n'avais plus du tout sommeil. Je fis deux roulades sur le lit et j'étais déjà prêt à me transformer en bête fauve quand me parvinrent des hurlements : « Au feu ! Au feu ! »

Je filai voir sur le palier : une fumée épaisse tourbillonnait et des flammes empêchaient d'accéder à l'appartement de nos voisins, les Chen. Les gens accouraient. Une chaîne fut rapidement organisée pour transporter de l'eau et éteindre l'incendie. J'enfonçai la porte et découvris le chef de famille, un vieillard sénile, allongé raide mort dans le noir sous le lit, tel un gigantesque saucisson fumé.

Celui qui avait mis le feu était son fils Yinwa, un obsédé sexuel, devenu fou quelques années auparavant après n'avoir pas supporté que son père l'ait surpris à la maison en train d'embrasser une fille – ce qui avait fait échouer son entreprise. Dès lors, père et fils s'étaient retrouvés liés à jamais. Yinwa aimait retomber en enfance et s'asseyait alors sur les genoux de son gentil papa pour y faire ses besoins, puis il lui frottait sans fin les côtes qu'une vie de malheurs avait rendues saillantes, comme s'il s'était agi d'une planche à linge. Mais là n'était pas le pire : quand il lui arrivait d'être excité, il prenait son père dans ses bras pour l'embrasser et, sans le savoir, le serrait très fort, l'étranglant tant et si bien que les yeux du vieil homme se révulsaient.

Yinwa avait été envoyé à l'hôpital psychiatrique où il s'était bien conduit. Il en était sorti bien dressé, sage et poli. On le voyait souvent avec des enfants qu'il emmenait au restaurant, où il commandait pour une personne et quatre ou cinq bouches qui mangeaient du riz, buvaient de la soupe et croquaient des cacahuètes bouillies chacune leur tour... Mais quand il apercevait son père, son visage se fermait.

Ayant entendu dire que le mariage pouvait guérir d'un coup l'obsession sexuelle, le vieux Chen avait mis tout en œuvre pour obtenir d'une entremetteuse qu'elle lui trouve une fiancée à la campagne. Tout le monde s'était ligué dans la tromperie et Yinwa avait été présenté comme un Lei Feng vivant. Mais la veille de la nuit de noces, il avait retrouvé ses anciennes dispositions. Cette fois, ce n'avait pas été son père dont les yeux s'étaient révulsés, mais la jeune mariée, fourvoyée dans la gueule du tigre.

Le triste sort du fou avait été scellé pour toujours. Mais qui aurait pu prévoir qu'il mettrait la lampe à pétrole sous le lit de son père et partirait, après l'avoir allumée, un sourire de chef cuisinier aux lèvres ?

Tous ceux qui étaient intervenus pour essayer de sauver le vieux Chen se dispersèrent à la recherche de Yinwa, qui finit par être retrouvé à la nuit tombante dans les environs de la gare de Ximen alors qu'il poursuivait des filles en tenant son sexe long comme une moitié de stylo à plume auquel il faisait faire des figures. Les gens se précipitèrent sur lui, le plaquèrent au sol, le ligotèrent, et se bousculèrent pour le ramener. Ils l'attachèrent en plein air au tronc d'un arbre avec du gros fil de fer.

En pleine nuit, dans la canicule, il se mit soudain à tomber des trombes d'eau tandis que les coups de tonnerre s'enchaînaient et faisaient trembler le toit. Ma mère me pressa de me lever pour aller surélever le seuil avec des briques ; il fallait empêcher l'eau qui montait à toute vitesse d'entrer dans le bâtiment. Tel un membre d'une équipe de protection contre les inondations, je retroussai mes jambes de pantalon. Relevant la tête, je vis Yinwa, verdâtre dans la pénombre, qui me souriait méchamment. Le temps d'un éclair, on aurait dit un grand cactus, le corps couvert d'épines venimeuses comme un démon. Soudain, ses pieds nus commencèrent à s'agiter en rythme, piétinant la boue et éclaboussant au loin. Puis, l'air sérieux, il rejeta la tête sur le côté et prit la pose, les yeux levés vers le ciel, comme une figure de l'opéra révolutionnaire *Shajiabang* :

> Prenons exemple sur le sapin au sommet du Taishan,
> Les tempêtes ne l'abattent pas,
> Les coups de tonnerre ne l'ébranlent pas !...

Entré dans son personnage, Yinwa, tout à son rôle, s'égosilla jusqu'au lever du jour. Les voisins qui avaient subi ses cris se dépêchèrent alors de l'emmener pour le faire interner. Sur le chemin de l'hôpital psychiatrique, Yinwa, la tête dressée et le torse bombé tel un martyr en route pour le lieu d'exécution, se lança dans des discours révolutionnaires en criant : « À bas l'impérialisme japonais ! Vive le Parti communiste chinois ! Vive le président Mao ! » Sa voix restait perçante et ne faiblissait pas.

Laozi a dit que les nourrissons avaient une énergie incomparable, parce qu'ils pleuraient toute la journée sans perdre leur voix pour autant ; qu'ils avaient le zizi souvent dressé alors même qu'ils ne comprenaient rien aux relations sexuelles ; et que, en dépit de leur fragilité, ils serraient tellement fort leurs petits poings que même les insectes venimeux, les bêtes sauvages et les catastrophes naturelles ne pouvaient en avoir raison. Apparemment l'énergie d'un fou vaut celle d'un nourrisson.

Le lendemain après-midi, Petite Sœur Xiaofei revint à la maison avec une autre histoire de fou : le fils unique d'un professeur de lycée, qui avait réussi l'année passée l'examen d'entrée d'une université prestigieuse de Pékin, s'était malheureusement fourvoyé dans le mouvement étudiant. Considéré comme un émeutier, il avait été tué lors de la répression du 4 juin. À l'annonce de cette nouvelle épouvantable, le vieil homme s'était évanoui. Il n'avait repris connaissance que deux jours plus tard, pour recevoir un avis officiel selon lequel il devait payer, dans la semaine, 300 yuans au service de l'état civil pour pouvoir récupérer les cendres de son fils. Il s'était esclaffé, puis, le regard vide, s'était levé et était sorti accompagné par sa femme qui le trouvait bizarre. Il avait marché mécaniquement, raide comme un cadavre, traversant les rues sans faire attention aux voitures. Insulté par les gens, il tournait de leur côté un regard absent.

Il avait fini par payer l'urne funéraire et, peu après, un ami de son fils, en fuite vers le sud, avait apporté une chemise blanche qui lui avait appartenu. Elle portait l'inscription « Vive la démocratie », écrite en lettres de sang. D'après ce garçon, ce soir-là, les balles fusaient comme des sauterelles, poursuivant les gens pour les mordre. Beaucoup étaient tombés sous ses yeux. Il avait pris le risque d'enlever cette chemise du corps du mort, car sur la manche étaient écrits son nom, son adresse et ses numéros de téléphone, signe de sa détermination à sacrifier sa vie pour son pays.

Le vieil homme avait étalé l'inscription «Vive la démocratie» sur ses genoux et était resté assis à réfléchir. Puis, au crépuscule, il s'était levé et, sans prêter attention à sa femme qui essayait de l'en empêcher, avait vidé les armoires, et, sur tous les habits et accessoires, usant soit d'un pinceau soit d'un stylo, il avait recopié cette inscription. Après les habits, il avait entrepris de faire de même sur les couvertures et les draps, puis sur les murs et le sol. Il y avait passé la nuit mais n'en avait pas assez : il avait profité de ce que sa femme somnolait à l'aube pour écrire sur son visage ridé portant encore des traces de larmes.

Puis, pour une fois dans sa vie, le vieil homme avait suivi la mode et déchiré une housse de couette rouge pour se faire un bandeau. Ainsi coiffé et plein d'énergie, il était sorti pour trouver des gens sur qui écrire. Il poursuivait les jeunes filles et les enfants se cachaient. Des gens lui avaient jeté des pierres et des morceaux de brique ; il avançait «dans une forêt de fusils, sous une pluie de balles». Retenant ceux qui n'avaient pas réussi à fuir, il se prosternait devant eux suppliant qu'on le laisse faire. Ma petite sœur qui était enceinte de six mois et ne courait pas vite s'était vue obligée de laisser ce pauvre homme tracer sur son bras droit «Vive la démocratie».

Le soir même, j'entendis dire que Michael Day séjournait encore à Chengdu. Fort des informations données par le poète Ouyang, j'allai le chercher à la réception de l'Institut de musique du Sichuan. À mon arrivée, je le trouvai en compagnie de nombre de mes amis, lui-même étant en train de classer précieusement une liasse de poèmes clandestins. Lan Ma et Liu Tao écoutaient *Massacre* avec des écouteurs en prenant des airs de conspirateurs. Liu Tao me raconta qu'elle avait été témoin de l'émeute dans la partie sud de la rue du

Peuple : « C'était sous la statue du président Mao en train de saluer ; une foule non organisée et armée de sacs de chaux, de bouteilles d'eau gazeuse et de briques s'est jetée sur un mur de soldats casqués et portant des boucliers, et les deux camps ont chacun avancé et reculé plusieurs fois. Puis les soldats ont commencé à lancer des grenades lacrymogènes et des émeutiers téméraires ont crié : "N'ayez pas peur, ces grenades de merde, c'est de la production nationale, de la mauvaise qualité, ça n'empoisonnera personne !" D'un coup tout le monde s'est énervé et les soldats ne sont plus arrivés à contenir les émeutiers. Ils ont commencé à tirer et les gens se sont enfuis comme des rats en entendant les balles siffler. »

Je ne savais pas que je rencontrais alors Liu Tao pour la dernière fois. Tant d'années ont passé mais ses plaisanteries résonnent encore à mes oreilles. Il n'y a pas longtemps, j'ai entendu dire qu'elle avait divorcé et s'était convertie au catholicisme, donnant ainsi à sa vie un accomplissement poétique. Qu'une femme soit un poète au vrai sens du terme ne se juge pas au nombre de ses écrits, mais à l'importance qu'elle accorde à l'esprit plutôt qu'au corps. Liu Tao, face à la perte des valeurs morales, a quitté la vie laïque et vit dans une atmosphère purement spirituelle et poétique. Et pour elle, tout ce qui corrompt cette atmosphère n'a d'autre nom que « le diable ».

Des voitures de police ratissaient la ville, des policiers en tenue et en civil étaient planqués dans les avenues et les ruelles. J'accompagnai Michael chez Ouyang et l'on passa *Massacre* sur un bruit de fond de sifflets. Un autre poète était également présent, un rustre du nom de Ma Song.

Bien que je m'en fusse déjà régalé plusieurs fois, j'eus encore le souffle coupé en écoutant le Liao Yiwu de la cassette.

Nous avions l'impression d'être assis sur une poudrière.

« Que faire si la police débarque ? » demanda Ma Song.

Personne ne répondit, mais Ouyang sortit rapidement du magnétophone la cassette de *Massacre* et la rendit à notre ami canadien ; puis il mit les *Sérénades* de Schumann.

« On fera comme si de rien n'était, comme si on ne savait rien, dit-il. Juste comme si on était atteints d'amnésie. »

Alors que Michael, qui se tenait à part, affichait un sourire moqueur, et que je jouais aux devinettes avec Ma Song, un autre poète frappa à la porte et entra. Il nous fit part d'un secret : il avait écrit un poème appelant à la résistance après le 4 juin, et l'avait caché chez lui sous la jarre à eau.

Les visages se firent songeurs. Ouyang, debout près de la fenêtre qui donnait sur la rue, resta plongé dans ses pensées un bon moment avant de retourner vers nous sa silhouette petite et maigre pour nous annoncer que son appartement était déjà surveillé par la Sécurité.

Nous, les quatre invités, ne voulant pas être plus importuns, prîmes alors congé ensemble. Nous nous serrâmes tous la main comme à un enterrement, nous recommandant mutuellement de bien prendre soin de nous.

En plein été, la cassette de *Massacre* avec moi, j'ai traversé cette tombe gigantesque et silencieuse qu'était alors devenue la Chine. Je ne savais pas qu'une corde était déjà en train de se serrer lentement autour de mon cou.

Ma Song était DJ dans une discothèque. Comme un chien de berger, je m'y faufilais à heure fixe et traversais tout droit la piste de danse obscure, les yeux brillant de malveillance. Les danseurs qui me jetaient un coup d'œil se dépêchaient de détourner la tête. Je restais assis, comme une statue de bois à côté des percussions, attendant que la musique cesse et que les gens partent – parfois j'attendais deux heures. Ensuite, je me déguisais et montais sur scène. Je rugissais dans la grande salle vide, éclairée seulement par quelques plafonniers qui s'allumaient et s'éteignaient alternativement, comme en un firmament miniature. Ma Song frappait le tambour, un vrai vacarme, mais dans cette compétition, je couvrais chaque fois le bruit de son instrument. Puis Ma Song criait d'une voix bizarre : « Mon sexe est ivre ! » avant de se laisser tomber par terre. Dans l'air puant l'alcool, la sueur et le sperme, nous nous gueulions des injures – « Fils de chien ! Fils de chien ! » –, presque ivres morts sans avoir pourtant touché à une goutte d'alcool.

Dans mon crâne, ça tapait ; j'avais peur que ma cervelle n'explose d'un coup. Voilà qui aurait été agréable. Tellement agréable.

* * *
*

La veille de Noël 1995, assis sur les toilettes et me rappelant le passé, j'en vins à me demander qui était le vrai Ma Song, entre celui de l'époque et le nouveau. J'avais encore rencontré quelques jours auparavant le Ma Song récent, qui faisait preuve d'une certaine clairvoyance en affaires et restait lucide même en ayant bu. Sa faim spirituelle s'était amenuisée et il était devenu un homme normal à la poursuite de la richesse. On peut dire que Ma Song était sauvé. Mais, pour un poète qui se sentait comme un fauve en cage, je ne suis pas sûr que ce soit bon signe.

Pour moi, mon travail était à la morgue, et je récupérais l'un après l'autre les cadavres des gens de mon époque. Peu auparavant, j'avais été à table avec un ami, ancien poète, qui, aidé par l'alcool, avait voulu m'encourager malicieusement : « Accroche-toi, écris de toutes tes forces et cache bien ce que tu écris. Quand viendra un autre temps, je t'achèterai tous tes manuscrits. »

C'était dégoûtant de dire une chose pareille, mais le pire, c'est que sur le moment il en avait l'air très content.

* * *

Les Chinois sont comme des moineaux qui se construisent des nids à une vitesse folle. Un immeuble pousse en deux temps trois mouvements, et peu importe qu'il soit ou non solide.

Quand, en 1994, sortant de prison, je suis revenu à Chengdu, j'ai tourné toute une matinée dans le quartier de Baiguolin sans parvenir à repérer ma maison. Le conducteur du tricycle y prenait un malin plaisir, espérant ainsi me rouler ; il fallut que je lui montre ma tête rasée en disant : « Mon frère, c'est moi qui vais te conduire, tu veux ? » pour qu'il comprenne qu'il était tombé sur un bandit. Avant 1989, il était beaucoup plus facile de trouver son chemin, et les immeubles de cinq étages étaient déjà considérés comme hauts.

À Chengdu, du côté de la porte à l'arrière du quartier militaire, il y avait eu un de ces immeubles à cinq étages. Juste après les émeutes, des soldats qui s'ennuyaient étaient allés en pleine nuit au restaurant pour boire et jouer à la mourre. Une fois ivres, ils avaient retiré leur uniforme, et, torse nu, s'étaient mis à poursuivre des passants et à les frapper. Faire tomber les gens par terre ne leur suffisait pas, ils les entouraient et jouaient au « football ». Juste avant qu'ils n'en viennent à tuer, toutes les lumières de cet immeuble de cinq étages s'étaient allumées d'un coup, et les fenêtres s'étaient ouvertes bruyamment. Des voix en colère avaient crié ensemble : « Soldats, foutez le camp ! »

Cette scène m'est très familière : elle apparaît dans un film dont l'action se déroule en France durant la Seconde Guerre mondiale, en zone occupée. C'est dans une rue aussi, mais dans une autre langue. Des voix crient des fenêtres d'un immeuble de cinq étages : « Allemands, foutez le camp ! »

Tous les humains ont le sang rouge, la révolte ne connaît pas les frontières.

Ce vieil immeuble a été démoli, il y a déjà longtemps, et un nouvel ensemble de bureaux se construit rapidement. La nation vit la frénésie du boom immobilier dans l'ambiance postmoderne de changements rapides et multiples – réalisations de fin de siècle complotées de longue date en vue d'enterrer les souvenirs douloureux. Les habitants de Chengdu déménagent les uns après les autres dans de nouvelles habitations. Les écarts se creusent – avec des différences qui apparaissent de plus en plus, dans la qualité des constructions notamment – et les nouvelles plaies causées par les difficultés de la vie recouvrent les anciennes traces de sang.

Quand des événements tragiques forment une page d'histoire, on a le droit de sauter cette page sans la lire.

* * *

Dylan Thomas, qui est mort d'avoir trop bu, a écrit dans ses *Chants de deuil* :

> À chaque minute qui précède midi, l'aube ou le crépuscule,
> coule une rivière de personnes mortes.

Ces deux vers s'appliquent à la vieille rue la plus animée de Chengdu, la rue Chunxi. Quand les gens sont fatigués de vivre, ils vont y faire du lèche-vitrines, dépenser leur argent, et mourir dans des tissus, des boutons ou des boîtes de maquillage.

Dylan Thomas serait-il venu se promener dans le Sichuan ?

*

* * *

C'est dans une ville du Hubei que se déroula la manifestation collective la plus bouleversante. Quand l'horrible nouvelle du massacre commis à Pékin fut connue, des centaines d'étudiants venant du seul institut supérieur de la ville se mirent en rang par quatre et, la tête coiffée d'un turban blanc traînant jusqu'à terre en signe de deuil, ils défilèrent sous le soleil écrasant de midi. Ni slogans ni banderoles d'aucune sorte, seul le roulement feutré du piétinement, dans un rêve aussi éblouissant qu'interminable – le soleil, four brûlant étincelant, et le défilé des nuages, corbillard céleste, accompagnant le défilé sur terre. La foule des spectateurs retenait son souffle, et même les policiers qui avaient reçu l'ordre de réprimer la manifestation restaient hypnotisés, le regard perdu au loin.

Ce ne fut que lorsque le chef de la Sécurité accourut, fou de rage, que tout le monde se réveilla. Le vieux chef tapota la tête de son molosse en rageant : « Vous avez vu des fantômes ou quoi ? Même toi, tu ne bronches pas ! »

Fuyant à l'aveuglette, je fis des va-et-vient entre Chengdu, Chongqing et Fuling, comme un loup, et, pour me soulager, j'envoyai des lettres dont l'écriture cursive et rapide trahissait mon impatience : on aurait dit un gros tas de jambes gigotant. À Chengdu, j'arpentai les rues sans ressentir la fatigue avec le poète Hu Dong, un autre parasite de mon espèce avec la raie au milieu, comme les étudiants dans les années 1930. Il portait une longue écharpe rouge foncé et avait l'habitude de se promener la nuit. Nous nous séparions à six heures le matin pour rentrer dormir, et je ne me réveillais qu'au crépuscule.

Le sujet de conversation habituel de ce beau ténébreux de Hu Dong était le théâtre. Dans la nuit, les rues vides devenaient des scènes, et nos pauses dans les gargotes, des entractes. À enchaîner les nuits sans jours, je me sentis devenir inepte, aussi cherchai-je un moyen d'échapper à son emprise. Mais celui-ci était malin : il aurait débusqué n'importe qui, même caché derrière un mur. Ne pouvant rester à la maison, je me rendis donc en banlieue, à Longquanyi, un endroit de montagne connu pour ses fruits.

C'était la pleine saison des pêches, les clients affluaient de partout et je me mêlai à la foule animée. Le marché aux pêches s'étendait du centre du bourg à la périphérie, les étals s'alignant sur plus d'un kilomètre. Les petits commerçants s'étaient construit des parasols en plastique tandis que les paysans, torse nu, transpiraient à grosses gouttes sous un soleil de plomb en surveillant leurs paniers. Des appels fusaient de tous côtés par vagues. J'avais négocié un prix avec un vendeur et j'étais accroupi devant un panier rond en train de choisir des pêches quand, soudain, je vis une main noire comme du fer se glisser sur le côté et, en un éclair, voler une pêche. Le vendeur, en colère, se leva d'un bond et se mit à sa poursuite. Finalement, encerclée par la foule, la voleuse, une folle, fut arrêtée cent mètres plus loin. On lui tordit les bras en arrière et elle se retrouva plaquée au sol. Elle dégagea pourtant sa main droite qui tenait la pêche et l'enfonça dans sa bouche. La pêche était grosse et juteuse, et la femme commençait à s'étouffer. Le vendeur lui lança : « Encule ta mère ! » Des gens venus l'aider la retournèrent sur le dos, lui écartèrent de force les dents et sortirent le noyau. Le soleil brûlant faisait fondre le goudron de la route et les spectateurs, tout en criant, sautillaient sur place pour éviter que leurs chaussures collent au sol.

Ceux qui avaient participé à l'action étaient de plus en plus énervés. L'un d'eux voulut attraper la folle par sa petite natte et la donner en spectacle à la foule, mais à peine avait-elle été traînée sur quelques pas que son pantalon s'arracha et que ses fesses se retrouvèrent au contact du goudron fondu, dégageant une fumée noire. Elle ne put s'empêcher de crier de douleur et de se tordre comme un poisson qu'on aurait jeté vivant à griller dans une poêle. L'animalité imbécile des masses excitées prit le dessus et plusieurs paires de mains se bousculèrent pour saisir son sexe et ses poils, sous ses hurlements déchirants dont certains appréciaient sans doute la musique. Quelqu'un cria : « Regardez, elle mouille ! » Comme c'était difficile à croire, les gens parièrent. Un arbitre fut choisi qui, l'ayant pénétré de son majeur, constata : « Elle ne mouille pas, elle a pissé. » La foule rit, puis se dispersa.

Cette scène, à laquelle plus de deux cents personnes avaient assisté, avait duré près d'une demi-heure ; les acteurs en avaient été des petits commerçants, des paysans, des citadins, des lycéens, des ouvriers, des employés, et même quelques étudiants. Beaucoup étaient descendus dans la rue lors des émeutes et avaient défilé, manifesté, apporté leur soutien et leurs dons ; certains, poussés par un sentiment de grande injustice et sous l'emprise de la folie collective, étaient allés jusqu'à barrer des routes, incendier des voitures de l'armée et affronter celle-ci : les Chinois ne manquaient donc pas de courage. Et après le 4 juin, le gouvernement avait réprimé les casseurs et les pillards.

Je me trimballais partout avec la cassette de *Massacre* sur moi et, dès que l'occasion se présentait, je la faisais écouter à des camarades en restant à côté à guetter leurs réactions, heureux de les voir pâlir. Je ne me prenais pas pour un héros : comment aurais-je pu avoir la maîtrise de ce que je faisais alors que le monde entier était devenu fou ? J'écrivis quantité de lettres dans le style de celui qui va bientôt quitter ce monde, y faisant le serment d'enculer cette salope de Chine avec des trains, des bateaux, des canons et autres armes spectaculaires. J'annonçais que j'allais fuir, passer la frontière, que j'allais trouver de l'argent pour acheter des passeurs sur la côte.

Grosses lunettes me mit tout de suite en relation avec Zeng Lei et, dès lors, la salle des spectacles du centre informatique de l'Université de médecine militaire N° 3 de Chongqing devint le lieu de mes crimes. Zeng Lei, qui avait été militaire et avait combattu sur le front à Laoshan, était un admirateur des arts, épris de justice. Non seulement il était entiché de ma personne, mais il avait perdu jusqu'au plus élémentaire des principes révolutionnaires. Aussi me laissait-il déclamer torse nu sous les gros projecteurs. J'essayais de remplir cet espace trop grand en balançant les bras, et les ombres qui montaient du sol sur les murs me faisaient une gigantesque queue au cul. Une fois, je me cognai violemment le visage du poing. Je me forgeai ainsi un style inégalable que je garderai plusieurs années.

Tandis que mon âme se vidait lentement de mes poèmes, mon corps se remplissait de tensions, et Vieux Liu, toujours si content d'aider autrui, me présentait alors des filles. Une de ces rencontres discrètes eut lieu dans un grand immeuble de bureaux vide. Je parcourus d'un pas rapide les quelque deux kilomètres qui m'en séparaient. Dans les rues désertées, les rares passants s'évitaient. Après une montée, j'arrivai dans un endroit sombre. Ma destination se situait à côté d'un magasin d'articles funéraires. Après être grimpé sur un mur, j'aperçus les enseignes d'une morgue. Je traversai un terrain vague, gravis quelques marches, entrai dans un couloir, montai cinq étages dans le noir et, arrivant à la porte, marchai sur une souris qui poussa un cri.

Ma proie lisait, appuyée sur la tête d'un lit à une place, dans une salle grande comme un entrepôt, dont seul un coin était utilisé. « On dirait une église, dis-je en plaisantant. Avez-vous fait vos prières ? » Elle lâcha son livre ; elle tremblait un peu et n'en était que plus excitante. Après les caresses d'usage, quand je voulus la pénétrer, elle se mit à crier ; je fus si surpris que je tombai du lit. La tête entre les mains, j'essayai d'extirper de mon cerveau la sensation métallique d'un vrombissement persistant, et nous restâmes un quart d'heure à nous regarder intensément avant de recommencer à zéro : elle cria de nouveau. Heureusement que le bâtiment était vide, sinon les gens auraient pu croire qu'un crime s'y déroulait.

Je m'accroupis au bord du lit et scrutai attentivement ses yeux ronds :

« Je n'ai pas besoin que tu fasses ça, je ne suis pas si tordu.

– Excuse-moi. »

Elle pleurait.

« Tu cries parce que tu es excitée ?

– Je n'arrive pas à me contrôler, et ton visage est noir, comme les chenilles.

– Quoi ?

– Les chenilles du char. Cette nuit-là, Nana, Maohui et moi, nous étions avec une dizaine d'étudiantes, toutes très bien habillées. Nous avons suivi un groupe qui revenait de la place Tian'anmen et je ne sais pas comment ça s'est fait, mais nous nous sommes séparées. J'ai vu que l'avenue était noire de casques, comme un fleuve sombre. Puis il y a eu les tirs des fusils et les chars qui se sont rués vers nous. Tout le monde s'est mis à fuir de tous côtés. J'ai couru en direction d'une ruelle mais un char était sur le point de me rattraper. J'ai sauté sur le trottoir et me suis cachée derrière un arbre. Le char a foncé dans un mur qu'il a renversé, puis il a reculé et a tourné comme une toupie en créant un tourbillon. Nana et Maohui avaient été écrasées, elles étaient prises dans le métal des chenilles. Nana n'avait plus de corps, mais sa tête restait accrochée à une chenille et avançait en ballottant comme une poupée en plastique ; Maohui était coupée en deux à la taille et je l'ai vue, à un mètre de moi : elle avait la bouche grande ouverte, comme celle d'une grenouille, mais il n'en sortait pas de son. J'ai hurlé de terreur, et je me suis retrouvée à l'hôpital, je ne sais pas comment.

– Tu n'es pas encore remise. Tu devrais aller voir un médecin.

– J'ai été hospitalisée dans deux hôpitaux successifs et les médecins disent que je suis malade mentale. Les journaux, la télé, mes amis à l'hôpital disent tous que, ce soir-là, il n'y a pas eu de morts. Au début, j'étais furieuse et je protestais, puis je m'y suis habituée. Finalement j'ai dû admettre devant tout le monde que ce que j'avais dit était faux et que je ne voulais plus répandre de fausses rumeurs.

– Et Nana et Maohui ?

– Elles auront sans doute été affectées au Xinjiang après avoir obtenu leur diplôme, et elles sont trop paresseuses pour m'écrire.

– Elles vont t'écrire, dis-je cyniquement. Demain matin, au réveil, tu découvriras sous les marches du magasin d'à côté quelques nouvelles pousses vertes : c'est leur lettre.

– Tu es trop romantique.

– Ce monde est trop mauvais, les gens sont tous malades.

– Vraiment ? dit-elle émue. Ça fait longtemps que je lis tes poèmes. Ta poésie peut me guérir. »

J'eus soudain chaud au cœur. J'avais vu l'ombre de Feifei derrière ce visage enfantin.

« Tu ne dois pas te détruire toi-même, murmurai-je.

– Je voudrais écouter encore une fois *Massacre.*

– Je ne peux pas faire l'amour avec toi en écoutant *Massacre.*

– Tu as peur ? »

Je fis « oui » de la tête et l'aidai à s'habiller. Elle me prit la main et colla son visage dessus : « Promets-moi de te refaire une santé, Barbu. »

Les larmes aux yeux, je la repoussai vivement et me retournai pour mettre en route le magnétophone. Venant du fond de l'âme, la musique de la tuerie s'éleva. Je n'avais pas besoin d'être pris en pitié. Moi, cette saleté immonde, je ne méritais pas de pitié.

Je m'habillai rapidement et me préparai à rentrer. La jeune fille m'arrêta en me passant tendrement ses bras autour du cou.

« Non », dis-je.

Au cœur de la nuit, une horloge se mit soudain à sonner.

« Il est minuit, dit-elle sur un ton implorant. C'est l'heure de l'espoir.

– L'heure du deuil », répondis je en partant.

* * *
*

Qu'il est long, le processus de l'écriture ! Je n'ai ni bibliothèque, ni bureau, ni espoir, je suis comme en prison, et le temps que je consacre à ce livre diminue de jour en jour, car je suis trop pauvre : arrivé au point de perdre la face en vivant aux crochets de mes parents, j'ai dû chercher un travail. Un vieux poète, Sun Jingxuan, m'a recommandé à la maison d'édition de la revue *Éducation familiale*, et je m'épuise à la tâche. Pour un artiste, gagner sa vie, ce n'est pas normal. Au début, je ne trouvais pas normal de travailler, puis je me suis mis à préférer travailler plutôt que de rester seul en boule sur mon lit face à une feuille blanche. La mémoire ? La mémoire, qu'est-ce que c'est que ce machin-là ? Est-ce une fente ? Quand la réalité presse les deux côtés de la fente, n'y a-t-il plus de mémoire ?

Les cigales rampent hors de la fente. Il paraît que les cigales sont l'une des espèces vivantes les plus anciennes du monde.

* * *

Durant les jours les plus froids, en plein hiver 1995, je suis seul dans la cour. Sur le sol, une couche de givre s'épaissit. Les jours s'écoulent identiques. Les fleurs de givre sont tressées sur un fil ; je rétrécis et deviens un termite qui rampe à l'envers en suivant ce fil.

*

* * *

6

Axia

阿
霞

À la fin de l'automne, je retournai à Fuling. Le comportement d'Axia était devenu quelque peu étrange. Elle se dépêchait de quitter son travail, ne regardait plus la télévision après le dîner, se glissait dans la chambre sans faire de bruit et, comme prise d'un sentiment d'urgence, écrivait et dessinait. C'était sa façon de prier, mais le dieu vers lequel elle se tournait se trouvait dans son miroir – dans ses propres pupilles.

Pendant cette période, elle a fait de magnifiques dessins au stylo à plume. Chaque trait, chaque point exprimait une passion bouleversante. Le soleil et la lune ne se distinguaient pas l'un de l'autre, les personnages, désorientés dans un univers chaotique et dangereux, croyaient se trouver dans un parc d'attractions alors qu'ils frôlaient l'abîme. Des filles aux cheveux longs, des filles jouant de la flûte, des filles regardant la lune, des filles rêvant, pendues, mortes en pleurant, mortes défigurées ou frustrées... Dans un de ces dessins, Axia relia le soleil et la lune, comme une très jolie paire de menottes, expliquant qu'il s'agissait de deux puits posés l'un sur l'autre et que l'homme agitait sa queue au fond des puits en croyant le monde immense.

Nous nous étions rencontrés au cours de l'hiver 1983, lorsque je fus invité à une conférence organisée par le gouvernement local pour les jeunes écrivains. Elle avait dix-huit ans et venait d'être embauchée par la municipalité de Fuling, alors qu'elle aspirait à devenir une poétesse ou une artiste. Elle avait déjà remporté de nombreuses distinctions pour ses poèmes et ses peintures à l'huile. Son talent et son ambition littéraire naissante m'avaient impressionné. Après la conférence, nous sommes restés en lien épistolaire. Elle m'adressait ses nouveaux poèmes et quelques esquisses ; je lui faisais lire mes derniers écrits. Six mois plus tard, elle commença à m'envoyer des petites notes sentimentales, mais réservées, accompagnées de photos d'elle se promenant dans les parcs ou sur les rives du Yangtsé. Pour la remercier, je lui adressai, par la poste, un énorme chien en peluche – je suis né l'année du Chien.

Au début de l'année 1984 nous avons commencé à nous voir régulièrement. J'étais d'abord venu en visite une semaine à Fuling, mais nos familles respectives regardaient cette liaison romantique à distance d'un mauvais œil. La mère d'Axia brûla le chien en peluche et interdit à sa fille de m'écrire. Ma mère refusa de faire la connaissance de mon amie lorsque celle-ci vint me rendre visite à Chengdu : elle pensait qu'Axia m'attirerait loin de mon foyer et de ma famille. Évidemment, ces fortes réticences familiales ne firent que renforcer notre décision. Durant l'hiver, Axia et moi nous sommes enfuis.

Le premier défi fut d'obtenir un permis de résidence pour ma jeune épouse à Chengdu. Le gouvernement avait mis en place un système d'enregistrement des familles très strict afin de contrôler les mouvements de la population. Si quelqu'un souhaitait quitter la campagne pour s'établir en ville, ou quitter une agglomération pour une autre, il devait tout d'abord soumettre une demande auprès du gouvernement local. Sans un coup de pouce de l'intérieur du système, c'était mission impossible. Je décidai donc de m'établir à Fuling, parce qu'il était beaucoup plus facile de transférer un permis de résidence d'une grande ville vers une petite ville que l'inverse.

Lorsque ma mère eut vent de ma décision, elle se mit dans une colère noire : elle avait passé des années à se battre pour obtenir un permis de séjour à Chengdu pour moi et mes frères et sœurs après le divorce de mon père. Elle enferma nos livrets de famille dans un tiroir fermé à clé, mais je brisai la serrure avec un marteau, m'emparai du document qui me concernait et partis opérer mon transfert auprès du bureau de la Sécurité publique.

À Fuling, ma réputation de poète connu à l'échelle nationale me permit d'obtenir facilement une position dans une agence artistique locale. Si bien qu'en 1985, nous pûmes nous établir dans cette ville, au confluent de la rivière Wu et du Yangtsé. Malgré quelques escapades occasionnelles, nous avons passé là cinq années relativement calmes et productives.

Je sentais toutefois que, sous cette surface paisible, une tempête se préparait. Dès lors que fut ébranlée la conviction de mon épouse que notre amour durerait de nombreuses années, la maison se transforma en auberge, non seulement pour mes amis, mais aussi pour moi. Axia se mit à peindre furieusement. Je me moquais d'elle, car j'étais suffisamment habitué à l'expression artistique pour comprendre la signification de ses dessins. Axia se renferma plus encore.

Elle commença à sortir souvent le soir, annonçant vouloir montrer des choses à une amie. Je n'y prêtai même pas attention.

Jusqu'à cette nuit malheureuse...

Ce soir-là, ayant regardé distraitement la télévision jusqu'à la fin des programmes, je consultai ma montre : il était déjà plus de onze heures et demie. Dehors, c'était la nuit noire. Je me levai et me mis à arpenter la pièce de long en large, de plus en plus vite, et finalement poussai malgré moi un cri bizarre, et bondis au-dehors comme un léopard jaillissant de sa cage.

Je commençai par descendre la côte en courant comme un fou, puis fis demi-tour, tout essoufflé. À la lumière des lampadaires espacés, les environs semblaient lunaires. Les immeubles rapetissaient petit à petit sous la voûte céleste ; les ruelles s'allongeaient sans limites et de viles pensées s'étalaient au fond des sentes qui se bousculaient. À ce moment-là, je me souvins qu'Axia s'était maquillée soigneusement avant de sortir et aussi qu'elle m'avait demandé à plusieurs reprises quand j'allais retourner à Chengdu.

Comme guidé par un esprit, je pris la route circulaire. Le vent sifflait à mes oreilles décollées. Je marchais dans la gueule d'une bête énorme, bras et jambes exténués, englué dans une salive épaisse qui allait me digérer. Soudain, j'entendis sur ma droite des pas qui se rapprochaient ; je me figeai d'un coup, ne sentant plus mon corps. Je restai suspendu sans réagir plusieurs secondes avant que ne sorte d'entre mes dents grinçantes un hululement.

« Axiaaaa ! »

Une ombre noire sursauta, et, telle une antilope frappée d'une flèche, un homme s'enfuit. Je sollicitai mes jambes pour le poursuivre. Axia m'apparut à deux reprises : elle se raccrochait à un arbre qui vacillait. La route sous mes pieds se tendait comme un arc, et dans l'arc reposait un œil gigantesque. Je survolais les cils épais, comme une flèche bondissante. Quelle cavalcade angoissante ! Courant, je quittai le sol, comme si je traversais une rivière en sautant de pierre en pierre. Le torrent déferlait sur mes épaules, et, trempé, je me rapprochais de ma proie. La poursuite s'était déroulée sur plus d'un kilomètre. Enfin je bondis en l'air et ceinturai l'homme.

Nous nous empoignâmes et, complètement essoufflés, fîmes plusieurs roulades. Je voulais le faire tomber dans le ravin, sans voir que j'avais moi-même déjà un pied dans le vide ; je faillis tomber. Les lumières scintillantes de la ville en contrebas lançaient des appels, mais mon ennemi faisait le chien mort qui ne voulait pas descendre en enfer, ce qui m'exaspérait. Je lui serrai le cou, mais ce fut de ma gorge que sortit le grondement d'un train. Ce gredin tendit le bras pour me saisir les testicules et, pour un peu, il aurait réussi ; sous l'effet de la colère, je recourus à la technique du « crâne en fer » et, de ma tête, cognai la sienne. Au bout de quatre ou cinq coups, il ne réagissait déjà plus, mais je continuai à le frapper jusqu'à ce que sa tête de chien produise un craquement.

« Ne me tue pas ! supplia-t-il, la bouche pleine d'une mousse sanguinolente.

– Combien de fois ? demandai-je, en adoptant l'accent d'un vrai voyou.

– Trois fois, non, non, même pas une fois. Trois rendez-vous, c'est ce que je veux dire, et chaque fois, seulement pour parler de toi.

– Espèce de bâtard, d'où viens-tu ?

– Je suis chef de division. Axia est terrorisée, elle est seule et elle a peur, parce que la Sécurité nationale enquête sur toi depuis longtemps.

– Alors tu profites de son désarroi ?

– Axia t'aime, mais elle n'arrive pas à se faire entendre de toi. Elle dit que tu ne l'as jamais écoutée sérieusement. Chaque fois elle parle, et parle, puis pleure.

– Alors tu la consoles ? dis-je avec un sourire méchant.

– Non, non, entre nous il n'y a vraiment rien.

– C'est parce que vous n'avez pas où aller pour faire votre affaire, pas vrai ? »

Et je criai : « Moi, je vais te tuer ce soir ! »

Je le tirai par le col jusqu'au bord du ravin et le forçai à regarder en bas la ville endormie ; j'eus un rire de dément.

« Je vais te faire rentrer direct à la maison, c'est un raccourci. »

Tout en le lâchant, je soulevai mon genou et donnai un coup sur sa maigre poitrine. Mon ennemi vomit du sang et m'attrapa la jambe en pleurant.

« Liao, ne fais pas de bêtises. »

J'avais les yeux exorbités, mon cœur sautait et bondissait, un marteau me frappait le crâne ; tout sentiment m'avait quitté ; ne me restait plus alors que le désir impérieux de laisser éclater ma vraie nature d'animal avide de sang...

Soudain, les faisceaux de deux torches se croisèrent et convergèrent sur moi.

« En voilà un bel assassin ! cria une voix âgée. Attachez-le-moi et emmenez-le au bureau de la Sécurité ! »

Quelques gaillards s'avancèrent en ligne et me retournèrent les bras. Mon ennemi, une fois le premier moment de surprise passé, redressa d'un coup son corps avachi et se mit à genoux, tout raide devant moi en se donnant des gifles.

« Petit frère, ton grand frère ne s'est pas comporté en homme ! Je n'aurais pas dû malmener nos parents. Tu as bien fait de me battre, tu as réveillé ma conscience ! »

Les miliciens en restèrent ébahis, ceux qui me tordaient les bras les lâchèrent involontairement.

Lui continua à jouer la comédie : « Petit frère, rentrons à la maison pour parler, d'accord ? En famille, on peut pardonner de s'être fait casser la tête. Je te promets de reconnaître mes torts envers nos parents ! Je vais leur donner tout de suite 500 yuans pour assurer leurs frais de ce mois. »

Il essuya le sang sur son visage. Ses paroles avaient sonné juste, et le milicien à la voix âgée poussa un soupir et adoucit sa voix : « Jeune homme, à le frapper comme ça, tu vas le tuer ! Si ton grand frère ne se conduit pas bien, tu dois aller trouver les autorités qui résoudront le problème. »

J'avais envie de vomir tant j'étais dégoûté ; je me retournai et partis. Ce bon à rien continua à jouer la comédie : « C'est le caractère de mon frère, ne soyez pas surpris ! Merci beaucoup, merci beaucoup ! » dit-il en pleurnichant. Il poursuivit son cirque en ajoutant : « Mon jeune frère est un brave homme, mais il a mauvais caractère. Veuillez nous pardonner, et merci pour votre aide. »

La nuit était calme, le vent était tombé. J'avançais en titubant sur la route en lacets, je m'arrêtais, quelle grande scène de théâtre et quel décor que ce paravent de montagnes ! Pourquoi avais-je le cœur douloureux alors que je vivais comme dans une pièce ou un roman ?

La lame du couteau resterait à jamais coincée dans un coin de mon corps. Dans ce monde en pleine désagrégation, Axia avait représenté mon dernier espace de pureté. J'avais souvent eu l'impression que je ne la méritais pas, et j'avais imaginé que, lorsque nous serions bien vieux, je pourrais tout lui confesser. Maintenant, cet espace de pureté était réduit en pièces, avec des taches sales partout. Cette Axia que j'avais décrite dans mes poèmes en prose n'était plus qu'un mythe.

J'avais du talent, j'étais un acteur-né, mais je ne savais pas jouer dans un mauvais mélodrame triangulaire comme celui que je venais de vivre. Riant et criant, je composai une scène que j'oubliai au fur et à mesure que je la récitais.

J'ai demandé le divorce à Axia à plusieurs reprises. Elle m'a répondu : « Non », une fois, puis s'est enfoncée résolument dans le silence. La vie devait continuer et elle s'est contentée de tenir son journal d'amour intime. Elle rentrait tôt, faisait à manger, la vaisselle, puis tricotait devant la télé et levait souvent la tête pour me sourire. Sur ces petits sourires quémandeurs, je déchiffrais les pitoyables désirs basiques des femmes : que nous menions une vie tranquille, ayons des enfants, sans autre vie à l'extérieur.

Je ne pouvais m'empêcher d'être déprimé. Vraiment, Axia restait elle-même. Elle n'avait pas changé. Ce qui avait changé, c'était le monde. Il nous fallait être patients, attendre que ce monde soit un peu meilleur.

Dehors la neige virevoltait. Axia toussait. On frappa à la porte, c'était ce vagabond de Poète hippie, tout tremblant de froid. « Quel doux foyer », nous complimenta-t-il. Puis, avec trois verres d'alcool dans l'estomac, il commença à psalmodier sa dernière œuvre sur le ton traînant d'un instituteur de campagne.

Un amour paisible, mais sans issue. C'est cet hiver-là qu'Axia est tombée enceinte de Miao Miao.

* * *
*

Ma fiancée de maintenant, Song Yu, est assise à côté de moi ; d'ici quelque temps je devrais avoir gagné assez d'argent pour acheter un appartement et l'épouser. Je ne sais pas comment elle réagira quand elle aura lu ce livre. La vie vous entraîne dans une spirale bizarre. À force d'aller et venir, on revient à son point de départ ; mais le monde, lui, a changé du tout au tout.

Zhou Zhonglin m'a téléphoné pour m'annoncer qu'il arriverait à Chengdu à la fin du mois et qu'il souhaitait que je puisse lui jouer un air de flûte ; il sait que j'aime me mettre en scène. J'ai quelques photos de nous deux du temps de notre jeunesse, où l'on voit que nous étions très liés – comme Marx et Engels. Il est dommage que nous n'ayons rien écrit ensemble.

Je connais trop bien Zhongzhong pour écrire sur lui : j'écris mal sur ceux que je connais trop. Je suis aussi un « papa chien », et je ne sais pas raconter ma chienne, Yuzui. Son attachement envers moi frise la folie : quand elle entend mes pas à la porte, elle se met à trembler et se jette sur moi. Si elle est trop excitée, elle ne se retient plus et fait un chaud pipi d'amour sur le pantalon de son maître. Zhongzhong a aussi un chien, un mâle, bien moins affectueux.

Yuzui est jalouse de Song Yu et fourre toujours en haletant sa gueule puante entre nous deux, ce qui fait que Song Yu me demande souvent si Yuzui restera avec nous quand nous aurons fondé une famille. Je devine ainsi qu'elle est bien décidée à se marier.

Je remercie Dieu de me permettre d'avoir une vie ordinaire.

*

* * *

Je suis resté marié près de dix ans ; vivre dans le monde des sentiments est plus éprouvant encore que de préméditer un meurtre. Zhou Zhonglin était mon havre de paix : avec lui, j'étais transparent. En plein été 1989, accompagné de Bai Yunfeng et d'autres, il fit irruption chez moi, à Fuling.

Après un court séjour à la maison, ils nous entraînèrent, Poète hippie et moi, et nous prîmes un petit bateau pour remonter le fleuve, puis, par différents moyens de transport, nous sommes allés jusqu'à la Petite Mer du Sud, un endroit touristique situé près de la rivière Qianjiang, à une vingtaine de kilomètres du chef-lieu de district. Ce lac de montagne est agité d'une multitude de vaguelettes vertes et parsemé d'un rucher d'îlots couverts de forêts denses où se cachent des singes. On raconte que ce refuge hors du monde s'est formé il y a quelques centaines d'années à la suite d'un tremblement de terre qui a englouti en un instant tout un village, tandis que des centaines de personnes disparaissaient sous l'orage. Par temps très clair, on peut parfois apercevoir des ruines au fond de l'eau.

Zhongzhong, qui était boiteux mais avait une allure de riche mafieux, nous conduisit à un hôtel au bord du lac. Bai Yunfeng, qui se déplaçait avec deux béquilles, le suivait. Avec sa grosse tête et son thorax bien développé, il contrastait avec ce vagabond de Poète hippie – grande taille, longs cheveux et large visage ; on aurait dit deux brigands complices. Dongnan – la femme de Zhongzhong – et moi suivions comme des serviteurs. Venaient encore des poètes du coin, Kuang Hongbo, Yang Jian, et quelques autres larbins.

Le patron de l'hôtel, qui n'avait jamais reçu autant de monde d'un coup, était ravi et courait dans tous les sens. Nous demandâmes les chambres du premier étage qui donnaient sur le lac, avec chaises et lits en bambou, et moustiquaires en soie. J'ouvris la fenêtre à un battant et contemplai les vagues qui s'agitaient, mi-bleues mi-rouges dans le soleil couchant. Les bateaux des pêcheurs se faufilaient entre les îlots, et leurs chants ressemblaient tout à fait aux ballades de la dynastie des Song. Je me sentais comme un poisson remontant le temps en nageant dans un lac de sang.

« Déployons l'enseigne de la taverne ! » cria Poète hippie de façon inattendue, en employant un terme utilisé sous les Song.

Le ciel s'assombrissait au-dessus des pics qui grignotaient les nuages dorés du soir, quand nous dînions au bord du lac immense. Nous vidâmes trois fois nos verres. Déjà, un croissant de lune était accroché dans le ciel et les arêtes de poisson brillaient doucement dans nos assiettes en faïence. Ayant bien bu et mangé, nous fîmes une partie de poker avant d'aller nager. Poète hippie et moi fûmes les premiers dans l'eau et les autres suivirent en ordre dispersé, jusqu'à Zhou Zhonglin et Bai Yunfeng qui, ne résistant pas à l'envie de se baigner, se firent mener en barque jusqu'à un endroit peu profond.

Nous commençâmes à chanter des appels aux morts tout en jouant les fantômes de l'eau, les pieds en l'air. Bai Yunfeng, en grosse tortue de mer, et le maigre Zhongzhong aux côtes saillantes me crièrent en grelottant de revenir, mais je fis semblant de ne pas les entendre et nageai sans m'arrêter vers des endroits plus profonds. Heureusement, l'esprit du lac me protégeait et les fantômes gisant au fond ne me tirèrent pas les jambes.

Les beaux jours passent toujours très vite. Dans mon souvenir, il ne reste de ce séjour qu'une lointaine impression de lune brillante et d'essaims d'étoiles. Nous mangions du poisson et poissons nous étions devenus à passer plus de temps dans l'eau que sur la rive. Zhongzhong, qui cherchait toujours à en imposer, voulait inconsciemment jouer auprès de moi le rôle de parrain, bien qu'il fût né, comme moi, l'année du Chien. Il se postait au bord de l'eau et me tenait le panier que je remplissais des crabes dont nous raffolions, frits, accompagnés d'alcool. Je n'avais pas pêché de crabes depuis plus de vingt ans, mais je me révélai toujours aussi expert en la matière : je pouvais en attraper plusieurs livres en un après-midi.

Nous passâmes cinq jours hors du monde, cinq jours enchanteurs, et nous étions tous emballés. Mais notre financier, Zhou Zhonglin, nous annonça tristement que le patron de l'hôtel, qui dissimulait un couteau sous son sourire, nous avait arnaqués tous les jours et que l'argent dont nous disposions était presque épuisé : il n'y avait déjà plus de quoi payer les frais des deux derniers jours.

« Vends-moi au patron, je ne veux plus retourner dans ce monde cruel, dit Poète hippie.

– Sa fille n'est pas mal, ajoutai-je en plaisantant. Dommage qu'elle soit déjà mariée...

– Je peux faire concurrence au mari, propose-moi d'abord comme domestique... »

Et tout le monde de plaisanter.

Zhongzhong, ne sachant quoi faire, finit par dire : « Laissons ça pour demain. Si vraiment on n'arrive pas à joindre les deux bouts, on laissera l'un de nous en otage ici. » Ce qui nous fit immédiatement retrouver notre sérieux.

Cette nuit-là, la lune était ronde comme un miroir. Poète hippie et moi n'avions pas envie de dormir ; nous allumâmes la radio et écoutâmes le *Premier concerto pour violon* de Mendelssohn. Le concerto, une fois, et encore une fois... Cette mélodie harmonieuse ressemblait à une eau vive qui nous lavait le cerveau et les tripes. Le lac avait monté et, me penchant un peu, je vis, sous le scintillement des vagues argentées, les toits des maisons briller comme des écailles de poisson. Je me souvins du *Cimetière marin* et me mis à réciter :

Ce toit tranquille, où marchent des colombes,
Entre les pins palpite, entre les tombes.

«Tu n'aurais pas envie de t'enterrer ici, Barbu?

– Non, mon sang me chatouille encore, je n'ai pas assez roulé ma bosse.

– Moi non plus, je ne veux pas m'enterrer dans le cimetière de Valéry, soupira Poète hippie. Maintenant, je n'aime plus que Mendelssohn, ce bâtard a sucé toute la moelle de mes os.

– Tu ne veux plus de femme?

– Je n'en veux pas, sauf si Mendelssohn se fait opérer pour changer de sexe.

– Au bord du lac, il y a un somnambule.

– Et alors?

– C'est une femme.

– Laisse-moi voir. Ah, on dirait qu'elle veut se jeter dans le lac.

– Je la reconnais! C'est l'un d'entre nous qui a amené cette grosse fille.

– Sous la lune, elle paraît très belle.

– Elle est si blanche que c'en est désolant.

– J'en ai le cœur triste.

– C'est l'effet de la musique? Sinon, c'est que tu bandes.

– Bien vu, mais maintenant, ce n'est plus amusant.»

Après être passés aux toilettes, nous nous couchâmes frustrés.

Mendelssohn nous submergea encore une fois.

«C'est tellement agréable d'être un poète sensible, soupirai je.

– C'est bien vrai, même si on est un poète pauvre, dit Poète hippie qui ressentait la même émotion.

– Même si l'on devait me fusiller, je ne changerais pas de métier.»

J'avais le cœur amer. Il se passa un certain temps et le coq cria plusieurs fois dans mon sommeil : ma seule nuit sans femme se terminait enfin.

Tandis que le soleil se levait à l'est, notre bande de voyous finit de déjeuner, puis se cacha dans le bâtiment pour comploter. Le patron monta deux fois voir ce qui se passait et s'aventura à dire :

« Cela vous plaît donc tant que ça ? Vous vous êtes déjà amusés pendant cinq jours et vous n'êtes pas encore fatigués ?

– On va s'amuser encore trois jours, dit Zhou Zhonglin très sérieusement.

– Vous n'avez pas réglé les deux derniers jours.

– On paiera tout à la fin.

– Non, aujourd'hui, dit le patron, avec un sourire matois. Aujourd'hui, c'est jour de marché ; je vais aller acheter des spécialités locales pour vous faire goûter des produits frais. Il me faut de l'argent.

– Le marché ? On va y aller voir nous aussi, répliqua Zhongzhong en saisissant la balle au bond. Le camarade Liao va vous régler dans un instant.

– J'ai mal dormi hier soir, je dois me rattraper maintenant, bâillai-je fictivement, en m'étendant sur le lit. Patron, je paierai à midi. »

Tout le monde se mit à descendre en criant pour couvrir le départ de Zhou Zhonglin et de Bai Yunfeng. Les autres suivirent. Nous ne restâmes finalement que trois à l'étage, Poète hippie, Yang Jian, l'un des poètes du Qianjiang, et moi. Nous jouions au poker en faisant le plus de bruit possible pour paraître nombreux. Quand Poète hippie voulut descendre voir ce qui se passait, il aperçut le patron en train de mettre un banc devant la porte, un hachoir à portée de main et la chemise déboutonnée tel Lu Zhishen[24].

Et nous voici, trois vauriens effrayés qui continuaient à faire du tapage tout en calculant, au regard de la course du soleil qui indiquait le milieu de la matinée, que le gros des troupes avait déjà eu le temps de se disperser et de se mettre à l'abri. Mais pour nous, pas de solution de repli. Yang Jian, n'en pouvant plus, descendit en slip de bain pour causer avec le patron et, sous prétexte de vouloir aller nager, s'échapper. Mais le vieux coquin envoya son fils l'accompagner dans l'eau. Ce vieux garçon de Yang Jian avait échoué et, en remontant à l'étage avec nous, il en grinçait des dents de rage.

« Maintenant, le patron va agir ! » dit-il en haletant et s'appuyant contre la porte.

Plus de temps à perdre, il fallait y aller et sauter par la fenêtre située à environ trois mètres du sol, tels les héros du mont Liangshan[25]. Le premier, Poète hippie, sauta accroupi et tomba sur le coccyx ; il cria de douleur, se frotta le bas du dos et se sauva. Yang Jian tomba en faisant une roulade ; ses chaussures s'envolèrent, il n'en rattrapa qu'une et se mit à courir pieds nus. Quant à moi, je tombai sur un coin de terre, heureusement bien souple car il se trouvait à l'ombre, et croquai au passage une bouchée de boue puante. Nous étions trois voyous qui se poursuivaient sur la route en lacets tandis que le soleil brûlant, donjon d'acier en fusion, nous crachait son feu dans le dos. Mon crâne résonnait de chocs métalliques. Nous dévalions la pente comme des

24. « Le bonze tatoué », l'un des personnages picaresques du grand roman traditionnel *Au bord de l'eau*, dont l'origine remonte à la tradition orale de l'époque de la dynastie des Song.

25. Les « héros [on dit aussi les bandits] du mont Liangshan » sont les principaux personnages d'*Au bord de l'eau*.

toupies. Poète hippie essuyait son front d'un grand geste ; avec ses cheveux au vent, on aurait dit une grosse paysanne en train de pleurer.

« Je n'en peux plus, disait-il d'une voix moribonde, sa bouche de carpe grande ouverte. Je vais mourir ! »

Plus tard, il racontera : « Si j'avais été pris à ce moment-là, j'aurais mordu. »

Yang Jian eut les pieds enflés pendant deux semaines. Nous avions couru comme des dératés pendant les cinq kilomètres qui nous séparaient du bourg. Nous étions déshydratés, avec sur la peau des traînées de sel et des taches rouges qui, le lendemain, seraient encore douloureuses et démangeraient ; si on grattait, il en sortait du pus.

Le patron, lancé à notre poursuite, arriva sur nos talons. Il aurait voulu monter dans le car, mais nous étions nombreux et nous l'avons repoussé en ordonnant au chauffeur de démarrer. Il courut quelques instants derrière le véhicule en nous maudissant et en jetant des cailloux, puis disparut, avalé par les volutes de poussière de la route en terre.

Depuis lors, j'ai souvent rêvé que j'étais poursuivi, et, chaque fois, je me suis réveillé avec des crampes aux mollets. Cette route en lacets qui monte et descend, c'est mon destin, et je cours en vain comme un fou, chassé par un soleil intérieur dévorant qui me consume.

Qu'il fut déprimant le chemin du retour, avec la triste réalité qui se déployait lentement comme un éventail au long manche ! Le car fit de nombreux arrêts. Comme un bouddha au gros ventre, il tendait le cou pour aspirer des groupes de villageois ; à un moment, une jambe se trouva coincée à l'extérieur de la porte comme un énorme jambon. Une grosse paysanne toute trempée s'appuyait contre mon épaule en courbant le dos à chaque cahot et ses seins bondissant comme des lapins me manifestaient une grande amitié, bien qu'il leur arrivât une fois de me claquer la joue.

Me tournant vers la fenêtre, je vis des ribambelles de paysans chargés de bois tout juste coupé, montant et descendant, s'éloignant en rapetissant pour ne plus former, sur les crêtes lointaines, qu'une cohorte de fourmis de couleur chair en train de déménager des allumettes. Zhou Zhonglin et moi en restâmes sous le choc, comprenant pourquoi sur quelques kilomètres alentour les montagnes étaient chauves. Les hommes détruisaient leur pays. Dans les quelques bourgs du district de Qianjiang, la vente du bois connaissait un grand succès et l'on pouvait trouver des troncs gros comme un bol, ou, pour les plus fins, comme un bras, liés en fagots, si bon marché que c'en était incroyable. Zhongzhong calcula qu'avec quelques milliers de yuans on aurait pu acheter tous les arbres d'une forêt bien dense.

Dans la rivière coulait une eau polluée et mousseuse, chargée des déchets des usines à papier locales. Je remarquai tristement :

« J'ai peur que, d'ici quelques années, il faille encore un tremblement de terre pour la Petite Mer du Sud.

– Ces humains, il faut les changer, ajouta Kuang Hongbo, le poète local.

– Le 4 juin[26] au soir, à Beipei sur la montagne Jinyun, il s'est produit une catastrophe, dit Zhongzhong. Il y a eu des orages toute la nuit, des éclairs et du tonnerre, et un vent violent qui a détruit plus de cent arbres millénaires. Barbu et moi sommes allés voir : des arbres au tronc si gros qu'il fallait plusieurs personnes pour en faire le tour étaient couchés dans tous les sens, et de certains s'élevait

26. Rappelons que le massacre de Tian'anmen eut lieu ce même 4 juin.

encore une fumée noire. Un spectacle pire encore qu'un massacre collectif.

– Tu aurais dû faire des photos et les envoyer à la revue *Reportages de Hainan*. Publiées en page 2, elles auraient fait de l'effet, dit Poète hippie.

– C'est vrai qu'il faudrait faire des photos, repris-je. Une série sur la catastrophe naturelle de la montagne Jinyun, une série sur la catastrophe provoquée par les hommes dont nous avons maintenant le spectacle, une série sur la répression de la place Tian'anmen. On dirait que Dieu et les hommes font un concours de saloperies.

– Tais-toi donc, Barbu ! intima Bai Yunfeng, sortant soudain de son silence. Le malheur arrive par la bouche. »

La veille du Nouvel An chinois 1990, Poète hippie, Li Mai, Liang Le et le couple Grosses lunettes vinrent passer les fêtes chez nous. Le repas de fin d'année était prêt, mais Li Mai et Poète hippie auraient encore voulu acheter une vingtaine de bouteilles d'alcool de sorgho bon marché pour que tout le monde se soûle à mort. Faisant une pause dans ses braillements, Poète hippie soupira : « Merde ! J'en ai marre de cette vie d'errance, je dois fonder une famille. Ce que je voudrais, c'est trouver une veuve riche qui s'occupe de la bouffe et de la baise et qui me laisse tranquille pour écrire. »

Le retour de cette ritournelle me fit rire : « Yawei, tu radotes, et tu te fais vieux si tu te contentes de vivre dans tes fantasmes. »

Grosses lunettes, compatissant, promit alors :

« Une fois le Nouvel An passé, Barbu, Zeng Lei et moi, nous avons le projet de mettre en scène des poèmes pour la télévision. Il y aura sûrement plusieurs actrices, et, le moment venu, je ferai l'entremetteur.

– Je veux aussi un rôle, j'adore jouer, dit Yawei tout excité.

– Pourquoi Zeng Lei n'est-il pas là ? demandai-je.

– Il travaille sur un film éducatif, répondit Taiheng. Il m'a chargé de te dire de préparer rapidement les choses.

– Vous déclamerez tous ?

– Non, Poète hippie et moi, on est comme des canards : on cancane dès qu'on ouvre la bouche. Toi, tu as la voix juste et qui porte.

– Le poème de Barbu est déjà prêt ? demanda Poète hippie.

– Je ne sais pas s'il faut choisir *Amants* ou *Le ciel demande*, dis-je en hésitant. J'ai ici des cassettes toutes prêtes.

– Tu devrais en faire un nouveau et changer un peu de style, intervint Taiheng.

– Je crains de ne pas y arriver, ça fait plus de six mois que je n'ai pas écrit de poèmes, je n'ai plus la main.

– Tu n'as plus écrit après *Massacre* ?

– Actuellement, l'atmosphère n'est pas adéquate pour écrire de la poésie.

– Alors, utilisons d'anciens poèmes, dit Poète hippie sur un ton d'impuissance, puis en s'énervant. Des anciens ! Des anciens d'anciens ! Merde, les gens aussi sont anciens ; le ciel aussi est ancien ! Quand le sang versé se résout en taches figées sur des photos sur lesquelles les gens portent un regard suranné, ce qui est récent est encore plus ancien que l'ancien. »

J'étais surpris.

« Que t'arrive-t-il ? demandai-je

– Depuis le 4 juin, on est tous déprimés, fit remarquer Li Mai. J'ai parfois le sentiment que c'est très immoral d'être un poète.

– La révolution amorcée dans le domaine des arts dans les années 1980 a avorté, continua Liang Le. Cette vague estudiantine nous a renvoyés dix ans en arrière.

– S'agissant de l'expression culturelle, on a déjà tout fait en matière de poésie. Je me demande bien quelle expérience linguistique resterait encore à tenter, dis-je pompeusement. Avec les années 1990, voici venue l'époque des sons ; les sons, voilà un mode d'expression d'avenir qui fait violence à l'expression littéraire et participe de tous les médias populaires que sont les enregistrements, la télévision, le cinéma...

– Tu rêves, dit Poète hippie en se moquant. Le Parti a besoin que tu te taises, alors toi, tu n'as plus qu'à faire le muet. »

Chacun resta en silence un moment, à boire de l'alcool. Axia, qui avait sommeil, se retira avec Petite Min et nous, les cinq hommes, restâmes seuls, dans une ambiance encore plus déprimante.

« Voici le thème de ton prochain poème, suggéra doucement Grosses lunettes. Une vie qui ne serait ni d'homme ni de fantôme avec des gens qui font comme s'il ne s'était rien passé, mais en réalité, au fond d'eux-mêmes, ils sont désespérés car ils ont peur. Et quand on a été lâche un jour, on ne peut pas revenir en arrière. Le ciel est terne et le soleil une merde étalée dessus. Barbu, retrouve l'âme que tu as perdue.

– Y a-t-il encore des êtres vivants en Chine ? s'interrogea Li Mai. Quand tu te réveilleras demain matin, et que tu te souviendras du moment présent, ne crois-tu pas que tu éprouveras un sentiment d'irréalité ?

– Sans doute comme un souvenir vieux de plusieurs siècles, répondis-je en riant.

– Le temps, c'est un sale truc, alors, tant qu'on est vivant, on veut en faire un max pour laisser des témoignages de sa vie.

– Pour toi, il restera évidemment une montagne de preuves, ajouta Li Mai, admiratif. Ta voix est la plus puissante parmi les poètes chinois de ce siècle.

– C'est aussi l'unique grande voix de notre époque sanglante, poursuivit Grosses lunettes. La seule chose qu'on te souhaite, c'est que tu puisses continuer comme ça jusqu'à la fin de ce siècle.

– Pas de problème. »

J'étais flatté et la tête me tournait. « J'espère seulement que ce film sera un succès. »

Dehors, soudain, un vacarme de pétards !

Nous courûmes au balcon.

Arbres de feu, fleurs d'argent, le spectacle était grandiose.

Pour les gens, il ne s'agissait pas seulement d'entrer dans la nouvelle année. La colère refoulée s'exprimait et la fête avait valeur de cure psychologique.

« Cette année, le feu d'artifice dure longtemps, fit remarquer Poète hippie en regardant sa montre. Plus d'une demi-heure ! »

Et Liang Le d'ajouter :

« Peut-être bien qu'on pourrait acheter la ville de Fuling avec l'argent dépensé dans tout le pays pour les pétards !

– Espèce de radin ! »

En nous moquant de lui, nous rentrâmes à l'intérieur. La pièce était complètement enfumée.

« Sors le ventilateur ! demanda Grosses lunettes. Le bruit du moteur, ce sera comme si on lançait des pétards, nous aussi. »

Une fois la pièce ventilée de fond en comble, Li Mai fit remarquer avec regret que nous n'avions pas bu beaucoup d'alcool.

« Autant d'argent économisé ; on en aura peut-être besoin pour le film, dit Poète hippie.

– C'est sûr, entre les dépenses pour les accessoires, les décors, le personnel du théâtre, les locations des appareils de tournage, et tout le toutim, on aura très souvent besoin d'argent, renchérit Grosses lunettes. Je commencerai par apporter d'abord 300 yuans.

– Je mettrai 700, m'empressai-je de répliquer. Ce qui fait 1 000, et il y a encore ce richard de Zhou Zhonglin ; il va certainement participer.

– L'avance pour *Écrivains* va tomber le mois prochain, ça devrait faire 200 ou 300 yuans. Ce sera ma contribution.

– Laisse tomber, Yawei ! conseilla Grosses lunettes. Tu es trop pauvre.

– Ce n'est pas en gagnant quelques centaines de yuans qu'on devient riche. »

Poète hippie se frappa le front :

« Il y a encore Gou Minjun ! Il a dit lui aussi qu'il allait donner 200.

– Il vient juste de sortir de prison, dispensons-le, dis-je.

– Il a promis de contribuer, on ne peut pas l'en dispenser, insista Poète hippie. L'argent d'un ivrogne, si tu n'en veux pas, il sera bu et finira dans son ventre.

– J'apporte aussi 200, dit à son tour Li Mai.

– J'apporte aussi 200, ajouta Liang Le, qui ne voulait pas être à la traîne.

– Barbu, ça dépend maintenant de toi, conclut Taiheng en se voulant encourageant.

– On le fera tous ensemble, dis-je en faisant le modeste.

– Yawei et moi, on pourra venir donner un coup de main n'importe quand, mais cette fois, c'est toi qui joues le rôle principal. »

Mes amis avaient la mine grave et je ne pus m'empêcher de lancer sur un ton dramatique : « C'est parti ! »

Je n'étais donc pas retourné à Chengdu pour la fête du Printemps et ma mère avait grommelé : « Si mon second fils n'est pas là, je n'ai même pas envie de faire à manger. » Peut-être l'avais-je perçu, car, trois jours après, tout le monde était parti en nous laissant, Axia et moi, seuls dans l'appartement à nous faire face en silence. J'avais alors pensé à ma mère et à son humeur changeante. Elle avait essayé par tous les moyens d'empêcher mon mariage, et la veille du jour où j'avais décidé de déménager à Fuling elle s'était campée devant la grande armoire à vêtements, en criant et en mordant comme une louve. J'avais repoussé ses mains pour faire mes bagages. Elle avait voulu m'écarter et avec sa tête m'avait cloué contre le mur. Je m'étais d'abord senti désemparé, puis je m'étais mis en colère. C'était comme si une force obscure m'avait arraché à ma mère, et celle-ci avait reporté ses griefs sur Axia.

Juste après le 4 juin, indifférente à la politique comme à son habitude, ma mère était venue inopinément à Fuling. À peine descendue du bateau, elle s'était mise à pleurer en regardant l'escalier de pierre qui montait vers le ciel. « Fils second, que tu es sot. Tu as perdu la tête, pourquoi vouloir t'enterrer dans un endroit si pauvre ? » Puis, râlant et soupirant, elle avait mis presque une heure à gravir la pente.

Elle était restée une journée enfermée dans mon appartement situé sur les hauteurs, puis avait hurlé qu'elle voulait rentrer. Prendre un bateau qui remonte le courant en pleine nuit ! J'avais dû l'accompagner au port et comme je n'étais pas tranquille, j'avais acheté un billet pour l'accompagner jusqu'à Chongqing. Et elle avait voulu que j'aille jusqu'à Chengdu. Elle répétait : « Tu as quitté ta mère, tôt ou tard, il t'arrivera quelque chose. »

Avec l'âge, je commençais à accorder de l'importance aux liens du sang, et je m'attristais de ne pouvoir retomber en enfance. Ah ! Maman, sentais-tu la solitude au fond de moi ? À cause du massacre réel et de la cassette de *Massacre*, j'étais submergé sous de multiples angoisses. Mes racines avaient été pulvérisées, mon foyer m'était devenu pesant, et pourtant j'avais du mal à m'arracher à cette vie et l'indécision était devenue chez moi une habitude.

Je me préparais à fuir depuis plus de six mois et j'avais demandé un permis pour me rendre dans la zone spéciale de Shenzhen. M'étant mis en relation avec un ami de Hong Kong, Vieux Ma, j'avais envisagé différents parcours et j'avais même imaginé payer des pêcheurs du Fujian pour suivre la côte sur l'océan. J'avais abandonné l'un après l'autre des projets de longue date, m'en remettant à la chance... et par amour pour Axia. Était arrivé le moment où je ne pouvais plus m'abstenir de prendre une décision : la Sécurité publique venait de me refuser le permis de me rendre à Shenzhen et le directeur du département des affaires culturelles, un certain Li, m'avait ordonné de ne pas partir en déplacement ; j'étais dorénavant, au sens propre de l'expression, un employé placé sous la surveillance de son unité de travail.

Pluie froide encore et toujours. Je me réfugiai sous ma carapace dans un coin et j'examinai mon nid : un tapis, un canapé, une grande épiphyte en pot, pleine de vie, et un lampadaire... un grand rideau dessinant un ciel étoilé, un tableau composé de papiers découpés à la main. Plus de cinq ans passés avec des amis de mauvaises mœurs en vadrouille, et moi aussi par monts et par vaux. Les jours n'étaient que boutons argentés, éclats fugitifs s'accrochant à des nuits interminables qui nous trouvaient, hôtes et invités, vautrés à boire du vin et à écouter de la musique. Jour après jour, mois après mois, j'avais bâti ce nid douillet que j'allais effacer en un rien de temps, pour bannir de mon champ visuel ma femme et ma mère qui se jalousaient et se détestaient à cause de moi.

Le malheur trouvait son origine dans la déclamation, dans l'empreinte reçue dans le ventre maternel, qui m'avait poussé à être un héros. Ma grande sœur Feifei s'était envolée, et l'insécurité régnait dans le monde. Les flots de sang rouge vif terrorisaient les gens, mais les excitaient aussi de façon malsaine et leur donnaient la force de se détruire en s'ouvrant le corps pour mettre fin aux démangeaisons.

Je m'assis dans la chambre, portant le deuil de ma vie passée. L'ennui, c'était que j'étais encore amoureux. Or, l'amour est un poison dont l'effet à long terme rend les gens faibles dans des situations critiques. Je tournai le bouton du magnétophone avec lequel j'avais enregistré *Massacre*, et j'écoutai à plusieurs reprises le *Requiem* de Mozart. Derrière mon dos, il y avait le lit ; et derrière la fenêtre, la nuit et la pluie. Le visage d'Axia était à moitié éclairé. Je n'osais pas tourner la tête et, le dos courbé, j'envisageais mes vieux jours. Je remplis une feuille de papier de dessins de vers de terre longs et courts. C'étaient autant d'âmes qui ondulaient sur les vagues et les morts vivaient dans le *Requiem* tandis que Mozart, entraîné de force, devenait le contremaître des fantômes. Effacer une tache floue sur la vitre de la fenêtre, c'était comme balayer un monde léger comme une plume, et c'était ainsi que le créateur traitait les humains.

J'écrivais comme cela venait, et, quand je levais le stylo, ma pensée tournait encore plus vite. J'étais en train de laisser un testament, et les âmes sous la direction de Mozart me conseillaient sans arrêt de prendre un repos éternel. Cette mélodie voltigeant dans ses habits blancs me faisait l'effet de doigts glacés traçant des traits sur mon visage. Je les repoussais. Ne faites pas cela ! Ne faites pas cela ! Comment pourrait-on supporter la tendresse venue de l'autre monde ?

Ce testament est décidément trop long.

* * *
*

Écoute, l'appel semble venir de si loin, et pourtant si près... Un nuage, encore un nuage, qui dérive, s'effrite, comme neige soufflée vers le soleil couchant. Disque sombre, disque paré d'un cercle blanc, la crête des montagnes est ton cercueil, l'appel vient du cœur du disque. Monter à sa rencontre les yeux fermés, les deux pieds nus, monter, regards échangés entre aveugles. Qu'as-tu vu ? Quoi ?

Écoute, l'appel est si clair, maintenant tu peux tendre la main ; de la manche de l'appel se tend une autre main : tu l'attrapes, tu caresses ses doigts, ses ongles, ses jointures, les lignes de sa paume, sa peau légère garde un reste de la chaleur du soleil. Un éclair te fend la tête, un éclair s'est figé dans ta tête, ramure foisonnante d'un grand arbre de cristal, vague infinie légère comme une plume, un bourgeon de poisson sort de l'eau. Tu écoutes l'appel, le poisson de l'éclair murmure. Le poisson de l'éclair, c'est la sensation qu'on éprouve quand on perd la vue d'un coup. Monter à sa rencontre, monter. Tes yeux ont fui leurs orbites, tes yeux montent au loin sur la rive opposée, ils se retournent et te regardent. Tu rapetisses peu à peu. Si petit. Encore plus petit. Tu es le poisson de l'éclair qui a fui de ta propre tête, tu es le poisson de l'éclair qui se réfugie dans la paume de Dieu. Bien-aimé, bien-aimé, qui au loin t'appelle bien-aimé ? Tendresse feinte, ce sont eux, eux ? Les humains qui reviennent du passé ?

* * *

Monde à nu. Monde à découvert. Petit agneau, toi, dans ce monde de faibles et de forts affaiblis. Sur tes cils se dressent en tremblant des animaux grands comme des barbes de blé, des animaux mi-hommes mi-poissons. Avec l'ouïe, tu suis des yeux les choses qui te sont familières : trains, bateaux, masques humains ; la poudre dorée des palais s'écaille couche après couche, les couleurs des femmes s'affadissent, à la fin tout est blanc. Blanc. Blanc. Appel. Soupir. L'éternité ne fait que rétrécir, rétrécir sans fin, et l'œil de chair ne voit plus, et l'œil de l'ouïe non plus. Tu tètes les poussières minuscules du printemps, la rosée sous les germes d'herbe. Ils étaient palais, femmes, trains, files de bateaux errant dans le ciel. Ne pleurez plus. Ne pleurez plus, humains qui peuplez le monde immense, lâchez les corps des mourants, laissez-les mourir. Mourir. Mourir et partir. Dormir et partir, être rigide, pourrir, se fondre dans le lointain. Le lointain, un lac dans le désert qu'on voit sans pouvoir l'atteindre, l'appel vient de là. La source d'où jaillissent la poésie et le court jour d'aujourd'hui, vous les vivants, c'est grâce à cela que vous vivez !

* * *

Chinois, Chinois, qui monte sur la scène de l'histoire et se plaît passionnément à jouer les Chinois ? Fuxi et Nüwa[27]. Les descendants du serpent à deux têtes. Un premier chanteur, un chœur, d'abord une personne, puis beaucoup, qui récitent, tons montants et descendants : belles personnes, belles personnes vraiment. D'abord nombreuses, puis une seule, qui marmonne dans son dernier souffle, belle personne, belle personne, belle personne vraiment… Tu écoutes : à ce moment même, cette personne incertaine qui posséderait une âme de Chinois, s'immole dans le feu du ciel, quitte le peuple et traverse le passage secret des Xiang

27. Fuxi et Nüwa sont deux figures de la mythologie chinoise, deux des « trois Augustes », présents au commencement du monde.

Yu, Qu Yuan, Jing Ke et Ruan Ji[28] ; la chaîne du sang, corde de soie, a été coupée derrière son dos. Tant de personnes, tant de personnes, tant de personnes dans la Chine de 1990, tant de personnes et rien. Rien.

* * *

L'appel est si lointain, lointain. Écoute la voix disparue des Chinois, l'âme des morts sanglote dans ton cœur. Elles disent que tu étais sichuanais, que tu étais du royaume de Zhao, du royaume de Chu[29], et maintenant, quel homme es-tu ? Ruinés les royaumes, éteintes les familles, une érosion sur des milliers d'années, et toi, es-tu encore la même personne ?

* * *

Dormez, dormez, dormez ! Ma Moye agile, mes Xishi et Goujian, mes frères et sœurs du *Shijing*[30], ne vous débattez pas, ne criez pas, ne vivez pas pour vos corps ni pour manger ni pour vous habiller ni pour marcher ni pour le foyer, le système, les réunions de masse, ni même pour les proches. Les drapeaux rouges, la cangue et la libération, c'est tellement ridicule, ridicule. Venez dormir, venez

---

28. Xiang Yu (232-202 av. J.-C.) est un chef militaire qui mena les troupes rebelles de Chu contre la dynastie des Qin. Il gouverna un temps une vaste partie du pays. La légende dit que, vaincu par Liu Ban (fondateur de la dynastie des Han), il se serait décapité lui-même. Qu Yuan (343-278 av. J.-C.) est un poète du royaume de Chu, auteur du *Li Sao* (Tristesse de la séparation), le premier long texte de la poésie chinoise. Il s'est suicidé par noyade lorsque le royaume de Chu fut défait par les Qin. Jing Ke (?-227 av. J.-C.), hôte du prince Dan de Yan trouva la mort en tentant d'assassiner Ying Zhen, roi de Qin (246-221 av. J.-C.). Ruan Ji (210-263), qui faisait partie des « Sept sages de la forêt de bambous » (groupe de poètes taoïstes), était considéré comme le grand poète de son époque.
29. Les royaumes de Zhao et de Chu combattirent, plusieurs siècles durant, celui de Qin qui finit par l'emporter au IIIe siècle av. J.-C.
30. Le *Shijing* est un recueil de trois cents poèmes (du XIe au Ve siècle av. J.-C.), l'une des rares anthologies de l'Antiquité chinoise qui a survécu à la destruction des livres ordonnée au IIIe siècle par l'empereur Qin Shi Huandi, après sa victoire sur les « royaumes combattants ». Moye, Xishi et Goujian sont des figures héroïques de l'Antiquité chinoise.

dormir, venez, venez ! La mort, c'est la sécurité ; dans la mort, il n'y a ni frontières, ni gouvernements, ni lois, ni armes ; c'est la sécurité. Les Chinois sont en sécurité. Longtemps dans le passé ou dans le futur, le ciel reste immobile, le cuir des chevaux enveloppant les généraux, les mamans nourrissant les enfants, les épouses se serrant contre les maris, les hommes protégeant les femmes, le ciel reste immobile, les Chinois sculptés dans le marbre restent immobiles, tu écoutes, l'appel vient de si loin, de si près, il est dans les alentours, il est dans ton corps. Où veux-tu aller ? Feu. Feu s'élevant jusqu'au ciel. Tracts. Cris de colère. Cris d'effroi et cris d'horreur. Les tanks, insectes grouillants, rampent dans la ville impériale. La peau de ton pays natal te gratte, c'est insupportable. Où peux-tu aller ? Dors, dors ! Tu n'arriveras pas à franchir les barrières de feu, à traverser les mares de sang. Dors, dors, mon bien-aimé, l'appel est si doux. Chinois. Chinois ! À qui appartient cette voix qui susurre, qui vient répondre que les Chinois sont déjà morts ?

* * *

Bottes en cuir, balles, sang rouillé, et le canon du fusil qui te vise. Vraiment une très jolie flamme. Jeune fille rapide comme l'éclair, robe d'un rouge éblouissant. Tu écoutes. Écoute, ne fuis pas, ne fais aucun mouvement, laisse-la venir de face, laisse-la soudain s'enrouler autour de toi, tu deviens néant, noyau du néant, noyau infiniment petit dans le fruit de l'éternité, ultime noyau. Il n'y a que toi qui peux te voir pelotonné en boule, ovule transparent, poing sans forme soutenant le menton ; une lumière d'étoile, comme une fourmi, toque à ta coquille. Le pénis du créateur se dresse entre tes cuisses. Des milliards d'hommes imitent son geste. Éjaculation. Vraiment de très jolies flammes qui transpercent le temps ; sexes et fusils tirent sans cesse, tes mains sont trempées du sang des naissances et du sang du massacre.

* * *

Dormez, dormez, assassins, victimes ! Le sang chaud calcine les pierres, la mousse est si épaisse, si brillante. Le soleil est une pierre dégouttante de sang. Transformation, transformation, transformation de la paix et de la guerre. Sous le soleil dégouttant de sang, immeubles, dormez ! Rues, dormez ! Écoles, dormez ! Ordures, dormez ! Air, dors ! Journaux, déclarations et stylos, dormez ! Filles, dormez ! Camps militaires et lunettes, dormez ! Et toi encore, idole endormie, utopie d'un rayonnement simultané du soleil et de la lune, dors ! Une enfilade de faîtes de maisons se lie à une autre, un homme s'appuie sur un autre, le rideau de la fin du monde se lève en s'enroulant lentement, et tu écoutes. L'appel est si proche, proche. L'appel te saisit fermement, des corps nus gris argenté émergent l'un après l'autre en suivant le bras de l'appel. Les rivières en foule changent de cours, elles coulent du bas vers le haut, se réunissent et se jettent tout là-haut dans la mer des mourants aux vagues larges comme des feuilles de bananier. Des éclairs déchirent chaque tête humaine. La mer étale rugit, elle résonne et répand des lueurs d'écailles. Ces lueurs se projettent en bas dans un monde creux et créent des montagnes qui s'élèvent et des rivières qui s'écoulent ; lacs et mers apparaissent. Dors, dors ! Homme des hautes montagnes, poisson au milieu des éclairs. Ton passé n'est que vide, vide absolu.

Purs sangs. Esclaves. Alcool. Balles à neutrons, vide absolu. Tu es content, assassin, j'ai pitié de toi. J'ai pitié de toi pour les âmes calomniées, âmes en prière. Dors, dors ! Point de bateau pour te faire passer la rivière ; comme ce chant qui passe de bouche en bouche sans fin, des feuilles d'arbre jaunies sombrent encore. Tu ne te hisseras jamais à la hauteur des dirigeants au pouvoir et tu devras endurer ta déchéance.

* * *

Tu entends l'appel, pressentiment de la destruction. Les cinq doigts de l'univers se replient lentement. Tu imites l'univers et replies tes cinq doigts, combien de gens minuscules as-tu anéantis par le passé avec ce geste ? Ils arrivent, ils chantent pour toi : tu as eu pitié d'autres personnes, nous avons pitié de toi.

* * *

Liao Yiwu qui sue sang et eau. Liao Yiwu qui expulse ses viscères hors de son corps. La voix a perdu son support physique, les touches étincelantes s'enfoncent dans le vide. Il y a une main, une main qui pendouille handicapée, elle se lève, si haut, si haut. Elle veut s'élever plus haut encore que le front de Dieu, puis retombe, retombe tout droit, s'enfonce dans l'écran horizontal entre le ciel et la terre. Tu entends : ils arrivent, corps collectif du milieu du bruit, cette chose qui s'érode peu à peu.

* * *

Va ! dors ! viens ! dors ! dors ! Fais-les venir ici, tu vas là-bas. Vous qui chantez avec la voix cassée, vous qui chantez, personnes noires, personnes blanches, personnes de race jaune, personnes de race rouge, toutes sortes de personnes de race bleue, personnes sans couleur, personnes robots. Allez dormir les uns après les autres ! Idéogrammes, idéogrammes, idéogrammes, idéogrammes, idéogrammes, allez dormir les uns après les autres ! Bien-aimée, laisse-moi goûter tes lèvres. Laisse-moi goûter le miel sur tes lèvres. Laisse-moi goûter la mort dans le miel. Laisse-moi ramper hors du temps dans ton cercueil vide, lécher la saveur des Chinois qui en débordant ont causé un désastre. Laisse-moi me réduire peu à peu à un chien sans tête ni queue et m'éloigner en me dandinant.

* * *

Tu écoutes, l'appel vient de si près, de si loin, loin. Quelqu'un demande : comment écrit-on les idéogrammes ? Et tout de suite le bruit de centaines de millions de têtes qui tombent par terre. Le soleil couchant tourbillonne comme neige lancée. Dors, dors ! L'appel est si loin. Reposez, enfants, vous êtes fatigués de jouer, vous laissez de côté votre jouet, la terre ? Reposez ! Reposez...

*

* * *

La musique s'était arrêtée. Non, la musique flottait dans le vide et une main invisible jouait sur des touches brillantes. Quand on ne connaît plus les limites de son corps, le monde n'a plus ni haut ni bas ni endroit ni envers. Au chant du coq, j'inscrivis le titre *Requiem* et la date, et en tête du poème je notai :

> La sorcière imite ta façon de chanter
> pour inciter les humains à aller mourir.

Alors que je me mettais au lit pour dormir, Axia se leva, les cheveux ébouriffés, et se prépara pour aller travailler. L'après-midi, je disposai le brouillon et son stylo sur la coiffeuse qui lui servait de bureau, et l'attendis en marchant comme d'habitude de long en large dans la pièce.

Je ne savais pas que c'était le dernier poème qu'Axia mettrait au propre pour moi.

7

Requiem

安魂

Le jour de la reprise du travail après les fêtes du Nouvel An, Gou Minjun vint nous rendre visite. J'en fus surpris et heureux. Il avait fait deux mois de détention pour avoir caché chez lui le meneur des émeutiers de l'université du Sichuan, un certain Pan. Le jour de son arrestation, semble-t-il, Gou Minjun inaugurait un restaurant, avec des pétards à vous rendre sourd. Pan et lui étaient si soûls que, leur esprit battant la campagne, ils avaient pris des policiers pour des clients et les avaient priés à plusieurs reprises d'entrer.

Attachés à la même paire de menottes, escortés par quatre voitures de police et sous la garde de plusieurs dizaines de policiers, ils avaient été emmenés la nuit même dans la capitale provinciale et jetés dans la vieille prison de la rue du Ningxia.

« J'ai traversé quatre postes de contrôle ; je ne savais plus où j'étais, commença à raconter Vieux Gou tout en frottant sa tête rasée, typique du mec qui sort de taule. La cellule était pleine à craquer, mais le caïd local, ayant entendu dire qu'un poète venait d'arriver, avait fait dégager une place large comme deux culs. Devant moi s'étalait une masse de calebasses blanches et chauves, dont cinq chefs mieux installés que les autres et, parmi eux, un petit qui fit un signe du regard. Je me suis retrouvé par terre, allongé sur le ventre. Je l'ai entendu aspirer une gorgée de thé, puis il a dit lentement, en prenant une voix de fonctionnaire : "Le délinquant serait un poète ? Putain, voilà qui est rare ; ça fait plus de vingt ans que je n'ai pas vu de poète, alors tu nous récites un poème, et on te dispense de nos procédures."

« Je n'avais pas encore repris mes esprits qu'un autre chef ajoutait : "Il a l'air vulgaire. Je suis sûr à quatre-vingt pour cent qu'il ment." Et j'ai reçu un coup violent sur le dos.

« Je me suis poussé pour éviter le deuxième coup et je me suis dépêché de crier : "Devant le lit, la clarté de la lune, on dirait du givre sur le sol !" Je n'ai pas eu le temps de dire les deux vers suivants que tous les occupants de la cellule me précédaient d'une même voix : "Je lève la tête et regarde la lune ! Je baisse la tête et pense à mon pays natal[31] !"

« J'ai été tellement effrayé par cette récitation inopinée que j'ai fait dans mon froc. Ils riaient tous : "Un poète ? Mon cul ! Un enfant de trois ans sait ce poème par cœur."

« J'ai voulu me rattraper : "Mais j'en connais d'autres !"

« – Mange d'abord un bol de nouilles, tu réciteras après. Tu le veux avec de la soupe piquante ou de la soupe claire ?

« – Je n'ai pas faim.

« – Tu as faim ! criaient-ils tous et on m'a apporté un bol de pisse et d'herbes...

– Quel goût ça a ? demandai-je.

– Je n'y ai pas goûté, me répondit Gou Minjun avec un rire amer, mais quand on se retrouve complètement défoncé,

31. Il s'agit de l'un des plus célèbres poèmes du poète Li Bai de la dynastie des Tang, que tous les enfants apprennent par cœur.

la mémoire est défoncée aussi. J'ai dormi plus d'une semaine, j'avais mal dès que je bougeais le pied ou la main et dans ma tête, à part "Devant le lit, la clarté de la lune", je n'arrivais plus à penser à rien. Merde à ce fils de chienne de Li Bai !»

Gou Minjun avait subi de rudes épreuves et il était devenu un vieux taulard. Il connaissait un tas d'histoires sur ce qui se passait dans les prisons, des anecdotes censées nous faire marrer, mais je n'arrivais pas à rire. Il finit par se taire juste avant l'aube et nous restâmes à échanger des regards en silence. Quand il ne put se retenir de bâiller, je sortis la cassette de l'enregistrement de *Requiem* et la lui fis écouter. Nous avons commencé à trembler inconsciemment.

«C'est froid comme de la glace, dit-il. Ce machin vous gèle, je ne sais pas comment tu as fait pour aller jusqu'au bout.

– Nous préparons un film dans cette tonalité.

– Hum, hum…»

Gou Minjun s'endormait.

«Je contribuerai pour 200, ça te remboursera pour ce que tu m'as donné quand tu es venu me voir en prison.

– Laisse tomber !»

Déjà résonnaient les ronflements puissants de Gou Minjun.

En cachette d'Axia, je me préparais à partir. Je fis deux photocopies de tous mes poèmes, une à garder avec moi, et l'autre que je cachai. Puis je triai les lettres et, à part quelques-unes qui présentaient un intérêt historique, je les brûlai toutes. J'avais engagé auparavant des démarches auprès des administrations concernées afin d'obtenir une carte d'identité valant autorisation de me rendre dans la zone spéciale de Shenzhen ; je m'étais déplacé plusieurs dizaines de fois, toujours sans succès, les autorités atermoyant sous toutes sortes de prétextes. J'étais usé jusqu'à la corde, et je me sentais comme une souris qu'un groupe de chats se serait amusé à taquiner.

Fin février 1990, Grosses lunettes, spécialiste en escroquerie, m'adressa comme prévu une invitation du « Centre de diffusion télévisuelle de Chongqing » à tourner un film, mais les dirigeants de mon unité de travail refusèrent de m'accorder un congé au prétexte que je devais commencer à travailler à la rédaction d'une histoire de Fuling. Je portai alors ma demande devant le directeur de la culture de la région qui, en vieux rusé, me donna son accord officiellement mais me dénonça en secret à la Sécurité publique.

Je n'avais toujours pas mis Axia au courant de mes projets. Je lui avais seulement annoncé que je devrais bientôt repartir en voyage d'affaires. La nuit précédant mon départ, elle s'était agrippée à moi comme un animal apeuré. Je me penchai pour écouter les coups de pied du bébé dans le ventre de sa mère. Je me sentais à la fois si près physiquement, et déjà si loin de cette créature.

Je quittai Axia le lendemain soir. Elle se tenait sur le palier, habillée d'une robe traditionnelle bleu marine. L'air triste – comme d'habitude – et son masque de grossesse plus marqué que jamais, elle me recommanda de faire attention en route et voulut me mettre de l'argent dans la poche. Je refusai fermement.

Dans un état second, je sortis du bâtiment et dévalai la pente. Je n'eus pas le courage de me retourner pour regarder ce qui avait été mon foyer. Cette fois, j'avais tout perdu, femme, enfant, et mon honneur de poète ; le peu qui me restait était réduit à néant.

C'était le 1er mars, et, comme une souris stupide qui prendrait de grands risques, j'emportai sur moi les manuscrits de

Massacre et de *Requiem* et les cassettes de leurs enregistrements audio. Muni de ces preuves de mes crimes et d'une fausse carte de journaliste pour seule pièce d'identité, je pris le bateau et quittai Fuling. La ville s'éloignait petit à petit au-delà du vernis noir de la surface du fleuve, gigantesque paquebot voguant vers le royaume céleste. Axia et l'enfant dans son ventre furent ainsi abandonnés sur l'autre rive. Pourquoi me coupais-je de mes racines ? Bon sang de bois ! je vivais les vers du poème *Amants* :

> Pas de lieu où reposer les pieds...
> les corps disparaissent
> les âmes continuent leur route.

Une scie invisible mal aiguisée m'entaillait les chairs, et les projecteurs du bateau lançaient leurs tentacules de pieuvre le long des rives escarpées en crachant une mousse épaisse. Le cœur serré, je me dis à moi-même : « Tôt ou tard, ça devait arriver, et tôt vaut mieux que tard. »

J'arrivai le lendemain matin chez Grosses lunettes, à l'Université militaire N° 3 de Chongqing. Ma bande de fainéants avait surmonté pour l'occasion sa mauvaise habitude de se lever tard. Ils étaient venus tirés à quatre épingles pour m'accueillir. Je n'eus même pas le temps de me changer et, pendant deux heures, au comble de l'excitation, nous concoctâmes plusieurs façons d'envisager le tournage du film. Grosses lunettes, beau hâbleur, fit remarquer qu'avec tant de cerveaux géniaux, on allait sûrement faire un vrai chef-d'œuvre.

« On a aussi trouvé les petites mains ? interrogeai-je en regardant du coin de l'œil le jeune qui nous servait le thé.

– Et de jolies actrices ? » ajouta Grosses lunettes.

Après avoir déjeuné ensemble, on continua à fanfaronner, jusqu'à ce que Zeng Lei arrive et demande :

« Le script ?

– Il est ici. » Et Taiheng de présenter un cahier de notes.

Zeng Lei s'impatienta :

« Je parle du scénario du film ! Comment tourner sans script ?

– Que de bonnes idées perdues, déplorai-je. Pourquoi n'a-t-on pas enregistré nos discussions ? »

Chacun devint sérieux et on discuta du scénario. La lourde tâche de prendre des notes tomba sur les épaules du critique indépendant Ba Tie. Il était le seul parmi nous à avoir déjà réalisé un téléfilm. Ça s'appelait : *L'école des cadres locaux du parti communiste est en marche*. Et maintenant, du haut de sa suffisance, ce gros, faisant tourner une règle, traçait des traits sur du papier blanc et se préparait à remplir dans l'ordre les cases correspondant aux différentes scènes ; Zeng Lei, à ses côtés, lui tapotait le dos pour l'encourager.

Au crépuscule, deux scénarios longs et compliqués avaient déjà vu le jour. Il n'y manquait que les dialogues pour avoir un film vraiment d'avant-garde. En prologue du poème *Amants*, des pieds de loup et des pieds humains se métamorphoseraient en un escalier, une plaine, la mer, le ciel. Des jambes jailliraient des yeux des chevaux, de grands immeubles bariolés deviendraient falaises et précipices...

Ba Tie était tout en sueur.

« Ça manque encore de consistance, déclara-t-il d'un ton docte. Il va falloir tout reprendre. »

Zeng Lei en pâlit d'émotion.

« Et vous trouvez que ce n'est pas suffisant ? siffla-t-il. Mais si vous continuez comme ça, on y sera encore dans un an, et qui va payer ? De plus, je dois monter à Pékin à la fin du mois pour tourner un film éducatif sur la défense nationale.

– Que Ba Tie fasse des coupes, suggéra Poète hippie. Nos poèmes sont toujours trop verbeux. »

Ba Tie, tel un chien de bonne race avec sa grosse tête et ses grandes oreilles, renifla ses pages une à une et soupira.

« Chaque passage est excellent. Je vais essayer de préserver l'essentiel. »

Notre général en chef, Grosses lunettes, nous emmena au restaurant avec l'argent collecté auprès de nous tous. Il commanda huit plats, une soupe, et de l'alcool. Des visages inconnus défilèrent pendant le repas. Chaque fois que je commençais à manifester ma surprise, Vieux Liu me donnait un coup de pied ou me pinçait. « Ce sont des donateurs, on prend ce qu'on peut », m'expliqua-t-il plus tard.

Je crois bien que c'est à ce moment-là qu'un traître s'est infiltré parmi nous.

Nous étions déjà à moitié ivres quand Zeng Lei nous rejoignit. Il voulait que je le suive tout de suite. Poète hippie voulut me retenir : « Assez pour aujourd'hui, c'est le repas d'ouverture. »

Mais Zeng Lei, adoptant un style militaire, prit un air grave : « Je suis sérieux, il faut se mettre au travail tout de suite. »

Il faisait noir comme de l'encre dans le bâtiment des télécommunications et j'avançais un pied après l'autre en tâtonnant dans l'escalier ; l'écho de nos pas résonnait dans le vide, comme si des personnes invisibles étaient entrées avec nous.

« Un vrai labyrinthe », pensai-je en ralentissant le pas, mais Zeng Lei me pressa aussitôt : « Plus vite ! »

« Ça pue l'alcool dans ce bâtiment. C'est désagréable, fis-je remarquer.

– Avant-hier soir, suite à un chagrin d'amour, un étudiant a perdu la tête et s'est jeté du haut du sixième étage. Son crâne a explosé comme une bombe, laissant une grande mare de cervelle et de sang. On a réussi à enlever les dernières traces du corps, il y a seulement peu de temps, et les services de nettoyage ont utilisé deux grands seaux d'alcool pour tout effacer.

– Mauvais présage, dis-je à voix basse. On rencontre la mort et pourtant il nous faut accoucher.»

Zeng Lei me reprit: «Notre film *Requiem* est destiné à apaiser les âmes des morts. Il consolera aussi ce malheureux garçon.»

Dans la cabine d'enregistrement, nous étions comme dans un aquarium. Je n'entendais rien de ce que Zeng Lei me criait. De l'autre côté de la vitre, il exagérait les mouvements de sa bouche. Je bougeai mon poignet et ma manche frotta le micro, produisant un bruit de tonnerre.

«C'est vraiment le vide», dis-je pour faire un essai. Zeng Lei secoua la tête et me désigna du doigt le magnétophone. Si proches mais si éloignés; l'ombre sombre de sa silhouette dessinait deux grandes ailes silencieuses. «Vole, vole pendant des milliards d'années», dis-je encore... et Zeng Lei secoua de nouveau la tête.

Je me sentais sous le contrôle d'un prêtre inflexible. Et je devais me confesser.

Les lumières hors de la cabine s'éteignirent l'une après l'autre et des vagues assourdissantes emportant mes rugissements intérieurs envahirent mes oreilles; tanguant dans l'univers, j'essayai d'attraper quelque chose et je touchai le bord de la table, plus dure qu'un pont de bateau.

Je déclamai.

Chaque mot était une lampe et allumait la surface de l'océan du néant. Je me penchai avec précaution, et je vis, traversant la fente de mes yeux, celle de mes doigts, puis celle brumeuse du monde, puis une paire de mains poilues qui se refermaient en cherchant à m'écraser. Un arbre poussa dans mon sperme, l'arbre donna des poissons, et les yeux des poissons étaient comme un feu froid. Les humains étaient au milieu de flammes éternelles.

Quelques années auparavant, j'avais conduit une voiture sur un plateau, et l'image me revenait souvent depuis d'un ciel déchiré, exposé comme un poisson mort ; tout conducteur de voiture ne pouvait qu'avoir envie inconsciemment de résister à un tel ciel en hurlant. Une fourmi peut, elle aussi, s'enfler en présence d'un homme et lever la tête, une seconde, deux secondes, avant de sombrer dans le repos éternel.

« D'où sors-tu une voix pareille, vieux frère ? s'étonna Zeng Lei à la fin. J'en ai eu des frissons et je suis trempé de sueurs froides.

– Du trou du cul, » répondis-je abattu, me sentant comme un prisonnier grisé par l'illusion d'une évasion réussie, qui se découvrirait au même endroit après avoir repris ses esprits.

« Je venais juste de commencer à me sentir vivre, et voilà que c'est déjà fini.

– Ta gorge, tes poumons sont-ils vraiment ceux d'un homme ? murmura Zeng Lei. Fantastique ! »

De retour chez Grosses lunettes, nous y retrouvâmes sept ou huit personnes encore en train de boire, assises en rond.

« Voici le grand homme. »

Et tout le monde de me taquiner.

« Et même pas une belle femme pour te régaler.

– S'il n'y avait pas Petite Min, cet appartement serait comme un monastère, se plaignit Poète hippie. Ça ne peut pas continuer.

– Barbu et moi, nous sommes allés à l'école des beaux-arts du Sichuan, se mit à expliquer Grosses lunettes. Mais là-bas, les filles branchées sont toutes plus moches les unes que les autres, et on n'a pas pu en choisir.

– Petit Liang en a ramené trois grosses et on a essayé avec la caméra, dit Zeng Lei. Aucune ne convenait. »

Je proposai alors que nous fassions un tour le lendemain du côté des soirées dansantes.

« Il y en aura sûrement qui conviendront. Mais on doit fixer une règle : pendant le tournage, il n'est pas permis de flirter, les choses sérieuses d'abord.

– Et moi qui n'ai pas touché une femme depuis plus de six mois, merde alors ! protesta Poète hippie. Mon machin rétrécit.

– Barbu, va donc te reposer, dit Petite Min avec sollicitude. Demain sera encore une journée chargée.

– Barbu est un robot, et lui, c'est faire des bêtises qui le repose. »

On me passa la gnôle...

Le lendemain, de grand matin, tout le monde s'agita. Zeng Lei devait choisir le décor. Poète hippie et moi étions chargés d'acheter les produits de maquillage, les films et les accessoires de base. Nous nous sommes procuré des mètres de soie rouge, blanche, bleue, jaune et d'autres couleurs encore. Grosses lunettes était resté chez lui pour accueillir ceux qui viendraient.

À l'approche de midi, le ciel s'assombrit. Je sortais avec d'autres de l'université quand, au moment de traverser la route, nous vîmes un gars costaud, armé d'un hachoir dans chaque main, qui en coursait un autre lui ressemblant comme deux gouttes d'eau et dont les épaules, déjà entaillées, dégoulinaient de sang. Furieux de ne pas arriver à le rattraper, il lança soudain le hachoir qu'il tenait dans la main droite, manquant de peu la jambe d'un passant. Les gens s'écartèrent et l'homme, ne trouvant pas d'exutoire à sa colère, se mit à genoux dans la rue, en hurlant : « Je jure que je ne suis plus un homme si je ne le tue pas ! »

Tout le monde resta ébahi devant cette scène de jumeaux en train de se massacrer. Celui qui avait failli recevoir le hachoir s'exclama : « Les gens de Chongqing ont du caractère, eux, pas comme ceux de Chengdu qui ne se disputent qu'avec la bouche. »

Poète hippie ne put s'empêcher de l'imiter : « Vraiment, c'est avoir du caractère ! Je jure que si demain je ne tue pas mon père, je ne serai plus un homme. »

Avant que la situation dégénère, je me dépêchai d'entraîner notre trublion.

Quand nous sommes retournés à l'appartement, il y avait une coupure d'électricité. Dans le bâtiment des dortoirs, on n'y voyait goutte. Un grand courant d'air froid nous assaillit soudain ; la tête rentrée dans les épaules, nous montâmes au premier étage avec le sentiment de nous enfoncer dans une galerie souterraine. Et, tout à coup, comme une voix chevrotante sortant du fond d'une jarre, quelqu'un déclara : « Que faites-vous si nombreux ici ? Y aurait-il une insurrection paysanne ? »

Tout le monde resta ébahi : Chen Dong !

Telle une grande chèvre maigre, notre camarade surgit en titubant. Il nous serra la main à tous, l'un après l'autre, dans le style d'un grand dirigeant, jusqu'à ce rustre de Yawei qu'il serra dans ses bras comme à la lutte. Alors Poète hippie sortit le même refrain, en vantant l'art du matelas : « Maintenant, j'aime les grosses... »

Une fois dans le salon, je rangeai mes affaires sans mot dire.

«Où vas-tu? s'étonna Chen Dong.

– On tourne un film, bafouilla Yawei.

– Si tu n'as rien à faire, viens avec moi, je t'expliquerai en route», dis-je pour couper court à leurs paroles oiseuses.

Sans comprendre, Chen Dong me suivit et nous prîmes un taxi. Le bruit de la circulation était assourdissant. Je dus hurler pour exposer à Chen le plan de tournage et l'histoire. Et lui me cria en réponse:

«C'est facile, pas besoin de putain de script! On filme un peu plus les décors, les mouvements des personnages, on fait des gros plans de visages. Mets du documentaire, de l'historique, des actualités, des choses qui ne ressemblent à rien, une opération chirurgicale tirée d'un film éducatif scientifique, ça le fera aussi. Kadhafi, Khomeiny, la classe des capitalistes, l'explosion d'une bombe nucléaire, le président Mao qui reçoit huit fois les gardes rouges... Tu verras, une fois qu'on aura trouvé le fil conducteur, tout cela prendra son sens.

– Merci pour tes suggestions, mais nous avons déjà un metteur en scène, un peintre de l'école des beaux-arts, également décorateur, doué d'un grand sens artistique.

– Vire-le, c'est moi qui serai le réalisateur.

– Impossible.

– Liao Yiwu, tu n'es vraiment pas un bon copain! Tu ne me préviens même pas pour une affaire comme celle-là! s'emporta Chen Dong.

– Mais tu ne sais toujours pas tenir une caméra, pas vrai?

– Depuis quand, moi, avec mon talent, j'aurais besoin de tenir la caméra! Zeng Lei filmera et je surveillerai de près; le résultat sera certainement top. Tu penses, on est les poètes chinois d'avant-garde les plus formidables du pays et on ne serait pas capables de faire un petit film ? C'est une plaisanterie. Et alors, si on avait deux réalisateurs ? Nous travaillerions ensemble. Tu es vraiment obligé de céder une si bonne affaire à un étranger ?

– Et si je ne te propose pas ce travail ? répondis-je.

– Je te suivrai partout où tu iras et, le moment venu, je me camperai devant l'objectif, et personne ne pourra plus rien faire du tout.

– Tu es donc si pressé de devenir célèbre ?

– Se faire plaisir, ça passe au second plan, dit Chen Dong, se voyant acculé à dire la vérité. Nous vivons un moment historique, et si nous voulons laisser une trace à la postérité, il faut s'y mettre tous ensemble. »

Il n'entendait pas lâcher le morceau.

« Je crains de ne pas être aussi optimiste que toi », répondis-je.

Chen Dong se raffermit sur son siège et, face au long et impétueux fleuve de l'histoire, déclara en détachant chaque syllabe : « Avec ma participation, il est certain que ce film marquera un tournant dans notre époque ! »

Nous étions déjà le 9 mars, et nous retournâmes sur le lieu du tournage. Chen Dong aurait mérité le titre de « Génie du théâtre ». À peine ses fesses avaient-elles touché son siège qu'il écoutait la cassette de *Requiem*, avec le texte écrit en regard ; il la passa à plusieurs reprises, soulignant en rouge les passages qu'il ne comprenait pas, en me demandant de les lui expliquer à fond. Nous décortiquâmes le texte de la sorte durant plusieurs heures, puis Chen Dong redressa son dos maigrichon pour déclarer : « On peut commencer avec ce qu'on a déjà. »

La première scène fut écrite au verso du poème. On fit tourner le document et des propositions d'ajouts fusèrent. Notre réalisateur, Chen Dong, prit des notes dans son cahier, tandis que Zeng Lei fit remarquer qu'il nous manquait des actrices.

«On ira les choisir ce soir, dit Poète hippie en se frottant les mains. Il y en a plein dans les soirées dansantes.

– Qu'est-ce qu'on fait cet après-midi? demanda Grosses lunettes. Il ne faut pas perdre de temps.

– Zeng Lei et moi allons travailler avec Barbu à mettre au point son play-back, et, en passant, on choisira le décor; les autres iront préparer la scène et emprunter les costumes», décida Chen Dong.

Je profitai de la pause du déjeuner pour aller en cachette à la poste téléphoner à Zhou Jin qui se trouvait encore à Shenzhen, et, comme la communication ne pouvait pas être établie, je lui envoyai un télégramme: «Barbu gravement malade, arrivera le 20 pour se faire soigner.» Puis, sans perdre une minute, j'écrivis à Zhongzhong et à Axia. Ces deux lettres seront plus tard utilisées comme preuves de ma tentative criminelle de fuite hors de Chine; un passage de ma lettre à Axia a même été reproduit dans l'acte d'accusation: «Depuis que j'ai rédigé *Requiem*, je n'ai plus d'endroit où me poser dans cette fichue patrie.»

Il nous fut facile d'accéder à la soirée dansante du weekend de l'Institut des langues étrangères du Sichuan malgré la mise en place de deux contrôles successifs: Zhou Zhonglin avaient des parents dans l'institut et, grâce à eux, ce fut un jeu d'enfant. Nous entrâmes en écarquillant les yeux comme si nous venions évaluer des chevaux. Sans plus attendre, Chen Dong se jeta comme un bouc dépravé sur une grosse belle fille et lui fit faire quelques tours de danse. Yawei, quant à lui, insistait pour qu'on en choisisse de petites et mignonnes.

Grosses lunettes l'approuva :

« Moi aussi, j'ai peur des boulottes, mais peu importe qu'elles soient grasses ou maigres, grandes ou petites, il faut : un, qu'elles aient un joli visage ; deux, le corps souple ; et bien sûr des formes.

– Et aussi un certain niveau culturel, insista Zeng Lei, qui prit un visage sévère.

– Dans cette salle de danse, elles ressemblent toutes à des sapins de Noël, comment pourrait-on apprécier leur niveau culturel ? dis-je, dubitatif.

– Moi, je le peux, se vanta Chen Dong. Ma partenaire n'est pas mal. »

Nous avons décidé d'appliquer les principes régissant les systèmes démocratiques et chacun eut le droit d'avoir ses propres critères de beauté et de sélectionner qui il voulait. Résultat, une longue cohorte de jeunes filles désireuses de paraître à l'écran partit avec nous.

La caméra, notre appât, fut installée tel un canon à l'entrée du bâtiment, et Poète hippie, qui avait déjà ciblé sa future petite amie, fut envoyé tenir le projecteur tandis que le reste de la troupe œuvrait, qui à tirer des câbles électriques, qui à préparer les accessoires, ou encore à s'occuper des demoiselles. Seul Chen Dong restait comme un fils à papa, debout à côté de Zeng Lei qui tenait la caméra et il le repoussait régu lièrement, pour coller ses petits yeux sur le viseur en disant :

« Fais bouger ton corps plus naturellement, serre tes jambes, couvre à moitié ta poitrine avec la soie rouge... Bon, avance, lentement, tu ne vas pas au turbin... Ça ne va pas, à la suivante !

– J'ai mal au cou, à force ! Prends plutôt la caméra, toi, proposa Zeng Lei.

– Non, non, répondit Chen Dong d'un air suffisant. Je surveille un peu, c'est tout.

– C'est ça, être réalisateur ? Moi aussi, je peux le faire », dit Poète hippie, tout essoufflé.

Les jeunes filles, drapées de soie rouge ou verte, défilèrent jusqu'à minuit comme une armée de poissons rouges aux yeux globuleux, mais pas une ne fut retenue. Tout le monde commençait à s'inquiéter quand Chen Dong, en bon joueur d'échecs, se dévoila enfin :

« J'ai donné rendez-vous à deux vraies actrices, avec des visages et des corps de mannequin. On doit se rencontrer demain à neuf heures.

– Alors la sélection, c'était pour rien ? » dis-je, mécontent.

Chen Dong me jeta un regard de côté : « Comme ça, vous pourrez comparer et elles vous feront d'autant plus d'effet. »

Zeng Lei s'installa dans le bâtiment du Centre des télécommunications, car nous étions trop serrés chez Grosses lunettes et Chen Dong dut rester camper avec lui. Vers deux heures du matin, alors que nous allions nous quitter, nous parvint de loin un grondement, comme celui d'un train mais sur un rythme plus lent, plus mélancolique.

« Le tonnerre du printemps ! s'exclama Chen Dong. Le premier tonnerre printanier de l'année, écoutons-le, c'est de bon augure.

– L'alcool m'a frigorifié, dis-je en frissonnant. Je me fais vieux. J'ai cette sensation chaque fois que j'ai bu.

– Moi aussi, je tremble, dit Yawei. C'est la première fois de ma vie que j'entends si clairement le tonnerre printanier. »

Zeng Lei comptait : « En tout, six coups ! » Il se tapa le front :

« Le six, comme aux dés, tout va bien.

– Tu as compté les grondements longs ou courts ? demanda Chen Dong.

– Les longs.

– Alors tout va très bien.»

Les pluies légères du printemps bruissaient doucement contre les fenêtres. Chongqing est l'endroit de Chine qui souffre le plus des pluies acides. L'air y est jaune pipi, et le teint de ses habitants presque aussi sombre que la couleur du ciel. Pendant deux jours, nous tournâmes des scènes d'intérieur dans une certaine confusion; Chen Dong lui-même ne savait plus bien où il en était. Alors que nous déjeunions, il demanda soudain:

«Barbu, c'est quoi, ton *Requiem*?

– Comment ça?»

Les bras de Chen Dong décrivirent un grand cercle, puis, avec son index, il pointa le centre du cercle:

«Il doit bien y avoir quelque chose qui relie tout ça, non?

– Si tu ne sais toujours pas de quoi il retourne, comment as-tu fait pour tourner ces jours-ci?

– En ne sachant pas très bien ce que je faisais. Barbu, sérieusement, dis-moi: tu as écrit ce texte pour le mouvement de protestation du 4 juin?

– Pour moi-même, répondis je amèrement. J'ai quelque chose de tranchant en moi, que je cherche à faire sortir en écrivant; tu peux voir ça comme une thérapie.

– Je ne comprends pas.

– Tu ne comprends pas, mais moi non plus, lui répondis-je. Qui peut comprendre tout à fait ce qu'il écrit? Au début, je voulais consoler les fantômes qui ont trouvé la mort le 4 juin. Puis ça a changé. Des fantômes venant du passé comme du présent ont commencé à ramper hors des phrases, l'un après l'autre, sans fin. L'histoire ne fait que se répéter, et ce sont les vivants qui ont besoin d'être apaisés; les requiem sont écrits par les morts pour nous.

– Tu as déjà expliqué tout ça à quelqu'un ?

– Non, pas vraiment, répondis-je honnêtement.

– D'accord, on n'en a pas besoin. On va continuer à tourner sans savoir vraiment ce qu'on raconte. On va juste garder ce sentiment que chacun de nous est orphelin ces temps-ci.

– Orphelin ?! Je me réveillai brutalement. Orphelins dans nos têtes, nous n'avons plus rien sur quoi prendre appui ! C'est ça ! Et *Requiem* est un échantillon de l'après 89. »

Lors de la fête du Printemps de 1996, je suis retourné là où j'avais vécu. Chez Zhou Zhonglin, j'ai eu le plaisir de voir un tas de vieilles photos, dont celles prises lors du tournage de *Requiem*. Tous ceux de la troupe y figurent et on y décèle déjà les symptômes de notre maladie collective. Ces clichés avaient été pris en deux fois. Sur la première série, prise durant l'été 1989 au bord de la Petite Mer du Sud, on découvre une dizaine de brutes nues, aux têtes d'assassins, serrées devant un mur en terre de couleur vieux bronze. Zhou Zhonglin m'a dit que c'était la seule fois de sa vie qu'il s'était mis nu, et qu'après il n'avait pas regardé les photos de peur de perdre le courage de vivre. L'autre série avait été prise lors du banquet de fin de tournage de *Requiem*. Zhou Zhonglin avait payé l'addition. En richard habitué à jeter l'argent par les fenêtres, il avait invité beaucoup de monde. On y voit des gens soûls se tenir par les épaules comme au bon vieux temps des cantines socialistes, mais Chen Dong et moi avons la mine soucieuse et l'air usé.

À la fin du repas, Zhou Zhonglin avait commencé à serrer la main de tout le monde pour dire au revoir ; je me souviens qu'il me l'a serrée au moins huit fois en une heure avant de me prendre par l'épaule pour rentrer chez Grosses lunettes.

Là, Chen Dong eut l'idée de me prédire l'avenir. Je refusai en faisant remarquer que je ne m'étais jamais prêté à la divination, mais il insista : « Il faut casser l'interdit. » Sans plus m'écouter, il sortit six pièces de monnaie de sa poche, les jeta en l'air et me demanda de les ramasser l'une après l'autre en lui disant de quel côté elles étaient tombées, pile ou face, soit yin ou yang. L'hexagramme ainsi reconstitué était celui du puits.

Chen Zhong feuilleta le livre du Yijing et lut la prophétie attachée à cet hexagramme : « Puits : on change la ville, on ne change pas le puits, ni perte ni gain. Va-et-vient au puits, le puits est asséché, et on ne nettoie pas le puits. On casse le seau, malheur (signification de l'hexagramme puits : on améliore sa ville mais on ne reconstruit pas son puits, c'est comme si on n'avait rien fait. Trop de personnes viennent à la margelle tirer l'eau pour la boire, et le puits s'assèche et se bouche. Si on ne cure pas le puits, si on brise le seau, il arrivera des malheurs). »

Quel rappel à l'ordre du ciel ! Mais à ce moment-là, mon cœur était sourd et je ne fis qu'en rire.

Quatre jours plus tard, je suis effectivement tombé au fond du puits. Une main invisible m'a lancé comme une boule à la roulette, ne me laissant durant toutes ces années aucun moyen de maîtriser le mouvement de l'infernal tourbillon dans lequel j'étais pris, que ce soit pour gagner ou perdre. J'ai été réduit au désespoir en constatant que chaque trait de l'hexagramme du puits correspondait, dans tous ses détails, à une étape précise de ma vie.

Parmi les cinq éléments[32], je suis bois – et l'arbre vient de l'eau et de la terre. Après le décès de ma sœur Feifei,

32. L'univers chinois est constitué de cinq éléments qui se nourrissent et se détruisent mutuellement : l'eau, la terre, le métal, le bois et le feu.

je me suis adonné sans limites aux plaisirs et aux provocations, jusqu'à rédiger *Massacre* et *Requiem*, et j'ai peu à peu détruit le puits de mon âme avant de me retrouver en prison. La suite des traits annonçait que je devrais connaître la solitude, l'humiliation, la faim et la soif, les coups, que je subirais les affres de l'agonie, et qu'il me faudrait prier le ciel et changer radicalement. Je serais alors obligé de réparer le puits pour me sauver. Quand la boue a été nettoyée et les murs du puits reconstruits, ma source sucrée intérieure a recommencé enfin à sourdre, goutte à goutte, et je suis revenu à la vie. J'ai écrit *Survivre*, j'ai appris à jouer de la flûte, à cultiver le souffle vital, et peu à peu le sang a mieux circulé, le regard s'est éclairci, l'esprit s'est allégé, et l'appétit est revenu.

Mon arbre se nourrit de mon eau. Maintenant j'ai bien avancé dans l'hexagramme. J'ai divorcé, j'ai déménagé, j'ai changé de ville et j'ai reconstruit mon puits. Je navigue principalement entre Jiangyou, Mianyang et Chengdu, et je bénéficie de la protection de l'âme céleste de Feifei. La source de mon eau abonde, et chaque malheur s'avère bonheur.

Derek Walcott, poète des Caraïbes et prix Nobel de littérature, a écrit :

> Si tu veux changer d'écriture, tu dois changer de vie.

Voilà le bonheur, mon Dieu. Tu as permis à ma personne de surmonter l'adversité, puis tu m'as donné la joie d'écrire, tu m'as accordé la vie.

Tout le monde s'agita encore dans tous les sens pendant quelques jours. Comme nous n'avions pas réussi à louer de voiture, nous ne pûmes réaliser notre projet d'aller dans le parc de Shapingba pour filmer les tombes des gardes rouges. Je dus, en serrant les dents, renvoyer le premier metteur en scène et les trois actrices travaillant pour lui parce que nous n'avions plus d'argent. Il restait encore bien trop de personnes inutiles qui traînaient autour de nous. Toutes avaient été recrutées par notre intendant Grosses lunettes qui pensait bien faire. Alors même que les acteurs principaux n'étaient pas encore arrivés, il avait invité une bande de jeunes écrivains à vivre à nos crochets, en attendant la suite. Une nuit, Zeng Lei, s'inquiétant de ce que les gardiens de l'université pouvaient bien penser de nos multiples allées et venues, nous demanda de faire le mur. Le premier à passer fut Grosses lunettes et je mis à profit ce moment pour pisser contre le mur, sans me douter que cette vilaine action était filmée par la Sécurité et serait considérée comme criminelle.

Arrivé à ce point de mon récit, mes souvenirs s'interrompent une nouvelle fois. C'est bizarre, j'ai comme un vide dans le cerveau. Depuis plus de trois heures je suis assis, tel un homme frappé d'hébétude, et le plafond commence à tourner. J'essaie de jouer de la flûte les yeux fermés, mais ce geste ne m'aide qu'à oublier. Oublier signifie se retirer de la scène. Non, ce n'est pas encore le moment pour moi de saluer le public.

Entre un individu et l'État, le jeu semble inégal, mais il n'est pas sûr que je sois le perdant. L'histoire d'un État est une chose abstraite dont le pouvoir politique peut modifier facilement la mémoire pour ses besoins ; les preuves matérielles qui font l'histoire sont sans cesse dissimulées, falsifiées ou détruites. Elles deviennent des produits de consommation pour l'esprit, portant la marque de l'époque en cours. Mais la mémoire humiliée de l'individu est imprégnée de sang et déteint naturellement sur son discours et son comportement... Ce tatouage est ineffaçable.

Le matin du jour précédant mon arrestation, je reçus la visite inattendue d'un camarade de collège, Jin Jimin. J'émergeai du sommeil péniblement. Les yeux rouges, et à moitié nu, je me dirigeai comme un somnambule vers cet ami que je n'avais pas vu depuis longtemps. Il me raconta qu'il était allé à Fuling et avait vu Axia. Je marquai un vague étonnement, tout en allant me laver au robinet. Puis je l'accompagnai dehors pour manger.

Le ciel était un gros cul sombre, et le soleil un anus constipé brillant par moments avant de se refermer et de disparaître. Je ne me souviens plus exactement quand Zhou Zhonglin nous a rejoints ; il avait joué toute la nuit et venait me dire au revoir. Nous avions tous les trois mauvaise mine. L'après-midi, Jin Jimin partit avec Zhou Zhonglin ; je leur avais serré la main et j'étais remonté sur le trottoir sans bien voir, à cause de la foule, le véhicule dans lequel ils étaient montés. Dans mon souvenir, c'est un véhicule bien réel, mais dès que je ne me concentre plus, il rétrécit jusqu'à n'être plus qu'un domino de mah-jong.

Jusqu'à aujourd'hui, quand je pense à Zhongzhong, je pense au mah-jong : ce qu'il perdait à ce jeu, ce n'était pas tant de l'argent que son temps. Il avançait de plus en plus lentement dans l'écriture de son roman, et il en arriva à ne plus pouvoir soulever son stylo sans s'endormir. Il se repentait, se maudissait, mais rien n'y faisait. « Quand on est au désespoir, on fait souvent de beaux rêves pour compenser, disait-il. Mais moi, parfois, je ne rêve même plus. À peine ai-je fermé les yeux que je me retrouve déjà le lendemain après-midi. » À gaspiller ainsi sa vie jour après jour, à s'endormir découragé dès qu'il tenait son stylo en main,

Zhongzhong ne commettait plus chaque année que quelques nouvelles disparates. Ce n'était pas de la littérature, mais le suintement de ses os écrasés entre la somnolence et le mah-jong.

La plupart de mes manuscrits sont dans les armoires des archives des services de la Sécurité publique. Ils ont été, à de nombreuses reprises, étudiés, ruminés même, par les services spéciaux culturels qui se sont penchés sur eux avec, en fait, plus de méticulosité que leur auteur. Ceux qui font ce travail ont une mémoire hors du commun ; j'en connais qui, jusqu'à présent, peuvent encore réciter par cœur quelques phrases de mes poèmes publiés dans les années 1980 dans des revues clandestines. Alors que certains, voulant se faire une place dans l'histoire de la littérature, évoquent le passé en fabulant, il se pourrait que la vérité soit enfermée dans les coffres-forts de la Sécurité publique – encore dix ans, et quand les policiers qui ont grimpé les échelons et fait fortune grâce à moi auront pris leur retraite, nous pourrons peut-être boire un coup ensemble, et j'aurai alors beaucoup de plaisir à les entendre raconter mes propres exploits. *Massacre* et *Requiem* ont subi le même sort et ils ont été plus lus, plus écoutés, plus étudiés par eux que par moi, contre-révolutionnaire épinglé par la grâce de leur zèle professionnel.

Je n'ai vu qu'une seule fois *Requiem* en entier, mais le tournage lui-même m'a plongé dans une exaltation extrême. Dans la vie, s'il y a quelque chose de plus agréable et d'excitant que le sexe, c'est bien de monter sur scène.

Ce jour-là, je m'étais laissé guider les yeux bandés par Zeng Lei jusqu'au milieu de la salle de tournage et, dès qu'il me lâcha la main et enleva le bandeau, mon corps se mit à osciller. Je levai le bras pour me protéger de la lumière, et déjà les contours de mon corps s'élargissaient jusqu'à englober toute la scène. Des spectateurs, au bout du ciel, chevauchaient des étoiles ; le lustre bougea, les rayons des cinq projecteurs convergèrent. J'étais dans le soleil, au milieu de flammes sautillantes. Je tendis une main puis l'autre, doigts entremêlés et regard fixe, avec le projet de glisser la tête dans les fentes sinueuses qui se dessinaient entre mes doigts. « Tu écoutes ? Écoute ! » Je poussai un cri aigu mais n'entendis rien. Une barrière sonore s'était ajoutée à l'éblouissement ; j'étais enfermé dans une cage dorée et mon regard rampait, tel un insecte, le long de fils lumineux. Alors les cordes de ma pensée éclatèrent en une gerbe d'étincelles et je vécus de nouveau les jeux de mon enfance : une enfance solitaire passée à construire des estrades en sable et à jouer seul plusieurs rôles, la voix tantôt grave et forte, tantôt douce et légère. Une fois, deux gaillards imaginaires se disputèrent par le truchement de mon larynx et, alors qu'ils en venaient à se bagarrer, je me donnai une gifle qui me fit saigner du nez.

Je restai sonné un bon moment, mais tout allait bien. Une jeune fille, qui se cachait souvent pour me regarder de loin, dit que mon monologue résonnait par moments plus fort que le tonnerre.

Je pourrais me livrer à un monologue sur la place Tian'anmen ? Comme Mao Zedong dont tout le peuple chinois a appris, même pas deux ans après sa mort, qu'il était en fait extrêmement isolé...

« Hors sujet, réagit Zeng Lei.

– Laisse-le faire, dit Chen Dong. Continue à tourner comme ça vient ; si c'est une merde, tu fixes sur la pellicule l'odeur de la merde.

– Quoi ?!

– Quelle expression il a ! Il a la bouche convulsée, l'écume aux coins des lèvres ! Suis-le avec la caméra, fais des gros plans ! Il met sa vie en jeu et ne sait sûrement plus ce qu'il est en train de faire. »

J'ai gardé en mémoire le scénario bizarre de notre aventure. Voici comment il se déroulait :

Nuit étouffante. Tout est plongé dans une bouteille d'encre noire. Des battements de cœur incertains et lents, comme des gouttes d'eau tombant d'une stalactite. Dix secondes, huit secondes, cinq secondes. Soudain les gouttes se suivent plus rapidement, on dirait des claquements de talons hauts se rapprochant. Le bruit se diffuse, résonne, en un grondement comme celui que fait la mer avant un tremblement de terre… Enfin, un bouquet de lumières fortes crève le noir, un champignon atomique fait des bulles comme du liquide amniotique bouillonnant, un horizon pollué et toxique pour l'humanité s'étale sur l'écran, puis les taches s'estompent, plus rien.

Nuit étouffante. Le titre, *Requiem*, s'avance.

Auteur : Liao Yiwu. Lecteur : Liao Yiwu. Superviseur : Liu Taiheng. Caméraman : Zeng Lei. Producteur : Ba Tie. Metteur en scène : Chen Dong.

SCÈNE 1. Nuit fine comme du papier, un coup d'ongle la déchire. À qui appartient la main qui déchire le papier noir lambeau par lambeau ? Je suis allongé à l'intérieur, le corps enveloppé dans un tissu blanc faisant linceul – l'œuvre de Grosses lunettes et Poète hippie à qui Chen Dong avait recommandé de bien serrer le tissu, sans même laisser mes pieds libres.

« Tiens encore dix minutes, dit Zeng Lei, voulant me réconforter.

– Je vais mourir !» criai-je, mais avec ma bouche serrée par le tissu, je ne pus émettre qu'un grognement.

Une idée vint à Zeng Lei :

« Demain, j'irai voler la clé et tu iras te coucher dans cette tenue à la morgue ; il y a en ce moment cinq places libres dans les compartiments des cadavres. Tu en choisiras une et nous nous déguiserons en médecins ; nous ouvrirons les compartiments les uns après les autres, et quand ce sera ton tour, tu t'assiéras tout raide. Qu'en penses-tu ?

– Excellent ! s'exclama Chen Dong, qui lança un regard à la ronde. D'autres bonnes idées ? »

J'étais trempé de sueur et je restai à mijoter jusqu'au moment où on desserra le tissu ; j'étais alors au bord de l'évanouissement.

Le lendemain, Zeng Lei, qui n'avait pas pu prendre la clé, suggéra que nous allions dans la salle d'autopsie. « On vient de disséquer un cadavre, et la pièce n'a pas encore été nettoyée », dit-il.

J'explosai : « Pourquoi faudrait-il absolument aller dans ce genre d'endroit pour tourner ?! »

SCÈNE 2. Je me suspends à une barre. Zeng Lei se penche, se redresse, filme sous tous les angles mes jambes qui marchent dans le vide.

Chen Dong, à côté, crie : « Lentement, encore plus lentement. C'est bon, tu peux aller plus vite, encore plus vite ! À grands pas ! À toute vitesse ! Rentre ton ventre, tiens bon ! Mollement maintenant... Comme si tu venais d'éjaculer... Encore un pas, deux pas, trois pas... Encore un demi-pas, et tu es au paradis, encore... Dommage. »

Je me relevai en me massant les fesses.

SCÈNE 3. « Les filles, allez ailleurs ! L'acteur principal va enlever son pantalon ! » avertit d'un ton joyeux Grosses lunettes en tapant sur un bol. La caméra me visa et Zeng Lei s'impatienta : « Déshabille-toi en entier, ne fais pas de manières. » En serrant les dents, j'exposai mon trésor.

Je fais une roulade comme un chien excité qui saute un mur. Grosses lunettes et Poète hippie secouent de toutes leurs forces deux pièces de soie rouge : les flammes du feu glacé montent de mon corps tandis que je pousse des cris aigus : « Feu, feu, gigantesque feu ! » et que je me tords comme une anguille en train de mourir.

« Stop ! » ordonna Chen Dong.

« Pointe ton cul vers le haut », et la caméra de se mettre de suite à hauteur de mes cuisses et de filmer deux fesses solides comme les portes d'une ville et un buisson de poils menant à un palais profond. « On floutera un peu les images, et personne ne pourra deviner ce que c'est », conclut Zeng Lei en riant.

SCÈNE 4. Poète hippie et moi sommes avachis devant un radiateur. Je tiens avec mes deux mains des pinces de dentiste et je m'arrache les dents et la langue ; j'ai la bouche gluante de sang.

La scène tournée une première fois avec ces pinces, Grosses lunettes me présenta un autre instrument bizarre : « Celui-ci sera plus facile à utiliser. »

J'essayai deux fois mais je me retrouvai la bouche et le nez tout engourdis.

Zeng Lei précisa doctement : « Ce sont des forceps », ce qui déclencha l'hilarité générale. Poète hippie, lui, dressa le poing et nous lança des insultes.

SCÈNE 5. Dans un décor de chambre, des nœuds de corde qui pendent. Je passe mon cou dans chacun d'eux pour les essayer et, tout à cette activité, je transpire à grosses gouttes.

«Tu veux que je t'aide?» proposa Poète hippie, aussitôt repris par Chen Dong: «Interdit de s'amuser! Interdit de l'aider à se pendre! C'est un spectacle sérieux!»

SCÈNE 6. Agenouillé dans la rue, je prie. Poète hippie, montagne mouvante, vient vers moi en balançant ses jambes boueuses de travailleur. Je suis broyé; mon corps d'argile est réduit en poussière; tandis que ma tête roule de côté, des cris de joie retentissent: la scène est celle de la grande Révolution française. La tête royale tranchée tombe de la guillotine, survole quelques siècles et, arrivée en 1966, éclabousse les portes donnant sur la place Tian'anmen. Le président Mao reçoit les gardes rouges, des centaines de millions de becs de corbeaux croassent ensemble; cette image diminue, sort du champ, et on revient sur le plan où je suis seul, en train de prier.

SCÈNE 7. Une ruelle profonde. Sept ou huit figurants guettent dans le noir, chats menaçants prêts à attraper des souris. Je me débats de toutes mes forces entre les griffes d'un chat et fuis. Zeng Lei recule tout en filmant: ayant été entraîné à la guérilla à l'armée, il est très fort.

«Ça ne va pas, on recommence!» crie Chen Dong.

Je suis obligé de rejouer ma fuite en martelant le sol de mes pieds, mais je m'essouffle: «Je n'en peux plus!» et je m'allonge par terre.

«C'est bon!» dit Chen Dong d'un ton décidé.

Je suis au milieu de ruines, à la recherche de la femme de mes rêves qui parfois se cache et parfois se montre, puis je me retrouve entouré de belles femmes, mais je n'arrive à en attraper aucune. Je me baisse et fouille dans les gravats, mes ongles laissent des traces de sang sur les débris. J'attrape un cafard, que j'appelle « ma bien-aimée ». Je secoue les grilles d'une fenêtre puis crache dans le vent vers des saules.

« Laissons cet enculé faire le fou jusqu'à ce qu'il en ait assez, proposa Chen Dong discrètement. Bouge la caméra par ici, laisse-moi voir ce que ça donne... OK ! Vers le haut, vise sa langue ! Bien, on arrête !

– Il serait plus simple que tu prennes la caméra, dit Zeng Lei.

– Moi, je prête mes sens et toi, ta main, répondit Chen Dong quelque peu méprisant. Fais ce que je te dis, c'est tout. »

SCÈNE 8. Des flammes violentes. Des livres chinois et étrangers, des archives historiques, des documents du Comité central du Parti, des correspondances privées, les œuvres choisies du président Mao et le drapeau rouge à cinq étoiles... tout est jeté dans le feu. Chen Dong, torse nu, se met au travail et, faisant le nettoyage, balaie ces ordures culturelles. Je suis dans une poubelle et, soudain, je pousse le couvercle et sors. Je m'étire de tout mon long, mais Chen Dong, qui me regarde sans me voir, me balaie avec le reste.

SCÈNE 9. Une très haute porte en fer, je sors de prison, j'ai les tempes grises. Piégé par la lumière, je reste debout sans savoir quoi faire. Une jeune fille arrive, des fleurs fraîches dans les mains, mais mon regard est vide. Véritable cadavre ambulant, je traverse, passe et m'en vais. La jeune fille, décontenancée, laisse tomber les fleurs qui se fanent rapidement. Deux plans représentent deux saisons, mais je continue à avancer...

« Arrête, arrête ! » dit Chen Dong, furieux, en me rattrapant. Grosses lunettes me crie de loin : « Vas-y ! Devant toi, il y a un étang poissonneux. »

SCÈNE 10. Une foule immense ne perçoit pas l'odeur du passé sanglant, tandis que je reste tout le jour assis à ne rien faire, oublié et oublieux du monde. Une salle de sports bruyante, les gens en cercle regardent le basket, le volleyball, le ping-pong. Je reste assis au milieu, symbole d'un souvenir démodé.

SCÈNE 11. Les humains ont-ils vraiment ce qu'ils appellent un passé ? Quelques années suffisent pour que les traces de sang dans les armoires d'archives refroidissent et se décolorent ; un massacre épouvantable, remanié au travers de l'écriture, dégénère en film, ou en feuilleton télévisé, bref en un machin à fric, à la mode et sentimental. Les morts ne peuvent pas se redresser et parler, ceux qui se font passer pour des héros ne sont jamais que des acteurs. Le seul témoin du massacre s'est courbé et il est devenu sourd. Une femme élégante s'appuie contre un pilier. Il s'avance en marmottant et lui demande du feu. Ses mains tremblent, elles laissent tomber sa cigarette deux fois. La femme reste impassible – statue de cire. Elle ressemble beaucoup à une femme qui fut son amante dans sa jeunesse et qu'il a perdue de vue depuis.

SCÈNE 12. Une fillette regarde discrètement le pauvre bossu par l'entrebâillement d'une porte. Du ciel parvient la musique de *Requiem*, c'est toute sa jeunesse, et il ne peut s'empêcher de pleurer. La fillette le rattrape sans bruit et lui donne sa poupée en tissu toute sale. En retour, il lui donne une fleur sauvage : un joli trou fait par une balle.

SCÈNE 13. Le moment du départ est arrivé. Si vieux, il doit encore marcher et voudrait éviter les souvenirs du passé. Le chemin est sinueux et long. Les âmes mortes, chacune une bougie à plat sur la main, ondulent en rangs vers lui. Tant de visages, de cheveux, de membres, de seins et d'yeux... Les gens qu'il a connus dans ce monde sont trop nombreux.

« Marchez comme des somnambules, et il faut le plus de monde possible pour créer l'ambiance. » Chen Dong se mit à distribuer des bougies : « Dès qu'elles sont allumées, chacun se met à voler comme une chauve-souris, dans tous les sens.

– Je n'arrive plus à voler, protesta la jolie Petite Min tout essoufflée. J'ai le tournis.

– Regardez-moi ! intervint Grosses lunettes qui se livrait dans la pénombre à une démonstration de battements d'ailes.

– Je voudrais le faire aussi, proposa Zeng Lei. Vieux Chen, filme donc toi-même ce bouquet final !

– Arrête donc de me chercher, répondit Chen Dong, toujours aussi sûr de lui. Même si je ne sais pas tenir une caméra, je reste un réalisateur de génie. »

En voltigeant, les bougies diffusent une lumière de voie lactée. Rang après rang, elles disparaissent, et il ne reste plus qu'une dernière bougie plantée directement sur ma tête. Je deviens un grand cierge au corps de cire qui se consume lentement. Le cercle de lumière rétrécit de plus en plus, mon front disparaît sous des larmes de cire, puis dans la nuit noire ne brille plus qu'une flammèche, aussi petite qu'un pois, enfin un bruit sourd – badam ! – et puis plus rien. Le silence, un moment... et le générique.

Une fois le montage de la dernière séquence réalisé par Zeng Lei et Chen Dong, j'aurais voulu me reposer et reprendre des forces, mais tous mes gestes gardaient l'empreinte de *Requiem.* Profitant de ce temps nécessaire pour reprendre pied dans la réalité, je partis réserver mon billet pour Pékin. Je voulais y retrouver des amis qui avaient promis de faire passer clandestinement une cassette de notre film au Japon, afin d'y trouver un distributeur. Une fois mon billet de train payé d'avance, je m'assis devant la poste pour écrire à Axia et lui dire adieu une nouvelle fois. Maintenant que j'avais coupé mes racines familiales, j'allais dorénavant vivre comme si je flottais dans le vide.

Pour mon dernier dîner chez lui, Grosses lunettes acheta de la viande et de l'alcool et fit lui-même la cuisine. Pour animer l'ambiance, nous avions fait venir une jeune femme mariée rencontrée dans la rue Shapingba. Nous commençâmes par nous tapisser l'estomac en mangeant, puis nous nous mîmes doucement au vin, à petites gorgées, en écoutant de la musique avec délectation. Petite Min sortit l'album photo pour que je choisisse quelques tirages en souvenir ; je pris une photo de Xiao Min avec Grosses lunettes, et une autre d'elle seule, et les rangeai dans le petit album que je portais sur moi. Trois semaines auparavant, alors que j'étais à Fuling, j'avais fait une pleine pellicule de photos d'Axia. Son masque de grossesse était bien visible, mais, comme toujours, elle avait l'allure d'une jeune femme pure. Elle n'avait pas compris que je voulais ainsi tout mettre dans ma poche, jeunesse, épouse, foyer, pays natal... pour pouvoir apaiser ma nostalgie en les regardant, lorsque je vagabonderai à l'étranger. Avec cet exil de l'âme qui devance celui du corps, j'avais quitté trop tôt l'époque de ma jeunesse et plongé directement dans la vieillesse.

Sous le regard limpide de Petite Min, je baissai la tête. Poète hippie lui prit la main et ils se mirent à danser lentement. Douce était la lumière et douce la musique.

«Danse, tu as pris ton dernier dîner, et maintenant tu dois danser une dernière fois», me dit Yawei sur un ton péremptoire. J'invitai la jeune femme. Je me sentais raide comme une palanche et elle s'accrochait à moi comme un seau. Je fus fatigué en un rien de temps, mais je fis un effort et continuai à danser. Par deux fois, je lui écrasai le pied. Elle me regarda d'un air fâché, puis, sur un ton mielleux, me dit à l'oreille : «Grande brute...»

La musique mollissait. On aurait dit une suite de bâillements, mais je maintins le corps à corps. Ma partenaire, qui s'était d'abord débattue un moment, s'était calmée. Elle avait glissé une main sous mon col. En guise de provocation ou de soumission ? Je me relâchai un moment et elle se sauva comme un serpent à sonnette.

L'effrontée alla s'asseoir sur les genoux de Poète hippie en me regardant du coin de l'œil. Ce clochard puant, surpris d'être l'objet d'une telle faveur, lui enserra la taille à deux mains comme il aurait saisi un grand bol de ragoût de viande. De rage, je fermai les yeux et me mis à chanter *Les fleurs de prunier s'ouvrent*. Quand j'arrivai dans les aigus, la tristesse me coupa le souffle : le cri du cochon qu'on tue aurait été plus supportable que ce que je faisais de cette belle chanson sentimentale. Mais tout le monde applaudit. J'enchaînai avec *Cosaques sur le Don* et Poète hippie m'accompagna à la guitare : les chevaux martelaient la steppe sous ses doigts. Puis Grosses lunettes, ne voulant pas être en reste, entama à pleine voix une chanson de Cui Jian[33] dont il avait oublié la moitié des paroles, mais qui me bouleverse encore maintenant. En résumé : le soleil s'était couché et quelques personnes voulaient le relever. Toute leur vie,

33. Les chansons rock de Cui Jian connurent un succès sans précédent durant les événements de la place Tian'anmen.

ils s'y efforçaient en vain et finissaient bossus. Prétextant un besoin naturel, je sortis prendre l'air et vomis dans les toilettes. Eh oui ! J'avais trop bu. Une fois ivre, on devient sensible et la musique sentimentale ne passe plus.

Nous restâmes à boire jusqu'à minuit. Grosses lunettes avait à dessein passé une nouvelle fois la musique de fond de *Requiem*. Il y avait deux morceaux pour flûte chinoise joués par un musicien allemand, des extraits du *Requiem* de Mozart, de la musique indienne et la récitation en anglais d'un poème américain.

La jeune femme ne comprenait pas la musique ; elle proposa à plusieurs reprises de jouer au mah-jong, puis, voyant que personne ne réagissait, se mit à grommeler contre ces lettrés bourrés de défauts avant de faire mine de partir. Poète hippie se dépêcha de l'en empêcher, ce qui fit sourire Grosses lunettes. Je m'installai sur un matelas tandis que la jeune femme et Yawei enlacés entraient dans la chambre derrière le rideau, ne laissant à Grosses lunettes et sa femme qu'un canapé inconfortable. Dès que la lumière fut éteinte, il y eut un bruit de train en marche. Dans la chambre, ça remuait comme dans une cabine de bateau ; un profond tunnel et des tourbillons de poils frisés s'imposèrent à mon imagination. Je respirai profondément plusieurs fois, me mis à compter avant de sombrer doucement dans le sommeil. Mais les mouvements reprirent de l'autre côté, des coups d'abord hésitants comme un gong sonnant dans le lointain, puis se précipitant. Mon pouls s'accéléra brusquement ; je ne supportai plus de rester sur le dos et me recroquevillai vers la fenêtre en appuyant la tête contre le mur. Les tigres continuaient de se livrer bataille avec force bruits de mastication et de succion. Succombant sous l'excitation, je me masturbai.

Le sommeil me rattrapa, mais juste pour de courts moments entrecoupés de réveils en sursaut. Une bouche grande comme une bassine de sang me mordait. Mes os craquaient sous ses dents, ma chair réduite en bouillie haletait et ronflait, et au moment où j'allais m'en sortir ce couple illégitime se mit à pousser des cris de plaisir sans aucune pudeur.

Arrivé à ce point de mon récit, je suis à deux doigts de lâcher mon stylo : c'est vraiment très douloureux de ramener au jour des comportements passés (que ce soit les siens ou ceux des autres), mais pour vivre sans ombre dans le cœur, il faut sans retenue exposer ses turpitudes. Si on pouvait remonter le temps, je ne m'acharnerais plus à recourir à l'écriture comme truchement du passé – nous vivions tous comme des bêtes de somme de l'art.

Je m'étais livré plusieurs fois au jeu des nuages et de la pluie, mais mon machin restait dur comme une lance. Les miaulements de la chambre à côté résonnaient encore à mes oreilles, plus fort que le clairon militaire ; comparée aux instincts, la pensée n'est qu'une petite veuve fragile qui se cache pour pleurer au moindre souci. Je me donnai des claques sur le sexe pour aider ma pensée à se relever de son coin. Il y eut à ce moment-là des bruits de pas en bas du bâtiment. Je me levai en sursaut, comme une ombre, sautai au-dessus de Grosses lunettes et de sa femme, et attendis près de la porte. Puis, poussé par le diable, j'écartai le rideau fermant la chambre et y entrai à tâtons, heurtant d'abord le bout du lit, puis une jambe nue et musclée. Poète hippie retenait sa respiration. Finalement je rencontrai sa tête encore à moitié endormie.

Il marmonna un juron, des bruits de pas résonnaient dans le couloir. Ma main me semblait un organe poussé sur sa tête, ma bouche émit un rire bizarre. Ce n'était pas une farce, c'était un coup de folie. «Fous le camp!» gronda Poète hippie en colère.

On frappa à la porte, et déjà Chen Dong et Zeng Lei, comme deux policiers en civil, me traînaient dehors. L'aube pointait. Nous nous taisions. Quelques minutes plus tard, j'étais assis dans la salle de tournage du Centre des télécommunications de l'Université militaire N° 3, et Zeng Lei me passait solennellement l'adaptation cinématographique du poème *Requiem* que nous venions d'achever. Chen Dong, la tête rentrée dans le col de son manteau militaire, demanda:

«Barbu, doit-on reprendre certains passages? Dis-nous.

– C'est très bien comme ça.» Mon dernier mot.

Zeng Lei poussa un soupir de soulagement. Chen Dong s'avachit sur un transat, comme un vrai cadavre en décomposition. Zeng Lei rangea pour moi les cassettes avec des gestes vifs comme ceux d'un léopard. «Laisse-moi cette boîte, et emporte celle-ci à Pékin.»

Me retournant, je me dirigeai vers la sortie. Chen Dong me fit un signe de la main, puis remonta son manteau sur sa tête. Zeng Lei me dit au revoir à voix basse: «Je me souviendrai toujours des moments que nous venons de passer.»

Le noir de la nuit s'estompait. Je me dépêchai de rentrer pour me recoucher, mais à peine avais-je posé ma tête que nous étions déjà le 16 mars, dix heures du matin.

Petite Min, assise sur le canapé, me regardait en souriant. Elle me tendit mon argent et mon billet de train. Je les pris et soulevai mon sac à dos; je n'avais pas le temps de me laver. Avant de passer la porte, j'aperçus Poète hippie recroquevillé pitoyablement dans un coin du lit. Je joignis les mains sur ma poitrine pour le saluer et il me répondit: «Prends soin de toi.» Je partis la tête lourde mais le pied léger. En attendant le bus n° 17, mes paupières se fermaient, et, une fois monté à bord, je somnolai carrément debout.

Deux voitures de police suivirent notre véhicule durant tout le trajet et beaucoup de passagers s'en émurent, mais, pour ma part, j'étais comme ensorcelé – inconscient. Quand le bus arriva à la station de Niujiaotou, son terminus, je descendis le dernier et me préparai à prendre le bus n° 1 en direction de la gare.

Je regardai ma montre à mon poignet, encore quarante minutes avant le départ du train. J'évitai une flaque et me retrouvai devant un autre trou d'eau. Une pluie fine tombait, de plus en plus drue.

DEUXIÈME PARTIE

Le centre d'investigation

(mars-juin 1990)

第二部在收审所

8

L'arrestation 逮捕

« Liao Yiwu ! »

Alors que j'approchais de l'arrêt de bus de la ligne n° 1, j'entendis vaguement appeler mon nom. Je m'arrêtai net. À travers la bruine, je voyais les collines de Chongqing, fermes et voluptueuses comme les seins d'une femme.

« Liao Yiwu ! »

L'appel était devenu plus audible. Trois ombres flottèrent dans ma direction. À mesure qu'elles se rapprochaient de moi, ces ombres prenaient la forme de policiers en civil vêtus d'imperméables. Je fis immédiatement demi-tour et tombai nez à nez avec l'homme qui se trouvait derrière moi. Une paire de menottes pendait d'une de ses manches.

Je regardai droit devant moi. Quelqu'un m'agrippa le poignet et me mit les menottes, sans toutefois parvenir à les fermer. Alors qu'il s'escrimait à les verrouiller avec ses poings, je levai le bras pour le repousser violemment. Un bras étranger surgit de derrière moi et m'enserra le cou pour m'étouffer comme une tige de lierre. J'eus soudain l'impression d'avoir le corps couvert de pièges à loup. Je perdis connaissance.

Les policiers avaient réussi à me maîtriser en un rien de temps. Ils me traînèrent dans la gadoue comme si je n'étais qu'une vulgaire anguille et me jetèrent à l'arrière d'une Jeep. Deux malabars à l'air sinistre s'assirent à mes côtés. La portière se referma d'un coup. Les deux policiers qui m'avaient capturé agitaient leurs mains en proférant des insultes. L'un essuyait le sang qui coulait de son nez et l'autre suçait son index cassé. Apparemment, ma résistance leur avait occasionné des blessures et les avait poussés à bout. Un cercle de badauds s'était formé autour de la voiture.

«Vous avez osé vous opposer à une arrestation!» hurla le colosse qui se trouvait à ma gauche en agitant les mains. Les menottes me labouraient la chair des poignets; je souffrais le martyre.

Le policier grassouillet assis à l'avant hurlait avec jubilation dans sa radio: «Quartier général! Nous avons capturé Numéro un. Nous le ramenons à Songshan.» Je réalisai que l'on me conduisait dans le célèbre centre d'investigation situé à Shapingba, un des districts de Chongqing. Les véhicules de police démarrèrent en trombe, avec force gyrophares et sirènes. Comme à chaque fois que la nervosité me gagne, mon esprit se réfugia rapidement dans la littérature. Cette arrestation me rappela une scène du roman de propagande *Le Rocher rouge*, qui a pour toile de fond le mouvement communiste clandestin des années 1940. Dans ce roman, un agent du parti nationaliste de Chongqing donne rendez-vous à un communiste. En s'y rendant, ce dernier se trouve assailli de toutes parts par des nationalistes. Mais contrairement à moi, ce militant fait preuve de courage. Il réajuste les menottes qui lui entravent les mains et monte calmement dans le fourgon de police. Au regard de ce héros de fiction, j'avais agi comme un pauvre chien, mordu de partout.

La voiture de police gravissait la pente. En jetant un œil par la fenêtre, j'aperçus la façade de l'Institut des langues étrangères du Sichuan où nous avions projeté mon film *Requiem*. Non loin de là se trouvait le cimetière des martyrs communistes. Puis nous sommes passés devant Zhazidong, le célèbre centre carcéral où le Kuomintang exécuta de nombreux communistes, avant 1949. Il a été transformé en musée pour montrer la brutalité du régime nationaliste. Si les horreurs de l'histoire pouvaient figurer dans un musée, le nouveau centre d'investigation vers lequel nous nous dirigions avait été construit, quant à lui, pour ceux qui étaient accusés de crimes contre la *nouvelle* Chine.

«Putain de merde, me dis-je en tremblant. Ma vie est foutue.»

La voiture de police roulait doucement sur une route étroite qui décrivait une courbe autour de la montagne. Je pouvais entendre la forêt de pins gémir dans le vent. Comme la bruine printanière s'était transformée en pluie battante, les essuie-glaces balayaient frénétiquement le pare-brise. Nous approchions de notre destination: le centre d'investigation du bureau de la Sécurité publique de la municipalité de Chongqing, également connu sous le nom de «Centre d'investigation de Songshan[34]». La réalité commença à prendre corps.

Nous nous arrêtâmes devant la porte. Je descendis de voiture, les menottes en avant. Deux caméras se plantèrent devant moi pour enregistrer mon arrivée. Je levai la tête et

34. En Chine, le centre d'investigation, administré par le bureau de la Sécurité publique et le département des Affaires civiles, sert à détenir et interroger celui qui viole les règles administratives et les règlements (SDF, voleurs ou migrants sans permis de résidence) ou qui est convoqué par le tribunal. Dans les années 1990, la loi stipulait qu'une personne ne pouvait être détenue plus de quarante-cinq jours, mais les autorités respectaient rarement ce délai.

ajustai ma posture, fronçant les sourcils comme un artiste agacé par l'interruption d'un spectacle. Les policiers qui prenaient les images ne trouvaient pas cela drôle du tout. L'un des deux m'administra une tape violente sur la tête et un coup de pied aux fesses. « Change d'attitude ! » Malgré la douleur, je restai lucide et hurlai : « Oui, monsieur ! » Je le répétai trois fois, mais les officiers continuèrent de crier : « Plus fort ! » À la quatrième fois, bien qu'insatisfaits, ils éteignirent leurs appareils. Ensuite, on me poussa violemment dans une maison sur cour qui ressemblait, trait pour trait, aux demeures bourgeoises que l'on peut voir dans les films prérévolutionnaires d'avant 1949.

Les agents allaient et venaient avec de la paperasse en main, comme s'ils enregistraient un patient à l'hôpital. La pluie cessa un instant puis se remit à tomber avec davantage de violence. L'eau ruisselait sur mon visage et dégoulinait de mon menton. Je me mis à tourner pour m'égoutter quand le garde qui se trouvait sous l'auvent pointa le canon de son arme vers moi et me hurla : « Reste tranquille ! »

Ayant entendu crier, un vieil officier de police, de haute stature, fit son apparition. D'un geste de la main, il demanda au garde de baisser son arme. Tel un robot, ce dernier le salua et partit en silence. Ensuite, il m'invita sous l'auvent pour me protéger de la pluie. Il examina les marques que me faisaient les menottes sur les poignets. « Tenez bon ! » me dit-il doucement. Je fus surpris par ces paroles compatissantes. J'appris plus tard qu'il était le chef du centre d'investigation. Tout le monde l'appelait « Directeur ».

Un quart d'heure plus tard, deux officiers m'amenèrent dans une arrière-cour par une porte voûtée dont la peinture s'écaillait. Nous entrâmes dans un bâtiment délabré et traversâmes un long couloir sombre pour arriver au pied d'un escalier. L'officier qui se trouvait devant moi me demanda de ne pas bouger. Il montra mon laissez-passer au garde. Ce dernier acquiesça d'un signe de tête et m'ordonna de me dépêcher de monter. Ayant retenu la leçon apprise à l'entrée, je me mis à hurler de toutes mes forces :

« Puis-je entrer, monsieur ? »

« Comment oses-tu gueuler ici, espèce de salopard ! » répondit le garde en pointant son pistolet vers moi.

« Eh ! Répète-le-moi en parlant moins fort », me lança sur le ton de la réprimande le policier qui m'escortait, tout en s'interposant entre moi et le garde qui était sur le point de me frapper. Puis il dit avec un sourire engageant : « C'est un nouveau. Il ne connaît pas le règlement. »

Ressemblant à un chiot hirsute qui avait appris à bien se tenir, je dus répéter une bonne douzaine de fois « Puis-je entrer ? », avant que le garde ne se satisfasse de mon ton et ne me laisse monter au premier étage. Là-haut, l'officier m'enleva les menottes. Il m'obligea à apposer ma signature et mes doigts pleins d'encre sur un tas de papiers pour avoir une copie officielle de mes empreintes.

Après le départ de l'officier, je restai dans le couloir, l'air hagard. Avant d'avoir eu le temps de faire un point sur la situation, cinq prisonniers vêtus de bleu, la boule à zéro, débarquèrent des quatre points cardinaux pour me sauter dessus. Ils me confisquèrent mon sac, mes chaussures en cuir et mes chaussettes. Comme je le découvris plus tard, c'étaient les Rouquins – des criminels qui avaient purgé leur peine et effectuaient un travail d'assistant auprès des officiers de la Sécurité publique. Comme des automates déchaînés, ils me plaquèrent au sol et me lièrent les mains dans le dos. L'un d'entre eux me tira les oreilles pendant qu'un autre s'assit sur mon dos, une tondeuse à la main. Ce dernier me força à pencher la tête sur le côté et commença à me raser le crâne. La tondeuse dessina un boulevard sur le sommet de mon crâne, puis moissonna les abords. Mes longs cheveux noirs et épais me glissaient sur le visage et tombaient, défaits, sur le sol. Le travail était effectué avec minutie. C'était comme si mon prestige et ma dignité partaient par morceaux avec mes cheveux.

Après m'avoir débarrassé de ma chevelure, les Rouquins me déshabillèrent. Tout d'abord, ils inspectèrent chaque millimètre de ma chemise et de mon pantalon pour s'assurer que rien n'était dissimulé dans les coutures. Puis ils firent de même avec moi, examinant attentivement ma bouche, mes aisselles et la plante de mes pieds. Instinctivement, je mis les mains autour de ma taille pour remonter mon pantalon, oubliant que j'étais complètement nu. Une balance m'ordonna alors de m'accroupir comme un chien, les fesses en l'air. Avec diligence, il m'enfonça une paire de baguettes dans l'anus ; un intense picotement me parcourut tout le corps. Pour conclure, il me donna une claque sur les fesses et déclara avec détachement : « Voilà, c'est terminé ! »

C'était la première fois que je me retrouvais nu devant des étrangers. Cette opération n'avait duré que sept ou huit minutes, mais cela m'avait paru une éternité. Mon corps tremblait à cause de la bise et aussi de l'humiliation que je venais de subir. Un Rouquin me donna alors l'ordre de m'asseoir. Je me recroquevillai en position fœtale, la tête dans les jambes. J'étais retourné dans le ventre de ma mère. Je fermai les yeux en souhaitant désespérément que mon corps souillé puisse rétrécir et disparaître. J'imaginais qu'une prostituée ressentait la même chose lors de sa première passe avec un client.

Je voulais dire à ces brutes que j'étais un poète connu, à qui l'on vouait un culte. Malheureusement, cette intention ne me rendit que plus vulnérable. J'éclatai en sanglots.

Je ne pouvais empêcher les larmes de couler sur mes joues. Pendant des années, j'eus à regretter cet instant de faiblesse.

Une fois la fouille corporelle terminée, on me prit mon manteau, ma chemise, mon pantalon, mes chaussures et ma ceinture. Je tins mon caleçon à deux mains et, pieds nus, emboîtai le pas d'un «bon oncle», un travailleur contractuel civil. Nous tournâmes à droite, à l'angle. La cellule 2 se trouvait à une douzaine de marches plus bas. Nous arrivâmes à la porte – une grille électrique en métal. Les détenus de fraîche date auxquels on avait attribué des numéros, je l'appris par la suite, étaient considérés comme de «nouveaux stocks», et ceux qui étaient sur le départ, comme «prêts à expédier».

«Équipe deux, réception de la nouvelle marchandise! Matricule 0-9-9!» hurla mon nouvel «oncle», faisant traîner chaque syllabe. Voilà comment j'entamai ma nouvelle vie avec une nouvelle identité.

La grille électrique coulissa. Devant moi se trouvaient deux rangées de détenus, assis en tailleur, le torse bombé. Leur crâne rasé luisant sous la lumière soulignait leur apparence sinistre. Ils hurlèrent à l'unisson: «Voleur! À mort, à mort, à mort!»

Mon cuir chevelu me démangeait et j'étais sur le point de me faire dessus. Mes genoux flageolèrent et, horrifié, je m'accroupis comme un chien. Un prisonnier qui se trouvait près de la porte agita devant moi un gros verrou en fer, faisant mine de vouloir m'en mettre un coup sur la tête. Je rampai droit devant moi, aussi vite que je le pouvais, dans un couloir de six à sept mètres de long et d'une trentaine de centimètres de large, pour finalement m'arrêter dans un recoin près d'un immense seau hygiénique. Je m'assis par terre, la tête entre les mains. Le sol en béton était lisse et brillant. Jamais je n'aurais imaginé un accueil aussi grandiose.

Une voix grave retentit derrière moi : « Viens par ici, voleur ! »

Je me retournai, perplexe, et tentai de dissiper le malentendu : « Je ne suis pas un voleur. Je n'ai jamais rien dérobé. » Tout le monde éclata de rire. Je découvris plus tard que tous les prisonniers du centre d'investigation étaient appelés « voleurs ».

Le chef de la cellule frappa trois fois dans ses mains et les rires cessèrent immédiatement. Le véritable nom du chef était Er Lukou. C'était un voleur notoire de Chongqing, mais il ressemblait plutôt à un étudiant avec sa peau claire et ses mains douces. C'était un habitué et il était bien connu du responsable de la prison qui l'avait engagé pour surveiller les autres détenus et faire appliquer le règlement.

« Laissons le nouveau voleur commander un plat », ordonna-t-il.

Un détenu me tendit un parchemin qui ressemblait vaguement à un menu. J'en examinai le contenu ; je me sentais dans un état de totale confusion. Heureusement, la sonnerie du couloir retentit soudain. J'avais droit à un sursis. Ce que le chef entendait par « commander un plat », je l'apprendrais plus tard.

Tout le monde se leva. Le chef, lui, resta assis et leva lentement un pied. Sur ce, un groupe de détenus se regroupa autour de lui pour lui enlever ses chaussons et lui mettre à la place une paire de chaussures. Ensuite, les détenus firent tous la queue devant l'entrée. Chacun avait une place précise dans la file, déterminée par son statut dans la cellule. Tout de suite après, un vacarme et des martèlements de pas lourds se firent entendre dans le couloir. La porte s'ouvrit et nous sortîmes au pas.

Plus de cent cinquante prisonniers répartis dans six cellules convergèrent tels des paquets de boue coulant au fond d'un tuyau d'évacuation. Bousculé et poussé de toutes parts, je suivis le flot humain, tournant à chaque angle, avant d'être finalement projeté dans une arrière-cour rectangulaire. Les murs en brique escarpés étaient recouverts de fils électriques. Deux miradors équipés de projecteurs et de mitrailleuses étaient disposés en diagonale dans les coins opposés.

Au son strident d'un coup de sifflet, les détenus formèrent rapidement six files. Des gardes étaient postés à chaque bout. Ils nous balayaient du regard pour contrôler l'alignement. Nous étions tous au garde-à-vous comme des soldats révolutionnaires prêts à partir au combat, mais à la place des armes nous tenions deux bols dans la main gauche et une paire de baguettes dans la droite. Nos chaussures crissaient à l'unisson.

Quelques minutes plus tard, nous entendîmes de nouveau le sifflet. La cour devint silencieuse. Un officier muni d'une matraque fit son apparition. Les mains croisées dans le dos, il se balada entre les rangées de prisonniers, puis fit un signe de la main. Sans qu'une parole soit prononcée, les rangées paires firent demi-tour pour faire face aux rangées impaires. Ensuite, les détenus s'accroupirent en même temps et placèrent leurs bols à leurs pieds.

Deux Rouquins bien charpentés surgirent de la cuisine avec deux seaux de riz. Ils trottinaient entre les rangées, mettant une louche de riz dans un des bols de chaque prisonnier. Le plat suivant était une soupe de légumes aqueuse et noirâtre. Les gars nous la servirent prestement. Quand on était verni, on pouvait bénéficier d'une bonne lampée de légumes. La chance ne fut pas de mon côté pour ce premier jour. Je dus me contenter de deux misérables morceaux de feuilles de chou flottant à la surface d'un petit fond de gruau noir.

Il se trouva que ce jour-là était celui des plats à base de viande que les détenus devaient acheter avec leur propre allocation. Un officier commença par goûter quelques morceaux pour vérifier que le porc avait été cuisiné correctement. Puis il ordonna aux chefs de cellule de lui remettre la liste de ceux qui avaient commandé de la viande et de collecter leurs bons. On les appela par leur nom pour qu'ils viennent chercher leur part. L'appel terminé, un autre officier sortit la tête à une fenêtre du premier étage pour demander au cuisinier de m'en allouer un morceau. Surpris, je levai les yeux et vis que c'était le directeur. Je m'avançai et le cuisinier me tendit un demi-bol de poivrons verts accompagnés de lardons. Cette commande spéciale me propulsa en haut de la hiérarchie carcérale. Plus tard, je réalisai que ceux qui avaient les moyens de s'acheter de la viande étaient considérés, au sein de la cellule, comme des citoyens de première classe.

Une fois la nourriture servie, l'officier souffla de nouveau dans son sifflet. Les détenus se jetèrent sur la nourriture comme des loups affamés et se versèrent le breuvage noirâtre dans le gosier en levant les yeux au ciel. Certains se débarrassèrent de leurs baguettes pour mieux saisir avec les doigts des blocs de riz fumant et s'en remplir la panse. Quand la nourriture leur brûlait la langue, ils ouvraient grand leur bouche pour la refroidir en soufflant dessus. Je pris mon bol et observai ce qui se passait autour de moi. Cette scène de gloutonnerie me médusa. En un éclair, le détenu qui se trouvait à côté de moi donna un coup sur mon bol avec ses mains crasseuses. Avant que j'aie eu le temps de réagir, quatre lamelles de lard disparurent dans sa bouche. Ses joues creuses se bombèrent, une veine bleue saillant sous son menton. De l'huile coulait des coins de sa bouche.

Cependant, rien n'échappait à l'œil de lynx de l'officier. Il s'avança vers le chapardeur et le saisit par le col, le soulevant de terre. Le malheureux détenu, à l'aspect cadavérique, se balança dans le vide pendant une poignée de secondes avant de retomber lourdement sur le sol. «Petite merde!» hurla l'officier qui lui administra une série de gifles. Le corps du détenu valdinguait en arrière à chaque claque. De minuscules morceaux de viande giclaient de sa bouche dont certains venaient s'écraser dans mon bol. Rapidement, ses lèvres se couvrirent de sang et de salive. Malgré tout, il continuait à mastiquer vigoureusement, essayant d'avaler ce qu'il avait volé.

Furieux, l'officier piétina les deux bols du détenu fautif pour les réduire en miettes. Ensuite, il souffla brusquement dans son sifflet, ce qui annonçait la fin du déjeuner. La plupart des prisonniers avaient englouti ce qu'on leur avait donné. Un petit groupe de mangeurs lents avaient fourré des morceaux de riz dans leur bouche et étiraient leur cou comme des coqs qui chantent pour pouvoir mieux avaler. Avant même que nous ayons eu le temps de digérer, nous passâmes au programme suivant: la vaisselle. Une file se forma alors devant les lavabos.

Un détenu élancé comme un singe se rua sur un seau de déchets où le personnel de cuisine venait juste de verser les eaux grasses. Il y plongea ses mains et en prit une lampée pour se la fourrer dans la bouche. Aussitôt son visage fut inondé d'une fine couche de substance répugnante. L'officier arriva par-derrière et lui administra un coup de bâton. Le singe affamé fit un bond et alla se réfugier dans la foule comme un minable que l'on vient de corriger. Alors que l'officier tentait de lui faire barrage, un autre détenu s'avança et sauta vers le seau, les deux bras en avant. L'officier en secoua la tête de dégoût. Il s'en alla en se bouchant le nez. Mon estomac bouillonnait. Je serrai les dents pour réprimer mes nausées et jetai un œil vers le ciel pour passer le temps. Les nuages se dissipèrent et le soleil fit une timide apparition.

La pause déjeuner était terminée. Encore une fois, je fus happé par le torrent de prisonniers et dus patauger dans la gadoue pour regagner ma cellule. L'hostilité de mes codétenus envers moi s'était évanouie. Voyant que j'étais sous la protection spéciale du directeur, le chef abandonna le projet de me tabasser. Au lieu de ça, il me fit asseoir à côté d'un septuagénaire qui bénéficiait également de relations bien placées. Le chef et ses six assistants s'installèrent à l'opposé de moi, tirés à quatre épingles, presque comme des gentlemen respectables. Un passage étroit au milieu de la pièce les séparait des autres prisonniers.

Une fois tout le monde en place, le chef et les membres de son cabinet entamèrent leur collation postprandiale. Nous les regardâmes mordre dans la viande, boire à grand bruit leur soupe composée de légumes marinés mixés dans de l'eau chaude et déguster les quelques morceaux de fruits qu'ils avaient en réserve. Ensuite, le chef m'ordonna de venir plus près de lui. Avec l'allure solennelle d'un juge, il me demanda mon nom, mon âge, mon lieu de naissance, mon niveau d'études et les prétendues activités contre-révolutionnaires dont je m'étais rendu coupable.

Sa curiosité satisfaite, il somma un assistant de me délivrer une copie du *Manuel du détenu* et m'enjoignit de l'apprendre par cœur en deux jours. Avec ça, il déclara la procédure ajournée. Je regardai autour de moi, stupéfié : on me proposait un travail qui, au moins, me permettrait de lire et d'échapper momentanément à la traditionnelle cérémonie d'initiation.

9
Complices
同犯

Alors que je croupissais au centre d'investigation, la police commença à s'intéresser à mes amis et à mes supposés complices, Grosses lunettes et Poète hippie.

Le matin de mon arrestation, Grosses lunettes s'était levé peu après mon départ, et il avait traîné Poète hippie vers le cinéma où il travaillait. Ils avaient la gueule de bois et allumaient cigarette sur cigarette. Ils traversèrent la rue et approchaient du cinéma lorsqu'ils virent une escouade de policiers en civil, bien vêtus, qui les attendait déjà en haut des escaliers. Ils leur serrèrent la main et échangèrent des plaisanteries avec eux, mais mes amis eurent rapidement la surprise de se voir invités à monter dans la voiture de police.

Entre-temps, Petite Min, l'épouse de Grosses lunettes, était repassée à l'appartement pendant une courte pause prise sur son temps de travail, dans le grand magasin voisin. Consternée par le désordre, elle ouvrit la porte pour évacuer l'odeur de cigarettes et retroussa ses manches pour faire le ménage de fond en comble. Un ami se présenta soudain à la porte. Petite Min le fit entrer. Il était à peine assis qu'une forte agitation se fit entendre en dehors de l'immeuble.

Sentant que quelque chose d'anormal se passait, Petite Min réagit en un éclair. Elle ramassa une pile de cassettes audio et vidéo qui se trouvaient sur l'étagère sous la chaîne hi-fi. Parmi elles, il y avait un enregistrement audio de *Massacre*. Elle les fourra dans ses poches et dans le sac de son ami. Ils sortaient quand les policiers déboulèrent dans le couloir long et étroit de l'immeuble. Petite Min et son ami se rangèrent sur le côté pour les laisser passer. Par chance, ils ne furent pas reconnus. Aussitôt après, la police entra par effraction dans l'appartement de Grosses lunettes, qui fut mis à sac.

Comme un poisson passé au travers des mailles du filet, Petite Min se précipita dans le bureau de poste d'où elle envoya à Axia un télégramme codé pour l'informer de mon arrestation : « Yiwu est en train de mourir de maladie. »

À la réception du télégramme, mon épouse comprit que je m'étais mis dans un beau pétrin. Elle courut voir un vieil ami pour lui demander conseil. Mais lui non plus ne savait que faire. Axia décida alors d'agir de son propre chef. Avant que la police n'arrive dans notre appartement, elle avait brûlé les lettres qui auraient pu servir de preuves contre moi et avait dissimulé un petit sac rempli de mes manuscrits, dont le brouillon de *Requiem*, dans la maison d'un autre ami. Dans les heures qui suivirent, la police mit Axia sous les verrous et lui confisqua le reste de mes écrits et de mes biens personnels, des livres, des peintures, un appareil photo, des magnétophones et tout ce qui me restait d'argent liquide. La nuit qui suivit le passage de la police, les pillards débarquèrent.

Axia fut détenue pendant quarante jours. De retour à la maison, elle se retrouva en face d'une pièce vide, ne sachant si c'était la police ou des voleurs qui l'avaient dévalisée.

Le jour de mon arrestation, Petite Min courut également au laboratoire de langues de l'Université de médecine militaire N° 3 où nous avions tourné *Requiem*. Elle monta les escaliers au pas de course jusqu'au quatrième étage pour rencontrer Chen Dong et le technicien qui logeait dans un studio d'enregistrement. Chen Dong était penché sur le lavabo de la salle de bains en train de se brosser les dents. « Quelque chose de terrible est arrivé ! » lui confia Petite Min. Mais à peine avait-elle fini de parler que des flics en civil frappèrent à la porte. Elle traversa le hall en courant pour aller se réfugier dans les toilettes des dames. À travers une fissure de la porte, elle fut témoin de l'arrestation de Chen Dong et du technicien.

Petite Min regarda à la dérobée par une fenêtre située à l'étage du dessus. Mes deux amis se tenaient debout devant la voiture de police, chacun portant un tas de cassettes de *Requiem* – celles qui avaient été trouvées par la police dans le laboratoire. Chen Dong avait de longs cheveux qui lui tombaient sur les épaules, comme ceux d'une femme, et des traces de dentifrice sur le coin des lèvres.

Longtemps après le départ de la police, Petite Min resta tétanisée par la peur. Elle s'assit au pied du bâtiment du laboratoire de langues, les genoux tremblant et les larmes ruisselant sur son visage. Elle ne parvenait pas à comprendre comment la police avait fait pour dénicher tout le monde. Aucun de nos amis ne savait qu'elle était à ce moment-là enceinte de trois mois. Heureusement, pendant un court instant, la main invisible de Dieu les avait protégés du danger, elle et son bébé.

Alors que Petite Min était parvenue à échapper à une arrestation, mon ami Zhong n'eut pas la même chance, une semaine plus tard. Cela eut lieu tard dans la nuit. Il était chez lui en train d'écrire une nouvelle. Quand il sortit de sa maison pour aller dans la salle de bains qui se trouvait à l'extérieur, il vit des ombres bouger. « Qu'est-ce que vous foutez ici ? » aboya-t-il. Soudain, des faisceaux de torches électriques se braquèrent sur lui. Tout de suite après, il sentit le canon d'un pistolet lui appuyer sur les reins. Une équipe de dix officiers en armes avait été envoyée pour arrêter un écrivain atteint de la polio.

La police retourna tout dans la maison de Zhong. Ses livres de valeur, soigneusement emballés, furent piétinés et jetés sur le sol. Le chef fit même irruption dans la chambre à coucher de Zhong et tenta de s'emparer de la lingerie de son épouse. Elle lui demanda de décamper, le traitant de porc.

La répression s'abattit sur mes proches principalement à Chongqing, mais les autorités déployèrent également leurs tentacules vers les autres villes du Sichuan. Elles arrêtaient et questionnaient ceux qui faisaient partie de mes amis ou qui avaient distribué la cassette de *Massacre*. Comme on pouvait s'y attendre, l'ampleur de l'enquête provoqua une vive agitation parmi les écrivains et les poètes du pays.

Le poète Shi Guanghua était une personnalité unanimement reconnue dans les cercles littéraires chinois. Son soutien non dissimulé à mes poèmes éveilla les soupçons de la police. Avant que les agents de la Sécurité ne viennent l'appréhender, Shi participait à un colloque de critique poétique organisé, sur plusieurs jours, par le magazine *Étoile* à Leshan – non loin de l'endroit où trône le fameux grand bouddha sculpté dans la colline. Plus de deux cents poètes en herbe remplissaient la salle de conférence de l'hôtel pour l'écouter. Les participants étaient enthousiastes et les séances passionnées. Les discussions animées se prolongeaient tard dans la nuit. Personne n'imaginait que dans cette foule d'amateurs des policiers en civil arpentaient les couloirs, attendant le moment propice pour s'emparer discrètement de Shi. Finalement, l'occasion se présenta. Quand Shi sortit de la salle pour aller se dégourdir les jambes et respirer un peu d'air frais, ils fondirent sur lui. Le poète, connu pour sa faconde et sa vivacité d'esprit, resta sans voix. Une rixe éclata entre eux et lui. Il perdit ses chaussons pendant qu'ils l'emmenaient.

Le lobby de l'hôtel était presque vide. Un employé s'était assoupi, bercé par la musique apaisante du fleuve Yangtsé tout proche. Personne ne s'était rendu compte que la star du séminaire était victime d'un enlèvement. Shi dut dévaler l'escalier pieds nus, les cheveux en bataille et le visage maculé de poussière. La police plaça un journal au-dessus de ses mains pour cacher les menottes.

Au moment où les agents essuyaient leur front en sueur et échangeaient des sourires triomphants, un personnage inattendu se dirigea vers eux. Il s'agissait d'un éminent critique de poésie qui revenait d'une soirée arrosée avec des amis et qui salua Shi. Ivre mort, il bredouilla : « Eh ! Tu reçois encore à c't'heure. »

Shi ne répondit pas et ses ravisseurs à l'allure martiale l'obligèrent à baisser la tête. Le critique s'en étonna. Quand il se mit de profil contre le mur pour laisser passer le poète et ses « invités », Shi leva soudain son coude et frappa le critique à la poitrine. Le journal qui couvrait ses mains vola en l'air, laissant apparaître une paire de menottes rutilantes.

Comprenant la situation de son ami, le critique émergea de son ivresse et se mit à crier à l'aide. Tout à coup, les portes s'ouvrirent et les gens se déversèrent dans le couloir à la vitesse d'un vomi de pochtron. La police se retrouva encerclée par une foule en colère. Un poète qui avait servi dans l'armée exhiba un pistolet et fit comprendre qu'il était prêt à l'utiliser contre les agents de la Sécurité.

Des deux côtés, on poussait et on se bousculait ; la confrontation dégénéra. Quand un responsable de l'association des écrivains du Sichuan se proposa de jouer les médiateurs, l'agent en civil brandit le mandat d'arrêt stipulant que Shi était impliqué dans une affaire de diffusion de matériel pornographique. Outrée par ces accusations mensongères, une adolescente qui participait à la conférence s'agrippa aux jambes de son héros, s'opposant à ce qu'on l'emmène. Le drame se prolongea pendant près d'une heure, jusqu'à minuit passé. Malgré les efforts tenaces des organisateurs du séminaire, la foule finit par accepter de dégager le passage et de laisser la police embarquer Shi. Les gens grouillaient autour de lui comme s'il était une vedette de cinéma, essayant de lui serrer la main et de lui dire au revoir. Il fut détenu pendant un mois pour être interrogé par la police de son district. Heureusement, les enquêteurs ne trouvèrent finalement aucune preuve de son implication concrète dans l'affaire, et il fut relâché.

Pour la police, tout poète qui s'était lié d'amitié avec moi dans le passé était suspect, quand bien même aucun n'était ce qu'on appelle un « dissident » ou un « militant démocrate ». Aujourd'hui encore, je ne sais pas combien de personnes furent interpellées pour être interrogées, ni combien de manuscrits et de livres leur furent confisqués. Avec l'arrestation massive et abracadabrante de ces poètes prolifiques, le bureau de la Sécurité publique parvint à détruire une communauté littéraire qui prospérait dans une forme de marginalité au Sichuan.

“松山一百零八味药”

10
Le « menu »

Je ne compris que progressivement le système hiérarchique rigide qui régissait le centre d'investigation. À bien des égards, c'était de l'esclavage moderne. Au milieu de la pièce, il existait une véritable séparation entre la classe supérieure et la classe inférieure, et le chef agissait en roi. En dessous de lui, il y avait les membres du cabinet qui étaient soit des amis, soit des petites frappes qui avaient fait de fréquents séjours en prison. Ils avaient le bras long et abusaient sans scrupule de la classe inférieure. Le chef avait nommé deux responsables chargés d'appliquer ses ordres et de diriger les rites d'initiation. Il disposait également d'un « concierge » chargé de mettre au pas la classe inférieure et de s'assurer qu'elle satisfaisait les caprices du chef et de la classe supérieure.

J'avais eu de la chance d'être placé dans la « classe moyenne », mais j'étais toujours conscient du système stratifié au milieu duquel j'évoluais. Alors que les détenus du centre d'investigation s'appelaient mutuellement « voleurs », ceux de rang inférieur étaient des « voleurs-esclaves » qui travaillaient servilement pour la classe supérieure. Il y avait beaucoup d'espèces différentes de «voleurs-esclaves».

Ainsi, tous les matins, les «voleurs-serviette» allaient chercher de l'eau tiède et les brosses à dents pour la classe supérieure et lui préparaient des serviettes propres. Après chaque repas, ils lavaient sa vaisselle et ses baguettes et les rangeaient à part pour des raisons d'hygiène.

Les «voleurs-loisirs», également connus pour être les «pop stars» de la prison, étaient de beaux jeunes gens efféminés qui chantaient, dansaient et jouaient des sketches humoristiques pour la classe supérieure. Si nécessaire, ils dormaient avec leurs chefs pour satisfaire leur appétit sexuel.

Les «voleurs-eau chaude» fournissaient des tasses d'eau chaude à la classe supérieure plusieurs fois par jour et lui prodiguaient des massages tous les soirs.

Les «voleurs-blanchisseurs» nettoyaient les vêtements de la classe supérieure et écrasaient les puces de sa literie.

Les «voleurs-sol» astiquaient le sol plusieurs fois par jour, prenaient soin des chaussures de la classe supérieure, s'assurant qu'elles étaient vernies et rangées à leur place.

Les «voleurs-toilettes» vidaient le seau des toilettes dans les latrines extérieures deux fois par jour. En outre, quand les chefs et leurs amis voulaient se soulager dans l'intimité, ces voleurs devaient se tenir à deux devant la tinette pour faire écran. Quand un chef avait des problèmes pour s'asseoir sur le seau, les voleurs-toilettes le soulevaient par les épaules et lui servaient d'accoudoirs.

Entre ces deux classes diamétralement opposées s'insérait la classe moyenne, appelée aussi la classe des oisifs. Dans ma cellule, cette classe se composait d'un vieillard et de moi, car nous étions sous la protection des officiers de la Sécurité publique. Ce vieil homme était un riche antiquaire qui avait été accusé d'avoir vendu des objets anciens à des étrangers. Il disait avoir des liens étroits avec plusieurs hauts fonctionnaires du bureau de la Sécurité publique. Nous avions échappé au rituel initiatique et jouissions du même statut que ceux qui faisaient appliquer le règlement et les concierges. Nous pouvions prendre nos repas dans la cellule et les déguster à notre rythme. Toutefois, il était entendu que nous ne devions intervenir dans aucune dispute.

Dans une cellule qui ne mesurait pas plus de douze mètres carrés pour dix-huit personnes, la bureaucratie étatique se trouvait reproduite à l'identique. Les pouvoirs des chefs étaient clairement bornés. Ils devaient respecter les règles comme les autres détenus, et évoluaient avec prudence à l'intérieur de la hiérarchie. Qui s'écartait, par hasard, du droit chemin risquait de tout perdre ; or, ceux qui étaient aux manettes jouissaient de privilèges illimités. Ainsi, l'usage du papier-toilette était régenté par la hiérarchie : comme dans la société civile, le chef pouvait s'essuyer les fesses avec des serviettes parfumées alors que les voleurs-esclaves devaient se satisfaire de papiers d'emballage ou de vieux journaux.

Quand le chef était d'humeur bavarde, il comparait notre cellule au système politique en vigueur dans le pays. « Étant donné que je gère correctement votre cellule, diriger un pays ne devrait pas être un problème pour moi, se vanta-t-il un jour. C'est kif-kif. » Comme je ne lui cachai pas mon scepticisme, il leva le poing droit et l'enveloppa avec la main gauche.

« Tu penses que je ne sais régner qu'avec ce poing d'acier ? Je vaux mieux que ça. Laisse-moi t'expliquer. Les vieux chefs de notre cellule sont comme les membres du Politburo ou de la Commission militaire centrale. Les gens en dessous de moi sont les roturiers de cette nation. Les vieux chefs peuvent manger et faire ce qu'ils veulent. Pour maintenir le statu quo, nous devons prévenir toute division interne. Nous réprimerons quiconque essaiera de fomenter une révolte. Par contre, nous ne devons pas être trop sévères. Nous avons besoin de faire sentir à ceux qui sont en dessous de nous que nous sommes comme leurs parents.

– Je pense que vous vous trompez, dis-je. Le président Mao affirmait que le peuple était les parents du Parti, pas l'inverse.

– Quelles foutaises ! Si un voleur, ici, souhaite avoir un bon repas, c'est moi qui en décide. Tu vois la cigarette que j'ai dans la main ? Je peux l'utiliser comme carotte avec qui je veux. À propos, le système de récompenses comprend nombre de stratégies. Dois-je récompenser mon esclave avec une cigarette entière, la moitié d'une ou seulement avec un mégot ? Mon idée, c'est d'abord de lui donner un mégot. Ensuite, si l'esclave accomplit une bonne action, je le récompense avec un autre mégot. Tu dois commencer avec quelque chose de petit. Sinon, c'est difficile de faire face aux attentes des gens. N'oublie pas, tu dois toujours donner de l'espoir aux gens, leur faire miroiter quelque chose de meilleur.

– Vous avez bâti votre théorie de la gouvernance autour du mégot de cigarette. C'est assez subtil, dis-je sarcastiquement. Je pense que vous devriez être Premier ministre.

– Dommage que je ne sois pas issu d'une famille d'officiels du Parti. Les choses auraient été différentes », soupira le chef.

Le premier jour, au moment de la sieste, le régent local m'alloua un endroit à même le sol et me tendit une couverture qui ressemblait à un filet de pêche tellement elle avait de trous. Les vieux chefs se mirent sur le côté en attendant que les Rouquins leur fassent leur lit. Les esclaves tirèrent les draps d'un blanc éblouissant, et se mirent à la recherche du moindre grain de poussière. Quand les chefs se couchèrent, les surveillants et les concierges déployèrent leur literie dans le coin opposé à la porte. À mon tour, je m'allongeai, tout habillé, me protégeant la tête avec ma couverture-filet de pêche. Soudain, quelqu'un me botta les fesses. Je sortis la tête.

«On ne dort pas avec ses vêtements! hurla le chef au-dessus de moi.

– Je n'ai pas l'habitude de dormir nu, balbutiai-je, en protestant mollement.

– C'est le règlement! expliqua le chef numéro deux.

– Espèce d'intellectuel de mes deux, dit le chef avec dérision, tous les voleurs doivent se déshabiller pour aller au lit. Tu ne fais pas exception.»

Je ne savais que faire.

«Allez! Grouille-toi. Si tu refuses d'obéir, je t'envoie profiter de l'odeur de sueur de ces messieurs», menaça le chef en désignant la classe inférieure.

D'un rapide coup d'œil, je vis les sept couches des vieux chefs qui occupaient les deux cinquièmes de la cellule. Comparativement, la classe moyenne jouissait d'un endroit plus spacieux. Dix voleurs chevelus se tenaient alignés en deux rangs serrés. Les détenus dormaient à deux sous une couverture, tête-bêche et dos à dos, le cul de l'un collé derrière le genou de l'autre. Se plaignant toujours que les voleurs ne se serraient pas assez, les surveillants utilisaient un mètre roulant pour s'assurer que chaque détenu se trouvait dans l'espace qu'on lui avait attribué. Parfois, celui qui dépassait la frontière recevait un coup de pied dans la tête.

Je commençai à ôter mon manteau et mon maillot.

«Et ton pantalon? demanda le chef.

– Je n'ai pas de slip», mentis-je.

Le chef insista pour vérifier, mais je tins mon pantalon, ne voulant pas le laisser faire. Exaspéré par mon refus, il me lança une brochure. «Lis ce menu, me dit-il. Si tu me désobéis, tu devras commander un plat du menu et nous le cuisinerons pour toi.»

Cette brochure manuscrite s'appelait *Cent huit herbes rares de la montagne des pins*[35]. J'en lus attentivement quelques pages et, embarrassé, bredouillai: «Comment vous débrouillez-vous pour proposer tous ces mets savoureux en prison? Il y a un truc...» Je pouvais entendre les ricanements des Rouquins. Le chef était sur le point d'exploser de colère quand la porte s'ouvrit.

«Liao Yiwu!» cria-t-on de l'extérieur. Un officier venait me chercher pour un interrogatoire.

Malheureusement, comme les autorités me confisquèrent le «menu» lors d'une inspection de la prison, les «éléments» qui suivent sont ceux dont je me souviens et j'espère qu'un jour, quand s'écrira l'histoire du système carcéral, d'autres personnes pourront apporter à leur tour leur témoignage.

LES CENT HUIT RARETÉS DE SONGSHAN

Plats faits maison

Coudes de porc braisés aux herbes: l'exécutant[36] donne des coups secs avec son coude dans le dos du détenu jusqu'à ce que ce dernier soit couvert d'ecchymoses. Le plat est servi spécialement pendant la cérémonie d'initiation pour les débutants.

---

35. Le mot Songshan, qui donne son nom au centre d'investigation (installé dans une zone boisée), peut se comprendre comme «la montagne des pins».
36. L'exécutant est un prisonnier désigné par le chef de cellule pour exécuter ses basses œuvres.

Sauté de patte d'ours au tofu: l'exécutant frappe à plusieurs reprises le torse du détenu avec la paume des mains.

Tofu frit des deux côtés: deux exécutants frappent le détenu sur la poitrine et dans le dos. Ces coups répétés lui font parfois perdre connaissance. Durant mon séjour à Songshan, plusieurs prisonniers sont morts à la suite de ce genre de torture.

Les pastilles pour la gorge: l'exécutant frappe le détenu à la pomme d'Adam avec le tranchant de la main. La victime ne peut plus rien avaler pendant des jours, ou, dans les cas graves, devient aphone pendant plusieurs semaines.

Ragoût de groin de cochon: l'exécutant écrase les lèvres du détenu entre deux baguettes jusqu'à ce qu'elles enflent.

Menton de cochon rôti: l'exécutant administre un uppercut au détenu pour lui briser les dents.

Ragoût de museau de bœuf: l'exécutant enfonce ses doigts dans les narines du détenu jusqu'à ce que son nez saigne.

Tofu fraîchement moulu (grosse portion): l'exécutant pique à l'aide d'une baguette le cuir chevelu du détenu, ce qui provoque de petites bosses pourpres de la taille d'une perle. Ensuite, il frotte les ecchymoses jusqu'à ce qu'elles saignent. Quelques jours après, quand le contour des contusions s'infecte, il en fait sortir le pus. Après résorption, les ecchymoses laissaient des rougeurs sur la tête de la victime.

Tofu fraîchement moulu (petite portion): l'exécutant frappe les gencives du détenu jusqu'à ce qu'elles saignent. Après plusieurs jours de torture, les dents de la victime se déchaussent et parfois tombent. En plus de perdre la capacité de mâcher, la torture cause des douleurs et des saignements chroniques.

Grillade de colonne vertébrale: l'exécutant plonge une boule de coton dans du pétrole et frotte la colonne du détenu avec. Il place la boule de coton dans le bas du dos et y met le feu. Des étincelles jaillissent partout jusqu'à la nuque de la victime.

Porc débité à la scie: l'exécutant imbibe une grosse corde d'huile, l'enroule autour du mollet du détenu et lui imprime un mouvement de va-et-vient jusqu'à ce qu'elle lui découpe la chair comme le ferait une scie.

Chiche-kebab à la sauce au poivre: l'exécutant cale des boules de coton imbibées d'huile entre les doigts de pied du détenu puis y met le feu.

Soupe de pied de porc: l'exécutant donne des coups de badine sur la cheville du détenu comme s'il remuait des pieds de porc dans une grande marmite remplie de soupe.

Bouillie de tortue molle: l'exécutant oblige le détenu à tremper ses fesses dans une bassine d'eau chaude.

Canard fumé à la sichuanaise: l'exécutant brûle d'abord les poils pubiens du détenu puis lui décalotte le gland et le noircit avec du feu.

Côtelettes de porc grillées: deux rangées de cinq détenus se font face. La victime doit passer entre ces deux rangées tout en recevant des coups aux côtes.

Kimchi séché: le détenu est contraint de récupérer dans le seau des toilettes des excréments humains.

Porc cuit deux fois sur un plat en fer: l'exécutant pique le dos du détenu avec des cannes en bambou et saupoudre les piqûres de sel. Il recouvre les zones blessées de sparadraps. Dès que le sang cesse de couler, il arrache les bandages, ce qui fait que le dos de la victime ressemble à de la viande rôtie.

Mapo tofu: l'exécutant introduit une douzaine de grains de poivre dans l'anus du détenu et l'empêche de les en faire sortir, quand bien même cela serait douloureux.

Soupe de carapace de tortue et de peau de porc: l'exécutant donne des coups sur les genoux du détenu jusqu'à ce que contusion s'ensuive et qu'ils enflent en forme de carapaces de tortue. Marcher devient impossible.

Bouillon de nouilles clair: des guirlandes de papier-toilette sont trempées dans un bol rempli d'urine. Ensuite, le détenu doit ingurgiter le papier et boire l'urine.

Spécialités maison

Canards mandarins batifolant dans l'eau: deux détenus doivent se masturber mutuellement. Celui qui éjacule en premier est déclaré perdant et écope d'une punition.

Fleurs se balançant de la bouche des enfants: l'exécutant insère une baguette ou des brins d'herbe dans l'anus du détenu et oblige ce dernier à les attraper avec la bouche en se pliant en deux.

Les époux séparés: deux détenus sont ligotés ensemble, dos à dos. Au signal de l'exécutant, on les oblige à s'attraper mutuellement le pénis et à tirer dessus à l'aveugle.

Tomber sur le dos d'un chien durant un tremblement de terre: on oblige le détenu à s'accroupir sous la bouche d'aération. Un exécutant lui monte dessus pour s'accrocher aux barreaux. Ensuite, il se laisse tomber sur la victime. À cause de ce «mets», de nombreux détenus meurent des suites de leurs blessures ou souffrent de sévères lésions aux vertèbres.

Faire de la moto: le détenu plie les genoux et tend ses bras devant lui, comme s'il chevauchait une moto. Il doit rester immobile pendant au moins une demi-heure sous peine de sanction.

Assis dans un salon de thé: le détenu s'assoit sur une chaise, les jambes croisées. Ensuite, on enlève la chaise mais il doit continuer à «s'asseoir» et sourire, même si ses jambes tremblent.

Les chiens affamés qui dérobent la nourriture: l'exécutant pose une cacahuète ou une graine de soja sur le sol. Les détenus doivent se jeter dessus comme le ferait un chien et ramasser l'appât avec la bouche, sans utiliser les mains. L'exercice est assez périlleux et beaucoup de détenus finissent avec des bleus, le nez en sang et les dents cassées.

Le chien de ferme sautant sur le festin: le détenu s'allonge sur le sol jusqu'à ce qu'on lui ordonne de sauter après la nourriture qu'on lui jette en l'air.

Regarder les poissons rouges dans le bocal: l'exécutant plonge la tête du détenu dans le seau des toilettes.

Prendre l'avion: quatre détenus lancent la victime en l'air et la laissent retomber, sans la rattraper, ce qui lui provoque souvent des lésions à la tête et au dos.

L'épouse interrogée: l'exécutant place des baguettes entre les doigts du détenu et les lui écrase. C'est la reproduction d'une scène du film du même nom.

Les moines sonnant la cloche: deux détenus tiennent le seau des toilettes en l'air pendant que quatre autres soulèvent horizontalement la victime et lui cognent la tête contre le seau. Le son que produit le choc était le bruit favori du chef. Chaque fois que ce châtiment était pratiqué, la victime s'évanouissait.

Sculpture de nu: le détenu se tient nu sur le seau des toilettes et prend les poses ordonnées par le chef.

Le lapin de Songshan enveloppé avec des cordes soyeuses: dans une de ses variantes, l'exécutant serre fermement les bras et les jambes du détenu avec des cordes, stoppant ainsi la circulation sanguine, jusqu'à ce que ce dernier ressente des picotements, des brûlures et des frissonnements et que ses membres s'engourdissent. Si l'exécutant fait durer le plaisir, cela peut engendrer des dégâts irréversibles. Dans une autre version de ce châtiment, l'exécutant enveloppe le pénis de la victime avec une ficelle, ce qui provoque des infections urinaires, pouvant même aller jusqu'à l'incontinence ou l'impuissance.

La tête de tortue: l'exécutant insère un grain de poivre dans le prépuce puis le ficelle.

Noyer le cochon: l'exécutant gave le détenu d'eau froide jusqu'à ce qu'il vomisse.

Le crachoir humain: le chef crache ou répand ses cendres de cigarette dans la bouche d'un détenu agenouillé près de lui.

11

Interrogatoires

审讯

Cinq heures après mon arrivée, je fus convoqué pour un interrogatoire. Encore tout retourné par la découverte de la cellule, je fis un pas dehors et traversai le couloir dans un état second. Près de l'escalier, je reconnus les policiers en civil qui m'avaient arrêté. L'un d'eux me tapota l'épaule.

« Ils n'ont pas perdu de temps pour te soûler, hein ? dit-il sarcastiquement. Félicitations ! Vous avez l'air d'aller bien.

– Tu devrais t'estimer heureux d'avoir rencontré des gens compatissants comme nous, dit un autre policier. Tu as résisté à l'arrestation. Juste pour ça, tu aurais mérité quelques plats du menu de Songshan. Ils ne t'en ont pas servi parce que nous avons spécifié au chef de ne pas le faire pour l'instant. Si tu parles, tu pourras partir d'ici plus tôt que prévu. Cela facilitera le travail de tout le monde. »

Je fis un signe de tête et les suivis docilement. Nous descendîmes les escaliers et longeâmes à tâtons le couloir faiblement éclairé. Contrairement au premier étage où se trouvaient les cellules, les pièces du rez-de-chaussée étaient toutes de petits bureaux servant aux interrogatoires.

L'enquêteur en chef n'arrivait pas à décider lequel prendre. Il ouvrit toute une série de portes et, à chaque fois, le soleil aveuglant se déversait sur moi comme une cascade d'eau. Nous avons marché de long en large et, finalement, ils ont opté pour une pièce au fond du couloir. Au moment d'entrer, l'odeur de moisissure m'assaillit les narines. Plusieurs lucarnes oblongues flottaient au-dessus de nous comme autant de passages vers le paradis.

Je me tenais appuyé contre le mur, l'air solennel. Un assistant me pria poliment de m'asseoir. Quand je lui demandai un tabouret, l'enquêteur à la mine sévère me montra purement et simplement le sol. Je n'eus d'autre alternative que de m'accroupir. Rapidement, mes jambes fatiguèrent et je m'écroulai par terre.

On me demanda d'abord mon nom, mon âge et mon lieu de naissance, puis on me lut la liste des accusations retenues contre moi : écrits calomniant les leaders communistes, film contestant la décision du Parti de réprimer les manifestants de la place Tian'anmen et collaboration avec des espions étrangers dans le but de porter atteinte au pouvoir du Parti. Chaque fois que mon regard s'évadait, mon interrogateur hurlait : « Lève les yeux vers moi ! » Quand je n'arrivais pas à répondre à une question, il me regardait fixement. Je pense qu'il essayait de se donner de l'importance. Malheureusement pour lui, il était aussi efflanqué qu'un singe et aussi myope qu'une taupe. Il comptait sur son grand bureau et sa matraque électrique pour donner l'illusion qu'il représentait la dictature du prolétariat. Je répondis patiemment aux questions concernant les chefs d'accusation, mais mon inquisiteur prétendit que je mentais. En guise de protestation je fis le choix de me taire.

Entre deux questions, je regardais en direction des lucarnes et, ensuite, je mettais ma tête entre mes jambes. Le singe perdit son sang-froid et me toisa, hurlant et jurant. Vers la fin de l'interrogatoire, son ton commença à s'adoucir. « Liao Yiwu, signons un *gentlemen's agreement.* » Il s'approcha plus près de moi et je pus voir la sueur perler sur son visage.

« Si tu me racontes pourquoi tu as fait le film *Requiem* et qui est derrière ce projet, je promets de te relâcher demain.

– Vraiment ? dis-je en feignant l'air désespéré du collabo. D'accord ! Je ferai des heures supplémentaires pour rédiger mes aveux. Mais, avant cela, pourriez-vous m'aider à me faire rembourser mon billet de train pour Pékin ? Pourriez-vous également envoyer un télégramme à mon ami Ma à Pékin pour lui dire que j'ai décidé de retarder mon départ de deux jours ?

– Pas de problème, répondit, enjoué, l'enquêteur. Je vais demander à mon équipe de s'occuper de ça. »

Puis d'un air sournois, il me demanda :

« Au fait, qui est Ma ?

– C'est le fils du haut cadre Ma Bufang, répondis-je sur le ton de la vénération.

– Ma Bufang ? Ce nom m'est familier. Pourquoi veux-tu le voir ?

– Il travaille pour le quotidien *Culture de Chine.* Il connaît beaucoup de monde, dis-je en continuant à feindre l'innocence. Je veux voir s'il utilisera ses connexions pour diffuser mon film *Requiem* sur la chaîne de télé nationale. »

C'est à ce moment-là que le singe comprit que je me moquais de lui. Ma Bufang était un célèbre chef militaire chinois du début du XXe siècle.

« Foutaises ! »

Il frappa du poing sur son bureau et se leva.

« Liao Yiwu, nous représentons le peuple. On ne nous baise pas comme ça. Tu pourrais le regretter. Sois sincère et confesse tout au Parti, en particulier tes relations avec

Michael Day et ce rockeur taiwanais, Hou Dejian. Dis-nous ce qu'ils avaient en tête quand ils se sont mêlés aux étudiants sur la place Tian'anmen durant les derniers jours de l'émeute contre-révolutionnaire. »

Michael Day était un ami, alors que Hou Dejian, non. J'aimais ses chansons et je l'avais vu à la télévision, c'est tout. Sachant qu'il était vain de m'expliquer, je jouai l'étonné et regardai l'enquêteur sans rien dire. En fait, je ne sais pas qui jouait le mieux la comédie, moi ou lui. Il était persuadé que j'étais, de près ou de loin, en lien avec les dissidents les plus connus du pays.

Il frappa une nouvelle fois sur le bureau.

« Pourquoi en fait-il une affaire personnelle ? » me demandai-je. Sans le vouloir, j'éclatai d'un rire saccadé, ce qui l'exaspéra davantage.

Il s'avança et agita son poing devant moi. Je pouvais sentir sa mauvaise haleine. La pièce entière était devenue une grande bouche crasseuse. Je m'y tapis, et me cachai sous sa langue qui se tortillait pour esquiver ses dents acérées.

Une fois de plus, je tournai mon regard vers la lumière du jour. Le soleil disparaissait et l'univers immense était sur le point de terminer sa journée. J'avais les fesses gelées. Les journaux sur lesquels j'étais assis étaient humides et avaient taché d'encre mon pantalon. Je fis abstraction des aboiements de l'enquêteur et me tortillai pour me redresser. Quand je m'essuyai le nez et tirai sur le pantalon qui me collait à la peau, l'assistant de l'enquêteur me regarda avec dégoût.

Peu de temps après, les hurlements de mon enquêteur ameutèrent le directeur qui entra dans la pièce et me fit poliment signe de m'asseoir sur le sol.

« Quelque chose te tracasse ? » demanda-t-il.

Il se pencha sur moi et me souffla avec bienveillance :

«Tu peux tout me dire.

– Pourriez-vous faire venir quelqu'un de moins agité?» dis-je franchement.

Le visage de l'enquêteur devint violet comme du foie de cochon.

Après l'interrogatoire, quand je retournai dans ma cellule, il était déjà plus de minuit. Je marchai avec précaution autour d'un marécage de chair humaine, évitant mes codétenus comme s'ils étaient des mines antipersonnel. Je trouvai le minuscule endroit qui m'était réservé, m'écroulai sous la couverture-filet de pêche et plongeai instantanément dans un sommeil profond.

Je fus réveillé avant l'aube par d'épouvantables démangeaisons au dos et aux jambes. J'ôtai ma chemise et mon pantalon et découvris les traces laissées par des hordes de poux. Quand j'étais petit garçon, je vivais avec mon grand-père à la campagne où les poux, les puces et autres punaises étaient endémiques, et j'avais appris à les tuer. Cette compétence me rendit un fier service. Quelques minutes plus tard, sur mes mains et ma chemise, ce ne fut plus que taches pourpres et carcasses ensanglantées.

* * *
*

Depuis quelques jours, le chat et le chien de la maison ont commencé à se gratter. Je les ai pris l'un après l'autre et me suis mis à leur chasser les puces tout l'après-midi, avec une attention passionnée, au point que mes doigts en ont été rougis. Le bruit assez perçant de la minuscule explosion que provoquait chaque puce écrasée me mettait dans tous mes états. Très content de moi, je suis allé montrer mon tableau de chasse à ma mère et à Song Yu, avec l'intention de leur expliquer en détail comment était constituée une puce. Mais elles se sont enfuies aussitôt en poussant des cris aigus à la vue de ce massacre.

Hier soir, mon ami Li Yadong m'a invité à manger de la fondue sur le pont nouvellement bâti à la Porte du sud. Un mendiant appuyé sur la balustrade du pont était en train de se masturber devant tout le monde. Je me suis arrêté pour profiter du spectacle, avec une expression de délectation. Li, de son côté, était sur le point de dégobiller. Cette espèce de rat de bibliothèque mal dégrossi m'a tiré par le bras pour nous éloigner de là en fonçant tête baissée. Et moi, j'essayais de continuer à regarder derrière moi en murmurant : « C'est quand même rare de tomber sur une telle aubaine dans la rue ! »

Le vieux Li m'a fixé pendant un long moment avant de me dire :

« Tu es trop en forme ! En forme à ce point, c'est pas normal !

– Comment ça, je serais pas normal ! Je suis capable d'avaler trois bols à chaque repas...

– Cochon ! »

Je dois avouer que je vis comme un porc. Je traîne au lit jusqu'à 10 h 30. Je me lève et prends une douche froide, je me remue un peu la carcasse, puis mange avec une grande concentration. Ma fiancée Song Yu me reproche de manger salement. Les pauvres sont comme ça. Même si le ciel devait leur tomber sur la tête, il leur faudrait manger à leur faim. Je ne dois pas tomber malade. Dans cette porcherie de pays, il faut avoir un estomac de fer pour tout digérer.

Observer l'estomac des hommes passe souvent par les dents et le sang, et non par la réflexion. On baisse la tête, et on va goûter et renifler les odeurs dans lesquelles baignent les hommes, ainsi que le parfum des mémoires à la mode mélangé aux senteurs des mémoires suries du passé. Nous aimons tous l'argent et pourtant nous disons que l'argent pue : ainsi, rechercher la puanteur a toujours été à la mode.

La devise de mon écriture peut se résumer à ceci : les soies du porc poussent sur la peau des cochons. Pour comprendre quelque chose avec profondeur et certitude, il faut te coller à la bête comme une mouche à merde. Le bourdonnement des mouches nous insupporte, mais elles s'obstinent tout en évitant la paume des mains qui claquent. Tant pis, nous sommes nés pour ce genre de tâche répugnante, comme les médecins de l'Antiquité qui posaient leur diagnostic en goûtant les selles de leur malade afin de connaître les maladies de l'époque.

J'éprouve de la nostalgie pour les chiottes à ciel ouvert de mon enfance. Il m'est arrivé de rester accroupi un temps infini au-dessus du trou en contemplant une lune splendide. C'est exactement ce que voulait dire Li Bai dans son poème *La lune est plus brillante dans mon pays natal.* Voilà pourquoi ce genre de poème ancien perdure parmi les Chinois d'outre-mer. La distance du temps et de l'espace produit une sensation de beauté. Être patriote englobe-t-il le fait d'aimer les chiottes de son pays ?

Je n'ai jamais aimé l'abstraction. Le pays natal est déjà un peu plus ancré dans la réalité que la patrie, et la famille l'est encore plus. Si j'ai voulu supporter la double contrainte de la dictature et des duretés de la vie en restant dans cette ville, c'était par habitude. Quand tu as bien mangé et bien bu pendant une nuit d'été, et que tu vas visiter la rue des fondues aux alentours du lieu-dit Tombeau-de-Wang-Jian, tu entends partout le son des marmites qui mijotent avec leurs épices piquantes, et celui des clients qui mastiquent goulûment. Puis tu commences à fabriquer de la graisse et de la crotte (qui va de pair avec une forme de diarrhée intellectuelle). Ce genre de spectacle de fin du monde, où les humains ressemblent à des animaux domestiques, fournit exactement le genre de nourriture indispensable à un arbre qui commence avec quelques petites pousses pour devenir un majestueux végétal.

Exister pour se nourrir de la merde.

*

* * *

Alors que je me rengorgeais, suite à ma victoire sur cette armée de poux, une main m'agrippa l'épaule – le trafiquant d'antiquités qui dormait près de moi se levait pour aller aux toilettes. Il s'assit sur le seau dans une position inconfortable. Il ne cessait de se balancer d'avant en arrière et son front brillait sous la lueur du plafonnier qui restait allumé en permanence.

Des grillons chantaient au-dehors et de petites vagues d'air frais me faisaient frissonner le dos. Je me couvris le nez pour éternuer ; mon corps se mit à trembler. Les bestioles encore en vie se préparaient à m'attaquer de nouveau. La démangeaison semblait s'être infiltrée dans mes veines. Peu importait la vigueur avec laquelle je me grattais, je ne connaissais aucun répit. J'avais envie de m'arracher la peau. Heureusement, la fatigue me terrassa et je finis par m'assoupir. À demi-conscient, je voyais le trafiquant d'antiquités grimacer sur le seau des toilettes. Rapidement, le seau décolla doucement du sol pour monter vers le ciel. Le vieil homme était toujours constipé. Les étoiles crissaient sous ses pieds comme du gravier. Le ciel nocturne se transforma en un morceau de peau écorchée, sinueux, en forme de spirale.

Les détenus de longue date me racontèrent que les prisonniers souffraient de constipation parce que le corps était en état de choc. Heureusement pour moi, les douleurs abdominales qui en résultaient ne me tourmentèrent guère plus d'une semaine. Néanmoins, le stress des interrogatoires me causa des aphtes et m'ôta l'appétit. Déprimé, je décidai d'entamer une grève de la faim.

Mon refus de manger provoqua un certain émoi. Le premier jour, les gens me regardaient bizarrement, comme si j'arrivais d'une autre planète. Au moment du déjeuner, ils prirent mes bols et les posèrent dehors, près de la porte, pour montrer aux officiers que je n'avais pas touché à la nourriture. Parce que je refusai de dîner, le chef et d'autres responsables, conformément aux instructions de l'officier en charge, tentèrent de me persuader, à tour de rôle, de renoncer à mon projet. Mais comme je persistais, ils me menacèrent. Finalement, le directeur vint lui-même me chercher.

J'arpentai son bureau comme un martyr, puis m'accroupis par terre. Il me tapota l'épaule et m'indiqua le canapé: «Assieds-toi là. Toi et moi sommes égaux en esprit.» Il ôta sa casquette, révélant ses cheveux gris. «J'ai une fille qui est étudiante à l'université, continua-t-il. Elle a également participé au mouvement de protestation de la place Tian'anmen. Aussi, je comprends un peu les intellectuels dans ton genre.»

J'écoutais mais je gardais la tête inclinée.

«Peu importent les faits qui te sont reprochés, tu dois faire attention à toi. Je n'ai pas le droit de te relâcher. Cela dépasse mes prérogatives. Mon travail, ici, consiste uniquement à m'assurer que les détenus sont retenus conformément à la loi, qu'ils restent en vie, et ne créent pas de problèmes durant leur incarcération. Si tu étais un de nos habitués, mes adjoints auraient réglé différemment ton histoire de grève de la faim. Ils auraient demandé à plusieurs compagnons de cellule de t'ouvrir la bouche de force et de te nourrir.

– Eh bien, n'hésitez pas à faire tout ce que bon vous semble.»

J'étais déterminé à poursuivre ma grève, mais ma voix vacillait un peu.

« Ne t'inquiète pas. Je ne te ferai rien de tout ça, m'assura le directeur. Si tu continues avec ta grève de la faim, tout ce que j'aurai à faire, c'est en référer à mon superviseur. Moi, il ne m'arrivera rien. Tu seras le seul à en souffrir. Mais tu es encore jeune et tu as la vie devant toi. Essaie de rester en bonne santé et de sortir d'ici le plus vite possible.

– J'ai reçu la même mise en garde de la part de mes enquêteurs, dis-je, désabusé. Ils m'ont dit que si je suivais leurs conseils et avouais tout, ils me laisseraient sortir en un rien de temps. »

Le directeur s'approcha de moi et me souffla : « Tu devrais dire la vérité. Raconte tout ce que tu as fait, mais n'entraîne personne dans ta galère. »

Ses propos m'étonnèrent dans la mesure où les autres officiers me demandaient toujours plus de noms, essayant de me faire impliquer le plus de monde possible. Il quitta la pièce et revint avec un grand bol de riz cuit accompagné de légumes.

« Puis-je te dire quelque chose ? Ne te fie pas à ce que tu lis dans les livres de propagande à propos des communistes qui auraient provoqué des grèves de la faim collectives ou cousu des drapeaux communistes dans les prisons du Kuomintang dans les années 1940. Ce n'est que de la pure fiction imaginée pour tromper les enfants. »

Il me tendit le bol.

« Vas-y, sers-toi. J'ai ajouté quelques lardons et du glutamate. C'est vraiment bon. »

Et c'est ainsi que le directeur sabota ma grève de la faim.

L'attention particulière qu'il m'accordait renforça mon prestige. Huang, le chef numéro deux, et Shi, le numéro trois, me firent un signe, le pouce levé, et commencèrent à me faire de la lèche. Nous sommes devenus ensuite de véritables amis. Comme ils étaient tous les deux illettrés, je fus leur liseur de courrier attitré. Le chef, en revanche, entretenait une rancune envers moi depuis que j'avais sapé son autorité en refusant de dormir nu. Il pensait également qu'un bleu de mon espèce s'en était tiré trop facilement pour une grève de la faim. Chaque fois qu'il le pouvait, il s'en prenait à moi. Un jour, il me somma de réciter le *Manuel des détenus*. Je refusai d'obtempérer. « Ce sont les officiers de la Sécurité publique qui doivent le mémoriser et obéir aux règles, expliquai-je. Je suis un simple détenu. Pourquoi devrais-je les retenir par cœur ? »

Le chef resta sans voix. « Vous préparez un coup contre moi ? » hurla-t-il.

Les gros bras s'avancèrent et me firent une clé de bras. Je grimaçai et hurlai de douleur. « Putain, si l'un de vos bâtards ose me toucher, je porterai plainte et je m'en servirai comme excuse pour sécher les interrogatoires. Pour chaque coup reçu, je prendrai un jour de congé. »

Les gros bras eurent un moment d'hésitation. Alors qu'ils étaient en train de réfléchir à ce qu'ils allaient faire, j'arrivai à m'échapper et me précipitai vers le chef. Ses laquais parvinrent à me maîtriser et appelèrent à l'aide. Avec tout ce remue-ménage, Wen, l'officier de garde, débarqua dans la cellule. Le chef m'accusa de refuser d'apprendre le manuel et d'avoir initié une rixe.

« Je n'ai plus assez d'espace libre dans mon cerveau, me défendis-je, l'enquêteur a demandé à ce que je me concentre sur mon cas. »

L'officier Wen me dévisagea quelques instants, les yeux injectés de colère, puis secoua la tête de résignation. « La chicanerie semble être ta spécialité. Très bien, nous te donnons deux jours supplémentaires. Mais sache que tu dois apprendre le manuel.»

Avant que l'officier ne quitte la cellule, un nouvel enquêteur entra pour me convoquer. Un petit homme trapu avec un fort accent de Fuling se présenta sous le nom de Wu. Il était le quatrième que l'on m'assignait en quelques jours. Tel un homme d'affaires pressé de conclure un marché, il me serra fort dans ses bras.

«Nous avons grandi dans la même ville, me dit-il, me tendant un petit sac de légumes marinés provenant de Fuling, voilà quelque chose qui te rappellera le pays. Nous avons acheté ça spécialement pour toi.

– Je ne suis pas de Fuling, rectifiai-je.

– Ta femme est de là-bas, n'est-ce pas? J'ai ici une lettre d'elle. Si tu nous avoues tout, nous pourrons demander ton transfert. Nous pourrons également vous libérer sous caution et ainsi tu pourras te réunir avec ta famille.»

Je pris la lettre de la main de Wu. Je reconnus immédiatement les pattes de mouche d'Axia. «Dans la situation actuelle, c'est mieux si nos routes se séparent», avait-elle écrit.

Wu remarqua mon émotion. Sur un ton paternel, il me demanda:

«Es-tu prêt à parler?

– De quoi voulez-vous que je parle?

– J'aimerais que nous repartions sur de nouvelles bases.

– Je ne sais pas par où commencer.

– Il n'est pas nécessaire de suivre l'ordre chronologique, intervint l'assistant de Wu, je t'écoute et je note tout ce que tu dis. Je sais que les poètes ont tendance à parler au fil de l'inspiration. Dis ce que tu veux, du moment que ça a un lien avec ton cas.

– Je n'ai plus vraiment grand-chose à raconter. J'ai l'impression que ma femme veut mettre un terme à notre union.

Je suppose que je dois me préparer à passer le reste de ma vie dans un monastère.

– Une fois que nous aurons tiré ton cas au clair, tu seras libre. Tu pourras aller où tu veux, me rassura Wu.

– Comment allez-vous vous y prendre ? J'en ai assez de ce monde. Tu devrais peut-être entrer au monastère avec moi.

– Soyons sérieux et mettons-nous au travail », poursuivit Wu avec un rire forcé.

Pendant l'interrogatoire, je n'arrêtais pas de penser au message d'Axia et sombrai dans une profonde angoisse. Plusieurs fois, Wu se leva de sa chaise pour me rappeler à l'ordre. Quand je blablatais de manière incohérente, le sourire qui barrait son visage disparaissait :

« Tes conneries ne nous intéressent pas ! Selon le droit pénal chinois, tu ne peux pas refuser de répondre aux questions des officiers de la Sécurité publique.

– Si c'est le cas, déclarez-moi coupable. »

De retour dans ma cellule, je lus et relus la lettre d'Axia qui, visiblement, avait dû être écrite dans un stress extrême. Que lui était-il arrivé ? m'étonnai-je. À ce moment-là, je ne savais pas qu'elle était également détenue à cause de moi.

La cloche du dîner sonna. Je marchai comme un robot pour aller chercher mon repas, du riz avec une fine couche de porc cuit en marmite et des poivrons verts. Mes yeux fixaient un cheveu blanc collé sur l'un des morceaux de porc. La nourriture refroidissait dans mon bol. Je piquais la viande de porc avec mes baguettes, mais je n'avais pas d'appétit. Une charrette transportant un téléviseur noir et blanc passa devant notre porte. Numéro deux tapa du pied : « Putain, quand est-ce que ce sera notre tour de regarder la télé ? »

Une goutte de sang tomba sur la viande qui se trouvait dans mon bol ; je saignais du nez. D'un bond, je me redressai et allai chercher quelqu'un pour m'essuyer le nez. «Tu vas entamer une autre grève de la faim?» demanda le chef avec dédain.

Je le snobai et enjambai une rangée de têtes rasées pour donner au voleur-toilettes, qui était accroupi dans un coin, la nourriture à laquelle je n'avais pas touché. C'était un travailleur migrant du Fujian qui avait été arrêté alors qu'il travaillait sans permis de résidence en règle. En quelques jours de cellule, j'avais déjà vu le chef l'intimider à plusieurs reprises. Le voleur-toilettes fut décontenancé par cette subite bienveillance. Il hésita quelques secondes, doutant de ma sincérité, puis il s'empara de mon bol. Les baguettes cliquetèrent et le porc braisé disparut dans sa bouche.

Ce qui suivit ressembla à une scène de kung-fu. Un gros bras fit valdinguer le bol d'un coup de pied bien dosé. Avant que j'esquisse le moindre geste, le bol s'écrasa sur le sol en béton et ricocha dans tous les sens. Le riz se répandit aux quatre coins de la cellule. J'entendis le voleur-toilettes s'étouffer.

Le chef l'admonesta: «Tu as dû être un cochon dans une vie antérieure. Tu en veux un peu plus? Nous allons t'offrir un mets de notre menu officiel. Que penses-tu d'un ragoût de groin de cochon?»

Une demi-douzaine de détenus vinrent aider au «service». On me poussa sur le côté. Le voleur-toilettes s'agenouilla, tremblant comme un canard à qui l'on a coupé les ailes. Ses lèvres se retrouvèrent coincées entre deux baguettes.

«Exécution!» ordonna le chef.

L'applicateur appuya sur les baguettes. Sous la pression, les lèvres de la victime s'ouvrirent comme une fleur rouge au milieu de son visage. Au milieu des gémissements, le chef esquissa un sourire puis se tourna vers moi d'un air triomphal. «En prison, la compassion est un délit. Puisque tu n'as pas goûté aux "plats" de notre menu, laissons-le le faire à ta place.»

Il tourna les talons et lança au condamné: «Prépare-toi pour la seconde entrée – une petite portion de tofu frais.»

Je restai là, impuissant. Mais bientôt il me vint une idée.

«Tu as gagné», dis-je, feignant d'avouer mon erreur.

Je m'éloignai tout doucement de lui. Puis je me jetai sur la grille et hurlai «À l'aide!» en direction d'un garde qui se trouvait dans le couloir. Tous les détenus retournèrent à leur place et s'assirent en tailleur, le buste droit.

En quelques secondes, la salle de torture se transforma en salle de méditation. À mon grand désarroi, ce fut l'officier Wen qui déverrouilla la porte pour me laisser sortir. Avant qu'il ne me le demande, je lui racontai ce qu'il s'était passé. Wen regarda droit devant lui sans dire un mot. Arrivé à son bureau, il me fit signe de m'accroupir dans le couloir, dos au mur. L'officier posa une chaise dans le couloir et s'assit devant moi, les jambes écartées.

«À présent, répète ce que tu viens de me dire.»

Alors que trois autres officiers jouaient aux cartes dans le bureau, Wen écoutait d'une oreille distraite mon histoire de torture.

Je m'arrêtai de parler.

«Continue, je t'écoute», m'encouragea-t-il. Mais rapidement, il relâcha de nouveau son attention. Je dus élever la voix, comme un traître prêt à rompre avec son maître. «Pensez-vous faire quelque chose contre ça?»

Excédé, l'officier Wen me fusilla du regard. «Qu'attends-tu de moi?» Et il ne tarda pas à ramener sa chaise dans le bureau pour se joindre à la partie de cartes.

Son indifférence me mettait en rage. Ma tension grimpa en flèche. Tel un enfant, j'imaginais que je me transformais en guerrier et que je le taillais en pièces à l'aide d'un sabre de la taille d'un croissant de lune. Mais je n'avais aucune idée du temps que je devrais rester dans ce zoo brutal. Je devais trouver un moyen de survivre, quitte à y perdre ma dignité. Après tout, on m'avait déjà enfoncé des baguettes dans l'anus. Que pouvait-il m'arriver de pire ?

Je me couchai sur le sol comme un chien et me murai dans un silence rageur. J'avais toutes les peines du monde à rester éveillé. Une heure passa avant que Wen n'émerge finalement de son bureau.

« Puis-je me permettre de te dire quelque chose ? Ne fourre pas ton nez dans des affaires qui ne te concernent pas. Ça ne t'apportera rien de bon. Dans une cellule, il y a des règles. Sans règles, on ne peut rien accomplir. Je parie que toutes les prisons ont toujours fonctionné de la même manière. Même sous le gouvernement nationaliste, ou, avant lui, sous la dynastie Qing, il en était ainsi. Les pays occidentaux emploient également des détenus pour administrer d'autres détenus, n'est-ce pas ?

– J'ai là la copie d'un menu. Ne pensez-vous pas que ces tortures sont abusives ?

– Les voleurs ont tous leur façon particulière de faire les choses. Maintenant que tu es un des leurs, cesse de te plaindre des mauvais traitements qu'ils te font subir. N'est-il pas exact que tu es en prison à cause de ton comportement excessif ? Chacun doit savoir ce qu'est la peur. »

Pendant qu'il me donnait sa « conférence », il ôta sa casquette de policier à plusieurs reprises pour en enlever la poussière. Avec son uniforme impeccablement repassé, il avait l'air élégant et sophistiqué. Néanmoins, cette façade de lettré recelait une nature perverse. Il était probablement capable de tuer quelqu'un avec le sourire, comme le faisaient les officiers militaires aristocratiques qui servaient Adolf

Hitler. Ils étaient émus aux larmes par la musique de Chopin ou de Mozart, mais n'avaient aucun scrupule à exterminer les Juifs dans les chambres à gaz.

«Aimez-vous la musique?» La question me brûlait les lèvres. Je ne pus m'empêcher de la lui poser.

La confusion se lisait sur son visage.

«Bien sûr», répondit-il.

«Souviens-toi, ne te mêle pas des affaires des autres, souffla-t-il en me ramenant en cellule. Maintenant que tout le monde a vu que je t'ai retenu et ai discuté avec toi aussi longtemps, ils vont commencer à te regarder différemment.»

Wen avait raison. Quand j'entrai dans la cellule, mes camarades de chambrée étaient en train de regarder la télé qui avait été apportée pendant que j'étais sorti. Les chefs se levèrent pour me céder leur place.

Numéro deux déclara en désignant la télé: «Nous devons remercier l'officier Wen pour ça.» Il me céda sa place et je me retrouvai près du chef qui inclina la tête en signe de conciliation. Les images sur l'écran noir et blanc avaient du grain, mais cela ne semblait déranger personne.

«On ne voit rien d'ici», marmonnai-je.

Le chef considéra ce bredouillement comme la parole sacrée d'un empereur. Il hurla à ses subordonnés: «Contre-révolutionnaire dit qu'il ne voit rien du tout! Réglez-moi cette antenne!»

Deux détenus se plantèrent derrière le poste. L'un d'eux tenait l'antenne dans ses mains, comme le porte-drapeau qui dirige les gardes sur la place Tian'anmen. L'autre s'était placé près de lui, tenant solennellement un long cordon. Impatient, Numéro deux appuya sur tous les boutons, passant d'un canal à l'autre. Finalement, il ordonna au «porte-drapeau» d'incliner l'antenne vers la gauche, vers la droite, un petit peu plus vers la droite puis vers le nord-est. Le téléviseur se comportait comme une femme capricieuse, se découvrant parfois – quand le signal devenait meilleur –, et soudain, quand tout le monde commençait à applaudir, redevenant quelqu'un de fuyant – les parasites reprenant alors le contrôle de l'écran.

Furieux, Numéro deux donna un généreux coup de pied dans le chariot de la télé. Miraculeusement, l'image apparut... pour disparaître trois secondes plus tard. Finalement, le chef se leva et saisit l'extrémité de l'antenne. L'écran redevint net immédiatement, à l'exception d'une bande noire en haut de l'écran qui virevoltait comme une queue de comète.

« Pas étonnant que les gens dans la rue vous appellent le roi des pickpockets, dit Numéro deux pour faire de la lèche au chef. Vous avez une telle dextérité. » Ensuite, il cria sur celui qui tenait l'antenne : « As-tu vu comment le chef a fait ? »

Durant la soirée, l'antenne changea trois fois de mains. À dix heures, le sifflet annonçant l'extinction des feux retentit dans le couloir. Quelqu'un avait déjà fait mon lit. J'avais été élevé au rang de haut cadre.

Plus tard, quand plus un bruit ne se fit entendre, les cadres se rassemblèrent dans un coin et dégustèrent en douce un tord-boyaux maison. Chaque fois que quelqu'un en prenait une petite gorgée, il le laissait mariner dans sa bouche quelques secondes pour pouvoir en savourer pleinement le goût. Après l'avoir avalé, il retenait sa respiration aussi longtemps qu'il le pouvait pour empêcher l'alcool de s'évader de son corps. C'était un drôle de spectacle. Un des chefs m'invita à me joindre à eux. Je bus une grande rasade ; le chef fronça les sourcils. J'avais du mal à croire qu'après seulement quelques jours de détention, j'étais assis aux côtés des gros bonnets.

La population de Songshan se renouvelait à un rythme effréné. Des admissions et des libérations avaient lieu tous les jours. Cette rotation intensive entretenait le système postal clandestin. Les lettres et les messages pouvaient être remis à la famille ou aux amis par les détenus dont la libération était imminente. Les travailleurs contractuels qui nettoyaient les couloirs se livraient à de petits trafics avec les détenus, comme la contrebande de cigarettes et d'alcool. Beaucoup de gardiens fermaient les yeux ou étaient tout simplement négligents. Les mesures répressives ne nous empêchaient aucunement d'envoyer des lettres ou de demander les choses que nous souhaitions.

Pendant la période passée au centre d'investigation, nombre de mes lettres purent être transmises aux amis grâce au chef et ses acolytes. Ils les cachaient dans leurs poches puis discutaient avec ceux qui nettoyaient les couloirs à travers les barreaux, leur demandant de s'occuper de la livraison. Plusieurs fois, nous fûmes surpris et punis, mais la plupart de mes lettres arrivèrent avec succès dans les mains de leur destinataire. Dans l'une d'elles, je demandais à Yang, un ami critique littéraire, d'avertir les gens qui avaient travaillé sur *Requiem* de ne pas reconnaître leur culpabilité s'ils étaient convoqués par la police.

Pour rendre la pareille des petites faveurs dont je bénéficiais, je proposai aux chefs de leur servir de secrétaire. Avec le temps, Numéro deux et Numéro trois devinrent, comme je l'ai dit, des amis et commencèrent à m'ouvrir leur cœur. La vie dans la cellule devint un peu plus supportable.

12

Le Policier confucéen

儒警

Après que Wu eut jeté l'éponge avec moi, un nouvel enquêteur me fut assigné. Il se nommait Qin. Il avait de belles dents blanches et un visage grossier, légèrement basané. Il prétendait avoir des années d'expérience en matière de lutte contre la criminalité, ce qui expliquait sa suffisance et son imagination pervertie et débordante. Par moments, je le sentais même plus poète que moi. Il aborda mon cas comme un auteur de roman policier de série B, usant de sa théorie sur mon travail pour élaborer les détails de mes crimes et en déduire mes intentions. Quand je relatais des faits qui contredisaient sa version, Qin attaquait comme un chien de chasse, déchiquetant en pièces mon récit. Toute tentative de ma part pour rétablir la vérité ne faisait qu'alimenter la suspicion.

«Réfléchis! me pressa-t-il un jour. Parle-moi de la première fois où vous vous êtes réunis, toi et tes amis, et où tu t'es décidé à faire ce film. Te souviens-tu de la personne assise à côté de toi qui griffonnait dans un calepin? Pendant la réunion, tu t'es levé deux fois, une fois pour aller dans la salle de bains et une autre pour récupérer un exemplaire de ton poème.

– Vous en parlez comme si vous y étiez.

– Non, mais tes amis ont partagé ce détail dans leur confession et tous mentionnent un plan que vous tramiez lors de la réunion. Sois mignon et explique-nous ça. Tu gagneras notre clémence si tu coopères. »

Je ne savais pas de quoi il parlait, mais, tête basse, je fis semblant d'examiner la question.

Quelques minutes plus tard, Qin m'aboya dessus : « Ça te revient, à présent ? »

Je secouai la tête en souriant comme un imbécile.

Qin fit des va-et-vient dans la pièce, se tenant le menton avec le poing droit.

« La deuxième nuit des vacances du Nouvel An chinois, cinq personnes étaient assises autour d'un poêle dans ton salon. Ton ami Grosses lunettes a été le premier à te proposer de faire un film commémorant l'émeute contre-révolutionnaire de 1989 à Pékin. Il t'a suggéré de profiter de ses amis techniciens et du studio d'enregistrement du laboratoire de langues de l'Université de médecine militaire N° 3.

« Chacun devait se débrouiller pour collecter des fonds. Alors même que le nom et le thème du film n'avaient pas encore été décidés, la nature du projet était claire. Il serait une suite de *Massacre*. Ta poésie était l'élément unificateur de ce grand complot contre-révolutionnaire. Cependant, je ne pense pas que toi et tes amis ayez fait tout ça seuls. Qui était aux manettes ? Quelqu'un en dehors de votre cercle était-il impliqué ? Jusqu'ici, tous tes amis rejettent la faute sur toi, mais ce ne serait pas juste de ma part si je te tenais responsable de tout. »

Mon visage rayonna d'une illumination feinte. « Ah, je vois ! D'après votre théorie, je ne serais qu'un pantin et quelqu'un contrôlerait tout derrière moi. N'est-ce pas ? »

Qin fut pris au dépourvu par mes sarcasmes. Il m'interrompit :

« Savais-tu que Michael Day était un espion ?

– Je l'ai dit plusieurs fois et je le répète : ce n'est pas un espion.

– Tu es bien naïf à son sujet, répliqua Qin d'un air suffisant, en se délectant de l'énumération des détails du prétendu complot. Tu étais aveuglé par ton intarissable désir de reconnaissance et, dans ce but, tu as échangé nombre de renseignements avec lui. Tu lui as donné beaucoup de tes poèmes publiés illégalement et nombre de magazines clandestins. Tu l'as présenté à des poètes *underground*. Tu es tombé de plus en plus profondément dans son piège et tu as même collaboré avec lui pour enregistrer le poème *Massacre*. Comme récompense, il t'a envoyé 900 yuans et t'a poussé à réaliser le film *Requiem* !

– Il m'a envoyé de l'argent pour rembourser la nourriture qu'il avait consommée chez moi, protestai-je. Il m'a rendu visite deux fois et a vécu chez moi pendant un bon moment sans me verser un yuan. Il aime la Chine et a passé huit ans à étudier le chinois.

– Un espion canadien ? Il aime la Chine ? Quelle blague !

– Vous ne pouvez pas comprendre.

– Je suis sûr qu'il en pince pour toi, me lança Qin avec cynisme. Son amour t'a brûlé la cervelle et t'a envoyé tout droit en prison. Est-il besoin que je te fournisse des preuves de cette trahison ? »

Qin commença à lire les remarques faites par Michael Day à des amis, dans lesquelles il critiquait la répression du gouvernement chinois contre les étudiants protestataires.

« Ces propos sont sortis de leur contexte, expliquai-je. Ils reflètent seulement son opinion sur les événements de 1989, pas sur notre pays. Il n'est pas hostile à la Chine.

Comme moi, il n'est pas d'accord avec la manière dont le gouvernement a réagi face à ce mouvement de protestation. Le Premier ministre Zhao Ziyang a ouvertement contesté la décision du Parti. Si le Premier ministre avait droit à son point de vue, pourquoi Michael Day et moi n'y étions pas autorisés ? »

Qin pointa son doigt vers moi. « Arrête de dire n'importe quoi ! Tes crimes ont été perpétrés *après* que le Comité spécial du Parti eut considéré le mouvement de protestation comme une émeute contre-révolutionnaire. Ton action a été guidée par ton indifférence passée à l'égard de l'idéologie communiste. Selon les experts, dans les années 1980, quand le libéralisme bourgeois venu d'Occident s'est répandu en Chine, tu en étais la figure de proue et tu as publié beaucoup de poèmes politiques qui attaquaient le Parti. *Massacre* et *Requiem* sont le résultat inéluctable de ce genre de logique. »

Il était inutile de se défendre. Je me contentai de le regarder droit dans les yeux.

Très vite, ce genre d'interrogatoires à répétition, tel un couteau émoussé, me laboura le cerveau jusqu'à mettre à mal mon système nerveux.

Pendant l'un d'entre eux, Qin essaya de m'extorquer des aveux à propos du véritable but de *Requiem.*

« Au matin du 9 mars, toi et le réalisateur avez eu une brève conversation sur le thème du film. Tu t'en souviens ? Tu as dit au réalisateur que tu écrivais *Requiem* pour rendre hommage aux morts du 4 juin 1989 et apaiser leur âme.

– Ce n'est pas vrai, me défendis-je. Dans mon film, le mot "requiem" est un terme générique. Je voulais apaiser les âmes de tous les morts à travers le monde, ceux des temps modernes et ceux des temps anciens.

– Y compris ceux qui sont morts à Pékin ! »

Qin essayait de me faire dire ce qu'il voulait entendre.

« Vous n'avez aucune sensibilité artistique. Cela ne sert à rien de discuter de mon travail avec vous, rétorquai-je.

– Je ne manque pas d'armes pour apprécier l'art. Je comprends parfaitement bien ton travail. À travers tes poèmes et ton film, tu évoques ta sympathie pour ceux qui sont tombés place Tian'anmen. Suite à votre conversation, le réalisateur a poursuivi et a exécuté tes instructions pour faire le film.

– Mes instructions ? Mais alors, qui m'en donnait ? lui demandai-je, faisant allusion à son hypothèse d'un plus large complot.

– Nous trouverons. Nous avons tout notre temps. Pourquoi as-tu pris de tels risques pour faire ce film ? Quel était le but de ton voyage à Pékin ? Voulais-tu t'enfuir de Chine ? »

Il m'avait déjà maintes fois posé ces questions et j'étais à présent trop fatigué pour y répondre.

Si les critiques littéraires avaient pour habitude de considérer certains de mes premiers poèmes comme des matériaux obscurs tout juste bons à donner d'affreux maux de tête, les officiers de la Sécurité publique, comme Qin, pensaient autrement. Ils avaient formé un groupe d'étude pour disséquer mes œuvres. Ils étaient devenus mes lecteurs les plus fervents, tentant d'y dénicher des messages antigouvernementaux. Et même après ma libération, je les ai vus arriver chez moi comme des meutes de loups, avec des sourires enjôleurs, pour s'emparer des fruits frais de mon travail, sans même me délivrer un reçu ni me gratifier d'un « merci ».

Une nuit, très tard, Qin essaya de me blouser en voulant me faire dire ce que je n'avais pas dit.

« Discutons un peu tous les deux. Tout ce que nous raconterons ne sera pas enregistré, me promit-il. Je me suis plongé dans vos derniers poèmes ces jours-ci. Pour vous dire la vérité, je suis devenu l'un de vos plus grands fans. Je pense personnellement que *Requiem* est plus intéressant et plus fin que *Massacre*. Les poèmes porteurs de messages subtils ont plus de poids. Par exemple, dans *Requiem*, vous écrivez : "Une certaine personne possède l'âme des Chinois Han. S'immolant dans un feu céleste, il plane, loin du peuple." Beaucoup de gens dans notre bureau pensent que tu parlais du président Mao, mais moi, je crois que tu veux parler de Deng Xiaoping. Est-ce que je me trompe ?

– Je suis le seul habilité à interpréter mes poèmes, déclarai-je. Je veux aller au lit.

– Pas question, tu restes ici. Je sais très bien que les poètes sont des oiseaux de nuit. »

Et il ajouta, d'un air qui semblait bienveillant : « Prends une collation et tu seras d'attaque pour me parler d'un autre poème. »

Qin m'interrogea pendant plus d'un mois. Je payais d'un lourd tribut ces interminables sessions : elles ravagèrent peu à peu ma chevelure, aussi épaisse et fournie que la crinière d'un lion avant mon arrestation. Sur le dessus de mon crâne rasé, je découvris bientôt des trous qui témoignaient de la progression de la calvitie.

De temps en temps, quand il était dans de bonnes dispositions, Qin autorisait le gardien à m'apporter des exemplaires des classiques chinois comme le *Roman des trois royaumes* ou *Au bord de l'eau*. Outre des aveux, Qin attendait, en effet, de moi autre chose...

Un matin, à l'heure de l'interrogatoire, un gardien m'annonça que la séance se déroulerait dans le bureau du directeur plutôt que dans les habituelles pièces sombres et humides du deuxième étage. Debout devant la porte du directeur, je hurlai : « Puis-je entrer, monsieur ? » Personne ne répondit. Un officier arriva derrière moi, m'ordonnant de faire trois aller-retour dans le couloir. J'aperçus une caméra qui me visait comme une mitrailleuse à travers une imposte. J'étais déconcerté, mais je fis ce qu'on me dit.

On m'installa dans le bureau. Qin était assis derrière la table, droit comme un i. Il était tout sourire, comme un père bienveillant. Comme le voulait la routine, je m'accroupis dans un coin comme un chien. Qin se leva et s'approcha de moi. Il me tira par le bras et m'emmena gentiment vers le canapé. Je rougis comme un adolescent timoré qui se rend à son premier rendez-vous. Je m'assis maladroitement au bord, avec reconnaissance. « Détends-toi, me dit-il gentiment, aujourd'hui, nous ne t'interrogerons pas. » Puis il commença à bavarder avec moi au sujet de ma vie et de ma famille : combien de temps avais-je été marié ? Avais-je un enfant ? Combien de livres avais-je publiés ? Je répondis scrupuleusement à toutes ces questions. Nous déblatérâmes pendant une heure sur ces conneries. Le soleil se déplaça du bas vers le haut de la fenêtre. Pendant notre entretien, le caméraman ne cessait de nous interrompre : « Ton visage est trop sombre. Mets-toi là ! » Ou encore : « Le soleil t'éclaire trop, penche un peu la tête ! »

À un moment, Qin s'assit près de la fenêtre. Une de ses jambes baignait dans la lumière du soleil, l'autre restait dans l'ombre. De but en blanc, je lui demandai s'il avait de l'arthrite.

Bien que surpris, il me confirma qu'il souffrait de cette maladie et que son genou lui faisait mal quand il pleuvait. « Je ne pense pas que ce soit de l'arthrite. C'est un cancer des os », dis-je en souriant. Je ne sais pas pourquoi mais je fus pris d'un fou rire irrépressible. Je savais que je compliquais son projet quel qu'il fût. Conscient qu'il y avait une caméra, il réprima sa colère. Il se pencha sur moi, leva légèrement son visage vers la caméra et lança son bras en avant de façon théâtrale, comme dans une scène d'un opéra du Sichuan.

«Liao Yiwu, crois-tu que tu es digne de tes parents?» chantonna-t-il d'une voix haut perchée.

J'eus un mouvement de recul suite à ce changement de posture et de ton. Qin réitéra plusieurs fois sa question avec cette voix de fausset. Il agitait les mains de manière spectaculaire, la main gauche fendant l'air et la droite désignant le bout de mon nez: «Es-tu digne de tes parents?»

Je me tenais là, stupéfait, sans rien dire. Cette performance chargée en émotion dura plusieurs minutes. Ensuite, le caméraman posa son attirail et s'avança pour lui susurrer à l'oreille: «Tout est OK.» Qin s'arrêta à contrecœur, comme un acteur qui s'était profondément impliqué dans son rôle.

Plus tard, j'appris que j'avais servi de faire-valoir pour un film dépeignant Qin en fonctionnaire sévère mais paternaliste. Ce documentaire fut diffusé à la télévision et, peu de temps après, mon enquêteur obtint une promotion. Sa réussite dans la gestion de mon affaire était citée en exemple. Sa notoriété monta en flèche. Surnommé le Policier confucéen par ses collègues, il se vit confier un poste de direction au département de la Sécurité publique de la municipalité de Chongqing.

La série d'interrogatoires s'arrêta juste après la fête du Travail, qui tombe, en Chine, le 1er mai.

Un jour, lors de notre séance d'étude politique, je tombai, dans le journal du Parti, sur un discours de Jiang Zemin, le secrétaire général du Parti communiste chinois, intitulé «Le patriotisme et la mission des intellectuels chinois»:

> Un petit groupe de nos camarades a prononcé des paroles erronées et agi à tort, ignorant la vérité sur le mouvement de

protestation de Tian'anmen. Du moment qu'ils réalisent leurs erreurs et qu'ils en tirent les leçons, nous devons les encourager. Pour ceux dont la pensée n'a pas encore fait volte-face, nous continuerons à les soutenir avec enthousiasme et patience.

Je me mépris en voyant une chance de liberté dans ce qui n'était qu'un nouvel exemple du bon vieux maniement de la carotte et du bâton par le Parti. Inspiré par le discours de Jiang, j'écrivis une lettre à l'officier Qin dans laquelle je citais les propos de Vladimir Lénine : « Quand les jeunes commettent des erreurs, même Dieu leur pardonne. » À la réception de ma lettre, Qin accepta de parler seul à seul avec moi. Pendant notre tête-à-tête, il m'encouragea à travailler dur et à réformer ma pensée sans me donner de réponse précise. Son ambiguïté me donna de faux espoirs en me laissant croire que le gouvernement suivrait ce que Jiang avait déclaré dans son discours – qu'il pardonnerait mes transgressions et mettrait bientôt fin à ma misère. Après tout, la loi énonçait clairement que si une personne n'avait pas été placée officiellement en état d'arrestation au bout de quarante-cinq jours de détention, elle devait être libérée.

Je commençai à compter les jours. Numéro deux se moqua de ma candeur, même si lui-même nourrissait un espoir similaire : il était accusé de viol, de meurtre, d'enlèvement et de cambriolage, mais il s'accrochait à l'illusion que sa condamnation à mort pouvait être commuée en peine de prison s'il coopérait et avouait ses crimes. Avant son exécution, je l'aidai à rédiger plusieurs notes à sa famille et nous devînmes des amis proches. Parfois, il m'appelait affectueusement « Contre-révolutionnaire ».

13

Fantasmes d'évasion

妄想出逃

En détention, le sujet de conversation favori, excepté les femmes et le sexe, c'était l'évasion. Un jour, Numéro deux me demanda si j'étais prêt à foutre le camp si l'occasion se présentait. Je lui répondis que j'y avais pensé plusieurs fois. La nuit, je rêvais même de survoler les hauts murs ou de me faufiler par une fissure du plancher. Dans mon sommeil, je donnais des coups de pied et battais des bras. Mon voisin, le vieil antiquaire, se réveillait le lendemain le corps couvert d'ecchymoses.

«Nous sommes les uns sur les autres du matin au soir, dis-je avec un soupçon d'exaspération, comment pourrions-nous espérer quoi que ce soit ?

– Si tu essaies, il y aura des occasions», me rassura-t-il.

Peut-être avait-il raison, pensai-je.

«Pendant la pause, hier, lui dis-je, je me suis faufilé dans les latrines pour aller faire la grosse commission. C'était juste après que les détenus eurent vidé leur seau de toilette dont la puanteur a failli me tuer. Je suis resté pour inspecter les alentours. La grille d'aération est scellée avec d'épaisses barres de fer. Le seul espoir réside dans les trous sombres situés au sol par où la merde s'évacue. Ces trous conduisent à une grande fosse installée à l'extérieur.

– Tu as sauté dedans ?

– Presque, admis-je. Je me suis accroupi et j'ai regardé à l'intérieur si longtemps et si intensément qu'il me semblait que mes yeux allaient tomber dedans. J'avais oublié la puanteur. Les excréments humains ne m'avaient jamais paru aussi attrayants. Mais en me noyant dans d'inutiles tergiversations, j'ai laissé passer ma chance. Je pense que quand on sait comment naviguer à travers la fosse à merde, on est en mesure de se faire la belle. Tout ce qu'il y a à faire, c'est de retenir sa respiration pendant trois ou quatre minutes.

– Dieu merci, tu n'as pas franchi le pas, sourit Numéro deux. Quelqu'un a réussi une fois à s'évader de cette manière. Depuis, les autorités ont installé des grillages sous la terre.

– Merde ! C'est râpé pour moi, alors. »

J'étais terriblement déçu.

« Ne te fais pas de bile, Contre-révolutionnaire. Nous trouverons un autre moyen, ou alors nous coopérerons dans une vie prochaine. »

Numéro deux me lança un clin d'œil. Et les yeux dans les yeux, nous convînmes d'un accord tacite.

La salle des douches était située en face des latrines, au rez-de-chaussée. Normalement, nous étions autorisés à prendre un bain chaud tous les dix jours. Un soir, après le dîner, on obligea tous mes compagnons de cellule à s'asseoir à leur place. Arborant une nouvelle serviette, une nouvelle paire de pantoufles et une nouvelle barre de savon Lux, le chef se tenait tranquillement à la porte. Il attendait les ordres du « Roi-père », l'officier en charge de notre cellule. C'était le travail du chef de l'accompagner à la salle de bains.

D'ordinaire, l'officier prenait son bain en premier et nous utilisions ensuite l'eau chaude qui restait dans le chauffe-eau. La serviette et le savon étaient mis au rebut après utilisation. Tel un eunuque de la cour impériale, le chef frottait le dos du policier, lui coupait les ongles des mains et des pieds et le distrayait avec des potins et des plaisanteries. « Vous ne pouvez pas imaginer le boulot que c'est, pleurnichait-il après coup, même si mon corps s'immerge dans l'eau chaude, je n'ose pas me laver. Quand j'en ai fini avec le Roi-père, je suis tout en sueur et j'ai la gorge sèche. Putain de merde, il me traite comme un mignon dans un sauna finlandais, sauf que, Dieu merci, il ne me baise pas. »

Parfois, le chef se vengeait des humiliations ainsi subies sur un jeune garçon efféminé connu sous le nom de Chanteur. Le chef exigeait de lui d'être traité comme s'il était lui-même le Roi-père. Il allait même plus loin en le violant et en se vantant de ses prouesses sexuelles avec lui.

Les douches des détenus étaient divisées en deux : une salle à laquelle on accédait en premier nous était dédiée, et il y en avait une autre à l'arrière, hors d'état de fonctionner. Un rideau en tissu séparait les deux endroits. Il n'y avait pas assez de place pour tout le monde dans la première salle, aussi les détenus qui attendaient leur tour se blottissaient-ils les uns contre les autres, nus comme des vers, dans les vestiaires. Les membres de la classe supérieure passaient en premier, les exécutants et le concierge en second, la classe moyenne en troisième, puis, en dernier, la basse classe.

Quand Numéro deux sortit de sa douche, je lui demandai de ne pas bouger et de faire le guet. Il comprit ce que j'attendais de lui.

Il fit mettre tout le monde en rang dans le vestiaire et moi je fermai la marche. En quelques instants, la vapeur d'eau envahit l'espace, et je pus me faufiler dans la pièce à l'arrière sans éveiller la moindre attention. La seule bouche d'aération trônait en haut du mur. J'avançai en tâtonnant jusqu'à elle. Dans le crépuscule, je pouvais apercevoir une falaise, si escarpée qu'elle semblait avoir été découpée à la hache. Avec la distance, les gardes à l'intérieur des tours de guet ressemblaient à de petits clous.

Les barreaux de la lucarne étaient rongés par la rouille. Assis sur les épaules de quelqu'un, on pouvait facilement les dessouder en faisant levier. Une fois dehors, il fallait marcher sur la pointe des pieds, collé à la paroi de la falaise et cela sur cent mètres. Ensuite, on pouvait sauter le petit muret et pénétrer dans l'école polytechnique voisine.

Mon cœur battait la chamade comme si j'avais trouvé une toute petite chance de survie sous le menton d'un tigre prêt à m'occire. Je rampai à reculons, balayant le sol avec ma jambe, à la recherche de quelque chose de dur ou de pointu pour m'attaquer aux barreaux. Rien. Désespéré, j'essayai de dévisser une à une les bagues des pommeaux de douche. Au moment où je m'y attendais le moins, le troisième pommeau se démantibula. La sueur suintait de la paume de mes mains. Je me démenai pour démonter la poignée du robinet. Un bruit énorme à l'intérieur du tuyau vide me fit sursauter, faisant comme un écho dans ma tête. C'est alors que Numéro deux se mit à tousser bruyamment. Je partis à contrecœur.

À mon retour en cellule, je lui fis part de ma découverte spectaculaire. Nous étions tous les deux très enthousiastes. Nos visages rayonnaient comme ceux de deux ivrognes. Fort heureusement, la cellule était faiblement éclairée, sinon nos camarades nous auraient demandé ce qui se passait. Numéro deux se frotta les mains et murmura :

« Entre nous, c'est à la vie, à la mort. Si nous réussissons, je ferai de toi mon frère de sang.

– Ce n'est vraiment pas la peine, dis-je humblement, une fois dehors, nous vivrons chacun notre vie.

– Non. Les policiers connaissent mes lieux de prédilection comme la paume de leur main. Je n'ai nulle part où aller. Je vais devoir te suivre, dit-il sérieusement.

– Je n'ai pas de relations et je ne sais même pas où j'irai non plus, protestai-je.

– Ne t'avise pas de te débarrasser de moi, dit-il avec un sourire malicieux, je connais bien ton histoire. Un contre-révolutionnaire comme toi est toujours protégé où qu'il aille.

– Tu ne peux pas t'empêcher de voler et de tuer, lui répondis-je. Si je te laisse me suivre, je finirai comme toi, condamné à mort.

– Je te promets que je ne ferai que voler les gens, pas les tuer, et que je ne m'attaquerai pas aux gens ordinaires, jura-t-il solennellement. Tu es la lumière qui me dirige, comme le président Mao. Je suis peut-être illettré et stupide, mais je peux être un bon garde du corps. Je risquerais ma méprisable existence pour t'aider à fuir vers Taiwan. »

Je ne sais pas où il était allé pêcher l'idée que je voulais m'enfuir à Taiwan.

Les semaines suivantes, nous consacrâmes tout notre temps à élaborer notre évasion. Un soir, à la nuit tombante, Numéro deux, revenant d'un interrogatoire, me lança avec enthousiasme :

« Hé, Contre-révolutionnaire, je viens à l'instant d'apporter de l'aide à la police pour élucider une grosse affaire de vol avec meurtre. Je leur ai balancé plusieurs noms de personnes clés. Depuis que le Parti prône la “clémence pour ceux qui avouent”, l'inspecteur a promis de commuer ma peine de mort en une peine de réclusion.

– Tu es accusé d'un assassinat et de deux vols à main armée. Chacun de ces délits est passible de la peine de mort. Même s'il t'épargne pour un, il t'en reste encore deux.

– Tu ne comprends pas, reprit-il. Le gouvernement est à la recherche d'un modèle qui mette en valeur le succès de sa campagne "Clémence pour ceux qui avouent". Je suis sûr qu'ils tiendront parole. »

Je sentais que continuer à discuter avec lui mènerait à une impasse. Alors j'attrapai un livre et me retirai dans un coin. Je ne parvins pourtant pas à me concentrer. Pendant la pause du lendemain, je restai seul, contemplant la montagne brumeuse dans le lointain. Numéro deux s'approcha de moi en catimini. Au bout de quelques minutes, il me dit :

« Pour ta gouverne, l'inspecteur m'a posé des questions sur toi, mais je ne leur ai rien dit du tout.

– Il n'y a rien d'intéressant à raconter.

– Je sais que tu méprises les gens comme moi. Ce que tu ne sais probablement pas, c'est que, moi aussi, j'ai participé au mouvement de protestation étudiant. Je me suis mêlé aux étudiants pour les approvisionner en eau. Au bout du compte, les étudiants nous ont chassés. »

Je commençai à éprouver de la sympathie pour lui.

« Toi et moi ne serons pas en mesure de sortir d'ici par nous-mêmes, dit-il à voix basse.

– Mais nous pouvons au moins essayer.

– J'y ai réfléchi pendant plusieurs nuits, poursuivit-il de sa voix rauque. Tu sais, tu as raison, Contre-révolutionnaire, mes crimes sont très graves, et je ne veux pas t'impliquer. »

Après ses précédents numéros de bravade, je fus surpris par cette soudaine résignation. Il ne se trompait pas sur son sort, cependant. Il fut officiellement arrêté quelques jours plus tard.

Ce fut un sacré remue-ménage. Vingt policiers antiémeutes avaient été réquisitionnés pour l'occasion. Le couloir était bondé. La porte de la cellule s'ouvrit et la police spéciale fit irruption. Numéro deux leur cria : « Ne me bousculez pas!» Il s'accroupit, mit en ordre méticuleusement un tas de vêtements de qualité qu'il avait usurpés ou volés à d'autres détenus, et les rangea dans deux valises. Un flic, qui n'en pouvait plus de ce spectacle, le pressa un peu: «Tu n'en as plus pour longtemps. À quoi va te servir tout ça?»

Numéro deux hurla de nouveau: «Qu'est-ce que ça peut vous foutre?»

Je m'avançai pour l'aider à emballer ses affaires et il accepta sans protester. Pour me remercier de ma gentillesse, il m'offrit une paire de chaussettes, une sorte de cadeau d'adieu. Il me semblait que cet odieux criminel allait partir pour toujours. Des vagues de tristesse m'envahirent. En son nom, j'avais écrit plusieurs lettres d'adieu affectueuses et sentimentales à son frère cadet qui était emprisonné dans un camp de rééducation.

Lui et son frère avaient grandi comme des orphelins sans abri, m'avait-il confié. Dans ce monde vaste et froid, leur tante avait été la seule personne qui leur avait prodigué une certaine dose de soins et d'amour parental. Malgré leur triste situation, Numéro deux fit preuve de sollicitude envers son frère. Avant son exécution, il lui légua tous ses biens. Son procès traîna tout l'hiver. On me raconta que, malgré le froid, il ne portait qu'une chemise et un pantalon d'été. Même quand il tomba malade, il refusa de toucher aux vêtements d'hiver qu'il lui avait laissés.

“认罪与揭发”

14

«Avoue et dénonce les autres»

En Chine, les campagnes politiques sont le carburant qui permet à la machine totalitaire de tourner. Cela fonctionne de la même manière en prison. Au centre d'investigation de Songshan, les autorités lançaient au moins deux campagnes politiques par an. «Avoue tes propres crimes et dénonce ceux des autres» ou «Visser les récalcitrants de la prison» sont celles dont je me souviens.

Pour la première, les autorités forcèrent les détenus à s'extorquer mutuellement des aveux. Pour commencer, nous – les détenus – fûmes parqués dans la cour. Nous devions nous tenir soigneusement assis par terre, en tailleur, le dos bien droit. Surarmée, la police nous encerclait comme si elle gardait une zone de guerre. Les fonctionnaires du bureau de la Sécurité publique, du bureau du procureur, du tribunal et du ministère de la Justice s'étaient assis côte à côte derrière un podium de fortune. Ils se levèrent les uns après les autres pour prononcer leur discours, dans l'ordre hiérarchique.

Les plus hauts fonctionnaires s'intéressaient aux idées abstraites et ceux de rang inférieur se focalisaient sur les détails. Des banderoles et des affiches aux messages vibrants étaient accrochées tout autour de nous. Le poing droit serré et levé, nous avons hurlé des slogans. Puis nous sommes retournés dans notre cellule. Là, l'officier en charge présida la discussion, encourageant les prisonniers à confesser leurs crimes et à se dénoncer les uns les autres. Le chef nous distribua du papier et des stylos. Le silence régna pendant trois jours : chaque détenu était penché sur ses aveux. Comme la campagne visait les criminels ordinaires, le chef ne fit pas trop cas de ce que je griffonnais. Je recopiai donc tout simplement ce que j'avais déjà raconté au cours de mes interrogatoires. L'officier en charge parcourut nos œuvres rapidement et somma le chef de la cellule de lui communiquer en secret des éléments qui aideraient les autorités à atteindre les objectifs fixés.

Les résultats de cette campagne eurent un effet sensible sur la promotion et les gratifications des officiers. Avec l'approbation tacite de l'agent de garde, le chef rudoya les détenus suspectés de garder des informations utiles ou d'omettre de fournir des renseignements sur leurs codétenus. La même routine se répéta pour chaque cellule. Des cris retentirent dans toute la prison.

Dans ma cellule, le chef se comportait comme un juge de la Cour suprême. Il prit connaissance de chacune des confessions, puis ordonna à l'exécutant de préparer des « mets » pour ceux dont le rapport ne répondait pas à ses exigences. Un détenu, qui avait été président du syndicat officiel d'une grande entreprise militaire de Chongqing, avait été arrêté sur des soupçons de détournement de fonds publics. C'était un dur à cuire. Les inspecteurs avaient beau employer toutes les méthodes habituelles, ils ne pouvaient rien tirer de lui. En fin de compte, les autorités ordonnèrent au chef de briser sa résistance.

Depuis que j'avais refusé de prendre des notes pour lui, le chef assumait le double rôle d'«inspecteur» et de secrétaire. Pendant une matinée entière, il commanda plusieurs «plats» pour le président du syndicat, mais cela ne mena à rien. Après le déjeuner, le chef, commençant à désespérer, saisit le Président par les cheveux et lui plongea la tête dans le seau de la tinette. Le corps du Président, devenu flasque, s'échappa de l'étreinte du chef, et sa tête retomba dans le seau.

Hors de lui, le chef somma l'exécutant de l'évacuer et de le laver à l'eau froide avant de lui commander le plat «Faire de la moto» sur le menu. Notre homme se vit obligé de plier légèrement les genoux et de tendre les bras devant lui comme s'il tenait le guidon d'une moto. Il se tint dans cette position pendant plus d'une demi-heure, le regard provocateur. Le reste de la journée, il fut réduit à jouer la prostituée – outragé et bafoué au gré du chef.

Dans l'après-midi, un membre de la classe supérieure exigea qu'on se divertisse et, pour cela, demanda au président du syndicat de composer une chanson inspirée d'une célèbre publicité pour un alcool :

Une fée arrive sur terre
M'invitant à partager la scène et chanter avec elle
Je lève mon verre en son honneur et elle au mien
Nous chantons et buvons, des nuages rouges affluent sur nos joues.

Pour distraire le chef, l'autre déboula immédiatement avec sa création et commença à la fredonner, la bouche grande ouverte et se frappant en rythme la hanche avec la main droite. «Fais attention à l'expression de ton visage, aboyait l'un des caïds. C'est une chanson sur l'alcool. Tu dois avoir l'air ravi. Plus tu chantes et bois, plus tu es heureux. »

Nous ne fûmes pas déçus. Le président du syndicat lança à son interlocuteur une œillade aguicheuse et se força à lui sourire. Pour l'accompagner, toute la cellule entonna en chœur le refrain, avec le malheureux à la baguette. Le chef et ses comparses étaient au comble de la joie et se mirent à applaudir.

« Qui aurait pu deviner que nous avions un compositeur dans notre cellule ? complimenta le chef. Liao Yiwu est poète. Vous devriez vous associer. La vie dans la cellule serait plus gaie. » Puis le chef apporta un paquet de cacahuètes dragéifiées et fit signe au Président : « Monsieur le compositeur, venez chercher votre récompense. »

Le président du syndicat s'inclina, puis s'avança vers le chef qui lui ordonna de se mettre à genoux. Ce dernier ôta alors ses chaussons pour le frapper au visage, avec force allers et retours. Étonnamment, le Président n'esquissa presque aucune grimace.

« Ce bâtard est un putain de robot », grommela le chef. La frustration transpirait de son visage.

« Hé, enlevons-lui son pantalon et voyons si son corps est fait de chair ou d'acier ! »

Un exécutant déshabilla le président du syndicat et lui dilata l'anus tandis qu'un autre y introduisait des cacahuètes avec une paire de baguettes. À chaque pique, le corps du Président se propulsait vers l'avant, le cou tendu comme un canard que l'on viole sans ménagement. Il avait la bouche ouverte, mais aucun son n'en sortait.

Au moment où les arachides remplirent entièrement son anus, le visage du président du syndicat s'inonda de sueur. Il rampa vers l'avant et tendit les deux mains, essayant d'attraper les jambes du chef. Surpris, le chef frappa des pieds, avec hargne, sur les doigts qui s'approchaient de lui. «Ce salopard n'est qu'une tantouze!» rugit-il.

Un de ses sbires se pencha vers le président du syndicat. «Je ne pense pas qu'il vous veuille du mal, expliqua-t-il au chef. On dirait plutôt qu'il veut vous confier quelque chose.»

Nous regardâmes vers le bas. Le Président leva la tête, deux coulées de larmes surgirent de ses yeux gonflés. «Je vais avouer», murmura-t-il.

Sur la base de cette «confession», ce malheureux fut officiellement inculpé. Quand il fut évacué, il avait trois côtes cassées et son corps était couvert d'ecchymoses. Il ne cessait de cracher du sang en raison de probables lésions aux organes internes. On nous raconta plus tard qu'il était revenu sur ses aveux lors de son procès, affirmant qu'il les avait prononcés sous la contrainte. Comme il y avait des zones d'ombre dans les récits des témoins, le tribunal ne fut pas en mesure de le faire condamner. Son affaire traîna deux ans. En 1993, la cour populaire intermédiaire de la province du Sichuan le condamna à mort malgré l'insuffisance de preuves. Le verdict choqua son avocat, qui demanda à la Cour suprême de la province de rejuger son cas. Le verdict fut confirmé. Le médecin, qui avait partagé cette histoire avec moi au centre d'investigation, dit avec regret: «Le gouvernement a dépensé des milliers de yuans en médicaments pour soigner ses blessures. C'était une honte de l'envoyer dans l'autre monde alors qu'il allait de mieux en mieux.»

Le centre d'investigation de Songshan avait la réputation de briser les criminels les plus endurcis. Quand un suspect récalcitrant devenait trop difficile à contrôler, les autorités régionales l'envoyaient au centre pour y être torturé par les détenus.

Les décès suite aux coups reçus étaient monnaie courante. J'étais en prison quand la campagne «Avouez et dénoncez les autres» commença à s'emballer. Une semaine plus tard, des nouvelles annoncèrent qu'une campagne similaire dans un centre de détention du centre-ville de Chongqing avait entraîné la mort de plusieurs détenus. Préoccupées par l'éventualité d'un scandale, les autorités appelèrent à mettre un terme à la campagne. Avant que nous ayons eu le temps de nous adapter, un jeu de bascule s'opéra et une autre campagne fut lancée à son tour. Les slogans qui encourageaient les détenus à faire leur mea-culpa au sujet de leurs propres crimes furent effacés et de nouveaux furent peints à leur place, appelant à la répression des petites frappes.

Une fois de plus, une réunion publique eut lieu dans la cour, et le même groupe de bureaucrates vint promouvoir la nouvelle campagne. Celle-ci était radicalement différente : les chefs de plusieurs cellules furent accusés d'être de petits tyrans. Ils se tenaient face à la foule, les mains menottées dans le dos.

Après la réunion, on les balada, les pieds entravés par des chaînes pesant près de vingt livres. Chacun d'eux était guidé par un gardien qui le tenait par une corde enroulée autour de son cou. Un autre les faisait avancer en les poussant par-derrière avec une perche en bambou. Comme un marchand de bétail, il criait et frappait sur ceux qui restaient à la traîne. Les lourdes chaînes raclaient le sol et un bruit assourdissant résonna dans le couloir. Dans ma cellule, le chef et les membres de la classe supérieure furent épargnés, car l'agent en charge les protégeait. Quand le défilé commença, ils se pressèrent autour de la grille pour voir le spectacle. «Les gars de la cellule 8 ont mijoté leurs plats trop longtemps et ont presque tué un voleur, expliqua notre chef. Par conséquent, toute la classe supérieure est dans la merde.»

Deux heures plus tard, les petites frappes tournaient toujours. Chaque pas était un véritable combat, mais les gardiens ne leur permettaient pas de s'arrêter ni de se reposer, les stimulant sans arrêt avec leurs tiges de bambou. À l'entrée de chaque cellule, ils récitaient, l'un après l'autre, ce qu'on leur demandait de dire : « Mon nom est Untel. J'ai été puni par le gouvernement pour avoir tyrannisé mes codétenus. Je mérite ma condamnation. Veuillez ne pas suivre mon exemple. »

Ce fut une scène poignante. Certains suffoquaient au milieu de leur discours. D'autres le déclamaient avec une éloquence déchirante. Leurs chevilles saignaient. L'un d'eux trébucha. Il se couvrit la tête avec ses deux mains pour se protéger de la raclée à venir et refusa de se lever. Le gardien le traîna en dehors pour lui infliger des coups de matraque électrique. Puis un autre prisonnier tomba à son tour. À la fin, il n'en resta plus que deux. Ils se prosternèrent devant le gardien. « S'il vous plaît, ayez pitié, le supplièrent-ils. Nous ne pouvons plus bouger. »

La campagne prit fin une semaine plus tard. Le directeur fit une annonce par haut-parleur. « La campagne contre les petites frappes a connu un immense succès. » Il souligna que les autorités continueraient à encourager les détenus à avouer leurs fautes et à dénoncer les autres, tout en n'oubliant pas de sévir contre les petites frappes. Les deux initiatives, disait-il, étaient comme des roues à aubes imbriquées l'une dans l'autre, régentant le quotidien de la prison.

Dans les mois qui suivirent, je fis la connaissance de Cui, un ancien exécutant qui avait été transféré temporairement dans ma cellule après avoir tué un codétenu au cours de la campagne « Confessez vos propres crimes et dénoncez ceux des autres ». Il fut finalement condamné à mort. Le jour où son verdict tomba, il me saisit les mains comme un homme qui se raccroche à une paille au moment où il se noie.

« J'ai tué quelqu'un et je mérite de mourir, mais le vrai criminel, c'est l'officier en charge de notre cellule. Il a fait pression sur moi pour extorquer les aveux de ce détenu. Sans son approbation, qui aurait osé toucher à quelqu'un ?

– Comment s'y est-il pris pour faire pression sur toi ? demandai-je.

– Tout d'abord, il nous a donné une liste de cibles, déclara Cui. L'une d'elles était plutôt retorse. Nous avons commandé des plats dans le menu pour le forcer à avouer. Quelques plats plus tard, le type refusait toujours de parler. L'officier en charge se tenait dehors, la mine sinistre. Il tapait des pieds sur le sol. Lorsque le chef a entendu ce signe d'impatience, il est devenu nerveux. Il s'est retourné vers moi et m'a ordonné de rehausser le "goût" de chaque plat. J'ai obéi, et c'est comme ça que j'ai tué ce gars. L'exécutant est toujours le bouc émissaire. Si vous réussissez à tirer les vers du nez de la cible, l'officier en charge est généreusement récompensé. Le chef peut également bénéficier d'avantages conséquents. Le responsable des basses œuvres, lui, se retrouve sans rien. Mais si ça tourne mal, il est en première ligne pour écoper d'un blâme. »

Je fis la promesse à Cui de rédiger une lettre pour faire appel de son jugement et de la remettre à l'officier Li, un homme de petite taille, la quarantaine, qui était responsable de la collecte et du traitement de ce genre de courrier. Cui et moi le rencontrâmes dans son bureau.

« Dépêche-toi ! m'enjoignit-il tout en regardant sa montre. Je dois aller chercher ma gosse. Il est déjà six heures passées et je vais être en retard.

– Puis-je vous donner la lettre demain ? »

J'essuyai la sueur sur mon front.

« J'ai encore trois pages à rédiger, dis-je.

– Ce n'est pas comme si tu écrivais un roman. Il suffit d'écrire clairement. Rien de plus, répondit-il avec impatience.

– Mais c'est une question de vie ou de mort, insistai-je.

– Quelle foutaise ! Sur la vingtaine de personnes que tu as aidées, combien en as-tu sauvé de la mort ? me tança Li avec une candeur inhabituelle. La Cour suprême provinciale a chargé un comité d'examiner son cas. Ils en discutent à côté.

– S'ils prennent une décision avant même qu'ils ne voient ma lettre, à quoi bon l'écrire ? »

Je bouillais intérieurement.

« C'est ce qu'on appelle "suivre la procédure légale". J'ai juste besoin d'une lettre de recours à mettre dans son dossier pour montrer que nous avons franchi toutes les étapes nécessaires. »

Le visage de Cui blêmit. Le lendemain, lui et deux autres exécutants se retrouvèrent pieds et poings enchaînés. Ils avaient été déboutés de leur appel.

15

Tuer le temps

消磨时间

Beaucoup de grands prisonniers politiques jouissaient de privilèges en prison, en particulier les leaders étudiants et les universitaires de renom arrêtés au cours de la répression du mouvement de protestation de 1989. En général, ils avaient droit à leur propre cellule. Je n'étais, quant à moi, qu'un simple poète et mon nom n'était connu que d'un petit cercle de personnes. Je ne connus rien du luxe généralement accordé aux prisonniers politiques, passant de cellule en cellule, là où s'entassaient des individus de tous les milieux sociaux. Avec le temps, j'ai appris à survivre et j'ai contracté toutes sortes de mauvaises habitudes.

J'excellais, par exemple, dans la capture des poux et des puces, ce qui me permit de remporter l^e championnat intercellule avec un score de soixante-trois poux attrapés en une heure. Mais l'honneur ne vint pas sans en payer le prix. Ces parasites à six pattes, brillants comme des graines de sésame noires, aimaient faire leur nid autour des organes génitaux. Quand je détectai pour la première fois des morpions dans mes poils pubiens, j'utilisai un cure-dent pour les déloger. Toutefois, selon Numéro trois qui souffrait sévèrement du même problème, il fallait se raser et prendre des médicaments pour se débarrasser d'eux complètement. Mais aucun médecin du centre ne voulait s'en occuper.

Dans le silence de la nuit, Numéro trois se grattait et gémissait, m'empêchant de fermer l'œil. Parfois, ça le démangeait tellement qu'il se levait en hurlant, les ongles tachés de sang. Deux Rouquins se précipitèrent sur son entrejambe et peignèrent ses poils pubiens. Numéro trois les congédia tous, sauf un jeune, plutôt séduisant, qu'il pria de l'aider. Alors que son jeune esclave était occupé à attraper ses morpions, il grimaçait, comme une personne qui monte sur l'échafaud. Finalement, sa famille lui apporta un shampooing spécial et nous réussîmes à le débarrasser des morpions qui restaient.

Pendant mon incarcération, la monotonie des soirées était plus insupportable que les poux et les morpions. Le dîner était servi à cinq heures et la cloche sonnait l'heure du coucher à dix heures. Il y avait cinq heures à tuer. Nous étions seulement autorisés à regarder la télévision une ou deux nuits par semaine. Le reste du temps, nous étions assis là à ne rien faire. Les membres de la classe supérieure jouaient secrètement au mah-jong et aux cartes, deux activités mises à l'index. Celui qui était découvert était menotté, puis tabassé à coups de matraque électrique. Mais cela ne décourageait aucunement les détenus. Les tuiles de mah-jong étaient taillées dans des barres de savon. Nous découpions le savon en petits cubes et les placions dans un sac de corde. Après plusieurs jours dehors, sur le rebord de la fenêtre de ventilation, ils devenaient durs et secs. Ensuite, nous collions du papier dessus pour y dessiner les symboles. Les cartes étaient beaucoup plus faciles à réaliser. Nous avions dans nos rangs un bricoleur hors pair. Il pouvait fabriquer un jeu de cartes en deux heures avec seulement un stylo à bille et les pages d'un livre.

Normalement, les parties de mah-jong s'accompagnaient d'argent ou de liqueur en fonction des règles du jour. Les perdants devaient cracher au bassinet ou boire un verre d'alcool fort. Comme personne n'avait d'argent pour parier et que l'alcool fort frelaté était un produit trop précieux en prison, nous utilisions de l'eau pour pénaliser les perdants – le joueur était contraint de boire un grand bol d'eau froide à chaque partie perdue. Le chef et ses sbires étaient exemptés de gages. Ils demandaient à un Rouquin d'avaler l'eau à leur place. Un jour, un détenu établit un nouveau record en ingurgitant huit bols d'affilée. Très vite, il perdit l'équilibre. Son visage semblait fondre comme de la cire, et quelques minutes plus tard, il se mit à vomir de l'eau verdâtre.

Les jours où notre agent de service se relâchait, le chef organisait des soirées où figuraient des chansons, des valses et des sketches comiques. Dans le répertoire, il y avait un numéro qui mettait en scène une prostituée séduisant un homme à l'entrée d'un dancing – ce qui ne manquait pas de déclencher l'hilarité générale. Un détenu au teint hâve qui jouait le rôle de la prostituée plaçait deux bols sous sa chemise en guise d'« implants mammaires ». Le client enveloppait son bras autour de la prostituée et déambulait dans un dancing imaginaire. Les dialogues étaient vulgaires et heurtaient l'oreille. À un moment, tout le monde fredonnait la « Danse des petits cygnes » extraite du *Lac des cygnes* de Tchaïkovski, et les deux acteurs se mettaient à danser tout en s'embrassant, se caressant ou se donnant des claques sur les fesses. Ensuite, le client soulevait la jupe de la prostituée, la retournait et lui grimpait dessus par-derrière. Un jour, deux amis du chef en vinrent aux mains pour savoir qui posséderait le détenu le plus ravissant dans le rôle de la prostituée.

Le centre d'investigation jouxtait une école polytechnique. La fenêtre de ventilation de notre cellule donnait sur un chemin qu'empruntaient les étudiantes à la fin des cours. L'un des passe-temps favoris du chef était de se tenir debout sur les épaules d'un détenu et de les mater. Leurs paroles et leurs rires résonnaient comme le doux chant des sirènes. Le chef bavait en les voyant et leur criait des obscénités, ce qui les faisait hurler. Parfois, il était tellement excité qu'il se tenait au barreau d'une main et, de l'autre, ouvrait sa braguette pour se masturber. Parfois, il sautait de cette échelle humaine et ordonnait à ses jeunes esclaves de lui faire son lit. Puis lui et les membres de la classe supérieure s'allongeaient soigneusement, le slip baissé et leurs parties intimes en évidence. Les esclaves, deux pour chaque maître, se jetaient sur leur bite. C'était un sacré spectacle. Chacun d'eux faisait étalage de ses compétences. Ils leur frottaient le pénis et le malaxaient, et finissaient par le lécher et le sucer. Cette bruyante fellation évoquait l'image de paysans affamés avalant un bol de bouillie de riz brûlant.

Les «dirigeants» gémissaient, les yeux fermés ; certains murmuraient les noms de femmes imaginaires, tout en dirigeant la tête de leurs amants de substitution vers leur entrejambe. Après l'éjaculation, ces jeunes esclaves s'allongeaient sur le sol, haletant. Certains pleuraient quand ils étaient forcés à avaler le sperme. Tout ce qui coulait de la commissure de leurs lèvres devait être lapé. Ensuite, des serviettes humides étaient distribuées. Les jeunes esclaves essuyaient d'abord leur propre visage, puis ils se penchaient pour nettoyer avec leur langue la région de l'aine de leurs maîtres et attendaient patiemment que leur queue ramollisse et se rabougrisse. Enfin, plongeant les petites serviettes blanches dans des bols d'eau, ils leur lavaient tout le corps.

Une fois les orgies terminées, ces malheureux pantins sexuels s'asseyaient comme des sculptures en bois à côté de leurs maîtres qui savouraient leur décharge sexuelle, allongés, les yeux fermés. Une demi-heure plus tard, le chef se réveillait et faisait signe aux garçons de s'éloigner. Puis il recommençait à régner sur la cellule, comme si rien ne s'était passé.

De temps en temps, les orgies pouvaient mal tourner. Un jour, un débutant eut toutes les peines du monde à ingurgiter le sperme et se mit à le vomir. Outré, le chef commanda des «pattes d'ours au tofu sauté» pour le châtier. L'exécutant frappa le nouveau détenu à la poitrine avec le plat de la main, jusqu'à ce qu'il se mette à cracher du sang. On le força à lécher et à avaler son propre sang en plus du sperme de son maître. Mais ça ne suffisait toujours pas pour le chef. Il plongea à plusieurs reprises la tête du jeune bleu à l'intérieur du seau hygiénique pour qu'il «regarde le poisson rouge».

Comme j'entretenais alors des relations cordiales avec le chef, je m'épargnai nombre de tortures. Avec le temps, le style de vie brutal et perverti de la classe supérieure me dégoûta et, peu à peu, je pris mes distances. Je passais davantage de temps avec les membres de la classe inférieure. Par simple curiosité, je discutais avec eux au sujet de leur cas et entendis beaucoup d'histoires hautes en couleur. Une fois, j'essayai de mobiliser certains détenus mécontents pour signaler ces brutalités à l'officier en charge. Mes efforts échouèrent lamentablement. L'agent fit passer l'information au chef. Heureusement, mes codétenus étaient connus pour leur loyauté. Personne ne me trahit, même ceux qui avaient reçu une punition sévère.

Un raz-de-marée de nouveaux arrivants vint gonfler la population carcérale. Le nombre de mes codétenus passa de dix-huit à trente-quatre. Comme les lits de la classe supérieure occupaient une grande surface, les autres prisonniers devaient dormir sur le côté, tous dans la même direction. Se plaignant qu'ils n'étaient pas assez serrés les uns contre les autres, le chef ordonna à un exécutant de faire des allers et retours au-dessus des corps afin de supprimer les espaces. Avec la chaleur de l'été, l'odeur de la sueur et de la fumée de cigarette, l'air était étouffant. La personne en charge de la tinette occupait le poste le moins ragoûtant, mais très envié de nous tous la nuit parce qu'on y avait plus de place pour dormir. Son corps était enroulé autour du seau hygiénique comme un serpent, mais il pouvait s'étirer comme bon lui semblait.

Je dormais à la frontière entre les classes supérieure et inférieure. Les gémissements de douleur interrompaient constamment mon sommeil. En désespoir de cause, je roulai ma literie et déménageai dans un coin en face de la porte, entre deux exécutants.

Le chef et ses amis sortirent de leurs gonds, mais je refusai de faire marche arrière, poussant délibérément de grands cris. Un officier en service fit irruption. Je me mis au garde-à-vous et commençai à dénoncer l'organisation inadéquate des couchages. Il fut choqué et ordonna à chacun de se lever et de redistribuer la literie. Tous les membres de la classe supérieure furent repoussés vers la classe inférieure et leurs emplacements d'origine furent répartis de façon équitable entre les esclaves. Jouissant du prestige de ma victoire, je dormis confortablement dans un nouvel endroit près d'un coin où des livres étaient empilés. L'officier fit mon éloge devant tout le monde. Avant de partir, il me tapa sur l'épaule et me lança avec affection : « Foutu contre-révolutionnaire ! » Du coin de l'œil, je vis que le chef bouillait de colère.

艺术家

16

L'artiste

Les officiers de la cellule 2, où j'avais été incarcéré, et ceux de la cellule 3 ne pouvaient pas se voir. Leur relation hargneuse influait sur la manière dont les détenus des deux cellules se comportaient les uns envers les autres. Les hostilités entre les deux groupes se prolongeaient dans la cour, pendant la pause. Parfois, les échanges d'insultes dégénéraient en bagarres. Le gardien punissait les deux parties équitablement en leur passant les menottes. Le jour suivant, notre officier en charge nous libérait les mains sans poser de questions et nous récompensait en nous donnant un supplément de légumes et de viande.

Un jour où notre gardien était absent, l'agent de la cellule 3 se présenta devant nous, à l'occasion d'une pause. Comme un arbitre, il siffla et ordonna aux détenus des deux cellules de se battre les uns contre les autres. Avec leur surveillant en spectateur, les brutes de la cellule 3 nous pourchassaient comme des aigles qui fondent sur des lapins. L'agent riait et applaudissait. Il participait même à la chasse. Se pavanant avec son bâton de bambou, il s'efforçait de capturer un membre de notre cellule. Je fus sa première victime. M'ayant saisi par le col de ma chemise, l'officier me jaugea et me dit avec une surprise feinte : « Vous êtes celui qui a joué dans ce film antiparti appelé *Requiem*, n'est-ce pas ? Quelle vie vous avez dû avoir ! » M'ayant pris en otage, il me plaça dans la cellule 3, sous la surveillance de Mu Ming, le chef.

Bien que Mu Ming fût un voleur chevronné, il possédait un talent artistique extraordinaire. Il était né dans une famille pauvre et avait rejoint les rangs de la pègre à un âge précoce. Adolescent, il avait fait plusieurs séjours en prison et en camp de travail. Chaque fois, il avait tenté de s'évader et il prenait grand plaisir à se vanter de ses prouesses.

« J'avais travaillé dur pour gagner la confiance des officiers, me raconta-t-il. Très vite, ils me réquisitionnèrent pour aller faire les courses pour le camp de travail. Un fonctionnaire et moi prîmes un bus pour le marché. Quand nous sommes arrivés au centre-ville, je me suis débarrassé de lui à la vitesse de l'éclair. J'ai erré dans une région montagneuse pendant près d'une semaine, mais je ne me suis jamais perdu car j'ai suivi les poteaux électriques. Je mangeais tout ce que je pouvais obtenir à l'aide de mes mains : écorces d'arbre, racines, pommes de terre crues, grenouilles. C'était pire que pendant la Longue Marche du président Mao. Parfois, il m'arrivait de tomber sur des inconnus ; je m'accroupissais, feignant de chercher des minéraux. Avec mon visage crasseux et ma salopette, je n'avais pas besoin de déguisement pour jouer au géologue. Personne ne se doutait que j'étais un détenu en cavale. Un jour, une jeune paysanne a même essayé de me séduire avec une chanson.

– Il me semble avoir déjà entendu cette histoire quelque part, l'interrompis-je.

– Oh, je te l'ai déjà racontée ? dit-il, sans la moindre gêne. J'aurais bien voulu te connaître avant. Tu aurais pu m'attribuer un rôle dans ton film *Requiem.* C'est plus glorieux d'aller en prison pour avoir dirigé et joué dans un film.

– Vous auriez été parfait dans le rôle du fuyard», le taquinai-je.

Mu Ming s'offusqua.

«Hé ! Ne me sous-estime pas. Permets-moi de te montrer quelque chose qui va t'épater.

– Tu ne le sais probablement pas, intervint le chef adjoint de la cellule 3, mais toutes les chansons populaires et chansonnettes qui circulent dans notre centre d'investigation ont été écrites par Mu Ming.»

J'étais impressionné et je réalisai que Mu Ming et son adjoint étaient les deux seuls chefs de leur cellule.

«Comment faites-vous pour gérer un groupe aussi important à deux seulement?

– Je suis persuadé que la grande bureaucratie qui règne sur votre cellule fait un meilleur travail, répondit ironiquement Mu Ming. Ces sept personnes sucent tout le monde jusqu'à la moelle.

– Plus vous avez de dirigeants, plus la charge qui pèse sur le reste des détenus est lourde, ajouta l'adjoint de Mu Ming. Comme disait le président Mao, l'oppression conduit toujours à des luttes acharnées entre deux classes. Nous en bavons tous dans cette prison. Si nous pouvons nous débrouiller, nous n'avons pas besoin d'être durs.

– Comment dirigez-vous les campagnes "Avouez et dénoncez les autres"? Faites-vous mijoter des "plats" pour extorquer des aveux? demandai-je.

– Des détenus torturant d'autres détenus pour le compte de la police? Cela ruinerait mon karma, intervint Mu Ming. Heureusement que les surveillants ne dépendent pas de nous pour obtenir une promotion. Ils ne sont là que pour faire leur travail. Tant que nous ne semons pas le désordre dans la cellule, ils nous laissent faire ce que l'on veut.»

Je félicitai Mu Ming : «Comparé à notre chef, vous êtes un ange !» Il rougit et murmura : «Ce serait bien si tu pouvais être transféré dans notre cellule. Tu pourrais m'enseigner la littérature et, ainsi, je pourrais m'élever intellectuellement.»

Le soir, mon statut d'otage prit fin. Je dis au revoir à Mu Ming et fus reconduit dans ma cellule. Depuis que j'avais ruiné l'organisation de couchage du chef, lui et ses amis ne m'adressaient plus la parole. Je me sentais très seul et commençai à fréquenter la cellule 3 chaque fois que je le pouvais. Au début, j'agissais avec prudence. Je partais discrètement après le petit-déjeuner et revenais en me faufilant en douce pendant la pause du milieu de la matinée. Peu à peu, je m'enhardis, partant après le petit-déjeuner pour revenir après le dîner.

Tous les jours, Mu Ming mettait sur pied des spectacles de variétés, des sketches comiques, des pièces de théâtre en un acte, des chorales, des acrobaties et des compétitions sportives. C'est ainsi qu'un détenu adolescent se saisit d'un tube de dentifrice en guise de micro, pour chanter comme s'il était à la télévision. S'instituant animateur du programme, Mu Ming présenta la «star en herbe» au public, en racontant des anecdotes inventées de toutes pièces, comme cela se faisait dans les émissions de Hong Kong et de Taiwan : «Ce gamin talentueux nous arrive tout droit du centre de délinquance juvénile de Taiwan. Dès l'âge de trois ans, il rêvait d'être chanteur. Mais comment cet orphelin aurait-il pu réaliser son rêve ? Il n'avait pas d'autre choix que de voler. Il se disait que s'il dérobait assez d'argent il pourrait s'envoler vers le ciel et y chanter. Ce gamin, qui voulait chanter pour Dieu, a lutté pendant dix ans avant d'amasser une somme suffisante. Puis il a acheté un billet d'avion qui aurait dû le mener à l'étranger. Au-dessus du détroit de Taiwan, il s'est levé de son siège et était sur le point de montrer ses talents de chanteur quand le personnel de bord l'a plaqué au sol, pensant que c'était un pirate de l'air. Taiwan ne voulant plus de lui, il fut envoyé en Chine continentale. Son rêve a été brisé... Non, attendez ! Il ne l'est pas ! Sous la tutelle de Mu Ming, directeur du centre artistique de Songshan, son rêve est devenu réalité ! »

Après cette introduction pittoresque, Mu Ming avait fait signe au garçon de se lever, puis il avait commencé son morceau d'« accompagnement à la guitare » à côté du gamin qui se mit à chanter :

J'ai dix-huit ans et mon cœur saigne
À cause de ma liberté perdue
La vie derrière les barreaux
Rude, ennuyeuse et médiocre
Mère, attends le retour de ton fils
Ne sois pas triste, maman, je n'ai que dix-huit ans

Le ciel est gris, déprimant
Le jour de la visite familiale approche
Perdre sa famille, en savez-vous la douleur ?
En regardant à travers les grilles
Je ne pouvais pas voir assez ma mère
Mon cœur saigne
Ne sois pas triste, maman, ton fils vient d'avoir dix-huit ans

La cellule était calme. Mu Ming s'essuya les yeux avec ses manches, comme s'il était ému aux larmes. La performance du duo fut accueillie par des applaudissements nourris. Le style laissait à désirer, mais son authenticité me toucha. Mu Ming s'inclina et demanda à tout le monde de prolonger les applaudissements, puis de se lever pour le dernier numéro : une chanson intitulée *Les Petits Moines de la montagne des pins*. Le maestro étendit ses bras d'un geste ample et dirigea sa chorale avec une baguette. Tout le monde se mit à chanter. Les détenus assis au premier rang se levèrent pour se balancer d'avant en arrière, imitant l'un des personnages d'un groupe de moines danseurs dans un dessin animé populaire japonais.

Mu Ming était expert dans l'art du théâtre d'ombres. Les jours où le soleil était au rendez-vous, il s'allongeait sur le sol et mettait ses mains dans les rayons de lumière pour créer des formes différentes d'oiseaux avec ses doigts et même avec ses pieds, utilisant le mur comme écran. « Vous voyez, l'hirondelle ? Là, c'est un moineau ! Regardez ça : un aigle avec ses ailes qui battent. Il s'abat sur sa proie. »

Je poussai un long soupir.

Mu Ming s'arrêta quelques secondes, puis se força à sourire. « Tu es sûrement un peu grincheux. Pourquoi ne ferais-je pas venir le diseur de bonne aventure pour toi ? Il est vraiment bon. » Il demanda à un homme grêlé de s'avancer. C'était un vagabond qui venait de Tianjin.

Le gars se mit à battre ses cartes. Nerveux, j'en tirai quelques-unes. Le Grêlé répéta ce processus plusieurs fois, tout en murmurant et en faisant des calculs. Une heure plus tard, il n'avait toujours pas de réponse. Mu Ming s'impatientait : « Est-ce que son avenir est mauvais ? »

Le Grêlé hocha la tête, dépité :

« Les perspectives ne sont pas encourageantes.

– Restera-t-il longtemps en prison ? demanda Mu Ming.

– Trois ans, au moins.

– Trois ans, ce n'est pas si mal, me consola Mu Ming. Tu peux tenir le coup.

– Bon Dieu ! »

J'étais désemparé.

« Je suis sûr que tu sortiras bientôt, me rassura Mu Ming. Même les gens des bas-fonds comme moi ont le droit d'espérer. Reste confiant. »

En vertu de la loi chinoise, les autorités ne pouvaient pas détenir un suspect plus de quarante-cinq jours. Après que j'eus passé le quarantième jour en détention, je commençai à rêver – comme beaucoup d'autres détenus – que mon cas serait résolu et que je pourrais être libéré. Je m'agitais, comme un pur-sang auquel on aurait injecté des anabolisants sans qu'il puisse se lancer sur la piste. Pour libérer la tension accumulée, j'augmentai la vitesse et la fréquence de mes promenades quotidiennes. Pendant les pauses, je faisais du jogging en décrivant de plus grands cercles.

À l'autre bout du couloir, je voyais Mu Ming attendre également avec impatience. Le dernier jour de son premier mois de détention, il ordonna à ses compagnons de cellule d'organiser une fête et de m'inviter. Je le rejoignis après le petit-déjeuner. Mu Ming avait mis le costume et la cravate qu'il avait fait passer en contrebande. Avec, à son revers, une minuscule fleur en papier rouge, il ressemblait à un palefrenier. Il dansa avec sa « fiancée », un détenu paré de vêtements colorés, et nous offrit à tous un toast en levant une coupe de vin fabriquée dans du papier d'aluminium. Ses compagnons de cellule et moi l'imitâmes à l'unisson à trois reprises. En entendant le mot « liberté » flotter dans l'air, Mu Ming tomba à genoux, les larmes aux yeux.

Le lendemain matin, je restai dans ma cellule. À travers les barreaux, je le vis s'incliner à trois reprises dans ma direction comme un guerrier des temps anciens et entamer un *sit-in*. Le jour suivant, il annonça : « C'est mon trente-deuxième jour » et, un jour plus tard, il cria : « Trente-trois ! » Ainsi inaugura-t-il un nouveau rite, par lequel il annonçait chaque matin son nombre de jours en détention. Après quoi, il ne parlait plus de toute la journée. Il essayait de calmer ses nerfs en pratiquant la méditation. Il s'asseyait en face du couloir, les jambes croisées et les yeux rougis par le manque de sommeil. L'angoisse l'avait réduit à l'état de squelette.

Le quarante-septième jour, un fonctionnaire du tribunal arriva avec le verdict. Mu Ming avait été condamné à trois ans de prison pour vol. Je le regardai s'éloigner dans le couloir, fuyant mon regard. Je détournai les yeux et repris mon exercice quotidien. De toute la journée, je ne parvins pas à me concentrer. Cette scène me hanta pendant de nombreuses années. Je ne sais pas où Mu Ming fut envoyé. C'était un artiste remarquable de ce monde interlope, meilleur que n'importe laquelle des stars de la pop des années 1990. Malheureusement, il n'eut jamais l'occasion de passer sur une scène.

17

Isolement

禁闭室

Ces «escapades» dans la cellule 3 me valurent bientôt des ennuis. Un matin, mon surveillant m'attrapa et me ramena dans ma cellule. Révolté par cette trahison, il me récompensa en me passant les menottes. Serrées au maximum, elles me faisaient atrocement mal. C'était l'une des pires punitions que j'avais reçues jusqu'alors.

Voyant que je n'avais plus les faveurs de l'officier en charge de notre cellule, mes codétenus commencèrent à m'accabler de sarcasmes, eux dont l'attitude était naguère amicale. Aller aux toilettes les deux mains menottées dans le dos était devenu un défi. Le migrant du Fujian qui était chargé de s'occuper des tinettes avait été sous ma protection pendant des mois. Il se porta volontaire pour m'aider à déboutonner mon pantalon. Mais un exécutant vint lui asséner une série de coups de poing et de coups de pied. Le chef fit de ce migrant du Fujian un «banc humain» – l'exécutant le dépouilla de ses vêtements, le força à se coucher à plat ventre sur le sol et le chef s'assit sur lui, en se curant tranquillement les ongles. Dans notre cellule, un banc humain pouvait également servir de planche à laver, de pouf ou de cheval d'arçons.

Lorsque la cloche du dîner retentit, je me joignis à la foule et commençai à faire la queue. Comme j'avais les mains menottées, un exécutant m'aida à porter mon bol jusqu'à la cellule. Là, il attendit que le chef et ses amis aient terminé de manger pour balancer mon repas par terre. Il me roua de coups, me forçant à m'agenouiller. « Bouffe, sale cabot ! » m'ordonna-t-il. Les dirigeants formèrent un demi-cercle, en criant : « Allez, toutou ! » et en aboyant. Je résistai comme je pus mais l'exécutant serra mon cou dans ses griffes et m'enfonça la tête dans le bol. La nourriture brûlante obstruait ma bouche et mon nez, ce qui déclencha une toux violente.

J'embrassais mes genoux, ma tête cognait. Mes bourreaux continuaient à imiter les chiens qui aboient et le chef riait aux éclats. Encouragé par la réaction de son patron, l'exécutant m'attrapa par le cou et me cracha dans la bouche. Une fois de plus, il m'écrasa le visage dans le bol. Je donnai des petits coups de tête, essayant de me libérer de son emprise. Il cogna ma tête contre le sol, et j'eus le visage transformé en un gâteau au kaki tout ratatiné.

« Admets-tu ta culpabilité ? » hurla le chef.

Je gardai le silence.

« Admets-tu ta culpabilité ? » entonnèrent en chœur les amis du chef. Mon tortionnaire me souleva du sol et on me jeta de l'eau froide au visage.

« Mais merde, je ne suis coupable de rien ! » hurlai-je, avec ma tête qui pendouillait dans le vide.

Les chefs me déposèrent près de la tinette et entamèrent gaiement leur partie de cartes. Je m'appuyai contre le mur, la tête entre les genoux. J'entendis le chef complimenter l'exécutant sur la façon dont il m'avait rudoyé. Flatté et excité, ce salaud perdit délibérément deux parties au profit du chef et but deux grands bols d'eau froide en guise de gage. « Je méritais de perdre », dit-il, flagorneur, en s'essuyant la bouche. Je restai assis pendant deux heures, la tête baissée comme une statue en deuil. Peu à peu, on m'oublia. La colère et l'humiliation déferlèrent sur moi. Je retrouvai, petit à petit, ma force physique. Je tortillais mes poignets, en essayant de libérer mes mains, mais échouais à chaque fois. Je persistai avec un inexplicable et stérile entêtement.

Je réussis enfin à extraire ma main gauche de l'entrave. Je pris une profonde inspiration et me précipitai, tel un bélier, sur le cercle des joueurs de cartes.

Aucun des « dirigeants » ne l'avait senti venir. Je donnai un puissant coup de tête sur la poitrine du chef. Numéro deux et Numéro trois furent également touchés par le choc. Je saisis l'exécutant par la taille et lui administrai un coup violent sur le nez. Il baissa la tête pour esquiver mon attaque, mais, malgré tout, je parvins à enfoncer mes dents dans son front et à lui arracher un lambeau de peau. Il poussa un cri déchirant. La pièce était en plein chaos. Je tombai sous le nombre ; je sentis comme des milliers de mains qui me frappaient et qui s'agrippaient à moi. Le chef me sauta dessus. Je lui mordis le doigt et fis un bond en arrière à la manière d'un singe. Nous étions en pleine bagarre quand la porte s'ouvrit avec fracas.

Un gardien passa la tête : « Qu'est-ce qui se passe ici ? »

Le chef se leva et se mit au garde-à-vous.

« Comme nous nous ennuyons, nous jouons à un jeu, mentit-il.

– Je m'en cogne de votre jeu ! hurla le gardien d'un air sévère. Asseyez-vous ! »

La foule se dispersa et chacun retourna à sa place. J'essuyai le sang qui coulait du coin de mes lèvres et crachai un petit lambeau du front de l'exécutant. À peine le gardien était-il parti que la foule se réunit. Je me retirai vers la tinette, feignant de faire pipi. J'entendis mes ennemis fondre sur moi !

Prestement, j'arrachai le couvercle, soulevai le seau et opérai un demi-tour à cent quatre-vingts degrés. Comme dans les films révolutionnaires où les combattants martyrs défendaient la ville contre les envahisseurs étrangers à l'aide de canons, je visai mes bourreaux avec le seau puant et leur lançai : « Putain ! Je vais tous vous tuer ! »

Les excréments humains s'avérèrent une arme efficace. Le chef appela à une trêve. Mon courageux combat ne rencontra toutefois pas le succès escompté. Mes codétenus s'éclipsèrent et commencèrent à déblatérer sur mon compte derrière mon dos. « Ce saligaud n'a certainement pas agi comme un prisonnier politique ramollo. »

Même si j'avais négocié un cessez-le-feu avec le chef, lui et ses amis complotaient secrètement contre moi. Ils trouvèrent de nouvelles excuses pour me punir. Un édit secret fut décrété. Personne n'avait la permission de me parler. Pendant huit jours, hormis quelques quintes de toux, je ne fis aucun bruit. Le migrant du Fujian reprit ses fonctions et s'accroupit à côté du seau hygiénique. Chaque fois que je le regardais, il baissait la tête. Au bout de deux semaines, n'ayant trouvé aucune charge contre lui, les enquêteurs le relâchèrent. Avant son départ, il me promit de me faire partir en bateau à Taiwan quand je sortirais. Je me souviens encore du nom de son village de pêcheurs.

La pluie qui ne cessait de tomber, comme de coutume en cette saison, s'insinuait dans tout. Même mes os sentaient le moisi. Je m'assis tristement dans un coin pour me plonger dans la lecture. De temps en temps, je levais la tête pour regarder par la fenêtre les falaises couvertes d'un feuillage vert. Quant aux mots écrits dans mon livre, ils semblaient revêtus de vert-de-gris.

Un jour, à la tombée de la nuit, je fis le tour de la pièce dans le cadre de mon activité physique routinière. Le chef et ses proches étaient assis ensemble et ils me regardaient d'un air goguenard. Je roulai des yeux, tirai la langue et émis des bruits étranges pour attirer leur attention. Certains m'intimèrent d'arrêter, mais le chef les calma : « Ignorez-le. Il approche son seuil de tolérance. Je vous parie qu'il deviendra fou sous peu. »

Je refusai de rendre les armes. Jouant les zombies, je marchai avec raideur de long en large près de la grille. L'agent de la cellule 3 qui passait là par hasard me lança : « Vous ressemblez à un spectre. Vous êtes bon acteur. » Il demanda au gardien d'ouvrir la porte et entra. Son haleine empestait l'alcool. Il dit au chef avec dédain : « J'ai entendu dire que vous autres, bande de salopards, avez essayé d'isoler le Contre-révolutionnaire. C'est sacrément bizarre. Aucun d'entre vous ne lui arrive à la cheville, même pas vous tous réunis. Grâce à lui, je vais vous laisser regarder quelques heures de télévision. Venez dans la cellule 3. » J'étais trop ému pour dire quoi que ce soit. C'est ainsi que le blocus contre moi fut rompu.

18

L'autre sexe

第二性

Si la Chine était un patient atteint d'un cancer du côlon, la ville de Chongqing serait le terminus crasseux de ce côlon – un anus gangrené. Le fleuve Yangtsé, obstrué par de la mousse toxique, sort de la ville en trimballant les déchets d'un grand nombre de sites industriels. Il en résulte des pluies acides et un brouillard persistant qui peuvent prolonger la saison humide d'au moins deux semaines. Dans cette ville de montagne autrefois fort arriérée, la pollution rend les gens impatients et irritables. Une croûte épaisse s'accumule dans leurs yeux. C'est au cours de cette saison pourrie que les autorités du centre d'investigation organisèrent un nettoyage général en prévision de la visite d'un haut fonctionnaire. Nous étions censés balayer et frotter chaque coin et recoin du bâtiment, et repeindre tous les murs.

Cet après-midi-là, par la porte, je vis Grosses lunettes passer dans le couloir. J'eus toutes les peines du monde à le reconnaître sans ses longs cheveux hirsutes. Sa tête rasée ressemblait à un minuscule œuf de cane. Il portait la chemise à motifs fleuris que je lui avais offerte quelques années auparavant. Je l'appelai. Il regarda autour de lui furtivement et vint discuter avec moi. Comme d'habitude, je me moquai de lui : « Comment se fait-il que tu sois aussi moche ? » Avant même qu'il ait eu le temps de se venger de moi, un gardien passa près de nous et il retourna immédiatement au travail. Il nettoyait le sol avec un balai deux fois plus grand que lui et feignait d'y mettre tout son cœur en s'essuyant le front avec la manche de sa chemise, comme s'il transpirait.

Après le départ du gardien, nous nous mîmes à parler et à rire, oubliant pour un temps l'univers carcéral. Nous étions d'un optimisme béat pour ce qui nous concernait, convaincus que nous serions prochainement libérés. Pendant que nous conversions, directeur Huang, connu pour sa brutalité envers les détenus, passa à plusieurs reprises sans nous prêter la moindre attention. Enhardis par son indifférence, nous continuâmes à papoter pendant près d'une demi-heure. De toute mon incarcération, je ne connus jamais d'autre miracle de la sorte.

Le lendemain, ce fut mon tour de balayer le couloir. Traînant le balai derrière moi, j'errai à la recherche de Grosses lunettes, mais ne le trouvais nulle part. Au détour d'un couloir, je découvris une petite foule agglutinée devant une cellule où des détenues étaient enfermées.

La porte était pleine, contrairement à la grille métallique de ma cellule, mais le passe-plat était ouvert. Un détenu passa la tête dedans en suppliant : « Laissez-moi regarder encore une fois. Je vous donnerai une autre moitié de petit pain en échange. »

J'entendis comme le bruit d'une tape sonore. Le détenu retira sa tête. Un deuxième détenu s'avança et y passa également la tête, sans se poser de questions : « Laisse-moi toucher ta chatte. Je le ferai en fermant les yeux. Pour ça, je t'offrirai deux petits pains. » La femme lui écrasa un mégot de cigarette brûlant sur le visage. Il se mit à gueuler et recula d'un bond avant de provoquer de nouveaux dégâts. Un troisième détenu pointa son nez. Ayant tiré les enseignements de ce qui venait d'arriver, il joignit simplement les mains et cria : « Tu es une pute coriace ! J'aime ça. » Puis, sans mot dire, il sortit trois petits pains de sa poche et les lui transmit par le passe-plat.

« Tu sembles honnête et franc, dit une voix à l'intérieur. Fourre ta tête dedans. » Les détenus salivaient et leurs jambes flageolaient. Ils se tenaient sur la pointe des pieds, dans l'espoir d'entrevoir quelque chose. Le détenu qui arborait la marque de brûlure de cigarette alla jusqu'à crier : « Je peux voir sa chatte humide ! » L'heureuse gagnante le fit taire immédiatement d'un coup de coude.

Je regardai en riant, mais finis par très vite me lasser. Alors que je m'apprêtais à quitter les lieux, des bruits de pas précipités se firent entendre dans l'escalier. Apeuré, quelqu'un hurla : « L'officier Huang arrive ! » Le groupe se dispersa et s'enfuit comme une volée de moineaux effarouchés. Plusieurs petits pains froids tombèrent sur le sol.

L'officier Huang se dirigea vers nous, un grand bâton à la main. Il me hurla : « Toi ! Espèce d'ordure ! » Puis il me jeta son gourdin à la tête. Je fis un mouvement pour esquiver le projectile qui me frôla l'oreille. Huang me doubla pour poursuivre les autres prisonniers. Leur cavalcade retentissait dans le couloir aussi fort qu'une petite locomotive passant par là. Quelques minutes plus tard, il revint et me regarda d'un air dédaigneux. « Contre-révolutionnaire, soupira-t-il en tournant la tête vers la cellule des femmes, ne vous abaissez pas à des trucs comme ça. »

Je rougis et tentai de lui expliquer que je n'avais pas pris part à ce jeu vulgaire, mais il me fit signe de partir et s'éloigna.

Je restai un instant à le regarder disparaître au bout du couloir. D'une certaine manière, sa réprimande m'avait secoué, réveillant en moi la dignité du poète que j'avais enfouie au fond de moi depuis longtemps.

«La dignité?» songeai-je.

Mon cœur se serra.

«Ai-je besoin d'un policier pour me rappeler ma propre dignité?»

Parfois, il faut s'asseoir sur sa dignité pour survivre. C'est le seul choix.

Je me tenais encore là, cherchant à me ressaisir, quand un joli visage jeta un œil par la lucarne qui permettait de faire passer la nourriture. «Avez-vous des petits pains? dit une voix enjôleuse. Vous pouvez regarder ma chatte pour une brioche. Et pour deux, vous pourrez la toucher.»

19

Le nouveau chef

新
头

Alors que le temps se réchauffait, les gens avec qui j'avais sympathisé partaient les uns après les autres. Même l'antiquaire qui dormait à côté de moi avait été libéré. Ce vieil homme têtu gagna sa liberté en refusant d'avouer, même sous la torture. Le chef fut condamné à cinq ans de camp de travail pour voies de fait graves et vols qualifiés.

Au début du mois de juin, j'étais déjà détenu depuis deux mois et demi. J'avais, depuis longtemps, dépassé la limite des quarante-cinq jours légaux. Les fonctionnaires du bureau du procureur de la municipalité de Chongqing vinrent m'interroger pour décider si, oui ou non, je devais être jugé. Alors que nous descendions les escaliers, un grand costaud d'officiel ne put résister à la tentation de caresser mon crâne dégarni. Pour protester contre cette offense, je pris le parti de ne répondre à aucune de ses questions lors des interrogatoires. J'avais fini par être capable de citer habilement toutes les lois et tous les règlements du pays, et de les utiliser en toute confiance pour me défendre. J'avais beau savoir que mes efforts seraient vains, je voulais au moins conserver ma dignité.

Mon refus exaspérait les responsables du bureau du procureur. Quand ils menacèrent de me tabasser, j'eus recours au cabotinage. Entendant mes éclats de voix, le directeur du centre se précipita pour me réprimander. En quittant la salle, je l'entendis déconseiller aux responsables d'utiliser une violence excessive lors des interrogatoires. « Vous pourriez tuer quelqu'un », leur dit-il.

De retour dans ma cellule, je renonçais à ma promenade quotidienne, préférant me coucher et me remettre à lire. Mais j'avais des problèmes de concentration. Mes compagnons d'infortune changeaient constamment. J'avais rejoint les rangs des anciens combattants. Nous avions un nouveau chef, un célèbre parieur de Chongqing, qui était aussi un fervent lecteur. Grâce aux livres, nous devînmes amis.

Trois jours avant mon arrestation officielle et mon transfert, un homme d'un certain âge débarqua dans la cellule. Il était grand et mince, d'un port fier et droit. Or, nous apprîmes plus tard qu'il avait plus de soixante-dix ans. Ses pieds gigantesques suscitèrent de nombreux regards curieux. Dès la minute où il passa la porte, il quitta ses chaussures en tissu noir, se mit à genoux et nous salua avec la paume d'une main sur l'autre poing, puis se prosterna en signe de respect. Avant que nous ayons eu le temps de réagir, il rampa promptement vers le seau des toilettes près duquel il s'accroupit, les deux mains sur la tête, attendant le rite initiatique.

Tout le monde fut stupéfait. « Ce vieux con connaît vraiment sa place », laissa échapper le chef.

L'exécutant releva sa manche. Il arriva par-derrière et se préparait au cérémonial, quand le vieil homme se retourna et lui dit :

« Frère, mes vieux os sont en train de s'effriter. Si vous me faites endurer tout le processus, faites attention. Je pourrais ne pas m'en relever.

– Hé ! Nous ne pouvons pas enfreindre les règles !» hurla Numéro deux.

Le vieil homme se mit à rire par saccades. «C'est ma cinquième fois ici. Croyez-le ou pas, c'est moi qui ai rédigé les règles.»

Cela attira l'attention du chef.

«Vous voulez dire que vous êtes Zhang-le-joueur ?

– Oui, monsieur. C'est moi.»

Le chef l'aida immédiatement à se relever.

«Debout !

– L'exécutant a dit que nous ne pouvons pas enfreindre les règles, rit Zhang-le-joueur.

– Ne nous prends pas trop au sérieux, répondit le chef en faisant signe à ses collègues de lui présenter immédiatement leurs excuses. Vous êtes un vieux de la vieille.

– Les règles sont les règles ! J'insiste pour que vous me traitiez comme les autres.»

Zhang-le-joueur nous tourna le dos et se pencha.

«S'il vous plaît, allez-y.»

Nous le regardâmes tous avec étonnement. À contrecœur, le chef demanda des «coudes de porc braisé aux herbes», plat qui consiste à frapper à plusieurs reprises le dos de la personne avec le coude. L'exécutant coudoya avec prudence et douceur le dos de Zhang-le-joueur comme le ferait une masseuse.

À la fin du rituel, ce dernier se leva et, alors qu'il était sur le point d'aller se réfugier dans un coin, le chef le saisit par la manche. «Monsieur, asseyez-vous à ma place, s'il vous plaît. Permettez-moi de vous servir.»

Le vieil homme leva les yeux au ciel et fit un geste de la main au chef : «Frère, je n'oserais pas accepter une faveur venant de vous. Je n'ai rien à vous offrir en retour. Laissez-moi dormir avec la classe inférieure. J'ai le cuir épais et les poux ne me dérangent pas du tout.» Il fit une enjambée et se glissa près de moi. Il s'endormit quelques minutes plus tard.

Dans l'après-midi, il fut convoqué pour un interrogatoire. Une heure plus tard, il revint avec un sourire jusqu'aux oreilles. Curieux, je discutai avec lui pour savoir ce qui le rendait de si bonne humeur.

«L'enquêteur était furieux contre moi, se vanta-t-il. Je pense que je serai hors d'ici dans deux semaines.»

Comme je devais avoir l'air chamboulé, il poursuivit: «Tu dois t'inquiéter si ton enquêteur te traite avec une bienveillance excessive. S'il agit comme s'il était ton père, cela veut dire qu'ils sont sur le point de t'envoyer dans l'autre monde ou de te condamner à la peine de mort avec sursis. Quand j'étais jeune, la police nationaliste et la police communiste m'ont toutes deux traité comme ça. Peu à peu, je suis devenu un oiseau rusé. Je suis invincible.» Puis il rejoua la scène de l'interrogatoire devant nous:

> *L'enquêteur*: Zhang, tu as effectué cinq séjours dans un camp de rééducation. Ça nous gêne de t'envoyer encore là-bas. Qu'en penses-tu?
>
> *Zhang-le-joueur*: Ne vous faites pas de bile. Allez-y. Cette affaire me coûtera probablement trois ans au plus. Je viens d'avoir soixante-treize ans. Un séjour dans un camp de rééducation, c'est comme prendre sa retraite dans une maison de repos.
>
> *L'enquêteur*: Vieille canaille toxique!
>
> *Zhang-le-joueur* (joignant les mains): Je suis entièrement d'accord. Je suis plutôt toxique. J'ai joué pendant soixante-trois ans. Je ne sais pas combien de personnes j'ai empoisonnées avec les jeux de hasard. Beaucoup ont fait faillite, divorcé ou se sont suicidés. Quand j'étais en prison, ma main me démangeait et je finissais par jouer chaque

jour à l'intérieur du camp de rééducation. Nous utilisions la nourriture comme monnaie. Au bout de plusieurs années, j'avais réussi à former au moins trois joueurs de bon calibre. Maintenant que je suis trop vieux, je suis impatient d'aller là où je pourrais transmettre mes connaissances et mes compétences à la prochaine génération. Je trouve qu'il y a plus de candidats potentiels au sein d'un camp de rééducation qu'ailleurs. Je vous garantis que je serai en mesure de transformer plusieurs étudiants en joueurs dont le pays pourra être fier.

L'enquêteur (frappant son bureau de colère et levant la main) : Tu... Toi...

La cellule entière tomba sous son charme. Numéro deux lui montra son pouce levé vers le haut en guise d'approbation : « Belle histoire ! » Le chef se mit à le flatter : « J'espère que nous serons envoyés dans le même camp de rééducation. Je pourrais être votre dernier disciple. »

Zhang secoua la tête. « Le camp de rééducation, ce serait trop beau. Je pense qu'ils vont plutôt me renvoyer chez moi. Je suis célibataire, sans enfants ni parents. Tout ce que j'ai à faire, c'est prendre soin de ma personne. Je vais juste jouer jusqu'à la mort. »

Zhang-le-joueur me laissa une impression indélébile. Il pouvait parier sur n'importe quoi. Il a même parié sur moi.

« Hé, chef, je pense que Contre-révolutionnaire sera sorti d'ici le 13 de ce mois. Qu'est-ce que tu en penses ?

– Comment le savez-vous ? »

Le chef était sceptique.

« Je sais que tous les intellos ont peur du nombre treize. En Occident, c'est un chiffre porte-malheur. »

Les prédictions du vieux roublard se révélèrent vraies. En conséquence, le chef dut lui céder deux portions de viande au dîner.

L'après-midi du 13 juin, je quittai le centre d'investigation de Songshan dans un fourgon de la police. Une pluie fine scintillait dans l'air lourd. Je m'assis à l'arrière de la voiture, portant un gros paquet contenant ma couette, mes papiers et mes livres. Ma main droite était enchaînée au siège qui se trouvait devant moi. En levant la tête, je remarquai que Grosses lunettes était dans le même fourgon que moi, affalé sur le siège avant. Nous n'étions qu'à quelques rangs l'un de l'autre, mais la distance qui nous séparait me paraissait infranchissable. Sa silhouette mince semblait s'être encore racornie. Lorsque la voiture roulait sur un nid-de-poule ou une bosse, le sommet de son crâne rasé surgissait de derrière le siège.

« Profite bien du paysage, me dit le policier qui m'escortait. Ce voyage vous emmène dans un endroit encore plus isolé du monde extérieur. »

J'étais effondré. Mes derniers espoirs s'étaient évanouis. Même le temps sembla nous en vouloir quand le soleil et les nuages firent tomber une pluie chaude et impétueuse qui souilla les rues d'une teinte terne. Inconsciemment, j'appuyai mon nez contre la fenêtre, comme un enfant à bout de forces resté trop longtemps à la maison pour cause de maladie. Les femmes de cette ville de montagne se promenaient dans les rues, certaines avec leur parapluie et d'autres, plus téméraires, tête nue. Je me sentais engourdi. L'anecdote taoïste sur les poissons dans un bol en verre m'avait toujours conduit à me demander qui nage : le poisson ou les humains ? Sur le coup, j'étais submergé par l'envie de briser la fenêtre avec mes poings et de m'enfuir. J'aurais voulu courir et trouver un endroit pour me cacher sous un de ces parapluies. Et mon esprit errait dans les rues, oublieux de mes menottes.

TROISIÈME PARTIE

Le centre de détention

(juin 1990-août 1992)

第三部在看守所

20

Les morts-vivants

活死人

Le fourgon de police roulait à tombeau ouvert, sans s'embarrasser de ralentir dans les virages. Quand il rasa le trottoir en bas d'une descente, les passants effrayés s'enfuirent comme des moineaux. Les autres véhicules pilaient ou se rabattaient pour le laisser passer. L'inconscient qui tenait le volant freina brutalement pour s'arrêter à quelques centimètres de la voiture qui nous précédait et mon corps poursuivit sur la lancée. Grosses lunettes et moi fûmes projetés vers l'avant comme des diables pressés de rejoindre l'enfer. Notre camionnette se faufilait dans la circulation, et les magasins de part et d'autre s'estompaient pour n'être plus qu'une scène colorée qui filait, dont le rideau s'abaissait et se levait à toute allure. Nous finîmes par atteindre le numéro 15 de la rue Shibanpo, section nord. Je plissai les yeux et devinai le panneau du Centre de détention municipal de Chongqing[37], où j'allais devoir attendre mon procès.

37. En Chine, un centre de détention héberge ceux qui ont été arrêtés officiellement et sont en attente de procès. Certains détenus peuvent y passer des années sans même être condamnés. Les condamnés à moins d'un an d'incarcération purgent également leur peine dans ce type de centre.

Le policier à l'avant de la voiture se pencha à l'extérieur et tendit une feuille de papier à un planton dont le casque descendait presque jusqu'aux sourcils. Le garde examina attentivement la feuille et nous fit signe d'avancer vers un lotissement méticuleusement entretenu, submergé de plantes luxuriantes et de fleurs à peine écloses. La voiture se hissa jusqu'en haut d'une butte et contourna un terrain de football où des officiers torse nu s'entraînaient au corps à corps. Ils se jetaient à terre ou lançaient des coups de pied dans les airs en beuglant des « Tue ! Tue ! » Je frissonnai nerveusement, comme un rat effrayé.

À la deuxième entrée, un gardien me conduisit au-delà de la porte, puis nous traversâmes un grand parking flanqué de part et d'autre d'allées ombragées qui s'enroulaient autour d'un lit de fleurs. On m'ordonna d'attendre ; Grosses lunettes continua sans moi. Dix minutes plus tard, je grimpai les mêmes marches de pierre que lui. Le chemin enchaînait ses méandres au gré de pelouses et d'autres massifs de fleurs. J'étais surpris de ce paysage digne d'un hôtel de luxe, avec des tables et des sièges de pierre posés ici et là.

Nous poursuivions notre ascension sur ce raidillon, et le vent qui sifflait me frappait les joues. Le plus grand centre de détention de la ville, perché en haut d'une volée d'escaliers escarpés et caché parmi des monts boisés, se révélait sinistre. De prime abord, on aurait dit un autel dressé là pour un sacrifice ou un temple dédié à un dieu très particulier. Je redressai le dos et me tins au garde-à-vous comme on me venait de me l'ordonner, mais je ne pus m'empêcher de tourner la tête pour admirer le coucher du soleil qui se retirait en un raz-de-marée de lumière. La ville tentaculaire scintillait en contrebas comme une gigantesque marmite de soupe, le grand dôme du Comité populaire de Chongqing posé au milieu. « Une plateforme pour soucoupes volantes, pensai-je. Pourvu que des extraterrestres viennent m'enlever. »

Ce panorama désarmant disparut brutalement dans l'entrée, où je fus accueilli avec une fouille corporelle intégrale. Deux officiers de garde musardaient sur un banc à côté de la porte, profitant de la fraîcheur de la brise, tandis qu'un petit groupe observait deux joueurs d'échecs au milieu de la pièce. Un Rouquin me palpa de haut en bas, inspectant chaque centimètre de ma chemise et de mon pantalon à la recherche de quelque denrée cachée. Mon oreiller fut éventré et vidé de son coton, qui termina dans une poubelle. Après l'inspection minutieuse de tous mes biens, l'officier m'ordonna de signer une feuille de papier blanc pliée. J'obéis sans savoir de quoi il s'agissait. Le lendemain, j'appris d'un codétenu que c'était mon mandat d'arrêt. Plus de trois mois après mon incarcération, j'étais désormais officiellement sous mandat d'arrêt. Je conservais néanmoins mon ancien matricule : 0-9-9.

Avec mon crâne rasé et ma barbe broussailleuse, j'avais l'air déboussolé d'un vieillard en deuil. L'été pointait son nez, mais je portais encore un pull d'hiver que ma femme m'avait tricoté. Elle y avait brodé, en noir et blanc, les signes du yin et du yang ; ils s'étendaient sur le côté droit, jusque sur l'épaule. Ces symboles anciens sont supposés représenter les pôles opposés dans la nature : le yin est étroitement associé à la nuit, à l'obscurité et à la lune, alors que le yang représente le jour, la lumière et le soleil. Trois mois venaient de s'écouler, pendant lesquels j'en avais saisi la véritable portée : des jours sombres, interminables, sans un rayon de soleil.

Le gardien me poussa pour me faire passer une grille métallique et rejoindre un complexe rectangulaire, situé à l'arrière. C'était le cœur du centre de détention. L'endroit où étaient enfermés les auteurs des actes les plus graves, dans l'attente de leur condamnation. Cet ensemble était cerné d'épais murs de brique, hauts de dix mètres. Des miradors se profilaient à chaque coin. Un bâtiment carré grisâtre trônait au milieu. On aurait dit un empilement de cubes d'enfants géants. Les gardiens appelaient cette construction «l'entrepôt des morts-vivants».

«De la marchandise pour la cellule 10!» beugla mon escorte. Comme par magie, l'épaisse porte métallique de la cellule 10 s'ouvrit dans un bruit sourd. Les nombreuses têtes rasées et luisantes saluèrent mon arrivée. Deux détenus se tenaient nus dans un coin, leurs pieds et poings enchaînés – signe que j'avais devant moi des condamnés à mort. C'était la première fois que je voyais de si près des hommes promis à la peine capitale.

Je gardai mon sang-froid, mais une scène profondément enfouie dans mes souvenirs d'enfance refit surface. J'ai grandi dans une petite ville. Dans les années 1960, les exécutions de criminels étaient des manifestations publiques de première importance. J'avais neuf ans. Un jour, une exécution fut annoncée et la ville entière vint assister à l'événement. Des milliers de personnes avaient envahi le stade où devait se tenir un procès public. Un criminel, menotté et bâillonné, fut hissé sur le côté de l'estrade ; un panneau pendait à son cou, sur lequel le mot «contre-révolutionnaire» était barré d'un grand X.

Je m'étais joint à un groupe de gamins intrépides et nous nous frayâmes un chemin jusqu'aux avant-postes, glissant comme des anguilles entre les jambes des adultes, ignorant le risque de nous faire piétiner par la foule. Nous étions prêts à ramper jusqu'au premier rang pour voir l'ennemi condamné et lui jeter des pierres et des détritus. Autour de moi, les gens hurlaient : «Tuez-le!» Le juge présidait le procès depuis son podium et faisait entendre sa voix grâce à un haut-parleur ; ses paroles frappaient la foule comme des roulements de tonnerre. L'ennemi avait le corps couvert d'ecchymoses et de coupures, sa tête saignait et elle était déformée par les jets de pierres qu'il subissait. Bizarrement, j'éprouvai de l'excitation à la vue de ce spectacle d'un homme entravé, submergé par la peur, dont le corps flasque était soutenu par des policiers.

À la fin du procès arriva un fourgon de police qui se fraya un chemin dans la foule pour emmener le condamné vers le lieu de son exécution. Nous courûmes à perdre haleine à la poursuite du véhicule, jusqu'à ce qu'il disparaisse au loin dans le coucher du soleil. Quand nous nous arrêtâmes, à contrecœur, nos visages étaient couverts de poussière. Le danger et le spectacle du châtiment public nous avaient échappé. Le châtiment eut lieu, en fait, dans une zone montagneuse accidentée, quelque part le long de la rivière.

Après l'exécution, le corps du défunt fut enveloppé dans des ballots de paille et envoyé à la crémation. À la différence des adultes, qui évitaient la famille du criminel, nous, les enfants, nous regroupâmes à proximité de son inquiétante maison. Dévorés par la curiosité, nous nous sommes faufilés jusqu'à la porte d'entrée pensant y faire une incursion. Soudain, une ombre... Nous détalâmes, pour ne nous arrêter qu'au coin de la rue. Après avoir repris notre souffle, nous avons jeté un coup d'œil derrière nous. Sous la lumière blafarde des lampadaires, la frêle silhouette d'un garçonnet qui semblait avoir notre âge sortit de la maison et déambula sur le trottoir comme un fantôme solitaire. L'image de ce garçon qui avait perdu son père condamné à mort resta gravée dans mon esprit pendant de nombreuses années.

La Chine exécute sans doute plus de condamnés qu'aucun autre pays au monde. Un ami de mon frère, qui a travaillé au tribunal municipal de Chengdu, m'a dit un jour que dans les années 1990, cela concernait entre dix et quinze mille personnes chaque année. La peine était en général appliquée assez rapidement, entre deux semaines et trois mois après avoir été prononcée. Vu la corruption généralisée du système judiciaire, on ne peut que penser qu'un grand nombre de ces condamnés l'ont été à tort.

Les deux condamnés à mort nus sur lesquels je tombai à Chongqing, l'un petit et gros, l'autre grand et maigre, n'étaient pas aussi mystérieux que ce que j'imaginais dans mon enfance. Ils attendaient là, comme deux statues, sans que leur visage ne trahisse la moindre émotion. J'étais perdu dans mes pensées quand une voix tonitruante surgissant de l'extérieur me ramena à la réalité : « L'eau est prête pour la cellule 10 ! » Les deux condamnés à mort se déplacèrent bruyamment jusqu'à une étagère en ciment pour récupérer leurs bols, avec lesquels ils puisèrent l'eau dans l'évier pour se la verser sur la tête et le reste du corps. Ils en firent un jeu, se lançant des clins d'œil et piaffant comme deux singes enchaînés. D'autres les rejoignirent, créant bientôt une belle pagaille. « Hé, arrêtez ! Laissez le nouveau se laver en premier ! » ordonna d'un ton sévère un détenu à l'allure robuste et à la peau terreuse, sorti de nulle part. Les autres s'éloignèrent des deux « morts-vivants » – c'est ainsi qu'on les appelait – et attendirent, obéissants, sur le côté. Je me débarrassai rapidement de mes habits et me lavai à grande eau.

Mon maillot de corps et mon petit tapis de sol furent jetés dans un coin, avec les ordures. Le reste, y compris mon pull et ma couverture, fut mis en bouchon dans une grande bassine métallique. Puis l'homme à l'allure robuste, qui paraissait diriger le tout, prit un air conquérant au milieu de la cour et réclama à travers le mur de l'eau bouillante pour tuer les poux et les puces que je pouvais porter. Je m'installai dans la bassine, me levant et me baissant frénétiquement pendant près de dix minutes pendant que deux détenus me versaient de l'eau sur la tête. Je glissai deux ou trois fois. Cette infortune déclencha les rires de toute l'assemblée, mais lorsque ceux qui s'occupaient de moi me remirent sur pied hors du bain, j'étais un moine, propre et nu.

L'homme à l'allure robuste, Wen Zhi, était le chef de notre cellule. Il m'ordonna de lever les bras pendant que deux autres détenus se relayaient pour inspecter et renifler minutieusement la moindre parcelle de mon corps, afin de s'assurer que je ne puais pas et qu'aucun insecte indésirable ne se cachait dans les replis de ma peau. Après cette inspection sanitaire, je fus autorisé à me mêler aux seize autres moines qui rentrèrent tous dans le sanctuaire intérieur à la fin de la pause.

L'aménagement des lieux était simple – une grille électrique en métal divisait la cellule en une cour couverte à l'entrée et un dortoir à l'arrière. La cour, qui ne faisait pas plus de cinq pas de côté, disposait d'un évier et d'étagères en ciment pour les ustensiles destinés aux repas. Les détenus pouvaient brièvement se détendre et se laver dans cet espace. Le plafond ressemblait à une gigantesque passoire, soutenue par des poutres de béton armé. Les jours ensoleillés, des rayons de lumière perçaient jusqu'au sol à travers les trous carrés, aussi larges que des bols de riz. Au fil de la journée, ces carrés de soleil grimpaient lentement le long du mur. Un détenu astucieux pouvait déduire l'heure exacte, à la minute près, simplement à partir de leur position.

La salle du fond faisait deux fois la taille de la cour. Une banquette massive en ciment, longue de cinq mètres et large d'un peu plus d'un mètre, occupait la majorité de l'espace. Il ne restait pas beaucoup de place, sinon pour une étroite allée d'un mètre. Au centre d'investigation de Songshan, chaque cellule était équipée d'un seau qui faisait office de tinette. Ici, au moins, nous disposions de vraies toilettes – un urinoir en forme d'auge et des chiottes à la turque ouvertes dans un coin. La passoire qui couvrait la cour et la fenêtre équipée de barreaux de fer dans la salle du fond offraient une bonne luminosité et une circulation de l'air correcte. Tous les recoins de la cellule, bien entendu, étaient exposés aux yeux fureteurs des gardiens. Ils effectuaient consciencieusement leurs patrouilles, vingt-quatre heures sur vingt-quatre, à l'extérieur et sur le toit où une passerelle protégée leur avait été construite.

Les détenus recevaient leur nourriture à travers une petite ouverture percée dans le côté droit du mur latéral, qui ressemblait à une meurtrière dans un château fort. Un gros œilleton rond, placé sur la porte d'entrée, permettait de contrôler les activités autour de cette embrasure aux heures de repas. Aucun point de la cellule ne pouvait donc échapper à la surveillance.

« Cette disposition est importée de Tchécoslovaquie », fanfaronna le chef.

Si je n'avais jamais vu de prison tchèque, j'étais familier des cages des animaux, dans les zoos qui exposaient deux ou trois tigres, lions ou chimpanzés dans un enclos grillagé, avec un aménagement similaire. Et une chose était claire : l'entassement de dix-sept *Homo sapiens* dans un local si exigu nous obligeait forcément à la plus grande des promiscuités.

Il y a quelques années, j'ai lu *Écrit sous la potence*, un essai rédigé par le journaliste tchèque Julius Fučík. Je me souviens d'une phrase dans laquelle il décrivait sa cellule dans une prison nazie : « Sept pas de la porte à la fenêtre, sept pas de la fenêtre à la porte. » Les nazis semblaient faire preuve de générosité, vu la taille de cette cellule, attribuée à un journaliste qu'ils venaient de condamner à mort. Dans la nôtre, dix-sept prisonniers dormaient côte à côte sur le grand lit[38] en ciment. Étant nouveau venu, j'aurais dû hériter, me dit-on, de l'emplacement le plus proche du trou des toilettes. Mais compte tenu de mon «statut d'intellectuel», le chef décida de me placer au milieu du lit, entre les deux morts-vivants. Je m'inclinai devant tant de générosité.

38. Dans le nord de la Chine, le lit familial est constitué d'une banquette en terre cuite, le kang, à l'intérieur de laquelle passe un conduit pour l'air chaud. Liao Yiwu emploie ce même mot (bien qu'il n'y ait pas de conduit d'air chaud dans les banquettes en ciment du sud de la Chine). Il n'y a pas d'autre mobilier dans la cellule que ce kang, sur lequel on dort, on mange, on travaille et on se repose.

21

Le suicide sous surveillance

监督自杀

Après dîner, le chef s'affalait sur son « trône », une pile de tissus alignés contre le mur, et régnait sur ses sujets. Il commença par m'adresser une volée de questions sur mon cas, mais mon histoire l'ennuya rapidement. Il bifurqua sur le thème de la répartition des tâches quotidiennes :

« Ton boulot sera de nettoyer les sols de la salle du fond, de l'allée et de la cour. Il faut que tu les laves avec cette grosse serpillière trois fois par jour – matin, midi et soir –, je veux qu'ils brillent tellement que je puisse y voir mon reflet. Par ailleurs, l'officier de garde nous a ordonné d'établir une surveillance antisuicide vingt-quatre heures sur vingt-quatre, pour les deux condamnés à mort. Pour la nuit, on a divisé ça en cinq tours de deux heures chacun. Comme t'es nouveau, on te fait l'honneur de te laisser le tour du cimetière, celui entre trois et cinq heures, ainsi que la période de sieste de deux heures, après le déjeuner. Ça fait partie de ton initiation. Tu le feras pendant un mois ; ensuite je te mettrai dans la rotation normale, avec les autres.

– Qu'est-ce que cette initiation ? m'inquiétai-je.

– Ferme-la ! gronda le chef en me fixant méchamment. Déroule ton matelas, c'est l'heure de la télé. »

Un téléviseur noir et blanc de trente-cinq centimètres était suspendu à mi-hauteur, à plus de trois mètres du sol. Comme au centre d'investigation, l'image était floue et le son mauvais. Personne ne semblait en être gêné. Mes codétenus tendirent le cou et restèrent vissés au poste jusqu'à dix heures. Au son de la cloche du coucher, le lit géant se transforma en une étagère à viande ; les corps chauds, moites et fétides s'entassèrent, alors que des volutes de fumée de cigarette tourbillonnaient dans l'air.

Je m'assis sur le bord pendant quelques minutes pour me préparer, puis je plongeai vers mon emplacement, large d'à peu près soixante centimètres. Lan, le condamné à mort grand et maigre, qui dormait à ma droite, émit un « Aïe ! » douloureux. Il leva son épaule pour s'étirer – les menottes écrasaient ses poignets, provoquant une grosse contusion, toute rouge. Lan-le-mort geignait sans arrêt. Je me tournai de l'autre côté, mais mes lèvres atterrirent malencontreusement pile sur celles de Liu, le petit gros des morts-vivants. Ce salaud, myope comme une taupe, gémit avec délice : « C'est bon ! » Il se pourlécha les babines et je sentis son haleine infecte. Ses naseaux s'agitaient comme deux grosses fourmilières.

Au centre d'investigation, mon emplacement était un peu plus grand et je n'étais pas obligé de dormir sur le côté. Il me fut difficile de me faire à tant de promiscuité. Je serrai les dents et me repositionnai tête-bêche – ma tête à l'autre extrémité du lit. Mais ça n'améliora pas ma situation autant que je l'espérais. J'avais la tête coincée entre deux grosses paires de pieds enchaînés, qui se dressaient comme des promontoires de chair. Je me levai à nouveau, fouillai mon paquetage pour en sortir des livres, que j'emballai dans mon maillot de corps afin d'en faire un oreiller. Ma tête s'élevait maintenant au-dessus de ces pieds menaçants. Les tubes des lampes qui ronronnaient au plafond dardaient une lumière d'un blanc pur comme celle qu'on peut voir dans les latitudes septentrionales. Je fermai les yeux et le monde se transforma en un gigantesque bourdon impossible à éloigner. Le grésillement des criquets au-dehors accrut mon sentiment de solitude. Sous un ciel bleu ovale, je sombrai au fond de l'océan et je me blottis contre le ventre d'un poisson géant. C'était si rassurant que je ne voulais à aucun prix me réveiller ni faire face à la dure réalité de mon emprisonnement.

Clic-clic, clic-clic. La Terre s'ouvrit. Et mes yeux aussi. Je me réveillai en sursaut. Lan-le-mort se retournait dans son sommeil et ses chaînes cliquetaient. Je refermai mes paupières et vagabondai d'un rêve à l'autre. L'usine dans laquelle j'avais travaillé après le lycée surgit du flot de ma mémoire. Dans un vieil atelier métallique, un marteau-pilon se levait et retombait, martyrisant mes tympans. Je me bouchai les oreilles avec des boules de coton pour m'isoler de ce bruit assourdissant. Puis le marteau-pilon fut emporté par le flot et l'atelier parut immense mais vide. Le canon d'un revolver vint se poser sur ma nuque, puis sous ma gorge. Je me réveillai pour m'apercevoir que les chaînes qui tenaient les chevilles de mon voisin appuyaient sur mon menton.

Avant l'aube, la griffe d'un monstre vint tapoter mon épaule moite. J'ouvris les yeux en grand. Une tête de mammouth me surplombait. J'essayai de me redresser mais mes membres ne bougèrent pas. De l'autre côté de la fenêtre du fond, le cri du gardien perça l'air comme un serpent. Le monstre me tira du lit avec ses énormes griffes et glapit dans mon oreille : « C'est l'heure, c'est ton tour ! »

Je me hissai hors du lit tel un robot. Les piles de corps humains s'éloignèrent. J'avais l'impression de marcher sur la Lune. De ma vie, je n'avais jamais eu l'impression d'être aussi fatigué. Je plongeai la tête dans une bassine d'eau froide et me tins debout, dégoulinant, devant le passage vers la cour. Une brise légère souffla sur mon visage.

La lune de printemps brillait. Alors que je déambulais pour combattre mon envie de dormir, j'imaginai que mon corps rapetissait petit à petit, au point de me permettre de me faufiler à travers la grille et de n'être plus qu'un minuscule point sur la terre, au-dehors. L'évasion paraissait aisée. Je sautai de la Lune à Mars, et je me surpris à dériver au gré de mes souvenirs de lecture de *Cent ans de solitude* de Gabriel García Márquez. Le vieux Buendia perd la raison et vit pendant des années attaché à un arbre, sous lequel il choisit d'ignorer l'affreuse réalité pour se retirer dans son monde intérieur. Les nuages et les rayons du soleil s'immobilisent et deviennent un plafond sculpté d'ornements ; les personnes que Buendia a rencontrées au cours de sa vie passent semblables à des courants d'air frais et le saluent comme un frère perdu de vue.

Je m'extirpai de mes rêveries, restai en place quelques instants pour pouvoir uriner, puis repris ma déambulation. Buendia et moi ne fîmes bientôt plus qu'un. Je m'enfonçai jusqu'au mollet dans un sol marécageux et fus bientôt embourbé. J'essayai de libérer mes jambes. Lorsque j'ouvris à nouveau les yeux, j'avais les deux mains fermement accrochées aux barreaux de fer, et les genoux à terre, sur le sol en ciment. Une douleur atroce me tiraillait les cuisses.

« Debout et ne bouge plus ! » me cria un gardien de derrière l'œilleton de la porte. Mais il adoucit bientôt sa voix. « Accroche-toi. Plus qu'une heure à tenir. Le meilleur moyen de rester éveillé, c'est de lever les deux bras en l'air. » Puis il fit demi-tour poliment et partit. Je n'avais pas besoin de tenir mes bras en l'air : la douleur tenace qui me vrillait les genoux chassait mes rêves. Peu après, j'entendis au loin un coq s'époumoner.

L'officier en charge de notre cellule, Ju, était un type jeune et en bonne condition physique. Sa voix haut perchée ressemblait à celle d'un garçon prépubère. Il dirigea le lendemain matin une séance d'interrogatoire qui faisait partie du processus de mon initiation aux règles de la prison. On me demandait de répondre à des questions simples sur ma situation, pour pouvoir constituer un dossier sur moi. Le soleil était déjà levé. Un courant d'air frais souffla sur ma nuque. Je glissai un coup d'œil à travers la fenêtre. La ville montagne était accroupie sous un lourd voile brodé de diamants. J'ouvris la bouche pour avaler cette vue de la liberté et laisser mon âme vagabonder en compagnie des pigeons. Revigoré par la promesse du matin, je décidai de tirer parti de la jovialité de Ju et me plaignis de ma charge de travail.

« Ce n'est pas un peu injuste d'attribuer le tour du milieu de la nuit à un nouveau détenu pendant un mois entier sans pause ? demandai-je.

– J'ai approuvé cette idée, rigola Ju dans un grognement.

– Mais c'est pas juste, non ? insistai-je. La privation de sommeil influe sur ma capacité à rester alerte pendant les heures de travail, et je pense que je n'arrive pas à bien me concentrer sur vos questions pendant cet interrogatoire.

– Vous êtes-vous assoupi pendant votre tour de surveillance antisuicide ? demanda Ju d'un ton cassant, adoptant une attitude soudainement hostile. Il tendit un bras pour attraper sa matraque dans un coin.

– Non, jamais. »

Je me mis au garde-à-vous sur-le-champ et, faisant volte-face, débitai un mensonge éhonté : « Je souffre d'insomnie chronique. J'allais prendre le tour du milieu de nuit.

Ça me convient bien. »

Chaque nuit, je me réveillai à une heure indue pour prendre ce tour de garde, et m'assurer que les deux condamnés à mort ne se suicideraient pas avant que l'État ne se décide à les exécuter. Cette contrainte poussa mon corps et mon esprit vers leurs limites. Non seulement je devais rester suffisamment affûté pour pouvoir répondre à des interrogatoires intempestifs, mais j'en vins à détester le simple fait de parler et de réfléchir. La moindre pensée vers ma famille ou mes amis me déprimait. J'étais à moitié endormi quand je lisais les lettres des miens et à moitié endormi quand je marchais. Par habitude, mes yeux restèrent bientôt en permanence mi-ouverts mi-fermés. Je m'assoupissais désormais régulièrement lorsque je m'appuyais contre un mur. Je trouvai bientôt une nouvelle astuce pour masquer ma somnolence pendant mon tour de veille – j'agrippais la grille avec mes mains et je balançais mon corps lentement, les yeux fermés. De loin, on pouvait croire que j'essayais de mémoriser des mots anglais compliqués avant un examen. Mais dans les faits, j'étais plongé au plus profond de mes rêves.

C'est pendant ces heures épuisantes du début que je me suis lié d'amitié avec mes deux voisins condamnés à mort. Alors que j'étais privé de sommeil, ils souffraient d'insomnie, aussi se proposèrent-ils de monter la garde pour moi. Si les pas du gardien se faisaient entendre sur la passerelle, l'un d'eux me donnait un coup dans la cuisse pour que je me lève. Je bondissais. Pour les remercier de leur gentillesse, j'écrivis leurs testaments, leurs lettres et leurs demandes d'appel.

Liu-le-mort avait été boucher. Lecteur assidu, il passait ses jours et ses nuits penché sur des livres, le visage collé aux pages, comme s'il voulait en avaler tous les mots avec ses yeux globuleux. En ces jours chauds de l'été, il s'accroupissait par terre avec un livre, dans ses habits imprégnés de sueur. Parfois, il s'esclaffait en lisant une blague ou une scène amusante. Son rire chaleureux attirait l'attention – les autres détenus tour à tour pinçaient ou caressaient son ventre rebondi.

Boucher pendant plus de dix ans, Liu-le-mort était alors connu pour son tempérament affable et il passait avec prudence d'une étape de la vie à l'autre. Mais un jour, il se querella avec un client qui le gifla. Hors de lui, il attrapa un couteau et poignarda le client à plusieurs reprises. Quand il retrouva ses lunettes et les remit, il vit son agresseur secoué par des spasmes incontrôlables, baignant dans une mare de sang. Avec l'aide des témoins, il le chargea sur son dos et fila vers l'hôpital. À mi-chemin, il sentit la tête de l'homme se poser mollement sur son épaule. La victime tira sa langue rougie et lui vomit dans le cou avant d'expirer.

Liu-le-mort avait été condamné vingt jours avant que je n'arrive à la prison. Il me dit qu'il avait vécu jusqu'alors sans aucun problème, mais l'insomnie qu'il avait développée depuis son incarcération paraissait insurmontable. Il piquait une crise chaque fois que les autres l'exhortaient à se coucher tôt.

« J'ai passé la première moitié de ma vie à dormir comme les porcs que je zigouillais. Désormais, mes yeux restent grands ouverts comme ceux d'une grenouille, et mon corps m'appelle à faire durer les jours et à maximiser mon temps sur cette terre, expliquait-il.

– Il existe en Amérique du Sud un village où tout le monde est somnambule, dis-je. Les gens font leurs affaires la nuit – ils plantent, ils vendent, ils achètent, ils cuisinent. Tout le village fonctionne comme si c'était le jour. Quand l'aube approche, ils se mettent à bâiller et leurs rêves commencent. Quand des voyageurs tombent sur ce village dans la journée, ils voient ses habitants marcher comme des zombies. Souvent, quand deux de ces villageois arrivent l'un en face de l'autre dans une rue étroite, ils ne changent de direction qu'au dernier moment, pour éviter la collision. Même les chiens sont frappés par ce sort étrange. Ils ont l'air éveillés, mais quand ils ouvrent la gueule pour aboyer, aucun bruit ne sort.

– J'ai dû vivre là-bas dans une vie antérieure, plaisanta Liu-le-mort. J'y retournerai bientôt.

– Merde à ces rêveurs debout !» grogna Lan en nous lançant un regard noir.

Quand bien même leurs jours étaient comptés, ces deux-là se disputaient sans cesse.

« Quand quelqu'un meurt, il a autant de valeur qu'un seau de merde... » poursuivit Lan-le-mort. Ignorant ces remarques amères, Liu se lamenta. « J'ai fini tous les livres que j'ai pu trouver dans la cellule. J'ai déjà lu ton *Roman des trois royaumes* trois fois. Je pense que je vais le reprendre ce soir à partir du début. Le personnage principal est celui que je préfère depuis mon enfance. »

Un vent froid se leva cette nuit-là. La température intérieure chuta brusquement. Les détenus récupérèrent leurs couvertures. Comme la garniture de la mienne avait été jetée le jour de mon arrivée, je grelottais. Liu-le-mort eut pitié de moi et me proposa que nous partagions la sienne. Je déclinai sa proposition et m'allongeai tête-bêche. Pour finir, il attrapa mes jambes et les tira contre lui. Je fis de même, et nous restâmes longtemps ainsi. Je sentis ses chaînes se réchauffer contre ma poitrine. C'est assez bizarre, mais j'ai particulièrement bien dormi cette nuit-là, malgré l'odeur pestilentielle de ses pieds contre mon visage.

Je me réveillai avant l'aube, pour mon tour de veille. Liu-le-mort dévorait le *Roman des trois royaumes.* À un moment, ses yeux se mirent à scintiller. Quel chapitre le fascinait à ce point? Je n'en avais aucune idée. Il posa le livre à côté de sa couche, s'assit dans le lit et tapa ses menottes contre le mur. «Boucher Liu, s'apostropha-t-il, tu es issu d'une longue lignée d'hommes vertueux. Comment en es-tu arrivé là? Quelle tragédie!» Il poussa ensuite un long soupir, le visage tourné vers le plafond, et entonna un air d'opéra du Sichuan. Son chant rompit le calme de la fin de nuit, provoquant une belle fureur dans la cellule.

«T'es maboul? Il est quelle heure?» s'écrièrent nos codétenus, réveillés en sursaut. On appela le gardien, et Liu-le-mort fut emmené sous bonne escorte pour des électrochocs.

Il connut ses derniers instants après son transfert vers la cellule 5. Un de ses compagnons de chambrée m'en fit le récit avec délectation. Ce matin-là, Liu s'était recroquevillé dans un coin, attendant comme d'habitude qu'un codétenu lui apporte son petit-déjeuner. Il prit maladroitement un bol de bouillie de riz entre les paumes de ses mains. Le soleil tapait à travers la fenêtre, mais les murs moites suintaient encore d'une humidité fraîche. Le chant des cigales grésillait et les moineaux, perchés sur les fils électriques, se lissaient les plumes.

La voix haut perchée et familière de Ju, l'officier de garde, se fit entendre dans le couloir: «Liu!»

Liu-le-mort avait eu juste le temps d'avaler une gorgée de bouillie et de se fourrer une bouchée de pain dans la bouche. Il se replia instinctivement vers son coin habituel et laissa tomber son bol par terre. Le détenu en charge de son petit-déjeuner se mit calmement de côté.

La porte de mauvais augure s'ouvrit. Insouciant, Ju entra, les mains croisées derrière le dos. Il s'arrêta sur le pas de la porte, l'air pensif, comme s'il ne pouvait supporter l'idée d'avoir interrompu le repas de Liu. Tel un enfant désobéissant qui trouve qu'il est trop tôt pour rentrer à la maison, Liu continua de battre en retraite. Secouant la tête en signe de désapprobation, Ju s'avança dans la pièce et le pointa du doigt. À ce signal, deux Rouquins qui attendaient derrière lui s'avancèrent doucement vers Liu. L'un d'eux leva les mains lentement, paumes vers le haut. « Eh ! Ne résiste pas, tiens-toi bien ! » Avant que Liu ne puisse répondre, ils s'emparèrent soudain de lui. Terrifié, il fut fermement installé dans le siège tout confort que formaient leurs quatre bras. Celui qui me racontait la scène me dit que Liu garda alors les yeux fermés. Et il ajouta que dans sa prochaine vie, Liu ne serait pas affamé : alors qu'il était trimballé vers l'extérieur comme un sac de patates, il avait les bajoues pleines de nourriture...

Mon autre voisin, Lan-le-mort, était un braqueur. Plusieurs jours avant qu'on l'emmène pour être exécuté, ses tétons commencèrent à gonfler et à s'enflammer, et bientôt sa poitrine enfla au point de ressembler à celle d'une jeune fille en pleine puberté. Ses tétons étaient rouges comme des cerises mûres. Les codétenus le taquinaient tous les jours sur sa métamorphose, mais Lan pourchassait et frappait tous ceux qui riaient de son malheur. En voulant se venger d'un de ses tourmenteurs, il glissa du lit, sa tête heurta le sol et il s'entailla le front. Pendant qu'il essayait de se relever et de reprendre ses esprits, son sang se mêlait aux larmes qui coulaient sur son visage.

Le médecin qui vint le voir avec un gardien ne put réprimer un gloussement à la vue de ses tétons rouges et de ses mamelons. Il les attribua à une « maladie inexplicable » et ne put émettre un diagnostic. Il se contenta de lui recoudre le front pour stopper l'hémorragie et d'appliquer un onguent d'herbes sur sa poitrine. Avec un rouleau de gaze, il fabriqua habilement trois pansements en forme de soutien-gorge pour couvrir la coupure sur le front de Lan et ses tétons, en vue de prévenir une éventuelle infection. Dès que le docteur et le gardien eurent quitté la pièce, la cellule explosa d'un rire bruyant. Le pauvre Lan-le-mort fut assiégé par ses codétenus, qui caquetaient en chœur : « Hé, ma poule ! Comment t'as réussi à avoir trois nichons ? »

Le médecin lui avait conseillé de changer la gaze tous les jours. Lorsqu'il oubliait, sa poitrine enflait et devenait douloureuse. Il conservait sa chemise constamment fermée, malgré la chaleur insoutenable de notre cellule surpeuplée, et il gardait les bras croisés sur son torse pour se protéger des mains indésirables.

Nonobstant sa poitrine douloureuse, Lan aimait chanter. De temps à autre, il redressait la tête et entonnait une de ses chansons populaires préférées. J'étais le seul à ne jamais me moquer de lui. En retour, il faisait le guet pour moi lorsque je m'assoupissais pendant mon tour de veille, au milieu de la nuit. Avant d'être emmené, il m'offrit une photo de sa fille.

« Elle est superbe, le complimentai-je.

– Ma femme m'a quitté, et je l'ai fait adopter, me répondit-il en poussant un long soupir. Elle aurait dû avoir un père comme toi.

– Je ne suis pas un bon père non plus, dis-je maladroitement. Je ne peux même pas m'occuper de ma femme pendant sa grossesse.

– Tu es intelligent, ricana-t-il. Une fois que tu as planté ta petite graine, ta femme t'attendra à la maison aussi longtemps qu'il le faudra.

– Dieu seul le sait », murmurai-je, absent, mes pensées empêtrées dans le passé.

Le matin de son départ, je me réveillai tôt pour prendre mon tour de garde et aperçus sans le vouloir une tache brune venant de l'intérieur de son caleçon. Il émit un pet foireux, qui provoqua une grosse trace humide. Il s'essuya l'entrejambe d'un air mortifié. Je lui tendis du papier-toilette et dénichai un caleçon propre dans son sac. « C'est dégueulasse », marmonna-t-il, rouge de honte. Je pivotai et lui présentai mon dos, pour changer d'air.

Alors que je m'assoupissais, Lan-le-mort me tapota l'épaule. Je me retournai, il mimait la forme d'un bol. Je sautai du lit et allai lui chercher un bol sur l'étagère de l'entrée. Pensant qu'il avait soif, je le remplis d'eau, mais il me demanda de le vider. Confus, je jetai l'eau et lui tendis à nouveau le bol. Il arracha promptement son soutif, reposa son sein gauche sur son bras droit et commença à tirer du lait dans le récipient. Le voir grimacer de douleur était insupportable. Il continua pendant une demi-heure, jusqu'à ce que ses seins s'affaissent comme des poches vides. Je pris le bol de ses mains. Le liquide épais et jaunâtre puait le poisson pourri. Voyant ma mine dégoûtée, il dit pour s'excuser : « Ça ne va pas durer longtemps, je te promets ! Je voudrais tellement que tout cela soit déjà du passé. »

Après le déjeuner, la température grimpa en flèche. Sa poitrine se mit à gonfler de nouveau. Il se fraya un chemin jusqu'au réservoir d'eau et demanda à pouvoir prendre une douche froide, mais le chef le rabroua parce que les autres détenus devaient d'abord nettoyer leurs ustensiles de repas. Pendant qu'il faisait la queue, le niveau de l'eau ne cessait de baisser et il prit un air désespéré. Traversant le mur humain qu'il avait devant lui, il bondit tout nu vers le réservoir et y puisa un bol d'eau. Le chef le saisit par le poignet et le força à lâcher son bol. Lan resta là, abasourdi, sa haute silhouette zébrée par les rayons du soleil. Les veines de son crâne étaient saillantes et ses seins tremblaient, prêts à exploser. C'est alors que la porte de la cellule s'ouvrit, laissant passer un courant d'air frais. Une voix efféminée et familière appela du dehors : «Lan, sors une minute.»

L'atmosphère se glaça. L'âme de Lan le quitta dans une traînée de fumée, tourbillonnant vers le ciel à travers les carrés ensoleillés du plafond. Je ramassai sa chemise au sol et la lui tendis. Elle retomba par terre. Ju et deux Rouquins se matérialisèrent dans la cellule, repoussant tous les autres détenus dans la salle du fond. Lan-le-braqueur commença son dernier voyage complètement nu. Il avait voulu prendre une douche et se faire propre avant d'être transformé en fantôme, mais même cette infime requête fut rejetée sans pitié.

22

Un soleil tenace

烈日

Deux semaines après avoir rejoint la cellule 10, je me suis battu avec l'un de mes codétenus, ce qui me valut d'être puni, les mains attachées dans le dos. Sensible à ma situation de contre-révolutionnaire, le médecin m'attribua des menottes relativement larges, alors qu'il en infligea de beaucoup plus étroites aux poignets de mon opposant. Une demi-heure plus tard, mes bras étaient certes un peu douloureux, mais les mains de mon ennemi étaient gonflées comme des petits pains. Le métal découpait sa chair ; le lendemain, du pus suintait de ses blessures.

À la pause, un codétenu plia sa couverture et son drap et les empila contre le mur, pour que je puisse m'appuyer dessus pour soulager la pression qui pesait sur mon dos. La nuit, la somnolence me submergea, mais je ne m'endormis pas vraiment. Je mordais par moments mon épaule droite : la douleur aiguë – quoique temporaire – me détournait de l'inconfort abrutissant de mon entrave. À minuit, je me levai et me promenai jusqu'à la grille d'entrée. Tout doucement, je glissai mes mains hors des menottes trop grandes et levai furtivement les bras en l'air pour les étirer, tout en bâillant.

L'officier de garde, un trentenaire maigre et tout en os qu'on appelait ironiquement Lao-le-tendre, me surprit.

«T'es trop à l'aise là-dedans, Mister Poète, c'est ça?» dit-il d'un ton sardonique teinté pourtant de sympathie. Je fus soulagé de voir que j'étais tombé sur lui. Deux jours après mon arrivée dans ce centre de détention, il m'avait convoqué en secret dans son bureau pour que je lui récite *Massacre*. Ce que j'avais fait, et il avait paru ému.

Je crus que cette incartade ne me serait pas comptée. Mais le lendemain matin, Ju me convoqua dans son bureau. Une paire de menottes plus petites et plus serrées m'attendait sur sa table. J'allais devoir rester menotté deux jours de plus, m'annonça-t-il. Les dernières bribes de confiance que j'avais envers les officiers de police d'apparence sympathique furent aussitôt réduites à néant.

«T'as pas l'air très content de ma décision, railla Ju. Tes compagnons de cellule te nourriront et tiendront ton pantalon quand tu auras besoin de chier. Tu vivras comme un roi.» Je le suppliai de faire preuve d'indulgence, mais il me rabroua. Je refusai de retourner dans ma cellule et m'assis sur les marches du bâtiment.

«Tu es un poète célèbre, et je suis un gardien de prison anonyme, me dit-il d'un ton sarcastique. Je n'oserais pas te forcer. Mais si tu veux rester assis ici, pourquoi ne pas me donner un coup de main à surveiller ces trois-là qui attendent en plein soleil?» Il fit un signe de la tête en direction d'autres détenus. «Ils ont seulement lancé un concours de chant dans leur cellule. Par rapport à toi, c'est un délit mineur.»

Le bord du toit me protégeait du soleil. Trois prisonniers, pieds et tête nus, étaient en train de s'étioler, enfermés dans un cercle de craie, dans un coin du complexe. La fournaise avait presque entièrement séché leur transpiration et une fine couche de sel jaunâtre recouvrait leurs crânes rasés. Leurs corps dégageaient quelque chose qui ressemblait à l'odeur des patates brûlées au soleil. À midi, l'un d'eux s'effondra. Ju ordonna à un Rouquin de jeter un grand seau d'eau froide sur la victime du coup de chaleur. Un nuage de vapeur s'éleva de son corps.

« Notre grand leader, le président Mao, a dit un jour : "quel plaisir de combattre le ciel" », déclama Ju en agitant frénétiquement son éventail, dans un trait d'humour censé donner du courage aux trois délinquants. Puis il se tourna vers un Rouquin. « Donne-leur chacun un bol d'eau fraîche, qu'ils puissent continuer à profiter du plaisir qu'il y a à combattre la nature. »

Par pure générosité, le Rouquin me versa aussi un bol d'eau dans le gosier. Quelques minutes plus tard, des gouttes de sueur brûlantes glissaient le long de mon corps, comme des centaines de piqûres d'insectes. Mes mains entravées se tordaient dans mon dos, dans des tentatives désespérées de me gratter l'épine dorsale, la taille et les fesses. Je penchais la tête en avant pour tenter de dérouter la sueur qui me brûlait les yeux. Des démangeaisons me dévoraient les aisselles. Je levai les deux bras et donnai des coups de menton, essayant en vain d'atteindre mes poils sous les bras. Pour les points de mon corps que je ne pouvais toucher de mes mains, je me frottais avidement de haut en bas contre la surface rugueuse du mur, comme un chien paresseux. Mais bientôt, le prurit qui agaçait mon dos se transforma en une douleur lancinante : le sel de ma sueur s'immisçait dans les égratignures toutes fraîches. Ju se tenait les côtes. « C'est vraiment marrant à regarder ! Là-bas, une bande de moines va-nu-pieds qui dansent en plein soleil. Ici, un intellectuel qui se frotte le dos contre le mur pour se gratter. »

Blessé et humilié, je demandai à être renvoyé dans ma cellule. Le soleil glissait peu à peu vers l'ouest. On ordonna aux trois prisonniers de le suivre. Lorsque leurs pieds entrèrent en contact avec le béton brûlé par le soleil, ils se mirent à sautiller sur place, comme des crapauds dans un champ asséché et craquelé.

Des années durant, j'ai continué à souffrir de démangeaisons constantes, sur toute la surface de mon corps. Un médecin les attribua à une allergie envers les animaux, mais je n'ai pas été convaincu. Je suis certain de les avoir contractées en prison. Chaque fois que j'eus les mains attachées dans le dos, ce furent les démangeaisons que je craignis le plus. Pour soulager les points les plus accessibles de mon épiderme, je me frottais en permanence contre les murs, ou contre les coins des lits en béton. Mais mon entrejambe, mes aisselles et le pli de mes genoux étaient les endroits les plus difficiles. Ils me grattaient à en mourir, mais je ne pouvais pas les atteindre. Après le départ de mes deux compagnons condamnés à mort, je dus m'en remettre à la bonne volonté des autres. Quand j'avais besoin d'aide pour une partie spéciale du corps, un sourire doucereux ou une courbette ne suffisaient jamais. Je devais avoir recours aux motivations pécuniaires.

« Hé, mon frère, peux-tu me prêter ta main ? 3 yuans par grattage.

– Va te faire voir ! Jamais de la vie ! Je touche pas ça, c'est dégueulasse !

– Allez, s'te plaît ! implorais-je. Je double la mise.

– Je te gratterai les couilles et les dessous de bras pour 10 yuans...

– Putain, mais c'est trop cher !

– Tu crois que j'ai envie de le faire, peut-être ? »

J'aurais voulu m'enfuir, mais les démangeaisons me suppliaient de poursuivre la négociation.

« Bon, je suis prêt à négocier sur le prix.

– T'es d'accord pour payer ce prix-là ?

– OK, 10 yuans, tope là ! »

Cette fois-là, des ongles me grattèrent les aisselles. Je n'ai jamais rien ressenti d'aussi bon.

23

Un nouveau voisin

新的邻居

Mon mois de tourments prit fin. Le chef m'autorisa à prendre mon tour dans la rotation normale des veilles antisuicides. Ce changement de statut coïncida avec un changement de surveillant. Le nouvel arrivant était un beau jeune homme aux ambitions politiques affirmées et à l'esprit réformateur. Dès son premier jour, il entra dans notre cellule et bouscula l'ordre établi en révoquant les privilèges accordés aux détenus chevronnés comme le chef.

Étant donné que je n'avais plus à me lever pour monter la garde, je pus enfin dormir des nuits complètes. Des vagues de chaleur s'abattaient sur la ville, sans faiblir à la tombée du jour. Nous dormions tous entièrement nus sur les paillasses qui collaient à notre peau dès que nous étions allongés. Chaque fois que je me retournais, c'était comme si je retirais un bandage. Un ventilateur était suspendu au plafond juste au-dessus de moi et à chaque fois que je fermais les yeux, une ventilation gigantesque planait sur mes rêves. De multiples pales brassaient l'air sec et pourri, desséchant nos peaux et nos lèvres. Une fois la porte fermée pour la nuit, le petit seau d'eau que l'on avait fait bouillir pour la rendre potable s'épuisait rapidement. Les vétérans se mettaient un bol de côté à refroidir sur le rebord de la fenêtre. Les moins expérimentés n'avaient pas droit à ce privilège. Une fois l'eau bouillie épuisée, nous avions recours au réservoir en ciment qui stockait l'eau destinée à la vaisselle et au nettoyage des tinettes. Une fois cette source épuisée, l'odeur pestilentielle des chiottes imprégnait l'atmosphère.

On m'attribua un nouveau voisin, également condamné à mort. Comme mes deux précédents compagnons, il connaissait des troubles du sommeil. Dès qu'il fermait les yeux, me dit-il, il entendait dans son crâne des bruits de fusillade. Il restait assis contre le mur en permanence, les yeux plantés sur moi comme une paire d'aiguilles. Au bout de quelques jours, je réalisai que ce regard fixe n'était destiné ni à moi ni à personne d'autre. Je pris l'habitude de l'ignorer.

Il s'appelait Zhang et avait été impliqué à un haut niveau dans un réseau de trafic de drogue de grande ampleur. Sa collaboration avec les autorités lui avait valu un sursis, et il aurait dû éviter la peine de mort. Mais la vie offre bien des surprises. Le chef du réseau fit appel, bien décidé à le faire tomber avec lui. « On est potes. Si on meurt, on mourra ensemble ; comme ça, je ne serai pas tout seul en enfer », lui avait dit l'autre. L'appel fut accepté. La Cour suprême de la province conclut que les arguments préliminaires du procureur sur la peine de Zhang reposaient sur des faits douteux. Elle ordonna la tenue d'un nouveau procès. Le second tribunal acquiesça et rétablit la peine de mort pour Zhang.

Il fut accablé par ce nouveau verdict. À trente ans à peine, ses cheveux étaient déjà entièrement gris. Il s'apitoyait continuellement sur son sort, se comparant à Wu Zixu, un lointain savant et stratège militaire dont la chevelure avait blanchi en une nuit après que le prince héritier du royaume de Chu eut fait assassiner son père et son frère, et lancé des troupes à sa poursuite.

Un soir, tard, Zhang me titilla du doigt pour essayer d'engager la conversation. Je me retournai pour l'ignorer. Il essaya de m'attirer avec un paquet de friandises.

«Tu veux parler de quoi? marmonnai-je, les yeux mi-clos.

– Tu savais que mes cheveux sont devenus gris en un mois?

– Oui.

– Pendant la première moitié de ce mois-là, lorsque ma peine de mort a été commuée, j'ai pleuré et demandé au surveillant de retirer de l'argent de mon compte pour acheter des conserves de viande pour toute ma cellule. Je ne pensais pas que cette joie excessive pourrait être si nocive et qu'elle blanchirait la moitié de mes cheveux. Ensuite, dans la seconde moitié du mois...

– Je sais.

– Comme le dit le vieil adage, une joie excessive mène à la tristesse, et même à une mort précoce.

– Je sais.

– T'y connais que dalle!» me maudit-il. Puis il me fit sursauter en entonnant un air d'opéra du Sichuan, perchant sa voix le plus haut possible: «Wu Zixu a fui son pays, avec la haine de son ennemi; sa crinière a blanchi en une nuit, lorsqu'il fut coincé à Shaoguan.»

Recevoir un seau d'eau glacée sur la tête ne m'aurait pas fait moins d'effet. Je reconnus dans le visage terrifiant de Zhang le spectre de Liu, qui aimait lui aussi fredonner des airs d'opéra du Sichuan. Un frisson me traversa de part en part.

Zhang avait réveillé tout le monde et il fut bientôt tiré dehors pour se voir infliger des décharges de matraque électrique. Je restai pétrifié. Était-ce une pure coïncidence? L'âme de Liu s'était-elle manifestée à travers un autre condamné à mort? Il m'avait semblé entendre presque la même voix.

Pour me distraire de la présence de Zhang, je me liai avec un autre détenu, Wu, un ancien fonctionnaire de police en charge des permis de résidence[39] de la ville. Il avait été emprisonné après avoir sérieusement blessé un habitant dans une bagarre de rue. Nous sympathisâmes lorsque j'appris qu'il avait occupé la même cellule que mon ami Chen Dong, le réalisateur. Wu aimait la littérature et, avant son départ, Chen Dong lui avait offert un exemplaire d'*À la recherche du temps perdu*, de Marcel Proust.

Nous nous lançâmes dans de longues discussions sur la poésie, la prison, et mon nouveau fantasme littéraire.

«Je voudrais, un jour, réciter mon poème *Massacre* sur la place Tian'anmen, diffusé dans plus de cent haut-parleurs, assez pour sentir le sol vibrer», lui confiai-je.

– Je suis sûr que le gouvernement va revenir sur son verdict contre le mouvement étudiant de 1989, se risqua-t-il. Mais ça prendra malheureusement beaucoup de temps...

– Je m'en fous.

– ... et nous, on sera bien vieux.»

Cette flèche me toucha en plein cœur. Je frémis, au bord des larmes. «Depuis mon premier jour de détention, j'ai ressassé et réécrit *Massacre* de mémoire au moins mille

39. Le permis de résidence, le *hukou*, est attribué à chaque citoyen chinois. Ceux qui sont nés dans un village de campagne ne peuvent pas résider en ville. Et vice versa... Cela a créé un système de classes avec des citadins privilégiés et des paysans relégués dans un statut inférieur.

fois, dis-je en peinant à trouver mes mots. C'est ma seule raison de vivre.» Mais mon ardeur ne sembla pas toucher Wu qui me répondit par un conseil: «Tout le monde a plein de raisons de vivre. Il n'y a que les fous pour s'accrocher à une idée fixe.»

24

L'officier Gong

龚看守

En août, la chaleur atteignit son pic à Chongqing, la fournaise de la Chine. Les cellules de la prison étaient au cœur de cette fournaise. Les ventilateurs accrochés au plafond tournoyaient bruyamment sans répit, mais ils ne parvenaient pas à faire baisser la température suffocante. Des coups de chaleur frappèrent la moitié de mes codétenus. Chaque jour, deux ou trois s'effondraient et on les traînait jusqu'à l'infirmerie. Le médecin les gavait de médicaments traditionnels, puis les abandonnait à leur sort, leur laissant reprendre conscience par eux-mêmes. Ceux qui résistaient restaient éveillés toute la nuit, comme des lapins en rut. Nos yeux, nos oreilles et nos nez virèrent au pourpre. Mon squelette d'acier se mit à rouiller sous l'effet de la sueur, et mon humeur déraillait par moments comme une soudaine rafale de pétards. À chaque altercation ou bagarre avec les autres détenus, je me retrouvai puni, les mains attachées dans le dos pendant une longue semaine.

Heureusement, Gong, notre nouveau surveillant, se comporta en dresseur patient, domptant son tigre avec force humanité. Il me considéra comme son préféré, me faisant parvenir les lettres de ma famille en temps et en heure, et tenant ma femme au courant de ma santé mentale déclinante. Il saisit toutes les occasions de discuter politique avec moi, même lorsque j'avais les mains attachées dans le dos pour avoir enfreint les règles de la prison.

« Je pense aussi que le verdict prononcé contre le mouvement étudiant sera un jour renversé. Mais quand ça arrivera, quelles seront les conséquences pour notre pays ? me dit-il d'un air préoccupé.

– On peut s'inspirer de l'Union soviétique, répondis-je en essayant de soulager, même un tout petit peu, mon épaule enflée.

– On n'a pas de Mikhaïl Gorbatchev, en Chine. Le secrétaire du Parti, Zhao Ziyang, a essayé d'en être un, mais il n'avait pas la volonté politique d'un Gorbatchev, rétorqua gentiment Gong. Si les réformes politiques ne sont pas menées avec prudence, notre pays basculera dans le chaos. Ça fait peur, rien que d'y penser. »

Gong se leva de sa chaise, allant et venant sur toute la longueur de la pièce. Tandis qu'il déroulait son point de vue sur les affaires du monde, je restai assis, dégoulinant de sueur, torturé par une insupportable envie de soulager les démangeaisons qui me parcouraient le dos. De la morve et des larmes avaient coulé sur mon visage. Je levai les genoux pour m'essuyer le nez sur les cuisses. Ma tentative maladroite attira son attention. Il interrompit son monologue pour essuyer mon visage avec un mouchoir d'un blanc immaculé. Ce geste tendre m'enhardit. Je le suppliai de me retirer les menottes. Il resta évasif et me renvoya dans ma cellule en prenant un air pensif.

Une actualité brûlante occupa les écrans de télé ce soir-là – les conservateurs du parti communiste avaient lancé un coup d'État en Union soviétique. Toute la prison retint son souffle. Le nombre de gardes à l'extérieur de notre cellule fut doublé, comme si l'incertitude politique chez notre voisin socialiste pouvait déborder en Chine. La cloche sonna et l'heure du coucher fut avancée. Le lendemain, les promenades furent annulées...

Une semaine plus tard, on me tira de la cellule pour m'enlever les menottes. Mes membres ayant été libérés, une première tâche me fut assignée : le passage de la serpillière – laquelle se réduisait à des lambeaux de pantalons usés. Les fesses en l'air, je crapahutai par terre à toute vitesse, poussant et tirant ladite serpillière, d'avant en arrière et de droite à gauche, jusqu'à ce que le sol des deux pièces brille. Mon application dévote en irrita plusieurs, dont un nouvel arrivé parmi les morts-vivants qui préférait dormir sur le sol froid et humide.

« T'as tellement astiqué que maintenant ça brûle, couina-t-il. Je vais renverser de l'eau là-dessus pour que ça refroidisse.

– T'avise pas de saloper mon sol ! » grondai-je.

Je le menaçai du poing, mais il remplit d'eau un bol que j'envoyai aussitôt valser.

« Eh ! Si tu te lances dans une bagarre avec le mort-vivant, tu te mets toute la cellule à dos, prévint le chef.

– C'est toi qui as provoqué tout ça, rugis-je. Si t'as assez de couilles et que tu veux me fracasser le crâne, alors vas-y, fais-le !

– Là, t'es hypersensible ! » répondit-il, avec son gloussement vicieux typique.

Pour désamorcer la tension, il fit refluer les autres détenus hors de l'allée. Puis il saisit le mort-vivant, un ancien paysan, jeune, qui dormait comme un porc dans sa mare d'eau croupie, et il lui arracha son caleçon. Les autres détenus se jetèrent sur lui et firent un nœud sur sa grosse bite avec une cordelette, pour le faire défiler et l'exhiber tout autour de la pièce. Certains faisaient tinter leurs baguettes sur leur bol, d'autres tapaient des pieds par terre, roucoulaient et applaudissaient. Le paysan ne s'offusqua pas de la plaisanterie, se réjouissant au contraire de l'attention qu'on lui portait. Il affichait fièrement son membre et cria : « T'es pas un homme si tu regardes pas ! La plus grosse bite du monde ! Plus grosse que celle de ces étrangers ! »

Observant la scène, j'en oubliai mes griefs à l'égard du chef. Mais pas lui. Le soir même, je réalisai que ma place avait été prise par Grosse bite, le nouveau jouet du chef. Les autres s'assirent sur le côté, attendant le début du spectacle. Grosse bite, qui était normalement timide et réservé, était avachi sur ma paillasse, ronronnant de plaisir dans l'air frais que pulsait vers lui le ventilateur du plafond.

Je lui demandai poliment de se lever.

« Non, c'est là que je dors ! » répondit-il plein de défi.

Le sang me monta à la tête. J'attrapai son oreiller et le balançai vers la grille. Grosse bite se leva et le rapporta. Je répétai mon geste. Et tout bêtement, je tombai dans le piège. Un gardien en patrouille sur le toit appuya sur sa télécommande, et la grille s'ouvrit. Mon poing fermé se figea en l'air.

Gong et un gros gardien barbu arrivèrent, chacun avec une matraque électrique qui pouvait délivrer un crépitement d'étincelles. Plusieurs Rouquins se pressaient derrière eux. Grosse bite et moi fûmes poussés hors de la cellule, et l'on nous donna l'ordre de nous accroupir en bas des marches – à la merci des gardiens. Gong vint vers nous et s'enquit de la cause du tumulte. Grosse bite cria au scandale et se plaignit d'avoir été brutalisé. Ignorant son cinéma, Gong laissa tomber sa matraque sur sa tête, et Grosse bite bondit comme un crapaud avec un cri qui aurait pu réduire le monde en miettes.

Gong invita le chef à venir dans la cour pour lui demander ce qui s'était réellement passé. On me laissa avec le gros gardien qui me toucha avec sa matraque et appuya sur la détente. Des étincelles bleues sortirent pour former un arc. Le courant électrique me tritura le crâne comme s'il devait m'arracher tous les nerfs et me battre le cerveau à coups de trique. Instinctivement, j'enfonçai ma tête entre mes genoux, pour me couvrir les oreilles. L'électricité me parcourut de la nuque jusqu'aux pieds et mon corps se mit à trembler sans que je puisse le contrôler.

« Qui a commencé ? » demanda le gardien.

Ma langue se raidit.

Un autre coup m'atteignit à droite, sur les côtes. Je bondis comme si j'avais été touché par un tison incandescent et tendis le bras pour m'emparer de la matraque. Les Rouquins fondirent sur moi, attrapant mes pieds et mes mains. Je tombai sur le sol en béton, le menton en avant. Quelqu'un m'aida à me relever. Le regard embrumé, je reconnus le visage de Gong. D'un air sévère, il me tordit les deux bras dans le dos et les menotta. Pendant ce temps, Grosse bite fanfaronna en retournant dans la cellule. La porte s'ouvrit, révélant un trou aveuglant de lumière, comme une bouche de lion affamé. Je restai prostré et refusai d'entrer. Je savais que mes compagnons de cellule aiguisaient leurs dents pour me manger tout vif.

« Rentre, on parlera demain, me conseilla Gong.

– Non ! »

J'étais inflexible.

Deux ou trois matraques électriques furent alors pointées vers moi. Un crépitement d'étincelles s'échappa et mon corps fut secoué de violentes convulsions. Les étoiles dans le ciel se mirent à clignoter, brillantes comme des lames de rasoir. Elles tissaient un filet tentaculaire au-dessus de moi et me transperçaient le corps.

« T'es vraiment une tête de lard », beugla le gros gardien, qui laissa tomber sa matraque pour se pencher au-dessus de moi et me gifler de gauche à droite. Les coups à l'ancienne me firent fuir. Les Rouquins éclatèrent d'un rire bruyant. Ils me rattrapèrent, me mirent à terre, et m'infligèrent de nouveaux chocs.

Quand relâchèrent-ils leur étreinte ? Je ne m'en souviens pas. Lorsqu'ils me remirent sur pied, je n'avais aucune idée de l'endroit où j'étais.

« La porte est là », entendis-je. « Tu veux pas comprendre que c'est pas bien de faire ça ? » C'était la voix de Gong.

« Non, je veux pas. » Je mangeai mes mots, mais après ce que je venais de subir, je me devais de dire non.

Tout était calme. Encore étourdi par les coups, je m'étendis, assommé, contre la grille à l'intérieur de la cellule 10.

Les tortures les plus rudes peuvent offrir à un poète une cure d'hallucinations. Ce n'est qu'en ressentant les souffrances de la chair que notre esprit peut rester alerte et libre de la confusion et des corsetages de nos vies.

25

La cellule modèle

模范牢房

Le lendemain matin, Gong vint m'annoncer que j'allais être transféré dans une autre cellule. «Un nouvel environnement ne pourra te faire que du bien.» Il ouvrit mes menottes et me dit, plein de sollicitude: «Lave-toi la figure et mets des habits propres. Essaie d'oublier ce qui s'est passé hier soir.»

Je réprimai un sentiment d'amertume. Lorsque nous fûmes dans le couloir, Gong me remit une pile de lettres. «Prends tout ça avec toi, dit-il. Tu reçois plus de courrier qu'aucun autre détenu. En pensant à tous ceux qui tiennent vraiment à toi dehors, tu te sentiras peut-être mieux et tu te calmeras un peu.»

Le soleil vomissait du feu. La mousse qui poussait sur les murs d'enceinte avait complètement séché et s'était racornie. De loin, on aurait dit des pellicules sur un crâne. Avec mon paquetage d'habits et de livres dans les bras, je suivis Gong à travers quatre portails noirs. La transpiration dégoulinait le long de mon nez, mais je ressentais une fraîcheur intérieure. Gong m'ordonna de m'arrêter devant la cellule 5. Il leva le loquet et me fit entrer.

« Ton nouveau chez-toi », me dit-il.

Je traversai la cour et pénétrai dans la deuxième pièce avec hésitation. Un troupeau de têtes rasées s'agglutina bientôt autour de moi. Un homme jeune avec de grands yeux s'empara de mon paquetage et le posa à l'extrémité du lit.

« Je m'appelle Chen Dejian, je suis un contre-révolutionnaire, déclara-t-il fièrement.

– On l'appelle Président Chen, plaisanta un détenu mince à la peau sombre.

– Gong nous a dit que tu étais poète, c'est vrai ? demanda le Président Chen. On a plein de gens de talent, ici. »

À cet instant, je remarquai, assis au milieu du lit, un condamné à mort du nom de Chang. Sa tête était grosse, et ses yeux saillants comme ceux d'un poisson frit. Il avait un gros sillon entre les sourcils, peut-être une cicatrice grossière – impossible à dire. Chang me sourit comme si j'étais transparent.

« Tu apportes des livres avec toi ? » demanda-t-il.

Je lui tendis toute ma collection.

À ma grande surprise, il choisit un atlas et se plongea dans les cartes. Pendant ce temps, deux hommes vieux et ventripotents, pieds et poings enchaînés, me fixaient du regard. L'un se présenta comme Sun, et l'autre comme Sui. Je m'avançai pour saluer ces morts-vivants et tous deux hochèrent chaleureusement la tête. Il me sembla que le groupe avec lequel j'allais désormais cohabiter était moins embrigadé – tout le monde paraissait vivre en bonne intelligence. Un calendrier qui donnait les tours de ménage de chacun était soigneusement collé sous le règlement intérieur de la prison. Le Président Chen emprunta un stylo à un Rouquin qui passait dans le couloir et ajouta mon nom au calendrier.

« Gong a la volonté de réformer le système. Il a lancé un projet pilote avec notre cellule. » Il élevait volontairement la voix, afin que les gardiens entendent son éloge. «Ici, les nouveaux et les anciens sont traités sur un pied d'égalité.»

À l'heure du déjeuner, le Président Chen distribua les bols et les baguettes à tout le monde. Chaque détenu enchaîné était assisté d'un autre pour l'aider à manger. Même si la soupe de potiron n'était guère appétissante, chacun l'engloutit avidement. Au moment de la sieste, je répétai les gestes traditionnellement imposés aux nouveaux arrivants dans ma précédente cellule et posai mon oreiller près des toilettes. Sui m'interrompit, en m'indiquant que l'emplacement lui était spécialement réservé. Il me demanda de choisir une meilleure place sur le lit. Je fus si bouleversé par sa générosité que je restai désorienté sur la conduite à tenir. «Je ne savais pas que Sui pouvait se montrer aussi noble et altruiste qu'un communiste modèle», railla le détenu à la peau sombre.

Le lendemain, je sortis tout le courrier que je n'avais pas encore ouvert et me mis à le parcourir, ce qui fit naître de la jalousie chez mes compagnons de cellule. À la mi-journée, je n'avais pas encore terminé ma lecture et je la poursuivis dans l'après-midi.

La plupart des lettres venaient d'Axia.

Elle avait auparavant rédigé un journal intime auquel elle se tenait quotidiennement. Les larmes qu'elle versait à chacune de nos séparations et de nos retrouvailles en avaient taché les pages et le jaunissement prématuré des cahiers les faisait ressembler à des écrits d'un autre temps. Après mon arrestation, tous ses journaux avaient été confisqués, de même que nombre de lettres, photos et objets anciens que son père lui avait laissés avant de mourir. Les policiers avaient épluché ses écrits ligne par ligne et des techniciens avaient même laissé des marques spéciales dans les marges, à la recherche de messages cachés.

Du fait des descentes de police régulières à notre domicile, ma femme avait mis un terme à son journal, mais elle avait pris l'habitude de m'écrire au moins une lettre par semaine. Pendant un certain temps, il y fut essentiellement question de notre enfant à naître. Axia espérait que la perspective de la paternité me remonterait le moral et me donnerait un but. Elle était tout à fait prête à être mère. À chaque coup qu'elle sentait dans son ventre, elle s'empressait de coucher sur le papier ses sensations, dans une longue lettre sentimentale. Mon absence à ses côtés faisait de l'enfant à venir son unique compagnon.

Mon ami Zhongzhong m'avait également écrit. Il n'était resté en détention que pour une courte période. On l'avait relâché car la police n'avait pas pu trouver de preuve de son implication directe dans mon projet de film. Il m'envoyait fréquemment de l'argent et de la nourriture, et il embaucha un avocat pour Poète hippie, qui était celui d'entre nous qui avait les meilleures chances d'une libération rapide. Plus pessimiste sur mon cas, Zhong consulta un voyant pour en savoir plus sur ce qui m'attendait. «Tu passeras des années à dériver autour du monde», m'écrivit-il, citant ce qui lui avait été dit à mon sujet.

Un après-midi, on ordonna à tous les détenus de se mettre en file indienne à l'extérieur des bâtiments pour la séance routinière de rasage de têtes. Pour chaque tonsure, un gardien gagnait 1 yuan et 50 fens[40] de prime. Du coup, tous étaient sur le pied de guerre, chacun avec sa tondeuse, pour participer à une des plus grandioses opérations d'hygiène au monde. Nerveux, les détenus s'accroupissaient au sol, dessinant un grand jardin de chevelures noires. Les gardiens, torse nu, étaient aussi habiles que des cuisiniers découpant

40. La monnaie chinoise, le yuan, est divisée en 10 jiaos et 100 fens.

des melons ou émincant des légumes. «Au suivant! Avance-toi», ordonnaient-ils. En à peine une heure, toutes les toisons étaient moissonnées, laissant la place à plus de cent soixante melons.

Ju se révéla le champion de la coupe de cheveux. Compulsivement obsédé par l'hygiène, il maintenait une posture droite, gardant prudemment ses distances avec les détenus. «Ne vous approchez pas, chaque criminel est un foyer de microbes», avait-il prévenu ses collègues. Du coup, tous les «coiffeurs» avaient suivi son exemple – le bras gauche replié derrière le dos et le droit tendu. La seule partie mobile était la main qui conduisait la tondeuse. Chaque tonte demandait quelques petits coups à droite et à gauche, vers le haut et vers le bas. Parfois, ils émettaient des indications à la manière de véritables coiffeurs: «penche la tête à droite», «lève la tête», «baisse la tête».

Juste avant que son tour n'arrive, le Président Chen changea de file pour celle d'un gardien expérimenté qui avait acquis un véritable savoir-faire après des années de pratique. Le surveillant Liu l'aperçut. «Attrapez cette anguille!» brailla-t-il, poursuivant le Président Chen avec sa tondeuse. Coinçant la tête du Président Chen avec son bras gauche, il vrombit de la main droite. En essayant de se libérer de son étreinte, Chen tomba par terre. Au lieu de l'aider à se relever, Liu lui donna un grand coup de pied au cul.

Ma barbe était épaisse et les précédentes séances de coiffeur m'avaient fait saigner comme si j'avais été balafré par un meurtrier. Cette fois-ci, le surveillant passa la tondeuse trop brusquement, à moins que les lames ne fussent émoussées ou rouillées. Toujours est-il que les dents de la tondeuse s'enfoncèrent dans ma chair, arrachant un morceau de peau à l'arrière de mon crâne. Le surveillant coiffeur tira simplement un mouchoir en papier de sa poche, en déchira un coin, et l'appliqua sur la coupure. Pour essuyer le sang de son « arme », il la frotta sur mon épaule nue.

« Ne prête pas attention aux coupures, me réconforta Chang après le retour en cellule. Les blessures sont inévitables. Et c'est mieux que d'avoir quelqu'un qui te fait une mauvaise blague en te laissant des touffes de cheveux. Là, t'aurais l'air d'un con.

– Et pourquoi avoir peur d'être mal coiffé ? C'est pas comme si on avait des rendez-vous galants, ici, rétorqua un détenu à la peau claire, qu'on surnommait Yang-l'érudit. Regarde les punks, en Occident, ils ont bien des coiffures bizarres... »

26

Une audience préliminaire

预
审

À la fin du mois d'août, le directeur Li du bureau du procureur de la province vint pour effectuer des interrogatoires plus poussés. Il était bourru et ne me ménageait pas. Je refusai de me laisser intimider et me défendis bec et ongles. Cette confiance nouvellement acquise m'était venue après plusieurs mois de recherches sur la procédure pénale chinoise. Dans la *lingua franca* du gouvernement, «je faisais usage de l'arme de la loi pour me protéger».

«Conformément aux procédures juridiques de notre pays, c'est une audience préliminaire, expliqua le directeur Li. Contrairement à une enquête préliminaire, vous pouvez revenir sur vos déclarations antérieures si vous pensez qu'elles s'éloignent de la vérité.»

Je refusai de mordre à l'hameçon et m'en tins à ce que j'avais dit en premier. C'étaient toujours les mêmes questions : qu'est-ce qui avait motivé mes écrits ? Avais-je tenté d'attaquer le Parti qui avait réprimé les foules «contre-révolutionnaires» de la place Tian'anmen ? Qui étaient mes alliés de l'ombre ?

Contrairement aux interrogatoires précédents où je me murais dans le silence et me réfugiais dans le déni, je parlai sans m'arrêter. Utilisant le stratagème rhétorique de la répétition, je tournai autour du pot pour finalement m'arrêter là où nous avions commencé. Lorsque le rythme des interrogatoires augmenta, je commençai à m'emmêler les pinceaux. Je ne me creusai plus la tête pour trouver des moyens de me protéger et me mis à improviser. Puisque j'étais le meneur supposé d'un gang, mes confessions revêtaient un certain poids. Li notait tout ce que je racontais, même si, en grande partie, ce n'était qu'un ramassis de balivernes destinées à parer ses menaces et ses cajoleries.

Je paierai le prix de ces audacieuses improvisations : les procureurs les utiliseront comme une nouvelle preuve à charge. Dans le même temps, la cour avait réuni plus d'une vingtaine de chercheurs réputés, issus des grandes organisations culturelles de Chongqing, pour passer au crible mes poèmes *Massacre* et *Requiem*. Sept professeurs du Sichuan soumirent leurs opinions par écrit, m'accusant de déverser ma haine contre le Parti par le biais de mes œuvres littéraires.

Deux semaines plus tard, par un chaud après-midi pluvieux, le directeur Li, les joues dégoulinant de sueur, me tendit une pile de papiers et m'annonça sur un ton solennel :

« Voici le procès-verbal. D'après les témoignages et les aveux que vous nous avez fournis de votre plein gré au cours des interrogatoires précédents et ceux de vos complices et parents, nous avons conclu que les charges qui pèsent contre vous reposent sur des faits incontestables et que les enquêtes ont été menées en conformité avec la loi. Par conséquent, nous allons engager des poursuites contre vous. Veuillez signer le procès-verbal des audiences.

– C'est un piège ! protestai-je. Je refuse de signer. »

Li ne sourcilla pas.

« Liao Yiwu, je vous conseille d'adopter une attitude plus coopérative. La résistance et le déni ne servent à rien. Si vous coopérez avec les autorités, vous pourrez obtenir une réduction de peine. »

Dans la pénombre, j'apposai mon nom sur les procès-verbaux, en attendant que la pluie cesse. Parfois, Li engageait la conversation pour rompre l'ennui. Je me sentais comme pris au piège dans la cabine d'un navire malmené par une mer déchaînée. Des images du monde extérieur me traversaient parfois l'esprit. J'étais en garde à vue depuis près de six mois. Quand cette période d'emprisonnement allait-elle prendre fin ? Pourrais-je y survivre ?

La pluie ne semblait pas vouloir s'arrêter. Dans un soupir, le directeur se leva, boutonna sa chemise et sortit en premier. Il s'arrêta sous la corniche au-dessus de l'entrée. « Il doit y avoir une fuite, là-haut ! Passe en premier ! Retourne dans ta cellule sous la pluie. »

Sans un mot, je me précipitai en bas des escaliers en pierre. Au milieu du parking, je fis une pause et levai les yeux vers ce ciel si grand et si majestueux. Les nuages galopaient comme une horde de chevaux sauvages, la crinière au vent et les sabots claquant comme le tonnerre. Mon esprit chevauchait ces pur-sang cavalant dans le ciel d'une nuit lumineuse. Je contemplai les véhicules garés autour de moi. S'évader dans une voiture fut pendant longtemps un fantasme récurrent. Je touchai la vitre d'une Volkswagen Santana flambant neuve ; un frisson de peur me traversa tout le corps comme un courant électrique. Je jetai un rapide coup d'œil autour de moi ; mon cœur palpitait.

Ce fantasme se dissipa aussi vite qu'il était venu. Le regard vigilant de Big Brother était partout et le parking n'était pas un endroit où il faisait bon s'attarder. Me protégeant la tête sous mes mains, je retournai dans ma cage. Je remerciai en silence Dieu de m'avoir accordé le bonheur de ces vingt minutes de solitude sous la pluie. Mais cette liberté si éphémère eut un prix : je fus cloué au lit avec un rhume pendant une semaine.

De retour dans ma cellule, de nombreux détenus me posèrent des questions. Lorsque Chang-le-mort découvrit que mon enquêteur était le directeur Li, il marqua quelques secondes d'arrêt, se redressa, puis se racla la gorge. Comme un juge lisant le verdict à la fin d'un procès, il annonça : « Quinze ans de prison ! »

Cela faillit m'assommer, comme si j'avais été frappé d'un coup de gourdin. Je m'accroupis, complètement sonné.

« Beaucoup sont morts entre les mains de Li, poursuivit Chang-le-mort, qui avait des relations au bureau du procureur. Si l'affaire n'est pas grave, normalement, il ne se déplace pas en personne. »

Mon front luisait de transpiration.

« Tu es le principal coupable dans une grave affaire de contre-révolution, affirma-t-il. À mon avis, tu vas écoper d'au moins quinze ans.

– Ce chiffre est probablement en deçà de la vérité, intervint Yang-l'érudit, venant nourrir encore mon angoisse.

– Selon le Code de procédure pénale, on récolte cinq à dix ans de prison pour crime d'incitation à la propagande contre-révolutionnaire, objecta Président Chen. Pour ce qui est de mon cas, sept d'entre nous ont été arrêtés et le principal coupable n'a pris que sept ans.

– Certes, mais nous devons prendre en compte les nouveaux règlements relatifs aux activités contre-révolutionnaires. Désormais, les personnes ayant commis des actes graves peuvent encourir la réclusion à perpétuité, dit Chang-le-mort avec une tristesse feinte. Le criminel 0-9-9 a perpétré ses crimes contre-révolutionnaires après que notre gouvernement a réprimé le mouvement de protestation étudiant. De plus, il a utilisé des équipements réservés à l'armée pour parvenir à ses fins.

– Je crois avoir lu ça dans le journal, ajouta un jeune homme surnommé Peau-cuivrée à cause de son teint. Plus d'une dizaine de poètes sont mis en cause dans cette affaire.

– Permettez-moi d'énoncer officiellement le verdict prononcé à l'encontre du criminel 0-9-9», demanda Chang-le-mort, en se mettant au garde-à-vous comme un magistrat du parquet.

Son petit numéro déclencha l'hilarité générale. Le vacarme ameuta les gardiens présents au premier étage. L'officier Yu, qui était de service, arriva en courant avec sa matraque électrique.

«Bande d'immondices fétides, lança-t-il en passant sa tête par le passe-plat.

– Oui, nous sommes des salopards, répondit Chang-le-mort.

– Je t'ai dit quelque chose à toi? Fils de pute! Viens ici!» ordonna-t-il.

Chang-le-mort s'exécuta. La matraque de Yu s'abattit alors sur sa nuque et ses épaules. Son ventre et ses jambes furent secoués de violentes secousses. Quand Yu s'en alla, un silence absolu régnait dans la cellule. Le visage de Chang-le-mort était pourpre. Affalé comme un ivrogne, il resta assis dans un coin pendant un bon moment avant de demander à un compagnon de cellule de l'aider à enlever son maillot trempé de sueur. «Un coup de matraque, c'est radical contre le rhume», murmura-t-il dans un petit rire pathétique. Le sombre sillon qui départageait ses sourcils se creusa un peu plus.

Au moment de dormir, Président Chen, mon voisin de chambrée, me glissa:

« Ne prends pas les choses trop à cœur. Ils voulaient juste te taquiner.

– Quelle plaisanterie cruelle, marmonnai-je. Quinze ans de prison ? Cela détruirait toute ma vie.

– Yang-l'érudit et Peau-cuivrée vont probablement écoper de peines plus sévères, poursuivit Président Chen. Au fond d'eux, ils espèrent que tu passeras plus d'années qu'eux en prison.

– Pourquoi se soucient-ils de savoir combien de temps je vais rester en prison ? demandai-je en secouant la tête.

– Ceux qui sont désespérés tentent d'entraîner les autres dans leur chute pour se sentir mieux. Comme tu le sais probablement, la moitié des occupants de notre cellule ont commis des crimes passibles de la peine de mort. »

Un courant d'air froid m'enlaça le cou avant de me transpercer le cerveau. Je sentais que je couvais quelque chose.

Au milieu de la nuit, j'eus mal à la gorge et commençai à me sentir fiévreux. Chang-le-mort se leva pour aller aux toilettes. Je jetai un œil sur lui et remarquai qu'à cause de la constipation, son visage s'empourprait. Voyant mon air renfrogné, Président Chen se retourna sur le côté pour me masquer la vue. Une odeur infecte flottait dans l'air. Nous étalâmes du dentifrice sur le contour de nos narines. Cela me ramenait brutalement à ma misérable existence en enfer.

27

L'escadron de la mort

陪活死人

Alors que j'attendais avec impatience des nouvelles du bureau du procureur, les verdicts tombèrent pour mes trois camarades de cellule, Yang-l'érudit (reconnu coupable de vol), Peau-cuivrée (assassinat), et un gamin de dix-neuf ans que nous appelions le Petit mort (vol et kidnapping). Tous furent condamnés à mort.

Ces trois condamnés de fraîche date se serrèrent les uns contre les autres avec Chang-le-mort et se firent le serment de devenir frères de sang dans l'autre monde. Tous les jours, à la nuit tombante, Chang dirigeait son «escadron de la mort» pour un exercice militaire. Ils marchaient à la queue leu leu et d'un pas martial jusqu'à l'extrémité du mur, puis faisaient demi-tour, comme un seul homme, pour foncer vers l'autre extrémité. Les chaînes qui entravaient leurs poignets et leurs chevilles s'entrechoquaient et cliquetaient; on se serait cru dans l'atelier d'un forgeron. Parfois, l'exercice donnait de l'entrain à Chang-le-mort et il lui arrivait d'entonner une chanson écrite par un martyr communiste:

> Défilant dans la rue, enchaînés, nous disons adieu à la famille et aux villageois.

Ses amis reprenaient alors en chœur la deuxième partie du morceau, martelant le sol de leurs pieds enchaînés :

> Je n'ai pas peur de mettre ma tête sous le couteau, aussi longtemps que ma foi est vivace.
>
> Si vous me tuez aujourd'hui, d'autres, plus nombreux, viendront me succéder.

Parmi les quatre condamnés à mort, le Petit mort était celui qui supportait le moins bien de devoir attendre l'exécution. Une nuit, il poussa tout d'un coup un cri perçant. Sautant sur ses pieds, il se mit à se cogner la tête contre le mur dans le but évident d'en finir. « Personne n'appelle les gardiens ! » avertit Chang-le-mort. Yang-l'érudit serra le Petit mort contre sa poitrine, essuyant le sang sur son front. Peau-cuivrée traîna ses pieds entravés pour consoler, lui aussi, son ami.

« Du calme, frère, lui conseilla-t-il. Notre destin est fixé d'avance. Tu n'étais pas fait pour vivre longtemps dans ce monde. Une fois que le coup sera parti, tu ne sentiras plus rien et tu ne sauras plus rien.

– Il a raison, approuva de la tête Yang-l'érudit. Notre vie est jalonnée d'étapes périlleuses. L'emprisonnement est un des seuils que nous devons franchir. L'exécution en est un autre. »

Comme tout le monde s'activait autour du Petit mort, les gardiens, à l'étage, furent alertés. Bientôt les armes cliquetèrent et l'un des gardiens hurla : « Levez-vous ! »

Les quatre membres de l'escadron de la mort obéirent et se décalèrent d'un air gêné sous le ventilateur qui bourdonnait. Si la tentative de suicide du Petit mort était découverte, elle serait considérée comme une infraction grave au règlement du centre de détention.

« Qu'est-ce qui se passe ici ? demanda le gardien.

– Rien, dit Chang-le-mort avec une bonne humeur feinte. Le gamin a fait un cauchemar.

– Menteur, grogna le gardien.

– S'il vous plaît, ne le dites à personne. »

Chang-le-mort pleurait de désespoir et tomba à genoux. Les chaînes autour de ses chevilles cliquetaient bruyamment.

« Soldat ! Mon frère ! Nous allons bientôt mourir. S'il vous plaît, laissez-nous nous en tirer juste une fois.

– Eh bien, vous l'avez demandé, se moqua le gardien. Comme on fait son lit on se couche.

– Vous avez raison. Nous méritons de mourir, sanglotait Chang-le-mort. Mais même les vauriens ont des sentiments. Nous sommes des êtres humains qui ont été élevés par des parents bienveillants. La bonté devrait être une seconde nature. S'il vous plaît, donnez-lui une deuxième chance, frère. Il n'a que dix-neuf ans. »

Les trois autres suppliaient également à genoux.

« S'il vous plaît, soldat ! Ayez pitié de nous. »

Nos larmes semblèrent avoir attendri le gardien.

« Si vous voulez que je me taise, vous feriez mieux d'obéir aux règles et de bien vous comporter pendant que je suis de service, répondit-il. Ce n'est pas facile pour nous non plus.

– Il ne pouvait pas se contrôler. Je vous jure que je vais prendre soin de lui, promit Chang-le-mort. Je ne dors pas beaucoup. Frère, continuez votre patrouille. Je vous promets que tout ira bien. Si quelque chose se produit, vous pourrez me frapper et me tuer. C'est tout ce que je mériterais. »

Un silence s'ensuivit. Par le soupirail qui se trouvait dans le plafond en béton, je pouvais voir le mégot de cigarette du gardien clignoter dans l'obscurité. Finalement, il alla flâner ailleurs. Le bruit de ses pas qui semblaient chargés de soucis s'évanouit au loin.

Je me réveillai après minuit. Dans un coin éclairé par une lune voilée, je vis les amis du Petit mort regroupés autour de lui. Apparemment, ils le serraient dans leurs bras, à tour de rôle, comme des pères aimants. Le lendemain matin, avant que le Petit mort ait eu le temps d'effacer les traces de sommeil de son visage, il fut emmené hors de la cellule.

Une heure plus tard, il revint enchaîné de la tête aux pieds. Il était difficile de croire que ce jeune garçon squelettique était l'auteur de nombreux vols et kidnappings.

« C'est marrant, jusqu'à présent, je n'ai pas eu une vie agréable, soupira-t-il. Maintenant que je vais mourir, plein de gens s'occupent de moi. Je n'ai plus à me soucier de la nourriture et des vêtements. Quand j'étais dehors, je mendiais dans la rue et je volais parce que personne ne me proposait de travail. »

Dans les semaines qui suivirent, Président Chen le prit sous son aile et s'en occupa avec un soin tout particulier.

« Le Petit mort a pris du poids et son visage commence à retrouver des couleurs, dit-il fièrement. Quand il est arrivé ici, il était tellement maigre qu'il ne tenait même pas debout. »

Yang-l'érudit acquiesça. « Président Chen lui a donné quelques vêtements et lui a acheté trois plats de viande pour son premier repas. Il a tout mangé et a eu une terrible diarrhée. »

Président Chen, qui rayonnait, reprit la parole :

« Le pauvre ! C'est facile à comprendre : le Petit mort nous est arrivé d'une prison d'une ville dans le Jiangsu. Là-bas, on les nourrit avec des aliments pour cochons. C'est pourquoi il était si maigre et avait tout le temps des vertiges.

– Vous avez vraiment une bonne mémoire, dit Chang-le-mort.

– Bien sûr que oui. Maintenant que le Petit mort est dodu et en bonne santé, le mérite m'en revient en partie.

– Vous vous êtes beaucoup vanté de ça, ça ne vous suffit pas ? »

Les remarques désobligeantes de Chang-le-mort abasourdirent Président Chen qui se mit à rougir. Les mots restaient coincés au fond de sa gorge. « Et alors ? Qu'est-ce que ça peut faire si j'ai raconté l'histoire sept fois ? »

Je ne pus m'empêcher de me mêler à la controverse aux côtés de Président Chen.

« Vous êtes un éleveur, dis-je, et vous nourrissez un troupeau de cochons. Et maintenant, les porcs mordent la main qui les nourrit.

– Oui, vous avez raison. Je suis un cochon, sanglotait le Petit mort. Maintenant que tu m'as engraissé, ils vont m'envoyer à l'abattoir. Vous, les contre-révolutionnaires, vous n'êtes pas fréquentables. »

Président Chen tremblait de rage.

« Vous m'avez donné vos vêtements, reprit le Petit mort. Votre taie d'oreiller et vos chaussures. Récupérez-les, si vous voulez. » Et le gamin les lança à Président Chen. Je ramassai, une à une, les affaires qui jonchaient le sol. Les autres poussèrent des acclamations. Tout ce vacarme me rappela les séances de dénonciations publiques qui se tenaient pendant la Révolution culturelle.

28

Travail d'esclave

奴工

Au début de l'automne, les haut-parleurs annoncèrent que tous les détenus étaient réquisitionnés pour effectuer des tâches manuelles. On nous raconta que cela consistait en un travail artisanal requérant peu de compétences, mais exigeant et évalué selon des critères draconiens.

Personne ne savait que ce « travail manuel » n'était autre que la confection de boîtes en carton pour emballer des médicaments. Nous devions faire cela tous les jours pendant dix heures. Le travail nous semblait interminable.

Dans la matinée, trois détenus furent désignés pour charrier des boîtes de carton dans la cellule et les empiler le long du mur. L'allée se résumait à un corridor, juste assez large pour passer. L'officier en armes qui supervisait le projet nous donna lecture du règlement. Pour ce premier jour, notre travail serait de fabriquer des sachets en papier destinés à contenir des médicaments en poudre. Nous devions étaler une fine couche de colle sur le bord d'une feuille de papier, et la plier délicatement pour en faire un sachet. Une fois la colle sèche, une personne vérifiait la qualité puis emballait le tout.

De nombreuses usines locales avaient depuis longtemps renoncé à ce travail répétitif. Mais les autorités pénitentiaires, qui pouvaient profiter de la main-d'œuvre gratuite de la prison, reprirent le marché et partagèrent les bénéfices entre les policiers. Chaque détenu pouvait générer un revenu de 500 à 600 yuans par mois.

Comme rémunération, nous recevions chacun un grand bol de ragoût de tofu. Certains détenus de longue date en mangeaient une moitié et se réservaient l'autre moitié pour le dîner. En outre, les autorités avaient assoupli les règles concernant le tabac, dont la consommation restait interdite. Dans l'après-midi, un Rouquin s'approcha de la fenêtre et prit les commandes des personnes intéressées par l'achat de cigares au prix de 24 fens le paquet. La fumée qui s'en dégageait piquait le nez comme de la poudre noire, et quand une douzaine de prisonniers sinon plus s'y mit après le déjeuner, un épais brouillard opacifia la salle.

J'eus l'impression d'être piégé dans une chambre à gaz ; je n'arrivai plus à respirer. Heureusement, un gardien en patrouille se rendit compte de la situation. Choqué par la mauvaise qualité de l'air, il fit une exception en ouvrant la grille, expulsant à grand renfort de coups de pied les fumeurs dans la cour. Ceux-ci eurent donc leur dose de nicotine. Mais, quant à nous, les non-fumeurs, notre sieste fut gâchée par cette atmosphère étouffante.

Le travail reprit à plein dans l'après-midi. Nous étions deux ou trois détenus par groupe. Durant les trois premiers jours, un officier vint nous montrer ce qu'il fallait faire et il nous autorisa à travailler à notre rythme. Une fois la période de « stage » arrivée à son terme, le quota fut fixé à cinq cents paquets par jour et par individu. Très vite, il passa à mille, puis dans les jours qui suivirent à mille cinq cents. Deux semaines plus tard, la quantité journalière atteignit le chiffre de trois mille. Dans les haut-parleurs, les officiers poussaient chacun à gravir de nouveaux sommets: «Pour ceux qui dépassent leur quota et obtiennent des résultats remarquables, nous le mentionnerons dans leur dossier. Le tribunal s'en servira comme argument pour commuer leur peine.» Cette promesse, aussi illusoire fût-elle, agit comme un puissant stimulant, et incita certains détenus à battre des records surhumains en collant et pliant sept mille paquets en une nuit.

Les cadences de travail effrénées atténuèrent momentanément les tensions entre les prisonniers. L'escadron dirigé par Chang-le-mort suivait son propre rythme et ses propres règles. Les quotas des condamnés à la peine capitale n'étaient guère respectés; Chang et ses amis pouvaient se permettre de s'arrêter de travailler quelques minutes pour bavarder.

«0-9-9, as-tu besoin d'aide? me demanda un jour Chang-le-mort.

– Tu as une idée derrière la tête? Tu veux emprunter mon atlas, n'est-ce pas? plaisantai-je, levant à peine les yeux de mes paquets.

– Oui, dit-il en roulant des yeux de merlan frit. Regarder les cartes est le seul passe-temps qui me reste dans cette vie.»

Chang-le-mort repensait à son passé.

«Regarde, je suivais un certain trajet pour transporter l'héroïne. Je prenais la marchandise à Ruili dans le Yunnan et la livrais à Chongqing. C'était un voyage de plusieurs milliers de kilomètres, où je devais franchir d'innombrables postes de contrôle.

– Tu étais peut-être un crack, mais tu t'es quand même fait prendre, fit remarquer Président Chen.

– En réalité, les marchandises étaient déjà arrivées dans les mains de leur destinataire, lorsque mon partenaire a réduit notre plan à néant. Par sa négligence, il a attiré l'attention de la police. C'est par lui que sont arrivés les ennuis et pourtant il a toujours l'intention de nous faire porter le chapeau pour sauver sa tête, gémit Chang-le-mort.

– Ah ! Mais je connais ton associé. Il était avec moi dans la cellule 10, fis-je pour le chambrer un peu. Ses cheveux sont devenus gris, sous le choc. Il ne veut pas quitter ce monde et pense que tu devrais y aller tout seul. Pourquoi aurais-tu besoin de compagnie, en fait ?

– C'est ce que je pensais au début, expliqua Chang-le-mort. Vous savez, nous avons été voisins pendant des années. Nous avons grandi ensemble. Enfants, nous étions très proches. Comme il était sur le point de passer le reste de sa vie dans une prison minable, j'ai accepté de l'aider en prenant tout sur moi. Mais, par la suite, quand je suis revenu du tribunal les mains et les pieds enchaînés, j'ai changé d'avis.

– Comment ça ? insistai-je.

– Je ne sais pas. Je suppose que je ressentais un vide en moi, répondit Chang-le-mort. J'avais besoin de me raccrocher à quelque chose et commençai à penser à la vie après la mort. Si j'avais un compagnon dans l'autre monde, je ne me sentirais pas si seul. J'ai donc porté plainte, en déclarant que j'avais été condamné à tort. Le tribunal a rouvert mon dossier et a commué la peine de mort différée de mon partenaire en exécution immédiate.

– Maintenant que tu as obtenu ce que tu voulais, ressens-tu toujours un vide au fond de toi ?

– Je me sens mieux, mais la période d'attente avant l'exécution est beaucoup trop longue.

– Est-ce pour cela que tu veux emprunter l'atlas et revivre ton glorieux passé ? demandai-je pour faire un peu d'esprit.

– Je me prépare pour ma future vie de fantôme errant, dit-il, plongé dans ses pensées. J'ai eu tendance à me fourvoyer assez souvent dans cette vie. Je ne veux pas répéter les mêmes erreurs dans l'au-delà, donc je vais visiter un bon nombre de mes endroits préférés dans les années qui viennent. Je tomberai peut-être sur toi. On ne sait jamais. »

J'en tremblai de tous mes membres.

« Ça va ? » demanda Chang-le-mort, en lâchant un rire sinistre. La ride profonde creusée entre ses sourcils semblait s'ouvrir comme une bouche prête à m'engloutir.

29

Le mari assassin de sa femme

杀妻罪犯

Malgré les menottes qui entravaient ses mains, Chang-le-mort faisait preuve d'une étonnante vélocité pour plier les paquets. Il accepta de me donner un coup de main. Cet élan de générosité me permit de me détendre et de réfléchir. Il y avait un bon moment que je n'avais pas eu l'occasion de méditer sur mon avenir. Je me demandai si ma famille avait contacté deux célèbres critiques littéraires pour qu'ils assurent ma défense, comme je le leur avais suggéré.

Puisque mon cas avait un lien avec la littérature, je me disais, peut-être à tort, que des critiques littéraires seraient mieux à même de me défendre devant les tribunaux. «Même si leur intervention n'ont que peu ou pas d'impact, entendre des amis parler de moi à la cour me redonnera certainement un peu confiance», dis-je au Président Chen, qui réfléchissait à sa propre cause. Ouvrier dans une usine, il avait rallié le mouvement de protestation étudiant en formant un parti ouvrier démocratique.

«Je pense que je ne resterai pas ici très longtemps, annonça-t-il. J'ai fait appel il y a six mois. Je devrais avoir des nouvelles très bientôt.

Chang-le-mort s'inséra dans la conversation.

«J'ai entendu dire que tes avocats se sont accrochés verbalement avec le juge et ont failli être mis à la porte. C'est vrai?

– Oui. Mes amis et moi avons loué les services d'un avocat issu du milieu universitaire, un homme jeune, énergique et agréable, qui éprouve de la sympathie pour les étudiants contestataires, répondit Président Chen avec un air suffisant. Il connaît très bien la loi et il a décortiqué toutes les règles et tous les décrets gouvernementaux existants pour contester l'accusation et défendre ce que nous avons fait; le juge était exaspéré. Il a fait valoir, par exemple, que la prétendue organisation politique que nous avions formée ne pouvait pas être considérée comme telle à proprement parler. Nous n'avions fait que recopier mot pour mot des articles qui avaient été placardés dans la rue, et définissaient le nom, la mission et les principes directeurs de notre groupe. Si l'on suit ce raisonnement, nous n'étions que d'humbles travailleurs qui n'avaient constitué aucun groupe et avaient simplement été dupés par les autres.

– Ton avocat n'est qu'un pauvre rat de bibliothèque, intervint Chang-le-mort avec le franc-parler qui le caractérisait. À quoi bon se disputer avec un juge? Dans ce pays, nous savons tous que les avocats exercent leurs compétences en dehors du tribunal. Les décisions sont prises dans les coulisses.»

C'était en effet la réalité, il me fallait bien l'admettre. Ma famille partageait le même point de vue. Dans une lettre, Axia me révéla que les miens avaient embauché un avocat chevronné, du nom de Sun, qui passait pour avoir de bonnes relations dans les milieux politiques. Mon frère aîné l'avait trouvé grâce un juge à la retraite qui avait servi comme président de la cour. Ce juge dut supplier Sun à plusieurs reprises de s'occuper de mon cas, avant qu'il n'accepte. Je restais sceptique. Peut-être était-il expérimenté, mais je me demandais bien quel bénéfice il pourrait retirer d'une affaire politique comme la mienne.

Comme je réfléchissais tout haut, Président Chen éleva la voix : « Je n'ai guère confiance en ces avocats véreux. Je n'ai pas les moyens d'embaucher un défenseur qui a une influence sur le juge. Qu'y a-t-il de mal à être défendu par un rat de bibliothèque ? Pensez-vous que ces soi-disant ténors du barreau, bien implantés dans le milieu, aient le courage de parler honnêtement et de demander justice pour un contre-révolutionnaire comme moi ? »

J'étais stupéfait par sa franchise.

« Vous avez absolument raison. Il n'y a pas tant de gens que ça qui osent défendre ceux qui sont impliqués dans le mouvement de protestation, dis-je. Je regrette de ne pas avoir eu, comme toi, la chance de rencontrer un bon avocat.

– Nous verrons. Je suis sûr que ton appel sera rejeté, lança Chang-le-mort à Président Chen, avec le ton acerbe qui le caractérisait. Les juges voient d'un mauvais œil les avocats qui les remettent en cause.

– Le juge et le procureur, on les emmerde ! rétorqua Président Chen. Au moment de faire appel, un de mes amis a demandé que l'affaire soit retirée au procureur car ce dernier parlait des accusés en termes grossiers et animaliers, en disant notamment qu'ils "aboyaient" ou "hurlaient", et parce qu'il avait sali notre honneur durant le réquisitoire.

– Merde ! C'est une nouveauté pour moi de savoir qu'on ne peut pas utiliser ces mots dans un acte d'accusation ! réagit Peau-cuivrée. Dans la décision du tribunal, le juge me décrit comme quelqu'un de "bestial ayant des pulsions brutales". Il n'y a que les intellectuels pour faire aussi attention aux mots.

– Nous devons être vigilants quant à la signification exacte de chaque mot. La loi, au fond, ne fait que définir les faits avec des mots, lui répondis-je avec un accent de reproche dans la voix.

– Une dette s'acquitte avec de l'argent et une vie se rembourse avec une autre vie. Ce n'est pas sorcier à comprendre», répliqua Peau-cuivrée en me tournant le dos. Il sauta du lit, prit une boîte d'emballages en papier pour la poser près de l'entrée et commença à travailler seul.

«Notre cas a été soumis aux autorités de Pékin, continua Président Chen. Selon notre avocat, nous avons de bonnes chances de renverser le verdict.»

Chang-le-mort n'était pas franchement aux anges. Une fois de plus, les plis sur son front enlaidirent son visage. Il posa les paquets qu'il était en train de plier et balaya la cellule du regard. «Quoi qu'il en soit, dit-il, le juge n'est rien d'autre que mon perroquet. Je suis celui qui délivre le verdict préliminaire pour chacune des personnes de cette cellule.»

L'ambiance de la pièce se refroidit brusquement. Les quatre condamnés à mort levèrent la tête en même temps pour nous regarder fixement, Président Chen et moi, avec une pointe d'hostilité. Mon voisin, qui n'avait pas pris conscience de ce changement d'attitude, continuait son bavardage. Je lui pinçai le bras avec insistance pour qu'il se taise. Le bruit feutré que faisait le pliage du papier évoquait celui des feuilles de mûrier grignotées par les vers à soie. Le silence devenait insupportable. La tension qui régnait entre Chang-le-mort et Président Chen était palpable.

Tous les condamnés à mort étaient des poudrières en puissance. Si nous ne parvenions pas à les prendre par le bon bout, ils pouvaient exploser à tout moment. Ainsi, avant qu'il ne soit condamné, Peau-cuivrée s'accroupissait près de l'entrée, en enlaçant ses genoux, pour lire ou regarder le mur. Et la nuit, il dormait à peine. Quand j'étais en charge de la surveillance de Chang-le-mort pour prévenir un éventuel suicide, j'eus l'occasion de discuter avec lui à plusieurs reprises. Au cours de nos conversations, j'appris avec étonnement que Peau-cuivrée avait découpé en morceaux son épouse qui faisait une tête de plus que lui. Le juge fut tellement horrifié par la brutalité de cet acte qu'il arrêta son verdict en plein milieu du procès.

Lorsqu'il revint de son jugement, Peau-cuivrée semblait avoir changé de personnalité, l'humilité ayant laissé place à l'amertume et à la vanité. Il méprisait ceux qui avaient écopé de peines plus légères. « Ma femme m'a appris à être vraiment un homme, fait de chair et de sang, se vantait-il. Quand elle était en vie, je cédais à tous ses désirs et à tous ses caprices, mais elle continuait à me haïr et me tromper. Elle m'a vraiment poussé à bout. Et après avoir reçu une douzaine de coups de couteau, elle refusait encore de demander grâce. Je l'ai fouettée avec du fil électrique branché sur le secteur et étranglée avec une corde. Elle n'a plus rien dit jusqu'à sa mort, et à ce moment-là j'étais tellement hors de moi que je ne me rendais même pas compte que j'avais la paume des mains grièvement brûlée par ce fil en acier. Je l'admirais et j'ai fait son éloge devant la cour. C'était une bonne épouse, mais elle m'étouffait. Je devais la tuer pour grandir. À partir de maintenant et jusqu'à mon exécution, je veux vivre dans la dignité, sans subir d'humiliations. »

Président Chen fut aussi choqué que moi quand je lui fis part de ce que m'avait raconté Peau-cuivrée. « Je pensais que c'était quelqu'un d'altruiste et humble », me confia-t-il à mi-voix.

Enchaîné, Peau-cuivrée devint de plus en plus capricieux.

Un soir, l'actrice principale de *Désir*, la série que nous suivions à la télévision, déclencha une forte réaction émotionnelle parmi les détenus : elle jouait une épouse vertueuse et une mère bienveillante, et beaucoup la regardaient avec des yeux embués.

Au milieu du feuilleton, des rires décomplexés fusèrent de la cellule voisine.

« Merde de merde ! Pourquoi n'ai-je jamais croisé la route d'une jolie femme comme elle ? » hurla une voix rauque. C'était celle de mon ami Poète hippie. Je ne pus m'empêcher de lui crier : « Pourquoi ne pas faire d'elle ta marraine ? »

Peau-cuivrée réagit au quart de tour, espérant en découdre avec moi.

« De toute évidence, même ton complice qui se trouve à côté ne supporte pas les conneries à la télé. Le scénariste doit être un de vos collègues.

– Je ne suis pas aussi minable que lui, répondis-je.

– Tu es encore pire ! se mit-il à crier contre moi. Tu ne saurais même pas inventer ce genre de merde. »

Yang-l'érudit intervint pour calmer les esprits.

« OK, OK. L'actrice est notre amoureuse partagée. Certains pensent qu'elle est nulle et d'autres qu'elle est sacrément sexy. Quoi qu'il en soit, tu dois admettre qu'elle est la création d'écrivains stupides de ton espèce. »

Je voulus le frapper mais Président Chen m'en empêcha.

De pareils affrontements se multiplièrent jusqu'au dernier jour de Peau-cuivrée.

Par un bel après-midi, alors que les membres de l'escadron de la mort étaient, comme d'habitude, assis à plier des paquets, Yang-l'érudit souleva de nouveau la question de l'assassinat de cette femme.

« Tu n'arrêtes pas de nous raconter qu'elle te menait par le bout du nez. Mais pourquoi l'as-tu tuée ?

– Je n'en ai aucune idée, répondit Peau-cuivrée, l'air indifférent. Quand j'ai ramassé le couteau, j'étais totalement perdu et ne me souvenais plus de rien. »

Chang-le-mort esquissa un sourire :

« C'est comme le sexe. Une fois qu'on atteint le nirvana avec une femme, on oublie tout.

– Oui, ça ressemble à cela, confirma Peau-cuivrée. Mais la différence, c'est que c'est plus jouissif que le sexe. Vous pouvez faire plusieurs fois l'amour avec une femme, mais vous ne pouvez la tuer qu'une fois. Quand on baisait, cette salope aimait bien me chevaucher pendant que j'étouffais entre ses deux grosses mamelles. Ce jour-là, nous avons changé de position et elle s'est retrouvée sous ma domination. Un couteau se trouvait justement à portée de main et il m'a été bien utile. Au premier coup, le sang s'est mis à gicler ; la tête me tournait. C'était comme si je flottais dans les nuages. Je l'ai frappée de toutes mes forces. Le couteau était coincé entre ses omoplates. J'ai attrapé l'arme à deux mains et j'ai essayé de tirer dessus. Mais je n'y parvenais pas. J'ai lâché prise et suis tombé à la renverse, la tête la première.

– Tu aimais ta femme jusque dans sa chair, plaisanta Yang-l'érudit. Je suis sûr qu'elle t'attend à l'autre bout du pont qui mène au paradis.

– 0-9-9 est écrivain. Nous devrions lui demander de rédiger ta biographie, suggéra Chang-le-mort.

– C'est un poète. Il sait seulement composer des chansonnettes. »

Peau-cuivrée ne perdait pas une occasion de me rabaisser.

« Ses chansonnettes sont nulles. Rappelez-vous, quand nous étions au lycée, nous avons dû apprendre par cœur des poèmes du genre : "Plusieurs fois, j'ai rêvé de visiter la terre sacrée du berceau révolutionnaire de Yan'an / D'étreindre avec mes deux bras la tour de Baitashan." Pourquoi voudriez-vous embrasser une tour? N'est-il pas plus agréable d'enlacer une femme charnue?

– Permets-moi de composer un poème pour toi, dit le Petit mort à Peau-cuivrée, avec sa voix haut perchée. La tigresse a émis un pet / Peau-cuivrée l'a reniflé et l'a avalé comme un soufflé.»

Les détenus éclatèrent de rire. Peau-cuivrée se jeta sur le Petit mort qui esquiva le coup et détala. L'affrontement de ces deux membres de l'escadron de la mort dans la cellule nous valait un joyeux cliquetis de chaînes.

Caché derrière Chang, le Petit mort continua à taquiner Peau-cuivrée: «La tigresse coule un bronze / Peau-cuivrée lui lèche la croupe.» À force de rire, nous avions mal à l'estomac.

Ces deux-là continuaient à chahuter quand deux gardiens apparurent soudainement au-dessus de nous, par la claire-voie du plafond. «Jin Tong!» lança l'un d'eux sur un ton effrayant, en s'adressant à Peau-cuivrée par son nom. Un instant déconcerté, celui-ci retrouva son calme. «Oui, monsieur!» répondit-il en se mettant au garde-à-vous pendant quelques secondes. Puis la porte s'ouvrit. Réalisant que sa dernière heure était venue, Peau-cuivrée ferma le couvercle d'une boîte en carton et sauta du lit.

«Je vais aller voir ma femme!» cria-t-il joyeusement en se précipitant dehors.

Chang, qui avait déjà présenté ses adieux à plusieurs morts-vivants, fut le premier à se remettre du choc. «Peau-cuivrée, cria-t-il, mets tes nouvelles chaussures avant de partir!» Aussitôt, il ôta ses propres chaussures et courut pour les lui donner. Mais il était trop tard. La fine silhouette de notre compagnon avait déjà disparu. Frustré, Chang-le-mort balança ses chaussures contre la grille pendant qu'elle se refermait. Une chaussure vola hors de la cellule tandis que l'autre percuta un barreau et rebondit sur le sol. Chang-le-mort resta pieds nus, dans un état second. Au dîner, il tenait toujours dans sa main la chaussure restante, l'air absent. «Ce pauvre gosse n'a même pas eu le bonheur de porter une paire de pompes neuves avant de partir, marmonnait-il. La route vers l'autre monde est longue. Ses godasses minables ne le mèneront pas bien loin.»

«On m'a dit que lorsque nous devenons des fantômes, nous nous déplaçons sur une jambe, dit innocemment le Petit mort. Une seule chaussure suffira à Peau-cuivrée.»

30

Le départ de Chang-le-mort

张死人上路

Dans la soirée, les détenus se laissèrent aller à leur douleur. Pour la première fois, personne ne se dévissa la tête pour regarder la télévision. Chang-le-mort sombra soudainement dans le sentimentalisme : « Bon sang, c'est comme dans un rêve. Hier soir, nous étions quatre. Nous ne sommes plus que trois à présent. Nous ne serons peut-être plus que deux la nuit prochaine. Si vous avez quelque chose à dire, consignez-le par écrit. En agissant ainsi, nous n'aurons pas fait de la prison pour rien. Pas comme Peau-cuivrée qui n'a rien raconté de ce qui comptait le plus pour lui. »

Comme le Petit mort ne disait rien, Yang-l'érudit lança :

« Nous sommes tous deux célibataires. Nous n'avons que faire d'un testament.

– N'as-tu pas envie de quitter ce monde de ton plein gré ? demanda Chang-le-mort.

– Bien sûr que si, rétorqua Yang-l'érudit. Mais je ne pense pas que j'y puisse quelque chose.

– Avant qu'on vienne me chercher, je nous chanterai une chanson d'adieu, promit Chang-le-mort solennellement.

Pour la dernière fois, laissez-moi vous regarder dans les yeux que je grave vos visages dans mon esprit. »

Et il fredonna une ritournelle romantique.

« Dommage que ceux qui occupent cette cellule soient tous de sexe masculin, déplora le Petit mort. Mais il y a peut-être, ici, quelques moustiques femelles ou des araignées.

– Qu'est-ce que ça peut faire que nous soyons des hommes ou des femmes ? rétorqua Chang-le-mort. Même les rats éprouvent des sentiments l'un pour l'autre quand ils grandissent dans le même trou, alors des humains, tu parles... Tu n'es pas d'accord, 0-9-9 ?

– Si ! » dis-je en hochant la tête.

Avec un respect non feint, le Petit mort s'avança vers Président Chen et se prosterna devant lui, remerciant « Frère Chen » de sa bienveillance. Troublé, ce dernier l'aida à se relever, s'excusant de n'être qu'un esprit étroit.

Des effluves d'humanité flottaient dans l'air. Pendant les semaines qui suivirent, un vrai sentiment de compassion gagna les détenus. Président Chen et moi puisâmes dans nos propres économies pour acheter des cigarettes et de la viande en conserve pour les membres de notre escadron de la mort. Chaque fois que nous avions un moment de libre dans notre programme trépidant, nous nous battions pour faire les corvées dans la cellule. J'aidais les morts-vivants à laver leur linge et à changer les bandages autour de leurs chevilles pour prévenir les blessures dues aux chaînes. Cherchant à faire preuve d'altruisme, je me surmenai jusqu'à ressentir un véritable épuisement physique. En vain. Un jour, alors que je polissais les chaînes qui entouraient les chevilles de Chang-le-mort, il me demanda solennellement d'arrêter. « Ce n'est pas la peine de les nettoyer. Fête-nationale rôde dans le secteur. Cela signifie qu'une autre série d'exécutions va avoir lieu. »

Je ne savais pas comment réagir.

«Je doute que tu sois dans le prochain wagon», déclara Président Chen à Chang-le-mort.

Celui-ci secoua la tête. «Je n'arrête pas de grelotter à cause du froid ces derniers temps. Mon corps me dit que le temps est venu.»

Chang se leva tout doucement et cria aux gardes à l'étage:

«Hé, frère soldat, je vais aller danser!

– Évite de t'attirer des ennuis! lui conseilla le gardien. Je serais obligé de le signaler, s'il t'arrive quelque chose.»

Chang-le-mort éclata de rire tandis que Yang-l'érudit raillait le garde. «Tu n'es pas un gamin de trois ans qui rapporte tout à sa maîtresse. Est-ce que tu dis tout au maître d'école après t'être fait enfiler par un copain?»

Le gardien tapa du pied et, de rage, décampa. Quelques minutes plus tard, la porte s'ouvrit. Les deux fauteurs de troubles furent extraits de la cellule pour recevoir des coups de poing et de matraque électrique.

«Putain, ça fait du bien, se vanta Chang-le-mort, malgré la sueur qui inondait son corps. Je m'étais retenu de pisser pendant deux jours. Lorsque la matraque m'a touché, je me suis fait dans le froc.

– Je pense que tu as envie d'en finir. C'est pour ça que tu cherches les ennuis», lui fis-je remarquer.

Chang-le-mort chancela puis se mit à jurer: «Maudit crétin! Tu ne comprends pas, parce que tu n'en es pas encore arrivé là où j'en suis. Réclamer la mort, c'est mieux que de l'attendre patiemment.»

La prémonition de Chang-le-mort se révéla exacte. Les Rouquins vinrent le chercher le lendemain. Avant de se mettre en route, il se retourna pour nous offrir un large sourire. Sa bouche remuait, mais aucun son n'en sortait. Je me demandai s'il n'avait pas oublié sa promesse de nous chanter une chanson d'adieu. Quand nous entendîmes à nouveau prononcer son nom, Chang-le-mort se pencha en avant et, à l'instar de Peau-cuivrée, se précipita dehors, comme s'il ne pouvait plus attendre le moment fatidique.

Les deux morts-vivants restants se regardèrent sans mot dire, puis éclatèrent bruyamment en sanglots, comme des enfants qui venaient de perdre leur père chéri. Président Chen et moi nous traînâmes doucement vers le bord de notre lit.

« J'espère qu'il ne prendra pas LA balle aujourd'hui», dit le Petit mort, en pleurant comme un veau.

– Ça m'étonnerait, dis-je. S'ils viennent chercher quelqu'un dans l'après-midi, normalement, ils lui accordent une nuit supplémentaire. Il sera immobilisé sur un lit spécial. S'il a de la chance, il pourra sans doute regarder des vidéos et prendre une gorgée d'alcool.

– Il m'a tout légué, pleurait le Petit mort. Je n'ai même pas eu l'occasion de le remercier.

– Eh bien, si tu lui dis merci maintenant, je suis persuadé qu'il t'entendra, déclara le plus sérieusement du monde le grassouillet Soleil, qui avait la soixantaine. C'est ce qu'on appelle un "lien spirituel".

– Il n'aura pas de temps à me consacrer, dit le Petit mort en secouant la tête. Ses minutes sont comptées maintenant et il a trop de choses en tête.

– Tu auras sans doute versé plus de larmes que sa propre femme, dit Yang-l'érudit en plaisantant. Si tu l'aimes tant que ça, dans une prochaine vie, il se réincarnera en femme et t'épousera.

– Il y a une autre vie après? demanda le Petit mort.

– Bien sûr, affirmai-je avec conviction. Quand on meurt, l'âme se sépare de l'enveloppe charnelle et peut alors errer.

Quand ils lui tireront dessus demain matin, l'âme de Chang fera officiellement ses adieux à sa minable coquille rivée à la terre et expérimentera ce qu'est la liberté totale.

– Il a raison, ajouta Yang-l'érudit. Toi et moi sommes mieux morts que vivants. Penses-y : tu as dix-neuf ans. Comment était la vie dans ton village natal ? Te souviens-tu d'avoir eu un jour un repas goûteux et copieux ? La somme que tu as dérobée était plutôt dérisoire, mais, pour ça, ils t'ont condamné à mort. Je suis dans le même bateau. J'ai été enfermé dans un centre de délinquance juvénile dès l'âge de dix ans. Après en être sorti, j'ai eu du bon temps pendant deux ans. Maintenant, une vie a si peu de valeur. Il vaut mieux renaître, frérot. »

Le lendemain, plus personne n'ouvrit la bouche. L'air était étouffant. Des coups de tonnerre retentissaient au-dehors sans que la pluie se déclenche. De la petite fenêtre, je pouvais voir le temps broyer du noir et de gros nuages se détacher des cieux comme des canevas carbonisés. La pièce s'était assombrie. Malgré la chaleur qui en émanait, les murs transpiraient comme un malade envahi de frissons. Nous étions torse nu.

« L'été indien est vraiment torride, dit Président Chen en s'essuyant le front avec le bras. Se pourrait-il que l'esprit de Chang-le-mort ne s'évade pas et qu'il revienne nous mordre ?

– À minuit, les bols sur l'étagère s'entrechoqueront. »

Soleil tapota son ventre replet et affirma avec aplomb : « L'esprit de Chang-le-mort reviendra nous voir. »

Avant même qu'il ait terminé de parler, la cellule s'illumina d'un coup. « Ce satané soleil de plomb sévit de nouveau », maudis-je.

Président Chen jeta un regard furtif vers le ciel à travers la fenêtre. « Avec le crépuscule, le mur a pris la couleur d'une merde de bébé. »

«Des selles de nourrisson? retentit soudain une voix à la porte. C'est immonde!» Chang-le-mort émettait de petits rires saccadés, son corps baignant dans la lumière du couchant. Nous étions terrorisés.

Les trois morts-vivants se serrèrent les uns contre les autres, les larmes aux yeux. Puis Chang-le-mort se dégagea de leur étreinte et se mit à tituber comme un ivrogne. Quand Président Chen lui tendit une serviette humide, il l'ignora et, ensuite, repoussa tous ceux qui le pressaient. Il grimpa sur le lit et se blottit dans un coin. «Laissez-moi tranquille, s'il vous plaît», murmura-t-il.

Chang-le-mort resta sous le choc pendant deux jours. Parfois il dormait, parfois il restait assis sans rien dire. Il lui arrivait même de rêver en marchant. Son visage était bleuté. Au cours du déjeuner, ses yeux s'évadaient au loin tandis que sa bouche mâchait, mécaniquement. Ce ne fut qu'au bout de trois jours qu'il recouvrit progressivement l'usage de ses sens.

«Apporte-moi de la colle, ordonna-t-il au Petit mort. J'ai envie d'emballer des médicaments.

– Qu'est-ce qui t'est arrivé? lui demandai-je.

– Ils m'ont convoqué par erreur, proféra faiblement Chang-le-mort. L'autre personne et moi avons le même nom de famille. Et nous avons été tous les deux reconnus coupables de trafic de drogue.

– Comment est-ce possible?»

Surpris par cette nouvelle, nous écoutâmes attentivement son récit.

«Ce jour-là, deux Rouquins m'ont embarqué. Nous avons passé en coup de vent les points de contrôle et sommes arrivés au tribunal en un rien de temps. J'étais paralysé par la peur. Je me suis effondré. Comme je pouvais à peine tenir debout, les deux gars me tenaient par les bras. J'ai écouté la déclaration finale du juge, puis on m'a soulevé de terre une fois de plus, mon visage pointant vers le ciel. Tout ce que je sais, c'est qu'ensuite j'ai atterri dans un entrepôt. Les policiers m'ont attaché sur un lit de torture et mon esprit s'est vidé.

«Dans le flou, j'ai entendu quelqu'un qui jurait: “Quel morceau de merde inutile! Il a uriné dans son froc!” J'alternais les moments de lucidité et les moments d'absence. Quelques heures plus tard, j'ai pu sentir une aiguille se planter dans mon bras. Elle semblait aussi épaisse qu'un verre à liqueur et a rapidement viré au rouge. Je me suis réveillé et me suis rendu compte qu'ils étaient en train de me prélever du sang. Je gisais là, sans aucune volonté de bouger. J'ai senti mon corps sombrer, puis de nouveau flotter. Je pouvais entendre l'orage dans le lointain. Le grondement semblait ininterrompu. Je n'arrivais pas à ouvrir les yeux. Des doigts faisaient pression sur mes paupières, mais j'ai quand même pu apercevoir brièvement une blouse blanche. C'était celle d'un médecin. Le droit d'ouvrir les yeux m'avait également été retiré. Ces derniers jours, j'ai rêvé d'un médecin en blouse blanche, comme s'il faisait partie de moi.»

À mesure qu'il parlait, nous perdions le fil de ses propos. Aussi s'expliqua-t-il avec un prosaïsme qui faisait froid dans le dos:

«Eh bien, quand la prison prélève l'un de vos organes, c'est pour le vendre à l'hôpital. Vous devez vous réjouir de pouvoir apporter votre contribution à la santé d'une autre personne. Faute de quoi, le sang et les organes seraient perdus.»

31

Un mort-vivant réfléchit à sa propre mort

死刑犯讨论死亡

Avec la tournure prise par les événements qui étaient arrivés à Chang, les membres de l'escadron s'immunisèrent lentement contre la menace de mort.

La vie et la mort sont voisines.
Elles se rendent souvent mutuellement visite.

Yang-l'érudit méditait sur une feuille de papier. Il considéra les deux lignes qu'il venait de lire à haute voix comme une partie de son «poème nouvellement composé».

«C'est ma première œuvre, se vanta-t-il. C'est un assez bon départ, n'est-ce pas?

– Qu'entends-tu par "elles se rendent mutuellement visite"? À t'entendre, ce serait si simple, dit Chang-le-mort avec désapprobation.

– C'est ce qu'on appelle de l'art. Yang-l'érudit ne voulait pas reconnaître ses torts. Si tu ne me crois pas, demande à 0-9-9.

– Ce n'est pas une mauvaise idée de faire de la mort une chose facile et agréable, dis-je pour le défendre. Nous devons tous en passer par là. Dans dix ou vingt ans, ceux qui ont exécuté des êtres vivants devront également affronter la mort et finiront au même endroit.

– Moi, j'appelle ça de longues vacances, me corrigea Chang-le-mort. À propos, j'ai entendu dire que les policiers qui procédaient à des exécutions réclamaient, au bout d'un moment, des vacances pour se remettre d'avoir tué autant de gens. De cette manière, ils peuvent se préparer à fusiller de nouveau. Je pense qu'être bourreau est devenu une profession, semblable à celle du boucher qui abat des porcs ou des chèvres.

– Tu ne crois pas que certains vont partir en congé et ne jamais revenir ? demanda le Petit mort. Il est difficile d'imaginer qu'une personne puisse procéder à des exécutions sans jamais s'arrêter.

– Il se peut qu'ils aient un peu de mal au début, mais, le temps aidant, ils finissent par y prendre du plaisir, supposa Chang-le-mort. Tu sais, le meurtre peut aussi devenir une drogue. Je pense que Peau-cuivrée savait ça mieux que quiconque.

– Il est plus aisé de tuer des êtres humains, déclara Président Chen qui s'était joint à la discussion. Les porcs et les chèvres se débattent jusqu'à la mort, alors que les humains, eux, une fois qu'ils ont accepté leur sort, abandonnent toute tentative de lutte. Dans les temps anciens, de nombreux savants persécutés tendaient leur cou quand ils étaient confrontés à la lame du bourreau et beaucoup avaient des parents qui offraient des pots-de-vin afin que les tueurs puissent faire un travail propre.

– Ça ne se passera pas comme ça avec moi. Je pense que je me battrai quoi qu'il arrive, déclara haut et fort Yang-l'érudit, comme si le couperet était déjà suspendu au-dessus de sa tête.

– C'est inutile de résister, dit Président Chen en lui faisant signe de partir. Dans l'ancien temps, le bourreau se saisissait de vos cheveux d'une main et d'un couteau de l'autre. Puis il levait le bras et chlac ! votre tête tombait par terre et roulait comme une balle. Parfois, pendant que la tête tournait sur le sol, la langue sortait pour lécher la poussière.

– Arrête de raconter des conneries sur l'Antiquité, lui lança Yang-l'érudit. Dis-moi plutôt comment je peux rester lucide et me souvenir du moment où ils me tueront ?

– Ne te leurre pas, dit Chang-le-mort. Il est impossible de rester lucide. Prends exemple sur moi. J'ai prévu de vous chanter une chanson d'adieu. Vous savez quoi ? Après que le médecin m'a vidé de mon sang, je suis devenu un sac de boue ramolli. Par ailleurs, avant de vous emmener sur le lieu de l'exécution, ils vous attachent les bras et les jambes avec des cordes. Chaque partie de votre corps est ligotée, à l'exception de votre trou du cul.

– Ensuite, ils creusent une fosse dans le sol et obligent le prisonnier à s'agenouiller au bord, railla Yang-l'érudit à l'intention de Chang-le-mort. Je crois que tu as déjà répété sept fois tes conneries !

– Ce n'est toujours pas suffisant ! hurla l'autre. Ce n'est que lorsque vous serez familiers avec tous les détails que vous serez sûrs de prendre la route comme il faut.

– Quelle est la profondeur de la fosse ? demanda le Petit mort.

– Environ un pied et demi ou deux. Une fois que vous tombez dedans la tête la première, vos jambes esquissent quelques saccades, puis finissent par se raidir. C'est tout.

– Et si je respire encore ? insista le Petit mort qui ne voulait pas laisser tomber la conversation.

– L'enquêteur judiciaire emporte normalement avec lui un petit instrument qu'il enfonce à l'intérieur du trou de la balle. Si l'aiguille de cet instrument bouge encore, une autre balle est tirée pour achever le condamné, ajouta Yang-l'érudit qui poursuivit le récit en imitant la voix de Chang-le-mort. Puis une puanteur s'élève dans les airs. Les deux jambes donnent des coups de pied à la manière d'un poulet jusqu'à ce qu'elles soient droites et raides. Un morceau de crotte sèche obstrue probablement l'anus. »

Chang-le-mort essaya de reprendre le contrôle de la conversation, mais le ton de Yang-l'érudit se durcit : « Quand vas-tu t'arrêter ? »

Chang-le-mort snoba Yang-l'érudit et continua sans se décontenancer : « Ma dernière question est la suivante : la balle transperce-t-elle le cœur ou la nuque ? Si la balle touche le cœur, tu pourras toujours te retourner et sourire à ton bourreau. Ça le fera mourir de trouille. »

Yang-l'érudit se jeta sur son ami, devenu son adversaire. Les deux étaient littéralement sur le point de s'étrangler mutuellement, se roulant dans le lit. Tandis que deux détenus se jetaient sur la porte pour surveiller les gardiens, d'autres essayaient de stopper le combat. En fin de compte, Président Chen et moi réussîmes à les bloquer pour les séparer.

« Hé ! On va nous servir de la viande au déjeuner. Pourquoi ne pas manger d'abord et combattre ensuite ? » Soleil se moquait des deux combattants.

« Nous sommes vraiment des êtres méprisables, lâcha le Petit mort qui se dépoussiérait la tête. Moi qui pensais que je n'aurais rien envie d'avaler avant mon exécution, voici que j'ai l'impression d'avoir de plus en plus faim ! »

Cette remarque – allez savoir pourquoi ! – dissipa la colère de Chang-le-mort. « Tu es tellement insignifiant, plaisanta-t-il. Tout ce à quoi tu penses, c'est manger ! »

Il n'y eut pas de viande au déjeuner mais au dîner ; nous eûmes droit à une double ration de porc cuit avec des piments verts. Les trois morts-vivants se partagèrent cinq plats. Yang-l'érudit avait l'air jovial, comme s'il n'y avait jamais eu de bagarre avec Chang-le-mort. «0-9-9, pourquoi ne nous déclames-tu pas un de tes poèmes?»

Je me sentis flatté par la demande.

«Allez, Liao, lis-en un ou deux de bons pour nous éclairer», m'encouragea également Président Chen.

Je baissai la tête pour réfléchir à ce que je pourrais leur dire pendant quelques minutes, puis je me redressai et scandai:

Une nuit étoilée est un crâne criblé de balles.
Nous discutons de la mort enfouie dans la moelle du cerveau
Sous le regard permanent de l'ampoule.
Nous discutons du rituel de l'exécution.
Quittera-t-il ce monde à genoux ou debout?
La balle transpercera-t-elle son cœur ou sa nuque?

Lorsque les balles frapperont, dans quelle direction le cerveau
ira-t-il s'écraser?
Au moment où l'âme s'enfuira,
Aura-t-il eu le temps de cligner des yeux et de sourire?
Quand il plongera dans le trou la tête la première,
Ses jambes se tendront-elles comme les mâts d'un navire?
Les chaînes s'entrechoquent, comme les vagues jaillissantes
d'une rivière souterraine.
Si, à la veille de l'exécution,
Le médecin légiste vous prélève la moitié de votre sang
Vous vous sentirez léger, votre corps flottera,
Votre cœur battra, comme si vous aviez joué au basket dans
l'espace,
Un chien plus grand que Saturne aboie et t'attaque.

Pourquoi attendez-vous?
Profitez de votre hauteur, si apaisante.
Vous avez depuis longtemps épuisé ce que vous vouliez dire
à ce monde.
Le monde devrait laisser ses dernières volontés au mourant.
Ce sacré muet appelé «Dieu»
Gaspille sa langue dans sa bouche.

La langue qui lèche le sang.
Seuls ceux qui ont été crachés par la bouche n'ont pas de
sentiments.
Nous, qui sommes sortis du vagin de notre mère,
Connaissons la douleur.
Même les affreux ont une mère.

La mort est un rayon de lumière blanche éblouissante,
Un tunnel sans fin.
Le train romantique ressemble à un pénis
Tirant une balle au comble de l'orgasme.
Si la balle manque son objectif, la personne souffrira.
Douces comme le coton,
Vos mains, qui se sont ramollies comme du coton,
Ne peuvent plus saisir quoi que ce soit.
Le dernier morceau de crotte est éjecté dans le soleil, ce grand
bidet

L'anus parle, affirmant
Qu'il est encore vierge,
Qu'il n'a pas été violé par le ciel.

Mes codétenus écoutaient comme si leur tête était dans les nuages. Yang-l'érudit bâilla:

«Cela me dit quelque chose. Tu n'aurais pas piqué ça quelque part ?

– Il a repris ce que nous venons de dire, dit Chang-le-mort.

– Que signifie "un chien plus grand que Saturne" ? Tu te moques de nous en nous appelant des chiens qui "aboient et attaquent" ? »

Alors que je me demandais comment leur répondre, Président Chen arriva à la rescousse : «C'est un poème brumeux, plutôt obscur. Les jeunes de nos jours aiment bien ce genre de style. »

32

«Une main noire et un conseiller malfaisant»

“黑手和坏参谋“

Avant le 1er octobre, jour de la fête nationale, le personnel du centre de détention se livra à une inspection de routine, fouillant notre literie et nos effets personnels pour dénicher des armes illégales, du genre couteaux et tournevis, ou de l'alcool frelaté. Les gardiens du premier étage, habituellement nonchalants, redoublaient de vigilance. Ils se tenaient les jambes écartées, pointant leur mitraillette sur nous. «C'est ainsi que nous célébrons les fêtes», grommela Président Chen à mon adresse.

Nous nous attendions tous à être fouillés et n'y prêtions guère attention. La porte s'ouvrit et l'officier Gong entra, flanqué de plusieurs policiers armés jusqu'aux dents. Ils bloquèrent la barrière et commencèrent à fouiller chaque détenu avant de nous autoriser à aller dans la cour. Nous levâmes les mains en l'air et fûmes passés au peigne fin de la tête aux pieds. Ensuite nous nous accroupîmes à l'extérieur, en rang par quatre, la tête entre les mains. Les soldats armés de fusils et de mitrailleuses étaient postés de part et d'autre de la porte, et tout autour de la cour. L'officier Gong, un grand masque chirurgical sur le visage, explora nos matelas et nos bagages. Il mit la main sur un stock de cordelettes, des lettres, des livres et des magazines que les amis et la famille avaient fait passer en douce et qui étaient interdits dans la cellule. Une ceinture en cuir qu'Axia m'avait envoyée me fut confisquée. Les boutons jaunes qui se trouvaient sur une de mes vestes et la paire de fermetures Éclair d'un de mes pantalons furent arrachés avec des tenailles.

La perquisition dura deux heures. Après le départ de la police, notre cellule ressemblait à une décharge publique. Tous nos effets personnels avaient été entassés au milieu de la pièce. Les détenus plongèrent dessus comme des pompiers se précipiteraient sur des débris fumants pour sauver des nourrissons. Certains allaient même jusqu'à faire usage de leurs poings.

Le climat s'apaisa après la fête nationale. Les détenus passaient la plupart de leur temps dans la solitude, collant des paquets de médicaments. J'avais appris à me détacher de cette douloureuse réalité ; lorsque je ne travaillais pas, je pensais à ma sœur Feifei ou me concentrais sur ce qui m'entourait. Je pouvais regarder une araignée pendant près de quinze minutes et observer ses mouvements en détail.

L'arrivée des lettres envoyées par la famille était un moment très attendu. La nuit, je les sortais de leur enveloppe et parcourais le texte à loisir. Je me souviens du plaisir que je prenais à contempler les photos de ma fille, venue au monde le 17 septembre 1990. Je ne me lassais pas de les regarder, même si son visage rouge et fripé lui donnait un air de petit vieux. Je n'arrivais pas à me faire à l'idée que j'étais le père d'une petite fille.

Peu de temps après que ma femme s'était trouvée enceinte, je sus intuitivement que nous attendions une fille. Je ne mis pas longtemps à lui trouver un prénom. Celui qui me vint tout de suite à l'esprit fut Miaoyi. Le caractère *miao* signifie «jeune et intelligent», et *yi*, c'est le chiffre un dont une diseuse de bonne aventure m'avait raconté une fois qu'il était mon chiffre porte-bonheur. Un de mes amis me recommanda de ne conserver que *miao*, et je suivis son conseil. Avec le recul, je vois que c'était une erreur. Le caractère *miao* est composé de deux parties parallèles, la gauche signifiant «femme», et la droite, «jeune», soit en résumé «femme d'un jeune âge». Les jeunes femmes peuvent être vulnérables. Avec le «un», mon chiffre fétiche, accolé à son prénom, elle aurait été davantage ancrée dans la réalité et protégée par son père. Mais je ne pouvais pas lutter contre le destin. Plus tard, Axia y ajouta un autre *miao*; elle devint donc «Miao Miao», «deux femmes d'un jeune âge». La pensée qu'il n'y avait pas d'homme à la maison, mais seulement deux femmes destinées à passer le reste de leur vie ensemble, m'effraya.

Mais ces lettres m'épuisaient également. Quand je ne pouvais pas dormir, je fermais les yeux pour méditer sur le procès qui se profilait à l'horizon et qui me tourmentait. Mon frère aîné avait engagé un avocat pour moi. Notre première rencontre eut lieu à la fin du mois d'octobre. Avant même qu'il ne s'asseye pour examiner mon cas, l'avocat me mit tout de suite au parfum: «Un prisonnier politique, dit-il, n'est pas maître de son destin.» Il avait sans doute raison. J'avais lu que, pour les affaires politiques majeures, les avocats de la défense devaient être reconnus ou directement nommés par la Commission politique et juridique de la cour. Comme ça, ils ne contestaient pas l'accusation. Tous mes complices ressentaient la même chose: on ne pouvait faire aucun crédit au système. «Tu ne peux pas prendre ton avocat au sérieux», avait déclaré Grosses lunettes lors d'une rencontre fortuite au centre de détention. «La défense n'existe que nominalement. Tu veux que ton avocat te fasse sortir de prison? Continue à rêver.»

Dans ses lettres, mon frère me régalait des prouesses de mon avocat. Mais le vieux bonhomme inerte, tout ratatiné, qui se trouvait en face de moi était complètement différent de l'image que je m'étais faite de lui. En réalité, je le détestais. Il me tendit l'acte d'accusation que je parcourus et relus en silence, puis je le lui rendis. Dans les deux heures qui suivirent, pendant qu'il me racontait comment je devais coopérer avec le gouvernement et admettre ma culpabilité, mon esprit ne cessait de vagabonder, si bien qu'au final, je ne retins rien de tout son blabla. Au terme de notre entretien, je décidai de lui soutirer quelque chose de concret : « Monsieur, je meurs de faim ici. Pourriez-vous m'apporter de quoi manger quand vous viendrez la prochaine fois ? »

Le vieil homme me toisa d'un air féroce. Je m'empressai de faire suivre mes propos d'une explication : « Cela ne vous causera pas d'ennuis. Les autres avocats apportent toujours de la nourriture à leurs clients. Une fois, un enquêteur m'a même offert quelques légumes marinés. »

Juste avant de partir, mon avocat me lança hypocritement :

« D'après ce que je sais, la nourriture que l'on sert ici est la meilleure de toutes les prisons de la ville. Regarde, tu as une mine radieuse.

– Je crois que c'est parce que je suis heureux de vous voir », rétorquai-je désespérément.

Je retournai dans ma cellule où Chang-le-mort m'accueillit le sourire aux lèvres : « A-t-il apporté des cigarettes ? »

Je secouai la tête.

« Et de la viande de bœuf séchée ? »

Je ne répondis pas.

« Ton avocat ne doit pas être payé suffisamment pour que tu sois dans ses petits papiers, gémit Chang-le-mort. Les affaires politiques ne rapportent rien. Les avocats préfèrent s'occuper des crimes économiques.

– Toi, tu es certainement dans de bonnes dispositions, le taquina Président Chen.

– S'ils pouvaient t'expédier dans une autre cellule, je serais d'encore meilleure humeur, rétorqua Chang-le-mort. Je suis sûr que tout le monde, ici, pense la même chose.

– Arrête ça ! intervins-je. Ce temps de chien nous rend aigris. »

Après le dîner, de nombreux détenus tirèrent sur leurs cigarettes. J'attendis près de la porte que cette fumée toxique se dissipe avant de grimper sur mon lit. Lorsque le téléviseur s'alluma, Président Chen et moi nous retirâmes dans un coin de notre grand lit. Tout en pliant des paquets, nous conversâmes secrètement comme deux espions qui échangent des renseignements dans un lieu public.

« Après tout ce que j'ai fait pour ces trois salauds. Aucun d'eux ne semble l'apprécier à sa juste valeur », se plaignait Président Chen.

Je tentai de le rasséréner :

« Les morts-vivants sont d'humeur chagrine et il est bien difficile de comprendre tout à fait ce qu'ils subissent.

– À ce stade, tu pourrais penser qu'ils sont plus éclairés, dit Président Chen. On a du mal à croire que leur appétit de pouvoir n'a pas diminué d'un iota.

– Pourquoi ne pas laisser Chang-le-mort devenir le chef de notre cellule ? proposai-je. Tu devrais en faire part demain à l'officier Gong.

– Je ne peux pas faire ça. Un condamné à mort, prendre cette charge ? Ça ne s'est jamais vu, répondit Président Chen.

– Alors pourquoi ne pas simplement démissionner et laisser l'officier Gong nommer quelqu'un d'autre ? dis-je. Tu as, tout au plus, encore deux mois à tirer ici. Si ta demande en appel aboutit, tu seras libre. »

Il était trop tard pour que Président Chen abandonne volontairement son pouvoir : ses adversaires complotaient déjà dans son dos pour se débarrasser de lui. Une demi-heure après notre conversation, le Petit mort l'accusa brusquement de lui avoir dérobé sa couette. Surpris par cette allégation, Président Chen se mit à vociférer : « Elles se ressemblent toutes. Qu'est-ce qui te fait penser que j'ai pris la tienne ? »

Chang-le-mort observait en retrait, à la recherche d'une occasion d'entamer sans délai un combat. « Tu es tellement corrompu, dit-il en montrant Président Chen. Dieu merci, tu n'es qu'un simple chef de cellule. Que se passerait-il si tu occupais un poste important dans le gouvernement ? »

Yang-l'érudit mit les pieds dans le plat et s'en prit à nous deux : « Vous, les contre-révolutionnaires, contrôlez tout dans cette cellule. Vous trompez le gouvernement et le peuple. Il est grand temps de remettre de l'ordre dans tout ça. »

J'étais assis là, abasourdi par cette attaque coordonnée. Sachant qu'ils étaient en train de lui tendre un piège, j'exhortai Président Chen à rester calme. Mais il perdit son sang-froid. Il me repoussa et sauta du lit. « Si vous voulez en découdre avec moi, venez ! » dit-il, appuyé contre la grille de la porte et agitant ses deux gros poings. « Je vous promets que je n'appellerai pas les gardiens. Ils viennent juste de partir. Si vous voulez, venez, vous trois, bande de bâtards ! »

Les menottes cliquetaient et la cellule ressemblait une fois de plus à un atelier de forgeron en pleine activité. Le Petit mort marchait devant les autres. Je me ruai vers Président Chen, espérant le stopper, mais le Petit mort me frappa au menton avec une de ses mains menottées. Je m'affalai d'un coup, le visage crispé par la douleur.

Moi au sol, Président Chen se retrouva pris en tenaille par le Petit mort et Yang-l'érudit. Doux et bienveillant de nature, il éprouvait quelque réticence à frapper ses adversaires. Au lieu de cela, il saisit Yang-l'érudit par les menottes et, avec une force phénoménale, le repoussa. Le Petit mort attaqua Président Chen par le flanc, mais finit par se prendre un coup de pied dans les couilles. Il s'effondra sur le sol, se tenant l'entrejambe en gémissant de douleur.

L'officier de service était connu pour ses préjugés contre ceux qui avaient été impliqués dans le mouvement des étudiants contestataires de 1989. Entre trois condamnés à mort et deux prisonniers politiques, il préféra croire les premiers. Président Chen fut dans l'impossibilité de se défendre lorsque l'officier l'accusa d'être un caïd de prison. On lui attacha les membres et on le tabassa avec des matraques électriques toute la nuit. Le lendemain matin, il revint menotté, le corps couvert d'ecchymoses. Un Rouquin vint ramasser ses affaires et il fut transféré dans une autre cellule.

Faisant de Président Chen un bouc émissaire, les autorités du centre de détention diffusèrent une séance de dénonciation dans les haut-parleurs. Les dirigeants du bureau de la Sécurité publique se fendirent de quelques discours pour condamner l'illégalité de ses activités. Toutes ses bonnes actions passées furent dénaturées et perverties. Il avait, notamment, pour habitude de casser sa tirelire pour acheter des plats de viande aux morts-vivants. Désormais, ses bénéficiaires l'accusaient d'être un usurier qui leur avait prêté de l'argent à un taux exorbitant pour acheter de la viande.

Moi aussi, je fus impliqué. Les autorités m'affublèrent d'un nouveau titre: «Main noire et conseiller malfaisant». Pour eux, j'étais un ennemi plus perfide que Président Chen.

«La plupart des prisonniers sont désireux d'entamer un nouveau chapitre de leur vie et de coopérer avec le gouvernement, proclama solennellement le secrétaire de Parti du centre de détention, en pointant son doigt accusateur vers moi. Si tu veux saboter nos efforts, je veux que tu saches que nous ne resterons pas les bras croisés et ne te laisserons pas t'en tirer comme ça !»

Trois semaines plus tard, je changeai à mon tour de cellule. Je savais que cela devait arriver tôt ou tard. Avant mon départ, je fus à mon tour pris dans une rixe, et je me battis d'une manière plus spectaculaire encore que Président Chen : quand je vis que Chang-le-mort avait dans l'optique de m'attaquer par-derrière, je lui déversai un grand bol de colle sur la tête, après quoi je m'en servis pour frapper sa face de cochon à plusieurs reprises.

欢迎到六号房来

33

Bienvenue dans la cellule 6

J'entrai dans la cellule 6 entièrement enchaîné. Afin de préserver les quelques lambeaux de dignité qui me restaient, je refusai de dîner. Mes nouveaux compagnons de cellule regardaient, ce soir-là, le dernier épisode de *Désir* à la télévision. Comme d'habitude, ils étaient serrés les uns contre les autres, allongeant le cou au moment du dénouement. Soudain, Wang Er, le chef de la cellule 6, sautilla d'excitation. Il déboutonna son pantalon et pointa son pénis en érection en direction du poste, envoyant des baisers à l'héroïne : « Je t'aime, ma folle de femme ! »

Un détenu surnommé Grand gosse le rejoignit, en laissant échapper un cri orgasmique tonitruant. Les autres détenus riaient aux éclats, ce qui, bien sûr, attira l'attention des gardiens. Des fusils cliquetaient sur le toit. Wang Er se tapota la poitrine et cria :

« Oncle soldat, n'hésitez pas à tirer ici !

– Encore toi ! tonna un gardien.

– Non, ce n'est pas moi. C'est Huifang à la télévision, répondit Wang Er. Savez-vous que c'est également le nom de mon ex-femme ?

– Maudit sois-tu, qui me racontes toujours les mêmes conneries», ricana le gardien.

Les mains entravées, j'étais assis sur le bord du lit, la tête tournée sur le côté à quatre-vingt-dix degrés. Je ne pouvais toujours rien voir et me contentais de suivre le mouvement général, rigolant parfois comme un idiot. Personne ne me parlait. Un sentiment de tristesse accablante et de vide grandit en moi. Je pouvais survivre jusqu'à ce soir, mais demain? Une personne privée de l'usage de ses mains n'a plus de dignité; je dus m'asseoir sur mon orgueil et quémander de l'aide pour chacun de mes besoins élémentaires.

Le long de l'allée, un autre groupe, habillé de vêtements sales et en lambeaux, accroupi sur le sol, emballait des paquets. Ils étaient membres de la classe inférieure et s'agitaient autour de moi comme des rats. À l'heure du coucher, on me plaça, comme je m'y attendais, près des toilettes. Comme des oignons sautés avaient été servis au dîner, une odeur âcre d'oignon et d'excréments humains montait des tinettes. Les yeux me piquaient et larmoyaient. À un moment, j'allai jusqu'à la porte de la cellule pour prendre l'air, mais Wang Er m'aboya dans le dos. «Nous n'avons pas de condamnés à mort ici en ce moment, dit-il froidement. Il n'est pas nécessaire de monter la garde.»

À contrecœur, je retournai dans mon coin et m'appuyai contre le mur. Utilisant d'abord mes dents puis mes pieds, je tirai la couette à moi pour tenter d'abriter mes yeux. Une file de détenus faisait la queue près de moi, attendant de se soulager. Le bruit de l'urine stimula ma propre envie de pisser. Je poussai un long soupir puis je me retins aussi longtemps que je le pus. Peu à peu, les bruits de pas autour de moi s'évanouirent dans un brouillard de bruits blancs.

Dans mon rêve, je me transformais en un gigantesque pot de chambre. Les détenus se relayaient pour me pisser dessus. Mon estomac était sur le point d'éclater. Je serrais les dents et me scellais la bouche avec les mains pour empêcher l'urine de s'échapper. « J'ai besoin d'ouvrir les vannes ! hurlai-je. Permettez-moi de me vider l'estomac. »

Je me redressai d'un coup et tombai la tête la première sur le sol, me cognant le crâne contre le bord de l'urinoir. D'atroces douleurs me broyèrent le cerveau. J'eus toutes les peines du monde à me relever ; je me sentais impuissant. Une personne me souleva et m'aida à changer de vêtements tandis que plusieurs autres déboulèrent pour se moquer de ma déchéance. Bientôt une petite foule se rassembla autour de moi.

« Si tu veux prendre la fuite, fais-le-nous savoir. Ce n'est pas la peine de te suicider », lança Wang Er pour se moquer de moi, avant d'ordonner à un jeune prisonnier de m'aider.

J'étais encore dans un état second quand j'entendis un grand bruit d'éclaboussure d'eau venant de la cour.

« Oh merde, dit Wang Er. Ce salopard de gardien est en train de pisser du toit dans le réservoir d'eau.

– Comment ose-t-il faire ça ? hurla un autre détenu. Fils de pute ! »

Quelques minutes plus tard, une tête apparut à la fenêtre. C'était Tang, l'officier de garde.

« Ce connard est bourré. » Wang Er secoua la tête de découragement.

Très vite, deux Rouquins ramenèrent l'agent Tang, en état d'ébriété, dans notre cellule. Il avait l'air stupide avec son chapeau de police de travers. Wang Er lui fit part de notre mécontentement au sujet de l'urine dans le réservoir d'eau, mais l'officier Tang était trop ivre pour comprendre. « Je veux boire autant que je veux et pisser où je veux, marmonna-t-il. Ne faites pas tout ce raffut, il est tard. Si vous voulez dormir, allez-vous recoucher. »

Alors que Wang Er tentait de le raisonner, il émit un rot nauséabond et jeta sur le sol un pilon de poulet à moitié entamé. Puis il signifia à Wang Er son intention de déguerpir.

Après qu'il s'en fut allé en titubant avec les Rouquins, Wang Er se pencha et ramassa le pilon frit. Il arborait une mine radieuse.

« Hé, Contre-révolutionnaire, comme tu n'as pas dîné ce soir, tu le veux ? » Il agita le pilon devant moi.

Je le regardai droit dans les yeux.

Il en prit une bouchée. « Je sais que tu n'y toucheras pas, car c'est les restes du chef Tang. Comme le dit l'adage, un homme intègre préfère mourir de faim plutôt que de baisser la tête pour un bol de riz. Tu préférerais crever plutôt que de te prosterner pour un pilon. Mais ne t'es-tu pas cogné la tête contre l'urinoir à l'instant ? »

J'ouvris finalement la bouche : « Je n'ai aucune fierté. Si tu me donnes le pilon, je le mange. »

Ma réaction intrigua les autres détenus.

Wang Er sourit, puis me tendit le pilon.

Je me penchai en avant et lui mordis un doigt. Il retira sa main prestement. Je grognai comme un animal aux abois et jetai ma tête contre sa poitrine. Il se baissa et me frappa à la joue.

« Tu es dingue ! » criaient les autres. Deux détenus se jetèrent sur moi et m'enveloppèrent la tête avec une couverture. Ils étaient sur le point de me frapper quand le gardien qui se trouvait sur le toit hurla :

« Que se passe-t-il ?

– Tang-le-pochtron est de service ce soir. Il est bourré, entendis-je dire Wang Er au gardien. Vas-y et fais-nous un rapport. Il ne sera pas en mesure de faire quoi que ce soit. Pour tout te dire, l'officier Tang et moi sommes bons amis. Durant les trois séjours que j'ai effectués ici, il a été mon tuteur. Comme dit le proverbe, quel que soit le degré d'intimité que vous avez avec vos parents, le parti et la police priment.

– Bon alors d'accord, je le signalerai au directeur demain.

– Ne soyez pas rasoir... »

Wang Er se moquait du gardien.

« Tu dois être nouveau ici. Si tu n'as rien de mieux à faire, va t'amuser comme l'officier Tang et pisser dans notre réservoir d'eau. Je ne boirai plus là, de toute façon.

– Espèce de salopard ! »

Le gardien cracha sur Wang Er. Lequel continua à se gausser de lui.

« Frère soldat, tu viens de me traiter de salopard, n'est-ce pas ? Eh bien, c'est mon prénom. Comment le savais-tu ? »

Le gardien s'en alla.

Wang Er ordonna alors à ses valets d'ôter la couverture de ma tête. « Bravo, tu as, à coup sûr, fait honneur à ta réputation », dit-il. Comme une grenouille qui aurait échappé à la marmite bouillante du cuisinier, je haletai, crachant des peluches. « J'étais compagnon de cellule de ton ami, Chen Dong, le réalisateur. Tu as plus de cran que lui. »

Le sang me monta à la tête.

Je basculai vers l'arrière et soupirai : « Plus de cran ? Qu'est-ce que tu veux que ça me foute ? Je suis juste heureux d'être vivant. »

34

« S'il te plaît, remets-moi dans ton ventre »

"给母亲"

L'après-midi suivant, nous héritâmes d'un nouvel officier, au teint pâle, grillant cigarette sur cigarette. Il me fit entrer dans son bureau pour m'enlever les menottes, puis, d'une voix douce et féminine, il m'exposa sa pensée : « Il y a une chose que tu dois savoir me concernant. Je suis plutôt paresseux. Tu devras apprendre à te gérer toi-même et à éviter les ennuis, d'accord ? »

Je hochai vigoureusement la tête.

« Il y a tout un tas de lettres pour toi. »

Il tapota sur son bureau.

« Je ne peux t'en donner qu'une pour l'instant parce que tu as été puni plusieurs fois pour avoir contrevenu au règlement. Tu as la réputation d'être soupe au lait. Les intellectuels de ton espèce adorent l'individualisme. Tu utilises la force mentale pour surmonter la douleur physique. J'aimerais te donner une leçon cette fois. Même si je t'ai retiré les menottes avant la date prévue, je vais garder toutes ces lettres pour tarir la source de ton soutien moral. »

Je pris cette unique lettre et retournai à la cellule dans une humeur morose. Elle venait de ma mère. Je me lavai soigneusement les mains avant de la sortir de l'enveloppe.

« Yiwu, je me suis dit qu'il fallait que je t'écrive, mais je ne suis arrivée à rien. Je veux seulement te dire une chose : tu manques beaucoup à ta mère. »

Je passais ma langue sur mes lèvres en savourant chacun des mots que ma mère avait écrits. Mes yeux se mouillèrent. Comme un voleur trop gourmand, je regardai dans l'enveloppe et la retournai, espérant y trouver davantage de mots de ma mère. Au dîner, j'avalai distraitement quelques bouchées et posai mon bol. Puis je pris la lettre pour la relire. Wang Er remarqua mon air absorbé. Il me dit avec curiosité : « Tu es penché sur cette lettre depuis des heures. Elle doit être remplie de bonnes choses. »

Je lui lançai un regard inexpressif. Il se saisit de ma lettre et passa un certain temps à essayer de déchiffrer les quelques caractères griffonnés par ma mère.

« Ta maman t'aime certainement. Combien de poèmes as-tu écrits pour elle ?

– Aucun.

– Je ne te crois pas. Les poètes aiment écrire sur leur mère. Je suis sûr que tu as écrit beaucoup de poèmes débutant par "Oh ma mère, ma mère adorée".

– Ma mère ne lit jamais de poèmes ! » protestai-je.

La frustration se lisait sur mon visage. Wang Er pointa la lettre qu'il m'avait rendue : « Mais c'est pourtant un poème remarquable qu'elle t'a adressé. Qu'en penses-tu ? »

Sa remarque sincère me fit rire. Ce fut peut-être le moment le plus extraordinaire de ma période d'incarcération. Je ne m'attendais pas à ce que les lettres de ma mère reçoivent des louanges, surtout de la part d'un criminel. Après tout, elle n'avait jamais compris mes œuvres littéraires et ne s'y était jamais intéressée. Quand mon poème *Le Grand Bassin* fut publié et rencontra un grand succès, je me souviens le lui avoir montré, et elle avait passé un après-midi à l'étudier. Je fis de même avec ses annotations. Quand elle eut fini, tout ce qu'elle put m'avouer, non sans ronchonner comme à son habitude, c'est que les vers étaient trop longs et qu'ils l'empêchaient de respirer normalement : «Mon fils, le poème que tu as écrit ressemble à une longue corde épaisse et j'ai l'impression que tu essaies de m'étrangler avec. Je me trompe ?»

Malgré notre mauvais départ, je savais que Wang Er et moi étions destinés à devenir amis. Un amour partagé pour nos mères nous aida à surmonter les tribulations quotidiennes.

«S'il te plaît, remets-moi dans ton ventre», me dis-je ce soir-là, recroquevillé sous ma couette. Et je notai les lignes de ce que serait mon premier poème pour ma mère :

S'IL TE PLAÎT, REMETS-MOI DANS TON VENTRE

Tu critiques mes poèmes toujours trop longs[41],
maintenant le destin réduit ton fils
à une petite phrase,
et cette si courte phrase s'amenuise encore.
À la fin, il n'est qu'un sac de cuir vide
visage violé – méconnaissable – jusqu'à l'effacement
sans même un nom.

Ou alors, suis-je seulement ce caractère traditionnel
composé de tellement de traits
qu'on est incapable la plupart du temps d'écrire.

---

41. Traduction Anne-Marie Jeanjean et Shanshan Sun, publié dans *Poèmes de prison*, Paris, L'Harmattan, 2008.

Déjà si vieux, déjà
tellement plus vieux que toi.
Si un jour je retourne au pays natal
cette tête que j'aurais sauvée
pourra-t-elle encore t'appeler maman?
Aurai-je alors le peu de force nécessaire
pour recevoir ton amour – telle la caresse d'un souffle?

Je terminai le poème aux environs de trois heures du matin. Avant d'aller dormir, je regardai dans la direction de Wang Er, mais ne détectai aucun mouvement sous sa couette.

De tous les prisonniers que je connaissais, Wang Er était celui qui aimait le plus dormir. De temps en temps, il sortait sa tête pour tousser, cracher, ou fumer. Quelques esclaves faisaient les chiens couchant auprès de lui, lui prodiguant tout ce dont il avait besoin. Il aimait à bavarder tout en faisant des ronds de fumée avec sa cigarette. Pendant nos discussions, Wang Er affichait une éloquence extraordinaire et personne ne lui arrivait à la cheville. Il prenait grand plaisir au fait que j'étais écrivain.

«À l'avenir, il sera de ton devoir de troquer des livres avec les autres cellules», me dit-il. Et il m'affecta à un groupe de travail composé de cinq hommes – soit un de plus que les quatre habituels – en m'expliquant: «Je vais te faire une faveur en demandant à tes coéquipiers d'emballer les médicaments pour toi.» Puis il me fit un clin d'œil avant de disparaître sous sa couette. «Allez, lis tes livres!»

Enivré et flatté, je ne savais comment le remercier.

35

L'Épileptique

羊癫风

Écrivain de métier, j'étais intrinsèquement gauche et indolent quand il s'agissait de tâches routinières. Les mois précédents, j'étais passé à la vitesse supérieure pour plier et coller ces paquets de médicaments, mais je n'arrivais toujours pas à remplir mon quota journalier. L'aide de Wang Er dans ce domaine me fut précieuse ; je ne pouvais croire à mon bonheur. Je bondis hors du lit et pris un roman chinois qui se trouvait dans un coin.

Avant d'en tourner les pages, je jetai un coup d'œil furtif vers mes coéquipiers, jaloux du privilège qui m'était accordé. À ma droite, Wan Li, un jeune homme frappé de strabisme, ne cachait pas sa colère. Son visage rubicond était déformé par la rage. Dans les minutes qui suivirent, il déchira accidentellement plusieurs paquets qu'il était en train de plier. Voyant que sa colère était dirigée contre moi, je posai mon livre et partis travailler.

Wang Er le remarqua et parla au jeune homme d'une voix douce et ferme : « Hé, tu défies mon autorité ? » Wan Li releva la tête. Ses jambes tremblaient comme s'il avait subi une série d'électrochocs.

« J'avais réellement l'intention de te gratifier d'une promotion et de te permettre ainsi de contrôler une partie de la classe inférieure... »

Wang Er poursuivit son discours sur un ton qui reflétait sa déception : « Mais tu m'as laissé tomber. Je comprends maintenant pourquoi le président Mao disait : "L'éducation de nos paysans est un grand défi". »

« Appliquons les règles », ordonna Vieux Bai, que tout le monde appelait respectueusement le Ministre des Affaires étrangères car il avait de la faconde et représentait souvent les détenus dans leurs négociations avec les agents et les gardiens. Sans mot dire, Wan Li tomba à genoux et se gifla à plusieurs reprises le visage comme s'il s'infligeait un châtiment. Les trois autres membres de mon équipe de travail emboîtèrent le pas. Le Ministre des Affaires étrangères se promenait, comptant le nombre de gifles. Les quatre coupables, les yeux vitreux, se frappaient le visage machinalement comme des soldats lors d'un exercice militaire. Je suppliai Wang Er de les en empêcher, mais les coups s'accélérèrent et devinrent plus violents. Wan Li s'esclaffa. Satisfait par les coups que ses sbires s'auto-infligeaient, il s'éclipsa et reprit son hibernation. La pièce sombra dans un silence tendu.

Devais-je lire ou travailler ? Je baissai la tête, délibérant intérieurement sur ce que j'allais faire. Le murmure inintelligible de Wan Li attira mon attention. Pensant qu'il avait besoin d'aide, je m'approchai de lui. Mais, soudain, il tomba en arrière et sa nuque heurta le sol. En quelques secondes, son corps se raidit comme s'il avait été frappé par la foudre. Ses membres se mirent à tressauter, martelant le sol comme de grosses gouttes de pluie pendant une averse torrentielle. Les détenus se rassemblèrent sur-le-champ, poussant des cris et applaudissant comme si l'on célébrait une grande fête. Puis ils tournèrent autour de lui, entonnant à l'unisson la chanson d'une pub pour des bonbons : « Joyeux, joyeux bonbon sautillant ! »

C'est alors que je réalisai que Wan Li souffrait d'épilepsie.

Au milieu de ce vacarme, Wang Er jeta une chemise à cette foule tapageuse en criant : « Couvrez-lui la bouche avec ça ! » Il était déjà trop tard. De l'écume blanche suintait du coin de ses lèvres. Une odeur âcre nous agressa les narines. Un détenu attrapa la chemise de Wang Er et en enveloppa le visage de l'Épileptique. Mais ce dernier se mit à en mâcher les manches. Craignant qu'il ne les avale et s'étouffe, Wang Er ordonna au détenu de saisir la chemise par le col et de tirer de toutes ses forces. Finalement, il fallut cinq personnes pour extraire les bandes de tissu qui obstruaient sa bouche.

Les yeux de l'Épileptique se révulsèrent ; la convulsion dura quelques minutes de plus, puis il laissa échapper un souffle violent, suivi d'une bouffée nauséabonde. Ensuite, son corps se relâcha et il retrouva petit à petit son calme.

Je me pinçai le nez et observai le gardien sur le toit. Il grimaça et cracha un énorme glaviot qui alla s'écraser sur le sol de la cour. « La cellule refoule comme les chiottes ! » râla-t-il, se tenant le nez.

Je le suppliai de m'aider.

« Il n'y a personne alentour, répondit le gardien. L'odeur a fait fuir tout le monde. »

Plusieurs personnes éclatèrent de rire. Wang Er me fusilla du regard. « N'en mentionne pas un mot à l'officier. Ce n'est pas comme ça que je règle les problèmes ici, d'accord ? »

Ces paroles tintaient dans mes oreilles. Je me trouvais comme suspendu dans les airs, maladroit, sans savoir où atterrir. Les détenus reprirent leur travail et l'Épileptique s'endormit. Puis ce dernier s'assit dans un état d'hébétude avant de se lever pour marcher comme un somnambule. Une demi-heure plus tard, il se joignit à notre équipe de travail et prit les paquets de papier coloré pour les plier et les coller avec une frénésie démesurée. Quand il remarqua que je travaillais, il me somma d'arrêter.

C'est à contrecœur que j'abandonnai les paquets.

Cet incident me fit prendre pleinement conscience que je devais accepter le rôle que Wang Er m'avait attribué. Ce serpent, tapi sous sa couverture, observait soigneusement les moindres mouvements de ses sujets et se ruait sur quiconque osait empiéter sur son autorité. Quand un détenu politique, privé de toute autonomie, devait choisir entre un bandit et le gouvernement, le choix était vite fait. Je me retrouvai pris au piège d'un royaume invisible régi par le fer et le sang.

Quelques jours plus tard, je fis une tentative pour quitter l'équipe de travail et fonctionner en solo, mais mes coéquipiers me supplièrent de rester. « Je n'ai pas besoin de votre aide, sérieusement. Je préfère mourir de surmenage », dis-je. Mes remarques déclenchèrent une rafale de rires sincères. Le Ministre des Affaires étrangères se moqua de mon hypocrisie : « Tu parles comme un communiste. Je me demande si tu es un vrai prisonnier politique. »

Peu de temps après avoir recouvré la santé, l'Épileptique tomba entre les mains du nouveau policier chargé de nous surveiller. Il était surnommé « Liu-le-pervers ». Ce flic agissait comme un poète encore plus décadent que moi. Il était sentimental, misanthrope, distrait et imaginatif. Il était aussi sadique.

Un jour, Wang Er chargea l'Épileptique de monter sur les épaules d'un autre détenu, connu sous le nom de Nez-qui-coule, pour changer le canal par défaut sur le téléviseur. Liu-le-pervers les attrapa en flagrant délit et ordonna à la fois à l'Épileptique et à Nez-qui-coule de sortir leur langue et de lécher la matraque électrique. À la surprise de Liu-le-pervers, l'Épileptique en suça le bout comme s'il s'agissait d'une glace : son corps était immunisé contre les chocs électriques. Le policier fronça les sourcils. Il s'absenta puis revint avec les cinq Rouquins qui déshabillèrent l'Épileptique. Ils le plaquèrent sur le sol et lui enfoncèrent deux fois la matraque dans le cul. Il ne réagissait toujours pas. «Ton corps est un putain d'isolant !» grinça Liu-le-pervers en essuyant la sueur de son front. «La matraque te baise, mais tu ne lui rends pas la pareille.»

Frustré par cet échec, Liu-le-pervers apporta deux paires de menottes et attacha ensemble l'Épileptique et Nez-qui-coule. Ainsi un couple de siamois vit le jour dans notre cellule. Liées par les mains, les deux malheureuses victimes se faisaient face vingt-quatre heures sur vingt-quatre et devaient tout faire ensemble. Au moment des repas, l'un tenait le bol pendant que l'autre essayait de lui fourrer du riz dans la bouche. Quand l'un d'eux s'accroupissait au-dessus de la fosse des toilettes, l'autre restait en face de lui. À la fin de la séance de douche, chacun se penchait en avant avec les jambes écartées, en attendant que l'autre atteigne le bas pour essuyer les fesses de son partenaire. Comme on peut l'imaginer, les accidents étaient fréquents, donnant lieu à d'amères récriminations.

Les siamois servaient de divertissement aux codétenus. N'importe qui pouvait arriver par-derrière et leur filer des coups de pied aux fesses. Parfois, quand l'un des deux se retournait pour se défendre, l'autre se retrouvait étalé sur le sol. Le moment le plus embarrassant et malgré tout le plus drôle, ce fut un soir, vers minuit, lorsque l'Épileptique exhorta Nez-qui-coule à se lever pour pouvoir aller aux toilettes. On entendait le cliquetis des menottes. Ils marchaient comme deux villageois qui transportent une chaise à porteurs. À l'urinoir, ils s'aidaient l'un l'autre à déboutonner leur pantalon. Puis ils se soulageaient les yeux clos. Mais quand l'urine giclait sur leurs tibias et leurs pieds, ils se lançaient des regards foudroyants.

À un autre moment, un événement inhabituel survint. Un gros rat blanc s'était faufilé sous la couette des siamois et n'avait rien trouvé de mieux que de grignoter le pied puant de l'Épileptique. Ce dernier sursauta et se mit à hurler, entraînant dans son sillage son compère qui dormait comme un loir. Celui-ci se cogna violemment la tête contre le bord du lit. À ce moment-là, le rat s'élança aveuglément vers le bout du couloir, se retourna par deux fois, puis décampa. Avant que nous ayons eu la moindre chance de l'attraper, il avait filé.

La cellule fut plongée dans le chaos. Wang Er avait la phobie des rongeurs qui couinent. «Ce rat doit être la réincarnation d'un ancien taulard qui me haïssait», proclama-t-il. À terre, les «jumeaux» s'engageaient dans un corps à corps musclé. L'Épileptique essayait de soulever son pied pour regarder la morsure du rat. Rebuté et frustré par les tortures des dernières vingt-quatre heures, Nez-qui-coule cracha un gros glaviot qui atterrit sur le visage de l'Épileptique. Abasourdi, l'Épileptique leva le bras pour répliquer, mais son adversaire para efficacement son attaque. Les deux commencèrent alors à agiter leurs membres comme des adeptes du tai-chi qui pratiquent le «pousse-mains». Ni l'un ni l'autre n'étant capable d'avoir le dessus, ils eurent alors recours aux crachats et aux morsures.

Tandis qu'ils luttaient en haletant sur le sol glacial, les détenus se massèrent autour d'eux pour les encourager. Mais Wang Er leur ordonna d'arrêter. «Votre spectacle était grandiose. Ça suffit pour aujourd'hui. Nous continuerons demain», ironisa-t-il.

Cela faisait quatre jours que l'Épileptique et Nez-qui-coule étaient devenus frères siamois lorsque nous accueillîmes un nouveau transfert, qui débarqua les mains menottées dans le dos pour avoir violé le règlement de la cellule 7. L'imagination de Liu-le-pervers s'emballa. Il les attacha tous les trois ensemble et ils devinrent des triplés. Cette fois-ci, la plaisanterie sadique allait trop loin : le stress émotionnel déclencha une nouvelle crise.

L'Épileptique poussa un hurlement. Son visage se crispa et ses membres se raidirent. Comme son corps tremblait violemment, les deux autres tombèrent du lit et ils se retrouvèrent empilés les uns sur les autres, bouche contre bouche. Les deux triplés «en bonne santé» étaient terrifiés et gigotaient à genoux, réclamant haut et fort de l'aide. Quelques minutes plus tard, Liu-le-pervers apparut en compagnie du médecin. Mais l'Épileptique avait déjà perdu connaissance, même si son corps s'agitait encore vigoureusement, affalé près de ses partenaires qui sanglotaient, impuissants et couverts d'ecchymoses.

Le médecin retroussa ses manches. Il posa une main sur l'épaule de l'Épileptique et de l'autre pressa un point d'acupuncture situé sur sa lèvre supérieure. Le patient poussa un petit gémissement puis se détendit. Une mousse blanche s'échappa de sa bouche. De dégoût, le médecin retira ses mains et gifla violemment le visage souillé de l'Épileptique. Sa bouche s'ouvrit et un air malodorant en jaillit. Son ventre ballonné pendouillait. Le médecin se pinça le nez et dit à l'officier Gong : «Il va bien maintenant.»

Liu-le-pervers ôta les menottes des «triplés» dans un geste de bienveillance contraint. Les deux partenaires de l'Épileptique éclatèrent en sanglots. Ils transportèrent son corps flétri sur le lit et s'inclinèrent devant Liu-le-pervers en signe de gratitude. Ce sadique ne s'amusait plus. «Renoncez à ce rituel féodal!» dit-il avec rage. Wang Er haussa les épaules et lui souffla d'aller faire un tour hors de la cellule. «J'ai fréquenté la pègre pendant des années et je pense être un dur à cuire, dit-il, mais je n'arrive pas à la cheville de cette brute.»

Les jours suivants, je grappillai quelques informations concernant les antécédents de l'Épileptique. C'était un paysan qui avait été incarcéré pour meurtre sur la base de vagues allégations. D'après ce qu'il nous avait raconté, il avait été impliqué dans une dispute avec un ami à propos d'un timbre-poste. Cet ami, dans un moment de colère, avait frappé l'Épileptique au visage. En réponse, ce dernier avait ramassé une hache et lui avait porté plus d'une vingtaine de coups. Mais la brutalité des coups n'avait pas assouvi sa soif de sang. Il s'était précipité vers la maison de son ami dans le but d'y mettre le feu. Heureusement, son agitation mentale déclencha une crise d'épilepsie et il s'évanouit avant d'arriver à ses fins.

«Si tu joues la carte de l'épilepsie et que tu as une crise en plein tribunal, le juge t'épargnera la peine de mort.» Tel fut notre conseil. L'Épileptique prit cette suggestion à cœur et commença à s'exercer à la simulation.

Comme dit le proverbe, le bonheur attend toujours le survivant de la catastrophe. Les souffrances de l'Épileptique furent récompensées. Après son rétablissement, Wang Er le nomma chef de la classe inférieure, qui se composait de sept détenus paysans. Une fois l'annonce faite, Wang Er nous exhorta à faire don à l'Épileptique de vêtements d'hiver plus présentables pour faire de lui quelqu'un d'élégant.

«À compter d'aujourd'hui, tu mets officiellement un terme à ton existence de cul-terreux pour devenir membre de l'élite urbaine, le taquina le Ministre des Affaires étrangères. Agenouille-toi et remercie Papa Wang pour cette faveur.»

Accablé par toute cette gentillesse, l'Épileptique se prosterna devant Wang Er qui lui ordonna de jeter ses vieilles guenilles crasseuses.

La vingtaine naissante, l'Épileptique n'avait jamais occupé de poste officiel auparavant et il prit donc cette nomination au sérieux. Pendant deux jours, il observa Wang Er de loin, imitant, trait pour trait, son comportement et sa façon de régenter la vie des autres détenus. Puis il mit en pratique ses connaissances afin d'exploiter ses subordonnés. Pendant les heures de travail, il ne prenait plus la peine de coller ni de plier les paquets de médicaments, mais se contentait de montrer son poing et d'ordonner aux autres de travailler et de respecter les quotas. Celui qui osait s'opposer à lui en prenait pour son grade.

Un jour, au moment du déjeuner, l'Épileptique fit mettre en rang ses sept subordonnés et les emmena dans la cour. Ils se tenaient en cercle, attendant ses enseignements. «Nous sommes une grande famille et je suis votre père», dit-il en imitant Wang Er. Et il attribua un rôle à chacun: «Toi, tu seras ma femme; toi, le fils aîné; toi, le deuxième fils; toi, le troisième; toi, la fille aînée. Dans ce nouveau foyer qui est à présent le nôtre, nous devrons partager bonheurs et souffrances. Je veux que vous vous conformiez aux vertus traditionnelles et respectiez vos aînés.» Les membres de sa toute nouvelle famille lui lançaient des regards assassins, mais l'Épileptique les ignora pour continuer son monologue: «Papa a un plus grand estomac que vous et mangera au moins trois bols de riz. Cela signifie que vous aurez à vous partager cinq bols de riz. Assurez-vous d'en laisser un peu plus à votre mère et votre sœur. Nous devons respecter les femmes, d'accord ? »

Le mardi suivant, lorsque la viande fut servie, l'Épileptique garda par-devers lui les huit plats. Dès que ses subordonnés émirent une protestation, il les fustigea comme le faisait Wang Er :

« Ne salivez pas devant les plats de viande. Papa a eu quatre-vingt-quatre ans cette année et il ne lui reste plus beaucoup de temps pour profiter de ce monde. Les gars, vous êtes encore jeunes et vous aurez encore beaucoup d'autres occasions de déguster de bons petits plats.

– Frère Wan, ayez pitié de nous, s'il vous plaît, supplia un détenu. Ne mangez pas tout. Laissez-nous-en un peu. »

À ces propos, l'Épileptique entra dans une colère noire et il frappa la tête du détenu avec ses baguettes : « Va te faire foutre. Tu manques de respect à ton père. » Scandalisée par la cruauté et la cupidité de l'Épileptique, l'« épouse » lui asséna un coup violent au visage. Le nouveau tyran, qui était penché sur sa nourriture et n'avait rien vu venir, s'écroula sur le sol.

Heureusement pour lui, Wang Er intervint et tira l'Épileptique sur le côté.

« Tu les cherches ou quoi ? Si tu continues comme ça, ils vont finir par te tuer.

– Mais papa, je ne fais que suivre votre exemple, répliqua l'autre, le visage barbouillé de graisse de viande.

– Tu fais un bien meilleur travail que ton papa, répliqua Wang Er, sarcastique.

– Vous me flattez. »

L'Épileptique souriait comme un niais qui ne comprend pas qu'on se moque de lui. Agacé, Wang Er leva la main, mais son bras s'arrêta en plein vol. Au lieu de cela, il ravala sa colère et se força à sourire. «Beau travail, monsieur le contremaître.»

À ce moment précis, nous réalisâmes que l'Épileptique avait perdu les faveurs de Wang Er et que les ennuis allaient commencer pour lui.

Le lendemain, Wang Er fit équipe avec le Ministre des Affaires étrangères et Da Long, l'exécutant, pour lui régler son compte. Ils sortirent un jeu d'échecs chinois de sous le matelas. Le Ministre des Affaires étrangères invita l'Épileptique à entamer une partie, ce qui le ravit. À notre grande surprise, l'Épileptique se révéla être un véritable génie du jeu. Ce jeune paysan ignorant et arriéré avait gagné un championnat d'échecs chinois du comté dès l'âge de neuf ans. Dieu lui avait sans doute fait don de ce talent pour se faire pardonner de l'épilepsie dont il l'avait affublé.

«Nous n'avons pas d'argent pour parier, annonça Wang Er, arbitre autodésigné. Je veux que chacun d'entre vous mette en gage deux bols de viande comme dépôts de garantie pour vos pertes.»

L'Épileptique semblait revigoré, exalté. Il se tapota la poitrine et commença à se vanter: «Papa, si je gagne les plats de viande, je t'en donnerai un.»

Wang Er donna le signal et nous fîmes cercle autour des deux joueurs pour masquer la vue des gardiens qui faisaient leur ronde sur le toit. Le Ministre des Affaires étrangères, qui avait les pièces rouges, ouvrit la partie. Au bout de cinq minutes, l'Épileptique lui subtilisa son chariot. Alors que le Ministre des Affaires étrangères hésitait, l'Épileptique regarda autour de lui, anticipant sa victoire, mais il paya très cher ce bref moment de distraction.

«Mon cheval capture votre chariot. Échec!» jubila le Ministre des Affaires étrangères.

Les petits yeux de l'Épileptique s'écarquillèrent de stupéfaction : « Comment se fait-il que ces pièces aient bougé ? Où sont mes canons et mes chevaux ? »

« Tu as déjà perdu tes chevaux, intervint Wang Er, balayant son scepticisme. Accepte la défaite. »

« Non et non ! Quelqu'un a bougé mes pièces ! » L'Épileptique criait comme un enfant. « Je me souviens que mon cheval était ici ! Le chariot et le canon étaient sur la même ligne ! Mon éléphant était sur le point de prendre votre soldat ! »

Nous commençâmes à rire sous cape. Da Long, l'exécutant, avait déplacé les pièces à une telle vitesse que, moi-même, je ne m'en étais pas aperçu. Sachant qu'il risquait de froisser tout le monde s'il insistait, l'Épileptique accepta à contrecœur de jouer une seconde partie. Dès le début du jeu, il baissa la tête et ne lâcha pas des yeux l'échiquier. Le Ministre des Affaires étrangères subit rapidement de lourdes pertes. Sentant que l'Épileptique était sur le point de gagner, Wang Er tenta de le distraire avec une tasse de thé. Le génie des échecs avait retenu la leçon et refusa de quitter l'échiquier du regard. Il fut bientôt sur le point de gagner. La figure de Wang Er s'allongea.

Da Long eut une nouvelle idée. Il attrapa une serviette humide, l'essora et la remit à l'Épileptique. « Prends ça pour t'éponger la sueur. » Da Long essaya d'essuyer le front de l'Épileptique avec la serviette. Alors que l'Épileptique effectuait des mouvements de tête pour esquiver Da Long, Wang Er se pencha pour bouger prestement plusieurs pièces. Tout le jeu en fut changé.

En une demi-heure, l'Épileptique perdit quatre parties – la pire performance de toute son existence.

« Pendant un mois, pour te punir de toutes ces défaites, tu me laisseras ta viande, décida Wang Er.

– Je n'ai pas perdu ! L'Épileptique éclata en sanglots. Vous êtes sans pitié. Vous n'avez guère plus de conscience que des chiens.

– Je pense que tu as abandonné tes repas aux chiens, se moqua le Ministre des Affaires étrangères. Tes talents de joueur d'échecs ne valent pas un clou. »

Privé du droit de manger de la viande, l'Épileptique se retrouva bientôt dans une situation périlleuse. En automne et en hiver, les citrouilles, peu coûteuses et faciles à entreposer, devenaient le plat principal du centre de détention. Les cuisiniers les coupaient en morceaux et les jetaient dans l'eau chaude pour en faire de la soupe. Avant de nous servir, nous y ajoutions une pincée de sel. Cette soupe gluante, sucrée salée, sans aucune valeur nutritive, nous affaiblissait et provoquait des aphtes. Tous les jours, la cellule empestait la citrouille fermentée, dont l'odeur émanait à la fois de notre haleine et de nos matières fécales. Avec l'augmentation du prix du porc, la cuisine ne servait presque jamais de viande. La seule source de protéines se trouvait dans les quelques tranches de porc gras, de la taille d'un pouce, qu'on nous servait deux fois par semaine accompagnées de légumes sautés.

Comme il n'avait pas accès à ces précieux morceaux de viande, l'Épileptique se gavait, soir et matin, de soupe de potiron. Très vite, son estomac gonfla comme un tambour, et il fut torturé par de violentes diarrhées. Son corps s'affaiblissait. Au bout d'une semaine, il ne pouvait déjà plus marcher sans se tenir au mur.

Le jour des légumes sautés à la viande de porc, Wang Er emmenait les membres de la classe inférieure dans la cour où leur ancien chef mangeait seul. Les détenus se massaient autour de l'Épileptique, paradant avec leur bol de viande fumante. Tout en avalant le gras du porc, ils plissaient leurs lèvres huileuses pour envoyer des baisers à l'Épileptique et roter de plaisir. Ce dernier fermait les yeux et posait sa tête contre le mur. Une fois, il se mit à sangloter ; les larmes et le riz restèrent coincés dans sa gorge. Il commença à tousser violemment. Indifférents à sa douleur, les détenus dansèrent autour de lui avec leur bol à la main. L'Épileptique repéra furtivement un bol et tendit ses grandes mains. Il en attrapa un morceau et se le fourra dans la bouche. Il le mâcha vigoureusement et l'avala goulûment, les yeux grands ouverts semblables à des cloches en bronze. Les détenus fondirent sur lui. L'un d'eux beugla : « Ouvrez-lui la bouche ! » Quand un détenu lui enfonça une baguette dans la bouche, l'Épileptique mordit dedans et la brisa avec ses dents. Au final, il avala la viande et un quart de la baguette.

Non content de réduire la ration de viande de l'Épileptique, Wang Er lança une campagne de dénonciation calomnieuse contre lui, tout comme les autorités l'avaient fait avec d'autres petits tyrans incarcérés. Wang Er encouragea les victimes à se rebeller et à condamner ses crimes. Plusieurs prisonniers le dépouillèrent même des vêtements qu'ils lui avaient donnés un mois auparavant.

« Ce sous-vêtement est à moi, mais je le lui laisse », plaisanta un détenu.

C'était la fin de l'hiver. Un vent froid balayait toute la cellule. L'Épileptique grelottait dans un coin, les bras croisés sur sa poitrine. Il hurla à Wang Er :

« Vous m'avez dit de jeter tous mes vêtements. Je veux les récupérer.

– Tes vêtements sales sont depuis longtemps devenus de l'engrais pour les champs, répondit Wang Er.

– Vous... vous », balbutia l'Épileptique, les yeux révulsés.

Je m'avançai vers Wang Er pour essayer de l'empêcher de commettre l'irréparable : « N'en fais pas trop. Nous risquerions de jouer avec le feu, si tu vois ce que je veux dire. »

Wang Er suivit mon conseil et mit fin à cette farce avec une proposition «généreuse». «Bon, maintenant que ce tyranneau a admis sa culpabilité, Contre-révolutionnaire pense que nous devrions lui venir en aide par humanisme révolutionnaire.»

L'Épileptique réussit à mettre la main sur une chemise et un pantalon, mais cela ne lui tenait pas assez chaud. Quelques jours plus tard, je vis des engelures consteller son corps et suggérai alors qu'on lui procure une paire de chaussettes et quelques caleçons longs. Mais Wang Er se fâcha: «Tu souffres du syndrome de Stockholm, toi? Pourquoi ne le laisses-tu pas t'appeler papa?»

36

Le Nouvel An chinois

春节

En janvier 1991, je passai mon premier Nouvel An derrière les barreaux. Une semaine avant, tout le monde voulut écrire à sa famille.

Depuis la naissance de Miao Miao, Axia m'écrivait plus souvent, remplissant chacun de ses messages de nouvelles concernant notre petite fille, et y joignant toujours une grosse pile de photos. Ses lettres me donnaient la sensation que la prison n'était qu'une dépendance de notre maison. Dans celles que je lui envoyais, tel un martyr, je ne lui épargnais aucun détail de la vie carcérale.

Selon une règle implicite, chaque détenu recevait un morceau de papier pour écrire une lettre par mois. Il y avait dix-huit détenus dans notre cellule, et Liu-le-pervers ne nous fournissait qu'un stylo. Nous devions écrire à tour de rôle et lui rendre le stylo au bout de deux heures. Le morceau de papier était un formulaire de notification grand comme la paume de la main, utilisé par les détenus pour demander des vêtements ou de l'argent à la famille. Quelques années auparavant, quand l'envoi de courriers était prohibé, ce formulaire était le seul moyen pour les détenus de communiquer avec leur famille. Pendant mon séjour carcéral, les autorités relâchèrent leur contrôle en raison de la pression exercée par les pays occidentaux sur le gouvernement chinois pour améliorer la situation des droits de l'homme. Nous pouvions écrire au dos du formulaire, ce qui était suffisant pour une centaine de mots. J'arrivais toujours à en caser deux à trois cents. Axia devait me lire avec une loupe.

Pendant le temps imparti pour la rédaction des lettres, Wang Er m'obligeait à jouer le nègre pour les sept membres de la classe supérieure. C'était le seul moment où je pouvais m'exprimer en tant qu'écrivain et jouir d'un sentiment illusoire de dignité. J'écrivais avec frénésie dans l'espoir d'accomplir ma mission en une heure et de bénéficier de l'heure qui restait pour rédiger mon propre courrier.

Voyant que je n'aurais pas de temps à leur consacrer, les membres de la classe inférieure semblaient mécontents. Certains me priaient de les aider à remplir les formulaires destinés à leur famille. L'Épileptique, qui souffrait de ne pas avoir de vêtements d'hiver, demanda à sa mère deux manteaux en coton ouatiné, un pantalon en coton rembourré, et 30 yuans.

La veille du Nouvel An, le directeur et les responsables de la prison présentèrent leurs vœux par haut-parleurs. Le menu tant espéré fut annoncé à la fin d'un discours interminable et insipide : du 31 décembre au 4 janvier, un plat de viande serait servi à titre gracieux tous les jours. Pour le réveillon du Nouvel An, il y aurait huit plats pour chaque cellule, y compris du poulet et du poisson.

Refusant de manger aux mêmes plats que ses amis paysans, Wang Er mit au point une nouvelle stratégie pour répartir huit plats entre seize détenus. Il écrivit le nom des plats sur des petits bouts de papier et organisa un tirage au sort. J'obtins du porc-cuit-deux-fois, tandis que Wang Er et le Ministre des Affaires étrangères eurent droit à du porc à la sauce aigre-douce. Ils échangèrent leurs lots avec deux jeunes paysans qui venaient chercher des plats à base de poulet, mais préféraient le porc.

Au début du repas, les détenus se divisèrent en deux groupes : les citadins se rassemblèrent spontanément à une extrémité du lit alors que les ruraux firent cercle à l'autre bout. Ces derniers vidèrent rapidement leur assiette, puis se disputèrent quelques morceaux de porc gras. Dans mon groupe, nous bûmes de l'eau en guise de boisson alcoolisée et nous portâmes des toasts pour le plaisir. Le plat de poulet contenait deux cuisses, un mets traditionnellement très recherché. En tant que chef suprême, Wang Er, comme il fallait s'y attendre, prit l'une des deux et me laissa l'autre. « Contre-révolutionnaire, vous avez fait du bon boulot avec le courrier du Nouvel An, me complimenta-t-il en levant son verre. Bien que tu sois poète, tu n'as jamais pris de grands airs avec nous et tu ne nous as jamais regardés de haut, nous, la racaille. À ton avenir ! »

Flatté par ces gentillesses, je versai immédiatement de la soupe de poulet dans le bol de chacun et répondis humblement : « Nous sommes tous dans la même galère. Il n'y a ni rebut de la société ni intellectuel. Buvons à notre avenir ! »

Wang Er commençait à devenir sentimental. « Je fréquente la prison depuis l'âge de dix ans. J'ai partagé la cellule de nombreux condamnés à mort. À cette époque-là, le délai de réexamen pour un cas de peine de mort était assez court. Une fois qu'une personne était reconnue coupable, elle était exécutée sous dix jours. Pour éviter que les condamnés ne s'agitent, les gardiens de prison leur menottaient les mains et les pieds. Ils étaient si entravés de tous côtés qu'ils ressemblaient à de grosses boulettes de viande ; ils ne pouvaient ni se tenir debout, ni marcher, encore moins s'allonger. Un jour, je me suis lié d'amitié avec un condamné. Il voulait que je l'aide à se venger d'un ennemi qui se trouvait dans la cellule. J'ai été un peu con. J'ai fait ce que j'ai pu pour le transporter jusqu'à l'endroit où dormait son rival. Là, je l'ai posé sur la poitrine de ce dernier. Nous l'avons presque tué. Je n'avais que seize ans. Je pensais que si je tuais quelqu'un, j'échapperais à la peine capitale car j'étais mineur. »

Bientôt le vent se leva et envahit la pièce. Les restes de nourriture commençaient à refroidir. Nos épaules craquaient, frissonnaient. Ma Yun, un mort-vivant, se mit à sangloter : « C'est mon dernier repas de Nouvel An. »

Da Long, un exécutant, le consola. « Tu es le premier à y passer ; je suis le prochain sur la liste. Nous sommes tous les deux dans le même bateau. »

Le Ministre des Affaires étrangères protesta :

« Hé, ne gâchons pas la fête ! Plus tôt vous mourrez, plus vite vous vous réincarnerez. La graisse commence à se figer dans nos bols. Finissons nos plats.

– Allons nous allonger pour regarder la télé », proposai-je.

Une fois les plats desservis, Wang Er m'offrit une paire de jumelles fabriquées à partir de boîtes de dentifrice. À travers les trous d'épingle pratiqués sur ces cylindres de papier, je pus enfin voir pour la première fois des images nettes à l'écran. « C'est tellement précieux ! » Je le remerciai sans retenue.

« As-tu besoin d'autre chose venant de moi ?

– Rien ! »

Un groupe de détenus se faufila jusqu'à la porte pour fumer des cigarettes. Wang Er fumait sous sa couette ; j'eus soudain une idée de cadeau. « Et si je t'achetais un paquet de 555 ? »

Wang Er réfléchit quelques minutes et répondit :

« J'aime bien cette marque de clopes, mais il y a une règle chez nous les voleurs : pas de transaction pendant le Nouvel An, ça porte malheur.

– Peut-on faire une exception ? insistai-je.

– Une entorse aux règles risquerait de te porter malheur pour l'année à venir. »

Vers minuit, des pétards explosèrent au-dehors. La fumée pénétra les hautes murailles et vint flotter dans notre cellule, se mélangeant à la brume hivernale. Très vite, le calme régna de nouveau. Seules quelques explosions sporadiques, au loin, ponctuaient le silence. Wang Er sauta hors de son lit, nu comme un ver, et s'agenouilla en direction du nord. Il fit trois courbettes en sanglotant : « Maman, je te souhaite une bonne et heureuse année. » Puis il replongea sous sa couverture et se couvrit la tête.

Cet élan fut contagieux. Les autres détenus commencèrent à se prosterner en l'honneur de leurs parents et à verser des larmes. C'était comme si je déambulais dans une chambre funéraire. Le gardien donna un coup de crosse sur le sol et hurla : « Hé ho ! Calmez-vous un peu ! »

Ce tumulte nocturne finit par retomber. La nuit s'enfonça un peu plus dans les abysses. Les néons aveuglants rivés au plafond inondaient de lumière ce spectacle de désolation. Nous étions éreintés, mais personne n'avait envie de dormir. Nous nous enveloppâmes dans nos couvertures. Nos yeux étaient grands ouverts et chacun de nous était préoccupé par l'avenir. La lune traversait le ciel pour se rendre à l'ouest. Les gardes se déplaçaient dans la pénombre comme s'ils se promenaient dans la Galaxie.

37

La Hache 斧头

« Cellule 6, vous allez recevoir un nouveau colis ! » rugit une voix à l'extérieur. La porte en bois s'ouvrit et un homme costaud entre deux âges fit son entrée. Ses yeux fixaient vers le bas et il marmonnait tout seul.

« Surveillant, dit Wang Er en faisant un geste vers l'Épileptique. Tu vas lui apprendre notre règlement. »

L'Épileptique, transporté par le pouvoir qui lui était concédé, hocha vivement la tête. Il ramassa un chiffon et conduisit le nouveau venu jusque dans la cour.

« Tu vas essuyer et faire briller le sol à cinq reprises », lui ordonna-t-il. Lorsque l'homme se fut agenouillé, l'Épileptique se mit à lui coller aux fesses et à lui donner des ordres, en faisant de grands gestes fous avec ses mains.

« Assure-toi de passer dans chaque coin et recoin. Je veux que ce sol devienne aussi propre qu'un miroir, pour que tu puisses y regarder ton propre visage. »

Le nouveau venu lança un regard furibond à l'Épileptique, mais il serra les dents et commença à astiquer. Il eut fini une demi-heure plus tard, et se redressa en attendant de nouvelles instructions.

« Maintenant, viens par ici. »

L'Épileptique fit un geste en direction de notre cellule. Avant qu'il ait eu le temps de terminer sa phrase, le nouveau robot se précipita en avant et vint s'écrouler contre lui comme une locomotive à pleine vitesse. Le choc déséquilibra l'Épileptique. Pendant que celui-ci jurait et tentait de se relever, le nouveau venu lui passa par-dessus et se remit à astiquer en allant et venant. Nous pouvions l'entendre grincer des dents. Il ne tentait jamais d'éviter qui que ce soit. Au contraire, il lui passait carrément dessus.

Exaspéré par ce comportement rebelle, Wang Er fit signe à ses troupes qu'elles devaient donner une leçon au nouveau venu. Les détenus se précipitèrent aussitôt sur lui, en le traînant jusque sur le lit et en le boxant. Le nouveau venu se mit à rugir comme un tigre, avant de sauter sur ses pattes et de faire demi-tour comme un tank, lançant de grands coups de poing au hasard. L'un de ses coups m'atteignit au thorax, si bien que je me joignai au groupe.

Le nouveau venu était un sacré combattant. Il agitait ses bras en l'air dans tous les sens, maintenant ainsi ses agresseurs à distance. Da Long courut jusqu'à la cour et en revint avec une bassine d'eau glacée. Il la jeta sur le nouveau venu, qui se retrouva trempé mais s'ébroua rapidement pour se sécher. Personne ne pouvait le contrôler. Effrayés et sans défense, nous nous sommes mis à crier : « Au secours ! Il va tuer quelqu'un ! » Les gardes émergèrent péniblement de leurs rêveries. L'officier Yu entra dans la cellule et fila un coup de matraque électrique dans les côtes du nouveau venu, qui se recroquevilla de douleur avant de s'écrouler.

« Monsieur, c'est un forcené, s'étranglait Wang Er, d'une voix tremblante d'effroi.

– Tu viens de comprendre ça ? aboya Yu. Nous savons qu'il s'agit d'un forcené. C'est pour ça qu'on le colle dans votre cellule. »

À l'origine, cet homme travaillait dans la forêt à couper du bois ; n'ayant pas d'autre compétence que d'être habile à manier la hache, il était heureux d'être bûcheron. Un jour, sous le coup d'une impulsion soudaine, il prit la tête de sa femme pour du bois et la coupa en deux. La cervelle chaude lui éclaboussa les yeux et il redonna un coup de hache.

Imperturbable, le meurtrier parcourut plusieurs dizaines de kilomètres sur des chemins de montagne, en portant sa femme sur son dos, et se rendit à la police. Les policiers l'interrogèrent la nuit même, sans arriver à savoir pourquoi il avait agi ainsi. « Ma femme était maigre, elle ressemblait à une bûche, expliqua-t-il, et quand je vois une bûche, j'ai envie de la fendre. »

« Je suis maigre, pourquoi ne me fends-tu pas ? » demanda un policier en s'amusant. Le meurtrier, se moquant à son tour, se leva en disant : « Va me chercher une hache. »

« Interdiction de bouger ! » Le policier, alarmé, ne riait plus. « Demain, on t'emmènera à Chongqing faire des examens. »

* * *
*

Plus j'écris, plus c'est difficile, je manque de vocabulaire. Avant-hier, Meimei, notre petite sœur, a reçu un coup de téléphone anonyme nous avertissant que la Sécurité allait venir perquisitionner à la recherche d'*Intellectuels*, la revue *underground* que je dirige. Cette nouvelle perturbante a mis toute ma famille en émoi : mon père, âgé de plus de soixante-dix ans, a rassemblé les écrits que je possède dans un sac de jute, qu'il a attaché sur son vélo, et il est parti faire un tour de plusieurs heures pour échapper à une éventuelle filature ennemie. Moi aussi, j'ai gagné la rue discrètement, et je me suis occupé de téléphoner aux suspects concernés, en leur recommandant de fuir immédiatement.

Revenu à la maison, pour faire passer le temps, j'ai pratiqué la divination à l'aide du Yijing, mais les hexagrammes obtenus étaient contradictoires et je ne savais plus que croire. Le soir, Zhongzhong et Liu Xia m'ont téléphoné pour prendre des nouvelles, me donnant en plaisantant du «Vieux soldat» et se moquant, selon leur habitude, de mon embarras. Je me suis mis en colère: «Qu'est-ce qu'il y a de drôle?» Mais j'ai été le premier à rire. L'époque a changé: je peux faire face, en riant maintenant, à des circonstances qui m'auraient paniqué il y a quelques années. Comme je l'ai déjà dit à la police, je n'ai plus rien ni personne à dénoncer, et ils en savent beaucoup plus que moi sur des tas de choses. *Le Rocher rouge*, c'est de l'histoire ancienne.

La particularité de la société postmoderne, c'est la diversité des situations; ainsi, être en prison, c'est une façon parmi d'autres d'exister, tout comme chercher les ennuis en travaillant à la revue *Intellectuels*.

Écrire, c'est sortir le couteau rangé dans le fourreau de l'âme, regarder éperdu de tous côtés, et tailler en vain dans les ombres empilées qui t'écrasent. Tu n'as pas d'autre choix que de cacher ton couteau sous un rire et les autres n'y font même pas attention.

Rire, c'est une manière de se consoler, et ça te permet de ne pas passer pour un fou quand, dans un moment de vide, tu joues du couteau et du bâton. Quand le corps de quelqu'un gagne en robustesse, son monde intellectuel s'atrophie jour après jour; plus on agit, moins on écrit; mais toi, tu as déjà embarqué sur le bateau de l'écriture et tu ne peux plus en descendre. Un paquet de cicatrices en guise de souvenirs, et une œuvre qui bouillonne sans limites.

*
* * *

Après avoir maté le fou, l'officier Yu se retourna et prit le registre des prisonniers ; il en changea certains de cellule, puis commença l'appel du soir. Comme le voulait le règlement, nous étions répartis sur deux rangs, assis en tailleur face au mur et les mains dans le dos.

Nous devions répondre «Présent» à voix haute. Mon matricule était le 0-9-9, et celui du fou, par hasard, le 0-1-9. Vieux Yu l'appela trois fois de suite, sans aucune réaction de sa part. Dans un mouvement de colère, il lui jeta le registre à la tête. Le gars se redressa soudain et protesta :

«Je m'appelle La Hache, je ne m'appelle pas 0-1-9.

– C'est ton matricule.

– Mon matricule est La Hache.»

Vieux Yu en fut réduit à le traiter de tête de cochon.

L'appel fini, les prisonniers se mirent à discuter : «On a un épileptique, et puis maintenant un fou de la hache, ça va être chaud.»

Et Vieux Bai d'ajouter : «C'est la direction qui a peur qu'on tombe malades d'ennui.»

Da Long approuva : «On nous fournit des jouets vivants, quoi.»

Mais Wang Er ricana : «On ne sait pas encore qui se joue de qui.» Et il proposa que La Hache soit de service la nuit.

Le signal du coucher sonna à dix heures. La Hache resta debout sur le côté, l'air ahuri, et, quand le silence fut total, il alla timidement du côté de l'Épileptique et se coucha tout habillé dans le passage. Regardant du bord du lit, on les voyait avec les yeux révulsés, comme deux jumeaux attardés. Confusément, j'avais l'impression qu'un couteau était posé sur ma nuque, mais mes paupières étaient lourdes et je n'arrivais pas à ouvrir les yeux. Une lame froide m'entailla la peau, me coupant le souffle. Je tournai d'un coup la tête et distinguai vaguement la tête de La Hache pendue devant mon front, les yeux brillant comme neige. Je m'assis brusquement, le poil dressé, et criai d'effroi : « Tu fais quoi ? »

La Hache émit un bruit de cisaille et me laissa pour aller s'occuper d'une autre tête, profondément endormie, au-dessus de laquelle il dessina un rond de la paume de sa main droite.

Il me faisait peur et je secouai un vêtement dans sa direction. La Hache, surpris, regagna sa place et je continuai la nuit en flottant entre éveil et sommeil. Des néons grésillants coulait un sang blanc qui me gelait ; j'avais l'impression que nous avions été écartelés et que La Hache, tourné vers le ciel, jonglait des deux mains avec nos têtes.

Au petit matin, dès l'ouverture des grilles, je me précipitai dans la cour en slip et me versai une cuvette d'eau froide sur la tête, puis je m'habillai encore mouillé et me lavai les dents. La Hache me suivait comme mon ombre, restant derrière moi et m'imitant. Il m'angoissait. Mais, levant son pouce, il me dit : « Tu es le capitaine. »

Wang Er s'interposa :

« Et moi alors ?

– Tu es le mousse. »

Wang Er enrageait : « Le mousse ne te donnera pas à manger. »

Ce à quoi La Hache répondit en ouvrant de grands yeux :

« Je suis un marin !

– C'est bon, nous sommes tous des marins, dis-je pour ménager les deux. Tu as fait combien de jours de bateau ?

– Je suis encore sur le bateau.

– C'est bientôt le rivage, ajouta Vieux Bai. Dans peu de temps, on t'amènera devant un médecin légiste, et s'il dit que tu n'as rien, le bateau de ta vie sera rendu au port.»

Au petit-déjeuner, Wang Er, déployant ses méthodes de voleur émérite, mélangea une boîte de colle pour emballage pourrie dans le bol de soupe de riz de La Hache, qui l'avala sans se rendre compte de rien. Wang Er se marra discrètement et envoya des vauriens s'accroupir à tour de rôle au-dessus des latrines tandis que lui-même surveillait étroitement les mouvements de son ennemi. Environ deux heures plus tard, le gars, n'y tenant plus, regarda d'abord de tous côtés, puis, se courbant et se tenant le ventre, se précipita vers les toilettes. Wang Er, qui attendait cela depuis longtemps, cria d'une voix de stentor:

«Fais la queue pour chier! Le prochain, c'est moi!

– Pas possible, je ne peux pas me retenir, répondit La Hache, essoufflé.

– Nous non plus, on ne peut pas se retenir», dirent en l'imitant les prisonniers qui l'entouraient.

La Hache ouvrit grand la bouche et se mit à respirer fort d'un air menaçant. Les autres reculèrent de deux pas, avant de l'entourer à nouveau et de gémir ensemble: «Je ne peux pas me retenir!»

La Hache, tel un léopard en cage, fit deux allers et retours à côté des toilettes, s'arrêta soudain et se mit à transpirer à grosses gouttes. Mais l'Épileptique restait accroupi, plongé sans vergogne dans la lecture du *Quotidien du Peuple*.

«J'ai des fourmis dans les jambes! se plaignit-il d'un air guilleret. Et ça ne veut pas sortir.

– Grand-père, laisse-moi chier un coup, juste un coup.» La Hache suppliait en joignant les mains.

«Un peu plus de discipline et la révolution vaincra partout.»

Et les vauriens d'en rajouter: «La queue, la queue!»

« Je vais lâcher», annonça sur un ton larmoyant La Hache en baissant son pantalon. Sans plus discuter, il monta sur le bord, baissa son gros derrière et écrasa cette chose-là qui occupait les chiottes sans chier. L'Épileptique se retrouva coincé et fut arrosé par un flux sans fin de fèces liquides.

En tout, La Hache ne resta que six jours dans notre cellule. Le médecin légiste le reconnut schizophrène, lui épargnant la peine capitale. Mais il est difficile d'échapper aux accidents de la vie... La diarrhée persistant, le molosse de chair inébranlable se transforma en quelques jours en un tas de ferraille. Il ne pouvait plus faire trois pas sans s'arrêter, et l'Épileptique en profita pour lui asséner une dizaine de gifles avec sa cuvette en guise de paume, si bien que son ennemi, défiguré, tomba mollement par terre comme de la boue. Son tortionnaire applaudit, puis cria: «Quelqu'un se suicide!» En réponse, la porte s'ouvrit en grand, puis des Rouquins à l'allure menaçante saisirent La Hache sous les bras et le gavèrent de coups de matraque électrique.

38

La condamnation de Wang Er

王二被判刑

Après le départ de La Hache, notre quartier, qui avait été en ébullition, retrouva le calme. Saison des pluies interminable. Horizon borné. Chacun avait repris la position assise – jambes croisées comme des vieilles qui feraient de la couture – et s'activait, tête baissée, à fabriquer à longueur de journée des boîtes d'emballage. Dans la pièce, sans cesse, un bruissement de fond, comme celui des vers à soie grignotant des feuilles de mûriers. De la gouttière de la fenêtre du fond coulaient des filets de pluie, et, quand je m'ennuyais trop, il m'arrivait d'accrocher mon menton sur le rebord de la fenêtre pour observer les changements d'épaisseur dans ces filets d'eau. Je suis un balourd, tout comme le prisonnier décrit dans *Girafe*, le poème du Taiwanais Sang Qin, qui étirait de la même manière son cou, et répondait au gardien qui lui demandait ce qu'il faisait : « Je regarde le temps passer. »

Autour de moi, les prisonniers n'avaient plus aucune idée du temps qui passait. Wang Er en était encore à regretter de n'avoir pas pu goûter au résultat glorieux de son entreprise de soumission du fou lorsque tomba l'acte d'accusation le concernant : il était honorablement promu meneur d'une bande de voleurs.

« C'est le pompon », dit-il dans un rire sardonique, avant de se mettre à insulter les gardiens.

À l'époque, l'officier en charge des cellules, un nommé Tang, était une barrique à alcool. Ce vétéran du centre de détention n'était jamais monté en grade en raison de son faible niveau d'instruction.

Sa majesté Tang-le-pochtron arriva donc, et, sans un mot, menotta Wang Er dans le dos. Wang commença à crier en se disant innocent et se coucha dans la cour, en se laissant bourrer de coups de poing et de pied sans se relever. Tang-le-pochtron finit par se fatiguer de ce sport et, la casquette posée de travers sur son crâne, le provoqua : « Espèce de bâtard, tu tiens combien de pichets ? »

Wang Er répondit en gémissant :

« Officier Tang, je n'avais pas vingt ans quand j'ai commencé, ça fait des dizaines d'années qu'on se fréquente et tu ne sais toujours pas combien de pichets je peux boire ?

– Alors grouille-toi et debout !

– J'ai les bras foutus.

– On verra ça dans la cellule.

– Enlève-moi d'abord les menottes, et je rentrerai dans la cellule.

– Tu oses poser des conditions ? se fâcha Tang-le-pochtron qui appela du renfort.

– Attends. »

Wang Er se dépêcha de se relever.

« Je peux regagner la cellule, mais tu seras responsable s'il m'arrive quelque chose.

– Tu ne fais peur à personne, fils.

– Je me suiciderai.

– Si tu meurs, ça fera toujours un fléau de moins.

– Fais-moi confiance, je ne vais pas me tuer en m'assommant, plaisanta Wang Er. Je m'arrangerai pour qu'il y ait une grande blessure, j'aurai du sang plein la figure, je serai à moitié mort seulement, ça fera un bel effet de scène.

– Salaud», dit La Barrique en colère, en essayant de lui donner un coup de pied, mais Wang Er fit un écart et l'évita. Et il continua :

«Tu me connais ; je sais saisir les bonnes occasions pour foutre le bordel. Je suis un salaud, mais les policiers qui poussent les salauds vers la mort ne valent pas mieux.

– Nique ta mère, lâcha Tang-le-pochtron, découragé. C'est l'heure de boire pour moi, je n'ai pas de temps à perdre avec un tordu de ton espèce.»

Nous étions maintenant au début de l'été et Wang Er, allongé comme à son habitude sur le canapé en synthétique, comptait sur ses doigts les jours le séparant de la date d'audience. Rien ne pouvait plus sauver ce grand délinquant multirécidiviste. Par hasard, se déclencha alors une de ces campagnes hystériques bisannuelles de confession-dénonciation. Des fonctionnaires de la Justice rappelèrent avec force les principes du Parti lors d'une assemblée radiodiffusée et invitèrent chacun à avouer ou dénoncer des crimes pour gagner des mérites et alléger la liste des inculpations dont il faisait l'objet. Aussitôt on distribua dans les cellules un stylo à bille et une feuille de papier. J'étais ravi et je m'absorbai dans l'écriture d'un extrait de *Requiem* et d'un court poème que j'improvisai.

Wang Er s'approcha alors que j'étais en pleine inspiration :

«Toi, le contre-révolutionnaire, donne-moi une idée.

– Je suis à sec.

– Je veux sauver ma tête.

– Ah ? »

Je me retournai et scrutai son regard perplexe :

« Tu veux dénoncer, ou rendre ce que tu as volé ?

– Depuis l'hiver dernier je cherche un moyen de restituer ce que j'ai volé, mais mes copains dehors sont en fuite ou ailleurs, et je ne veux pas y mêler ma mère et ma femme.

– Tu as vraiment une famille ?

– Une famille très réelle. Ma femme et moi, nous étions voisins au début. Enfants, nous avons beaucoup joué ensemble, puis sa famille a déménagé. Nous sommes restés plus de dix ans sans nous voir ; elle avait déjà terminé ses études supérieures et avait été affectée dans une unité de recherche. Une histoire sentimentale classique, je t'épargne les détails. En résumé, le dieu du Ciel a voulu que nous nous rencontrions un jour dans la rue. Nous nous sommes mariés et nous avons eu une fille. Devant la mère et la fille, je me conduisais en homme respectable ; on était en bons termes avec les voisins, et je n'osais même pas beaucoup parler de peur de révéler sans le vouloir qui j'étais en réalité. En ce temps-là, c'était le bonheur, mais je me sentais aussi drôlement à l'étroit.

– Tu n'as pas pensé à arrêter de voler ?

– Si, j'y ai pensé. Mais avant de lever le pied, il fallait que je vole un maximum. Il faut de l'argent pour faire vivre une famille. Une fois, j'ai été surpris par une collègue de ma femme en train de voler dans un grand magasin. Alors là, ça a mal tourné : notre demoiselle de bonne famille et bien éduquée a laissé tomber le masque ; elle m'a poursuivi avec une brique dans chaque main. J'ai fui dans le centre-ville en passant par des ruelles et en me cachant derrière les voitures. Comme elle n'arrivait pas à m'attraper, cette furie a lancé les briques qui ont cassé la vitre d'une voiture et assommé le conducteur.

– Après, vous avez divorcé ?

– J'ai juré, en m'entaillant les poignets, de m'amender – comme on le voit au cinéma. Ma femme m'a emmené aux urgences et ensuite, comme un bon petit couple, nous nous sommes embrassés et avons pleuré ensemble.

– Je ne veux plus rien entendre.

– Bien, se résigna-t-il... Mais maintenant ma femme m'écrit encore tous les mois ; elle refuse l'idée de vivre seule. Elle est prête à emprunter de l'argent pour rembourser ce que j'ai volé.

– Ça ne servirait sans doute à rien. »

J'étais catégorique :

« Le droit chinois, c'est élastique. Les juges, selon qu'ils t'aiment ou te détestent, aggravent ou allègent comme ils veulent ta peine ; par exemple, pour un même crime, on peut être légalement condamné à une peine allant de cinq à dix ans, ou de dix ans à la peine capitale ; des circonstances atténuantes semblables sont une fois retenues, une fois écartées. Il n'est donc pas sûr qu'en remboursant, tu allèges l'inculpation. Il vaudrait mieux que ta femme essaie d'aller chez le juge lui rendre directement cet argent.

– Et si le juge prend l'argent et n'allège pas l'incrimination ?

– Là, il n'y aura rien à faire. En ce moment, ce sont les juges qui sont les plus corrompus.

– Alors je ne peux pas sauver ma tête ?

– Pour sauver ta tête, tu ruinerais ta famille, dis-je en riant méchamment. Et tu prendrais vingt ans de prison.

– Tu es cruel, remarqua-t-il en riant aussi, mais son regard se fit sombre. Je te laisse ma femme et l'enfant, elle est pas mal, tu sais.

– N'importe quoi.

– Moi, Wang Er, j'ai beaucoup bourlingué, j'ai tout fait et tout vu. Je sais que tu me méprises et que tu trouves que c'est dommage pour ma femme.»

Je reconnus que ce n'était pas faux.

«Il y a aussi d'autres choses qui feraient que tu me mépriserais encore plus. Pendant un certain temps, j'ai abusé des plaisirs. Je suis devenu impuissant, mais j'ai continué à aller au bordel avec mes copains. Une pute a osé se moquer, en disant que j'étais agréable à voir mais inutile; ça m'a énervé, et, du coup, j'ai mis le feu à ses poils pubiens. Une autre fois, j'ai pris une bouteille de bière et je la lui ai si bien enfilée que cette salope s'est mise à gigoter dans tous les sens.»

J'applaudis: «Voilà de belles histoires.»

Wang Er gonfla les joues:

«Tu es en manque de coups?

– Des coups sur les joues ou sur le cul?

– Pauvre con!! » cria Wang le Deuxième en m'attrapant par le col. Ceux de la bande de Da Long nous entourèrent immédiatement. Wang Er et moi étions nez contre nez, sans ciller.

«Il n'y a rien que moi, Wang le criminel, je n'ose faire!»

Il m'entraîna vers les toilettes et ceux de la bande se disposèrent spontanément aux alentours pour faire le guet. Le moment était critique, mais je lui dis doucement en soupirant: «Entre toi et moi, dorénavant, il n'y a plus rien.»

Les joues de Wang Er se crispèrent, ses yeux se remplirent peu à peu de larmes. Soudain, il me lâcha et se tourna vers un nouveau détenu surnommé Grand Port. Soulevant son genou, il bloqua ce pauvre gars dans un coin et, en quelques coups, lui déchira son pantalon; puis il le retourna et lui étala de la salive sur le trou du cul avant de le pénétrer en forçant et de se mettre à donner des coups de boutoir. Grand Port criait à chaque coup, des filets de sang lui coulaient à l'arrière des cuisses. Les autres prisonniers étaient pétrifiés de peur et j'avais mal comme si j'avais reçu un coup de couteau. Je m'effondrai en pleurs sur le bord du lit. Les lettres que j'avais reçues depuis plus d'un an de mes proches m'avaient souvent ému, cependant je n'avais jamais versé une larme. Mais là, je ressentais une fatigue insurmontable, j'étais transi d'une tristesse immense montant du plus profond de mon être.

Contrairement à toute attente, Grand Port tomba vraiment amoureux de Wang Er. Ils devinrent inséparables et déménagèrent leurs couches pour s'installer dans le passage. Grand Port ressemblait de plus en plus à une femme, marchant comme un mannequin en balançant les hanches, levant le petit doigt et minaudant comme une vraie tapette. Cela nous donnait à tous la chair de poule et eut aussi pour effet de rendre à nouveau Wang Er impuissant. Celui-ci mit fin à cette relation infernale par une claque retentissante.

39

Tentative de suicide

自杀未遂

Le mouvement enfiévré de confession-dénonciation dura une dizaine de jours avant de s'éteindre sur une victoire glorieuse. Pendant cette période était arrivé de la cellule 9 un grand échalas nommé Xie ; il paraissait malade, mais son regard brillant vous transperçait. Vieux Xie était diplômé d'un institut militaire réputé et comprenait deux langues étrangères ; il avait été le secrétaire de trois maires adjoints successifs et était en prison pour corruption et détournement de biens. L'officier Tang, qui espérait beaucoup de ce lettré maladif, avait porté lui-même son bagage, puis il l'avait désigné responsable de notre cellule, et avait annoncé qu'il n'était pas astreint au travail et avait droit au meilleur emplacement sur le lit – privilèges insignes.

Le calme régna quelques jours dans la cellule. Wang Er se levait même de son canapé, à la surprise générale, pour aller faire des boîtes. On se croyait en terrain miné avec Vieux Xie et chacun cherchait à l'éviter. Il s'approcha une fois de moi : « Chen Dong m'a chargé d'un message pour vous... »

Je restai silencieux et, avec tact, il retourna lire dans son coin. Son livre était une bible en format de poche ; c'était vraiment une chose inimaginable qu'en prison on soit autorisé à avoir une bible ! Il lisait en silence un paragraphe, puis fermait les yeux et une émotion intérieure lui rosissait parfois les joues. J'arrêtai de travailler pour m'appuyer contre le mur ; l'imitant sans m'en rendre compte dans son effort de concentration, je me sentis ramené sur la scène de tournage de *Requiem*. Nous étions comme deux idiots – ou deux moines des rues. Montait en moi une envie de me donner en spectacle, exactement comme alors.

* * *
*

On est tous des immigrés sur cette planète, et notre corps est la tombe de l'âme. Cependant on ne se suicide jamais pour fuir cette condition, car nous appartenons tous à Dieu… Quand nous sommes perdus, la bergerie de Dieu se montre à nouveau au loin. Les orages sont comme autant de tendres coups de fouet donnés sur des dos courbés… comme autant d'empreintes saintes et naturelles.

*
* * *

Vieux Xie arracha un bout de lamelle de bambou de sa natte, réfléchit un bon moment, avec sa petite arme tranchante à la main, puis traça une croix sur son majeur. Avec le sang qui perlait, il écrivit sur une page blanche à la fin de la bible les lignes que l'on vient de lire. Le temps s'était figé, j'étais aspiré par lui dans une sorte d'hallucination, sur une scène intemporelle où épaule contre épaule, nous nous donnions la main.

Loin de la foule des détenus, nous étions nos propres spectateurs.

Quand la nuit fut venue, Wang Er et moi discutions au sujet de Vieux Xie. Il me dit :

« Vous êtes des intellectuels tous les deux, je peux comprendre. Je crains juste qu'il s'agisse d'un infiltré.

– Auparavant, tu as cru aussi que j'en étais un. »

Wang Er resta un moment silencieux, puis reprit en plaisantant : « Bien, commissaire politique, tu te chargeras des relations avec lui. Il y a une condition : qu'il ne se mêle pas des affaires internes à la cellule. »

La sonnerie du coucher retentit, les détenus se dépêchèrent de s'allonger, mais Wang Er laissa sa tête appuyée contre le bord du lit, me mettant en garde contre l'arrogance des rats de bibliothèque : « La philosophie de la lutte... »

Je n'entendis pas la suite car un cri avait éclaté du côté de la fenêtre du fond : « 0-9-9, debout ! »

Je me dressai d'un bond, tandis que Wang Er rentrait la tête dans sa carapace.

« Tu bavardes pendant le repos ! » L'officier de service, Vieux Yu, m'ordonna d'aller devant la grille et d'y rester debout deux heures en punition.

J'acceptai ma malchance et je me contentai de demander, en serrant mes bras déjà glacés contre moi :

« Officier Yu, je voudrais m'habiller.

– Refusé !

– Je suis enrhumé, je crains les courants d'air.

– Tu continues à m'ennuyer. Enlève ton slip ! Comme ça, tu auras ton compte de courants d'air.

– Tu ne dois pas attenter à ma dignité.

– Les délinquants ont une dignité de zob.

– Tu m'insultes ? Tu es un gardien du parti nationaliste ou du parti communiste ? À moins que tu n'aies servi les deux du temps de leur collaboration ?

– Je serais du parti nationaliste ? »

L'officier Yu fulminait.

« Attends voir ! »

Quelques secondes plus tard, la porte s'ouvrait en grand : « 0-9-9, dehors ! »

Les détenus sortirent la tête de leur couette, l'air impassible, et moi-même, je bombai stupidement le torse et levai la tête, tel un imbécile se rendant tranquillement sur le lieu de son exécution.

Un groupe de Rouquins me força à me courber et m'emmena à la salle de garde. Là, l'officier Yu ordonna en criant qu'on apporte les matraques électriques, les fers et la corde. Un autre officier, un nommé Bai qui ressemblait à un cochon gras et rebondi, était allongé pieds nus sur un banc près de la porte d'entrée pour prendre l'air ; il dit d'une voix grinçante :

« Faire ça par une chaleur pareille, vous cherchez la mort !

– Lève-toi pour maigrir, Petit Bai, le taquina Vieux Yu. Il fait à peine vingt degrés et quelques et tu as chaud comme ça.

– Quand je vois ces choses-là, je transpire. »

Le cochon rebondi se retourna du côté de la nuit étoilée. L'immense velours céleste couvrait la ville ; une paire d'ailes, et hop ! l'envol vers un lointain ailleurs. Quel dommage que l'homme ne soit pas un oiseau, même si l'imagination de certains poètes les porte plus haut que le vol d'un oiseau.

Sans que je puisse me justifier, on m'appliqua la matraque électrique ; c'était comme si des griffes tranchantes m'entaillaient sans répit les ailes. Finie l'illusion de voler, je me dissolvais dans une marmite brûlante. Quand on me plaça deux matraques sous les aisselles, je me mis à sauter de façon incontrôlée, comme un nain désarticulé. Ma bouche était grande ouverte, une bouche de grenouille que je ne parvins pas à fermer pendant un long moment et, quand j'y arrivai, mes oreilles entendirent et mes yeux virent une multitude de bouches de grenouille qui rigolaient en coassant. Des grenouilles brillantes comme des étoiles entraient en sautant les unes après les autres et se changeaient en Rouquins et en gardiens ; partout, dans la prison et à l'extérieur, dans le vaste univers, résonnait l'écho des coassements. Ma peau trempée de sueur quitta mes os et vint s'étaler comme un mur devant mes yeux ; le bout de mon nez touchait des pores distendus que je sentais rire, des bouches partout avec des gouttes d'eau suspendues ! J'étais le résidu d'aliments tournés et retournés par une langue invisible. Je ne voulais pas être avalé et digéré, je tendis la main pour dire « Non ! »

Mains menottées dans le dos, je m'ébrouai comme un lion ; je me rendis confusément compte que j'étais à genoux, penché vers le sol. Je raidis peu à peu mon cou, voulant redresser ma tête qui pendait. L'officier Yu, magnanime, posa la matraque et me releva : « Voyons fils, ne te prosterne donc pas si bas ! »

Je répondis en soufflant comme un bœuf :

« Officier Yu, ni ressentiment ni haine entre nous.

– Je ne suis pas rancunier. Si un fils ne respecte pas son père, c'est la faute du père, et moi, je suis ton responsable. »

Encore des coassements, une explosion de moqueries collectives ; j'enrageais de ne pas avoir de trou dans lequel m'enfoncer. Mes tempes tressaillaient, j'entendais le sang couler dans mes artères et mon cœur battre ; mon corps en guerre était pilonné sans relâche. Je reculai instinctivement, tremblant, jusqu'à ce que, tel un ressort comprimé, je bondisse et me jette sur un mur situé à plus de deux mètres de moi.

Dans ma vie, j'ai souvent écrit sur le thème des accidents de la route… La vitesse est soudain brisée et on dirait que le soleil est abattu par une tronçonneuse. Après un moment d'euphorie supersonique, un sang noir jaillit. Ce soir-là, mes membres entravés ont atténué la force du jet. La porte des enfers s'est mise à vibrer légèrement, mais elle est restée impénétrable. Cette première tentative de suicide s'est produite si soudainement, comme une inspiration fulgurante… Avant que j'aie eu le temps d'y penser, et peut-être d'en savourer les perspectives finales, c'était déjà du passé.

À ma grande honte, le choc ne m'a même pas assommé. Mon geste héroïque pour préserver ma dignité par la mort se transformait en une farce méprisable. Le docteur de la prison vint soigner mes blessures et arrêter l'hémorragie. L'officier Yu s'éloigna de la scène avec un air de dédain, pendant que son collègue Bai crachait sur le sol avec dégoût et commentait : « Nous faire le coup du suicide ? Ça ne prendra pas. Il y en a bien d'autres qui ont tenté l'aventure avant toi. »

Même les Rouquins désabusés y mirent leur grain de sel. « Qu'un prisonnier politique nous fasse un coup aussi dégueulasse. Pathétique ! »

Leurs remarques m'ont énervé. « Vous avez raison ! Mais je vais jouer ce jeu-là jusqu'à ce que je gagne la partie ! »

Les officiers et les gardiens se remirent à me boxer. Une fois que les Rouquins eurent calmé leur rage, l'officier Yu revint et me prit par le menton.

« Espèce de bâtard ! Regarde-toi plutôt dans le miroir. Tu parles de dignité ? Ça coûte combien de la livre ? Je pourrais t'enfermer au cachot, comme je fais d'ordinaire avec les autres bâtards de ton espèce. Comme nous disons en Chine, une petite lente n'est pas assez costaude pour retourner un gros duvet. Tenter le suicide pour éviter la punition ne te rapportera pas un clou.

– Bon, d'accord, je ne suis qu'une merde. Mais cette crotte n'a rien fait de mal, et tu l'as punie pour rien. Si tu ne veux pas enlever les menottes à la merde ambulante que je suis, pourquoi ne pas la tuer tout de suite ?

– Ta gueule ! Retourne dans ta cellule. Je te parlerai demain.

– Je n'y retournerai pas avant que tu m'enlèves les menottes, ai-je insisté.

– Si tu refuses, quelqu'un te traînera jusque-là.

– D'accord. Et tu récupéreras mon cadavre demain matin, menaçai-je.

– Tu ne connais vraiment pas la honte, répondit Yu.

– Je n'ai même plus envie de vivre à l'heure qu'il est. Qu'en ai-je à faire de ma honte ?

– Tu n'as qu'à passer la nuit ici, aussi longtemps que tu veux, rétorqua l'officier. Le froid de la nuit t'éclaircira les idées. Nous, on va se coucher.

– Vous êtes de garde ce soir. Vous n'avez pas le droit d'aller vous coucher.

– Mais quel détestable fils de pute ! » hurla l'officier Yu en levant le poing vers moi. Il s'arrêta à mi-chemin, puis secoua la tête et grimaça, dérouté :

« Vieux mendiant. Je te laisse la victoire ce soir.

– Je ne suis pas un vagabond. Je tente de recouvrer ma dignité.

– Tu as la dignité d'un clébard, c'est tout ce que je comprends. Qu'est-ce qu'on va faire de toi ? » L'officier Yu fit signe à un Rouquin de m'ôter les menottes.

Je retournai en triomphe dans la cellule. Les détenus avaient tous entendu le chambard. Ils m'entourèrent, tâtant mes blessures au front. Wang Er me fit le signe de la victoire en levant le pouce vers moi et en me félicitant :

« Contre-révolutionnaire, je ne te savais pas si bon acteur !

– Je ne jouais pas la comédie. J'étais réellement désespéré.

– Je n'en crois pas un mot », rétorqua Wang Er, en me lançant un sourire de connivence. « Ta blessure se situe juste au milieu du front, qui est la partie la plus solide du crâne. Tu devais t'en sortir au pire avec une coupure et quelques jours pour en guérir. Vous autres, sortis des écoles, vous savez si bien tromper votre monde ! Tu es parvenu à te retrouver en sang sans te provoquer de vraies blessures. »

Vexé de la façon dont il minimisait ma tentative de suicide, je commençai à m'énerver.

« Je te jure que c'était pour de bon. Et si je mens, tu peux demander à un de ces impérialistes d'Américains de me la foutre dans le cul. »

Mon plaidoyer vulgaire et désespéré provoqua quelques rires bienveillants, mais ils refusaient tous de me croire.

« Alors, dis-moi, comment faut-il s'y prendre pour se tuer pour de bon ? » demandai-je.

« D'abord, tu trouves un angle aigu dans le mur et tu te frappes la tempe », dit Da Long, autre vétéran de la prison, qui prolongea son conseil par cette explication :

« La tempe est l'un des points les plus sensibles du corps. Il est même facile de la faire exploser en y plantant une baguette. Et si tu la fracasses sur une surface tranchante, la cervelle s'en échappe.

– Le contre-révolutionnaire peut maintenant postuler pour un diplôme d'État de l'université carcérale », ajouta le Ministre des Affaires étrangères qui s'était joint à la conversation. « Lui, c'est le tonnerre, mais pas la pluie ! Il sait exactement où se cogner la tête sans s'abîmer le cerveau. Félicitations pour ta première tentative de suicide ! »

Toute la cellule fit semblant de porter un toast à ma santé.

Je me retournai, prêt à attaquer le Ministre des Affaires étrangères pour lui faire la peau, mais le vieux Xie enjoignit à tout le monde de faire moins de bruit. Nous avons saisi le danger et nous nous sommes tous jetés au lit. Le gardien passa devant la lucarne comme une apparition. L'épuisement finit par dissoudre progressivement ma colère, mais l'humiliation et la tristesse insidieuse que cette tentative de mettre fin à mes jours avait déclenchée restèrent au fond de mon âme pendant des années.

想象的宴席

40
Le festin imaginaire

Dehors, une interminable pluie acide continuait de tomber, comme une pièce de théâtre monotone. Les journées ensoleillées semblaient aussi rares et brèves qu'un entracte. L'été approchait. Nous avions appris par l'organe officiel du Parti, le *Quotidien du Peuple*, que de graves inondations avaient frappé les provinces de l'Anhui et du Jiangsu, forçant les paysans à abandonner leurs champs pour battre en retraite vers les collines. À longueur de temps, la direction de la prison nous faisait clairement comprendre que, malgré ces difficultés, le Parti et le peuple avaient encore la bonté de nous offrir le gîte et le couvert, alors que nous étions la lie de la société. Il était donc de notre devoir de nous serrer la ceinture et d'exprimer les remords des criminels que nous étions et notre gratitude à l'égard du Parti et du peuple.

Nos rations alimentaires, pourtant déjà bien maigres, furent par conséquent réduites. Nous n'avions droit à du porc que deux fois par semaine. J'élaborai rapidement une manière toute spéciale de savourer pleinement ces précieux morceaux de viande. Pour commencer, je triais consciencieusement les lambeaux de porc en les mettant de côté. Ensuite, je m'attaquais aux légumes et au riz et les engloutissais à toute allure. Puis je rinçais bien ma bouche et lavais mon bol et mes baguettes. Enfin, je reprenais les tranches de viande que j'avais précédemment épargnées et les déposais par petits bouts dans ma bouche, l'une après l'autre. Je mastiquais bruyamment, comme une vieille dame édentée mâchant un bonbon mou. Ma bouche à l'ouvrage, je ne laissais pas pour autant mon nez au repos : j'inhalais avidement le fumet de la viande.

À la même époque, je cessai mes exercices de gymnastique quotidiens pour économiser mes forces. Lors du déjeuner, je m'asseyais à côté du Vieux Xie avec qui je m'étais peu à peu lié d'amitié. Les yeux cernés de noir, nous avions l'air d'antiques vestiges récemment sortis de terre. Un jour, à l'heure du déjeuner, le Vieux Xie refusa de toucher à la soupe de potiron. Stoïque, il se mit simplement à regarder dans le vide. Je levai mon bol et essayai d'attirer son attention en engloutissant ma soupe d'une seule traite, comme si j'avalais une mixture d'herbes médicinales amères.

Wang Er se joignit à nous et nous tira de notre torpeur avec des nouvelles intéressantes : « Je viens de demander au cuisinier pourquoi les portions du déjeuner étaient si petites. Il m'a dit qu'on allait être gâtés pour le dîner. »

L'excitation était palpable. En reprenant le travail l'après-midi, nous eûmes du mal à nous concentrer. Dans la lumière terne, le Ministre des Affaires étrangères se hissa sur la pointe des pieds devant la fenêtre et tendit ses mains au-dehors. « J'arrive à toucher la pluie ! » cria-t-il fébrilement avant de rapidement se lécher les doigts. « Elle est grasse et salée ! »

« Il doit pleuvoir du bouillon, maintenant, plaisanta Wang Er. La Bible ne dit-elle pas que Dieu est un chef cuisinier bien portant ? »

Le Vieux Xie n'était pas baptisé, mais il tirait son inspiration de la Bible, dont un ami lui avait donné un exemplaire avant son arrestation. Il baissa la tête et murmura dans une prière : « Dieu, pardonne-nous notre ignorance et nos blasphèmes. »

Le Ministre des Affaires étrangères suivit l'exemple du Vieux Xie et s'inclina. « Dieu, si tu me donnes de la viande, tu feras de moi un croyant. »

La journée de travail prenait fin à cinq heures. Après nous être lavé les mains, nous nous assîmes avec impatience sur les lits. « On dirait les survivants d'une famine », nous taquina Wang Er.

« Alors, Monsieur Je-sais-tout, on mange quoi ce soir ? demanda Da Long, l'homme de main, en s'adressant à Wang Er.

– C'est top secret, j'ai pas le droit de le dire, répondit Wang Er à voix basse, en prenant des airs d'espion.

– Je pense qu'on aura des beignets au porc à la vapeur, lança le Ministre des Affaires étrangères en se pourléchant les babines. Quatre par personne.

– Ça ne me dérangerait pas si les beignets étaient fourrés aux légumes, interrompis-je. Si c'est accompagné d'un bol de soupe de choux chinois, ce serait le paradis.

– Si ça pouvait m'épargner ma condamnation à mort, je te donnerais tous mes beignets, dit Wang Er. Je suis prêt à me couper une jambe, à la débiter en petits morceaux et à les mettre dans la farce des beignets.

– Ça, c'est ce que j'appelle un héros désintéressé », commenta Da Long. Nous applaudîmes tous à sa générosité.

Le dîner tant attendu finit par arriver et notre excitation s'évanouit en un clin d'œil. Le festin se résumait en fait à des patates douces cuites à l'eau, deux par personne – une grosse et une petite. Lorsque le cuisinier me servit les miennes, je sentis une odeur bizarre. En coupant la plus grosse, je vis que l'intérieur était pourri. À contrecœur, je la jetai. J'avais remarqué que le Vieux Xie avait reçu une racine de ginseng au moins vieille comme le monde, et la grosse patate douce de Wang Er donnait envie. La petite avait la forme d'un œuf.

Notre déception était indescriptible. L'Épileptique se couvrit la face et sanglota. Wang Er monta jusqu'à la clôture et insulta le cuisinier pour ses mensonges. L'officier de garde arriva et lui donna une nouvelle portion pour acheter son silence.

Malgré notre mauvaise humeur, les patates douces furent enfournées en un rien de temps. Après le dîner, le Vieux Xie exprima son inquiétude : « On dirait que les inondations sont pires que ce qu'on a pu lire. Si c'est ça, j'imagine qu'on aura droit à un régime de patates douces. »

Wang Er tomba soudain à genoux et se mit à prier. « Mon cher Dieu, s'il vous plaît, reprenez ce que le Vieux Xie vient de dire. » Puis il se tourna vers le Vieux Xie : « Ferme ta gueule pourrie, bordel ! Jusqu'à présent, aucune des bonnes choses que tu as prédites n'est arrivée, alors que toutes les mauvaises se sont réalisées. »

Heureusement, le Vieux Xie, de bonne composition, prit les insultes de Wang Er avec sérénité. Ce fut une longue soirée. Après l'appel du soir, tout le monde s'allongea, mais personne ne réussit à s'endormir. Quelqu'un proposa que nous partagions un festin imaginaire. Cette suggestion déclencha une discussion animée sur les plats raffinés. Tel un magicien, Wang Er enfouit sa main sous son oreiller pour en ressortir un paquet de chips bon marché aux œufs et aux patates douces, puis il interpella tout le monde : « On joue à des jeux, et celui qui gagne remporte ce prix. Tous ceux qui ont des choses à grignoter cachées dans leur sac ont le droit de jouer. »

Personne ne répondit à son offre. Wang Er menaça : « Je vais devoir lancer une fouille. »

Ses menaces produisirent des résultats. Quelques participants réticents apportèrent des bonbons, une dizaine de biscuits, et quelques nouveaux paquets de chips aux œufs et aux patates douces.

« On commence, lança Wang Er. La personne qui arrive à donner le nom d'un plat de luxe à la fois goûteux et unique gagnera tout ça. »

Le Ministre des Affaires étrangères se frotta les mains et fut le premier à se lancer. « J'ai envie de porc émincé cuit dans un bol d'argile. Ce plat contient des dizaines d'épices exotiques et d'ingrédients différents. »

« Je meurs d'envie d'avoir les Neuf Gros Bols, un ensemble de plats très connu dans nos campagnes », carillonna Grande gueule, qui avait été la « femme » de Wang Er dans sa prison précédente. Il se leva et s'employa à décrire les plats avec ses mains.

« Chaque morceau de porc est aussi gros que la paume. Il y en a de toutes les formes – des ronds, des carrés, des triangles et des tordus. Chaque bol de porc est cuisiné de manière différente : en ragoût, grillé, sauté, et à la vapeur.

– J'aime la fondue de Chongqing ! cria un membre âgé de la chambrée. On peut tout tremper dans le bouillon – poisson, crevettes, crabe, poulet, bœuf et porc.

– J'aime bien la fondue aussi, opina Wang Er. Mais je préfère le chameau grillé. Il faut vider les intestins du chameau et les remplir avec un cheval écorché. Ensuite, retirer tout ce qu'il y a dans le ventre du cheval et le remplir avec un agneau. Puis mettre des poulets dans le ventre de l'agneau et enfin des œufs dans les poulets. Après ça, il faut préparer une grosse casserole de sauce spéciale, pleine d'épices, et la verser à l'intérieur. Chaque niveau doit être bien scellé. Et on place le tout au-dessus d'un feu de bois pour le faire rôtir pendant des jours. Ce plat peut nourrir plusieurs centaines de personnes à lui seul. »

Nous salivions à cette description si évocatrice, et Wang Er tendit les mains pour s'emparer des prix, mais le Ministre des Affaires étrangères l'arrêta : « Ce que tu nous as décrit est un festin très connu des musulmans Hui. Aucun d'entre nous ne l'a déjà goûté. Je pense plutôt à quelque chose que tous les Han ont déjà goûté – un festin impérial avec des plats han et mandchous. »

Les mots du Ministre des Affaires étrangères furent accueillis par un silence total. Puis plusieurs prisonniers commencèrent à hocher la tête en signe d'approbation. « C'est ce qu'il y a de meilleur, et de loin », vota quelqu'un.

Voyant que nous approuvions son choix, le Ministre des Affaires étrangères s'inclina de tous les côtés en signe de remerciement et rejoignit Wang Er pour réclamer son prix. « Attends, dit l'autre, j'ai un autre plat – le Poulet pour les mendiants. »

Wang Er tenait les mains du Ministre des Affaires étrangères, pour l'empêcher de s'emparer des récompenses.

Plusieurs personnes riaient sous cape. Le Ministre des Affaires étrangères secoua la tête : « C'est un plat de fiction, qui vient d'une histoire d'arts martiaux. Si on a le droit d'utiliser des plats imaginaires, le concours va durer jusqu'à demain matin. »

Wang Er se gratta la tête et se défendit : « Ce plat existe dans la vie réelle. C'est un poulet entier mariné dans les épices et enveloppé dans des feuilles et de la vase. »

Personne ne répondit et Wang Er se tourna vers moi : « Toi, l'intellectuel, rends-toi utile ! »

« Combien de plats raffinés crois-tu qu'il a goûtés, cet intellectuel affamé ? » Le Ministre des Affaires étrangères était prêt à répondre à quiconque osait remettre en cause sa victoire.

Des murmures sonores parcouraient la cellule. Le Vieux Xie, qui partageait rarement ses pensées en public, s'éleva pour soutenir le Ministre des Affaires étrangères. «Aucun plat dans les cuisines traditionnelles de Pékin, du Shandong, du Sichuan et du Guangdong ne peut rivaliser avec le Festin impérial aux plats han et mandchous.»

À ce moment précis, je ne pus m'empêcher d'éternuer.

Wang Er frappa le bord du lit. «Attendez, j'ai pas encore perdu! Regardez, le Contre-révolutionnaire a l'air inspiré!»

Sous des regards attentifs, je m'essuyai le nez et prononçai d'une voix faible: «Le seau à ordures, dans les cuisines du palais impérial. Ce seau contient tous les mets délicieux que vous avez évoqués.»

Mes mots mirent fin au débat. Tout le monde applaudit à l'unisson, sauf le Ministre des Affaires étrangères. «On peut manger des ordures?» demanda-t-il avec scepticisme.

«Bien sûr qu'on peut», répondirent à ma place plusieurs personnes d'une seule voix. «Les restes de l'empereur sont la meilleure cuisine qui existe», ajouta une autre.

Le Ministre des Affaires étrangères se tut. Wang Er déballa ostensiblement un bonbon mou et me le tendit en récompense.

41
La cérémonie

仪式

À la fin du mois de juin 1991, Wang Er prit rendez-vous avec son avocat. Il revint environ une demi-heure plus tard, l'air désespéré. La police n'avait pas pu utiliser les informations qu'il avait données dans sa confession pour résoudre une affaire de vol de grande ampleur. «Mon avocat m'a dit que les chances que ma peine soit commuée sont faibles, gémit Wang Er. Je suis fini.»

Ces perspectives sombres exacerbaient son tempérament brutal. Il agissait comme s'il était le chef et organisait des matchs de boxe marathon, forçant tout le monde à y participer. Lorsque le match de boxe finissait par l'ennuyer, il s'amusait avec un jeu qu'il appelait «Descente sur le marché noir»: une personne devait rester assise les yeux bandés, alors que les autres prenaient leur tour pour le frapper à la tête. La victime devait identifier chacun de ses agresseurs. Si elle y parvenait, elle était libérée et une autre prenait sa place. Dans le cas contraire, elle devait subir une nouvelle série de coups.

Un nouvel arrivant, craignant que Wang Er ne le désigne pour lui infliger ses tortures, se présenta comme le garde du corps d'un des barons du gang Ax, une société secrète réputée. Son mensonge fonctionna et Wang Er lui épargna le rituel d'initiation. Mais, une semaine après son arrivée, les raisons de sa condamnation furent découvertes. Nous apprîmes qu'il avait été condamné pour viol et pour meurtre, et n'avait rien à voir avec le gang Ax. Furieux, Wang Er demanda à ses acolytes de suspendre le « garde du corps » par les pieds en lui mettant la tête dans les toilettes, pour l'obliger à avaler des excréments. « Cher garde du corps, commença-t-il en lui tirant les cheveux, maintenant que tu es plein de merde, va travailler. »

C'est à peu près à cette époque que Jin Hua, qui était en prison pour avoir participé au mouvement de protestation de 1989, fut transféré dans notre cellule. Comme le Vieux Xie et lui s'étaient liés d'amitié dans la cellule 9 et que tous deux connaissaient mon ami Chen Dong, un lien se créa entre nous trois.

Jin Hua avait été professeur d'arts plastiques en lycée et il adorait la littérature. En 1989, il était descendu dans la rue pour rejoindre le mouvement étudiant, mais il n'avait pas joué un rôle de premier plan. Après la répression de juin, il s'était enfui à Hong Kong pour y demander l'asile politique. Mais comme il n'était pas sur la liste des leaders étudiants les plus recherchés par le gouvernement, les fonctionnaires de l'immigration de Hong Kong l'avaient renvoyé en Chine. Il avait d'abord été détenu pendant trois mois à Shenzhen, puis renvoyé dans sa ville d'origine sous l'accusation de franchissement illégal de la frontière.

Un an plus tard, il avait été soudainement saisi d'une urgence d'écriture. Il rédigea un poème – une profession de foi politique en vers, pour être exact – qu'il appela « Commémoration du premier anniversaire de notre Tragédie nationale ». Il en imprima plusieurs centaines d'exemplaires et les diffusa dans Chongqing. Un jour, son insolence le poussa à pénétrer dans le bâtiment du gouvernement municipal.

«On m'avait dit que plusieurs officiels de haut rang devaient assister à une réunion importante. Je me suis glissé dans la salle de réunion avant qu'elle ne commence, nous raconta-t-il. Le personnel était trop affairé pour me remarquer. J'ai déposé une copie de mon poème sous la tasse de thé de chacun des bureaucrates, puis je suis sorti comme si de rien n'était. En rentrant à la maison, j'étais très content de moi. Cette nuit-là, j'ai rêvé que je m'enfuyais à nouveau vers Hong Kong, et que les autorités m'accordaient immédiatement l'asile politique.

– Que s'est-il passé ensuite? demandai-je.

– J'ai rempli un sac avec des copies de mon poème, dans le projet de prendre le train vers le sud. J'espérais pouvoir aller à Hong Kong une deuxième fois. Mais sur le chemin de la gare, j'ai remarqué que j'étais suivi. Je suis monté dans un bus, et les deux agents en civil m'ont imité. J'ai sauté du bus en marche avant qu'il n'arrive à la gare. Les agents ont essayé de me suivre, mais ils étaient bloqués. Le temps qu'ils descendent du bus, j'avais déjà réussi à monter à bord d'un autre. Je les voyais courir après mon bus. J'étais si fier de moi que je leur ai même fait le V de la victoire. Mais, dans les années 1990, peu de gens savaient que la police était déjà équipée de téléphones portables. Ils ont appelé un numéro, et d'autres agents m'ont cueilli à l'arrivée.

– Et ensuite?

– Ils m'ont attrapé et m'ont mis ici. Le pire, c'est que les agents qui m'ont interrogé étaient les mêmes que ceux que j'avais vus après ma première fuite à Hong Kong.

– Comme c'est bon de rencontrer un autre poète, lui dis-je en lui serrant la main. Nous sommes partout, hein? Tu pourrais nous lire quelques vers de ton pamphlet poétique?»

Le visage blafard de Jin Hua rougit. Il balbutia un ou deux vers puis s'arrêta. «Ce n'est pas terrible. J'ai écrit ça pour le premier anniversaire de la répression. Je sentais simplement que je ne pouvais pas rester les bras croisés et faire semblant de ne rien voir et rien entendre.»

Wang Er l'interrompit:

«Ne lis pas ton poème. Tout le monde s'en fout, ici. Ce grand contre-révolutionnaire s'en fout aussi. Il fait ça juste pour se moquer d'un petit contre-révolutionnaire comme toi. Qu'est-ce que tu sais faire, en dehors de la poésie?

– Je sais dessiner, osa timidement Jin Hua.

– Mais nous n'avons pas de plumes, dis-je.

– Je peux en fabriquer.

– Tu sais fabriquer des plumes? s'exclamèrent plusieurs détenus.

– Tu as du talent, dit Wang Er avec admiration. Une fois que tu auras un crayon, tu pourras dessiner mon portrait?

– De quelle taille?

– Grand comme ça.»

Wang Er écarta ses mains au maximum en tendant ses bras à l'horizontale, puis au-dessus de sa tête. Voyant que l'artiste ne comprenait pas où il voulait en venir, il ajouta doucement:

«Tu sais, comme les portraits qu'on fait pour les commémorations des morts.

– Nous n'allons pas faire une commémoration, hein? réagit Jin Hua avec surprise. Je dessinerai un portrait plus petit, avec la pose que tu souhaites.»

Wang Er insista pour un portrait en grand. «Je veux l'avoir pour ma commémoration à moi!»

Nous restâmes interloqués. J'essayai de comprendre:

«Tu es malade? Tu as perdu la tête? On ne fait pas de commémoration pour une personne encore en vie!

– Quand je serai mort, je ne pourrai pas voir ma commémoration, répondit Wang Er avec calme. J'ai bien réfléchi à la question. J'en ai même eu des insomnies. Je veux avoir la même cérémonie de commémoration que celle qu'on fait pour un grand leader communiste.»

J'émis des réserves :

«Et le gardien ? S'il voit ça, il nous dénoncera.

– Je peux le faire taire en lui donnant mon beau pull. De toute manière, je ne le mettrai plus», répondit Wang Er, sûr de lui.

En pensant à sa demande, j'étais tout à fait conscient des risques encourus, mais je ne voyais pas de raison d'y résister. Jin Hua y adhéra également avec enthousiasme et proposa même que nous mettions en place un comité de commémoration funéraire, similaire à celui que le Parti avait instauré pour le président Mao. Je me portai candidat pour prendre en charge la tâche éminemment importante que constituait la rédaction d'un panégyrique et de télégrammes de condoléances.

Ce soir-là, après dîner, les préparatifs pour la cérémonie de commémoration de Wang Er battirent leur plein. Jin Hua prit une brosse dans un pot de colle que nous utilisions pour fabriquer les boîtes de médicaments. Par chance, c'était un vieux modèle de brosse. Jin Hua démonta soigneusement la poignée de bambou et récupéra quatre des petites tiges dont la brosse était formée. Puis il vida le corps des tubes de bambou et ajusta des «pointes» au bout de chacun à l'aide des tiges qu'il avait récupérées sur la brosse. Il passa un après-midi entier à ciseler ces pointes pour en faire des plumes. À la fin de la journée, nous avions quatre porte-plume, dont les extrémités permettaient de tracer des traits d'épaisseurs différentes.

Wang Er et moi élaborâmes une combine pour récupérer de l'encre. Lors d'une visite de routine du médecin de la prison, Wang Er s'érafla suffisamment la cheville avec un morceau de bambou pour que du sang coule de la blessure. Le Ministre des Affaires étrangères appela à l'aide. Le médecin, qui s'occupait d'un prisonnier dans la cellule d'à côté, nous fit attendre un moment avant d'arriver. Nous nous pressâmes autour de lui, pour lui réclamer différents types de médicaments. D'humeur égale, il octroya au compte-gouttes quelques boîtes d'aspirine et de médicaments traditionnels, ainsi que des comprimés digestifs, comme s'il était en train de distribuer des bonbons à des petits enfants. Le Ministre des Affaires étrangères se porta volontaire pour aider Wang Er à appliquer de la violette de gentiane, un bactéricide, avec du coton sur sa blessure. Pendant que le docteur parlait avec un autre détenu, Wang Er renversa délibérément la bouteille de violette de gentiane sur le rebord de la fenêtre. Le visage du docteur s'assombrit. Il s'empara de la bouteille vide et partit rapidement, laissant par terre une pile de boulettes de coton.

Le Ministre des Affaires étrangères épongea soigneusement la flaque de violette de gentiane avec le coton sur le rebord de la fenêtre, et confia le tout à Jin Hua, qui remplit méticuleusement les tubes des stylos avec les boulettes imprégnées de cette «encre». Et, avant l'appel du soir, Jin Hua présenta les quatre crayons au Comité de préparation des funérailles.

Le lendemain matin, Wang Er mit sa chemise blanche et un pantalon bleu marine. Cette panoplie le faisait ressembler à une star du cinéma hongkongais. Son visage était pourpre. À la demande du peintre, il changeait de pose. La session dura plusieurs heures. Jin Hua déchira plusieurs morceaux du papier qui emballait des cartons empilés le long du mur. Il dessina six croquis, mais n'était pas satisfait.

Un troupeau de codétenus à moitié nus se tenait derrière Jin Hua, à regarder béatement ce gentleman sur son trente et un. Wang Er prit un air amusé pour atténuer l'inconfort de la situation et demanda aux spectateurs de s'en aller. « On n'est pas au zoo, hein. »

Avant que l'obscurité ne tombe, Jin Hua, dur à la tâche, présenta un portrait aux dimensions classiques du « défunt », recevant les félicitations de tous, puis se rabattit sur l'éloge et les lettres de condoléances que j'avais composés, pour les relire. Pendant ce temps, le Ministre des Affaires étrangères et moi dirigions et arrangions les moindres détails de la cérémonie à venir.

Après une répétition générale le lendemain, nous étions fin prêts. Prenant des airs d'officiel gouvernemental, j'ouvris la cérémonie :

> *La cérémonie solennelle de commémoration pour le camarade Wang Er se tient dans la cellule 6 du Centre de détention municipal de Chongqing à quinze heures. Le cercueil [un carton enveloppé de tissu noir] est placé au centre du lit. Le corps du camarade Wang Er repose à côté du cercueil, sur un drap d'un blanc éclatant, symbole de la personne pure et droite qu'il fut. Le drapeau du parti communiste [un édredon rouge] recouvre le corps du camarade Wang Er, qui est entouré de fleurs fraîchement cueillies [une collection de pulls de toutes les couleurs]. L'orchestre militaire de l'Armée populaire de libération chinoise joue une musique funèbre [un petit groupe de détenus se tenait le long du lit, mimant des joueurs de trombone, de trompette ou de cor, tout en se pinçant le nez pour imiter le fameux air funèbre communiste], triste mais aussi entraînante.*

Quand la musique s'arrêta, le Ministre des Affaires étrangères se hissa sur la scène (il arrivait des toilettes et escaladait une pile d'édredons que nous utilisions en guise de podium). Et de sa triste voix de baryton il proclama :

Le camarade Wang Er, grand révolutionnaire prolétaire, stratège militaire et militant des causes sociales, enfant du peuple chinois, modèle reconnu de tous les pickpockets de la ville montagneuse mondialement connue de Chongqing, voleur et bandit également largement reconnu, est mort en un triste jour de 1991 de blessures par arme à feu dans un stand de tir du mont Geleshan à Chongqing. Il avait trente ans.

«Tu lis trop vite, bordel, grogna Wang Er de son lit mortuaire. Ralentis et arrête-toi après chaque virgule. Ta voix devrait être plus profonde. Essaie d'imiter la voix de Zhao Zhongxiang, l'animateur télé.

– Tais-toi !» criai-je au cadavre.

On entendait des ricanements dans l'assistance. L'éloge funèbre continua :

Dès son plus jeune âge, le camarade Wang Er a développé une passion pour l'argent, et il fut vite connu dans son quartier comme un chapardeur de haut vol. Au fil des ans, bien décidé à devenir quelqu'un, il affûta ses dons de pickpocket. La route vers la gloire ne fut pas toujours pavée d'argent facile et de belles femmes. Il entra et sortit du bureau de la Sécurité publique à de nombreuses reprises, et fut emprisonné dans un camp de rééducation. Mais le camarade Wang Er ne s'est pas laissé détourner. À quatre reprises, il s'évada ou tenta de s'évader de prison, renforçant ainsi nos atouts décisifs pour affronter la police et nous aidant à accumuler des montagnes d'expérience. Son ardeur à la tâche lui valut la médaille de «voleur légendaire» décernée par le gouvernement municipal de Chongqing.

La police connaît un gros manque d'effectif pour faire face à l'augmentation de la criminalité de ces dernières années. Le gouvernement a donc essayé de mobiliser les masses dans sa chasse aux criminels, et a lancé une «guerre populaire». En réaction à la nouvelle situation, le camarade Wang Er, inspiré par des films étrangers, présenta la théorie «les flics et bandits sont une seule et même famille». Il exhorta tous les groupes criminels de la ville à corrompre la police pour éviter l'affrontement direct.

Un proverbe dit: «Vous êtes condamné à croiser un fantôme, si vous ne voyagez que de nuit.» C'est malheureusement ce qui arriva à notre très cher camarade Wang Er, qui tomba dans une embuscade tendue par des agents secrets lors de la fameuse bataille de l'autoroute Chengdu-Chongqing. Il reçut plusieurs balles mais combattit jusqu'à la fin. Les montagnes et les rivières versent de chaudes larmes, et le chagrin de la nation tout entière est immense. Nous sommes ici aujourd'hui pour pleurer la disparition du camarade Wang Er. Au nom du Comité central du parti communiste, du Conseil d'État et de l'Assemblée populaire, je lui décerne à titre posthume les titres de président de l'association des pickpockets de la ville de Chongqing l'escarpée, président honoraire du Comité central du parti communiste et président honoraire de la République populaire de Chine.

Que l'esprit du camarade Wang Er vive à jamais!

À la fin de l'éloge funèbre, la troupe militaire aux nez pincés entonna l'hymne national chinois. Jin Hua s'avança pour lire les «télégrammes de condoléances» des dirigeants du monde entier. Le télégramme de Madame le Premier ministre britannique Margaret Thatcher déplorait:

« Choquée par cette terrible nouvelle. Le monde entier est profondément attristé. » Lee Teng-hui, président de Taiwan, se lamentait : « Je suis immensément chagriné de la disparition du président Wang, père de tous les voleurs de Chongqing. C'était un héros de l'anticommunisme et un pilier de notre société. » Le message du président des États-Unis, George Herbert Walker Bush, glorifiait Wang Er : « Pourquoi n'avons-nous pas pensé à l'envoyer en Irak pour voler la tête de Saddam Hussein ? »

De faux dirigeants chinois comme le secrétaire général du Parti Jiang Zemin, le Premier ministre Li Peng et le ministre des Affaires étrangères Qian Qichen parcoururent un à un le chemin jusqu'au lit pour rendre un dernier hommage. Ils entourèrent le corps du martyr et présentèrent leurs condoléances à la veuve tremblotante de Wang Er (un jeune paysan un peu effrayé, qui portait un bandana coloré et à qui on avait fourré deux bols dans la chemise pour lui faire une poitrine).

La cérémonie se conclut par une puissante interprétation de *L'Internationale*. Puis tous les détenus se tinrent autour du mort et s'inclinèrent à trois reprises.

« Vous avez oublié la révérence au début de la cérémonie. » La voix étouffée du garde, en provenance du toit, nous prit par surprise. « Et le portrait devrait être au-dessus du mort. »

« Putain, pourquoi est-ce que tu ne nous l'as pas dit plus tôt ? » Wang Er s'était redressé et criait.

« Monsieur le Président, j'étais tout à ma tâche de tenir la garde de votre cérémonie », répondit le garde, se mettant au garde-à-vous pour saluer Wang Er. Nous nous mîmes tous à rire. Le garde posa son arme et commenta d'une voix lasse. « Dans l'ensemble, c'était pas mal, mais le drapeau du Parti semble un peu déformé, vu d'ici. »

Deux semaines après ses «funérailles nationales», Wang Er fut reconnu coupable d'avoir dirigé un réseau criminel. Le tribunal le condamna à mort.

«Contre-révolutionnaire, nous allons bientôt nous quitter», me dit-il avec un sourire amer en ajustant les fers qui enserraient ses chevilles.

C'était une matinée irrespirable. Wang Er et moi étions assis à côté l'un de l'autre dans la cour. Les autres étaient en train de travailler dans la cellule.

«Pardonne-moi si je me comporte mal dans les prochains jours, continua-t-il.

– Déconne pas. Ils pourraient te transférer dans une autre cellule, où tu souffrirais encore plus, le sermonnai-je. J'ai rédigé un appel pour toi. Quelle que soit l'issue, nous devrions rester ensemble jusqu'au bout.

– Mon destin est entre les mains de Dieu, dit-il d'un air désespéré. Quand je déprime, j'ai envie de faire subir la même chose à quelqu'un d'autre, pour partager ma souffrance.

– Tu as déjà martyrisé tout le monde dans la cellule. Le jour où je serai libéré, j'irai voir ta fille. Que veux-tu que je lui dise?

– Ce que tu veux.

– Je ne pense pas que les êtres humains puissent se transformer véritablement en animaux. N'essaie pas de me prouver le contraire, repris-je. Ne retourne pas toute la cellule contre toi, ne les laisse pas te détester avant ta mort.

– Mais je n'ai pas envie de mourir. Je n'ai vécu que trente ans. Je voulais rester plus longtemps sur cette terre.

– Pour passer toute ta vie dans un camp de travail? À quoi bon?

– Je peux risquer ma vie et m'évader, ou bien je me range et je purge ma peine, médita-t-il. S'ils me laissaient en prison pendant vingt ans, j'aurais cinquante ans à ma libération. Je pourrais encore trouver une femme.

– Tu es donc prêt à souffrir vingt ans pour retrouver une vie ordinaire ?»

Wang Er rougit de colère : «Je veux vivre !»

42

Au bord de la folie

快疯了

La semaine suivante, les autorités lancèrent soudainement un ordre de nettoyage général. Nous dûmes balayer et astiquer le sol encore plus que d'habitude. Tang-le-pochtron, qui ne s'était jamais préoccupé de surveiller les activités de notre cellule, se montra à la porte et supervisa personnellement le nettoyage. Il insista pour que nous récurions le bidon d'eau et la cuvette des toilettes avec des brosses à dents. Wang Er avait remonté ses manches de chemise, pour donner l'impression qu'il s'activait, mais lorsque Tang-le-pochtron détourna le regard, il me fit un clin d'œil et chuchota : « On doit avoir de la visite. »

Il avait raison. Le jour qui suivit la fin du nettoyage, Tang-le-pochtron entra pour nous ordonner de faire disparaître les boîtes posées sur nos lits, et de nous asseoir en tailleur en lisant le *Quotidien du Peuple.*

« La dernière fois, c'était une délégation de banquiers, se rappela le Ministre des Affaires étrangères. Je me demande bien qui va venir, cette fois-ci. »

Un flot continu de personnes en tenues chatoyantes envahit le couloir du second étage et papillonna à la fenêtre du fond. Certains visiteurs s'arrêtaient pour jeter un coup d'œil ou pointer du doigt des choses qui les intéressaient.

« Vous avez payé vos tickets d'entrée ? » cria soudain Wang Er, déclenchant des couinements et des ricanements parmi les touristes.

« Hé, tu as une dernière volonté ? rétorqua un garde en pointant son fusil sur Wang Er.

– Les cris de femmes m'excitent toujours, commenta Da Long. Au moins je vais avoir des souvenirs sur lesquels fantasmer, quand je me branlerai ce soir. »

Je remarquai que le Vieux Xie se cachait dans un coin, la tête serrée entre les genoux. Mais un visiteur qui avait jeté un coup d'œil à la fenêtre le reconnut. « Vieux Xie, viens à la fenêtre ! » brailla-t-il.

Le Vieux Xie hésita un instant, puis le rejoignit sans se presser.

« Tu sais qui je suis ? »

Le Vieux Xie plissa ses yeux de myope et s'excusa nerveusement.

« Désolé, je n'ai pas mes lunettes. Pouvez-vous me dire votre nom ?

– Tu oublies tout ! Le visiteur lâcha un rire sonore. Finalement, tu as bien mérité ton sort. Prisonnier Xie, j'espère que tu pourras te rééduquer de fond en comble.

– Oui, oui », bégaya le Vieux Xie, en s'affalant sur le sol. Je m'empressai de l'aider à se redresser.

D'après le Vieux Xie, ce visiteur avait travaillé pour le gouvernement municipal. Lorsque notre bonhomme était secrétaire du vice-maire, il lui avait refusé une faveur.

« Comme j'étais trop à cheval sur les principes et que je refusais d'accorder des passe-droits, je me suis fait beaucoup d'ennemis, soupira-t-il. C'est pour ça que j'ai fait office de bouc émissaire quand le vice-maire a été rattrapé par un scandale de corruption. Mais je suis en paix avec moi-même. La Bible m'aide à faire face à mes tourments.

– Bon sang, c'est interminable, nous interrompit Wang Er. Combien de nouvelles têtes avons-nous vues aujourd'hui ?

– Plusieurs centaines, à mon avis, répondis-je.

– Regarde tous ces gens bien propres sur eux, remarqua Wang Er. Ils viennent visiter une prison par une telle chaleur, comme si c'était les grandes vacances. Il y en a qui se dandinent de bonheur. Ça montre combien leurs vies sont ennuyeuses. »

J'opinai : « Je préfère mourir que de m'enfermer dans une vie sans but. »

Après le départ des visiteurs, le travail reprit, mais la chaleur oppressante faisait baisser notre rythme. Quelques jours plus tard, on nous informa que l'usine avait refusé les paquets que nous avions collés et pliés à cause de leur trop mauvaise qualité. Nous devions les refaire. Pour nous punir, les autorités retinrent tout notre courrier et supprimèrent l'accès à la télévision, les cigarettes et les en-cas.

La nouvelle nous mit tous les nerfs en pelote. Des disputes féroces éclatèrent entre Jin Hua et moi sur toutes sortes de questions philosophiques. De son côté, Wang Er frappait les autres pour satisfaire ses pulsions sadiques. Par moments, il démarrait une conversation avec les occupants de la cellule voisine en cognant la tête d'un autre détenu contre le mur, pour attirer leur attention. Quand les autres entendaient un coup lourd, ils « répondaient au coup de téléphone ». La majorité des discussions entre les cellules tournaient autour du sexe. Par exemple, une personne lançait : « Hé, tu es où ? » Et Wang Er de répondre : « À Shanghai, je baise ta femme dans ton lit ! »

Aucun de nos écarts de conduite ne restait impuni. À l'exception du Vieux Xie, qui était épargné du fait de ses connexions politiques, nous étions tous menottés ou punis de coups de matraque. Même l'officier Gong, pourtant connu pour son indulgence, fut un jour si excédé qu'il distribua des électrochocs à tout le groupe.

La lecture était pour moi une plaisante distraction dans cet enfer brûlant, même si j'avais des étourdissements au bout de quelques pages à peine. Dans le vieux classique *La Romance de l'Empire zhou oriental*, un compte rendu romanesque des événements qui se produisirent en Chine au cours de la dynastie Zhou, au XIe siècle av. J.-C., il y avait des descriptions abondantes des banquets impériaux. À plusieurs reprises, j'eus la tentation de déchirer ces passages, où il était question de bœuf ou d'agneau rôti, pour en mâcher les pages.

Je n'étais pas le seul à saliver à l'évocation de la nourriture. Un soir, nous découvrîmes qu'une bouche affamée avait léché le pot de colle au point de le nettoyer entièrement. Inquiet à l'idée que la colle rende le voleur malade, Wang Er mena l'enquête toute la journée, mais ne trouva aucun indice. Un autre soir, un détenu attrapa un gros rat. Il l'éventra, écorcha le pauvre animal, et le mangea tout cru.

En plus de la nourriture, nous étions également affamés de sexe. Wang Er avait lancé ce qu'il appelait du « sport doux » – des concours de masturbation. Ceux qui éjaculaient le plus abondamment recevaient un bonbon. Je ne participais pas à ces concours, mais j'appréciais un autre genre d'exercice testiculaire que m'avait appris un vieux médecin traditionnel en cellule 5. Il m'avait dit de masser chacun de mes testicules trois cents fois tous les matins et tous les soirs. Cette pratique, dont il m'avait dit qu'elle remontait à un millénaire, aidait à renforcer l'énergie sexuelle, à améliorer la mémoire, à réprimer la faim et à avoir un meilleur teint. Ses arguments avaient été si convaincants que j'avais commencé à adopter cette pratique. Un soir, j'étais assis contre un mur, retenant ma respiration et stimulant mes couilles, quand un faisceau lumineux vint pointer tout droit sur mes parties intimes.

« Enfin ! Je t'ai pris la main dans le sac ! me cria-t-on.

– Monsieur Bai, de quoi parlez-vous ? répondis-je innocemment.

– La masturbation constitue une violation du règlement intérieur, rugit l'officier Bai, sur le toit. Fils de pute ! Je ne vais pas te laisser tranquille avec ton comportement dégueulasse !

– Tout ça m'appartient. Je peux y toucher quand je veux. Quelle loi ai-je enfreinte ?

– Tu... tu..., bégaya-t-il. Comment peux-tu prétendre être un poète ? T'es qu'un gland ! »

Notre affrontement se produisait une des rares nuits où avait lieu une éclipse partielle de Lune. C'est sans doute face à la beauté de cette éclipse qu'il changea d'avis – je ne l'entendis plus de la soirée. Mais ma mauvaise conduite mena à d'autres désastres.

Un jour, je me disputai avec un détenu nouvellement arrivé, qui avait reçu l'ordre de nettoyer la cour. Le Ministre des Affaires étrangères se joignit à moi et lui donna un coup de poing. Le nouveau, effrayé, glapit à l'aide. Et nous fûmes tous trois extraits de la cellule.

Liu-le-pervers ne s'embarrassa même pas de chercher à savoir à qui revenait la faute. Il se contenta de tous nous menotter. Alors que je protestais, Liu-le-pervers ordonna aux Rouquins de me mettre à terre. Mes bras étaient tordus dans mon dos, et j'avais les poignets entravés. La douleur était atroce et je rugissais comme un lion, mordant à pleines dents la main qui me couvrait la bouche.

D'autres Rouquins pouvaient bien m'asséner tous les coups qu'ils voulaient, je n'avais pas l'intention de laisser ces trois doigts sortir de ma bouche. Alors qu'une matraque frappait mes tempes, j'enfonçai mes dents encore plus profond dans les doigts et sentis le goût du sang envahir ma bouche. Les cris perçants du pauvre Rouquin étaient la plus belle musique du monde. Il secouait son bras dans tous les sens, mais n'arrivait pas à libérer sa main.

Liu-le-pervers remonta ses manches et enfonça son doigt longiligne dans une de mes narines, puis le poussa avec brutalité vers le haut. Je pus entendre le son de la chair déchirée autour de mon nez. Le sang gicla, s'étalant sur mon visage. L'étau de mes dents finit par se desserrer.

« 0-9-9, t'es qu'une bête », rugit Liu-le-pervers.

J'étais hors d'haleine, mon visage était défoncé comme une vieille pêche écrasée. « Tous les policiers sont des bêtes », déclarai-je.

Le Rouquin gronda avec ses doigts bandés et me donna un grand coup de pied dans la tête. Je me redressai et lui envoyai un glaviot. À l'autre bout de la pièce, Liu-le-pervers cria de sa voix haut perchée de femmelette : « T'as pété un câble ou quoi ? »

Au final, je fus jeté dans ma cellule comme un sac-poubelle, les mains toujours menottées dans le dos. Tous mes compagnons de cellule m'entourèrent, se lamentant sur mon sort. Wang Er avait brutalement battu le nouveau qui avait déclenché l'incident. Ce dernier rampa jusqu'à moi comme un chien, pour me demander pardon. Je l'envoyai balader avec arrogance, comme un maître repousse son esclave, mais il revint à la charge. Mes yeux meurtris lançaient des regards plein de défiance à travers la pièce. Je vis Jin Hua dans un coin. Il m'observait avec pitié mais aussi avec dégoût. Je méritais bien ce coup d'œil plein de reproches : des années à côtoyer les voleurs, les meurtriers et les violeurs m'avaient transformé.

Je fus soudain pris de l'envie de hurler. Et si je me laissais aller à la folie ? Si j'étais fou, je pourrais crier sans réserve et me permettre de faire n'importe quoi. « Suis-je un bon acteur ou un véritable aliéné ? » me demandai-je.

Je perdis bientôt le contrôle de mes pensées. Un hurlement long et bestial sortit de mon corps. Je commençai à psalmodier *Amant*, un poème sur un louveteau qui éventre sa mère et dévore sa chair. En entendant mon cri, mes codétenus s'éloignèrent comme une volée de moineaux. Je hurlai sans limites, en faisant durer chaque syllabe autant que je pouvais. Il me semblait que je volais à travers le temps et l'espace pour me retrouver dans le studio où nous avions filmé *Requiem*. Je tendis mon cou comme un coq en courroux et remplis l'espace qui séparait chaque vers du poème par un roulement de jurons.

L'officier de garde vint avec le médecin. Le Vieux Xie me saisit par la taille et sa poitrine desséchée étouffa ma voix.

« Je pense que son cerveau déraille, dit le docteur. Sa tension et son rythme cardiaque sont normaux. La folie est déclenchée par des traumatismes. »

« Prescrivez-lui des somnifères pour qu'il la ferme, ricana l'officier de garde. C'est la première fois que j'entends un singe chanter. »

43

La brute

暴徒

Le lendemain matin, le haut-parleur débita un message de condamnation des « brutes de la prison », et bien évidemment, j'en étais la cible principale. À l'inverse, le nouvel arrivé, mon adversaire, fut transféré dans une autre cellule et reçut les éloges de la direction. Les autorités lancèrent une enquête pour recueillir des preuves contre moi. Une équipe dédiée, emmenée par le directeur du centre de détention et supervisée par un procureur, soumit mes codétenus à des interrogatoires.

Le tour de Wang Er vint le troisième jour. Il avait quitté la cellule depuis à peine trente minutes quand un gardien le balança à nouveau à l'intérieur. Il gesticula avec ses mains entravées et plaisanta :

« Contre-révolutionnaire, ils m'ont sommé de te donner. J'ai failli céder à leur demande.

– Je m'en fous, répondis-je froidement en essayant de repositionner mes mains menottées dans mon dos.

– Ils ont récupéré une bonne pile de matos sur toi. Assez pour au moins huit ans. Ils m'ont encouragé à dénoncer tes crimes et m'ont même promis de commuer ma peine.

– Fais ce que tu veux, je m'en fous.

– S'ils me laissent vivre, je ferai n'importe quoi pour t'impliquer dans tous les crimes possibles et imaginables.

– Va-t'en.

– Non, je ne m'en irai pas. Tu es le dernier ami que j'aurai eu dans ma vie», me dit Wang Er dans un grand sourire.

Je le regardai droit dans les yeux et remarquai des zones grisées dans sa chevelure. J'essayai de les toucher, mais la douleur dans les épaules me rappela que je n'avais pas l'usage de mes mains. Je me souvins de l'histoire de Wu Zixu, le stratège militaire chinois des temps anciens, dont les cheveux avaient blanchi en une nuit, alors qu'il était poursuivi par ses ennemis.

«Wu Zixu..., fredonnai-je.

– Tu chantes quoi ? Un air d'opéra ?»

Wang Er agrippa mes épaules, mais des larmes vinrent embuer mes yeux. Mon esprit était tellement embrouillé que je ne pouvais plus tenir une conversation. Les jours précédents, Wang Er m'avait fait avaler des doses généreuses de médicaments qu'il avait réussi à obtenir, avec les autres détenus, auprès du médecin. J'étais dans un état second qui me protégeait de la brutalité du réel. Je restais complètement avachi dans un coin de la cellule ; ma poitrine et mon ventre me brûlaient, et j'avais des remontées acides dans la gorge.

Environ une heure plus tard, quelqu'un me tapota l'épaule. J'ouvris grand les yeux. C'était le Ministre des Affaires étrangères. «C'est l'heure, me rappela-t-il en serrant mon visage entre ses mains enchaînées. Courage !»

Dans la salle d'interrogatoire, j'étais assis sur un de ces durs lits de pierre que l'on réserve aux détenus. Le directeur de la prison gérait l'administration des questions pendant que le bedonnant Bai décomptait les minutes. Les médicaments commençaient à ne plus faire leur effet. De temps à autre, des frissons me parcouraient le corps et mes dents claquaient. « On dirait un putain d'opiomane », marmonna le directeur à l'attention de Bai. Se tournant vers moi, il gronda : « 0-9-9 ! »

J'écarquillai les yeux quelques secondes, puis je les plissai pour mieux voir. Cela ne servit à rien. L'image de mes interlocuteurs se brouilla en deux boulettes de viande, une grosse et une autre plus petite. « Les policiers sont vraiment bien nourris, me dis-je. Et les prisonniers ont été réduits à des sacs d'os, comme les damnés de la terre qu'on voyait dans les films des années 1930. »

« Regarde-nous normalement ! ordonna la grosse boulette.

– C'est comme ça que font les myopes quand ils n'ont pas leurs lunettes, murmurai-je.

– Tu ne mérites même pas d'être myope, crachota la petite. La plupart des myopes le sont parce qu'ils ont fait des études. Toi, tu fais honte à la communauté des intellectuels. »

Je me tus. Lorsque mon interrogateur commença à me passer sur le grill, je niai toutes les accusations avec obstination – un truc que j'avais appris de vieux prisonniers. Et je mentais à un tel point que j'aurais même pu nier mon passé de poète et, si besoin, ma propre existence.

Les menottes avaient pénétré la chair de mes mains et un infect pus marron en suintait. Mes deux bras étaient enflés, comme ceux d'un haltérophile blessé.

« Je n'arrive pas à réfléchir avec les mains menottées dans le dos, protestai-je quand les deux boulettes fustigèrent mes dénégations.

– Au contraire, les menottes vont t'aider à te concentrer et à réfléchir, répondit vertement la petite boulette.

– Si tu ne coopères pas, on te les laissera longtemps, peut-être un an, ajouta la grosse en déboutonnant le col de sa chemise.

– Légalement, les punitions corporelles doivent être limitées dans le temps, répliquai-je. En tant que directeur, vous violez sciemment la loi. »

Les deux boulettes s'esclaffèrent à l'unisson. « On dirait un lycéen ! émit la grosse boulette d'un ton professoral. Si tu veux tout savoir, avant on doublait les chaînes des condamnés à mort entre quelques mois et quelques années. Au moment de leur exécution, leurs muscles étaient ratatinés et leurs bras ressemblaient à des bâtons. Même quand on leur retirait les chaînes, ils pouvaient à peine bouger les bras ou les épaules. Leurs aisselles étaient pleines d'asticots. »

Je fus pris d'un frisson. Voyant qu'elles avaient pris le dessus, les deux boulettes enchaînèrent tout de suite sur d'autres questions. Comme le temps avançait, je réalisai que quelles que soient mes dénégations, je n'échapperai pas à l'étiquette de « brute de la prison ». Je cédai et finis par reconnaître toutes les charges qui pesaient sur moi. À la fin, les boulettes trempèrent mon index dans l'encre, puis le pressèrent au bas de la transcription de l'interrogatoire. Ils me livrèrent ensuite au procureur de la prison. Li, c'était son nom, avait une tête cubique, des yeux exorbités et de grosses dents en or.

Assis derrière son bureau, Dents d'or effeuilla la pile de documents qui contenait toutes les accusations contre moi. Ses questions étaient nettes et précises. Je hochais la tête ou je la secouais en signe de dénégation. Par moments, je perdais le fil et mes yeux se détournaient vers le ciel couvert, au-dehors.

En prison, ma vie avait moins de valeur que celle d'une fourmi, mais je n'avais pas l'intention de m'y résigner. Lorsque la dure réalité me piétinait de son gros talon, mes antennes s'élevaient inconsciemment, prêtes au combat.

Comme un enfant gagnant en âge, j'imaginais que je prendrais ma revanche contre les brutes et les ennemis qui m'avaient blessé.

Les ennemis que j'avais pu avoir à chaque époque de ma vie s'étaient évanouis, au fil des années. Le temps était ma plus belle vengeance. Je n'avais plus à croiser ces brutes qui m'avaient giflé au vu et au su de tous, ou qui m'avaient forcé à coller les dazibaos en énormes caractères qui accusaient mon père d'être un contre-révolutionnaire, pendant la Révolution culturelle. Le temps use les passions qui nourrissent les rancœurs. Et il guérit les vieilles blessures.

Aurai-je toujours la force d'avancer et d'oublier ce que j'ai vécu en prison ? Pourrais-je d'une quelconque façon effacer ce jour où je dus faire face à Dents d'or ?

Une ombre imposante me recouvrit, me tirant de mes rêveries. Je plissai les yeux et reconnus Zhao, qui s'était glissé dans le bureau du procureur sans que je le remarque. Je le saluai. Il s'approcha de moi et, de sa main gantée, me souleva le menton : « C'est toi qui as mordu le doigt de quelqu'un, l'autre jour ? » me demanda-t-il tout en resserrant son étau. Il me gifla de toutes ses forces avec son autre main. Mes dents claquèrent. Je me sentis décapité ; ma tête tournoya dans les airs avant de retomber sur mes épaules. Je m'étouffai avec mon propre sang et une violente toux déchira mes cordes vocales.

Je m'écroulai à terre. Zhao me repoussa dans un coin, où je me recroquevillai comme une prostituée dans l'attente du mauvais coup d'un client en furie. Toutes les flammes de l'enfer me brûlaient la gorge. Je réussis à réunir assez de forces pour protester, mais ma voix était trop faible. Je ne pus que pleurnicher : « C'est le bureau du procureur, comment pouvez-vous faire ça ? »

« Essayez-vous de dire quelque chose? » Le procureur se leva de son siège et vint se placer entre Zhao et moi. « Êtes-vous prêt à enfin admettre votre culpabilité? chuchota-t-il. Ce que vous avez fait est particulièrement odieux. »

Je détournai la tête. Je parvins à me relever en me tordant de douleur, mais Dents d'or me força à me rasseoir. Il se tourna vers Zhao avec un signe d'approbation, puis le raccompagna tout guilleret à la porte. Puis il se pencha vers moi d'un air sévère et saisit mes mains entravées. « Mettez vos empreintes sur ces documents », ordonna-t-il.

Tremblant d'une colère refoulée, j'explosai comme une bombe à retardement. Dans un hurlement, je me jetai sur Dents d'or. Pris par surprise, il s'écroula. Puis, en m'appuyant sur une chaise, je me hissai sur son bureau. Je brisai la fenêtre de mon pied droit et lançai le gauche dans le vide. Dents d'or réagit promptement et s'empara de ma jambe avant que je ne puisse sauter. Dans un mouvement tout droit sorti d'un dessin animé, sa mâchoire vint s'abattre sur le rebord de la fenêtre, et du sang gicla sur ses dents brillantes.

Un groupe de Rouquins fit irruption. L'un d'entre eux leva une matraque électrique, mais Liu-le-pervers l'arrêta. « Ne gaspille pas ton énergie. Ça ne sert à rien. » Le procureur grimaça et couvrit ses dents avec un mouchoir. Il m'avertit devant tout le monde : « 0-9-9, n'essayez même pas. Nous ne vous laisserons jamais mettre fin à vos jours pour échapper à la sanction de la loi. »

Je retournai à la cellule couvert de bleus. Wang Er était parti. Et les Rouquins avaient mis des chaînes aux chevilles et aux poignets du Ministre des Affaires étrangères. Pour marcher, il devait se courber comme un vieux bossu. Comme sa date d'exécution pouvait tomber d'un jour à l'autre, on n'imaginait pas voir un jour son dos se redresser.

Des sanglots et des gémissements parvinrent faiblement de la cellule voisine.

«Un prisonnier écrit une lettre à sa mère, chuchota le Ministre des Affaires étrangères. Le gars est un voleur et a demandé un stylo, mais le gardien l'a ignoré. Alors il a pris un petit morceau de bambou dans le matelas, s'est écorché le ventre, et utilise son sang comme encre.

– Sa mère va tomber dans les pommes si elle reçoit une lettre de sang. Ça ne lui fait pas peur? questionna Jin Hua.

– Aucune raison d'avoir peur. Les gardiens ne laisseront jamais la lettre partir.» Le Ministre des Affaires étrangères haussa les épaules. «Des fois, j'aimerais bien pouvoir écrire une lettre comme ça, mais j'ai pas de femme et mes parents ont clamsé jeunes. Vous les poètes, c'est différent. Vous arrivez à vous lamenter et à gémir de tout.»

Ses paroles me rappelèrent soudain que Wang Er m'avait dicté plusieurs lettres d'adieu. Je me levai et farfouillai dans sa litière. Il n'y avait plus rien.

«Wang Er a emporté les lettres avec lui, dit le Ministre des Affaires étrangères. Même quand il part pour l'enfer, il est aussi sentimental qu'un poète.»

Je le fixai avec colère, mais le Vieux Xie s'avança pour apaiser la tension: «Ne sois pas triste. Les lettres vont lui tenir compagnie.»

Je perdis la voix pendant deux semaines. La faim me rongeait le ventre, mais la souffrance que m'infligeait chaque déglutition me dissuadait de m'alimenter. Heureusement, le Vieux Xie était là pour me nourrir. Il était toujours souriant, m'encourageant à manger chaque fois un peu plus. Mais chaque bouchée était un martyre. Bien souvent, le repas durait une heure et demie.

Il fallait bien de la volonté pour me forcer à manger, mais, même si les bras du Vieux Xie commençaient à se faire lourds, il ne me laissa pas tomber. Je demandai à mon aimable protecteur si les muscles de son visage n'étaient pas usés à force de sourire. « C'est dans ma nature », répondit-il en souriant.

Le vingt-troisième jour, le Ministre des Affaires étrangères décréta qu'il n'en pouvait plus.

« On se rend ! dit-il, les yeux si enfoncés qu'on aurait pu placer des œufs dans ses orbites.

– Si on se rend, on admet qu'on est coupable, répondis-je. Et il est fort possible que le tribunal allonge notre peine.

– Je m'en fous. Du moment qu'ils nous enlèvent les menottes et me laissent sortir de cette putain de cellule, je suis prêt à prendre huit ou dix ans de plus ! sanglota le Ministre des Affaires étrangères. Ça fait un mois que j'ai pas changé de liquette. Je pue tellement que ça me donne envie de gerber. »

Nous sommes sortis de la cellule comme des chiens, à la recherche de papier et de stylos pour écrire nos confessions. Quand l'officier de garde et les Rouquins vinrent nous retirer les chaînes, je lâchai un pet bien puant et ceux qui s'occupaient de moi reculèrent en se pinçant le nez de dégoût. J'étais constipé depuis huit jours parce que je n'arrivais pas à surmonter mes inhibitions pour laisser quelqu'un défaire mon pantalon et m'essuyer le cul.

Le Ministre des Affaires étrangères et moi passâmes les deux jours suivants dans un bureau, à rédiger nos autocritiques et méditer sur les crimes que nous avions commis pendant notre détention. J'en listai plus d'une vingtaine, des petits comme des grands. Tang-le-pochtron parcourut ma confession et me regarda.

« Tu sais, l'exécution de Wang Er approche.

– Donc ça ne changera rien pour lui si je lui mets tout sur le dos ? » demandai-je.

Tang-le-pochtron répondit avec un sourire entendu :

« Il faut quand même que tu dises la vérité.

– D'accord, je serai tout à fait honnête. »

Suivant la suggestion de Tang-le-pochtron, je repris ma confession, en remplissant chaque page d'autocritiques, mais en mettant certains de mes errements sur le compte de Wang Er. Mon texte fut accepté, et nos membres commencèrent à cicatriser, après avoir été entravés pendant vingt-quatre jours. Le Ministre des Affaires étrangères et moi marchâmes à grandes enjambées vers notre cellule, en balançant nos bras enfin libres. Nos compagnons de cellule organisèrent une fête en notre honneur. Enivrés par ce qui venait de nous arriver, nous relevâmes la tête en racontant nos aventures sans pouvoir nous arrêter. Le soir, j'étirai mes membres et m'enfonçai dans un sommeil profond. En prenant ma douche froide le lendemain matin, je me sentais le roi du monde.

Libéré de mes chaînes, je découvrais que, même si c'était mince, je jouissais tout de même d'un certain « confort » matériel.

Par chance, les accusations de brute épaisse dirigées contre moi n'eurent pas d'effet sur ma peine. Après presque deux ans d'instruction, le tribunal avait à nouveau repoussé l'examen de mon cas. Aussi incroyable que cela puisse paraître, la direction du centre pénitentiaire n'ajouta pas de nouvelles charges à mon dossier.

Le jour qui suivit le retrait de mes chaînes, une grosse araignée rouge tomba, suspendue au plafond. « C'est bon signe ! dit le Ministre des Affaires étrangères avec un cri d'enfant. Voyons voir quelle tête l'araignée va toucher. Celui sur qui elle tombe sera libéré. »

Le Vieux Xie le renvoya à ses superstitions :

« Nous sommes tous sous le coup de graves accusations. En dehors d'une amnistie générale, je ne vois pas comment l'un de nous pourrait se tirer d'ici.

– Jin Hua devrait avoir une peine assez légère, plaisantai-je. Il a déjà fait appel. C'est peut-être lui qui tirera le gros lot.

– Et pourquoi est-ce que je ne me mettrais pas juste sous l'araignée ? répliqua Jin Hua, qui prenait mes paroles au sérieux.

– Dommage ! Le vent l'a fait valdinguer », nous informa le Ministre des Affaires étrangères avec regret.

À cet instant précis, la porte de la cellule s'ouvrit en coulissant. Comme un troupeau d'oies, nous allongeâmes le cou, prêts à voir le miracle se réaliser. « Réception du stock », annonça du couloir la voix d'un Rouquin. Déçues, les oies rentrèrent le cou.

44

Le voleur

小偷

« Bonjour tout le monde ! » lança un robuste lascar à moitié nu, campé dans l'encadrement de la porte, ses jambes enchaînées légèrement écartées. Il se tenait droit et me faisait penser à un chevalier des temps anciens. Saluant à la ronde en s'inclinant, il se présenta : « Je m'appelle Mao Shengyong. J'ai été condamné à la peine de mort pour vol. Les quarante-cinq jours de révision sont passés depuis longtemps. Vu qu'il ne me reste pas beaucoup de jours à vivre, veuillez m'excuser si je fais du mal à quelqu'un. »

Les détenus le fixèrent avec des regards indifférents. Je ne pus m'empêcher d'applaudir.

« Bravo, bien joué !

– Qu'est-ce que tu veux dire ? »

Le gars était décontenancé.

« Ton petit monologue était très bien mis en scène, avec la porte pour décor. Je te copierai, la prochaine fois. »

Mao se pencha légèrement en avant pour prendre de l'élan et bondit vers moi. Il atterrit à mes pieds.

« Frangin, t'es condamné à mort, comme moi ? Pourquoi t'es là ? Vol ? Enlèvement ? Meurtre ? »

Je tressaillis alors que les autres détenus s'esclaffaient.

Le Ministre des Affaires étrangères le taquina.

«Il est encore plus dangereux que ça. Il a voulu renverser le gouvernement!

– T'es un contre-révolutionnaire? demanda Mao, plein d'admiration. C'est pour cela que tu as un air de poète.»

J'observai Mao de plus près. Il ne portait qu'un slip bordeaux.

«Où sont tes habits?

– Ah, après le verdict, j'ai tout donné. répondit-il avec fierté. J'étais à poil quand je suis né, je mourrai à poil. Comme ça au moins j'éviterai la fouille au corps en arrivant en enfer.»

Voyant mon scepticisme, Mao défit le paquet qu'il tenait plié sous son bras, révélant une chemise soigneusement pliée et un pantalon. «Je mettrai ça le jour de ma mort», expliqua-t-il avec sérieux. Puis il sortit deux photos de la poche de la chemise et me les tendit en les tenant à deux mains, comme s'il s'agissait d'objets d'art. «C'est ma famille», me dit-il tandis que je regardais une photo de groupe. «Tout le monde est là, sauf ma sœur. C'est elle, là», ajouta-t-il en désignant l'autre image. «Elle est pas mal, hein? Tout le monde croyait que c'était ma copine.»

«C'est tout ce que tu as? lui demanda le Vieux Xie dans un sourire. L'hiver arrive bientôt, tu peux vite attraper froid, le soir. Je vais demander une couverture pour toi.

– C'est gentil de ta part, lui répondit Mao en serrant les mains devant sa poitrine. Mais j'ai peur des poux. Je préfère dormir sans couverture.»

Je m'attachai rapidement à lui. Il était vif, et sa force et son agilité m'impressionnaient. Il s'entraînait tous les jours à bondir, comme un gymnaste, et il atterrissait en douceur et tout en élégance au milieu du lit. Il dormait allongé sur le dos, droit et raide comme un fusil.

Pour sceller notre nouvelle amitié, Mao proposa de remplir mon quota de travail quotidien à ma place – trois mille paquets pile. Je fus touché, mais ne pus accepter.

« T'es un intellectuel, je suis un guerrier. Je ferai le travail et tu me donneras des idées pour m'aider à comprendre tout ce bordel.

– J'ai l'impression que t'as déjà tout compris à la vie.

– J'ai pas le choix. Je suis un voleur, je sais rien faire d'autre. C'est la vie.

– Tu crois vraiment que tu étais destiné à voler ?

– Dans *Au bord de l'eau*, ça s'appelle voler les riches pour aider les pauvres. Tous les héros sont soit des voleurs, soit des bandits. Non ?

– C'est un peu tordu comme théorie.

– Mes parents étaient pauvres quand j'étais jeune. J'ai arrêté l'école pour qu'on puisse payer l'éducation de ma sœur. Et ensuite, j'ai dû soutenir toute ma famille : mon frère, qui était attardé, et mes parents, qui étaient trop vieux.

– Tu n'as rien trouvé d'autre que le vol, pour gagner ta vie ?

– Regarde mes doigts. Ils sont plus durs que du bois, se vanta Mao. Je suis né voleur, c'est comme ça. »

Je voulais le sonder.

« Raconte-moi tes aventures.

– J'ai opéré en solo pendant des années sans jamais être attrapé. Je visais surtout les supermarchés. Mais je trouvais que c'était chaud, sans associé. Donc j'ai recruté un petit jeune. Une nuit où il pleuvait, on est entrés par le toit d'un magasin. Je me suis glissé doucement derrière un type qui était resté travailler tard, et je lui ai foutu mon couteau sur le ventre en lui demandant de nous amener au coffre. Tout le monde aurait fait dans son froc. En plus, c'était de l'argent public, qu'est-ce qu'il en avait à foutre ?»

Il soupira.

«Mais lui, non. Et il a commencé à appeler "Au voleur, au voleur !" On s'est rendu compte ensuite que c'était le directeur du magasin, et qu'il était membre assidu du PC. J'étais si touché de son dévouement aux biens publics que j'en ai enfoncé ma lame d'un centimètre dans son ventre. Je l'ai fait tendrement et lentement, en imaginant que la blessure l'affaiblirait et lui ferait fermer sa gueule. J'avais encore le temps de replier mon couteau, de choper la maille et de me tailler. Mais le vioque a pété un plomb et m'a agrippé. J'ai continué à enfoncer ma lame. Ce crétin de héros s'est plaqué contre le mur, le visage tout déformé. Il avait la gueule grande ouverte, mais aucun son ne sortait. J'ai enveloppé la lame dans un pan de sa chemise et je l'ai renfoncée dans la blessure. Du coup, quand je l'ai retirée, le sang était bloqué par le bout de chemise, dans son ventre. Du beau boulot, bien propre. Je l'ai pris par l'épaule et l'ai posé par terre, à regret.»

Et Mao termina son histoire d'un geste théâtral : «Que son âme révolutionnaire vive à jamais !»

Des frissons me parcoururent l'échine. Le Vieux Xie l'interrompit :

«Tu ne perds même pas le sens de l'humour quand tu tues des gens !

– C'est dans ma nature, répondit Mao modestement. Comment peut-on vivre sans humour ?»

Une nuit, Mao me réveilla et me montra les gardiens. Les chaînes qui liaient ses membres cliquetaient dans le silence de la pièce.

«Regarde, ils ont doublé les gardes, me chuchota-t-il.

– Qu'est-ce que ça veut dire ? demandai-je, les yeux toujours clos.

– C'est mon quarante-neuvième jour. Ce sera bientôt mon tour.»

Je le regardai sans voix.

«Tu veux pas me dire quelque chose? En Occident, avant l'exécution, un curé vient dire une prière d'adieu.

– Mais je crois pas en Dieu, dis-je.

– Mais si, tu y crois! insista-t-il.

– En Chine, personne ne croit en Dieu.

– Mais toi, si! persista-t-il.

– Bon d'accord, je vais y croire, cédai-je en bâillant. Ça sert à rien, de toute façon. Tu te sentiras mieux si tu y vas sans y penser.

– Avant de mourir, je veux tout connaître.»

Il serra sa main sur mon épaule.

«Je veux parler de la vie avec toi.

– Ne creuse pas trop. C'est un vaste sujet, je ne suis pas sûr qu'on ait assez de temps, raillai-je pour l'envoyer balader. Tu seras pas tout seul, quand tu descendras en enfer. Il y aura au moins un milliard de fantômes qui t'attendront. C'est bruyant et plein à craquer», le rassurai-je.

Pendant quelques minutes, il prit un air songeur puis bêla:

«Putain, mais t'es salaud! J'avais pas capté que les intellos étaient si vaches! Bon, puisqu'il me reste pas beaucoup de temps, je ne ferme plus les yeux une seconde à partir de maintenant.

– Ils viendront te chercher demain matin, dis-je dans un nouveau bâillement. Je sais comment ça se passe.»

J'oscillai entre rêves et réalité.

J'entendis le déclic électrique de la porte coulissante qui s'ouvrait. L'officier de garde, flanqué de deux Rouquins, entra avec ses bras croisés dans le dos. Il attendit patiemment que Mao s'habille maladroitement avec sa chemise blanche et son pantalon bleu marine. Une manche restait bloquée dans ses menottes. Il secoua ses bras dans tous les sens, mais ne réussit pas à la débloquer.

Qu'a-t-on fait de lui? me demandai-je. Lui qui était si vif et agile.

Soudain, sa tête s'affaissa, mais sa bouche continuait à s'animer.

La cloche du matin sonna. Je me réveillai et les autres détenus sursautèrent également comme des ressorts cassés. Le cauchemar encore frais dans mon esprit, je me tournai vers Mao pour voir s'il était là. Il avait revêtu sa tenue d'exécution.

Après le petit-déjeuner, le soleil perça les nuages. Des vagues de chaleur commencèrent à déferler, la cellule devint une fournaise. Torse nu, nous nous mîmes à notre routine quotidienne d'emballage.

«Bordel de temps! jura le Ministre des Affaires étrangères. On n'a pas vu le soleil pendant deux semaines, et quand il arrive enfin, il nous agresse!

– Mon slip est trempé, se plaignit Mao. J'ai la bite qui bout.

– Pourquoi t'as mis ta tenue de gala, alors? le moquai-je. T'as la classe, avec ta chemise. Il te manque que le nœud pap' pour aller au cocktail, comme dans les films.»

Mao essuya la sueur qui coulait sur son front avec un morceau de papier-toilette, et s'accroupit tout près de la grille. «Je vais rester ici. Il y a de l'air.» Puis, se tournant vers moi: «Contre-révolutionnaire, désolé, je pourrai pas faire ta part de boulot, aujourd'hui.»

Le Vieux Xie changea de sujet pour en revenir à la météo: «C'est déjà l'automne. La chaleur ne va pas durer. Dans quelques jours, ça sera terminé.»

Mao en rajouta une couche: «Même une heure, c'est trop pour moi. Contre-révolutionnaire, tu peux me faire du thé?»

Je dénichai une pincée de feuilles de thé et les jetai dans un bol d'eau chaude. Mao prit le bol de mes mains et le posa par terre, à côté de moi. Puis il alluma un cigare.

«Je vais finir ce cigare avant de partir, me dit-il joyeusement.

– Non, il ne se terminera jamais.»

Je voulais l'encourager en l'orientant vers l'avenir.

«Qu'est-ce que tu feras, quand il fera plus froid? Tu as déjà tout donné.

– Une fois qu'ils m'auront explosé la tête, le froid, ça ne voudra plus rien dire.

– Crétin!»

Je me fâchai.

«J'ai rêvé de ton exécution, la nuit dernière. Mais les rêves disent le contraire de la réalité.

– OK, on parie? me dit-il. Si je suis encore ici pour déjeuner, tu auras le droit de prendre mon plat. Sinon, le Vieux Xie aura le droit de prendre le tien pour moi.

– J'ai pas envie de manger son plat, grommela le Vieux Xie pour me soutenir.

– Si tu le manges pas, tu le mettras sur le rebord de la fenêtre du fond. Mon âme viendra pour y goûter, répliqua Mao. Putain, mais ils me donneront même pas à bouffer avant de me tuer?»

Il tira une bouffée avide sur le cigare. Avant même qu'il ait le temps de recracher la fumée, un lourd roulement se fit entendre à l'autre bout du couloir. Mao fut pétrifié de peur, s'étouffant avec la fumée. Sa violente toux, à déchirer le cœur, ne suffisait pas à couvrir les pas cadencés qui progressaient vers nous dans un bruit de tonnerre.

De temps à autre, les pas s'arrêtaient puis reprenaient. Nous tendîmes l'oreille. Aux murmures qui nous parvenaient et aux claquements des grilles, nous comprîmes que dans ces intervalles silencieux, la sinistre faucheuse moissonnait les âmes. Attentivement, nous suivîmes le décompte : « cellule 13, cellule 12, cellule 9, cellule 8... ».

« Wang Er est sans doute dans le lot », marmonna le Ministre des Affaires étrangères. Je le frappai sur le front pour le faire taire et me baissai pour ajouter de l'eau au bol de thé de Mao. Il avait le regard perdu dans le vide, paralysé par ses pensées. Après quelques instants, il porta le bol à ses lèvres. Des perles de sueur commencèrent à couler de son front. Sa chemise était trempée et collait à ses muscles.

« Là, ils sont devant la cellule 7 ! » s'exclamèrent des détenus.

Mao posa brusquement son bol par terre. « On est la prochaine ! »

« Y en a beaucoup, au moins tu ne seras pas tout seul », susurra le Vieux Xie. Mao l'ignora, repoussa mes mains et se posa à côté de la porte. La sueur avait depuis longtemps éteint son cigare, mais il persistait à tirer dessus.

Le cérémonial du départ se déroulait devant la porte voisine, mais on n'entendait pas le fracas des chaînes. Jin Hua essaya de détendre l'atmosphère :

« Le gars d'à côté est fort. Il n'a pas besoin que les Rouquins le portent.

– Je ferai pareil, je marcherai tout seul, sans leur aide », répondit Mao.

Le silence qui suivit sembla durer une éternité. Nous attendîmes avec fébrilité, mais notre porte demeura fermée. Les roulements passèrent devant notre cellule, puis s'arrêtèrent devant la 5.

« J'ai gagné ! criai-je de bonheur. C'est moi qui aurai ton plat ! »

Nos codétenus explosèrent de joie. Mao retira ses beaux habits.

« Je vivrai assez pour manger le plat de demain », dit-il, soulagé.

回到五号房

45

Retour à la cellule 5

Je ne pus assister au départ de Mao. Cet après-midi-là, Tang-le-pochtron me convoqua dans son bureau avec le Ministre des Affaires étrangères. Nous allions tous les deux quitter la cellule 6, nous annonça-t-il. Nous n'eûmes même pas le droit d'y retourner pour y récupérer nos effets personnels. Deux de nos compagnons de cellule durent les rassembler pour qu'on nous les apporte.

Nos chemins respectifs se séparaient : je fus transféré dans la cellule 5, tandis que le Ministre des Affaires étrangères quitta le centre pénitentiaire pour purger sa peine de quinze ans dans un camp de rééducation. « On ne se reverra sans doute jamais dans cette vie », pensai-je alors que je voyais son dos disparaître au bout du couloir. À ma grande déception, il ne se retourna pas.

Une coupure s'opéra soudain dans le temps, et ma vie dans la cellule 6 s'évanouit. Même si mes amis et ennemis, le Vieux Xie, Jin Hua, l'Épileptique, n'étaient séparés de moi que par un mur, ils me paraissaient aussi éloignés que s'ils vivaient sur Mars. Nous ne nous rencontrerons plus que dans mes écrits ou dans mes rêves, ai-je alors décrété.

J'avais du mal à croire que je n'avais quitté la cellule 5 que six mois auparavant. Je ne reconnus quasiment personne. Et nul ne me salua quand j'y rentrai. Ses occupants discutaient entre eux à voix basse, les yeux fixés sur les boîtes de médicaments. Mes yeux cherchaient un visage familier. Je reconnus Sun, un détenu de longue date avec qui je m'étais lié avant de partir. Il se tenait solennellement dans le fauteuil de chef, avec son ventre protubérant. Un autre détenu, Yao, avec qui je m'étais déjà battu, était là aussi. Il évita mon regard.

J'éprouvai la nostalgie de la cellule 6. Je n'étais plus chez moi. Je vins saluer mon nouveau chef. Il me fit la leçon, d'un ton formel et austère, sur la routine que je n'avais pourtant plus à apprendre :

« Tu as brutalisé les autres en cellule 6. J'espère que tu sauras te tenir. Garde ta queue entre les jambes. C'est l'officier Li qui s'occupe de notre cellule. Il m'a explicitement dit de te traiter comme du nouveau matériel. Ton lit sera celui près des chiottes. Tu les nettoieras tous les jours, ainsi que ce qu'il y a autour. Point important : dans notre cellule, le quota de production est de trois à cinq mille paquets par personne et par jour. Si tu ne le remplis pas, tu as le choix entre les menottes ou les coups de matraque. Si tu te prends les menottes, tu devras faire des heures sup' pour rattraper le travail perdu, une fois que tu auras les mains libérées. Les punitions ne sont pas une excuse pour échapper à la rééducation par le travail.

– Mais ici on n'est pas dans un camp de travail ! Si ? questionnai-je. On n'est même pas encore condamnés. »

Il resta muet et me regarda avec dédain. Je saisis le sens de son attitude et me tus. Pour dormir, j'eus droit à une étroite bande, au bout du grand lit en ciment. Si je ne faisais pas suffisamment attention, je pouvais rouler sur le côté et tomber dans la fosse des toilettes. Je récurais donc l'endroit du mieux que je pouvais. Je versais d'abord de l'eau savonneuse, j'essuyais ensuite soigneusement, puis j'arrosais à nouveau avec de l'eau claire. Pour les urinoirs, je mettais du dentifrice puis je brossais avec application cette «bouche grossière», avec une brosse à dents cassée. Je contribuais même parfois de ma poche à l'achat du dentifrice à urinoirs.

Petit à petit, je devins un maniaque de la propreté, haïssant ceux qui venaient se soulager juste après que j'eus fini de nettoyer les «lieux». C'était une torture de voir le résultat de mon labeur souillé et sali sous mes yeux. J'appréhendais bien sûr le vendredi soir, jour où les cuisines servaient du porc sauté aux oignons. Même en étalant du dentifrice sous mon nez, je n'arrivais pas à masquer la puanteur des latrines.

Ces tâches dégoûtantes et répétitives, entre le récurage des toilettes et le pliage des boîtes de médicaments, occupaient toutes mes journées. J'avais à peine le temps de lire ou de réfléchir. Et bientôt, ma taille commença à s'épaissir. Pour bien des Chinois, la graisse pendouillant autour de la ceinture est un signe de prospérité et d'une vie détendue, passée à savourer les meilleurs plats. Mais la taille saillante d'un prisonnier révélait en fait exactement l'inverse. À la manière d'un robot, mes mains bougeaient mécaniquement pour mettre les boîtes en forme tout au long de la journée, et ce travail s'insinuait même dans mes rêves.

De temps à autre, je pensais à mes amis de la cellule 6. Un soir, alors que je veillais sur deux condamnés à mort, les bols pendus à la crémaillère s'entrechoquèrent à cause du vent. Je fixai la suspension, mi-éveillé mi-endormi. Le bruit s'arrêta. Je ne pus m'empêcher de murmurer: «Wang Er, c'est toi qui as réussi à te tirer de l'au-delà pour me rendre visite? Vraiment désolé qu'on n'ait pas pu se dire au revoir.»

Le cliquetis reprit. Un air froid parcourait mon dos et mes dents claquaient encore plus fort que les bols. Je suppliai Wang Er : « Laisse-moi tranquille. T'es un fantôme, maintenant. Ne te balade pas d'un monde à l'autre comme ça. »

Pour me faire sortir Wang Er de l'esprit, je secouai vigoureusement la tête, en essayant de rester maître de moi. Je déplaçai un gros carton pour aller uriner. Alors que je remontais mon pantalon et me retournais, je fus surpris par un autre détenu, qui se tenait sans bruit derrière moi. Je perdis l'équilibre et tombai dans ses bras. Heureusement, j'attrapai ses chaînes avant que nos bouches ne viennent en contact.

Je n'aurais pas pu tomber sur quelqu'un de plus étrange à presque embrasser. C'était un des condamnés à mort, qu'on surnommait « Tueur bigleux ». Ses yeux étaient mal formés, ce qui l'empêchait de regarder normalement la personne ou l'objet qu'il avait en face de lui. Durant ses braquages, ce défaut de naissance s'était révélé mortel. Pendant un de ses coups, il avait accidentellement tué son propre complice.

Maintenant que nous nous retrouvions devant les toilettes, Tueur bigleux inclina sa tête de côté pour me regarder fixement : « Je dirais pas non à un bisou », blagua-t-il en essayant de se déboutonner. Je repris prestance et l'aidai à faire ses besoins. Après toutes ces émotions, j'étais complètement éveillé.

* * *
*

À ce point du récit, les lecteurs ont sans doute remarqué que j'ai tendance à évoquer assez largement les excréments. Dans *L'Insoutenable Légèreté de l'être*, Milan Kundera a donné une définition célèbre du kitsch totalitaire comme « la négation absolue de la merde ». Il a fait de la merde le thème d'une remarquable satire. Je suis malheureusement incapable d'élever les excréments vers les hauteurs et de leur conférer un sens politique, historique et religieux. Dans mes mémoires, la merde, c'est tout simplement de la merde. Je persiste à en parler, parce que j'ai failli m'y noyer.

Au moment où j'écris, je vis toujours dans cette porcherie merdique qu'est la Chine, et je me languis de pouvoir nettoyer mon âme en profondeur. Et pour cela, je dois me transformer – un processus angoissant, bien plus pénible à supporter que le récurage de toilettes avec une brosse à dents. Je suis un témoin qu'a généré cet environnement social et politique si particulier, et il est essentiel que je demeure libre des souillures fétides des matières fécales.

*
* * *

Les histoires qui parlent de merde nous réduisent à nos instincts les plus primaires, mais elles sont sans doute les plus parlantes sur la vie en prison. Un éminent codétenu, ancien banquier du nom de Jiang Wei, fut frappé de constipation aiguë. Cet homme était accusé d'avoir détourné une grosse somme d'argent d'une banque d'État. Sa vie, jusqu'alors très confortable, ne l'avait bien sûr pas préparé à la prison, et il n'arrivait pas à faire ses besoins au vu et au su de tous. Cette habitude de bon sens dans le monde civilisé était incompréhensible pour les autres détenus, qui y voyaient les caprices d'un original. La constipation du banquier dura dix jours. Son haleine était terrible et il avait des éruptions cutanées. Ses yeux commencèrent à rougir comme ceux d'une lapine en chaleur. Cette douloureuse et humiliante condition d'un riche et courtois gentilhomme fournit, hélas, une ample distraction aux autres détenus qui menaient une vie bien monotone derrière les barreaux. Nos codétenus se plurent à le harceler chacun leur tour, en commençant par parler en sa présence de l'immense catharsis que constituait la défécation. Sous le choc de ces descriptions si crues, la face et le corps du banquier se tordaient. Et dès qu'il se mettait en position sur les chiottes, un troupeau de détenus s'amassait autour de lui, tels des chiens avides de renifler une crotte, lui criant à l'unisson : « Vas-y, mon gars, vas-y ! »

De honte, le banquier se masquait le visage. Des larmes coulaient de ses yeux et de la sueur perlait entre ses doigts, mais les prisonniers le poursuivaient impitoyablement de leurs quolibets. L'un d'eux lui tapota l'épaule et lui dit : « Ne sois pas si ému. On sait que tu apprécies notre compagnie, mais c'est quand même la moindre des choses qu'on puisse faire pour t'aider. » Un autre le « consola » d'un air plein de sollicitude. « Je sais, c'est ton premier accouchement. Ça va être un peu douloureux, mais t'inquiète pas. Prends ton temps. Pousse, pousse fort... Ça finira par sortir. »

Le onzième jour, le front du banquier était plein de boutons, mais il parvint enfin à éjecter un peu de ce qu'il avait dans le ventre. Inquiets de voir leur principale distraction prendre fin, les autres détenus se précipitèrent pour tenter de mettre un terme à ses efforts. Le chef faisait partie du lot. Je saisis son bras. « T'as plus de cinquante ans. Pourquoi tu te comportes comme un gamin ? »

Il se hérissa : « Qu'est-ce que t'en as à foutre ? »

Le groupe se scinda en deux. Une partie au bord du lit, leurs culs tournés vers Jiang Wei en faisant semblant de chier. Les autres pressaient la victime, lui tirant les oreilles et l'acclamant : « Vas-y, pousse ! Pousse ! » L'anus du banquier se mit à saigner abondamment, et le sang excita encore plus ces sauvages.

Un des détenus émit l'hypothèse que le sang qui sortait était dû aux menstruations du banquier. « Quand as-tu changé de sexe ? Ça se voit que ta bite a rétréci ! »

Exaspéré, le banquier remonta son pantalon et essaya de se relever, mais deux de ses bourreaux le forcèrent à se rasseoir.

« Ne pars pas. T'es un aristocrate. T'as besoin que plein de monde te distraie pendant que tu fais tes petites affaires !

– S'il vous plaît, laissez-moi tranquille ! implora-t-il. Quand les cuisines feront du porc, je vous paierai une ration à chacun. Ce sera ma tournée, je promets ! »

Les détenus répondirent à l'unisson : « Merci, merci ! Mais nous, on est des moines. On touche ni à la viande ni aux foufounes ! »

Le banquier tenait son pantalon à deux mains, désemparé. Soudain, une idée lui vint. Il se retourna promptement, son cul nu tourné vers le groupe.

Nous restâmes sans voix. Le chef rugit : « Tu oses nous montrer ton gros cul de putain de salaud de riche ? Tu nous insultes ! »

Ye Ya, une ancienne petite frappe, châtia le banquier : « Où sont tes bonnes manières ? »

Plusieurs autres se ruèrent sur lui, l'empoignèrent par les épaules et le forcèrent à se remettre en place.

« Ne me touchez pas, ça sort ! » cria-t-il.

La petite frappe le gifla et le fit tournoyer.

« C'est rentré », sanglota le banquier de déception.

Mal à l'aise vis-à-vis de ce qu'ils lui avaient fait subir, je dénichai un caleçon, me faufilai jusqu'à lui et le lui tendis. « Mets-toi ça sur la tête. Tu verras plus rien, ça sera plus facile. Imagine-toi que tu chies tout seul, dans l'espace. »

Le banquier enfila le caleçon sur sa tête. Les rires redoublèrent. « Le Contre-révolutionnaire est vraiment pas con ! » releva la petite frappe.

Le chahut de notre cellule attira l'attention de l'officier de garde, qui passait devant notre fenêtre. À la vue du caleçon sur la tête du banquier, crut-il avoir affaire à une tentative de suicide? «Salaud! T'as pas le droit!» aboya-t-il.

Le groupe s'éparpilla. Et le banquier se figea, la tête enfouie dans le caleçon.

«Ça va pas se passer comme ça! tempêta l'officier. Chef! Retire-lui ce truc de la tête!»

Le banquier agrippa le caleçon, il ne voulait pas le lâcher.

L'officier enrageait: «Tu crois que tu vas pouvoir te laisser mourir si facilement? Tu vas souffrir, d'abord. Montre-moi ton visage!»

Après quelques secondes de silence, le banquier sauta sur ses pieds et ses jambes, maigres comme des bâtons, tremblèrent. De loin, il ressemblait à un gros crapaud écorché. Il bandait, le pénis dirigé droit sur l'officier. Il retira lentement le masque avec sa main gauche, alors que la droite gagnait son anus. Puis il la retira, maculée de sang, et se mit à crier hystériquement: «Tu veux ma merde et mon sang? Prends-les!»

L'officier répondit au banquier par un coup de matraque. L'aristocrate hurla de douleur, comme un citoyen de basse condition. Puis l'officier fit venir le médecin, qui lui prescrit plusieurs doses de laxatif.

Une fois ses boyaux soulagés, le banquier arrivait difficilement à se retenir. Tout ce qu'il mangeait ressortait presque immédiatement à l'autre bout. Au bout de quelques jours, alors qu'il commençait à souffrir de déshydratation aiguë, le docteur lui donna des médicaments contre la diarrhée. Après ces deux traitements de choc, il ne fut plus que l'ombre de lui-même. L'homme bien élevé et posé avait laissé place à une loque négligée et amorphe, oubliant de se laver ou de se peigner. Une lueur perçait ses yeux à la vue de la nourriture, qu'il dévorait tel un mendiant affamé.

La faim insatiable du banquier se révéla dangereuse. À l'heure des repas, quand le personnel des cuisines avait fini sa tournée des cellules pour y jeter nos gamelles de riz, de soupe et de légumes, il repassait parfois pour redistribuer le rab.

La petite frappe s'arrogeait la majeure partie du « bénéfice » et partageait les restes avec le chef et ses affidés. Le banquier salivait à l'idée de pouvoir se bâfrer un peu plus. Sans même tenter de négocier une part, il décida de se frayer simplement un chemin jusqu'à la fenêtre, pour essayer de remplir son bol. Lorsque la petite frappe le repoussa, le banquier leva le bras en criant : « À bas les brutes ! »

Perturbé par cette altercation entre deux de ses sujets, le chef s'avança pour arbitrer. « Je dois être juste, déclara-t-il. Je vais vous poser à chacun trois questions. Tous les autres jugeront. Celui qui remportera leurs suffrages aura le rab. »

La petite frappe s'impatientait. « On n'a pas le temps, ils arrivent avec le chariot des cuisines, je les entends. »

« Bon, d'accord, t'as gagné. Le banquier a perdu. Il attendra la prochaine tournée », dit le chef.

Mais le banquier n'avait pas l'intention de lui obéir. Le chef le prit alors à part et le rassura : « T'inquiète pas, je compenserai. »

Le chariot passa avant même que le chef n'ait terminé sa phrase. « Putain, ils s'arrêtent même pas. Pas de rab aujourd'hui », proféra la petite frappe, abattue.

Je l'asticotai : « Je suis sûr qu'ils en ont encore. Ils ont juste la flemme de s'arrêter. T'as qu'à utiliser tes petits trucs pour les faire changer d'avis. »

Il jeta un coup d'œil circulaire, au départ plein d'hésitation, puis tendit son bras à travers la grille, le visage écrasé contre le mur crasseux à côté de la fenêtre. La bouche en cœur, il lança un cri déchirant : « S'il vous plaît ! S'il vous plaît ! J'ai faim ! Donnez-moi un bol de soupe ! »

Sa supplique résonna dans tout le couloir. Les gardiens poursuivirent leur ronde sans essayer de le réprimander. Et le chariot s'arrêta quelques secondes, mais reprit sa route au même rythme. Voyant son dernier espoir s'éloigner, la petite frappe commença à gémir en se cognant la tête contre le mur, sans se retenir. « S'il vous plaît ! Donnez-moi du rab ! Je vous en supplie ! Ayez pitié ! »

Il insista tellement qu'un vieux gardien entendit sa plainte éplorée. Il poussa un long soupir et demanda à ceux qui poussaient le chariot de revenir. Le cuisinier gratta le fond du pot et remplit sa gamelle avec des légumes pourris et des vermicelles.

Le chef et ses affidés étaient en extase devant cette victoire inattendue. Ils eurent tous droit à une cuillerée.

Le banquier les regarda faire, se grattant la tête de jalousie.

« T'as pas le droit de monopoliser le rab, grommela-t-il. Tu demandes pour la cellule 5, on devrait tous partager.

– Va te faire voir, répliqua la petite frappe. J'ai trois fois plus d'appétit que toi. Ce serait pas moi qui me ferais humilier pour ça, sinon.

– J'ai un ventre au moins cinq fois plus gros que le tien ! » Le banquier se tapait la poitrine avec force, pour prendre le dessus sur l'autre.

« T'es peut-être plus grand, mais ça veut rien dire. On n'a qu'à se battre, pour voir !

– Y a plus rien à gagner, on a tout mangé, répondit la petite frappe.

– On n'a pas acheté des trucs, hier ? »

Le banquier n'avait pas l'intention de lâcher le morceau.

« On n'a qu'à jouer aux fèves croustillantes, suggéra quelqu'un. Le perdant devra payer deux paquets au gagnant.

– Le banquier n'a pas encore reçu d'argent de poche de sa famille. Je pense pas qu'il puisse acheter quoi que ce soit », tentai-je poliment d'enrayer l'engrenage.

Mais le banquier était en train de relever ses manches et fut bientôt prêt.

« T'inquiète, j'emprunterai. Je recevrai ça bientôt, de toute manière.

– Bon ! À vos marques ! » commanda le chef.

Les autres détenus commencèrent à entonner la *Marche des athlètes*. Les deux adversaires étaient assis en tailleur face à face, à la manière des samouraïs japonais. Ils se regardaient droit dans les yeux avec défiance, et des rictus leur déformaient le coin de la bouche. Le chef se décréta lui-même arbitre du duel. Il se noua un morceau de tissu blanc autour de la tête et posa solennellement quatre sacs d'une livre entre eux deux, les ouvrit puis cria : « Prêts ! Partez ! »

Les joues des deux joueurs commencèrent à gigoter et la mélodie croustillante se poursuivit pendant une demi-heure. La moitié des fèves avaient disparu. Les deux adversaires avaient des cloques rouges sur les lèvres. Pour avaler, ils penchaient la tête en avant et tiraient le menton vers le haut. Vues de loin, leurs pommes d'Adam ressemblaient à de grosses tumeurs. Leurs yeux s'embuaient à cause du poivre.

Deux prisonniers qui les assistaient respectivement essuyaient la sueur qui leur coulait sur le front et dans le cou avec du papier-toilette. À chaque accélération du rythme, la transpiration des deux compétiteurs devenait plus abondante et le papier se déchiquetait.

Ils mastiquaient vigoureusement. Une salive rougeâtre suintait des coins de leur bouche. Au départ, assis dignement, comme des samouraïs, une main posée sur la cuisse, ils amenaient les fèves à la bouche avec l'autre main. Puis le banquier changea de stratégie. Il sauta du lit, déambula et s'étira. Puis il finit par s'agenouiller par terre et posa le menton sur le bord du lit. «Tu jettes l'éponge?» sourit la petite frappe.

Le banquier ignora la remarque, et l'autre s'aperçut que son adversaire avait modifié sa technique. Après avoir étalé les fèves au bord du lit, le banquier avait baissé la tête et les aspirait tel un cochon dans un abreuvoir. Cette méthode s'avérait plus rapide, et la petite frappe l'adopta immédiatement.

Malheureusement, cette nouvelle position commença à lui donner des douleurs abdominales. À contrecœur, il se rassit sur le lit et revint à sa technique précédente. Le banquier, lui, relançait avec acharnement – croquant, lapant, aspirant. Après quatre-vingt-treize minutes, ils se tenaient encore dans un mouchoir de poche. Même si la petite frappe établissait un nouveau record personnel, avec une livre quatre-vingts de fèves, sa progression s'étiolait. Mais le banquier continuait à dévorer voracement. Avec stupeur, je constatai qu'il en avait englouti une livre quatre-vingt-dix-sept, nouveau record absolu de la prison.

Au dernier instant, néanmoins, un déferlement de fèves jaillit de sa bouche, comme si un barrage venait de rompre.

Tous ceux qui observaient la scène se couvrirent la bouche de dégoût et détournèrent le regard. Je tendis un chiffon au banquier pour qu'il puisse s'essuyer. Le perdant tenait son ventre gonflé de douleur. La souffrance donnait à son visage un teint cireux. Il resta alité plusieurs jours.

Le tribunal condamna le banquier à la peine capitale trois mois plus tard. Le matin de son départ, les égouts étaient bouchés, ce qui bloquait les toilettes dans plusieurs cellules. Les surveillants se creusèrent la tête mais ne trouvèrent pas de solution. Y voyant l'occasion rêvée de voir sa peine commuée, le banquier se porta volontaire pour descendre nettoyer le système d'égouts. L'hiver était déjà bien avancé, et ce banquier à l'ancienne vie bien confortable sortit de la cellule sous la menace des baïonnettes rutilantes de nos redoutables gardes. Il retira son manteau, son pull et son pantalon et s'enfonça en sous-vêtements dans le lisier immonde. L'un après l'autre, il retira les objets maculés qui bouchaient le tout-à-l'égout pour les remonter à la surface. La puanteur le faisait suffoquer, mais il s'obstina.

Les autres détenus et les gardiens le regardaient, impressionnés par sa démarche courageuse et altruiste. Après avoir terminé, il tremblait sans pouvoir s'arrêter, mais insista encore pour nettoyer la saleté autour de la fosse. L'officier de garde l'arrêta et ordonna aux Rouquins de lui donner une douche chaude et un bol de thé brûlant. C'est à ce moment précis qu'arrivèrent les mandats d'amener du tribunal. Il allait finalement être exécuté. Il resta debout, sonné et pétrifié par la nouvelle. En revenant dans la cellule, il prit une douche rapide et revêtit hâtivement ses habits propres.

Les gardiens attendaient dehors avec impatience. Notre officier de garde était compatissant mais ne pouvait rien y faire. Avant son départ, son corps exhalait encore la merde. Il nous adressa un sourire amer. « Je reviens tout juste de l'enfer. Je n'ai plus peur de rien. »

46

Permission de lecture

阅读

En 1991, le taux de renouvellement des détenus de notre prison fut élevé et, au pic de surpopulation, nous nous trouvâmes entassés à vingt-six dans un espace conçu pour douze. Les prisonniers dormaient où ils pouvaient. Dans les allées et même dans les toilettes.

Les compromis que nous faisions pour le couchage exacerbaient les tensions. Ceux qui dormaient dans l'allée étaient serrés. Au réveil, ils tiraient et poussaient, jurant et maudissant leurs voisins. Régulièrement, des bagarres éclataient au milieu de la nuit. Parfois, les détenus échangeaient des coups alors qu'ils étaient encore à moitié endormis. Les gagnants remportaient le droit d'étendre les jambes, les perdants se recroquevillaient, les bras lovés autour des jambes.

Alors que je ne m'y attendais plus, l'arrivée de deux condamnés à mort natifs de Ba apporta un rayon de soleil dans ma routine de détenu, par ailleurs bien terne.

À leur arrivée, les autres prisonniers célébrèrent les deux nouveaux, comme s'il s'agissait de stars. Les condamnés à mort étant exemptés des quotas de production, les autres compagnons de cellule essayaient de s'attirer leurs bonnes grâces pour qu'ils les aident à réduire leur charge de travail. Mais les deux nouveaux ne goûtèrent pas cet accueil triomphal. Ils se retirèrent près de la porte d'entrée, examinèrent attentivement la cellule à plusieurs reprises, puis chuchotèrent entre eux, pour choisir le groupe auquel ils allaient se joindre. Finalement, à la consternation de leurs nombreux soupirants, les deux morts-vivants se dirigèrent lentement vers moi.

« Tu es myope ? » demanda le plus vieux des deux.

Avant que je pusse répondre, il me prit mon carton des mains et se mit à l'ouvrage.

Leurs mains enchaînées se mouvaient à la vitesse de l'éclair. En un rien de temps, un petit tas de boîtes bien pliées et collées commença à se former. Les autres étaient verts de jalousie. Je baissais la tête, mais sentais pourtant les flammes de leur colère me lécher le visage. Respirant profondément, je gardai mon calme jusqu'à l'arrivée du chef.

« Hé ! T'as pas le droit de garder les deux morts-vivants pour toi ! »

Je me mis debout pour lui répondre. Mes poings se serrèrent, mais je me retins. Je ne pouvais plus me permettre de repasser devant le tribunal. Bientôt la meute nous entoura. Me contenant à grand-peine, je répondis : « Je vois pas de quoi tu veux parler. Moi, je nettoie les toilettes. La seule chose que je sais monopoliser, c'est la merde... »

« Ces condamnés à mort, c'est pas de la merde ! » Le chef essayait de provoquer une bagarre.

« Ils sont sympas avec toi, ils t'aident, et toi tu les traites de merdes ?

– Là, c'est toi qui essaies de foutre la merde, dis-je.

– Où que t'ailles, tu changes pas d'un poil, me fit-il, plein de reproches.

– Toi non plus. T'es la taupe des gardiens, où que tu sois», rétorquai-je.

Son visage se convulsa. Alors que l'échange s'envenimait, mes nouveaux amis vinrent à ma rescousse. «T'es pas raisonnable, face de pet.» Le plus jeune des deux bondit avec souplesse, pour se placer entre le chef et moi.

«On aide qui on veut, nous. Fous pas ton nez là-dedans.

– Je suis le chef de cette cellule. Si vous foutez le bordel et que vous n'obéissez pas, faudra que je fasse un rapport, menaça le chef.

– Papi, pourquoi tu t'énerves?» demanda doucereusement le plus vieux, jetant un coup d'œil à son acolyte pour qu'il recule. Puis il posa son bras autour du cou du chef et lui chuchota à l'oreille. Cela eut pour effet de réveiller les yeux éteints du chef qui étincelèrent de peur. À la fin de la discussion, il fit signe à tout le monde de se disperser et se retira à l'intérieur de la cellule.

Je restai là, les bras ballants, mais mes nouveaux amis vinrent me chercher pour me ramener à ma place. «Monsieur, retournez lire vos livres, me dit le plus jeune avec un sourire. L'alerte est passée.»

J'étais à la fois touché et désemparé, faute de savoir comment les remercier. Mes yeux se mouillèrent et je balbutiai: «Je ferais bien de travailler à plier ces boîtes.»

Le plus jeune me lança un regard fâché alors que l'autre, jetant un coup d'œil à la ronde, me dit à voix basse: «T'inquiète pas. Le papi osera rien faire. Je lui ai dit qu'on a déjà pas mal de meurtres sur la conscience – pourquoi pas un de plus?»

Ils m'offraient le plus beau cadeau que je pouvais espérer. Je repris mes vieilles habitudes de lecture. Les autres détenus me lançaient des regards hostiles, mais je me mis à relire avec voracité, des classiques chinois, comme *Le Rêve dans le pavillon rouge*, *Le Singe pèlerin* et *La Romance de l'Empire zhou oriental*, ou des romans de Milan Kundera et même un essai de Boris Pasternak, l'auteur du *Docteur Jivago*.

J'étais surpris de trouver ces livres dans la bibliothèque de la prison. Après des demandes à répétition, je fus autorisé à quitter la cellule pour me rendre à la bibliothèque et y choisir des livres pour mes compagnons. Ma joie était immense. Au-dehors, le ciel dégagé était agréablement bleu. Même les cris et les jurons qu'éructait de temps à autre notre surveillant, Yu, me paraissaient mélodieux.

Comme si nous nous étions donné rendez-vous, j'aperçus un jour trois de mes complices du film *Requiem* dans la queue, à l'entrée de la bibliothèque. Je les rejoignis en courant. «Ne bougez pas et ne parlez pas», nous avertit l'officier Yu.

Nous discutâmes tout de même à voix basse, les têtes penchées et les yeux fixés au sol pour ne pas attirer l'attention.

«Notre sort sera bientôt scellé, nous avertit Poète hippie.

– Préparez-vous à en prendre pour au moins cinq ans, dit Chen Dong, le réalisateur, d'un ton monocorde.

– Cinq ans ? Je ne tiendrai pas ! Grosses lunettes se grattait le haut du crâne. Ma femme ne m'a ni rendu visite ni écrit depuis déjà un moment. Il faut que je sorte avant pour sauver mon couple.

– Chen Dong a de la chance, sa famille lui rend visite sans arrêt, blaguai-je. J'ai même entendu qu'ils envoyaient des roses.

– J'ai de la chance avec les femmes, se vanta Chen Dong. Vous, vous avez des hommes affreux pour avocats. Ma famille m'a pris une avocate jeune et jolie. La première fois que je l'ai vue, j'ai craqué pour elle. Pendant toute la rencontre, je n'ai pas détaché mes yeux de ses nichons. Je ne me souviens même pas des conneries que je lui ai racontées.»

Nos ricanements nous dénoncèrent. Yu leva sa matraque électrique.

« Je vous ai pas dit de vous taire ? Vous violez le règlement en parlant ici. Penchez vos têtes, je vais vous faire chauffer les oreilles à chacun.

– Monsieur, j'ai un problème de cœur », protesta doucement Chen Dong.

Il mit la main dans sa poche et en retira un flacon de médicament. « C'est un flacon d'huile de foie de morue que mon amie m'a envoyé pour mes problèmes cardiaques. C'est connu, c'est Trésor du Cœur qui fabrique ça. »

Nous entonnâmes sur-le-champ : « Trésor du Cœur, le gel des amoureux », imitant l'air de la publicité télévisée. « Prenez-en tous les jours, tous les mois, tous les ans. »

Yu ne put conserver son sérieux et éclata de rire.

« Grosses lunettes Liu, c'est ton tour », appela un Rouquin à l'entrée de la bibliothèque.

« Quelqu'un peut passer avant moi ? J'ai besoin de prendre le soleil, dit Liu avec effronterie. Mon corps est tout ramolli, et les puces se multiplient. »

La matraque en avant, Yu s'avança vers Liu qui se remit sur pied pour s'enfuir en courant. Nous restâmes en file indienne à regarder la course-poursuite. Ils passèrent plusieurs fois devant nous avant que Yu ne rattrape Grosses lunettes et le soulève par le col, tel un poulet.

« Vous êtes fort, et vous êtes expert en arts martiaux, implora Grosses lunettes, la bouche tordue. S'il vous plaît, ne me punissez pas. »

Le gardien lui donna un coup de pied et Grosses lunettes tomba au sol. Pas découragé, il roula sur lui-même et se releva immédiatement. « Si ça peut vous faire du bien, n'hésitez pas à me donner des coups de pied. C'est bien meilleur que de se prendre un coup de matraque. »

Yu arrêta les coups de pied pour s'en retourner dans son réduit chercher une matraque chargée à bloc. Contrit et tremblant, Grosses lunettes tomba soudainement à genoux, implorant le pardon.

« Gentil et bienveillant surveillant, ne faites pas ça, s'il vous plaît. Venez me casser les os, plutôt. Ils sont fragiles. Je sais que je suis une grande gueule, mais je fais tout ça pour vous distraire et vous tirer de votre ennui.

– Mais je ne m'ennuie pas !

– Je souffre pour vous ! Vous passez des jours et des nuits en notre compagnie. Ce serait bien si nous étions des jeunes et jolies filles, mais ce n'est pas le cas. C'est pour ça que j'ai envie de compenser. » Grosses lunettes tremblait de plus belle.

Yu se détourna pour réprimer un fou rire. Pour finir, il fit un signe à Grosses lunettes en lui lançant : « Pas le droit de prendre des livres aujourd'hui ! Retourne à ta cellule ! »

Ce fut bientôt mon tour. À l'entrée de la bibliothèque, un Rouquin draguait une jeune prisonnière au teint diaphane. J'entrai et fus surpris de voir mon ami Ba Tie, le scénariste de mon film *Requiem*. Les autorités de la prison lui avaient confié la gestion de la bibliothèque, du fait de son attitude coopérative. Je m'approchai et lui dis d'un ton taquin : « On dirait que ça marche bien pour toi. Tu devrais demander le transfert de ta femme et faire des enfants en prison. »

Le scénariste quitta son poste et m'emmena pour parler entre deux rangées d'étagères.

« Je te présente mes excuses, dit-il. On était trop naïfs, à l'époque. On se bat contre le gouvernement. On ne pourra jamais gagner.

– Oublie tout ça. On doit avancer, se tourner vers l'avenir », le consolai-je.

Il eut un tic. Il essaya de dire quelque chose puis renonça.

Le surveillant s'approcha et me pressa de partir. En sortant, je vis que la prisonnière regardait fixement Yu qui émit un claquement salace du fond de sa gorge, comme s'il avait la bouche pleine de friandises. La femme passa devant lui. Elle tourna la tête et lui décocha un sourire charmeur qui aurait fait fondre n'importe quel homme. Je calai les livres sous mon bras et commençai à la suivre, mais Yu n'avait aucune intention de me laisser lui chiper ses friandises. Il la rattrapa et lui pinça les fesses. Surprise par cette soudaine attaque, la détenue accéléra le pas et finit par s'échapper.

Stupidement, le comportement lubrique de Yu me procura une érection immédiate. À mon retour en cellule, cet épisode me resta longtemps en mémoire avant que je ne parvienne à me calmer pour me concentrer sur mes livres.

Mes compagnons de cellule me prirent la plupart des livres que j'avais récupérés à la bibliothèque. J'en choisis un que personne ne voulait, *1984*, l'allégorie politique de George Orwell. La lecture de cet ouvrage s'apparenta à une promenade dans une galerie où se mêlaient l'art et la vie. Une prison imaginaire se dessinait dans les pages du livre, tandis que la réalité de la chose m'entourait. La prescience qu'avait eue George Orwell du totalitarisme me stupéfia.

Winston Smith, le héros du roman, avoue son crime : avoir pu douter des dirigeants de son pays. Pour se sauver, il dénonce tout son entourage. Insatisfaits de ces confessions superficielles, ses très posés interrogateurs utilisent la torture physique pour réduire à néant ses émotions et ses sentiments amoureux. Dans « l'utopie » totalitaire, l'individualité périt. Si un quelconque citoyen ose revendiquer une infime parcelle d'âme pour lui-même et en tire du plaisir, les dirigeants y voient les prémices d'une crise. Comme si un minuscule insecte provoquait une minuscule déchirure dans une immense et complexe toile d'araignée. Si on ne répare pas la déchirure, elle s'agrandira rapidement, détruisant la structure et l'intégrité de toute la toile. Le gouvernement finit par enfermer la tête de Winston Smith dans une cage qui contient des rats affamés – déclenchant ainsi des réflexes de peur viscérale. Alors que les rats s'approchent de son visage, il s'écrie : « Faites ça à Julia ! », trahissant ainsi la seule femme qu'il ait aimée. Ses tourmenteurs s'arrêtent de rire alors que Smith reste paralysé à côté de la cage, cassé et assommé, comme un rat humain. Si une femme peut aimer un rat dans un corps d'homme, elle aussi est une rate. On peut corrompre les sentiments humains, pense Smith. Après la séance de torture, il exprime sa repentance à l'attention du dirigeant invisible, accepte sa punition et se voit réintégré dans la collectivité nationale.

« Cela me plaît, que le héros se laisse abattre et termine sa sombre vie en capitulant face au pouvoir », me dis-je cyniquement. Je posai le livre et fermai les yeux.

Quelques minutes plus tard, la porte de la cellule s'ouvrit. On venait chercher mes deux amis, qui avaient si généreusement pris ma part de travail. Les derniers rayons arrosèrent la cour d'or et de sang. Nos compagnons de cellule restèrent assis dans le calme, regardant ces deux-là prendre le train pour le terminus de leur voyage vers la mort. Je me levai pour nettoyer leur héritage – des piles de boîtes de médicaments bien pliées et bien collées. Je passai une demi-heure à les déposer soigneusement dans de grands cartons. Grâce à leur travail, je pouvais me permettre de continuer à lire mes livres pendant encore une semaine.

为一首和一百首歌而作

47

Pour une chanson, cent chansons !

C'était mon deuxième hiver en prison. La neige tombait, posant son manteau d'un blanc éclatant dans la cour. Les détenus se recroquevillaient dans leur lit pour économiser leur énergie et préserver leur chaleur corporelle, mais j'étais, contrairement à mes habitudes, hyperactif. Mon esprit vagabondait, et des vagues de chaleur, à l'origine mystérieuse et inconnue, me parcouraient le corps.

Tous les matins, j'étais le premier à me hâter vers le réservoir pour me verser sur la tête une bassine d'eau glacée. Les éclats de glace me laissaient de minuscules égratignures sur la peau, mais je ne ressentais ni le froid ni la douleur, car j'enchaînais sur-le-champ avec une vigoureuse séance de course à pied. Je galopais et haletais comme un cheval.

Bientôt, la cour blanche laissait la place à de verts pâturages. Dans mon imagination, je traversais le pays, de Chengdu, Pékin et Canton jusqu'à la Mongolie intérieure et au Tibet, des rizières du Sud au désert du Nord-Ouest. Ma gymnastique mentale et physique m'aidait à me libérer, au moins pour un temps.

Un matin, j'étais si atteint que je ne pus arrêter mes jambes de joggeur. Tout mon système nerveux luttait pour accéder à l'air froid et frais. Je finis par m'écrouler au sol. Wang Han, un prisonnier condamné pour vol qui venait juste de rejoindre notre cellule, m'aida à me relever. «Ne force pas trop, m'admonesta-t-il. Vas-y doucement.»

Mes genoux commencèrent à gonfler. Toute possibilité de reprendre la course à pied était exclue. Le voleur m'apprit à faire le poirier contre le mur. «Fais-le deux fois par jour, ça te démêlera le cerveau. Ça favorise la circulation du sang vers la tête», me dit-il.

Je me renversai, et le monde se retrouva sens dessus dessous. De timides rayons de soleil traversèrent notre petite fenêtre pour réchauffer notre cellule. Les détenus quittèrent leur poste de travail pour se bousculer dans les faisceaux de lumière sous lesquels se mirent à scintiller leurs crânes rasés. Il n'y avait pas assez de rayons pour tout le monde, un pugilat éclata donc rapidement. Le chef s'éleva au-dessus de nous. Sur la pointe des pieds et le cou tendu, il maintint sa tête dans deux des précieux carrés ensoleillés. Les poings serrés, il se tenait prêt à frapper toute personne qui aurait osé le défier. Dans la clarté brunâtre qui se posait sur son visage, il ressemblait à un œuf cuit dans des feuilles de thé. Malgré ses efforts pour accaparer autant de lumière que possible, le soleil se retirait inexorablement, montant de sa poitrine vers son menton, puis ses lèvres et enfin son front. Quand il s'estompa totalement, le chef émit un long gémissement. Il tira la langue, se la passa sur les lèvres, comme pour y lécher les éventuels restes de soleil. «Calme-toi. T'es plus un gamin», le grondai-je alors que je me remettais à l'endroit. J'étais tout rouge, et mon corps était revigoré.

Il m'ignora superbement. Alors que les rayons s'élevaient progressivement le long du mur, il sautait pour toucher les taches lumineuses. Furieux, le voleur lui lança : « La prochaine fois, t'as pas le droit de monopoliser le soleil ! »

La négociation des portions de soleil prit fin abruptement lorsque l'officier de garde fit irruption avec un groupe d'hommes en armes. Un courant d'air froid les accompagnait.

C'était l'heure de la fouille annuelle qui précédait le Nouvel An.

Les policiers nous prirent nos ceintures et nous firent sortir dans la cour. Nous couvrîmes nos têtes avec nos bras, recroquevillés dans le froid. Nos corps furent bientôt aussi raides que des macchabées. Après la mise à sac de notre cellule, nos bourreaux nous fouillèrent un par un. En rentrant dans notre tanière, nous vîmes le sol jonché de nos effets personnels. Je me précipitai, ramassant frénétiquement mes habits et mes livres. « Quand tout cela finira-t-il ? » pensai-je amèrement.

Dans l'après-midi, je m'assis, désespéré, et chantai distraitement les paroles d'une chanson populaire bien à propos : *Quand cette vie prendra-t-elle fin ?* Yu passa et m'entendit. Il s'arrêta de l'autre côté de la fenêtre et m'applaudit à la fin de la chanson.

« Bravo ! » me complimenta-t-il d'un ton obséquieux, et il m'invita à sortir pour me produire en spectacle. Mort de trouille, je m'excusai à n'en plus finir. Yu prit son sourire fallacieux et me dit : « Mais non, tu n'as rien fait de mal. Ne sois pas si modeste. Je me souviens qu'on a organisé un concert pour toi, l'été dernier. Tu sais bien que je fais partie de tes fans. »

Il faisait allusion à un incident notable survenu au mois d'août précédent, lorsque je fus surpris en train de chanter et sévèrement puni.

« Je suis désolé. Ces chansons merdiques que tu as entendues sont trop vulgaires à ton goût. Tu mérites autre chose, lui répondis-je d'un ton doucereux.

– Non, je suis un vulgaire policier et j'apprécie tout particulièrement ces chansons merdiques. »

Il jouait avec la matraque électrique.

« T'avais réussi à nous chanter cinquante et une chansons, la dernière fois. Pourquoi pas cent, cette fois-ci ? »

On me força à me tenir dans un coin de la cour, et je dus me tordre le cerveau dans tous les sens pour y retrouver toutes les chansons que je connaissais, des stridents airs des gardes rouges de la Révolution culturelle aux tubes à l'eau de rose des années 1980. J'exécutai même des ballades russes populaires qui avaient été diffusées en Chine dans les années 1950.

Mon répertoire était infini. Lorsque je commençai m'enrouer, les Rouquins se pressèrent autour de moi, m'acclamant tout en se gaussant. Yu était assis dans un siège en osier, les yeux clos et les pieds battant la mesure. Le ciel s'assombrit, et le câble électrique qui courait le long du mur vrombit. J'interprétais les chansons mécaniquement, le visage amorphe et la voix terne. Le vent froid me plantait des clous dans la gorge.

« Ta voix est aussi mélodieuse qu'une scie, se plaignit Yu. Regarde, une chanson d'amour, sois plus doux. Chante comme ça... » Il se leva et fredonna de sa voix de fausset un air populaire qui raconte comment une épouse se languit de son soldat de mari, en poste sur une lointaine frontière. Puis il me donna l'ordre de reprendre son style, alors qu'il s'époumonait :

Je suis à la maison et tu es au loin.
Nous avons partagé la même pleine lune.

Cette calme nuit, tu me manques et je te manque.
Je suis à la maison, je garde notre bébé.
Toi, tu es loin de nous, tu gardes la patrie.

Les Rouquins applaudirent son interprétation, mais il n'apprécia pas leur flagornerie. «Je sais très bien que je chante mal, d'accord?» rétorqua-t-il à ses sous-fifres.

Je demandai de l'eau, mais Yu refusa.

«Tu es une star, il faut que tu apprennes à prendre soin de ta voix. C'est ton principal capital, dit-il, prenant un air soucieux. Tu as chanté trente-neuf chansons. Je suis sûr que ta gorge est brûlante. Si tu y verses de l'eau, tu pourrais perdre définitivement la voix!

– Mais qu'ai-je fait pour mériter ça? Pourquoi m'infliges-tu tout ça? finis-je par demander.

– Non, non, ça n'a rien à voir. Tu ne comprends pas. Je suis un découvreur de talents, à la recherche de la perle rare. C'est vraiment dommage que tu aies craqué si tôt», dit-il en claquant des lèvres.

Je n'avais pas le choix, je devais continuer. Mon public, les Rouquins, frissonnait dans le vent glacial. Ils se recroquevillèrent et commencèrent à taper des pieds par terre pour se réchauffer. Je me claquais les épaules avec les mains. Ma gorge était sèche, comme si j'y avais coincé une grosse boule de coton. J'enchaînai une chanson après l'autre. Et bientôt ma bouche se mut sans qu'aucun son n'en sorte.

La matraque électrique s'abattit en plein au sommet de mon crâne. Je sautillai sur place de douleur. De désespoir, j'en saisis l'extrémité pour la tirer à moi. Pendant quelques secondes, une douleur paralysante me transperça le cœur. Une odeur de peau brûlée flotta dans l'air. Puis le courant de la matraque s'épuisa. Yu entra dans une rage terrible, et donna l'ordre aux Rouquins de lui en apporter une autre.

On m'immobilisa au sol et on me retira mon pantalon.

«Tu vas chanter, oui ou non?» demanda l'officier Yu.

Je sentais la matraque sur mon trou du cul, mais je refusai de me rendre. Le bout me pénétra. Je criai et sanglotai de douleur, comme un chiot. Le courant électrique courait le long de ma chair pour ressortir par ma nuque. J'avais l'impression d'être un canard qu'on déplumait. Je serrai les dents et rassemblai assez de forces pour brailler la célèbre chanson des gardes rouges:

Le vent d'est souffle, les tambours de la guerre résonnent.
Dans le monde d'aujourd'hui, qui a peur de qui?
Les Chinois n'ont pas peur des impérialistes américains.
Ce sont plutôt les impérialistes américains qui ont peur du
peuple chinois.

Yu fut abasourdi que je puisse encore chanter. Il éclata de rire: «C'est bon, j'ai peur de toi, maintenant!»

48

Le procès

审判

Le bureau du procureur annula mon acte d'accusation le 11 janvier 1992. J'appris par la suite que des militants des droits de l'homme avaient fait pression sur John Major, le Premier ministre britannique, et qu'il était intervenu personnellement pour demander au gouvernement chinois la révision de mon procès. La situation changea du tout au tout. À la mi-mars, le bureau de la Sécurité publique de Chongqing libéra de prison tous mes complices, même si la plupart d'entre eux restèrent sous mandat de dépôt durant deux ans. En tant que chef de bande, je fus le seul à rester en détention.

Chen Dong avait mené une existence relativement confortable pendant son incarcération. Aidé par ses talents de peintre et sa sagacité, il s'était rapidement adapté à son nouvel environnement. Il était parvenu à s'attirer les bonnes grâces des surveillants et s'était fait nommer chef de sa cellule. Il profita de sa position pour tirer le portrait de ses compagnons d'infortune. Il avait réussi à faire sortir ses réalisations de la prison, et elles firent plus tard sa célébrité. De plus, alors que la plupart d'entre nous eûmes les cheveux rasés, il réussit à garder intacte sa chevelure de poète qui lui tombait sur les épaules.

Mais il connut également des passages difficiles. L'histoire qu'il raconte le plus souvent, tirée de ses années de prison, est celle d'un échange de gifles avec un autre prisonnier : ils devaient se frapper tour à tour. Cette pratique faisait partie des punitions en vigueur dans notre centre pénitentiaire. Ils avaient commencé tous deux par des claques mesurées. Mais les gardiens ne prisaient pas ces touches toutes en retenue. Les deux condamnés durent reprendre au début. Ils simulèrent leur agressivité, mais le sentiment d'amitié qu'ils partageaient demeurait. Ils se giflaient comme des amants s'engagent dans des préliminaires. À la fin, un surveillant exaspéré se leva pour montrer ce qu'il attendait réellement, faisant vaciller Chen Dong de deux baffes appuyées.

Les chevaux étaient lâchés, et les beignes lourdes et appuyées commencèrent à pleuvoir. Chen Dong asséna à son ami, désormais ennemi, de violents coups, l'autre lui répondant dans la même veine. Leurs visages étaient réduits en bouillie. Ils finirent par s'effondrer par terre, comme deux boxeurs qui auraient porté un *knock-down* au même instant. Mais même à terre, leurs jambes s'agitaient encore pour tenter de porter des coups de pied.

Quand Chen Dong fut libéré, j'appris que le monde extérieur était pour lui un choc insupportable. Trop peureux, il ne pouvait pas traverser la rue seul, et il prenait ses jambes à son cou à la vue du moindre policier. Ses amis mirent du temps à le réacclimater à la liberté. Quelques années plus tard, il entama une carrière dans le monde de l'édition, se jurant qu'il ne se fourvoierait plus jamais de l'autre côté de la barrière.

Mon autre complice artistique, le Poète hippie aux cheveux longs, ne fut pas aussi chanceux. Il fut le dernier à quitter la prison avant moi. Le règlement voulait qu'il rentre dans sa ville de Qiuyang, mais les autorités locales étaient réticentes à l'idée de devoir venir le chercher jusque dans la lointaine Chongqing – le voyage dure deux jours et deux nuits, en train ou en bateau.

Le matin du 4 mars 1992, une journée froide et bruineuse, je frappai le mur mitoyen pour lui envoyer un signal, puis collai mon oreille pour écouter sa réponse. Le son de sa voix me parvint, et mon cœur se mit à battre plus fort.

« Yiwu, je vais bientôt partir. Désolé, je ne pourrai pas être à tes côtés au tribunal », entendis-je. La voix de Poète hippie était étouffée et par moments cassée. De mon côté, j'avais l'impression d'avoir la gorge encombrée, ma respiration était difficile.

« Tu veux que je fasse passer des messages ? Dis-moi vite.

– Non.

– Même pour Axia et le bébé ? demanda-t-il.

– Va leur rendre visite de ma part.

– Au fait, tu peux me prêter 20 yuans, pour que j'achète de l'alcool sur le bateau ? susurra-t-il. (Au moins, sa passion pour la boisson ne s'était pas évaporée.)

– D'accord, je dirai au gardien de transférer l'argent sur ton compte.

– Deux policiers vont m'escorter jusque chez moi. Et ils ne paient que la nourriture, pas l'alcool. Et même s'ils payaient, je n'ai pas envie de boire ce qu'ils m'offrent, expliqua-t-il.

– T'as rien bu depuis deux ans, fais attention, lui dis-je.

– T'inquiète pas. Fais gaffe à toi. »

Un lourd silence suivit. Cette brève conversation m'avait déprimé. Je regardai autour de moi mes compagnons, aussi figés que des statues, comme s'ils allaient rester là tant qu'existerait la prison. Une heure plus tard, j'entendis coulisser la porte de la cellule de Poète hippie. Le poète vagabond s'en allait pour de bon.

Le traitement de mon cas traîna en longueur. Après des investigations fastidieuses et agitées, la prétendue plus grande affaire contre-révolutionnaire du pays, censée impliquer trente écrivains et poètes, s'était réduite comme peau de chagrin à un simple procès individuel – le mien. Je reçus un nouvel acte d'accusation. Les crimes restaient les mêmes, mais j'étais l'unique accusé.

À l'approche du procès, mon avocat, qui avait un temps disparu, me rendit fréquemment visite. Lors de ses précédentes venues, il était resté terne, taciturne et impénétrable, comme tout avocat. Mais là, je me trouvais face à un homme nouveau, qui me régalait des derniers efforts du gouvernement pour relancer les réformes économiques et politiques.

Poussé par ses descriptions optimistes d'un dégel politique, j'écrivis un texte de défense de vingt mille mots, abordant le poème *Massacre* et le film *Requiem*. Même si j'entendais bien tout assumer, je plaçai mes écrits dans la catégorie des « transgressions politiques ».

Mon avocat chaussa ses lunettes et lut ma confession avec attention. Fronçant les sourcils, il soupira et me dit : « Pourquoi ne plaidez-vous pas coupable ? Croyez-vous toujours que l'emprise du gouvernement n'est pas une bonne chose ? N'oubliez pas : dans un procès politique, les autorités n'admettront jamais avoir mal agi. C'est sur vous que tout retombera. »

Je lui rappelai qu'il restait une possibilité que le gouvernement modifie le verdict et admette ses propres erreurs.

« Vous-même aviez bien été étiqueté "droitier" dans les années 1950, non ? lui dis-je. Sous Deng Xiaoping, ils ont reconnu leurs erreurs.

– N'oubliez pas que ce verdict n'a été renversé que des années plus tard, m'expliqua-t-il. Dans les années 1950, les autorités n'ont jamais admis leurs errements. C'est de ça que je parle. »

Je restai muet. Pour appuyer son point de vue, il sortit une pile de lettres écrites par ma femme, ma belle-mère, mon père et mon ami Zhongzhong. Chacun d'eux essayait de me convaincre de plaider coupable. Dans sa lettre, Zhongzhong écrivait : « Quoi que tu aies en tête, tu devrais accepter la simple formalité qu'est la confession, et essayer d'éviter les charges criminelles pour être immédiatement libéré au procès. Tous tes amis sont désormais dehors. Souviens-toi que Liu Shaoqi a été président de la Chine, et qu'il a été persécuté pendant la Révolution culturelle. Un jour, les gardes rouges l'ont forcé à ramper pour passer dans un trou fait pour les chiens. Il s'est exécuté en échange de la vie sauve. Pourquoi ne pourrais-tu pas faire de même ? »

Axia essayait également de me persuader de suivre le conseil de l'avocat. « Ta liberté est importante pour toi, mais aussi pour nous. Ta fille n'a pas encore vu son père. »

Je sortis précipitamment de la pièce où se déroulait notre discussion et m'assis devant une table de pierre, dans le jardin, la vue submergée par les immenses murs qui m'entouraient. Au-delà des branches noueuses des arbres, je voyais des moineaux sauter et virevolter entre les clôtures électriques. Le soleil perça les nuages, et de fins rayons frappèrent le sol, comme si des hordes d'oiseaux célestes papillonnaient au sol. « De quoi ai-je envie ? » me demandai-je.

Je me rappelai soudain les mots puissants que j'avais lus au dos de la bible du Vieux Xie :

> Nous sommes tous étrangers sur cette terre, nos corps sont les tombeaux de nos âmes. Nous ne pouvons détruire nos âmes parce qu'elles appartiennent à Dieu.

Je n'avais aucune idée d'où il avait tiré ce passage, tout comme je n'aurais su dire d'où Dieu venait. Mais ces mots me touchaient au plus profond de mon être, et revenaient sans cesse à la charge. Devant le bureau de la prison, je sentis des forces inconnues me déchirer le cœur. Je craquais...

Mon procès se déroula début mai. Ce jour-là, je revêtis une chemise blanche et un pantalon bleu marine – c'était la première fois que je portais des habits de ville depuis quasiment deux ans. Deux policiers me menottèrent dans le dos et me poussèrent dans un fourgon. «Tiens-toi bien!» me prévint le plus petit des deux, alors que le plus grand arborait un sourire sinistre. Il jouait avec sa matraque électrique, comme pour mieux souligner sa sommation. L'extrémité libérait par instants des arcs de lumière bleutée.

Je me mordis les lèvres et baissai la tête pour réprimer ma rage. Mon incarcération préventive – qui s'était étirée sur presque deux ans – pouvait prendre fin dans quelques heures. Je ne pouvais pas me permettre de m'attirer de nouveaux problèmes. Je devais rentrer à la maison le corps et l'âme intacts.

Le fourgon avala la route vallonnée à toute vitesse. Les secousses me retournaient l'estomac. Lorsque je sortis péniblement du véhicule pour me retrouver face au tribunal municipal de Chongqing, mon cœur se mit à battre à tout rompre, comme on tambourine à une porte.

Je demandai de pouvoir me rendre aux toilettes pour reprendre prestance. À peine étais-je ressorti que les deux policiers me repassèrent les menottes. Je protestai, mais je fus bientôt poussé dans la salle d'audience, qui était en fait un théâtre de plus de mille places. La scène faisait deux mètres de haut. Le juge, les membres du jury, un greffier, le procureur et mon défenseur étaient assis derrière une longue table installée sur l'estrade. En les regardant du fond de l'auditorium, j'eus la sensation d'être une infime particule perdue dans une immense bouche.

Les deux policiers s'éloignèrent de moi. Un courant d'air froid semblait s'être levé des sièges vides derrière moi, me mordant la nuque. En balayant le théâtre vide du regard, j'éprouvai l'intense présence d'une autre salle d'audience, beaucoup plus élevée dans les nuages, où le Jugement dernier allait se tenir. En regardant autour de moi, je sentis la multitude des montagnes de squelettes transparents des disparus, qui, aux côtés de Dieu et des étoiles de l'univers, allaient présider le procès.

Le procureur commença à lire l'acte d'accusation d'une voix grise de professionnel. Ses paroles emplissaient l'espace. De temps en temps, il se penchait pour saluer le juge ou sourire à un public imaginaire, de l'autre côté de l'estrade. « S'adresse-t-il aux fantômes courroucés de 1989 ? » ruminai-je.

Les débats commencèrent.

Le juge : Accusé Liao Yiwu, reconnaissez-vous ce que le procureur a mentionné dans l'acte d'accusation ?

L'accusé : Oui. Le procureur a cité dans l'acte d'accusation de longs passages de mes correspondances et de mes écrits personnels, même si le Code pénal de notre pays dispose que les documents privés ne peuvent pas être utilisés comme preuves en vue d'un jugement et d'une condamnation. D'après la loi, une personne ne peut pas être punie pour avoir développé ses pensées dans son journal intime. De plus, le procureur a insulté ma personne en utilisant un vocabulaire tendancieux comme «sauvage», «japper comme un chien», «gonflé de suffisance» et «évoquant une âme diabolique». Ces termes nous rappellent ceux utilisés sur les grands calicots durant la Révolution culturelle. En l'écoutant, j'espérais que la justice pourrait effacer les vestiges de la Révolution culturelle et rétablir le sérieux de la loi. En conclusion, si le procureur pense que mon poème *Massacre* portait sur des faits imaginaires et que personne n'a été tué pendant le mouvement étudiant de 1989, pourquoi m'accuse-t-il d'invoquer «l'âme de ceux qui sont morts en 1989»?

Le juge: Je tiens à prévenir l'accusé qu'il ne doit pas se focaliser sur des termes spécifiques. Je répète ma question: reconnaissez-vous les crimes qui vous sont reprochés?

(Je gardai la tête droite, silencieux.)

Le juge: Veuillez apporter les preuves.

(Un policier monta sur l'estrade, mettant sous mon nez les manuscrits de *Massacre* et de *Requiem* ainsi que leurs versions vidéo et audio. Je haussai les épaules. Les mains liées derrière le dos, je ne pouvais pas toucher mes biens si précieux. La tristesse m'envahit lorsque j'identifiai ces «preuves» faites de sueur et de sang, puis je regardai le policier les remporter.)

L'accusé: J'ai fait parvenir ma propre plaidoirie de défense au tribunal. J'assume la responsabilité de toutes les œuvres littéraires.

Le juge: Il existe des preuves irréfutables que personne n'a été tué sur la place Tian'anmen le matin du 4 juin 1989. Dans votre *Massacre* et votre *Requiem*, il existe de nombreuses références aux «meurtriers et bouchers». Vouliez-vous parler de l'Armée populaire de libération qui a été envoyée à Pékin pour faire respecter la loi martiale?

L'accusé: Oui. Néanmoins, il existait alors deux tendances discordantes au sein du Comité central du Parti sur l'imposition de la loi martiale...

Le juge: Vous vous trompez. Lorsqu'il a fallu prendre la décision de réprimer les émeutes contre-révolutionnaires à Pékin, le Comité central du Parti a parlé d'une seule voix. Greffier, veuillez prendre note.

Au final, je confessai tous mes crimes et plaidai coupable. Dans la Chine de l'après-Tian'anmen, tous les procès politiques étaient réglés d'avance, et l'audience n'était qu'un passage obligé. Lors de ce procès secret, il n'y eut ni témoin ni public. Cela ne servait à rien de gaspiller plus d'énergie.

Alors que le juge me sermonnait, mon côté droit commença à me démanger. J'essayai de me gratter, en m'inclinant et en me tortillant à cause des menottes. La greffière pouffa en me voyant faire. Ma posture pouvait paraître comique, mais un policier me donna un coup dans les tibias et m'ordonna de me tenir droit.

Mon avocat commença sa plaidoirie, avec une voix d'asthmatique chronique. Pendant qu'il discourait, le juge et le procureur se levèrent pour aller aux toilettes. Les autres participants paraissaient détendus et échangeaient parfois des chuchotements. Seuls les deux jurés, deux hommes d'un âge avancé, persistaient à écouter attentivement, semblables à des statues bouddhistes. En Chine, les jurés ne sont que des éléments de décoration. J'ai entendu dire que beaucoup d'entre eux sont des anciens employés du système judiciaire, qui perçoivent un complément de retraite pour assister à des procès plusieurs fois par mois.

« Accusé, avez-vous autre chose à dire à la cour? demanda le juge en revenant des toilettes.

– Oh non, rien », répondis-je.

Deux semaines plus tard, je fus à nouveau emmené au tribunal pour apposer mes empreintes digitales sur ma confession et sur toute une pile d'autres documents judiciaires. Puis, sans cohérence apparente, la cour m'infligea arbitrairement une peine de quatre ans de prison, y compris les deux années que j'avais déjà passées en détention.

Pendant des jours, je restai assis près de la grille en fer forgé en regardant au-dehors. La liberté, que j'avais effleurée du doigt, s'était envolée. Comment allais-je réussir à survivre en prison ? Mon frère m'envoya une lettre dans laquelle il me disait avoir demandé à mon avocat d'interjeter appel. Un détenu condamné pour vol me conseilla de ne pas donner suite. « Ne perds pas de temps. Ça sert vraiment à rien. Sois patient et prépare-toi au camp de travail. La vie là-bas est vraiment meilleure. »

枪杆子里面出政权

49

Le pouvoir est au bout du fusil

La saison des pluies acides arriva alors que j'attendais fébrilement que le tribunal examine mon appel. L'été étouffant nous enserra sans crier gare.

«Je portais une veste d'hiver hier, dit le détenu 1-4-7, un nouvel arrivé de Guizhou, s'appliquant à la tâche tout en s'éventant le visage de la main droite. Il fait trop chaud. Je vais me foutre à poil.

– Arrête de déconner. Continue à plier, le réprimanda le chef. Faut se magner. Quand on aura terminé ce petit paquet, on a encore une grosse boîte à faire. On pourra pas la ramener, si on est derrière les autres cellules.»

Le détenu 1-4-7 ne se dégonfla pas. «Ici, le chien aboie plus fort que son maître», dit-il sur le ton de la boutade.

Le chef entra en furie. Avec le soutien de deux de ses sous-fifres, il lança son corps poupin à la poursuite du détenu 1-4-7, qui était lui plutôt prompt et agile. Sa petite taille et sa minceur lui permettaient de se faufiler à toute allure entre les piles de boîtes posées dans l'étroite allée sans rien renverser.

La course-poursuite souleva bientôt un nuage de poussière. Le chef haletait comme un chien enchaîné en plein soleil au beau milieu de l'été. Voyant qu'il ne parvenait pas à attraper Liu Xiaoyue, le chef appela le gardien. La porte s'ouvrit et Li-le-nain entra. C'est lui qui était de garde. Il resta debout dans la cour et demanda à Liu Xiaoyue de sortir. De loin, la cour ressemblait à un aquarium, où la silhouette de Li-le-nain faisait office de requin en plongée au ras de la vase. Sans un mot, le requin ouvrit la mâchoire et mordit Liu Xiaoyue de sa matraque électrique.

Cet après-midi-là, Liu Xiaoyue fut emmené par une escorte pour interrogatoire, mais il revint moins d'une demi-heure plus tard. Li-le-nain le suivait et annonça sombrement : « À partir d'aujourd'hui, le prisonnier 1-4-7 n'a plus besoin de plier les boîtes en carton. »

Liu Xiaoyue, alias détenu 1-4-7, se tenait assis, raide, sur le lit. Li-le-nain s'approcha de lui, releva le menton du détenu 1-4-7 et lui lança une sombre menace. « Enculé ! T'as eu des couilles, aujourd'hui. Mais c'est pas fini ! Rira bien qui rira le dernier ! »

Cette scène à couper le souffle nous laissa tous bouche bée. Le soir, avec le voleur, nous avons sondé le détenu 1-4-7 pour avoir le fin mot de l'affaire. « J'ai dit à mon enquêteur qu'on était obligés de travailler dix heures par jour, et que je ne pouvais pas préparer mon procès à cause de la charge de travail. Il m'a dit : "Vous devriez le faire savoir au bureau de la Sécurité publique. Nous sommes dans un centre de détention, pas dans une prison centrale ou dans un camp de rééducation." Je lui ai répondu que l'encadrement du centre pensait plus à l'argent que procurait notre travail qu'à l'instruction de nos affaires. Que si on ne travaillait pas, on était battu. Il s'est énervé parce qu'il n'arrivait pas à obtenir d'informations de ma part. En repartant, je l'ai entendu engueuler le policier. Il a même convoqué le directeur du centre pour qu'il lui donne des explications.»

Les autorités du centre pénitentiaire ne laissèrent pas l'insolence du détenu 1-4-7 impunie. Le mois suivant, toutes ses lettres furent interceptées et confisquées, et les gardiens commencèrent à l'extraire de la cellule dans la nuit pour lui infliger des coups. En revenant d'une de ces séances de torture, son visage tuméfié et meurtri était méconnaissable. La vue de sa face informe était elle-même douloureuse.

«Ne cherche pas les emmerdes, lui conseillai-je.

– Je cherche pas.»

Son sourire se figea, et ses dents blanches et aiguisées étincelèrent dans la nuit. J'admirais le courage qu'il avait de s'attaquer ainsi à la machine policière, même si c'était un combat perdu d'avance. Bien conscient de mon état d'esprit, le détenu 1-4-7 me reprocha ma faiblesse en secouant la tête: «Vous êtes trop douillets, vous autres intellectuels.»

Avec dix ans de moins, je l'aurais défié aux poings. J'avais été poète et écrivain dans ma jeunesse. Avec mes lunettes en cul de bouteille et mes quelques kilos en trop, je ressentis avec une pointe de mélancolie que mon destin était de poursuivre dans cette voie pour le restant de mes jours.

«Qu'est-ce que tu veux que je fasse? élevai-je la voix. J'ai été emprisonné pour avoir écrit *Massacre* et *Requiem*. J'ai l'impression d'être une fourmi face à un rouleau compresseur. Nous sommes minuscules. Bordel, ça sert à rien de se battre. T'es juste en train de leur demander de te massacrer.

– Même quelqu'un de minuscule peut avoir des rêves immenses, me sermonna le détenu 1-4-7. C'était le principe de mon ami Vieux Ji. On s'est connus l'année dernière. Avant, j'étais expert en arts martiaux, et je faisais partie des forces spéciales de l'armée. Mais Vieux Ji m'a convaincu, par son intelligence. De mon plein gré, j'ai été son garde du corps et je l'ai aidé à passer à Hong Kong trois fois pour qu'il puisse prendre contact avec des dirigeants de diverses organisations de défense des droits de l'homme. Il voulait leur soutien. Mais les discussions se sont mal terminées. Les militants de Hong Kong pour la démocratie sont des trouillards. Ils meurent d'envie d'être sous les feux des projecteurs, mais ils ont peur de mourir. Vieux Ji a refusé leur proposition de rester à Hong Kong en tant que réfugié politique et il est rentré, frustré. Il m'a proposé de monter une organisation secrète en Chine et de renverser le gouvernement par la force, comme l'avaient fait les révolutionnaires avec la dynastie mandchoue au début du XXe siècle.

– Qui est Vieux Ji ? demandai-je.

– Il a obtenu une maîtrise en marxisme-léninisme à l'université du Guizhou, et il occupait un poste de direction dans une grande entreprise à Shenzhen, déclara le détenu 1-4-7 avec fierté. C'était un intellectuel de première classe, alors que j'étais un soldat du rang. Mais il ne m'a jamais pris de haut, et nous étions comme deux vieux frères. Nous avions un autre compagnon de route, Zhao San. Tous les trois, nous avons fondé l'Organisation pour la promotion de la démocratie en Chine. Vieux Ji était le président, et j'étais responsable de la direction des assassinats. Zhao San était en charge de l'organisation. Nous avions prévu de mener notre première action en posant une bombe au centre spatial de Jiuquan, dans le Gansu. On espérait que l'explosion déclencherait un tremblement de terre politique. Quand j'étais dans l'armée, j'avais été en poste à cet endroit pendant quatre ans. Je connaissais l'endroit comme ma poche – que ce soit le terrain ou la répartition des troupes. Nous avons pris contact avec une société secrète du district de Pingyuan, dans le Yunnan. Nous avons acheté des armes, des munitions et des détonateurs à une veuve dont le mari avait participé à la guerre sino-vietnamienne de 1979. Pour préparer notre coup, nous nous sommes rendus plusieurs fois en forêt pour nous assurer que nos explosifs fonctionnaient correctement.»

J'avais l'impression d'entrer dans un conte des *Mille et Une Nuits*. Les autres détenus tendirent aussi l'oreille tout en continuant à plier leurs boîtes de médicaments.

«Ta vie est bien plus intéressante que la mienne, dit un condamné pour vol.

– Attendez, laissez-moi finir, continua le détenu 1-4-7. Après deux mois d'entraînement et des améliorations majeures de nos bombes, nous avons décidé de nous diriger vers notre objectif à l'occasion du Nouvel An. Avant notre départ, nous nous sommes séparés et sommes rentrés chez nous pour préparer le voyage. Nous avions décidé de ne pas entrer en contact pendant un mois. Dix jours plus tard, Vieux Ji a enfreint notre décision et m'a rendu visite chez moi. Il m'a dit de partir avec lui sur-le-champ. Zhao San avait été arrêté et avait révélé notre plan à la police. Je ne sais toujours pas comment on a pu attirer son attention. Je me suis enfui du Guizhou avec Vieux Ji, et nous avons pris un train de nuit jusqu'à Chongqing. Mais la police était à nos trousses. On avait beau tout essayer, on n'arrivait pas à les lâcher. Un jour, on s'est retrouvés dans un vallon ombragé, dans les montagnes. Nous sommes tombés dans les bras l'un de l'autre et avons commencé à pleurer. Vieux Ji m'a dit: "J'aurais jamais pensé qu'on finirait comme ça. C'est notre destinée. Les dieux sont contre nous. La seule issue est de nous suicider."

«Nous avons pris nos pistolets pour les pointer sur nos têtes. J'ai compté en silence: un, deux, trois... Un vent froid soufflait et les étoiles scintillaient dans le ciel. Le bruit des motos de police commençait à se rapprocher. Vieux Ji a fait une pause et m'a engueulé : "Pourquoi tu t'arrêtes ?" J'ai jeté mon arme au sol et je lui ai dit : "J'ai été formé pour être un soldat, et on ne peut pas mourir inutilement sans combattre !"

« Il était d'accord. On s'est relevés et on a commencé à courir. On s'est retrouvés dans la banlieue de Chongqing. Pendant notre cavale, nous avions abattu deux policiers et volé une moto. Nous avons roulé vers le nord pendant une journée entière, avant de tomber en panne d'essence. Puis nous nous sommes séparés, après avoir convenu de nous retrouver dans un petit hôtel dans le district de Qiuquan. Nous avions aussi décidé que si l'un de nous était arrêté, l'autre se suiciderait.

– Et que s'est-il passé ? demanda le voleur en avalant sa salive.

– Tu vois bien. »

Le détenu 1-4-7 leva son poing serré.

« Je suis ici, et Vieux Ji est dans une autre prison. Mais je ne suis pas encore résigné. »

Tous les autres détenus avaient peur de lui. Même son adversaire le plus acharné, le chef, lui dit avec regret :

« Quand vous vous êtes rendu compte que vous ne pourriez pas attaquer le centre spatial, vous auriez dû au moins faire sauter une station d'essence. Vous saviez que de toute manière vous alliez être arrêtés et tués.

– Une révolution violente ne signifie pas l'usage indiscriminé de la force », répondit le détenu 1-4-7 d'un air sérieux.

Quelques jours plus tard, après le solstice d'été, le détenu 1-4-7 fut inculpé de plusieurs chefs d'accusation, dont meurtre, vol, insurrection armée contre-révolutionnaire et incitation à la contre-révolution. Au total, il fut condamné deux fois à mort, une fois à la détention à perpétuité et une fois à quinze ans de prison. Le jour où on lui posa les chaînes, l'obscurité était déjà tombée. Je l'aidai à faire sa toilette et à se changer, puis à se nourrir. Il se soumit à moi, se comportant comme une marionnette.

Les jours suivants, je l'aidai à préparer son appel et écrivis plusieurs lettres aux membres de sa famille. Puis je jurai de passer plus de temps avec lui durant ses derniers jours. Il y avait alors trois condamnés à mort dans notre cellule. En temps normal, tout le monde avait le devoir de les aider à se nourrir et à se laver. Je proposai d'être le seul ange gardien du détenu 1-4-7. En retour, il pliait les boîtes de médicaments pour moi. Le détenu 1-4-7 aimait chanter, mais il chantait horriblement faux. Sa « spécialité » était les chansons d'amour interprétées sur un mode baba cool. Quand il s'y mettait, les veines de son cou se mettaient à palpiter. Chaque fois qu'il prononçait le mot « *baby* », il le faisait d'une voix traînante, et ajoutait « *oh yeah, oh yeah !* ». Plusieurs détenus se bouchaient les oreilles. Et au bout d'un moment, un gardien vint à la grille et le fit s'arrêter en visant sa tête avec son arme.

Le détenu 1-4-7 passa sa langue sur sa lèvre inférieure d'un air mécontent :

« T'as fredonné une chanson cosaque, hier soir. Je veux la chanter aussi, dit-il. Tu m'as dit que ça raconte l'histoire d'un Cosaque qui s'est battu avec sa compagne et part ensuite faire le tour du monde. Plusieurs années plus tard, il revient chez lui et voit son amour en train de traire une vache dans la ferme d'un autre homme. Je pense que c'est ce qui arrivera à ma copine. Elle ne sait pas traire les vaches, mais elle finira dans le lit d'un autre et accouchera d'un gros bébé.

– Chasse ces pensées noires, lui conseillai-je. C'est mieux de finir de bonne humeur.

– Je sais pas. Je ne regrette pas la majorité de ce que j'ai fait, mais j'ai fait des erreurs bêtes. Par exemple, pendant le procès, Vieux Ji a revendiqué toute la responsabilité de nos actions. Il a dit au juge : "1-4-7 est rustre et inculte, il ne connaît rien à la démocratie, aux droits de l'homme ou aux partis d'opposition. C'est juste un bout de bois que j'utilise. Il faisait simplement ce que je lui disais." Ça m'a mis en colère. J'ai tendu le doigt vers lui et j'ai crié : "Tu oses m'insulter en public ! Ouais, je suis rustre et inculte, mais je savais très bien ce que je faisais. C'est moi qui ai tué les policiers. C'est moi qui ai volé la moto. C'est moi qui t'ai appris à tirer." Lao Ji a alors tapé du pied par terre et a juré : "Mais t'es complètement con ! J'essayais de te sauver !" J'ai répliqué : "Non, je suis pas con, je suis un homme, un vrai ! Je veux vivre avec honneur et mourir avec dignité." Lao Ji a continué : "Mais, putain, ça sert à quoi de mourir ? Personne ne se souviendra de nous. Tant que l'un de nous survit, il y a de l'espoir". »

Fasciné par son récit, je hochai la tête.

« Il avait raison. Tant que quelqu'un survit, il reste un espoir.

– C'est le destin, sanglota le détenu 1-4-7. Je n'avais pas pensé à ça. »

50

Dentifrice

牙膏

La vague de chaleur atteignit son pic au début du mois d'août 1992. La cellule surpeuplée se transforma en une rôtissoire où nous cuisions comme des poulets embrochés. Par «respect» pour mon statut d'intellectuel, le chef «surclassa» ma place de lit au centre. Je découvris bientôt le pourquoi de cette faveur. Il m'avait collé entre deux condamnés à mort. À ma gauche, Mou, un gamin de dix-neuf ans atteint de graves maladies sexuellement transmissibles. Au beau milieu de la nuit, ses grattements bourdonnaient dans mes oreilles, et je dus me redresser pour m'asseoir contre le mur. Du pus et du sang mêlés suintaient de son entrejambe jusque sur mon emplacement. Je me recroquevillai pour essayer de m'en éloigner le plus possible. Je finis par m'assoupir à l'aube. Dans mon rêve, je vis un serpent qui me léchait doucement le cul de sa langue glacée. Je me réveillai et réalisai que j'étais en fait assis dans une petite flaque formée par le pus de Mou. Furieux, je lui donnai un violent coup de pied. Il se retourna et sa bouche atterrit pile sur la jambe d'un autre détenu.

Le matin, je me savonnai abondamment les fesses. L'autre détenu n'avait pas saisi que Mou avait « embrassé » sa jambe pendant plusieurs heures. Trois jours plus tard, la zone touchée commença à le démanger et les rougeurs s'étendirent rapidement, comme une rose qui éclôt.

Je protestai avec véhémence auprès du chef qui admit ses torts, tout penaud. Pour compenser, il m'autorisa à vider un des grands cartons qui contenaient les boîtes à plier et à l'utiliser pour me protéger de la proximité de Mou. Celui-ci fut outré de ce qu'il appela nos « pratiques discriminatoires ». Alors qu'il s'apprêtait à se jeter sur moi, le détenu 1-4-7 le cloua au sol.

La chaleur devint insupportable. Un jour, en me brossant les dents, j'eus une idée pour me rafraîchir. J'enlevai mon pantalon et demandai à tout le monde de m'imiter, en me mettant du dentifrice dans l'anus. Un frisson soudain me parcourut la colonne vertébrale et la nuque, jusqu'au sommet de mon crâne. Ma nouvelle méthode de refroidissement fut adoptée par tous. En l'espace de quelques minutes, la vingtaine de détenus qui peuplaient la cellule s'étaient rempli le rectum de dentifrice. Le chef tortilla du cul et me complimenta : « Vous, les intellectuels, vous êtes jamais à court d'idées tordues. »

Malheureusement, l'effet rafraîchissant du dentifrice disparut très rapidement. Plusieurs d'entre nous commencèrent à ressentir des démangeaisons anales. En m'introduisant un doigt, je réalisai que la température rectale élevée avait fait sécher le dentifrice. Rapidement, tout le monde commença à se vider avec les doigts.

Le soir, la chaleur ne faiblissait pas. Nous avions l'impression d'habiter une cocotte-minute. Un jour, un surveillant connu pour sa pingrerie éteignit les ventilateurs accrochés au plafond aux alentours de onze heures, pour économiser l'électricité. Il aurait réveillé un nid de frelons que ça n'aurait pas été différent. Les détenus commencèrent à sauter tout nus, en criant et en râlant. Les gardiens, auxquels se joignirent plusieurs policiers, mirent fin à ce début d'émeute en usant de la force.

Nous nous assîmes, impuissants. Les situations désespérées appellent des solutions désespérées. À nouveau, nous eûmes recours au dentifrice. Certains détenus s'en remplissaient l'anus plusieurs fois par nuit. Du même coup, le retirer prenait de plus en plus de temps et était, chaque fois, plus douloureux. Plusieurs prisonniers commencèrent à souffrir de saignements anaux. « Si votre doigt est trop gros et n'est pas lavé, vous pouvez provoquer des saignements et une infection rectale », prévins-je tout le monde, suggérant que nous utilisions plutôt des morceaux de bambou tirés de nos matelas. « Il faut se nettoyer le cul comme on se cure l'oreille », leur montrai-je.

Le bambou s'avéra bien supérieur aux doigts humains, et plusieurs détenus y prirent un grand plaisir. Mais plusieurs devinrent trop impatients et finirent par procéder trop brusquement. Leurs visages se tordaient de douleur.

La canicule dura deux semaines, au cours desquelles nombre d'entre nous souffrirent de sévères hémorroïdes. Mais nul ne fut frappé de coup de chaud.

Une pluie torrentielle chassa finalement la chaleur mais apporta une autre torture : les inondations. L'eau commença à se déverser dans notre cellule. Nous posâmes tous les cartons de boîtes de médicaments sur le lit, puis nous nous entassâmes dessus comme une bande de singes mouillés. L'officier de garde vint nous voir en pataugeant dans l'eau pour s'assurer que les cartons étaient au sec. Sous sa supervision, nous écopâmes l'eau et renforçâmes le seuil de la cellule. Nous n'eûmes pas le temps de souffler que de nouveaux cartons pleins arrivèrent, avec des délais de pliage encore plus courts. Voyant que tout le monde râlait, le gardien envoya un Rouquin acheter un gâteau, merveille que la plupart d'entre nous n'avaient pas vue depuis bien longtemps. Chaque détenu eut droit à une tranche. Même s'il était rassis et trop sucré, chacun dévora sa part jusqu'à la dernière miette. Après avoir ravitaillé en sucre les «machines à travailler» que nous étions, l'officier décréta que les temps de sieste et de télévision seraient temporairement abrogés. Les détenus furent encouragés à faire des heures supplémentaires le soir.

Nous nous activâmes à toute vitesse. Ayant, par chance, à mes côtés le détenu 1-4-7, je pus facilement remplir mon quota. L'officier de garde patrouillait d'une cellule à l'autre, sa matraque électrique à la main. Je ne pouvais plus me plonger dans mes livres. Un jour, aux alentours de midi, le détenu 1-4-7 me dit de me reposer un moment en promettant de me couvrir. J'avais à peine fermé les yeux que nous entendîmes des cris perçants en provenance de la cellule voisine. Le surveillant était en train de châtier un prisonnier qui s'était endormi. Je me remis immédiatement au travail.

À cette époque, le personnel du centre pénitentiaire fut largement renouvelé. Le départ en retraite du directeur et d'autres anciens entraîna l'arrivée d'un nouveau troupeau de gardiens. Li-le-nain grimpa d'un échelon et devint un contrôleur particulièrement zélé. Six jeunes gardiens grands et forts lui furent attribués pour qu'il les forme, et l'appel du soir se transforma en une rude démonstration de force. Li-le-nain utilisa ces séances pour enseigner à ses apprentis comment mater l'hostilité des détenus. Lorsqu'un nouvel arrivé mettait légèrement trop de temps à répondre à l'appel de son nom, un des disciples de Li-le-nain le frappait derrière le crâne. Le professeur approuvait de la tête. Enhardi par les encouragements de son chef, un des nouveaux venus s'en prit à des détenus de plus en plus nombreux les jours suivant son arrivée. Il y gagna son surnom de « Paume d'Acier ».

Une semaine plus tard, je me fis surprendre à faire une sieste après le déjeuner. Paume d'Acier me traîna hors de la cellule et me darda de sa matraque. Alors que je lui jetais un regard de défi, il releva ses manches et m'asséna cinq gifles. Bai, le surveillant que j'avais mordu, passait par là et me donna des coups de pied dans les côtes. Je fus surpris que ce gros porc connaisse les arts martiaux. Je me relevai avec une souffrance indescriptible et le fixai.

Voyant que je refusais de courber l'échine, le porc m'envoya deux nouveaux coups de pied du style kung-fu. J'esquivai, lui faisant rater sa cible. Exaspéré, il hurla : « 0-9-9, vous êtes incorrigible ! »

Paume d'Acier fit signe à son aîné de s'arrêter, puis me prit à partie. « Laissez-moi m'occuper de cette fameuse tête de mule. »

Ses gifles commencèrent à me pleuvoir sur le visage. Je restai immobile, tel un poteau de bois planté dans le sol. Je le regardai comme si j'essayais de forer un trou dans sa tête. Il rugit : « Ne me regarde pas comme ça ! »

Bai le Grassouillet intervint : « Il a la tête en fer forgé. Je l'ai baffé au moins vingt fois sans qu'il bouge d'un pouce. »

Mon regard était verrouillé sur Paume d'Acier. J'avais envie d'avaler son visage de mes yeux, de le dissoudre dans mon sang et mes os. L'intellectuel que j'étais ne pouvait pas répondre par la force, mais j'avais l'impression que je pouvais utiliser les sorts que permet la langue pour envoyer mes tourmenteurs en enfer.

Paume d'Acier avait le visage déformé par la colère. Il bondit et ses coups redoublèrent. « Si tu continues à me regarder comme ça, je t'arrache les yeux ! »

La douleur cuisante brouillait ma vue, mais je gardais les yeux fixés sur la figure de mon ennemi. Je pouvais bien mourir ou devenir aveugle, je n'aurais pas cligné de l'œil pour autant. Je lui jetais mes yeux dilatés comme j'aurais lancé deux gros cailloux.

« Tu me détestes, hein ? Putain, ce que t'es chiant, débile ! » éructa Paume d'Acier.

Les baffes s'espaçaient petit à petit. Les coups violents laissèrent la place à ce qui semblait être des caresses entre deux morceaux de chair molle. Dans mon état semi-conscient, j'entendis une voix ramollie et déçue. « Mais de quoi est-il fait ? Ça doit être la réincarnation d'un monstre. »

Paume d'Acier finit par me laisser tranquille et dit à deux Rouquins de lui apporter de l'alcool pour qu'il puisse se désinfecter les mains. Je m'éloignais en titubant quand quelqu'un m'appela. « Hé ! C'est pas par là ! Ta cellule, c'est par là-bas ! » Je me retournai et j'entendis la cascade de leurs rires.

Quelqu'un me tendit une main chaleureuse, comme un chien guide un aveugle. Le lendemain, j'appris que cette main était celle du gardien à l'air d'intellectuel que Li-le-nain avait chargé de surveiller notre cellule. Il s'appelait Cao. Il avait écrit des poèmes lorsqu'il était étudiant, et éprouvait de la sympathie pour les prisonniers politiques.

« J'ai participé au mouvement étudiant, moi aussi, me chuchota-t-il un jour, en sortant deux de mes livres d'une mallette posée dans un coin de son bureau. J'ai lu beaucoup de vos poèmes. Ils sont remarquables. J'ai vu des photos de vous dans le magazine *Écrivains*. Pas facile de vous reconnaître aujourd'hui.

– Je me fais vieux, plaisantai-je. Je pourrais être votre père.

– Ce n'est pas ce que je veux dire. Sur ces photos, vous ressembliez à un lion. Vous aviez beaucoup de cheveux, et votre regard était sérieux, clair, et bon. Mais maintenant, vous êtes chauve et vous commencez à avoir de la bedaine. J'ai de la peine pour ce qu'ils vous font, ici. Je n'aurais pas dû accepter ce poste, dit Cao en me décochant un sourire attristé.

– Beaucoup de gens voudraient être à votre place, dis-je en me forçant à rire (ce que n'appréciait guère mon visage meurtri). C'est difficile de trouver un emploi comme celui-ci, de nos jours.

– Vous croyez ? demanda-t-il, surpris. C'est exactement ce que m'a dit mon père. »

Je le regardai en silence.

« Vous avez un regard froid et hostile. Vous ne devriez pas les provoquer. Ici, les policiers sont aussi atteints que les détenus. »

Je m'apprêtai à dire quelque chose, mais je me retins.

« J'essaie de résister à cet environnement professionnel insensé. Je refuse d'utiliser la matraque électrique et les menottes en guise de punition. Vous savez, je commence à être la risée de mes collègues parce que je ne sais pas utiliser ma matraque. »

Des bruits de pas se firent entendre. Cao mit fin à l'échange et se leva. « Laissez-moi vous ramener à votre cellule. »

Li-le-nain entra. Cao fit un signe de tête à son chef et nous sortîmes.

« Monsieur Cao, savez-vous quel célèbre passage de la Bible correspond le mieux à ma situation ? lui demandai-je sur le chemin du retour.

– Si quelqu'un te gifle, tends-lui l'autre joue, répondit-il sans l'ombre d'une hésitation. Dommage que Dieu ne soit pas chinois. »

L'institution terrestre qui me gouvernait, la Cour suprême de la province, était, elle, bien chinoise. Elle rejeta mon appel à la fin août 1992. Je quittai alors le Centre de détention municipal de Chongqing pour la Prison provinciale N° 2 du Sichuan.

QUATRIÈME PARTIE

La prison

(août 1992-janvier 1994)

第四部投入劳改

51

La Prison N° 2

省二监

Dans *L'Archipel du Goulag*, Alexandre Soljenitsyne a inséré une carte de l'emplacement des camps de travail dans l'ancienne URSS. Chaque camp est représenté par une petite guérite. La carte compte tant de guérites qu'elle ressemble à une radiographie des poumons d'un tuberculeux. Soljenitsyne a posé le diagnostic de cette radio d'un poumon gigantesque, alors qu'il était lui-même survivant d'un cancer, en déclarant que la maladie était entrée dans sa phase terminale, et qu'elle causerait la mort du plus grand empire totalitaire de la planète.

Dans la Chine des années 1990, la police et les fonctionnaires du tribunal nous appelaient « les cellules cancéreuses de la société ». Ils n'avaient pas tout à fait tort ! En un sens, l'accumulation de nos comportements, qui pouvaient être plutôt sauvages, et de nos crimes présumés était en train de saper le système de l'intérieur, déchirant sa texture et mettant sa survie en danger.

Un jour d'août 1992, alors qu'il faisait une température accablante, plusieurs de nos « cellules cancéreuses » commencèrent à métastaser. On venait de rendre nos verdicts – nous étions coupables – et nous étions envoyés vers le Centre pénitentiaire N° 2 de la province du Sichuan.

La camionnette de la police zigzaguait dans le dédale des rues du centre historique de la ville montagneuse de Chongqing. J'avais l'impression de me trouver dans le creux d'une meule de pierre, bringuebalé de droite et de gauche. Je fermai les yeux. «Tiens bon ! Nous sommes presque arrivés», me dit le policier assis sur le siège avant, les mains fermement agrippées à une barre du toit.

La Prison N° 2 occupait une partie du quartier de Chongqing appelé Tanzishi, sur la rive sud du Yangtsé. Les gardiens ont vérifié nos identités et ouvert les barrières. La camionnette nous a conduits jusque dans la cour intérieure qui, surprise, avait tout d'un parc, avec des fleurs, des allées bordées d'arbres, des pelouses soigneusement entretenues, et même une superbe piscine pour les gardiens. Cela me rappelait un peu le centre d'investigation de Songshan. Des passants au sourire angélique s'affairaient autour de nous dans la brise de l'été. Lorsqu'un papillon se posa par miracle sur une fenêtre de la voiture, de mon côté, j'arrondis mes lèvres pour poser un baiser sur la vitre afin de l'embrasser. Cela fut probablement le seul geste romantique de tout mon séjour en prison.

Cette promenade de rêve ne s'éternisa pas longtemps. Le véhicule s'arrêta devant le bâtiment administratif et un fonctionnaire en sortit aussitôt pour s'emparer des documents de notre transfert. Un gardien nous emmena, avec trois autres prisonniers, jusqu'au dispensaire de la clinique, pour nous faire subir les tests habituels : prise de sang et radio des poumons. À notre retour, les employés du centre de détention étaient partis, deux nouveaux fonctionnaires nous attendaient. Il était temps pour nous de pénétrer dans les bâtiments intérieurs, nous annoncèrent-ils sur un ton inquiétant.

Avec leurs épaisses murailles de pierre, ces bâtiments ressemblaient à un château complètement gris. Nous nous sommes rangés en file au garde-à-vous, devant l'entrée, pour crier en chœur : « Oui, monsieur ! Pouvons-nous entrer ? » L'énorme porte en métal pivota sur ses gonds.

Dans l'enceinte des hauts murs se trouvaient de nombreuses subdivisions, isolées les unes des autres, si bien que les prisonniers d'une section ne pouvaient avoir le moindre contact avec ceux d'une autre section. J'appris plus tard que de nombreux détenus avaient passé des décennies dans un espace délimité sans jamais en sortir une seule fois.

Le premier jour, je fus assigné à la section N° 8, un centre d'entraînement qui se trouvait à l'extrémité la plus lointaine de la prison. Je suivis un gardien qui me fit traverser une section après l'autre. À l'entrée de chacune d'elles, un autre gardien me fouillait au corps de pied en cap. Après la sixième, je m'étais tellement habitué à cette routine que je laissai toutes mes affaires par terre et défis spontanément mon pantalon pour mettre mes fesses à nu avant même que le fonctionnaire ait le temps de me le demander. Un réflexe pavlovien pour couvrir mon sexe provoqua une franche rigolade parmi un groupe de Rouquins qui s'étaient rassemblés autour de moi. L'un d'eux m'interrogea avec curiosité :

« T'es venu ici combien de fois ?

– C'est la première fois.

– Quels sont tes crimes ?

– Contre-révolutionnaire.

– Dégueulasse ! » Et il me cracha dessus.

Le surveillant de garde rassembla mon paquet et nous avons continué à avancer dans ce dédale.

Nous nous sommes bientôt trouvés dans une cour. J'ai regardé autour de moi. Le ciel m'a paru très haut, immense. Les murailles m'ont semblé onduler au milieu des nuages et ne plus faire qu'un avec les montagnes au loin. Je pouvais sentir la présence de petits villages lovés derrière les murs et sur les pans de collines, et j'entendais les buffles qui meuglaient là-bas.

J'avançai en titubant.

Lorsque nous avons enfin franchi le dernier poste de contrôle, j'étais mentalement et physiquement épuisé.

Le surveillant me confia à mon nouveau chef de groupe. En regardant tout autour, je m'aperçus que je me trouvais sur un terrain recouvert d'un toit en tôle ondulée verte. Des têtes rasées m'entouraient sans que je puisse distinguer l'une de l'autre. Elles me semblaient avoir toutes un teint verdâtre.

Après le déjeuner, j'ai rejoint un important groupe de nouveaux prisonniers pour accomplir le rite du crâne rasé et du dépôt d'empreintes digitales. Au retour dans la cellule, j'ai reçu l'ordre de déballer mes affaires et j'ai découvert que chacun de mes sous-vêtements avait été tamponné par un sceau rond, du nom de ma nouvelle prison. Ma veste et mes pantalons avaient évité ce triste sort, mais je dus les stocker dans un hangar humide, avec mon atlas. En échange, je reçus un costume de prisonnier : une chemise bleue, une veste jaune, et des pantalons ainsi qu'un badge blanc avec ma photo, mon nom et le numéro de mon groupe. Après avoir enfilé ce costume, je me suis senti complètement assimilé dans la grande, colossale, famille des détenus.

Chaque nouvel arrivé était obligé d'apprendre par cœur les quarante-huit articles du Règlement des prisonniers. Le chef de groupe m'informa qu'il y aurait des contrôles aléatoires opérés par les policiers et que ceux qui n'avaient pas gravé ces articles dans leur mémoire seraient sévèrement punis.

À la différence de ce qui se pratiquait dans le centre de détention, avant d'être intégré à un groupe classique, un nouvel arrivant dans la prison devait subir six mois d'un entraînement rigoureux, sur le plan aussi bien physique que mental. Le cœur de l'entraînement physique intégrait le travail manuel, du genre de l'emballage de paquets de médicaments que j'avais connu quand j'étais à Chongqing. En 1992, le vieux Deng Xiaoping avait lancé son appel à la nation pour approfondir les réformes économiques. Le pays tout entier fut mobilisé pour «s'enrichir rapidement». Eh bien, le personnel pénitentiaire ne ratait jamais une occasion de s'en mettre plein les poches en profitant de notre travail forcé ! Notre copieux quota de trois mille paquets de médicaments à emballer tous les jours concernait tous les prisonniers. Tout en travaillant sur nos emballages, nous devions écouter des discours politiques. Pendant les pauses, nous lisions consciencieusement les *Nouvelles de la rééducation*, une lettre hebdomadaire publiée par la prison. Tous les matins, qu'il pleuve ou qu'il vente, nous nous rassemblions sur le terrain de sport pour pratiquer un jogging obligatoire et participer à des exercices de gymnastique en groupe. Cet entraînement devait, nous disait-on, réformer notre façon de penser et augmenter notre résistance physique.

Ainsi s'écoulait notre emploi du temps routinier – débordant d'activités.

La nuit, je restais éveillé pour continuer à plier des paquets et tenter de mémoriser le règlement. Mais l'épuisement physique ne risquait pas de me donner des insomnies et je dormais profondément. Notre vie quotidienne était ponctuée de violents coups de sifflet, qui nous rassemblaient sur le terrain de sport pour les exercices du matin, pour le déjeuner, pour le dîner, pour les pauses au milieu de la journée, et avant toute activité pour que le responsable concerné puisse effectuer l'appel et nous informer des nouvelles consignes. Durant le premier mois, vous pouvez l'imaginer sans mal, je n'eus pas un instant pour ruminer mes propres pensées. Mon corps était désormais si bien programmé pour suivre le rythme collectif que, chaque fois que mon nom était appelé, je me mettais instinctivement au garde-à-vous et répondais en hurlant : « Oui, monsieur ! »

Au début, il n'y avait pas assez de place pour accueillir le nombre important de nouveaux arrivants. Du coup, je dormais par terre dans le corridor. Quarante jours plus tard, je fus tout émoustillé d'apprendre que je pourrais avoir mon propre lit : le sommier du haut dans un dortoir avec des lits superposés en métal. Mais j'eus du mal à m'adapter à ma nouvelle situation. La première semaine, le fait de coucher dans un nouveau lit m'a tenu éveillé bien au-delà de minuit.

Un vieil homme de soixante-dix ans dormait au niveau en dessous du mien. C'était un bossu surnommé Vieille autruche à cause de son long cou. Il souffrait d'un asthme violent. La nuit, ses râles et ses crises de toux furieuses secouaient le lit comme l'océan soulève la coque d'un navire. Je priais pour que ça s'arrête. Un matin à l'aube, tout devint bizarrement silencieux. Je regardai vers le bas, avec inquiétude, et vis que ses lèvres étaient devenues bleues et que sa bouche était grande ouverte. Il semblait avoir perdu conscience.

Je criai, et plusieurs prisonniers se levèrent pour m'aider à le transporter à l'hôpital de la prison. Heureusement, les médecins réussirent à le ramener à la vie et il revint parmi nous trois jours plus tard. On me raconta qu'il avait été trafiquant de drogue et que c'était son second séjour en prison.

Un jour, tard dans l'après-midi, ordre fut donné de nous rendre tous dans la cour. Le chef de groupe m'intima de garder un œil sur Vieille autruche durant le rassemblement. Je le saisis par son pauvre vieux bras et, dans le vent d'automne, le conduisis jusqu'au lieu de réunion. Des gardiens armés nous surveillaient tous les trois ou quatre pas. La lie de la société s'écoulait de tous côtés, en quittant les diverses sections de la prison pour rejoindre le terrain de sport, comme les rivières se jettent dans le Yangtsé : les détenus convergeaient vers la cour et étaient entourés d'une forêt de fusils. Vu d'avion, le spectacle devait être saisissant.

Flanqués de part et d'autre par des baïonnettes luisantes, Vieille autruche et moi avons suivi la file poussiéreuse de l'imposante armée des prisonniers. La cour était illuminée comme une scène de théâtre. Des projecteurs éclatants étaient braqués sur une sorte de scène où une douzaine de bureaucrates s'étaient assis sur deux rangées. Sur ce podium, ils formaient un groupe bien maigre, comparés à nous, leurs ennemis, serrés très fort en bas, les uns contre les autres.

« Tout le monde debout ! » hurla l'animateur dans le mégaphone qu'il portait à la main. L'air se mit à vibrer dans un énorme grondement. Le premier élément du programme consistait à chanter tous ensemble *Sans le parti communiste, il n'y aurait pas de Nouvelle Chine !* Certains détenus à l'entour ouvrirent grand leur bouche et se mirent à mugir de tout leur cœur. Je me suis senti obligé de prononcer les mots aussi, et, petit à petit, ma voix s'affermit :

Le parti communiste a montré la voie de la libération
à notre peuple
Il nous conduit sur le chemin de la lumière

Avec chaque couplet, je me redressais involontairement, comme si une main invisible m'avait tiré la tête vers le haut. Comme je soutenais le bras gauche du vieil homme avec ma main droite, il ajusta ses mouvements aux miens, et se mit à hurler les paroles comme s'il était un chanteur de rock.

Ce chant de louanges au Parti nous aida à relâcher quelque peu les tensions que nous avions accumulées. Lorsque la musique s'arrêta, l'animateur nous fit un signe pour nous ramener au calme et l'ensemble de l'assemblée tomba dans un silence total. Un directeur de la prison monta sur le podium pour prononcer le discours d'ouverture qui désignait les travailleurs modèles ayant excellé dans l'emballage des médicaments et condamnait les quelques rares pauvres cons qui avaient tenté de s'évader. Il encouragea les détenus à accepter leur verdict, et nous avertit que de tenter de faire appel ne nous sortirait pas si facilement d'affaire que ça...

Pendant que le directeur de la prison nous faisait la leçon du haut de son estrade, Vieille autruche baissa la tête et grommela : « Je n'ai pas envie de me sortir d'affaire. La prison, c'est bien mieux qu'une maison de retraite. Au moins, je n'ai pas besoin de payer la pension de ma poche. »

Ensuite un paquet de pauvres cons arriva avec les mains liées dans le dos pour être exhibé devant tout le monde. Les gars humiliés restaient debout, tête baissée. Chacun était retenu par deux officiers armés qui le frappaient au moindre mouvement. Simultanément, un nombre égal de prisonniers modèles montait sur scène pour vanter les mérites de la rééducation par le travail physique et dénoncer ceux qui avaient tenté de s'évader. Ces prisonniers modèles étant récompensés d'une réduction de peine d'un ou deux ans, ils se montraient particulièrement enthousiastes dans leurs condamnations. Après chaque dénonciation, la foule réagissait en hurlant des slogans à tue-tête. Les esprits commençaient à s'échauffer sur scène et dans l'assemblée.

Bientôt, un officiel à l'expression lugubre vint nous haranguer pour nous mettre en garde contre toute idée d'évasion. « Nous n'hésiterons pas à envoyer au cachot tous ceux qui oseraient aller à l'encontre de la politique de rééducation du gouvernement. Vous pouvez tenter de vous suicider ou creuser un trou pour vous enfuir. Tout le monde s'en fout. Mais que vous soyez fait d'acier ou de fer, le cachot saura vous réduire en un tas de ferraille rouillée. »

Un frisson me traversa. J'avais entendu d'autres détenus raconter que ces maudits cachots, conçus pour punir les tentatives d'évasion ou ceux qui avaient sérieusement enfreint la discipline, étaient appelés « des prisons dans la prison ». Chaque cellule mesurait environ deux mètres de long, un mètre de large, et un mètre de haut. Une fois là-dedans, impossible de voir la lumière du jour. Comme un animal à quatre pattes, le prisonnier ne pouvait que ramper, s'asseoir ou s'allonger. Toutes les activités étaient confinées à ce minuscule espace, y compris l'alimentation, l'exercice et l'usage des toilettes. Après environ un an de ce traitement, ceux qui s'y trouvaient voyaient leur peau devenir translucide au point que l'on pouvait apercevoir leurs veines bleuies. Leurs os perdaient de leur force, et leurs cheveux blanchissaient comme neige.

« Je suis à mi-chemin de la tombe. Pourquoi m'inquiéter de rouiller ? » continua à murmurer Vieille autruche. Il se tourna vers moi. « Je suis resté une fois pendant deux ans dans un cachot. Des touffes de poils blancs avaient poussé sur mes épaules. Ils étaient plus longs que ma barbe. Mes os étaient si pourris que lorsque j'ai essayé de marcher le jour de ma libération, je me suis brisé le coccyx. »

Je secouai la tête, plutôt déconfit, tout en écoutant ce que disait l'officier sur l'estrade.

« Si vous êtes solide, vous parviendrez peut-être à survivre un an ou deux, mais, après ça, vous serez complètement détruit. »

Le responsable leva sa tasse et avala une gorgée de thé pour poursuivre ses menaces.

«Je vais vous donner un exemple. Certains d'entre vous ont probablement entendu parler de lui ou le connaissent. Il avait énergiquement résisté aux efforts du gouvernement pour sa rééducation et a tenté de s'évader à deux reprises. Il a été rattrapé à chaque occasion. Le tribunal a alourdi sa peine de six années et l'a enfermé dans un cachot sans fenêtre. Durant les deux premiers mois de son incarcération, il a hurlé et menacé de se suicider dans le noir. Nous l'avons tout simplement ignoré. Après quelques mois, il s'est calmé. Durant les deux premières années, je suis allé lui rendre visite à quelques reprises. Au commencement, il ne voulait même pas m'adresser la parole, mais au début du troisième printemps, dans son sous-sol, il est tombé à genoux et m'a supplié d'avoir pitié de lui.

«Nous avons ignoré sa demande, et il est resté là-bas durant cinq ans et sept mois. À ce moment-là, il était devenu complètement aveugle.

«J'étais descendu dans les caves pour inspecter l'état des lieux, et il a enlacé mes genoux pour me supplier de le laisser sortir de là. Finalement, nous lui avons donné sa chance de revenir parmi le monde des vivants, pour des raisons humanitaires.»

«Ce type était dans mon groupe, murmura Vieille autruche avec sa voix d'asthmatique. C'est vrai, ses muscles s'étaient ratatinés. À la vue du soleil, il avait si peur qu'il en tombait par terre. Il n'a jamais vraiment été capable de marcher de nouveau.»

Mon attention passait de l'un à l'autre – de l'orateur sur l'estrade à Vieille autruche. Des images d'un vieil homme se languissant dans un sombre cachot me traversaient l'esprit...

«Notre réunion est très réussie, déclara l'animateur à la fin de la séance. Je souhaite que chaque section retourne dans ses quartiers et se divise en petits groupes pour discuter de ce que vous avez appris aujourd'hui. Chacun d'entre vous devra exprimer ses réflexions. »

« Attendez que je vous dise ce que j'en pense ! » poursuivit Vieille autruche. Je le saisis fermement et l'aidai à se remettre sur ses pieds. Les prisonniers se sont éloignés dans l'ordre, ceux du devant en premier, ceux du fond ensuite. Nous sommes restés sur place, attendant notre tour, mais, avant que nous ne commencions à bouger, Vieille autruche eut une nouvelle crise d'asthme. Ses yeux étaient remontés dans leurs orbites, on n'en voyait plus que les blancs et je me faisais un sacré souci.

« Tu veux que je te conduise à l'hôpital ?

– Amène-moi plutôt à la morgue », murmura-t-il.

Il avait raison. Durant la nuit, les maux de mon camarade de chambre s'aggravèrent et il dut être hospitalisé pour de bon. Trois jours plus tard, Vieille autruche était mort.

La vie de la prison ne s'arrêta pas pour autant. Les autorités pénitentiaires lancèrent un « Concours de travail socialiste » avant la fête nationale du 1er octobre 1992. Chacun devait renoncer à faire la sieste et à son temps libre du soir pour plier les sachets de médicaments. Lorsque le concours eut pris son rythme de croisière, un violeur avéré réussit à tripler le record de la prison qui se situait à trois mille sachets par jour. À l'heure du repas, il remuait la nourriture dans son bol pour qu'elle soit moins chaude, puis plongeait sa tête dans l'écuelle et avalait sa soupe et son riz en deux temps trois mouvements. Pour gagner du temps, il diminua aussi ses pauses pipi, en se retenant aussi longtemps qu'il le pouvait. Même lorsqu'il allait s'accroupir au-dessus des chiottes, il emportait son travail avec lui. Et il sortait des toilettes les poches débordantes de sachets proprement pliés.

Nous étions tellement surmenés que plusieurs détenus se sont évanouis. Je travaillais en flottant dans un brouillard constant qui me rappelait le temps où je devais surveiller les condamnés à mort durant les gardes de nuit. Après minuit, mes mains parvenaient encore à faire leur travail, mais mes yeux avaient du mal à rester ouverts. Chaque fois que j'étais sur le point de m'endormir, j'avais l'impression que quelqu'un me secouait par-derrière, en me reprochant ma lenteur et ma paresse. En réalité, personne n'avait le temps ou l'énergie de surveiller les autres au sein de la prison, ni même de bavasser sur ses compagnons d'infortune. Notre chef de groupe était un vieil homme dispensé de travail. Il portait des lunettes et passait sa journée à lire le journal ou à s'exercer à calligraphier des caractères au pinceau. Durant les pauses, il vérifiait parfois qu'un prisonnier ou l'autre avait bien mémorisé les règles de conduite de l'établissement. Contrairement à nous, il pouvait aller se coucher et se lever à des horaires normaux.

Depuis mon arrivée, j'avais déjà plié et collé des milliers de sachets de médicaments, qui auraient pu remplir plusieurs pièces vides. Cet emploi du temps répétitif me donnait la nausée. Peu après je commençai à vomir. La seule vue de ces fichus sachets provoquait chez moi de terribles spasmes stomacaux. Heureusement, mon chef de groupe éprouvait un peu de sympathie pour le poète myope et pathétique que j'étais : il divisa mon quota entre plusieurs nouveaux arrivants. Il me confia plusieurs vieux exemplaires des *Nouvelles de la rééducation* et me demanda d'en imiter le style et de rédiger quelques articles pour décrire « l'enthousiasme » des internés pour notre concours. Mes écrits furent acceptés et le responsable de notre section me fit même des compliments devant tout le monde. J'étais content de me remettre à l'écriture, même si je devais me transformer en auteur de la propagande à grand renfort de jargon communiste.

Nous eûmes droit à deux jours de congé pour célébrer la fête nationale. Les détenus flânaient, jouaient aux cartes ou aux échecs, et à tout ce qui était autorisé. Ou bien ils regardaient la télé sous une tente en plastique dans la cour. N'étant pas d'humeur à me livrer à une quelconque activité collective, je me vautrais sur mon lit pour relire le recueil de poèmes de Walt Whitman[42], *Leaves of Grass*, qu'Axia m'avait adressé deux semaines plus tôt.

Lorsque je récitai à voix basse *Out of the cradle endlessly rocking*, ce poème qui m'était si familier, les larmes me montèrent aux yeux. J'avais découvert ce texte une dizaine d'années plus tôt, lorsque je commençai à explorer la littérature occidentale. Whitman y décrit l'éveil littéraire d'un jeune garçon, ses réactions devant la nature, la conscience de sa maturité. Dans un pays lointain, baigné par la lumière de la lune, sur une plage, le récitant remarque un oiseau qui appelle son compagnon soudainement disparu. Son cri résonne dans l'air de la nuit et la lune ploie de compassion dans le ciel, lourde de larmes.

Le handicap physique de Whitman – paralysé à la suite d'une attaque cardiaque – n'a jamais diminué son immense capacité d'aimer. Son travail a inspiré le jeune homme que j'étais à rechercher la beauté dans la nature et la littérature. Il me fit perdre tout intérêt pour la célébrité et l'argent. Je rêvais au contraire de vivre éternellement libre.

La cloche du repas me tira de mes rêvasseries. Je me précipitai en direction de la cour et rejoignis les autres prisonniers.

---

42. De nombreux ouvrages théoriques et littéraires furent traduits en chinois durant la décennie 1980. Liao Yiwu a pris connaissance de la littérature occidentale par ces textes traduits, car il n'a pas appris de langues étrangères.

Nous avons répondu à l'appel et nous nous sommes accroupis en petits cercles. Deux grandes marmites de légumes et deux casseroles de viande nous attendaient au milieu de la cour. Notre chef de groupe tenait une grande louche à la main et distribuait la nourriture en portions égales à chacun. Au moment où nous nous apprêtions à commencer le repas, un employé de la prison apparut. «Levez-vous tous!» cria le chef de notre grande section, de mauvaise humeur. L'officier, un jeune homme d'une vingtaine d'années, s'avança vers le centre de notre cercle, droit comme une flèche fichée dans le cœur de l'ennemi. Quelques détenus se hâtèrent de lui confectionner un podium en rassemblant deux bancs côte à côte. L'officier grimpa sur les bancs et se lança dans une tirade sans fin. Je ne pouvais détourner mes yeux de la viande qui me narguait dans mon bol.

«L'appel à la réforme économique lancé par le camarade Deng Xiaoping est en train de balayer la nation comme une brise printanière, nous sermonnait le jeune homme. Nous allons aussi introduire des mesures en faveur de la réforme économique au sein de la prison. Nous allons mettre au point un mécanisme de compétitivité orienté vers l'économie de marché.» Son discours était parsemé des slogans et des clichés de cette période de réformes. Je n'avais aucune idée de quoi il parlait. J'étais tellement obsédé par mon petit bout de porc bien gras que j'ai complètement zappé le reste de la harangue.

«Levez la tête et tenez-vous droit!»

Surpris par ces ordres aboyés fortement, je me suis tourné vers celui qui les avait lancés.

«Mettons-nous tous ensemble à chanter *Le socialisme, c'est bien*!», cria-t-il.

La juxtaposition de cette affirmation avec ce qui venait d'être dit sur les «mécanismes de compétitivité orientés vers l'économie de marché» était absurde, mais l'officier releva ses manches et secoua ses poings en l'air tout en chantant :

> Le socialisme est bon.
> Le socialisme est bon.
> Dans les pays socialistes, le peuple jouit d'un haut statut.
> Les réactionnaires sont démasqués.
> L'impérialisme s'enfuit la queue entre les jambes.
> Le pays tout entier a réalisé la grande unité
> et il fait un nouveau bond en avant
> dans la construction du socialisme.

Les bras de l'homme se levaient et retombaient, se balançant d'un côté à l'autre en rythme avec la musique. Nous avons mugi les paroles en suivant ses mouvements.

Je détestais ce genre de flagorneries fanatiques à l'égard d'un système totalitaire et il me semblait que je saignais de tous les pores de mon corps. Les bras de l'officier gesticulaient de haut en bas, de droite à gauche, comme des lames. Ses yeux brillaient d'excitation et son regard balayait la cour. Si jamais l'un d'entre nous s'était contenté de remuer les lèvres sans chanter à tue-tête avec les autres, il serait peut-être descendu de son podium, se serait précipité vers ce détenu pour lui trancher le cou de son bras-sabre.

Nous avons repris ces couplets à trois reprises, mais le gars n'était toujours pas satisfait : nous manquions d'ardeur, affirmait-il. Notre repas était en train de refroidir et la faim me déchirait les entrailles comme un tigre féroce. Et il fallait chanter, chanter, avec l'écume qui s'accumulait autour de nos lèvres. La fureur provoquée par la faim nous faisait bouillir les sangs. «Bon, on va la reprendre une dernière fois ! persistait l'officier. Je veux entendre votre enthousiasme et votre entrain. Un ! Deux ! Trois !»

Lorsque ce fonctionnaire implacable nous laissa enfin manger, la cour s'est remplie d'une cacophonie de mastication, de bruits de gorge, du cliquetis des baguettes. Je fourrai des tranches de porc froid et gras dans ma gorge sèche, ainsi que des légumes ramollis, des cuillerées de riz que je fis descendre avec de la soupe tiède.

Il n'y eut bientôt plus rien à manger. J'essuyai mes lèvres grasses et tentai de faire quelques blagues avec mes voisins. Mais le cambrioleur avéré qui se trouvait en face de moi n'était pas d'humeur à bavarder. Il enfouit sa tête dans son bol et commença à le lécher en tous sens. Les coins de sa bouche, desséchés par la malnutrition, étaient tout craquelés et saignaient. Le sang formait deux sillons rouges le long de son menton. Un détenu assis à ma gauche l'imita, mais avec un peu plus de retenue. Il passait un doigt le long de son bol et suçait la graisse qui s'y était accumulée – c'était d'ailleurs plus efficace que le léchage que pratiquait le cambrioleur.

Le lendemain, le repas fut servi une heure plus tôt parce qu'il devait y avoir un match de basket. Peu après, le terrain de sport s'anima et quelques passionnés de basket se mirent à crier et à hurler en entourant les joueurs, tandis que le reste des pensionnaires de la section N° 8 se saisirent de l'occasion pour tailler une bavette. Après avoir vécu en cage pendant deux ans, je restai planté là comme un idiot, ne sachant que faire de cette soudaine liberté relative. Tout d'un coup, quelqu'un me tapa sur l'épaule. Je me retournai et reconnus Jin Hua, mon ancien camarade de cellule. J'étais stupéfait. Je lui pris les mains en tremblant, sans savoir quoi dire. Il était tout aussi ému et me dit : « J'aurai bientôt terminé ma peine. Dès que je serai parti d'ici, j'essayerai de nouveau de traverser la frontière. »

Même si j'éprouvais quelques doutes sur ses projets, je hochai la tête avec sympathie pendant qu'il m'expliquait ses intentions. Lorsque le match de basket prit fin, nous nous sommes séparés à contrecœur. Quelques jours plus tard, Jin Hua parvint à graisser la patte d'un ouvrier pour qu'il me remette une surprise : un paquet de foie de porc bien épicé, encore tout chaud. Je n'avais pas goûté pareil festin depuis des lustres.

Deux ans plus tard, après ma libération en 1994, un petit mot non signé aboutit sur le pas de ma porte, déposé par le postier. Je reconnus immédiatement l'écriture soignée de Jin Hua. Dans cette lettre, il m'informait qu'il avait effectivement réussi à fuir à l'étranger. Après avoir voyagé partout pendant un an, il s'était retrouvé au Danemark. « L'hiver en Europe n'est pas aussi froid qu'on peut l'imaginer. Si tu restes à la maison en lisant au coin du feu, tu as l'impression de te retrouver à Pékin », m'écrivait-il.

意外的探监者

52

Des visiteurs inattendus

C'était un après-midi ensoleillé de l'automne 1992. Il y avait près de deux mois que j'étais arrivé. L'officier de service m'ordonna de me rendre à ce qu'il appelait un « meeting ». Pensant qu'il s'agissait d'un nouvel interrogatoire, je le suivis au-delà de la cour. Mais en pénétrant dans la section extérieure de la prison, j'ai pu apercevoir une petite foule rassemblée près du haut mur du château. J'étais trop myope pour bien distinguer de qui il s'agissait, mais, en m'approchant, je reçus un choc en reconnaissant mes amis Zhong et Grosses lunettes. À côté de Zhong se trouvait Axia. Elle était habillée en noir et portait notre bébé dans ses bras. Je me mis à marcher plus vite, mais l'officier de service me mit en garde de ne pas traverser l'épaisse ligne blanche peinte sur le sol qui séparait la cour de l'extérieur.

Je tendis la main par-dessus cette ligne de démarcation et tapotai le haut de la tête du bébé. Axia me raconta que mon ami Zhong avait arrangé cette visite par l'intermédiaire d'un ami qui travaillait au bureau de la Justice municipale de Chongqing. Je fis un signe de gratitude à Zhong et à son ami, et commençai à serrer les mains de tous ceux qui se trouvaient au-delà de la ligne blanche. L'apparition soudaine de ma famille et de mes amis était si bouleversante que je ne pouvais plus mettre de l'ordre dans ce que je disais. J'avais en revanche intensément conscience de mon apparence : celle d'un criminel déplorable. J'évitais autant que possible de croiser le regard d'Axia, tout en me concentrant sur le visage de ma fille qui grimaçait avec une expression d'effroi. Axia me la tendit, mais le bébé commença à pleurer en hurlant : « Non ! Non ! »

Ma femme parvint à la calmer en lui murmurant à l'oreille : « Miao Miao, c'est ton papa. Il a une grosse barbe. Appelle-le Papa Grosse barbe. » Je grimaçai un sourire, et tentai de régler mon comportement sur celui d'un père aimant et agréable, mais je n'y arrivais pas. Les muscles de mon visage me faisaient mal, et j'en tirai la conclusion désolée que je n'étais pas fait pour ressentir ce genre d'émotions.

J'enlaçai ma fille par la taille, mais elle s'accrocha fermement au cou de sa mère et refusa de la lâcher. Finalement, elle se laissa faire en fermant les yeux, comme si elle rêvait qu'elle retournait dans le liquide amniotique de sa mère, baignant dans la chaleur du ventre maternel. Tandis qu'Axia, les larmes aux yeux, tentait d'amadouer son bébé pour qu'elle m'embrasse, elle dépassa sans s'en rendre compte la ligne fatidique. Le gardien se précipita et nous sépara sans ménagement, mais l'ami de Zhong, qui venait du bureau de la Justice municipale de Chongqing, se précipita pour nous aider. Grâce à son intervention, le gardien de service accorda exceptionnellement la permission à Axia d'entrer dans la cour pour que nous puissions passer quelques moments seuls ensemble. Il nous trouva même une pièce au second étage du bâtiment administratif, et trois gardes y restèrent pour surveiller notre entretien. Comme une veuve en deuil,

Axia était d'humeur sombre. Elle tenta de briser notre silence embarrassé en poussant notre fille à m'appeler «Papa Grosse barbe». Je n'étais pas plus souriant qu'elle et tout ce que je parvins à dire était: «Miao Miao, dis Papa.» Au bout du compte, ma fille finit par nous ignorer l'un et l'autre.

Le temps était écoulé. La brise d'automne se leva en bruissant, et mère et fille partirent à la dérive comme une petite barque entraînée par le courant du fleuve Yangtsé. Je retournai vers le dortoir, en pensant à Axia dans son costume noir. Plusieurs années auparavant, alors que nous n'étions encore que fiancés, j'avais voyagé de Chengdu à Fuling par bateau pour lui rendre visite. Avant d'arriver, j'aperçus de loin, parmi les têtes qui s'agitaient en tous sens, un petit point noir. C'était elle; je pouvais sentir sa présence. Elle portait le même costume noir et avait attendu tout l'après-midi sur le quai pavé, les cheveux embroussaillés par le vent.

Dans l'un de ses célèbres livres sur la vie au Goulag, le dissident russe Alexandre Soljenitsyne décrit une journée de la vie d'un prisonnier appelé Ivan Denissovitch. Pour ma part, il m'a toujours semblé que j'étais incapable de mesurer le temps en journées, durant ma période d'incarcération. Les jours semblaient tourbillonner comme un essaim de guêpes, dans une espèce de répétition frénétique, une monotonie oppressante et obsessionnelle. Je ne pouvais distinguer un jour de l'autre.

Certains incidents me restaient en mémoire, bien sûr, comme les moments où je violais le code de conduite de la prison en me battant à coups de poing, ou lorsque je rencontrais des gens exceptionnels. Mais il ne s'agissait que de marques de ponctuation aléatoires dans un océan d'ennui monolithique. J'entendis une fois parler d'un prisonnier qui avait écrit deux cents lettres, sur une période de plus de vingt ans, pour faire appel de sa condamnation pour meurtre. Toutes sont restées sans réponse. J'avais terriblement envie de m'entretenir avec cet être singulier, mais n'en ai jamais eu l'opportunité. Les règlements de la prison interdisaient aux détenus de parler à quelqu'un qui ne faisait pas partie de son groupe. À de nombreuses reprises, l'un ou l'autre d'entre nous pointait du doigt une silhouette voûtée qui ignorait pathétiquement la futilité de ses lettres et persistait à s'attaquer à l'édifice de l'autorité judiciaire qui restait insensible à ses arguments. «Cela ne sert à rien, soupirait mon chef de groupe. Peu importe que tes démonstrations soient convaincantes ou non, les autorités n'envisageront jamais de te libérer par anticipation. Au bout du compte, cet homme va se noyer dans ses propres lettres et pétitions.»

L'un des rares moments de bonheur, un moment lumineux, fut celui des retrouvailles avec l'aimable ancien fonctionnaire gouvernemental du centre de détention, avide lecteur de la Bible, le Vieux Xie. Il avait été transféré dans ma prison après avoir été condamné à douze ans pour détournement de fonds publics. Son ancien statut dans le gouvernement lui avait valu de nombreux privilèges, et l'un d'entre eux consistait à pouvoir se promener un peu partout sans la moindre restriction. Un jour, il apparut dans ma section et parvint à obtenir la permission de m'adresser la parole pendant quelques instants dans le couloir. Après que nous eûmes partagé quelques souvenirs, le Vieux Xie me révéla qu'il avait l'intention d'écrire un livre exposant les aspects les moins reluisants du système administratif. Sachant que son texte ne serait jamais publié en Chine, il s'était juré de trouver un moyen de faire sortir secrètement le manuscrit du pays. Cet aveu m'étonna, mais je fus encore plus stupéfait lorsqu'il me confia sa dernière trouvaille pour parvenir à se sortir de prison : il avait concocté une nouvelle mixture qui allait le ravager de l'intérieur.

« Une fois que j'aurai obtenu tous les ingrédients pour la potion, j'en prendrai pendant quelques mois. Devine ce qui va se passer ? Mon corps va se couvrir d'ulcères. Mes ongles et mes cheveux vont tomber. Les directeurs de la prison penseront que j'ai la lèpre et seront tellement impatients de me voir partir d'ici qu'ils m'accorderont une permission de sortie pour cause de maladie. »

Mes cheveux se dressaient sur ma tête.

« Je t'en prie ! Pas un mot de tout cela à qui que ce soit !

– Tu n'aurais pas dû me raconter tout ça. Tu ne devrais pas risquer ta vie de la sorte.

– Il faut bien donner un sens à sa vie, me répondit-il avec une ténacité que je ne lui connaissais pas autrefois. Lorsque je serai guéri, je trouverai les moyens d'obtenir justice et de me venger. »

Sa morale chrétienne du pardon semblait s'être évaporée. Je poussai un long soupir, et lui avouai : « Dans mes rêves, moi aussi, j'ai tué un bon nombre de mes ennemis. »

Après cette rencontre, je n'ai plus jamais revu le Vieux Xie.

Le 6 novembre 1994, à peine trois mois après mon arrivée au Centre pénitentiaire N° 2 de la province du Sichuan, trois personnages officiels apparurent tout à coup à l'entrée de mon dortoir, comme s'ils venaient tout juste d'atterrir d'une autre planète. « Liao Yiwu ! » tonna l'un d'eux. Avant que j'aie eu le temps de me ressaisir, deux fonctionnaires s'agitèrent autour de moi, en entassant mes affaires dans ma valise. Je devais être transféré dans une autre prison, m'expliqua l'un d'eux, tout en arrachant de mon manteau le badge qui portait mon nom. Il m'ordonna d'ôter l'uniforme de la prison et de remettre mes vieux vêtements. Quelques minutes plus tard, je flottais au-dessus des marches de pierre comme un petit nuage de fumée. Nous avons traversé rapidement la cour avant de nous arrêter devant un bâtiment administratif, pour attendre la fin des démarches bureaucratiques. Je me rappelai soudain que le secrétaire du Parti avait pris les documents concernant mon inculpation et le verdict deux semaines auparavant, et qu'il n'avait pas dit pourquoi. Je voulais qu'il me les rende tout de suite. La prison suivante en aurait besoin, ne serait-ce que pour m'autoriser à entrer dans ses murs. Et moi, j'en aurais aussi besoin au moment de ma libération.

« Le secrétaire du Parti est en réunion, me fut-il expliqué.

– Je peux attendre.

– Nous avons reçu des ordres pour ton transfert. Tu dois partir maintenant, insista l'officier.

– Les documents du verdict et de la sentence sont le ticket d'entrée des prisonniers. Comment serais-je admis en prison si je perds ce ticket ? »

L'officier fut d'abord stupéfait, puis il éclata de rire. « Je n'ai jamais entendu quelqu'un présenter la chose sous cet angle ! »

Nous dûmes passer par quatre points de contrôle avant de parvenir à l'entrée principale. Une Jeep de l'armée me transporta finalement hors de Chongqing. Nous partîmes en zigzaguant sur de petites routes vers le sud, en nous frayant un chemin à travers les sombres et épaisses forêts de la région. En chemin, l'officier réitéra sa promesse de récupérer pour moi mes documents légaux. « Tu tiens à tous ces trucs pour le cas où ta sentence serait abrogée, n'est-ce pas ? » me taquina-t-il.

Je l'ignorai et fermai les yeux, en acceptant de remettre mon futur au gré du destin. Je me rendis compte tout d'un coup que je n'avais pas écrit un seul poème depuis un bon moment.

J'ai subi tant de fouilles que mon inspiration
S'est enfuie pour ne plus jamais revenir.
Même ma mémoire
Porte des marques gravées par les menottes.

53

La Prison N° 3

第三监狱

Aux environs de seize heures, la camionnette de la police atteignit les confins du district de Dazu, où se trouvait la Prison N° 3 de la province du Sichuan, lovée au pied du mont Daba. La bourgade, avec ses ruelles sales et désertées, présentait un contraste saisissant avec la ville immense et bondée de Chongqing.

À l'entrée, le chauffeur fit un signe au gardien et, sans plus de formalités, nous avons foncé vers l'intérieur de l'établissement. Le vent du nord hurlait dans nos oreilles et je ne vis pas une seule silhouette rôder aux alentours. J'avais pourtant l'impression que j'étais surveillé par des yeux invisibles. La camionnette s'arrêta devant un bâtiment qui semblait faire partie des bureaux du pénitencier. Un membre de notre équipe y entra et, un quart d'heure plus tard, un jeune homme, genre intello, en sortit avec lui pour enregistrer le nouveau venu et faire son inventaire.

Je sortis en portant ma valise et suivis ce jeune fonctionnaire. Mon premier spectacle fut celui d'un égout à ciel ouvert. Il paraissait vouloir m'accueillir avec ses émanations nauséabondes. Apparemment, toutes les eaux sales de l'usine locale étaient déversées par le biais d'une canalisation qui menait à cet égout. En marchant, je croisai quelques soldats qui suivaient un sentier longeant cette décharge ; leurs costumes verts apportaient une touche de couleur à ce décor où tout semblait gris sale. Arrivé à un croisement, le jeune homme fit un geste vers la droite, en me disant que nous allions parvenir à notre destination.

Après une montée d'environ cent cinquante mètres, la structure d'un temple désaffecté à la façade inexpugnable apparut. Sa construction ressemblait à celle d'une montagne, avec des murs qui semblaient mesurer plusieurs dizaines de mètres de haut. Cette espèce de forteresse me rappelait les repaires de bandits tels qu'on les représentait dans des films historiques. Je me mis au garde-à-vous, levai la tête vers le mirador qui semblait flotter au milieu des nuages, et criai très fort pour annoncer ma venue et demander que l'on m'ouvre la porte. Il fallut attendre quelques minutes avant qu'un gardien armé d'un fusil ne passe la tête par une meurtrière et ne me fasse signe d'entrer. Le couloir était étroit, et construit de telle façon qu'un seul homme pouvait empêcher la sortie de tous ceux qui auraient tenté de s'échapper.

Une fois dans les lieux, j'aperçus un vaste stade capable d'accueillir plusieurs milliers de personnes. Le terrain était entouré de grilles barbelées et des postes de sentinelles en délimitaient le périmètre. Le jour de mon arrivée, des centaines de moineaux occupaient le grillage sans la moindre arrière-pensée. Certains semblaient même avoir organisé une petite réunion sur le côté droit de la loge du président. Je tapai bruyamment dans les mains, et une nuée d'oiseaux s'envola aussitôt, comme si une forêt d'ailes voulait nous cacher le ciel. « Ici, les prisonniers et les moineaux se succèdent pour organiser de grands meetings, plaisanta le gardien. En automne, le stade sert aussi à sécher les récoltes de céréales et de légumes. »

Dans la Prison N° 3, les détenus étaient rassemblés en six sections séparées, et deux unités spéciales. Une unité spéciale à sécurité maximale pour les condamnés à mort ; et une autre à vocation éducative, pour permettre à une douzaine de prisonniers d'écrire et de mettre en forme une lettre d'information, tout en gérant la bibliothèque de la prison. Je devais me rendre dans cette dernière unité, qui, comme j'allais l'apprendre, comprenait le plus grand nombre de prisonniers politiques. Chaque section occupait un immeuble de deux niveaux, avec un terrain à peu près aussi grand qu'une aire de basket-ball. Trois immeubles étaient reliés les uns aux autres par des murs mitoyens, et formaient un ensemble. Les prisonniers occupaient la cave et le rez-de-chaussée, tandis que les cuisines et les bureaux administratifs étaient au premier étage. Enfin, chaque bâtiment était pourvu d'une large terrasse, qui permettait aux gardiens de surveiller le moindre mouvement des détenus dans les cours extérieures.

Dès mon arrivée, un inspecteur et le chef de ma section m'ont cuisiné sur mes crimes et mes expériences dans les précédentes institutions. Ils m'ont assigné à la section N° 2 et ont appelé un Rouquin pour me conduire au dortoir. Depuis le temps, j'étais devenu un vieil habitué des cantonnements à haute densité humaine. Dans mes nouveaux quartiers, des corridors interconnectés permettaient aux gardiens de surveiller le moindre petit recoin. Les prisonniers de la section N° 2 partageaient un dortoir près d'un escalier menant au premier niveau. L'endroit me rappelait une de ces pièces voûtées où l'on range des cercueils : deux rangées de sommiers en métal s'alignaient le long des murs blanchis à la chaux. Au milieu, un étroit passage menait jusqu'à une fenêtre fermée par de lourdes barres de fer. Le jour de mon arrivée, quelqu'un venait juste d'être libéré, et son départ avait laissé vide la couchette du haut, près de la fenêtre. Trop négligent pour accorder cette place de choix à un prisonnier plus ancien, le chef de section décida que ce serait dorénavant mon lit. La couchette portait le numéro onze, et c'était justement mon chiffre de chance.

Le dortoir était bizarrement silencieux. Tout le monde était parti travailler. Je poussai bruyamment un long soupir et commençai à faire mon lit, puis je m'allongeai avec une sensation de confort et de paix comme je n'en avais pas ressenti depuis longtemps. Le ciel dehors était gris et bas ; il se mit même à bruiner. Je remarquai une petite lampe au-dessus de ma tête. L'ayant allumée, je posai ma main sur l'ampoule toute chaude et me mis à rigoler tout seul comme un crétin en m'allongeant de nouveau. Je fermai à moitié les paupières et contemplai la lumière à travers mes cils jusqu'à ce que son éclat se fonde en d'innombrables petites taches dorées scintillantes. Je jouais souvent à ça quand j'étais enfant en regardant le ciel, mais peut-être l'ai-je fait trop souvent et en suis-je devenu de plus en plus myope.

J'éprouvais un sentiment de sécurité, lorsque j'entendis tout d'un coup une voix qui m'appelait. Je me penchai au-dessus du bord de mon lit pour regarder qui se trouvait en dessous. Un détenu à lunettes, avec une grosse tête, se tenait au pied de mon lit et me faisait signe de la main. Son visage avait une allure juvénile, et son uniforme de prisonnier à rayures jaunes lui donnait l'air d'un écolier mal fagoté. « Je suis Li Bifeng, me dit-il en souriant timidement. J'ai si souvent entendu votre célèbre nom. Je n'aurais jamais pensé vous rencontrer ici. »

Personne ne m'avait jamais rien dit d'aussi gentil depuis des années, et j'en restai momentanément sans voix. Voyant ma stupéfaction, Li Bifeng ôta sa casquette, exposant ainsi la calvitie de son crâne imposant.

« J'ai lu tes poèmes *La Ville morte* et *La Ville jaune*. Je les ai même lus à de nombreuses reprises. Quand tu rendais visite à ta sœur à Mianyang, j'ai failli faire le voyage pour aller te rencontrer, mais j'y ai renoncé. Quel dommage !

– Est-ce possible ? Tu connaissais ma sœur Feifei ? »

Je sautai au bas de mon lit pour serrer les mains de ma nouvelle connaissance.

« L'un de mes amis travaillait dans la même unité de travail que ta sœur, avant son arrestation, expliqua Li Bifeng. Il m'a raconté que, lorsque ta sœur est morte, beaucoup de collègues féminines de la ferme où elle travaillait ont été terrassées de chagrin. Elles ont apporté des couronnes de fleurs et ont rassemblé beaucoup d'argent pour ta famille. Ta sœur était très aimée.

– Oui, oui », confirmai-je.

Entendre un étranger dire du bien de ma sœur était si inattendu que j'en étais estomaqué.

Li Bifeng changea soudain de sujet de conversation. « Dis donc, c'est presque l'heure du dîner ! Tu peux te reposer encore quelques minutes. Nous reparlerons plus tard. »

Après ce bref salut, il se retourna et disparut, comme s'il s'était évaporé. Je restai immobile, abasourdi, avec mes lacets dénoués. « Quelle barbe ! Il me met l'eau à la bouche et il se casse, comme ça... » me suis-je dit, assez désappointé. Durant les mois qui suivirent, je me suis rendu compte que c'était ça, le style de Li Bifeng. Ce poète militant était toujours pressé, même en prison. Il courait sans cesse contre la montre.

Au moment de dîner, Li se précipita pour me rejoindre, emportant son bol de nouilles. « J'ai un pot de légumes en saumure que nous pouvons partager », me dit-il tout en s'accroupissant à côté de moi. Notre chef de section, Zhang, le salua :

« Hé ! Vieux fou ! Il paraît que tu es bon à prédire l'avenir. Tu me tires la bonne aventure ?

– Oui, je peux le faire, mais tu ne me feras pas le coup de Mao Zedong qui "attirait le serpent hors de son trou pour mieux le tuer" ? Tu vois ce que je veux dire ? répondit Li en plaisantant à moitié. Que se passerait-il si je te prédisais l'avenir et qu'après tu ailles raconter aux gardiens que je répands des pratiques superstitieuses ?

– Qu'est-ce que tu veux dire par "attirer le serpent hors du trou pour mieux le tuer" ? Voici dix ans que le serpent dans mon froc ne s'est pas réveillé ! Sortir, il ne demande que ça ! »

Les autres détenus se tordaient de rire, mais Li semblait ne pas avoir compris le sous-entendu. Il tenait à expliquer la parabole de Mao Zedong : « Pendant le mouvement des Cent Fleurs, le président Mao encourageait tous les Chinois à dire la vérité pour mieux les écraser après. » Les détenus continuaient à s'esclaffer...

J'interrompis mon nouvel ami et l'entraînai hors du dortoir. Dans la cour, quelques prisonniers s'étaient rassemblés pour manger. Certains restaient debout, d'autres étaient accroupis. Un officier entre deux âges faisait les cent pas du haut de sa terrasse. « Il nous surveille, me fit remarquer Li Bifeng. Ne t'inquiète pas : ces chiens de garde sont constamment à nos basques, mais nous ne violons aucun règlement. Notre section comprend plusieurs générations de prisonniers politiques, c'est pourquoi ils sont particulièrement vigilants. Le vieux Dai, par exemple, celui qui dort en dessous de toi, c'était un ancien fonctionnaire. Pendant la Révolution culturelle, les gardes rouges sont venus mettre sa maison à sac. Il s'est emparé d'un hachoir et a entrepris de se défendre, infligeant de graves blessures à l'un d'entre eux. Il aurait dû être condamné à mort, mais, comme il avait des relations, et qu'il a su se montrer conciliant, le tribunal a commué sa sentence, et il est ici depuis vingt-quatre ans. »

Un frisson me parcourut.

« Vingt-quatre ans ? Comment a-t-il réussi à tenir le coup ? »

Plus tard dans la nuit, je restai allongé sur le lit, les mains sous ma nuque, les yeux fixés sur le ciel noir. Les étoiles glacées scintillaient au-dessus des toits comme des lanternes flottantes montées des enfers. Je clignai des yeux et sombrai dans des rêves intermittents. Le lit de métal semblait s'enfoncer et je me retrouvai dans un passage sans lumière, au fond d'une tombe. Des profondeurs de la terre flottaient des esprits qui nageaient comme des poissons : en remuant la queue, ils se frayaient un chemin dans les herbes de la colline autour des tombes. Avant de disparaître dans le ciel, ils se mirent à entonner en chœur : « Le ciel est plus brillant là où règne le parti communiste ! »

Je me suis joint à eux et j'ai chanté aussi. Tout à coup, l'un de ces fantômes surréalistes se transforma en Hu Feng, le célèbre poète et penseur des années 1950, et il s'allongea sur moi.

« J'ai besoin de quelqu'un qui prenne ma défense, me dit-il avec cette évidence que l'on ressent parfois dans les rêves. Autrefois, je me suis opposé aux points de vue du président Mao sur la littérature. Il pensait que nos écrits devaient servir les seuls intérêts du prolétariat, c'est pourquoi il m'a condamné comme contre-révolutionnaire, comme d'autres écrivains. Je suis resté en prison pendant vingt-quatre ans avant qu'il n'annule le verdict qui m'avait frappé, en 1979. Mais je suis mort en 1985, et me suis retrouvé dans une prison encore plus vaste. Celle-ci s'appelle "l'univers". Sais-tu seulement que tu dors dans mon lit ?»

Je me réveillai en sursaut sans plus pouvoir dormir. Quelques minutes plus tard, une sonnerie stridente nous perçait les oreilles.

劳动改造

54

La « réforme par le travail[43] »

Je remis ma couette en place et sautai du lit. Tous les détenus se précipitèrent au-dehors pour répondre à l'appel dans la cour. Je levai les yeux vers les étoiles qui brillaient toujours dans le ciel glacé. Un gardien de service inspectait ses troupes du haut de la terrasse du second étage et hurla : « Il est trois heures et demie du matin. Je veux que vous ayez terminé votre petit-déjeuner dans vingt minutes. Nous partirons à quatre heures tapantes ! »

Nous nous sommes accroupis en cercles. Les bruyants claquements de langue avalant rapidement la bouillie de riz résonnaient dans la cour vide. Je regardai autour de moi et aperçus quelques détenus qui rôdaient aux alentours sous la lune, comme des fantômes. J'aurais eu envie de retourner dans mes rêves. Avant de partir, je me suis douché la tête à l'eau froide.

43. Le *laogai* – littéralement : la réforme par le travail – correspond au Goulag soviétique. Les prisonniers qui y sont incarcérés sont passés devant le tribunal et ont été condamnés aux travaux forcés. Le *laojiao* – la rééducation par le travail – est une condamnation administrative qui ne passe pas par les circuits de la justice.

Nous nous mîmes en route en file indienne sous la surveillance stricte de six gardiens, et avons franchi le portail. Une fois dehors, nous avons été répartis rapidement en quatre rangs bien ordonnés et avons dévalé la colline en direction de l'usine qui se trouvait dans la section extérieure de la prison. En chemin, l'officier nous ordonna de marcher au pas de l'oie, comme si nous faisions partie d'un défilé sur la place Tian'anmen pour la fête nationale. « Un, deux, trois, quatre ! » avons-nous crié en redressant la nuque.

Quelques minutes plus tard, l'armée des travailleurs s'arrêta de concert devant le portail de l'usine, où le directeur de la production, surnommé « Monsieur Hibou », nous donna des instructions d'une voix aiguë de castrat : « Vous devez tous adopter une forte conscience morale du travail, et prêter attention aux règles de sécurité. »

Comme une troupe de pompiers bien entraînés, chacun a enfilé ses bottes et son casque de protection, et plusieurs groupes ont disparu en direction de différents ateliers très hauts de plafond. Les prisonniers de la section N° 2 étaient responsables de la fonte et de la mise en forme de toutes sortes d'éléments de voitures diverses. Alors que j'essayais de me repérer dans ce nouvel environnement, je me trouvai soudain devant la gueule béante et rouge d'un fourneau qui rugissait. Surpris, je me bouchai les oreilles. Comprenant rapidement que j'étais trop maladroit pour travailler près de cette fournaise, le chef de section me tendit un balai long de deux mètres et me confia la tâche de balayer le plancher.

Je remarquai deux détenus qui s'étaient installés dans un coin mal éclairé, l'un tout petit, et l'autre plutôt grand. Ils s'étaient endormis sur un banc. Je regardai rapidement autour de moi et me joignis à eux. Manque de bol ! Monsieur Hibou passait par là. Il nous prit en flagrant délit. Pour me punir, il m'ordonna de ramasser une quinzaine de kilos de chutes de métal dans les autres ateliers.

Yang Wei, le plus jeune prisonnier de la section N° 2, promit de me donner un coup de main. Il dénicha un vieux seau et, pour m'aider, prit le prétexte de me montrer les lieux...

J'appris bientôt qu'il était né dans la région de Dujiangyan. Tout le monde l'appelait Grosse langue parce qu'il parlait avec un accent si fort qu'il semblait que sa langue était énorme. Dans l'enceinte de la prison, il ne disait pas grand-chose. Mais sous des allures de loup solitaire, il était agile comme un lapin, malin et attentif. Il se déplaçait avec souplesse, presque mystérieusement.

Grosse langue était né dans une famille pauvre ; ses deux parents travaillaient dans une usine de village. En 1989, il n'avait pas encore vingt ans et fréquentait une école professionnelle. Comme la plupart des adolescents, trop préoccupés par eux-mêmes pour penser au reste du monde, il ne se souciait ni de politique ni de ce qui se passait autour de lui. Mais le massacre de Tian'anmen le mit en rage et fit de lui un militant. Sans avoir reçu aucune formation particulière, Grosse langue conçut une organisation, l'Alliance démocratique de Chine (ADC), et prétendit qu'elle avait pignon sur rue à l'étranger. Dans son élan, il dessina et fit imprimer une douzaine d'affiches de l'ADC pour encourager les habitants du Sichuan à se lever contre un régime brutal, pour venger la mort des étudiants innocents de Pékin et renverser le gouvernement central. Il colla fièrement ses affiches bien en évidence dans des endroits très fréquentés de sa ville.

Comme on pouvait s'y attendre, l'apparition soudaine d'affiches contre-révolutionnaires, portant un message aussi ouvertement hostile au gouvernement, choqua les fonctionnaires locaux, qui considérèrent le cas comme une affaire de la toute première urgence nationale et demandèrent l'assistance des gouvernements locaux et central. Des experts en mission se réunirent au Sichuan pour rassembler des informations et mener des enquêtes conjointes. Plus d'une centaine de policiers furent mobilisés.

Jeune et futé, Grosse langue ne perdit pas de temps. Apprenant que la police était sur ses traces, il jeta les deux albums de sa collection de timbres chérie dans un sac et s'enfuit. Il réussit à prendre le maquis en Chine pendant six mois, en vagabondant dans une dizaine de villes du Sud. «J'ai commencé à collectionner des timbres quand j'étais tout gosse, me raconta-t-il. Chaque fois que j'arrivais dans une nouvelle ville, je traînais au marché aux timbres pendant quelques heures. L'argent que je tirais de mes transactions me permettait de vivre plusieurs jours.»

L'affaire de Grosse langue inquiéta le gouvernement central et finit par avoir un retentissement national. Lorsque la police, éreintée, finit par l'arrêter, elle fut surprise et déçue de constater que le dangereux contre-révolutionnaire qu'elle avait poursuivi durant des mois n'était qu'un jeune à l'air innocent. De surcroît, Grosse langue ne bénéficiait d'aucun réseau à l'étranger, contrairement à ce que prétendaient ses affiches. Lorsqu'on lui demanda de cracher les noms des principaux membres de l'ADC au Sichuan, il dut admettre qu'il était seul: «C'est moi qui détiens les titres de président, de vice-président, de chargé de la communication et de secrétaire.»

Comprenant qu'ils avaient été dupés, les membres de la Sécurité publique et le personnel du tribunal, vexés, le tabassèrent sauvagement et le jetèrent dans un centre de détention. Quelques jours plus tard, les documents attestant de son inculpation arrivèrent. Il dut subir un procès à huis clos. «J'avais préparé de nombreuses notes dans ma tête, et je m'attendais à engager un débat avec le juge au sujet du mouvement démocratique à Tian'anmen, raconta Grosse langue. Mais ils ne m'ont jamais présenté devant le tribunal ! En fait, j'ai été conduit dans un petit bureau, et j'ai compris que la sentence avait déjà été rédigée. Lorsque je suis entré, le juge a pris la feuille de papier, me l'a tendue et m'a dit de bouger mon cul pour sortir le plus vite possible de là. Comme je refusai de bouger, il saisit à deux mains un épais porte-documents et se mit à me taper sur la tête en hurlant : « Fous-moi le camp d'ici ! »

Le juge colla à Grosse langue le crime d'incitation à activités contre-révolutionnaires et le fit condamner à trois ans de réclusion dans la Prison N° 2 du Sichuan. Il avait à peine vingt ans.

Au début, les autorités lui confièrent la responsabilité de la réserve. Pendant que personne ne le regardait, il glissait des notes dans les gants en peau de chevreau que les prisonniers fabriquaient pour l'export. Sur ces notes, il informait les gens que les produits étaient fabriqués en prison, et encourageait ses lecteurs à boycotter la marque. Résultat des courses : la marchandise, évaluée à deux millions de yuans, fut retournée depuis Hong Kong à l'expéditeur. La direction lança une recherche et découvrit facilement le coupable. Pour se venger, les gardiens de la prison le suspendirent au plafond, la tête en bas, pendant plusieurs jours.

Lorsque je rencontrai Grosse langue, il venait d'être transféré à la Prison N° 3 et son travail consistait à nettoyer les ateliers de l'usine. Alors que nous baguenaudions, il me présenta à Lei Fengyun, un travailleur de la fonderie qui avait été un étudiant diplômé de l'École normale du Sud-Ouest. Il avait organisé plusieurs manifestations estudiantines, des grèves de la faim et des pétitions à Chongqing. La répression de juin 1989 à Pékin le rendit fou de rage, au point de coller une affiche près de l'entrée de l'université, encourageant effrontément ses camarades à se rendre au village natal de Deng Xiaoping et à violer la tombe ancestrale de sa famille pour le punir de sa décision d'envoyer l'armée sur Pékin.

Sans surprise, une action aussi téméraire et irrespectueuse fut considérée comme une extraordinaire offense à la culture chinoise. L'affiche l'avait rendu célèbre au Sichuan et il écopa d'une sentence de douze ans. Lorsque je le rencontrai, il tenait une pelle à la main et faisait face au fourneau. Ses lunettes noires de protection reflétaient les flammes qui bondissaient du métal en fusion.

Quand le soleil se leva, j'avais déjà bavardé avec plus d'une douzaine d'anciens du mouvement de 89 comme Lei : « Dans la section N° 2, il y avait autrefois près de trente activistes de 1989, dit Grosse langue. Plus de la moitié a été libérée. À l'origine, nous étions tous incarcérés dans une même cellule ; néanmoins, après "l'incident du pigeon", notre groupe fut mélangé à des criminels de droit commun de la section N° 2. »

J'appris rapidement que ce fameux « incident du pigeon » avait eu lieu pendant l'automne 1991, alors que j'étais encore incarcéré dans le centre de détention. La tentative de « sédition » avortée commença lorsqu'un pigeon blessé s'échoua sur le sol de la cour. Plusieurs activistes de 1989 le ramassèrent et s'occupèrent de lui avec tendresse pendant deux semaines. Lorsqu'il fut enfin guéri, les prisonniers enroulèrent un message autour de sa patte. Ils avaient écrit ceci : « Nous sommes trente prisonniers politiques condamnés pour notre participation au mouvement étudiant de 1989 ; nous voulions apporter la démocratie à la Chine, et nous espérons que les gens à l'extérieur ne nous oublient pas. » Et chacun avait signé de son nom.

Quand ils relâchèrent le pigeon, espérant qu'il délivrerait ce message au monde extérieur, ils n'imaginaient évidemment pas que le pigeon n'avait aucunement l'intention de partir. Il se contenta de faire des cercles au-dessus de la prison, avant de se poser sur un toit.

Il roucoulait sans discontinuer comme pour remercier ses sauveurs. Les prisonniers poussaient des cris pour l'effrayer, mais ils ne parvinrent pas à le faire partir. Ils finirent par découvrir que le pigeon appartenait en fait à un cadre de la prison. Le message apporta la poisse à tout le groupe de 1989 et plusieurs d'entre eux furent jetés au cachot pour deux semaines. Nul besoin d'insister pour comprendre que ce pigeon avait été une extraordinaire métaphore de leurs tentatives futiles d'évasion.

« Quelle histoire formidable, dis-je en éclatant de rire.

– Ce n'est pas drôle ! s'insurgea Grosse langue. Sais-tu seulement à quoi ça ressemble de se retrouver au cachot ? »

Je me tus aussitôt. Mais cette histoire résonna longtemps dans mon esprit.

La sirène d'urgence d'une soufflerie industrielle me ramena à des préoccupations plus immédiates. Notre métal fondu était prêt, Lei souffla dans son sifflet et la lave dégrin gola de l'ouverture béante de la fournaise pour tomber dans un godet. Plusieurs ouvriers tenaient de longues barres de métal qu'ils se relayaient pour pousser, afin de mettre ce magma incandescent en mouvement. Quelques secondes plus tard, une grue souleva le godet étincelant avec sa charge de métal en fusion dégoulinant, qui fendit les airs jusqu'à l'espace où étaient posés des moules de sable en attente d'être « inséminés ».

Les guerriers de la lave étaient des détenus expérimentés protégés des pieds à la tête comme dans une armure, dont on ne distinguait que les yeux derrière leur masque de protection. Je regardais mes camarades de prison pelleter le métal en fusion hors de l'énorme godet pour le déposer par jets de feu, par de grands mouvements amples, comme des paysans qui épandent de l'engrais dans des champs de légumes. Je restai fasciné par cette scène superbe, jusqu'à ce que Monsieur Hibou m'aperçoive et me chasse.

Au moment du repas, Grosse langue et moi avions rempli notre seau avec les chutes de métal. Nous nous sommes affairés pendant que les autres prisonniers faisaient des aller-retour, couverts de poussière de charbon. Dans l'atelier, un brouillard obscurcissait l'air et les gens semblaient flotter comme des fantômes.

« Les conditions de travail primitives de ces lieux me rappellent les années du Grand Bond en avant, lorsque tout le pays a été mobilisé pour produire de l'acier, observai-je. Regarde cette fournaise, elle doit dater de quarante ou cinquante ans.

– Renouveler l'équipement coûterait beaucoup d'argent, répondit Grosse langue. Ils n'ont pas besoin d'être efficaces. Ils ont tous les ouvriers qu'ils veulent ici.

– C'est un mensonge, nous interrompit une voix. (Nous ne nous étions pas rendu compte que Li, un prisonnier modèle, se tenait derrière nous.) Le gouvernement n'exploite pas sa main-d'œuvre ; son but est d'économiser de l'argent sur l'équipement dans notre intérêt.

– Je suis certain qu'il se soucie beaucoup de nous, ricana Grosse langue. C'est pour ça que le cancer des poumons est si fréquent dans la section N° 2.

– On devrait t'envoyer travailler dans l'atelier de nettoyage des moules, rugit Li en fureur. L'acide sulfurique devrait suffire à te nettoyer le corps et l'âme.

– Tu es un prisonnier modèle et un surveillant, pas un foutu trafiquant d'esclaves », rétorqua Grosse langue.

C'est alors que Li a pété les plombs. Avant que mon copain ait eu le temps de s'attaquer au surveillant, je le poussai sur le côté. « Vous autres êtes des putains de contre-révolutionnaires ! » entendis-je jurer dans notre dos.

À trois heures de l'après-midi, je rejoignis les cohortes noircies d'ouvriers qui se dirigeaient vers les bains-douches. C'était mon premier bain chaud depuis deux ans et je me croyais au paradis. J'aurais voulu traîner un peu, évidemment, mais dès quatre heures, une heure plus tard, nous étions tous rassemblés à l'endroit où nous avions commencé à travailler douze heures plus tôt. Nous marchions au pas pour retourner dans la section intérieure de la prison. Nous passâmes devant l'égout d'où s'élevait une brume d'acide sulfurique qui venait agresser nos narines. Certains commencèrent à tousser, d'autres à larmoyer. « Ce sont les rejets du département de nettoyage », murmura Grosse langue à mon oreille.

Notre troupe bien entraînée poursuivit sans sourciller au pas cadencé dans l'atmosphère polluée ; le tonnerre de notre marche synchronisée était presque assourdissant. Le gardien qui nous dirigeait criait : « Un, deux, trois et quatre ! » Et nous faisions écho à ses ordres en chœur, même si les vapeurs d'acide sulfurique faisaient ruisseler les larmes sur nos joues.

« Excellent ! hurla l'officier. Au pas de l'oie, en avant ! » Le vacarme de notre déferlante se transforma en un grondement de tambours de guerre, dont les roulements étaient provoqués par une armée de robots de chair. Au bout de quelques mètres, l'officier lança un nouveau commandement, mais il ne reçut qu'une réponse tiède.

« Que se passe-t-il ? » demanda-t-il, irrité.

– Que se passe-t-il ? » répétèrent mécaniquement les prisonniers.

Tout d'un coup, notre armée s'était mise à ralentir ; nos pas s'étaient faits plus traînants, et toutes les têtes s'étaient tournées vers la droite, où un spectacle aussi inattendu que bienvenu s'offrait à nous.

Une jeune femme marchait à vive allure dans la direction opposée à la nôtre. Bien que ce fût déjà le début de l'hiver, elle portait un pull à col ouvert et nous pouvions voir sa poitrine tressaillir. Notre groupe était fasciné par la vue de cette femme. Et par-dessus le marché, elle était bien roulée. Nos yeux fouillaient déjà sous sa jupe et la caressaient. Les prisonniers qui se trouvaient à l'avant du groupe s'étaient retournés pour la suivre du regard. Notre armée disciplinée se retrouvait dans une totale... débandade.

La jeune femme se réfugia sur le bord de la route à côté de l'égout. Elle progressait avec précaution, telle une acrobate sur un fil. Lorsqu'elle tourna son visage pour nous balayer du regard, les prisonniers ne purent s'empêcher de l'acclamer.

« Ça suffit ! aboya l'officier avant de siffler violemment dans son sifflet. Regardez devant vous ! Concentrez-vous ! Circulez, y a rien à voir ! On repart ! Un, deux, trois et quatre ! »

Stimulées et excitées, les troupes se remirent en route avec un hurlement tumultueux, avançant comme une armée de sexes en érection.

De retour aux dortoirs, plusieurs de mes camarades se déshabillèrent immédiatement et sautèrent dans leur lit. Je suivis leur exemple, pensant profiter d'une délicieuse sieste avant le dîner.

Mon voisin me lança un clin d'œil.

« Fais ça vite. Il ne reste qu'une heure avant le dîner.

– Faire quoi vite ? »

J'étais un peu troublé par son clin d'œil mystérieux. Le vieux Dai, qui dormait dans la couchette sous mon lit, passa sa tête grisonnante avec un regard plein de reproche.

«On peut dire que tu es plutôt lent de la comprenette, susurra-t-il avec sarcasme.

– Mais vous ne pourriez pas me dire ce qui se passe?» demandai-je innocemment.

Ils éclatèrent tous de rire et je rougis en lançant un coup d'œil aux alentours. Un prisonnier qui dormait dans le rang d'à côté exhiba un pénis tout fumant de sous sa moustiquaire. En pleine masturbation, mon voisin sortit même un bras pour me faire signe de m'allonger. «Tu n'as pas envie de sauter cette fille aux gros seins que nous venons de croiser? Baise-la tant que son souvenir reste vivant dans ta mémoire.»

Le vieux Dai, qui ne pouvait plus supporter le comportement dévoyé de ses jeunes compagnons de cellule, s'éloigna en poussant des grognements dégoûtés. Avant de partir, il secoua son doigt dans ma direction: «Ne suis pas leur exemple.»

Un fou rire de dérision lui répondit.

Alors que je me rhabillai rapidement, plusieurs sommiers de métal étaient déjà en train de grincer. Je pouvais entendre des soupirs et des râles. Quelques prisonniers entrouvrirent leur moustiquaire et restèrent immobiles pour continuer à goûter leur plaisir. Deux claquements vinrent de la couche qui faisait face à la mienne. Je vis quelques lueurs de flamme et pensai que le détenu était en train de fumer une cigarette. Bientôt son lit commença à vibrer et je me demandai s'il avait besoin d'allumer un feu pour s'envoyer en l'air.

Soudain sa moustiquaire s'enflamma et un grand trou apparut. Heureusement le taulard réussit à sauter et à étouffer l'incendie avant qu'il ne s'étende.

Nous avons rapidement découvert la cause de ce feu mystérieux. Le mec avait échangé trois plats de viande contre un briquet orné de dessins pornos avec un prisonnier d'une autre chambrée. Sur l'un des côtés, on y voyait une Japonaise en kimono dont les vêtements tombaient lorsque le briquet s'allumait. En se branlant devant l'image de cette Nippone à poil, mon camarade de chambre avait vite perdu la tête et failli faire brûler son lit.

Je ne m'attardai pas plus longtemps dans la cellule en compagnie de mes camarades surexcités et me hâtai de rejoindre le vieux Dai dans le couloir. Pour briser la glace, je l'interrogeai sur sa longue peine de prison et lui demandai s'il connaissait certaines des célébrités qui avaient été enfermées ici.

« Hu Feng a été ici pendant plus de vingt ans avant d'être réhabilité par le gouvernement, me dit-il.

– As-tu rencontré Hu Feng en personne ? demandai-je en lui racontant mon rêve de la nuit précédente. Je rampais à l'intérieur d'une tombe immense et Hu Feng me disait qu'il était actuellement emprisonné dans une cellule sous la terre.

– Je ne suis pas étonné que tu aies rêvé des morts, dit Dai, le regard vide. Autrefois, le district de Dazu était tout petit. Quand les gens mouraient, ils étaient enterrés ici. Au cours des années, cet emplacement fut transformé en un grand cimetière. Après 1949, le nouveau gouvernement fit passer les bulldozers sur les tombes et construisit une prison par-dessus. Pendant l'hiver, je rêvais tout le temps d'esprits égarés qui se glissaient dans notre cellule par la fenêtre et s'accrochaient à ma poitrine en hurlant : "Hou ! Hou !" »

Je sentis passer un courant d'air glacé sur ma nuque.

« L'âme de Hu Feng serait-elle venue me hanter ?

– Il dormait autrefois à ta place, continua le vieux Dai.

– Sur le lit du haut ? demandai-je, incrédule.

– En ce temps-là, notre dortoir n'était qu'une grande chambre sur un niveau et tout le monde dormait côte à côte sur un grand lit. Comme Hu Feng était un intellectuel bien connu, l'officier lui avait désigné un emplacement près du chef de groupe. Il y a dix ans, ils ont démoli notre dortoir pour construire ce bâtiment. Si tu réfléchis à l'emplacement, ta couchette se trouve exactement à l'endroit où dormait Hu Feng. »

Je restai sceptique en écoutant l'histoire du vieux Dai, mais de nouvelles conversations avec d'autres détenus qui avaient été emprisonnés avec Hu Feng confortèrent son récit.

« À la fin de sa vie, Hu Feng perdit la raison et fut emprisonné dans une section spéciale, me dit l'un d'eux. Avant, il se trouvait dans la section N° 2, juste dans ce quartier. Il était grand et constamment affamé. De temps en temps, il volait même de la colle pour la dévorer. Quelques prisonniers lui couraient après pour tenter de récupérer leur pot de colle. Il se cachait alors dans la cour, en se tenant accroupi comme une grosse langouste terrée dans un récif corallien, tout en se fourrant de la colle dans la bouche. Lorsqu'il avait fini, il se léchait les doigts comme un enfant gourmand qui vient de dérober une barre de chocolat. C'était si triste. »

Un jour, le vieux Dai se demanda si je n'étais pas une réincarnation de Hu Feng puisque nous étions tous deux des poètes et que nous avions été, l'un et l'autre, jetés en prison pour nos écrits. Je ne trouvais pas ça drôle. « Je n'ai commis aucun crime. Pourquoi me dis-tu des choses aussi minables ? » lui répondis-je. L'insulte m'avait paru si forte que mon visage s'était assombri et que je n'arrivais plus à chasser cette pensée de mon esprit.

Une semaine s'était écoulée. Je récapitulais mentalement tous les personnages rencontrés dans ce nouvel environnement, et je me demandais dans quel endroit j'étais tombé. Il me semblait avoir débarqué dans un entrepôt de fossiles où le temps s'était arrêté. Et les esprits des morts qui voguaient dans le ciel ou flottaient sous la terre étaient en train de hurler – c'était du moins ce que j'éprouvais.

Il se passait tant de choses surréalistes ou incompréhensibles... Quand je repensais aux tourbillons insensés de mes rêves et à ce monde fantomatique qui hantait ma nouvelle réalité, je préférais considérer tout cela comme une déformation du temps ou une nouvelle dimension de l'espace, et cela rendit ma rencontre préalable avec Hu Feng un peu moins terrifiante.

Il y eut trois coups de sifflet perçants, et nous fûmes de nouveau rassemblés pour nos sessions d'«étude politique». Chaque détenu vint avec son petit tabouret et s'assit dans l'allée entre les deux rangs de lits superposés. Le chef de production se leva pour analyser le travail effectué dans la journée. Il ne cita pas de noms, mais lança un regard dans ma direction en critiquant tous ceux qui avaient été pris en flagrant délit de roupillon. J'ai baissé la tête.

Le chef d'étude politique prit le relais, en encourageant chacun à vider son cœur. Les détenus se levèrent avec empressement, l'un après l'autre, pour décrire éloquemment comment le travail physique les aidait à transformer leurs pensées. Je remarquai la façon dont chacun parsemait son discours de clichés politiques, du genre: «Je veux ouvrir un nouveau chapitre dans ma vie et apporter ma contribution à notre pays, à notre société et à notre groupe.» Ce spectacle ne m'inspirait que du dégoût, et le vieux Dai me dit à voix basse: «Il faut des années de pratique pour parvenir à ce niveau de perfection.»

Sha Wanbao, un ancien cadre de banque, était une exception; il refusait de prendre la parole pendant ces sessions d'étude politique. Il avait été témoin du massacre à Pékin le 4 juin 1989 alors qu'il s'y trouvait en voyage d'affaires. À son retour chez lui, il témoigna publiquement de ce qu'il avait vu dans un document qu'il édita lui-même. Cela lui valut une peine de quatre ans de prison. Durant tout son séjour derrière les barreaux, il continua à s'intéresser au métier de la banque, passant beaucoup de temps à relire ses documents comptables, même durant les sessions d'étude politique. Naturellement, le chef critiquait ouvertement Sha, mais celui-ci rétorquait presque immédiatement : « Je ne veux pas faire sortir de la fumée de mon cul. Je n'ai pas envie de gagner des bons points afin de supplier le gouvernement d'annuler ma sentence. De toute façon, je m'en fous parce que je serai libéré le mois prochain. » Ces remarques fleuries étaient très mal perçues des vieux prisonniers, mais Sha restait sur la défensive. Ce jour-là, il rangea son livre sous ses fesses et resta assis les jambes croisées comme s'il était planqué derrière un bureau, dans un coin de sa banque.

Je refusai, moi aussi, de prendre la parole en prétextant que j'étais un nouveau venu. Je craignais que mes propos inconsidérés ne me mettent dans un sacré pétrin. À huit heures du soir, le coup de sonnette tant attendu résonna. La session d'étude était terminée. Les prisonniers se précipitèrent à la cantine pour aller regarder des vidéos. Le lecteur de cassettes était enfermé dans une armoire et seul le chef de groupe en possédait la clé. Avant d'ouvrir l'armoire, il se leva pour vérifier qui se trouvait dans la pièce. Les gars se mirent à siffler et il attendit que le calme fût revenu avant de prononcer un très bref discours : « Comme vous le savez tous, nous n'avons le droit de regarder la télé que le week-end. Toutefois, puisque tout le monde coopère activement avec les directives du gouvernement et a rempli avec succès les quotas de travail de ce jour, notre officier nous a accordé une faveur en diminuant les sessions d'étude politique afin que nous puissions avoir un peu de temps pour nous distraire. J'espère que vous apprécierez tous la bonté et la bienveillance du Parti et de notre gouvernement. »

La plupart des vidéos montraient de vieux films de kung-fu, avec, occasionnellement, quelques scènes dénudées. Ce soir-là, nous avons pu voir une vidéo de Hong Kong qui était relativement explicite. De nombreux prisonniers glissèrent leurs mains dans leur froc. Les soupirs des acteurs du film se mélangeaient à la respiration haletante des spectateurs. Je regardai quelques instants et m'échappai discrètement.

89
—
代

55

La génération 1989

D'ordinaire, notre dîner était servi à dix-sept heures, et les prisonniers pouvaient ensuite se détendre et se déplacer librement à l'intérieur de l'établissement. Ceux qui avaient des talents musicaux en profitaient pour se livrer à leur passion à l'intérieur du dortoir.

Un flûtiste d'une quarantaine d'années serinait tout le temps un air de la Révolution culturelle, intitulé *Les soldats reviennent de leur entraînement au tir à la carabine*. Un homme beaucoup plus âgé jouait du *erhu*, une vielle à deux cordes, et son air favori était *L'Eau dans la rivière*, d'après une légende qui racontait le désespoir d'une femme après la mort de son mari, dans la Chine ancienne. Il remuait la tête en rythme et semblait perdu dans sa musique, comme s'il la jouait toujours pour la première fois.

Deux détenus aimaient faire s'esclaffer les autres en chantant des histoires d'amour contemporaines, qui pour la plupart avaient été composées pour des voix féminines. Quand ces prisonniers obsédés par le sexe hurlaient ces chansons de leurs voix coassantes, cela me donnait la chair de poule.

Li Bifeng et moi nous tenions à l'écart de ces divertissements chaotiques et trottinions autour de la cour. Quelques autres prisonniers marchaient par paires ou s'accroupissaient dans les coins pour bavarder. Nous avons bientôt fait de cette petite course notre entraînement obligatoire. Durant les soirées d'été, je passais des heures dehors, dans la chaleur de la nuit, tandis que la lune éclaboussait les murs de mille éclats étincelants. Lors d'un de ces moments de détente, je demandai à Li Bifeng pourquoi son visage était légèrement irrégulier, avec un menton qui partait bizarrement de traviole.

«Tu es né comme ça?» demandai-je.

Il me répondit par la négative en secouant la tête.

Il y eut un silence.

«Ce sont des souvenirs de mes diverses tentatives pour traverser la frontière», commença-t-il, non sans réticence. «Durant le mouvement de protestation des étudiants, j'ai fait des discours dans la rue à Chengdu et j'ai distribué de nombreux poèmes critiquant le gouvernement. Après la répression, j'ai été mis sur la liste des rebelles les plus recherchés par le gouvernement local. C'est ainsi que j'ai fui vers la province du Yunnan avec plusieurs amis. Alors que nous avions trouvé un jour abri dans un temple, nous avons fait la connaissance d'un moine qui passait son temps à aider des gens à traverser la frontière vers la Birmanie. Nous lui avons donné de l'argent et il nous a promis de nous guider jusque là-bas. Après avoir marché dans les montagnes pendant plusieurs jours, nous nous sommes enfin trouvés hors de Chine. Malheureusement, après le départ du moine, nous nous sommes perdus dans les forêts birmanes. Peu après, mes amis ont disparu de façon inexplicable.

«Je me suis retrouvé seul dans ces bois sinistres et, pendant des heures, je ne parvenais même pas à voir le ciel.

Je tournais en rond sans trouver la sortie. J'étais baigné de sueur et des nuages de moustiques s'attaquaient à moi, comme autant de petites grenades dégoupillées. Lorsqu'ils sont apparus, j'ai compris que la nuit ne tarderait pas à tomber et que les bêtes sauvages allaient certainement me dévorer tout cru. Tout à coup, j'ai entendu quelqu'un me parler derrière un gros fourré. "Pas un geste", dit la voix. Je n'en revenais pas d'entendre du mandarin. J'ai cru que ma tête allait exploser. Je tremblais de tous mes membres et mes pauvres jambes se dérobèrent sous moi. Je tombais à genoux. Mais... Eh ! Ne rigole pas, maintenant ! Je dois te dire que j'ai eu si peur que j'en ai pissé dans mon froc. Après avoir dépensé tant d'argent et d'efforts, j'étais finalement capturé. De nouveau, j'entendis la même voix : "Les mains sur la tête ! Baissez la tête ! Jetez vos armes !"

– Si je comprends bien, à force de tourner en rond dans la forêt, tu t'étais accidentellement retrouvé en Chine ?

– Non, je n'avais pas été si bête, j'étais toujours en Birmanie.

– Comment se fait-il que le soldat parlait mandarin ?

– J'étais tombé sur l'Armée du peuple, un groupe de guérilla affilié au Parti communiste birman. Très active dans les années 1960 et 1970, cette guérilla avait attiré de nombreux jeunes Chinois révolutionnaires qui avaient été envoyés, à l'époque, dans les campagnes des provinces du Yunnan pour y être rééduqués. Ils ont traversé la frontière et ont rejoint les forces d'opposition, espérant renverser le gouvernement en Birmanie et répandre le communisme dans la région. L'Armée du peuple avait gardé des contacts étroits avec la police des frontières chinoises. Mes ravisseurs m'ont attaché les mains et mis un bandeau sur les yeux, et ils m'ont immédiatement emmené pour me remettre entre les mains de la police chinoise. La nuit même !

« Je fus d'abord détenu dans un bureau où les moustiques ont continué à festoyer sur ma peau. Le lendemain matin, un soldat chinois m'a lié les deux mains avec une longue corde dont il a attaché l'autre extrémité à l'arrière d'un tracteur. J'ai dû courir derrière l'engin, sur un chemin de montagne tortueux, comme un esclave que l'on conduit au marché. »

Il souleva ses poignets pour me les montrer et continua.

« Parfois, lorsque je trébuchais sur un caillou, le tracteur continuait à me tirer derrière lui pendant un long moment, et mon corps tressautait dans les flaques boueuses. Je n'arrivais pas à me relever avant que le tracteur ne ralentisse pour attaquer une montée. À un moment, j'ai été assommé dans un choc avec une barrière routière. Lorsque je me suis réveillé, je me trouvais dans un centre de détention, car la police des frontières m'avait remis au commissariat local. Quatre hommes m'ont traîné vers un espace ouvert dans la cour, et là, ils ont commencé à me balancer des coups de poing dans la gueule pendant un temps interminable. C'est ainsi que j'ai perdu mon beau visage. »

Li Bifeng adorait raconter cette effroyable histoire. En fait, il aimait la performance artistique et avait plaisir à capter l'attention du public.

La Prison N° 3, où Li Bifeng et moi nous sommes retrouvés, est, comme celle de Qincheng dans la banlieue de Pékin, bien connue pour son grand nombre de prisonniers politiques. Les détenus appelaient cet endroit le plus grand et le plus célèbre camp contre-révolutionnaire du Sichuan, car, depuis 1949, ce lieu avait abrité des prisonniers politiques de toutes les époques.

Nombre de ceux qui y séjournaient depuis des années avaient du mal à évoquer leur passé. Toutefois, affirmait Li Bifeng, il y avait une exception.

«Nous avons un empereur autoproclamé qui habite dans mon dortoir. Il tient à raconter ses histoires à tout le monde. C'était un paysan hostile à la politique de l'enfant unique. Lui et ses amis ont déclaré que leur village était un royaume indépendant, libre de toute contrainte gouvernementale. Résultat: on a envoyé l'armée et il a été arrêté pour tentative de subversion.

«Lors du procès, le juge comprit qu'il avait affaire à un homme sans éducation et mal informé. Il commua sa condamnation à mort en un emprisonnement à vie. Sa Majesté passe maintenant beaucoup de temps à lire des livres anciens sur la médecine chinoise. Le mois dernier, il s'est inscrit pour prendre des cours par correspondance. Comme il n'a pas d'argent pour payer, il a écrit au Président et au Premier ministre en leur demandant de débloquer des fonds du Trésor pour couvrir ses frais. Les autorités ont intercepté la lettre et le secrétaire du Parti de la prison l'a publiquement critiqué en réunion.

– Tu es en train d'inventer cette histoire? dis-je, stupéfait par l'audace du type.

– Je te jure que c'est vrai, tu le rencontreras un jour. Il a écrit sa lettre au président chinois avec un stylo à bille et l'a qualifiée d'"édit sacré". Il s'est adressé sans honte au président Jiang Zemin en l'appelant «mon loyal ministre». Tu peux imaginer combien les fonctionnaires d'ici ont eu la frousse! Si ça s'était passé pendant la Révolution culturelle, il serait mort depuis longtemps.»

J'ai grimacé un sourire. Li Bifeng a continué à me raconter des histoires d'autres prisonniers de droit commun qui commencèrent par m'intriguer. J'entendis d'autres récits de la bouche de divers prisonniers, mais au fur et à mesure que j'en prenais connaissance, j'ai commencé à trouver cela assommant: ces histoires étaient épuisantes et répétitives.

J'avais l'impression d'étouffer. C'était comme si l'on m'avait enfermé dans une mine de charbon et que j'étais entouré d'un groupe immense de visages que je ne pouvais distinguer les uns des autres, tant ils étaient couverts de poussière noire. Ma gorge se serrait à l'écoute de toutes ces litanies et j'aspirais à m'échapper pour respirer un peu d'air frais. Ces agressions narratives étaient interminables. Les histoires personnelles des criminels étaient disséquées sans pudeur, admirées, dépréciées, et elles finissaient par se perdre au fil de ces longues heures ennuyeuses et sombres passées derrière les barreaux.

Ceux qui avaient été condamnés, comme moi, pour avoir participé au mouvement de protestation des étudiants de 1989 subissaient des peines plus légères que les autres criminels et contre-révolutionnaires. Nous avions reçu, pour la plupart, une assez bonne éducation. Et la violente répression du gouvernement sur les manifestants avait suscité une indignation mondiale. Le degré d'attention, de sympathie et de soutien que nous avions reçu du public et même de certains policiers dépassait ce que pouvaient concevoir les contre-révolutionnaires qui s'étaient fait prendre au cours des campagnes politiques d'autrefois. «Vous ne devriez pas être ici», cracha un prisonnier qui nous était hostile, condamné à vie pour avoir fomenté une rébellion dans des régions rurales. «Vous n'êtes pas ici pour être punis. Vous êtes ici pour accumuler un capital politique. Un jour ou l'autre, votre sentence sera annulée. Vous autres avez encore un avenir devant vous. Ce n'est pas comme nous qui finirons ici le reste de nos jours.»

La tension qui opposait les prisonniers de 1989 au reste de la population carcérale finit par tourner à la bagarre. Un jour, durant l'heure du déjeuner, un prisonnier en charge de la production accusa Jiang, un membre du «groupe de 1989», de doubler la queue. Il le frappa violemment au visage. « Vous autres, gars de 1989, n'êtes qu'un troupeau de moutons noirs qui rendent la vie de tout le monde ici misérable ! » hurla-t-il.

Jiang, un lettré aux manières douces et sincères, resta pétrifié par cette gifle. Avant qu'il ait pu se défendre, un autre prisonnier l'attrapa par-derrière pour le faire tomber au sol. Jiang était à terre, sur le dos, incapable de réagir. Devant une foule impressionnante, le chef de production s'assit carrément sur lui et commença à le frapper à la tête. Son poing le cognait comme un piston. Jiang écarta instinctivement son visage sur le côté. Le poing rondelet de son agresseur frôla son oreille gauche et heurta violemment le sol. Le chef de production hurla de douleur.

C'est alors que plusieurs anciens de 1989 convergèrent de tous les coins de la prison en criant : « Cessez de vous battre ! » En quelques secondes, ils furent encerclés par plus d'une centaine de détenus agressifs. Ceux qui tentaient de venir en aide à Jiang se trouvèrent en minorité, à un contre sept. Bras tordus dans le dos, visages défoncés, jambes ensanglantées, corps constellés de plaies et de bosses, tel fut leur lot. Grosse langue fut soulevé en l'air par un meurtrier, qui le balança comme un gros crapaud dont les longues pattes s'agitaient en vain.

Je ne tentai pas de me joindre à ce combat inégal, car je me doutais bien qu'on ne s'en sortirait pas facilement. L'officier de garde ne fit pas grand-chose non plus. Il continua à flâner sur sa terrasse du second étage et alluma calmement une cigarette. Au moment le plus chaud de la bagarre, il tourna le dos et disparut dans son bureau pour en émerger, environ dix minutes plus tard, comme s'il ignorait qu'une bagarre se déroulait juste sous son nez. Il se mit alors à crier du haut de son perchoir, en intimant aux deux parties l'ordre d'arrêter de se battre.

Ayant appris qu'il y avait eu une bagarre, le secrétaire du Parti envoya un commissaire politique mener une enquête et rassembler des preuves. «J'ai travaillé ici pendant plusieurs dizaines d'années et c'est la première fois qu'un événement de la sorte se produit, déclara-t-il lors d'une réunion de mon groupe. Nous devons punir celui qui est à l'origine de cette affaire, afin de restaurer l'ordre dans notre établissement.»

Comme la majorité des témoignages était favorable à notre chef de production, Jiang et quelques autres détenus de 1989 qui avaient été salement amochés furent considérés comme les responsables et jetés au cachot. Le vrai coupable, quant à lui, devint le héros du jour et la célébrité locale. Et comme il s'était fracturé le poignet, il fut expressément autorisé à sécher le travail et à rester au dortoir pour récupérer.

Ce traitement injuste nous amena à organiser une grève des prisonniers de 1989. Nous étions décidés à défendre notre dignité collective. Rien ne nous arrêterait, ni la persuasion, ni les menaces, ni les promesses de récompense. Nous nous sommes rassemblés dans la cour en criant des slogans. Les gardiens nous ont traînés jusque dans leur bureau du second étage et ont tenté de nous amener à la soumission par les coups. Aucun d'entre nous n'a cédé. Comme la situation tournait au vinaigre, le secrétaire du Parti intervint personnellement pour faire le ménage. En signe de réconciliation, il libéra nos camarades du cachot. Mais cela ne suffit pas à nous calmer. Ragaillardis par notre cause commune, nous avons continué notre grève en exigeant une nouvelle investigation. Inquiètes des suites indésirables que pourrait provoquer cette affaire si la chose s'ébruitait, les autorités décidèrent de convoquer séparément des témoins sans lien direct avec l'une ou l'autre des parties, en vue de se faire une idée objective de ce qui s'était passé. Au bout du compte, ce fut le vieux monsieur Yang, l'infirmier de la section N° 2, qui fit basculer le verdict.

Le Vieux Yang était une pièce d'antiquité, dans cette Prison N° 3. Il avait été un journaliste respecté dans un grand journal de l'armée à l'époque du Kuomintang. Après la prise de pouvoir des communistes, il fut étiqueté « contre-révolutionnaire historique » et condamné à la prison à vie. Au début des années 1980, le tribunal lui accorda la liberté sous caution et il put retourner dans son village natal au nord du Sichuan. On lui demanda de devenir instituteur dans l'école du village. Durant l'été 1983, lorsque le Parti déclencha une campagne politique destinée à renforcer la loi et l'ordre et à punir toutes les activités criminelles, les cadres du village prirent Yang comme cible : ils inventèrent un viol sur un jeune étudiant.

Quand je fis sa connaissance, il avait près de soixante-dix ans et la plus grande partie de sa vie s'était passée derrière les barreaux. Son ancienneté dans la prison fit qu'il écopa d'un boulot pépère : infirmier. Il s'agissait de distribuer quelques médicaments courants et de surveiller l'hygiène de chacun des occupants de nos dortoirs. En outre, les autorités lui accordèrent une chambre individuelle sous l'escalier. Même si l'espace qu'il occupait était humide et étroit, au moins pouvait-il se sentir chez lui – un luxe inouï en prison. Le Vieux Yang était connu pour son caractère solitaire et excentrique. La première fois que j'ai tenté de bavarder un jour avec lui pour mieux comprendre son passé, il se contenta de soupirer et s'éloigna. J'ai persisté, surtout après avoir appris qu'il avait été journaliste. Petit à petit, j'ai fini par l'amadouer.

Lorsque le Vieux Yang fut appelé à donner son point de vue sur la bagarre qui s'était déroulée, il dénonça le chef de production. Le secrétaire du Parti commença par refuser de le croire parce qu'une majorité des témoins avait prétendu que Jiang et les autres de 1989 avaient piégé le chef et lui avaient brisé le poignet. Mais le Vieux Yang persista : « J'ai passé plus de quarante ans en prison et je sais ce qui se passe dans la tête des détenus. Les gars de 1989 sont pour la plupart des gens éduqués, et ils ont droit à un traitement spécial ; ils se comportent avec arrogance et méprisent les criminels ordinaires. Leur attitude en a rendu plus d'un jaloux et furieux. Chaque fois que je vais faire mes visites dans les dortoirs, j'entends des plaintes contre eux. Mais, dans cette bagarre, tout le monde sait que le chef de production s'est blessé tout seul. »

Le témoignage du Vieux Yang convainquit le secrétaire du Parti de revoir sa décision. D'après le règlement de la prison, un détenu qui provoquerait une bagarre devrait être enfermé au cachot pour quinze jours et, si sa victime était gravement blessée, le coupable pourrait être puni de quelques années de peine supplémentaires. Prenant en compte le passé du chef de production, les autorités prirent des sanctions disciplinaires mineures à son égard : elles se contentèrent d'annuler quelques-uns des points qu'il avait gagnés par son bon comportement. Ses complices furent punis de la même façon.

La plupart des membres de notre groupe ont été rendus à la liberté après quelques années de détention, mais le Vieux Yang est enterré là-bas à jamais. Sa propre mémoire diminue et s'efface avec le temps. J'espère que mon récit servira au moins à rendre justice à ce pauvre hère anonyme, qui alluma un jour une petite flamme de justice au cœur d'une prison totalitaire.

Le résultat final de l'investigation sur la bagarre réconforta tous les anciens de 1989, même si plusieurs d'entre eux avaient été battus et avaient payé un lourd tribut pour cette victoire. En guise de commémoration, six d'entre nous furent pris en photo ensemble, un jour de visite des familles de détenus. Nous portions des uniformes de prisonnier élimés et nous avions les bras croisés derrière nous. Après être sorti de prison, j'ai confié un double de cette photo à un ami pour qu'il l'envoie à l'étranger. Elle finit par paraître dans *Newsweek* et *Avant-garde* – un magazine de Hong Kong. Les autorités de la prison apprirent bientôt que ce cliché avait été publié et pensèrent qu'il avait été transmis en cachette par ceux de 1989 qui étaient encore derrière les barreaux. La police fit aussitôt une descente dans leur dortoir. «Beaucoup de soldats sont venus cette nuit-là», me raconta Li Bifeng beaucoup plus tard. «Ils ont fouillé tous nos lits pour y trouver des photos et nous ont palpés un par un. Ils ont même vérifié la semelle de nos chaussures. Finalement, ils ont confisqué tous nos écrits, nos lettres et nos journaux intimes.»

«C'est ma faute, dis-je, bourré de remords. Vous avez dû me détester.»

Mais Li Bifeng, tout au contraire, se montrait reconnaissant. «Nous devrions te remercier, car c'est toi qui as permis au public à l'étranger de se rappeler de nous. Peu nous importait le caractère misérable de notre vie. Ça, nous pouvions le supporter. Le plus effroyable pour un prisonnier politique, c'est de sombrer dans l'oubli.»

Les sentiments de Li Bifeng étaient partagés par Lei, le gars de 1989 qui avait encouragé les étudiants à violer la tombe ancestrale de Deng Xiaoping. Je me souviens être tombé sur lui un soir, après avoir quitté la pièce où l'on regardait la télévision. Il m'avait pris à part pour me raconter un de ses nouveaux projets.

«Nous voulons créer un organisme pour les prisonniers politiques qui sont ici. Nous espérons ainsi pouvoir plaider leur défense et protéger leurs droits. Par ailleurs, nous voulons aussi garder le contact avec le monde extérieur et faire connaître nos combats.

– Pourquoi vous faut-il une organisation pour ça ? lui demandai-je, un peu surpris.

– Pour le futur. Nous voulons nous assurer que nous sommes entendus. Voilà de nombreuses années qu'on nous a isolés du reste du monde. Nous sommes relégués loin du centre politique de Pékin et il est très probable que les organisations qui défendent les droits de l'homme nous oublient. Pour les journalistes, un contre-révolutionnaire qui se situe à la périphérie du pouvoir politique est insignifiant. En revanche, si un groupe de contre-révolutionnaires fait quelque chose, les journalistes s'en rendront compte, dit Lei, dont le long visage ovale rayonnait d'un espoir idéaliste, derrière ses grosses lunettes. Les êtres humains ont besoin d'espoir. Sans espoir, la souffrance est destructrice.

– Ta femme te rend-elle souvent visite ? dis-je pour tenter de changer de registre. Sans toi, sa vie risque de devenir très dure. Si jamais il t'arrive quelque chose, que va-t-elle faire ? »

Il me lança un long regard et s'apprêtait à dire quelque chose, mais il s'arrêta.

« Je sais que je t'ai déçu, ai-je alors marmonné.

– Tu n'es pas le prisonnier politique que j'avais imaginé. Je suis dépité de voir que beaucoup des activistes de 1989 sont comme toi. Ils ne sont pas du tout politisés. »

Je défendis mon point de vue. « Tu n'es pas un politicien-né, non plus. Si le mouvement des étudiants ne s'était pas produit, il y a longtemps que tu aurais terminé tes études universitaires. Échouer en prison dépend du destin de chacun et personne ne peut en calculer le coût à l'avance. Nous ne pouvons pas nous comparer à l'élite qui a lancé le mouvement sur la place Tian'anmen. Ils en ont récolté tous les bénéfices politiques et leurs noms sont inscrits dans les livres d'histoire parce qu'ils se trouvaient au bon endroit, au bon moment. À vrai dire, je ne comprenais rien à la politique avant mon arrestation. Même maintenant, je ne peux pas dire que j'ai un point de vue politique bien formé. Je suis un individualiste accablé de nombreux défauts incorrigibles, ai-je admis. Je me suis retrouvé obligé de protester et j'ai été lancé sur une voie d'autodestruction parce que l'idéologie de l'État est entrée violemment en conflit avec le droit à la liberté d'expression du poète. En toute honnêteté, je ne pouvais pas accepter qu'un gouvernement meurtrier, qui avait provoqué un bain de sang, soit autorisé à maquiller cette réalité. Me voilà en prison et je n'ai aucun regret. Quant à former une organisation, cela ne m'intéresse pas et je n'en ai pas l'expérience. Je doute que tu aies ce genre d'expérience.

– Es-tu en train de dire que nous devrions rester sans rien faire à gâcher notre temps ici ? demanda mon compagnon d'infortune.

– Même sans organisation, nous restons une entité collective. Chacun doit faire ce qu'il pense être correct », lui répondis-je.

Un ange passa. Nous avons continué à fixer ensemble la nuit noire, dehors. Comme plusieurs prisonniers modèles commençaient à traîner autour de nous en tentant d'espionner notre conversation, nous y avons mis fin et sommes retournés vers les dortoirs.

Personnellement, j'aimais bien Lei. Il était tenace et résistant. Il avait tendance à provoquer les autorités et cela lui valut d'innombrables déconvenues. Un soir, durant l'hiver 1993, des gardes armés nous ont rassemblés sans préavis et nous ont ordonné de rester assis dans nos dortoirs. Les minutes ont passé et un bruit de pas cadencés a résonné dans le corridor. Notre surveillant est apparu, accompagné par le secrétaire du Parti et une équipe de policiers. Le surveillant appela : « Lei ! », et l'emmena. Le lendemain après-midi, nous fûmes convoqués à une réunion publique sur le terrain de sport. Lei fut exhibé avec plusieurs autres prisonniers accusés d'avoir violé le règlement de la prison. Il arriva en dernier, mais à la différence des autres prisonniers ordinaires, ses mains n'étaient pas menottées derrière son dos et il n'y avait pas de chaînes autour de ses chevilles. Les soldats manifestaient plus de retenue lorsqu'ils avaient affaire à un prisonnier politique. Ainsi ne fut-il ni frappé ni bousculé.

Mais, sous le crachin, debout devant le podium, Lei avait l'air déprimé et misérable. Le secrétaire du Parti prétendait qu'il avait poursuivi une correspondance avec une agence de renseignement secret britannique. « Nous avons été trop bien bienveillants vis-à-vis de nos ennemis, commença-t-il. Ils ont pris notre bonté pour de la faiblesse et de l'incompétence, et ils se saisissent de chaque occasion pour saboter notre système. Parmi les contre-révolutionnaires de 1989, il y a des sentiments antiparti et antigouvernementaux très répandus. Lei est un chef de gang. Du simple fait qu'il est allé à l'école quelques années de plus que nous, il se croit très malin. Comment ose-t-il envoyer des messages secrets en anglais sous notre nez ? Il ne s'agit pas d'une banale atteinte au règlement ! Il s'agit d'une tentative d'alliance avec des forces hostiles à l'étranger. Lei prétend qu'il voulait adresser une carte de vœux à un professeur appelé Peter. Foutaise ! Ce Peter doit être un espion britannique. Un loup déguisé en mouton ! Nous allons faire une enquête. Tu seras puni ! » Le secrétaire du Parti hurlait en terminant sa harangue. Les détenus applaudirent.

Je m'interrogeai. Comment était-ce possible ? Lei était-il fou ? Il devait bien savoir qu'aucune lettre ne pouvait quitter la prison sans avoir été vérifiée et qu'il n'y avait aucun respect pour la vie privée des détenus. Les inspecteurs du courrier, même dans les postes en ville, ouvraient toute lettre envoyée à l'étranger. Nous avons découvert par la suite que Lei avait écrit une courte lettre en anglais à Peter, un professeur étranger qui enseignait autrefois dans son université. La lettre ne faisait pas plus de quelques lignes et ne comprenait strictement rien de politique. Mais comme personne ne possédait la moindre connaissance de l'anglais dans notre prison, le secrétaire du Parti avait envoyé cette missive au bureau du tourisme, au niveau du district, pour la faire traduire et se protéger lui-même. Il avait jeté Lei dans un cachot en attendant la traduction. C'est tout ce que nous savions, mais deux semaines s'étaient écoulées, et Lei croupissait toujours au fond de son trou. Le dix-septième jour, une réunion secrète des anciens de 1989 fut organisée durant une pause, et nous avons pris la décision d'organiser une grève de la faim. La grève commença le jour où nous recevions notre seul repas carné de la semaine. Un jour fort attendu par tous. Chacun de mes camarades prit son bol, du riz parfumé et une viande qui nous mettait l'eau à la bouche, et nous nous rassemblâmes au centre de la cour. Puis mes compagnons se retirèrent dans leur cellule en laissant leur bol intact...

Quant à moi, je n'ai pas participé à cette grève de la faim : gourmand comme un cochon, j'ai avalé jusqu'au dernier grain de riz, mâché jusqu'à la dernière fibre de viande et même léché le bol. Li Bifeng vint m'arracher le livre que j'étais en train de lire. Il était furieux, et il me dit que tous les autres prisonniers politiques l'étaient aussi.

« J'ai souffert terriblement de la faim durant ma petite enfance et durant mon passage en centre de détention, rétorquai-je pour me disculper, en me remémorant mes précédentes tentatives de grève de la faim. Rien que de penser à jeûner me donne la migraine et des palpitations cardiaques.» Ma réponse n'a guère ému Li Bifeng qui s'est lancé dans une tirade furieuse: «Lorsque tu as été en difficulté, tous les autres se sont montrés solidaires...» Mais je lui coupai la parole: «Je ferais n'importe quoi, n'importe quoi! Mais pas une grève de la faim!»

Li Bifeng me fusillait du regard, mais il avait compris à quel point ma résolution était ferme et savait qu'il serait inutile de gâcher sa salive devant mon entêtement. C'était un homme doué pour trouver des compromis. «D'accord, dit-il. Tu pourras nous représenter au cours des négociations avec les autorités pénitentiaires pour la libération de Lei.»

Je savais que Li et un autre prisonnier avaient déjà parlé avec les autorités. Ils avaient été chassés avec force coups de pied et menacés d'être eux-mêmes jetés au cachot. Je me trouvais engagé dans une mission impossible, mais ne pouvais plus faire marche arrière. Me revint à l'esprit un vieux proverbe: «Un homme accorde plus d'importance à sa crédibilité qu'à sa propre vie.» Je m'assis pour réfléchir au problème, et c'est alors que je me suis souvenu d'avoir lu quelque chose dans le *Quotidien du Peuple* concernant les droits des détenus. Je retrouvai un vieil exemplaire de ce journal et relus l'article qui racontait comment des détenus coupables d'avoir violé le règlement de la prison ne devaient pas être soumis à un régime cellulaire de plus de quinze jours. Je comptai sur mes doigts, cela faisait dix-huit jours que Lei était parti au trou. J'étais sûr que je pourrais coincer les autorités sur ce point.

«Êtes-vous le représentant envoyé par les contre-révolutionnaires de 1989?» me demanda le secrétaire du Parti pendant que je me tenais debout devant lui. La question était un piège.

«Je ne représente que moi-même, répondis-je, et, selon la loi, chaque prisonnier a la possibilité de poser des questions sur les décisions prises par les autorités de la prison.» Je lui expliquai mon point de vue et lui indiquai que le *Quotidien du Peuple* lui-même défendait une position selon laquelle Lei avait déjà été suffisamment puni et devait être immédiatement libéré.

«Je vais être bien clair, dit le secrétaire du Parti. Nous appliquerons strictement la loi à toute personne qui ose organiser une quelconque forme de résistance et tente de saboter le règlement. Comment se fait-il que tu sois devenu leur représentant?

– Je ne représente que moi-même, répétai-je.

– Alors c'est simple, c'est le cachot direct.

– Si vous faites ça, je cours jusqu'à cette terrasse et me jette dans le vide.»

Je brandis brusquement au-dessus de ma tête l'exemplaire du *Quotidien du Peuple* que je tenais à deux mains, et criai de façon mélodramatique, en singeant les héros révolutionnaires des vieux films communistes: «Je suis prêt à défendre de mon sang et de ma vie la pureté et la dignité des lois socialistes de notre pays!»

Le secrétaire du Parti n'aimait pas qu'on lui résiste, mais il ne put s'empêcher d'éclater de rire en comprenant parfaitement l'absurdité de mes pitreries. Finalement, il fit marche arrière et Lei fut libéré le soir même. Mes camarades décidèrent que j'étais un héros.

Je dois reconnaître que mon nouveau statut de «héros» et la joie de cette victoire inattendue me montèrent à la tête. Je retournai au dortoir. Il était dix heures du soir. Le gardien avait déjà fait l'appel de chambrée en chambrée, avant de verrouiller les portes de l'immeuble. Tous les détenus s'allongèrent. Comme je n'arrivais pas à trouver le sommeil, j'allumai ma lampe de chevet et tirai de sous mon matelas une toute petite planche de bois sur laquelle j'étalai un morceau de papier. Je suçais mon crayon et tentais d'écrire, mais je ne savais pas par où commencer. Il y avait une semaine que j'en étais là. «Il semblerait que mon cerveau rouille», pensai-je. C'est alors que ma sœur Feifei, qui ne m'avait plus visité en rêve depuis des mois, resurgit dans ma mémoire. «Je vais t'aider à gratter la rouille de ton cerveau», me dit-elle, en souriant. Elle me tapota le front avec son index tout froid, comme si elle était en train de tirer sur mon cerveau pour remettre de l'ordre dans mes idées. J'eus soudain la sensation d'une grande clarté et me mis à écrire avec aisance :

> Tout a commencé en mars 1990, lorsque le département de la Sécurité publique municipale de Chongqing a découvert un grave «complot contre-révolutionnaire» dans le sud-est de la ville de Chongqing. Sept poètes, dont les travaux d'avant-garde avaient gagné une considérable réputation dans les milieux *underground*, furent officiellement inculpés.

C'est ainsi que je me mis à rédiger mes mémoires. Pour me prémunir contre des fouilles inattendues, je posai un magazine par-dessus mon bout de papier. J'étais si courbé que mon nez touchait pratiquement la feuille sur laquelle j'écrivais. Inspiré par une force mystérieuse, je poursuivis mon récit. Je respirais de plus en plus vite, et les caractères, aussi minuscules que des fourmis, s'envolaient de ma plume. Bientôt ce morceau de papier, qui n'était pas plus grand que la paume de ma main, commença à s'enrouler sur lui-même, et je dus le presser de toutes mes forces pour le remettre à plat. Je tentai d'entasser autant de mots que possible dans cet espace limité. J'avais l'impression d'essayer de faire passer un chameau par le chas d'une aiguille. Et il se produisit alors un miracle : pour la première fois, la prison disparut de mon esprit. J'avais trouvé ma liberté intérieure.

56

Le maître de flûte 箫师

Mes écrits secrets avançaient, et ma situation s'améliora. Quelques jours plus tard, sans aucune explication, les autorités me donnèrent de l'avancement en me nommant au bureau de contrôle central. Avec ce nouveau boulot, plus besoin de me lever aux aurores. Mon travail journalier consistait à compter les individus présents dans chaque atelier. Sur la base de leur ardeur au travail, je leur attribuais une note qui déterminait la quantité de nourriture dont ils pouvaient bénéficier. Ensuite, j'allais voir les cuisiniers, leur ordonnant de préparer et d'emballer la nourriture selon les numéros et les notes que je leur avais fournis. Avant même que j'approche de l'entrée, les aides désignés par chaque groupe étaient déjà au garde-à-vous, en attendant que l'on serve la nourriture et la soupe. Je vérifiais la liste attentivement, pendant que deux détenus m'aidaient à faire respecter les règles – ni plus ni moins. Quand la nourriture était à leur goût, les prisonniers s'adressaient à moi en m'appelant affectueusement « notre respecté contrôleur ». Mais si la soupe n'était pas assez épaisse ou si le riz était à moitié cuit, leur visage s'allongeait. Certains me couraient après en brandissant leurs poings et en me traitant d'« incompétent », voire de « raclure ».

Mon labeur quotidien s'achevait une fois le repas distribué.

Un après-midi, alors que je retournais dans le bâtiment vide, une bourrasque de vent froid balaya le soleil. Je me mis à grelotter. Je me précipitai dans le dortoir et grimpai dans mon lit chaud pour me jeter dans l'écriture.

Penché sur mon morceau de papier et perdu dans mes pensées, j'entendis vaguement le son de la brise qui pénétrait par la minuscule fenêtre de ma cellule située au premier étage. Je me redressai. Ce n'était pas la brise, mais une flûte qui jouait un air qui ne ressemblait en rien à ceux que j'avais déjà entendus dans les salles de concert.

Je pris une demi-cartouche de cigarettes bon marché dans mon casier et descendis dans la cour où je soudoyai le gardien pour qu'il me dise d'où venait la musique. « De la clinique », me répondit-il d'un ton bourru tandis qu'il rangeait les cigarettes dans sa veste. Empruntant un passage voûté voisin de la cour, je traversai un long couloir qui, après trois tournants, débouchait sur un espace ouvert. À droite se trouvait l'entrée de la clinique de la prison. Les vapeurs d'antiseptique mélangées aux effluves de la fosse d'aisance me piquaient les yeux.

Je trouvai le flûtiste appuyé contre un mur surmonté de volutes de fil de fer barbelé et de lierre fuyant vers le ciel. Sa grosse tête ronde et chauve était sise au sommet d'un corps décharné. Il ne semblait pas avoir remarqué ma présence. Quand il soufflait dans son instrument, ses épaules se démenaient sous sa veste d'uniforme de coton bleu rembourrée. La mélodie serpentait comme un ru dans la montagne, virevoltant puis ruisselant pour devenir presque inaudible, tarie. Je le voyais jouer mais j'avais l'impression de ne rien entendre. Il y avait pourtant un morceau très court qui semblait ne jamais vouloir s'arrêter, prenant son temps, comme s'il voulait user de toute une vie pour s'achever.

Le temps glissait, et bientôt je sentis l'humidité du sol gelé voyager dans mon corps et s'infiltrer dans mes os. Mes genoux commencèrent à trembler et mes dents à claquer. Bien que la moitié supérieure des murs de la prison baignât dans la lumière du soleil et que des moineaux fussent perchés tranquillement sur les barbelés, l'espace autour de nous était ombragé et froid, et un air vif soufflait.

Le vieil homme essuya les larmes provoquées par le vent ou l'émotion brute – je n'arrivais pas à savoir… – et enveloppa sa flûte dans un tissu en lambeaux. Il leva la tête et me sourit, à moi, ce jeune homme idiot, frissonnant mais heureux. Je lui souris à mon tour. Je suppose que c'était le destin.

« Vous voulez apprendre à en jouer ? » me demanda-t-il.

J'acquiesçai d'un signe de tête.

« Vous avez besoin d'une flûte digne de ce nom », dit-il. Puis il se retourna et s'éloigna.

Le flûtiste se nommait Sima. Il avait été moine bouddhiste et il était le détenu le plus âgé de la prison. À quatre-vingt-quatre ans, il occupait un emploi de concierge à la clinique. Pendant plus d'une décennie, il avait été vu arborant soit un balai, soit une flûte à huit trous. Ses coups de balai étaient précis et mesurés. Pendant les pauses, il s'asseyait dans la cour et jouait de la flûte, comme s'il se vidait avec elle de sa désolation et de sa solitude. La tristesse qui émanait de ce bâton de bambou creux semblait à l'opposé de l'attitude d'un homme qui était, ou du moins avait été, un moine bouddhiste, en principe détaché de la souffrance du monde. Un prisonnier, qui m'avait entendu parler de Sima, se moqua de lui parce qu'il était illettré : « Comme il ne sait pas lire, ce vieux moine pense qu'en jouant de la flûte, il pourra échapper à l'apprentissage de l'écriture.»

Le passé du moine Sima était un mystère pour moi et pour les autres. Il y avait matière à spéculations, mais une seule version semblait plausible: quand il avait été nommé responsable d'un temple voisin, il avait été accusé par le gouvernement d'appartenir à un *huidaomen*, une secte superstitieuse. Après la prise de pouvoir par les communistes en 1949, les *huidaomen*, considérés comme des groupes subversifs, furent déclarés illégaux. Cependant, beaucoup furent soupçonnés d'être encore très actifs dans les campagnes. Quand le cas du moine Sima retint l'attention de la police en 1982, les enquêteurs se demandèrent d'abord comment un religieux vénéré de tous pouvait appartenir à une secte. Mais, pendant l'interrogatoire, ce dernier refusa de parler, de sorte qu'il fut privé de sommeil et soumis à la torture. Au bout d'un mois, il ne lâcha à ses interrogateurs que trois déclarations profondes: «Je me suis mal conduit. Vous aussi. Nous avons tous commis des actes répréhensibles.» Le tribunal le condamna à la réclusion à perpétuité.

Après cette première rencontre avec lui, le souvenir de sa flûte de bambou ne cessa de danser dans ma tête. Dans la semaine qui suivit, je la dessinai sur un morceau de papier avec quelques instructions et j'envoyai le croquis à ma mère, accompagné d'une lettre. Par chance, le courrier arriva sans encombre à sa destinataire. Elle me répondit qu'elle avait couru toute la ville pendant plusieurs jours et avait trouvé cinq types de flûte qu'elle me montrerait lors de sa prochaine visite.

Mais ces efforts furent réduits à néant quand le moine, ayant à peine daigné y jeter un œil, me lança: «Aucune d'entre elles ne convient.» Un mois plus tard, ma mère revint avec cinq autres flûtes. Cette fois-ci, le moine les examina avec soin et il en choisit une, arguant qu'elle pouvait peut-être produire une sonorité à peu près « décente ». Il me demanda de la laisser d'abord dans l'eau pendant une semaine, puis de gratter la peinture et les ornements présents à la surface, et, enfin, de l'enfouir dans la neige quelques jours avant de la laisser sécher à l'air libre.

Par une belle journée ensoleillée qui faisait suite à une tempête de neige monstre, nous commençâmes nos leçons. J'étais dans ma cellule et le moine Sima se tenait dehors, près de la fenêtre. Je mis mes mains jointes devant ma poitrine et priai en silence. Quand j'ouvris à nouveau les yeux, je vis mon professeur amener sa flûte à ses lèvres. « Respirez ! » m'ordonna-t-il. Je devais prélever l'air que je venais d'inhaler pour le diriger vers ma *dantian*, un endroit situé sous l'abdomen, et puis, peu à peu, le laisser sortir. Le processus, bien rythmé et soigneusement contrôlé, devait transformer l'air à l'intérieur de mes poumons en un flux d'énergie circulant dans le corps et le cœur. Séduit par la musique, je mis mes écrits en jachère.

Au début, la flûte de bambou me tint tête ; quelle que fût la force de mon souffle, aucun son n'en sortait. Quand, finalement, je réussis à produire quelques notes maladroites, cela me rappela le bruit du soufflet que les villageois utilisent pour attiser les flammes du fourneau. Néanmoins, ce bruit me donna de l'espoir et m'encouragea à redoubler d'efforts. Bientôt je ressentis une douleur dans la poitrine. Ma tête était sur le point d'exploser. « Contrôlez votre respiration », me conseilla le moine qui se tenait toujours près de la fenêtre. Le découragement grandissait en moi. Je me concentrais sur ma flûte quand mes compagnons de cellule de l'équipe de nuit se massèrent autour de moi. Comme ils se déshabillaient et s'allongeaient sur les lits superposés, prêts à s'endormir, il était clair que je devais débarrasser le plancher. Je pris ma flûte et descendis dans la cour où, le regard fixé sur le soleil éclatant, je vis sept ou huit représentations de mon maître au milieu de cette boule de feu aveuglante. Le vent froid et incessant me mordait le visage.

Cette nuit-là, un détenu que je connaissais sous le nom de Soûlot-le-fou trottinait dans la cour. Ses pieds martelaient la neige qui recouvrait le sol. D'un bout à l'autre de l'année, il courait avec son chapeau à oreillettes rembourré de coton et son foulard. Tout le monde le comparait à Hua Ziliang, le héros d'un célèbre roman révolutionnaire. Dans ce livre, Hua, pris dans les griffes du Kuomintang, refuse de trahir ses camarades. Pour se protéger, il feint la folie en trottinant dans la cour toute la journée et par tous les temps.

Me demandant ce que ce Soûlot-le-fou fabriquait, je décidai de me joindre à lui. Ma flûte sous le bras, je le dépassai facilement puis, rapidement, lui pris un tour. Nous attirâmes immédiatement les foules. « Ouah ! Voilà un autre fou du stade ici, un homme de fer ! » Les détenus applaudissaient à chaque fois que je le doublais. Je me délectais d'être le centre de toutes les attentions lorsque Soûlot-le-fou fit demi-tour pour se ruer sur moi.

Avant que je ne comprenne ce qui se passait, une rangée de dents jaunes scintilla devant mes yeux et s'enfonça dans mon front. Soûlot-le-fou était aussi furieux qu'un lapin qui perd la boule. Nous avons roulé à terre comme une masse frémissante sur un monticule de neige. Un grondement s'éleva de la foule qui comptait les points. Il fallut plusieurs de mes collègues contre-révolutionnaires de 1989 pour arrêter la bagarre. Soûlot-le-fou arborait un sourire de cinglé ; ses dents saillantes étaient maculées de mon sang.

Je ramassai ma flûte et m'éloignai pour soigner la plaie que j'avais sur le front, mais je ne ressentais rien de ce qui aurait dû être une vive douleur. Bien entendu, la bagarre m'attira des ennuis de la part des autorités pénitentiaires. «Un pays est gouverné par la loi et la prison est gérée avec des règles, annonça un gardien aux prisonniers rassemblés dans la cour peu de temps après l'incident. Liao est un prisonnier politique, mais il devrait recevoir la même punition que celle que l'on accorde à un vulgaire criminel.»

Au milieu d'un tonnerre d'applaudissements, deux détenus s'avancèrent vers moi pour me menotter les mains et m'enchaîner les pieds. Ils m'escortèrent loin des zones bien connues et éclairées de la prison vers un monde plongé dans l'obscurité. On me poussa, chancelant, à travers un couloir qui empestait le moisi et l'urine.

Au bout de ce couloir, une porte s'ouvrit avec fracas. En entrant, je me cognai la tête à un plafond bas et humide; j'en eus des frissons dans le dos. Quand je le touchai avec la main, des gouttes d'eau dévalèrent comme un serpent visqueux le long de ma manche. Je tremblais. «Bonjour? Il y a quelqu'un ici?»

La porte se referma. Les bruits de pas s'estompèrent, et il n'y eut rien d'autre que le silence et le vide. Je promenai mes doigts autour de moi et touchai un lit en pierre. Je m'assis, immobile. Je pouvais entendre les rats pousser de petits cris aigus et cavaler dans tous les sens. Alors que je balayais le sol avec mon pied, les chaînes autour de ma jambe heurtèrent un pot de chambre en métal qui se renversa sur le sol. Je retournai immédiatement par la pensée à mes jours dans le sordide centre de détention.

Plusieurs heures durent passer. L'air ranci était étouffant. Des punaises m'avaient mordu sur tout le corps et je ne cessais de me gratter. J'étais aussi affamé que les insectes.

Nous étions nourris deux fois par jour avec un petit bol de riz avarié. La faim me rongeait l'estomac.

Je m'enveloppai dans une couverture dans la position du lotus et commençai à méditer.

« Respire ! »

Je crus entendre le moine murmurer à mon oreille.

Je respirais en essayant de me remplir d'air aussi loin que possible pour, ensuite, l'expirer avec soin. Encore une fois. Encore une fois. Encore une fois. Une sueur froide descendait le long de ma colonne vertébrale et les insectes bourdonnaient autour de moi. Alors que je réprimais un haut-le-cœur, je me saisis de ma flûte imaginaire, mes doigts pressant sur les trous, et je commençai à jouer. Le monde fut de nouveau réduit à néant.

Entre deux efforts, je m'allongeai sur la couche en pierre, immobile comme une pièce d'eau stagnante au fond d'une grotte sombre et profonde. Dans ce grand estomac qu'on appelait l'univers, la terre n'était qu'une minuscule graine de céréale indigeste et les êtres humains n'étaient rien de plus que les molécules de cette graine.

« Respire ! » me dis-je à moi-même, en sombrant dans l'inconscience.

Je passai deux semaines ainsi, dans l'obscurité.

À l'extérieur, mes camarades contre-révolutionnaires de 1989 entamèrent une grève de la faim pour protester contre mon châtiment, semblable à celui qui avait été infligé à Lei.

Quand je sortis, tel un vétéran de l'armée revenant du champ de bataille, un accueil chaleureux m'attendait. Mes codétenus avaient entassé sur mon lit de la nourriture qu'ils avaient prélevée de leurs rations quotidiennes. « Notre devise restera toujours "Un pour tous, tous pour un !" » m'assura Lei.

Heureusement, je pus regagner mon poste au bureau central des commandes. Chaque jour, après avoir livré les repas à base de riz et de soupe à mes codétenus, je consacrais le reste de mon temps à la flûte.

De temps à autre, je dirigeais mon regard vers la cour extérieure. Tout semblait si familier, les hauts murs ternes, les fils de fer barbelés enchevêtrés, les gardes à l'air sévère et leurs chiens de patrouille.

Une fois, un court instant, je vis, comme dans un éclair, un dos féminin. Il y avait si longtemps que je n'avais plus connu de femme que je fus torturé par le désir. Après m'être giflé violemment, je repris ma flûte en devinant une musique larmoyante qui venait du lointain. « Maître ! » m'écriai-je.

Il me fallut trois mois pour apprendre à maîtriser les flux d'air et d'énergie à l'intérieur de mon corps. À défaut d'autre chose, ma circulation sanguine s'améliora et mon visage reprit des couleurs. Tous les deux ou trois jours, le moine Sima apparaissait à la fenêtre. En quelques gestes, il me donnait de brèves instructions, puis repartait. Peu de temps après, j'entendais une mélodie qui montait de l'endroit où je l'avais vu pour la première fois. J'écoutais, essayant d'apprécier chaque nuance pour m'imprégner de son essence.

Un jour, ma sœur cadette, Xiaofei, vint me rendre visite, apportant avec elle des colis de vivres. Avant de me dire au revoir, elle me glissa : « Maman et papa espèrent que tu n'as pas renoncé à l'écriture. »

Yu Tian, un ami poète, se présenta également de manière inopinée et essaya de négocier auprès des gardes une entrevue avec moi. Il leur raconta que j'étais son cousin. « Votre cousin se porte plutôt bien, lui répondit-on. Il joue de la flûte tous les jours, comme un immortel libéré de tout souci. » Je ne l'avais pas vu depuis de nombreuses années et sa visite fit remonter en moi un flot de souvenirs.

Il m'abreuvait de nouvelles et de potins que lui avaient racontés nos anciens amis poètes, mais il y avait longtemps que tout cet univers m'avait quitté, et j'ai dû avoir l'air de m'ennuyer. Mon ami s'étonna :

« Hé ! Comment se fait-il que tu sois indifférent à tout ce que je te raconte ?

– Cela ne me concerne plus désormais, balbutiai-je. J'ai l'impression de n'avoir plus de passé.

– Plus de passé ? réagit-il sèchement. Mais tu es justement en prison à cause de ton passé. »

Je regardai ses cheveux ébouriffés, ses yeux fatigués, rouges de sang, et je ne savais que répondre. Il avait parcouru des centaines de kilomètres pour venir me voir, moi, un poète en disgrâce, qui avait été jadis pareil à lui. Quelle déception pour lui que de m'entendre renier mon passé de cette manière !

En avril, les vignes vierges envahirent les murs de la prison. Le ciel était bleu azur. Je fus pris de panique lorsque le moine Sima faillit succomber à une maladie le plus souvent mortelle. Je n'avais pas le droit de m'occuper de lui, mais fis en sorte qu'il bénéficie d'une partie de la nourriture que ma famille m'avait envoyée. Un après-midi, revenant de ma tournée habituelle, je me faufilai dans son quartier pour le voir et fus surpris de constater qu'il était assis dehors, somnolant au soleil, sa flûte entre ses genoux. Le bruit de mes pas le réveilla. Je me penchai, secouai doucement ses mains et le questionnai à propos de son état de santé.

« J'étais sur le point de jouer un morceau pour vous faire savoir que la maladie a reculé », me répondit-il.

Il se leva avec difficulté et posa sa flûte sur ses lèvres, mais il semblait ne pas avoir la force d'en tirer un son. Après avoir échoué à plusieurs reprises, il lança la flûte contre sa chaise. «Toi et moi nous sommes tenu compagnie pendant des décennies ! cria-t-il à l'instrument. Maudite saloperie. Tu me reproches de me faire vieux. »

«Maître, ne soyez pas trop dur envers vous-même», l'exhortai-je.

Quand il essaya une nouvelle fois, la flûte s'anima. Les notes irrégulières qui en sortaient évoquaient l'image d'un guerrier vieillissant, aiguisant son couteau rouillé au bord du fleuve. Sa musique, un air mélancolique sur l'automne, flottait dans l'air.

Le vieux moine soupira. «Je me fiche de vivre ou de mourir. Je dois jouer quelques morceaux chaque jour avant que je puisse me reposer. Voilà ! »

Il retourna sur sa chaise et posa la flûte horizontalement sur ses genoux. Le professeur et l'élève étaient assis en silence, l'un en face de l'autre. Voyant qu'il en était à l'automne de sa vie, j'essayai de trouver un moyen pour lui remonter le moral.

«Maître, la mélodie que vous venez de jouer évoquait l'automne. Pourquoi ne pas jouer quelque chose qui parle du printemps ?

– Qu'est-ce que tu racontes ? me répondit-il. Il n'y a pas de saison ici. Pour la flûte, c'est toujours l'automne. »

Le moine me congédia en souriant. J'étais gêné. La sueur perlait sur mon front.

«Je joue des airs folkloriques, simples et populaires à la campagne. Ils ont traversé les générations, la plupart n'ont pas de titre. S'il vous plaît, préservez-les et transmettez-les. Je suis un moine, mais vous êtes un homme avec un cœur et des sentiments.

– Que voulez-vous dire par "un cœur et des sentiments" ? demandai-je.

– Des sentiments mondains», me répondit-il.

Je pensai à ce que ma sœur et Yu Tian m'avaient dit. Je savais que je devais me remettre à l'écriture, mais la flûte passait avant tout. Je sentis monter en moi le conflit entre une aspiration spirituelle et une ambition mondaine.

Avec l'arrivée de l'été, ma technique musicale s'améliora. Je pratiquais l'après-midi et le soir. Mes répétitions gênaient les détenus et les gardiens, au point que la moindre note était accueillie par de vives protestations. Je déplaçai mes séances d'entraînement jusque dans les latrines, où j'espérais causer moins de désagréments.

Un soir, un prisonnier, accroupi au-dessus de la fosse, me demanda ironiquement de lui jouer un air romantique pour l'aider à se soulager. Je pris sa demande au sérieux et entonnai l'air de *Ma demeure au clair de lune*. La lumière de l'astre nocturne avait percé les nuages et elle inondait le centre de la pièce. Ceux qui se promenaient pour prendre le frais furent attirés par les sons de musique qui s'échappaient des latrines. Je fus surpris par leurs applaudissements.

Un détenu, à l'urinoir, se frappa sur le ventre puis alla vaquer à ses occupations. Une blague se propagea rapidement sur la façon dont ma musique «puait». Mes sessions dans les latrines commencèrent à attirer du monde. On pouvait demander sa chanson préférée et, si je la connaissais, je la jouais. Dans le cas contraire, je promettais de l'apprendre pour la fois d'après. On me suggéra de me joindre à d'autres prisonniers doués pour la musique, des joueurs de guitare, de *erhu* et même de *suona*, un genre de hautbois.

Nous étions les troubadours des latrines. Quand on nous demanda de répéter un concerto et de l'interpréter lors d'une fête pour faire étalage de notre talent et plaire aux autorités, j'abandonnai toute la dignité et les principes qui me restaient et m'exécutai comme un bon petit chien. Brandissant ma flûte, je jouai avec vigueur des airs légers, tournoyant comme un musicien de rock, les yeux fermés, secouant la tête de haut en bas, ce qui déclencha un tonnerre d'applaudissements.

Le moine Sima, mon véritable mentor, ne fut pas le moins du monde impressionné par la nouvelle assurance que j'avais acquise ni par mes facéties. Doucement, il me demanda de poser ma flûte.

« Vous vous êtes taillé une sacrée réputation ces derniers temps. »

C'était comme un seau d'eau glacée qu'on venait de me verser sur la tête.

« La vie en prison n'est pas vraiment différente de celle de l'extérieur, dit-il. Le cercle où tu es confiné est simplement plus petit. »

Je baissai la tête pour regarder le bec de ma flûte. Mille mots se pressaient dans ma gorge, mais pas un seul n'en sortit.

« Vous pouvez aller maintenant », me dit mon professeur.

Je me retournai et pris congé de lui.

Pendant plusieurs jours, je me sentis perdu.

Si le monde entier était une autre prison, un cercle d'isolement géant, à quoi cela servait-il de vivre ?

Ce que je n'avais pas compris, c'est que Sima s'était résigné à jouer de la flûte. Moi, en revanche, en pleine fleur de l'âge, le sang bouillant dans mes veines, j'avais le choix. Je réalisai que je ne pouvais guère espérer hériter de ses techniques et de sa philosophie parce que nous étions chacun d'un côté différent de la rivière de l'âge. Nous pouvions construire des ponts pour enjamber le fleuve, mais il restait infranchissable. Je commençai à envisager ma musique sous un angle différent, voire opposé.

« Votre musique dégage une telle vitalité, une telle énergie, me dit le vieux moine quand je le croisai dans la cour. Vous avez presque purgé votre peine.

– Oui, maître, dis-je respectueusement.

– Que comptez-vous faire quand vous sortirez d'ici ?

– Trouver quelque chose à faire qui me permettra de joindre les deux bouts, je suppose. Maintenant que vous m'avez appris à jouer de la flûte, que puis-je faire d'autre ?

– Tu ne me dis pas la vérité. »

Il me sourit.

« Ta musique raconte une histoire différente, avec des pulsions plus agressives. »

Je fus pris au dépourvu.

« S'il vous plaît, offrez-moi vos conseils, l'implorai-je.

– Je ne vais pas blâmer tes ambitions mondaines. Tu es instruit et intelligent. Tu préserveras et transmettras la tradition. Avec un peu de pratique, tu donneras un sens à des musiques qui en sont dépourvues et de la vitalité à celles qui sont ennuyeuses et familières. Tu peux te débrouiller tout seul maintenant. »

J'enfouis ma tête entre mes genoux, gêné de regarder mon professeur dans les yeux. Notre relation prit fin.

Le moine Sima cessa de venir dans la cour pour donner des conseils ; je n'entendis plus le son de sa flûte. Il s'enferma dans sa chambre, refusant les visites, et mes tentatives de le rencontrer aboutirent à une fin de non-recevoir. Je pratiquai seul dans la neige, consumé par la tristesse, jusqu'à me vider de toute mon énergie. Je dus m'allonger en frissonnant sur le lit. Alors que ma température continuait de grimper, mes codétenus s'informaient de mon état de santé qui empirait. Le souci qu'ils pouvaient éprouver à mon égard était tempéré par l'excitation que ma maladie injectait dans la vie monotone de la prison. « Notre homme d'airain cinglé est finalement en train de rouiller», plaisantaient-ils. Le Vieux Yang, l'infirmier, vint me prescrire des herbes médicinales et des antibiotiques. Il demanda à Li Bifeng de le tenir régulièrement au courant de mon état.

Li Bifeng se tint à mes côtés pendant des heures, comme un garde fidèle de l'armée impériale, humidifiant mes lèvres avec des gouttes d'eau et me forçant à avaler des fortifiants à base de plantes pour évacuer la fièvre. On m'avait couvert d'une grosse couette. À plusieurs reprises, ma température s'éleva brutalement. Mes sous-vêtements étaient trempés et je devais me changer toutes les deux ou trois heures. Finalement, je m'enveloppais nu dans la couette et m'en débarrassais quand la chaleur devenait insupportable. Li Bifeng escaladait le lit superposé, me coinçait comme un morceau de viande à la boucherie et m'enveloppait de nouveau. Rapidement, trop faible pour lutter, je jetais l'éponge, haletant.

Dans mon délire, je demandai ma flûte qui était accrochée au mur près de mon lit, et la serrai contre ma poitrine. Je pris Li Bifeng pour le moine Sima et commençai à déblatérer sur la chanson *Su Wu gardant les moutons* et comment le moine Sima la jouait sur des dizaines de rythmes différents. Il pouvait briser le cœur de ceux qui l'écoutaient, tout en leur redonnant espoir. Il avait transformé cette célèbre chanson en y instillant des éléments de sa propre vie, au point que ce n'était plus le légendaire Su Wu qui faisait paître les brebis lors de son exil en pays ennemi, mais Sima lui-même.

«Je suis sûr que ça signifiait quelque chose pour toi, à l'époque», me dit Li Bifeng en rigolant.

Ma fièvre se calma mais j'étais encore très faible. Lorsque, finalement, je fus en mesure d'émerger de ma couchette et de me tenir debout devant la fenêtre, je réalisai que sept jours venaient déjà de s'écouler.

À partir de là, je me sentis transformé et j'eus hâte de repartir à zéro. Je m'essayai à la flûte, mais mes poumons étaient faibles et mon souffle n'était guère plus ardent qu'un feu follet. Je pensai pouvoir trottiner dans la cour, mais je me retrouvai exténué et haletant après seulement deux tours de piste. J'entendis le son familier d'une flûte mais il me sembla vide, dépourvu de tout sentiment mondain ou affectueux. «Le moine n'est qu'une illusion», me dis-je.

Lorsque mes poumons furent guéris, je repris mes exercices. Peu à peu, je sentis la musique s'élever de plus en plus depuis mon cœur. «Une mélodie, me dis-je, c'est comme un cadavre. Une fois que nous y insufflons notre essence, elle revient à la vie et se met à danser sous nos ordres.» Je m'exerçai à interpréter le célèbre chant révolutionnaire *L'Orient est rouge*. Li Bifeng trouva que j'avais réussi à transformer l'hymne communiste en un chant funèbre.

Le 31 janvier 1994, une semaine avant le Nouvel An, on m'informa de ma libération anticipée pour bonne conduite. En état de choc, je vidai mon portefeuille pour acheter du saucisson sec et de la viande de bœuf, et commençai à planifier une grande fête avec mes compagnons de 1989, pour célébrer l'année à venir. Je n'entendis plus parler de rien jusqu'à ce que, un soir, les gardes vinrent me chercher dans la cellule pour m'emmener dans une salle remplie de policiers. J'étais perplexe.

«Qu'ai-je commis comme crime, cette fois?»

Un officier me tapa sur l'épaule. «Aucun. Ta famille est ici. Va les voir.»

J'avais peur que ce soit un piège. «Les prisonniers ne sont pas autorisés à sortir de leur cellule le soir», lançai-je.

Tout le monde se mit à rire, et l'un de mes gardes me dit: «Depuis quand comprends-tu aussi bien les règles?»

Je fus escorté vers l'extérieur, passai plusieurs points de contrôle et descendis le chemin qui conduisait aux bâtiments externes à la prison. C'était une nuit venteuse ; je croisai mes bras sur ma poitrine pour maintenir mon manteau d'hiver bien serré contre moi. Je lançai un regard sur les ombres projetées par les lumières tamisées qui nous entouraient et je rentrai la tête dans les épaules, craignant qu'on ne me conduise vers un piège mortel.

Lorsque nous approchâmes du bâtiment de l'administration pénitentiaire, je réalisai que j'avais cessé de respirer. Nous prîmes les escaliers, jusqu'au troisième étage. Une lumière brillante émergea d'un bureau, comme un phare.

Mes parents n'étaient pas dans la pièce. À leur place, il y avait le secrétaire du Parti, assis derrière un grand bureau, qui me fit signe d'avancer. J'avais soif ; il me tendit un verre d'eau. Je l'avalai. Une caméra avait été installée dans un coin de la pièce, en direction du bureau devant lequel je me tenais. Je sentais la lumière des projecteurs de la caméra me chauffer le crâne.

« Où en es-tu avec ta flûte ? »

Un grand sourire éclaboussait son visage.

Il ne me donna pas le temps de réagir.

« Voulez-vous passer les vacances du Nouvel An en famille ?

– Bien sûr ! dis-je. Mais j'ai encore quarante-six jours à faire, et avant de partir, je veux mon diplôme.

– Un diplôme ? Le secrétaire du Parti était interloqué.

– Oui, un diplôme, pour montrer que j'ai purgé ma peine. Dans cette vie, je n'ai pas eu la chance d'être admis dans une véritable université. Au lieu de cela, je suis allé en prison. Je suis ici depuis quatre ans, ce qui équivaut à la licence. Je veux mon diplôme.

– Vous avez de l'humour», déclara le secrétaire du Parti, mais son sourire avait disparu. Il brassa quelques papiers sur son bureau.

«Bien, revenons aux choses sérieuses. Au cours de ces quatre dernières années, vous avez respecté les règles et effectué le travail nécessaire pour vous réformer. Grâce à ces bons résultats, le gouvernement a décidé de vous accorder une libération anticipée. Avant de poursuivre, nous avons besoin de votre collaboration sur un certain nombre de points.

– Je l'ai dit et je le répète: je me refuse à écrire une confession.

– Personne ne vous demande de renoncer à vos opinions, mais vous devez exprimer votre volonté de changer.»

Il est facile d'affirmer que l'on est prêt à changer, mais y parvenir est une tout autre affaire. Restant aux aguets, je répondis astucieusement: «Je suis reconnaissant au gouvernement de me libérer plus tôt que prévu.» Et le secrétaire du Parti le prit comme un assentiment.

«Que comptez-vous faire une fois dehors?

– Gagner de quoi vivre.

– Comment décririez-vous votre vie ici?

– Meilleure qu'au centre de détention.»

Je ne sais pas combien de temps dura l'«interview». Nous fûmes filmés du début à la fin. Avec les projecteurs de la caméra braqués sur moi, j'avais l'impression d'être assis trop près d'une cheminée. Je lançai un regard au caméraman, me versai un verre d'eau, puis me levai. De la sueur perlait sur mes joues; je demandai la permission de partir. Le secrétaire du Parti agita les mains pour me dire oui. Ainsi s'acheva le spectacle.

Nous ne retournâmes pas dans la cellule. Deux gardes m'emmenèrent jusqu'à la maison d'hôtes de la prison où j'eus droit à une chambre à un lit pour moi seul. Le lendemain matin, j'en sortis pour faire mes exercices habituels. La maison d'hôtes était coincée entre deux murs parallèles qui séparaient les prisonniers des administrateurs et du monde extérieur – un monde entre deux mondes.

Deux détenus me remirent mes affaires et, pendant que les gardes ne regardaient pas, l'un d'eux me glissa un morceau de papier. « Nous avons caché tous tes écrits dans un endroit sûr. Quelqu'un te les remettra plus tard. Ne t'inquiète pas pour nous. Ton ami, Li Bifeng. »

Je me sentis à la fois heureux et coupable. Je me sentais également solidaire de ceux qui étaient unis par le massacre de Tian'anmen, liés par la même foi. Trois jours et trois nuits passèrent. Je jouais de la flûte, lisais et regardais le ciel et les hauts murs qui me retenaient encore. Dans mon esprit s'agitait un tel fouillis de souvenirs de prison, si violents et si présents, que j'en avais mal à la tête. Et qu'étaient donc devenues ma mère, ma femme et ma fille ?

Je rêvai que le moine Sima s'avançait vers moi, avec sa flûte en guise de canne. Je l'attrapai par les pans de sa chemise, qui se changèrent en un long cordon ombilical pris dans l'enchevêtrement de tout ce que ma mémoire avait emmagasiné en prison. Comme si j'avais été transformé en une huître, le ciel et la terre suçaient mon être pour l'extraire de ma coquille. « Maître ! » criai-je ; et je me réveillai comme si j'étais tombé de très haut.

Cette sensation ne ressemblait à rien de ce que j'avais connu auparavant, à rien non plus de ce que je devrais connaître plus tard. Peu importait le temps qui me resterait à vivre. De ma fenêtre, le monde extérieur ressemblait à un miroir – la lune dans une bouteille en verre brillant. Le givre avait blanchi les feuilles dans la cour. Je saisis ma flûte qui avait pris la patine du temps et m'humectai la bouche. Elle avait un goût salé. Je m'assis devant la clinique de la prison et jouai un air classique intitulé *L'Invité*. Un gros insecte brillant se tortillait sur un vieil arbre. Mon cœur se mit à battre la chamade et mes tympans éclatèrent. Je n'entendais plus rien. Je jouai *La Nostalgie*, et restai immobile pendant près de vingt minutes. Au début, je n'arrivais pas à savoir quel était ce faible bruit qui s'infiltrait dans mes oreilles. Puis je n'eus plus de doute : c'était bien Sima qui jouait. La mélodie s'échappa par-dessus les murs hauts comme des montagnes. J'en eus les larmes aux yeux.

Allons-y, me dis-je. Continuons jusqu'à la disparition qui nous fera sombrer dans l'oubli.

Épilogue 跋

Je fus libéré de prison le 31 janvier 1994, quarante-trois jours avant la fin de ma peine. Mais la liberté ne s'avéra pas aussi douce que je l'avais rêvée.

Une voiture de police me conduisit jusqu'à Fuling, où vivaient Axia et ma fille. Notre appartement était fermé à clé et un voisin m'informa qu'Axia était à Chengdu, alors même que les autorités carcérales l'avaient informée de mon retour imminent. Déçu, je me rendis directement chez mes beaux-parents, encore vêtu de ma veste bleue de prisonnier, une écharpe nouée autour de la tête. Les parents d'Axia m'accueillirent chaleureusement. Ils ne firent aucune allusion à l'absence de ma femme, mais quand je m'enquis de ma fille, ma belle-mère produisit devant moi, toute contente, la petite encore tout ensommeillée.

C'était la deuxième fois que je serrais la chair de ma chair contre ma poitrine et Miao Miao me regarda de travers, désorientée. Ma belle-mère la pressa de m'appeler papa, comme l'avait fait Axia lorsqu'elles m'avaient rendu visite en prison. Je baissai la tête et fixai ma progéniture.

Deux grosses larmes roulèrent sur mes joues pour tomber sur le visage de Miao Miao, qui se mit à pleurer elle aussi.

Les deux jours qui suivirent, je restai aux côtés de ma fille. Nous devînmes rapidement proches, à habiller et « nourrir » ses poupées, et à jouer à cache-cache. Elle me montait dessus pour jouer au dada. Je l'emmenai se promener dans les rues et lui achetai tout ce qu'elle voulait. Pendant un moment, j'ai cru que j'avais réussi à établir une relation avec elle. Il lui arrivait de réclamer sa mère, mais en dehors de ces manifestations, personne ne semblait désireux d'aborder l'absence de ma femme en ma présence.

Le troisième jour, j'emmenai Miao Miao avec moi chez le barbier pour me faire raser. Je pensais qu'après m'être fait couper les cheveux, je paraîtrais moins effrayant ; mon crâne chauve et ma longue barbe me donneraient des airs de quinquagénaire, alors que je n'avais pas encore trente-six ans. Tout sembla bien se passer. Miao Miao attendait à côté du siège du barbier, tout excitée et chantant à tue-tête *Un Canard dans notre commune*, la vieille chanson révolutionnaire que sa mère lui avait apprise. Lorsque le barbier eut fini, elle me regarda les yeux écarquillés. Puis, se retournant sur lui-même, son petit corps se mit à courir vers la sortie et franchit la porte. Je la rattrapai dans la rue, où un taxi venait de manquer de la renverser, et l'attrapai au vol. De peur, elle me griffa le visage et cria, essayant d'échapper à mon étreinte. Des passants s'arrêtaient pour nous observer. Gêné par leurs regards, je m'enfuis vers une petite rue plus calme en la portant dans mes bras.

« T'es tout chauve, t'es un méchant ! me cria-t-elle. Va-t'en !

– Mais je suis ton papa... »

Je bouillais de rage.

«T'es un bandit! continua-t-elle. Je veux pas de bandit sans cheveux!»

Sur le chemin du retour, je dénichai un chapeau pour masquer ma calvitie. Miao Miao finit par se calmer. Quand la lune se montra, nous nous assîmes tous ensemble sur le balcon. Le clair de lune se reflétait sur la surface noire de la rivière qui coulait au pied de l'immeuble. Je pointai l'astre du doigt et demandai à ma fille: «Miao Miao, est-ce que la lune ressemble à la tête de papa?»

Elle hocha la tête en souriant.

«Papa, c'est la lune. Tu ne veux pas toucher la lune? l'encourageai-je.

– T'es pas la lune, répondit-elle sans l'ombre d'une hésitation. Je veux pas toucher ta tête qui pue.»

Ma belle-mère la gronda: «Arrête tes bêtises! C'est ton papa! Appelle-le papa, d'accord?»

Miao Miao secoua la tête. «C'est un bandit chauve.»

Je commençai à me demander si ma fille n'était pas simplement en train de répéter les mots qu'elle avait entendus dans la bouche de sa mère. De fait, le rejet de ma fille ne fut que le début de ce que j'allais devoir endurer. Axia demanda le divorce.

Déjà, lorsque j'étais encore en prison, elle avait manifesté cette intention dans ses courriers. «Je suis lasse du harcèlement policier, m'avait-elle écrit. Je veux que notre enfant puisse vivre une vie normale, stable.» J'aurais sans doute dû répondre à ses attentes pressantes, mais à ce moment-là, j'étais moi-même aux prises avec une situation désespérée. Ce n'est qu'à ma libération que je compris que les dommages étaient irréparables.

Axia avait toutes les raisons du monde pour me quitter, surtout après les souffrances innombrables qu'elle avait endurées. Elle avait été emprisonnée quarante jours pendant sa grossesse, et je ne connus le détail de sa détention que plus tard. Elle avait subi de féroces interrogatoires, auxquels elle avait courageusement fait front, surmontant ses accès de fièvre et de peur. Le jour de sa libération, elle était rentrée chez elle en se traînant péniblement, en plein soleil, serrant dans ses bras le baluchon qui contenait ses quelques affaires. Alors qu'elle descendait des marches, dans une rue, quelqu'un surgit derrière elle, lui arracha son sac des mains et s'enfuit en courant. Elle perdit l'équilibre et se retrouva à terre, incapable d'émettre un son, sans que les témoins fassent le moindre geste pour l'aider. « J'ai passé plusieurs minutes à essayer de me relever, avant de me ressaisir enfin, me raconta-t-elle plus tard. J'étais si inquiète que notre bébé ait été touché... »

Les descentes de police qui suivirent et le fait d'accoucher seule la traumatisèrent. Axia et moi nous étions rencontrés à travers la littérature et, après mon arrestation, la seule vue de livres et de manuscrits déclenchait chez elle des réactions disproportionnées.

Les jours qui précédèrent la prononciation de notre divorce furent déchirants. Elle insista pour que je lui verse en une seule fois la pension alimentaire pour les dix années à venir, afin de couper tous les ponts. Quand je lui répondis que je n'en avais pas les moyens, elle me traita d'animal et m'ordonna de quitter notre appartement. Alors que je m'apprêtais à partir, notre enfant, qui était restée cachée derrière la porte du balcon, cracha dans ma direction. Je frémis à l'idée que ma fille de quatre ans avait déjà appris à haïr.

Axia a maintenu la distance entre ma fille et moi, même après que j'eus commencé à verser la pension alimentaire grâce à mes droits d'auteur. À l'heure où ce livre est publié, ma fille a vingt-deux ans, mais j'ai passé en tout et pour tout, jusqu'à ce jour, moins de deux mois avec elle.

Tristement, la plupart de mes amis, comme ma femme, m'ont laissé tomber. Après quatre ans de prison, je ne valais pas plus, aux yeux de mes collègues écrivains, qu'un tas de crottes de chien. Certains m'évitaient, voire se moquaient de moi, d'autres m'avaient complètement oublié. En dehors de ma famille, les seules personnes qui me portaient une attention constante étaient les fonctionnaires de police qui me suivaient comme mon ombre, où que j'aille. L'un d'eux me rendait visite fréquemment, dans le cadre de la surveillance des contre-révolutionnaires. Il me suppliait de lui jouer de la flûte. Parfois, il râlait contre la société ou à propos de son travail. Dans un sens, je lui étais reconnaissant de me tenir compagnie et de m'écouter jouer, alors que mes amis ne voulaient plus me voir.

Régressant quelques années en arrière, je dus m'installer chez mes parents. Infatigable, ma mère était aux petits soins, ce qui me laissait le temps de rester à la maison à fixer le plafond. «Mon heure est passée», pensais-je. Même la flûte, hors de prison et loin de mon mentor, avait perdu de sa magie et n'émettait plus que des sons durs et menaçants. L'existence m'était douloureuse. La vie ne me laissait que trois possibilités – me lancer à corps perdu dans les affaires (pour devenir vendeur de vêtements, comme me le suggéra un policier), prendre mon stylo et me remettre à écrire, ou me suicider.

Un soir d'hiver de 1994, je consultai mon ami Liu Shahe, un poète dont Mao Zedong avait fait une cible, durant la campagne antidroitière de 1958. Âgé de soixante-trois ans, il était recroquevillé sur un vieux canapé dans son appartement, le teint livide accentué par la rougeur de ses lèvres. Sous la lumière blafarde, on aurait dit un acteur qui venait juste de se démaquiller.

Comme d'habitude, il fut prolixe, parlant d'une voix forte. En trois heures, je pus à peine placer trois phrases – trois des réponses à ses questions.

« Que fais-tu, en ce moment ? me demanda-t-il.

– Je reste à la maison, j'écris.

– Toujours de la poésie ? »

Il me fusilla du regard. De ses yeux sortaient des éclairs.

Je secouai la tête et il acquiesça doucement, comme s'il avait lu dans mes pensées.

« Je sais bien que tu n'arrives plus à écrire des poèmes évocateurs. Toi et moi avons subi de lourds traumatismes, les blessures de nos cœurs ne cicatriseront jamais. »

Il continua : « Pourquoi ne laisses-tu pas tomber la poésie, pour te faire témoin de l'histoire ? Ta langue est maladroite, mais Dieu t'a doté d'une plume acerbe. Bien des gens ont souffert de ces injustices, et peu d'entre eux ont réussi à s'extraire de la prison avec les idées suffisamment claires pour se souvenir et coucher sur papier ce qu'ils avaient vu. L'expérience du désespoir peut parfois être une bénédiction. Écris en toute honnêteté. Ce sera une fin parfaite pour ton histoire personnelle. Mais souviens-toi bien de n'écrire que la vérité. Les faux témoignages seront condamnés par les générations futures. »

Ses paroles me réchauffèrent le cœur et je me remémorai le texte que j'avais commencé à rédiger pendant ma détention. Cependant, au fond de moi, j'étais encore hésitant.

« Pourquoi n'écris-tu pas, toi ? lui demandai-je.

– Je suis trop vieux dit-il dans un long soupir. J'ai des ulcères à l'estomac et ma vue baisse. J'ai écrit beaucoup avant de parvenir à l'illumination. Lorsque je l'aurai parachevée, je serai trop vieux pour faire quoi que ce soit. »

Je sortis de son immeuble pour m'enfoncer dans la nuit calme. Des bus et des voitures fantomatiques pressaient l'allure dans les rues. Le vent faisait entendre ses lourds sanglots et l'éclairage des réverbères animait les visages ombrageux des quelques passants. Je m'interrogeai : quand ma vie arrivera à son terme et que mon âme s'en ira, aurai-je le courage de témoigner ?

« Reste calme et déterminé, me dis-je. Jette ce masque, déchire ce voile de malheur. Construis-toi une carapace et fais tourner les roues de ta mémoire, pour qu'elle ne rouille pas. »

J'envoyai une lettre à mon vieux complice Michael Day pour lui demander de l'argent, en lui faisant part de mon intention de terminer la rédaction des mémoires que j'avais commencé à écrire en prison. Il me fit parvenir 400 dollars canadiens. « N'oublie pas, me répondit-il. J'admire ta droiture et les efforts que tu fais pour continuer à écrire. Mais les gouvernements occidentaux se préoccupent avant tout de faire des affaires avec la Chine. Les médias sont davantage attirés par les faits divers et les potins des célébrités que par les droits de l'homme. Dans ce monde de l'après-guerre froide, les dictateurs peuvent prendre leurs aises. »

Day avait raison. C'était exactement ce qui se passait en Chine. Comme le montrait l'obsession de la direction du centre pénitentiaire à fabriquer les boîtes de médicaments, tout le pays s'était soudainement dédié au monde des affaires, cet acide corrosif qui dissout la contestation politique. Les bourreaux avaient essuyé leurs lames et fanfaronnaient aux quatre coins de la scène politique. Les prisonniers d'opinion étaient des parias, dont tout le monde se détournait. À l'ère du matérialisme triomphant à la sauce communiste, ceux qui quelques années auparavant avaient bravé le pouvoir en défilant pour la démocratie se revendiquaient désormais « apolitiques ».

Je fus déçu, mais pas tout à fait surpris, de voir que nombre de mes anciens compagnons de route et amis poètes avaient abandonné leurs aspirations artistiques et politiques, pour rejoindre le mouvement du pays dans cette course éperdue à l'argent.

Une semaine après la libération de Chen Dong, un de ses amis qui gérait un magasin de vêtements de marque pour hommes lui refit sa garde-robe et l'invita dans un restaurant haut de gamme de fondue chinoise. Pendant le repas, Chen Dong, qui était ivre, porta un toast à son hôte en déclarant: «Je n'ai plus envie d'être un *loser* ni de perdre mon temps en prison.» Comme il fallait s'y attendre, il se lança dans les affaires, comme le fit d'ailleurs Poète hippie.

Les divergences entre nos orientations respectives ternirent nos relations amicales. Un soir du printemps 1997, Poète hippie, Chen Dong et moi buvions un verre après dîner. Tous deux étaient alors grisés par l'argent, mais ils éprouvaient également de l'amertume sur le plan personnel. Lorsque je leur fis part de mon projet de mémoires de prison, Poète hippie me répondit sur un ton sarcastique: «Pourquoi crois-tu toujours que tu es le plus qualifié pour parler de l'histoire? Fais plutôt quelque chose de concret!»

Heureusement, je pouvais encore compter sur la compagnie de quelques-uns de mes anciens compagnons d'infortune qui refusaient d'abandonner le combat. «Les prisonniers politiques sont constamment tourmentés par une peur plus insondable encore que la réclusion à perpétuité et l'insupportable torture physique, m'écrivit mon ami Li Bifeng. Que ce soit par l'écriture ou par des révoltes, nous espérons tous que ceux qui sont de l'autre côté des hauts murs de la prison se souviennent de nous. Nous avons été enfermés parce que nous nous battions pour notre conscience, notre dignité, pour la justice et pour des considérations nobles. J'espère que ton livre pourra témoigner de cette part importante de l'histoire chinoise, qui est aujourd'hui déformée et réécrite par le gouvernement. »

Li Bifeng fut libéré quelques mois après moi. Il épousa sa compagne de toujours et ils eurent un fils. Pour subvenir aux besoins de sa famille, il décrocha des petits boulots dans des usines, puis lança une entreprise dans une zone rurale proche de Chengdu. Quelques années plus tard, il gérait un hôtel et un restaurant de poisson près du pont de la Porte du nord. Rapidement, l'endroit vit arriver des anciens de 1989 qui pouvaient y dormir et y manger gratuitement. Mon ami n'a jamais abandonné ses convictions politiques. Au printemps 1997, il communiqua à des médias étrangers et à Human Rights in China, une organisation américaine, des informations sur un mouvement social qui se déroulait dans sa ville, Mianyang. Cette revendication impliquait plusieurs milliers d'employés d'une entreprise d'État, qui bloquaient l'autoroute pour demander des augmentations et la mise en place d'un système de retraites.

Les ennuis le rattrapèrent. Li Bifeng fut bientôt visé par un mandat d'arrêt, et il s'enfuit au Sichuan. Un jour, le mal du pays le fit revenir à Mianyang pour voir sa femme et leur enfant. Les voisins prévinrent la police et, une demi-heure plus tard, deux voitures de police arrivèrent pour l'arrêter. Il fut condamné à sept années de prison pour fraude économique. Il purgea sa peine jusqu'au bout, sortit en 2004, et fut de nouveau emprisonné en 2012, après mon départ en Occident. Un véritable crève-cœur pour moi, car cette troisième incarcération était en partie liée à ma fuite ; les autorités l'accusèrent à tort d'avoir apporté son soutien à ma défection vers l'Allemagne, durant l'été 2011. J'ai lancé une pétition internationale pour obtenir sa libération, et je m'efforce de rester aussi proche que possible de sa famille.

Je sais que l'histoire que nous partageons n'est pas terminée. On pourrait déjà remplir tout un livre avec l'aventure qu'est sa vie et ses démêlés avec la mort.

À l'été 1995, Lei, un de mes anciens compagnons de cellule, fut libéré avant le terme de sa peine. Il emmena sa femme et leur enfant à Chengdu. Je l'invitai au restaurant près de chez moi et, la bière aidant, Lei Fengyun me dit qu'il avait besoin d'un travail. « Je vais attendre quelques semaines pour que la police relâche son contrôle sur ma vie quotidienne. Un ami m'a promis de me trouver un poste d'enseignant dans une zone rurale où personne ne sait rien de mon passé, et où les autorités locales ne sont pas trop regardantes sur les papiers d'identité. Je ne peux pas rester à tourner en rond à la maison ; ma femme endure tout ça depuis plus de dix ans et ma fille grandit. Je dois les soutenir. »

Je compris sa profonde frustration. Pendant un an, il ne parvint pas à trouver de poste. Mais il resta malgré tout sincèrement attaché à ses convictions politiques. En 1997, il rédigea une lettre ouverte qu'il comptait envoyer à la Commission des Nations unies sur les droits de l'homme et à Amnesty International, pour faire connaître les violations flagrantes des droits de l'homme en Chine. Un inconnu déposa son projet de texte à mon domicile. Je le parcourus et décidai d'emporter cette lettre à Pékin dès le lendemain, pour la distribuer aux médias étrangers. La communauté internationale pourrait peut-être dépasser les quelques cas des dissidents fameux et porter son attention sur la déplorable condition des prisonniers politiques ordinaires.

J'avais prévu de partir le lendemain matin. Mais à deux heures, cet après-midi-là, trois fourgons de police firent irruption devant la maison de mes parents. Des policiers en sortirent précipitamment pour m'emmener. Après deux jours d'interrogatoires ininterrompus, je fus assigné à résidence pour vingt jours. Pendant ce temps-là, Lei était renvoyé en centre de détention. Pendant un moment, il fut même enfermé dans une cellule plongée dans le noir. Il apprit plus tard que la personne qui m'avait apporté sa lettre nous avait trahis tous les deux.

Mon ami Yang Wei, dit Grosse langue, finit de purger sa peine au printemps 1993. Il redevint un travailleur du bas de l'échelle, à livrer de la bière aux petits restaurants le long du Yangtsé. Mais, bien vite, il ne tint plus en place et se mit à parcourir le pays. Un jour mon téléphone sonna. C'était Grosse langue qui m'annonçait qu'il se trouvait devant ma porte.

Je fus surpris par son apparence – il paraissait fatigué et avait le visage couvert de saleté. En fait, il venait tout juste de débarquer d'un train poussif, après un long voyage en provenance de Shenzhen, sur la côte sud.

«J'ai des cadeaux pour toi», me dit-il en me tendant deux exemplaires du *Printemps de Pékin*, un magazine qui publiait les écrivains dissidents en Occident. Puis il agita un billet de 100 dollars de Hong Kong, portant la tête de la reine Elizabeth. «T'as déjà vu ça ?» Je secouai la tête en riant. «Tu es bien en phase avec l'air du temps : *money, money, money* !» lui dis-je. Il devint rouge comme une tomate.

Plus tard, après nos retrouvailles, Grosse langue décida de se consacrer à nouveau à la politique et se mit à lire des livres interdits, écrits par des écrivains dissidents.

Lorsque, durant l'été 1998, le militant Wang Youcai créa avec ses amis le Parti démocratique de Chine, Grosse langue et ses amis le rejoignirent pour former la branche du Sichuan. La police eut rapidement vent de leurs menées politiques. Deux membres dirigeants furent arrêtés et condamnés à dix ans de prison. Lui-même se retrouva encerclé par des policiers en civil, qui stationnaient à l'extérieur de son appartement.

Il eut l'impression d'être une tortue que l'on met dans une casserole d'eau bouillante. Il sortit calmement de chez lui, en leur laissant croire qu'il descendait un sac de cendres à la poubelle. Alors que les policiers s'approchaient pour se saisir de lui, il leur jeta les cendres à la figure et s'enfuit en courant.

Comme un cerf coursé par un loup, Grosse langue prit la direction du nord. Il échoua à passer en Russie par la ville de Jiamusi. Il n'eut alors d'autre choix que de retourner dans le Sichuan où il entama une existence nomade, changeant souvent de domicile et jouant à cache-cache avec la police. Peu après son retour, il se procura une fausse carte d'identité et se glissa dans un groupe en partance pour la Thaïlande. Dès son arrivée à Bangkok, il demanda l'asile politique à l'ambassade des États-Unis, mais sa demande fut rejetée et il se retrouva à la rue, sans domicile fixe. Il se lia ensuite d'amitié avec un moine qui l'aida à obtenir un emploi d'homme à tout faire dans un temple bouddhiste. J'avais de mon côté contacté des amis en Occident pour lui apporter une assistance, et ils parvinrent à lui faire rejoindre un camp de réfugiés en Thaïlande. En 2004, Grosse langue put s'installer au Canada avec le statut de réfugié politique.

Mais toutes ces années ont laissé des traces, et l'ancien contre-révolutionnaire n'a pas su dompter ses vieilles pulsions. En 2012, j'appris que Grosse langue avait été arrêté par la police canadienne après une rixe avec un inconnu dans la rue. «Il a du mal à se faire à sa nouvelle vie dans le monde libre», m'expliqua un ami.

Vingt-quatre années se sont écoulées depuis que le gouvernement chinois a envoyé ses troupes à Pékin pour mettre fin au mouvement étudiant de contestation. Je suis sorti de prison il y a vingt ans. Les taches de sang s'estompent, comme les souvenirs. Aujourd'hui, les verdicts prononcés contre moi et des milliers d'autres restent inchangés. Les perspectives de réforme politique en Chine n'ont jamais été si éloignées. Il est bien difficile de ne pas en ressentir de l'amertume et de la colère, mais, hélas, ma frustration est souvent tournée en dérision. Beaucoup de Chinois, y compris jusque dans ma propre famille, ont depuis longtemps perdu tout intérêt pour une éventuelle révision de mon procès. La seule chose qu'ils semblent attendre de moi est de trouver un vrai métier.

Aux yeux de mon entourage familial, qui a enduré bien des souffrances, je suis encore immature malgré mes cinquante ans. Je redoute le Nouvel An, lorsque toute la famille se réunit dans la maison de ma mère ; immanquablement, je suis la cible des critiques. Tous pensent avoir le droit de m'indiquer la manière dont je devrais vivre et la façon dont je devrais voir le monde. Ils m'assurent que leurs conseils naissent d'une véritable sollicitude et d'une authentique compassion, mais je sens profondément que mes difficultés sans fin leur renvoient l'image d'un raté qui se complaît dans son malheur.

Aucun membre de ma famille n'a jamais demandé à lire mes écrits. Chaque fois que j'ai insisté pour en lire certains passages, ils n'ont pratiquement rien dit, sauf pour exprimer leurs inquiétudes quant à ma sécurité. Lorsque je m'énerve, ils se dressent contre moi : « Pourquoi t'énerves-tu ? Lorsque tu étais en prison, tout le monde se faisait du mauvais sang pour toi. Ça fait maintenant des années que tu es sorti, mais tu habites encore chez tes parents, nourri et logé. Et personne ne s'en plaint. Que veux-tu d'autre ? »

Et c'est vrai. Je dois énormément à ma famille. Lorsque j'étais en prison, ils se sont démenés, avec mes amis, pour me faire libérer. Ils ont écrit des articles pour attirer l'attention internationale, ils ont levé des fonds pour pouvoir payer mon avocat, et ils se sont occupés de ma femme et de ma fille.

Une fois, au cours de mon existence, je me suis levé pour défendre des principes en lesquels je croyais. Mais j'ai accumulé tant de dettes que je ne pourrai pas les rembourser dans cette vie. Et je me pose parfois la question : suis-je toujours en prison, ou suis-je libre ?

Quelle que soit la réponse, ça ne fait pas grande différence, car la Chine demeure une prison pour la conscience : la prospérité sans la liberté. Le pays tout entier pourrait tout aussi bien coller des boîtes de médicaments toute la journée que ça ne changerait rien. C'est notre meilleur des mondes.

Après le décès de ma sœur, il y a des années, j'ai traversé une période d'autodestruction, de laisser-aller et de haine de moi-même. J'ai appris à m'en sortir tout seul. Je suis mon propre psy. Je suis écrivain. J'appartiens à quelque chose de plus grand, d'historique. Et pas seulement parce que ce travail m'aide à surmonter la platitude et l'absurdité de la vie quotidienne. Je me suis fait à l'idée que la véritable liberté est dans le cœur.

En commençant à écrire ce livre, je souhaitais mettre des mots sur ma souffrance, et je me suis dit que je le faisais également pour Feifei, qui réside désormais dans une contrée lointaine. Mais, même à distance, elle vient encore me titiller et chuchoter à l'oreille de mon moi intérieur. Elle respecte les hommes de caractère et de principes, et m'encourage à raconter en toute honnêteté une histoire qui dira des vérités universelles. Grâce à son aide, j'ai compris que la vraie liberté est dans le cœur. Ces mots que j'ai partagés avec vous, lecteur, sont l'expression la plus sincère et la plus fidèle de ce que j'ai vu et appris. Transmettre ces pensées me procure un sentiment de dignité.

POSTFACE

Avec la rage de ce monde et les caresses d'un autre[44]

« Quelle grande scène de théâtre et quel décor que ce paravent de montagnes ! Pourquoi avais-je le cœur douloureux alors que je vivais comme dans une pièce ou un roman ? » écrit Liao Yiwu dans son livre de prison. Et il dit qu'écrire c'est « coller à la bête comme une mouche à merde. Le bourdonnement des mouches nous insupporte, mais elles s'obstinent tout en évitant les paumes des mains qui claquent ».

« Pourquoi avais-je le cœur douloureux » et « éviter les paumes des mains qui claquent » – avec une extrême concision voilà nommée la double peine : la prison douloureusement logée dans la tête qu'il faut dompter par l'écriture, et la menace que fait peser l'État policier, pour cause d'écriture, de vous renvoyer en prison au-delà de l'emprisonnement.

Les circonstances dans lesquelles fut publié *Dans l'empire des ténèbres* rappellent la parution du *Docteur Jivago*,

44. Discours d'Herta Müller prononcé à l'occasion de la présentation du livre à Berlin, le 17 août 2011.

il y a environ cinquante ans. Pasternak tenait absolument à ce que son roman soit publié en Italie chez Giangiacomo Feltrinelli. L'histoire se déroula comme dans un polar. Feltrinelli inaugure la méthode : le seul messager auquel se fier est celui qui présente à Pasternak la moitié correspondante d'un billet déchiré en deux. De son côté, Pasternak envoie sur papier à cigarette l'information que, venant de lui, les seules lettres recevables sont celles qui sont écrites en français. La raison : le Comité central du Parti communiste de l'Union soviétique faisait tout pour en empêcher la parution. Des délégations soviétiques sommèrent le Parti communiste italien de fournir son assistance pour bloquer la sortie du livre. Et Pasternak fut contraint de signer des lettres dans lesquelles il interdit lui-même la publication. Finalement le président de l'Union des écrivains soviétiques, Alekseï Sourkov, se présenta en personne chez Feltrinelli à Milan et tenta de faire capoter la publication en produisant de fausses déclarations de Pasternak. Feltrinelli l'a décrit comme une « hyène nappée de sirop ». Pasternak resta conséquent. Il voulait la publication, quel qu'en fût le prix.

Le PC chinois a, lui aussi, fait tout ce qu'il pouvait pour étouffer le livre de Liao Yiwu. La pression exercée sur l'auteur devint énorme. Il fut obligé de promettre aux autorités chinoises qu'il ne voulait plus publier en Allemagne. Pourtant, les éditions Fischer savaient très bien que c'était son désir le plus cher, mais elles se virent obligées – à moitié contre la volonté de l'auteur – de retarder la parution pour lui éviter d'être arrêté. Y compris quand Liao les informa qu'il maintenait sa volonté de publier, quitte à aller en prison. Heureusement, on n'en est pas arrivé là.

Dans le cas de Liao, l'intervention chinoise fut un fiasco. Mais dans bien d'autres cas, le but fut atteint. Une exposition collective d'artistes allemands et chinois devait montrer une série de douze clichés d'un photographe allemand. En raison de la censure chinoise, il n'en est plus resté que deux. Et cela, les commissaires de l'exposition et l'artiste allemand l'ont accepté.

À l'époque de Pasternak, les interdictions passaient par des intrigues, des plans élaborés par les services secrets et des délégations. Aujourd'hui, ce sont d'anciens managers de grandes entreprises allemandes qui se chargent de ce genre d'affaire. Ce sont eux qui accueillent par des huées ceux qui évoquent un refus de visa pour Tilman Spengler[45]. Leurs bilans économiques les aveuglent. Mais il arrive que les flatteries chinoises aveuglent aussi des écrivains. Juli Zeh[46] a déclaré, pendant un voyage en Chine, qu'elle comprenait très bien que, pour empêcher une guerre civile dans ce pays, on soit obligé de serrer la vis, de poursuivre et d'incarcérer les agitateurs potentiels, de censurer la presse, de restreindre les communications sur Internet. Et elle demande qui oserait se dresser pour revendiquer « l'introduction de la démocratie sur-le-champ ! ».

Oui, tout comme Pasternak, Liao Yiwu a dû beaucoup endurer jusqu'à la parution de son livre : perquisitions à son domicile avec plusieurs saisies du manuscrit, recommencements têtus sous surveillance permanente. Et si Liao Yiwu n'a pas lâché prise tant que l'œuvre n'était pas achevée, nous le devons à son intégrité et à son sens moral de la responsabilité.

Mais ce n'est pas uniquement parce que la genèse de son livre a connu la même odyssée, c'est aussi à cause du

45. Tilman Spengler (né en 1947), sinologue et journaliste, auteur du livre *Le Peintre de Pékin* (traduit en français chez Payot en 1995). Les autorités chinoises lui ont refusé un visa en avril 2011.
46. Juli Zeh (née en 1974) est une célèbre romancière allemande connue pour ses écrits sur l'ordre et le chaos.

contenu de ce dernier que Pasternak nous vient à l'esprit. *Dans l'empire des ténèbres* nous ouvre les yeux. Comme dans le livre précédent, *L'Empire des bas-fonds*, nous voyons ce qu'il en est sous la splendeur de surface d'un empire nouveau riche, affamé de pouvoir. Un État qui administre ses prisons et ses camps sur le modèle du Goulag n'est pas un État moderne, mais un vestige du maoïsme camouflé en miracle économique. C'est le peuple qui paye le prix par l'asservissement et la répression.

Ces faits sont une chose. Mais la grande force littéraire de ce livre en est une autre. Par la force de sa langue, il devient froid comme un museau et chaud comme une peau, furieux et charismatique. En cellule, on vit au rythme des secondes. L'alternance de sadisme et de compassion est imprévisible. Le même homme sera tantôt un monstre, tantôt une accumulation de souffrances. Tous les comportements sont d'une normalité aussi folle que la prison elle-même. « [En détention préventive,] les décès suite aux coups reçus étaient monnaie courante », écrit Liao.

La brutalité des voleurs et des assassins n'est nullement minorée, simplement la description précise qui en est faite lui ôte son aura démoniaque. Dans ces conditions, elle devient inévitablement légitime. Car la raison de cette déshumanisation des prisonniers, dit Liao, c'est l'État chinois lui-même, qui « emploie des détenus pour administrer d'autres détenus ». L'art littéraire de Liao Yiwu est tel que dans ses phrases le sarcasme n'est jamais que l'envers de la souffrance. Les passages documentaires du livre alternent toujours avec d'autres de nature poétique. Ce mélange ne vrille pas seulement la tête, il pèse sur l'estomac. La langue de Liao Yiwu agit sur le corps, parce qu'elle résulte d'une souffrance vécue dans le corps. Elle a, comme lui, avalé tortures et asservissement, elle tempête et susurre tout à la fois, et réussit enfin à se libérer.

Dans la cellule où ils sont emprisonnés avec lui, les condamnés à la peine capitale sont parfois nommés en fonction de leur destin. Ils s'appellent « Chang-le-mort », qui dit : « Même les rats éprouvent des sentiments l'un pour l'autre quand ils grandissent dans le même trou, alors des humains, tu parles... », ou encore « le Petit mort », qui vient tout juste d'avoir dix-neuf ans.

Car des exécutions capitales ont bien lieu. Liao rédige, pour nombre de condamnés, des recours en grâce, puis, avant la mort, une dernière lettre à la famille ou un testament. Et quand on vient en chercher un dans sa cellule pour l'exécution capitale, le livre dit qu'il se « met en route ». C'est si gentiment formulé qu'on en a la chair de poule. Mais on peut encore lire un peu plus loin que la nuit précédant l'exécution, dans une cellule spéciale, le médecin de la prison tire du sang des candidats à la mort. Là encore, l'État se sert.

Dans la cellule, crayon et papier n'étaient fournis que deux heures par mois et dans ce laps de temps il fallait avoir écrit quasiment dix lettres. De ce fait, Liao ne pouvait noter la moindre conversation. Aussi les dialogues sont-ils fictionnels, reconstruits de mémoire. Il n'empêche que les joutes oratoires sont chaudes, qu'elles parcourent tout le registre des émotions, colère, sadisme, sympathie, délaissement et solitude.

Et les images de paysage sont tout aussi bouleversantes : « Le croissant de lune rougissait et je me cachai sous cette cicatrice tandis que les étoiles, essaims de mouches à tête verte, grignotaient la nuit. » Ou bien : « À la lumière des lampadaires espacés, les environs semblaient lunaires. Les immeubles rapetissaient petit à petit sous la voûte céleste ; les ruelles s'allongeaient sans limites et de viles pensées s'étalaient au fond des sentes qui se bousculaient. »

Le poème *Massacre*, que Liao avait déjà écrit huit heures avant le massacre du 4 juin, lui fut fatal. Cette lamentation funèbre, ce torrent d'images :

> De la part de chaque mère : étouffer les enfants !
> De la part des enfants : violer tous les pères !
> De la part des femmes : tuer les maris !
> De la part du citadin : bombarder les villes !

Et les soldats :

> Ils ne tremblent pas d'essuyer leurs bottes de cuir aux jupes des filles mortes.

Et cette réitération en forme de refrain :

> Mitraillez ! Mitraillez ! Jouissant, jouissant. Ah ! Percer les crânes avec les cartouches !

Ce poème funèbre est écrit, il faudrait dire hurlé, à l'impératif de la panique, aux ordres de l'impuissance. Quelle virulence dans cet impératif inversé qui veut empêcher l'armée de tuer !

Après le bain de sang, la résignation fait écrire à Liao :

> Les massacrés se dispersent dans les trois mondes sur les ailes d'un oiseau, dans le ventre d'un poisson, et dans la poussière.

Dans ce livre, les innombrables faits d'une gravité effroyable sont consignés dans un bouillonnement verbal scintillant. Et la main de l'auteur ne dérape jamais. De surcroît, ce livre est une prodigieuse performance de la mémoire. Mais une mémoire phénoménale après coup ne peut se constituer que grâce à l'observation d'autrefois, c'est-à-dire au moment même où la chose est vécue. C'est par les récits d'Oskar Pastior[47] sur le camp de travail que je connais cet enregistrement inconscient, mais d'autant plus précis, au « degré zéro de l'existence ». Ce fut sans doute la même chose chez Liao – la perception travaille sans relâche, tantôt intentionnellement, tantôt inconsciemment. Au « degré zéro de l'existence », la tête clique et met en mémoire les secondes. Un instinct de l'instantané qui fonctionne de façon autonome et même contre vous-même. L'épuisement des nerfs engendre une compulsion d'observation. L'obsession de l'enregistrement rend encore plus éprouvante la promiscuité répugnante dans laquelle on est parqué dans les camps et les prisons. La compulsion d'observation personnalise à outrance le moindre détail, dévore les dernières forces dont on aurait besoin pour soi-même.

Et pourtant, cette compulsion est une bénédiction, car elle préserve votre humanité en vous épargnant sans que vous puissiez vous en rendre compte – probablement même en vous sauvant. Car celui qui observe est à moitié dehors, même s'il est en plein dedans. Et là où se négliger et végéter est un état qu'on vous impose, observer devient la seule activité possible de l'esprit. La perception est un supplice et le supplice de la perception une bénédiction.

Dans ce livre, supplice et bénédiction sont toujours réunis, ils savent à quoi s'en tenir l'un sur l'autre. Car le ressort des deux est l'auto-observation. Le livre de prison de Liao est une mise en scène mentale, qui remet en mémoire

47. Né en 1927 en Roumanie, mort en 2006 en Allemagne, Oskar Pastior a passé quatre ans dans les camps de déportation en URSS. Il est connu pour ses poèmes en roumain et ses romans en allemand.

le vécu sous forme d'une conversation avec tout ce qui est arrivé. Cette remémoration est toujours aussi une rechute : le vécu s'agrandit parce qu'il existe dans l'après sur un mode abstrait – à l'intérieur de la tête, sous la forme d'une douleur fantôme et d'une angoisse qui couve. Ces fantaisies nées de l'angoisse, Liao les appelle : « caresses d'un autre monde ». On ne peut s'en délivrer de son vivant, ni chez soi ni loin de chez soi. Elles ne s'en vont jamais, elles reviennent.

« Vieil ami à la tête chauve », voilà comment le prix Nobel de la paix Liu Xiaobo appelle Liao Yiwu. Ils sont tous les deux de la même famille. Chacun à sa façon, ils nous ont ouvert les yeux sur la Chine d'aujourd'hui. Mais Liu Xiaobo est en prison pour sa brillante Charte 08, catalogue avisé de propositions de réformes pour une Chine démocratique. Voilà en quoi consiste son « crime ». La vanité et la peur que le parti communiste éternel perde le pouvoir sont si démesurées que l'espoir de changement nourri par Liu Xiaobo lui a valu onze ans de prison. Que ce délire d'autoconservation du régime revienne non seulement à perdre totalement la face mais aussi, implicitement, à se déclarer en faillite, nos camarades de fer n'en ont cure. Avec acharnement et aveuglement, ils protègent leur monopole du pouvoir. C'est la seule façon d'expliquer le cours zigzagant d'ignominies adopté aujourd'hui pour traquer Ai Weiwei. On falsifie tant et plus pour inventer les « crimes » requis. Mais ça ne tient pas debout – les reproches se contredisent –, empilage arbitraire. De même que le jugement concernant Liu Xiaobo n'a pas la moindre légitimité sur la base des lois chinoises. Là encore, l'arbitraire.

Je suis heureuse que Liao Yiwu soit venu chez nous, sur cette terre étrangère, la nôtre, au lieu d'aller en prison. C'est pour lui une chance amère, infiniment plus grande qu'on ne peut l'imaginer. Pareille chance amère a beaucoup plus de valeur en soi que la chance pure et simple – elle aura toujours coûté trop cher, mais pour un gain encore plus élevé. La chance amère ne vous porte pas, on la traîne comme on peut. Elle règne sur vous avec toutes ses « caresses d'un autre monde ».

Le pays natal, c'est l'endroit où l'on est né et où l'on a vécu.

Ou l'endroit où l'on est né, où l'on a longtemps vécu, puis d'où l'on est parti et où l'on est revenu à de multiples reprises.

Pour ceux qui, pourchassés, ont trouvé le salut, le pays natal est l'endroit où l'on est né, où l'on a longtemps vécu, d'où l'on a fui et où l'on n'a plus le droit d'aller.

On se dit : que le diable les emporte ! Mais ça ne marche pas. Ce pays natal reste l'ennemi le plus intime qu'on puisse avoir. On y a laissé tous ceux qu'on aime. Et ils continuent d'être aussi exposés qu'on l'était soi-même : en admettant qu'ils ne soient pas déjà en prison, ils doivent « éviter les paumes des mains qui claquent ».

Son pays natal, Liao Yiwu n'aura pas le droit d'en fouler le sol dans les temps qui viennent. Mais la chance amère est rusée – elle confond sciemment le mal du pays et son absence. Et c'est un excellent maître du conditionnel. Elle vous dit sans détour : mais tu n'aurais jamais voulu être ce que tu serais forcément devenu si tu avais pu rester chez toi. Ce conditionnel n'est plus le mode du souhait, c'est celui du bilan. Il chasse toute nostalgie, sachant qu'elle ne cesse de revenir sans être partie. Mais le maître du conditionnel revient lui aussi.

Nous parlons de pays natal – je crois que la chance amère est le pays natal du conditionnel. En exil, on le ressent tous les jours avec la rage de ce monde et les « caresses d'un autre ».

Cher Yiwu, la chance amère va être rejointe par la simple chance. À dire vrai, elle est déjà là.

Herta Müller
Prix Nobel de littérature 2009

Traduit de l'allemand
par Dominique Tassel

ANNEXE

Massacre[48]

Profération

En hommage à la Révolution française de 1789
Pour les soixante-dix ans du Mouvement
du 4 mai 1919[49]
En hommage aux morts de Tian'anmen de 1989

Le grand massacre commence par le cœur de Pékin.

Quand le Premier ministre s'enrhume, le peuple tousse, la ville vient d'être fermée, puis bloquée, et enfin assiégée.

La machine d'État de ce vieux pays malade n'a plus de dents pour broyer le peuple qui résiste et voudrait lui échapper.

48. Traduction Anne-Marie Jeanjean et Shanshan Sun, publié dans *Poèmes de prison*, Paris, L'Harmattan, 2008.

49. Le 4 mai 1919, des milliers d'étudiants sont descendus dans la rue pour protester contre le sort réservé à la Chine par le traité de Versailles. Cette révolte, à la fois patriotique, culturelle et politique, était tournée contre l'injustice des puissances internationales à l'égard de la Chine, avec la complicité du gouvernement chinois de l'époque.

Pas l'ombre d'une arme entre leurs mains et pourtant, ils sont des milliers tombés à terre.

Les assassins professionnels, eux, arborant fer et cuivre, nagent dans une mer de sang.

Un incendie criminel ravage notre maison.

Ils ne tremblent pas d'essuyer leurs bottes de cuir aux jupes des filles mortes.

Ils ne tremblent pas ces robots privés de cœur.

Leurs cerveaux électriques ne sont que des logiciels.

Les déclarations officielles restent extrêmement lacunaires.

De la part de la patrie : massacrer le code des lois !
De la part de la loi : massacrer la justice !
De la part de chaque mère : étouffer les enfants !
De la part des enfants : violer tous les pères !
De la part des femmes : tuer les maris !
De la part du citadin : bombarder les villes !

Tirez ! Tirez ! Sur les personnes âgées, les enfants, les femmes ! Sur les étudiants, sur les ouvriers, sur les enseignants, sur les commerçants ! Mitraillez ! Mitraillez ! Visez chacun des visages en colère, les visages surpris, les visages fourbes, les visages riant misérablement, les visages pacifiques ou désespérés. Mitraillez ! À tout prix, mitraillez ! Visages arrivant par vagues et à l'instant disparus, tellement beaux ! Visages vers le paradis ou l'enfer, visages tellement beaux ! La beauté, cette beauté qui transmue les humains en êtres étranges, bizarres, fabuleux, cette beauté est terrible. La beauté ! C'est elle qui pousse à cambrioler, à voler, à détruire ! Chassez donc toute la beauté ! Chassez les fleurs, les forêts, les universités, les amoureux, les guitares, l'air pur ! Chassez l'illusion, l'idée fantastique ! Mitraillez ! Mitraillez ! Comme sous l'effet de la drogue, comme des brutes enfermées dans les chiottes d'une caserne et violant de toutes les manières imaginables quelque chose qui n'aurait plus le nom d'humain ! Mitraillez ! Mitraillez ! Mitraillez ! Jouissant, jouissant. Ah ! Percer les crânes avec les cartouches ! Brûlez la peau du crâne ! Laissez les cerveaux exploser ; même l'âme jaillit sur le pont des autoroutes, les barrières métalliques ! Jaillit vers le grand boulevard ! Vers le ciel, les cerveaux devenus étoiles ! Mais les étoiles aux jambes d'humains sont en fuite ! Ciel et terre renversés, tout le monde porte un casque brillant, une arme venue de la lune. Mitraillez ! Mitraillez ! Mitraillez ! Amusant ! Bien amusant ! Tous ces gens et les étoiles ensemble, tombés à terre. Difficile de distinguer les humains. Montez sur le nuage ! Entrez dans la terre, dans la chair pour mitrailler ! Faire encore un trou dans l'âme, trouer les étoiles, la mini-jupe rouge de l'âme ! L'âme qui porte la ceinture blanche ! L'âme qui porte une paire de tennis ! Où vas-tu ? Même si tu entres dans la terre, on va t'attraper, même si tu pouvais te réfugier dans la chair, on se saisirait de toi, et où que tu sois dans l'air, dans l'eau. Mitraillez ! Mitraillez, jouissif ! Très jouissif ! Les massacrés se dispersent dans les trois mondes sur les ailes d'un oiseau, dans le ventre d'un poisson, et dans la poussière, éparpillés en milliers d'horloges biologiques. Sauter, crier ! Voler ! Courez ! Tu ne peux pas traverser les nombreux murs enflammés, tu ne peux pas traverser le lac de sang : quelle jouissance ils ont, libres de tuer la liberté, très jouissif ! Le pouvoir, c'est avoir la victoire éternellement. Mais la cendre morte peut à nouveau redevenir incandescente, brûlante pour d'autres générations telle la faible lumière précédant l'aube éclatante. Et maintenant, rien, point de lumière. Aucune lumière au centre du pouvoir communiste. Notre cœur tout noir devient aussi brûlant qu'un grand feu engloutissant tous les cadavres. Un jour, nous pourrons exister. Le gouvernement qui nous dirige disparaîtra un jour. Mais maintenant, ce jour finissant n'a pas un rayon de lumière. Jouissant, les bourreaux crient de plaisir. Rentrez, mes enfants au cœur froid, rentrez, vous qui ne tenez que des pavés. Rentrez, filles aux lèvres pâles. Rentrez, mes sœurs, mes frères blessés, tachés de sang et de cerveaux éclatés. On avance silencieusement, on avance sur une route suspendue, on avance et nous trouverons toujours un endroit où notre âme pourra s'apaiser. Avancez, nous pouvons toujours découvrir un endroit sans un bruit de fusil. Mais nous voulons nous cacher dans une herbe, dans une feuille. Dites-moi, oncle, tante, grand-mère, père, mère, la maison est-elle encore loin ? Ah ! Non, nous n'avons plus de maison. Le monde entier sait que les Chinois n'ont plus de maison. Maison, illusion douce, laissez-nous mourir dans cet espoir ! Mitraillez ! Mitraillez ! Laissez-nous mourir dans la liberté, dans la justice, dans l'égalité, dans la fraternité et la paix. À l'horizon de quelle vague attente sommes-nous pour appeler encore d'autres gens à mourir, afin de donner vie à toutes les espérances ? Il pleut des cartouches. Sauve-toi, mère, fuis fils, fuis frère, fuis grand frère, fuis petit frère, fuis toi aussi que je ne connais pas. Les bourreaux aux mains dures et au cœur cruel ne laissent jamais les femmes et les enfants vivants. Laissez UNE femme, c'est la racine de notre pays, la seule racine. Je vous demande grâce, bourreaux, êtes-vous encore des êtres humains ? Non ! Jamais ! Le jour va arriver, alors faites donc vite votre travail ! Mitraillez, mitraillez, mitraillez ! Jouissif, très jouissif.

Pleure, pleure, pleure ! Pleueueueueueure !

En profitant de ta vie, en profitant de ta force, pleueueueueueueueueure !

Laisse tes pleurs t'abandonner et passer à la radio, à la télévision, dans les radars, tous ces grands témoins du massacre.

Tes pleurs t'abandonnent, entrent dans les plantes, dans tous les organismes invisibles ou minuscules pour s'épanouir en fleurs blanches et, année après année, commémorer le funèbre anniversaire.

Mais tes pleurs seront trafiqués, falsifiés, effacés par les bourreaux qui de toutes les directions envahissent la ville.

Les casques militaires brillants chantent tous ensemble.

Leur éclat cuivré se lève de l'est, se lève de l'ouest, se lève du sud, se lève du nord.

Été cruel, violemment puant, où hommes et fantômes chantent tous ensemble.

Ne pars ni vers l'ouest, ni vers l'est, ni vers le sud, ni vers le nord !

Même en pleine lumière – nous sommes tous aveugles, sur une route facile, on ne sait pas marcher, dans une foule, face à face, on est tous muets, on a soif de mourir, mais on refuse de boire, et tous ces gens, utopistes obstinés, ces gens invivables, ces gens en danger qui rêvent de chasser le pouvoir.

Pleurer.

Tu ne peux que pleurer. Pleure, pleure !

Mais tu pleures encore.

Tu pleures, tu pleures, tu pleures, tu pleures, tu pleures, tu pleures.

Tu pleures.

Pleure ! Pleure ?

Tu es étouffé, desséché, brûlé, mais tu pleures.

On t'oblige à monter sur scène pour t'exhiber à la vue de tous.

Tes yeux éclatent, qui brûlent la foule mais tu pleures encore.

Tu prononces des paroles d'autodéfense, tu t'observes, tu es calomnié.

Quel siècle, moribond prématuré – mais tu pleures encore.

« Ce n'est pas ma faute, ainsi va notre histoire ! »

Mais tu pleures.

Écrasé comme une galette de chair, tu pleures encore.

Puis, léché, mangé par un chien, tu pleures encore dans son ventre.

Pleure, pleure, pleure.

Dans cette époque ne ressemblant à aucune autre d'avant ce temps, seuls les fils de chiens – uniquement ceux-là – peuvent vivre.

TABLE

Deuxième partie
Le centre d'investigation
(mars-juin 1990)

Troisième partie
Le centre de détention
(juin 1990-août 1992)

Quatrième partie
La prison
(août 1992-janvier 1994)

Achevé d'imprimer en décembre 2012
sur les presses du Groupe Horizon
200 avenue de Coulin
13420 Gémenos-F

N° d'impression : 1212-083
Dépôt légal : janvier 2013

Imprimé en France

ISBN : 978-2-84941-362-3
752 485.1